日本古典文學大系2

風土記

〈

本吉郎校注

岩波書店刊行

監修者

高木市之助
西尾實
久松潜一
麻生磯次
時枝誠記

題字　柳田泰雲

目次

目次

解　説

風土記とは

風土記という名称は、地方のことを書き記した書物というほどの意味の普通名詞である。地誌といえば自然地理的記述に傾いた地理書めくが、それよりも広く、人文地理的記述に傾いて、風俗記・名勝記・名産名物記などにもわたる地方誌というのが風土記に当ろう。或る一区域の地方のことを記したものも風土記であるが、また或る主題事項について、各地方のことを記したものも風土記と呼ばれる。官撰・公撰の風土記と共に、個人の筆録になる私撰のものも等しく風土記である。古くは大陸晋代の周処撰の風土記より現在に至るまで、幾百千の書物が風土記の名で呼ばれて来ている。要は、風土記という名称には中央に対する地方という限定があるだけなのである。

日本文学の古典として吾々の採り上げる風土記（呉音によって、「ふどき」と訓む）は、右の風土記と呼ばれる限りのものすべてでは勿論ない。編述の年代において、編述の経緯において、したがってまた、その内容において、限られた特定の風土記なのである。ところが、それらは編述の当初から風土記と題することに定まっていたのではなかったと認められる。家蔵の常陸国風土記の写本は、「常陸国司解」と題し、「常陸国司解ハ書名ナカリシヲ以テ仮リニ冒頭ノ語ヲ採ツテ題名シタルノミ。然レドモ本書ハ恐ラクハ常陸風土記ナルベシ」という附箋がある。すなわち、「常陸国司解　申ス二古老ノ相伝フル旧聞ヲ一事」とある冒頭の一行は、地方より中央官庁への報告公文書の様式「解《げ》」の標題に相当するもので、これ以外に特定の文書名を必要とはしない。播磨国風土記の伝本は巻首を欠いているが、その欠脱の記事を指して「又事与二上解《ゲ》一同《ジ》」と注しており、これも解《げ》であったことが知られる（巻初の断簡に「播摩国風土記 一巻」とあるが、本文とは別紙別筆、かつ本文と用字を異にしていて、本来の標題ではない）。出雲国のは、郡毎に郡司主帳・大領・少領・主政の署名があり、巻末に編述年月日と勘造者・同責任者の署名があって、公文書解《げ》の末尾の書式を示しており、巻首に「出雲国風土記」と題していることがむしろ当初よりのものでなかったことを推察せしめる。肥前国の最古の伝本は「肥前国」とだけで風土記とは記していない。豊後国のは「豊後国」「風土記豊後国」「豊後国風土記」または「日本総国風土記、豊後国」を二行に記す等、書名が固定していない、という様態である。

一体、風土記という書名は、平安朝に入って、三善清行の意見封事延喜十四年(九一四)執筆に「臣去《ル》寛平五年(八九三)任《ゼラレ》二備中介《ニ》一云々爰《ニ》見《ル》二彼国《ノ》風土記《ヲ》一」とあるのが初見で、同時代の矢田部公望の日本紀私記(延喜四年(九〇四)のものか、承平六年(九三六)のものか明らかでない)、延長三年(九二五)の太政官符にも「風土記」と明記しているが、奈良朝に溯って風土記という書名を確認することは出来ない。しかし大陸では晋書周処伝・隋書経籍志・文選李善注に周処撰の風土記という書名が見え、一方「風土」という一般熟語も後漢書には再三見えるのみでなく、我が仮寧令の令文に用いられ、大伴家持の文万葉集にも用例がある。したがって、特定の書名のない地方誌的文書を風土記と呼ぶことは十分可能であった。それにしても、後の延長の太政官符では、「応《ベキ》三早速勘《ス》二進風土記《ヲ》一事」と題した本文に、「如《クハ》レ聞《ク》、諸国可《シ》レ有《ル》二風土記文《ノ》一」とあり、風土記ノ文という書き方よりすれば、風土記は特定の書名でなく、地方誌を意味する普通名詞として用いているものの如くである。

吾々の採り上げる風土記は、右の如くに編述の当初から風土記を書名としたものではなかった。しかし、鎌倉期の釈日本紀・万葉集註釈等がその記事を引用する場合は「何某国風土記」または「風土記」として掲出している。伝写本の書名の如何にかかわらず、これを風土記と呼ぶ一般用語知識に基づいたおのずからの呼称であったとせねばならない。

このことは、この種の典籍が風土記という書名に固定していないこと、また他の同類内容のものも同じ風土記の名で呼んだであろうことを考えさせる。塵袋に「播州記」、古事記裏書に「或書」として現伝播磨国風土記、出雲国風土記の記事を引用し、万葉集註釈に「風土記云」として引用した現伝常陸国風土記国名由来の記事を、詞林采葉抄に「日本紀曰」(日本の歴史に関する書の意)としても引用しているのである。これらとは逆に、詞林采葉抄に「石見国風土記」として記す人丸の記事、神名帳頭註に「風土記」として記す武内宿禰の記事の如きは、明らかに後代作為の記事であるが、事が地方に関するから、風土記と呼ばれることが不思議ではないのである。ただ吾々の採り上げるべき風土記でないだけである。吾々の採り上げる風土記は、編述の当初に風土記と題されることはなかったが、後に風土記と呼ぶことがならわしとなった、特定の地方誌的文書である、ということになる。

風土記編述の官命と時代情勢

特定の風土記というのは、元明朝の和銅六年(七一三)の中央官命に基づいて、地方各国庁で筆録編述した所命事項の報告公文書という意味での風土記ということである。成立の事情、年代及び内容がこの官命によって一応規定せられている風土記なのである。続日本紀同年五月甲子(二日)の条に、

畿内七道諸国。郡郷《ノ》名著《ケ》二好字《ヲ》一。其郡内《ノ》所レ生《ズル》 銀銅彩色草木禽獣魚虫等《ノ》物具《サニ》録《シ》二色目《ヲ》一。及土地沃堉。山川原野《ノ》名号《ノ》所由。又古老相伝《フル》 旧聞異事。載《セテ》二于史籍《ニ》一言上《セヨ》。

とある。ここに命じている事項は次の五項目である。

(1) 郡郷の名(地名)には好字(漢字二字の嘉き字)を著ける

(2) 郡内の産物(農工以外の自然採取物)について色目(物産品目)を録する

(3) 土地(農耕地または農耕可能地)の肥沃状態

(4) 山川原野(自然地)の名称の由来

(5) 古老の相伝する旧聞異事(伝承)

このどれだけを「史籍に載せて(筆録文書として)言上報告せよ」というのか。右の(1)は地方の国々で実施すべき事項である。(2)は(3)と関連する政治経済的な事項で、(3)とは別に(2)だけを別種に記録報告させる意ではなさそうである。(4)(5)は共に土地の歴史に関する事項で(2)(3)とは別種の内容に属する。現伝の五ヵ国風土記にあっては、右の五項目が精粗の差こそあるがすべて一書の内容として記載せられている。殊に記録報告を要するとはし難い(1)項についても然るべき記載をなしていて、官命を承けた諸国庁では「載于史籍言上」の一句を五項目全部にかけて理解していたものとせねばならない。後の扶桑略記(編年体の史書、皇円阿闍梨編)に右の官命を収録して、(1)と(2)との間に「又令《ム》レ作《ラ》二風土記《ヲ》一」の一句があるのは明らかに編者の解釈による補入で(官命に存しない書名「風土記」を明記したことは、これが風土記の編述を命じた官命と理解した最初のものとして注意せられるが)(1)項を風土記の内容外としたことは、官命を承けた各国庁での読解と同じではなかったのである。

和銅六年は、孝徳朝の大化の改新によって天皇中心的国家組織に大改変の行われた後をうけて、新政が整備確立してゆくべき時期である。地方に即していえば、行政の単位をなす国郡の制は大化の新政によるものであり、その「国」は天武朝に五十八ヵ国三島と一応の設置を完了したが(天武紀十二年十二月丙寅、同十三年十月辛巳の条)、その後三十年、和銅五年九月出羽国の新置に始まって漸次増置せられ、十年後の養老五年には六十九ヵ国三島(最多)に達し、以後漸次廃止せられて、二十二年後の天平十五年に六十一ヵ国三島にまで減ずる。その後多少の置廃があって、八十年後の淳和朝天長元年に六十六ヵ国二島となって国の置廃が終止する。また、中央と地方とを結ぶ通道の「駅」について見れば、畿内近国は大宝・和銅の頃に、辺境は宝亀・延暦の頃に新置が続々と行われ、駅の改廃はそれ以後を主とすると概括せられている（坂本太郎博士「上代駅制の研究」）。すなわち、和銅六年は、事地方に関しては、大化の新政による新制が補正改訂せられて整備してゆく初期に当たっている。この時において、地方の様態を確かにしておくことは、中央政府にとって必要事でなければならない。この必要が、畿内七道の全国にわたる、かつて例を見ない大規模な地方誌的記録を要求する官命となった最大の理由であったと解される。官命の要求事項の内、第二項物産品目の記録は、朝廷への貢上物を規定する基礎資料として、また第三項土壌状態の記録は開拓移住或は班田制実施のための基礎資料として、共に新政整備のため以外の要求ではあり得ない。

さてまた和銅六年は、古事記の成った翌年、日本書紀の撰進せられた養老四年の七年前で、翌和銅七年には紀朝臣清人等に詔して「令《ム》レ撰《バ》二国史《ツ》一」と続日本紀に見え、日本書紀に完成される国史編纂事業が活潑化する時でもある。風土記編述の官命にも、歴史に関する記録が第四・第五の二項にわたり、要求事項の半ばを占めているのであるから、ここに修史の資を求めようとする意図が含まれていたであろうことも否定し難いが、現伝風土記中、九州のものに日本書紀と記事文章の近似するもののある故を以て、風土記編述が日本書紀編纂の資料収集のためであったと解することは早計である。天武朝より奈良朝初期へかけての修史事業は、天皇中心的な国家体制を歴史によって確立しようとするもので、大化の新政が意図するところを整備しようとする事業の一と解すべきものであった。がそれは、宮廷及びその周囲の氏族貴族たち国家組織の中央主軸に主として関わるものであった。中央と地方との相違を以て、国史編纂と地方誌編述の官命とは、同じ時代機運の上に立つ併行的な企画事業で、一を以て他の従属とするには余りに大規模な事業であったのである。

右の如き国内的事由の外に、当時政治文化諸般の範を殆ど専ら大陸に仰ぐ時代趨勢にあったから、我が地方誌編纂の官命も、大陸の地誌類によって触発せられた事業であったと概観し得る。大陸には歴代の史書（前漢書・後漢書・晋書・宋書・南斉書・魏書等）に地理志・郡国志・州郡志・地形誌などの名を以て、それぞれ地方誌が加えられていた。春秋左氏伝杜預序に「周礼有《リ》二史官一、掌《リ》二邦国四方之事《ヲ》一、達《ス》二四方之志《ヲ》二」とあって中央政府の命による地方誌編述の先例もあり、また隋書経籍志には、

隋《ノ》大業中、普《ネク》詔《シテ》二天下《ノ》諸郡《ニ》一、条《シ》二其風俗物産地図《ヲ》一、上《ラシム》二于尚書《ニ》一。故隋代《ニ》有《リ》二諸国物産土俗記一百三十一巻、区宇図志一百三十九巻、諸州図経集一百巻一。

とあって、その地理部に山海経以下百三十九の地誌名が挙げられている。より直接的には我が風土記編述の官命の五項目の各〻についても、大陸の地誌類、殊に漢書地理誌顔師古注・山海経郭璞注に官命の先蹤をなす如き記事内容や辞句が指摘せられている。したがって、風土記編述には、大陸地誌に類同する地方誌をわが国にももとうとする意図の含まれていたことが考えられるが、より本質的には大陸的なあり方を範と仰ぎつつ、わが地方政治を大化の新政の意図に沿って整備しようとするところにあったとすべきであろう。官命第一項に、郡郷名に好字を著けよとあることが、そもそも日本語であるわが郡郷の名を、その本来の日本語に即するよりは大陸伝来の漢字に即する如く表示替えさせようとするもので、明らかに大陸文化に心酔した中央文化人的な好尚を地方諸国に拡充しようとしたものに他ならない。がそうした官命が、――それぞれの国で解釈に相違があり、実施乃至実施の記録に遅速・精粗の差があったにしても――諸国庁で承けられている点に、おのずからの時代の情勢による要求であったことをうかがい得る。和銅の官命は右の如き時代情勢の下に発せられるべくして発せられたものであり、官命の要求する諸項目はその時代の要求に即するように特殊化されているが、大観すれば、国内の統一が成って、その政治体制の整備確立期に興るべき企画事業であったといえる。後の江戸封

建期殊にその四代家綱の寛文年中以降と、明治維新後とに地誌製作が最も活潑に行われている事実がこれを証する。日本書紀によれば、履中朝四年に「始《メテ》之於二諸国《ニ》一置《キ》二国史《ヲ》一、記《シ》二言事《ヲ》一達《ス》二四方志《フミヲ》一」と見えるのが地誌的記録を中央で求めた最初の記録であり、和銅以前における広汎な地方誌製作の唯一の記事である。履中朝は記紀的な古代史の体系からいっても、大和朝廷による最初の日本国家統一後の建設期に当たる。履中朝は地誌製作の行われて然るべき最初の時期であったといえるのであり、和銅は地方誌編述の行われて然るべき第二の時期であったということになる。

風土記の内容

風土記に筆録記載せられるべき内容は和銅六年の官命に規定せられている。ただし、風土記の編述は、官命を承けた地方各国庁でなされたものであり、更にそれは、現伝本の示す如く、各郡毎の筆録を基にしているのである。中央指令としての官命に対する地方各国の編述当事者・筆録当事者の理解に相違のあるのがむしろ当然である。それぞれに相違した国毎の編述者の官命解釈に基づく編述方針——より直接的には第一次筆録者の意向によって記事の採否が決せられ、時には官命要求事項外にまでわたって筆録して、風土記の内容をなしているのである。その故に各国の風土記が相違した姿でそれぞれに独自の書を形づくっているのである。現伝する五ヵ国風土記について、官命の各項がどのように筆録編述せられているかを概観する。

郡郷名著好字と各国風土記の編述方針　官命第一項、郡郷名に好字を著けよということは、土地の名称に嘉き名を選び著けること実際上は旧来の地名を嘉名に改名することとなる、その地名を表記する漢字に好き字を採り用いること、かつ二字で表記すること実際上は好字に改字し、公的には固定さす、ことになる、という三点を内容とするものと解される（この点については「風土記の地名用字とその編述方針」大阪経大論集一八・一九・二〇号（昭和三十二年）参照）。それは国内で実施すべき事項であるが、風土記はその実施の様態を筆録しているのである。出雲国風土記はその記載に詳しい。各郡首に郷名を列記して、郷名用字の改字したものは「本字何々」と改字以前の用字を併記し、改字しないものは「今《モ》依《リテ》ㇾ前《ニ》用《キル》」と記し、更に各郷名説明の後に「神亀三年改《ム》二字《ヲ》何々《ト》一」と注している。余戸里・駅家・神戸里も郷に準じている。郡名についてはそれはないが、郡名も郷駅等の名字もすべて二字表記に統一せられているから、改字実施後の様態で筆録したものとしてよい。それは巻首に「其《ノ》郷《ノ》名字《ハ》者、被《リテ》二神亀三年《ノ》民部省《ノ》口宣《ヲ》一改《ム》之」とある記載に応ずるもので、神亀三年（七二六）度の改字に関するもののみに限っている。それ以前（和銅六年はその十三年前になる）の改字や改名については殆ど無考慮であるのみでなく、郡郷など行政区画上の名字以外の山川原野などの自然地の地名については改字も改名も、また二字表記も考慮していない。しかも少数例ではあるが、郷・駅・島の改名について、例外的な或は不当な書式で記載しているものがある。恐らくこれらが第一次筆録者の採択になるものであり、これとは別に、郷を主体とする行政区画名字についてのみ、またその神亀三年度の改字についてのみ詳記するという第二次の整理編述の方針がとられていたものと認められる。

播磨国は標目として掲げた地名の下に旧名を注したものが十七、それも里（出雲の郷に当たる）名に限らず、村・川・山の名にもわたり、里名改字の注記も一例あって、地名の改名・改字に無関心ではないが、改字も改名に伴われたものの如くで、殆ど全く改名としての記事である点、出雲と対蹠的である。それはいずれも和銅以前の改名で（改名年次を明記したものもある）和銅六年度の改名は一も記していない。ところが脱漏なく挙げたと認められる里名と郡名とは、その標目として掲げたもののすべてが二字表記に統一されていて、山川原野名の用字数の不統一とは明らかに区別される。しかも郡里名の標目用字は、それぞれの地名説明記事や他地の記事における場合の用字とは遊離して、美しく二字に統一整備せられているのである。即ち、播磨では和銅の官命の文面通りに郡里名だけとし、その好字に整えた形で標目の地名として掲げるという方針を貫いているのであるが、一方記事そのものにおける郡里名にも、山川原野等の地名にも無顧慮のままなのである。

豊後・肥前国及び逸文として伝わる九州諸国の風土記では、郡・郷・里（郷の下の行政単位）・駅の標目地名はすべて二字で、郷名改字の注も見え、右の行政区画名字については官命（和銅か神亀かは不明）実施後の様態で記している訳であるが、それらの地名説明に屢々改名のことが記されている。それも、地名説明の説話から導かれる名称と、現実の地名とが、同一名の範囲でありながら余りにもかけ離れたものが多く、

速津媛国《ハヤツヒメ》 → 速見郡《ハヤミ》（後人改曰）豊後　宇枳波夜郡《ウキハヤ》 → 生葉郡《イクハ》（後人改号）筑後

無石堡《イシナシノヲキ》 → 石井郷《イシヰ》（後人誤）豊後　具足玉国《ソナヒダマ》 → 彼杵郡《ソノキ》（訛）肥前

の如く、現実の地名を正とするよりは伝承によって説明せられる名称を正とし、それを改めたというよりは訛り誤ったとするのであって、伝承の説明する名称が地名として実在したか疑わしく、官命にいう地名の嘉好を求めた改名として処理し得る如き説明を伝承の中より求め出し、しかもその伝承による説明を権威あるものとして、現実地名を誤訛としたものの如く解される。播磨にも同類のものがあるが、当然の音訛として了解可能程度で記載を略したものか、記すとしても改めたと記して誤訛とした例はない。出雲にも僅少ながら同類例があり改名として処理している。

常陸では伝承によって説明せられる地名が現実地名と一致しない例はない。したがってその意味での改名はないが、駅名改名の一例、駅の位置地形の変更によって改名すべきを旧のままにしていると記した駅名一例があって、改名ということに無関心である訳ではない。しかし改字の記載は一もなく、掲出せられた郡・里（出雲の郷に当たる）名中に香島郡（続紀以降鹿島郡）・田里（和名抄道田郷）・浜里（和名抄幡麻郷）の如き旧用字、一字用字のものが混在していて、郡郷名著好字の実施はともかくとして、それに応ずる記載を風土記にしようとする意向は顕著には見られない。

以上の如き地名に対する関心顧慮の相違は、そのままに各〻の国の風土記という報告文書の編述作製の方針の上にも認められる。即ち、限られた範囲においてではあるが地名改字に詳密な記載をなした出雲は、地名を列記することによって風土記の体裁をなそうとしている。それも郡・郷・余戸里・駅家・神戸里・寺・社・山野・川・陂池・渡浜浦島と類別してそれぞれの地名を列記し、その内、行政区画名字については必ず地名説明を記すのである。行政区画名字を主とする態度は、巻首・郡首にそれらの総数と名称を列記することにもなっている。

郡里名の標目掲出に特に意を用いている播磨は、それら掲出郡里名を説明して記事の根幹としている。それ以外の村・山川原野などの地名は、いずれも里に所属(または附属)する記事として収めるのであり、それも現伝十郡中五郡にわたり十八の里は里内記事となるべき諸種の地名を一も挙げていない、という消極的な採録になっている。ただし、掲出する地名には必ず地名説明を記しており、出雲の如き地名説明を伴わない単なる地名の列挙はない。行政区画名字、殊に里に主点をおいていることは出雲と同様であるが、出雲が地名そのものに偏重しているのに対し、播磨は地名の説明に偏重している相違がある。

常陸は地名乃至地名説明に主たる関心を寄せてはいない。巻首・郡首に国郡の沿革をまず記して過去歴史に重点をおいている。各地名は郡家を起点として地理巡路にしたがって、里(出雲の郷に当たる)村駅・山川原野池泉など、行政区画名字と自然地地名との別なく挙げて、地勢・土壌・所在物・物産・土俗・歴史・伝承などを記して記述の体をなしている。

豊後・肥前は巻首・郡首に郡郷里などの総数を記す点出雲に似ているが、各郡は郷と山川原野などとを同列に挙げ、地勢・所在物・物産・土俗などを記すことは常陸に、またその地名説明を必ず記すことは播磨にも通ずるものがある。

所産物と土壌記事　次に官命要求の第二・第三項の経済地理的記事については、常陸は巻頭に水田・原野の地味から開墾の可能・水利の便、また自然的物産から紡織の産業にわたる総叙を四六駢儷の美文で記して官命の各項に応じている。各郡記事でもそれぞれの土地の説明の一部としてこの種の記載を伴わしめて、地味・物産品目の事務的記載に止まらしめていない。がそれは画一的整備のない任意的な記載に終らしめることにもなっている。出雲も巻首に「山野浜浦之処、鳥獣之棲、魚貝海菜之類、良繁多、悉《ニハ》不レ陳《ベ》。然不レ獲《ルハ》レ止《ムコトヲ》、粗挙《ゲテ》二梗概《ヲ》一以成《シヌ》二記趣《ヲ》一」とあって、記事内容の主要項目としており、各郡では山野の草木禽獣と日本海及び宍道湖の水産物の品目を列記するのみでなく、山川池島などの掲出地名の個々についても所産物を多く注記して、必要以上に詳細の観があり、中には、

南入海、春則在二……等大小雑魚一、秋則在二……等鳥一。

の如く、春秋に分ち、魚鳥に分った対偶の文芸表現をしているものもある。これら物産記事はそれだけで一記事をなし、常陸の如く他種記事と混融して土地説明の一部をなすものがない。官命第二項の物産記事の詳細に反して第三項の土壌記事は全郡に四ヵ所、それも耕作地か未耕作地かの区別もなく、甚だ軽んぜられている。

出雲とおよそ対蹠的なのが播磨である。物産記事は各地名の下に甚だ僅少の各個記載と、特殊珍奇なもの、または地名説明に附随したものの記載があるに止まるが、土壌記事は水田耕作地の地味と解して、肥沃程度を上中下九等級に分ち、全掲出里名の下にその地味の品等を記して整えている。豊後・肥前は常陸と同じく、物産・地味の記載が一項目の記事として独立せず、それぞれの土地説明の一部として任意的に記されている。

更に記載する物産の内容について見れば、例えば郡家の側の橘《たちばな》常陸・枝葉が海に垂れ下った奇木肥前・韓国鳥播磨・塗料になる温泉の赤泥豊後・鏡石常陸等の如き特異珍奇なものが多く採録せられているのが一般で、出雲のみは延喜典薬寮式に年料雑薬として貢上すべく規定せられた五十三種のおよそ八割及びそれと同類の薬用植物を挙げて貢上物と直結する記

載をなしている。いずれの国も官命要求の経済地理的な二事項を無視してはいないが、採録の内容・範囲を異にし、重点のおき所、また記載の方式を異にしているのである。

地名の由来と伝承及び官命要求外の記事　次に官命第四項の山川原野名号の所由、要約して地名の説明は、筆録時現在の様態で説明可能なもの、例えば黒田駅土色黒い故・駅家里駅がある故の如きものもあるが、その命名は過去に属するものが一般であるから、伝承によって説明せられるものが多く、官命第五項の古老相伝旧聞異事、要約して伝承の記載と交錯すべきものであった。出雲・播磨は地名説明に関係のない記事が甚だ乏しく出雲一条播磨二条、第五項を殆ど全く第四項に包摂せしめて編述している。しかもその説明する地名は上述の如くに出雲は行政区画名字のものに限り、播磨は掲出地名のすべてにわたるが郡里に主点をおいている。常陸は、出雲・播磨と対蹠的で、例えば童子女松原の条の如き地名の説明せられる記事を記しても地名説明としての書式を採らないものが相当数に上り、郡設置の由来・山の様態の由来筑波山・神船奉納の由来香島神宮・開墾妨害の蛇神を鎮祭した由来夜刀神・神服機の由来等々、総じて諸種の起原由来を記そうとしている。地名説明もまた地名の由来としてそれら諸記事の一に過ぎないものであった。それが古老曰と冒頭して記されているのは、巻首の文書標題に「常陸国司解、申二古老相伝旧聞一事」とあるのに対応するもので、官命の第五項を以て第四項をも包摂せしめたものに他ならない。豊後・肥前も地名説明を行政区画名字に限らず、釣占の由来松浦川・沈石《いかりいし》の由来を記すなど常陸に近いが、地名説明記事で編述の体を整えようとしていて播磨に類するものがある。

官命に山川原野の名号の所由とあるのに対し、国郡郷駅の地名の所由を記すことは、既に官命要求の外に出た筆録である。ただし、これは山川原野という自然地地名を行政区画名字のそれにまで拡充し、または置き替えた官命解釈によるものと見なし得る。が官命のどの項目にも該当しない記事が筆録せられている。寺出雲・豊後・肥前社出雲・播磨の記載もその例であるが、更に著しいものに出雲の邑美冷水・前原埼・恵曇浜・薗松山・朝酌促戸渡・出雲大川及び神湯・薬湯、常陸の筑波岳嬥歌の会・高浜・香島神宮周辺の地形と宴楽・久慈石門などの如き、いわゆる景勝地の地形記述や温泉の薬効・宴飲歌舞の楽しみ、これらについて他の諸記事とは顕著に区別せられる四六駢儷の修辞による文芸的記述をしている。また播磨以外のものに見える里程記載、それも掲出地名の位置指示としてのものは地名説明に関連すると見られようが地名説明のない地名列挙だけのものは、また域外である出雲には位置指示でなく通道・駅路の里程を記しており、これは軍団・戍・烽・剗などの所在——豊後・肥前では烽・城を記す——を記しているのと一連の兵要地誌的記事で官命の要求には存しない事項である。

現伝五ヵ国風土記の内容をなす主要な記事は以上の如くである（逸文によって知られる諸国もこの範囲を出ない）。国毎に相違した官命解釈を加え、それぞれの解釈にしたがって記事を採録編述していることを如実に示しているが、それら諸種の記事にあって、最重要視せられたものが古老の伝承或はその伝承によって説明せられる地名説明記事であることは、常陸の標題や播磨の編述態度が明示している。この種以外の記事を最も多く含む出雲にあっても、巻首に「老、細ニ思枝《シ》葉一、裁ニ定詞《シ》源一、」と編述方針として明言している。詞源は名号の源で地名の起原、それは出雲の祖神の子孫神（枝葉）の功業と鎮座とを細思して裁定するというのである。風土記が従来日本文学の古典として採り上げられてきたのも、この種伝承記事を多く含む故であったといえる。ただし、風土記の文芸性は単に伝承記事にのみ認めるべきでなく、諸種の記事を総合した書全体に認めるべきことは、上来の解説によっても推察せられるであろう（別稿「風土記の文芸性」国語と国文学（昭和三十年五月）、「文学としての風土記」解釈と鑑賞（昭和三十年九月）参照）。

ところで、風土記は事地方に関するが、筆録事項の指令は国家的立場に立つ中央の官命であり、その筆録編述者はまた地方人とは限らない。地方人としても漢字を駆使し得る都風な教養を身につけた新文化人であり、地方行政を管掌する統治者的位置にある者であった。したがって新文化人的・行政者的意向や好尚を通して記事が採択筆録せられている。自由な意味での山川原野の名号よりは国郡郷里などの行政単位・社会生活の単位をなす地名を重視したのはその故である。また官命要求外の美文記事は、懐風藻や万葉集に見られる文芸態度に共通するもので、大陸渡来の神仙謳歌的な心的基盤に立つ遊覧または遊仙的好尚によるものに他ならない。同じ新文化人的文芸態度は伝承の採択記載に際しても童子女松原は最も著しい例地名の説明に当たっても天皇が徘徊四望し、また望覧して景勝と勅せられたのによるとする如き加わっているのである。

そこで、採録せられる伝承は自由な意味での地方の歴史を語るものではなく、地方行政区域の社会の故事来歴を語るものを主としている。即ち、常陸・九州では先住勢力の土蜘蛛《つちぐも》・球磨贈於《くまそ》の帰服乃至誅滅によって開ける大和朝廷治下の地方社会の歴史の始まりを語り、播磨では移住開墾、そのための土地占居によって開ける社会の歴史の始まりを語る。出雲は土着勢力の優勢の故に、それら氏族の奉ずる神々の功業と鎮座によって民生の安定を語るものと大観出来る。それらの諸伝承は、地名・自然物・習俗という耳に聞き、目に見、体験できるものを実証として語られるものであるから、その実証可能な範囲において行われる局地的性質を多分にもつと共に、その局地範囲では信頼を以て語られ聞かれる性質をもつものである。常陸における倭武天皇、播磨の品太天皇、東国と九州の景行天皇の如き、それぞれの伝承が他の地と多く関連しない局地的性質のものである故に、驚異的な広汎な巡幸を語り得たものに他ならない。そうした局地的伝承の集積が風土記の記事である。各国の風土記を通じて、伝承が体系づけられていないのはむしろ当然である。伝承の体系組織化は、それらの集積をより高く広い観点に立ってなし得る筈のことである。古事記・日本書紀は国家的天皇中心的観点に立って伝承を史伝的体系に組織化したものであり、氏文《うじぶみ》は氏族的立場に立って体系化したものであろうが、風土記は土地土地に即したが故に、個々には史伝的性質をもちながら、非体系のなまの姿を露わにしているものというべきである。

風土記の文辞　なお、風土記の文章は総じて当時通行の四字句を基本とする達意の漢文であるが、伝承記事には、伝承の語られて来た口誦形を筆録しようとするもの変体の漢文・宣命体また仮名書きと、四六駢儷に修辞した美的漢文を以てしようとするものとの両者がある。出雲の国引き記事は前者の、常陸の童子女松原は後者の最も顕著な例である。ただし、過去についての筆録という意識は通じて観られ、筆録時現在の用語よりは古い用語によろうとする筆録態度のあることは注目すべきである。そうした文辞、殊にそれが美的漢文化せられたものにあっては、漢語のままに音読すべきもののあろうことも予想せられて、如何に訓まれたかは必ずしも明らかでない。風土記全文を訓み下すということは、実は不可能に近い仕事である。本書にあっては、一応すべてを訓読するという方針のもとに、奈良朝の訓として認められるであろう限りの訓例に基づいて訓み下したものである。

風土記の伝来

風土記は官命に応じて各国庁で編述し、中央へ進達した報告文書である。したがって少くとも次の二種のものが存したと考えられる。

(甲)　和銅六年の官命によって制作編述したもの

(1)　中央へ進達した公文書正文

(2)　地方国庁に残存した副本または稿本

ところが和銅より二百十二年後の延長三年（九二五）十二月十四日に再び風土記を中央で求めている。

太政官符　　五畿七道諸国司
　応《ベキ》三早速勘二進《ス》風土記《ヲ》一事
如《クハ》レ聞《ク》、諸国可《シ》レ有《ル》二風土記《ノ》文一。今被《リテ》二左大臣《ノ》宣《ヲ》一偁《フ》。宜《シ》下仰《セテ》二国掌《ニ》一令《シム》上勘二進《セ》之《ヲ》一。若《シ》無《クバ》二国底《ニ》一、探二求《シ》部内《ヲ》一、尋《ネ》二問《ヒ》古老《ニ》一、早速言上《セヨ》者。諸国承知。依《リテ》レ宣《ニ》行《ヘ》レ之《ヲ》。不レ得二延廻《スルヲ》一。符到《ラバ》奉行《セヨ》。

この官符は国庁に風土記のあることを予定して、それを提出させ、早速の入用 恐らくは二年後に完成した延喜式編纂の資料 に当てようとするにある。故に、この時までに各国で風土記を編述進達してあったこと、それら風土記が中央では散佚して保存せられていなかったことが知られる。この度は早急で、国庁にある筈の風土記をそのままに提出せよ、もしそれがない場合は新たに制作進達せよというのである。即ち、

(乙) 延長三年の官符によって進達または制作したもの
(3) 地方国庁既存の副本または稿本によって中央へ進達したもの 甲(2)と同じであるが、保存中の闕脱、進達のための整理が考えられる
(4) 右に新たに記事を加えて進達したもの 再編輯が考えられる
(5) 新たに制作して進達したもの
(6) 延長度中央へ進達したものの副本または稿本として地方国庁に残存したもの

このような諸種のものがあり得る。思うに、風土記は、これを求めた中央では多分に資料的意味の第二義文書としての評価しか与えられず、和銅度の風土記の散佚の主たる原因もそこに見出されるが、地方諸国にあっては自国を明らかにする第一義文書で、永く保管せられる性質のものである。延長度の早速の進達には幾らかは新筆録が加わり得るとしても、官符の所命の如く国庁保管の旧文書が主体となったと見てよかろう。この意味で、吾々が古代の官撰風土記として

採り上げるものを、和銅度のそれと一応限定して差支えないものと考える。

風土記の進達は少なくとも再度ある。風土記が後代に伝わり得るには右の(甲)(乙)のいずれもが伝本祖となり得る。風土記には他の古典籍と趣を異にした異本が種々あって然るべきなのである。ところが各国風土記にはこの意味での異本の伝来するものが全くないのみでなく、六十余国の内、僅かに五ヵ国のものが伝来するに過ぎず、しかも完本は出雲のみという好ましからぬ伝存状態である。蓋し編述進達当初から第二義文書と見られる運命をもった風土記は、平安朝後期以降に興った古典回顧・古典研究においても、主たる対象を歌書 殊に万葉集 神典国史 殊に日本書紀 において、風土記はその傍証資料という第二義的評価しか与えられていない。また鎌倉後期の永仁五年(一二九七)の頃に十ヵ国 現伝五ヵ国を含む の風土記書写という大量書写の記録 高松宮家蔵袖中抄裏書 があるが、これは出雲・豊後の伝本に最古の奥書年紀を伝える毘沙門堂浄阿(時宗四条派開祖の浄阿上人真観、暦応四年没)の青年修業期における書写と解され、諸国遊行或は説教の資を風土記に求めたものと認められる(別稿「風土記伝来考」大阪経大論集一一号(昭和二十九年九月)参照)。いずれにしても他目的への利用のための古典籍と観ぜられていたが故に、利用すべき必要箇所だけを引用記載し、または必要と観ずる箇所を抄出書写することにもなり、前者は逸文として伝存せしめる因をなし、後者は抄略本として伝存せしめる因をなしたと考えられる。現伝風土記において、現伝本に存しない逸文記事の引用が 孫引き引用を除き 永仁五年以前に限られていることは、およそこの時代を境として風土記の伝存状態が悪化して、自由な引証利用を不可能ならしめたこと、また現伝の抄略本の発生がこの頃 或は浄阿の抄略書写 にあったことを考えさせる。そして江戸時代の文運復興期に承けつがれる風土記が五ヵ国のものについても殆ど各国一本という細々とした伝来の道をたどったのである。

更にいえば、江戸期以降の風土記観も第二義的典籍としての評価を改めることがなかった。経たる万葉集解明のための緯として風土記に対処した今井似閑の万葉緯が端的にこれを示している。即ちこの期は風土記の発見と転写による伝播、その本文校訂また逸文の採輯ということが関心の大半を掩い、風土記そのものの地理考証・注釈的研究は僅かに行われたに過ぎない。それも一国の風土記毎に独立的に行われて、風土記という総合された一つの典籍領域として総括したものは、伴信友と中山信名によって論争された風土記書誌論以外には殆ど見るを得なかったので、風土記という普通名詞によって呼ばれるこの典籍領域を明確ならしめ得なかった憾みがある。豊後国風土記を偽撰の書としながら箋釈を加えた唐橋世済の如きがあり、殊に逸文採輯に当たっては、記事の内容が古代で地方の事に関し、風土記と題するもの及びそれと同類のものを広く採択するという態度をとったのである。日本文学の古典として採り上げるべき風土記という典籍領域の不明確は江戸期のみに止まらず、明治以降現在に至るまで、なお続いている。その故に、本書においては、この典籍領域を明確ならしめることに努め、典籍領域の総括的把握を可能ならしめる如く略解説を試みたのである。

ともあれ、風土記の近世的研究は栗田寛博士の標注古風土記（明治三十二年刊）・纂訂古風土記逸文（明治三十一年刊）・古風土記逸文考証（没後明治三十六年刊）によって一応集大成せられた（以上**栗注**）――（　）内の太字は本書の注に用いた略号である。以下も同じ――。これを研究史の転期として、以後に近代的研究が始まるが、その内本文に即した研究で二ヵ国以上にわたる主たるものは次の如くである。

後藤蔵四郎の出雲国風土記考証・校定出雲風土記・出雲風土記註解・（肥前国豊後国）風土記考証及び栗田博士の標注の内、出雲・常陸の補注（以上**後藤説**）　井上通泰博士の播磨風土記新考・肥前風土記新考・豊後風土記新考・西海道風土記逸文新考・上代歴史地理新考（以上**新考**）　武田祐吉博士の風土記（岩波文庫版）（**武田訓**）

現伝風土記及び逸文の書誌

出雲国風土記　巻首の総記と各郡記と巻末記の三部を共に存する唯一の完本で、巻末に公文書の書式を整え、計数記載

が精しく、編輯はよくゆきとどいている。巻末に、

天平五年二月卅日　勘造　　秋鹿郡人神宅臣全太理

国造帯意宇郡大領外正六位上勲十二等出雲臣広島

と編述年月日・勘造者・同責任者の署名がある。この奥書の二月卅日は暦によれば小の月で卅日はなかったという指摘（昭和六年朝山晧）に端を発して後世の偽作とする説（藪田嘉一郎「出雲風土記剝偽」昭和二十五年）があらわれ、書誌研究を賑わせたが、近年田中卓氏の研究によって奥書のままに信ずべきことが確かめられた（平泉澄編「出雲国風土記の研究」所収「出雲国風土記の成立」）。ただし、天平五年は和銅六年より二十年後で官命を直ちに受けたものとしては遅きに過ぎる。現伝本を和銅度の初撰に対する再撰本とする説（田中卓「原撰出雲国風土記の成立年代」昭和二十九年）が提出せられているがなお確証とすべきものがない。既述の如く現伝本には和銅の官命に見えない兵要地誌的内容が加わっており、それは天平四年八月の初めての山陰道節度使多治比真人県守の派遣（新羅に対する辺境防備のため）と関連すべき事項で、和銅の官命に節度使の意向を加えて編述が促されたものと認められる。

伝本は各郡末の筆録勘造者の署名を欠いて姓までしか記していないから、中央に進達せられた公文書正文ではなく、その副本を伝本祖とするものであるが、三手文庫所蔵万葉緯（元禄十三年の識語がある）所収本には「今所《ノ》レ書《スル》写本者《ハ》、伝聞《ヘク》、出雲《ノ》国造之文庫所《ニ》レ有」と記しているから、国庁に残存したものでなく、編述責任者の出雲国造家に伝存したものに基づいている。ただし、国造家本そのものは今日に伝わらず（或は久安五年国造家焼亡の時に亡んだか）国造家本の直接の転写本も伝わらない。今日伝存の写本はいずれも、巻首の国の東西・南北の里程、各郡及び巻末の通道里程に同じ転写の誤脱とそれを誤り訂した箇所があり、また島根郡の神社名の脱落とその補筆、同郡郡家附近の山川の位置記載に改訂を加えたと認められるものがあって、国造家伝来本に後人の誤訂の手の加わった幾転写の一本を伝播祖としている（別稿「出雲国風土記の里程記載と伝本系譜」大阪経大論集二一号（昭和三十二年十一月）参照）。諸伝本で

は出雲より出たと考えられるものに上記の万葉緯本と岸崎時照出雲国神門郡監の出雲風土記鈔天和三年序の本文とがあり、それとは別に、はやく中央人士に知られた一系列があった。殆どすべての伝本はこの系列のもので、その奥書をたどれば永仁—天正—文禄—慶長とつづく。伝本祖も伝播祖も伝わらないが、万葉緯本(底本)・風土記鈔本(鈔本)桑原太郎氏所蔵写本によると中央系の最古本である倉野憲司博士所蔵本(倉本)の三本を比較しておよそ伝播祖に復原し、更に伝本祖の姿を考えることが可能である。江戸時代以降の校訂意見及び考証注釈は五ヵ国風土記中最も多いが、右の鈔が最も古くまた地理考証に詳しく、内山真竜の出雲風土記解(解本)が本文の校訂について最も大胆かつ詳しい。横山永福の出雲風土記考・出雲風土記仮名書も注意せられるが、最も流布の広いのは千家俊信の訂正出雲風土記(訂本)である。なお近時の田中卓校訂本(田中本)は四十数本による校本としてすぐれている。

播磨国風土記　巻首とそれに続くべき明石郡の記事を欠損して賀古以下十郡の記事を伝えているが赤穂郡の記事は全く存しない。逸文に明石郡の記事がある。里名説明で記事を整えており、その限りではよく整備しているが、それぞれの里に所属させるべき村・山川原野などの地名説明記事、また地名説明に関係のない神社祭神その他の記事は未整備であるのみでなく、それらの記事を餝磨・宍禾二郡では郡末に附載し、またしばしば不適当な箇所に記していて、いわゆる錯簡ではなく、もと追録記事として整理編輯の未完了であった姿を伝存しているものと認められる。これも解《げ》文書の如くであるが、進達せられた公文書正文ではなく、国庁に残存した稿本を伝本祖とするものである(別稿「播磨国風土記未清撰考」大阪経大論集一二号(昭和二十九年十一月)参照)。

伝本は平安時代中期以降書写と鑑定せられる天理図書館所蔵三条西家伝来本(底本)が唯一のもので、江戸末期に柳原紀光(寛政八年転写)と谷森善臣(嘉永五年転写)によって転写されてより伝播するに至ったもので、五ヵ国風土記中発見の最も新しいものである。校訂考証には文久三年に稿の成った栗注の外、敷田年治の標注播磨風土記(敷注)明治二十年刊が早い。

編述年代考定の徴証として挙げられているものに、霊亀二年(七一六)新置の和泉監を川内国泉郡と記していることがあるが、これは旧によって記したものと解され、また郷を里と記しているのも霊亀元年(七一五)の改字出雲国風土記に依二霊亀元年式一改レ里為レ郷とある以前と文字通りには解し難いとしても、郡郷名著好字の如き官命を忠実に実施しており、恐らくは官命に忠実な編述当事者が、和銅六年の官命後幾程もなく一応の編述を了えたものと見てよい。和銅六年当時の播磨国守は巨勢朝臣邑治和銅元年任か。その下大目に文人の楽浪河内(後の高丘連河内)がおり、霊亀元年石川朝臣君子が国守となっている。この人達の時代の編述と認められる。

常陸国風土記　巻首の総記と行方郡の分とは不略之と注しており、他の新治・筑波・信太・茨城・香島・那賀・久慈・多珂の八郡は各所で省略せられ、白壁・河内二郡の記事は全く存しない。現伝本に存しない逸文記事が伝存するから、鎌倉後期まで現伝本以上に記事の整った、恐らくは未省略本が伝来していたのである。これも郷をおよそ里と記しており、養老二年(七一八)新置の石城国を陸奥国石城郡としているから、それ以前、石川朝臣難波麿和銅七年任の常陸国守時代の筆録としてよい。しかし、上述の如く童子女松原・筑波岳その他の景勝地や宴楽の地の記事に遊仙文芸的文人趣味の顕著な修辞表現があり、その文飾者として養老三年春夏の頃より同六、七年頃まで常陸国守・同按察使として在任した藤原宇合、またその下に記事採録者として、宇合と交渉のあった万葉歌人高橋蟲麿が考えられる。即ち、養老二年以前の筆録を基とし、宇合の在住時代に至って編述が完了したものと認められるのである(別稿「常陸及び九州風土記の編述と藤原宇合」国語と国文学(昭和三十年五月)参照)。

江戸時代に伝えられた伝播祖本は加賀前田家所蔵の一本加賀本で、菊池成章(延宝五年書写)と松下見林(元禄六年書写、奥書に「貴所御本」とあるのは加賀本と解される)とが転写して伝播するに至ったと解される武田祐吉博士所蔵の無奥書本はよく古体を存しているが、加賀本からの直接の転写かどうか明らかでない。加賀本・成章本は共に見るを得ないが、大東急記念文庫に松下見林自筆本(**底本**)が現存しており、これに成章本系の彰考館所蔵本(**彰本**)延宝の奥書に宝暦八年の伊勢貞丈の奥書がある。今次の戦災に焼失した由二本を比較しておよそ加賀本の姿を明らかにし得る。本書では更に群書類従本(**群本**)延宝本系と家蔵本(**家本**)延宝本系とを併せ記し、近世校訂以前の姿を復原し得るようにし、近世唯一の校訂板本である西野宣明の訂正常陸国風土記(板本)（天保十年刊）の本文が殆どそのままに踏襲せられている現況を打破するに努めた。

豊後国・肥前国風土記　両国共に巻首と各郡首とは揃っているが、各郡の記事は甚だ乏少な不完備のものしか伝わっていない。現伝本に存しない逸文の確実なものが伝存していないから、もとよりの不完全であるのか、省略による不完全であるかは断定し難いが、豊後は永仁五年浄阿書写の奥書を最古のものとし、肥前はおよそその頃の書写と鑑定せられる猪熊信男氏所蔵本を最古のものとしているから、常陸と同様に鎌倉後期に省略せられたものの如く推考せられる。

豊後・肥前のみならず、逸文によれば九州諸国は同一の編述方針のもとに同体裁に編述せられている。そして筑前・豊後・肥前・肥後・日向などの諸国にわたって日本書紀と記事内容のみでなく文章の酷似する記事のあることも共通するが、書紀の資料となった地方記録に拠ったとするよりも、書紀そのものを所拠として筆録したものと認められる。即ち、郷の下に里を行政単位とした郷里制（天平十一年末まで実施と考証せられている）の実施期で、また城・烽という軍防上の記載があるから、天平四年の西海道節度使藤原宇合の派遣後（時の大宰帥は宇合の兄の武智麿の遥任、宇合は翌五年末までに帰京しているが、六年節度使解任後、九年八月薨去に至るまで大宰帥であった）九州諸国を統轄する大宰府の指令によって数年の間に編述せられたものと認められる。上述の如く常陸と九州諸国とに編述方針の相通ずるものがあり、それはかつて常陸で風土記の編述に関係した宇合が、九州で再び風土記編述の指令を出したものとして了解されるのである。このことは九州の風土記に今一種のものの存することと併せ考えられる。即ち現伝豊後・肥前両国風土記とは別種の、釈日本紀・万葉集註釈に「筑紫風土記」として引用せられているものがあり、それらは用辞・文章に漢文修飾による文人趣味が顕著であり、地名説明よりは古老の伝承を記すを主とし、里程記載が大まかで一郡一地名毎に記事を纏めようとしない点など、常陸国風土記に見られる特徴的性質に酷似する。常陸の筑波岳と肥前の杵島山の条の如き布文の構想を全く等しくするものもある。蓋し各国毎の編述でなく、九州を総括した風土記の編述が大宰府でなされたもの、そしてそれは宇合の手許での編述であったとして了解せられるのである（上記別稿参照）。

豊後の伝本は永仁奥書本と、それに文禄四年梵舜書写の奥書を併せ記した本と、右の二奥書をもたぬものの三種に一応分けられるが、それらは共に天理図書館所蔵の影模本（底本）永仁奥書本によって知られる梵舜以前の一伝本を伝播祖とするものと認められる（別稿「豊後国風土記の伝来における天理本」ビブリア八号（昭和三十二年四月）参照）。蓬左文庫本は江戸初頭の書写の如くであるが、書写年紀の明確な最古のものは天理図書館所蔵一本（天本）承応三年書写、永仁文禄奥書本である。本書には無奥書本系として東京大学図書館所蔵旧南葵文庫本（南本）、永仁文禄奥書本系として同館所蔵の旧渡辺文庫本（渡本）を併せ挙げ、近世の校訂として流布の広い荒木田久老校本（板本）寛政十二年刊・唐橋世済の箋釈豊後風土記（箋本）文化元年刊・伴信友校本（伴本）上野図書館所蔵をも記した。なお近時の佐藤四信校本（佐藤説）豊後国風土記の研究は四十本の伝本を比校した努力作である。

肥前の伝本は、東京大学図書館所蔵旧南葵文庫本（南本）元禄十三年奥書本のもとになった曼珠院所蔵本（現在は所在不明）が近世の伝播祖本の如くであるが、昭和に入って発見せられた上記の猪熊本（底本）も全く同系の古本であり、この両本の比校によっておよそ古い姿をうかがい得る。近世の校訂注釈に糸山貞幹の肥前国風土記纂注（纂注）があるが、荒木田久老の校本（板本）寛政十一年刊が流布広く、本書には伴信友校本（伴本）上記豊後のと合綴を併せ挙げた。近時のものに平田俊春校本（平田本）「校本肥前風土記とその研究」所収がある。

逸文　風土記の記事を引証利用することは、平安前期の三善清行の意見封事延喜十四年執筆にはじまるが、その利用の多くなるのは平安後期より鎌倉時代にかけてであり、仙覚の万葉集註釈（文永六年の奥書がある。本書は仙覚全集所収本による）に二十二ヵ国五十余条、卜部兼方の釈日本紀（文永弘安頃成、本書は新訂増補国史大系所収本による）に二十ヵ国六十余条を引用しているのが双璧である。塵袋（釈紀と同時代、本書は古典全集所収永正書写本による）の二十余条の引用が次いで多いが、これは原文のままの引用が乏しく、殆ど訓み下している。詞林釆葉抄（由阿、貞治五年成）の引用二十余条も多いが、これは風土記原典よりの引用でなく、先行書よりの孫引きと認められ、平安後期の顕昭の著書に見える風土記記事がすべて先行書・先人説の孫引きであるのに類する。また万葉集抄秘府本では風土記に見えると指摘するのみで記事は引用しない。風土記引証の態度も右の如く諸種であったが、一方、平安後期以降は吾々が採り上げる風土記以外のものについても風土記の名で呼ぶものがあらわれ、風土記の逸文であるか否か判断し難いものが混ずる。しかし風土記原典よりの直接引用とすべきものが南北朝以前に限ると考証せられ、風土記の伝来の項に記した如く、およそ鎌倉末を境として、引証利用を自由ならしめない伝存状態になったものと解せられる（別稿「風土記逸文の検討」大阪経大論集一六・一七号（昭和三十一年）参照）。江戸時代に入って、先行書に引用のない風土記記事を引用する典籍が急増するが、現伝の出雲・豊後・常陸・肥前・播磨の五ヵ国のものが、この記載順序のままに知られた以外には発見せられなかったのであるから、江戸期の典籍に引用初見の風土記記事が古代の官撰風土記の逸文として信憑し難いものであることは容易に察知せられる。

さて、風土記の逸文を採輯することは既に江戸初期の林羅山に諸国風土記抜萃（寛永年間作か。釈紀・万葉集註釈・詞林采葉抄三書よりの抜書）がある。早い時期に最も博く捜索採輯に努めたのは今井似閑の万葉緯とすべく、下って古学隆盛期に入って屋代弘賢・吉田令世・平田篤胤・狩谷棭斎等にそれぞれ業績があるが、その最大のものは伴信友の諸国風土記逸文稿（古本風土記逸文とも題している）であった。その後は右の採択に漏れたものを補う形で採択が続けられている。本書には江戸期の採択を似閑と信友に代表させて、最初の採択者名を注し、先人の労苦を記念した。それら採択された逸文の信憑度に問題のあることは上来記したところである。従来の逸文集積の最多のものである武田祐吉博士の風土記岩波文庫版では、七類に分って信憑度を区別しようとしているが、本書は筆者の考証に基づいて、古代の官撰風土記として疑わしいもの（存疑）と、またそれと認め難いもの（参考）――参考として見るべきほどのもの――とを弁別することとした。

凡例

一、古代の風土記の、現伝する五ヵ国のもの、及び逸文として諸家採択のもののすべて、並びにそれと同類の記事、新採択の逸文を輯載した。

一、国別に編輯し、延喜式の五畿七道の国の順序に従って配列した。

一、五ヵ国風土記は原文を見開きの右頁(偶数頁)に、訓み下し文を同じく左頁(奇数頁)に掲げた。逸文は各条毎に訓み下し文の後に原文を掲げた。

一、逸文の内、風土記原典の文を記載せず訓み下し文だけのものは、そのままを本文として掲げた。ただし、仮名遣を歴史的仮名遣に訂し、訓み仮名の不足を本文使用の仮名と別種の仮名(本文が片仮名の場合は平仮名)で補った。

一、原文は校訂したものを掲げた。校訂に関する注は、アラビヤ数字の番号を附けて、五ヵ国風土記は脚注に、逸文は頭注に記した。

一、五ヵ国風土記については、原文が文の途中で改頁になるものは＊印を附して文の連続することを示した。

一、五ヵ国風土記の底本及び校訂に略号を以て挙げ記した諸本、また逸文の出典の主要なものの底本については、解説に記した。

一、原文における二行割注は、訓み下し文では活字を小さくして一行に記した。

一、訓み下し文は、奈良朝の諸文献・日本紀私記・日本書紀古訓などに訓例のあるものにより、必ずしも旧訓に従わない。原漢文のままに音読すべきかと思われる箇所も努めて訓読する方針に従った。ただし、計数の訓み仮名は多く省略した。

一、出雲国風土記の在神祇官社には延喜式神名帳所載の神社名を〔　〕内に附記して対照させた。

一、逸文は、その記事を記載した最も古いもの、また原典をより多く引用記載したものを掲げ、その書を出典として注記した。

一、逸文の各条に標題を附し(太字で示した)、逸文としての最初の採択者名を頭注欄に記した。更に、逸文として疑わしいものに(存疑)、逸文と認め難いものに(参考)と記して信憑度による区分をした。また九州の風土記逸文については、現伝本と別種の風土記に属するものは(筑紫風土記)と記し、いずれか不明のものは(類別不明)と記した。

一、先学が逸文として採択または指摘したものの内、(参考)としても掲出するを要しないものは、その旨を附記するに止めた。

一、頭注における現在地の表記は昭和三十三年一月の行政区画に従った。

一、本文は底本に使用する旧漢字字体(異体字・略字・俗字は保存の必要のない限り正字体とした)・歴史的仮名遣により、頭注は新漢字字体・新仮名遣によった。

一、五ヵ国風土記については、その記載に基いて地図を作製し、巻末に掲げた。

一、諸本の使用について木村三四吾氏、田中卓氏の好意を多く受けた。記して謝意を表する。

常陸國風土記

常陸國司　解　申二古老相傳舊聞一事

問二國郡舊事一　古老答曰　古者　自二相摸國足柄岳坂一以東諸縣
惣稱二我姫國一　是當時　不レ言二常陸一　唯稱二新治筑波茨城那賀
久慈多珂國一　各遣二造別一令二撿校一　其後　至二難波長柄豐前大
宮臨軒天皇之世一　遣二高向臣中臣[1]幡織田連等一　惣二領自レ坂已[2]
東之國一　于レ時　我姫之道　分爲二八國一　常陸國　居二其一一矣
所三以然號二者　往來道路　不レ隔二江海之津濟一　郡鄕境堺　相二
續山河之峯谷一　取二直[3]通之義一　以爲二名稱一焉　或曰　倭武天
皇　巡二狩東夷之國一　幸二過新治之縣一　所レ遣二國造毗那良珠
命一　新令レ堀[4]レ井　流泉淨澄　尤有二好愛一　時停二乘輿一　翫レ水
洗レ手　御衣之袖　垂レ泉而沾　便[5]依二漬レ袖之義一　以爲二此國之
名一　風俗諺云[6]二　筑波岳黑雲挂　衣袖漬國[7]一是矣
夫　常陸國者　堺是廣大　地亦緬邈　土壤沃墳　原野肥衍[8]　墾
發之處　山海之利　人人自得　家々足饒　設　有下身勞二耕耘[9]一*

一　この一行がこの書の標題。常陸国風土記という標題がもとからあったのではない。
二　下級官庁から上級官庁への公文書の名。これは常陸国庁から太政官へ進達する報告文書。
三　風土記の撰進を命ずる詔の最後の項目に「古老相伝旧聞異事」とあるのに応ずるもの。日本紀私記(丙本)に「旧老」を布流乎岐奈と訓む。
四　以下の三条がこの書の総記。この一条は常陸国の沿革を記す。
五　静岡・神奈川両県境にある。
六　山と坂でなく、山に関する二字を重ねた修辞、山の意。
七　国郡制度の郡またはその以前の国造所領の国にあてた漢文修辞。
八　東(あずま)の国に同じ。
九　地方の首長の氏族の家柄をいう称呼。天皇の治下に入って地方の国を領有統治した土着豪族（国造）、天皇の子孫で地方に封ぜられた氏族（別）。
一〇　統治する。
一一　孝徳天皇の世。大化の改新により国郡制の出来た時。
一二　天武紀十年に高向臣麿とある、同系か。
一三　中臣と幡織田を重ねた復姓。中臣氏と同族か。
一四　足柄山。
一五　一国を治めるのでなく、八国を総轄統治する意。高向臣が長官、中臣幡織田連が副官か。
一六　相摸・武蔵・上総・下総・上野・下野・常陸・陸奥の八。伊豆・安房・石城・磐代は後の分置。
一七　この一条は国名の由来を説明する。万

1　底・彰など「臣」がない。群・板により補う。
2　板「以」。底・彰などによる。
3　諸本「近」。字體の近似により、文意に従って「直」の誤とする。
4　正しくは掘であるが、堀は掘に通用。
5　底・彰など「使」。板・群による。
6　板「曰」。底・彰などによる。下にも同じ例が多い。
7　底・彰など「國」がない。板・群及び萬葉集註釋所引文による。
8　底・諸本「御」。板により訂す。
9　彰など「私」。底・群などによる。

葉集註釈巻第六に引用。
一八　交通に船を要しない意。江は淡水の海(湖)。
一九　直路また一路、陸路だけでゆきき出来る意。通は道の意。
二〇　景行天皇の皇子。日本書紀によって天皇の御歴代が確定する以前の称により、天皇と称したもの。
二一　新治郡の地。
二二　国造本紀に成務朝新治国造に定められた比奈羅布命と同人。天穂日命の子孫。
二三　新治郡郡名説明の条(三七頁)の井に同じ。
二四　賞美すべき意。
二五　翫賞。喜び賞する。
二六　土地の人が言い伝えて来た詞、また言いならわし。これは国の名を言うときの称辞として言い伝えて来た詞である。
二七　筑波山に雨雲がかかり、雨が降って来て袖をぬらすとかかる詞。
二八　漬にヒタツ・ヒタチの訓例はないが、国名のヒタチにあてたものとすべきか。
二九　この一条は常陸国の経済地理を記す。
三〇　境域。領域。
三一　遙かに遠くまでである。広大に同じ。
三二　耕された土地。田畠。次の句の未開墾の原野と対比した。
三三　沃墳と肥衍と同じ意。句を分け字を変えた修辞。墳・衍は共に肥えた土。
三四　農耕地に開拓すべき土地の意。
三五　収穫物。
三六　平安。安楽。
三七　富みゆたかである。
三八　男の仕事と女の仕事を並べあげたもの。男女が生産労働に励めばの意。

[一]常陸《ひたち》の國《くに》の司《つかさ》、解《げ》[二]す。古老《ふるおきな》[三]の相傳《あひつた》ふる舊聞《ふること》を申《まを》す事《こと》。

[四]國郡《くにこほり》の舊事《ふること》を問《と》ふに、古老《ふるおきな》の答へていへらく、古《いにしへ》は、相摸《さがむ》の國足柄《あしがら》[五]の岳坂《やまさか》[六]より東《ひむがし》の諸《もろもろ》の縣《あがた》[七]は、惣《す》べて我姫《あづま》[八]の國《くに》と稱《い》ひき。是《こ》の當時《とき》、常陸《ひたち》と言はず。唯《ただ》、新治《にひばり》・筑波《つくは》・茨城《うばらき》・那賀《なか》・久慈《くじ》・多珂《たか》の國《くに》と稱《い》ひ、各《おのもおのも》、造《みやつこ》[九]・別《わけ》を遣《つか》はして撿校《をさ》[一〇]めしめき。其の後、難波《なには》[一一]の長柄《ながら》の豐前《とよさき》の大宮《おほみや》に臨軒《あめのしたしろ》しめしし天皇《すめらみこと》のみ世に至り、高向臣《たかむこのおみ》[一二]・中臣幡《なかとみのは》[一三]織田連《とりだのむらじ》等を遣《つか》はして、坂《さか》[一四]より東《ひむがし》の國を惣領《すべをさ》[一五]めしめき。時に、我姫《あづま》の道《みち》、分《わか》れて八《やつ》[一六]の國と爲《な》り、常陸《ひたち》の國、其の一《ひとつ》に居《を》れり。

然號《しかなづ》[一七]くる所以《ゆゑ》は、往來《ゆきき》の道路《みち》、江海《うみ》[一八]の津濟《わたり》を隔《へだ》てず、郡鄕《くにこほり》の境堺《さかひ》、山河《やまかは》の峯谷《をたに》に相《あひ》續《つづ》ければ、直通《ひたみち》[一九]の義《こころ》を取りて、名稱《な》と爲《な》せり。或《あ》るひといへらく、倭武《やまとたける》[二〇]の天皇《すめらみこと》、東《あづま》の夷《えみし》の國を巡狩《めぐりみそな》はして、新治《にひばり》[二一]の縣《あがた》を幸過《すぎいでま》ししに、國造《くにのみやつこ》毗那良珠命《ひならすのみこと》[二二]を遣《つか》はして、新《あらた》に井《ゐ》[二三]を堀《ほ》らしむるに、流泉《いづみ》淨《きよ》く澄《す》み、尤好愛《いとめづら》[二四]しかりき。時に、乘輿《みこし》を停《とど》めて、水を翫《め》[二五]で、み手を洗《あら》ひたまひしに、御衣《みけし》の袖《そで》、泉《いづみ》に垂《た》りて沾《ひ》ぢぬ。便《すなは》ち、袖《そで》を漬《ひた》す義《こころ》によりて、此の國の名と爲《な》せり。風俗《くにぶり》[二六]の諺《ことわざ》に、筑波岳《つくはね》[二七]に黑雲《くろくも》挂《かか》り、衣袖漬《ころもでひたち》[二八]の國といふは是《これ》なり。

[二九]それ常陸《ひたち》の國は、堺《さかひ》[三〇]は是廣《これひろ》く、地《くに》も亦緬邈《またはろか》[三一]にして、土壤《たはたけ》[三二]も沃墳《つちこ》[三三]え、原野《はらの》も肥衍《つちこ》えて、墾發《ひら》[三四]く處《ところ》なり。海山《うみやま》の利《さち》[三五]ありて、人々自得《ひとびとやすらか》[三六]に、家々《いへいへ》足饒《にぎは》[三七]へり。もし、身を耕耘《たつく》[三八]

力竭ニ紡蠶一者上　立即可レ取ニ富豐一　自然應レ免ニ貧窮一　况復求ニ塩[1]魚味一　左山右海　植レ桑種レ麻　後野前原　所レ謂水陸之府藏　物產之膏腴　古人云ニ常世之國一　蓋疑此地　但以ニ所レ有水田　上小中多一　年遇ニ霖雨一　即聞ニ苗子不レ登之歎[2]一　歲逢ニ亢[3]陽一　唯見ニ穀實豐稔之歡一歟　(不レ略之)

新治郡　東那賀郡堺大山　南白壁郡　西毛野河　北下野常陸二國[4]堺即波太[5]岡

古老曰　昔　美[6]麻貴天皇馭宇之世　爲三平ニ討東夷之荒賊一　俗云ニ阿良夫流爾[7]斯母乃一　遣三新治國造祖　名曰ニ比奈良珠命一　此人罷到　即穿ニ新井一　今存ニ新治里一　隨レ時致レ祭　其水淨流　仍以レ治レ井　因着ニ郡號一　自レ爾至レ今　其名不レ改　風俗諺云[8]ニ白[9]遠新治之國一　(以[10]下略之)

自レ郡以東五十里　在ニ笠間村一　越通道路　稱ニ葦穂山一　古老曰*

1 塩は鹽の略字。
2 底・諸本「難」。歡の對として「歎」の誤とする。
3 彰「冗」。底・群・板による。
4 「國」の下、板「之」がある。底・諸本により削る。
5 底・群「大」。彰・板による。
6 底・諸本「崇神」と傍記。
7 底「余」。彰など「尓」(爾の通用)に作るによる。小山田與淸の說に「要」に作る傳本があるというが恐らくは後の改訂。
8 板「曰」。底・諸本による。
9 諸本「自」。萬葉集(三四三六)の歌により訂す。
10 底、本文の如く大書して直ちに下文に續けている。彰・群・板により訂す。

一 海産物は右(東方)の海で獲れる。左(西方)の山は修辞のために添えたもの。
二 前の海産物と対句をなす陸産物。それを衣料の材としての桑(養蚕—絹)と麻とで記したもの。
三 水陸の物産のゆたかな蔵(「水陸之物産、膏腴之府蔵」)というべきを修辞のために二句に分け替えたもの。釈日本紀巻七に所謂から蓋疑此地までを引用。
四 不老不死の理想郷国。神仙境。
五 恐らくの意。
六 有るところの、というに同じ。
七 水田をその地味の肥沃状態によって上中下の三等級に分けた、その上級の田と中級の田。小は少の通用。
八 長雨。雨続き。
九 日照り続き。雨続きに対する対句。
一〇 諸本にある注記であるが、恐らくは常陸国風土記が抄略本となった鎌倉時代以降に附記せられたもの。今、括弧を附けて本文と区別しておく。底本には「本ノマヽ」「無闕文之義歟」と書き添えている。不略之とあるのは、ここと行方郡末と二ヵ所だけで、他はすべて略之とある。
一一 以下は各一郡ごとの記事。和名抄の郡名に新治(爾比波理)とある。現在の新治郡とは地域を異にし、常陸国の最西部、西茨城郡の西部山間地から真壁郡の北・西部に

るわざに勞《いたつ》き、力《ちから》を紡蠶《いとつむ》ぐわざに竭《つく》す者《もの》あらば、立卽《たちどころ》に富豊《とみ》を取るべく、自然《おのづから》に貧《まづ》窮《しさ》を免《まぬが》るべし。況《いは》むや復《また》、塩《しほ》と魚《うを》の味《あぢはひ》を求《もと》めむには、左《ひだり》[一]は山にして右《みぎ》は海なり。桑《くは》[二]を植《う》ゑ、麻《あさ》を種《ま》かむには、後《しりへ》は野《の》にして前《まへ》は原《はら》なり。いはゆる水陸《うみくが》[三]の府藏《くら》、物産《くにつもの》の膏腴《ゆたか》なるところなり。古《いにしへ》の人、常世《とこよ》[四]の國《くに》といへるは、蓋《けだ》[五]し疑《うたが》ふらくは此の地《くに》ならむか。但《ただ》、有《あ》[六]らゆる水田《こなた》、上《かみ》[七]は小《すくな》く、中《なか》の多《おほ》きを以《も》ちて、年《とし》、霖雨《ながあめ》[八]に遇《あ》はば、卽《すなは》ち、苗子《なへ》の登《みの》らざる歎《なげき》を聞き、歳《とし》、亢陽《ひでり》[九]に逢《あ》はば、唯《ただ》、穀實《たなつもの》の豊稔《みのりゆたか》なる歡《よろこび》を見む。
（略《はぶ》[一〇]かず）

新治《にひばり》[一一]の郡《こほり》　東《ひむがし》は那賀《なか》の郡《こほり》の堺《さかひ》なる大《おほ》[一二]き山、南《みなみ》は白壁《しらかべ》[一三]の郡《こほり》、西《にし》は毛野河《けぬがは》[一四]、北《きた》は下野《しもつけの》と常陸《ひたち》と二つの國の堺《さかひ》にして、卽《すなは》ち波太《はだ》[一五]の岡《をか》なり。

古老《ふるおきな》のいへらく、昔《むかし》、美麻貴《みまき》[一六]の天皇《すめらみこと》の馭宇《あめのしたしろ》しめしし世、東《あづま》の夷《えみし》の荒《あら》ぶる賊《にしもの》[一七]、俗《くにひと》、阿良夫流爾斯母乃《あらぶるにしもの》といふを平討《う》たむとして、新治《にひばり》[一八]の國造《くにのみやつこ》が祖《おや》、名《な》は比奈良珠命《ひならすのみこと》といふものを遣《つか》はしき。此の人罷《まか》り到《いた》りて、卽《すなは》ち新《あたら》しき井《ゐ》を穿《ほ》るに　今も新治《にひばり》[一九]の里《さと》にあり。隨時《ときどき》祭《まつり》を致《いた》す。其の水淨《きよ》く流《なが》れき。仍《すなは》ち、井《ゐ》を治《は》[二〇]りしに因《よ》りて、郡《こほり》の號《な》に着《つ》けき。爾《それ》より今に至るまで、其の名を改《あらた》めず。風俗《くにぶり》の諺《ことわざ》に、白遠《しらとほ》[二一]ふ新治《にひばり》の國といふ。（以下《しも》は略《はぶ》く）
郡《こほり》[二二]より東《ひむがし》[二三]五十里《さと》に笠間《かさま》[二四]の村《むら》あり。越《こ》え通《かよ》ふ道路《みち》を葦穂山《あしほやま》[二五]と稱《い》ふ。古老《ふるおきな》のいへらく、

わたる地域にあたる。
一一　大山という山名ではない。東茨城・西茨城両郡境の浅房山一帯の山を指す。
一二　延暦四年真壁と改称。和名抄の郡名に真壁(万加倍)と見え、七郷を管している。現在の真壁郡の東・南部の地域にあたる。
一三　鬼怒川。
一四　西茨城郡笠間町の西境にある仏頂山(四三一米)から西へ約二〇粁にわたる国界の山の総称。
一五　崇神天皇。
一六　エセモノ(悪徒)の訛音か、或はエミシモノ(夷者)の略訛音か。
一七　上文(三五頁)に新治国造として出た。
一八　真壁郡協和村大字古郡にある霊水に擬している。上の国名説明の条の井に同じ。
一九　井を掘る意。
二〇　万葉集に「しらとほふをにひたやま」(三四三八)とあるに従って訓んだ。新治の地名に冠していう称辞。語義は明らかでないが、シラトホル(白透)ニ(土)と続く語とする解がある。
二一　郡家。郡の行政官庁。郡役所。ここを起点として各地の位置を記すのである。以下も同じ。新治郡家は真壁郡協和村(旧新治村)の古郡附近にあった。
二二　一里は三〇〇歩、一歩は六尺、一尺は曲尺の約〇・九八尺。一里は約五三五米。常陸国風土記は里程の概数を記すのみである。
二三　西茨城郡笠間町笠間が遺称地。
二四　真壁・新治両郡堺の足尾山(六二八米)が遺称。これから北の加波山(七〇九米)にかけての山名。

古有ニ山賊一　名稱ニ油置賣命一　今社中在ニ石屋一　俗歌曰　許智多[1]雞波
乎[2]婆頭[3]勢夜麻能　伊波歸[4]爾母　爲
弖許母[5]郎[6]奈牟　奈古非叙和支母　(已下略之)

筑波郡[7]　東茨城郡　南河内郡　西毛野河　北筑波岳

古老曰　筑波之縣　古謂ニ紀國一　美万貴天皇之世　遣ニ采女臣友屬　筑簟[8]命於紀國之國造一　時筑簟[8]命云[9]　欲レ令ニ身名者着レ國[10]後代流傳一　即改ニ本號一　更稱ニ筑波一者　風俗說云ニ握飯筑波之國一[9]　(以下略之)[11]

古老曰　昔　神祖[12]尊　巡ニ行諸神之處一　到ニ駿河國福慈岳一　卒遇ニ日暮一　請ニ欲遇[13]宿一　此時　福慈神答曰　新粟初甞　家內諱忌　今日之間　冀許不レ堪　於レ是　神[14]祖尊　恨泣詈[15]告曰　即汝親　何不レ欲レ宿　汝所レ居山　生涯之極　冬夏雪霜　冷寒重襲人民不レ登[16]　飲食勿レ奠者　更登[16]ニ筑波岳一＊

一　山の土蜘蛛。山を本拠とした土着の旧氏族勢力を指す。
二　神功紀に見える筑後国の土蜘蛛タブラツ媛に類する女の主長の名。オキメは老女の意。
三　この女神の鎮座地、石室はその陵墓か。社は杜の通用。
四　万葉集に「事しあらば小泊瀬山の石城にも籠らば共にな思ひ我が背」(三八〇六)という類似の伝承歌が見える。大意は、二人の仲を言い騒がれて、うるさく耐え難ければ、おはつせ山の陵墓の石穴にでもあなたを連れて行って一緒に籠りましょう。だからそんなに恋いこがれないでいなさい。愛しい妹よ。
五　大和・信濃に同名の山がある。常陸で

1　底「雛」。彰「祁」。板の「雞」に従う。
2　底「畢」。彰などによる。
3　底「以」、「頭」の草體よりの誤寫。彰などによる。
4　底・群「示」。彰「爾」とするによる。
5　彰「良」。底・群などによる。
6　底・群など「奈」がない。彰の補字による。
7　群、この前に下の「白壁郡(東筑波郡西毛野河西北竝新治郡)」とあり、板は騰波江の條が騰波江の一條と「白壁郡」を除いて群に従っているが、恐らく後人の改補。底・彰・家による。
8　底・彰「簟」(テン、竹席の意)。簟(タン、はこ)の訓によりハの假名に用いたとする。
9　三四頁6に同じ。
10　「國」の下、板のみ「而後世」。底・彰などによる。
11　板「以下略之」がない。底・彰などによる。底は大書して直ちに下文に續ける。
12　諸本「祖神」。下文により「神祖」とする。
13　底・彰など「過」。文意により「遇」の誤りとする。遇は寓(やどり)の通用と認める。群・板「寓」。
14　群・板「祖神」。底・彰による。
15　底「詈里」二字。彰「四里」。家「四言」。群・板により訂す。
16　彰「祭」。底・諸本による。

古《いにしへ》、[一]山賊《やまのにしもの》あり。名を[二]油置賣命《あぶらおきめのみこと》と稱《い》ふ。今も[三]社《もり》の中《なか》に石屋《いはや》あり。俗《くにひと》の歌《うた》にいはく、

[四]言痛《こちた》けば　[五]をはつせ山の
[六]石城《いはき》にも　率《ゐ》て籠《こも》らなむ
な戀ひそ我妹《わぎも》。

(巳下《しも》は略《はぶ》く)

[七]筑波《つくは》の郡《こほり》　東《ひむがし》は[八]茨城《うばらき》の郡《こほり》、南《みなみ》は[九]河内《かふち》の郡《こほり》、西は[一〇]毛野河《けぬがは》、北は筑波岳《つくはやま》なり。

古老《ふるおきな》のいへらく、筑波《つくは》の縣《あがた》は、古《いにしへ》、[一一]紀《き》の國と謂《い》ひき。[一二]美万貴《みまき》の天皇《すめらみこと》のみ世、[一三]采女臣《うねめのおみ》の[一四]友屬《ともがら》、[一五]筑箪命《つくはのみこと》を[一六]紀《き》の國の國造《くにのみやつこ》に遣《つか》はしき。時に、筑箪命《つくはのみこと》いひしく、「身《わ》が名をば國に着《つ》けて、後《のち》の代《よ》に流傳《つた》へしめむと欲《おも》ふ」といひて、卽《すなは》ち、本《もと》の號《な》を改《あらた》めて、更《さら》に筑波《つくは》と稱《い》ふといへり。風俗《くにぶり》の説《ことば》に、[一七]握飯筑波《にぎりいひつくは》の國といふ。(以下《しも》は略《はぶ》く)

古老《ふるおきな》のいへらく、昔《むかし》、[一八]神祖《みおや》の尊《みこと》、諸神《もろがみ》たちのみ處《もと》に巡《めぐ》り行《い》でまして、駿河《するが》の國[一九]福慈《ふじ》の岳《やま》に到《いた》りまし、卒《つひ》に日暮《ひぐれ》に遇《あ》ひて、遇宿《やどり》を請欲《こ》ひたまひき。此の時、福慈《ふじ》の神答へけらく、「[二〇]新粟《わせ》の初嘗《にひなへ》して、[二一]家内諱忌《やぬちものいみ》せり。今日《けふ》の間《ほど》は、[二二]冀《ねが》はくは許《ゆる》し堪《あ》へじ」とまをしき。是《ここ》に、神祖《みおや》の尊《みこと》、恨《うら》み泣《な》きて[二三]詈告《の》りたまひけらく、「卽《すなは》ち汝《いまし》が親《おや》ぞ。何《な》ぞ宿《やど》さまく欲《ほ》りせぬ。汝《いまし》が居《す》める山は、生涯《いき》の極《きは》み、冬も夏も雪ふり霜《しも》おきて、冷寒《さむさ》重襲《しき》り、人民《ひと》登《のぼ》らず、[二四]飲食《をしもの》な奠《まつ》りそ」とのりたまひき。更《さら》に、筑波《つくは》の岳《やま》に登《のぼ》り

は知られていない山名。
六　陵墓の石室をいうのであろう。
七　和名抄の郡名に筑波(豆久波)とある。およそ現在の筑波郡北半部より新治郡の西南部(一部)にわたる地域。
八　後出の茨城郡(四七頁)の地域。現在の東・西茨城郡の地域とは異なる。
九　筑波郡南半部から稲敷郡西部(一部)にわたる地域の旧郡名。和名抄に河内(甲知)と見え、七郷を管していた。
一〇　鬼怒川の本流でなく、その東側を流れる小貝川筋を指している。
一一　城柵(き)。朝廷に帰服しない東国の地方に対する城塞となる国の意であろう。
一二　崇神天皇。
一三　饒速日命を祖とする氏族。
一四　同じ氏族。
一五　他に見えない。大和朝廷から派遣せられた人か。
一六　国造本紀に紀国造は見えず、筑波国造として成務朝に阿閇色命が定められたとある。
一七　握り飯がつく(附着)という意のかかりで、筑波の地名に冠する称辞。
一八　何神か明らかでない。母神の意ではなく、尊貴な祖先の神というほどの漠然とした意であろう。
一九　富士山。
二〇　新穀祭。粟は脱穀しない稲実の意。
二一　外の者を近づけずに身辺を潔斎する。
二二　お宿をいたしかねますの意。
二三　呪詛する。のろいの言葉をいう。
二四　飲食物を山の神に供える者がないぞよという意。

一 旅の宿り。客は旅の意。
二 新穀祭をするので客人は家の内に入れられないのですがの意。
三 宿をせよとのお言葉をおうけしないわけにはまいりませんの意。
四 押韻の四言詩に翻訳されているので和歌として訓み難い。翻訳詩の文字に従って仮訓しておく。大意は、愛すべき我が子孫の筑波神よ。神の宮居は立派で高く大きく、

亦請㆓客止㆒[1] 此時 筑波神答曰 今夜雖[2]㆓新粟嘗㆒ 不㆓敢不㆒㆑奉㆓尊旨㆒ 爰[3]設㆓飲食㆒ 敬拝祗承 於㆑是 神[4]祖尊 歡然謌[5]曰

愛乎我胤 巍[6]乎神宮 天地竝齊 日月共同 人民集賀 飲[7]食富豐 代代無㆑絶 日日彌榮[8] 千秋萬歲 遊樂不㆑窮者 是以 福慈岳 常雪不㆑得㆓登臨㆒ 其筑波岳 往集歌舞飲喫 至㆓于今㆒不㆑絶也 (以下略之)[9]

夫筑波岳 高秀㆓于雲㆒ 最頂西[10]峯崢嶸 謂㆓之雄神㆒ 不㆑令㆓登臨㆒ 但 東峯四方磐[11]石 昇降峡[12]屹 其側流㆑泉 冬夏不㆑絶 自㆑坂已[13]東諸國男女 春花開時 秋葉黃節 相携駢[14]闐 飲食齎賫[15] 騎歩登臨 遊樂栖遅 其唱曰*

1 諸本「容止」。文意により「客止」の誤とする。
2 「雖新」二字、底「新」、彰・家「雑」、群「雖」。板に従って補訂。
3 底・彰など「灾」に作り「矣ヵ」と傍記。板に従う。
4 三八頁14に同じ。
5 底・彰「諱」。群「語」。家「歌」。板に従う。
6 群・板・家「哉」。底・彰による。
7 「飲食」二字、底「欲」、彰「飲」。群・家・板により補訂。
8 押韻を整えるために「祟」(スゥ)の誤とする説があるが、「榮」はヤウ(呉音)で韻は整っている。
9 底、大書して直ちに下文に續けている。彰などによる。
10 底・彰など「兩」。文意により群・板「西」とするに従う。
11 群「盤」。底・彰による。
12 諸本「決」。文意により「峡」の誤とする。
13 板「以」。底・彰などによる。
14 彰、口がまえ。群「圓」。底・板による。
15 底・群など「賫」。彰「賫」は「賷」の略體、共に齎の俗字。板「賫」に作るのは不可。

天地・日月と等しく永久に変ることなく、人民は神山に登り集って寿ぎ、神への供物も豊かに、いつまでも絶えることなく、一日一日と栄えを増して、千年万年の後までも神山での遊楽は尽きないぞよ。

五　延喜式に筑波山神社二座とある社。

六　客神を厚くもてなした故に幸福を得るものと、冷遇した故に不幸を招くものとを語る説話の型によって、常陸国内に孤然と聳える筑波山の繁栄を富士山と比較して語った由来譚である。

七　この一条は肥前国逸文(筑紫風土記「杵島山」の条と文の構成・修辞及び和歌を添えるなど甚だよく類似している(五一五頁参照)。万葉集註釈巻第六にこの一条を摘記引用している。

八　男体山という。

九　けわしく高い。

一〇　女体山という。最高標点七六五米。

一一　山の高くけわしい形をいう。

一二　上文(三五頁)に見えた。足柄山以東の関東諸国。

一三　多数の男女が連れ立っての意。駢は並ぶ、闐は群がり行く意。

一四　山で会食する飲食物を持参して。

一五　乗馬で登る者もあり、徒歩で登る者もあり。

一六　遊び憩う意。下文によれば宗教行事としての歌垣の宴楽歌舞をいうのであるが、漢文修辞のために、遊覧のための登山宴楽の如き記事となっている。万葉集(一七五三)に検税使大伴卿の筑波山に登った時の歌が見え、都人(貴族)は遊覧のためにも登り遊んだ。

まして、亦《また》[一]客止《やどり》を請《こ》ひたまひき。此の時、筑波《つくは》の神答へけらく、「今夜《こよひ》は[二]新粟嘗《にひなへ》すれども、[三]敢《あ》へて尊旨《みこと》に奉《つかへまつ》らずはあらじ」とまをしき。爰《ここ》に、飲食《をしもの》を設《ま》けて、敬《ゐや》び拜《をろが》み祗《つつし》み承《つかへまつ》りき。是《ここ》に、神祖《みおや》の尊《みこと》、歡然《よろこ》びて謌《うた》ひたまひしく、

[四]愛《は》しきかも我《あ》が胤《すゑ》　巍《たか》きかも[五]神宮《かむつみや》
天地《あめつち》と竝齊《ひと》しく　日月《ひつき》と共同《とも》に
人民《たみぐさ》集《つど》ひ賀《ほ》ぎ　飲食《みけみき》富豊《ゆたけ》く
代々《よよ》に絶《た》ゆることなく　日《ひ》に日《け》に彌榮《いやさか》え
千秋萬歳《ちあきよろづよ》に　遊樂窮《たのしみつき》じ

とのりたまひき。是《ここ》をもちて、福慈《ふじ》の岳《やま》は、常《つね》に雪ふりて登臨《のぼ》ることを得ず。其の筑波《つくは》の岳《やま》は、往集《ゆきつど》ひて歌《うた》ひ舞《ま》ひ飲《さけの》み喫《ものくら》ふこと、今に至るまで絶《た》えざるなり。[六](以下《しも》は略《はぶ》く)

[七]それ筑波岳《つくはやま》は、高く雲に秀《ひい》で、最頂《いただき》は[八]西の峯崢《みねさか》[九]しく嶸《たか》く、雄《を》の神と謂《い》ひて登臨《のぼ》らしめず。唯《ただ》、[一〇]東《ひむがし》の峯《みね》は四方《よも》磐石《いはほ》にして、昇《のぼ》り降《くだ》りは[一一]峡《けは》しく屹《そばだ》てるも、其の側《かたはら》に泉《いづみ》流れて冬も夏も絶《た》えず。[一二]坂《さか》より東《ひむがし》の諸國《くにぐに》の男女《をとこをみな》、春の花の開《ひら》くる時、秋の葉《は》の黄《もみ》づる節《をり》、[一三]相携《たづさ》ひ駢闐《つらな》り、[一四]飲食《をしもの》を齎賚《もちき》て、[一五]騎《うま》にも歩《かち》にも登臨《のぼ》り、遊樂《たの》しみ[一六]栖遲《あそ》ぶ。其の唱《うた》にいはく、

都久波尼爾　阿波牟等[1]　伊比志古波　多賀己等岐氣波　加彌尼　阿須波氣牟也[2]
都久波尼爾　伊保利弖[3]　都麻奈志爾　和我尼牟欲呂波　波夜母　阿氣奴賀母也
詠歌甚多　不㆑勝㆓載車㆒　俗諺云　筑波峯之會　不㆑得㆓娉財㆒　兒女不㆑爲矣

郡[4]西十里　在㆓騰波江㆒　長二千九百歩　廣一千五百歩[5]　東筑波郡　南毛野河　西北竝新治郡　艮白壁郡[6]

信太郡　東信太流海　南榎浦流海　西毛野河　北河内郡

郡[7]北十里　碓井　古老曰　大足日子[8]天皇　幸㆓浮島之帳宮㆒　無㆓水供御㆒　即遣㆓卜者㆒[9]　訪㆑占所㆑[10]穿　今存㆓雄栗之村㆒[11]

從㆑此以西　高來里　古老曰　天地權輿　草木言語之時　自㆑天降來神　名稱㆓普都大神㆒　巡㆓行葦原中津之國㆒[12]　和㆓平山河荒*

一　以下の二首は筑波山の歌垣の歌で、五・四・五・七・三・五の歌型である。万葉集(一七五九)に「筑波嶺に登りてカガヒ(歌垣)せし日作れる歌」(高橋虫麿歌集出の歌)が見える。第一首は語句明確を欠くが、大意は、筑波山の歌垣で逢おうといったあの娘子は、誰の求婚の言葉をききいれて、神山の遊びをしたのだろう—わたしには逢ってくれないで、と解すべきか。
二　筑波山の歌垣の時に契りかわそうと口約束をした。
三　わたし以外のどの男の求婚をききいれての意か。
四　神山。筑波山を指す。
五　アソビ(遊)ケムの訛音か。
六　一首の大意は、筑波山の歌垣の夜のこと、宿り過す一夜を、妻を得ないで独り寝する晩は早く明けて欲しい思いだ。
七　記載する。
八　土地での言い伝え。
九　会は集に同じ。歌垣のつどい。下文(七三頁)に嬥歌之会とある。
一〇　男から求婚のしるしとして受ける財物。
一一　筑波郡の郡家よりの方位距離。郡家は筑波町の内、北条町附近にあった。
一二　万葉集(一七五七)に新治の鳥羽の淡海とある湖。真壁郡下妻市、大宝沼東方の小貝川筋の湿地が遺蹟地。北は黒子、南は大宝、西は若柳、東は鷺島にわたっていた。筑波・新治・白壁三郡の境にあってどの郡の所属でもなかった。
一三　鬼怒川の本流でなく、トバ江の水が流

1　底・群など「牟」の上「等」がある。彰・板により衍とする。
2　底・群・家「河」。彰・板により「阿」とする。武田訓「阿波須」(逢はず)として訓む。
3　諸本「尼」。板により「弖」とする。
4　群はこの一條を新治郡の尾、筑波郡の前に記している。底・彰などに改訂。が、後人の改訂。底・彰などによる。
5　群・板「巳下略之」の四字を記すが、底・彰・家は「巳升」二字があるのみ。しばらく衍字と見て削る。或は「巳上」の誤か。
6　底・彰など「巳下落丁アリ此内ニ河内郡可有之」と書き添えてある。恐らく以下抄略であろう。
7　この前に彰は釋紀と萬葉集註釋とにより郡の沿革と郡名説明の二條を補う。板は小寺清先校本により沿革の一條を記す。
8　底・彰「子」がない。群・家などにより補う。
9　底・彰など「造」。群・板により訂す。
10　二字、底「所〻穿」、彰「所々穿」、家・板「所々穿之」。群による。
11　彰「粟」。底・諸本による。
12　板「之」を中津の上に移したが、底・彰などによる。

[一]筑波嶺《つくはね》に　[二]逢《あ》はむと
いひし子《こ》は　[三]誰《た》が言聞《ことき》けば
[四]神嶺《かみね》　[五]あすばけむ。

[六]筑波嶺《つくはね》に　廬《いほ》りて
妻《つま》なしに　我《わ》が寝《ね》む夜《よ》ろは
早《は》やも　明《あ》けぬかも。

詠《うた》へる歌甚多《うたいとおほ》くして[七]載車《のす》るに勝《た》へず。[八]俗《くにひと》の諺《ことわざ》にいはく、筑波峯《つくはね》の[九]會《つどひ》に[一〇]娉《つまどひ》の財《たから》を得ざれば、兒女《むすめ》とせずといへり。

[一一]郡《こほり》の西十里《さと》に[一二]騰波《とば》の江《あふみ》あり。長さ二千九百歩《あし》、廣さ一千五百歩《あし》なり。東《ひむがし》は筑波《つくは》の郡《こほり》、南は[一三]毛《け》野河《ぬがは》、西と北とは竝《とも》に新治《にひばり》の郡《こほり》、艮《うしとら》のかたは白壁《しらかべ》の郡《こほり》なり。

[一四]信太《しだ》の郡《こほり》　東《ひむがし》は[一五]信太《しだ》の流海《ながれうみ》、南は[一六]榎《え》の浦《うら》の流海《ながれうみ》、西は[一七]毛野河《けぬがは》、北は[一八]河内《かふち》の郡《こほり》なり。[一九]

[二〇]郡《こほり》の北十里《さと》に[二一]碓井《うすゐ》あり。古老《ふるおきな》のいへらく、[二二]大足日子《おほたらしひこ》の天皇《すめらみこと》、[二三]浮島《うきしま》の[二四]帳《とばり》の宮《みや》に幸《いでま》しし時、[二五]水《みもひ》の供御《おもの》なかりき。即《すなは》ち、卜者《うらべ》をして[二六]占訪《うらど》ひ穿《ほ》らしめき。今も[二七]雄栗《をぐり》の村《むら》に存《あ》り。此《ここ》より西に[二八]高來《たかく》の里《さと》あり。古老《ふるおきな》のいへらく、天地《あめつち》の權輿《はじめ》、[二九]草木《くさき》言語《ことと》ひし時、[三〇]天《あめ》より降《くだ》り來《こ》し神、み名《な》は[三一]普都大神《ふつのおほかみ》と稱《まを》す、[三二]葦原《あしはら》の中津《なかつ》の國に巡《めぐ》り行《い》でまして、[三三]山河《やまかは》の荒《あらぶる》

れ注いでいた小貝川を指す如くである。

一四　和名抄の郡名に信太(志多)とある。およそ現在の稲敷郡(西部の一部分を除く)の地域。

一五　霞ガ浦(西浦)。流海は河が広い入江となって河の如く海の如くであるのをいう。

一六　遺称なく明らかでないが、平須沼・大浦沼から竜ガ崎市附近にわたる湿地に擬している。

一七　鬼怒川の本流でなく、その東側の小貝川筋を指す。郡の南西方を流れる。

一八　郡の北西方にあたる。

一九　逸文の「信太郡(沿革)」「信太郡(郡名)」の二条(四五二頁)はこの次に存したとすべき記事で、抄略の注記はないが、此所に原文の抄略がある。

二〇　信太郡家(郡役所)。稲敷郡美浦村信太附近にあった。

二一　美浦村大山の岡平にある泉に擬している。

二二　景行天皇。

二三　霞ガ浦の南部の島(浮島村)。今は桜川村に属す。

二四　幕の如きものを引き廻した仮の御座所。

二五　御飲料の水。

二六　うらなって井を掘る。

二七　遺称はない。碓井の遺蹟地附近。

二八　阿見町竹来(たかく)が遺称地。

二九　草木も言語を発した地上未統治の時代。

三〇　大和朝廷(高天原系)の権力者がその地に到るのをいう。

三一　記紀の経津主神。

三二　地上国の意で日本国を指す。

三三　山や河を占居している土着神。

一 帰服させる。和平と同じ意。
二 全く。すっかり。
三 武器の意。武力の優れた意の形容辞として用いたもの。
四 手に執りもつ意。ここは装身具として身に着けているをいう。
五 履ははきものの総称。屣（脚注3参照）はぞうり。脱履・脱屣のいずれも熟語として用いられている。ぬぎすてる意。
六 葦の生える湿地の鹿。山の鹿に対していう。
七 腐って熟れる。
八 山で獲れる鹿の肉の意。
九 原文抄略のために不明となった、二国について注した補記である。
一〇 二国境の地故に両国人が狩するをいう。
一一 原文抄略によってその指す里名が不明になった。地理によれば和名抄の稲敷郷に

梗之類一 大神 化道已畢 心存レ歸レ天 卽時 隨レ身器仗俗曰二伊[1]川乃[2]一 甲戈楯劒 及所レ執玉珪 悉皆脫履[3] 留二置茲地一 卽乘二白雲一 還二昇蒼天一 (以下略之)[4]

風俗諺云 葦原鹿 其味若[5]レ爛 喫異二山宍[6]一矣 二國(常陸下總也)[7]

大獵 無レ可二絕盡一也

其里西 飯名社 此卽 筑波岳所レ有 飯名神之別屬也

[8]榎浦之津 便置[9]二驛家一 東海大道 常陸路頭 所以 傳驛使等 初將レ臨レ國 先洗二口手一 東面拜二香島之大神一 然後得レ入也

(以下略之)

古老曰 倭武天皇 巡二幸海邊一 行二至乘濱一 于レ時 濱浦之上 多乾二海苔一俗云二乃理一 由レ是 名二能理波麻之村一 (以下略之)

乘濱里東 有二浮島村一長二千步 廣四百步 四面絕海 山野交錯[10] 戸一十五烟 田[11]七八町餘 所レ居百姓 火レ塩爲レ業 而在二九社一 言行謹諱 (以下略之)

1 彰・群「門」。底・板・家による。
2 板「川恵(ツエ)」の二字を補うが不可。
3 彰・群など「屣」。底による。
4 底「本ノマ、」と傍書。
5 底「茗」。群「苦」。彰・家「若」とするによる。
6 彰・家「完」。底・群・板による。
7 底・諸本「二國」の傍注。板、本文として「常陸下總二國」とするは不可。
8 位置の記載のないのは上文抄略のためであろう。
9 「便置」の二字、底「便宜」、彰など「使宜」、彰の傍注及び群・板により訂す。
10 彰・家「借」。底・群・板による。
11 底・諸本「里」に作る。恐らくは「田」の誤。下文(五四頁)にも「耕田一十町餘」と見える。

梗《かみ》の類《たぐひ》を和平《やは》したまひき。大神《おほかみ》、[一]化道《ことむけ》[二]已《すで》に畢《を》へて、み心に天《あめ》に歸《かへ》らむと存《おも》ほしき。即時《そのとき》、み身《み》に隨《そ》へましし[三]器仗《いつ》の俗《くにひと》、伊川乃《いつの》といふ甲《よろひ》・戈《ほこ》・楯《たて》・劍《つるぎ》、及《また》[四]執《と》らせる玉珪《たま》を悉皆《ことごと》に[五]脱履《ぬ》ぎて、茲《こ》の地《くに》に留《とど》め置《お》き、即《すなは》ち白雲《しらくも》に乗りて蒼天《あめ》に還《かへ》り昇《のぼ》りましき。

(以下《しも》は略《はぶ》く)

風俗《くにひと》の諺《ことわざ》にいへらく、[六]葦原《あしはら》の鹿《しか》は、其の味《あぢはひ》、[七]爛《くさ》れるごとしといへり。喫《くら》ふに山の[八]宍《しし》に異《ことな》れり。二つの國[九](常陸《ひたち》と下總《しもつふさ》となり)の[一〇]大獵《おほかり》も、絶《た》え盡《つく》すべくもなし。

[一一]其の里《さと》の西に[一二]飯名《いひな》の社《やしろ》あり。此《こ》は即《すなは》ち、筑波岳《つくはやま》に有《いま》せる[一三]飯名《いひな》の神の別屬《わかれ》なり。

[一四]榎《え》の浦《うら》の津《つ》あり。便《すなは》ち、[一五]驛家《うまや》を置《お》けり。[一六]東海《うみつみち》の大道《おほぢ》にして、[一七]常陸路《ひたちぢ》の頭《はじめ》なり。この所以《ゆゑ》に、[一八]傳驛使《はゆまづかひ》等《ら》、初《はじ》めて國に臨《い》らむには、先《ま》づ口と手とを洗《あら》ひ、東《ひむがし》に面《む》きて[一九]香島《かしま》の大神《おほかみ》を拜《をろが》みて、然《しか》して後《のち》に入《い》ることを得るなり。(以下《しも》は略《はぶ》く)

古老《ふるおきな》のいへらく、倭武《やまとたける》の天皇《すめらみこと》、海邊《うみべた》に巡《めぐ》り幸《いでま》して、[二〇]乗濱《のりはま》に行《ゆ》き至《いた》りましき。時に、濱《はま》浦の[二一]上《うへ》に多《さは》に[二二]海苔《のり》 俗《くにひと》、乃理《のり》といふ を乾《ほ》せりき。是《これ》に由《よ》りて能理波麻《のりはま》の村《むら》と名《な》づく。

(以下《しも》は略《はぶ》く)

乗濱《のりはま》の里《さと》の東《ひむがし》に[二三]浮島《うきしま》の村あり。[二四]長さ二千歩《あし》、廣さ四百歩《あし》なり。四面《よも》絶海《うみ》にして、山と野と交錯《まじ》り、戸《いへ》は一十五烟《とをあまりいつつ》、[二五]田《た》は七八町[二六]餘《ところあまり》なり。居《す》める百姓《おほみたから》は塩《しほ》を火《や》きて業《なりはひ》と爲《な》す。しかして[二七]九《ここの》つの社《やしろ》ありて、言《こと》も行《わざ》も謹諱《つつし》めり。(以下《しも》は略《はぶ》く)

あたる地。

一二　竜ガ崎市八代の稲塚を遺称地としている。

一三　神の系譜不明。

一四　遺称なく、また位置の記載がないので所在不明。大須賀村市崎または竜ガ崎市大徳附近に擬する説がある。

一五　官道交通のための馬・船を常置する処。延喜式・和名抄の駅には見えない。

一六　東海道の本街道。

一七　常陸国へ入る街道の入口。

一八　駅家の官馬を利用する公用の役人。

一九　鹿島郡鹿島神宮の神。市崎または大徳からおよそ正東方にあたる。

二〇　稲敷郡の東端、霞ガ浦に臨む古渡・阿波・伊崎附近の浦浜。和名抄の郷名に乗浜とある。

二一　(浜の)ほとり。

二二　霞ガ浦は現在淡水であるから海苔を産しない。次の製塩も行われない。

二三　乗浜の東、霞ガ浦の島、浮島村と称したが今は桜川村に属す。

二四　島の長さと広さである。

二五　耕作し得る田の少いのをいう。

二六　孝徳紀大化二年の条に、一段は長さ三〇歩、広さ一二歩、一〇段は一町とある。一町は、およそ今の一町歩の広さ。町は釈日本紀秘訓にトコロと訓む。

二七　南の下総国から東北の国に至る交通の拠点となる要害の地で、諸勢力がこの島を拠り所とし、それぞれの奉祀する神を鎮座させたのである。上文(四三頁)にも景行天皇東国巡幸に際し、この地を拠点として浮島の帳宮を設けたと見えている。

一 和名抄の郡名に茨城(牟波良岐、国府)と見え、常陸国庁の置かれていた郡である。およそ東茨城・西茨城両郡の南部及び新治郡の大部分にわたる地域にあたり、国庁及び郡家は石岡市茨城(ばらき)にあった。
二 新治郡の東南端から霞ガ浦を臨んだ称。出島村佐賀を遺称とする。
三 国栖とも書く。土着の先住民をいう。ここにはその呼称を並べ記したのである。
四 土蜘蛛。土神の意で土着神。
五 八握脛。脚の長い人の意。異族人の身体の特徴を誇大に見た呼称。越後国風土記逸文(四六六頁)に見える。
六 朝廷の命をサヘ(遮塞)抗する者の意。クズの別称。居住地によって山・野を冠称したのであるが、ここでは土着人の長となっている二人の人名の如くに扱っている。
七 隠れひそむ。
八 性情を悪い鳥獣に比喩していう。
九 呼びよせ近づけて、さとしなだめる。慰誘。慰諭。
一〇 風習ならわしが異なって融和しない。
一一 大は多に同じ。氏族の名、神八井耳命を祖とする多臣の同族者。
一二 いばら。幹や枝に棘(とげ)のある草木の汎称。
一三 もと茨城の郡と称した地が今は那賀郡に属してその西部にあるの意。下文(七九頁)の茨城の里の地をいう。

茨城郡 東香島郡　南佐我流海　西筑波山　北那珂郡[1]

古老曰　昔在二國巣一〈俗語都知久母又云二夜都賀波岐一[2]〉　山之佐伯　野之佐伯一　普置二堀[3]土窟一　常居レ穴　有二人來一　則入レ窟而竄之　其人去　更出レ郊以遊之　狼性梟情　鼠窺[4]掠盗　無レ被二招慰一　彌[5]阻二風俗一也[6]

此時　大臣族黑坂命　伺[7]二候出[8]遊之時一　茨[9]蘇施二穴内一　即縱二騎兵一　急令二逐迫一　佐伯等　如レ常走[10]二歸土窟一　盡繫二茨蘇一　衝[11]害疾死散　故取二茨蘇一　以着二縣名一〈所レ謂茨城郡[12]　今存二那珂郡之西一　古者郡[13]家所レ置　即茨城郡内　風俗諺云[14]二水泳[15]茨城之國一〉　或曰　山之佐伯　野之佐伯　自爲二賊長一　引二率徒衆一　横二行國中一　大爲二劫[16]殺一　時　黑坂命　規二滅此賊一　以レ茨城造所以　地名便謂二茨城一焉〈茨城國造初祖　多[17]祁許呂命　仕二息長帶比賣天皇之朝一　當レ至二品[18]太天皇之誕時一　多祁許呂命　有二子八人一　中男筑波使主茨城郡[19]湯坐連等之[20]初祖〉

從レ郡西南　近有二河間[21]一　謂二信筑之川一　源出レ自二筑波之山一　從レ西*

1 底・諸本「礼」。地理及び諸説により訂す。
2 板「語」の下に「曰」あり。底・諸本による。
3 正しくは掘であるが、堀は掘に通用。
4 彰「兒」。群「倪」。底・板による。
5 彰「漏」。底・諸本による。
6 底・彰「他」。群・家にない。板に従う。
7 底・彰など「同」。群・板による。
8 底「幽」。彰・群などによる。
9 「茨」以下五字、家・板「以茨蘇塞施」。底・彰・群による。
10 「走歸土窟」の四字、家「欲走而歸則土窟」、板「欲走而歸土窟」。底・彰・群による。
11 「衝」以下五字、家「衝之穴疾死散」、板「衝害刺傷終疾死散」に作る。底・彰による。群「散」がない。
12 諸本「郡」。或は「郷」の誤とすべきか。
13 底・彰など「郡」がない。群・板による。
14 板「曰」。底・諸本による。
15 諸本「依」。私見により「泳」の誤とする。
16 底・板「刼」。群・家「却」。彰による。刼は劫の俗字。
17 板「多」の上に「天津」二字、家「津」一字がある。底・彰などにより削る。
18 底「大」。彰・群などによる。
19 底・彰「陽生」。群「湯座」。板に従う。
20 底・彰・家「列祖」。板「初祖也」。群による。
21 彰・群「間」がない。底・家・板による。

一四　那賀の郡の茨城の里に昔茨城郡家が置かれていたから、正しく茨城の郡の内である、の意。「郡家」は天武紀十四年の条の古訓による。

一五　地名のウバラキに冠していう称辞。ミヅクグル（水潜）ウ（鵜）とかかる意であろう。ミ崇神紀（六十年）に、山河の水泳（ミヅクグル）御霊という枕詞的な用例がある。

一六　道理に反して勝手気ままにふるまう。

一七　良民の物を略奪し、また良民を殺す。

一八　柵の如きものを指す。

一九　天照大神と素佐之男命のウケヒ（誓約）によって生れた天津彦根命の子孫。姓氏録には十四世孫とある。

二〇　神功皇后。日本書紀によって天皇の御歴代が確定する以前の称により、天皇と称したもの。倭武天皇というのに類する。下文（六二頁）に皇后ともある。

二一　応神天皇。

二二　国造本紀では六人の子が道奥菊多・道口岐閇・石背・須恵・馬来田・師長の六国造になり、茨城国造には筑紫刀禰（これも多祁許呂命の子か）が任ぜられ、多祁許呂命自身は石城国造に任ぜられたとある。

二三　筑波使主で人名。オミはかばねではない。

二四　貴人の子女の湯浴に奉仕するによって名とした氏族名。

二五　間は澗の略画通用か。河澗と同じで川の意。

二六　石岡市高浜で霞ガ浦に注ぐ恋瀬川。流域に志筑（上・下）がある。

二七　本流は筑波山から更に北東の山に発源する。概略をいったのである。

[一]茨城《うばらき》の郡《こほり》　東《ひむがし》は香島《かしま》の郡《こほり》、南は[二]佐我《さが》の流海《ながれうみ》、西は筑波山《つくはやま》、北は那珂《なか》の郡《こほり》なり。

古老《ふるおきな》のいへらく、昔《むかし》、[三]國巣《くず》 俗《くにひと》の語《ことば》に[四]都知久母《つちくも》、又《また》、[五]夜都賀波岐《やつかはぎ》といふ 山《やま》の[六]佐伯《さへき》、野《の》の佐伯《さへき》ありき。普《あまね》く土窟《つちむろ》を掘《ほ》り置《お》きて、常《つね》に穴《あな》に居《す》み、人來《きた》れば窟《むろ》に入《い》りて[七]竄《かく》り、其の人去《さ》れば更郊《またの》に出でて遊《あそ》ぶ。[八]狼《おほかみ》の性《さが》、梟《ふくろふ》の情《こころ》にして、鼠《ひそか》に窺《うかが》ひ、掠《かす》め盗《ぬす》みて、[九]招《を》き慰《こしら》へらるることなく、彌《いよよ》、[一〇]風俗《ふりしわざ》を阻《へだ》てき。此の時、[一一]大臣《おほのおみ》の族《やから》黑坂命《くろさかのみこと》、出《い》で遊《あそ》べる時を伺候《うかが》ひて、[一二]茨蕀《うばら》を穴《あな》の内《うち》に施《い》れ、卽《やが》て騎《うまのり》の兵《つはもの》を縦《はな》ちて、急《にはか》に逐《お》ひ迫《せ》めしめき。佐《さ》伯等《へきども》、常《つね》の如土窟《ごとつちむろ》に走《はし》り歸《かへ》り、盡《ことごと》に茨蕀《うばら》に繋《かか》りて、衝《つ》き害疾《そこな》はれて死《し》に散《あら》けき。故《かれ》、茨蕀《うばら》を取りて、縣《あがた》の名に着《つ》けき。謂《い》はゆる[一三]茨城《うばらき》の郡《こほり》は、今、那珂《なか》の郡《こほり》の西に存《あ》り。古者《いにしへ》、[一四]郡家《こほりのみやけ》を置《お》ければ、卽《すなは》ち茨城《うばらき》の郡《こほり》の内《うち》なりき。風俗《くにぶり》の諺《ことわざ》に、[一五]水泳《みづくぐ》る茨城《うばらき》の國といふ。或《あ》るひといへらく、山の佐伯《さへき》、野《の》の佐伯《さへき》、自《みづか》ら賊《あた》の長《をさ》と爲《な》り、徒衆《ともがら》を引率《ひきゐ》て、國中《くになか》を[一六]横《よこ》しまに行《ゆ》き、大《いた》く[一七]劫《かす》め殺《ころ》しき。時に、黑坂命《くろさかのみこと》、此の賊《あた》を規《はか》り滅《ほろぼ》さむと、茨《うばら》をもちて[一八]城《き》を造《つく》りき。この所以《ゆゑ》に、地《くに》の名を便《すなは》ち茨城《うばらき》と謂《い》ふ。茨城《うばらき》の國造《くにのみやつこ》が初祖《とほつおや》、[一九]多祁許呂命《たけころのみこと》は[二〇]息長帶比賣《おきながたらしひめ》の天皇《すめらみこと》の朝《みかど》に仕《つか》へて、[二一]品太《ほむだ》の天皇《すめらみこと》の誕《う》れまし時までに至《いた》れり。多祁許呂命《たけころのみこと》に[二二]子《こ》八人《やたり》あり。中《なか》の男《を》、[二三]筑波使主《つくはおみ》は、茨城《うばらき》の郡《こほり》の[二四]湯坐連《ゆゑのむらじ》等が初祖《とほつおや》なり。

郡《こほり》より西南《ひつじさる》のかた、近く[二五]河間《かは》あり。[二六]信筑《しづく》の川と謂《い》ふ。源《みなもと》は[二七]筑波《つくは》の山より出《い》で、西よ

流レ東　經二歷郡中一　入二高濱之海一（以下略之）
夫此地者　芳菲嘉辰　搖落涼候　命レ駕而向　乘レ舟以游[1]　春則
浦花千彩　秋是岸葉百色　聞二歌鶯於野頭[2]一　覽二儛鶴於渚[3]干[4]一
社[5]郎漁孃　逐二濱洲一以輻湊　商豎[6]農夫　棹二艀艖一而往來　況乎
三夏熱朝[7]　九陽煎[8]夕　嘯レ友率レ僕　竝二坐濱曲一　騁二望海中一
濤氣稍扇　避レ暑者[9]　祛[10]二鬱陶之煩一　岡陰徐傾　追レ涼者　軫[11]二
歡然之意一　詠歌云[12]
多賀波麻爾[13]　支與須留奈彌乃　意支都奈彌　與須止毛與良志
古良爾志與良波　又云[12]　多賀波麻乃　志多賀是佐夜久　伊毛乎
古[14]比　川麻止伊波波[15]夜
志[16]古止賣志川毛[17]
郡東十里　桑原岳　昔　倭武天皇　停二留岳上一　進二奉御膳一＊

一 石岡市高浜町、恋瀬川の川口地で常陸国庁に最も近い景勝地であった。
二 高浜を指す。上文抄略のために何処をいうか欠けたもの。この一条は対句をととのえた四六駢儷の美文で記している。
三 草花のよい香りの意。揺落との対で春の花をいう修辞。
四 よい時節。嘉月は三月をいう。
五 ゆれ落ちる。落葉の意。芳菲との対で秋の紅葉(黄葉)をいう修辞。
六 涼風の時節。涼風は初秋(七月)に至るという。

1 彰「遊」。底・諸本による。游は遊の通用。
2 底「頂」。家「項」。彰・群などによる。
3 底・彰など「諸」。群・板による。
4 底「弋」。彰・家「戈」。群は欠字。板に従う。
5 底・諸本一字欠字。栗注・後藤説などにより「郎」を補う。
6 底「竪農」。彰など「竪豊」。群・板による。
7 底・諸本「潮」。板により訂す。
8 家「至」。群は欠字。板「蒸」。底・彰は讀み難い字形に「如本」と注する。字體の近似により「煎」とする。
9 底・彰など「者」がない。群・板による。
10 底・彰・群「社」。板による。
11 底「�」。群・板「軫」。彰による。
12 板のみ「曰」。底・諸本による。
13 底「支」。彰・諸本による。
14 底・諸本「古」がない。板により補う。
15 底・諸本「阿」。板による。
16 底・彰「志」がない。群・板による。
17 諸本「毛」がない。板により補う。

七　駕(陸上)と舟(水上)と対句修辞。
八　浮洲の水辺。干は岸の意。
九　村里(農夫)の男子と漁夫の女子。
一〇　後から後からと走りかける。
一一　小舟。
一二　夏の三ヵ月の意で夏をいう。
一三　太陽。三と九と対句修辞。
一四　火で煎ったような熱く乾き切った夕。
一五　美景を眺望する文人趣味の楽しみ。
一六　波の様子、少しずつ波立って夕風が出てくると。
一七　暑さのための心気の晴れない思いを払いのける。
一八　夕方に近くなって次第に日かげが片よってくる。
一九　めぐる、うごく意。
二〇　一首の大意は、高浜の浜辺に沖の浪が寄せてくる、その寄せるではないが、わたしにいくら心を寄せる他女があっても、その方へ心を寄せてなびいたりはしますまい。わたしが貴女に心を寄せましたら。上三句は「寄す」を引き出す序。
二一　一首の大意は、高浜の浜辺の下の方を吹きわたる風がさわぐ、そのように貴女を恋してわたしの心がさわぐ。妻と呼びたいものだ。わたしをシコといって喚んでくれたよ。第二句は下風騒ぐにシタ(心)騒ぐをかけている。
二二　醜男の意。男自身を卑下して言い、相手女を召すと尊んで言ったもの。
二三　遺称地はないが、東茨城・新治両郡境の園部川の下流地、玉里村北隅附近の岡の名であろう。
二四　御食事。

り東《ひむがし》に流れ、郡《こほり》の中《うち》を經歷《へめぐ》りて、[一]高濱《たかはま》の海《うみ》に入《い》る。(以下《しも》は略《はぶ》く)

それ[二]此の地《ところ》は、[三]芳菲《はな》の[四]嘉辰《はる》、[五]搖落《もみぢ》の[六]涼候《あき》、[七]駕《のりもの》を命《おほ》せて向《むか》ひ、舟に乘りて游《あそ》ぶ。春は則《すなは》ち浦《うら》の花千《はなちぢ》に彩《いろど》り、秋は是岸《これきし》の葉百《もみぢもも》に色づく。歌《うた》へる鶯《うぐひす》を野の頭《ほとり》に聞き、舞《ま》へる鶴《たづ》を[八]渚《す》の干《みぎは》に覽《み》る。[九]社郎《むらをとこ》と漁孃《あまをとめ》とは濱洲《はま》を[一〇]逐《おひは》せて輻湊《あつ》まり、商豎《あきひと》と農夫《たひと》とは[一一]艀艖《こぶね》に棹《さを》さして往來《かよ》ふ。況《いは》むや、[一二]三夏《なつ》の熱《あつ》き朝《あした》、[一三]九陽《ひ》の[一四]煎《い》れる夕《ゆふべ》は、友《とも》を嘯《よ》び僕《やつこ》を率《ゐ》て、濱曲《はまべ》に竝《なら》び坐《ゐ》て、海中《うみなか》を[一五]騁望《みはる》かす。[一六]濤《なみ》の氣《け》、稍扇《ややあふ》げば、暑《あつ》さを避《さ》くる者《もの》は[一七]鬱陶《おぼほ》しき煩《わづら》ひを祛《はら》ひ、岡《をか》の[一八]陰《かげ》、徐《おもぶる》に傾《かたぶ》けば、涼《すず》しさを追《お》ふ者は歡然《よろこば》しき意《こころ》を[一九]軫《うご》かす。詠《うた》へる歌にいはく、

[二〇]高濱《たかはま》に　來寄《きよ》する浪《なみ》の
沖つ浪　寄《よ》すとも寄《よ》らじ
子《こ》らにし寄《よ》らば。

又《また》いはく、

[二一]高濱《たかはま》の　下風騷《したかぜさや》ぐ
妹《いも》を戀《こ》ひ　妻《つま》と言《い》はばや
[二二]しことめしつも。

郡《こほり》の東《ひむがし》十里《さと》に[二三]桑原《くははら》の岳《をか》あり。昔、倭武《やまとたける》の天皇《すめらみこと》、岳《をか》の上《うへ》に停留《とど》まりたまひて、[二四]御膳《みけつもの》

時 令三水部新堀二清井一 出泉淨香 飲喫尤[1]好 勅云[2] 能渟水哉(俗云[2]二與久多麻禮流彌津可奈一) 由レ是 里名今[3]謂二田餘一 (以下略之)

行方郡(東南西並流海 北茨城郡)[4]

古老曰 難波長柄豐前大宮馭宇天皇之世 癸丑年 茨城國造小乙下壬生連麿 那珂國造大建壬生直夫子等 請二惣領高向大夫中臣幡織田大夫等一 割二茨城地八里 [5]那珂地七里 合七百餘戸一 別置二郡家一 所三以稱二行方郡一者 倭武天皇 巡二狩天下一 征二平海北[6]一 當レ是 經二過此國一 卽 頓二幸[7]槻野之清泉一 臨レ水洗レ手 以レ玉榮[8]レ井 今存二行方里之中一 謂二玉清井[9]一 更廻二車駕一 幸二現原之丘[10]一 供二奉御膳一 于レ時 天皇四望 顧二侍從一曰 停レ輿徘徊 擧レ目騁望 山阿[11]海曲 參差委蛇 峯頭浮レ雲 谿腹擁レ霧 物色可怜[12] 郷體甚愛 宜可三此地名 稱二行細國一者*

一 尊貴の方の飲料の水などを管掌する部民。
二 水が清浄で香気のあるのをいう。
三 和名抄(高山寺本)の郷名に田余と見える。新治郡玉里(たまり)村の玉里(上・下)が遺称地。園部川の最下流地。
四 和名抄の郡名に行方(奈女加多)と見える。およそ現在の行方郡の地域。北方から霞ガ浦へ東南に突き出た半島状の地。行方郡家は麻生町の北部(旧行方村)の行方にあった。
五 孝徳天皇。
六 白雉四年(六五三)。
七 上文(四七頁)によれば多祁許呂命の子孫で壬生連を称した氏族。
八 天智三年制定の冠位二十六階中の第二十四階。孝徳朝大化五年制定の冠位にも同じ称呼があるが、それではない。
九 下文(五九頁)によれば建借間命の子孫で壬生直を称した氏族。
一〇 天智三年制定の冠位二十六階中の第二十五階。大化五年の冠位名には見えない。
一一 既出(三四頁頭注一五)。

1 底・彰「出」。群・板による。
2 板「曰」。底・諸本による。
3 板「今」がない。底・諸本による。
4 諸本「西」がなく、板は「西佐禮流海」を補ったが、下文に「郡西」を「行方之海」と記している。今、彰の補入に従い「西」を補う。
5 諸本「那珂地七里」がない。上文及び合計戸數により、彰の補入に従う。
6 底・彰など「此」。群は欠字。板に従う。
7 底・彰など「花」、群「莅」。恐らく「幸」を「華」に誤って文字を改めたもの。板による。
8 群・板「落」、家「考、イ渚」とある。底・彰は「㝵」または「等」の草體の如き字形で讀み難く「如本」と傍記。字體の近似によれば「榮」または「禜」の誤とすべきか。
9 彰「水」。底・群による。
10 彰「岳」。底・諸本による。
11 底・彰など「河」。群・板による。
12 底・彰など「於」。群・板による。

を進奉《たてまつ》りし時、[一]水部《もひとりべ》をして新《あらた》に清井《ゐ》を掘《ほ》らしめしに、[二]出泉《いづみ》淨《きよ》く香《かぐは》しく、飲み喫《くら》ふに尤好《いとよ》かりしかば、勅《みことのり》したまひしく、「能《よ》く渟《たま》れる水《みづ》かな」俗《くにひと》、與久多麻禮流彌津可奈《よくたまれるみづかな》といふ とのりたまひき。是《これ》によりて、里《さと》の名を、今、[三]田餘《たまり》と謂《い》ふ。(以下《しも》は略《はぶ》く)

[四]行方《なめかた》の郡《こほり》 東《ひむがし》・南・西は竝《とも》に流海《ながれうみ》、北は茨城《うばらき》の郡《こほり》なり。

古老《ふるおきな》のいへらく、[五]難波《なには》の長柄《ながら》の豐前《とよさき》の大宮《おほみや》に馭宇《あめのしたしろ》しめしし天皇《すめらみこと》のみ世《よ》、[六]癸丑《みづのとうし》の年《とし》、[七]茨城《うばらき》の國造《くにのみやつこ》、[八]小乙下《せうおつのしも》壬生連麿《みぶのむらじまろ》・[九]那珂《なか》の國造《くにのみやつこ》、[一〇]大建《だいけむ》壬生直夫子《みぶのあたひをのこ》等、[一一]惣領《すべをさ》高向《たかむこ》の大夫《まへつぎみ》・中臣幡織田《なかとみのはとりだ》の大夫等《まへつぎみたち》に請《こ》ひて、[一二]茨城《うばらき》の地の八里《やさと》と那珂《なか》の地の七里《ななさと》を合《あは》せて[一三]七百餘戸《ななももへあまり》を割《さ》きて、[一四]別《わ》きて郡家《こほりのみやけ》を置《お》けり。

行方《なめかた》の郡《こほり》と稱《い》ふ所以《ゆゑ》は、倭武《やまとたける》の天皇《すめらみこと》、天《あめ》の下《した》を巡狩《めぐりみそな》はして、[一五]海《うみ》の北を征平《ことむ》けたまひき。[一六]是《ここ》に、此の國《くに》を經過《す》ぎ、即《すなは》ち、[一七]槻野《つきの》の清泉《しみづ》に[一八]頓幸《いでま》し、水に臨《のぞ》みてみ手を洗《あら》ひ、玉もちて井《ゐ》を[一九]榮《さきは》へたまひき。今も行方《なめかた》の里《さと》の中《うち》に存《あ》りて、玉《たま》の清井《しみづ》と謂《い》ふ。更《さら》に車駕《みこし》を廻《めぐ》らして、[二〇]現原《あらはら》の丘《をか》に幸《いでま》し、御膳《みけつもの》を供奉《たてまつ》りき。時に、天皇《すめらみこと》[二一]四《よも》を望《のぞ》みまして、侍從《おもとびと》を顧《かへりみ》てのりたまひしく、「輿《こし》を停《とど》めて[二二]徘徊《たもとほ》り、目《め》を擧《あ》げて騁望《のぞみみ》れば、[二三]山の阿《くま》・海の曲《わた》は、參差《まじはりたが》ひて委蛇《もこよ》へり。峯《みね》の頭《ほとり》に雲を浮かべ、谿《たに》の腹《はら》に霧を擁《いだ》きて、[二四]物《もの》の色可怜《いろおもしろ》く、[二五]鄕體《くにがたいとめづ》甚愛らし。宜《うべ》、此の地《くに》の名を[二六]行細《なめくはし》の國と稱《い》ふべし」とのりたまひき。

一二 茨城国造の所領地及び那珂国造の所領地。
一三 五〇戸で一里を建てる制であるから七五〇戸で一五里にあたる。
一四 別に一郡を建てて郡衙を設置した。戸令によれば一五里を管する郡は上郡である。一郡は二里以上二〇里以下で構成せられる制であった。
一五 流海(霞ガ浦)から北方の地、およそ常陸国の地を指すのであろう。
一六 その時のこと。
一七 遺称地はないが玉造町の井上の地に擬している。和名抄の井上郷にあたるが、麻生町行方の西北約二・五粁で、行方里に属していたのであろう。
一八 頓は旅の意。
一九 延喜式祝詞に栄井(さくい)とある。よい泉とことほがれたの意か。或は「槃泉」で、泉の水をかきまわされたの意とすべきか。
二〇 玉造町現原(旧現原村)。郡の西北隅、和名抄の郷名に荒原とある地。
二一 丘の上から四方を眺めやっての意。国状視察でもあるが、むしろ景勝眺望の意として記している。
二二 附近を歩き廻る。逍遥する。
二三 山阿参差、海曲委蛇とあるべき二句の語を置きかえた修辞。山の凹凸のひだは出たり入ったりして重なり続き、海岸の彎曲はうねうねと続いている意。
二四 風物。景色。
二五 土地の形状。
二六 ならべくわしき国。山・海の自然の並べ方(地形、景色)が精妙にすぐれている国の意。行は排列。

一　ナメクハシの音訛とするのであろう。
二　立雨は俄かに降ってくる雨、その雨脚が同じ方向に並んでいる意でナメ(並)とかかり、ナメカタの地名に冠する称辞としたもの。
三　郡名の説明で中断された説話を続けるため、同じ地を繰り返し挙げたもの。
四　敞は高く平らかな土地、また高く顕われる意の文字。丘の意とアラハル意に用い

後世　追レ跡猶號二行方一　風俗諺[1]云二立雨零行方之國一
其岡高敞[2]　々[3]名二現原一　降[4]レ自二此岡一　幸[5]二大益河一　乘レ艖[6]上時
折二棹梶一　因[7]其河名　稱二無梶河一　此則茨城行方二郡之堺　河[8]
鮒之類　不レ可二悉記一
自二無梶河一　達二于部陲[9]一　有二鴨飛度一　天皇御[10]射　鴨迅[11]應レ弦
而墮　[12]其地謂二之鴨野一　土壤塉[13]埆　草木不レ生　野北　櫟柴鷄
頭樹比[14]之木　往々森々　自成二山林一　卽有二枡池一　此高向[15]大夫
之時　所レ築池[16]　北有二香取[17]神子之社一　々側山野　土壤腴衍
草木密生
郡西津濟　所レ謂行方之海　生二海松及燒レ塩之藻一　凡在レ海雜
魚　不レ可レ勝レ載　但以[18]鯨鯢　未二曾見聞一
郡東國社　此號二縣祇一　社[19]中寒泉　謂二之大井一　緣レ郡男女
會[20]集汲飮
郡家南門　有二一大槻一　其北枝　自垂觸レ地　還聳二空中一　其
地　昔有二水之澤一　今遇二霖雨一　廳庭濕潦　郡側居邑　橘樹生
之

1 諸本「諺」がない。他郡例により補う。
2 彰「敞」に似た字形。底・群・板による。
3 底・彰「二名」。板「名之」。群は「名」の上一字欠字。しばらく「々名」の誤とする。
4 板「倭武命」あり。底・彰などによる。
5 板「至」。底・諸本による。
6 底「艤」。板「艤舟」。彰・群による。
7 以下三字、板「名其河」とある。底・彰などによる。
8 板「鮒」の上に「鯉」がある。底・諸本によって削り、「河鮒之類」で四字一句とする。
9 底・諸本「陸」。板により訂す。
10 底・彰など「御時」。板「躬射」。群による。
11 底・彰「邉」。群・板による。
12 板「仍名」がある。底・諸本により削る。
13 底・彰・群「墝埆」。板による。
14 底・彰など「斗」の草體の如き字形で讀み難い。「比」の草體よりの誤字とすべきか。
15 諸本「向」なく、底「太」に作る。
16 板「池也」。底・諸本による。
17 底・彰「所」。群・板による。
18 群・板「如」。底・彰などによる。
19 底・彰など「社」がない。彰「社」を補うによる。
20 底・彰など「今」。群・板による。

後《のち》の世、跡《あと》を追《お》ひて、猶《なほ》、[一]行方《なめかた》と號《なづ》く。風俗《くにぶり》の諺《ことわざ》に、[二]立雨零《たちさめふ》り、行方《なめかた》の國といふ。[三]其の岡《をか》高《たか》く[四]敞《あらは》る。[五]敞《をか》を現原《あらはら》と名づく。此の岡《をか》より降《くだ》りて、[六]大益河《おほやがは》に幸《いでま》し、艖《こぶね》に乘りて上《のぼ》ります時、棹梶《さをかぢ》折《を》れき。因《よ》りて、其の河の名を無梶河《かぢなしがは》と稱《い》ふ。此《こ》は則《すなは》ち、茨城《うばらき》・行方《なめかた》二《ふた》つの郡《こほり》の堺《さかひ》なり。[七]河鮒《かはふな》の類《たぐひ》、悉《ことごと》に記《しる》すべからず。

無梶河《かぢなしがは》より[八]部陲《くにのさかひ》に達《いた》りまししに、鴨《かも》の飛《と》び度《わた》るあり。天皇《すめらみこと》、射《い》たまひしに、鴨《かも》[九]迅《と》く弦《ゆみづる》に應《こた》へて墮《お》ちき。其の地《ところ》を[一〇]鴨野《かもの》と謂《い》ふ。土壤《つち》墝埆《やせ》て草木《くさき》生《お》ひず。野の北に、[一一]櫟《いちひ》・[一二]柴《くぬぎ》・[一三]鷄頭樹《かへるでのき》・[一四]比之木《ひのき》、往々《よりより》[一五]森々《いよよか》に、自《おのづ》から山林《はやし》を成《な》せり。[一六]即《すなは》ち、[一七]枡《ます》の池《いけ》あり、此《こ》は高向《たかむこ》の大夫《まへつぎみ》の時、築《つ》きし池なり。北に[一八]香取《かとり》の神子《みこ》の社《やしろ》あり。社《やしろ》の側《かたはら》の山野《やまの》は、土壤《つち》腴《こ》衍えて、草木《くさき》密生《しげ》れり。

[一九]郡《こほり》の西に[二〇]津濟《わたり》あり。謂《い》はゆる行方《なめかた》の海《うみ》なり。海松《みる》、及《また》、塩《しほ》を燒《や》く藻《も》生《お》ふ。凡《すべ》て、海にある雜《くさぐさ》の魚《うを》は、載《の》するに勝《た》ふべからず。但《ただ》、[二一]鯨鯢《くぢら》は曾《むかし》より見聞《みき》かず。

郡《こほり》の東《ひむがし》に[二二]國《くに》つ社《やしろ》あり。此《こ》を縣《あがた》の祇《かみ》と號《なづ》く。社《もり》の中《なか》に[二三]寒泉《しみづ》あり。[二四]大井《おほゐ》と謂《い》ふ。[二五]郡《こほり》に縁《よ》れる男女《をとこをみな》、會集《つど》ひて汲《く》み飲《の》めり。

郡家《こほりのみやけ》の南の門《かど》に一つの大きなる槻《つきのき》あり。其の北の枝《えだ》は、自《おのづ》から垂《た》りて地《つち》に觸《ふ》り、還《また》、空中《そら》に聳《そび》ゆ。其の地《ところ》は、昔《むかし》、水《みづ》の澤《さは》ありき。今も霖雨《ながあめ》に遇《あ》へば、[二六]廳《まつりごとどの》の庭《には》に濕潦《みづた》まる。郡《こほり》の側《かたはら》の居邑《むら》に、橘《たちばな》の樹《き》生《お》へり。

てアラハラの説明にあてたものとする。
五　字義によって丘・岡の意にあてて用いたものとして訓む。
六　流域に大谷(美野里村)のある園部川に擬せられるが、風土記の前後の地名によれば、小川町の中部に発して玉造町玉造で霞ガ浦に入る小川を指す如くである。
七　鮒の種類名か、または河に産する魚類の意で河を添え四字句を整えたものか。
八　統治地の辺境。ここは郡境の地の意。
九　弓射るや直ぐにあたって。
一〇　玉造町加茂を遺称地とする。
一一　イチヒ・ナラ・クヌギなどの訓がある。
一二　新撰字鏡にクヌギと訓むのに従った。
一三　楓の類。
一四　檜の字をあてている。
一五　丈高く繁るさま。
一六　その地に。
一七　玉造町芹沢の蕨にある枡ノ池という地名を遺称とする。
一八　香取神宮(千葉県香取郡)の祭神、経津主神の分祠。玉造町芹沢の西稔木にある香取社に擬している。
一九　以下の三条は郡家の近辺を記す。
二〇　麻生町行方の西方の霞ガ浦に臨む渡船地。
二一　雄を鯨、雌を鯢という。
二二　天つ神の社に対する神社名。被征服者の土着神をまつる社。麻生町行方に小祠があるという。
二三　清泉。
二四　行方に遺称地オモイがある。
二五　郡衙の近くに住んでいる。
二六　郡の役所の庭。

一 和名抄の郷名に提賀と見える。玉造町手賀が遺称地。
二 土着先住民、土蜘蛛。ここでは人名の如くには扱っていない。
三 「後を追ひて里の名に着く」の略。後世それによって里名としたの意。
四 玉造町玉造にある玉造大宮明神社に擬している。鹿島神宮(鹿島郡)の分祠。
五 提賀の里を指す。
六 和名抄の郷名に曾禰と見えるが遺称地はない。玉造町玉造を曾尼の駅家の地に擬している。

自レ郡西北　提賀里　古　[1]有二佐伯一　名二[2]手鹿一　爲二[3]其人居一
追着レ里　其里北　在二香島神子之社一　々周山野地[4]沃　[5]柴椎栗竹
茅之類　多生　從レ此以北　曾尼[6]村　古　有二佐伯一　名曰二[7]疏禰
毗古一　取レ名着レ村　今置二驛家一　此謂二曾[8]尼之驛一
古老曰　石村玉穗宮大八洲所馭天皇之世　有レ人　箭括[9]氏麻多
智　[10]截二自レ郡西[11]谷之葦原一　墾闢新治レ田　此時　夜刀神　相[12]群
引率　悉盡到來　左右防障　[13]勿レ令二耕佃一　俗[14]云　謂レ蛇爲二夜刀神一　其形蛇身頭角　率[15]引免レ難時　有二
見人一者　破二滅[16]家門一　子孫不レ繼　凡[17]此郡側郊原　甚多所レ住之　於レ是　麻多智　大起二怒情一　着二被甲
鎧一之　自身執レ仗　打殺駈逐　乃至二山口一　標[18]梲置二堺堀一　告二
夜刀神一[14]云　自レ此以上　聽レ爲二神地一　自レ此以下　須レ作二人
田一　自レ今以後　吾爲二神祝一　永代敬祭　冀勿レ[19]祟勿レ恨　設レ社
初祭者　卽還　發二耕田一十町餘一　麻多智子孫　相承致レ祭
至レ今不レ絶　其後　至二難波長柄豐前大宮臨軒*

1 底・彰など「背」群・板による。
2 底・彰など「平」。群・板による。
3 底「某」。彰・諸本による。
4 底・彰など「渡」。群・板による。渡は沃の異體汳より誤るもの。
5 底・諸本「艸木」と二字。「柴」一字の誤とすべきか。
6 底・彰など「居」。群・板による。
7 底・彰など「號」。群・板により訂す。
8 以下四字、底・彰など「尼」の一字があるのみ。群・板に従って三字を補う。
9 以下四字、彰・家「氏多賀」、群「麻多知」。底・板による。
10 底・彰など「献」、群・板「點」とするが、字體の近似により「截」の誤とすべきであろう。
11 彰など「各」。底・群・板による。
12 底・彰「郡」。群・板による。
13 板「令勿」とするが、底・諸本に従う。
14 板「曰」。底・諸本による。
15 底・諸本「紀」。後藤説により「引」の誤とする。
16 底・彰「家」がない。彰の補字に従う。
17 底・彰など「地」。群・板による。
18 板「杭」とするが、底・諸本による。但し、諸本手扁に作るのを木扁の誤とする。
19 諸本「崇」。底・板による。

郡《こほり》より西北《いぬゐ》のかたに提賀《てが》[一]の里《さと》あり。古《いにしへ》、佐伯《さへき》[二]ありき。手鹿《てが》と名づく。其の人の居《すみか》たれば、追《お》[三]ひて里《さと》に着《つ》く。其の里《さと》の北に、香島《かしま》[四]の神子《みこ》の社《やしろ》あり。社《やしろ》の周《めぐり》の山野《やまの》は地沃《つちこ》えて、柴《くぬぎ》・椎《しひ》・栗《くり》・竹《たけ》・茅《ち》の類《たぐひ》、多《さは》に生《お》へり。此《ここ》[五]より北に、曾尼《そね》[六]の村《むら》あり。古《いにしへ》、佐《さ》伯《へき》ありき、名を疏禰毗古《そねびこ》といふ。名を取りて村に着《つ》く。今、驛家《うまや》[七]を置《お》く。此《こ》を曾尼《そね》の驛《うまや》と謂《い》ふ。

古老《ふるおきな》のいへらく、石村《いはれ》[八]の玉穂《たまほ》の宮《みや》に大八洲《おほやしま》馭《しろ》しめしし天皇《すめらみこと》のみ世、人あり。箭括《やはず》[九]の氏《うじ》の麻多智《またち》、郡《こほり》[一〇]より西の谷《たに》の葦原《あしはら》を截《きりはら》[一一]ひ、墾闢《ひら》きて新《あらた》に田《た》に治《は》りき。此の時、夜刀《やつ》[一二]の神《かみ》、相群《あひむ》れ引率《ひきゐ》て、悉盡《ことごと》に到來《き》たり、左右《かにかく》に防障《さ》[一三]へて、耕佃《たつく》らしむることなし。俗《くにひと》いはく、蛇《へみ》を謂《い》ひて夜刀《やつ》の神《かみ》と爲《な》す。其の形《かたち》は、蛇《へみ》の身《み》にして頭《かしら》[一四]に角《つの》あり。率引《ひきゐ》[一五]て難《わざはひ》を免《まぬが》るる時、見る人あらば、家門《いへかど》を破滅《ほろぼ》し、子孫繼《うみのこつ》がず。凡《すべ》て、此の郡《こほり》[一六]の側《かたはら》の郊原《のはら》に甚多《いとさは》に住《す》めり。是《ここ》に、麻多智《またち》、大《おほ》きに怒《いかり》の情《こころ》を起《お》こし、甲鎧《よろひ》を着被《つ》けて、自身《みづから》仗《ほこ》を執《と》り、打殺《うちころ》し駈逐《おひや》らひき。乃ち《すなは》[一七]、山口《やまぐち》[一八]に至《いた》り、標《しるし》[一九]の梲《つゑ》を堺《さかひ》の堀《ほり》に置《た》て、夜刀《やつ》の神に告《つ》げていひしく、「此《ここ》より上《かみ》は神の地《ところ》と爲《な》すことを聽《ゆる》さむ。此《ここ》より下《しも》は人の田《た》と作《な》すべし。今より後《のち》、吾《われ》、神の祝《はふり》[二〇]と爲《な》りて、永代《とこしへ》に敬《ゐやま》ひ祭《まつ》らむ。冀《ねが》はくは、な祟《たた》りそ、な恨《うら》みそ」といひて、社《やしろ》[二一]を設《ま》けて、初《はじ》めて祭《まつ》りき、といへり。卽《すなは》ち、還《また》、耕田《つくりだ》一十《と》町餘《ところあまり》を發《おこ》[二二]して、麻多智《またち》の子孫《うみのこ》、相承《あひう》けて祭《まつり》を致《いた》し、今に至《いた》るまで絶えず。其の後《のち》、難波《なには》[二三]の長柄《ながら》の豐前《とよさき》の大宮《おほみや》に臨軒《あめのしたしろ》し

七 延喜(兵部)式及び和名抄(高山寺本)の駅名には見えない。早く廃されたのであろう。常陸国府(石岡市茨城)から霞ガ浦を渡航して行方郡に通ずる公の交通路で、渡船を置いた水駅と認められる。

八 継体天皇。

九 他に見えない氏族名。安康紀に箭括・括箭をヤハズと訓むのによる。

一〇 郡家(郡役所)。

一一 顕宗紀に「伐レ本截レ末」をモトキリスヱオシハラヒと訓注がある。

一二 谷(ヤツ)神の意。蛇を指す。旧訓ヤトであるが、「刀」は恐らくツの仮名に用いたものとすべきであろう。出雲国風土記漆沼郷の訓注(一八一頁)参照。

一三 人が入って来るのをさえぎりさまたげて。

一四 下の角折浜の条(七七頁)にも蛇に角があるとしている。

一五 蛇の害をうけないように引連れて逃げる時、蛇を(恐らくは後をふりかえって)見てはいけないという禁忌であろう。

一六 郡家、郡衙の近辺。

一七 その時のこと。上文に事の概要を記し、以下にそれをくわしく述べるのである。

一八 山の登り口。

一九 境界のしるしとする杖。梲は大きい杖の意。杖に呪力神性を認める古代の宗教観念にもとづく。

二〇 神の祭をする人。祀祭者。神主。

二一 玉造町新田にある夜刀神社に擬している。

二二 開発、開墾する。

二三 孝徳天皇。

天皇之世一　壬生連麿　初占二其谷一　令レ築二池堤一　[1]時　夜刀神昇二集池邊之椎[2]株一　經レ時不レ去　於レ是　麿　擧レ聲大[3]言　令レ修二此池一　要[4]在レ活レ民　何神誰祇　不レ從二風化一　卽令二役[5]民一云目見雜物　魚虫之類　無レ所二憚懼一　隨盡打殺　言了應時　神蛇避隱　所レ謂其池　今號二椎井[6]池一　池[7]回椎株　清泉所レ出　取レ井名レ池　卽　向二香島一陸之驛道也

郡南七里　男高里　古　有二佐伯小高一　爲二其居處一　因名　國宰當麻[8]大夫時　所レ築池　今存二路東一　自レ池西山　猪猿大住[9]艸木多密　南有二鯨岡一　上古之時　海鯨匍匐　而來所レ臥　卽有二栗家池一　爲二其栗大一　以爲二池名一　北有二香取神子之社一也

[10]麻生里　古昔　麻生二于猪[11]水之涯一　圍如二大竹一　長餘二一丈一周レ里有レ山　椎栗槻櫟生　猪猴栖住　其野出二[12]勒馬一　[13]飛鳥淨御原大宮臨軒天皇[14]之世　同郡大*

1 底・彰など「持」。群・板による。
2 底・彰など「槻」、群・板「樹」とするが、下文及び字體の近似により「株」の誤とする。
3 底・彰など「宮」。群により訂す。
4 底・諸本「孟」。板により訂す。
5 底・彰など「氏」。群・板による。
6 諸本「也」。文意により「池」の誤とする。
7 底・彰「面」に作り「西カ」と傍注。「回」の誤とする。
8 底・彰「太」。群・板などによる。
9 底「草」。諸本「艸」の片方のみ。
10 位置を示す記載がない。恐らく傳寫の間に脱したのであろう。文例によれば「郡南十五里」を補うべきか。
11 底・彰など「猪沐」。群・板「渚沐」。猪は豬の古體、猪水に三水扁を添え誤ったものとすべきであろう。
12 底・諸本「莇」。板「生角」二字の誤とするが、松岡靜雄説(常陸風土記物語)により「勒」の誤とすべきである。播磨國風土記美囊郡の條(三四八頁5)參照。
13 底・彰・家「飛」の上に一字欠字がある。
14 群・家「之」がない。底・彰、欠字として「之カ」と傍注するのに從って補う。

一　行方郡を建てた人。既出(五一頁)。
二　天皇の政治施策。皇化、教化ともいう。
三　課役として公の労役、ここは池の堤を築く土木工事の労役に従事している人民。
四　言い終るや否や、ただちにの意。
五　遺称がなく、所在地を明らかにしない。夜刀神社の東方山麓に今も清泉が出るという。
六　上文に「池の辺の椎株」とあるのに同じ。回は周辺の意(回の俗字の囬は面の古字と同じ)。
七　井の名(椎の木のある井で、椎井)を取って池の名とするの意。
八　霞ガ浦(北浦)を渡って鹿島郡の地に至るのでなく、陸路で鹿島郡の地に至る駅馬の通る公の通道。
九　和名抄の郷名に小高と見える。麻生町小高が遺称地。
一〇　国守。ここは常陸国守。
一一　用明天皇から出た氏族。天武朝以降に氏人の名が多く見えるが、その何人であるかは明らかでない。
一二　小高に古い池が二つあり、その大池(俗称エムスガ池)に擬している。
一三　池から南。
一四　小高にある鯨塚(くじつか)。
一五　その地に。
一六　小高にある旧い池の小池に擬している。
一七　当麻大夫の池の北。
一八　小高の鎮守または四鹿にある香取神社の分祠のいずれか。
一九　和名抄の郷名に麻生と見える。麻生町麻生が遺称地。男高里の南で香澄里の北にあり、およそ「郡の南十五里」というべき位置にある。
二〇　潴沢。さわ。潴水はたまり水の意。
二一　周囲。麻の幹の太さをいう。
二二　里の周囲の山の麓の野。
二三　騎乗に適する馬。勒は馬具。
二四　天武天皇。
二五　下に見える(六四頁頭注四)。

めしし天皇《すめらみこと》のみ世に至《いた》り、[一]壬生連麿《みぶのむらじまろ》、初《はじ》めて其の谷《たに》を占《し》めて、池《いけ》の堤《つつみ》を築《つ》かしめき。時に、夜刀《やつ》の神、池の邊《へ》の椎株《しひのき》に昇《のぼ》り集《あつ》まり、時《とき》を經《ふ》れども去《さ》らず。是《ここ》に、麿《まろ》、聲《こゑ》を擧《あ》げて大言《たけ》びけらく、「此の池を修《をさ》めしむるは、要《むね》は民《たみ》を活《い》かすにあり。何《なに》の神《あまつかみ》、誰《いづれ》の祇《くにつかみ》ぞ、[二]風化《おもむけ》に従《したが》はざる」といひて、即《すなは》ち、[三]役《えだち》の民《たみ》に令《おほ》せていひけらく、「目《め》に見る雑《くさぐさ》の物《もの》、魚虫《うをむし》の類《たぐひ》は、憚《はばか》り懼《おそ》るるところなく、随盡《ことごと》に打殺《うちころ》せ」と言《い》ひ[四]了《を》はる應時《そのとき》、神《あや》しき蛇《へみ》避《さ》け隠《かく》りき。謂《い》はゆる其の池《いけ》は、今、[五]椎井《しひゐ》の池《いけ》と號《なづ》く。池の[六]回《めぐり》に椎株《しひのき》あり。清泉《しみづ》出づれば、[七]井《ゐ》を取《と》りて池に名《な》づく。即《すなは》ち、[八]香島《かしま》に向《むか》ふ陸《くが》の驛道《うまやぢ》なり。

郡《こほり》の南七里《さと》に[九]男高《をたか》の里あり。古《いにしへ》、佐伯《さへき》、小高《をたか》といふものありき。其の居《す》める處《ところ》なれば、因《よ》りて名づく。[一〇]國宰《くにのみこともち》、[一一]當麻《たぎま》の大夫《まへつぎみ》の時、[一二]築《つ》きし池、今も路《みち》の東《ひむがし》にあり。池より西の山に、猪《ゐ》・猿《さる》大《さは》に住《す》み、艸木《くさき》多密《しげ》れり。[一三]南に[一四]鯨岡《くぢらをか》あり。上古《いにしへ》の時《よ》、海鯨《くぢら》、匍匐《はらば》ひて來《きた》り臥《ふ》せりき。[一五]即《すなは》ち、[一六]栗家《くりや》の池あり。其の栗大《くりおほ》きなれば、池の名と爲《な》せり。[一七]北に[一八]香取《かとり》の神子《みこ》の社《やしろ》あり。

[一九]麻生《あさふ》の里《さと》あり。古昔《いにしへ》、麻《あさ》、[二〇]潴水《さは》の涯《みぎは》に生《お》へりき。[二一]圍《かく》み、大きなる竹《たけ》の如《ごと》く、長さ、一丈《ひとつゑ》に餘《あま》りき。里《さと》を周《めぐ》りて山あり。椎《しひ》・栗《くり》・槻《つき》・櫟《いちひ》生《お》ひ、猪《ゐ》・猴《さる》栖住《す》めり。[二二]其の野、[二三]勒馬《のりうま》を出だす。[二四]飛鳥《あすか》の浄御原《きよみはら》の大宮《おほみや》に臨軒《あめのしたしろ》しめしし天皇《すめらみこと》のみ世、同《おな》じき郡《こほり》の[二五]大《おほ》

生里　建部袁許呂命[1]　得㆓此野馬㆒　獻㆓於朝廷㆒　所㆑謂行方之馬　或云㆓茨城之里馬[2]㆒非也

郡南二十里　香澄里　古傳曰　大足日子天皇　登㆓坐下總國印波鳥見丘㆒　留連遙望　顧㆑東而勅㆓侍臣㆒曰　海卽青波浩行　陸是丹霞空朦　國自[3]㆓其中㆒朕目所㆑見者　時人　由㆑是　謂㆓之霞鄕㆒　東山有㆑社　榎槻椿椎竹箭麥門冬　往々多生[4]　此里以西海中在[5]㆑洲　謂㆓新治洲㆒　所㆓以然稱㆒者　立㆓於洲上㆒　北面遙望新治國小筑波之岳[6]所㆑見　因名也

從㆑此往南十里　板來村　近臨㆓海濱㆒　安㆓置驛家㆒　此謂㆓板來之驛㆒　其西　榎木成㆑林　飛鳥淨見原天皇之世　遣㆓麻績王㆒之[7]居處　其海　燒㆑塩藻海松白貝辛螺蛤　多生

古老曰　斯貴瑞垣[8]宮大八洲所馭[9]天皇之世　爲㆑平㆓東垂之荒賊[10]㆒　遣㆓建借間命㆒（卽此那賀國造初祖）　引㆓率軍士㆒　行略㆓凶猾㆒　頓㆓宿安婆之島㆒　遙㆓望海東之浦㆒　時烟所㆑見　交疑[11]㆑有㆑人　建借間命　仰㆑天誓曰　若有㆓天人之*

1 底・群・家「今」。彰「令」。板により訂す。
2 底・彰など「高」。群・板による。
3 群「有」。板「在」。底・彰などによる。
4 底・諸本「生」がない。底本傍注・板により補う。
5 底・諸本「北」。文例により「在」の誤とする。
6 底・彰「丘山」二字に作る。群・板による。
7 以下三字、板「居處之」。底・諸本に従う。
8 「瑞垣」二字、底・彰など「滿塩」。群・板による。
9 底・彰など「馭」がない。群・板により補う。底は「知」を補っている。
10 板「夷」。底・諸本による。
11 群・板「癸」。底・彰・家による。家「大カ」と傍記。

一 倭武命の御名代部の人であろう。
二 茨城里の馬だという伝えがあり、それは誤っているというのである。
三 和名抄の郷名に香澄と見える。牛堀村及び麻生町富田地方(旧香澄村)。
四 景行天皇。
五 千葉県印旛郡本埜村の丘陵地、印旛沼と利根川との間にある台地。
六 逍遙する。ぶらぶらさまよう。
七 東方をふり向いて眺める。霞ガ浦を隔てて行方郡南部(香澄里)が見える。
八 浩漾。ただよう。
九 青波に対する句。赤色がかった霞。
一〇 青波丹霞の中から。
一一 香澄里の東。
一二 何社か不明。或はモリ(森の意)と訓むべきか。
一三 ヤブラン。薬草。延喜(典薬寮)式に常陸国貢進の年料雑薬二十五種の中に見える。
一四 香澄里。

生《ふ》の里《さと》の[一]建部《たけるべ》の袁許呂命《をころのみこと》、此の野の馬《うま》を得て、朝廷《みかど》に獻《たてま》つりき。謂《い》はゆる行方《なめかた》の馬なり。或《あ》るひと[二]茨城《うばらき》の里《さと》の馬といふは非《あら》ず。

郡《こほり》の南二十里《さと》に[三]香澄《かすみ》の里《さと》あり。古《ふる》き傳《つたへ》にいへらく、[四]大足日子《おほたらしひこ》の天皇《すめらみこと》、下總《しもつふさ》の國[五]印《い》波《なみ》の鳥見《とみ》の丘《をか》に登《のぼ》りまして、[六]留連《つたよ》ひて遙望《みはるか》しまし、[七]東《ひむがし》を顧《かへりみ》て、侍臣《おもとびと》に勅《みことのり》したまひしく、「海《うみ》は即《すなは》ち[八]青波浩行《あをなみただよ》ひ、陸《くが》は[九]是丹霞空朦《これにのかすみたなび》けり。國《くに》は[一〇]其《そ》の中《なか》より朕《わ》が目《め》に見ゆ」とのりたまひき。時の人、是《これ》に由《よ》りて、霞《かすみ》の郷《さと》と謂《い》へり。[一一]東《ひむがし》の山に[一二]社《やしろ》あり。榎《えのき》・槻《つき》・椿《つばき》・椎《しひ》・竹《たけ》・箭《やだけ》・[一三]麥門冬《やますげ》、往々《よりよりさは》に生《お》へり。[一四]此の里《さと》より西の海の中《なか》に洲《す》あり。[一五]新治《にひばり》の洲《す》と謂《い》ふ。然稱《しかい》ふ所以《ゆゑ》は、洲《す》の上《うへ》に立ちて、北の面《おもて》を遙望《みはるか》せば、[一六]新治《にひばり》の國《くに》の小筑波《をつくは》の岳《やま》見ゆ。因《よ》りて名づくるなり。

[一七]此《ここ》より南十里《さと》に[一八]板來《いたく》の村あり。近く海濱《うみべた》に臨《のぞ》みて、[一九]驛家《うまや》を安置《お》けり。此《こ》を板來《いたく》の驛《うまや》と謂《い》ふ。其の西、榎木林《えのきはやし》を成せり。[二〇]飛鳥《あすか》の淨見原《きよみはら》の天皇《すめらみこと》のみ世、[二一]麻績《をみ》の王《おほぎみ》を[二二]遣《や》らひて居《を》らしめし處《ところ》なり。[二三]其の海に、塩《しほ》を燒《や》く藻《もは》・海松《みる》・[二四]白貝《おふ》・辛螺《にし》・[二五]蛤《うむぎ》、多《さは》に生《お》へり。

古老《ふるおきな》のいへらく、[二六]斯貴《しき》の瑞垣《みづがき》の宮《みや》に大八洲所馭《おほやしましろ》しめしし天皇《すめらみこと》のみ世、[二七]東《あづま》の垂《さかひ》の荒《あら》ぶる賊《にしもの》を平《ことむ》けむとして、[二八]建借間命《たけかしまのみこと》を遣《つかは》しき。即《すなは》ち、此《こ》は那賀《なか》の國造《くにのみやつこ》が初祖《とほつおや》なり。軍士《いくさびと》を引《ひき》率《ゐ》て、行《ゆくゆ》く凶猾《にしもの》を略《ことむ》け、[二九]安婆《あば》の島《しま》に[三〇]頓宿《やど》りて、[三一]海《うみ》の東《ひむがし》の浦《うら》を遙望《みはるか》す時に、烟《けぶり》見えければ、[三二]交《こもごも》、人やあると疑《うたが》ひき。建借間命《たけかしまのみこと》、天《あめ》を仰《あふ》ぎて誓《うけ》ひていはく、「若《も》し[三三]天人《あめひと》の

一五 霞ガ浦にあった洲。遺称地がない。麻生町の天王崎または富田に擬している。
一六 筑波山。その北方から西方にわたる地域が新治の国(新治郡)の地。
一七 香澄里。
一八 和名抄の郷名に坂来(坂は板の誤)と見える。行方郡の南端潮来町潮来(いたこ)が遺称地。
一九 霞ガ浦航行のための水駅。弘仁六年廃止された。
二〇 天武天皇。
二一 系譜不明。天武紀四年罪によって因幡国に流されたとある。万葉集巻一には伊勢国イラゴ島に流されたと伝えている。イナバ(因幡国・下総国印波)・イラゴ・イタコと類似地名によって伝承が流伝したのであろう。
二二 放逐の意でヤラフと訓む。
二三 霞ガ浦。
二四 和名抄に蛤、延喜(内膳司)式にも見える。バカ貝に属するウバ貝。
二五 はまぐり。
二六 崇神天皇。
二七 東陲。東国の辺境。
二八 古事記によれば神武天皇の皇子、神八井耳命の子孫。
二九 信太郡の浮島の別名か。その東方の陸岸地を阿波崎という。
三〇 旅の宿り。
三一 行方郡の霞ガ浦に臨む浜辺(板来附近)。
三二 建借間命の軍勢が。
三三 天孫系の人。天皇の統治下にある人。大和朝廷の統治に服しない土着人(土蜘蛛)に対していう。

烟一者　來覆ニ我上一　若有ニ荒賊之烟一者　去靡ニ海中一　時烟射
レ海而流之　爰自知レ有ニ凶賊一　即命ニ従衆[1]一　褥[2]食而渡　於レ是
有下國栖名曰ニ夜尺斯夜筑斯ニ一人上　自爲ニ首帥[3]一　堀レ穴造レ堡
常所ニ居住一　覘ニ伺官軍一　伏衞拒抗　建借間命　縦レ兵駈追
賊盡逋還　閇レ堡固禁　俄而　建借間命　大起ニ權議一　校ニ閲敢
死之士一　伏ニ隱山阿[4]一　造ニ備滅レ賊之器一　嚴餝ニ海渚一　連レ舟編
レ桴　飛ニ雲蓋一　張ニ虹旌一　天之鳥琴[5]　天之鳥笛　隨レ波逐レ潮[6]
杵[7]嶋唱曲　七日七夜　遊樂歌舞[8]　于レ時　賊黨　聞ニ盛音樂一
擧レ房男女　悉盡出來　傾レ濱歡咲　建借間命　令ニ騎[9]士閇レ堡
自レ後襲撃　盡[10]囚ニ種屬一　一時焚滅　此時　痛殺所レ言　今　謂ニ
伊多[11]久之郷一　臨[12]斬所レ言　今　謂ニ布都奈[13]之村一　安殺所レ言
今　謂ニ安伐之里一　吉[14]殺所レ言　今　謂ニ吉前之邑一
板來南海　有レ洲　可[15]ニ三四里許一　春時　香島行方二郡　男女
盡來　拾ニ蚌[16]白貝雜味之貝[17]物一矣

1 板「徒」。底・諸本による。
2 底・彰など禾偏に作る。板により訂す。
3 底など「師」。彰・群・板による。
4 彰「河」。底・家・群・板による。
5 底・彰など「天之鳥琴」を重記。群・板により刪る。
6 底「湖」。彰・群などによる。
7 群「鳥杵」。底・彰「島杵」。板により訂す。
8 板「儛」。底・諸本による。
9 底・彰など「騎」の草體の如き字形に作り、「如本」と傍記。群・板に従う。
10 底・彰など「困」。群・板による。
11 底・彰「多」がない。群・板により補う。
12 彰「段」。底・群・板などによる。
13 板本(宣明案)「荼」(ト)の誤かとする。
14 底・彰など「告」。群・板により訂す。
15 底・彰・家「所」。群・板による。
16 底・諸本「津」。字體の近似により「蚌」の誤とする。
17 底・彰など「具」。群・板による。

一　朝早く食事をする。戦闘の準備を整える意。
二　一群の長。統帥。賊長。
三　小城の意。肥前国風土記に小城(ヲキ)と訓ませている(三九三頁)。防禦のための構築物。ここは土窟。
四　追いかけて駆逐する。
五　逃げる。
六　塞ぎさえぎる。防ぎ守る。
七　死をもいとわぬ勇悍な兵士。
八　しらべて選び出す。校は検校。
九　山の凹所になってかくれた所。次の海渚と対称させている。
一〇　武器。器仗。
一一　美しく装い飾った。武器を陳列して威を示すが、それを執って戦うのではないことをも示すのであろうか。
一二　絹張りの傘または笠。美しく飾り装う様子をいう。
一三　旗の類。美しくなびかす様子をいう。
一四　琴・笛を美しくいったのであろう。アメは天孫系のものを示す。トリは語義明らかでない。天鳥船(あめのとりふね)・鳥之石楠船(とりのいわくすぶね)のトリと同じか。
一五　波がよせて来、潮が流れるにつれて、琴・笛の音楽が流れ聞える意。
一六　肥前国風土記逸文杵島山の条(五一五頁)に次の歌を挙げている。この歌の類の歌曲名を杵島フリといったのである。「あられふる、きしまが岳をさかしみと、草と

烟《けぶり》ならば、來《き》て我《わ》が上《うへ》を覆《おほ》へ。若《も》し荒《あら》ぶる賊《にしもの》の烟《けぶり》ならば、去《さ》りて海中《うみなか》に靡《なび》け」といふ時に、烟《けぶり》、海を射《さ》して流れき。爰《ここ》に、自《おのづか》ら凶賊《にしもの》ありと知りぬ。即《すなは》ち、従衆《ともびと》たちに命《おほ》せて、[一]褥食《あさけとく》して渡《わた》りき。是《ここ》に、國栖《くず》、名は夜尺斯《やさかし》・夜筑斯《やつくし》といふもの二人《ふたり》あり。自《みづか》ら[二]首帥《ひとこのかみ》となりて、穴《あな》を堀《ほ》り[三]堡《をき》を造《つく》りて、常《つね》に居住《す》めり。官軍《みいくさ》を覘伺《うかが》ひて、伏《ふ》し衞《まも》り拒抗《ふせ》ぐ。建借間命《たけかしまのみこと》、兵《いくさ》を縦《はな》ちて[四]駈追《おひや》らふに、賊《あた》盡《ことごと》に[五]逋《に》げ還《かへ》り、堡《をき》を閇《と》ぢて固《かた》く[六]禁《さ》へき。俄《にはか》にして、建借間命《たけかしまのみこと》、大《おほ》きに權議《はかりごと》を起《お》こし、[七]敢死《みをす》つる士《いくさびと》を[八]校閲《かとりえ》りて、山の[九]阿《くま》に伏《ふ》せ隱《かく》し、賊《あた》を滅《ほろぼ》さむ[一〇]器《つはもの》を造《つく》り備《そな》へて、[一一]嚴《いか》しく海渚《なぎさ》に餝《よそほ》ひ、舟《ふね》を連《つら》ね、栰《いかだ》を編《あ》み、[一二]蓋《きぬがさ》を飛雲《くもとひるが》へし、[一三]旌《はた》を張虹《にじとは》り、[一四]天《あめ》の鳥琴《とりごと》・天《あめ》の鳥笛《とりぶゑ》は、[一五]波《なみ》に随《したが》ひ、潮《うしほ》を逐《お》ひて、[一六]杵嶋《きしま》の唱曲《うたぶり》を七日七夜《なぬかななよ》遊《あそ》び樂《たのし》み歌《うた》ひ舞《ま》ひき。時に、賊《あた》の黨《ともがら》、盛《さかり》なる音樂《うたまひ》を聞きて、[一七]房擧《いへこぞ》りて、男《をとこ》も女《をみな》も悉盡《ことごと》に出で來《き》、[一八]濱傾《はまかぶ》して[一九]歡咲《ゑら》ぎけり。建借間命《たけかしまのみこと》、騎士《うまいくさ》をして堡《をき》を閇《と》ぢしめ、後《しりへ》より襲《おそ》ひ撃《う》ちて、盡《ことごと》に種屬《やから》を囚《とら》へ、[二〇]一時《もろとも》に焚《や》き滅《ほろぼ》しき。此の時、痛《いた》く殺《ころ》すと言ひし所《ところ》は、今、[二一]伊多久《いたく》の郷《さと》と謂《い》ひ、[二二]臨斬《ふつにき》ると言ひし所《ところ》は、今、[二三]布都奈《ふつな》の村《むら》と謂《い》ひ、安《やす》く殺《き》ると言ひし所《ところ》は、今、[二四]安伐《やすきり》の里《さと》と謂《い》ひ、吉《よ》く殺《さ》くと言ひし所《ところ》は、今、[二五]吉前《えさき》の邑《むら》と謂《い》ふ。

板來《いたく》の南の海に[二六]洲《す》あり。[二七]三四里許《みさとよさとばかり》なり。春の時は、香島《かしま》・行方《なめかた》二つの郡《こほり》の男女《をとこをみな》盡《ことごと》に來《き》て、[二八]蚌《うむぎ》・[二九]白貝《おふ》、雑味《くさぐさ》の貝物《かひつもの》を拾《ひろ》ふ。

りかねて、妹が手をとる」。

一七　一家の者全部が。一家総出で。

一八　浜一杯に群がって。万葉集に「浜も狭に」とあるのと同じ意の漢文修辞。

一九　大悦びで楽しみ笑った。

二〇　全部一緒に、同時に。

二一　上に板来村とある。ここに郷・村・里・邑の字を四つの地名にそれぞれ用い分けたのは漢文修辞である。

二二　斬りつくす。日本紀私記(神武)に「尽」を、崇峻紀の古訓に「悉」をフツニと訓む。「臨」は上より下へ向ってする意で(万葉集の臨照(テオシテル)の臨に同じ)、剣をふりおろす故に斬の形容としてフツニキルの語にあてたもの。

二三　潮来町潮来の東北にある古高(ふったか)が遺称地。稲敷郡桜川村にも古渡(ふっと)という類似地名がある。

二四　アバの里と訓んで潮来町古高の安波台の地に擬している(上にも同名の安婆島が見える)。ただし安伐の字音アバには安殺の意味はない。古代の風土記では、地名をその表記の漢字字音で呼び、同じ漢字の字義によってその地名を説明した例はない。上文の説明は安伐の字義にあたる故、地名も字義によって呼ぶべきで、武田訓に従いヤスキリと訓読しておく。ヤスキリの遺称地は不明。

二五　潮来町江崎が遺称地。

二六　前川を隔てた潮干の対岸、大洲附近の地。

二七　洲の周囲の里程をいう。

二八　蛤の類。

二九　ウバ貝。既出(五九頁頭注二四)。

一　和名抄の郷名に当鹿(鹿は麻の誤)と見える。鹿島郡鉾田町当間が遺称地。今は巴川の北岸にあるが、もと南岸(旧行方郡秋津村)に部落があった。
二　遺称地なく所在明らかでない。
三　仮りの御座所。既出(四三頁頭注二四)。
四　道路がまわりくねっている意、または道路に凸凹のある意。ここは後の意に用いている。
五　塉に同じ。地味のやせている意。

自レ郡東北十五里[1]　當麻之郷　古老曰　倭武天皇　巡行過二于此
郷一　有三佐伯名曰二鳥日子一　縁二其逆一レ命　隨便略殺[2]　卽幸二屋
形野之帳宮[3]一　車駕[4]所レ經之　道狹地深淺　取[5]二惡路之義一　謂二之
當麻一（俗云二多々支々斯一）　野之土塉[6]　然生二紫艸一　在[7]三二神子之社一　其周
山野　櫟柞栗柴　往々成レ林　猪猴狼多住
從レ此以南[8]　藝都里　古　有下國栖名[9]曰二寸津毗古寸津毗賣一二人上
其寸津毗古　當二天皇之幸一　違レ命背[10]レ化　甚无[11]二肅敬一　爰抽二御
劒一　登時斬滅　於レ是　寸津毗賣　懼悚心愁　表二擧白幡一　迎[12]
レ道奉レ拜　天皇　矜降二恩旨一　放二免其房一　更廻二乘輿一　幸二
小抜野之頓宮一　寸津毗賣　引二率姉妹一　信竭二心力一　不レ避二
風雨一　朝夕供奉　天皇　欵[13]二其慇懃一惠慈　所以　此野謂二宇流
波斯之小野一
其南[14]田里　息長足日賣[15]皇后之時　人[16]二此地一　名曰二古都比古一
三度遣二於韓國一　重[17]二其功勞一賜レ田　因名　又　有二波須[18]武之
野一　倭武天皇　停二宿此野一　修二理弓弭一　因*

1 板による。底・彰など「西」。
2 底・彰など「敬」、殺の古體敍よりの誤。
3 群・板による。底・板「頓」。
4 本による。底・諸本「駕」がない。
5 底・諸本による。底・諸本「取」がない。板により補う。
6 底・彰など「埇」(置土の意)。群・板により訂す。
7 底・彰「取」。字形の近似により「在」と傍注。
「有カ」と傍注。

誤とする。群は三字「在」と補い、「香島香取」とし、「有香島板は四字補い「香島香取」としているが、恐らくは不要。
8 板「是」。底・諸本による。
9 板「名」がない。底・諸本による。
10 底「皆」、「背」を傍書。彰・諸本による。
11 底「元」。彰・諸本による。
12 彰・家「卯」。底・群・板による。
13 底・諸本「疑」。板により訂す。
14 底・諸本「名」。彰「名」の上に「南」を補い、板はこれに従っているが、底は「名」に「南カ」と傍注。
15 底・諸本「寶」がない。板により補う。
16 板「此地八」。底・諸本による。
17 彰・家「童」。底・群・板による。
18 底・諸本「耶」。板「都」としているが、「須」または「取」の誤とすべきであろう。

郡《こほり》より東北《うしとら》のかた十五里《さと》に當麻《たぎま》[一]の郷《さと》あり。古老《ふるおきな》のいへらく、倭武《やまとたける》の天皇《すめらみこと》、巡《めぐ》り行《い》でまして、此の郷《さと》を過《す》ぎたまふに、佐伯《さへき》、名は鳥日子《とりひこ》といふものあり。其の命《みこと》に逆《さか》ひしに縁《よ》りて、隨便《すなは》ち略殺《ころ》したまひき。卽《やが》て、屋形野《やかたの》[二]の帳《とばり》[三]の宮《みや》に幸《い》でますに、車駕《みくるま》の經《へ》ける道《みち》狹《さ》く地深淺《つちたぎたぎ》[四]しかりき。惡《あ》しき路《みち》の義《こころ》を取《と》りて、當麻《たぎま》と謂《い》ふ。俗《くにひと》、多支多支《たぎたぎ》と謂《い》ふ。野《の》の土塉《つちや》[五]せたれども、紫艸《むらさき》[六]生《お》ふ。二つ[七]の神子《みこ》の社《やしろ》あり。其の周《めぐり》の山野《やまの》は、櫟《いちひ》・柞《ははそ》[八]・栗《くり》・柴《くぬぎ》、往々林《よりよりはやし》を成《な》す。猪《ゐ》・猴《さる》・狼《おほかみ》、多《さは》に住《す》めり。

此《ここ》[九]より南に藝都《きつ》[一〇]の里《さと》あり。古《いにしへ》、國栖《くず》、名は寸津毗古《きつひこ》・寸津毗賣《きつひめ》といふもの二人《ふたり》ありき。其の寸津毗古《きつひこ》、天皇《すめらみこと》の幸《いでまし》に當《あた》り、命《みこと》に違《たが》ひ、化《おもむけ》[一一]に背《そむ》きて、甚《いた》く肅敬《ゐや》[一二]なかりき。爰《ここ》に御劒《みつるぎ》を抽《ぬ》きて、登時《たちまち》[一三]に斬《き》り滅《ころ》したまひき。是《ここ》に、寸津毗賣《きつひめ》、懼悚《おそ》り心愁《うれ》へ、白《しろ》[一四]幡《はた》を表擧《かか》げて、道《みち》に迎《むか》へて拜《をろが》みまつりき。天皇《すめらみこと》、矜《あはれ》みて恩旨《みめぐみ》を降《くだ》し、其の房《いへ》[一五]を放免《ゆる》したまひき。更《さら》に乘輿《みこし》を廻《めぐ》らして、小抜野《をぬきの》[一六]の頓宮《かりみや》[一七]に幸《いでま》すに、寸津毗賣《きつひめ》、姉妹《いろねいろと》を引率《ひきゐ》て、信《まこと》に心力《こころ》を竭《つく》し、雨風《あめかぜ》を避《さ》けず、朝夕《あしたゆふべ》に供《つか》へまつりき。天皇《すめらみこと》、其の慇懃《ねもころ》なるを欵《おむか》[一八]しみて、惠慈《うるは》[一九]しみたまひき。この所以《ゆゑ》に、此の野を宇流波斯《うるはし》[二〇]の小野《をの》と謂《い》ふ。

[二一]其の南に田《た》[二二]の里《さと》あり。息長足日賣《おきながたらしひめ》[二三]の皇后《おほきさき》の時、此の地《ところ》に人あり。名を古都比古《こつひこ》[二四]といふ。三度《みたび》[二五]韓國《からくに》に遣《つか》はされぬ。其の功勞《いさを》[二六]を重《おも》みして田《た》を賜《たま》ひき。因《よ》りて名づく。又《また》、波須武《はずむ》[二七]の野《の》あり。倭武《やまとたける》の天皇《すめらみこと》、此の野に停宿《やど》りて、弓弭《ゆはず》を修理《つくろ》[二八]ひたまひき。因《よ》り

六　根を紫色の染料に用いる草の名。
七　香取の神と鹿島の神の二神を祀る分祠。当間の鎮守に擬している。
八　ははそ・ならの訓がある。
九　当麻郷を指す。
一〇　和名抄の郷名に芸都と見える。北浦村化蘇沼（けそぬま）を遺称としている。
一一　風化。教化。天皇の統治に従わない意。
一二　敬わず無礼であった。
一三　即座に。
一四　服従の表示の旗。
一五　家。居処。
一六　北浦村小貫が遺称地。
一七　行宮。頓は旅。
一八　嘉しとする。およろこびになる。
一九　愛しいつくしむ。親愛に思う。
二〇　遺称はない。小抜野の別名。
二一　芸都里を指す。
二二　和名抄の郷名に道田と見えるのにあたる。遺称地はないが、麻生町の北部(旧大和村)の地に擬せられる。
二三　神功皇后。
二四　他に見えない人。いわゆる神功皇后の三韓征討に従軍した人。
二五　記紀には唯一回だけの征討と記しているのは説話化せられた伝承で、何回か繰返して派兵せられたとする伝承があったのであろう。
二六　大きな戦功と見て、この里の田を戦功に対する功田として与えられた。
二七　遺称地はないが、麻生町小牧(旧大和村)附近に擬している。
二八　整え用意する意。補修の意ではあるまい。

名也　野北海邊　在二香島神子之社一　土堉[1]　櫟柞楡竹[2]　一二所生

從レ此以南　相鹿大生里　古老曰　倭武天皇　坐二相鹿丘前宮一　此時　膳炊屋舍　構[3]二立浦濱一　編レ艀作レ橋　通二御在所一　取二大炊之義一　名二大生之村一　又　倭武天皇之后　大橘比賣命　自レ倭降來　參二遇[4]此地一　故　謂二安布賀之邑一（行方郡分　不レ略之）

香島郡（東大海　南下總常陸堺安是湖　西流海　北那賀香島堺阿多可奈湖）

古老曰　難波長柄豐前大朝馭[5]宇天皇之世　己酉年　大乙上中臣（　）[6]子　大乙下中臣部兎子等　請二惣領高向大夫一　割二下總國海上國造部內輕野以南一里　那賀國造部內寒田以北五里一　別置[7]二神郡一　其處所レ有　天之大神社　坂戶社　沼尾[8]社　合二三處一　惣稱二香島天之大神一　因名レ郡焉（風俗說云[9]二霰零香島之國一）

1 底・彰「埆」。板「堉」。板により訂す。家
2 底「叫」の如き字形、彰など「叫」の如き字形。讀み難いが、「竹」の草體の誤とすべきか。
3 底・彰など「稱」。群・板による。
4 底・彰など「遝」。群・板による。
5 底・彰「馭」がない。彰などの補字による。
6 板「鎌」を補ったのは不可。彰は脫字とする。
7 底・彰など「量」。群・板による。
8 底・彰など「治」。群・板による。
9 板「日」。底・諸本による。

一　麻生町小牧の鹿島神宮の摂社、鉾神社に擬している。

二　田里を指す。

三　和名抄の郷名に逢鹿と見える。およそ麻生町の旧太田村の地にあたる。中世、この地の城主を相賀氏と称した。

四　和名抄の郷名に大生と見える。潮来町大生(おお)が遺称地。旧大生原村の地にあたる。相鹿里の南に隣接する里。

五　麻生町岡(旧太田村)を遺称地とする。仮りの宮、行宮である。

六　天皇の御食事を煮炊きする家屋。かしぎや。炊・屋に各一字を添えて四字の句に整えたもの。

七　艀また艜に通用させた字。小舟。はしけ。和名抄に浮艇、新撰字鏡に艀艜とある。小舟を並べつないで橋の代用にしたのである。

八　オホイヒ(大飯)の意。

九　記紀の弟橘比売命と同人であろう。その姉姫と見る説がある。

一〇　およそ現在の鹿島郡の地域。和名抄の郡名に鹿島(加之末)と見え、続日本紀(養老七年初見)以降鹿島の文字を用いている。香島は旧用字。

一一　遺称はないが、利根川の河口附近の名。

一二　水門の意。川が海に注ぎ入るところ。

一三　霞ガ浦(北浦)及びその下の利根川下流地。万葉集註釈巻第八に「常陸ノカシマノサキト下総ノウナカミトノアハヒヨリ、トヲクイリタル海アリ。スヱハフタナガレナリ。風土記ニハコレヲ流海トカケリ」とあ

て名づく。野の北の海邊《うみべた》に[一]香島《かしま》の神子《みこ》の社《やしろ》あり。土堵《つちや》せて、櫟《いちひ》・柞《ははそ》・楡《にれ》・竹《たけ》、一《ひとところ》二所《ふたところ》生《お》へり。[二]此《ここ》より南に[三]相鹿《あふか》・[四]大生《おほふ》の里《さと》あり。古老《ふるおきな》のいへらく、倭武《やまとたける》の天皇《すめらみこと》、相鹿《あふか》の[五]丘前《をかざき》の宮《みや》に坐《いま》しき。此の時、[六]膳炊屋舎《おほひどの》を浦濱《うらべ》に構《かま》へ立て、[七]艕《はしぶね》を編《あ》みて橋《はし》と作《な》して、御在所《みましどころ》に通《かよ》ひき。[八]大炊《おほひ》の義《こころ》を取りて、大生《おほふ》の村《むら》と名づく。又《また》、倭武《やまとたける》の天皇《すめらみこと》の后《きさき》、[九]大橘比賣命《おほたちばなひめのみこと》、倭《やまと》より降《くだ》り來《き》て、此の地《ところ》に參《まゐ》り遇《あ》ひたまひき。故《かれ》、安布賀《あふか》の邑《むら》と謂《い》ふ。（行方《なめかた》の郡《こほり》の分《くだり》は略《はぶ》かず）

[一〇]香島《かしま》の郡《こほり》　東《ひむがし》は大海《おほうみ》、南は下總《しもつふさ》と常陸《ひたち》との堺《さかひ》なる[一一]安是《あぜ》の[一二]湖《みなと》、西は[一三]流海《ながれうみ》、北は那賀《なか》と香島《かしま》との堺《さかひ》なる[一四]阿多可奈《あたかな》の湖《みなと》なり。

古老《ふるおきな》のいへらく、[一五]難波《なには》の長柄《ながら》の豐前《とよさき》の大朝《おほみや》に馭宇《あめのしたしろ》しめしし天皇《すめらみこと》のみ世、[一六]己酉《つちのととり》の年《とし》、[一七]大乙上《だいおつのかみつしな》[一八]中臣《なかとみの》（　）子《こ》、[一九]大乙下《だいおつのしもつしな》[二〇]中臣部兎子《なかとみべのうのこ》等《ら》、[二一]惣領《すべをさ》高向《たかむこ》の大夫《まへつぎみ》に請《こ》ひて、下總《しもつふさ》の國《くに》、[二二]海上《うなかみ》の國造《くにのみやつこ》の[二三]部内《くぬち》、輕野《かるの》より南の[二四]一里《ひとさと》と、那賀《なか》の國造《くにのみやつこ》の部内《くぬち》、寒田《さむた》より北の五里《いつさと》とを割《さ》きて、別《わ》きて[二五]神の郡《こほり》を置《お》きき。其處《そこ》に有《い》ませる[二六]天《あめ》の大神《おほかみ》の社《やしろ》・[二七]坂戸《さかと》の社《やしろ》・[二八]沼尾《ぬまを》の社《やしろ》、三處《みところ》を合《あは》せて、惣《す》べて[二九]香島《かしま》の天《あめ》の大神《おほかみ》と稱《い》ふ。因《よ》りて郡《こほり》に名づく。風俗《くにぶり》の説《ことば》に、[三〇]霰零《あられふ》る香島《かしま》の國《くに》といふ。

るのにあたる。

一四　遺称はないが涸沼(ひぬま)の水が大海に流れ出る河口地、即ち那珂川の河口地附近の名。

一五　孝徳天皇。

一六　大化五年(六四九)。

一七　天智三年制定の冠位二十六階中の第十九階。

一八　中臣鎌子(鎌足)とする説があるが不可。名の字を欠いて何人か不明。

一九　大乙上の二階下の官位名。

二〇　中臣氏の部曲の氏。

二一　既出(三四頁頭注一五)。

二二　千葉県海上郡を中心とする地方の統治者。

二三　統治地。所領地。

二四　郷里の里。距離をいうのでない。次の「五里」の里も同じ。

二五　香島の神の鎮座する郡の意。軽野・寒田は下に記す。鹿島郡の神池を界として以南が旧海上国造の地、以北が旧那賀国造の地であったことになる。

二六　大和朝廷系の高天原の神の意。鹿島神宮の祭神。

二七　鹿島町沼尾にある鹿島神宮の摂社。旧社地は東南の山之上という。

二八　沼尾にある鹿島神宮の摂社。

二九　鹿島神宮の祭神の名は風土記には明記していない。

三〇　霰の降る音のカシマシというかかりとも解されるが、霰の降る音のきしむ意で地名キシマ(杵島)に冠した称辞の転用であろう。肥前国風土記逸文杵島の条(五一五頁)参照。

清濁得レ糺　天地草味已[1]前　諸[2]祖天神 俗云[3][4]二賀味留[5]彌賀味留[5]岐一　會二集八百万神
於[6]高天之原一時　諸祖神告云[3]　今　我御孫命　光宅豐葦原水穗
之國　自二高天原一　降來大神　名稱二香島天之大神一　天則　號二
日[7]香島之宮一　地則　名二豐香島之宮一 俗云[3]　豐葦原水穗國　所レ依將レ奉止[8]詔　留爾　荒振[9]神等[10]　又　石根木立　草乃
片[11]葉辭語之　晝[12]者狹[13]蠅音聲　夜者火光[14]明　國　此乎[15]事向平[15]定　大[16]御神止　天降供奉
其後　至二初國所レ知美麻貴天皇之世一　奉幣　大刀十[17]口　鉾二
枚　鐵弓二張　鐵箭二具　許呂四口　枚鐵一連　練鐵一連　馬
一匹　鞍一具　八綵[18]鏡二面　五色絁一連 俗曰　美麻貴天皇之世　大坂　山乃頂爾　白細乃大御服々[19]坐
而　白桙御杖取坐　識賜命者　我前乎治奉者　汝聞[20]看食國乎[21]　大[22]國小國　事依給等識賜岐
于レ時　追二集八十之伴緒一　擧二此事一而訪問　於レ是　大中臣神聞勝命　答曰　大八島國　汝
所二知食一國止　事向賜之　香島國坐　天津[25]大御神乃擧敎[24]
事者　天皇　聞[25]レ諸　即恐驚　奉レ納二前件幣帛於神宮一也
神戸六十五烟 本八戸　難波天皇之世　加二奉五十戸一　飛鳥淨見原*

一　鹿島神宮の縁起を記す。天となるべきもの(清)と地となるべきもの(濁)とが分れずに交錯している天地開闢以前の状態の意。ここは天孫の地上国土統治以前をいう。
二　神々の祖となる男女神。記紀祝詞などによれば天皇の祖先神を指していう。
三　天つ神の子孫で天皇の祖となるいわゆる天孫。記紀ではニニギノ命とする。
四　統治する意。
五　高天原に対する地上の国の称で日本国をいう。
六　日本国の統治を命令する宣言をした。
七　その宣言によって天孫の統治国と定まった日本国内を平定するために(天孫の天降りに先立って)天降って来た神という意。
八　日本書紀・旧事記にはタケミカヅチノ神とあるが、当国風土記には鹿島の神の名を明記した箇所がない。
九　次の「地」に対する。高天原系即ち大和朝廷での称呼と、地方即ち常陸国での称呼とを指すか。
一〇　香島に冠する称辞。次の豊香島の豊に対する語とすべきであろう。
一一　以下は上文とほぼ同じ内容を口誦伝承の形のままに記したもの。
一二　依託する。天孫に日本国の統治権を依託する。
一三　悪い行動をする神。天孫の統治に従わない神。
一四　石・木及び草の一枚の葉。言語を発しないものの具体例。
一五　言語を発する。
一六　五月(夏)の蠅。国内の統一がなく騒いでいる状態を説話的に言ったもの。
一七　崇神天皇。初めて国を統治したという

1 板「以」。底・諸本による。
2 底・彰など「神」。下文及び板による。
3 板「曰」。底・諸本による。
4 「云」の下に底・彰・家「俗」。底傍注により「衍字」とする。
5 板「魯」とするが、底・諸本による。
6 底・彰など「高」がない。下文・板による。
7 諸本「曰」。「日」の誤とすべきか。
8 底・諸本「上始」。色川三中説による。
9 底・彰など「借」。群・板による。
10 底「欒等」二字。彰・群などによる。
11 底・彰など「竹」。
12 底・彰など「尽」。
13 底・彰など「使」。
14 底・彰など「大」。
15 底・彰など「手」。以上、群・板による。
16 底・彰など「大神御上」。私見により訂す。
17 底・彰など「古」の一字。群・板による。
18 板「咫」とするが、底・諸本による。
19 諸本「々」がない。次句に準じて今補う。
20 底・諸本「聞」の下に「勝」。板、衍字とするに従う。
21 板「平」。底・彰などによる。群「國平」二字がない。
22 底「圄」。彰・諸本による。
23 底「大」がなく、家「御」がない。群「天」に作る。彰に従う。
24 群・板「敎」の下に「戒」がある。底・彰などにより削る。
25 底・群など「開」。彰・板による。

[一]清《す》めると濁《にご》れると糺《あざな》はれ、天地《あめつち》の草昧《ひらくる》より已前《さき》、[二]諸祖天神《かみるみかみるぎ》 俗《くにひと》、賀味留彌《かみるみ》・賀味留岐《かみるぎ》といふ、八百万《やほよろづ》の神《かみ》たちを高天《たかま》の原《はら》に會集《つど》へたまひし時、諸祖神《かみるみかみるぎ》、告《の》りたまひしく、「今、我《わ》が[三]御孫《みま》の命《みこと》の[四]光宅《しら》さむ[五]豐葦原《とよあしはら》の水穗《みづほ》の國《くに》」と[六]のりたまひき。[七]高天《たかま》の原《はら》より降《くだ》り來《こ》し大神《おほかみ》のみ名を、[八]香島《かしま》の天《あめ》の大神《おほかみ》と稱《い》ふ。[九]天《あめ》にては則《すなは》ち、[一〇]日《ひ》の香島《かしま》の宮《みや》と號《なづ》け、地《つち》にては則《すなは》ち、豐香島《とよかしま》の宮《みや》と名づく。[一一]俗《くにひと》いへらく、豐葦原《とよあしはら》の水穗《みづほ》の國《くに》を[一二]依《よ》さしまつらむと詔《の》りたまへるに、[一三]荒《あら》ぶる神等《かみたち》、又《また》、[一四]石根《いはね》・木立《こだち》・草《くさ》の片葉《かきは》も[一五]辭語《ことど》ひて、晝《ひる》は[一六]狹蠅《さばへ》なす音聲《おとな》ひ、夜《よる》は火《ひ》の光明《かがや》く國なり。此《こ》を事向《ことむ》け平定《やは》さむ大御神《おほみかみ》と、天降《あまくだ》り供《つか》へまつりき。

其の後《のち》、[一七]初國知《はつくにし》らしし美麻貴《みまき》の天皇《すめらみこと》のみ世に至《いた》りて、奉《たてまつ》る[一八]幣《みてぐら》は、大刀《たち》十口《とふり》、鉾二《ほこふた》枚《ひら》、鐵弓二張《かなゆみふたはり》、鐵箭二具《かなやふたよろひ》、[一九]許呂四口《ころよつ》、[二〇]枚鐵一連《ひらがねひとつら》、[二一]練鐵一連《ねりがねひとつら》、馬一匹《うまひとつ》、鞍一具《くらひとよろひ》、[二二]八絲《やたの》鏡二面《かがみふたおもて》、五色《いついろ》の[二三]絁一連《あしぎぬひとつら》なりき。[二四]俗《くにひと》いへらく、美麻貴《みまき》の天皇《すめらみこと》のみ世、[二五]大坂山《おほさかやま》の頂《いただき》に、白細《しろたへ》の大《おほ》御服《みぞき》服まして、[二六]白桙《しらほこ》の御杖《みつゑ》取りまし、[二七]識《さと》し賜《たま》ふ命《みこと》は、「我《わ》がみ[二八]前《まへ》を治《をさ》めまつらば、[二九]汝《いまし》が聞《き》こし看《め》さむ食國《をすくに》を、大國小國《おほくにをくに》、[三〇]事依《ことよ》さし給《たま》はむ」と識《さと》し賜《たま》ひき。時に、八十《やそ》の[三一]伴緒《とものを》を追集《おしつど》へ、此の事を擧《あ》げて[三二]訪問《と》ひたまひき。是《ここ》に、[三三]大中臣《おほなかとみ》の神聞勝命《かむききかつのみこと》、答《こた》へけらく、「大八島國《おほやしまぐに》は、汝《いまし》が知《し》ろし食《め》さむ國と事向《ことむ》け賜《たま》ひし香島《かしま》の國に坐《いま》す天《あま》つ大御神《おほみかみ》の[三四]擧教《さと》しましし事《こと》なり」とまをしき。天皇《すめらみこと》、これを聞かして、卽《すなは》ち恐《かしこ》み驚《おどろ》きたまひて、前《さき》の件《くだり》の幣帛《みてぐら》を神の宮《みや》に納《をさ》めまつりき。

[三五]神戸《かむべ》は六十五烟《むそぢあまりいつつ》なり。本《もと》は八戸《やへ》なりき。[三六]難波《なには》の天皇《すめらみこと》のみ世、五十戸《いそへ》を加《くは》へまつり、[三七]飛鳥《あすか》の淨見原《きよみはら》

意。記紀は神武天皇と崇神天皇とに冠称している。

一八　神に奉納するものの総称。ここに列記したものは武器が殆どで、祭神を武神とすることを示す。

一九　語義不明。鉄製の武器か。胡録(ころく)(やなぐい)とする説がある。

二〇　板状の鉄。

二一　鍛煉した鉄。

二二　絲は条(すじ)。鏡の紋帯の条の意で、ヤタの鏡にあてた用字であろう。

二三　フトギヌともいう。絹糸の太くあらいもので織った織物。

二四　奉幣の由来について口誦伝承の形のままを記したもの。

二五　大和(北葛城郡)から河内(南河内郡)に越える要路の山。二上山一帯を指すのであろう。古事記に崇神朝大坂の神に奉幣したとある。

二六　鉾を杖としているのである。

二七　神の託宣。

二八　神を祭る意。ミマヘ・ヲサメマツル等は自己敬語。

二九　崇神天皇を指す。次々行も同じ。

三〇　神が天皇に。国の大小をとわず全部、統治出来るようにしてあげようの意。

三一　天皇に仕えている部族の長。

三二　質問。神託の意を解かせた。

三三　大中臣氏の祖。神意を聞き識ることのすぐれている意。

三四　鹿島の神が大坂山にあらわれて、下した神託だという意。

三五　神社所領の民戸。

三六　孝徳天皇。

三七　天武天皇の世。

大朝　加二奉九戸一　合六十七戸　庚寅
年　編戸減二二戸一　令[1]レ定二六十五戸一
淡海大津朝　初遣二使人一　造二神之宮一　自レ爾已來　修理不レ絶
年別七月　造レ舟而奉レ納二津宮一　古老曰　倭武天皇之世　天之
大神　宣二中臣[2]巨狹山命一　今[3]仕二御舟一者　巨狹山命答曰　謹承二
大命一　無二敢所一レ辭　天之大[4]神　昧爽[5]後宣　汝舟者　置二於海中一
舟主仍見　在二岡上一　又宣　汝舟者　置[6]二於岡上一也　舟主因求
更在二海中一　如レ此之事　已非二一三一　爰則懼惶　新令[7]レ造二舟
三隻[8]　各長二丈餘一　初獻之
又　年別四月十日　設レ祭灌レ酒　卜氏種屬　男女集會　積レ日
累[9]レ夜　飲[10]樂歌舞　其唱云[11]　安[12]良佐賀乃　賀味能彌佐[13]氣乎[14]　多
義止[15]　伊比祁[16]婆賀母與[17]*

1 底・群・家「今」。彰「合」。群・板による。
2 板「臣」。底・彰などによる。
3 底・諸本「今社御舟者」。板は下に脱文があるとし、武田訓は「今」を「令」の誤とするが、「社」を「仕」の誤として解讀した。
4 底・彰など「神大」。群・板による。
5 板「復」。底・諸本による。
6 底、脱字、「置カ」と傍注。彰・諸本による。
7 底・彰「ゝ」。群にない。板による。
8 彰「使」の如き字形。底・群・板による。
9 底・彰など「夜」の上に「子」がある。群・板により衍字とする。
10 底・彰など「樂飲」。板及び他例により上下する。
11 板「曰」。底・諸本による。
12 底・諸本、本文として大書。日本語文を注書とする例によればこの細書とすべきか。
13 底「位」。彰「位」「佐」中間の字形。群などによる。
14 底・群など「畢」。彰、その略體の如き字形。板により訂す。
15 栗注「多氣々々止」と補字するが不要。
16 底・彰「郡」に作り、「祁カ」と傍注。
17 「與」の誤か。「與」を假名に用いた例は他にない。

一 持統四年(六九〇)。戸籍を検し、地方政治を整えられた年。
二 戸籍に編入する公民の戸。
三 天智天皇朝。この条は鹿島神宮の修造の縁起を記す。
四 建物の修築また改築。延喜式には正殿

の大朝《おほみよ》に、九戸《ここのへ》を加《くは》へまつり、合《あは》せて六十七戸《むそぢあまりななへ》なりき。[一]庚寅《かのえとら》の年《とし》、[二]編戸《へむこ》二戸《ふたへ》を減《へ》し、六十五戸《むそぢあまりいつへ》に定《さだ》めしめき。

[三]淡海《あふみ》の大津《おほつ》の朝《みよ》に、初《はじ》めて使人《つかひ》を遣《つか》はして、神《かみ》の宮《みや》を造《つく》らしめき。爾《それ》より已來《このかた》、修《つ》[四]理《く》ること絶えず。

[五]年別《としごと》の七月《ふみつき》に、舟《ふね》を造《つく》りて津《つ》[六]の宮《みや》に納《をさ》め奉《まつ》る。古老《ふるおきな》のいへらく、[七]倭武《やまとたける》の天皇《すめらみこと》のみ世、[八]天《あめ》の大神《おほかみ》、中臣《なかとみ》の[九]巨狭山命《おほさやまのみこと》に宣《の》りたまひしく、「今、[一〇]御舟《みふね》を仕《つか》へまつれ」とのりたまひき。巨狭山命《おほさやまのみこと》、答《こた》へてまをししく、「謹《つつし》みて大《おほ》き命《みこと》を承《うけたまは》りぬ。[一一]敢《あ》へて辭《いな》ぶるところなし」とまをしき。天《あめ》の大神《おほかみ》、[一二]昧爽《よあ》けて後《のち》、宣《の》りたまひしく、「汝《いまし》が舟《ふね》は海の中に置きつ」とのりたまひき。[一三]舟主《ふなぬし》、仍《よ》りて見るに、[一四]岡《をか》の上《うへ》にあり。又《また》宣《の》りたまひしく、「汝《いまし》が舟《ふね》は岡《をか》の上《うへ》に置きつ」とのりたまひき。舟主《ふなぬし》、因《よ》りて求《もと》むるに、更《また》、海の中《なか》にあり。かかる事《こと》、[一五]已《すで》に二《ふたたび》三《みたび》にあらざりき。爰《ここ》に、則《すなは》ち懼《おそ》り惶《かしこ》み、新《あらた》に舟《ふね》三《み》隻《つ》、各《おのもおのも》、長さ二丈餘《ふたつあまり》なるを造《つく》らしめて、初《はじ》めて獻《たてまつ》りき。

又《また》、年別《としごと》の四月《うづき》十日《とをか》に、祭《まつり》を設《ま》けて酒灌《さけのみ》[一六]す。[一七]卜氏《うらべうぢ》の種屬《やから》、男《をとこ》も女《をみな》も集會《つど》ひて、日《ひ》を積《つ》み夜《よ》を累《かさ》ねて、飲《さけの》み樂《たのし》み歌《うた》ひ舞《ま》ふ。其の唱《うた》にいはく、

[一八]あらさかの　神《かみ》のみ酒《さけ》を
[一九]飲《た》げと　言《い》ひけばかもよ

は二〇年にして改築し、六ヶ院は二〇年に一度修造するとある。

五　鹿島神宮の御舟祭の縁起を記す。鹿島の神が水上交通神であることを示す。

六　浜辺にある別宮。鹿島町大舟津にあった。

七　景行天皇の皇子、倭武命。常陸国風土記では天皇と称し、その妃を皇后と称している。したがって、倭武天皇の「み世」という言い方が可能なのである。

八　鹿島神宮の神。

九　中臣鹿島連(鹿島の大宮司の家)の祖。巨の字を臣とするもの(続紀・尊卑分脈・鹿島大宮司系図)もあるが、姓氏録・荒木田系図では巨または大とある。

一〇　神の舟を管理し、神に奉仕する。

一一　おことわりはいたしません。神命に従って神舟を管理します。

一二　夜が明けてから。

一三　中臣の巨狭山命を指す。

一四　神が神意のままに舟を操作する霊力のあることを説話化したもの。

一五　未と反対の意をあらわす漢文修辞のための助辞。

一六　飲の意の字。酒宴をする。

一七　中臣氏と同祖の氏族で、卜占を職とし、神社に奉仕した。ここは鹿島神宮に奉仕する神官達をいう。

一八　一首の大意は、神酒を飲めとすすめられ—それで飲まされたためか、わたしは酔ってしまった。神酒を称える酒祭の歌。アラサカは顕栄の意で神に冠する称辞。または新栄の意で新酒に冠する称辞か。

一九　飲み、食う意。

和我惠比爾祁牟

神社周匝　卜氏居所　地體高敞　東西臨レ海　峯谷犬牙　邑里交錯　山木野草　自屛二內庭之藩籬一　澗[1]流崖泉　涌[2]二朝夕之汲流一　嶺頭構レ舍　松竹衞二於垣外一　谿腰堀レ井　薜蘿蔭二於壁上一　春經二其村一者　百艸艶花[3]　秋過二其路一者　千樹錦葉　可レ謂二神仙[4]幽居之境　靈[5]異化誕之地一　佳麗之豐　不レ可二悉記[6]一

其社南　郡家　北[7]沼尾池　古老曰　神世　自レ天流來水沼　所レ生蓮根　味氣太異　甘[8]絕二他所一之　有レ病者　食二此沼蓮一　早差驗之　鮒鯉多住　前郡所レ置　多蒔レ橘　其實味之

郡東二三里　高松濱　大海之流[9]差[10]砂貝[11]　積成[12]二高丘一　松林自生　椎柴[13]交雜　既如二山野一　東南[14]　松下出泉　可二八九步一　淸渟太好　慶[15]雲元年　國司婇[16]女朝臣[17]　率二鍛[18]佐備大麻呂等一　採二若松[19]濱之鐵一　以造レ劍之　自レ此以南　至二輕野里若松濱一之間　可二卅餘里一　此皆松山　伏[20]苓伏[21]神　每[22]レ年＊

1 底・彰など「潤」。板注所引昌平家「澗」。板注所引昌平文庫本により「澗」(谷川の意)の誤とする。
2 彰「涌」の上一字欠字とする。
3 群・板「艶」の字なく欠字。底・彰「朽損」と記入。栗注「艶」を補い、後藤説「綺」を補う。意によって「艶」を補っておく。
4 底・家・群「仙」の下に「之」がある。彰・板により削る。
5 底「ミ」(不明文字の記號か)。彰・家「々」。群・板は欠字。栗注の補字に従う。
6 底「之」。彰・群などによる。
7 底・彰など「治」に作り「沼」を傍記。
8 板「甘」の下に「美」。底・諸本による。
9 彰「之」の下に「海邊」二字を補い、板などこれに従うが、底・家により舊に復した。
10 彰・群・板「着」。底・彰などによる。
11 底・彰など「具」。群・板による。
12 底・彰など「民」。群・板による。
13 彰「栗」。底・諸本による。
14 底・諸本「西」。意により「南」の誤とする。
15 彰は以下二八字を「穿鐵也」の下に移している。底に従い、舊のままとする。
16 板「釆」。底・諸本による。
17 板「臣」の下に「卜」。「臣」の略體の誤寫重記。
18 板「鍛」の下に「冶」。底・諸本による。
19 或は「高松濱」の誤ではないか。
20 底・板「伏」の上に「產」。諸本にない。
21 底・彰など「伏」がない。その傍記による。
22 底・彰など「毋」。底傍注・板による。

一 東は鹿島灘(太平洋)、西は北浦(霞ガ浦)。
二 峰谷と邑里とが犬牙交錯する意を二句に分けた漢文修辞。犬牙・交錯は入りまじる意。邑里は人の居住するところ、峰谷は人の居住しないところをいう。
三 周囲に生い繁って垣の如く、その内側は内庭の如くになっているをいう。
四 崖の意。
五 色美しく咲いた花。
六 俗人の容易に行くことの出来ない仙人の住んでいるところ。神仙境。
七 すぐれた霊性をもつ神(仙)の生れるところ。神(仙)の国。上の句に対句として並べ記したもので神仙境と同じ。
八 鹿島神宮。
九 郡衙の遺蹟地は伝えられていないが、神宮の南側近くにあったと認められる。
一〇 鹿島神宮の北。「其の社の南にして郡家の北に」と読んでは地理があわない。
一一 鹿島町沼尾の沼尾社の西にある沼が遺蹟地。和名抄の郷名に諸尾(諸は猪の誤)と見える地。
一二 夫木集所引の沼尾池の記事(四五七頁)はこの条の記事を粉飾したもの。
一三 癒ゆる意。

我《わ》が酔《ゑ》ひにけむ。

神の社《やしろ》の周匝《めぐり》は、卜氏《うらべうぢ》の居《す》む所《ところ》なり。地體《くにがた》は高《たか》く敞《たひら》かにして、[一]東《ひむがし》と西とは海に臨《のぞ》み、[二]峯谷《をたに》は犬《いぬ》の牙《きば》なし、邑里《むらざと》と交錯《まじ》れり。山の木と野の草とは、自《おのづか》ら[三]内庭《うちつには》の藩籬《まがき》を屏《た》て、澗《たに》の流《なが》れと崖《きし》の泉《いづみ》とは、朝夕《あしたゆふべ》の汲流《くみみづ》を涌《わ》かす。嶺《みね》の頭《ほとり》に舎《いへ》を構《つく》りて、松と竹と垣《かき》の外《と》を衞《まも》り、谿《たに》の腰《こし》に井《ゐ》を掘《ほ》りて、[四]薜蘿壁《つたかづらかき》の上《うへ》を蔭《かく》す。春、其の村を經《ふ》れば、百《もも》の艸《くさ》に[五]艶《にほ》へる花あり。秋、其の路《みち》を過《す》ぐれば、千《ち》の樹《き》に錦《にしき》の葉《このは》あり。[六]神仙《かみ》の幽居《かくりす》める境《さかひ》、[七]靈異《くしび》の化誕《なりい》づる地《ところ》と謂《い》ふべし。佳麗《うるは》しきことの豐《ゆた》かなるは、悉《つまびら》かに記《しる》すべからず。

[八]其の社《やしろ》の南に[九]郡家《こほりのみやけ》あり。[一〇]北に[一一]沼尾《ぬまを》の池あり。古老《ふるおきな》のいへらく、[一二]神世《かみよ》に天《あめ》より流《なが》れ來《こ》し水沼《みぬま》なり。生《お》へる蓮根《はちす》は、味氣《あぢはひ》太《はなは》だ異《こと》にして、甘《うま》きこと他所《あだしところ》に絕《すぐ》れたり。病《や》める者《もの》、此の沼《ぬま》の蓮《はちす》を食《くら》へば、早《はや》く[一三]差《い》えて驗《しるし》あり。鮒《ふな》・鯉《こひ》、多《さは》に住《す》めり。前《さき》に[一四]郡《こほり》を置ける所《ところ》にして、多《おほ》く橘《たちばな》を蒔《う》ゑて、其の實味《みうま》し。

郡《こほり》の東《ひむがし》二三里《さと》に[一五]高松《たかまつ》の濱《はま》あり。[一六]大海《おほうみ》の流《なが》し差《さ》す砂《いさご》と貝《かひ》と、積《つ》もりて高き丘《をか》と成《な》る。松の林《はやし》自《おのづか》らに生《お》ひ、椎《しひ》・柴《くぬぎ》交雜《まじ》り、[一七]既《すで》に山野《やまの》の如《ごと》し。[一八]東南《たつみ》のかた、松の下《した》に[一九]出泉《いづみ》あり。[二〇]八九歩《やあしここのあし》ばかり、清《きよ》く渟《たま》りて太《はなは》だ好《よ》し。[二一]慶雲元年《きやううむのはじめのとし》、[二二]國《くに》の司《つかさ》、[二三]婇女朝臣《うねめのあそみ》、[二四]鍛《かぬち》、[二五]佐備《さび》の大麻呂等《おほまろら》を率《ゐ》て、[二六]若松《わかまつ》の濱《はま》の鐵《まがね》を採《と》りて、劍《つるぎ》を造《つく》りき。[二七]此《ここ》より南、[二八]輕野《かるの》の里《さと》の[二九]若松《わかまつ》の濱《はま》に至《いた》る間《あひだ》、卅餘里《みそさとあまり》ばかり、此《こ》は皆松山《まつやま》なり。[三〇]伏苓《まつほど》・[三一]伏神《ねあるまつほど》を年毎《としごと》に

一四 郡家、郡役所の意。
一五 鹿島町の東部(旧高松町)の海岸地。下津・平井・粟生にわたる砂丘地で、鹿島浦という。
一六 鹿島灘の海水が流し寄せて来た。貝塚
一七 全く。すっかり。[の生因の一説明。
一八 高松浜の東南。
一九 遺蹟は明らかでないが、粟生の南に泉川の地がある。
二〇 泉の周囲の長さ。
二一 文武朝、七〇四年。和銅六年から九年前にあたる。
二二 国守の意。常陸国守。
二三 続紀に見える釆女朝臣枚夫(慶雲元年正月従五位下、同四年十月従五位上御装司となる)であろう。この年に常陸国守になったことになる。
二四 金打ちの意。鍛冶に従事する人。
二五 サビは小刀また鋤の意。他に見えないが氏の名であろう。
二六 このままならば若松浜の鉄を採って高松浜で鍛えたこととなる。若松浜は高松浜の誤か、或は次の若松浜の記事に続く文とすべきか。疑を存しておく。
二七 高松浜。
二八 神栖村神池(こうのいけ)から東南方にわたる地域。神池を軽の池ともいう。和名抄の郷名に軽野と見える。
二九 神池の東方から南方に続く海辺の丘陵地。波崎町の北部をもと若松村と言った。
三〇 松の下に生ずる塊状の薬草。延喜(典薬寮)式に常陸国から貢上する年料雑薬中に見える。
三一 伏苓の根のあるもの。

一 鹿島半島の南端、利根川の河口地。
二 既出(六四頁頭注一一)。
三 和名抄の郷名に幡麻とある。神池(こうのいけ)の南西方地域。神栖村高浜が遺称地。
四 神栖村の神池。寒を音読して同音の神の字に替えたもの。今も音読してコウノイケという。
五 周囲の長さ。
六 和名抄(高山寺本)の郷名に中島とあるのにあたる。浜里の北隣の里。神池の西方地域(旧中島村)。
七 あるところの、というに同じ。
八 奥野谷浜・知手浜附近の太平洋岸。
九 船の内側の幅。
一〇 天智天皇の世。
一一 朝廷の統治下に入らない東北奥地の探検調査をいう。覔は覓の俗字。
一二 福島県石城郡の地。まだ石城国が建てられず、陸奥国の一郡であることを示す。
一三 軽野の南。
一四 ウナヒ(海辺)の音訛。旧訓ヲトメとするのは童女の訓で不可。遺称地なく所在は明らかでない。波崎町波崎の手子崎神社の地は恐らく郎女の本居、松原はその北方の旧若松村の海辺か。釈日本紀巻十三に以下歌の前までを引用。
一五 ウナヰ髪(垂髪で結い上げないもの)にしている男女。
一六 神男・神女。神に奉仕している男女。巫祝。天武紀十三年・文武慶雲二年の詔によれば、巫祝は年齢にかかわらず垂髪であった。
一七 上文の寒田沼(神池)とある地を本居と

堀之 其若松浦 即 常陸下總二國之堺 安是湖之所ㇾ有 沙鐵造ㇾ劍大利 然爲二香島之神山一 不ㇾ得二輙入 伐ㇾ松穿ㇾ鐵也

郡南廾里 濱里 以東松山之中 一大沼[1] 謂二寒田一 可二四五里[2]一 鯉鮒住之[3] 之万輕野[4]二里 所ㇾ有田少潤之 輕野以東 大海濱邊 流着大船 長一十五丈[5] 濶一丈餘 朽摧埋ㇾ砂 今猶遺之 謂下淡海之世 擬ㇾ遣ㇾ覔[6]ㇾ國 令[7]二陸奧國石城船造一 作[8]二大船一 至[9]二于此一着ㇾ岸[10] 即破之上

以南 童子女松原 古 有二年少僮[11]子一[12] 俗云[13]二加味乃乎止古加味乃乎止賣一 男[14]稱二那賀寒田之郎子一 女號二海上安是之嬢子一 竝形容端正 光二華郷里一 相二聞名聲一 同二存望念一 自愛心滅[15] 經ㇾ月累ㇾ日 嬥歌之會 俗云[13]二宇太我[16]岐一 又云[13]二加我毗一也 邂逅相遇 于ㇾ時 郎子歌曰 伊[17]夜是留乃 阿是乃古麻都爾 由布悉弖々 和乎布利彌由母 阿是古志麻波母*

1 板「一」の上に「有」。底・彰などによる。
2 底・彰「里」なく、補字している。
3 底・彰など「之」(又は「々」)がない。補字して四字六字に句を整える。板は「之万」二字なく「沼水流灌」四字を補うが恐らく不可。
4 板「野」の下に「田」。底・諸本などによる。
5 底・彰など「里大」。群・板による。
6 底・諸本「不見」二字とする。板による。
7 底・彰など「今」。群・板による。
8 底・彰など「大船」二字なく「朽損」とあり、群は欠字。板の補字に従い二字を補う。
9 底・彰など「ゝ」。群・板による。
10 底・彰など「峯」。群・板による。
11 底・諸本「童」。下文及び釋紀所引文による。
12 彰「子」の下に「女」を補う。釋紀所引文・底・諸本のまま。
13 板「曰」。諸本・釋紀所引文による。
14 板「男」なく、栗注に「童」を補うが、底・彰・群などに「男」とある。
15 板「熾」。底・諸本・釋紀所引文による。
16 底・彰など「大」。板・釋紀所引文による。
17 底・彰などは大書。群に従って注書とする。

掘《ほ》る。其の若松《わかまつ》[一]の浦《うら》は、即《すなは》ち、常陸《ひたち》と下總《しもつふさ》と二つの國の堺《さかひ》なる安是《あぜ》[二]の湖《みなと》のあるところなり。沙鐵《すなごのあらがね》は劒《つるぎ》を造《つく》るに、大《はなは》だ利《と》し。然《しか》れども、香島《かしま》の神山《かみやま》たれば、輙《たやす》く入《い》りて、松を伐《き》り鐵《まがね》を穿《ほ》ることを得ず。

郡《こほり》の南廾里《さと》に濱《はま》[三]の里《さと》あり。その東《ひむがし》の松山《まつやま》の中《なか》に、一つの大きなる沼《ぬま》あり。寒田《さむた》[四]と謂《い》ふ。四五里《よさといつさと》[五]ばかりなり。鯉《こひ》・鮒《ふなす》住めり。之万《しま》[六]・輕野《かるの》の二里《ふたさと》に有《あ》[七]らゆる田《た》、少《すこ》しく潤《うるほ》へり。輕野《かるの》より東《ひむがし》の大海《おほうみ》[八]の濱邊《はまべ》に、流《なが》れ着《つ》ける大船《おほふね》あり。長さ一十五丈《つゑ》、濶《ひろ》[九]さ一丈《つゑ》餘《あまり》、朽《く》ち摧《くづ》れて砂《すなご》に埋《うづ》まり、今に猶遺《なほのこ》れり。淡海《あふみ》[一〇]のみ世、國覓《くにま》[一一]ぎに遣《つか》はさむとして、陸奥《みちのおく》の國石城《いはき》[一二]の船造《ふなつくり》に令《おほ》せて、大船《おほふね》を作《つく》らしめ、此《ここ》に至《いた》りて岸《きし》に着《つ》き、即《やが》て破《やぶ》れきと謂ふ。

[一三]その南に童子女《うなゐ》[一四]の松原《まつばら》あり。古《いにしへ》、年少《としわか》き僮子《うなゐ》[一五]ありき。俗《くにひと》、加味乃乎止古《かみのをとこ》[一六]・加味乃乎止賣《かみのをとめ》といふ。男《をとこ》を那賀《なか》[一七]の寒田《さむた》の郎子《いらつこ》と稱《い》ひ、女《をみな》を海上《うなかみ》[一八]の安是《あぜ》の嬢子《いらつめ》[一九]と號《なづ》く。竝《とも》に形容《かたち》端正《きらきら》[二〇]しく、郷里《むらざと》に光華《かがや》けり。名《な》聲を相聞《あひき》きて、望念《ねがひ》[二一]を同《おなじ》存くし、自愛《つつし》[二二]む心《こころ》滅《うせ》ぬ。月を經《へ》、日を累《かさ》ねて、嬥歌《うたがき》[二三]の會《つどひ》 俗《くにひと》、宇太我岐《うたがき》といひ、又《また》、加我毗《かがひ》[二四]といふに、 邂逅《たまさか》[二五]に相遇《あひあ》へり。時に、[二六]郎子歌《いらつこうた》ひけらく、

[二七]いやぜるの　安是《あぜ》の小松《こまつ》[二八]に
木綿《ゆふ》[二九]垂《し》でて　吾《わ》[三〇]を振《ふ》[三一]り見《み》ゆも
安是小島《あぜこしま》[三二]はも。

する故の称呼。もと那賀国造の所管地であるからこれを冠称したもの。

一八　上文の安是湖(波崎)とある地を本居とする故の称呼。もと海上国造の所管地であるからこれを冠称したもの。

一九　嬢は郎に同じ。漢文修辞のために郎子・嬢子とした。

二〇　佳麗の意。

二一　逢いたいと願う恋心を男女が互に抱いていた。

二二　慎しみ自重する意。舒明紀に「慎みて自愛(ツトメヨ)」とある。

二三　宗教行事として男女が相会して歌い舞う集まり、またその遊び。上に筑波峰の会(四三頁)とあるのも同じ。嬥は耀(ヲドル)意。「嬥歌」は魏都賦(文選)に見え、巴国の土人が手を連ねて跳歌する意と注する。

二四　カガフ(万葉集一七五九)と動詞にも用いているが、語義は明らかでない。

二五　逢うことを予定していたのでなく偶然に出逢った。

二六　万葉集註釈巻第一に海上安是之嬢子の歌として(歌い手を誤る)次の歌を引用。

二七　安是の小松に木綿をかけ垂らし、それを手草に舞いながら、わたしに向かって振っているのが見える。安是の小島さんは、の意。イヤゼルは地名安是に冠する称辞、語義未詳。或はイヤシルク(弥著)アク(夜明)とかかる語の音訛か。

二八　神舞の手草にもつ松であろう。

二九　神の幣帛の造花様のもの。

三〇　わたしに向って。

三一　フルミユモの音訛か。

三二　女を小島に比喩したのであろう。

孃子報歌曰 宇志乎[1]爾波 多々牟止[2]伊閇止[2] 奈西乃古何 夜蘇志麻加久理 和乎彌佐婆志理也[3] 便欲二相語一[4] 恐二人知一之 避レ自二遊場一 蔭二松下一 携レ手役[5]レ膝 陳レ懷吐レ憤 既釋二故戀之積疹一 還起二新歡之頻咲一 于レ時 玉[6]露杪[7]候 金風丁[8]節 皎々桂月照處 唳鶴之西洲 颯々松颸吟處[9] 度雁[10]之東岾[11] 山[12]寂寞兮 巖泉舊 夜蕭條兮 烟霜新 近山自覽二黄葉散レ林之色一 遙海唯聽二蒼波激レ磧之聲一 茲宵于レ茲 樂莫二之樂一 偏沈[13]二語之甘味一 頓忘二夜之將レ開[14] 俄而鷄鳴狗吠 天曉日明 爰僮[15]子等 不レ知レ所レ爲 遂愧二人見一 化二成松樹一 郎子謂二奈美[16]松一 孃子稱二古津松一 自レ古着レ名 至レ今不レ改

郡北三十里 白鳥里 古老曰 伊久米天皇之世 有二白鳥一*

一 一首の大意は、潮の寄せる浜辺に立っていようと言ったけれど、多勢の間に隠れているわたしを見て、あなたは走り寄って来る、の意。ウシヲはウシホの音訛。「潮

1 板注所引吉田令世説に彰考館本「⿱口丁」(保の略書)というが、底・彰など、⿱口丁とあるものがない。
2 底・家「追」。彰・群などによる。
3 底・諸本「之」。後藤説に「也」の誤とするに従うべきであろう。
4 底「晤」。彰「晤」。板により訂す。
5 底・諸本「低」。板「促」とするが、下文に「役膝携手」(八二頁)とあるによる。
6 底・彰など「玉」の下に「ゝ」。板により衍とする。
7 底・彰など「抄」。後藤説「妙」。武田訓「杪」に従う。
8 底・彰など「ゝ」の如き字形。群欠字。板「之」。後藤説「令」。「丁」(古體は「个」)の誤とする。
9 底・彰など「東岾」の下にある。群・板による。
10 底・彰など「之」がない。群欠字。板による。
11 諸本「怗」。板「路」。井上新講説により「岾」とする。
12 底「山」がない。彰「山寂」二字を「山叔」の合字の如き字形に作る。群・板による。
13 板「耽」。
14 板「闌」。
15 板「童」。以上底・諸本による。
16 底・彰など「羨」。板による。

嬢子《いらつめ》、報《こた》へ歌ひけらく、

[一]潮《うしを》には　立《た》たむと言《い》へど
[二]汝夫《なせ》の子《こ》が　[三]八十島隠《やそしまがく》り
吾《わ》を見さ走《ばし》[四]り。

[五]便《すなは》ち、相語《あひかた》らまく欲《おも》ひ、人の知らむことを恐《おそ》りて、[六]遊の場《うたがきには》より避《さ》け、松の下《した》に蔭《かく》りて、[七]手携《てたづさ》はり、膝《ひざ》を役《つら》ね、懐《おもひ》を陳《の》べ、[八]憤《いきどほり》を吐《は》く。既《すで》に故《ふる》き戀《こひ》の積《つも》れる疹《やまひ》を釋《と》き、還《また》、新《あたら》しき歡《よろこ》びの頻《しきり》なる咲《ゑまひ》を起《お》こす。時に、玉《たま》の[九]露杪《つゆこぬれ》にやどる候《とき》、[一〇]金《あき》の風丁《かぜをふきな》す節《をり》なり。皎々《あきら》けき桂月《つき》の照《て》らす處《ところ》は、唳《な》く鶴《たづ》が[一一]西洲《かへるす》なり。颯々《さやさや》げる松颸《まつかぜ》の吟《うた》ふ處《ところ》は、度《わた》る雁《かり》が東岵《ゆくやま》なり。山は[一二]寂寞《しづ》かにして[一三]巖《いけは》の泉《しみづ》舊《ふ》り、夜《よる》は蕭條《さび》しくして烟《けぶ》れる霜《しもあらた》新《あらた》なり。近き山には、自《おのづか》ら黄葉《もみぢば》の林《はやし》に散る色を覽《み》、遙《はる》けき海には、唯蒼波《ただあをなみ》の礒《いそ》に激《たぎ》つ聲《こゑ》を聽《き》くのみなり。[一四]茲宵茲《こよひここ》に、樂《たの》しみこれより樂《たの》しきはなし。偏《ひと》へに語《かた》らひの甘《あま》き味《あぢはひ》に[一五]沈《おぼ》れ、[一六]頓《ひたぶる》に夜《よ》の開《あ》けむことを忘《わす》る。俄《には》かにして、鷄鳴《とりな》き、狗吠《いぬほ》えて、天曉《そらあ》け日明《ひあきら》かなり。爰《ここ》に、僮子等《うなゐたち》、爲《せ》むすべを知らず、遂《つひ》に人の見むことを愧《は》ぢて、松の樹《き》と化成《な》れり。郎子《いらつこ》を[一七]奈美松《なみまつ》と謂《い》ひ、嬢子《いらつめ》を[一八]古津松《こつまつ》と稱《い》ふ。古《いにしへ》より名を着《つ》けて、今に至《いた》るまで改《あらた》めず。

郡《こほり》の北三十里《さと》に[一九]白鳥《しろとり》の里《さと》あり。古老《ふるおきな》のいへらく、[二〇]伊久米《いくめ》の天皇《すめらみこと》のみ世、白鳥《しろとり》ありて、

に立つ」は「暁露にわが立ち」(万葉集一〇五)と同類、その場所に立つ意。
二　相手の男を親しんでいう。
三　八十島隠れの小島の吾の意。前歌に女を島に比喩したのに応ずる。
四　サバシルの音訛か。サは接頭語。
五　以下の一節は特に四六駢儷に漢文修辞を整えた美文である。
六　武烈紀に歌場(宇多我岐と訓注)とあるのに同じ。歌垣の行われている場所をいう。
七　手をとり膝を並べ。役は役に同じ。列(ツラナル)の意。
八　晴れないであった恋の憂い。次の積疹と同じ意。
九　杪候と丁節と対句。杪は梢、丁は木を伐る音。意を以て訓んだ。
一〇　秋風。
一一　西洲と東岵と対句。鶴の飛び帰る先の浮洲と雁のわたり行く草木の繁った山。
一二　寂寞と蕭条と対句。共に静かにさびしい意。
一三　岩の中から湧き出る清水。石清水。
一四　文意を強める漢文修辞。
一五　ふけりおぼれる(耽溺)と同じ。
一六　ひたすらに。一向に。全く。偏と同じ意で対をなす。
一七　見るなの松。禁忌の樹で見触れることを避ける名か。
一八　屑松。同じく禁忌の樹で利用しない故の卑称か。コツは木屑の意。
一九　和名抄の郷名に白鳥とある。大洋村中居(旧白鳥村)に白鳥山照明院という寺の山号が遺称としてある。
二〇　垂仁天皇。

天[1]飛來　化㆓爲僮女[2]㆒　夕上朝下　摘㆑石造[3]㆑池　爲㆓其[4]築㆑堤[5]徒
積㆓日月㆒　築[6]之壞之　不㆑得㆓作成㆒　僮[2]女等[7]志漏止利乃　芳我都々[8]彌乎　都[9]々牟止母　安良布麻[10]自呂
疑　波　古叡　斯ロ[11]ロ唱[12]　升[13]㆑天　不㆓復降來㆒　由㆑此[14]　其所號㆓白鳥郷㆒
[15](以下略之)

以南　所㆑有平原　謂㆓角折濱㆒　謂[16]　古有㆓大蛇㆒　欲㆑通㆓東海㆒
堀㆑濱作㆑穴　蛇角折落　因名[17]　或曰　倭武天皇　停㆓宿此濱㆒
奉㆑羞㆓御膳㆒　時都無㆑水　卽執[18]㆓鹿角㆒　堀[19]㆑地之[20]　爲㆓其角[21]折㆒
所以名之　[22](以下略之)

那賀郡　東大海　南香島茨城郡　西新治郡下野國堺大山　北久慈郡

一　夕方には天上に帰り上り、朝になると

1 板「天」の上に「自」。底・諸本による。
2 七四頁15。
3 底・彰「各」。群・板による。
4 或は「築其」と上下すべきか。
5 板「堤」の下に「乎」がある。底・諸本により削る。
6 底・家「築ゝ壊」の三字。群は中の一字欠字。彰は「築（　）壊（　）」。板は「築之築壊」とするが、「之」として句を整えた。
7 「等」の下、板「唱曰」二字がある。底・諸本にない。
8 底「郡了」。彰「那都」。板による。
9 底「郡ゝ牟」。彰「（　）牟」。板による。
10 諸本「目右」。恐らく誤字。「自呂」の誤と見る。
11 「ロロ」二字、諸本「呂」一字。伴信友説による。
12 板「唱」の下に「歌」。底・諸本による。
13 群・板「昇」。底・彰などによる。
14 板「是」。底・諸本による。
15 板にない。底・諸本による。
16 「謂」より「所以名之」までの一條を諸本注書とするが、扳に従って本文とする。恐らく「謂」が「俗謂」の意のために注文と解したのであろう。
17 板「名」の下に「之」。底・諸本による。
18 底・群「犱」の如き字形。彰による。「扳執」二字に作る、板「扳」は傍書の誤入。
19 底・彰など「堀」がない。群・板により補う。
20 底「ゝ」。彰による。群・板にはない。
21 底・諸本「角」がない。板により補う。
22 底・彰など大書。板及び文例により注書に改める。

天《あめ》より飛び來たり、僮女《をとめ》と化爲《な》りて、夕《ゆふべ》[一]に上《のぼ》り朝《あした》に下《くだ》る。石《いし》を摘《ひろ》ひて[二]池を造《つく》り[三]、其《そ》が堤《つつみ》を築《つ》かむとして、徒《いたづら》に日月《ひつき》を積《つ》みて、築《つ》きては壞《く》えて、え作成《な》さざりき。僮女《をとめ》等《ら》、

白鳥《しろとり》[四]の　羽《は》が堤《つつみ》を
つつむとも
粗斑《あらふ》[五]・眞白《ましろ》き　羽《は》壞《こ》[六]え。[七]

かく口口《くちぐち》に唱《うた》ひて、天《あめ》に升《のぼ》りて、復降《またくだ》り來《こ》ざりき。此《これ》に由《よ》りて、其の所《ところ》を白鳥《しろとり》の鄕《さと》と號《なづ》く。(以下《しも》は略《はぶ》く)

[八]その南に有《あ》らゆる平原《はら》を角折《つのをれ》[九]の濱《はま》と謂《い》ふ。謂《い》へらく[一〇]は、古《いにしへ》、大きなる蛇《へみ》あり。東《ひむがし》[一一]の海に通《いた》[一二]らむと欲《おも》ひて、濱を掘《ほ》りて穴《あな》を作《つく》るに、蛇《へみ》[一三]の角《つの》、折《を》れ落ちき。因《よ》りて名づく。或《あ》るひといへらく、倭武《やまとたける》の天皇《すめらみこと》、此の濱に停宿《やど》りまして、御膳《みけつもの》[一四]を羞《すす》めまつる時に、都《かつ》[一五]て水《みもひ》なかりき。卽《やが》て、鹿《しか》の角《つの》を執《と》りて地《つち》を掘《ほ》るに、其の角《つの》折《を》れたりき。この所以《ゆゑ》に名づく。(以下《しも》は略《はぶ》く)

[一六]那賀《なか》の郡《こほり》　東《ひむがし》は大海《おほうみ》、南は香島《かしま》・茨城《うばらき》の郡《こほり》、西は新治《にひばり》の郡《こほり》と下野《しもつけの》の國との堺《さかひ》なる大《おほ》[一七]き山、北は久慈《くじ》の郡《こほり》なり。

降りてくる。
二　拾う。
三　石を積んで水をせきとめて池をつくるのである。遺蹟地は不明。
四　誤脱のためか解し難い。試解を記しておく。白鳥の羽が(石を拾い集めて)池の堤を築こうとするが、斑入りの羽、真白い羽がこわれて…の意か。〔参考〕後藤説は小山田与清説によって次の「斯呂」に「鳥」を補い、歌詞として、「しろとり(白鳥)の、いはがつつみ(石之堤)を、つつむとも、あら(洗)ふまも、う(憂)きはこえしろとり(白鳥)」としている。
五　羽にあらい斑文のあるのをいうか。
六　クエ(壊)の音訛か。
七　歌は未完結の如くである。歌意も堤が出来ずにしまったことをいうのであろう。
八　上文に抄略があるが、白鳥里を指し、その南の意であろう。
九　大野村角折が遺称地。
一〇　俗(くにひと)の謂うにはの意。
一一　鹿島灘。太平洋。
一二　かよって、ゆきき(往来)する意でなく、いたる(到達)意で、大海に出ようとしたことをいう。
一三　蛇に角ありとすることは既出(五五頁)。
一四　御食事。
一五　全く。御飲み水が少しもなかった。
一六　和名抄の郡名に那賀とある。およそ那珂郡及び東茨城郡北半の地域にあたる。那珂郡家の遺蹟は明らかでないが、水戸市の西方、赤塚村河和田附近に擬せられている。
一七　東茨城郡の西北境、御前山村伊勢畑の山を指す。山名ではなく大きい山の意。

一 東茨城郡常澄村平戸を遺称地とする。那珂川の川口に近い。和名抄・延喜式の駅名には見えない。
二 常澄村大串。海岸より約五粁半。
三 塵袋第五に以下を引用。
四 巨大人。大男。
五 大蛤。
六 砂の中からほじくり出して取る。
七 貝塚をいう。大串貝塚と呼ばれて現存。
八 巨人(大男)の足跡と伝えるもの。三〇歩は約五三・五米、二〇歩は約三六米にあたる。
九 和名抄の郷名に茨城とある。上文(四

(最前略之)　[1]平津驛家　西一二里　有レ岡　名曰二大櫛一　上古有
レ人　躰極長大　身居二丘壟之上一　[2]手摎二海濱之蜃一　其所レ食貝
積聚成レ岡　時人　[3]取二[4]大挎之義一　今謂二大櫛之岡一　其[5]踐跡
[6]長卅餘歩　廣廿餘歩　尿穴[7]徑　可二廿餘歩許一　(以下略之)
[8]茨城里　自レ此以北　高丘　名曰二[9]晡時臥之山一　古老曰　有二兄
妹二人一　兄名努賀毗古　妹名努賀毗咩　時妹在レ室　有レ人
不レ知二姓名一　常就求婚　夜來晝去　遂成二夫婦一　一夕懷妊
至二可レ產月一　[10]終生二小蛇一　明若レ無レ言　闇與レ母語　於レ是
母伯驚奇　心挾二神子一　卽盛二淨[11]杯一　設レ壇安置　一夜之間
已滿二[11]杯中一　更易レ[12]瓫而置之　亦滿二[12]瓫內一　如レ此三四　不レ敢
レ用レ器　母告レ子云　量二汝器宇一　自知二神子一　我屬之勢　不
レ可二養長一　宜レ從二父所一レ在　不レ[13]合レ[14]在レ此者　時子哀泣　拭レ面
答[15]云　謹承二母[16]命一　無二敢所一レ辭　然　一身獨去　無二人[17]共去一
望請　矜副二一小子一　母[15]云*

1 「平津驛家」は上文抄略のために次の位置記載が不明となる故に書き添えたのであろう。
2 「手」以下六字、塵袋所引文による。諸本「手蜃」二字、板「採蜃食之」四字とする。
3 底・諸本「取」がない。底・板の補字による。
4 底・諸本「不朽」。板「大朽」。意により「大挎」の誤とする。
5 板「其」の下に「大人」。諸本にない。
6 諸本「長」以下を注書。板により本文とする。
7 群・板「趾」。底「住」。彰「經」。塵袋所引文による。
8 「茨城里」は上文抄略のために次の位置記載が不明となる故書き添えた里名であろう。
9 底・彰など「輔」。家・板による。
10 底「終終」。彰・諸本により一字衍とする。
11 彰「坏」。底・諸本による。
12 武田訓「瓮」(甕と同字)とするが、底・諸本による。「瓫」は「盆」に同じ。
13 「當」(マサニ…ベシ)に通じ用いた。
14 彰・群など「有」。底による。
15 板「曰」。底・諸本による。
16 底・彰「命」がない。彰の補字・板による。
17 底・彰「去石」の如く書き、「如本」と傍注。群・板に従う。或は「去共」とすべきか。

七頁)にかつて茨城郡家の置かれた所とある地。西茨城郡友部町小原(旧大原村)が遺称地。近世大茨(おばら)と称した。

一〇 内原村牛伏を遺称とし、その北方の朝房山(あさぼうやま)(二〇一米)にあてている。哺時は申の刻、夕方の意。

一一 屋内の寝所。

一二 来る。近づく。

一三 夜明けてから日中は物を言わない。「明」をヒルハ(昼)と訓み、次の「闇」をヨルハ(夜)と訓むべきか。

一四 母の兄になる人。ヌカビコを指す。

一五 小蛇を清浄なカワラケ様の器に入れた。

一六 土を盛って小高くした祭場。

一七 成長し大きくなって、すっかり一杯になった。

一八 平たい皿様の器。杯よりも容量の大きいもの。

一九 次々とより大きい器に入れ替えたが、その器一杯に大きくなっていったことをいう。

二〇 蛇が大きくなって入れ得る器がなくなった。

二一 器量。力量。能力。

二二 わが一族の勢力、財力。

二三 そだてる。養育する。

二四 父は雷神の如くで、いわゆる三輪山式説話(古事記崇神朝に見える)に類するが、この伝承では父神については語られていない。

二五 就に通じ用いる。往く。

二六 単身、ひとりぽっちで出かけていって、の意。

二七 童。従者。

（最前《まへ》を略《はぶ》く）[一]平津《ひらつ》の驛家《うまや》の西一二里《さと》に岡《をか》あり。名を[二]大櫛《おほくし》といふ。[三]上古《いにしへ》、人あり。[四]躰《かたち》は極《きは》めて長大《たけたか》く、身《み》は丘壟《をか》の上《うへ》に居《ゐ》ながら、手は海濱《うみべた》の[五]蜃《おほうむぎ》を[六]摎《くじ》りぬ。其の食《くら》ひし貝《かひ》、積聚《つも》りて[七]岡《をか》と成《な》りき。時の人、大挎《おほくじり》の義《こころ》を取りて、今は大櫛《おほくし》の岡《をか》と謂《い》ふ。其の[八]踐《ふ》みし跡《あと》は、長さ卅餘歩《あし》、廣さ廾餘歩《あし》なり。尿《ゆまり》の穴《あな》の徑《わたり》、廾餘歩許《あしばかり》なり。（以下《しも》は略《はぶ》く）

[九]茨城《うばらき》の里《さと》。此《ここ》より北に高き丘《をか》あり。名を[一〇]哺時臥《くれふし》の山《やま》といふ。古老《ふるおきな》のいへらく、兄《あに》と妹《おと》と二人《ふたり》ありき。兄《あに》の名は努賀毗古《ぬかびこ》、妹《おと》の名は努賀毗咩《ぬかびめ》といふ。時に、妹《おと》、[一一]室《むろ》にありしに、人あり、姓名《な》を知らず、常《つね》に[一二]就《き》て求婚《よば》ひ、夜來《よるきた》りて晝去《かへ》りぬ。遂《つひ》に夫婦《をひとめ》と成《な》りて、一夕《ひとよ》に懐妊《はら》めり。産《う》むべき月に至《な》りて、終《つひ》に小《ち》さき蛇《へみ》を生《う》めり。[一三]明《あ》くれば言《こと》とはぬが若《ごと》く、闇《く》るれば母《はは》と語《かた》る。是《ここ》に、母《はは》と[一四]伯《えをぢ》と、驚《おどろ》き奇《あや》しみ、心《こころ》に神の子ならむと挾《おも》ひ、卽《すなは》ち、[一五]浄《きよ》き杯《つき》に盛《も》りて、[一六]壇《うてな》を設《ま》けて安置《お》けり。一夜《ひとよ》の間《ほど》に、[一七]已《すで》に杯《つき》の中《うち》に滿《み》ちぬ。更《また》、[一八]瓫《ひらか》に易《か》へて置けば、亦《また》、瓫《ひらか》の内《うち》に滿《み》ちぬ。[一九]此《か》かること三四《みたびよたび》して、[二〇]器《うつはもの》を用《もち》ゐあへず。母《はは》、子に告《つ》げていへらく、「汝《いまし》が[二一]器宇《うつはもの》を量《はか》るに、自《おのづか》ら神の子なることを知りぬ。我《あ》が[二二]屬《うから》の勢《いきほひ》は、[二三]養長《ひた》すべからず。[二四]父《ちち》の在《いま》すところに[二五]從《ゆ》きね。此《ここ》にあるべからず」といへり。時に、子哀《かな》しみ泣《な》き、面《おもて》を拭《ぬぐ》ひて答へけらく、「謹《つつ》しみて母《はは》の命《みこと》を承《うけたまは》りぬ。敢《あ》へて辭《いな》ぶるところなし。然《しか》れども、[二六]一身《みひとつ》の獨《ひとり》去《ゆ》きて、人の共《とも》に去《ゆ》くものなし。望請《ねが》はくは、矜《あはれ》みて一《ひとり》の[二七]小子《わらは》を副《そ》へたまへ」といへり。母のい

我家所レ有　母與二伯父一[1]　是亦　汝明所レ知　當レ無二人[2]相可一レ從
爰　子含レ恨而　事不レ吐之　臨二決別時一　不レ勝二怒怨一　[3]震二殺
伯父一　[4]而昇レ天　時母驚動　取レ[5]盆[6]投觸　子不レ得レ昇　因留二此
峯一　所レ盛瓫甕　今存二片岡之村一　其子孫　立レ社致レ祭　相續
不レ絶　(以下略之)
自レ郡東北　挾[7]二粟河一　而置二驛家一[8]本迺二粟河一謂二河内驛家一今隨レ本名之　當二其以南一
泉出二坂中一　[9]多流尤清　謂二之曝井一　縁レ泉所レ居　村落婦女
夏月會集　浣レ布曝乾　(以下略之)

久慈郡　東大海　南[10]西[11]那珂郡　北多珂郡　陸奧國堺岳

古老曰　[12]自レ郡以南　近有二小丘一　體似二鯨鯢一　倭武天皇
因名二久慈一　(以下略之)
至二淡海大津大朝光宅天皇之世一　遣レ[13]撿二藤原内大臣之封戸一
輕直里麻呂　造レ堤成レ池　其池以北　謂二谷會山一*

一　震は雷。雷神の性をあらわして(落雷・地震の如きを起し)殺す。
二　瓫に同じ。これに触れると蛇神の霊性がなくなるとするのであろう。
三　当(ぁ)の意。あてて触れさすことをいう。
四　笠間町大橋の岡の宿を遺称地に擬している。朝房山の西麓の地。
五　郡珂川の古名。上流に阿波郷(東茨城郡桂村の粟、阿波山が遺称地)がある故の名。
六　駅家が河の両岸にわたっていたのをいう。
七　駅家をとりまく様に川が廻って流れ、河内という地形の地にあった。
八　水戸市渡里町及びその対岸の河内が遺称地。延喜式・和名抄の駅名に河内と見える。
九　駅家のある場所の地形は変ったが、名はもとのままで替えない。恐らく駅家の位置を変えたのであろう。
一〇　水戸市愛宕町(旧渡里町)の滝坂の泉を遺蹟とする。
一一　沿う。泉をたより、泉の附近に住む。
一二　洗濯する。

1　板「父」の下に「而已」がある。底・諸本により削る。
2　板「可相從」。底・諸本による。
3　板「震」の上に「欲」がある。底・諸本により削る。
4　底・彰「日」。群にない。家・板による。
5　板「瓫」。底・彰「盆」の如き字形、「盆カ」と傍注。群に従い「盆」とする。「盆」は「瓫」に同じ。
6　以下三字、板「投之觸神子」とするが、底・諸本により「之」「神」二字を削る。
7　底・彰など「挟」の如き字形。群・板による。
8　底・諸本「近」。意により「迺」の誤とする。
9　板「多」の上に「水」がある。底・諸本による。
10　底・彰など「市」。群・板による。
11　底「西」以下を大書。彰・諸本による。
12　彰「自」がない。底・群・板による。
13　板「使撿」。底・諸本により「使」を削る。

一三　日光に乾しかわかす。

一四　和名抄の郡名に久慈と見える。久慈川流域、久慈郡及び那珂郡の久慈川沿いの地域。多賀郡(日立市)南部の海岸地も本郡内であった。郡家は金砂郷村(旧久米村)大里附近にあった。

一五　八溝山(一〇二二米)を最高とし、東南にわたる同山脈の山々。

一六　この前に本文抄略の注記のないのによれば、郡の建置沿革の記事は、多珂郡と同様、郡名説明の次の抄略箇所にあったとすべきか。

一七　大里(郡家の地)の南方、山田川を隔てた中野(旧郡戸村)の丘陵。塵袋に久慈理岳とあるにあたる(四五四頁参照)。

一八　既出(五三頁頭注二一)。

一九　クジとクヂラと音の違いがあるが、塵袋には鯨を東国語でクジリというとある。

二〇　塵袋第六所引久慈理岡の一条は、この抄略箇所に存した記事と認められる。

二一　天智天皇。

二二　藤原鎌足。天智紀八年十月十五日(薨去の前日)藤原の姓を賜い、内大臣を授けられ、「これより以後、通じて藤原の内大臣といふ」とある。

二三　諸王・重臣に賜わる民戸。その出す税(租庸調)を収めるのである。鎌足に給せられていた封戸がこの地にあり、視察させたのである。

二四　系譜不明。大和の軽(橿原市)の地名による氏族名か。

二五　遺蹟地不明。

二六　水府村棚谷を遺称地に擬しているが確かでない。

へらく、「我《あ》が家《いへ》にあるところは、母《はは》と伯父《えをぢ》とのみなり。是《こ》も亦、汝《いまし》が明《あき》らかに知るところなり。人の相従《あひしたが》ふべきもの無けむ」。爰《ここ》に、子恨《うら》みを含《ふく》みて、事吐《ものい》はず。決別《わか》るる時に臨《のぞ》みて、怒怨《いかり》に勝《た》へず、伯父《えをぢ》を[一]震殺《ふりころ》して天《あめ》に昇《のぼ》らむとする時に、母驚動《おどろ》きて、[二]瓫《ひらか》を取りて投《な》げ[三]觸《あ》てければ、子え昇《のぼ》らず。因《よ》りて、此の峯《みね》に留《とど》まりき。盛《も》りし瓫《ひらか》と甕《みか》とは、今も[四]片岡《かたをか》の村にあり。其の子孫《このすゑ》、社《やしろ》を立てて祭《まつり》を致《いた》し、相續《あひつ》ぎて絶えず。(以下《しも》は略《はぶ》く)

郡《こほり》より東北《うしとら》のかた、[五]粟河《あはかは》を[六]挾《はさ》みて驛家《うまや》を置く。本《もと》、粟河《あはかは》を[七]廻《めぐ》らして、[八]河内《かふち》の驛家《うまや》と謂《い》ひき。今も[九]本《もと》の隨《まにま》に名づく。其《そこ》より南に當《あた》りて、泉《いづみ》、坂《さか》の中《なか》に出づ。多《さは》に流れて尤清《いときよ》く、[一〇]曝井《さらしゐ》と謂《い》ふ。泉《いづみ》に[一一]縁《よ》りて居《す》める村落《むら》の婦女《をみな》、夏の月に會集《つど》ひて布《ぬの》を[一二]浣《あら》ひ、[一三]曝《さら》し乾《ほ》せり。(以下《しも》は略《はぶ》く)

[一四]久慈《くじ》の郡《こほり》　東《ひむがし》は大海《おほうみ》、南と西とは那珂《なか》の郡《こほり》、北は多珂《たか》の郡《こほり》と陸奥《みちのおく》の國との堺《さかひ》の[一五]岳《やま》なり。

[一六]古老《ふるおきな》のいへらく、郡《こほり》より南、近く小さき[一七]丘《をか》あり。體《かたち》、[一八]鯨鯢《くぢら》に似《に》たり。倭武《やまとたける》の天皇《すめらみこと》、因《よ》りて[一九]久慈《くじ》と名づけたまひき。[二〇](以下《しも》は略《はぶ》く)

[二一]淡海《あふみ》の大津《おほつ》の大朝《おほみや》に光宅《あめのしたしろ》しめしし天皇《すめらみこと》のみ世に至《いた》り、[二二]藤原《ふぢはら》の内大臣《うちのおほおみ》の[二三]封戸《へひと》を撿《み》に遣《つか》はされし[二四]輕直《かるのあたひ》里麻呂《さとまろ》、堤《つつみ》を造《つ》きて[二五]池を成《つく》りき。其の池より北を[二六]谷會山《たにあひやま》と謂《い》ふ。

所レ有岸壁　形如二磐石一　色黄穿レ埦[1]　獼猴集來　常宿喫噉
自レ郡西北井[2]里　河内里　本名二古々之邑一(俗説謂二猿聲一爲二古々一)　東山石鏡
昔有二魑魅一　萃集翫二見鏡一　則自去[3](俗[4]云二疾鬼一　面[5]レ鏡自滅一)　所レ有土[6]　色如二
青紺一　用レ畫[7]麗之(俗云二阿乎爾一　或云二加支川爾一)　時隨二朝命一　取而進納　所[8]レ謂久
慈河之濫觴　出レ自二猿聲一　(以下略之)
郡西十[9]里　靜織里　上古之時　織[10]レ綾之機　未レ在[11]二知人一　于
レ時　此村初織　因名　北有二小水一　丹石交錯[12]　色似二琥[13]碧一
火鑽[14]尤好　因[15]以號二玉川一
郡北二[16]里　山田[17]里　多爲二墾田一　因以名之　所レ有清河　源發二
北山一　近經二郡家南一　會二久慈之河[18]一　多取[19]二年魚一　大如レ腕
之　其河[20]潭　謂二之石門一　慈樹成レ林　上卽幕歷　淨泉作レ淵
下是潺湲　青[21]葉自飄二蔭レ景之蓋一　白砂亦鋪二翫レ波之席一
夏月熱日　遠里近鄉　避レ暑追レ涼　役[22]レ膝携レ手　唱二筑波之雅
曲一　飲二久慈之味酒一　雖二是人間之*

1 底・諸本「腕」。後藤説「腕」(カキ)。文意により「埦」の誤とする。
2 底・諸本「六」。地理により「井」の誤とする。郡郷考は「北井里」としている。
3 底「云」、「去カ」と傍注。彰・諸本による。
4 板「日」。底・諸本による。
5 底・彰など「而」。
6 底・彰など「去」。
7 底・彰など「盡」。以上群・板による。
8 板は以下一二字を枠で囲む(後人補筆の印)が、諸本のままに河内里の記事と認める。
9 諸本里數の字を欠く。地理により「十」を補う。
10 板「織」の上に「不識」二字がある。底・諸本により削る。
11 底・彰など「此」。群・板による。
12 底・彰など「猶」。板「雑」。群による。
13 底・彰など旁を「庸」の如く作る。板による。
14 底・彰など「火」の下に「ゝ」がある。群により衍字とする。
15 底・彰など「因」がない。板「故」。例によれば「因」。
16 「北二里」の三字、底「重」、彰「二里」(欄外に「重」)、群「(　)(　)里」、板「東(　)里」。地理により補訂。
17 諸本「小」。郡郷考・地名辞書により「山」とする。
18 板「之」がない。底・諸本による。
19 底・彰など「所」。群・板による。
20 底・彰など「河」の上に「何」。群・板により削る。
21 板「蔆青」の間に四字一句分欠字とするが不要。
22 底・群・板「促」。彰などによる。

一 切り立った山の絶壁。
二 大きな一枚岩の意か。
三 穴・坑に同じ。あな。
四 猿がその穴で黄色の土を食う意か。下文(八五頁)に鳥が黄土を食うとある。
五 和名抄の郷名に河内とある。金砂郷村宮河内(浅川の流域)を遺称としているが、里の領域はその西方の久慈川流域の地とすべきであろう。大里から下宮河内まで約一〇粁余。古の里程で概数二〇里としてよい。
六 猿のなき声の擬声音。キッキッというのにあたる。
七 河内里の東の山。
八 生井沢(山方町諸富)に月鏡石と呼ぶ鏡面の如き石がある。
九 「人面獣身、四足にして好く人を惑はす」(史記注)という怪物の称。同化しない異種人を、その身体的特徴を誇張して呼んだものであろう。
一〇 勢いのはげしい鬼。
一一 有るところのというのに同じ。そこにある。
一二 青色顔料の土。
一三 色を画きつける土の意か。顔料の土。

有《あ》らゆる岸壁《やまぎし》[一]は、形《かたち》磐石《いはは》[二]の如く、色黄にして埦《あな》[三]を穿《うが》てり。獼猴《さる》集《あつま》り來て、常《つね》に宿《やど》りて喫噉《くら》[四]へり。

郡《こほり》より西北《いぬゐ》のかた廾里《さと》に河内《かふち》[五]の里《さと》あり。本《もと》は古々《こと》の邑《むら》と名づく。俗《くにひと》の説《ことば》に、猿《さる》の聲《こゑ》を謂《い》ひて古々《ここ》[六]と爲《な》す。東《ひむがし》[七]の山に石《いし》[八]の鏡《かがみ》あり。昔《むかし》、魑魅《おに》[九]あり。萃《あつま》集りて鏡《かがみ》を翫《もてあそ》び見て、則《すなは》ち、自《おのづか》ら去《さ》りき。俗《くにひと》、疾《と》[一〇]き鬼《おに》も鏡に面《むか》へば自《おのづか》ら滅《ほろ》ぶといふ。有《あ》[一一]らゆる土《つち》は、色、靑《あを》き紺《はなだ》の如く、畫《ゑ》に用《もち》ゐて麗《うるは》し。俗《くにひと》、阿乎爾《あをに》[一二]といひ、或《また》、加支川爾《かきつに》[一三]といふ。時に朝命《おほみこと》の隨《まにま》に、取りて進納《たてまつ》る。謂《い》はゆる久慈河《くじがは》の濫觴《みなもと》[一四]は猿聲《ここ》[一五]より出づ。(以下《しも》は略《はぶ》く)

郡《こほり》の西十里《さと》に靜織《しどり》[一六]の里《さと》あり。上古《いにしへ》の時《よ》、綾《しつ》[一七]を織《お》る機《はた》を知る人あらざりき。時に、此の村に初《はじ》めて織《お》りき。因《よ》りて名づく。北に小水《をがは》あり。丹石《たにせき》[一八]交錯《まじ》れり。色は瑠碧《へむべき》[一九]に似《に》たり。火を鑽《き》[二〇]るに尤好《いとよ》し。因《よ》りて玉川《たまがは》[二一]と號《なづ》く。

郡《こほり》の北二里《さと》に山田《やまだ》[二二]の里《さと》あり。多《おほ》く墾田《はりた》[二三]と爲《な》れり。因《よ》りて名づく。有《あ》らゆる清《きよ》き河[二四]は、源《みなもと》、北の山に發《おこ》り、近く郡家《こほりのみやけ》の南を經《へ》て、久慈《くじ》の河に會《あ》ふ。多《おほ》く年魚《あゆ》を取る。太きさ腕《ただむき》の如し。其の河の潭《ふち》を石門《いはと》[二五]と謂《い》ふ。慈《しげ》[二六]れる樹《き》は林《はやし》を成《な》して、上《かみ》に即《すなは》ち幕《おほ》[二七]ひ歴《たなび》き、淨《きよ》き泉《いづみ》は淵《ふち》を作《な》して、下《しも》に是《これ》潺《そそ》[二八]ぎ湲《なが》る。靑葉《あをば》は自《おのづか》ら景《ひかげ》を蔭《かく》す蓋《きぬがさ》[二九]を飄《ひるがへ》し、白《しろ》砂《すなご》は亦《また》波《なみ》を翫《もてあそ》ぶ席《むしろ》[三〇]を鋪《し》く。夏の月の熱《あつ》き日、遠里近郷《をちこちのむらざと》より、暑《あつ》さを避《さ》け涼《すず》しさを追《お》ひて、膝《ひざ》[三一]を役《つら》ね、手《て》携《たづさ》はりて、筑波《つくは》[三二]の雅曲《みやびうた》を唱《うた》ひ、久慈《くじ》の味酒《うまさけ》を飲む。是《これ》、人間《ひとのよ》の

一四　実際は更に北方より発源するが、常陸国内の最奥の地の故に源というか。
一五　上の注によってココの音をあらわすに用いた戯訓用字。「此処」の意で河内里を指す。旧説(郡郷考所引吉田久堅説、鵜殿正元説)、古々之邑にあてた用字としている。
一六　和名抄の郷名に倭文とある。瓜連町静が遺称地。大里の西南約五粁、古の里程で概数一〇里。
一七　模様入りの織物の一種。倭布・倭文とも書く。延喜(主計)式に常陸国からの貢進物に見える。
一八　瑪瑙の異名。
一九　青い条入りの瑪瑙か。
二〇　火打ち石(燧石)とするのである。
二一　山方町塩田に発源して東南に流れ、静の東方、玉川を経て久慈川に注ぐ。今も瑪瑙石・燧石を出す。
二二　和名抄の郷名に山田とある。金砂郷・水府二村の山田川流域。
二三　新しく開墾した田。
二四　山田川をいう。
二五　金砂郷村岩手を遺称とする。岩壁が川に突き出ている故の名。
二六　滋に通用させたもの。茂る意。
二七　羃歴に同じ。
二八　さらさらと音して流れる。
二九　青葉が日光をさえぎり絹張りの笠の如く、それを風が吹いて裏返させる。青葉に風のわたるさまをいう。
三〇　川底の白砂の上をさらさら小波立てて水が流れる様をいう。
三一　既出(七五頁頭注七)。
三二　筑波山の歌垣の歌(四三頁)。

遊一 頓忘二塵中之煩一 其里大伴村 有レ涯 土色黄也 群鳥飛
來 啄咀所レ食
郡東七里 [1]太田鄕 長幡部之社 古老曰 珠賣美万命 自レ天
降時 爲レ織二御服一 從而降之神 名綺日女[2]命 本 自二筑紫國
日向二所[3]之峯一 至三三野國引津根之丘一 後 及二美麻貴天皇之
世一 長幡部遠祖 多弖命 避レ自二三野一 遷二于久慈一 造二立
機殿一 初織之 其所レ織服 自成二衣裳一 更無二裁縫一 謂二之内
幡一 或曰 當二織レ絁時一 輙爲二人見一 故[4]閇二屋扇[5]一 闇内而織
因名二烏織一 丁[6]兵丙[7]刄 不レ得二裁斷一 今每レ年 別爲二神調一[8]
獻納之
自レ此以北[9] 薩都里 古有二國栖一 名曰二土雲一 爰兎上命 發
レ兵誅滅 時能令レ殺 福哉所レ言 因名二佐都一 北山 所レ有白[10]
土 可レ塗レ畫[11]之
東大山 謂二賀毗禮之高峯一 卽有[12]二天神一 名稱二立速[13]男命一 一
名速經和氣命 本自レ天降 卽坐二松澤松樹八俣之上一 神祟甚
嚴 有レ人 向行二大小便一之時 令三示レ災致[14]二疾苦一者*

一 ひたすら。一向に。全く。
二 塵俗。人間の世界。
三 遺称なく所在不明。
四 川に臨んだ絶壁。
五 和名抄の郷名に大田とある。常陸太田市の太田町が遺称地。里川の流域地。
六 常陸太田市幡にある。
七 皇孫の命。ニニギノ命をいう。
八 神(天孫)の衣服の布を織る女神。他に見えない。
九 高千穂の峰。フタガミ(二上)の峰という。日向襲之高千穂槵日二上峰(神代紀)、日向之高千穂二上峰(日向国風土記、知舗郷)。天孫降臨の地でこの女神もここに天降ったとするのである。「二所」は二所の神、すなわち二神で、フタガミにあてた字であろう。
一〇 遺称なく所在地は明らかでないが、美濃国神名帳に不破郡引常明神とある地。関ガ原・垂井附近とする。
一一 崇神天皇。

1 底「大」。彰・群などによる。
2 底・彰など「安」。板による。
3 底・彰など「折」、板「神」とするが「所」とすべきか。
4 底・彰・群「故」がない。家・板により補う。
5 板「扉」。底・諸本による。
6 底、縦線の如き形。彰「了」。家「々」。板「强」。字形により「丁」とする。
7 底・彰・家「内」。字形及び意によって訂す。板は「利劔」とする。
8 板「而」がある。底・諸本により削る。
9 底・彰など「北」がない。板により補う。
10 底・彰など「日土」。板「白堊」。群による。
11 底・彰「晝」。群・板による。
12 彰・群「在」。底・家・板による。
13 群・板「速日男」。底・彰などにより「日」を削る。
14 底・家「故」。彰・群・板による。

遊《あそ》びなれども、頓《ひたぶる》[一]に塵《ちり》[二]の中《なか》の煩《うれひ》を忘る。其の里《さと》の大伴《おほとも》[三]の村に涯《きし》[四]あり。土の色は黄なり。群鳥《むらどり》飛《と》び來《きた》りて、啄咀《ついば》み食《は》めり。

郡《こほり》の東《ひむがし》七里《さと》、太田《おほた》[五]の郷《さと》に、長幡部《ながはたべ》[六]の社《やしろ》あり。古老《ふるおきな》のいへらく、珠賣美万命《すめみまのみこと》[七]、天《あめ》より降《くだ》りましし時、御服《みけし》を織《お》らむとして、従《したが》ひて降《くだ》りし神、名は綺日女命《かむはたひめのみこと》[八]、本《もと》、筑紫《つくし》の國日向《ひむか》の二所《ふたがみ》[九]の峯《みね》より三野《みの》の國引津根《ひきつね》[一〇]の丘《をか》に至《いた》りき。後《のち》、美麻貴《みまき》[一一]の天皇《すめらみこと》のみ世に及《いた》り、長幡部《ながはたべ》[一二]の遠祖《とほつおや》、多弖命《たてのみこと》[一三]、三野《みの》より避《さ》りて久慈《くじ》に遷《うつ》り、機殿《はたどの》を造《つく》り立てて、初《はじ》めて織《お》りき。其の織れる服《はたもの》は、自《おのづか》ら衣裳《みけし》と成《な》りて、更《さら》に裁《た》ち縫《ぬ》ふことなく、内幡《うつはた》[一四]と謂《い》ふ。或《また》いへらく、絁《あしぎぬ》[一五]を織る時に當《あた》りて、輙《たやす》く人に見らるる故《から》に、屋《や》の扉《とびら》[一六]を閇《と》ぢて、闇内《やみぬち》にして織りき。因《よ》りて烏織《うつはた》[一七]と名づく。丁《たけ》[一八]き兵《つはもの》、丙《こは》[一九]き刃《やいば》も、裁《た》ち斷《き》ることを得ず。今、年毎《としごと》に、別《わ》きて神の調《みつぎ》と爲《な》して獻納《たてまつ》[二〇]れり。

此《ここ》[二一]より北に薩都《さつ》[二二]の里《さと》あり。古《いにしへ》、國栖《くず》あり。名を土雲《つちくも》[二三]といふ。爰《ここ》に、兎上命《うなかみのみこと》[二四]、兵《いくさ》を發《おこ》して誅《つみな》ひ滅《ほろぼ》しき。時に、能《よ》[二五]く殺《ころ》して、「福《さち》なるかも」と言へりき。因《よ》りて佐都《さつ》と名づく。北の山に有《あ》らゆる白土《しらに》は、畫《ゑ》に塗《ぬ》るべし。

東《ひむがし》[二六]の大き山を、賀毗禮《かびれ》[二七]の高峯《たかみね》と謂《い》ふ。即《すなは》ち天《あま》[二八]つ神有《いま》す。名を立速男命《たちはやをのみこと》[二九]と稱《い》ふ。一《またの》名《な》は速經和氣命《はやふわけのみこと》なり。本《もと》、天《あめ》より降《くだ》りて、即《すなは》ち松澤《まつざは》[三〇]の松の樹《き》の八俣《やまた》[三一]の上《うへ》に坐《いま》しき。神の祟《たたり》、甚《はなは》だ嚴《いか》しく、人あり、向《む》きて大小便《ゆばりくそ》を行《ま》る時は、災《わざはひ》を示《しめ》し、疾苦《やまひ》を致《いた》さしめ

一二　長幡部連に属した部曲の氏族。
一三　他に見えない。本居の美濃を去ったのである。
一四　全服の意。機で織ったそのままで服になっていることをいう。
一五　太絹。
一六　とびらの意。一説に竹葦のとびらを扇とし、木のとびらを扉とするという。
一七　くらやみで織る故に黒鳥の烏をあてた。カラスでなくウ(水鳥)で、ウツハタと訓み内幡と同訓とすべきである。
一八　強壮な兵。丁は壮年の男、また強壮の意。
一九　強く鋭い刃。丙は剛の意。
二〇　長幡部社に奉納する意。
二一　太田里。
二二　和名抄の郷名に佐野都(野は衍)とある。常陸太田市の北部、里野宮(旧佐都村)が遺称地。里川流域で、佐都・中里・小里の旧村名がある。
二三　ツチクモを個人名の如く扱っている。
二四　他に見えない。下総の海上(うなかみ)国造の同族か。
二五　殺すことが出来ての意か。
二六　薩都里の東。
二七　久慈・多賀両郡境の神峰山(五九四米)。
二八　高天原より天降った神。天孫系の神をいう。
二九　他に見えない。あらく猛々しい神の意。次の速経和気も同じ意。栗注は鹿島の神の御子神かという。
三〇　神峰山西麓の地名であろうが遺称なく所在不明。
三一　松の木の幹枝が多く分れているところ。

一　苦しい目にあう。こまる。
二　この様子を陳べて神の祟をなくするように朝廷に願い出た。
三　中臣氏と同族の中臣片岡連の略称であろう。
四　道理として。
五　境域。場所。
六　いわゆる石城（いわき）である。
七　この神から出た同族の人、またはこの神に仕える人々が石城の中に多くいる意。恐らく山上につくられた古墳墓の由来に関する説話で、山上に中心となる古墳と共に

近側[1]居人　毎甚辛苦　具レ状請レ朝　遣二片岡大連一敬祭　祈曰　今　所レ坐二此處一　百姓近家　朝夕穢臭　理不レ合[2]レ坐　宜避移可レ鎭二高山之淨境一　於レ是　神聽二禱告一　遂登二賀毗禮之峯一　其社　以レ石爲レ垣　中種屬甚多　幷品寶弓桙釜器之類　皆成レ石存之　凡　諸鳥經過者　盡急飛避　無レ當二峯上一　自レ古然爲　今亦[3]同之　即有二小水一　名二薩都河一　源起二北山一　流レ南[4]而入二久[5]慈河一（以下略之）

所レ謂高市　自レ此東北二里　密筑里　村中淨泉　俗謂[6]二大井一　[7]夏冷冬溫　湧流成レ川　夏暑之時　遠邇鄕里　酒肴齎賫　男女會集　休遊飲樂　其東南　臨二海濱一（石決明棘甲蠃　魚貝等類甚多）　西北帶二山野一（椎櫟榧[8]栗生　鹿猪住之）　凡山海珍味　不レ可二悉記一　自レ此艮井[9]里　助川驛家　昔號二遇鹿一　古老曰　倭武天皇　至二於此一時　皇后參遇　因名矣　至二國[10]宰久米大夫之時一　爲二河取レ鮭　改名二助川[11]一（俗語謂二鮭祖[12]一）＊

1　底・彰など「則」。群・板による。
2　底・彰など「令」。群・板による。
3　底・彰など「寂」の草體の如き字形に「ママ」と傍注。群・板による。
4　底・諸本「同」。文意により「而」とする。
5　底・彰など「久」がない。彰補字・群・板による。
6　底・彰など「謂」がない。群・板の補字による。
7　「夏冷」二字、底・彰など「洽」一字。群・板の補訂による。
8　底、旁を「非」に作る。彰・諸本による。
9　底・諸本「卅里」。助川・道前里・藻島驛家の太平洋岸の各地の里程は共に實距離の概ね二倍が記されている。後藤説「十三里」と訂するが、概數を記す例によれば「十五里」。但し、これの地が道前里に屬していたとあるから、概數を以て卅里とすべきか。
10　底・諸本「國」がない。板の補字による。
11　底・諸本「川」がない。板の補字による。
12　板「胆」。底・諸本のままとする。

ければ、近く側《かたはら》に居《す》む人、毎《つね》に甚《いた》く[一]辛苦《たしな》みて、[二]状《ありさま》を具《の》べて朝《みかど》に請《こ》ひまをしき。[三]片岡《かたをか》の大連《おほむらじ》を遣《つか》はして、敬《ゐやま》ひ祭《まつ》らしむるに、祈《の》みてまをししく、「今、此處《ここ》に坐《いま》せば、百姓《おほみたから》近く家《いへゐ》して、朝夕《あしたゆふべ》に穢臭《けがら》はし。[四]理《ことわり》、坐《いま》すべからず。宜《うべ》、避《さ》り移《うつ》りて、高山《たかやま》の浄《きよ》き[五]境《さかひ》に鎭《しづ》まりますべし」とまをしき。是《ここ》に、神、禱告《ねぎごと》を聽《き》きて、遂《つひ》に賀毗禮《かびれ》の峯《みね》に登《のぼ》りましき。其の社《やしろ》は、[六]石《いし》を以《も》ちて垣《かき》と爲《な》し、[七]中《うち》に種屬《やから》甚多《いとおほ》く、幷《また》[八]品《くさぐさ》の寶《たから》、弓・桙《ほこ》・釜《かま》・器《うつはもの》の類《たぐひ》、皆石《いし》と成《な》りて存《のこ》れり。凡《すべ》て、諸《もろもろ》の鳥の經過《へす》ぐるものは、盡《ことごと》に急《と》く飛び避《さ》りて、峯《みね》の上《うへ》に當《あた》ることなく、古《いにしへ》より然爲《しかし》て、今も同じ。[九]卽《すなは》ち、小水《をがは》あり。[一〇]薩都《さつ》河《がは》と名づく。[一一]源《みなもと》は北の山に起《おこ》り、南に流れて久慈河《くじがは》に入る。（以下《しも》は略《はぶ》く）

[一二]謂《い》はゆる[一三]高市《たけち》、[一四]此《ここ》より東北《うしとら》のかた二里《さと》に[一五]密筑《みつき》の里《さと》あり。村の中《うち》に浄泉《いづみ》あり。俗《くにひと》、[一六]大《おほ》井《ゐ》と謂《い》ふ。夏は冷《ひやや》かにして冬は溫《あたた》かなり。湧《わ》き流れて[一七]川と成《な》れり。夏の暑《あつ》き時、遠《をち》邇《こち》の郷里《むらざと》より酒《さけ》と肴《さかな》とを[一八]齎賚《もちき》て、男女《をとこをみな》會集《つと》ひて、休《いこ》ひ遊《あそ》び飲《さけの》み樂《たの》しめり。[一九]其の東《ひむがし》と南とは海濱《うみべた》に臨《のぞ》む。[二〇]石決明《あはび》・棘甲嬴《うに》、魚貝等《うをかひども》の類《たぐひ》、甚多《いとおほ》し。西と北とは山野《やまの》を帶《お》ぶ。椎《しひ》・櫟《いちひ》・榧《かへ》・栗《くり》生《お》ひ、鹿《しか》・猪《ゐ》住《す》めり。凡《すべ》て海山《うみやま》の珍《めづら》しき味《あぢはひ》、悉《ことごと》に記《しる》すべからず。

[二一]此《ここ》より艮《うしとら》のかた卅里《さと》に[二二]助川《すけかは》の驛家《うまや》あり。昔《むかし》、[二三]遇鹿《あふか》と號《なづ》く。古老《ふるおきな》のいへらく、倭武《やまとたける》の天皇《すめらみこと》、此《ここ》に至《いた》りましし時、[二四]皇后《おほきさき》、參《まゐ》り遇《あ》ひたまひき。因《よ》りて名づく。[二五]國宰《くにのみこともち》、[二六]久《く》米《め》の大夫《まへつぎみ》の時に至《いた》り、河《かは》に[二七]鮭《さけ》を取るが爲《ため》に、改《あらた》めて助川《すけかは》と名づく。俗《くにひと》の語《ことば》に、[二八]鮭《さけ》の祖《おや》を

古墳群のあることをいうものであろう。
八　古墳の埋葬物をいうのであろう。
九　その地に。賀毗礼之峰の麓（西麓）を指す。
一〇　今、里川と呼ぶ。
一一　久慈郡の北隅の山。里美村里川の奥の三鈷室山に発源し、南流して常陸太田市の南部で久慈川に合流する。
一二　文の続きの悪いのは上文抄略のため、または上文抄略によって次の地理記載が不明となる故に四字一句を書き添えたためである。
一三　和名抄の郷名に高市とある。久慈川の河口地域、日立市の久慈・坂本附近。
一四　高市里を指す。
一五　和名抄の郷名に高月（高は箕の誤）とあるのにあたる。日立市水木が遺称地。
一六　水木にある泉、活水洞を遺蹟としている。
一七　泉川と呼ぶ。
一八　既出（四一頁頭注一四）。
一九　密筑里の。
二〇　鮑。鰒。
二一　密筑里をさす。
二二　日立市助川が遺称地。水木の北約八粁、古の里程で概数一五里。和名抄の郷名に助川とある。駅は弘仁三年廃止された。
二三　助川の南約二粁の会瀬（おうせ）が遺称地か。
二四　既出（六五頁）。
二五　常陸国守。
二六　天武紀元年に河内国守来目臣塩籠という人が見える。或はこの人か。
二七　鮭（さけ）に通わし用いた字。
二八　鮭の親魚。大きい鮭の意。

爲㆓須介㆒[1]

多珂郡[2] 東南竝大海 西北陸奥常陸二國堺之高山

古老曰 斯我高穴穗宮大[3]八洲照臨天皇之世 以㆓建御狹日命㆒任㆓多珂國造㆒ 玆人初至 歷㆓驗地體㆒ 以爲[4]㆓峯險岳崇㆒ 因名㆓多珂之國㆒ 謂㆓建御狹日命㆒者 即[5]是出雲臣同屬 今多珂石城所㆑謂是也 風[6]俗[7]說[8]云㆓薦枕多珂之國㆒

建御狹日命 當㆓所㆑遣時㆒ 以㆓久慈堺之助河㆒ 爲㆓道前㆒ 去㆑郡西[9]南三十里 今猶稱㆓道前里㆒ 陸奥國石城郡苦麻之村 爲㆓道後㆒ 其後 至㆓難波長柄豐前大宮臨軒天皇之世㆒ 癸丑年 多珂國造石城直美夜部 石城評造部志許赤等 請㆓申惣領高向大夫㆒ 以㆓所部遠隔 往來不㆑便 分置㆓多珂石城二郡㆒ 石城郡 今存㆓陸奥國堺内㆒

其道前里 飽田村 古老曰 倭武天皇 爲㆑巡㆓東垂[10]㆒ 頓㆓宿此野㆒ 有㆑人 奏曰 野上群鹿[11] 無㆑數甚多 猶[12]其聳角 如㆓蘆[13]枯之原㆒ 比㆓其吹氣㆒ 似㆓朝霧*

1 久慈郡の記事はこれで終る。以下略之でない。
2 底、以下を大書。彰・群・板による。
3 底・彰・家「八」がない。彰の補字による。
4 彰「爲」がない。底・群・家・板による。
5 群・板「是」がない。底・彰などによる。
6 底・彰「記」。群・家・板による。
7 板「曰」。底・諸本による。
8 底「薦」。彰・諸本による。
9 底・諸本「西北六十里」。郡郷考・地名辭書の説により訂す。後藤説は注書を本文とし、「今猶稱道前里去郡西北六十里」としている。
10 板「陲」。底・諸本による。「垂」は「陲」に同じ。
11 底・諸本「郡」。板による。
12 底・諸本「猶」がない。次の「比其吹氣」と對になる句であるから、喩・譬・猶の如きを補うべきである。しばらく「猶」を補う。
13 底・彰など「廬」。群・板による。

一 和名抄の郡名に多珂と見える。およそ多賀郡の地域(日立市助川以南は久慈郡に入る)。郡家は高萩市松岡町手綱にあった。
二 成務天皇。
三 国造本紀に成務朝、弥佐比命(天菩比命の後、弥都侶岐命の孫)を高国造に任じたとある。風土記の記事と同じ。
四 天菩比命を祖とする氏族。
五 多珂郡と石城郡の地が多珂国造の統治した地域の意。
六 コモ草で作った枕。丈高い故に地名タカに冠する称辞とした。万葉集註釈巻第八に「諷詞ドモノナカニモ常陸多珂ノ郡ヲバ、コモマクラ、タカノコホリトイヘルナリ」とあるのは、この記事による。
七 南の久慈と北の多珂との界。助川里及

謂《い》ひて、須介《すけ》と爲《な》す。

[一]多珂《たか》の郡《こほり》　東《ひむがし》と南とは、竝《ならび》に大海《おほうみ》、西と北とは、陸奥《みちのおく》と常陸《ひたち》と二つの國の堺《さかひ》の高山《たかやま》なり。

古老《ふるおきな》のいへらく、斯我《しが》[二]の高穴穗《たかあなほ》の宮《みや》に大八洲《おほやしま》照臨《しろ》しめしし天皇《すめらみこと》のみ世、[三]建御狹日命《たけみさひのみこと》を以《も》ちて多珂《たか》の國造《くにのみやつこ》に任《よさ》しき。茲《こ》の人初《はじ》めて至《いた》り、地體《くにがた》を歷驗《めぐりみ》て、峯險《みねさか》しく岳崇《やまたか》しと爲《な》して、因《よ》りて多珂《たか》の國と名づけき。建御狹日命《たけみさひのみこと》と謂《い》ふは、卽《すなは》ち是《これ》、[四]出雲臣《いづものおみ》の同屬《やから》なり。今、[五]多珂《たか》・石城《いはき》と謂《い》へるは是《これ》なり。風俗《くにぶり》の說《ことば》に、[六]薦枕《こもまくら》多珂《たか》の國といふ。

建御狹日命《たけみさひのみこと》、遣《つか》はされし時に當《あた》り、久慈《くじ》の[七]堺《さかひ》の助河《すけかは》を以《も》ちて[八]道前《みちのくち》と爲《な》し、[九]郡《こほり》を去《さ》ること西南《ひつじさる》のかた三十里《さと》、今も猶《なほ》、[一〇]道前《みちのくち》の里《さと》と稱《い》ふ。陸奥《みちのおく》の國石城《いはき》の郡《こほり》の苦麻《くま》[一一]の村《むら》を[一二]道後《みちのしり》と爲《な》しき。其の後《のち》、[一三]難波《なには》の長柄《ながら》の豐前《とよさき》の大宮《おほみや》に臨軒《あめのしたしろ》しめしし天皇《すめらみこと》のみ世に至《いた》り、[一四]癸丑《みづのとうし》の年、多珂《たか》の國造《くにのみやつこ》[一五]石城直《いはきのあたひ》美夜部《みやべ》・石城《いはきのこほり》[一六]評の[一七]造《みやつこ》部《べ》の志許赤《しこあから》等、[一八]惣領《すべをさ》高向《たかむこ》の大夫《まへつぎみ》に請《こ》ひ申《まを》して、[一九]所部《くぬち》遠《とほ》く隔《へだた》り往來《ゆきき》便《たより》よからざるを以《も》ちて、分《わか》ちて多珂《たか》・石城《いはき》の二つの郡《こほり》を置けり。石城《いはき》の郡《こほり》は、今、[二〇]陸奥《みちのおく》の國の堺《さかひ》の內《うち》にあり。

其の道前《みちのくち》の里《さと》に[二一]飽田《あきた》の村あり。古老《ふるおきな》のいへらく、倭武《やまとたける》の天皇《すめらみこと》、[二二]東《あづま》の垂《さかひ》を巡《めぐ》りまさむとして此の野に[二三]頓宿《やど》りたまひしに、人あり、奏《まを》ししく、「野の上《ほとり》に群《む》れたる鹿《しか》、數《かず》なく甚多《いとさは》なり。[二四]其の聳《そび》ゆる角《つの》は、蘆枯《かれあし》の原《はら》の如《ごと》[二五]く、其の吹《いぶ》く氣《いき》を比《たと》ふれば、朝霧《あさぎり》

び助川駅は南の久慈郡に属し、道前里は北の多珂郡に属したのである。

八　多珂の国(国造の所領地)の入口(南限)になる地の意。

九　多珂郡家。手綱(多珂郡家の地)から助川まで約一八粁弱、古の里程で概数三〇里。

一〇　和名抄多珂郡の郷名に道口と見える。助川から北へ、日立市北部の地域。

一一　福島県双葉郡大熊町熊を遺称地としている。

一二　多珂の国の奥のはて(北限)の地の意。

一三　孝徳天皇。

一四　白雉四年(六五三)。

一五　建御狭日命の子孫の氏族であろう。他に見えない。

一六　評は郡に相当する古い用字。

一七　多珂の国造に属した部曲の氏族名であろう。志許赤は名。

一八　既出(三四頁頭注一五)。

一九　統治する領域。それが広きに過ぎることをいう。

二〇　陸奥国内に属している意。養老二年(七一八)石城以下の五郡を以て石城国が建てられたので、この記事はそれ以前の筆録である。

二一　日立市小木津・田尻附近の地。小木津に相田があり、その海辺の大田尻(おおたしり)を飽田尻ともいう。

二二　既出(五九頁頭注二七)。

二三　旅の宿り。頓は旅の意。

二四　以下は鹿の形容。雄略紀(即位前)・景行紀四十年、古事記安康天皇の条に類似の文句が見える。

二五　猶如でゴトシと訓む。

之丘[1]一　又　海有二鰒魚一　大如二八尺一　幷諸種珍味　遊漁[2]利[3]多
者　於レ是　天皇幸レ野　遣二橘[4]皇后一　臨レ海令レ漁　相二競捕獲
之利一　別二探山海之物一　此時　野狩[5]者　終日駈射　不レ得二一
宍[6]一　海漁者　須臾才採　盡得二百味一焉[7]　獵漁已畢　奉レ羞二御
膳一　時勅二陪從一曰　今日之遊　朕與二家后[8]一　各就二野海一　同
爭二祥福一（俗語曰二佐知一）　野物雖レ不レ得　而海味盡飽喫者　後代追レ跡
名二飽田村一
國宰　川原宿禰黒麻呂[9]時　大海之邊石壁　彫二造觀世音菩薩像一
今存矣　因[10]號二佛濱一　（以下略之）
郡南卅[11]里　藻島驛家　東南濱碁子[12]　色如二珠玉一　所レ謂常陸國
所レ有麗碁子　唯是濱耳　昔　倭武天皇　乘レ舟浮レ海　御二覽島
礒一　種々海藻　多生茂榮[13]　因名　今亦然　（以下略之）[14]

1　底・諸本「立」。上文の「原」の對句であるから「丘」の誤とする。
2　底・彰・板など「理」。群「鯉」。後藤説「埋」。「漁」の誤とすべきであろう。
3　諸本「利」なく一字欠字。意によれば利・福・幸の如き字。今、「利」を補っておく。
4　底・彰など「猶」。群・板による。
5　底・彰など「將」。板「獵」。群による。
6　底・彰など「穴」。群・板による。
7　底・彰など「鳥」。群・板による。
8　板「皇」。底・諸本による。
9　二字、彰・板など「麿」一字。底による。
10　底・彰「國」。群・板などによる。
11　底・諸本「卅里」。後藤説「十三里」。概數を記す例により郡郷考「卅里」とするに從う。
12　底・彰など「子」がない。板の補字による。
13　底・彰「禁」。群・板「繁」。底傍注「榮」とするによる。
14　底・彰・家、この次に「私曰、此以後本欠了」と注書がある。

の丘《をか》に似たり。又《また》、海《うみ》に鰒魚《あはび》あり。大きさ八尺《やさか》ばかり、幷諸種《またくさぐさ》の珍《めづら》しき味《あぢは》ひ、遊《うをの》[一]漁《あそび》の利《さち》多《おほ》し」とまをしき。是《ここ》に、天皇《すめらみこと》、野に幸《いでま》して、橘《たちばな》[二]の皇后《おほきさき》を遣《や》りて、海《うみ》に臨《のぞ》みて漁《すなど》らしめ、捕獲《えもの》の利《さち》を相競《あひきほ》ひて、山と海の物《もの》を別《わ》き探《さぐ》りたまひき。此の時、野の狩《かり》は、終日《ひねもす》駈《か》[三]り射《い》けれども、一つの宍《しし》[四]をだに得たまはず、海の漁《すなどり》は、須臾《しまし》がほど才《わづか》[五]に採《と》りて、盡《ことごと》に百《もも》の味《あぢはひ》を得たまひき。獵《かり》と漁《すなどり》と已《すで》[六]に畢《を》へて、御膳《みけつもの》[七]を羞《すす》めまつる時に、陪從《おもとびと》に勅《の》りたまひしく、「今日《けふ》の遊《あそび》は、朕《われ》と家后《きさき》と、各《おのもおのも》、野と海とに就《つ》きて、同《とも》に祥福《さち》[八] 俗《くにひと》の語《ことば》に佐知《さち》といふ を爭《あらそ》へり。野の物《もの》は得ざれども、海の味《あぢはひ》は 盡《ことごと》に飽《あ》き喫《くら》ひつ」とのりたまひき。後《のち》の代《よ》、跡《あと》を追《お》ひて、飽田《あきた》の村と名づく。

國宰《くにのみこともち》[九]、川原宿禰黑麻呂《かはらのすくねくろまろ》[一〇]の時、大海《おほうみ》の邊《ほとり》の石壁《いはぎし》に、觀世音菩薩《かむぜおむぼさつ》のみ像《かた》を彫《ゑ》り造《つく》りき。今に存《あ》り。因《よ》りて佛《ほとけ》[一一]の濱《はま》と號《なづ》く。（以下《しも》は略《はぶ》く）

郡《こほり》の南井里《さと》に藻島《めしま》[一二]の驛家《うまや》あり。東南《たつみ》のかたの濱《はま》[一三]に碁子《ごいし》[一四]あり。色は珠玉《たま》の如し。謂《い》はゆる常陸《ひたち》の國に有《あ》[一五]らゆる麗《うるは》しき碁子《ごいし》は、唯是《ただこ》の濱《はま》のみなり。昔《むかし》、倭武《やまとたける》の天皇《すめらみこと》、舟に乗り海に浮《うか》びて、島《しま》の磯《いそ》を御覽《みそなは》しまししに、種々《くさぐさ》の海藻《め》多《さは》に生《お》ひて、茂榮《しげ》れりき。因《よ》りて名づく。今も然《しか》なり。（以下《しも》は略《はぶ》く）

一　漁釣の意。遊鳥・遊猟の類語である。仲哀紀八年の条に「魚鳥之遊」と見える。
二　上文（六五頁）に大橘比売命とある。
三　獣を追いかけ、かり出して矢を射放った。
四　獣肉の意で、獣をいう。
五　纔に通用。少しばかり。
六　全く。すっかり。
七　御食事を差し上げた時。御食事をなさった時の意。
八　獲物。どちらが多く獲るか競いあった。
九　常陸国守。
一〇　他に見えない。
一一　日立市小木津の大田尻の海岸、田尻ガ浜と呼ぶ。仏像は同地の観泉寺にある石仏である。
一二　和名抄の郷名に藻島と見える。駅は弘仁三年（八一二）に廃止された。遺称地はないが、十王町の内、旧櫛形村の地にあたる。
一三　十王町伊師の浜辺、小貝浜と呼ぶ。
一四　碁（ご）をうつに用いる石。小貝浜の碁石浦に、今も美しい小貝・小石がある。
一五　有るところのというに同じ。そこにある、そこに産するの意。

(底本奥書)

右常陸國風土記申二出　貴所御本一躬自寫之闕文斷簡雖二多遺憾一希代之物也爲二他書之徵一不レ少宜二祕藏一而已

元祿六年三月四日

(彰本奥書)

伊勢貞丈校本

延寶五丁巳仲春以二加賀本一謄錄

寶曆八戊寅四月望日艸之

出雲國風土記

出雲國風土記[1]

國之大體　首レ震尾レ坤　東南山[2]　西北屬レ海　東西[3]一百卅九里一[4]百九[5]歩　南北[6]一百八十三里一百七十[7]三歩[8]　二百里一十七歩

（一[9]百歩）

（七十三里卅二歩）

（得而難可誤）

老細二思枝葉一[10]　裁二定詞源一　亦山野濱浦之處　鳥獸之棲　魚貝海菜之類　良繁多　悉不レ陳　然不レ獲レ止　粗擧二梗概一　以成二記趣一

所三以號二出雲一者　八束水臣津野命詔　八雲立詔之　故云二八雲立出雲一

合　神社　參佰玖拾玖所

壹佰捌拾肆所　在二神祇官一

貳佰壹拾伍所　不レ在二神祇官一

玖郡　郷陸拾貳[11]　里一百八十一[12]　餘戸肆　驛家陸　神戸漆　里一十一[13]

意宇郡　郷壹拾壹[14]　里卅三[15]　餘戸壹　驛家參　神戸參　里六

一　以下は本書の総記。まず国の地状と広さ。

二　地形の概観。

三　易の卦の名で東方の意。

四・六　都からの道程で、出雲国に入る入口の地点(首)と終りの地点(尾)。

五　西南の方角。

七　至りとどく。達する。

八・九　各郡末・巻末に見える通道の里程で、東西は国の東界手間剗から国庁を経、正西道を国の西界多伎伎山まで、南北は千酌駅から国庁・玉作街・大原郡家・仁多郡家を経て備後国界比市山までの合計里数にあうが、南北は…大原郡家・飯石郡家・備後国界三坂までの合計里数、二百里一十七歩を本来の記載とすべきである。↓補注
一里は三〇〇歩、一歩は六尺。一尺は曲尺の約〇・九八尺で、一歩は約一・七八米、一里は約五三五米。

一〇　以下三行は恐らく後人の附記。↓補注

一一　本書編纂の方針を述べる一条。老は筆録編纂者自身。巻末の署名者。

一二　子孫の意。出雲の祖神の子孫神の功業鎮座について精しく考える。

一三　土地の名の由来の意。それを判断して決める。以上、二句の対句修辞で郡郷などの記事に記す内容について述べた。

一四　山野之処、鳥獣之棲。浜浦之処、魚貝海菜之類という意の漢文修辞。郡郷など以外の自然地理的な記事に記す内容について述べた。

一五　よほど。多い程度をいう。

一六　風土記という書物の体裁に作りなした。

一七　この条は国名の由来を記す。釈日本紀

1 「國」を省くものもあるが諸本同形式。「風土記」の上に國名を冠する表題に一定しているのは出雲國のみ。

2 「山西」二字、底・諸本「宮」。解による。

3 底・諸本「西」がない。訂などによる。巻末の里程の條参照。

4 諸本「七」。

5 諸本「十」。里數計算により改める。

6 この里數は恐らく後人の改訂。「二百里一十七歩」を正とする。

7 諸本「九」。朝酌渡・國廳間を四里二六〇歩として計算し、「七」に改める(巻末里程)。

8 諸本「歩」がない。解による。

9 諸本にあるので括弧を附して存しておく。

10 倉「忍」。底・諸本による。

11 底・諸本「壹」。記載實數の合計は六二。但し意宇郡を一〇郷とすれば六一。

12 底・諸本「七十九」。各郡首の里の注記による合計は一八一。但し意宇郡一〇郷とすれば合計一七八、また出雲郡の里の注記なしとすれば合計一七九。

13 底・諸本「一十」。訂「一十二」。楯縫郡神戸里は一で、合計一一。

14 倉「壹拾」。底・鈔による。記載實數は一一。但し或る時期に一〇郷の記載しかなく、一〇郷として諸計算をなしていたものの如くである。

15 底・諸本「卅」。一〇郷の合計數である。記載實數により改める。

出雲《いづも》の國《くに》の風土記《ふどき》

[一]國の[二]大き體《かたち》は、[三]震《ひむがし》を[四]首《はじめ》とし、[五]坤《ひつじさる》のかたを[六]尾《なはり》とす。東《ひむがし》と南とは山にして、西と北とは海に[七]屬《つ》けり。[八]東西《ひのたて》は一百卅九里《さと》一百九歩《あし》、[九]南北《ひのよこ》は一百八十三里《さと》一百七十三歩《あし》なり。 二百里一十七歩

（[一〇]一百歩）

（七十三里卅二歩）

（得而難可誤）

[一一]老《おきな》、[一二]枝葉《このすゑ》を細《くは》しく思《かむが》へ、[一三]詞源《なのもと》を裁《ことわ》り定《さだ》め、亦《また》、[一四]山野《やまの》・濱浦《はまうら》の處《ところ》、鳥獸《とりけだもの》の棲《すみか》、魚貝《うをかひ》・海菜《うみつもは》の類《たぐひ》、[一五]やや繁《しげ》く多《さは》にして、悉《ことごと》には陳《の》べず。然《しか》はあれど、止《や》むことをえざるは、粗《ほぼ》、梗概《おほむね》を擧《あ》げて、[一六]記《ふみ》の趣《さま》を成《な》しぬ。[一七]出雲《いづも》と號《なづ》くる所以《ゆゑ》は、[一八]八束水臣津野命《やつかみづおみつののみこと》、詔《の》りたまひしく、「[一九]八雲立《やくもた》つ」と詔《の》りたまひき。故《かれ》、[二〇]八雲立《やくもた》つ出雲《いづも》といふ。

[二一]合《あは》せて神《かみ》の社《やしろ》は[二二]三百九十九所《ところ》なり。

[二三]一百八十四所《ところ》は、[二四]神祇官《かみつかさ》に在《あ》り。

[二五]二百一十五所《ところ》は、神祇官《かみつかさ》に在《あ》らず。

九つの郡《こほり》、[二六]郷《さと》は六十二 [二七]里《こざと》は一百八十一、[二八]餘戸《あまりべ》は四、[二九]驛家《うまや》は六、[三〇]神戸《かむべ》は七 里《こざと》は一十一なり。

[三一]意宇《おう》の郡《こほり》 郷《さと》は一十一 里《こざと》は卅三、餘戸《あまりべ》は一、驛家《うまや》は三、神戸《かむべ》は三 里《こざと》は六なり。

巻廿三に引用。

一八 古事記には須佐之男命の四世孫、大国主命の祖父として見えるが、恐らくは大国主命とは別系の出雲地方の祖先神的位置にあった神。

一九 下の国引きの条(九九頁)に「八雲立つ出雲の国」と見える。この神の言葉に国名のよりどころを求めたのであるが、イヅモという語の説明にはなっていない。記紀では須佐之男命が「八雲立つ出雲」と歌われたとあるが、風土記はそれによらない。

二〇 雲が湧き立って出る意のかかりで、国名イヅモに冠する称辞。

二一 国内の神社総数及び郡郷等の行政区画単位の総数、同じく各郡別の数を列記する。

二二 毘売埼の条(一〇五頁)にも三九九社とあり、これが神社総数であったと認められる。

二三 各郡の記載数の合計にあう。

二四 神祇官の神社台帳(延喜式の神名帳のもとになる帳)に登録せられている神社(式内社にあたる)。次は登録せられていない神社(式外社)。

二五 各郡の記載注記数の合計にあう。ただし記載実数は島根・出雲二郡に写脱がある。

二六 民戸五〇戸を以て一郷とした(戸令)。

二七 郷を構成する民戸の部落単位の名。霊亀元年以降天平十一年末頃まで、郷の下の単位として里(こざと)を立てる制度(郷里制)が実施せられていた。

二八 五〇戸を一郷として郷を立てるとき、一郷を立てるに至らない余分の端数の民戸。その端数によって郷また里とする。

二九 都から地方に通ずる公道に、公用の交通者のための馬・舟を常置しておく所。
三〇 特定の神社に属せしめられた民戸。租税をその神社に納めて奉仕する。
三一 和名抄の郡名には、意宇(於宇)・島根(之末爾)・秋鹿(安伊加)・楯縫(多天奴比)・出雲・神門(加無止)・飯石(伊比之)・仁多(爾以多)・大原(於保波良)とある外に、意宇郡から分れた能義(乃木)一郡名が見える。

一 元正天皇即位の日(九月二日)改元せられた年号(七一五)。
二 法制。きまり。この時の式は他に見えない。
三 これまでの「里」の字を「郷」の字に改めた意。播磨・常陸両国風土記に「里」とあるのが出雲国風土記(及び豊後・肥前両国風土記)の「郷」とあるのに相当する行政区画単位であることになる。民戸五〇戸で一里(一郷)を編成する実質には変りない。ただし「里」を「郷」に改めて、「郷(さと)」を構成する下部単位として「里(こざと)」を設けたので、郷時代の「里」と、郷時代以前の「里」とは同じでない。

嶋根郡　郷捌 里廿四[1]　餘戸壹　驛家壹
秋鹿郡　郷肆 里一十二　神戸壹 里一[2]
楯縫郡　郷肆 里一十二　餘戸壹　神戸壹 里一[3]
出雲郡　郷捌 里廿三[4]　神戸壹 里二
神門郡　郷捌 里廿二　餘戸壹　驛家貳　神戸壹 里一[5]
飯石郡　郷漆 里一十九
仁多郡　郷肆 里一十二
大原郡　郷捌 里廿四
右件郷字者　依二靈龜元年式一　改レ里爲レ郷　其郷名字者　被二神龜三年民部省口宣一　改之

意宇郡
合　郷壹[6]拾壹 里卅三[7]　餘戸壹　驛家參　神戸參 里六[8]
母理郷　本字文理
屋代郷　今[9]依レ前用
楯縫郷　今依レ前用

1 底・諸本「五」。下文の合計數により改める。
2 底にない。鈔などによる。倉は「里一」を合せた字。
3 底にない。鈔「二」。下文による。
4 底・鈔「二」。倉「三」。下文によれば「三」である。
5 底にない。倉・鈔による。
6 底・諸本「壹拾壹」で、「壹拾」とするものはない。記載實數にあっている。
7 底・諸本「卅」。一〇郷の數である。一一郷とすれば「卅三」とすべきである。
8 諸本「里六」がない。底による。
9 下文によれば「本字社」とすべきが如くであるが、底・諸本のままに存しておく。

嶋根《しまね》の郡　郷は八　里は廿四、　餘戸は一、　驛家は一なり。
秋鹿《あいか》の郡　郷は四　里は一十二、　神戸は一　里は一なり。
楯縫《たてぬひ》の郡　郷は四　里は一十二、　餘戸は一、　神戸は一　里は一なり。
出雲《いづも》の郡　郷は八　里は廿三、　神戸は一　里は二なり。
神門《かむど》の郡　郷は八　里は廿二、　餘戸は一、　驛家は二、　神戸は一　里は一なり。
飯石《いひし》の郡　郷は七　里は一十九なり。
仁多《にた》の郡　郷は四　里は一十二なり。
大原《おほはら》の郡　郷は八　里は廿四なり。
右《みぎ》の件《くだり》の郷《さと》の字《じ》は、靈龜《りやうき》[一]元年の式《しき》[二]に依《よ》りて、里[三]を改《あらた》めて郷と爲《な》せり。其の郷《さと》の名《な》[四]の字《じ》は、神龜《じんき》[五]三年の民部省《たみつかさ》の口宣《くせむ》[六]を被《かがふ》りて、改《あらた》めぬ。

意宇《おう》[七]の郡《こほり》
合《あは》[八]せて郷《さと》は一十一　里《こざと》は卅三、　餘戸《あまりべ》は一、　驛家《うまや》は三、　神戸《かむべ》は三　里《こざと》は六なり。
母理《もり》の郷《さと》　本《もと》[九]の字《じ》は文理《(もり)》なり。
屋代《やしろ》の郷　[一〇]今も前《さき》に依《よ》りて用《もち》ゐる。[一一]
楯縫《たてぬひ》の郷　今も前に依りて用ゐる。

四　名称(郷名)を書き記す文字の意。「名字」と熟して名称を意味するのではない。
五　聖武天皇朝の年号(七二六)。
六　天皇が口ずから下される命令の意。勅令。その内容は元明朝和銅六年五月の詔に「郡郷の名は好字を著けよ」とあるのと同じものであろうが、風土記の編纂者は名称(地名)を好くする意とせず、地名を書き記す文字をよくし改める意と解釈しているのである。
七　和名抄の意宇・能義二郡を併せた地域。松江市(大橋川以南)・安来市・能義郡伯太村・布部村・広瀬町(西南隅比田地方は仁多郡)・八束郡東出雲町・八雲村・玉湯村・宍道町(西端伊志見は出雲郡)にわたる地域。
八　以下、郷名など行政上の単位名の総数とその名称の列記。和名抄の意宇・能義二郡の郷名に、飯梨を除く一〇郷名の外、口縫・野城・賀茂・神戸(以上能義郡)、来待・筑陽・神戸・忌部(以上意宇郡)が見える。
九　神亀三年に郷名を書き記す文字(恐らく公の用字)を改めたものについて、改字以前の用字を掲げたのである。以下も同じ。
一〇　地名を書き記す文字が神亀三年以前からの用字のままで、神亀三年に改字しなかった意。以下も同じ。
一一　下の郷名の条(一〇三頁)によれば「本の字は社」とあるべきが如くであるが、神亀三年以前の改字であった故に、神亀三年現在としては「今依〻前用」でよく、下文(郷名の条)の注は他の郷名改字に準じて「神亀三年改字」と記したものではないか。疑を存しておく。

安來鄉　今依レ前用
山國鄉　今依レ前用
飯梨鄉　本字[1]云成
舍人鄉　今依レ前用
大草鄉　今依レ前用
山代鄉　今依レ前用
拜志鄉　[2]本字林
[3]宍道鄉　今依レ前用
以上[4]壹拾壹[5]鄉別里參
餘戸里
野城驛家
[6]黑田驛家
[3]宍道驛家
出雲神戸
[7]賀茂神戸
忌部神戸
所三以號二意宇一者　國引坐八束水臣津野命詔　八雲立*

1　下文によれば「飯成」とすべきが如くであるが、底・諸本のままに存しておく。
2　倉・鈔「今」。底による。
3　底など「完」に誤る。諸本による。
4　「壹拾壹」三字、倉・鈔など「壹拾」。底による。
5　底「鄉」がない。倉・鈔による。
6　倉にこの驛名がない。底・鈔などによる。
7　鈔「加」。底・倉による。

一　下の郷名の条によれば飯成とあるべきが如くであるが、神亀三年以前には飯成・云成両様の用字があったものと解すべきか。

二　和名抄(高山寺本)・延喜(兵部)式の駅名に野城・黒田・宍道と見える。

三　和名抄の意宇郡の郷名に神戸とあるのにあたる。

四　和名抄能義郡の郷名に賀茂・神戸と見える。

五　和名抄意宇郡の郷名に忌部と見える。

六　郡名の由来を語る一条で、口誦の伝承のままに記している。国引きの段といわれる。

七　この神の功業によって神名に冠する称辞としたもの。

八　既出(九五頁頭注一八)。

安來《やすき》の郷　今も前《さき》に依《よ》りて用《もち》ゐる。
山國《やまくに》の郷　今も前に依りて用ゐる。
飯梨《いひなし》の郷　本《もと》の字《じ》は[一]云成《(いひなし)》なり。
舍人《とね》の郷　今も前に依りて用ゐる。
大草《おほくさ》の郷　今も前に依りて用ゐる。
山代《やましろ》の郷　今も前に依りて用ゐる。
拜志《はやし》の郷　本の字は林《(はやし)》なり。
宍道《ししぢ》の郷　今も前に依りて用ゐる。
　以上《かみ》の一十一《とをあまりひとつ》の郷別《さとごと》に里《こざと》は三《みつ》なり。
餘戸《あまりべ》の里
[二]野城《のぎ》の驛家《うまや》
黑田《くろだ》の驛家《うまや》
宍道《ししぢ》の驛家《うまや》
[三]出雲《いづも》の神戸《かむべ》
[四]賀茂《かも》の神戸
[五]忌部《いむべ》の神戸
[六]意宇《おう》と號《なづ》くる所以《ゆゑ》は、[七]國引きましし[八]八束水臣津野命《やつかみづおみつののみこと》の、詔《の》りたまひしく、「八雲立《やくもた》つ

一 布幅の狭い意で、稚国の形容。
二 出来て間のない国の意で、大きく足り整うに至っていないのをいう。
三 初めに作った国。これは出雲国の領域をいう。
四 縫い付けるように他の土地をくっつけて大きくしよう。
五 タク(栲)の布で作った寝衣。色が白いのでシラギの称辞とした。
六 新羅国。朝鮮半島の地。
七 ミは接頭語。海に臨む岬。
八 余分の土地。
九 若い女の胸の広く平らなのをよいとしたので、幅広いスキ(鋤)の称辞としたもの。
一〇 魚のエラ(鰓)。魚を取るに鰓に鋒を突き刺す如くに土地に鋤を突き刺し。
一一 はたはた靡くすすき(芒・荻の類)で、穂に出るから、ホフリ(屠)の枕詞とした。土地を鋤で切り離しの意。
一二 三本綱。三本を縒り合せた丈夫な綱。琉球にミツミの語が存する(伊波普猷「古琉球」)。「三絞之綱」(孝徳紀)の類。
一三 霜をうけたカズラの実。黒いのでクルの枕詞とした。
一四 繰るや繰るや。ヤは感嘆詞。綱をたぐりたぐりして。
一五 進みの遅い意でかかる枕詞。
一六 そろりそろり。
一七 土地よ来い、土地よ来い。
一八 平田市小津が遺称地。下に許豆浜と見える(一七七頁)。
一九 湾入した海岸の最奥部。→補注
二〇 八百土の意。杵で衝き堅めるとかかる枕詞。諸写本のままにヤホヨネ(八穂米)と

出雲國者　狹布之稚國在哉[1]　初國小所レ作　故將二作縫一詔而　栲衾志羅紀乃三埼矣　國之餘[2]有耶見者　國之餘有詔而　童女胸鉏所レ取而　大魚之支太衝別而　波多須々支穗振別而　三身[3]之綱[4]打挂[5]而[6]　霜黑葛闇[7]々耶々爾　河船之毛々曾々呂々爾　國々來々引來縫國者　自二去豆乃折絶一而　八穗爾[8]支豆支乃御埼　以レ此而　堅立加志者　石見國與二出雲國一之堺有　名佐比賣山是也　亦持引綱者　薗[9]之長濱是也　亦北門佐伎之國矣　國之餘有耶見者　國之餘有詔而　童女胸鉏所レ取而[10]　大魚之支太衝別而　波多須々支穗振別而　三身之綱打挂[5]而　霜黑葛闇[7]々耶々爾　河船之毛々曾々呂々爾　國々來々引來縫[11]國者　自二多久乃折絶一而[12]　狹田之國是也　亦北門農[13]波乃國矣　國之餘有耶見者　國之餘有詔而　童女胸鉏所レ取而　大魚之支太衝別而　波多須々支穗振別而　三身之綱打挂[5]而　霜黑葛闇[7]々耶々爾　河船之毛々曾々呂々爾　國々來々引來縫[14]國者　自二宇[15]波折絶一而　闇見國是也　亦高志之都都乃三埼矣　國之餘有耶見者　國之餘有詔而　童女胸鉏所レ取而　大魚之支太衝別而　波多須々支穗振別而　三身之綱打挂[5]而　霜黑葛闇[7]々耶々爾　河*

1 底・諸本「堆」。解による。
2 倉「餘」の下に「亽」。底・鈔などによる。
3 訂「自」とするが、底・諸本のままでよい。
4 倉「総」。底・鈔などによる。
5 底・諸本「桂」に誤る。
6 底・諸本「与」。解による。
7 底・諸本「聞」。解による。
8 底・諸本「米」。解の説により「尓」(爾の略字)の誤とする。
9 底「園」。倉・鈔及び下文による。
10 底「与」。鈔及び文例による。
11 倉「綱」。底・鈔などによる。
12 底・鈔「与」に誤る。
13 底・諸本「良」。訂の説により改める。
14 倉「來」を「時引」二字に作る。底・諸本による。
15 底・鈔「宇波」。倉「宇波縫」。考(横山永福)・後藤説に「手染」の誤とするに従うべきか。或は「手浸」の如き文字の誤か。

出雲の國は、[一]狭布《さの》の[二]稚國《わかくに》なるかも。[三]初國《はつくに》小さく作らせり。故《かれ》、[四]作り縫《ぬ》はな」と詔《の》りたまひて、「[五]栲衾《たくぶすま》、[六]志羅紀《しらぎ》の[七]三埼《みさき》を、[八]國の餘《あまり》ありやと見れば、國の餘《あまり》あり」と詔《の》りたまひて、[九]童女《をとめ》の胸鉏《むなすき》取らして、大魚《おふを》の[一〇]きだ衝《つ》き別《わ》けて、[一一]はたすすき穗振《ほふ》り別《わ》けて、[一二]三身《みつみ》の綱《つな》うち挂《か》けて、[一三]霜黑葛《しもつづら》[一四]くるやくるやに、[一五]河船《かはふね》の[一六]もそろもそろに、[一七]國來々々《くにこくにこ》と引き來縫《きぬ》へる國は、[一八]去豆《こづ》の[一九]折絶《をりたえ》より、[二〇]八穗爾《やほに》[二一]支豆支《きづき》の御埼《みさき》なり。此《か》[二二]くて、[二三]堅《かた》め立てし[二四]加志《かし》は、石見《いはみ》の國と出雲の國との堺《さかひ》なる、名は[二五]佐比賣《さひめ》山、是《これ》なり。亦《また》、持《も》ち引ける綱《つな》は、[二六]薗《その》の長濱《ながはま》、是《これ》なり。亦《また》、「[二七]北門《きたど》の[二八]佐伎《さき》の國を、國の餘《あまり》ありやと見れば、國の餘《あまり》あり」と詔《の》りたまひて、童女《をとめ》の胸鉏《むなすき》取らして、大魚《おふを》のきだ衝《つ》き別《わ》けて、はたすすき穗振《ほふ》り別《わ》けて、三身《みつみ》の綱《つな》うち挂《か》けて、霜黑葛《しもつづら》くるやくるやに、河船《かはふね》のもそろもそろに、國來々々《くにこくにこ》と引き來縫《きぬ》へる國は、[二九]多久《たく》の折絶《をりたえ》より、[三〇]狹田《さだ》の國、是《これ》なり。亦《また》、「北門《きたど》の[三一]農波《ぬなみ》の國を、國の餘《あまり》ありやと見れば、國の餘《あまり》あり」と詔《の》りたまひて、童女《をとめ》の胸鉏《むなすき》取らして、大魚《おふを》のきだ衝《つ》き別《わ》けて、はたすすき穗振《ほふ》り別《わ》けて、三身《みつみ》の綱《つな》うち挂《か》けて、霜黑葛《しもつづら》くるやくるやに、河船《かはふね》のもそろもそろに、國來々々《くにこくにこ》と引き來縫《きぬ》へる國は、[三二]宇波《(たしみ)》の折絶《をりたえ》より、[三三]闇見《くらみ》の國、是《これ》なり。亦《また》、「[三四]高志《こし》の[三五]都都《つつ》の三埼《みさき》を、國の餘《あまり》ありやと見れば、國の餘《あまり》あり」と詔《の》りたまひて、童女《をとめ》の胸鉏《むなすき》取らして、大魚《おふを》のきだ衝《つ》き別《わ》けて、はたすすき穗振《ほふ》り別《わ》けて、三身《みつみ》の綱《つな》うち挂《か》けて、霜黑葛《しもつづら》くるやくるやに、河《かは》

し、米を杵で搗くとかかる語とも解し得るが、下の杵築郷(一八一頁)の説話によればヤホニ(八百土)とするがよい。

二一　大社町日ノ御碕。

二二　文を整える接続の詞。

二三　堅くしっかり立てた。

二四　舟をつなぐ杭。ここは土地を引っ張る綱をかける杭の意。

二五　三瓶山。下に見える(二二一頁)。

二六　神門郡の北部海岸丘陵地。下に薗の松山と見える(二二一頁)。

二七　北方の出入口の意。出雲の日本海側の港。

二八　大社町鷺浦の地とすべきか。下に鷺浜と見える(一九五頁)。

二九　八束郡鹿島町講武を中心とする地。下に多久川・多久社と見える(一三一・一三五頁)。その海岸で御津の浜の地を指すものとすべきであろう。

三〇　鹿島町佐陀本郷を中心とする地。下に佐太御子社・佐太川などと見える(一五七・一六一頁)。その海岸は古浦である。

三一　八束郡島根村野波の地とすべきか。日本海に向う北の港で、島根半島で最も北に突出した箇所である。下に野浪浜と見える(一四七頁)。

三二　島根郡の条に手染郷とある地(一二七頁)にあてるべきか。松江市の東北端手角(たすみ)の湾入部。

三三　松江市本庄町新庄のクラミ谷が遺称地。下に久良弥社と見える地(一二九頁)。

三四　北陸地方(越前・越中・越後)の古称。

三五　所在不明。能登半島の北端珠洲(すず)岬に擬する説がある。

船之毛々曾々呂々爾　國々來々引來縫國者　三穗之埼[1]　持[2]引綱夜見嶋　堅立加志者　有ニ伯耆國一火[3]神岳是也　今者國者引訖詔而　意宇社[4]爾　御杖衝立而　意恵登詔　故云ニ意宇一（所レ謂意宇社[4]者　郡家東北邊　田中在墪[5]是也　圍[6]八歩許　其上有ニ一[7]以茂一）

母理郷　郡家東南卅九里一百九十歩　所レ造ニ天下一大神　大穴持命　越八口[8]平賜而　還坐時　來ニ坐長江山一而詔　我造坐而　命[9]國者　皇御孫命　平世所レ知依奉　但八雲立出雲國者　我靜坐國　青垣山廻賜而　玉珍置[10]賜而守詔　故云ニ文理一（神龜三年改ニ字母理一）

屋代郷　郡家正東卅九里一百廾歩　天乃夫比命御伴　天降來坐[11]伊支等之遠神[12]　天津[13]子命詔　吾靜[14]將レ坐志[15]社詔　故云レ社（神[16]龜三年改ニ字屋代一）

楯縫郷　郡家東北卅二里一百八十歩　布都努[17]志命之天石楯　縫[18]置給之　故云ニ楯縫一

安來郷　郡家東北廾七里一百八十歩　神須佐乃烏命　天壁立廻*

一　島根半島の東端美保関町。その突端を地蔵崎という。下に美保埼と見える（一四一頁）。

二　夜見ガ浜（弓ガ浜）。下に伯耆の国郡内、夜見島と見える（一三九頁）。

三　鳥取県の大山(だいせん)（一七一三米）。

四　四回繰り返した国引きの仕事は終ったの意。この四回で附加された地域は島根半島の地全部ではない。第一回は半島西部の突出部、第二回は中央部の北への突出部（鹿島町）、第三回は中央部の南への突出部（松江市の中海側）、第四回は半島東部の突出部で、半島の東西南北について、その特徴的な突出部だけを語っているものと解すべきである。

五　神社名でない。下の神社名にも見えない。杜(もり)に通わし用いたもの。

六　神の鎮座地の標示としてのもの。

七　播磨国風土記（三三五頁）に国作りの後でオワと詔せられたとあるのと同じ。神が活動を止めて鎮座しようとする意を示す詞と解すべきであろう。仮死状態をあらわすヲエ（瘁・瘼臥）と通ずる語。

八　日本書紀（天武紀十四年）の古訓による。郡役所。意宇郡の郡家は松江市山代町茶臼山南麓附近を遺蹟地とすべきである。

九　小山の意。平地にある小高い積土。下の阿太加夜社の境内北部の小高い地に擬している。

一〇　周囲。

一一　繁った木が一本ある。

一二　郡の最東部。能義郡伯太村母理が遺称地。伯太川の中・上流地域。

一三　出雲国を造った最高の祖神として称えた神名。大穴持命に冠し、またその代名と

1　訂「也」がある。底・諸本により削る。
2　底・諸本「接」。解の説による。
3　紅葉山文庫本・訂「大」。底・諸本のまま。
4　訂「杜」とするが、底・諸本のまま。
5　底・諸本「塾」。恐らくは「墪」の誤。
6　倉・鈔「國」。底による。田中本「周」の誤かとする。
7　鈔・解「木」。底・倉・鈔イのまま。後藤説「一以」二字を「茨」の誤とする。
8　解「國」の誤とするが不可。諸本のまま。
9　「令」また「食」の誤とする説があるが、底・諸本のまま。命は令の通用字。
10　底・諸本「直」。解による。
11　倉「社」。鈔「坐社」。底・鈔イなどによる。
12　訂「祖」。
13　訂「子」の上に「日」。底・諸本による。
14　底・諸本「淨」。鈔イ・訂などによる。
15　解など衍字とする。倉野説「念」。諸本のまま。
16　郡首郷名用字の條参照。
17　釋紀所引文・倉「怒」。底・鈔による。
18　諸本「縫直」。釋紀所引文「置」一字。「縫置」とする。

船《ふね》のもそろもそろに、國來々々《くにこくにこ》と引き來縫《きぬ》へる國は、[一]三穂《みほ》の埼《さき》なり。持《も》ち引ける綱《つな》は、[二]夜見《よみ》の嶋《しま》なり。堅《かた》め立てし加志《かし》は、伯耆《ははき》の國なる[三]火神岳《ひのかみだけ》、是《これ》なり。「今は、[四]國は引き訖《を》へつ」と詔《の》りたまひて、[五]意宇《おう》の社《もり》に[六]御杖《みつゑ》衝き立てて、「[七]おゑ」と詔《の》りたまひき。故《かれ》、意宇《おう》といふ。謂《い》はゆる意宇《おう》の社《もり》は、[八]郡家《こほりのみやけ》の東北《うしとら》の邊《ほとり》、田の中《なか》にある[九]墪《こやま》、是《これ》なり。[一〇]圍《かく》み八歩《あし》ばかり、其の上に[一一]一《ひと》もとの茂《しげ》れるあり。

[一二]母理《もり》の郷《さと》　郡家《こほりのみやけ》の東南《たつみ》のかた卅九里《さと》一百九十歩《あし》なり。[一三]天《あめ》の下造《したつく》らしし大神《おほかみ》、[一四]大穴持命《おほなもちのみこと》、[一五]越《こし》の八口《やくち》を平《ことむ》け賜《たま》ひて、還《かへ》りましし時、[一六]長江山《ながえやま》に來まして詔《の》りたまひしく、「我《あ》が造《つく》り[一七]まして、[一八]命《し》らす國は、[一九]皇御孫《すめみま》の命《みこと》、平《たひ》らけくみ世知《よし》らせと[二〇]依《よ》さしまつらむ。但《ただ》、八雲立つ出雲の國は、我《あ》が[二一]靜《しづ》まります國と、[二二]青垣山廻《あをがきやまめぐ》らし賜ひて、[二三]玉珍《たま》置《お》き賜ひて[二四]守《も》らむ」と詔《の》りたまひき。故《かれ》、文理《もり》といふ。神龜《じんき》三年、字を母理と改《あらた》む。

[二五]屋代《やしろ》の郷《さと》　郡家《こほりのみやけ》の正東《まひむがし》卅九里《さと》一百廾歩《あし》なり。[二六]天乃夫比命《あめのふひのみこと》の御伴《みとも》に天降《あまくだ》り來まし[二七]伊支等《いきら》が[二八]遠つ神《とほつかみ》、[二九]天津子命《あまつこのみこと》、詔《の》りたまひしく、「吾《あ》が靜《しづ》まり坐《ま》さむと志《おも》ふ[三〇]社《やしろ》」と詔《の》りたまひき。故《かれ》、社《やしろ》といふ。神龜《じんき》三年、字を屋代と改む。

[三一]楯縫《たてぬひ》の郷《さと》　郡家《こほりのみやけ》の東北《うしとら》のかた卅二里《さと》一百八十歩《あし》なり。[三二]布都努志命《ふつぬしのみこと》の[三三]天《あめ》の石楯《いはたて》を[三四]縫《ぬ》ひ置《お》き給《たま》ひき。故《かれ》、楯縫《たてぬひ》といふ。

[三五]安來《やすき》の郷《さと》　郡家《こほりのみやけ》の東北《うしとら》のかた廾七里《さと》一百八十歩《あし》なり。[三六]神須佐乃烏命《かむすさのをのみこと》、[三七]天《あめ》の壁立廻《かきたちめぐ》[三八]

して用いている。
一四　大穴牟遅神(記)・大己貴命(紀)などとも書く。大国主命の別名としている。
一五　クチはクチナハ(蛇)・クチバミ(蝮)と同語。記紀に越の八岐の大蛇とあるのと同じ。或はそれを地名化した伝承か。越後国岩船郡関川村に八ツロがある。
一六　伯太川の発源地。伯太村赤屋の上小竹の南、伯耆との国境の山。
一七　神自身について用いた敬語。自己敬語。出雲国風土記には例の多い語法である。
一八　領有統治する。
一九　大和朝廷の主権者。天神の子孫。
二〇　統治権を依託し譲る。
二一　鎮座する地。神領地。
二二　垣の如く周囲をとり囲む青山。
二三　神の霊代(たましろ)または主権の標示としての玉。
二四　居また保持の意。いつまでも我が領として居る、鎮座する。以上は国譲りとその後の所遇鎮座についての伝承である。
二五　郡の東北隅。伯太村安田以東の伯太川支流流域及び安来市島田以東の海沿い地。
二六　天ノホヒノ命。出雲臣(出雲国造家)の祖神。国譲りの交渉のために高天原から出雲に天降った神と伝えている。
二七　氏族名か。他に見えない。
二八　祖先の神。
二九　他に見えない。或は天津日子命で、天菩比命と同時に生れたとする神か。
三〇　下の神社名には見えない。
三一　伯太川下流地。安来市の内、旧宇賀荘村の地。釈日本紀巻八にこの一条を引用。
三二　国譲りの交渉のために高天原から遣わ

された神(紀)。
二三　石製の楯。ここは石の如く丈夫な楯の意であろう。天は高天原系のものに冠する称辞。
二四　楯を造ることを縫うという。
二五　伯太川の河口地。安来市の安来町から島田にわたる地域。
二六　須佐之男命。神代紀一書にも神を冠した例がある。
二七　国土のはてまで。祝詞に「天の壁立つ極み」とある。地平線のはてで空(天)が直立しているのをいう。
二八　国土平定のための巡行。

一　落着いた心持になる。
二　安来市安来港の東北部、十神山の南の地。十神山が島で、これに向きあった岬であった。
三　天武天皇。
四　天武二年(六七四)。
五　皇室や氏族に属してその史伝を語り伝えることを職とした氏族。ここは出雲氏に属した氏族であろう。
六　見めぐって遊ぶ。遊覧する。
七　偶然に。
八　サメ(鮫)またはワニザメという鱶の一種。それに食われた。
九　女子の死体を海岸に葬った。斂に通わし用いた字。聚・収の意。
一〇　憂いなげく。
一一　以下歎き悲しむ様子を修辞して記す。
一二　歎きうめく。
一三　苦しみ歎く。

坐之　爾時　來二坐此處一[1]而詔　吾御心者　安平成詔　故云二安來一
也
卽　北海有二[2]毘賣埼一　飛鳥淨御原宮御宇天皇御世　甲戌年七月十
三日　[3]語臣猪麻呂之女子　[4]逍二遙件埼一　邂逅遇二和爾一　所レ賊不
レ[5]皈　爾時　父猪麻呂　所レ賊女子斂二[6]濱上一　大發二[7]苦憤一　號レ天
踊レ地　行吟居嘆　晝夜辛苦　無レ避二斂所一　作レ是之間　經二歷數
日一　然後　興二慷慨志一　[8]磨レ箭銳レ鋒　撰二便處一居　卽[9]擡訴云
天神千五百萬　地祇千五百萬　幷當國靜坐三百九十九社　及海若
等　大神之和魂者靜而　[10]荒魂者皆悉依二給猪麻呂之所一レ[11]乞　良有二神
靈一坐者　吾所レ[12]傷給　以レ此知二神靈之所一レ神者　爾時　有二須臾一
而　和爾百餘　[13]靜圍二繞一和爾一　徐率依來　從二於居下一　不レ進
不レ退　猶圍繞耳　爾時　擧レ鋒而刄二中[14]央一和爾一　殺捕已訖　然
後　百餘和爾解散　殺割者　女子之一脛屠出　仍和爾者　殺割而
挂レ串　立二路之垂一也　安來郷[15]人　語臣[16]與之父也　自二爾時一以來　至二于今日一　經二六十歳一

1　鈔「而詔吾」がなく、底「吾」がない。倉による。
2　底「邑日」二字。倉・鈔「邑」。解などによる。
3　底・鈔「詔」。倉による。
4　倉・鈔「逍」がない。底による。
5　底・諸本「切」。解などによる。皈は歸の略字。
6　底・倉「買」。鈔「置」。字形の近似により「濱」また「瀆」の誤とすべきか。
7　倉など「若」。鈔「磐」。底による。
8　底・鈔「麻呂」二字。倉「磨呂」二字。後藤説により改める。
9　底・諸本「擡」。考(横山永福)による。
10　底「神」。倉・鈔による。
11　底・諸本「乙」。解などによる。
12　訂「傷肋」とするが、底・諸本のまま。底傍注に「傷和爾乎」とある。
13　底・諸本「淨」。解により改める。
14　底・鈔「大」。倉「天」。解により改める。
15　底・諸本「入」。解による。
16　解「等」とするが、底・諸本のまま。

りましき。その時、此處《ここ》に來まして詔《の》りたまひしく、「吾《あ》が御心《みこころ》は、安平《やす》[一]けくなりぬ」と詔《の》りたまひき。故《かれ》、安來《やすき》といふ。

即《すなは》ち、北の海に毘賣埼《ひめさき》[二]あり。飛鳥《あすか》[三]の淨御原《きよみはら》の宮《みや》に御宇《あめのしたしろ》しめしし天皇《すめらみこと》の御世《みよ》、甲戌《きのえいぬ》[四]の年七月《ふみつき》十三日、語臣《かたりのおみ》[五]猪麻呂《ゐまろ》の女子《むすめ》、件《くだり》の埼《さき》に逍遙《もとほりあそ》[六]びて、邂逅《たまさか》[七]に和爾《わに》[八]に遇《あ》ひ、賊《そこな》はれて皈《かへ》らざりき。その時、父《ちち》の猪麻呂《ゐまろ》、賊《そこな》はれし女子《むすめ》を濱上《はまべ》に斂《をさ》[九]めて、大《いた》く苦《うれへ》[一〇]憤《いきどほ》り、天《あめ》[一一]に號《さけ》び地《つち》に踊《をど》り、行《ゆ》きて吟《さまよ》[一二]ひ居《ゐ》て嘆《なげ》き、晝《ひる》も夜《よる》も辛苦《たしな》[一三]みて、斂《をさ》めし所《ところ》を避《さ》ることなし。是《かく》する間《ほど》に、數日《あまたひ》を經歷《へ》たり。然《しか》して後《のち》、慷慨《うれた》[一四]む志《こころ》を興《おこ》し、箭《や》[一五]を磨《す》り、鋒《ほこ》を鋭《と》くし、便《たより》[一六]の處《ところ》を撰《えら》びて居《を》りて、即《すなは》ち、撎《をろが》[一七]み訴《うた》へまをしけらく、「天神《あまつかみ》千五百萬《いほよろづ》はしら、地祇《くにつかみ》千五百萬《いほよろづ》はしら、幷《ならび》に、當國《このくに》に靜《しづ》まり坐《いま》す[一八]三百九十九社《やしろ》、及《また》、海若《わたつみ》[一九]等《たち》、大神の和《にぎ》[二〇]み魂《たま》は靜まりて、荒《あら》[二一]み魂《たま》は皆悉《ことごと》に猪麻呂《ゐまろ》が乞《こひの》[二二]むところに依《よ》り給へ。良《まこと》に神靈《みたま》有《あ》らませば[二三]、吾《あれ》に傷《そこな》[二四]はしめ給へ。ここをもて神靈《みたま》の神《かみ》たるを知らむ」とまをせり。その時、須臾《しまし》[二五]ありて、和爾百餘《わにももあまり》、靜かに一つの和爾《わに》を圍繞《かく》みて、徐《おもぶる》[二六]に率《ゐ》て依《よ》り來て、居《を》[二七]る下《もと》に從《つ》きて、進まず退《しりぞ》かず、猶圍繞《なほかく》めるのみなり。その時、鋒《ほこ》を擧《あ》げて中央《まなか》なる一つの和爾《わに》を刄《さ》して、殺《ころ》し捕《と》ること已《すで》[二八]に訖《を》へぬ。然《しか》して後、百餘《ももあまり》の和爾《わに》解散《あら》[二九]けき。殺割《さ》けば、女子《むすめ》の一脛《かたはぎ》屠《ほふ》[三〇]り出でき。仍《よ》りて、和爾《わに》をば殺割《さ》きて串《くし》[三一]に挂《か》け、路《みち》の垂《ほとり》[三二]に立《た》てき。安來《やすき》の鄕《さと》の人、語《かたり》の臣與《おみあたふ》[三三]が父《ちち》[三四]なり。その時より以來《このかた》、今日《いま》に至《いた》るまで、六十歲《むそとせ》[三五]

一四　恨みにくむ心。
一五　ワニに復讐するための武器を準備する意。
一六　便宜。都合がよい。ワニに復讐するのに都合のよい場所。
一七　礼拝する意。
一八　巻首に挙げた出雲国の神社総数に同じ。
一九　海の神。海童とも書く。
二〇　神霊のはたらきの和平な静的な面についていう名。
二一　同じく活動的な、悪を討つ如き武の面についていう名。
二二　娘を殺したワニを捕え殺して復讐しようとする願い。
二三　助動詞マシの未然形。居ルの敬語マスの活用形ではない。神霊があるのであったら。
二四　ワニを殺させて下さい。
二五　しばらくして。
二六　そろそろと一頭のワニを引きつれて近よってきて。
二七　猪麻呂の居る場所から離れずにいる。従は就・属の意。
二八　全く。すっかり。
二九　今までの囲みを解いて立ち去った。
三〇　ワニを屠ったら(殺し裂いたら)、女子の脛(脚の膝下の部分)が出てきた。
三一　串ざしにし。挂くは編み作る意。架け垂らすのではない。
三二　路のかたわき。
三三　人名。訓を明らかにしない。訓読しておく。
三四　猪麻呂を指す。
三五　天武三年から六〇年目は天平五年(七三三)風土記編述時にあたる。

山國郷　郡家東南卅二里二百卅歩　布都努志命之國廻坐時　來ニ坐此處ニ而詔　是土者　不レ止欲レ見詔　故云ニ山國一也　即有ニ正倉一

飯梨郷　郡家東南卅二里　大國魂命　天降坐時　當ニ此處ニ而　御膳食給　故云ニ飯成一[1]（神龜三年改ニ字飯梨一）

舍人郷　郡家正東卅六里　志貴島宮御宇天皇御世　倉舍人君等之祖　日置[2]臣志毗　大舍人供奉之　即是志毗之所レ居　故云ニ舍人一　即有ニ正倉一

大草郷　郡家南西二里一百卅歩　須佐乎[3]命御子　青幡佐久佐日古[4]命坐　故云ニ大草一

山代郷　郡家西北三里一百卅歩　所レ造ニ天下一大神　大穴持命御子　山代日子命坐　故云ニ山代一也　即有ニ正倉一

拜志郷　郡家正西廿一里二百一十歩　所レ造ニ天下一大神命　將レ平[5]ニ越八口一爲而幸時　此處樹林茂盛　爾時詔　吾御心之波夜志詔　故云レ林（神龜三年改ニ字拜志一）　即*

一　安来市の吉田川(もと伯太川に合流)の流域、大塚・柿谷から吉田にわたる地域。
二　既出(一〇三頁頭注三二)。
三　神代紀に天下をめぐって平定した(周流削平)とある。
四　いつまでも見たい。地名ヤマクニの出所としてヤマナクニと訓む(後藤説)。
五　正税としての稲・塩などを収納する公倉。大化改新以前のミヤケ(屯倉)とは別のものである。
六　飯梨川の流域地。西岸は安来市の旧飯梨村、東岸は旧能義村の利弘・飯生・実松から広瀬町に及び、更に上流の布部・山佐の開墾地にもわたったのであろう。
七　土地の地主神の意。但し古事記に須佐之男命の孫、大年神の子に大国御魂神とある。
八　就と同じ意。ここへ来て、ここでの意。
九　旧訓ミケヲシタマヒキとしては地名のよりどころとし難い。地名の出所となる如

1　郡首郷名用字の條參照。
2　倉・鈔「宜」。底による。
3　訂「乎」の上に「乃」があるが、底・諸本のまま。
4　「日子」二字、倉「丁狀」。底・鈔による。
5　底・諸本「乎」。解による。

く試訓した。
一〇　伯太川下流西方、飯梨川との間の地域。安来市の月坂・赤埼・沢村・吉岡・野方・折坂の地にあたる。
一一　欽明天皇。
一二　姓氏録に高麗国人伊利須使主の子孫に日置造・日置倉人が見える。同族であろう。日置はヒキ・ヘキとも訓まれている。
一三　天皇・皇族の側近にあって宿直雑用にあたる職の名、またその人。大舎人・内舎人の別がある。
一四　意宇川(出雲郷川)の流域地。松江市大草町・佐草町以南、八雲村の日吉・岩坂にわたる地域。
一五　風土記の他に見えない。下の式内社佐久佐社に鎮座。アヲハタは青色の幡で、青々と生い茂った草が風になびく様にたとえて、神名サクサ(真草)の称辞としたもの。
一六　神名によれば郷名はサクサの如くであるが、大草をサクサと訓ますのでなく、サクサを大草と嘉称したものとすべきであろう。
一七　松江市大橋川の南側、乃木町から八幡町に至る地域。茶臼山の西南麓山代町が遺称地。
一八　他に見えない神。恐らくは地霊神であろう。下の山代社に鎮座。
一九　八束郡玉湯村玉造川の流域地から宍道町来待川の流域地にわたる。玉湯村の林が遺称地。
二〇　既出(一〇三頁頭注一五)。
二一　心をハヤシ立て勇気づけるもの。事が成功するように心に自信づける料となるもの。顕宗紀に「御心之林」とあるのに同じ。

を經《へ》たり。

[一]山國《やまくに》の郷《さと》　郡家《こほりのみやけ》の東南《たつみ》のかた卅二里《さと》二百卅歩《あし》なり。[二]布都努志命《ふつぬしのみこと》の國[三]廻《めぐ》りましし時、此處《ここ》に來まして詔《の》りたまひしく、「是《こ》の土《くに》は、[四]止《や》まなくに見まく欲《ほ》し」と詔《の》りたまひき。故《かれ》、山國といふ。即《すなは》ち[五]正倉《みやけ》あり。

[六]飯梨《いひなし》の郷《さと》　郡家《こほりのみやけ》の東南《たつみ》のかた卅二里《さと》なり。[七]大國魂命《おほくにたまのみこと》、天降《あも》りましし時、此處《ここ》に[八]當《あた》りて[九]御《み》膳食《いひをし》なしたまひき。故《かれ》、飯成《いひなし》といふ。神龜《じんき》三年、字を飯梨と改む。

[一〇]舍人《とね》の郷《さと》　郡家《こほりのみやけ》の正東《まひむがし》廾六里《さと》なり。[一一]志貴島《しきしま》の宮《みや》に御宇《あめのしたしろ》しめしし天皇《すめらみこと》の御世《みよ》、[一二]倉《くら》舍人君等《とねのきみら》が祖《おや》、日置臣志毗《ひおきのおみしび》、[一三]大舍人《おほとね》供《つか》へ奉《まつ》りき。即《すなは》ち是《こ》は志毗《しび》が居《す》める所《ところ》なり。

[一四]大草《おほくさ》の郷《さと》　郡家《こほりのみやけ》の南西《ひつじさる》のかた二里《さと》一百廾歩《あし》なり。須佐乎命《すさのをのみこと》の御子《みこ》、[一五]青幡佐久佐日《あをはたのさくさひ》古命《このみこと》坐《いま》す。故《かれ》、[一六]大草《おほくさ》といふ。

[一七]山代《やましろ》の郷《さと》　郡家《こほりのみやけ》の西北《いぬゐ》のかた三里《さと》一百廾歩《あし》なり。天の下造らしし大神、大穴持命《おほなもちのみこと》の御子《みこ》、[一八]山代日子命《やましろひこのみこと》坐《いま》す。故《かれ》、山代《やましろ》といふ。即《すなは》ち正倉《みやけ》あり。

[一九]拝志《はやし》の郷《さと》　郡家《こほりのみやけ》の正西《まにし》廾一里《さと》二百一十歩《あし》なり。天の下造らしし大神の命《みこと》、[二〇]越《こし》の八《や》口《くち》を平《ことむ》けむとして幸《いでま》しし時、此處《ここ》の樹林《はやし》茂《しげ》り盛《さか》りき。その時詔《の》りたまひしく、「吾《あ》が御心《みこころ》の[二一]波夜志《はやし》」と詔《の》りたまひき。故《かれ》、林《はやし》といふ。神龜《じんき》三年、字を拝志と改む。即《すなは》ち

有二正倉一
宍[1]道郷　郡家正西卅[2]七里　所レ造二天下一大神命之追給猪像　南山有レ二一　長二丈七尺 高一丈 周五丈七尺 長二丈五尺 高八尺 周四丈一尺　追レ猪犬像　長一丈 高四尺 周一丈九尺　其形爲レ石　無レ異二猪犬一　至レ今猶有[3]　故云二宍道[1]一
餘戸里　郡家正東六里二百六十歩　依二神龜四年編戸一立[4]二一里一 故云二餘戸一 他[5]郡如レ之
野城驛　郡家正東廾里八十歩　依二野城大神坐一　故云二野城一
黑田驛　郡家同處　郡家西北二里　有二黑田村一　土體色黑　故云二黑田一　舊此處有[6]二是驛一　卽號曰二黑田驛一　今[7]郡家屬レ東　今猶　追二舊黑田號一耳
宍[1]道驛　郡家正西卅八[8]里　說レ名如レ鄕
出雲神戸　郡家南西二里廾歩　伊[9]弉奈枳乃麻奈古[10]坐　熊野加武呂乃命　與下五百津鉏々猶所二取々一而　所レ造二天下一大穴持命上　二所大神等依奉　故云二神戸一　他郡等[11]之神戸[12]如レ是

1 底・倉「完」に誤る。
2 底・鈔「南」。倉などによる。
3 倉「在」。底・鈔などのままとする。
4 諸本「大二里」。訂「天平里」。朝山晧説による。
5 「他」以下四字は、底・鈔「也」一字、底イ本「也郡山如」、倉「也郡山如也」。訂の改訂による。
6 訂「此」。底・鈔などによる。
7 訂「屬郡家東」。倉「東屬郡」。底・鈔のまま。
8 底・諸本「八」がない。巻末里程による。
9 倉「時」。鈔「佐」。底による。
10 倉・鈔「子」。底による。
11 倉「之」がない。底・鈔による。
12 倉「且如之」。底・鈔による。

一 八束郡宍道町の白石以西の海沿い、及び宍道川の流域地。ただし西端の伊志見は出雲郡に属していた。
二 狩をしたとしての伝承である。
三 宍道町上白石の石宮神社境内に猪像・犬像の二石というのがある。
四 八束郡東出雲町の揖屋・意東、意東川の流域及び海沿いの地。和名抄の筑陽郷にあたる。
五 聖武朝の年号(七二七)。養老五年に戸籍を造らせてから六年目で、戸籍を整備すべき年にあたる。
六 戸籍に編入すること。戸をしらべて里郷の編成を整えたのである。
七 その戸数によって郷に属さない里(こざと)一を立てた(九五頁頭注二六参照)。↓補注
八 安来市能義が遺称地。駅址は飯梨川の西側、車山の東麓にあたる。
九 巻末の里程に野城橋まで二一里とある。駅は橋の手前(西方)二二〇歩(約三九〇米)ということになる。
一〇 下の神社名列記の野城社の祭神。延喜式に大穴持命とするが今は天菩日命を主祭神とする。
一一 松江市茶臼山南麓の地。
一二 茶臼山の西南に黒田畦(くろだうね)の名があ

正倉《みやけ》あり。

[一]宍道《ししぢ》の郷《さと》　郡家《こほりのみやけ》の正西《まにし》卅七里《さと》なり。天の下造らしし大神の命《みこと》の追《お》[二]ひ給ひし猪《しし》[三]の像《かた》、南の山に二つあり。一つは長さ二丈《つゑ》七尺《さか》、高さ一丈《つゑ》、周《めぐ》り五丈《つゑ》七尺《さか》なり。一つは長さ二丈《つゑ》五尺《さか》、高さ八尺《さか》、周《めぐ》り四丈《つゑ》一尺《さか》なり。猪《しし》を追ひし犬の像《かた》は長さ一丈《つゑ》、高さ四尺《さか》、周《めぐ》り一丈《つゑ》九尺《さか》なり。其の形《かたち》、石と爲《な》りて猪《しし》・犬《いぬ》に異《こと》なることなし。今に至《いた》るまで猶《なほ》あり。故《かれ》、宍道《ししぢ》といふ。

[四]餘戸《あまりべ》の里《さと》　郡家《こほりのみやけ》の正東《まひむがし》六里《さと》二百六十歩《あし》なり。神龜《じんき》[五]四年の編戸《へむこ》[六]に依《よ》り、一[七]つの里《こざと》を立てき。故《かれ》、餘戸《あまりべ》といふ。他《あだ》郡《こほり》もかくの如し。

[八]野城《のぎ》の驛《うまや》　郡家《こほりのみやけ》の正東《まひむがし》[九]卅里《さと》八十歩《あし》なり。[一〇]野城《のぎ》の大神の坐《いま》すに依《よ》りて、故《かれ》、野城《のぎ》といふ。

[一一]黑田《くろだ》の驛《うまや》　郡家《こほりのみやけ》と同《おな》じき處《ところ》なり。郡家《こほりのみやけ》の西北《いぬゐ》のかた二里《さと》に[一二]黑田《くろだ》の村《むら》あり。土《つち》の體《さま》、色《いろ》黑し。故《かれ》、黑田といふ。舊《もと》、此處《ここ》に是《こ》の驛《うまや》あり。卽《すなは》ち號《なづ》けて黑田の驛《うまや》といひき。今は郡家《こほりのみやけ》の東《ひむがし》に屬《つ》[一三]けり。今も猶《なほ》、舊《もと》の黑田の號《な》を追《お》へるのみ。

[一四]宍道《ししぢ》の驛《うまや》　郡家《こほりのみやけ》の正西《まにし》卅八里《さと》なり。名[一五]を說《と》くこと郷《さと》の如し。

[一六]出雲の神戸《かむべ》　郡家《こほりのみやけ》の南西《ひつじさる》のかた二里《さと》廾歩《あし》なり。伊[一七]弉奈枳《いざなぎ》の麻奈古《まなご》[一八]に坐《ま》す熊野《くまの》[一九]加武《かむ》[二〇]呂《ろ》の命《みこと》と、五百《いほ》[二一]つ鉏《すき》の鉏《すき》猶《なほ》取り取らして天の下造《つく》らしし大穴持命《おほなもちのみこと》と、二所《ふたところ》の大神等《たち》に依《よ》[二二]さし奉《まつ》る。故《かれ》、神戸《かむべ》といふ。他郡《あだしこほり》どもの神戸も是《かく》の如し。

る。その西隣の山代町から古志原にかけて土色黒い地が今もあり、駅の遺称の馬屋(まや)がある。

一三　続いている。

一四　八束郡宍道町の宍道。

一五　駅名の由来は同名の郷の条に同じの意。地名の由来をもれなく説明記載しようとする編纂方針にもとづく注記である。出雲国風土記は、郡・郷、及び余戸里・神戸里・駅という行政区画名字及びそれに準ずる名字については、各郡を通じ、その地名を列記し、地名の由来の説明をもれなく記載する方針を徹底させ、同名のものはその由を注記することにしている。ただし、行政区画名字でない自然聚落の「村」の名は列記することをしない。また山川原野島などの自然地地名は列記するのみで、その地名説明を記すという方針はとっていない。

一六　松江市大庭町附近。

一七　記紀のイザナギ命。

一八　愛子。子を称めていう。

一九　熊野大社の祭神。須佐之男命とするが、出雲国造神賀詞に櫛御気野命とある。櫛御気野命は穀霊祖神で須佐之男命と同神であるか確かでない。

二〇　祖神の意。神賀詞にカブロギ熊野大神とある。カムは神、ロは接尾語。

二一　多くの鋤をお執りになって。国作りの業を農耕の動作で形容した。鉏・取を重ねたのは語調を整える修辞。大穴持命の称辞である「所造天下」の上に更に添えた称辞としての形容句である。

二二　神の所用にあてるため、献じ属させた民戸、すなわち神戸だという意。

一　安来市の大塚附近に擬している。
二　記紀のアヂスキタカヒコネ命。当国風土記では下文例によりネを附けないで呼んだものと認められる。大国主神と宗像奥津宮の神(タギリヒメ)との子とある。
三　延喜式に大和国葛上郡高鴨阿治須岐託彦根命神社と見える社。奈良県南葛城郡葛城村鴨神にある。
四　八束郡玉湯村玉造温泉、玉造川東岸の地。その東方の松江市忌部(野白川流域)が遺称地。
五　出雲国造の新任の時、大和朝廷に服従を盟い、天皇の御世を寿ぐ、そのために奏上する詞。延喜式に出雲国造神賀詞として全文が見え、その儀式の次第も記されてある。
六　祭・祝の意。
七　潔斎して身を清めるための地。
八　玉造温泉。
九　海と山との景勝の地の意。今は宍道湖

賀茂神戸　郡家東南卅四里　所レ造二天下一大神命之御子　阿遲須枳高日子[1]命　坐二葛城賀茂社一　此神之[2]神戸　故云レ鴨 神龜三年改二字賀茂一
即有二正倉一
忌部神戸　郡家正西廾一里二百六十歩　國造神吉[3]詞望　參二向朝廷一時　御沐之忌[4]里　故云二忌部一　即川邊出レ湯　出湯所レ在　兼二海陸一　仍男女老少　或道路駱驛　或海中[5]沿レ[6]洲　日集成レ市　繽紛燕樂　一濯則形容端正　再[7]沐則萬病悉除　自レ古至レ今　無レ不レ得レ驗　故俗人曰二神湯一也
教昊寺　[8]在二舍人郷中一　郡家正東廾五里一百廾歩　建二立五層之[9]塔一也[10] 有レ僧　教昊僧之所レ造也 散位大初位下上腹[11]首押猪之祖父也
新造院一所　[12]在二山代郷中一　郡家西北四里二百歩　建二立嚴堂一也 無レ僧　[13]日置君[14]目烈之所レ造也 出雲神戸日置君猪麻呂之祖[15]也
新造院一所　[16]在二山代郷中一　郡家西北二里　建二立嚴堂一 住僧一軀　飯石郡少領出雲臣弟山之所レ造也
新造院一所　[16]在二山國郷中一　郡家東南卅[17]一里[18]一百廾歩　建二立三*

1 底「子」の下に「禰」。倉・鈔により削る。
2 倉「神子戸」。底・鈔による。
3 倉・鈔「調望」。解「詞奏」。底による。
4 諸本「玉」。後藤説「土」。解による。
5 諸本「沼」。解「沚」。田中本に従う。
6 倉「溺」。鈔「淵」。底による。
7 底・倉「泳」。鈔「詠」。解「浴」。「沐」とすべきである。
8 「在舍人」三字、倉「有山國」、底・鈔「舍人」。底イ本・後藤説による。
9 底「之」がない。
10 底・鈔「也」がない。倉による。
11 「上腹」、解「蝮」一字とするが、諸本のまま。
12 諸本「在」がない。解による。
13 諸本「日」がない。田中本により補う。下文の「日置」はすべて同じ。
14 底・鈔「自烈」。倉による。解「自熊」とするのは不可。
15 倉「父」。底・鈔による。
16 倉「有」。底・鈔による。
17 倉「廾」。底・鈔による。
18 底・諸本にない。例によって補う。

[一]賀茂《かも》の神戸《かむべ》　郡家《こほりのみやけ》の東南《たつみ》のかた卅四里《さと》なり。天の下造らしし大神の命《みこと》の御子《みこ》、[二]阿遲須枳高日子命《あぢすきたかひこのみこと》、[三]葛城《かづらき》の賀茂《かも》の社《やしろ》に坐《いま》す。此《こ》の神の神戸《かむべ》なり。故《かれ》、鴨《かも》といふ。神龜三年、字を賀茂と改む。即《すなは》ち正倉《みやけ》あり。

[四]忌部《いむべ》の神戸《かむべ》　郡家《こほりのみやけ》の正西《まにし》廿一里《さと》二百六十歩《あし》なり。國造《くにのみやつこ》、[五]神吉詞《かむよごと》[六]望《ほが》ひに、朝廷《みかど》に參向《まゐむか》ふ時、[七]御沐《みそぎ》の忌《いみ》の里《さと》なり。故《かれ》、忌部《いむべ》といふ。即《すなは》ち、川の邊《へ》に[八]湯《ゆ》出づ。出湯《いでゆ》の在《あ》るところ、[九]海陸《うみくが》を兼《か》ねたり。仍《よ》りて、男《をとこ》も女《をみな》も、老いたるも少《わか》きも、或《ある》は道路《みち》に[一〇]駱驛《つらな》り、或《ある》は海中《うみなか》を[一一]洲《はま》に沿《そ》ひて、日《ひ》に集《つど》ひて市《いち》を成《な》し、[一二]繽紛《みだれまが》ひて燕樂《うたげ》す。一《ひと》たび濯《すす》げば、[一三]形容《かたち》端正《きらきら》しく、再《ふたた》び沐《ゆあみ》すれば、萬《よろづ》の病《やまひ》悉《ことごと》に[一四]除《い》ゆ。古《いにしへ》より今に至《いた》るまで驗《しるし》を得ずといふことなし。故《かれ》、俗人《くにひと》、神の湯《ゆ》といふ。

[一五]教昊寺《けうかうじ》[一六]　舍人《とね》の郷《さと》の中《うち》にあり。郡家《こほりのみやけ》の正東《まひむがし》廿五里《さと》一百廿歩《あし》なり。[一七]五層《いつこし》の塔《たふ》を建立《た》つ。[一八]僧《ほふし》あり。教昊僧《けうかうほふし》が造るところなり。[一九]散位《とね》[二〇]大初位下《だいそゐのしもつしな》[二一]上腹首《うはははらのおびと》押猪《おしゐ》が祖父《おほぢ》なり。

[二二]新造《しんざう》の院一所《ゐんひとところ》　山代《やましろ》の郷《さと》の中《うち》にあり。郡家《こほりのみやけ》の西北《いぬゐ》のかた四里《さと》二百歩《あし》なり。[二三]嚴堂《ごんだう》を建立《た》つ。僧《ほふし》なし。日置君目烈《ひおきのきみまれ》[二四]が造るところなり。出雲の神戸《かむべ》の日置君猪麻呂《ひおきのきみゐまろ》が祖《おや》なり。

[二五]新造《しんざう》の院一所《ゐんひとところ》　山代《やましろ》の郷《さと》の中《うち》にあり。郡家《こほりのみやけ》の西北《いぬゐ》のかた二里《さと》なり。嚴堂《ごんだう》を建立《た》つ。住める僧一軀《ほふしひとはしら》なり。[二六]飯石《いひし》の郡《こほり》の少領《すけのみやつこ》出雲臣弟山《いづものおみおとやま》が造るところなり。

[二七]新造《しんざう》の院一所《ゐんひとところ》　山國《やまくに》の郷《さと》の中《うち》にあり。郡家《こほりのみやけ》の東南《たつみ》のかた卅一里《さと》一百廿歩《あし》なり。三《み》

岸より約二粁離れているが、古くは湖岸に更に近かったのである。
一〇　絡繹に同じ。つらなり続いて往来の絶えない意。
一一　洲は水ぎわ、浜。陸路と水路とを対句にした。
一二　多勢が入りまじり、うちとけて歌舞飲酒してたのしむ。燕は宴の意。
一三　容姿が立派にととのう。
一四　癒の意。
一五　以下、寺院の記事。記事標目として「寺」と底イ本にある。
一六　安来市の沢村・野方の境附近を遺蹟とする。
一七　五重の塔。
一八　民部省の度帳(僧侶台帳)に登録せられた僧(公認の僧)をいうのであろう。
一九　村長・里長の如き公事に関与する郷士。
二〇　位階の名。従八位の次の位階。
二一　上原首(正倉院文書、神亀三年)と同じか。教昊僧の出自をいう。
二二　新しく造った寺の意で、いまだ寺号の定められていないものをいう。松江市大庭町附近を遺蹟とする。
二三　金堂。荘厳(しょうごん)を施した堂の意。
二四　麿(まろ)と同じか。正倉院文書(天平十一年出雲国歴名帳)に目列・目烈と同名が見える。
二五　松江市山代町の後分附近が遺蹟地。後の国分寺としている。
二六　飯石郡の条の末(二二五頁)に署名している人。天平十八年出雲国造になった(続日本紀)。
二七　安来市上吉田を遺蹟地としている。

一　以下、神社名の列記。全く神社名の列記だけで、各社について郡家からの方位・距離の記載も添えていない。また当国風土記では、郡・郷・駅及び山川原野島などすべて掲出する地名を表記する文字は、同一地について同じ文字を用いることになっているが、神社名を表記する文字には、各郡とも、きまった規準がなく、同じ社名にも用字を異にするものがあり、郡・郷・駅及び山川原野島などと同じ社名であっても表記する文字の異なるものが少くない。恐らく風土記編纂に際して、神社台帳の如きを資料とし、そのままに記載したもので、風土記編纂者の整理を経ていないためであろう。各郡とも同じ。
二　八束郡八雲村熊野にある。出雲の神戸の条(一〇九頁)参照。大社というのは当社と出雲郡の杵築の大社と、二社だけである。延喜式では二社が大社であるが、社名としては杵築大社の一社だけとなっている。
三　能義郡広瀬町にある。上山佐・下山佐いずれの社か確かでない。
四　松江市雑賀町にある。旧社地は東方の西津田の地。
五　能義郡広瀬町広瀬にある。旧社地は東南の月山(勝日山)にあったという。
六　松江市馬潟町の王子神社としている。
七　広瀬町広瀬の月山の頂上の社としている。
八　広瀬町の鍛冶町にある。杖代(つえしろ)の意か。

層之埼也　山國郷人　日置[1]部根緒之所レ造也
熊野大社　夜麻佐社
賣豆貴社　加豆比乃社
由貴社　加豆比乃高[2]守社
都俾志呂社　玉作湯社
野城社　伊布夜社
支麻知社　夜麻佐社
[3]野城社　久多美社
佐久多社　多乃毛社
須多社　眞名井社
布辨社　斯保彌社
意陀[4]支社　市原社
久[5]米社　布吾彌社
[6]宍道社[7]　賣布社
狹井社　[8]狹井高守社
宇流布社　伊布夜社

1　底・鈔「那」。倉「郡」。解による。
2　底・諸本「守」がない。延喜式による訂の補字に従う。
3　底・鈔「野白」。倉「城」一字。解に従う。延喜式によれば野城社三社の内である。
4　鈔「氐」。底・倉による。
5　倉「來」。出雲國神名帳「末」。延喜式及び底・鈔による。
6　底・鈔「完」、倉「寄」に誤る。
7　倉、次に「野代社」とある。底・鈔による。
8　倉「同狹井高社」。底・鈔による。

層《こし》の塔《たふ》を建立《た》つ。山國の郷の人、日置部《ひおきべ》の根緒《ねを》が造るところなり。

一熊野《くまの》の二大社《おほやしろ》〔熊野坐神社〕
三夜麻佐《やまさ》の社《やしろ》〔山狹神社〕
四賣豆貴《めづき》の社〔賣豆紀神社〕
五加豆比《かつひ》の社〔勝日神社〕
六由貴《ゆき》の社〔由貴神社〕
七加豆比《かつひ》の高守《たかもり》の社〔勝日高守神社〕
八都俾志呂《つへしろ》の社〔都辨志呂神社〕
九玉作湯《たまつくりゆ》の社〔玉作湯神社〕
一〇野城《のぎ》の社〔野城神社〕
一一伊布夜《いふや》の社〔揖屋神社〕
一二支麻知《きまち》の社〔來待神社〕
一三夜麻佐《やまさ》の社〔同(山狹)社坐久志美氣濃神社〕
一四野城《のぎ》の社〔同(野城)社坐大穴持神社〕
一五久多美《くたみ》の社〔久多彌神社〕
一六佐久多《さくた》の社〔佐久多神社〕
一七多乃毛《たのも》の社〔田面神社〕
一八須多《すた》の社〔須多神社〕
一九眞名井《まなゐ》の社〔眞名井神社〕
二〇布辨《ふべ》の社〔布辨神社〕
二一斯保彌《しほみ》の社〔志保美神社〕
二二意陀支《おたぎ》の社〔意多伎神社〕
二三市原《いちはら》の社〔市原神社〕
二四久米《くめ》の社〔久米神社〕
二五布吾彌《ふごみ》の社〔布吾彌神社〕
二六宍道《ししぢ》の社〔宍道神社〕
二七賣布《めふ》の社〔賣布神社〕
二八狹井《さゐ》の社〔佐爲神社〕
二九狹井《さゐ》の高守《たかもり》の社〔佐爲高守神社〕
三〇宇流布《うるふ》の社〔宇留布神社〕
三一伊布夜《いふや》の社〔同(揖夜)社坐韓國伊太氐神社〕

九　八束郡玉湯村の玉造温泉にある。
一〇　安来市東松井(旧能義村)にある。
一一　八束郡東出雲町揖屋にある。釈日本紀巻十四に社名を引用。
一二　八束郡宍道町上来待の来待神社。
一三　頭注三と同社。上下二社の内。
一四　上の野城の社と同社。
一五　松江市東忌部町の忌部神社。旧社地は東方の久多美山にあった。
一六　安来市佐久保の伊勢ノ森また宍道町来待の佐倉にある日御碕大神宮に擬して明らかでない。
一七　能義郡伯太村北安田にある。
一八　八束郡東出雲町須田の須多神社。
一九　松江市山代町の真名井社。もと伊弉奈枳社という。
二〇　能義郡布部村の布弁神社。
二一　能義郡伯太村市中屋の塩見神社。
二二　松江市外中原町の愛宕神社とする。旧社地は安来市飯生の意多伎神社。
二三　八束郡東出雲町揖屋の市原神社。天正年中に社は焼亡したというが社趾はある。
二四　能義郡伯太村横屋の熊野神社に擬しているが確かでない。
二五　八束郡玉湯村玉造温泉の下流西側にある。
二六　八束郡宍道町白石の石宮神社とする。
二七　松江市和多見町にある。
二八　八束郡宍道町白石の佐為神社。
二九　同社内にある。
三〇　松江市大庭町平原のウルフ山にある宇留布神社。
三一　上の伊布夜の社の内にある。

布自奈社　同布自奈社
由宇社[1]　野代社[2]
野城社[3]　佐久多社
意陀支社[4]　前社
田中社　詔門社
楯井社　速玉社
石坂社　佐久佐社
多加比社　山代社
調屋社　同社　以上卌八所[5]竝在㆓神祇官㆒
宇由比社[6]　支布佐社
毛社乃社[7]　那富乃夜社
支布佐社　國原社
田村社　市穂社[8]
同市穂社[8]　伊布夜社
阿太加夜社　須多下社

一　八束郡玉湯村布志名にある。
二　右と同社。
三　上の玉作湯の社に合祀の社としている。
四　松江市乃白の友田神社、乃木町の野代神社、福富町の福富神社に擬して確かでない。
五　旧注は野代社として擬定しているが、和名抄によれば野城社三社の内とすべきであろう。上の野城の社と同社。
六　上の佐久多の社と同社。社地は明らかでない。

1　倉「布自奈社」の前に記す。底・鈔による。
2　倉、上の「宍道社」の次に記す。底・鈔による。
3　諸本「野代」。延喜式によれば野城社三社の内とすべきである（野代社は延喜式に一社である）。
4　底「伊陀支」、鈔「伊陀氐」。延喜式及び倉による。
5　底・鈔「四十」。倉「卅」。林崎文庫本などによる。
6　後藤説「由比」二字は「毘」の誤かとする。
7　倉「禰」。底・鈔による。
8　底・鈔「予」。倉による。

一布自奈《ふじな》の社〔布自奈大穴持神社〕
二同《おな》じき布自奈《ふじな》の社〔布自奈神社〕
三由宇《ゆう》の社〔同(玉作湯)社坐韓國伊太氏神社カ〕
四野代《のしろ》の社〔野白神社〕
五野城《のぎ》の社〔同(野城)社坐大穴持御子神社カ〕
六佐久多《さくた》の社〔同(佐久多)社坐韓國伊太氏神社カ〕
七意陀支《おたぎ》の社〔同(意多伎)社坐御譯神社〕
八前《さき》の社〔前神社〕
九田中《たなか》の社〔田中神社〕
一〇詔門《のりと》の社〔能利刀神社〕
一一楯井《たてゐ》の社〔楯井神社〕
一二速玉《はやたま》の社〔速玉神社〕
一三石坂《いはさか》の社〔磐坂神社〕
一四佐久佐《さくさ》の社〔佐久佐神社〕
一五多加比《たかひ》の社〔鷹日神社〕
一六山代《やましろ》の社〔山代神社〕
一七調屋《つきや》の社〔筑陽神社〕
一八同じき社〔同(筑陽)社坐波夜都武自和氣神社〕

以上《かみ》の卌八所《ところ》は、並《なら》びに神祇官《かみつかさ》に在《あ》り。

一九宇由比《うゆひ》の社《やしろ》
二〇支布佐《きふさ》の社
二一毛社《もこそ》の社
二二那富乃夜《なほのや》の社
二三支布佐《きふさ》の社
二四國原《くにはら》の社
二五田村《たむら》の社
二六市穂《いちほ》の社
二七同《おな》じき市穂《いちほ》の社
二八伊布夜《いふや》の社
二九阿太加夜《あだかや》の社
三〇須多《すだ》の下《しも》の社

七　上の意陀支の社と同社。社地は安来市飯生の意多伎神社か。
八　上の熊野大社の上宮また同地稲葉の御碕神社に擬して確かでない。
九　熊野大社の内にある。
一〇　熊野大社内の社また八雲村日吉の剣神社とするが確かでない。
一一　八束郡八雲村大田にある。
一二　熊野大社の下の宮に擬している。
一三　八束郡八雲村西岩坂の磐坂神社。
一四　松江市佐草町の八重垣神社とするが、一説に大草町の六所神社に擬する。祭神は大草の郷の条に見える。
一五　松江市東津田町の鷹日神社。
一六　松江市古志原町にある。旧社地は茶臼山。
一七・一八　八束郡東出雲町下意東の筑陽神社。
一九　八束郡宍道町西来待、小松の猪野神社かという。
二〇　安来市島田、吉佐の支布佐神社。
二一　八束郡八雲村東岩坂の毛社神社。
二二　右と同村、東岩坂別所の星上山にある神社。
二三　上の支布佐の社と同地、国津神社。
二四　松江市大庭町平原の宇留布神社。式内社の宇流布の社に合祀。
二五　八束郡八雲村西岩坂、秋吉の田村神社。
二六　八束郡東出雲町上意東の川本神社。
二七　右と同社。
二八　式内社の伊布夜の社に合祀。
二九　八束郡東出雲町出雲郷にある。旧名足高明神社。
三〇　右と同町、須田の荒子神社。式内社の須田の社に対して下社という。

河原社　布宇社[1]
末那爲社[2]　加和羅社
笠柄社　志多備社
食師社　以上一十九所[3]並不レ在二神祇官一
長江山　郡家東南五十里　有二水精一
暑垣山　郡家正東廾[4]里八十歩　有レ烽[5]
高野山　郡家正東一十九里
熊野山　郡家正南一十八里　有二檜檀一[6]也　所レ謂熊野大神[7]之社坐
久多美山　郡家西南一[8]十三里　有レ社
玉作山　郡家西南廾[9]二里　有レ社
神名樋山[10]　郡家正北三里一百廾九歩　高八十丈　周六里卅二歩　東有レ松　三方並有レ茅
凡諸山野所レ在草木　麥門冬　獨活　石斛　前胡　高[11]良姜　連翹
黄精　百部根　貫衆　白朮　薯蕷　苦參　細辛　商陸　藁本　玄
參　五味子　黄芩　葛根　牡丹　藍漆　薇　藤　李　檜　杉字或作レ椙
赤桐　白桐[12]字或作レ梧[13]　楠　椎　海[14]榴字或作レ椿　楊梅　松　栢字或作レ榧　蘗　槻*

一　八束郡八雲村東岩坂、河原谷の山ノ神大明神社というが、他に合祀されて廃社となった。
二　八束郡玉湯村林本郷の風宮神社。
三　式内社の真名井の社の北方近くにある荒神社。
四　松江市八幡町にある。
五　八束郡八雲村東岩坂、安田の山神明神社。
六　右と同村、西岩坂の桑並の王子権現社。
七　上の式外社の意陀支の社(安来市飯生の社)に合祀。
八　以下、山名の列記。底本に記事標目として「山」とある。
九　伯太川の発源地。母理郷の条に見えた(一〇三頁)。
一〇　水晶。
一一　安来市能義の田頬山(二〇七米)。車山ともいう。
一二　軍防のための信号としてノロシ(狼烟)をあげる設備をした所。巻末に見える(二

1　底・鈔「宗」。倉による。
2　底・諸本「米」。解による。
3　底・鈔「一」がない。倉による。
4　底・諸本「廾里」がない。巻末烽の條により後藤説の補字に従う。
5　底・鈔「蜂蠎」、倉「蜂」。下文及び解による。
6　古事記裏書所引の文は「椙」の如き字。
7　底・鈔「大明神」。倉及び古事記裏書所引の文による。
8　諸本「廾三里」。玉作山・拜志郷・須義山の里程より推して「一十三里」とすべきであろう。
9　底・鈔「三十」。倉「卅」。地理及び解により「廾」とする。
10　倉「野」。後藤説・田中本「野」とするが、底・鈔による。
11　倉「高梁量」、解「高梁薑」とするが、底・鈔による。姜は薑に通用。
12　訂「梧」。底・倉・鈔による。
13　注記四字、諸本「檜」の下にある。後藤説「赤桐」の下に移しているが、意により「白桐」の注とする。
14　訂「海石榴」。底・倉・鈔による。

[一]河原《かはら》の社　[二]布宇《ふう》の社
[三]末那爲《まなゐ》の社　[四]加和羅《かわら》の社
[五]笠柄《かさから》の社　[六]志多備《したび》の社
[七]食師《みけし》の社
以上《かみ》の一十九所《ところ》は、竝《なら》びに神祇官《かみつかさ》に在《あ》らず。

[八]長江《ながえ》山《やま》[九]　郡家《こほりのみやけ》の東南《ひつじさる》のかた五十里《さと》なり。[一〇]水精《みづとるたま》あり。
[一一]暑垣《あつがき》山　郡家《こほりのみやけ》の正東《まひむがし》廾里《さと》八十歩《あし》なり。[一二]烽《とぶひ》あり。
[一三]高野《たかの》山　郡家《こほりのみやけ》の正東《まひむがし》一十九里《さと》なり。
[一四]熊野《くまの》山　郡家《こほりのみやけ》の正南《まみなみ》一十八里《さと》なり。檜《ひのき》・檀《まゆみ》あり。謂《い》はゆる熊野《くまの》の大神の社《やしろ》、坐《いま》す。
[一五]久多美《くたみ》山　郡家《こほりのみやけ》の西南《ひつじさる》のかた一十三里《さと》なり。社《やしろ》あり。
[一六]玉作《たまつくり》山　郡家《こほりのみやけ》の西南《ひつじさる》のかた廾二里《さと》なり。社《やしろ》あり。
[一七]神名樋《かむなび》山　郡家《こほりのみやけ》の正北《まきた》三里一百廾九歩《あし》なり。高さ八十丈《つゑ》、周《めぐ》り六里《さと》卅二歩《あし》なり。東《ひむがし》に松あり。三つの方《かた》は竝《なら》びに茅《ち》あり。

[一八]凡《すべ》て、諸《もろもろ》の山野《やまの》に在《あ》るところの草木《くさき》は、[一九]麦門冬《やますげ》・獨活《つちたら》・石斛《いはぐすり》・前胡《のぜり》・高良姜《かうらはじかみ》・連翹《いたちぐさ》・黄精《おほゑみ》・百部根《ほとづら》・貫衆《おにわらび》・白朮《をけら》・薯蕷《やまついも》・苦參《くらら》・細辛《みらのねぐさ》・商陸《いをすぎ》・藁本《さはそらし》・玄參《おしぐさ》・五味子《さねかづら》・黄芩《ひひらぎ》・葛根《くずのね》・牡丹《ふかみぐさ》・[二〇]藍漆《(やまあさ)》・薇《わらび》・藤《ふぢ》・李《すもも》・檜《ひのき》・杉《すぎ》 字を或《ある》は椙に作る・赤桐《あかぎり》・白桐《あをぎり》 字を或は梧に作る・楠《くすのき》・椎《しひ》・海榴《つばき》 字を或は椿に作る・楊梅《やまもも》・松・栢《かへ》 字を或は椈に作る・蘗《きはだ》・槻《つき》なり。

五三頁)。
一三　八束郡東出雲市上意東の高庭・畑の東方の山か。その南の京羅木山(四七三米)、更に南の星上山(四五三米)に擬している。
一四　八束郡八雲村と能義郡広瀬町の境の天狗山(六一〇米)。熊野大社の旧鎮座地。古事記裏書に或書云としてこの一条を引用。
一五　松江市の西南部東忌部にある(二三〇米)。式内社久多美社の旧社地。
一六　八束郡玉湯村玉造温泉の山(一六〇米)。式内社玉作湯社が山麓にある。
一七　松江市山代町の茶臼山(一七一米)。カムナビは神隠りの意で、山代日子命の鎮座した山。山代社の旧社地。
一八　以下、山野の産物の名の列記。
一九　以下の草木の内、草類は薬草として用いられたものを挙げている。延喜(典薬寮)式に諸国から貢進させた薬草の品目とほぼ同じである。他郡の記載も同じ。出雲国から年料雑薬として貢進させたのは次の五三種である。前胡・萆薢・楡皮・連翹・王不留行・独活・苦参・枸杞・牛膝・藍漆・菖蒲・白芷・抜葜・桑茸・藁梁香・白朮・狼牙・竜胆・玄参・藁本・松蘿・松脂・地楡・巻柏・女葦・躑躅花・沢瀉・商陸・細辛・瞿麦・白頭公・茯苓・続断・白斂・当帰・夜干・黄精・蒲黄・桑螵蛸・榧子・薯蕷・麦門冬・百部根・赤箭・牡荊子・亭藶子・栢子仁・桃仁・車前子・蜀椒・決明子・蒺藜子・呉茱萸。
二〇　訓義不明。狩谷棭斎の典薬寮式和名考異の訓による。或はヤマアヰと訓み、山藍(山蓼)の意とすべきか。

禽獸則有ニ鵰 晨風 字或作レ隼 山雞[1] 鳩 鶉 鶬 字或作ニ離黄一 鴟鴞 作ニ横致[2]一 惡鳥也 熊[3] 狼 猪 鹿 兎 狐 飛鼯 字或作レ猵[4] 作レ蝠 獼猴之族一 至繁多 不レ可レ題之

伯太川 源出下仁多與ニ意宇ニ二郡堺葛野山上 北流[5]經ニ母理[6]楯縫安來三鄉一 入ニ々海[7]一 有ニ年魚 伊久比一

山國川 源出ニ郡家東南卅八里枯見山[8]一 北流入ニ[9]伯太川一

飯梨河 源有レ三 一水源出ニ仁多大原意宇三郡堺田原一 一水源出ニ枯見[8]一 一水源出ニ仁多郡玉嶺山一 三水合 北流入ニ々[7]海一 有ニ年魚 伊具比一[10]

筑陽川 源出ニ郡家正東一[11]十九里一百歩荻山一 北流入ニ々[7]海一 有ニ年魚一[12]

意宇川 源出ニ郡家正南一十八里熊野山一 北流[13]東折流入ニ々[7]海一 有ニ年魚 伊久比一[14]

野代川 源出ニ郡家西南一十八里須我山一 北流入ニ々[7]海一

一 みみずく・ふくろうの類。

二 至極、至甚の意。甚だ多くて。

1 底イ本「山雞」の下に「鶴奥皆倣此」と注記がある。「鶴」は「鶏」の誤寫で「雞」と「鶏」と同じであることを注したものであろう。

2 訂「到」。底・倉・鈔による。

3 底「能」。「熊」に通じ用いたのであろう。倉・鈔に従う。

4 底「猵」。倉・鈔による。

5 底・倉「流」一字、鈔「北流」がない。書式例により訂す。

6 底「里」。倉・鈔・底イ本などによる。

7 底・鈔「于」。倉による。

8 底・諸本「枯」。紅葉山文庫本「拈」。「枯」(切木・木末・ウレ)の誤とすべきか。

9 底「入」の下に「于」がある。倉・鈔により削る。

10 注記六字、底・鈔にない。倉による。

11 諸本「二十里」。上の暑垣山・高野山の里程より推して「一十九里」とすべきであろう。

12 注記三字、底・鈔にない。倉による。

13 倉「川流入々海」。底・鈔による。

14 底・倉・鈔「有」がない。底イ本などによる。

禽獸《とりけだもの》には、則《すなは》ち、鷲《わし》・晨風《はやぶさ》 字を或は隼に作る・山雞《やまどり》・鳩《はと》・鶉《うづら》・鶬《ひばり》 字を或は離黃に作る・鵄鴟《づく》[一] 横致に作る。惡《あ》しき鳥なり、熊《くま》・狼《おほかみ》・猪《ゐ》・鹿《しか》・兎《うさぎ》・狐《きつね》・飛鼯《むささび》 字を或は猵に作り、蝠に作る・獮猴《さる》の族《やから》あり。至《きはま》[二]りて繁多《さは》にして、題《しる》すべからず。

[三]伯太川《はたがは》[四] 源《みなもと》は仁多《にた》と意宇《おう》と二つの郡《こほり》の堺《さかひ》なる葛野山《かづのやま》[五]より出で、北に流れて母理《もり》・楯縫《たてぬひ》・安來《やすき》の三つの郷《さと》を經《へ》て、入海《いりうみ》[六]に入《い》る。年魚《あゆ》・伊久比《いぐひ》[七]あり。

[八]山國《やまくに》川 源《みなもと》は郡家《こほりのみやけ》の東南《たつみ》のかた卅八里《さと》なる枯見《うらみ》[九]山より出で、北に流れて伯太《はた》川に入《い》る。

[一〇]飯梨河《いひなしがは》 源《みなもと》は三つあり。一つの水源《みなもと》は仁多《にた》・大原《おほはら》・意宇《おう》三つの郡《こほり》の堺なる田原《たはら》[一一]より出で、一つの水《みな》源《もと》は枯見《うらみ》[一二]より出で、一つの水源《みなもと》は仁多《にた》の郡《こほり》の玉嶺《たまみね》[一三]山より出づ。三つの水合《みづあ》ひて、北に流れて入海《いりうみ》に入《い》る。年魚《あゆ》・伊具比《いぐひ》あり。

[一四]筑陽《つきや》川 源《みなもと》は郡家《こほりのみやけ》の正東《まひむがし》一十九里《さと》一百歩《あし》なる荻《をぎ》[一五]山より出で、北に流れて入海《いりうみ》に入《い》る。年魚《あゆ》あり。

[一六]意宇《おう》川 源《みなもと》は郡家《こほりのみやけ》の正南《まみなみ》一十八里《さと》なる熊野《くまの》[一七]山より出で、北に流れ、東《ひむがし》[一八]に折《を》れ流れて入海《いりうみ》に入《い》る。年魚《あゆ》・伊久比《いぐひ》あり。

[一九]野代《のしろ》川 源《みなもと》は郡家《こほりのみやけ》の西南《ひつじさる》のかた一十八里《さと》なる須我山《すがやま》[二〇]より出で、北に流れて入海《いりうみ》[二一]に入《い》る。

三 以下、川名の列記。底本に記事標目の「川」がある。
四 能義郡東部を流れる。今は伯太(ハクタ)川という。
五 伯太村の南隅、草野の南西境の山(七三七米)。
六 夜見浜と松江市との間の中海を指す。次の山国・飯梨・筑陽・意宇の四川の注ぎ入る入海も同じ。
七 うぐい。魚の名。
八 伯太川の西を流れる吉田川。もとは安来市折坂附近で伯太川に合流した。
九 伯太・布部両村境のウナミ(宇波)山。
一〇 能義郡の西部を流れる。
一一 広瀬町山佐の奥田原、その南境の三郡山(八〇六米)。この川を山佐川という。
一二 山国川の源の山。西に流れる布部川の支流。
一三 能義郡の南隅、広瀬町比田と仁多町との境の山(仁多郡の条に見える)。この川を比田川また布部川という。
一四 八束郡最東部の意東川。
一五 能義・八束両郡境の京羅木山或はその南の星上山としている。
一六 松江市の東端で中海に入る。出雲郷(アダカイ)川ともいう。
一七 山の条に出た、天狗山。
一八 松江市大草町の西方(出雲国庁の地)で東折する。
一九 松江市西部で宍道湖に入る野白川。
二〇 大原郡の条に見える。松江市東忌部町と大東町の境、八雲山ともいう(四二六米)。
二一 宍道湖を指す。次の玉作・来待・宍道の三川の注ぐ入海も同じ。

玉作川[1]　源出二郡家正西廾[2]九里阿[3]志山一　北[4]流入二々[5]海一 有二年魚一

來待川　源出二郡家正西廾八里和奈佐山一　西流至二山田村一　更折北流入二々[5]海一 有二年魚一

宍道川　源出二郡家正西卅八里幡屋山一　北流入二々[5]海一 無レ魚

津間抜池　周二里卅[6]歩 有二鳧鴨[7]芹[8]菜一

眞名猪池　周一里

北[9]入海

門江濱 伯耆與二出雲一二國堺　自レ東行レ西

子[10]嶋 既礒

粟嶋 有二椎松多年木[11]宇竹[12]眞前等葛[13]一

砥神嶋　周三里一百八十歩　高六十丈 有二椎松[14]莘齋頭蒿[15]都波師太等草木一也

賀[16]茂嶋 既礒

羽嶋 有二椿[17]比佐木多年木蕨齋頭蒿[18]一

一　玉造温泉を流れる玉造川。
二　玉湯村大谷の東南境、大東町山王寺との境の葦山(四八〇米)。
三　宍道町来待を流れる川。
四　来待の東南隅、和奈佐。玉湯村との境の山。
五　宍道町来待の菅原。
六　八東郡宍道町で宍道湖に入る川。
七　大原郡の条(二四五頁)に幡箭山と見える。宍道町と大東町幡屋との境の丸倉(馬鞍)山(三七〇米)、その東方の太平山・八十山にもわたる称か。
八　以下、二条は池名の列記。底本に記事標目として「池」とある。
九　松江市乃木町の大桁・ツバ附近を遺蹟地とする。
一〇　小鴨。
一一　松江市茶臼山の東北側間内(まない)の池としている。
一二　中海及び宍道湖を併せていう。ただし、中海と宍道湖とを区別して後者は野代海と記している。

1 底・鈔「造」。倉「作」とするに従うべきである。
2 諸本「一十九里」。玉作山・拝志郷・和奈佐山の里程によれば「廾九里」である。
3 諸本「志山」。解「拝志山」。後藤説による。
4 底「北」がない。倉・鈔による。
5 一一八頁7に同じ。
6 底・鈔「四十」。倉による。訂は「卅」。
7 倉・鈔「[illegible]」(魪カレヒに同じ)。田中本「鮒」とするが、底に従う。
8 倉・鈔「蓼」。林崎文庫本「葵」。田中本「菍」とするが、底に従う。
9 底・倉「眞名猪池」の記事に續けて記している。
10 倉「賀茂嶋」の次に記す。底・鈔による。
11 訂「小竹」とし、後藤説「字作」とするが、底・諸本のままでよい。
12 底・鈔「嶋」。倉による。
13 田中本「草木」とするが、底・諸本のまま。
14 解「蕈」とするが、底・諸本のまま。
15 底・鈔「山高」二字。倉「嵩」。松下見林本などによる。
16 倉「加」。底・鈔による。
17 底・諸本「播」。解による。
18 底・諸本「葛」。解による。

[一]玉作川《たまつくり》　源《みなもと》は郡家《こほりのみやけ》の正西《まにし》卅九里《さと》なる阿志山《あし》[二]より出で、北に流れて入海《いりうみ》に入《い》る。年魚《あゆ》あり。

[三]來待川《きまち》　源《みなもと》は郡家《こほりのみやけ》の正西《まにし》卄八里《さと》なる和奈佐山《わなさ》[四]より出で、西に流れて山田《やまだ》[五]の村《むら》に至り、更《さら》に折《を》れて北に流れて入海《いりうみ》に入《い》る。年魚《あゆ》あり。

[六]宍道川《ししぢ》　源《みなもと》は郡家《こほりのみやけ》の正西《まにし》卅八里《さと》なる幡屋山《はたや》[七]より出で、北に流れて入海《いりうみ》に入《い》る。魚なし。

[八]津間抜《つまぬき》の池《いけ》[九]　周《めぐ》り二里《さと》卌歩《あし》なり。[一〇]鳧《たかべ》・鴨《かも》・芹菜《せり》あり。

[一一]眞名猪《まなゐ》の池　周《めぐ》り一里《さと》なり。

北は入海《いりうみ》[一二]。[一三]

[一四]門江《かどえ》の濱《はま》　伯耆《ははき》と出雲と二つの國の堺《さかひ》なり。[一五]東《ひひがし》より西に行《ゆ》く。

[一六]子嶋《こじま》　既《すで》[一七]に礒《いそ》なり。

[一八]粟嶋《あはしま》　椎《しひ》・松・多年木《あはぎ》[一九]・宇竹《おほたけ》[二〇]・眞前《まさき》[二一]等《ども》の葛《かづら》あり。

[二二]砥神嶋《とがみしま》　周《めぐ》り三里《さと》一百八十歩《あし》、高さ六十丈《つゑ》なり。椎《しひ》・松・莘《みちのねぐさ》[二三]・薺頭蒿《おはぎ》[二四]・都波《つは》[二五]・師太《しだ》[二六]等《ども》の草木あり。

[二七]賀茂嶋《かもしま》　既《すで》に礒《いそ》なり。

[二八]羽嶋《はしま》　椿《つばき》・比佐木《ひさぎ》[二九]・多年木《あはぎ》・蕨《わらび》・薺頭蒿《おはぎ》あり。

一三　これを記事の標目として以下に海に面した地、浜・島などを列記する。底本、次の門江浜の肩に「浜乎」、更に次の子嶋の肩に「嶋乎」と傍記しているのは記事標目としての書添えであるが、標目の立て方を誤っている。当国風土記は、入海(中海及び宍道湖)側と大海(日本海)側とに分けるだけで、海岸地の地名は浜・浦・埼・渡・嶋などに類別することなく、地理順路にしたがって列記している。

一四　安来市島田の門生から吉佐にわたる海岸。出雲国の最東端。

一五　この地を最東として以下東から西へ順次地名を挙げ記す意。

一六　所在不明。安来市島田の大浦に沖子島という地がある。

一七　全部岩礁である。

一八　安来市の対岸、米子市彦名の粟島の地。もと島であった。

一九　万年木に同じであろう。檍。モチノ木の類。

二〇　淡竹(はちく)。和名抄に淡竹をオホタケと訓む。宇は大の意。

二一　マサキノカズラなどの蔓草類。

二二　安来港の東北突出部、十神山(九二・九米)の地。もと島であった。

二三　細辛に同じか。薬草。

二四　よめ菜。

二五　ツワ蕗。

二六　羊歯でなくヘゴとしている。

二七　十神山の北方の亀島としている。

二八　安来市の吉田川河口近くの飯島(はしま)。社のある丘がもと島であった。

二九　楸。アカメガシワ。

鹽楯嶋 有㆓蓼螺子[1]永蓼㆒

野代海中 蚊嶋 周六十歩 中央涅[2]土 四方竝礒 中央有㆓手[3]掬許木一株㆒[4] 耳 其礒有㆑蚊[5] 有㆓螺子海松㆒

自㆑茲以西濱 或峻崛[6] 或平土 竝是 通道之所㆑經也

通㆓國東堺手間剗㆒ 卌[7]一里一百八十歩

通㆓大原郡堺林垣峯㆒ 卅[8]三里二[9]百一十歩

通㆓出雲郡堺佐雜埼㆒ 卌[10]二里卅歩

通㆓嶋根郡堺朝酌渡㆒ 四里二百[11]六十歩

前件一郡 入海之南 此[12]則國務[13]也

郡司[14] 主帳[15] 无[16]位 海 臣

少領 従七位上 勳十[17]二等 出雲臣[18]

主政 外少初位上 勳十[17]二等 林 臣

擬[19]主政 无位 出雲臣

一 松江市手間町の北、川中の天神島。

二 ニシ貝の一種、苦螺。

三 蓼草の丈長いものか。或は水蓼(みずたで)の誤か。以上は中海に面する側の浜・島。

四 松江市野白の北の海、宍道湖をいう。以下は野白以西の宍道湖に面する側を記す。

五 野白川河口の北方の嫁ガ島。

六 色黒い土。

七 石・巖。周囲は岩である。

八 掌を握ったほどの太さの木。

九 野代川の河口地を指す。宍道湖の最東端の地としていう。

一〇 けわしい。

一一 駅路の公道をいう。

一二 以下、郡家からの公道の里程を記す。底本(倉本・鈔本も同様)に、記事標目として「道」とある。島根郡以下に「通道」とあり、巻末記の冒頭に「道度」とあるのにあたる。恐らく他の記事標目と同様に後の添え書き(ただし他の標目よりは早く添記されたもの)と認めるべきである。

一三 意宇郡家から郡の東境までの里程。

一四 能義郡伯太村安田の関山の地。手間はその東方の村名に遺る。

一五 関所。交通の要所で出入者を検する所。

一六 到達する。いたる。届く。

1 解は「永蓼」二字を傍注の誤記として省く。底・倉・鈔のまま。或は「水蓼」の誤か。

2 倉・鈔「温」。解「濕」。底による。

3 諸本「毛」。解「十」。田中本の改訂に従う。

4 諸本「梓茸月」の如く作る。解による。

5 倉・鈔「有蚊」二字がない。底による。

6 諸本「堀」。後藤説による。

7 諸本「卅」。

8 諸本「二」。

9 底・倉・鈔「二百歩」。

10 諸本「卅」。以上巻末の里程により訂す。

11 巻末の里程では「六十六歩」とするものもあるが、底・諸本のまま「六十歩」を正とする。巻末参照(二四七頁)。

12 鈔「是」。底・倉「北」は「此」の誤。

13 倉「廓」。栗田説「聽」の誤とするが、底・鈔による。

14 諸本「主司」。他郡例により「主」を削る。

15 底「張」。倉・鈔などによる。

16 底・鈔「無」。倉による。他郡もすべて同じ。

17 「十二等」三字、諸本「業」一字。解及び田中説により「十二等」の誤とする。他郡もすべて同じ。

18 諸本「臣」がない。解の補字による。

19 倉・鈔「概」。底による。

[一]鹽楯嶋《しはたてしま》　蓼螺子《たでにし》[二]・永蓼《ながたで》[三]あり。

野代《のしろ》[四]の海《うみ》の中《なか》に蚊嶋《かしま》[五]あり。周《めぐ》り六十歩《あし》なり。中央《まなか》は涅土《くろつち》[六]にして、四方《よも》は竝《なら》びに礒《いそ》[七]なり。中央《まなか》に手掬《たつか》[八]ばかりなる木一株《ひともと》あるのみ。其の礒《いそ》に蚊《か》あり。螺子《にし》・海松《みる》あり。

兹《ここ》[九]より西は濱《はま》なり。或《ある》は峻崛《さか》[一〇]しく、或《ある》は平土《たひら》にして、竝《なら》びに是《これ》、通道《かよひぢ》[一一]の經《ふ》るところなり。

[一二]國の東《ひむがし》[一三]の堺《さかひ》なる手間《てま》[一四]の剗《せき》[一五]に通《とほ》[一六]るは、卌一里《さと》一百八十歩《あし》なり。

[一七]大原《おほはら》の郡《こほり》の堺《さかひ》なる林垣《はやしがき》[一八]の峯《みね》に通《とほ》るは、卅三里《さと》二百一十歩《あし》なり。

[一九]出雲の郡の堺《さかひ》なる佐雜《ささふ》[二〇]の埼《さき》に通《とほ》るは、卌二里《さと》卅歩《あし》なり。

[二一]嶋根《しまね》の郡の堺《さかひ》なる朝酌《あさくみ》[二二]の渡《わたり》に通《とほ》るは、四里《さと》二百六十歩《あし》なり。

[二三]前《さき》の件《くだり》の一つの郡《こほり》は、入海《いりうみ》の南にして、此《こ》は則《すなは》ち、國の務《まつりごと》[二四]どころなり。

无《ム》位《ヰ》　海臣《あまのおみ》

[二五]郡《グン》司《シ》《こほりのつかさ》[二六]　主《シユ》帳《チヤウ》《ふみひと》[二七]　无《ム》位《ヰ》　出雲臣《いづものおみ》

[二八]少《セウ》領《リヤウ》《すけのみやつこ》　従《ジユ》七《シチ》位《ヰノ》上《ジヤウ》　[二九]勳《クン》十《ジフ》二《ニ》等《トウ》　出雲臣《いづものおみ》

[三〇]主《シユ》政《シヤウ》《まつりごとひと》　[三一]外《ゲ》少《セウ》初《ソ》位《ヰノ》上《ジヤウ》　勳《クン》十《ジフ》二《ニ》等《トウ》　林臣《はやしのおみ》

[三二]擬《ギ》主《シユ》政《シヤウ》《かりのまつりごとひと》　无《ム》位《ヰ》　出雲臣《いづものおみ》

一七　郡家から郡の南境までの里程。

一八　八東郡宍道町の東南隅、和奈佐から大東町畑鴨に越す山。大原郡の条(二四五頁)では林垣坂とある。

一九　郡家から郡の西境までの里程。

二〇　宍道町佐々布と伊志見との間の埼。

二一　郡家から郡の北境までの里程。

二二　島根郡の条(一三七頁)に見える。松江市の矢田の渡にあたる。

二三　各郡を入海の南(意宇郡)、大海の南(島根・秋鹿・楯縫・出雲・神門の五郡)、山野の中(飯石・仁多・大原の三郡)と三大別した郡の位置の概括記載。

二四　務は庁と同じ意。国庁のある郡の意。風土記は郡単位の筆録で国庁についての記載がいずれの郡の記事にもない。国庁で総括編纂の際に、前項の位置概要と共にこの一項を書き加えたものである。

二五　以下、当郡の筆録者と連帯責任者の署名。各郡末にある。ただし、姓までで名を署していないのは案文(稿本)で正式の公文書でないことを示す。

二六　郡の官吏の意。

二七　文案を勘え記すなどを職とするもの。風土記の筆録に直接あたった人。

二八　郡司の次官。長官(大領)を輔佐するもの。意宇郡の大領は風土記全般の責任者として巻末に署名している。

二九　勲功の等級。十二等まである。国造も十二等であった。

三〇　少領の次の官。文案を審査し、郡内の非違をただすなどの職のもの。

三一　最下位の位階の名。

三二　本官でない事務取扱。

嶋根郡

合　郷捌　里卅四[1]　餘戸壹　驛家壹

朝酌郷[2]　今依レ前用

山口郷　今依レ前用

手染郷　今依レ前用

美保郷　今依レ前用

方結郷　今依レ前用

加賀郷　本字加加

生馬郷　今依レ前用

法吉郷　今依レ前用　以上捌郷別里参

餘戸里

千酌驛[3]

所三以號二嶋根一者[4]　國引坐八束水臣津野命之詔而　[5]負二給名一[6]　故云二嶋根一

[7]朝酌郷　郡家正南一十里六十四歩[8]　熊野大神命　詔　朝*

1 底・諸本「廾」。林崎文庫本・解など「廾五」とするが、下の注記により各郷三里とすれば「廾四」とすべきである。

2 底・諸本「山口郷」「朝酌郷」と順序している。下の郷名記事の順序また地理順路によって改める。郷名列記の條と郷名説明の條と記載の順序を同じくするのが例である。

3 底・鈔「驛」。倉「驛家」。下の驛名説明の條では倉と底と「家」字の有無が逆になっている。底・鈔に従う。

4 底・諸本「郡」がある。書式例により訂の改訂に従う。

5 底・鈔「順」。倉による。

6 「名故云」三字、底・鈔「故名」、倉「名故」。松下見林本などによる。

7 蓬左文庫本、この一條を「山口郷」の次に記す。底・倉・鈔などの順序を可とする。

8 解「八」とするが底・諸本による。

[一]嶋根《しまね》の郡《こほり》

[二]合《あは》せて郷《さと》は八、里《こざと》は廿四、餘戸《あまりべ》は一、驛家《うまや》は一なり。

[三]朝酌《あさくみ》の郷《さと》　[四]今も前《さき》に依《よ》りて用《もち》ゐる。

山口《やまぐち》の郷　今も前に依りて用ゐる。

手染《たしみ》の郷　今も前に依りて用ゐる。

美保《みほ》の郷　今も前に依りて用ゐる。

方結《かたえ》の郷　今も前に依りて用ゐる。

加賀《かが》の郷　[五]本《もと》の字《じ》は加加《（かが）》なり。

生馬《いくま》の郷　今も前に依りて用ゐる。

法吉《ほほき》の郷　今も前に依りて用ゐる。　以上《かみ》の八《やつ》の郷《さと》別《ことごと》に里《こざと》は三《みつ》なり。

餘戸《あまりべ》の里

千酌《ちくみ》の驛《うまや》

[六]嶋根《しまね》と號《なづ》くる所以《ゆゑ》は、國引きまし[七]八束水臣津野命《やつかみづおみつののみこと》の[八]詔《の》りたまひて、名を負《おほ》せ[九]給《たま》ひき。故《かれ》、嶋根《しまね》といふ。

[一〇]朝酌《あさくみ》の郷《さと》　郡家《こほりのみやけ》の正南《まみなみ》一十里《さと》六十四歩《あし》なり。[一一]熊野《くまの》の大神の命《みこと》、詔《の》りたまひて、[一二]朝《あさ》

一　島根半島の東部（八束郡の内）。美保関町・島根村・松江市（大橋川以北、佐陀川以東）、鹿島町（旧佐太村、恵曇港以南を除く）の地域にあたる。島根郡家は松江市下東川津町の納佐（なさ）附近を遺蹟地とすべきか（朝山晧説）。

二　以下は郷名以下行政上の単位名の総数と郷名などの列記。

三　和名抄の郷名に下の八郷名の外、多久・千酌が見える。多久郷は余戸里、千酌郷は駅の地にあたる。

四　意宇郡の条に見える（九七頁）。

五　意宇郡の条に見える（九七頁）。

六　以下は郡名・郷名などの説明記事。

七　国引きの段に見える（九九頁）。

八　神の言葉の内容は伝えられていない。或は島根郡の地が国引きの地と関連するので、この神を郡名の命名者としたが、命名に関する神の言葉の伝承はなかったとすべきか。

九　名をつけた。神が命名せられたことをいう。

一〇　松江市朝酌町が遺称地。嵩山以南の地域にあたる。

一一　既出（一〇九頁）。

一二　朝夕の御食事の意。

御饌勘養　夕御饌勘養　五贄緒[1]之處定給　故云二朝酌一
山口鄕　郡家正南四里二百九十八歩　須佐能烏命御子　都留支日
子命詔　吾敷坐山口處在詔而　故山口負給[2]
手染鄕　郡家正東一十里二百六十[3]歩　所レ造二天下一大神命詔　此
國者　丁寧所[4]レ造國在詔而　故[5]丁寧負給[2]　而今人猶誤[6]謂二手染鄕一
之耳　卽有[7]二正倉一
美保鄕　郡家正東卄七里一百六十四歩　所[8]レ造二天下一大神命[9]　娶二
高志國坐神　意支都久辰爲命子　俾都久辰[10]爲命子　奴奈宜[11]波比賣
命一而[12]　令レ產神　御穗須須美命　是神坐矣　故云二美保一
方結鄕　郡家正東卄里八十歩　須佐能[13]烏命御子　國忍別命詔[14]　吾
敷坐地者　國形宜者　故云二方結一
加[15]賀鄕　郡家北[16]西卄四里一百六十歩　佐[17]太大神所レ生也　御祖神
魂命御子　支佐加比[18]賣命　闇岩屋哉詔　金弓以射給時　光加加明
也　故云二加加一　[19]神龜三年改二字加賀一

1 訂「組」とするが、底・諸本のまま。
2 鈔「順」。底・倉による。
3 倉「六十四」。底・鈔による。
4 底・鈔「所」がない。倉による。
5 底・鈔「故」がない。倉による。
6 「誤謂」二字、倉「詔」。底・鈔による。
7 倉「有」がない。底・鈔による。
8 倉「所」がない。底・鈔による。
9 鈔「命」がない。底・倉による。
10 鈔「辰辰」。底・倉による。
11 諸本「宜置」。解により「置」を削る。「宜」は「ガ」の假名として用いたもの。
12 鈔「而」がない。底・倉による。
13 「能烏」二字、倉「素」、解「袁」とするが、底・鈔による。
14 鈔「詔」がない。底・倉による。
15 底・鈔「生馬鄕」の次に記し、底には順序を入れ替える傍記がある。倉はこの條補筆。
16 「西北」の顚倒か。
17 「佐太」以下一五字、底にない。倉・鈔による。
18 底・鈔「地」、解「比比」とするが、「地」を「比」の誤とするにとどめる。
19 注記八字、底・鈔にない。鄕名列記の條により補う。

一 神穎。穎は穂のままの稲の意。神に供える稲米で神穎。神に供える御食事をいう。
二 神の御食料をたてまつる部曲の民として五部民を定め、その居住地を定められた。緒は伴の緒の意。
三 五部民の中、朝に水を汲んで供するを任とした部民の居住地の意。
四 松江市川津町(東西がある)・持田町(東西がある)にあたる。川津川の流域地。
五 他に見えない。剣による名。下の神社名列記の布自伎弥社に鎮座。
六 神が鎮座する、神が領有する地の意。
七 山の入口。麓。ここは布自枳美の高山(嵩山)の入口の意。
八 松江市の東北隅手角(みたす)が遺称地。本庄町附近以北の中海に沿う地域。
九 たしかに。しっかりと。充分に。

御饌《みけ》の[一]勘養《かむかひ》、夕御饌《ゆふみけ》の勘養《かむかひ》に、五つの[二]贄《にへ》の緒《を》の處《ところ》と定《さだ》め給ひき。故《かれ》、[三]朝酌《あさくみ》といふ。

[四]山口《やまぐち》の郷《さと》　郡家《こほりのみやけ》の正南《まみなみ》四里《さと》二百九十八歩《あし》なり。須佐能烏命《すさのをのみこと》の御子《みこ》、[五]都留支日子命《つるぎひこのみこと》、詔《の》りたまひしく、「[六]吾《あ》が敷《し》き坐《いま》す[七]山口《やまぐち》の處《ところ》なり」と詔《の》りたまひて、故《かれ》、山口と負《おほ》せ給ひき。

[八]手染《たしみ》の郷《さと》　郡家《こほりのみやけ》の正東《まひむがし》一十里《さと》二百六十歩《あし》なり。天の下造らしし大神の命《みこと》、詔《の》りたまひしく、「此の國は、[九]丁寧《たし》に造れる國なり」と詔《の》りたまひて、故《かれ》、丁寧《たし》と負《おほ》せ給ひき。しかるに、今の人猶誤《なほあやま》りて手染《たしみ》の郷《さと》と謂《い》へるのみ。即《すなは》ち正倉《みやけ》あり。

[一〇]美保《みほ》の郷《さと》　郡家《こほりのみやけ》の正東《まひむがし》廾七里《さと》一百六十四歩《あし》なり。天の下造らしし大神の命《みこと》、高志《こし》の國に坐《いま》す神、[一一]意支都久辰爲命《おきつくしゐのみこと》のみ子、俾都久辰爲命《へつくしゐのみこと》のみ子、[一二]奴奈宜波比賣命《ぬながはひめのみこと》にみ娶《あ》ひまして、産《う》みましし神、[一三]御穂須須美命《みほすすみのみこと》、是《こ》の神坐《いま》す。故《かれ》、美保《みほ》といふ。

[一四]方結《かたえ》の郷《さと》　郡家《こほりのみやけ》の正東《まひむがし》廾里《さと》八十歩《あし》なり。須佐能烏命《すさのをのみこと》の御子《みこ》、[一五]國忍別命《くにおしわけのみこと》、詔《の》りたまひしく、「吾《あ》が敷《し》き坐《いま》す地《くに》は、[一六]國形《くにがた》宜《え》し」とのりたまひき。故《かれ》、方結《かたえ》といふ。

[一七]加賀《かが》の郷《さと》　郡家《こほりのみやけ》の[一八]北西《いぬゐ》のかた廾四里《さと》一百六十歩《あし》なり。[一九]佐太《さだ》の大神の[二〇]生《あ》れまししところなり。[二一]御祖《みおや》、神魂命《かむむすびのみこと》の御子《みこ》、[二二]支佐加比賣命《きさかひめのみこと》、「闇《くら》き岩屋《いはや》なるかも」と詔《の》りたまひて、[二三]金弓《かなゆみ》もちて射《い》給ふ時に、光《ひかり》加加《かが》明《や》きき。故《かれ》、加加《かが》といふ。[二四]神龜《じんき》三年、字を加賀と改《あらた》む。

一〇　島根半島の最東部。美保関町、森山附近以東にあたるのであろう。
一一　クシキはクシビ(霊)の音訛か。遠(おき)近(へ)に分けて父子の二神の名としたもの。
一二　古事記に大国主命が婚した越の沼河比売とある女神に同じ。
一三　下の美保社に鎮座。
一四　美保関町片江が遺称地。菅浦から七類にわたる日本海に沿う地域。
一五　下の方結社に鎮座。地霊神であろう。
一六　地形がよい。
一七　八束郡島根村、加賀・大蘆地方。
一八　「北西」という方位の記し方は他には見えない。後人の誤訂が加わっているためであろう。当国風土記の書式例では方位の記し方は東北・東南は一定しており、西南は南西とも両様に記すが、北西は他例すべて西北と記している。
一九　秋鹿郡佐太御子社の祭神。大穴持命の別名としているが、佐太の地の地主神か。後藤説は猿田彦神とする。
二〇　下の加賀神埼の条(一四九頁)に詳記している。
二一　古事記には神産巣日之命とあり、蚶貝(きさがい)比売命を遣わす説話が見える。
二二　この神と並ぶ神も次々条にウムカヒメとある。キサカヒ(蚶貝)メ(女)の意であろう。
二三　弓の要所に金属(恐らく鉄)を用いたものか、黄金の装飾ある弓か、明らかでない。
二四　諸本にない注記であるが、標目地名の用字及び説明記事の結びの用字の書式例によれば、神亀三年改字による書式と認められる。

生馬郷[1]　郡家西北一十六里二百九歩　神魂命御子　八尋鉾[2]長依日子命詔　吾御子　平明不ㇾ憤詔　故云二生馬一

法吉郷　郡家[3]正西一十四里[4]二百卅歩　神魂命御子　宇武加比[5][6]賣命法吉鳥化而飛度　靜二坐此處一[7]　故云二法吉一

餘戸里　説ㇾ名如二意宇郡一

千酌驛家[8]　郡家東北一十七里[9]一百八十歩　伊佐奈枳命御子[10]　都久豆美命　此處坐　然者則[11]　可ㇾ謂二都久豆美一而　今人猶千酌號耳[12]

(布自伎彌社[13]　　多氣社

久良彌社　　同[14]波夜都武志[15]社

川上社　　長見社

門江社　　横田社

加賀社　　爾佐社

爾佐加志能爲社　　法吉社

生馬社　　美保社

1 倉「加賀郷」とある。底・鈔による。
2 底「鋒」。倉・鈔による。
3 倉「郡西家」。底・鈔による。
4 倉「一十四里」がない。底・鈔による。
5 倉「賀」。底・鈔による。
6 解「比比」とするが、底・諸本のままで可。
7 鈔「所」。底・倉による。
8 倉「家」がない。底・鈔による。
9 諸本「九」。巻末の里程、巻首の南北の里數により「七」を正とする。
10 倉「差」。
11 倉「者」がない。
12 倉「鄉」。以上底・鈔による。
13 以下式内社一四社名(注記とも)は倉になく、底・鈔による。記載順序及び神社名の用字、延喜式神名に殆ど同じで、恐らくは風土記に脱文となったものを延喜式によって後補したとする田中説を可とする。
14 解「同」の下に「社」。底・鈔による。
15 解「志」の下に「別」。底・鈔のまま。

一 松江市生馬(東西)が遺称地。北方の鹿島町講武の西部にまでわたる地域。
二 下の生馬社に鎮座。八尋鉾は長にかけた称辞。
三 神魂命の子である吾、長依日子命自身をいうか。長依日子命の子神は記されていない。
四 怒らない。皇極紀に憤をイクビまたイクムと訓んでいる。神が荒ぶるわざをしないで鎮座することをいうのであろう。
五 松江市法吉町が遺称地。東の川津川にまでわたる地域。
六 ウムカヒ女。上のキサカヒ女と同様の神名。ウムカヒは大蛤。古事記に神産巣日之命が蛤貝比売を遣わす説話が見える。
七 鶯。その鳴声による名。法はホフであるが、同音連続のホホにあてたとすべきであろう。
八 下の法吉社に鎮座。
九 郡家からの方位里程なく、遺称地もな

一 生馬《いくま》の郷《さと》　郡家《こほりのみやけ》の西北《いぬゐ》のかた一十六里《さと》二百九歩《あし》なり。神魂命《かむむすびのみこと》の御子《みこ》、二 八尋鉾長《やひろほこなが》依日子命《よりひこのみこと》、詔《の》りたまひしく、「三 吾《あ》が御子《みこ》、平明《やすら》かにして四 憤《いく》まず」と詔《の》りたまひき。故《かれ》、生馬《いくま》といふ。

五 法吉《ほほき》の郷《さと》　郡家《こほりのみやけ》の正西《まにし》一十四里《さと》二百卅歩《あし》なり。神魂命《かむむすびのみこと》の御子《みこ》、六 宇武加比賣命《うむかひめのみこと》、七 法吉鳥《ほほきどり》と化《な》りて飛び度《わた》り、八 此處《ここ》に静《しづ》まり坐《ま》しき。故《かれ》、法吉《ほほき》といふ。

九 餘戸《あまりべ》の里《さと》　一〇 名を説《と》くこと、意宇《おう》の郡《こほり》の如し。

一一 千酌《ちくみ》の驛家《うまや》　郡家《こほりのみやけ》の東北《うしとら》のかた一十七里《さと》一百八十歩《あし》なり。伊佐奈枳命《いざなぎのみこと》の御子《みこ》、一二 都久豆美命《つくつみのみこと》、此處《ここ》に坐《いま》す。然《しか》れば則《すなは》ち、都久豆美《つくつみ》と謂《い》ふべきを、今の人猶《なほ》千酌《ちくみ》と號《なづ》くるのみ。

一三 (布自伎彌《ふじきみ》の社《やしろ》一四 〔布自伎美神社〕　一五 多氣《たけ》の社《やしろ》 〔多氣神社〕
一六 久良彌《くらみ》の社 〔久良彌神社〕　一七 同《おな》じき波夜都武志《はやつむじ》の社《やしろ》 〔同(久良彌)社坐 波夜都武自神社〕
一八 川上《かはかみ》の社 〔河上神社〕　一九 長見《ながみ》の社 〔長見神社〕
二〇 門江《かどえ》の社 〔門江神社〕　二一 横田《よこた》の社 〔横田神社〕
二二 加賀《かが》の社 〔加賀神社〕　二三 爾佐《にさ》の社 〔爾佐神社〕
二四 爾佐《にさ》の加志能爲《かしのゐ》の社 〔爾佐能加志能爲神社〕　二五 法吉《ほほき》の社 〔法吉神社〕
二六 生馬《いくま》の社 〔生馬神社〕　二七 美保《みほ》の社 〔美保神社〕

いが、和名抄の多久郷の地、鹿島町の内、旧講武村の多久川(講武川)流域地とすべきである。
一〇 上文(一〇九頁)の説明と同じの意。
一一 八束郡美保関町の西端千酌。この駅は水駅で隠岐国へ渡る海上交通の船が置かれていた。
一二 他に見えない神。下の爾佐社の祭神。
一三 以下は神社名の列記。ただし式内社全部(一四社)と式外社の殆ど(一九社)は後補の記事である。
一四 松江市朝酌町の北隅、嵩山にある。祭神は山口郷の条に見える。
一五 右に合祀の社とし、また松江市上宇部尾の竹宮神社として確かでない。
一六 松江市本庄町新庄のクラミ谷にある久良美神社。
一七 右と同社。
一八 本庄町川上谷にある。
一九 本庄町の北、長海の杵田神社。
二〇 松江市東川津町門戸谷の国石神社。
二一 美保関町森山の横田神社。
二二 島根村加賀の潜戸神社。祭神は加賀郷・加賀神埼の条に見えるキサカヒメ命。
二三 美保関町千酌の三所神社。祭神は千酌駅の条に見えるツクツミ命、他二柱。
二四 千酌の北、島根村野波の野井の氏神社に合祀。旧社地は野井沖の加志島という。
二五 松江市法吉町の大森神社。旧社地は鶯谷。祭神は法吉郷の条に見える。
二六 松江市東生馬にある。祭神は生馬郷の条に見える。
二七 美保関港にある。祭神は美保郷の条に見える。

（以上一[1]十四所 竝在神祇官）

（大井社[2] 阿羅波比社

三保社 多久社

蜛蝫社 同蜛蝫社

質留比社[3] 方結社

玉結社 川原社

虫野社 持田社

加佐奈子社 比加夜社

須義社 伊奈頭美社[4]

伊奈阿氣社 御津社

比津社 玖夜社

同玖夜社 田原社

生馬社 布奈保社[5]

加茂志社 一夜社

小井社 加都麻社

須衞都久社） 大椅社[6]

一 松江市大井町の大井（七社）神社。

二 松江市法吉町外中原の阿羅波比（照床）神社。

三 美保関町福浦の三保神社。

四 鹿島町講武熊崎の多久神社。旧社地は北方、柏の宮廻。

五 中海の江島の蜛蝫神社。

六 右と同島の宮脇にある。旧社地は若宮畑。

1 底・鈔「一」がない。田中本の補字に従う。

2 倉「大井社」以下「須衞都久社」まで二九社名がない。恐らくは式内社一四社名と共に脱文となったものを他の資料によって補記したものとする田中説を可とする。底・鈔はこの二九社名の前に「大椅社」以下「椋見社」の六社を記しているが、田中説に従って記載順序を前後する。

3 底「開」。鈔「開」に竹冠。訂による。

4 底・鈔「須」。解による。

5 底・鈔「夜」。訂による。

6 底・倉・鈔「埼」。後藤説による。

以上《かみ》の一十四所《ところ》は、並《なら》びに神祇官《かみつかさ》に在《あ》り。）

一（大井《おほゐ》の社
二 阿羅波比《あらはひ》の社《やしろ》
三 三保《みほ》の社
四 多久《たく》の社
五 蜛蝫《たこ》の社
六 同《おな》じき蜛蝫《たこ》の社
七 質留比《しちるひ》の社
八 方結《かたえ》の社
九 玉結《たまえ》の社
一〇 川原《かはら》の社
一一 虫野《むしの》の社
一二 持田《もちだ》の社
一三 加佐奈子《かさなし》の社
一四 比加夜《ひかや》の社
一五 須義《すぎ》の社
一六 伊奈頭美《いなづみ》の社
一七 伊奈阿氣《いなあげ》の社
一八 御津《みつ》の社
一九 比津《ひつ》の社
二〇 玖夜《くや》の社
二一 同じき玖夜《くや》の社
二二 田原《たはら》の社
二三 生馬《いくま》の社
二四 布奈保《ふなほ》の社
二五 加茂志《かもし》の社
二六 一夜《ひとよ》の社
二七 小井《をゐ》の社
二八 加都麻《かつま》の社
二九 須衛都久《すゑつく》の社）
三〇 大椅《おほはし》の社

七 美保関町七類にある。
八 美保関町片江の方結神社。祭神は方結郷の条に見える。
九 美保関町総津の玉結神社。
一〇 松江市川原の川原神社。
一一 松江市福原の虫野神社。
一二 松江市西持田町亀尾谷の持田（大宮）神社。
一三 松江市東持田町の笠那志神社。
一四 松江市坂本の檜萱神社。
一五 美保関町菅浦の須義（神畑）神社。
一六 美保関町稲積浦の伊奈頭美神社。
一七 美保関町北浦の伊奈阿気（麻仁祖）神社。
一八 鹿島町御津の御津（本宮）神社。
一九 松江市法吉町比津の比津（都支努貴）神社。
二〇 松江市国屋町の玖夜神社。
二一 右と同地、切明明神社。
二二 松江市奥谷町の春日神社。旧社地は法吉町春日の本宮。
二三 松江市西生馬の生馬（大岩）神社。
二四 松江市浜佐田の船尾神社。
二五 松江市上佐陀の加茂志（神魂）神社。旧社地は北方の名分の海老山という。
二六 鹿島町名分の一矢の一矢神社。今は多久神社に合祀。今はイチヤというが、訓によってヒトヨと訓んでおく。
二七 鹿島町名分の大井神社。
二八 同じく名分の小勝間にあったというが、今は社がない。
二九 松江市茶町の末次熊野神社。旧社地は亀田山。
三〇 島根村大廬浦の西坂神社。

18 倉・鈔「河」。底による。
19 「東北」を底・鈔「北」、倉「東」。次の一水源を「西北」とするから、これは「東北」とすべきであろう。
20 鈔「二」。底・倉による。
21 底「紫」。鈔「柴」。倉の字形による。

一 島根村北垣の国石神社。
二 松江市朝酌町の大森神社。今は多賀神社に合祀。
三 右と同地の朝酌下（多賀）神社。
四 島根村野波の国主神社。
五 松江市新庄の久良弥神社（式内社）に合祀。
六 四五社として各郡の合計が巻首総記の二一五社となるが、記載実数は一〇社不足して三五社であり、その三五社中二九社は後補であるから、後補の社数に一〇社の不足があったことになる。
七 以下、山野名の列記。底本に記事標目の「山」がある。島根郡の方位里程、殊に

大椅川邊社[1]　朝酌社[2]
朝酌下社　努那彌社
椋見社　以上卅五所[3]並不ㇾ在㆓神祇官㆒
布自枳美高山　郡家正南七里[4]二百一十歩　高[5]二百七十丈　周一十
里　有ㇾ烽[6]
女岳山　郡家正南[7]二百卅歩
蝨野　郡家[8]東北三里一百歩　無㆓樹木㆒
毛志山　郡家[9]東北三里一百八十歩
大倉山　郡家東北九里一百八十[10]歩
糸[11]江山　郡家東北廾六里卅歩
小倉山　郡家[12]北西廾四里一百六十歩
凡諸山所ㇾ在草木　白朮　麥門冬　藍漆　五味子[13]　獨活　葛根　薯
蕷　萆薢　狼毒　杜仲　芍藥　茈[21]胡　苦[14]參　百部根　石斛　藁本
藤　李　赤桐　白桐　海柘榴　楠　楊梅[15]　松　栢　禽獸則有[16]㆓
鷲字或作ㇾ鵰　隼[17]　山雞　鳩　雉　猪　鹿　猿　飛鼯㆒
水草川[18]　源二　一水源出㆓郡家東北[19]三里一[20]百八十歩毛志山㆒　一*

1 一三〇頁6に同じ。
2 倉この社がない。解「朝酌上社」とするが、底・鈔による。
3 底・鈔など「卅五」で記載實數にあうが、巻首の不在官社數合計は四五として計算したものの如く、倉「卅五」とあるのを可とする。
4 底「七十」。倉・鈔による。
5 倉「二百七十」がない。底・鈔による。
6 鈔「有烽」がない。底は千家清主本として補記。倉「有降」。巻末烽の條により訂す。
7 朝山皓説、「九里（又七里）」を脱とする。
8 底・諸本「西南」とあるが恐らくは「東北」の誤とすべきであろう。或は郡家を本庄町附近と見た誤訂か。
9 以下九字、底・諸本「北一里」とある。方位の書式が異例で、水草川の條の毛志山の里程とも合わない。今水草川の條の方位里程を以て訂記しておく。
10 底・諸本「十」がない。長見川の條の里程により補う。
11 倉「糸」がない。底・鈔による。
12 底・鈔「正西」。倉「正東」。朝山皓説に従い、加賀郷の條の方位により「北西」とする。
13 次に倉「苦參」。底・鈔による。
14 底・鈔「苦辛」。倉による。
15 諸本「梅」がない。他郡例により補う。
16 底「有」を脱。
17 底・鈔「隼」の下に「雉」がある。倉により衍字として削る。

一大椅《おほはし》の川邊《かはべ》の社　二朝酌《あさくみ》の社
三朝酌《あさくみ》の下《しも》の社　四努那彌《ぬなみ》の社
五椋見《くらみ》の社
以上《かみ》の卅五六所《ところ》は、竝《なら》びに神祇官《かみつかさ》に在《あ》らず。

七布自枳美《ふじきみ》の高山《たかやま》八　郡家《こほりのみやけ》の正南《まみなみ》七里《さと》二百一十歩《あし》なり。高さ二百七十丈《つゑ》、周《めぐ》り一十里《さと》なり。九烽《とぶひ》あり。

一〇女岳山《めだけやま》　郡家《こほりのみやけ》の正南《まみなみ》二百卅歩《あし》なり。

一一蝨野《むしの》　郡家《こほりのみやけ》の東北《うしとら》のかた三里《さと》一百歩《あし》なり。樹木《き》なし。

一二毛志山《もしやま》　郡家《こほりのみやけ》の東北《うしとら》のかた三里《さと》一百八十歩《あし》なり。

一三大倉山《おほくら》　郡家《こほりのみやけ》の東北《うしとら》のかた九里《さと》一百八十歩《あし》なり。

一四糸江山《いとえ》　郡家《こほりのみやけ》の東北《うしとら》のかた卅六里《さと》卅歩《あし》なり。

一五小倉山《をぐら》　郡家《こほりのみやけ》の北西《いぬゐ》一六のかた卅四一七里《さと》一百六十歩《あし》なり。

一八凡《すべ》て、諸《もろもろ》の山にあるところの草木《くさき》は、白朮《をけら》一九・麥門冬《やますげ》・藍漆《(やまあさ)》・五味子《さねかづら》・獨活《つちたら》・葛根《くずのね》・薯蕷《やまついも》・萆薢《ところ》・狼毒《やまくさ》・杜仲《はひまゆみ》・芍藥《えびすぐすり》・茈胡《のぜり》・苦參《くらら》・百部根《ほとづら》・石斛《いはぐすり》・藁本《さはそらし》・藤《ふぢ》・李《すもも》・赤桐《あかぎり》・白桐《あをぎり》・海柘榴《つばき》・楠《くすのき》・楊梅《やまもも》・松・栢《かへ》なり。禽獸《とりけだもの》には、則《すなは》ち、鷲《わし》 字を或は鵰に作る・隼《はやぶさ》・山雞《やまどり》・鳩《はと》・雉《きぎし》、猪《ゐ》・鹿《しか》・猿《さる》・飛鼯《むささび》あり。

二〇水草川《みくさがは》　源《みなもと》は二つあり。二一一つの水源《みなもと》は郡《こほりのみやけ》家の東北《うしとら》のかた三里《さと》一百八十歩《あし》なる毛志山《もし》より出で、二二一

八　松江市東部の嵩山(三三六米)。
九　既出(一一六頁頭注一二)。巻末(二五三頁)に烽の条がある。この烽は南方の国庁(意宇軍団同地)に直接連絡するもの。
一〇　どの山か明らかでない。嵩山の北に続く山に擬しているが、九里または七里二百卅歩として嵩山の南の和久羅山(二六二米)を指すものとする説がある。
一一　松江市の北境、澄水山(旧名ムシ山)の南方山間地、坂本・福原(旧名ムシ原)附近であろう。
一二　松江市の北境、澄水(じん)山(五一三米)。
一三　松江市本庄の北境、枕木山(四五六米)。
一四　美保関町千酌と島根村野波の境にある山(一七九米)、またはその南側の川の源の三坂山(五三五米)にあてている。
一五　松江市の北境にある大平山(五〇二米)。城山ともいう。或はその東方滝空山にまでわたる山名とすべきか。
一六　北西は西北とあるのが書式例である。加賀郷の条(一二七頁頭注一八)参照。
一七　加賀郷の方位里程に同じ。加賀郷の側の山として記したもので、山までの里程を記したのではない。
一八　以下、山野の産物の名の列記。
一九　意宇郡の条(一一七頁)参照。
二〇　松江市を北から流れる川津川。
二一　毛志山(澄水山)に発源して南に流れ、虫野(福原辺)に出で、西南に流れるもの。
二二　毛志山から西に流れ納蔵を経て南流するもの。

水源出二郡家西北六里一百六十歩同毛志山一 二水合[1] 南流[2]入二々[3]海一 有レ鮒
長見川 源出二郡家東北九里一百八十歩大倉山一 東流
大鳥川[4] 源出二郡家東北一十二里[5]一百一十歩墓野山一 南流 二水合[6] 東流入二々[3]海一
野浪川 源出二郡家東北廿六里卅歩糸江山一 西流入二大海一
加賀川 源出二郡家[7]西北廿四里一百六十歩小倉山一 北流入二大海一
多久川 源出二郡家西北廿四里小倉山一 西流入二秋鹿郡佐太水海一
以上六川[8]竝无[9]レ魚 少少川也
法吉坡 周五里 深七尺許 有二鴛鴦鳧鴨[10]鮒須我毛一 當二夏節一尤有二美菜一
前原坡 周二百八十歩 有二鴛鴦鳧鴨等之類一
張田池 周一里卅歩
匏池 周[11]一里一百一十歩 生[12]レ蔣

一 この川の流れに沿って溯った方位里程とすべきであろう。
二 宍道湖。川津川(水草川)は今は松江市の市街地(大橋川以北)を流れ、また城の濠に流れ込んでいるが、この附近の川津川下流の平坦地は、もと宍道湖の東端部にあたる湖(入海)であった。
三 松江市の東北境枕木山(大倉山)に発源して長海に流れ、次の大鳥川に合流する。
四 枕木山の東方、忠山から出て南流し、長海で長海川に合流する。
五 忠山(二九〇米)をいう。
六 長見川と大鳥川。
七 中海を指す。
八 島根村野波で日本海に入る。千酌路谷を流れる北側と里路谷を流れる南側と二流ある、どちらの川を指すか確かでない。

1 鈔「二水」以下がない。底・倉による。
2 底・倉「南海流」。意によって「海」を衍とする。
3 一一八頁7に同じ。
4 倉「丈」。鈔「犬」。底による。
5 鈔「一百」がない。底・倉による。
6 底「合」がない。倉・鈔による。
7 底「正北」。倉・鈔による。
8 諸本「六」。疑わしいが、しばらく諸本のままに存しておく。
9 底・鈔「少々無魚川也」。倉「少々无魚波」。解は「無魚」二字。考(横山永福)は「少々有魚」四字とするが、今、底の朱注による。
10 底・鈔「鴨」の下に「鯉」がある。倉は魚偏に鳥の如き字に作る。他に「鯉」の記事がないので、誤寫による衍字として削る。
11 鈔「三」。底・倉による。
12 鈔「生蔣」がない。底・倉による。

つの水源《みなもと》は郡家《こほりのみやけ》の西北《いぬゐ》[一]のかた六里《さと》一百六十歩《あし》なる同《おな》じき毛志《もし》山より出づ。二つの水合《みづあ》ひて、南に流れて[二]入海《いりうみ》に入《い》る。鮒《ふな》あり。

[三]長見《ながみ》川　源《みなもと》は郡家《こほりのみやけ》の東北《うしとら》のかた九里《さと》一百八十歩《あし》なる大倉《おほくら》山より出で、東《ひむがし》に流る。

[四]大鳥《おほとり》川　源《みなもと》は郡家《こほりのみやけ》の東北《うしとら》のかた一十二里《さと》一百一十歩《あし》なる[五]墓野《はかの》山より出で、南に流る。[六]二つの水合《みづあ》ひて、東《ひむがし》に流れて[七]入海《いりうみ》に入《い》る。

[八]野浪《のなみ》川　源《みなもと》は郡家《こほりのみやけ》の東北《うしとら》のかた廾六里《さと》卅歩《あし》なる[九]糸江《いとえ》山より出で、西に流れて大海《おほうみ》に入《い》る。

[一〇]加賀《かが》川　源《みなもと》は郡家《こほりのみやけ》の西北《いぬゐ》のかた廾四里《さと》一百六十歩《あし》なる[一一]小倉《をぐら》山より出で、北に流れて大海《おほうみ》に入《い》る。

[一二]多久《たく》川　源《みなもと》は郡家《こほりのみやけ》の西北《いぬゐ》のかた廾[一三]四里《さと》なる[一四]小倉《をぐら》山より出で、西に流れて秋鹿《あいか》の郡《こほり》、[一五]佐太《さだ》の水海《みづうみ》に入《い》る。以上《かみ》の[一六]六つの川は、並《なら》びに魚《うを》なし。[一七]少少川《ささがは》なり。

[一八]法吉《ほほき》の[一九]坡《つつみ》　周《めぐ》り五里《さと》、深さ七尺《さか》ばかりなり。鴛鴦《をし》・鳧《たかべ》・鴨《かも》・鮒《ふな》・[二〇]須我毛《すがも》あり。夏の節《とき》に當《あた》りて、尤美《いとうま》き菜《な》あり。

[二一]前原《さきはら》の坡《つつみ》　周《めぐ》り二百八十歩《あし》なり。鴛鴦《をし》・鳧《たかべ》・鴨等《かもども》の類《たぐひ》あり。

[二二]張田《はりた》の池《いけ》　周《めぐ》り一里《さと》卅歩《あし》なり。

[二三]匏《ひさご》の池　周《めぐ》り一里《さと》一百一十歩《あし》なり。蔣生《まこもお》ふ。

九　山の条(一三三頁)に出た。

一〇　滝空山から出て加賀浦で日本海に入る川としているが、或は大平山から出て大蘆浦で日本海に入る大蘆川か。いずれを指すか確かでない。

一一　山の条に見えた(一三三頁)。大平山を指すか、滝空山を指すか明らかでない。

一二　鹿島町の旧講武村を流れる講武川。佐陀川に流入する。

一三　前条より一六〇歩だけ里程が少い。歩の数を省略したか。或は加賀川の条でいう小倉山より西で発源していることを示すのであろうか。

一四　大平山(城山)を指す。

一五　秋鹿郡の条(一六一頁)に見える。佐陀川河口近くの湖。

一六　以上の川の記載は六川であるが、魚の記載のないのは、長見川以下の五川。「六川」は「五川」の誤写か。或は魚の記載のない一川を写脱したとすべきか。野浪川・加賀川のいずれにも並べ掲げるべき川が各一川ある。

一七　小川の意。

一八　以下、坡・池の名の列記。

一九　松江市法吉町の智者池に擬しているが確かでない。坡は陂に同じ。堤。土手を築いて水を溜めた池であるが人工の土手によって名としたもの。

二〇　菅藻の意。カワモクズをいう。

二一　美保関町の西端、下宇部尾の池ノ尻が遺蹟地。旧称センバラ(千原)は前原の音訛。

二二　松江市西生馬の半田池としている。

二三　松江市浜佐田のヒシャクガ池としているが、旧池の跡はその西南方という。

美能夜池　周一里

口池　周一里一百八十步[1] 有二蒋鴛鴦一

敷田池　周一里[2] 有二鴛鴦一

南入海[3] 自レ西行レ東[4]

朝酌促戸渡[5]　東有二通道一　西有二平原一　中央渡　則筌互二東西一

春秋入出　大小雜魚　臨レ時來湊　筌邊駈駭[6]　風壓水衝　或破二壞

筌一　或製二日腊一[7]　於レ是被[8]レ捕　大小雜魚　濱譟[9]家闐　市人四集

自然成レ鄽[10]矣 自レ玆入レ東　至二于大井濱一之間　南北二濱　竝捕二白魚一[11]　水深[12]也

朝酌渡　廣八十步許　自二國廳一通二海邊一道矣

大井濱　則有二海鼠海松一　又造二陶器一也

邑美冷水　東西北山　竝嵯峨　南海澶漫　中央鹵　灠磷々[13]　男女

老少　時々[14]叢集　常燕會地矣

前原埼　東北竝寵嵸　下則有レ陂　周二百八十步　深一丈五尺許

三邊草木　自生レ涯　鴛鴦鳧鴨　隨時當[15]住*

一・二・三　遺称なく所在地不明。

四　以下に中海に臨む浜島などを列記する。その地理の概括記また記事の標目としての一句。

五　中海。松江市の大橋川から美保関町森山(粟江埼)まで。

六　西から東へ順次地名を列記する意。記述の順序方向を示すもの。

七　松江市矢田町の西、多賀の宮附近を遺蹟地とする。宍道湖と中海との間の狭くなった水路にある渡り場。

八　朝酌の渡を渡って北方に通ずる駅路、公道。

九　魚を捕るための竹器。

一〇　春秋が漁期で筌を海に入れては取り出しする意。旧訓この一句を次に続けている

1・2　鈔、注文がない。底・倉による。

3　底・鈔「入于海」。倉による。

4　諸本「海」。訂による。

5　倉にない。底・鈔による。

6　鈔「駈駭」。倉「駈駭」。底による。「駈」は「駈(ハシル)」。「駭」は馬の進むさま。

7　諸本「日鹿」、訂「白魚」、田中本「日魚」とするが、「鹿」は「腊」「膴」の誤とすべきか。

8　諸本「鳥」。恐らくは「是」の誤。

9　底・諸本「藻」。紅葉山文庫本「澡」。後藤説「噪」。田中本「譟」。噪と譟は同じ。

10　倉・鈔「墨」。底による。

11　底・諸本「日」。解の説による。

12　解「松」とするが、底・諸本のまま。

13　底・鈔「々」がない。倉による。

14　底・倉・鈔「々」がない。林崎文庫本による。

15　底・諸本「常」。下の等々嶋の條(一四三頁)により「當」の誤とする。

[一]美能夜《みのや》の池 周《めぐ》り一里《さと》なり。
[二]口《くち》の池 周《めぐ》り一里《さと》一百八十歩《あし》なり。蔣《まこも》・鴛鴦《をし》あり。
[三]敷田《しきた》の池 周《めぐ》り一里《さと》なり。鴛鴦《をし》あり。
[四]南は入海《いりうみ》[五]。西より[六]東《ひむがし》に行《ゆ》く。
[七]朝酌《あさくみ》の促戸《せと》の渡《わたり》 東《ひむがし》に通道《かよひぢ》[八]あり、西に平原《はら》あり、中央《まなか》は渡《わたり》なり。則《すなは》ち、筌《うへ》[九]を東西《ここかしこ》に亙《わた》し、春秋《はるあき》[一〇]に入《い》れ出《い》だす。大《おほ》き小《ちさ》き雜《くさぐさ》の魚《うを》、時に來湊《きあつま》りて、筌《うへ》の邊《ほとり》に駈駭《はせおどろ》[一一]き、風《かぜ》を壓《お》し、水を衝《つ》く。或《ある》は筌《うへ》[一二]を破壞《やぶ》り、或《ある》は日《ひ》に腊《きたひ》[一三]を製《つく》る。ここに[一四]捕《と》らるる大《おほ》き小《ちさ》き雜《くさぐさ》の魚《うを》に、濱譟《はまさわ》[一五]がしく家闐《いへにぎは》ひ、市人《いちびと》[一六]四《よも》より集《つど》ひて、自然《おのづから》に鄽《いちくら》[一七]を成《な》せり。茲《ここ》より東《ひむがし》に入《い》り、大井《おほゐ》の濱《はま》に至る間《あひだ》の南と北との二つの濱は、竝《なら》びに白魚《しろを》[一八]を捕《と》る。水深《ふか》し。
[一九]朝酌《あさくみ》の渡《わたり》 廣さ[二〇]八十歩《あし》ばかりなり。國廳《くにのまつりごとどの》[二一]より海《うみ》の邊《へ》に通《かよ》ふ道《みち》なり。
[二二]大井《おほゐ》の濱《はま》 則《すなは》ち、海鼠《こ》・海松《みる》あり。又《また》、陶器《すゑもの》を造る。
[二三]邑美《おほみ》の冷水《しみづ》 東《ひむがし》と西と北とは山、竝《なら》びに嵯峨《さか》[二四]しく、南は海澶漫《ひろ》[二五]く、中央《まなか》は鹵《いしはら》[二六]、灠《いづみ》[二七]磷《き》々《よ》[二八]くながる。男《をとこ》も女《をみな》も、老《お》いたるも少《わか》きも、時々《ときどき》に叢《むらが》り集《つど》ひて、常《つね》に燕會《うたげ》[二九]する地《ところ》なり。
[三〇]前原《さきはら》の埼《さき》 東《ひむがし》と北とは竝《なら》びに巃嵸《さか》[三一]しく、下《した》[三二]は則《すなは》ち陂《つつみ》あり。周《めぐ》り二百八十歩《あし》、深さ一丈《つゑ》五尺《さか》ばかりなり。三つの邊《ほとり》は草木自《おのづ》から涯《きし》に生《お》ふ。鴛鴦《をし》・鳧《たかべ》・鴨《かも》、隨時《ときどき》當《いた》[三三]り住《す》め

が、前の句に続けて対句を整えた。
一二　筌の辺で魚が勢よくはねる形容。
一三　大漁で筌を壊されてしまうものもあり、日干しに丸乾しを作るものもあるの意。
一三　魚の丸干し。乾魚（賦役令に見える）。和名抄に鱐を乾魚、腊・脯を乾肉とある。
一四　この促戸の海で筌にかかって捕れる魚。旧訓は「鳥に捕らる」と訓んで上の句に続けているが、下の句に続けて対句を整える。
一五　浜辺のにぎわいをいう。
一六　市を開いて売買をする商人。
一七　商品をならべて売る店。
一八　鮊、シロヲ（和名抄所引漢語抄の訓）。しらうお。
一九　松江市の矢田町で北へ渡った。
二〇　渡しの距離。
二一　出雲国庁から日本海岸の千酌駅に通ずる駅路。
二二　朝酌町の東北方、大井町の浜。
二三　大井町の東北方、大海崎の清泉。俗称メナシ水を遺蹟とする。
二四　けわしい。
二五　遠くひろいさま。
二六　小石の多い地。
二七　湧き泉。
二八　石の間を水の清く流れるさま。またキラキラ光るさま。
二九　宴会。人々が集って歌舞飲宴する景勝遊覧の地。
三〇　美保関町下宇部尾の中海に突出した所、サルガ鼻（崎ガ鼻）という。
三一　嵯峨に同じ。けわしい。
三二　山の下、上文の前原坡の池。
三三　就・到。そこへやって来て。

陂之南海也　卽陂與ㇾ海之間濱　東西長一百歩　南北廣六歩　肆[1]松蓊鬱　濱鹵淵澄　男女隨時叢會　或愉樂歸　或耽遊忘ㇾ歸　常燕喜之地矣

蜛蝫嶋　周一十八里一百歩　高三丈　古老傳云　出雲郡杵築御埼有二蜛蝫一　天羽々鷲[2]掠持　飛燕來[3]　止二于此嶋一　故云二蜛蝫嶋一今人猶誤栲嶋號耳　土地豐沃[4]　西邊松二株　以外茅莎[5]薺頭蒿蕗等之類生靡 即有ㇾ牧　去ㇾ陸三里

[6]蜈蚣嶋　周五里一百卅歩　高二丈　古老傳云　有二蜛蝫嶋一蜛蝫食二來蜈蚣一　止二居此嶋一　故云二蜈蚣嶋一　東邊神社　以外悉[7]皆百姓之家　土體豐沃[4]　草木扶疎　桑麻豐富　此則所[8]ㇾ謂嶋里　是矣[9]去ㇾ津[10]二里一百歩　卽自二此嶋一　達二伯耆國郡內夜見嶋一　磐石二里許　廣六十歩許　乘ㇾ馬猶往來　鹽滿時　深二尺五寸許[11]　鹽乾時者　已如二陸地一

和多太[12]嶋　周三里二百卅[13]歩　有二椎[14]海石榴白桐松芋菜薺頭蒿蕗都波猪鹿一*

1 底、馬扁に作る。倉・鈔による。
2 底・諸本「合」。解による。
3 解「燕」を衍字とするが、底・諸本のまま。
4 底・諸本「渡」。「沃」の異體「汲」よりの誤。
5 底・諸本「沙」。解による。
6 底・諸本「蜛蝫嶋」。解による。
7 底「下」。倉・鈔による。
8 諸本「淵」。解「洲」とするが、後藤説により訂す。
9 底「也矣」。倉・鈔により「也」を削る。
10 訂「陸」とするが、底・諸本のまま。
11 底「許」がない。倉・鈔による。
12 倉「々」。底・鈔による。
13 底「二十」。倉・鈔による。
14 底「桂」。倉・鈔による。

一 並んで生えている松。松並木。
二 海ぎわの小石の多い所。
三 以下は前条の邑美冷水の記事と類する。景勝遊覧の地の修辞を整えた記述。
四 中海にある大根島。八束郡八束村に属する。
五 島根半島の西端、日ノ御碕。出雲郡の条(一九七頁)に御前浜とある地の埼。
六 蛸魚。
七 羽の大きく広い意で鷲の称辞。天の羽

り。陂《つつみ》の南は海なり。即《すなは》ち、陂《つつみ》と海との間《あひだ》は濱にして、西東《にしひむがし》の長さは一百歩《あし》、北南《きたみなみ》の廣さは六歩《あし》なり。[一]肆《なら》べる松蓊鬱《しげ》り、[二]濱鹵《なぎさ》は淵《ふか》く澄《す》めり。[三]男も女も隨時《ときどき》叢《むらが》り會《つど》ひ、或《ある》は愉樂《たの》しみて歸り、或《ある》は耽《ふけ》り遊びて歸らむことを忘れ、常に燕喜《うたげ》する地《ところ》なり。

[四]蜛蝫嶋《たこしま》　周《めぐ》り一十八里《さと》一百歩《あし》、高さ三丈《つゑ》なり。古老《ふるおきな》の傳へていへらく、出雲の郡《こほり》、[五]杵築《きづき》の御埼《みさき》に[六]蜛蝫《たこ》あり。[七]天《あめ》の羽々鷲《ははわし》掠《と》り持《も》ちて、[八]飛び燕《ひるが》へり來て、此の嶋に止《とど》まりき。故《かれ》、蜛蝫嶋《たこしま》といふ。今の人、猶《なほ》誤りて[九]栲嶋《たくしま》と號《なづ》くるのみ。土地《つち》豐沃《こ》えたり。西の邊《へ》に松二株《ふたもと》あり。この外《ほか》、茅《ち》・[一〇]莎《くぐ》・薺頭蒿《おはぎ》・蕗《ふふきども》等の類《たぐひ》、生《お》ひ靡《なび》けり。即《すなは》ち[一一]牧《むまき》あり。[一二]陸《くが》を去《さ》ること三里《さと》なり。

[一三]蜈蚣嶋《むかでしま》　周《めぐ》り五里《さと》一百卅歩《あし》、高さ二丈《つゑ》なり。古老《ふろおきな》の傳へていへらく、蜛蝫《たこ》嶋にありし蜛蝫《たこ》、蜈蚣《むかで》を食《く》ひ[一四]來て、此の嶋に止《とど》まり居《を》りき。故《かれ》、蜈蚣《むかで》嶋といふ。東の邊《へ》に[一五]神の社《やしろ》あり。この外《ほか》は悉皆《ことごと》に百姓《おほみたから》の家《いへ》なり。土體《つち》豐沃《こ》え、草木[一六]扶疎《しげ》りて、桑《くは》・麻《あさ》豐富《ゆたか》なり。此《こ》は則《すなは》ち、謂《い》はゆる嶋《しま》[一七]の里《さと》、是《これ》なり。[一八]津《つ》を去ること二里《さと》一百歩《あし》なり。即《すなは》ち、此の嶋より伯耆《ははき》の國郡内《くぬち》の[一九]夜見《よみ》の嶋に達《いた》るまで、磐石《いは》二里《さと》ばかり、廣さ六十歩《あし》ばかり、馬に乘りながら往來《かよ》ふ。[二〇]鹽滿《しほみ》つ時は、深さ二尺五寸《さかき》ばかり、鹽乾《しほひ》る時は、[二一]已《すで》に陸地《くが》の如し。

[二二]和多太《わただ》嶋　周《めぐ》り三里《さと》二百廾歩《あし》なり。椎《しひ》・海石榴《つばき》・白桐《あをぎり》・松・[二三]芋菜《いへついも》・薺頭蒿《おはぎ》・蕗《ふふき》・都波《つは》・猪《ゐ》・鹿《しか》あ

々矢の類。鷲が蛸魚を捕えたのである。
八　燕の如く身をひるがえして飛ぶ意。
九　今の名がタク島で、タコ島は旧名ということになる。今名を標目に掲げず、旧名を出したのは当国風土記では他例がない。地名の説明説話を主としたものか。或はタク島・タコ島両様に呼ばれていたためか。
一〇　かやつり草。ハマスゲともいう。ククは漢語抄(和名抄所引)の訓。
一一　牧場。延喜(兵部)式の諸国馬牛牧には見えない。
一二　大根島の対岸、松江市上宇部尾附近からの距離。
一三　大根島の東北にある江島(八束郡八束村)。
一四　くわえて来て。
一五　上の神社名列記に蜛蝫社が二社見える。
一六　枝葉の盛んなさま。しげるさま。
一七　島に農耕を営む民戸の部落が出来、里(こざと)を構成していたのである。
一八　島の位置を示す注記で、この島へ往来する大根島の津から島までの里程をいうのであろうか。或は美保関町サルガ鼻附近の船着き場(津)から、この島までの里程(最も近い陸地までの距離)をいうか。
一九　夜見ガ浜、また弓ガ浜の地。島になっていたのである。以下は夜見島へ通う路について記す。
二〇　塩は潮・海水の意。満潮時と干潮時をいう。
二一　全く。すっかり。
二二　美保関町の西端、万原の南、和田多鼻という岬になっている。
二三　里芋。

去レ陸渡一十歩　不レ知二深淺一

美佐嶋[1]　周二百六十歩　高四丈　有二椎[2]櫃[3]茅𦰡都波[4]薺頭蒿一

戸江剗　郡家正東廾里一百八十歩　非レ嶋　陸地濱耳　伯耆郡[5]内夜見嶋將二相向一之間也

栗[6]江埼　相二向夜見嶋一　促戸渡二百一十六歩　埼之西　入海堺也

凡南入海所レ在雜物　入鹿　和爾　鯔[7]　須受枳　近志呂　鎭仁　白魚　海鼠　鰝鰕　海松等之類　至多　不レ可レ盡[8]レ名

北大海　埼之東　大海[9]堺也　猶自レ西行レ東

鯉石嶋　生二海藻一

大嶋　磯[10]

宇由比濱　廣八十歩　捕二志毗魚一

盜[11]道濱　廣八十歩　捕二志毗魚一

澹由[12]比濱　廣五十歩　捕二志毗魚一

加努夜濱　廣六十歩　捕二志毗魚一

美保濱　廣一百六十歩　西有[13]二神社一　北有[14]二百姓之家一　捕二志毗魚一

美保埼　周[15]壁峙　[16]定岳

一 水深不明という意。陸と島との間(一〇歩の渡し)の海についていう。

二 和田多鼻の東方、和名鼻またコブチノ鼻という岬になっている。

三 夜見ガ浜の西北端、外江町の対岸にあたる地で、交通の要所の故に関が置かれていた所。遺蹟地は明らかでないが、美保関町森山の西方。

四 美保関町森山。クリは岩礁の意。今も入道クリと呼ぶ礁がある。

五 島根半島の地と夜見ガ浜の地とが最も接近して、水路の狭くなった箇所(促戸)の渡し場。

六 渡航の距離。

七 ここまでが中海で、この崎を東に越せば大海(日本海)であるという意。

八 以下中海の産物名の列記。

九 海豚・江豚と書く。海獣の名。

一〇 鮫(さめ)またはワニザメという鱶の一種。

1 底「差」。倉・鈔による。

2 底「横」。倉・鈔「樸」の如く作る。解による。

3 底「茅」の上にも「𦰡」がある。倉・鈔により削る。

4 底・諸本「頭」がない。栗注に従う。

5 鈔「國」。底・倉による。田中本「國郡」とする。

6 倉「粟」。底・鈔による。

7 底・鈔「鰡」。倉による。

8 底・諸本「令」。解「尽」(盡の略字)の誤とするに従う。

9 底・諸本「海」がない。訂の補字による。

10 底・倉「議昆」。鈔「議毘」。例によれば「議」は「礒」の誤。「毘」は「志毗魚」の「毗」の誤入。訂などによる。

11 訂「塩」とするが、しばらく底・諸本のままに存しておく。

12 「由比」二字、鈔「毘」とする。底・倉による。

13 鈔「在」。底・倉による。

14 底「北」がない。倉・鈔による。

15 底・諸本「用」。解の説による。

16 解の説に「嵬」の誤とするが、諸本のまま。

り。陸《くが》を去《さ》ること、渡《わた》り一十歩《あし》、深《ふか》[一]き淺《あさ》きを知らず。
[二]美《み》佐《さ》嶋　周《めぐ》り二百六十歩《あし》、高さ四丈《つゑ》なり。椎《しひ》・橿《かし》・茅《ち》・葦《あし》・都波《つは》・薺頭蒿《おはぎ》あり。
[三]戸《との》江《え》の剗《せき》　郡家《こほりのみやけ》の正東《まひむがし》廾里《さと》一百八十歩《あし》なり。嶋にあらず、陸《くが》地の濱なるのみ。伯耆《ははき》の郡内《くぬち》の夜見の嶋に相向《あひむ》かはむ間《ほど》なり。
[四]栗《くり》江《え》の埼《さき》　夜見《よみ》の嶋に相向《あひむ》かふ。促戸《せと》[五]の渡《わたり》、[六]二百一十六歩《あし》なり。埼《さき》の西は、入海《いりうみ》[七]の堺《さかひ》なり。
[八]凡《すべ》て、南の入海《いりうみ》に在《あ》るところの雜《くさぐさ》の物は、入鹿《いるか》[九]・和爾《わに》[一〇]・鯔《なよし》[一一]・須受枳《すずき》[一二]・近志呂《このしろ》[一三]・鎮仁《ちに》[一四]・白魚《しろを》・海鼠《こ》・鰝鰕《えび》[一五]・海松《みる》[一六]等《ども》の類《たぐひ》、至《きはま》[一七]りて多《さは》にして、名を盡《つく》すべからず。
[一八]北は大海《おほうみ》。埼《さき》[一九]の東《ひむがし》は大海の堺《さかひ》なり。猶《なほ》、[二〇]西より東に行《ゆ》く。
[二一]鯉《こひ》石《いし》嶋《じま》　海藻《にぎめ》[二二]生ふ。
[二三]大《おほ》嶋　礒《いそ》[二四]なり。
[二五]宇《う》由《ゆ》比《ひ》の濱《はま》　廣さ八十歩《あし》なり。志毗魚《しびうを》[二六]を捕《と》る。
[二七]盗道《ぬすみち》の濱《はま》　廣さ八十歩《あし》なり。志毗魚《しびうを》を捕《と》る。
[二八]澹《た》由《ゆ》比《ひ》の濱　廣さ五十歩《あし》なり。志毗魚《しびうを》を捕《と》る。
[二九]加《か》努《ぬ》夜《や》の濱　廣さ六十歩《あし》なり。志毗魚《しびうを》を捕《と》る。
[三〇]美《み》保《ほ》の濱　廣さ一百六十歩《あし》なり。西に神の社《やしろ》[三一]あり。北に百姓《おほみたから》の家あり。志毗魚《しびうを》を捕《と》る。
[三二]美《み》保《ほ》の埼《さき》　周《めぐ》りの壁《きし》[三三]は、峙《そばだ》ちて嶵《さか》[三四]しき定岳《やま》[三五]なり。

一一　イナ。ボラ。
一二　鱸。
一三　鯯。
一四　黒鯛。チヌ。海鯽とも書く。以上いずれも魚名。
一五　鰝は大鰕。海老とも書く。
一六　海藻の名。
一七　至極多くて(一一九頁)。
一八　以下は日本海に面する海岸の浜島などの名を列記する。
一九　栗江埼。ここから美保埼まではまだ南面が海であるが、大海(日本海)に臨むので、この北海の項に挙げたのである。
二〇　前項に引続いて西から東へ順次地名を挙げ記す意。
二一　美保関町森山・宇井の間の島であろうが遺称なく所在不明。
二二　和布。わかめ。
二三　鯉石島の東隣であろうが所在不明。
二四　岩礁の意。
二五　森山の東方、宇井の浜。
二六　鮪。マグロ。魚の名。
二七・二八・二九　宇井から東方、美保関港に至る間の浜であろうが、遺称がない。三つの浜を福浦・長浜・海崎にそれぞれ擬している。
三〇　美保関港の浜。
三一　上の神社名の列記に美保社と見えるもの。
三二　島根半島の東端の岬。地蔵崎という。
三三　崖。
三四　けわしい。嵬に同じ。
三五　東に水沢のある丘を定丘という(爾雅)。東方に海のある山の意に用いたのであろう。

等等嶋 禺禺當住[1]

上嶋[2] 礒

久毛等浦 廣一百步 自レ東行レ西十船可レ泊

黒嶋 生二海藻一

這田濱 長二百步

比佐嶋 生二紫菜海藻一

長嶋 生二紫菜海藻一

比賣嶋 礒

結嶋門 周二里卅步 高一十丈 有二松薺頭蒿都波一

御前小嶋 礒

質留比浦[3] 廣二百廾步 南[4]有二神社一北有二百[5]姓之家一卅船可レ泊

久宇嶋 周一[6]里卅[7]步 高七丈[8] 有二椿椎白朮小竹薺頭蒿都波芋一

加多比嶋 礒

船嶋[9] 礒

屋嶋[10] 周二百步 高廾丈 有二椿松[11]薺頭蒿一

赤嶋 生二海藻一

一 地蔵崎東方海上の地ノ御前島。

二 海豹(あざらし)のことであるが(山海経注)、ここは同類の海獺(あしか)にあてて用いたのである。トドはアシカの類で体の大きなもの。

1 底・鈔「當立」、倉「當位」、解「當々」、後藤説「常住」とするが、「當住」とすべきであろう。

2 底・諸本「土」。紅葉山文庫本「上」。後藤説により「上」の誤とする。訂「志」は不可。

3 「留比」二字、底「開北」。倉・鈔は「開」に竹冠を附した字形に作る。訂による。

4 底「有南」。倉・鈔「有」がない。田中本による。

5 底・鈔「者」。倉にない。他例により「有」とすべきであろう。

6 後藤説「三」の誤かという。従うべきか。

7 倉「卌」。底・鈔による。

8 底・諸本「尺」。後藤説により改める。

9 鈔、この一條がない。底・倉による。

10 倉「厓」。底・鈔による。

11 鈔「杉」。底・倉による。

[一]等等嶋《ととしま》　禺禺《とと》[二]當《いた》[三]り住めり。

[四]上嶋《かみしま》　礒《いそ》なり。

[五]久毛等《くもと》の浦《うら》　廣さ一百歩《あし》なり。[六]東《ひむがし》より西に行《ゆ》く。十《とを》の船泊《ふねは》つべし。

[七]黑嶋《くろしま》　海藻《にぎめ》生《お》ふ。

[八]這田《はふだ》の濱《はま》　長さ二百歩《あし》なり。

[九]比佐嶋《ひさしま》　[一〇]紫菜《むらさきのり》・海藻《にぎめ》生《お》ふ。

[一一]長嶋《ながしま》　紫菜《むらさきのり》・海藻《にぎめ》生《お》ふ。

[一二]比賣嶋《ひめしま》　礒《いそ》なり。

[一三]結《ゆひ》の嶋門《しまと》[一四]　周《めぐ》り二里《さと》卅歩《あし》、高さ一十丈《つゑ》なり。松・薺頭蒿《おはぎ》・都波《つは》あり。

[一五]御前《みさき》の小嶋《こじま》　礒《いそ》なり。

[一六]質留比《しるひ》の浦《うら》　廣さ二百廾歩《あし》なり。南に[一七]神の社《やしろ》あり。北に百姓《おほみたから》の家あり。卅《みそぢ》の船泊《は》つべし。

[一八]久宇嶋《くうしま》　周《めぐ》り一里《さと》卅歩《あし》、高さ七丈《つゑ》なり。椿《つばき》・椎《しひ》・白朮《をけら》・小竹《しの》・薺頭蒿《おはぎ》・都波《つは》・芋《いへついも》あり。

[一九]加多比嶋《かたひしま》　礒《いそ》なり。

[二〇]船嶋《ふねしま》　礒《いそ》なり。

[二一]屋嶋《やしま》　周《めぐ》り二百歩《あし》、高さ廾丈《つゑ》なり。椿・松・薺頭蒿《おはぎ》あり。

[二二]赤嶋《あかしま》　海藻《にぎめ》生《お》ふ。

三　就・到と同じ意。ここへやって来て。

四　地蔵崎東方海上の沖ノ御前島。俗称神島。以上、鯉石島から上島までは島根半島の南側についての記事で、半島の東の先端までを挙げた。

五　美保関町雲津の海岸。

六　これから以下の記事は島根半島の北側の地で、東から西へ順次地名を挙げ記す意。

七　雲津の東北方の黒島か。岩の色による名。

八　雲津の西方、法田の浜。

九　法田の東北海上、和久王島に擬している。

一〇　甘海苔(あまのり)。青海苔に対して紫黒色の海苔をいう。

一一　右の西南方、高場島に擬している。

一二　右の西北方、市目島に擬している。

一三　法田の北方に突出した岬。

一四　島(陸地)が切れて水が通う所をいう。

一五　法田浜附近の小島であろうが、所在不明。以上、久毛等浦からここまでは半島の最東部から法田まで。

一六　法田の西方、七類の海岸。

一七　上の神社名列記に質留比社とあるもの。

一八　七類湾の東北にある九島。

一九　九島の東の小島、片島。

二〇　九島の東北方、船島。

二一　九島の西方、八島。

二二　八島の東方、赤島。

宇氣嶋 同レ前

黑嶋 礒[1] 同レ前

粟[2]嶋 周二百八十步 高一十丈 有二松芋茅都波一

玉結[3]濱 廣一百八十步 有二碁石一 東邊有二鮑[4]砥一 又[5]有二百姓之家[6]一

小嶋 周二百卅[7]步 高一十丈 有二松芋薺[8]頭蒿都波一

方結濱 廣一里[9]八十步 東西有レ家

勝間埼 有[10]二二窟一 一高一丈五尺 裏周一十八步 一高一丈五尺 裏周卅[11]步

鳩嶋 周一百廿步 高一十丈 有二都波茨[12]一

鳥嶋 周八十二步 高[13]一十丈五尺 有二鳥[14]栖一

黑嶋 生二紫菜海藻一

須義濱 廣二百八十步

衣嶋 周一百廿步 高五丈 中鑿[15] 南北船猶往來也

稻上濱 廣一百[16]六十步 有二百姓之家一

稻積嶋 周卅[7]八步 高六丈 有二松木[17]鳥之栖[18]一 中鑿[15] 南北船猶往來也

1 底に「同前」なく、倉・鈔に「礒」がない。兩者を存しておく。
2 底・鈔「栗」。倉による。
3 底・倉「緒」。鈔による。
4 底・諸本「唐」。考(横山永福)の説による。
5 鈔「亦」。底・倉による。
6 倉・鈔「之」がない。底による。
7 倉「卌」。底・鈔による。
8 倉・鈔「茅」。底による。
9 底「百」。倉・鈔による。
10 底「周有」。倉・鈔による。
11 底・鈔「二十」。倉による。
12 倉・鈔「苡」(オホバコ)に作る。底による。
13 倉・鈔「一十五丈」。底による。
14 底「鳧栢」。倉・鈔「嶋栢」。訂による。
15 底・諸本「鑒」。解による。
16 倉「六十二」。底・鈔による。
17 解「林」とするが、底・諸本のまま。
18 底・諸本「栢」。訂による。

[一]宇《う》氣《け》嶋　前《さき》[二]に同じ。
[三]黑《くろ》嶋　礒《いそ》なり。前《さき》に同じ。
[四]粟《あは》嶋　周《めぐ》り二百八十歩《あし》、高さ一十丈《つゑ》なり。松・芋《いへついも》・茅《ち》・都波《つは》あり。
[五]玉結《たまえ》の濱《はま》　廣さ一百八十歩《あし》なり。碁石《ごいし》[六]あり。東《ひむがし》の邊《へ》に麁砥《あらと》[七]あり。又《また》、百姓《おほみたから》の家あり。
[八]小《こ》嶋　周《めぐ》り二百卅歩《あし》、高さ一十丈《つゑ》なり。松・芋《いへついも》・薺頭蒿《おはぎ》・都波《つは》あり。
[九]方結《かたえ》の濱　廣さ一里《さと》八十歩《あし》なり。東《ひむがし》と西とに家あり。
[一〇]勝間《かつま》の埼　二つの窟《いはや》あり。一つは高さ一丈《つゑ》五尺《さか》、裏《うち》[一一]の周《めぐ》り一十八歩《あし》、一つは高さ一丈《つゑ》五尺《さか》、裏《うち》の周《めぐ》り卄歩《あし》なり。
[一二]鳩《はと》嶋　周《めぐ》り一百卄歩《あし》、高さ一十丈《つゑ》なり。都波《つは》・茨《はまひし》[一三]あり。
[一四]鳥《とり》嶋　周《めぐ》り八十二歩《あし》、高さ一十丈《つゑ》五尺《さか》なり。鳥の栖《す》あり。
[一五]黑《くろ》嶋　紫菜《むらさきのり》・海藻《にぎめ》生《お》ふ。
[一六]須義《すぎ》の濱　廣さ二百八十歩《あし》なり。
[一七]衣《きぬ》嶋　周《めぐ》り一百卄歩《あし》、高さ五丈《つゑ》なり。中《なか》[一八]を鑿《うが》ちて、南と北とに船[一九]ながら往來《かよ》ふ。
[二〇]稲上《いなあげ》の濱　廣さ一百六十歩《あし》なり。百姓《おほみたから》の家あり。
[二一]稲積《いなづみ》嶋　周《めぐ》り卅八歩《あし》、高さ六丈《つゑ》なり。松の木に鳥の栖《す》あり。中《なか》を鑿《うが》ちて、南と北とに船ながら往來《かよ》ふ。

一　九島の南方、宇杭島か。
二　「海藻生ふ」こと前の島に同じと重記を省いたもの。
三　赤島・八島の西方、若松鼻の北西方、大黒島と小黒島の二島がある。
四　黒島の西南方、青島。
五　七類の西、惣津の玉江の浜。
六　碁に用いる石。碁子という。
七　粗磨ぎ用の砥石。
八　玉江の西、笹子の西北の中島に擬している。以上、質留比浦からここまでは七類からその岬部をまわって玉結湾内まで。
九　美保関町片江本郷の浜。
一〇　片江本郷の西北方の突端。今も石窟がある。
一一　内側の周囲。
一二　片江本郷の西北方、石窟のある岬の北、蜂巣島に擬している。
一三　薬草。本草和名に蒺梨子とある。延喜(典薬寮)式、出雲国貢進の年料雑薬五三種中に見える。
一四　蜂巣島の西方、鬼島に擬している。
一五　鬼島の北方、大黒島。
一六　菅浦の浜。
一七　菅浦湾の木島。
一八　島の中間に船のゆききする程の切れ目のあることをいう。
一九　船のままで通れる。以上、方結の浜からここまでは片江湾より菅浦湾内まで。
二〇　菅浦湾内の西方、稲積の浜。
二一　稲積の西方、北浦の岬、奈倉鼻の一部が島になっていたのであろうか。

大嶋 礒

千酌濱 廣一里六十步 [1]東有松林 南方驛家 北方百姓之家 郡家東北[2]一[3]十七里一百八十步 此則所謂度隱岐國津 是矣[4]

[5]加志嶋 周五十六步 高三丈 有松

赤嶋 周一百步 高一丈六尺 有松

葦浦濱[6] 廣一百卅步 有百姓之家

[7]黑嶋 生紫菜海藻

龜嶋 同前

附嶋 周二里一十八步 高一丈 有椿松薺頭蒿茅葦都波也 其薺頭蒿者 正月元日生 長六寸

蘇嶋 生紫菜海藻 中鑿[8] 南北船猶往來也

眞屋嶋[9] 周[10]八十六步 高五丈 有松

松嶋 周八十步 高八[11]丈 有松林

立石嶋 礒

瀨埼 礒 所[12]謂瀨埼戍[13]是也

野浪濱 廣二百[14]八十步 東邊有神社 又有百姓之家

1 鈔「有東」。底・倉による。

2 底・諸本「西北」。解により訂す。

3 底・倉「廾九里」。鈔「一十九里」。「一十七里」と訂すべきである(二二九頁9参照)。

4 底・諸本「定」。解により訂す。

5 底・諸本「如」。解の改訂による。

6 底「濱」がない。倉・鈔による。

7 訂は「黑島」の前に「笠石」の標目がある。鈔の注釋より誤記したもの。底・諸本にない。

8 底・諸本「鑿」。解による。上の衣嶋の條に同じ。

9 鈔「屋」がない。底・倉による。

10 鈔「六里」。底・倉「八十六里」。後藤說により訂す。

11 訂など「二」。底・諸本による。

12 底・諸本「謂」がない。解により補う。

13 底・諸本「或」。解により訂す。

14 倉・鈔「八步」。底による。

大《おほ》嶋[一]　礒《いそ》なり。
千《ち》酌《くみ》の濱[二]　廣さ一里《さと》六十歩《あし》なり。東《ひむがし》に松林《まつばやし》あり。南の方《かた》に驛家《うまや》[三]、北の方に百姓《おほみたから》の家あり。郡《こほりの》家《みやけ》の東北《うしとら》のかた一十七里《さと》一百八十歩《あし》なり。此《こ》は則《すなは》ち、謂《い》はゆる隱岐《おき》の國に度《わた》る津《つ》、是《これ》なり[四]。
加《か》志《し》嶋[五]　周《めぐ》り五十六歩《あし》、高さ三丈《つゑ》なり。松あり。
赤《あか》嶋[六]　周《めぐ》り一百歩《あし》、高さ一丈《つゑ》六尺《さか》なり。松あり。
葦浦《あしうら》の濱[七]　廣さ一百廾歩《あし》なり。百姓《おほみたから》の家あり。
黑《くろ》嶋[八]　紫菜《むらさきのり》・海藻《にぎめ》生《お》ふ。
龜《かめ》嶋[九]　前《さき》に同じ。
附《つき》嶋[一〇]　周《めぐ》り二里《さと》一十八歩《あし》、高さ一丈《つゑ》なり。椿・松・薺頭蒿《おはぎ》・茅《ち》・葦《あし》・都波《つは》あり。其の薺頭蒿《おはぎ》は、正月元日《むつきついたち》[一一]に生《お》ひて、長さ六寸《き》なり。
蘇《そ》嶋[一二]　紫菜《むらさきのり》・海藻《にぎめ》生《お》ふ。中《なか》[一三]を鑿《うが》ちて、南と北とに船ながら往來《かよ》ふ。
眞屋《まや》嶋[一四]　周《めぐ》り八十六歩《あし》、高さ五丈《つゑ》なり。松あり。
松《まつ》嶋[一五]　周《めぐ》り八十歩《あし》、高さ八丈《つゑ》なり。松林《まつばやし》あり。
立石《たてし》嶋[一六]　礒《いそ》なり。
瀬埼《せざき》[一七]　礒《いそ》なり。謂《い》はゆる瀬埼《せざき》の戍《まもり》[一八]、是《これ》なり[一九]。
野浪《のなみ》の濱[二〇]　廣さ二百八十歩《あし》なり。東《ひむがし》の邊《へ》に神[二一]の社《やしろ》あり。又、百姓《おほみたから》の家あり。

一 奈倉鼻附近の岩礁であろうが、いずれか不明。
二 北浦の西方、千酌の浜。
三 千酌駅家(二二九頁頭注一二)。
四 以上、稲上浜からここまでは稲積から千酌まで。千酌湾内。
五 千酌の西北方、笠島。カスカ島ともいう。
六 笠島附近の小島であろうが、いずれか不明。
七 美保関町の西北端、笠浦の浜。
八 笠浦の東北方、津和鼻の東にある。
九 黒島または次の築島附近であろうがいずれか不明。或は笠浦の北のサザエ島か。
一〇 笠浦の北方、島根村野井・瀬崎の東方の築島。
一一 成長のよいオハギ(よめな)で、新年の春菜として珍重されることを記したのであろう。
一二 築島附近であろうが所在不明。築島の西南方、陸地との間の小島か。
一三 衣島の条と同じ(二四五頁頭注一八・一九)。
一四 築島の西北方、ハデ島に擬している。
一五 瀬崎の北方にある。
一六 瀬崎の沖の楯島。
一七 島根村瀬崎の東北突出部。
一八 巻末の戍の条(二五三頁)に見える。辺境防備のために警備の兵隊を置いてある所。
一九 以上、加志島からここまでは千酌の西北方、笠浦から瀬崎まで。
二〇 島根村野波の浜。
二一 上の神社名列記に奴奈弥社とあるもの。

鶴嶋　周二百一十歩　高九丈　有レ松

間嶋　生二海藻一

毛都嶋　生二紫菜海藻一

久[1]來門大濱　廣一里一百歩　有二百姓之家一

黒嶋　生二海[2]藻一

小黒嶋　生二海藻一

加賀神埼　即有レ窟　高[3]一十丈許　周五百二歩許　東西北通[4]　所レ謂佐太大神[5]所二産坐[6]一也[7]　産[8]坐[6]臨時　弓箭亡坐[9]　爾時　御祖神魂命御子[10]　枳佐加[11]比賣命願　吾御子　麻須羅神御子坐者　所レ亡弓箭　出來願坐　爾時　角弓箭　隨レ水流出　爾[12]時　取[13]レ弓詔　此弓者　非二吾[14]弓箭一詔而　擲廢給　又　金弓箭流出來　即待[15]取之坐[16]而　闇鬱窟哉詔而　射通坐　即　御祖支[17]佐加比[18]賣命社　坐二此處[19]一　今人　是窟邊行時　必聲磅[20]礚而行[21]　若密行者　神現而　飄風起　行船者必覆

御嶋　周二百八十歩　高一十丈　中通二東西一　有二松[22]栢椿一

葛嶋　周一里一百一十歩　高五丈　有二椿松小[23]竹茅[24]葦一

17 底・鈔「与」。倉による。
18 底・諸本「地」。解「比比」とするが「比」の誤とするにとどめる。
19 鈔「所」。底・倉による。
20 底・倉「礪」、鈔「礽」(共にツブテ)。田中本により訂す。
21 底・諸本「待」。解により訂す。
22 倉「椿松栢」。底・鈔による。
23 鈔「小」がない。底・倉による。
24 鈔「葦茅」。底・倉による。

1 底・諸本「川」。後藤説により訂す。
2 底・諸本「有」。例により「生」の誤とする。
3 底・諸本「高」がない。解により補う。
4 倉「道」。底・鈔による。
5 倉・鈔「神之」。底による。
6 底・諸本「生」。この條の用字例によれば、「坐」の誤とすべきである。
7 倉「處也」。底・鈔による。
8 倉・鈔「所産」。底による。
9 底「七」。倉・鈔による。
10 底「神子」。倉「子御子」。鈔による。
11 底・諸本「加比」二字がない。下文及び加賀郷の條に「加地」とあるにより「加比」の誤として補う。解「加比比」、田中本「加地比」を補っている。
12 底「于」。倉・鈔による。
13 底・諸本「所子詔子此」。解は「所生御子詔此」、田中本は「取之詔子此」としているが、「所」は下文及び倉本の字體により「取」、「子」は字體の近似により「弓」の誤として訂す。「取弓詔此弓」五字、
14 底・諸本「吾」がない。解により補う。
15 底「所」。倉・鈔による。
16 鈔「生」。底・倉による。

一 野波の北方、沖泊の東北にある。
二 鶴島の西方にある。
三 野波の西北方、多古鼻の西の六ツ島。
四 加賀の浜(旧加賀村)を指すものとすべきで、加賀神埼の次に記載するのが地理の順路に適う。
五・六 野波の西方、黒島という二小島が並んである。
七 以上、野浪浜からここまでは野波の東北突出部の東北端から野波の西方までであるが、東から西へ順次列挙する方式にあわない。或は瀬埼―野浪浜―久来門大浜と主

[一]鶴《つる》嶋　周《めぐ》り二百一十歩《あし》、高さ九丈《つゑ》なり。松あり。
[二]間嶋《まじま》　海藻《にぎめ》生《お》ふ。
[三]毛《も》都《つ》嶋　紫菜《むらさきのり》・海藻《にぎめ》生《お》ふ。
[四]久《く》來《き》門《ど》の大濱《おほはま》　廣さ一里《さと》一百歩《あし》なり。百姓《おほみたから》の家あり。
[五]黑《くろ》嶋　海藻《にぎめ》生《お》ふ。
[六]小《を》黑《ぐろ》嶋　海藻《にぎめ》生《お》ふ。[七]
[八]加《か》賀《が》の神埼《かむざき》　即《すなは》ち窟《いはや》あり。高さ一十丈《つゑ》ばかり、周《めぐ》り五百二歩《あし》ばかりなり。[九]東《ひむがし》と西と北とに通《かよ》ふ。謂《い》はゆる[一〇]佐太《さだ》の大神の産《あ》れまししところなり。産《あ》れまさむとする時に、[一一]弓箭《ゆみや》亡《う》せましき。その時、御祖神魂命《みおやかむむすびのみこと》の御子《みこ》、枳佐加比賣命《きさかひめのみこと》、願《ね》ぎたまひつらく、「吾《あ》が御子《みこ》、[一二]麻須羅神《ますらがみ》の御子《みこ》にまさば、亡《う》せし弓箭《ゆみや》出《い》で來《こ》」と願《ね》ぎましつ。その時、[一三]角《つの》の[一四]弓箭《ゆみや》水の隨《まにま》に流れ出でけり。その時、弓を取《と》らして、詔《の》りたまひつらく、「此《こ》の弓は吾《あ》が弓箭《ゆみや》にあらず」と詔《の》りたまひて、[一五]擲《な》げ廢《う》て給ひつ。又、[一六]金《かね》の弓箭《ゆみや》流れ出で來《き》けり。即《すなは》ち待《ま》ち取らしまして、「闇《くら》鬱き窟《いはや》なるかも」と詔《の》りたまひて、[一七]射通《いとほ》しましき。即《すなは》ち、[一八]御祖《みおや》支《き》佐加比賣命《さかひめのみこと》の社《やしろ》、[一九]此處《ここ》に坐《いま》す。今の人、是《こ》の窟《いはや》の邊《ほとり》を行く時は、必《かなら》ず[二〇]聲磅礚《こゑとどろ》かして行く。若《も》し、密《ひそ》かに行かば、[二一]神現《あらは》れて、[二二]飄風《つむじ》起《おこ》り、行く船は必《かなら》ず覆《くつが》へる。
[二三]御嶋《みしま》　周《めぐ》り二百八十歩《あし》、高さ一十丈《つゑ》なり。[二四]中《なから》は東と西とに通《かよ》ふ。松・栢《かへ》・椿あり。
[二五]葛《かづら》嶋　周《めぐ》り一里《さと》一百一十歩《あし》、高さ五丈《つゑ》なり。椿・松・小竹《の》・茅《ち》・葦《あし》あり。

要な浜を結んで記載し、その中間の島などをそれぞれの後に挙げたものか。
八　島根村加賀の北西端の岬。潜戸鼻(くきどのはな)という。
九　岩穴が東西に抜け通っており、また北へも抜け通っている。下文によれば船でゆききき出来る程の広さがある。
一〇　以下は加賀郷の条の説話及び頭注(一二七頁)を参照。
一一　武の霊力のこもる物実(ものざね)。
一二　雄々しく勇武のすぐれた神の意。佐太大神の父神を指していう。
一三　弓矢の重要部(弭・矢じりなどの如き)に獣角を用いてあるもの。
一四　水に流されて。
一五　投げ棄てる。
一六　角の弓矢に対していう。弓矢の重要部に金属(恐らくは鉄)を用いたもの。或は黄金を用いて装飾としたものか。
一七　岩を射通す勇武の神力を示した。もと行きづまりの岩窟が、その弓矢で射たので、向う側まで抜け通って明るくなったという説話である。
一八　母の意。
一九　上の神社名列記に加賀社と見えるもの。
二〇　石の音の意。大声で岩窟に反響させるのをいう。通行者が勇武を示して岩窟内にひそむ霊を威服させるのである。
二一　岩窟内にひそむ悪神、悪霊。
二二　旋風。
二三　加賀の浜の西方、今は陸続きになっている。
二四　島の中央部で水が東西に通っている意。
二五　加賀の浜の西北方、桂島。

櫛嶋　周二百卅[1]歩　高一十丈　有二松林一
許意嶋　周八十[2]歩　高一十丈　有二茅澤松林一[3]
眞嶋　周一百八十歩　高一十丈　有二松林[4]一
比羅嶋　生二紫菜海藻一
黑嶋　同レ前
名嶋　周一百八十歩　高九丈　有レ松
赤嶋　生二紫菜海藻一
大[5]椅濱　廣一里一百八十歩　西北有二百姓之家一[6]
須須比埼　有二白朮一
御津濱　廣二百八歩　有二百姓之家一
三嶋　生二海藻一
虫津濱　廣一百廾歩
手結埼　濱邊[7]有レ窟　高一丈　裏周[8]卅歩
手結浦　廣[9]卅二步　船二許可レ泊
久宇嶋　周一百卅歩　高七丈　有レ松
凡[10]北海所レ捕雜物　志毗[11]　鮐　沙魚　烏賊　蜛蝫　鮑魚[12]　螺*

1 底「三十」。倉「卌」。鈔による。
2 底・倉「丈」。鈔による。
3 倉・鈔「松茅澤林」。底による。訂は「松林茅澤潟」としている。
4 倉・鈔「林」がない。底による。
5 底・倉「崎」。鈔「埼」。密勘説・後藤説により訂す。
6 底「有」の下に「皆著」、倉・鈔「著」がある。解により削る。恐らく「北有」の誤寫重記。
7 「有」の字、底・倉注書として「有二檜」とに作り、鈔「有檜」とする。書式例によれば「二檜」は恐らく「窟」の傍書の誤入として削るべきであろう。訂は「有二檜」の注文をこの條の末尾に移している。
8 鈔「二十」。底・倉による。
9 倉「卅二」。底・鈔「卅貳」。書式例により訂す。
10 底「此」。倉・鈔による。
11 底・諸本「毗」の下に「朝」がある。解「鮹」(タコ)、後藤説「鯛」(タヒ)とするが、恐らくは「鮹」の誤寫、傍記の誤入とすべきであろう。
12 解「魚」を「榮」として、「鮑・榮螺」とするが、底・諸本のままとする。

一櫛《くし》嶋　周《めぐ》り二百卅歩《あし》、高さ一十丈《つゑ》なり。松林《まつばやし》あり。
二許意《こお》嶋　周《めぐ》り八十歩《あし》、高さ一十丈《つゑ》なり。三茅《ち》の澤《さは》・松林《まつばやし》あり。
四眞嶋《ましま》　周《めぐ》り一百八十歩《あし》、高さ一十丈《つゑ》なり。松林あり。
五比羅《ひら》嶋　紫菜《むらさきのり》・海藻《にぎめ》生《お》ふ。
六黒《くろ》嶋　前《さき》に同じ。
七名嶋《なしま》　周《めぐ》り一百八十歩《あし》、高さ九丈《つゑ》なり。松あり。
八赤《あか》嶋　紫菜《むらさきのり》・海藻《にぎめ》生《お》ふ。
九大椅《おほはし》の濱　廣さ一里《さと》一百八十歩《あし》なり。西北《いぬゐ》のかたに百姓《おほみたから》の家あり。
一〇須須比《すすひ》の埼《さき》　白朮《をけら》あり。
一一御津《みつ》の濱　廣さ二百八歩《あし》なり。百姓《おほみたから》の家あり。
一二三嶋《みしま》　海藻《にぎめ》生《お》ふ。
一三虫津《むしつ》の濱　廣さ一百廾歩《あし》なり。
一四手結《たえ》の埼　濱邊《はまべ》に窟《いはや》あり。高さ一丈《つゑ》、一五裏《うち》の周《めぐ》り卅歩《あし》なり。
一六手結《たえ》の浦　廣さ卅二歩《あし》なり。船二つばかり泊《は》つべし。
一七久宇《くう》嶋　周《めぐ》り一百卅歩《あし》、高さ七丈《つゑ》なり。松あり。
一八凡《すべ》て、北の海に捕るところの雜《くさぐさ》の物は、志毗《しび》・鮐《ふぐ》・沙魚《さめ》・烏賊《いか》・蜛蝫《たこ》・鮑魚《あはび》・螺《さざえ》一九・

一　桂島の東にある。
二　桂島の西北方、栗島とする。
三　茅(ちがや)の生えている沢。
四　栗島の西北方、馬島。
五　桂島の西、平島。
六　平島の西南方にある。
七　黒島の南方、二ツ島をいうか。
八　桂島の西南方にある。以上、加賀神埼からここまでは加賀の湾内の島。
九　加賀の浜の西、島根村大蘆の浜。
一〇　大蘆の浜の西北部、ススミ崎という。
一一　鹿島町の東端、御津の浜。
一二　御津の浜の西北方、小島(男島)に擬している。
一三　御津の西方のムロツか、更に西方の片句か、いずれかであろう。
一四　恵曇町の西北の尖端。タイ(手結)の犬堀鼻という。
一五　岩窟の内側の周囲。
一六　右の手結の浜。
一七　手結の西方、寺島に擬している。以上、大椅浜からここまでは大蘆から郡の西端の手結まで。
一八　以下、日本海の産物名の列記。
一九　下記に「螺子」がある。これは栄螺(さざえ)とすべきか。

蛤貝（字或作二蚌[1]菜一）　蕀甲蠃（字或作二石經子一）　甲蠃　蓼螺子（字或作二螺子一）　蠣子[2]　石華[3]（字或作二蠣犬脚一也　或蟥[4]　[5]犬脚者勢也）　白貝　海藻　海松　紫菜　凝海菜等之類　至繁　不レ可レ盡[6]レ稱也

通二意宇郡堺朝酌渡一　一[7]十里二百卅步之中　海八十步

通二秋鹿郡堺佐太橋一　一十五里八十步

通二隱岐渡千酌驛家濱[8]一　一[9]十七里一百八十步

郡司　主帳　无位　出雲臣

大領　外正六位下　社部臣

少領　外從六位上　社部石[10]臣

主政　從六位下　勳[11]十二等　蝮朝臣

秋鹿郡

合鄉　肆（里一[12]十二）　神戶壹

惠曇鄉　本字惠伴

多太鄉　今依レ前用

1　或は「蜯」の誤か。「蜯」は「蚌」に同じ。
2　底・諸本「螺蠣」。舊訓「螺蠣子」と續けているが「螺」は恐らくは衍。
3　底・諸本「葦」。解により改める。
4　底・諸本「曠」。後藤説「蠇」(蠣の本字)。或は「蟥」(蛤の屬)とすべきか。
5　底・諸本「於」。後藤説により訂す。
6　底・諸本「令」。解による。
7　底・倉「一十一」。巻末巻首の里數により訂す。鈔「一十七里一百八十步」(千酌驛の里程の誤記)。
8　底・諸本「湊」。上文及び巻末道度の條により「濱」の誤とすべきであろう。
9　底・倉「一十一里」(朝酌渡の里程の誤記)。鈔「一十九里」は「一十七里」の誤とすべきである(一二八頁9參照)。
10　底「右」。倉・鈔による。
11　一二二頁17に同じ。
12　底・諸本「一」がない。解により補う。

蛤貝《うむぎ》 字を或は蚌菜に作る・蕀甲蠃《うに》[一] 字を或は石經子に作る・甲蠃《かせ》[二]・蓼螺子《にがにし》 字を或は螺子に作る・蠣子《かき》・石華《せ》[三] 字を或は蠣・犬脚に作る。或は蟥。犬脚は勢《せ》なり・白貝《おふ》[四]、海藻《にぎめ》・海松《みる》・紫菜《むらさきのり》・[五]凝海菜《こるもは》等《ども》の類《たぐひ》、至《きはま》りて繁《さは》にして、稱《な》を盡《つく》すべからず。

[六]意宇《おう》の郡《こほり》の堺《さかひ》[七]なる朝酌《あさくみ》の渡《わたり》に通《とほ》るは、一十里《さと》二百卄步《あし》の中《うち》、海[八]八十步《あし》なり。

[九]秋鹿《あいか》の郡の堺《さかひ》なる佐太《さだ》[一〇]の橋に通《とほ》るは、一十五里《さと》八十步《あし》なり。

[一一]隱岐《おき》の渡《わたり》、千酌《ちくみ》の驛家《うまや》の濱に通《とほ》るは、一十七里《さと》一百八十步《あし》なり。

[一二]郡司《こほりのつかさ》《グンシ》　主帳《ふみひと》《シユチヤウ》　无位《ムヰ》　出雲臣《いづものおみ》

大領《おほみやつこ》《タイリヤウ》　外正六位下《ゲシヤウロクヰノゲ》　社部臣《こそべのおみ》[一三]

少領《すけのみやつこ》《セウリヤウ》　外從六位上《ゲジユロクヰノジヤウ》　社部石臣《こそべのいしのおみ》

主政《まつりごとひと》《シユシヤウ》　從六位下《ジユロクヰノゲ》　勳十二等《クンジフニトウ》　蝮朝臣《たぢひのあそみ》

[一四]秋鹿《あいか》の郡《こほり》

[一五]合《あは》せて鄕《さと》は四　里《こざと》は一十二、神戸《かむべ》は一なり。

[一六]惠曇《ゑとも》の鄕《さと》　[一七]本《もと》の字《じ》は惠伴《(ゑとも)》なり。

多太《ただ》の鄕　[一八]今も前《さき》に依《よ》りて用ゐる。

一　雲丹とも書く。
二　ウニの類。
三　カメノテという。石に附着して生ずる軟体の節足動物。
四　バカ貝の類。
五　心太。トコロテン草。
六　以下、郡家からの公道の里程を記す。諸本に記事標目として「通道」とある。
七　島根郡家から郡の南境までの里程。
八　朝酌の渡の距離。したがって渡の北側までは一〇里一四〇歩である。
九　島根郡家から郡の西境までの里程。
一〇　佐太川に架せられた橋。松江市舟木橋辺とすべきか。
一一　島根郡家から郡の北限の水駅までの里程。
一二　以下、意宇郡の条(一二三頁)参照。
一三　秋鹿郡(恵曇浜)の条(一六五頁)に訓麻呂(くにまろ)と名が見える。
一四　島根半島の中央部、松江市・鹿島町のおよそ佐陀川以西及び秋鹿・大野・伊野三村の地域で、宍道湖の北岸にあたる。秋鹿郡家は松江市の西部、東長江の郡崎附近を遺蹟地とすべきか。
一五　以下、郷名など行政上の単位名の総数とその名称の列記。
一六　和名抄の郷名にも下の四郷名と同じく見えている。
一七・一八　意宇郡の条に見える(九七頁)。

大野郷　今依レ前用

伊農郷　本字伊努　以上肆[1]郷別里參

神戸里

所三以號二秋鹿一者　郡家正北　秋鹿日女命坐[2]　故云二秋鹿一矣

惠曇郷　郡家東北九里卅[3]步　須作能乎[4]命御子　磐坂日子命　國巡行坐時　至二坐此處一而詔　此處者　國稚美[5]好有[6]　國形如二畫鞆一哉　吾之宮者　是處造者[7][8]　故云二惠伴一　神龜三年改二字惠曇一

多太郷　郡家西北五里一百廾步　須作能乎[9]命之[10]御子　衝桙[11]等乎与[12]留比古命　國巡行坐時　至二坐此處一[13]詔　吾御心　照明正眞成　吾者此處靜將レ坐　詔而靜坐　故云二多太一

大野郷　郡家正西一十里廾[14]步　和加布都努志能命　御狩爲坐時　卽郷西山　狩[15]人立給[16]而　追二猪犀一　北方上之　至二阿[17]内谷一而　其猪之跡亡失　爾時詔　自然哉　猪之跡亡失詔　故云[18]二内野一　然今人猶誤　大野號耳

1 以下五字、底・鈔「郷肆里參」。倉「郷捌里參」に作る。解及び他郡例により訂す。
2 底「生」。倉・鈔による。
3 底「卅」。倉・鈔による。
4 鈔「佐烏」。底・倉による。
5 底・諸本「權」。解による。
6 舊訓は「有」を下の句に續けているが、今上の句に續ける。
7 倉・鈔「造」の下に「叓」がある。底に従う。
8 林崎文庫本・訂など「者」の下に「詔」がある。底・倉・鈔により削る。
9 倉・鈔「佐」。底による。
10 倉「之」がない。底・鈔による。
11 底・諸本「杵」。伴信友説により訂す。
12 底・諸本「而」。後藤説により「与」の誤とする。田中本は「乎而」二字を「番」としている。
13 田中本「詔」の上に「而」を補うが、底・諸本のままとする。
14 倉「卅」。底・鈔による。
15 倉「持」。底・鈔による。
16 鈔「賜」。底・倉による。
17 解「河」としているが、底・諸本のまま。
18 鈔「日」。底・倉による。

一 以下、郡名・郷名などの説明記事。
二 他に見えない神。土地の地霊神か。下の秋鹿社に鎮座。
三 八束郡鹿島町の恵曇及び江角・古浦・武代・佐陀本郷など日本海岸に近い地域。
四 他に見えない神名。
五 国土の開発経営また占居のための巡行を神の行為としていう。他も同じ。

六　土地が出来て間がない。土地の開発がはじまったばかりで、まだ開発可能なことをいう。

七　地形。

八　絵附けのある鞆。鞆は弓を射る時、左腕に着ける革製の防具。

九　下の恵杼毛社の縁起をいう。

一〇　松江市長江から秋鹿村にわたる地。東長江・長江・秋鹿の三川の流域地。

一一　他に見えない。トヲヨルは撓み寄る、桙が曲ってくる意で、武にすぐれた神名。

一二　善美とする精神的な徳目。宣命にしばしば見える「明き浄き心」は要約して言ったもので、くわしく「清き、明き、正しき、直き心」(神亀元年聖武天皇即位の宣命)とも言っている。ここはその明と正とをとって地名の由来の説明にあてたもの。

一三　下の多太社の縁起をいう。

一四　ほぼ大野村の地、大野川・草野川の流域地。

一五　出雲郡美談郷の条(一八一頁)に大穴持命の御子とある。武神であろう。土地では牛を護る神としている。

一六　狩の時に獲物を追い立てる勢子をいう。

一七　猪類の獣名。犀は大猪にあてて用いたもの。

一八　山川の曲りくねった奥の谷の意か。地名ではあるまい。

一九　こうなるにちがいないの意。地名の由来の詞となる如く意を以て訓んだ。書紀は必・定・決をウツナシと訓んでいる。

二〇　ウセヌの神言を地名の由来の詞とするよりは、「自然哉」から出た地名とすべきであろう。

大野《おほの》の郷　今も前《さき》に依《よ》りて用《もち》ゐる。

伊農《いぬ》の郷　本《もと》の字は伊努《(いぬ)》なり。以上《かみ》の四《よつ》の郷別《さとごと》に里《こざと》は三《みつ》なり。

神戸《かむべ》の里《さと》

[一]秋鹿《あいか》と號《なづ》くる所以《ゆゑ》は、郡家《こほりのみやけ》の正北《まきた》に[二]秋鹿日女命《あいかひめのみこと》坐《いま》す。故《かれ》、秋鹿《あいか》といふ。

[三]恵曇《ゑとも》の郷《さと》　郡家《こほりのみやけ》の東北《うしとら》のかた九里《さと》卌歩《あし》なり。須作能乎命《すさのをのみこと》の御子《みこ》、[四]磐坂日子命《いはさかひこのみこと》、[五]國《くに》巡《めぐ》り行《い》でまし し時、此處《ここ》に至《いた》りまして、詔《の》りたまひしく、「此處《ここ》は[六]國稚《くにわか》く美好《うるは》しかり。[七]國形《くにがた》、[八]畫鞆《ゑとも》の如きかも。[九]吾《あ》が宮《みや》は是處《ここ》に造らむ」とのりたまひき。故《かれ》、恵伴《ゑとも》といふ。神龜《じんき》三年、字を恵曇と改《あらた》む。

[一〇]多太《ただ》の郷《さと》　郡家《こほりのみやけ》の西北《いぬゐ》のかた五里《さと》一百廾歩《あし》なり。須作能乎命《すさのをのみこと》の御子《みこ》、[一一]衝桙等乎与留比古命《つきほことをよるひこのみこと》、國巡《くにめぐ》り行《い》でまし し時、此處《ここ》に至《いた》りまして、詔《の》りたまひしく、「吾《あ》が御心《みこころ》は、[一二]照明《あか》く正眞《ただ》しく成《な》りぬ。吾《あ》は[一三]此處《ここ》に靜《しづ》まり坐《ま》さむ」と詔《の》りたまひて、靜《しづ》まり坐《ま》しき。故《かれ》、多太《ただ》といふ。

[一四]大野《おほの》の郷《さと》　郡家《こほりのみやけ》の正西《まにし》一十里《さと》廾歩《あし》なり。[一五]和加布都努志能命《わかふつぬしのみこと》、御狩《みかりし》爲まし し時、即《やが》て郷《さと》の西の山に[一六]狩人《かりびと》を立て給ひて、[一七]猪《ゐ》犀を追ひて北の方《かた》に上《のぼ》らすに、[一八]阿内《くまぬち》の谷《たに》に至《いた》りて、其の猪《ゐ》の跡《あと》亡失《う》せき。その時詔《の》りたまひしく、「[一九]自然《うつな》きかも。猪《ゐ》の跡《あと》亡失《う》せぬ」と詔《の》りたまひき。故《かれ》、[二〇]内野《うちの》といひき。然《しか》るに、今の人猶誤《なほあやま》りて大野《おほの》と號《なづ》くるのみ。

伊農郷　郡家正西一十四里二百歩　出雲郡伊農郷[1]坐　赤衾[2]伊農意保須美比古佐和氣能命之后　天瓺津日女命　國巡行坐時　至㆓坐此處㆒而詔　伊農波夜詔　故云[3]㆓伊努㆒神龜三年改㆓字伊農㆒

神戸里　出雲也[4]　説㆑名如㆓意宇郡㆒

佐太御子社　比多社
御井社　垂水[5]社
惠杼[6]毛社　許曾志社
大野津社　宇多貴社
大井社　宇智[7]社　以上一十所並在㆓神祇官㆒
惠曇海邊社　同海邊社
怒[8]多之社　那[9]牟社
多太[10]社　同多太[10]社
出嶋社　阿之牟[11]社
田仲社　彌多仁社

一　郡の最西部、伊野村の地、伊野川の流域にあたる。
二　出雲郡伊努郷の条（一八一頁）に見える。
三　臣津野命の子とあるが、アヂスキタカヒコ命と同神ともしている如くである。赤衾は赤いフスマ（寝衣）イヌ（寝）オホスミ（大住）とかかる神名の称辞。土地の主権神であろう。
四　楯縫郡の条の天御梶日女命（一七三頁）、尾張国風土記逸文のアマノミカツヒメ神（四四二頁）も同神であろう。神威のすぐれた巫女神の意。
五　伊農の神さまよと男神に呼びかけた詞。ハヤは感嘆の辞。
六　出雲郡伊努郷と神亀三年に郷名の文字を入れ替えにしている。
七　松江市佐陀宮内から古志・古曾志にわたる佐陀川・古曾志川の間の地域に擬している。
八　出雲の神戸の意。
九　神戸の名の由来は意宇郡の条（一〇九頁）に同じの意。
一〇　以下、神社名の列記。底本に記事標目の「社乎」（倉本「社」）がある。
一一　松江市佐陀宮内の佐太神社。祭神は佐太大神。島根郡加賀神埼の条（一四九頁）参照。

1　神亀三年「伊努」と改めたとあるから、例によれば「努」を書くべきであるが、諸本のままに存する。
2　底・諸本「食」。訂による。
3　「伊」の上に鈔「足努」、倉「足怒」がある。誤寫重記。底による。
4　底・諸本「之」。解による。
5　鈔「氷」。底・倉による。
6　底・諸本「梯」。解による。
7　鈔「知」。底・倉による。
8　鈔「努」。倉「奴」。底による。
9　底「郡」。倉・鈔による。
10　倉「大」。底・鈔による。
11　朝山晧説「高」の誤とするが、諸本のままとする。

一伊《い》農《ぬ》の郷《さと》　郡家《こほりのみやけ》の正西《まにし》一十四里《さと》二百歩《あし》なり。出雲の郡《こほり》、二伊農《いぬ》の郷《さと》に坐《いま》す三赤衾伊農《あかふすまいぬ》意《お》保《ほ》須《す》美《み》比《ひ》古《こ》佐《さ》和《わ》氣《け》能命《のみこと》の后《きさき》、四天瓱津日女命《あめのみかつひめのみこと》、國巡《くにめぐ》り行《い》でまし時、此處《ここ》に至《いた》りまして、詔《の》りたまひしく、「五伊《い》農《ぬ》はや」と詔《の》りたまひき。故《かれ》、伊努《いぬ》といふ。神龜《じんき》三年、字を伊農と改む。六

七神戸《かむべ》の里《さと》　八出雲なり。九名を説《と》くこと、意宇《おう》の郡《こほり》の如し。

一〇佐《さ》太《だ》の御《み》子《こ》の社《やしろ》一一〔佐陀神社〕　一二比《ひ》多《た》の社《やしろ》〔日田神社〕

一三御《み》井《ゐ》の社〔御井神社〕　一四垂《たる》水《み》の社〔垂水神社〕

一五恵《あ》杼《と》毛《も》の社〔恵曇神社〕　一六許《こ》曾《そ》志《し》の社〔許曾志神社〕

一七大《おほ》野《の》の津《つ》の社〔大野津神社〕　一八宇《う》多《た》貴《き》の社〔宇多紀神社〕

一九大《おほ》井《ゐ》の社〔大井神社〕　二〇宇《う》智《ち》の社〔内神社〕

以上《かみ》の一十所《ところ》は、並《なら》びに神祇官《かみつかさ》に在《あ》り。

二一恵《あ》曇《とも》の海邊《うみべ》の社《やしろ》　二二同じき海邊《うみべ》の社《やしろ》

二三怒《ぬ》多《た》之《し》の社　二四那《な》牟《む》の社

二五多《た》太《だ》の社　二六同じき多太《ただ》の社

二七出《で》嶋《しま》の社　二八阿《あ》之《し》牟《む》の社

二九田《た》仲《なか》の社　三〇彌《み》多《た》仁《に》の社

一二　右の社に合祀。

一三　秋鹿社に合祀の社としている。

一四　佐陀宮内のタルミにあった社とする説があるが確かでない。

一五　佐陀本郷の恵曇(畑垣)神社としている。恵曇郷の条の磐坂彦命の鎮座地。

一六　松江市古曾志の白髭神社。

一七　大野村の大野川の河口、角森にある。

一八　佐太神社の近くにある小社。

一九　佐陀川東岸、名分の小井社に合祀の社とし、また佐太神社の南東方、大井田にあった社かという。

二〇　秋鹿村大垣の内(高野)神社。旧社地は本宮山の上という。

二一　鹿島町江角の恵曇神社。祭神は恵杼毛社に同じ磐坂彦命。

二二　右と同社内の小祠、旧社地は西方の浜辺という。

二三　秋鹿村大垣の名原の櫨田神社。

二四　大野村大野下分の那智神社。

二五　秋鹿村岡本の多太(羽島)神社に擬している。祭神は多太郷の条に見える衝桙等乎与留比古命。

二六　右の南東方にあった友田神社としている。今は右の多太社の摂社。

二七　松江市浜佐田の満願寺の内の釜代神社、旧社地は西方半粁、入海に突出した地(出島)にあったという。

二八　秋鹿村大垣の布川谷の森清神社に擬しているが、朝山晧説、阿之高社の誤写として本宮山にあった足鷹神社とする。

二九　佐陀宮内の田中神社。

三〇　松江市古曾志庄成の三谷の大森神社としている。

一　大野村大野下分の牛鞍神社。
二　右と同地の杉戸神社。
三　伊野村下伊野の伊努神社。
四　朝日山の七所権現とし、佐陀本郷の畑垣神社ともして確かでない。
五　大野村大野上分の杠(ゆずりは)神社。今は八幡社に合祀。
六　秋鹿村秋鹿町の姫二所神社。旧社地は

細見社　同[1]下社
伊努社　毛之社
草野社　秋鹿社　以上一[2]十六所　並不レ在二神祇官一
神名火山　郡家東北九里卌歩　高二[3]百卅[4]丈　周一[5]十四里　所レ謂
佐太大神社　卽彼山下也[6]
足日山　郡家正[7]北[8]七里　高一百七十丈　周一十里二百歩
足[9]高野山[10]　郡家正西一十里廾歩　高一百八十丈　周六里　土體豐
沃[11]　百姓之膏腴之園矣[12]　無二樹林一　但上頭在二樹林一　此則神社也
都勢野山[13]　郡家正西一十里廾歩　高一百一十丈　周五里　無二樹
林一　嶺[14]中有[15]レ澤　周五十歩　蘿[16]　藤　萩　葦[17]　茅[18]等物叢生　或叢
峙　或伏レ水　鴛鴦住也
今山　郡家正西一十里廾歩　周七里
凡[19]諸山野所レ在草木　白朮　獨活　女青　苦參　貝母　牡丹　連翹
茯苓　藍漆　女委[20]　細辛　蜀椒　薯[21]蕷　白歛　芎藭　百部根　薇
蕨　薺*

1 底・諸本「同」がない。訂により補う。
2 底・諸本「十五」。解及び記載實數による。
3 倉「二百」がない。底・鈔による。
4 底・鈔「三十」。倉「卌」。解による。
5 底・倉「一十」がない。鈔による。
6 倉・鈔「之」。底による。
7 鈔「東北」。底・倉による。
8 底・倉「二」。鈔・後藤説による。
9 諸本「女心高野」。解「女嵩野」。朝山皓説「安志高野」の缺畫とするが、「女心」二字を「足」の誤とする。
10 倉「山」がない。底・鈔による。
11 底・諸本「渡」。訂「饒」とするのは不可。「沃」の誤字。
12 底「也矣」。倉・鈔により「也」を削る。
13 倉・鈔「山」がない。前條と同様に底に従い「山」を存しておく。
14 鈔「峯」。底・倉による。
15 倉「在湑」。底・鈔による。
16 倉「四涯」二字。底・鈔による。
17 底・鈔「箏」。倉も似た字形。後藤説による。
18 底・鈔「茅」がない。倉による。
19 倉・鈔「凡」がない。底による。
20 「萎」に通用。
21 底「署蕷」。倉・鈔「署預」。訂により艸冠を加えた。

[一]細見《ほそみ》の社　　[二]同じき下《しも》の社
[三]伊努《いぬ》の社　　[四]毛之《もし》の社
[五]草野《かやの》の社　　[六]秋鹿《あいか》の社

以上《かみ》の一十六所《ところ》は、竝《なら》びに神祇官《かみつかさ》に在《あ》らず。

[七]神名火山《かむなびやま》[八]　郡家《こほりのみやけ》の[九]東北《うしとら》のかた九里《さと》卌歩《あし》なり。高さ二百卅丈《つゑ》、周《めぐ》り一十四里《さと》なり。謂《い》はゆる[一〇]佐太《さだ》の大神の社《やしろ》は、即《すなは》ち彼《そ》の山下《やました》なり。

[一一]足日山《たるひやま》　郡家《こほりのみやけ》の正北《まきた》七里《さと》なり。高さ一百七十丈《つゑ》、周《めぐ》り一十里《さと》二百歩《あし》なり。

[一二]足高野山《あしたかのやま》[一三]　郡家《こほりのみやけ》の[一四]正西《まにし》一十里《さと》廾歩《あし》なり。高さ一百八十丈《つゑ》、周《めぐ》り六里《さと》なり。土體《つち》豐沃《こ》え、百姓《おほみたから》の[一五]膏腴《ゆたか》なる園《その》なり。樹林《はやし》なし。但《ただ》、上頭《みね》に樹林《はやし》あり。此《こ》は則《すなは》ち[一六]神の社《もり》なり。

[一七]都勢野山《つせのやま》　郡家《こほりのみやけ》の正西《まにし》一十里《さと》廾歩《あし》なり。高さ一百一十丈、周《めぐ》り五里《さと》なり。樹林《はやし》なし。嶺《みね》の中《うち》に澤《さは》あり。[一八]周《めぐ》り五十歩《あし》なり。蘿《ひかげ》・藤・荻《をぎ》・葦《あし》・茅等《ちども》の物叢生《ものむれお》ひて、或《ある》は叢峙《むらだ》ち、或《ある》は水に伏《ふ》す。鴛鴦《をし》住めり。

[一九]今山《いまやま》　郡家《こほりのみやけ》の正西《まにし》一十里《さと》廾歩《あし》なり。周《めぐ》り七里《さと》なり。

[二〇]凡《すべ》て、諸《もろもろ》の山野《やまの》に在《あ》るところの草木《くさき》は、白朮《をけら》・獨活《つちたら》・女青《かはねぐさ》・苦參《くらら》・貝母《ははくり》・牡丹《ふかみぐさ》・連《いたち》翹《ぐさ》・茯苓《まつほど》・藍漆《(やまあさ)》・女委《ゑみくさ》・細辛《みらのねぐさ》・蜀椒《なるはじかみ》・薯蕷《やまついも》・白歛《やまかがみ》・芎藭《えびすぐすり》・百部根《ほとづら》・薇蕨《わらび》・薺《お》

東の井神谷の宮崎また東長江の郡崎の北方ともいう。祭神は秋鹿比売命。
七 以下、山名の列記。底本に記事標目の「山」がある。
八 松江市の西北隅、鹿島町との境の朝日山(三四二米)。
九 恵曇郷への方位・里程と同じ。恵曇郷の山として記したもので実距離ではない。以下の山の里程も同様である。
一〇 佐太御子社。山の東麓にある。
一一 朝日山の西の経塚山(三二一米)。東北七里として朝日山の東、佐太神社背後の山とするのは高さ・周囲の大きさから推して恐らくは不可。
一二 秋鹿・大野両村境の本宮山、一名高野山(二七九米)。
一三 山の斜面を開墾利用して何々野と謂い、それを山名にしたものであろう。
一四 大野郷への方位・里程と同じ。大野郷の山として記したもの。次の二山も同方位・同里程。
一五 地味肥えて作物の実りの豊かな山畑地。
一六 高宮神社(上文の宇智社、一説に阿之高社)の旧社地。社は杜(もり)に通わし用いたもの。
一七 大野村大野上分の杠(ゆずりは)山とし、また大野・伊野両村境の十膳山とするが確かでない。
一八 以下は沢についての記事。
一九 大野郷の内の山であろうが遺称がない。後藤説、大野・伊野両村境の室山に擬している。
二〇 以下、山野の産物の名の列記。意宇郡の条(一一七頁)参照。

頭蒿　藤　李　赤桐　白桐　椎　椿　楠　松　栢　槻　禽獸則有㆓
鵰　晨風　山鶏　鳩　雉　猪　鹿　兎　狐　飛鼺　獼猴㆒
佐太川　源有㆑二[1]東水源嶋根郡所㆑謂多久川是也　西水源出㆓秋鹿郡渡村㆒　二水合　南流入㆓佐太水海㆒
即水海　周七里[2]有㆑鮒　水海通㆓入海㆒　潮[3]長一百五十歩　廣一十歩
長[4]江川　源出㆓郡家東北九里卅歩神名火山㆒　南流入㆓々[5]海㆒
山田川　源出㆓郡家西北七里滿[6]火山㆒　南流入㆓々[5]海㆒
多太川　源出㆓郡家正西一十里足[7]高野㆒　南流入㆓々[5]海㆒
大野川　源出㆓郡家正西一十三里磐門山㆒　南流入㆓々[5]海㆒
草野川　源出㆓郡家正西一十四里大繼山㆒　南流入㆓々[5]海㆒
伊農川　源出㆓郡家正西一十六里伊農山㆒　南流入㆓々[5]海㆒　[8]以上七川竝無㆑魚
惠[9]曇池　築[10]㆑陂　周六里[11]　有㆓鴛鴦鳧鴨鮒㆒　四邊生㆓葦蔣菅㆒　自㆓
養老元年㆒以往　荷蕖　自然叢生太多　二年以降　自然至㆑失　都
無㆑莖　俗人云　其底陶器瓺[12]甎等類多有也　自㆑古*

一　以下、川の名の列記。底本に記事標目の「川」がある。
二　松江市の西境をなして宍道湖に入る佐陀川。
三　既出(一三五頁頭注一一)。
四　佐陀本郷と宮内の境の中田。下の恵曇浜の条(一六三頁)に詳記。
五　佐陀川の河口にある湖。今は東潟・西潟に分れて小さくなっているが、もとは浜佐田・薦津・古志の辺にわたる一つの湖であった。
六　宍道(しんじ)湖。
七　ミナトは水門。佐太水海から宍道湖に通ずる水路をいう。
八　松江市東長江を流れる東長江川であろ

1 倉・鈔による。底「也」がない。
2 鈔「周」がない。底・倉による。
3 訂「湖」とするが、底・諸本のままで可。
4 倉・日御碕神社本にこの一條がない。底・鈔、伊農川の次に記すのは寫脱後の補記と認め、地理により記載順序を訂す。
5 底・鈔「于」に誤る。一一八頁7に同じ。
6 底・鈔「湯大」。倉「湯火」。解「湯太」。「滿火」とすべきか。
7 一五八頁9に同じ。
8 倉、伊農川の條の末尾にあるのが原形。底・鈔は「長江川」の下にある。
9 底・諸本に「改惠曇字參陂」とあり、諸説あって解し難い。訂に「字」を「池」とするに從い、「改」を衍字として削る。
10 諸本の「參」は恐らく誤字(數であれば「三」とあるのが書式例)。解「奏」とするが、「築」の誤(參の異體字に近似)とすべきか。
11 後藤説「二」または「三」の誤とする。
12 底「瓺乎」と傍記(瓺は甎と同じ字)。倉・鈔「瓺」(モタヒ)とするが、底による。

頭蒿《はぎ》、藤・李《すもも》・赤桐《あかぎり》・白桐《あをぎり》・椎《しひ》・椿・楠《くすのき》・松・栢《かへ》・槻《つき》なり。禽獸《とりけだもの》には則《すなは》ち、鷲《わし》・晨風《はやぶさ》・山鷄《やまどり》・鳩《はと》・雉《きぎし》、猪《ゐ》・鹿《しか》・兎《うさぎ》・狐《きつね》・飛猵《むささび》・獼猴《さる》あり。

[一]佐太《さだ》[二]川《かは》　源《みなもと》は二つあり。東《ひむがし》の水源《みなもと》は嶋根《しまね》の郡《こほり》の謂《い》はゆる[三]多久《たく》川、是《これ》なり。西の水源《みなもと》は秋鹿《あいか》の郡《こほり》、[四]渡《わたり》の村《むら》より出づ。二つの水合《みづあ》ひて、南に流れて[五]佐太《さだ》の水海《みづうみ》に入《い》る。即《すなは》ち、水海《みづうみ》は周《めぐ》り七里《さと》なり。鮒《ふな》あり。水海《みづうみ》は[六]入海《いりうみ》に通《とほ》る。[七]潮《みなと》の長さ一百五十歩《あし》、廣さ一十歩《あし》なり。

[八]長江川《ながえ》　源《みなもと》は郡家《こほりのみやけ》の東北《うしとら》のかた九里《さと》卌歩《あし》なる[九]神名火《かむなび》山より出で、南に流れて入海《いりうみ》に入《い》る。

[一〇]山田《やまだ》川　源《みなもと》は郡家《こほりのみやけ》の西北《いぬゐ》のかた七里《さと》なる[一一]滿火《たるひ》山より出で、南に流れて入海《いりうみ》に入《い》る。

[一二]多太《ただ》川　源《みなもと》は郡家《こほりのみやけ》の正西《まにし》一十里《さと》[一三]なる[一四]足高野《あしたかの》より出で、南に流れて入海《いりうみ》に入《い》る。

[一五]大野《おほの》川　源《みなもと》は郡家《こほりのみやけ》の正西《まにし》一十三里《さと》なる[一六]磐門《いはと》山より出で、南に流れて入海《いりうみ》に入《い》る。

[一七]草野《かやの》川　源《みなもと》は郡家《こほりのみやけ》の正西《まにし》一十四里《さと》なる[一八]大繼《おほつぎ》山より出で、南に流れて入海《いりうみ》に入《い》る。

[一九]伊農《いぬ》川　源《みなもと》は郡家《こほりのみやけ》の正西《まにし》一十六里《さと》なる[二〇]伊農《いぬ》山より出で、南に流れて入海《いりうみ》に入《い》る。

以上《かみ》の七つの川は、竝《ならび》に魚《うを》なし。

[二一]恵曇《あとも》の池[二二]　[二三]陂《つつみ》を築《つ》く。周《めぐ》り六里《さと》なり。鴛鴦《をし》・鳧《たかべ》・鴨《かも》・鮒《ふな》あり。四邊《めぐり》に葦《あし》・蔣《こも》・菅《すげ》生《お》ふ。[二四]養老《やうらう》元年より以往《さき》は、[二五]荷蕖《はちす》、自然《おのづから》叢《む》れ生《お》ひて太《はなは》だ多《おほ》かりき。二年より以降《このかた》、自《おのづ》然《から》失《う》せて、[二六]都《す》べて莖《くき》なし。[二七]俗人《くにひと》いへらく、其の底《そこ》に陶器《すゑもの》・[二八]瓺《みか》・[二九]甎《しきかはら》等《ども》多《おほ》かり。古《いにしへ》よ

う。
九　山の条に出た。朝日山。
一〇　秋鹿村の秋鹿(友田)川。
一一　山の条に足日山とある経塚山を指すのであろう。その西南側から発しているので西北七里としたか。山の条では正北七里とある。
一二　秋鹿村名原に流れる名原川とすべきであろう。
一三　山の条の里程には「廿歩」の端数がある。山田川以下伊農川までの五川に歩の端数のないのは記載を省いたものであろう。
一四　山の条に出た。
一五　大野村上分の側を流れる大野川。
一六　大野村の北部の山であるが遺称がない。
一七　大野川の西を流れる草野川。
一八　大野村北部の山であるが遺称がない。
一九　伊野村を流れる伊野川。
二〇　伊野村の北部、平田市との境の山であるが遺称がない。伊農郷の山という意か。
二一　以下、池名の列記。底本に「池」と記事標目がある。
二二　鹿島町佐陀本郷と武代の東方を遺蹟地とする。今は田畑となっている。
二三　池に堤を築いてある意。
二四　元正天皇朝(七一七)。天平五年より一六年前。
二五　蓮。
二六　一本も生えていない。
二七　特異な植物(蓮)の枯死状態の故に記事として採択し、その池について土着人の語るところを併せ記したものであろう。
二八　水・酒などをいれる瓦器の容器。
二九　石だたみの上に敷く瓦。

時時人溺死　不レ知二深淺一矣
深田池　周二百卌[1]歩　有二鶺鴒鳧鴨一
杜原[2]池　周一里二百歩
峰[3]峙池　周一里
佐久羅池　周一里一百歩　有二鴛鴦一
南入[4]海
春則在[5]二鯔[6]魚　須受枳　鎭仁　鰝鰕等　大小雜魚一　秋則在[5]二白鵠　鴻鴈　鳧　鴨等鳥[7]一
北大海
惠曇濱　廣[8]二里一百八十歩　東南竝在レ家　西野　北大海　即自レ浦至二于在家一之間　四方竝無二石木一　猶二白沙之積一　大風吹時　其沙或隨レ風雪[9]零　或居流蟻散　掩二覆桑麻一　即有二彫鑿磐壁三所[10]一　一所厚三丈　廣一丈[11]　高八尺　一所[12]厚二丈　廣一丈　一所厚二丈　廣一丈　高一丈　其中通レ川　北[13]流入二大海一　川東嶋根郡[14]　西[15]秋鹿郡内也　自二川口一至二南方田邊一之間　長一百八十歩　廣一丈五尺　源者田水也　上文所レ謂*

1　底「卌」。倉・鈔による。
2　倉「石」。底・鈔による。
3　底・諸本「蜂」。訂による。
4　底・鈔「南」の下に「方」。倉により「方」を削る。「方」は訓讀のための添記の誤入である。下文に例が多い。
5　倉・鈔「有」。底による。
6　底・鈔「鰡」。倉による。
7　底・鈔「嶋」。倉「鴉」。解による。
8　底・諸本「度」。解による。
9　底「雲」。倉・鈔による。
10　倉「二」。注文も同じく二所。底・鈔による。
11　底「丈」がない。鈔による。
12　倉は以下の注文「一所厚二丈二尺　廣一丈　高一丈」とだけであるが、底・鈔による。
13　底「海」。倉・鈔による。
14　倉「郡」の下に「也」。底・鈔による。
15　以下六字、鈔「西者」二字のみ。倉「郡内根部也」の五字。底に従う。

り時時《ときどき》人溺《おぼ》れ死にき。深き淺きを知らず。
一深田《ふかだ》の池　周《めぐ》り二百卅歩《あし》なり。鴛鴦《をし》・鳬《たかべ》・鴨あり。
二杜原《もりはら》の池　周《めぐ》り一里《さと》二百歩《あし》なり。
三峰崎《みねをか》の池　周《めぐ》り一里《さと》なり。
四佐久羅《さくら》の池　周《めぐ》り一里《さと》一百歩《あし》なり。鴛鴦《をし》あり。
五南は入海《いりうみ》。
六春は則《すなは》ち、鯔魚《なよし》・須受枳《すずき》・鎭仁《ちに》・鰝鰕《えびども》等の大き小《ちさ》き雜《くさぐさ》の魚《うを》あり。秋は則《すなは》ち、白鵠《くぐひ》・鴻鴈《かり》・鳧《たかべ》・鴨《かもども》等の鳥《とり》あり。
七北は大海《おほうみ》。
八惠曇《ゑとも》の濱　廣さ二里《さと》一百八十歩《あし》なり。東《ひむがし》と南とは竝《ならび》に家あり。西は野《の》、北は大海《おほうみ》なり。卽《すなは》ち、浦《うら》より在家《むらざと》に至る間《あひだ》は、四方《よも》竝《なら》びに石木《いはき》なし。九白沙《しろすなご》の積《つも》れるがごとし。大風《おほかぜ》の吹く時は、其の沙《すなご》、或《ある》は一〇風の隨《まにま》に雪と零《ふ》り、或《ある》は一一居流《ゐなが》れて蟻《あり》と散《ち》り、桑麻《くはあさ》を掩覆《おほ》ふ。一二卽《すなは》ち、一三彫《ゑ》り鑿《うが》てる磐壁《いはがき》三所《みところ》あり。一所《ひとところ》は厚《あつ》さ三丈《つゑ》、廣さ一丈《つゑ》、高さ八尺《さか》なり。一所《ひとところ》は厚《あつ》さ二丈《つゑ》、廣さ一丈《つゑ》なり。一所《ひとところ》は厚さ二丈《つゑ》、廣さ一丈《つゑ》、高さ一丈《つゑ》なり。其の中《なか》に川を通《とほ》し、北に流れて大海《おほうみ》に入《い》る。川の東《ひむがし》は嶋根《しまね》の郡《こほり》、西は秋鹿《あいか》の郡《こほり》の內《うち》なり。川の口《くち》より南の方《かた》、田の邊《ほとり》に至る間《あひだ》は、長さ一百八十歩《あし》、廣さ一丈《つゑ》五尺《さか》なり。源《みなもと》は田の水なり。一四上《かみ》の文《ふみ》に謂《い》へ

一　佐陀本郷の深田谷にあった池としている。
二　同地の垣畑の森堂附近を遺蹟地としている。
三　同地の善福寺の西方の峰知田を遺称地としている。ミネヂと訓むべきか。しばらく訓読しておく。
四　佐陀本郷にあったというが遺蹟地不明。
五　以下は宍道湖に面する側の記事。島がないので産物のみを記す。
六　春は魚類、秋は鳥類と、春秋、魚鳥に分って産物を列挙した対句的漢文修辞。産物名は島根郡の条(一四一頁)参照。
七　以下、日本海に面する側の浜・島などの列記。
八　鹿島町恵曇の江角から古浦に至る浜。
九　白い砂。砂丘の状態になっているをいう。
一〇　風に吹き上げられて雪の降る如くに降り散る。
一一　蟻が逃げ散る如くに或る地点から一度に同じ方向に吹き流される(飛び散らずに移動する)。
一二　其処にという意。
一三　人工的に切り開いた岩の崖。切り通し。運河。佐陀川が恵曇の方へ流れる曲の附近の地であろうが遺蹟は明らかでない。
一四　川の条(一六一頁)。

佐太川西源　是同處矣[1]　凡　渡村田水　南北別耳　古老傳云　嶋根郡大領　社部臣訓麻呂之祖波蘇等　依二稻田之澇一　所二彫掘一也

起二浦之西礒一　盡二楯縫郡之堺[2]自毛埼一之間　濱壁峙[3]崔嵬[4]　雖二風之靜一　往來船　無レ由二停泊一頭矣

白嶋　生二紫苔菜一

御嶋　高六丈　周八十歩　有二松三株一

都於嶋　礒

著穗嶋　生二海藻一

凡北海所レ在雜物　鮐[5]　沙魚　佐波　烏賊　鮑[6]魚　螺　貽貝　蚌甲[7]蠃　螺子　石華[8]　蠣[9]子　海藻　海松　紫菜　凝海菜

通二嶋根郡堺佐太橋一　八里二百歩

通二楯縫郡堺伊農橋一　一十五里[10]一百歩

郡司　主帳　外從八位下　勳十二等[11]　日下[12]部臣

大領　外正八位下　勳十二等[11]　刑部臣

1　底「也矣」。倉・鈔により「也」を削る。

2　倉「之」がない。底・鈔による。

3　底・諸本「等」。井上頼圀説により訂す。

4　倉「崩」。底・鈔による。

5　底・鈔「鮎」。倉による。

6　底・諸本「鰓」。島根郡の條により「鮑」とする。後藤説「鯰魚」（エヒ）かとしている。

7　底・倉「田」。鈔による。

8　底「偉」。倉・鈔「葦」。解による。

9　底・諸本、馬扁に麻また鹿の如き字形。後藤説及び島根郡の條により「蠣」とする。

10　底・鈔「一百歩」がない。倉「歩」のみ。巻末の里程により補う。

11　一二二頁17に同じ。

12　底・諸本「早」。解による。

る佐太川《さだ》の西の源《みなもと》は、一是《こ》の同じき處《ところ》なり。凡《すべ》て、二渡《わたり》の村《むら》の田の水の南と北とに別《わか》るるのみ。古老《ふるおきな》の傳《つた》へていへらく、嶋根《しまね》の郡《こほり》の大　領《おほみやつこ》三社部臣訓麻呂《こそべのおみくにまろ》が祖波蘇《おやはそ》等《たち》、稲田《いなだ》の四澇《こみ》に依《よ》りて、彫《ゑ》り掘《ほ》りしなり。

五浦《うら》の西の礒《いそ》より起《おこ》りて、楯縫《たてぬひ》の郡《こほり》の堺《さかひ》なる六自毛埼《しもさき》に盡《いた》るまでの間《あひだ》、濱は七壁《き》八峙《しさか》崔嵬しく、風靜《しづ》かなりとも、往來《ゆきき》の船《ふね》停泊《は》つるに由《よし》なき九頭《ほとり》なり。

一〇白《しろ》嶋　紫苔菜《むらさきのり》生《お》ふ。

一一御《み》嶋　高さ六丈《つゑ》、周《めぐ》り八十歩《あし》なり。松三株《みもと》あり。

一二都《つ》於《お》嶋　礒《いそ》なり。

一三著《つき》穂《ほ》嶋　海藻《にぎめ》生《お》ふ。

一四凡《すべ》て、北の海に在《あ》るところの雜《くさぐさ》の物は、鮐《ふぐ》・沙魚《さめ》・一五佐波《さば》・烏賊《いか》・鮑魚《あはび》・螺《さざえ》・一六貽貝《いがひ》・蚌《うむぎ》・甲蠃《かせ》・螺子《にし》・石華《せ》・蠣子《かき》、海藻《にぎめ》・海松《みる》・紫　菜《むらさきのり》・凝海菜《こるもは》なり。

一七嶋根《しまね》の郡《こほり》の一八堺《さかひ》なる一九佐太橋《さだはし》に通《とほ》るは、八里《さと》二百歩《あし》なり。

二〇楯縫《たてぬひ》の郡《こほり》の堺《さかひ》なる二一伊農橋《いぬはし》に通《とほ》るは、一十五里《さと》一百歩《あし》なり。

二二郡　司《こほりのつかさ》《グンシ》　主帳《ふみひと》《シュチヤウ》　外從八位下《ゲジュハチヰノゲ》　勳十二等《クンジフニトウ》　日下部臣《くさかべのおみ》

大　領《おほみやつこ》《タイリヤウ》　外正八位下《ゲシヤウハチヰノゲ》　勳十二等《クンジフニトウ》　刑部臣《おさかべのおみ》

一　此処と同所の意。此処は渡村。
二　佐陀本郷の中田。この附近を発源地として南へ流れる川(佐太川)と、北へ流れる川(佐陀の運河)と二川があったというのである。現在は一つの川(佐陀川)となり、南流して宍道湖に入るものと北流して日本海に入るものとになっている。
三　島根郡の末に署名している人。
四　水浸りになること。
五　恵曇の浦。
六　八束郡伊野村と平田市との境の岬。鼻ぐり崎(牛の首)という。
七　岩の崖。岩壁。
八　高くけわしい。
九　あたり、辺の意。
一〇　所在不明。鹿島町の西端の男島に擬しているが確かでない。
一一　大野村の北方、女島に擬している。
一二　女島の西の大黒島(烏帽子岩)に擬している。
一三　所在不明。伊野村伊野浦にある二小島かという。
一四　以下、日本海側の産物名の列記。島根郡の条(一五一頁)参照。
一五　鯖。
一六　黒貝。ヒメ貝・セト貝の類。
一七　以下、郡家からの公道の里程を記す。諸本に記事標目の「通道」がある。
一八　秋鹿郡家から郡の東境まで。
一九　既出(一五三頁頭注一〇)。
二〇　秋鹿郡家から郡の西境まで。
二一　伊野川に架けられた橋。中流の野郷・大畑附近を遺蹟とする。
二二　以下、意宇郡の条(一一三頁)参照。

權任少領 從八位下 蝮部臣

楯縫郡

合 郷肆 里十二 餘戸壹 神戸壹

佐香郷 今依レ前用

楯縫郷 今依レ前用

玖潭郷 本字忽美

沼田郷 本字努多 以上肆郷別里參

[1]餘戸里

神戸里

所三以號二楯縫一者 神魂命詔 [2]五十足天日栖宮之縦横御量 千尋[3]栲繩持而 [4]百結結 八十結結下而 此天御量持而 所レ造二天下一大神之宮造奉[5]詔而 御子天御鳥命 楯部爲而 天[6]下給之 爾時退下來坐而 大神宮御裝[7]束楯 造[8]始給所 是也 仍至レ今 楯桙造而 奉二[9]於皇神等一 故云二楯縫一

1 底・倉、この一項がない。鈔「神戸里」の次に記す。書式例及び解により訂す。

2 倉・釋紀所引文に「吾」とあり、アガトダルと訓める(古事記にトダル天の御巣とある)が、底・鈔のままに存しておく。

3 倉・釋紀所引文「紲」(ツナ)。底・鈔のまま。

4 以下八字、倉「百八十結々下」。釋紀所引文「百結八十結々下」。底・鈔「百結結八十結結」に「下」字を補う。

5 倉「詔而」を「詣与」。底・鈔・釋紀所引文による。

6 鈔・釋紀所引文「降」。底・倉による。

7 底・倉「東」がない。鈔・釋紀所引文による。

8 底「始」がない。倉・鈔・釋紀所引文による。

9 倉「出」。底・鈔による。

一 秋鹿郡の西に接する島根半島の西部。宍道湖の北西岸地域で、平田市(宇賀川から西南方地域を除く)の地域にあたる。ただし宍道湖の西部、斐伊川下流の平坦部は殆ど入海(湖)であった。楯縫郡家は平田市岡田附近を遺蹟地とする。

二 以下、郷名など行政上の単位名の総数とその名称の列記。和名抄の郷名にも下の四郷名(ただし玖潭を玖澤に誤る)と同じく見える。

三・四 意宇郡の条(九七頁)参照。

権任《かりのすけのみやつこ》少《セウ》領《リヤウ》《ゴンニン》　従八位下《ジユハチヰノゲ》　蝮部臣《たぢひべのおみ》

一楯縫《たてぬひ》の郡《こほり》

二合《あは》せて郷《さと》は四　里《こざと》は一十二、餘戸《あまりべ》は一、神戸《かむべ》は一なり。

佐香《さか》の郷《さと》　三今も前《さき》に依《よ》りて用ゐる。

楯縫《たてぬひ》の郷　今も前に依りて用ゐる。

玖潭《くたみ》の郷　四本《もと》の字《じ》は忽美（くたみ）なり。

沼田《ぬた》の郷　本の字は努多（ぬた）なり。以上《かみ》の四《よつ》の郷別《さとごと》に里《こざと》は三《みつ》なり。

餘戸《あまりべ》の里《さと》

神戸《かむべ》の里《さと》

五楯縫《たてぬひ》と號《なづ》くる所以《ゆゑ》は、六神魂命《かむむすびのみこと》、詔《の》りたまひしく、「七五十足《いそた》る八天《あめ》の日栖《ひすみ》の宮《みや》の縦横《たてよこ》の九御量《みはかり》は、一〇千尋《ちひろ》の栲縄《たくなは》持《も》ちて、一一百結《ももむす》び結《むす》び、八十結《やそむす》び結《むす》び下《さ》げて、此《こ》の一二天《あめ》の御量《みはかり》持《も》ちて、天《あめ》の下《した》造らしし一三大神の宮を造り奉《まつ》れ」と詔《の》りたまひて、御子《みこ》、一四天《あめ》の御鳥命《みとりのみこと》を一五楯部《たてべ》と為《し》て天下《あまくだ》し給ひき。その時、退《まか》り下《くだ》り來まして、大神の宮の一六御装束《みよそほひ》の楯《たて》を造り始め給ひし所《ところ》、是《これ》なり。仍《よ》りて、今に至るまで、楯《たて》・桙《ほこ》を造りて、一七皇神等《すめがみたち》に奉《たてまつ》る。故《かれ》、一八楯縫《たてぬひ》といふ。

五　以下、郡名・郷名などの説明記事。郡名記事の条は釈日本紀巻八に引用。
六　神代紀には高皇産霊（タカミムスビ）神の神詔として見える。意宇郡母理郷の条（一〇三頁）は大穴持命（出雲）の側の国譲り後の鎮座の神詔であり、この郷の条は高天原（大和）の側からの国譲り後の鎮座についての神詔で、両面の伝承があることになる。
七　十分に足り整う意で宮の称辞。
八　高天原（大和朝廷）風の立派な宮殿。大国主（大穴持）命が国譲りの後に鎮座する宮をいう。
九　尺度（ものさし）の意で、宮殿の縦横の大きさ、構えをいう。
一〇　長い綱。一尋は二米弱。栲の繊維で作った縄。
一一　何回も結んでしっかりさせる意の修辞表現。縄（綱）を結んだ尻を垂れ下げるのである。縄で桁梁などを結ぶのは古代の建築法。
一二　高天原（大和朝廷）の宮殿の尺度（大きさ・構え）で作る意。神代紀には「柱は高く太く、板は広く厚くせむ」とある。
一三　大穴持命。
一四　他に見えない。古事記にいう天菩比命の子の建比良鳥命（出雲国造の祖）と同神と解される。ただし古語拾遺・神代紀一書によれば彦狭知命にあたる如くである。
一五　武器の楯を造るのを職とする部曲、また氏人。
一六　神の宮に納める調度の品。
一七　祝詞の皇神と同じで、スメは神の称辞（一八一頁頭注一六参照）。
一八　楯を造ることを縫うという。

佐香郷　郡家正東四里一百六十歩　佐香河内　百[1]八十神等集坐　御厨立給而[2]　令レ釀レ酒給之　卽百八十日　喜燕解散坐　故云二佐香一

楯縫郷　卽屬二郡家一　説レ名如レ郡　卽北海濱　業[3]利礒有[4]レ窟　裏方一丈半[5]　高廣各七尺　裏南壁[6]在レ穴　口周六尺　徑二尺　人不レ得レ入　不レ知二遠近一

玖潭郷　郡家正西五里二百歩　所レ造二天下一大神命　天御飯田之御倉　將[7]二造給一處[8]　覔巡行給　爾時　波夜佐雨　久多美乃山詔[9]給之　故云二忽美一　神龜三年改二字玖潭一

沼田郷　郡家正西八里六十歩　宇乃治[10]比古命　以二爾多水一而　御乾飯爾多爾食坐　詔而爾多負給之　然則可レ謂二爾多郷一而[11]　今人猶云二努多一耳　神龜三年改二字沼田一

餘[12]戸里　説レ名如二意宇郡[13]一

神戸里　出雲也　説レ名如二意宇郡一

新造院一所　在二沼田郷中一　建二立嚴堂一也　郡家正西六里一百六十歩　大領出雲臣[14]太田之[15]所レ造也

一 平田市の最東部、小境川・鹿園寺川の流域の小境・園・鹿園寺から北方の坂浦にわたる地域。
二 佐香川(鹿園寺川)の流域。
三 飲食物を調理するための殿舎。
四 酒をお作りになった。
五 酒宴をした後解散し別れた。
六 佐香郷の西、多久・多久谷を流れる川の流域の多久・岡田を中心とする地。
七 郡の役所と同所。郡家は岡田にあった。
八 郷名の説明は郡名の説明と同じの意。
九 唯浦の穴之淵に擬しているが確かでない。附近に岩窟が多い。業利の訓不明(恐らく誤字)。ナリと仮訓する。下の神社名のノリシ社・ノリシマ社と関係のある地名か。
一〇 内側。
一一 岩穴の奥行。

1 底「一百」。倉・鈔により「一」を削る。
2 「而令」二字、底・諸本「与今」。解による。
3 底「業利」。倉・鈔「業梨」。「業」は恐らく誤字。或は「紫菜」の誤寫顚倒か。しばらく底のままに存する。
4 倉「在」。底・鈔による。
5 倉「半」の下に「戸」。底・鈔による。
6 鈔「有」。底・倉による。
7 鈔「將」がない。底・倉による。
8 底・鈔「並」。倉「又」字に縦二線を引いた字形。訂に従って「處」の誤とする。
9 以下三字、倉「諂給之」。底「詔」。鈔による。
10 底・鈔「沼」。倉による。
11 底「而」がない。倉・鈔「与」。解により訂す。
12 倉、この一項がない。鈔「神戸里」の次に記す。底及び他郡例による。
13 底・鈔「郡」がない。解により補う。
14 倉「大」。底・鈔による。
15 底「之」がない。倉・鈔による。

[一]佐香《さか》の郷《さと》　郡家《こほりのみやけ》の正東《まひむがし》四里《さと》一百六十歩《あし》なり。[二]佐香《さか》の河内《かふち》に百八十神等《ももやそがみたち》集《つど》ひまして、[三]御厨《みくりや》を立《た》て給ひて、酒《さけ》を[四]醸《かも》させ給ひき。即《すなは》ち、百八十日《ももやそか》[五]喜燕《さかみづ》きて解散《あら》けましき。故《かれ》、佐香《さか》といふ。

[六]楯縫《たてぬひ》の郷《さと》　即《すなは》ち[七]郡家《こほりのみやけ》に屬《つ》けり。[八]名を説《と》くこと、郡《こほり》の如し。即《すなは》ち、北の海の濱《ほとり》の[九]業利礒《なりいそ》に窟《いはや》あり。[一〇]裏《うち》の方《たてよこ》は一丈半《つゑなから》、高さと廣さとは各《おのもおのも》七尺《さか》なり。裏《うち》の南の壁《かき》に穴《あな》あり。口の周《めぐ》り六尺《さか》、徑《わたり》二尺《さか》なり。人、入《い》ることを得ず、[一一]遠き近きを知らず。

[一二]玖潭《くたみ》の郷《さと》　郡家《こほりのみやけ》の正西《まにし》五里《さと》二百歩《あし》なり。天《あめ》の下《した》造らしし大神の命《みこと》、[一三]天《あめ》の御飯田《みいひだ》の御倉《みくら》を造り給はむ處《ところ》を[一四]覓《ま》ぎ巡行《めぐ》り給ひき。その時、「[一五]波夜佐雨《はやさめ》、[一六]久多美《くたみ》の山《やま》」と詔《の》り給ひき。故《かれ》、忽美《くたみ》といふ。神龜《じんき》三年、字を玖潭と改む。

[一七]沼田《ぬた》の郷《さと》　郡家《こほりのみやけ》の正西《まにし》八里《さと》六十歩《あし》なり。[一八]宇乃治比古命《うのぢひこのみこと》、「[一九]爾多《にた》の水《みつ》もちて、[二〇]御乾《みかれ》[二一]飯爾多《いひにた》に食《を》しまさむ」と詔《の》りたまひて、爾多《にた》と[二二]負《おほ》せ給ひき。然《しか》れば則《すなは》ち、爾多《にた》の郷《さと》と謂《い》ふべきを、今の人、猶《なほ》努多《ぬた》といふのみ。神龜《じんき》三年、字を沼田《ぬた》と改む。

[二三]餘戸《あまりべ》の里《さと》　[二四]名を説《と》くこと、意宇《おう》の郡《こほり》の如し。

[二五]神戸《かむべ》の里《さと》　[二六]出雲なり。名を説《と》くこと、意宇《おう》の郡《こほり》の如し。

[二七]新造《しんざう》の院《ゐん》[二八]一所《ひとところ》　沼田《ぬた》の郷《さと》の中《うち》にあり。嚴堂《ごんだう》を建立《た》つ。郡家《こほりのみやけ》の正西《まにし》六里《さと》一百六十歩《あし》なり。[二九]大領《おほみやつこ》出雲臣太田《いづものおみおほた》が造るところなり。

一二　楯縫郷の西、上岡田・野石谷を流れる川及び久多見を流れる川の流域の東郷・野石谷・久多見・東福地方。

一三　神饌の米を耕作する田とその稲を収蔵する倉。

一四　適当な所を探しに巡って行った。

一五　速雨。にわか雨。クタミ(降り水の意か)とかかる地名の称辞。倭姫命世記に「速雨、二見の国」の類似例がある。

一六　久多見郷の山の意で、固有の山名ではあるまい。

一七　平田市の市街地から宇賀川の北岸地域。

一八　大原郡海潮郷(二三九頁)にも見えるが神の系譜不明。或は海の霊、海神か。

一九　どろどろとした湿地の水。下文にニタシキとある(二二七頁)。

二〇　強飯を乾した携行食糧。

二一　やわらかくどろどろにして。ヌタ(魚菜の酢味噌あえ)と関係ある語で、それに似た状態をいう。

二二　名をつけた。

二三　宇賀川の上流、万田・本庄の地に擬している。

二四　意宇郡の余戸里の条の説明(一〇九頁)に同じの意。

二五　野石谷の地に擬している。

二六　出雲の神戸であり、その名の由来は意宇郡の条の説明(一〇九頁)に同じの意。

二七　この一条は寺院名の記載。底本に記事標目の「寺」がある。

二八　平田市街の西方、西西郷の東部附近を遺蹟地とする(後藤説)。寺の記載は意宇郡の条(一一一頁)参照。

二九　当郡の末に署名している人。

久多美社　多久社
佐[1]加社　乃利斯社
御津社　[2]水社
宇美社　許豆社
同社　以上九所　並[3]在神祇官
[4]許豆乃社　又許豆社
[5]又許豆社　久多美社
同久多美社　高守社
又高守社　紫菜島社
鞆前社　宿努社
[6]埼田社　山口社
葦原社　又葦原社
[7]又葦原社　峴之社
阿[8]計知社　葦原社
田田社　以上二十九所　並不レ在二神祇官一
神名樋山　郡家東北六里一百六十歩　高一百廾丈五尺　周廾一*

一　以下、神社名の列記。底本に記事標目の「社」がある。
二　野石谷の南にある玖潭(五社)神社。
三　大船山の西南麓、多久谷川の東にある多久(大船)神社。
四　小境の佐香(松尾)神社としているが坂浦の九社神社に擬する説もある。
五　野石谷の能呂志神社。
六　三浦の御津(六所)神社。
七　本庄の水谷にある水上神社としているが古伊津の三社神社に擬する説もある。
八　平田市平田の宇美神社。旧社地は塩津浦。
九・一〇　小津の北浦と南宮にある許豆神社二社、切明神社(南宮)と大宮神社(北宮)。

1　鈔「香」。底・倉による。
2　底・鈔「水神社」。倉により「神」を削る。
3　底「有」。倉・鈔による。
4　底にこの一社名がない。倉・鈔により補う。
5　底「又」がない。倉・鈔による。
6　底・諸本「猗」。解による。後藤説「椅」の誤かとする。
7　倉「田田社」に作る。底・鈔による。
8　底・諸本「年」。解「牟」とするが後藤説により「計」とする。

一久多美《くたみ》の社《やしろ》二〔玖潭神社〕　三多久《たく》の社《やしろ》〔多久神社〕
四佐加《さか》の社〔佐香神社〕　五乃利斯《のりし》の社〔能呂志神社〕
六御津《みつ》の社〔御津神社〕　七水《みづ》の社〔水神社〕
八宇美《うみ》の社〔宇美神社〕　九許豆《こづ》の社〔許豆神社〕
一〇同《おな》じき社〔許豆神社〕　以上《かみ》の九所《ところ》は、竝《なら》びに神祇官《かみつかさ》に在《あ》り。
一一許豆《こづ》の社《やしろ》　一二又《また》、一三許豆《こづ》の社《やしろ》
又、一四許豆《こづ》の社　一五久多美《くたみ》の社
同じき一六久多美《くたみ》の社　一七高守《たかもり》の社
又、一八高守《たかもり》の社　一九紫菜島《のりしま》の社
二〇鞆前《ともさき》の社　二一宿努《すくぬ》の社
二二埼田《さきた》の社　二三山口《やまぐち》の社
二四葦原《あしはら》の社　又、二五葦原《あしはら》の社
又、二六葦原《あしはら》の社　二七峴《みね》の社
二八阿計知《あけち》の社　二九葦原《あしはら》の社
三〇田田《ただ》の社　以上《かみ》の一十九所《ところ》は、竝《なら》びに神祇官《かみつかさ》に在《あ》らず。

三一神名樋山《かむなびやま》三二　郡家《こほりのみやけ》の東北《うしとら》のかた六里《さと》一百六十歩《あし》なり。高さ一百廾丈《つゑ》五尺《さか》、周《めぐ》り廾一

一一　小津の相代谷の鹿島神社。
一二　同名の神社を連記するとき「同何某社」また「同社」とする「同」字と同じである。ただし「又」字を用いたのはこの条の五例と神門郡の一例(二〇五頁)と計六例のみである。
一三　十六島浦の稲荷神社に擬している。
一四　小津の恵美須神社。
一五　久多見の山乃須気神社に擬している。今は式内社の久多美社に合祀の社とする。
一六　東福の東部にある富田神社。
一七　鹿園寺の羽黒神社。
一八　右と同地、諏訪神社。
一九　十六島浦の津上神社。
二〇　所在明らかでない。一に坂浦の日御碕神社という。
二一　多久谷の宿努神社(蔵王権現)。
二二　園本郷の埼田神社としている。
二三　鹿園寺の山口の六所神社、または多久の拝田神社に擬して確かでない。
二四・二五・二六　下(頭注二九)の葦原社と合せて四社、ともに東福の葦原谷にあったという。今は西西郷の葦原神社とする。
二七　万田の山峠にある八王子神社に擬している。
二八　野石谷の能呂志神社に合祀。もとアケチ堤の側に社があったという。
二九　頭注二四参照。
三〇　今は唯浦に田々神社がある。
三一　以下、山名の列記。底本に記事標目の「山」がある。
三二　多久川の水源の山。大船山の奥(最高標点三三五米)とすべきか。一説にその東方の大渋山(三二一米)に擬している。

里一百八十歩[1] 鬼西在ニ石神一 高一丈 周一丈 往側[2]在ニ小石神
百餘許一 古老傳云 阿遲須枳高日子命之后 天御梶日女命 來ニ
坐多久村[3]一 產ニ給多伎都比古命一 爾時 教詔 汝命之御祖之向[4]
壯[5]欲レ生[6] 此處宜也 所レ謂石神者[7] 卽是 多伎都比古命之御託[8]
當[9]レ旱乞レ雨時 必令レ零也
阿豆麻夜山 郡家正北五里卌歩[10]
見椋山 郡家西北七里
凡諸山[11]所レ在草木 蜀椒 藍漆[12] 麥門冬 茯苓 細辛 白薟[13] 杜
仲 人參 升麻 薯蕷[14] 白朮[15] 藤 李 榧 楡 椎 赤桐 白桐
海榴 楠 松 槻 禽獸則有[16]ニ 鵰 晨風 鳩 山雞 猪 鹿 兎
狐 獼猴 飛鼯[17]一
佐香川 源出ニ郡家東北所レ謂神名樋山一 東南流 入ニ々[18]海一
多久川 源出ニ郡家東北[19]神名樋山一 西南流 入ニ々[18]海一

一 山の高く聳える意で山頂。
二 多久の奥、峰の西側の峠(雲見峠)に立石の字名があり、石神がある。
三 往還・往来の意でゆく路。街道・道路。
四 記紀に大国主命の子、アヂスキタカヒ

1 底「一百」がない。倉・鈔による。
2 解「許」の誤としているが、底・諸本のまま。田中本「徑カ」。
3 底・諸本「忠」。恐らくは誤字。後藤説「キ」の音の字(忌の如き)とするが、訂に従う。
4 訂「社」とするが、底・諸本のまま。
5 底・諸本「位」。文意により改める。
6 武田訓「坐」として訓んでいるが、底・諸本のままで可。
7 底「者」がない。倉・鈔による。
8 倉、人扁につくる。底・鈔による。訂「魂」。
9 「旱乞」、底・諸本「畢巳」。解の説により訂す。
10 底・鈔「西」。倉による。
11 田中本「山野」とするが、底・諸本のまま。
12 底・諸本「藍」がない。他郡例により補う。
13 倉「歛」。鈔「蘞」。底のまま。
14 底「署蕷」。鈔「署預」。訂による。
15 鈔「白朮」がない。底・倉による。
16 鈔「有」がない。底・倉による。
17 倉・鈔「鼺」。底による。
18 底・鈔「于」。倉による。一一八頁7に同じ。
19 倉・鈔「郡家東北」を「同」一字に作る。底による。

里《さと》一百八十歩《あし》なり。[一]嵬《いただき》の西に[二]石神《いしがみ》あり。高さ一丈《つゑ》、周《めぐ》り一丈《つゑ》なり。[三]往《みち》の側《ほとり》に小《ちさ》き石《いし》神百餘《がみももあまり》ばかりあり。古老《ふるおきな》の傳《つた》へていへらく、[四]阿遅須枳高日子命《あぢすきたかひこのみこと》の后《きさき》、[五]天御梶日女命《あめのみかぢひめのみこと》、[六]多久《たく》の村《むら》に來まして、[七]多伎都比古命《たぎつひこのみこと》を産《う》み給ひき。その時、教《さと》し詔《の》りたまひしく、「汝《な》が命《みこと》の[八]御祖《みおや》の[九]向壯《むくさか》に生《う》まむと欲《おも》ほすに、此處《ここ》ぞ宜《え》き」とのりたまひき。謂《い》はゆる石神《いしがみ》は、即《すなは》ち是《これ》、多伎都比古命《たぎつひこのみこと》の[一〇]御託《みよさし》なり。旱《ひでり》に當《あた》りて雨を乞《こ》ふ時は、必《かなら》ず零《あめふ》らしめたまふ。

[一一]阿豆麻夜山《あづまやま》　郡家《こほりのみやけ》の正北《まきた》五里《さと》卌歩《あし》なり。

[一二]見椋《みくら》山　郡家《こほりのみやけ》の西北《いぬゐ》のかた七里《さと》なり。

[一三]凡《すべ》て、諸《もろもろ》の山に在《あ》るところの草木は、蜀椒《なるはじかみ》・藍漆《(やまあさ)》・麥門冬《やますげ》・茯苓《まつほど》・細辛《みらのねぐさ》・白蘞《やまかがみ》・杜仲《はひまゆみ》・人參《かのにけぐさ》・升麻《とりのあしぐさ》・薯蕷《やまついも》・白朮《をけら》、藤《ふぢ》・李《すもも》・榧《かへ》・楡《にれ》・椎《しひ》・赤桐《あかぎり》・白桐《あをぎり》・海榴《つばき》・楠《くすのき》・松・槻《つき》なり。禽獸《とりけだもの》には、則《すなは》ち、鵰《わし》・晨風《はやぶさ》・鳩《はと》・山雞《やまどり》、猪《ゐ》・鹿《しか》・兎《うさぎ》・狐《きつね》・獼《さ》猴《る》・飛𤢖《むささび》あり。

[一四]佐香《さか》川[一五]　源《みなもと》は郡家《こほりのみやけ》の東北《うしとら》のかたなる謂《い》はゆる[一六]神名樋《かむなび》山より出で、東南《たつみ》のかたに流れて[一七]入海《いりうみ》に入《い》る。

[一八]多久《たく》川　源《みなもと》は[一九]郡家《こほりのみやけ》の東北《うしとら》のかたなる神名樋《かむなび》山より出で、西南《ひつじさる》のかたに流れて入海《いりうみ》に入《い》る。

コネ命。

五　秋鹿郡伊農郷の条(一五七頁)に見えるアメノミカツヒメ命と同神であろう。

六　平田市多久が遺称地。この山から流れる川の流域地。

七　宗像三女神のタギツヒメ命と関連ある神か。これは男神で他に見えない。水神とするか。

八　生まれる子の母で天御梶日女命自身をいう。

九　故障なく無事に確かにの意。「さだかに、むくさかに、あやまつことなく」(続紀宣命)。

一〇　神の霊代。神霊を寄せ宿らせているもの。

一一　平田市上岡田の北、檜山(三三三米)。

一二　平田市野石谷の北の高野寺山に擬しているが、その西方の峰続きの山(最高標点四一五米)にもわたる山名とすべきか。

一三　以下、山野の産物の名の列記。意宇郡の条(一一七頁)参照。

一四　以下、川の名の列記。底本に記事標目の「川」がある。

一五　平田市東部の川。鹿園寺川とすべきか。

一六　山の条に出た。

一七　宍道湖。

一八　多久を流れる川(多久川)と多久谷を流れる川(船川)とがある。

一九　倉本・鈔本によれば「同じき神名樋山」となり、下の宇加川の見椋山の記し方に類する書式となる。その「同」を底本は方位の記載を省略したものとして書式例通りに詳記したものとも解されるが、「同」は恐らくは伝写の間の省略とすべきであろう。

都宇川[1] 源二 東水源出二阿豆麻夜山一[2] 西水源出二見椋山一[3] 二水合南流 入二々海一[4]
宇加川[5] 源出二同見椋山一[6] 南流入二々海一[4]
麻奈加比池 周一里一十歩
大東池 周一里
赤市池[7] 周一里二百歩
沼田池 周一里五十歩
長田池 周一里一百歩
南入海 雑物等[8] 如二秋鹿郡説一
北大海
自毛埼 秋鹿與二楯縫一二郡堺 崔嵬 松栢[9]鬱[10][11] 卽有二晨風之栖一也
佐香濱 廣五十歩
己自都濱 廣九十二歩
御津嶋 生二紫菜一
御津濱 廣卅八歩
能呂志嶋 生二紫菜一

一 川の名の訓は明らかでない。上岡田を流れる川(東)と久多見を流れる川(西)とがあり、両川が合して宍道湖(平田市街の東北方)に注いでいたのである。今は船川に注ぎ、東流して湖に入る。

二・三 山の条に出た。

1 解「宇」とするが、底・諸本のままに存する。恐らくは誤字であろうが考え難い。
2 底・諸本「川」。訂及び他郡例により訂す。
3 底「川」。倉・鈔による。
4 一七二頁18に同じ。
5 鈔「賀」。底・倉による。
6 「同」衍か。諸本のままに存する。
7 「赤市」、底「赤南」、倉・鈔「亦市」。後藤説により訂す。
8 倉・鈔「等」の下「者」があるが、底のまま。下の北海産物の箇所も「者」がない。
9 底「柏」。倉・鈔による。
10 「鬱」の下に倉「時」の字があり、後藤説「鬱峙」としているが、底・鈔による。
11 鈔「則」。底・倉による。

[一]都《つ》宇《じ》川　源《みなもと》は二つなり。東《ひむがし》の水源《みなもと》は阿[二]豆《づ》麻《ま》夜《や》山より出で、西の水源《みなもと》は見[三]椋《みくら》山より出づ。二つの水《みつ》合《あ》ひて、南に流れて入海《いりうみ》に入《い》る。

[四]宇《う》加《か》川　源《みなもと》は[五]同じき見椋《みくら》山より出で、南に流れて入海《いりうみ》に入《い》る。

[六]麻《ま》奈《な》加《か》比《ひ》の池《いけ》[七]　周《めぐ》り一里《さと》一十歩《あし》なり。

[八]大東《おほひむがし》の池　周《めぐ》り一里《さと》なり。

[九]赤市《あけち》の池　周《めぐ》り一里《さと》二百歩《あし》なり。

[一〇]沼田《ぬた》の池　周《めぐ》り一里《さと》五十歩《あし》なり。

[一一]長田《ながた》の池　周《めぐ》り一里《さと》一百歩《あし》なり。

[一二]南は入海《いりうみ》。雑《くさぐさ》の物等《ものども》は、[一三]秋鹿《あいか》の郡《こほり》に説《と》けるが如し。

[一四]北は大海《おほうみ》。

[一五]自《し》毛《も》埼《さき》　[一六]秋鹿《あいか》と楯縫《たてぬひ》と二つの郡《こほり》の堺《さかひ》なり。[一七]崔嵬《さか》しく、松・栢《かへ》鬱《しげ》れり。即《すなは》ち晨風《はやぶさ》の栖《す》あり。

[一八]佐《さ》香《か》の濱《はま》　廣さ五十歩《あし》なり。

[一九]己《こ》自《し》都《づ》の濱　廣さ九十二歩《あし》なり。

[二〇]御《み》津《つ》嶋　紫菜《むらさきのり》生《お》ふ。

[二一]御《み》津《つ》の濱　廣さ卅八歩《あし》なり。

[二二]能《の》呂《ろ》志《し》嶋　紫菜《むらさきのり》生《お》ふ。

四　奥宇賀・口宇賀から平田市街を流れる。市街地近くまで湖であった。

五　前条の都宇川の源の山として同名の山が記されているから重ねて記す意で「同」と附記したものか。上の多久川の神名樋山に類似例のある外、他に例のない書式である。或は「同」字は補筆とすべきか。

六　以下、池名の列記。底イ本・倉本に記事標目の「池」がある。

七　高野寺から唯浦に至る山中に池跡があるという(横山永福、考)。

八　遺称なく所在不明。後藤説、大市池の誤かとする。

九　野石谷の坂防、高野寺への登り口にある。

一〇　西西郷の北の直良池に擬している。

一一　久多美の西谷(葦原谷)の奥、畑の西北の池に擬している。

一二　郡の南面、宍道湖の側の記事。島・浜などの地名を記さず、産物についてのみ記したもの。

一三　一六三頁の記事を指す。

一四　以下は郡の北面、日本海に臨む側の浜・島などを列記。

一五　平田市と伊野村との境の岬。鼻ぐり崎(牛の首)という地。

一六　秋鹿郡の条(一六五頁)にも見えている。

一七　高くけわしい。

一八　平田市坂浦が遺称地。

一九　坂浦の西、小伊津の浜。

二〇・二一　小伊津の西の三浦の浜、及びその海の小岩礁に擬している。

二二　三浦の西の唯浦の海の天狗島に擬している。

一 三浦の西の唯浦の浜としている。
二 唯浦の西の釜浦を遺称地とする。
三 釜浦の西、平田市小津から西北方に突

能呂志濱　廣八歩
鎌間濱　廣一百歩
於豆振埼[1]　長[2]二里二百歩　廣一里（周嶮峨上有㆓松菜芋㆒）
許豆嶋（生㆓紫菜㆒）
許豆濱　廣一百歩（出雲與㆓楯縫㆒二郡之堺）
凡北海[3]所㆑在雑物　如㆓秋鹿郡説㆒　但紫菜者　楯縫郡尤優也
通[4]㆓秋鹿郡堺伊農川㆒　八里二百六十四歩
通[5]㆓出雲郡堺宇加川[6]㆒　七里一百六十歩

郡司　主帳　无位　物部臣
大領　外従七位下　勳十二[7]等　出雲臣
少領　外正六位下　勳十二[7]等　高善史[8]

出雲郡

合　郷捌（里廿三[9]）　神戸壹（里二[10]）

1 以下四字、底・鈔「弥豆椎」。倉も類似字形。地理及び密勘説により「於豆振」とし、例によって「埼」を補う。
2 以下三字、底・諸本「長里」二字。後藤説・朝山皓説により部落から尖端までの里程として「長二里」とした。底傍書に「長里」を「島周乎」とある。或は「埼周」二字の誤であるかも知れない。
3 底「此」。倉・鈔による。
4 倉・鈔「通」がない。底による。
5 底・倉・鈔「通」がない。解による。
6 底「賀」。倉・鈔による。
7 一二二頁17に同じ。
8 底「臣」。倉・鈔による。
9 底「一」。倉・鈔「二」。倉の巻頭記載及び本條の注記に基く實數計算により「三」とする。
10 鈔「里二」がなく、倉「二」がない。底による。但し底大書しているのを例により注に改める。

一 能呂志《のろし》の濱　廣さ八歩《あし》なり。
二 鎌間《かまま》の濱　廣さ一百歩《あし》なり。
三 於豆振《おつふり》の埼《さき》　四 長さ二里二百歩《あし》、廣さ一里《さと》なり。周《めぐ》り嵯峨《さか》し。上《うへ》に松・菜《な》・芋《いへついも》あり。
五 許豆嶋《こづ》　紫菜《むらさきのり》生《お》ふ。
六 許豆《こづ》の濱　廣さ一百歩《あし》なり。出雲と楯縫《たてぬひ》と二つの郡《こほり》の七 堺《さかひ》なり。
八 凡《すべ》て、北の海に在《あ》るところの雜《くさぐさ》の物《もの》は、九 秋鹿《あいか》の郡《こほり》に説《と》けるが如し。但《ただ》、紫菜《むらさきのり》は、楯縫《たてぬひ》の郡《こほり》、尤《もと》も優《まさ》れり。
一〇 秋鹿《あいか》の郡《こほり》の一一 堺《さかひ》なる一二 伊農《いぬ》川に通《とほ》るは、八里《さと》二百六十四歩《あし》なり。
一三 出雲の郡の堺《さかひ》なる一四 宇加《うか》川に通《とほ》るは、七里《さと》一百六十歩《あし》なり。

一五 郡司《こほりのつかさ》《グンシ》　主帳《ふみひと》《シュチヤウ》　无位《ムヰ》　物部臣《もののべのおみ》
大領《おほみやつこ》《タイリヤウ》　外從七位下《ゲジュシチヰノゲ》　勳十二等《クンジフニトウ》　一六 出雲臣《いづものおみ》
少領《すけのみやつこ》《セウリヤウ》　外正六位下《ゲシヤウロクヰノゲ》　勳十二等《クンジフニトウ》　高善史《たかよしのふひと》

一七 出雲《いづも》の郡《こほり》
一八 合《あは》せて郷《さと》は八 里《こざと》は廾三、神戸《かむべ》は一 里《こざと》は二 なり。

出した十六島(ウップルイ)の岬。
四 岬の突端から十六島部落までの里程を指すか。
五・六 十六島の岬から東南に湾入した地点、平田市小津の浜が遺称地。その海の竹島をコヅ島に擬している。
七 出雲郡の条(一九五頁)では小津の宮松崎を二郡境としている。
八 日本海側の産物名の記載。
九 一六五頁の記事を指す。
一〇 以下、郡家からの公道の里程を記す。諸本に記事標目の「通道」がある。
一一 楯縫郡家から郡の東の境まで。
一二 秋鹿郡の条(一六五頁)では伊農橋とある。
一三 楯縫郡家から郡の西の境まで。
一四 平田市西西郷附近で宇賀川を渡った。渡河地までの里程。
一五 以下、意宇郡の条(一二三頁)参照。
一六 寺の条(一六九頁)に出雲臣太田と名が見えている。
一七 平田市のおよそ宇賀川以西の地、大社市、出雲市のおよそ北半部(旧斐伊川以北)、斐川村の地域にあたる。ただし、斐伊川下流は大半が宍道湖であり、また斐伊川が宍道湖に流れ入るのは江戸初期(寛永十六年)以降で、もとは出雲市武志町附近から西流して日本海に流れ注いでいた。出雲郡家は斐川村求院附近を遺蹟地とする。
一八 以下、郷名など行政上の単位名の総数とその名称の列記。和名抄の郷名にも、建部・漆沼・河内・出雲・杵筑(刊本は許筑に誤る)・伊努(刊本は伊勢、高山寺本は甲努に誤る)・美談・宇賀と八郷名が見える。

健部郷　今依レ前用

漆沼郷　本字志[1]刀沼

河内郷　今依レ前用

出雲郷　今依レ前用

杵築郷　本字寸付

伊努郷　本字伊農

美談郷　本字三太三　以上漆郷別里參[2]

宇賀郷　今依レ前用　里貳[3]

神戸郷[4]　里二

所三以號二出雲一者　説レ名如レ國也
健部[5]郷　郡家正東一十二里二百卅四歩　先所三以號二宇[6]夜里一者
宇夜都辨命　其山峯天降坐之　即彼神之社　至[7]レ今猶坐二此處一
故云二宇夜里一　而後　改所三以號二健部[5]一者[8]　纏向檜代宮御宇天皇
勅　不レ忘二朕御子倭健命之御名一　健部[5]定給　爾時　神門臣古禰[9]
健部[5]定給　即健部[5]臣等　自レ古至レ今　猶居二此處一　故云二健部[5]一

1 底・諸本「司」。考(横山永福)は「豆」の誤とするが、後藤説・朝山皓説により「刀」の誤とすべきであろう。常陸國風土記に「夜刀神」とあるのも「ヤツ神」で、「刀」を「ツ」の假名に用いたものとすべきが如くである(五五頁參照)。

2・3 底・鈔に注の記事がない。倉による。

4 鈔「里」。底・倉による。

5 鈔「耶」。倉「郡」。底による。

6 底・倉「字」。鈔による。

7 底・諸本「主」。解による。

8 底・諸本「之」。解の説による。

9 底・諸本「彌」。解による。

健部《たけるべ》の郷《さと》　[一]今も前《さき》に依《よ》りて用ゐる。
漆沼《しつぬ》の郷　[二]本《もと》の字《じ》は志刀沼《(しつぬ)》なり。
河内《かふち》の郷　今も前に依りて用ゐる。
出雲《いづも》の郷　今も前に依りて用ゐる。
杵築《きづき》の郷　本《もと》の字は寸付《(きづき)》なり。
伊努《いぬ》の郷　本《もと》の字は伊農《(いぬ)》なり。
美談《みたみ》の郷　本《もと》の字は三太三《(みたみ)》なり。以上《かみ》の七《ななつ》の郷別《さとごと》に里《こざと》は三《みつ》なり。
宇賀《うか》の郷　今も前に依りて用ゐる。里《こざと》は二《ふたつ》なり。
神戸《かむべ》の郷《さと》　里《こざと》は二《ふたつ》なり。

[三]出雲《いづも》と號《なづ》くる所以《ゆゑ》は、名を[四]説《と》くこと、國の如し。

[五]健部《たけるべ》の郷《さと》　郡家《こほりのみやけ》の正東《まひむがし》一十二里《さと》二百卅四歩《あし》なり。先《さき》に[六]宇夜《うや》の里《さと》と號《なづ》けし所以《ゆゑ》は、[七]宇夜都辨命《うやつべのみこと》、[八]其《そ》の山の峯《みね》に天降《あまくだ》りましき。即《すなは》ち、[九]彼《そ》の神の社《やしろ》、今に至るまで猶此處《なほここ》に坐《いま》す。故《かれ》、宇夜《うや》の里《さと》といひき。しかるに後《のち》に改めて健部《たけるべ》と號《なづ》くる所以《ゆゑ》は、[一〇]纒向《まきむく》の檜代《ひしろ》の宮《みや》に御宇《あめのしたしろ》しめしし天皇《すめらみこと》、勅《の》りたまひしく、「朕《あ》が御子《みこ》、[一一]倭健命《やまとたけるのみこと》の御名《みな》を忘《わす》れじ」とのりたまひて、[一二]健部《たけるべ》を定《さだ》め給ひき。その時、[一三]神門臣古禰《かむどのおみふるね》を健部《たけるべ》と定め給ひき。即《すなは》ち、健部臣等《たけるべのおみたち》、古《いにしへ》より今に至るまで、猶此處《なほここ》に居《を》り。故《かれ》、健部《たけるべ》といふ。

一・二　意宇郡の条（九七頁）参照。
三　以下、郡名・郷名などの説明記事。
四　出雲郡の郡名の由来は国名の条（九五頁）に記したのと同じの意。
五　郡の最東部、宍道町伊志見から斐川村の上庄原・三纒の吉成・羽根・武部にわたる、旧宍道湖の南岸の地域。今はタケベ（武部）というが、和名抄の郷名にタケムベと訓むのによれば、タケルベを古訓とすべきである。
六　斐川村宇屋谷が遺称地。
七　他に見えない。土地の主権女神か。
八　宇屋谷の東の峰（一〇〇米）を指すか。或は南方の大黒山（三一三米）か。
九　下の神社名列記の神代社を指す。
一〇　景行天皇。
一一　古事記に出雲建を討伐せられたことが見える。
一二　御名代部。皇子の名を後世に伝えるために、その名を氏の名とする氏族を設定せられたのである。
一三　崇神紀に見える出雲振根《(ふるね)》と同名とすべきであろう。神門臣は出雲臣と同族。

漆沼郷　郡家正東[1]五里二百七十歩　神魂命御子　天津枳比佐可美[2]高日子命御名　又[3]云二薦枕志都沼値一之　此神郷中坐　故云二志刀[4]沼一（神龜三年改二字漆沼一）　即[5]有二正倉一

河内郷　郡家正南[6]一十三里一百歩　斐伊大河　此郷中西流[7]　故云二河内一　即[8]有レ隄[9]　長一百七十丈五尺（七十一[10]丈之廣七丈　九十五[11]丈之[12]廣四[13]丈五尺）

出雲郷　即屬二郡家一（説レ名如レ國）

杵築郷　郡家西北廾[14]八里六十歩　八束水臣津野命之國引給之後　所レ造二天下一大神之宮　將二造[15]奉一而[16]　諸皇神等　參二集宮處一　杵築　故云二寸付一（神龜三年改二字杵築一）

伊努郷　郡家正北八里七十二歩　國引坐意美豆努命御子　赤衾伊努意保須美比古佐倭氣能命之社[17]　即坐二郷中一　故云二伊農[18]一（神龜三年改二字伊努一）

美談郷　郡家正北九里二百卌[19]歩　所レ造二天下一大神御子　和加布都努志命　天地初判之後　天御領田之長　供奉坐之　即彼神坐二郷中一　故云二三太三一（神龜三年改二字美談一）　即有二正倉一

一　斐川村直江(上下がある)附近の地。その東方は殆ど湖になっていた。

二　下記の神名火山の曾伎乃夜社の祭神。古事記垂仁朝に出雲国造の祖、岐比佐都美とあるのと関係ある土地の主権神であろう。

三　シツヌのチ(霊)でこの土地の地霊神。コモマクラ(コモ草で作った枕)はシ(為)とかかる神名の称辞。

四　下の神社名列記に曾伎乃夜社とある社に鎮座。

五　正税としての稲・塩などを収納する公倉。

六　斐川村の阿宮から伊保、及び出雲市の上島から船津に至る斐伊川流域地。

七　肥河(記)・簸之川(紀)とも書く。下に出雲大河とある。この郷を東から西に流れている。

八　川の堤の幅に広狭のあるのを注記したのであろう。七一丈と九五丈とでは一六六丈で四丈五尺不足。七五丈と九五丈または七一丈と九九丈とのいずれかであろう。

九　斐川村の西南部、出西・氷室・神守・富村・求院の地域。

一〇　郡家と同所の意。

一一　出雲国名の説明と同じの意。イヅモという郷名・郡名・国名の説明を統一して、国名の条の記載のみとしたのである。ただし、イヅモの地名の由来は十分には説明せられていない(九五頁頭注一九参照)。

一二　ほぼ大社町の平野地にあたる。

1 倉「五里」を脫。
2 「比佐」二字、底・諸本「値」。下の山・社の條により後藤説「比佐」二字の誤寫とするに從う。
3 底「亦」。倉・鈔による。
4 底「司」。鈔「々」。倉「刄」。郷名列記の條と同様に「刀」の誤とする。
5 以下四字、鈔にない。底・倉による。
6 倉「三百九十七歩」。底・鈔による。
7 底・諸本「北」。下の出雲大川の條及び地理により訂す。
8 底・鈔「即郡」二字。「郡」は誤寫重記。倉による。
9 底・諸本「優」。田中本「偃」(堰の通用)、解は宣長説により「堤」とするが、字形によれば「隄」(堤に同じ)とすべきか。
10 底「一」がない。倉・鈔による。訂「五イ」と傍記。或は「五」とすべきか。
11 底・倉「伍」。鈔による。
12 底・鈔「之」がない。倉による。
13 底「廾四」。倉・鈔による。
14 底・鈔「二十」。倉による。
15 底・諸本「造」がない。楯縫郡名の條に「造奉」とする。
16 底・諸本「与」。田中本による。
17 鈔「祖」。底・倉による。
18 倉・鈔「努」。底による。
19 底・諸本「四十」。例により訂す。

一三　以下「国引き給ひし後」までは大神の称辞「天の下造らしし」を更に形容した句。臣津野命と大穴持命の功業を系譜づけたものである。
一四　大穴持命の鎮座する社、出雲大社。
一五　楯縫郡の郡名の条(一六七頁)の伝承に関連する大穴持命鎮座の宮造りの伝承である。
一六　皇祖神をいうのでなく、祝詞の皇神と同じで、スメは神の称辞。楯縫郡の条(一六七頁)と二箇の用例があるのみ。
一七　神社の敷地を杵(ねき)で突いて地固めをした。
一八　出雲市の北隅、林木(東西がある)・日下・矢尾各町の地域にあたる。旧斐伊川の北岸であった。
一九　ノと訓まずヌと訓むべきであろう。近似音の故にノとヌと両様の表記があったとすべきか。
二〇　秋鹿郡伊農郷の条(一五七頁)に見える。
二一　神社名列記の伊努社。
二二　神亀三年、秋鹿郡伊農郷と郷名の文字を入れ替えにしている(一五七頁)。
二三　平田市美談と斐川村今在家附近の地。もとは斐伊川がここを流れていなかった。
二四　秋鹿郡大野郷の条(一五五頁)に見える。
二五　天と地とが別れて大地が出来、国土の経営が始まってからの意。
二六　神(恐らく大穴持命)の所領の田。
二七　田の耕作者を統率する長。
二八　神社名列記の弥太弥社。
二九　ミタ(神田)をミル(監督)の意。ミタミ(御民)で田の耕作者の意とするのは恐らく不可。

[一]漆沼《しつぬ》の郷《さと》　郡家《こほりのみやけ》の正東《まひむがし》五里《さと》二百七十歩《あし》なり。神魂命《かむむすびのみこと》の御子《みこ》、[二]天津枳比佐可美《あまつきひさかみ》高日子命《たかひこのみこと》の御名《みな》を、又《また》、[三]薦枕《こもまくら》志都沼値《しつぬち》といひき。此の神、[四]郷《さと》の中《うち》に坐《いま》す。故《かれ》、志《し》刀沼《つぬ》といふ。神龜《じんき》三年、字を漆沼と改む。即《すなは》ち[五]正倉《みやけ》あり。

[六]河内《かふち》の郷《さと》　郡家《こほりのみやけ》の正南《まみなみ》一十三里《さと》一百歩《あし》なり。[七]斐《ひ》伊の大河《おほかは》、此《こ》の郷《さと》の中《うち》を西に流る。故《かれ》、河内《かふち》といふ。即《すなは》ち堤《つつみ》あり。長さ一百七十丈《つゑ》五尺《さか》なり。[八]七十一丈《つゑ》の廣さは七丈《つゑ》、九十五丈《つゑ》の廣さは四丈《つゑ》五尺《さか》なり。

[九]出雲《いづも》の郷《さと》　即《すなは》ち[一〇]郡家《こほりのみやけ》に屬《つ》けり。[一一]名を説《と》くこと、國の如し。

[一二]杵築《きづき》の郷《さと》　郡家《こほりのみやけ》の西北《いぬゐ》のかた卅八里《さと》六十歩《あし》なり。[一三]八束水臣津野命《やつかみづおみつののみこと》の國引《くにひ》き給ひし後《のち》、天《あめ》の下《した》造らしし[一四]大神の宮を[一五]造り奉《まつ》らむとして、諸《もろもろ》の[一六]皇神等《すめがみたち》、宮處《みやどころ》に參集《まゐつど》ひて、[一七]杵《き》築《づ》きたまひき。故《かれ》、寸付《きづき》といふ。神龜《じんき》三年、字を杵築と改む。

[一八]伊努《いぬ》の郷《さと》　郡家《こほりのみやけ》の正北《まきた》八里《さと》七十二歩《あし》なり。國引きましし[一九]意美豆努命《おみづぬのみこと》の御子《みこ》、[二〇]赤衾《あかふすま》伊努意保須美比古佐倭氣能命《いぬおほすみひこさわけのみこと》の社《やしろ》、即《すなは》ち郷《さと》の中《うち》に[二一]坐《いま》す。故《かれ》、伊農《いぬ》といふ。神龜《じんき》三年、字を[二二]伊努と改む。

[二三]美談《みたみ》の郷《さと》　郡家《こほりのみやけ》の正北《まきた》九里《さと》二百卌歩《あし》なり。天《あめ》の下《した》造らしし大神の御子《みこ》、[二四]和加布都努志命《わかふつぬしのみこと》、[二五]天地《あめつち》の初《はじ》めて判《わか》れし後《のち》、[二六]天《あめ》の御領田《みしろた》の[二七]長仕《をさつか》へ奉《まつ》りましき。即《すなは》ち、彼《そ》の神、郷《さと》の中《うち》に[二八]坐《いま》す。故《かれ》、[二九]三太三《みたみ》といふ。神龜《じんき》三年、字を美談と改む。即《すなは》ち正倉《みやけ》あり。

宇賀郷　郡家正北一十七里[1]卄五步　所㆑造㆓天下㆒大神[2]命　[3]誂㆓坐神魂命御子　綾門日女命㆒　爾時　女神不㆑[4]肯　逃隱之時　大神伺求給所　[5]是則此郷也　故云㆓宇[6]賀㆒

即　北海濱有㆑礒　名㆓腦礒㆒　高一丈許　上[7]生㆑松　[8]芸至㆑礒　[9]里人之朝夕如㆓往來㆒　又木枝人之如㆓攀引㆒　自㆑礒西方[10]有㆓窟戶㆒高廣各六尺許　窟內[11]有㆑穴　人不㆑得㆑入　不㆑知㆓深淺㆒也　[12]夢至㆓此礒窟之邊㆒者必死　故俗人　自㆑古至㆑今　號㆓[13]黃泉之坂　黃泉之穴㆒也

神戶[14]郷　郡家西北二里一百[15]卄步　出雲也　說㆑名如㆓意宇郡㆒

新造院一所　有㆓河內郷中㆒　建㆓立嚴堂㆒也　郡家正南一十三里一百步　舊大領[16]日置臣布[17]彌之所㆑造　今大領[18]佐底麿之祖父

杵築大社　御魂社

御向社　出雲社

御魂社　伊努社

意保美社　曾[19]伎乃夜社

1 底・倉「二十」。鈔による。
2 鈔「神」の下に「之」。底・倉による。
3 底・諸本「譲」。解「諒」、武田訓「婚」、田中本は倉の字體により「誂」とするが、「誂」とすべきか。誂は聘・娉に通わし用いたもの。
4 底・諸本「肖」。解による。
5 鈔「此則是」。倉「此財是」。底による。
6 倉「加」。底・鈔による。
7 倉・鈔「坐」。底による。
8 底「栞」。倉・鈔の字形により解「芸」とするに従う。田中本「茂」。
9 倉・鈔の字形より解「邑」とするが、底による。後藤説「死」。
10 底・諸本「有」がない。釈紀所引文による。
11 底・諸本「在」。釈紀所引文による。
12 底・鈔「多」。倉「夛」。釈紀所引文による。
13 倉・鈔・釈紀所引文「土黄」、国史大系本釈紀は「之黄」の誤とするが、「土」は「黄」の誤写重記。底による。
14 鈔「里」。底・倉による。
15 底・鈔「卄」がない。倉による。
16 底・諸本「罝部」。正倉院文書によれば「日置」とあるべきで、田中本説により「日」を補い、また「部」を削る。
17 倉「禰」。底・鈔による。
18 底・諸本「佐宜鹿」。正倉院文書により田中本「佐底麿」とするに従う。
19 底・諸本「致」。訂・延喜式により訂す。

一 平田市の奥宇賀・口宇賀から国富にわたる宇賀川の南岸地域。
二 他に見えない神名。
三 求婚する。「よばふ」に同じ。
四 承諾しないで身を隠した。求婚された女が身を隠し、求婚者の男がさがし出すのは婚姻の習俗であった。播磨国風土記褶墓の条(二五九頁)参照。
五 さがし見に来られた。
六 平田市の西北端猪目にある。下文(一九五頁)に脳島とあるのに近い海岸の崖、岩壁(礒)。
七 崖の高さ。
八 絶壁で木の繁った辺鄙な所にも里人の通って来ることを記した。
九 以下の一条を釈日本紀巻六に引用。

[一]宇賀《うか》の郷《さと》　郡家《こほりのみやけ》の正北《まきた》一十七里《さと》卅五歩《あし》なり。天《あめ》の下《した》造らしし大神の命《みこと》、神魂《かむむすびの》命《みこと》の御子《みこ》、[二]綾門日女命《あやとひめのみこと》を[三]誂《つまど》ひましき。その時、女《め》の神[四]肯《うべな》はずて逃《に》げ隠《かく》ります時に、大神[五]伺《うかが》ひ求《ま》ぎ給ひし所《ところ》、是則《これすなは》ち此の郷《さと》なり。故《かれ》、宇賀《うか》といふ。

即《すなは》ち、北の海濱《うみべた》に礒《いそ》あり。[六]脳《なづき》の礒《いそ》と名づく。[七]高さ一丈《つゑ》ばかりなり。上《うへ》に松生《まつお》ひ、芸《しげ》りて礒《いそ》に至る。[八]里人《さとびと》の朝夕《あしたゆふべ》に往來《ゆきかよ》へるが如く、又《また》、木の枝《えだ》は人の攀《よ》ぢ引《ひ》けるが如し。[九]礒《いそ》より西の方《かた》に[一〇]窟戸《いはやど》あり。高さと廣さと各《おのもおのも》六尺《さか》ばかりなり。窟《いはや》の内《うち》に穴《あな》あり。人、入《い》ることを得ず。[一一]深き淺きを知らざるなり。夢《いめ》に此《こ》の礒《いそ》の窟《いはや》の邊《ほとり》に至れば必ず死ぬ。故《かれ》、俗人《くにひと》、古《いにしへ》より今《いま》に至るまで、[一二]黄泉《よみ》の坂・黄泉《よみ》の穴と號《なづ》く。

[一三]神戸《かむべ》の郷《さと》　郡家《こほりのみやけ》の西北《いぬゐ》のかた二里《さと》一百卅歩《あし》なり。[一四]出雲なり。名を説くこと、意宇《おう》の郡《こほり》の如し。

[一五]新造《しんざう》の[一六]院一所《ゐんひとところ》　河内《かふち》の郷《さと》の中《うち》にあり。嚴堂《ごんだう》を建立《た》つ。郡家《こほりのみやけ》の[一七]正南《まみなみ》一十三里《さと》一百歩《あし》なり。舊《もと》の大領《おほみやつこ》日置臣布彌《ひおきのおみふみ》が造るところなり。今の大領《おほみやつこ》[一八]佐底麿《さでまろ》が祖父《おほぢ》なり。

[一九]杵築《きづき》の[二〇]大社《おほやしろ》〔杵築大社〕

[二一]御魂《みむすび》の社《やしろ》〔大穴持神社カ〕

[二二]御向《みむかひ》の社〔同（杵築大）社坐大神大后神社〕

[二三]出雲《いづも》の社〔出雲神社〕

[二四]御魂《みむすび》の社〔同（出雲）社韓國伊大氐神社カ〕

[二五]伊努《いぬ》の社〔伊努神社〕

[二六]意保美《おほみ》の社〔意保美神社〕

[二七]曾伎乃夜《そきのや》の社〔曾枳能夜神社〕

一〇　岩穴の入口。この附近に岩窟多く、いずれか確かでない。後藤説はゲンザガ鼻の岩窟に擬している。

一一　岩穴の奥行。

一二　死者の国に至る坂また穴の意。

一三　斐川村の神立から井上・鳥井・鳥屋にわたる地域。

一四　出雲の神戸の意。楯縫郡の条（一六九頁）参照。

一五　寺院の記事。底本に記事標目「寺」がある。

一六　出雲市上島の上谷にある上乗寺の観音堂とする。

一七　河内郷の方位里程に同じ。

一八　天平六年出雲国計会帳（正倉院文書）に日置臣佐提麻呂と見える人。当郡の末に署名している人である。

一九　以下、神社名の列記。底本に記事標目「社」がある。

二〇　大社町の出雲大社。大穴持命を祭る。大社とあるのはこの社と意宇郡の熊野大社（一一三頁）と二社だけである。

二一　右の境内摂社か。延喜式に杵築大社の前に記された大穴持神社にあてるべきか。

二二　同大社境内摂社。

二三・二四　出雲大社の後の素鵞社、平田市鰐淵寺別所の諏訪社などに擬して確かでない。

二五　出雲市西林木町の伊努（犬谷）神社。

二六　平田市河下にある。

二七　斐川村神氷の氷室にある。今の社地は仏経山の西麓にあるが、もと山頂にあったことが下の神名火山の条（一九一頁）に見える。祭神は漆沼郷の条に見えるキヒサカミタカヒコノ命。

久牟社[1]　曾伎乃夜社[2]
阿受伎社　美佐伎社
伊奈佐乃社[3]　彌太彌社
阿我多社　伊波社
阿具社　都牟自社
久佐加社　彌努婆社[4]
阿受枳社　宇加社[5]
布世社　同阿受枳社[6]
神代社　加毛利社[7]
來坂社　伊農社
同社　同社
鳥屋社　御井社
企豆伎社[8]　同社[9]
同社　同社
同社　同社
阿受枳社　同社

一 斐川村出西の岩樋の東北二粁にある久武神社。
二 上の同名社の同社内か。
三 大社町遙堪の阿式神社。延喜式にアズキ社が一一社記されている。式外同名社の条を参照。
四 大社町日御碕の日御碕神社。
五 大社町稲佐にある。
六 平田市美談にある。旧社地は洪水に流失して八幡社に合祀してあった。祭神は美談郷の条に見える。

1 底・倉「牟久」。鈔・延喜式による。
2 底・諸本「審」。訂・延喜式による。
3 鈔「乃」がない。底・倉による。
4 底「故努波」。倉「故努婆」。鈔による。
5 底・鈔「加守」。倉「守加」。解・延喜式による。
6 倉「布世社」の前に記す。或は「宇加社」の前に記すべきか。底・鈔のままに存する。
7 倉・鈔「立」。底・延喜式による。
8 底・諸本「尒」。訂「支」。田中本「企」とするに従う。
9 底は企豆伎社の同社を二社、次の阿受枳社の同社を一一社記す。倉・鈔は前者五社、後者七社とし、延喜式の記載数にあうので、これに従う。

七 旧社地は洪水に流失し、美談神社に合祀。
八 平田市美談の岩野八幡社の境内社に擬している。
九 斐川村上阿具の阿吾神社。
一〇 平田・出雲両市の境の旅伏山にある都武自(旅伏)神社。
一一 出雲市日下町にある。
一二 平田市奥宇賀の奥宇賀神社に合祀の和田神社に擬している。
一三 延喜式アズキ社一一社の内。式外同名社の条参照。
一四 平田市口宇賀の宇賀神社。
一五 平田市布勢の奥宇賀(籠守)神社。
一六 頭注一三に同じ。
一七 斐川村宇夜谷の神代社とするが、諸説は同村出西の万九千神社にあてている。
一八 斐川村神氷の神守にある加毛利(宮崎)神社。
一九 出雲市矢尾町の北方、鼻高山の麓にある。
二〇 出雲市東林木町の八王子神社に擬している。
二一・二二 延喜式にイヌ社が四社の外、伊布伎・都我利・伊和佐の三社をあわせて七社記してある。社地は明らかでない。上記の伊努社と同社か。
二三 斐川村伊波野の鳥屋にある。
二四 斐川村直江の御井にある。
二五 以下の六社については、延喜式に七社記してある杵築大社の同社の内。出雲大社の境内またはその附近にある社。
二六・二七 延喜式のアズキ社一一社の内。式外の同名社の条参照。

一 久牟《くむ》の社〔久武神社〕
二 曽伎乃夜《そきのや》の社〔同(曽枳能夜)社韓國伊大氐神社〕
三 阿受伎《あずき》の社〔阿須伎神社〕
四 美佐伎《みさき》の社〔御碕神社〕
五 伊奈佐《いなさ》の社〔因佐神社〕
六 彌太彌《みたみ》の社〔美談神社〕
七 阿我多《あがた》の社〔縣神社〕
八 伊波《いは》の社〔印波神社〕
九 阿具《あぐ》の社〔阿吾神社〕
一〇 都牟自《つむじ》の社〔都武自神社〕
一一 久佐加《くさか》の社〔久佐加神社〕
一二 彌努婆《みぬば》の社〔美努麻神社〕
一三 阿受枳《あずき》の社〔同(阿須伎)社神韓國伊太氐神社〕
一四 宇加《うか》の社〔宇加神社〕
一五 布世《ふせ》の社〔布勢神社〕
一六 同じき阿受枳《あずき》の社〔同(阿須伎)社天若日子神社〕
一七 神代《かみしろ》の社〔神代神社〕
一八 加毛利《かもり》の社〔加毛利神社〕
一九 來坂《くさか》の社〔同(久佐加)社大穴持海代日古神社〕
二〇 伊農《いぬ》の社〔伊努神社〕
二一 同じき社〔同(伊努)社神魂伊豆乃賣神社〕
二二 同じき社〔同(伊努)社神魂神社〕
二三 鳥屋《とや》の社〔鳥屋神社〕
二四 御井《みゐ》の社〔御井神社〕
二五 企豆伎《きづき》の社〔同(杵築大)社坐伊能知比賣神社〕
同じき社〔同(杵築大)社神魂御子神社〕
同じき社〔同(杵築大)社神魂伊能知奴志神社〕
同じき社〔同(杵築大)社神大穴持御子神社〕
同じき社〔同(杵築大)社伊那西波伎神社〕
同じき社〔同(杵築大)社大穴持御子玉江神社〕
二六 阿受枳《あずき》の社〔同(阿須伎)社須佐袁神社〕
二七 同じき社〔同(阿須伎)社神魂意保刀自神社〕

同社　同社
同社　同社
同社　同社
來坂社　伊努[1]社
同社　同社
彌[2]陀彌社　縣社
斐提社　韓銍社
加[3]佐加社　伊自美社
波禰[4]社　立蟲社　以上五十八所[5]並在[6]神祇官
御前社　同御埼社
支豆支社　阿受枳[7]社
同阿受枳[7]社　同社
同阿受枳[7]社　同阿受支[8]社
同社　同社
同社　同社

1 鈔「奴」。底・倉による。
2 底・鈔「阿」。倉「放」。林崎文庫本・延喜式による。
3 倉「加佐伽」。延喜式「伊佐加」。底・鈔による。
4 底・諸本、方扁の如き字形。解による。
5 倉「巳」。底・鈔による。
6 底「有」。倉・鈔による。
7 倉「支」。底・鈔による。
8 上例によれば「枳」の如くであるが、底・諸本のままとする。

一—六　一八五頁頭注二六に同じ。
七　上記の同名社と同社。
八—一〇　上記の同名社と同社か。イヌ社七社の内。
一一　上記の同名社と同社。
一二　上記の同名社と同社。旧社地は斐川村今在家の国長にあったが洪水に流失したという。
一三　平田市鰐淵唐川の八王子神社。今は岩船神社に合祀。
一四　同地の西南弥山に至る途中の韓竈神社。
一五　斐川村出西の岩海にある伊保神社。延喜式のイサカと風土記のカサカといずれが正か明らかでない。
一六　宍道町伊志見の軍原にある三社神社。
一七　斐川村三纏の羽根にある八所神社。延喜式波知神社とある知は如の誤。
一八　斐川村出西の神立にある万九千神社に合祀の立虫神社。旧社は西方斐伊川の川中の地。洪水によって流失、川筋が変じた。
一九・二〇　大社町の稲佐浜・日御碕・宇竜・鷺など諸説あって明らかでない。
二一　大社町湊原の湊神社に擬している。
二二　以下の二八社は神祇官内社の同名社一一社中の一〇社(一社は遙堪の阿式社とする)と併せて三八社。これを出雲大社に移したという。大社境内にある東の一九社・西の一九社というのがこれにあたるものの如くである(後藤説)。

一 同じき社〔同(阿須伎)社神阿須伎神社〕
二 同じき社〔同(阿須伎)社神伊佐那伎神社〕
三 同じき社〔同(阿須伎)社神阿麻能比奈等理神社〕
四 同じき社〔同(阿須伎)社神伊佐我神社〕
五 同じき社〔同(阿須伎)社阿遅須伎神社〕
六 同じき社〔同(阿須伎)社天若日子神社〕
七 來坂《くさか》の社〔同(久佐加)社大穴持海代日女神社〕
八 伊努《いぬ》の社〔意布伎神社〕
九 同じき社〔都我利神社〕
一〇 同じき社〔伊佐波神社〕
一一 彌陀彌《みたみ》の社〔同(美談)社比賣遅神社〕
一二 縣《あがた》の社〔同(縣)社和加布都努志神社〕
一三 斐提《ひで》の社〔斐代神社〕
一四 韓銍《からかま》の社〔韓竈神社〕
一五 加佐加《かさか》の社〔伊佐賀神社〕
一六 伊自美《いじみ》の社〔伊甚神社〕
一七 波禰《はね》の社〔波知神社〕
一八 立蟲《たちむし》の社〔立蟲神社〕

以上《かみ》の五十八所《ところ》は、竝《なら》びに神祇官《かみつかさ》に在り。

一九 御前《みさき》の社《やしろ》
二〇 同じき御埼《みさき》の社《やしろ》
二一 支豆支《きづき》の社
二二 阿受枳《あずき》の社
同じき阿受枳《あずき》の社
同じき社
同じき阿受枳《あずき》の社
同じき阿受支《あずき》の社
同じき社
同じき社
同じき社
同じき社

同社　同社
同社　同社
同社　同社
同社　同社
同社　同社
同社　同社
同社　同社
同社　[1]伊努社
同伊努社　同社
縣社　彌陀彌社
同彌陀彌社　[2]同社
同社　同社
同社　同社
同社　同社

1 以下「同彌陀彌社」まで諸本の記載順序及び同社の數區々である。底イ・倉・日御埼本に從った。底は「伊努社・縣社・彌陀彌社・同伊努社・同社・同社・同社・同彌陀彌社」とある。底によれば伊努社の「同社」を更に二社増すべきか。

2 彌陀彌社の「同社」、底は七社。倉により九社とする。

同じき社
同じき社
同じき社
同じき社
同じき社
同じき社
同じき社
同じき社
同じき社
同じき社
同じき伊努《いぬ》の社
二縣《あがた》の社
同じき彌陀彌《みたみ》の社
同じき社
同じき社
同じき社

同じき社
同じき社
同じき社
同じき社
同じき社
同じき社
同じき社
同じき社
同じき社
一伊努《いぬ》の社
同じき社
三彌陀彌《みたみ》の社
同じき社
同じき社
同じき社
同じき社

一・二・三　神祇官内社に同名社があるが、官外の諸社は所在明らかでない。

一 平田市美談の荒木にある印波神社に擬している。
二 一社は斐川村直江の下直江にある神社に擬しているが、他の一社は明らかでない。

同社　同社
伊爾波社[1]　都牟自社
同社　彌努波社
山邊社　同社
同社　間野社
布西社　波如社[2]
佐支多社　支比佐社
神代社　同社
百枝槐社[3]　以[4]上六[5]十四所　並不レ在[6]二神祇官一
神名火山　郡家東[7]南三里一百五十歩　高一百七十五丈　周一[8]十五里六十歩　曾支能夜社坐　伎比佐加美高日子命社　即在二此山[9]嶺一　故云二神名火山一
出雲御埼山　郡家西[10]北[11]卅八里六十歩　高三百六十丈　周九十六里一百六十五歩　西下所レ謂所レ造二天下一大神之社坐也
凡[12]諸山野所レ在草木　萆薢　百部根　女委　夜干　商陸　獨活　葛根　薇　藤　李　蜀椒　楡　赤桐　白桐　椎　椿　松　栢　禽獸則*

1 鈔「波」がない。底・倉による。
2 底・鈔「加」。倉・正倉院文書(天平十一年出雲國賑給帳)による。
3 解「槻」(スギ)とするが底・諸本のまま。
4 底・倉「已」。鈔による。
5 底・鈔「六十」。倉による。六四社として各郡の總數は二一五となり巻頭の社數に合うが、記載實數は底・鈔六〇、倉六一で恐らくは同社に脱落があるのであろう。田中本は阿受枳社・伊努社・彌陀彌社に同社各一を補って六四としている。
6 底「有」。倉・鈔による。
7 底「正南」。倉・鈔による。
8 鈔「一十」がない。底・倉による。
9 「山嶺」二字、底・鈔「巖」、倉「山嚴」。解に従う。校定本は「嶺」一字としている。
10 倉・鈔「正北」。底による。
11 底「卅七里三百六十歩」。鈔「二十七里三百五十歩」。倉「七里三百六十歩」。三〇〇歩一里であるから歩數は恐らく誤。恐らく杵築郷の方位里數「卅八里六十歩」の誤記とすべきであろう。
12 底・諸本「凡」がない。例により補う。

同じき社
[一]伊爾波《いには》の社
同じき社
[四]山邊《やまべ》の社
同じき社
[六]布西《ふせ》の社
[八]佐支多《さきた》の社
[一〇]神代《かみしろ》の社
[一一]百枝《ももえ》の槐《ゑにす》の社

同じき社
[二]都牟自《つむじ》の社
[三]彌努波《みぬば》の社
同じき社
[五]間野《まの》の社
[七]波如《はね》の社
[九]支比佐《きひさ》の社
同じき社

以上《かみ》の六十四所《ところ》は、竝《なら》びに神祇官《かみつかさ》に在《あ》らず。

[一二]神名火《かむなび》山[一三]　郡家《こほりのみやけ》の東南《たつみ》のかた三里《さと》一百五十歩《あし》なり。高さ一百七十五丈《つゑ》、周《めぐ》り一十五里《さと》六十歩《あし》なり。[一四]曾支能夜《そきのや》の社《やしろ》に坐《いま》す伎比佐加美高日子命《きひさかみたかひこのみこと》の社《やしろ》、即《すなは》ち此の山の嶺《みね》にあり。故《かれ》、[一五]神名火《かむなび》山といふ。

[一六]出雲《いづも》の御埼山《みさきやま》　郡家《こほりのみやけ》の西北《いぬゐ》のかた[一七]廿八里《さと》六十歩《あし》なり。高さ三百六十丈《つゑ》、[一八]周《めぐ》り九十六里《さと》一百六十五歩《あし》なり。西の下《ふもと》に謂《い》はゆる天《あめ》の下《した》造らしし大神の[一九]社《やしろ》坐《いま》す。

[二〇]凡《すべ》て、諸《もろもろ》の山野《やまの》に在《あ》るところの草木《くさき》は、萆薢《ところ》・百部根《ほとづら》・女委《ゑみくさ》・夜干《からすあふぎ》・商陸《いをすぎ》・獨活《つちたら》・葛根《くずのね》・薇《わらび》、藤《ふぢ》・李《すもも》・蜀椒《なるはじかみ》・楡《にれ》・赤桐《あかぎり》・白桐《あをぎり》・椎《しひ》・椿《つばき》・松・栢《かへ》なり。禽獸《とりけだもの》には則《すなは》ち、

三　平田市口宇賀の貴船神社に擬している。
四　一社は出雲大社の西方、赤塚の山辺神社、一社は同じく東方、修理免の山王神社に擬している。
五　斐川村上鹿塚の榎神社、また大社町日御碕にあった社というが明らかでない。
六　平田市奥宇賀の池田谷にある伊勢大神宮に擬している。
七　斐川村羽根の南方、武部の十二所神社に擬している。
八　斐川村下庄原、また大社町鷺浦の社に擬して明らかでない。
九　斐川村上阿具にある。
一〇　二社とも式内同名社に合祀という。
一一　大社町日御碕神社の旧社というが確かでない。
一二　以下、山名の列記。底本に記事標目「山」がある。
一三　斐川村の仏経山(三六六米)。
一四　漆沼郷及び神社名列記に見える。
一五　カムナビは神隠(カミ・ナビ)の意で、神の鎮座する山の意。意宇・秋鹿・楯縫の諸郡にも同名の山を記している。
一六　出雲大社北方の山塊(日御碕から出雲・平田両市の境の旅伏山に至る)の総称。古事記に宇迦の山とあるのにあたる。
一七　杵築郷の方位里程に同じ。杵築郷の山(杵築大社の山)として記したものである。
一八　出雲大社・宇賀・河下・鷺浦・日御碕と山塊の周囲を結ぶ里程で他に例のない長大な里数を記している。
一九　杵築大社。
二〇　以下、山野の産物名の列記。意宇郡の条(一一七頁)参照。

有ニ晨風　鳩　山雞　鵠　鶫　猪　鹿　狼　兎　狐[1]　獼猴　飛鼯一也

出雲大川　源[2]出下伯耆與ニ出雲ニ二國堺鳥上山上　流出ニ仁多郡横田村一　即經ニ横田三處三[3]澤布勢等四鄕一　出ニ大原郡堺[4]引沼村一　即經ニ來次斐伊屋代神原等四鄕一　出[5]ニ出雲郡堺多義村一　經ニ河內出雲二鄕一　北流　更折西流　即經ニ伊努杵築二鄕一　入ニ神門水海一　此則　所レ謂斐伊川[6]下也　河之兩[7]邊　或土地豐沃[8]　五[9]穀桑麻　稔頗[10]レ枝　百姓之膏腴薗[11]也　或土體豐沃[8]　草木叢生也　則有ニ年魚鮭麻須伊具比魴鱧等之類一　潭湍[12]雙泳　自ニ河口一　至ニ河上横田村一之間　五郡百姓　便レ河[13]而居 出雲神門飯石仁多大原郡　起ニ孟春一至ニ季春一　校[14]ニ材木一船　沿[15]ニ泝河[13]中一也

意保美小川[16]　源出[5]ニ出雲御碕山一　北流入ニ大海一 有ニ年魚少々[17]一

土[18]負池　周二百卌[19]步

須須比池　周二百五十步

西門江[20]　周三里一百五十八步　東流入ニ々[21]海一 有レ鮒

大方江　周二百卌[22]四步　東流入ニ々[21]海一 有レ鮒　二江源*

一　辞書にツグミとある。和名抄に鶫に作る。
二　以下、川の記事。底本に記事標目「川」がある。
三　斐伊川。出雲郡を流れる故の称呼。
四　船通山(一一四二米)。島根県仁多郡鳥上村と鳥取県日野郡多里村との境にある。
五　船通山の西麓、横田町横田。
六　仁多郡の郷名。
七　雲南木次町の西部、西日登の引野。
八　大原郡の郷名。
九　加茂町の東隅、大竹が遺称地。その西南方、赤川と斐伊川の合流点附近が郡界であった。
一〇　出雲郡東部の大川沿いの郷名。
一一　斐伊川の旧川筋は出雲市武志町の北部附近で西に折れ(現在は東に折れる)、ほぼ高浜川筋を西流し、江田町・八島町附近から南に折れて、新内藤川筋を流れていた。
一二　出雲郡の郷名。大川の北岸の地にある郷。
一三　神門郡の条(二一一頁)に詳記。

1 底「狐」がない。倉・鈔による。
2 底・諸本「自」。他例によれば「出」とすべきである。或は「出自」二字とすべきか。
3 底「澤」を脱。諸本「澤」の字形が崩れている。下文による。
4 鈔「堺」がない。底・倉による。
5 底・諸本「出」がない。解により補う。
6 倉「河」。底・鈔による。
7 底・諸本「西」。解の説により訂す。
8 底・倉「渡」。鈔「波」。解による。
9 底・諸本「土」。解「五」とするに従う。
10 底・諸本「歎」。諸説あるが、「頗」(頃に同じ)の誤とする。
11 鈔「園」。底・倉による。
12 底・諸本「端」。解による。
13 鈔「川」。底・倉による。
14 解「積」とするが底・諸本のまま。
15 底・鈔「沼泝」。倉は「㳂」の下字形崩れている。解「㳂泝」。字形により「沿泝」とする。
16 倉「河」。底・鈔による。
17 「少々」二字、倉「尢少」。底・鈔による。
18 鈔「頂池」。底・倉による。
19 鈔「四十」。底・倉による。
20 底「池」。倉・鈔による。
21 一一八頁7に同じ。
22 倉「卌」。底・鈔による。

晨風《はやぶさ》・鳩《はと》・山雞《やまどり》・鵠《くぐひ》・[一]鶫《つぐみ》、猪《ゐ》・鹿《しか》・狼《おほかみ》・兎《うさぎ》・狐《きつね》・獼猴《さる》・飛鼯《むささび》あり。

[二]出雲《いづも》の[三]大川《おほかは》　源《みなもと》は伯耆《ははき》と出雲と二つの國の堺《さかひ》なる[四]鳥上山《とりかみ》より出で、流れて仁多《にた》の郡《こほり》の堺なる[五]横田《よこた》の村《むら》に出で、即《すなは》ち[六]横田《よこた》・三處《みところ》・三澤《みざは》・布勢《ふせ》等《ども》の四つの郷《さと》を經《へ》て、大原《おほはら》の郡の堺なる[七]引沼《ひきぬ》の村《むら》に出で、即《すなは》ち[八]來次《きすき》・斐伊《ひ》・屋代《やしろ》・神原《かむはら》等《ども》の四つの郷《さと》を經《へ》て、出雲の郡の堺なる[九]多義《たけ》の村《むら》に出で、[一〇]河内《かふち》・出雲の二つの郷《さと》を經《へ》て、北に流れ、更《さら》に[一一]折《を》れて西に流れて、即《すなは》ち[一二]伊努《いぬ》・杵築《きづき》の二つの郷《さと》を經《へ》て、[一三]神門《かむど》の水海《みづうみ》に入《い》る。此《こ》は則《すなは》ち、謂《い》はゆる[一四]斐伊《ひ》の川《かは》の下《しも》なり。[一五]河《かは》の兩邊《みぎひだり》は、或《ある》は[一六]土地《つち》豐沃《こ》えて、[一七]五穀《たなつもの》、桑《くは》・麻《あさ》稔《みの》りて枝《えだ》を[一八]頒《かたぶ》け、百姓《おほみたから》の膏腴《ゆたか》なる薗《その》なり。或《ある》は土體《つち》豐沃《こ》えて、草木《くさき》叢《む》れ生《お》ひたり。則《すなは》ち、年魚《あゆ》・鮭《さけ》・麻須《ます》・[一九]伊具比《いぐひ》・[二〇]魴《なよし》・鱧《はむ》等《ども》の類《たぐひ》ありて、潭湍《ふちせ》に雙《なら》び泳《およ》げり。河《かは》の口《くち》より河上《かはかみ》の横田の村《むら》に至る間《あひだ》の五つの郡《こほり》の百姓《おほみたから》は、河に[二一]便《よ》りて居《す》めり。出雲・神門《かむど》・飯石《いひし》・仁多《にた》・大原《おほはら》の郡《こほり》なり。孟春《むつき》より起《はじ》めて季春《やよひ》に至るまで、[二二]材木《くれき》を校《あざな》へる船《ふね》、河《かは》中を[二三]沿泝《のぼりくだ》れり。

[二四]意保美《おほみ》の小川《をがは》　源《みなもと》は[二五]出雲の御碕山《みさき》より出で、北に流れて大海《おほうみ》に入《い》る。年魚《あゆ》少々《すこ》しくあり。

[二六]土負《つちおひ》の[二七]池《いけ》　周《めぐ》り二百卌歩《あし》なり。

[二八]須須比《すすひ》の池　周《めぐ》り二百五十歩《あし》なり。

[二九]西門《にしかど》の江《え》　周《めぐ》り三里《さと》一百五十八歩《あし》なり。東《ひむがし》に流れて入海《いりうみ》に入《い》る。鮒《ふな》あり。

[三〇]大方《おほかた》の江《え》　周《めぐ》り二百卅四歩《あし》なり。東《ひむがし》に流れて入海《いりうみ》に入《い》る。鮒《ふな》あり。二つの江《え》の源《みなもと》

一四　出雲大川というのは斐伊川の下流、出雲郡あたりでの名称だという意。
一五　出雲大川と呼ばれる出雲郡での流域。
一六　地味が肥えている。
一七　稲麦粟稗豆の主食農作物(神代紀にはこの五種が見え、古事記では稗がなく豆が二種)。
一八　枝がたわみ曲る。みのりの豊かな形容。頒は傾の意。
一九　既出(一一九頁頭注七)。
二〇　後藤説では魴鱧二字をウナギと訓むが、魴は鯔(一四一頁)、鱧は和名抄にハム(今のハモ)とある。
二一　便はタヨル、ヨリソウ。縁・沿と同じ意に用いたもの。川沿いに住んでいることをいう。
二二　山から切り出した丸太材を編み結んだ桴船(いかだぶね)即ちイカダ(筏)のこと。校は校倉(あぜくら)の校に同じで、交叉させて結びあわす意。
二三　沿は川を下る。泝はさかのぼる。ここは泝は修辞として添えたもので、川を下ることをいう。
二四　平田市の河下で日本海に入る近江川。
二五　ここでは大社町と平田市の境の弥山を指す。
二六　以下、池・江の名の列記。底本に記事標目「池江」がある。
二七　斐川村中原にあったというが所在不明。
二八　斐川村庄原にあったというが所在不明。近世初期の洪水以降川筋が変り、地形を変じた。
二九　土負池の近くにあったとしている。
三〇　須須比池の近くにあったとしている。

者　竝田水所レ集矣

東[1]入海

三方竝平原遼遠　多二有山雞鳩鳧鴨鴛鴦等之族一也

東[2]入海所レ在雜物　如二秋鹿郡[3]說一

北大海

宮松埼　有下楯縫與二出雲郡一之堺上

意保美濱　廣二里一百廾步

氣多嶋　生二紫菜海松一　有二鮑[4]螺蕀甲蠃一

井呑濱　廣卅[5]二步

宇[6]太保濱　廣卅五步

大前嶋　高一丈[7]　周二百五十步　生二海藻一

腦嶋　生二紫菜海藻一　有二松栢一

鷺濱　廣二百步

黑[8]嶋　生二海[9]藻一

米[10]結濱　廣廾步

爾比埼　長一里卌步　廣廾步　埼之南本[11]　東西通レ戸　船*

1 底・鈔「東方入于海」五字。倉による。

2 底・鈔「東方」二字。倉による。以下に東西南北の下に「方」字を添記したものが底・鈔にしばしばあるが、恐らくは訓讀の際の傍記の誤寫。すべて削る。

3 底・倉「郡」がない。鈔による。

4 「鮑螺」二字、底・諸本「鯢堺」。解・後藤說により訂す。

5 倉「卌」。底・鈔による。

6 「宇太」二字、倉「辛大」。底・鈔による。

7 倉、次に「周一丈」とある。底・鈔により削る。

8 倉「里」。底・鈔による。

9 倉「紫藻」。底・鈔による。

10 底・諸本「手」。訂による。

11 訂「山」の誤とし、田中本「東」の誤寫と見て削るが、底・諸本のまま。鈔は次の「東」がない。

は、竝《なら》びに田の水の集まるところなり。
[一]東《ひむがし》は入海《いりうみ》。
[二]三つの方《かた》は竝《なら》びに平原遼遠《はらはるか》なり。山雞《やまどり》・鳩《はと》・䳑《たかべ》・鴨《かも》・鴛鴦《をし》等《ども》の族《たぐひ》、多《さは》にあり。
東の入海に在《あ》るところの雜《くさぐさ》の物は、[三]秋鹿《あいか》の郡《こほり》に説《と》けるが如し。
[四]北は大海《おほうみ》。
[五]宮松《みやまつ》の埼《さき》　楯縫《たてぬひ》と出雲の郡《こほり》との堺《さかひ》にあり。
[六]意保美《おほみ》の濱《はま》　廣さ二里《さと》一百廿歩《あし》なり。
[七]氣多嶋《けたしま》　紫菜《むらさきのり》・海松《みる》生《お》ふ。鮑《あはび》・螺《さざえ》・蕀甲蠃《うに》あり。
[八]井呑《ゐのみ》の濱　廣さ卅二歩《あし》なり。
[九]宇太保《うだほ》の濱　廣さ卅五歩《あし》なり。
[一〇]大前嶋《おほさき》　高さ一丈《つゑ》、周《めぐ》り二百五十歩《あし》なり。海藻《にぎめ》生《お》ふ。
[一一]脳嶋《なづき》　紫菜《むらさきのり》・海藻《にぎめ》生《お》ふ。松・栢《かへ》あり。
[一二]鷺《さぎ》の濱　廣さ二百歩《あし》なり。
[一三]黒嶋《くろ》　海藻《にぎめ》生《お》ふ。
[一四]米結《めゆひ》の濱　廣さ廿歩《あし》なり。
[一五]爾比埼《にひさき》　長さ一里《さと》卌歩《あし》、廣さ廿歩《あし》なり。埼《さき》の南の[一六]本《もと》は、東西《ひむがしにし》に[一七]戸《と》を通《とほ》りて、[一八]船《ふね》な

一　宍道湖に面する側の記事。次の北大海の記事に対するもの。浜・島の名を挙げず、地形の概要と産物を記すのみ。
二　湖岸に沿う北・西・南の三方。
三　一六三頁の記事を指す。楯縫郡の条（一七五頁）にも同じ記載がある。
四　以下、日本海に面する側の浜・島の名の列記。
五　平田市小津湾内の小津と和田との境。
六　平田市河下の浜。意保美の小川の河口にあたる地。
七　河下の西方の小岩礁に擬している。
八　平田市の西端、猪目(いのめ)の浜。
九　大江町の東北端、鵜峠(うど)の浜。
一〇　鵜峠の北の崎(大崎)附近の島。ただし、いずれを指すか明らかでない。
一一　鷺浦湾内の柏島とする。
一二　大社町鷺浦の浜。
一三　柏島の西方約一粁にある。
一四　大社町日井の浜。宇竜の東北約一粁。
一五　日井浜から西北に突出している岬、ケタカケ岬という。
一六　二つに分れている岬の先端の分れ目にあたる根元のところ。
一七　水門。水の通ずる潜門(くきど)をいう。今、ノロの岩窟と呼ぶ。
一八　船に乗ったままで通れる。島根郡衣島（一四五頁）などに同様の記事がある。

一 以上、宮松埼からここまでは郡の東端から、西方へ、日御碕の地に入る手前まで。

猶往來 上則松叢生也
宇禮保浦 廣七十八歩 船廿計[1]可レ泊
山埼嶋[2] 高卅九丈 周一里二百五十歩 有二椎楠[3]椿松一
子負嶋 礒
大椅[4]濱 廣一百五十歩
御前濱 廣一百廿歩 有二百姓之家一
御嚴[5]嶋 生二海藻一
御厨家嶋 高四丈 周廿歩 有レ松[6]
等等嶋 有二蚌[7]貝石花一
[8]恎聞埼 長卅[9]歩 廣[10]卅二歩 有レ松
意能保濱 廣一十八歩
栗嶋 生二海藻一
黑[11]嶋 生[12]二海藻一
這田濱 廣一百歩
二俣濱 廣九十八歩
門石嶋 高五[15]丈 周卌[13]二歩 有二鷲[14]之栖一

1 倉「許」。底・鈔による。
2 底・諸本「嶋」がない。「嶋」の體であり、記事は考(横山永福)の説により補う。
3 底「榴」。倉「擯」。鈔「横榴」二字。解による。
4 解「埼」とするが、底・諸本のまま。
5 鈔「巖」。底・倉による。
6 鈔「有松」がない。底・倉による。
7 底「蠻」。鈔「蟻」。田中本は倉の字形により「貽貝」とするが、底の字形により「蚌貝」とすべきか。
8 底「怪」。倉による。鈔、この條がない。
9 底・諸本「三十」。田中本による。
10 底・諸本「高」。田中説により改める。
11 倉「里」。底・鈔による。
12 底・倉「同前」。倉による。
13 底・諸本「四十」。田中本による。
14 鈔「之」がない。底・倉による。
15 底「五十」。鈔・倉による。

がら往來《かよ》ふ。上《うへ》には則《すなは》ち松叢《む》れ生《お》へり。一
二宇禮保《うれほ》の浦《うら》　廣さ七十八歩《あし》なり。船井《はたち》ばかり泊《は》つべし。
三山埼嶋《やまさき》　高さ卅九丈《つゑ》、周《めぐ》り一里《さと》二百五十歩《あし》なり。椎《しひ》・楠《くすのき》・椿・松あり。
四子負嶋《こおひ》　五礒《いそ》なり。
六大椅《おほはし》の濱　廣さ一百五十歩《あし》なり。
七御前《みさき》の濱　廣さ一百廾歩《あし》なり。百姓《おほみたから》の家あり。
八御厳《みいつく》嶋　海藻《にぎめ》生《お》ふ。
九御厨家《みくりや》嶋　高さ四丈《つゑ》、周《めぐ》り廾歩《あし》なり。松あり。
一〇等等《とど》嶋　一一蚌貝《うむぎ》・一二石花《せ》あり。
一三怪聞埼《しもさき》　長さ卅歩《あし》、廣さ卅二歩《あし》なり。松あり。
一四意能保《おのほ》の濱　廣さ一十八歩《あし》なり。
一五栗《くり》嶋　海藻《にぎめ》生《お》ふ。
一六黒《くろ》嶋　海藻《にぎめ》生《お》ふ。
一七這田《はふだ》の濱　廣さ一百歩《あし》なり。
一八二俣《ふたまた》の濱　廣さ九十八歩《あし》なり。
一九門石《かどいし》嶋　高さ五丈《つゑ》、周《めぐ》り卌二歩《あし》なり。鷲《わし》の栖《す》あり。

二　大社町宇竜の浦。以下は島根半島の西端、日御碕附近。
三　宇竜の弁天島に擬している。また蓬萊島という。
四　宇竜附近であろうが、いずれを指すか明らかでない。
五　岩礁の意。
六　日御碕の東北に面する浜。オワス(御坐)の浜という。
七　日御碕の浜、西に面する浜をいう。その西北方の突端が日御碕で、島根半島の最西端になるが、風土記は日御碕を掲げ漏らしている。
八　日御碕の海岸近い経ガ島。
九　右の側の大前島とする。
一〇　日御碕の西南海上、島根半島の最西の艫島（ともしま）。半島の最東端にも同名の島がある(一四三頁)。
一一　はまぐり。蛤。一五三頁参照。
一二　カメノテ。一五三頁参照。
一三　日御碕の西南端追石鼻にあてるべきか。東北への突端(鎧鼻)をシモ崎と呼ぶのでこれに擬する説もある。以下は日御碕を南に廻って半島の南側を順次東方へ記す。
一四　追石鼻の東方約半粁、黒田浜に擬している。
一五　追石鼻の東方、礫島。今はツブテ島と呼ぶが、クリは石塊・礫の意。
一六　右の近くであろうがいずれか明らかでない。礫島の西方に赤島というのがある。
一七　追石鼻の東方一粁半、礫島のある浜。
一八　右の東南方、二俣の浜。
一九　大社町稲佐附近の島であろうが、今は陸地となっている関島の地とする。

薗[1]　長三里一百歩　廣一里二百歩　松繁多矣[2]　卽自二神門水海一
通二大海一潮[3]　長三里[4]　廣一百卅歩　此則出雲與二神門一二郡堺也
凡北海所[5]レ在雜物　如二楯縫郡說一　但　鮑出雲郡尤優　所レ捕者
所レ謂御埼海子　是也
通二意宇郡堺佐雜村一　一十三里六十四歩
通[6]二神門郡堺出雲大河邊一　二里六十歩
通二大原郡堺多義村一　一十五里卅八歩
通二楯縫郡堺宇加川一　一[7]十四里二百卅歩

郡司　主帳　无位　若倭部臣
大領　外正八位下[8]　日置臣[9]
少領　外從八位下　太　臣
主政　外大初位下　（　）[10]部臣

神門[11]郡

1　解「薗濱」とするが、底・諸本のまま。
2　底「也矣」。鈔・倉により「也」を削る。
3　鈔「江」。後藤説「湖」とするが、底・倉のまま。
4　底・諸本「參」。他例によって「三」とする。
5　底・倉「此」。鈔による。
6　底・諸本「通」がない。解の補字による。
7　巻末里程及び拄北道の合計里數は「一十里」としているが、實地理及び美談鄕・宇賀鄕・多夫志烽の里數によって底・諸本のままの「一十四里」を正とすべきである。
8　鈔「八」がない。底・倉による。
9　底・諸本「置部臣」。新造院の條（一八二頁）と同じく「日置臣」の誤とする。
10　底・諸本「部臣」。恐らくは上に脫字があるとすべきであろう。
11　底「戸」。倉・鈔及び巻首による。

一　神戸川の河口から北に続く海岸の丘陵

一薗《その》　長さ三里《さと》一百歩《あし》、廣さ一里二百歩《あし》なり。松繁《しげ》りて多《おほ》し。卽《すなは》ち、神門《かむど》の水海《みづうみ》より大海《おほうみ》に通《とほ》る二潮《みなと》は、長さ三里《さと》、三廣さ一百廾歩《あし》なり。此《こ》は則《すなは》ち出雲と神門《かむど》と二つの郡《こほり》の堺《さかひ》なり。

四凡《すべ》て、北の海に在《あ》るところの雑《くさぐさ》の物は、五楯縫《たてぬひ》の郡《こほり》に説《と》けるが如し。但《ただ》、鮑《あはび》は出雲の郡尤《こほりもと》も優《まさ》れり。捕《と》る者《もの》は、謂《い》はゆる御埼《みさき》の海子《あま》、是《これ》なり。

六意宇《おう》の郡《こほり》の七堺《さかひ》なる八佐雑《さざふ》の村《むら》に通《とほ》るは、一十三里《さと》六十四歩《あし》なり。

九神門《かむど》の郡の堺《さかひ》なる出雲の一〇大河の邊《へ》に通《とほ》るは、二里《さと》六十歩《あし》なり。

一一大原《おほはら》の郡の堺《さかひ》なる一二多義《たけ》の村《むら》に通《とほ》るは、一十五里《さと》卅八歩《あし》なり。

一三楯縫《たてぬひ》の郡の堺《さかひ》なる一四宇加《うか》川に通《とほ》るは、一十四里《さと》二百廾歩《あし》なり。

一五郡司《こほりのつかさ》《グンシ》　主帳《ふみひと》《シュチヤウ》　无位《ムヰ》　若倭部臣《わかやまとべのおみ》
大領《おほみやつこ》《タイリヤウ》　外正八位下《ゲシヤウハチヰノゲ》　一六日置臣《ひおきのおみ》
少領《すけのみやつこ》《セウリヤウ》　外従八位下《ゲジュハチヰノゲ》　太《おほ》臣《のおみ》
主政《まつりごとひと》《シュシヤウ》　外大初位下《ゲダイソヰノゲ》　一七（　）部臣《べのおみ》

一八神門《かむど》の郡《こほり》

地。神戸川を隔てて南方の海岸丘陵地(薗の長浜)につらなる。
二　水門の意。神門の水海から日本海に通ずる水路、神戸川の河口をいう。
三　水路の川幅。
四　以下、日本海の側の産物の記事。
五　楯縫郡の条(一七七頁)では秋鹿郡の如しとある。前郡と同じというほどの意であろう。上の東入海の物産の条(一九五頁)は秋鹿郡の如しとある。
六　以下、郡家からの公道の里程を記す。諸本に記事標目「通道」がある。
七　出雲郡家から郡の東境まで。
八　宍道町佐々布。意宇郡の条(一二三頁)には佐雑埼とある。
九　西南に隣接する郡境まで。
一〇　斐川村神立附近。今、神立橋がある。対岸は出雲市大津町。
一一　東南に隣接する郡境まで。
一二　既出(一九二頁頭注九)。
一三　北東に隣接する郡境まで。
一四　既出(一七七頁頭注一四)。
一五　以下、意宇郡の条(一二三頁)参照。
一六　新造院の条(一八三頁)に佐底麿と名が見え、正倉院文書(天平六年出雲国計会帳)に「出雲郡大領外正八位下日置臣佐提麻呂」とある。
一七　田中本トモノオミと訓じているが、恐らくは部の上に脱字ありとする解本の説に従うべきであろう。
一八　出雲市の南半部(斐伊川の旧流以南)から南の簸川郡の地域。推古紀廿五年の条に出雲国神戸郡とあるのは当郡のことである。郡家は出雲市古志町にあった。

合　郷捌（里廿二）　餘戸壹　驛家[1]貳　神戸壹

朝山郷　今依レ前用　里貳[2]

日[3]置郷　今依レ前用　里參

鹽冶郷　本字止屋　里參

八野郷　今依レ前用　里參

高岸[4]郷　本字[5]高崖[6]　里參

古志郷　今依レ前用　里參

滑狹郷　今[7]依レ前用　里貳[2]

多伎郷　本字多吉　里參

餘戸里

狹結驛　本字最邑

多伎驛　本字多吉

神戸里

所三以號二神門一者　神門臣[8]伊加曾然[9]之時　神門貢[10]之　故云二神門一

卽神門臣等　自レ古至レ今　常居二此處一　故云二神門一

朝山郷　郡家東南五里五十六歩　神魂命御子　眞玉著玉之邑*

1　底・倉「家」がない。鈔及び他例による。

2　底・鈔「二」。倉による。

3　倉・鈔「日」がない。底による。

4　蓬左文庫本「峯」。倉は字形が崩れている。底・鈔・和名抄による。

5　倉・鈔「今」。底による。訂は「今依前用」としている。恐らく不可。

6　底・諸本「峯」。字形によれば「崖」の誤とすべきか（二〇二頁10参照）。

7　田中本は郷名記事により「本字南佐」と改めている。今、底・諸本のままに存する。

8　底「臣」の上に「之」がある。倉・鈔により「之」を削る。

9　解「態」とするが、底・諸本のまま。

10　倉「負」。底・鈔による。

[一]合《あは》せて郷《さと》は八 里《こざと》は廿二、餘戸《あまりべ》は一、驛家《うまや》は二、神戸《かむべ》は一なり。

朝山《あさやま》の郷《さと》　[二]今も前《さき》に依《よ》りて用ゐる。里《こざと》は二なり。

日置《ひおき》の郷　今も前に依りて用ゐる。里《こざと》は三なり。

鹽冶《やむや》の郷　[三]本《もと》の字《じ》は止屋《(やむや)》なり。里《こざと》は三なり。

八野《やの》の郷　今も前に依りて用ゐる。里《こざと》は三なり。

高岸《たかきし》の郷　本《もと》の字は高崖《(たかきし)》なり。里《こざと》は三なり。

古志《こし》の郷　今も前に依りて用ゐる。里《こざと》は三なり。

滑狹《なめさ》の郷　今も前に依りて用ゐる。里《こざと》は二なり。

多伎《たき》の郷　本の字は多吉《(たき)》なり。里《こざと》は三なり。

餘戸《あまりべ》の里《さと》

[四]狹結《さゆふ》の驛《うまや》　本の字は最邑《(さいふ)》なり。

多伎《たき》の驛《うまや》　本の字は多吉《(たき)》なり。

神戸《かむべ》の里《さと》

[五]神門《かむど》と號《なづ》くる所以《ゆゑ》は、[六]神門臣《かむどのおみ》伊加曾然《いかそね》の時、[七]神門《かむど》貢《たてまつ》りき。故《かれ》、[八]神門《かむど》といふ。即《すなは》ち、神門臣等《かむどのおみたち》、古《いにしへ》より今に至るまで常に此處《ここ》に居《す》めり。故《かれ》、[九]神門《かむど》といふ。

[一〇]朝山《あさやま》の郷《さと》　郡家《こほりのみやけ》の東南《たつみ》のかた五里《さと》五十六歩《あし》なり。神魂命《かむむすびのみこと》の御子《みこ》、[一一]眞玉著玉之邑《またまつくたまのむら》

一　以下、郷名など行政上の単位名の総数とその名称の列記。和名抄の郷名にそれぞれ朝山・日置・塩冶(冶を刊本は沼、高山寺本は治に誤る)・八野・高岸(高を刊本は商に誤る)・古志・南佐・多伎(伎を刊本・高山寺本共に伏に誤る)と見え、他に駅より出た郷名の狭結・滑狭(滑を刊本は渦、高山寺本は堝に誤る)と、余戸里から出た伊秩(秩を高山寺本は扶)とが見える。

二・三　意宇郡の条(九七頁)参照。

四　延喜(兵部)式・和名抄の駅名に狭結・多伎(伎を式は伎、抄は伏に誤る)と見える。

五　以下、郡名・郷名などの説明記事。

六　姓氏録に出雲臣と同祖、天穂日命の十二世孫、鵜濡渟命の後とある氏族。イカソネは他に見えない。神門臣の初祖となった人。

七　神領国への入口のしるし(鳥居の如きもの)を造ったことをいう。神門は飯石郡三屋郷と仁多郡御坂山とに造られていたことが見える。

八　神門臣と命名されたの意。氏族の名の由来を記したものである。

九　神門郡と命名されたの意。地名の由来を記したものである。

一〇　出雲市の東部、神戸川の支流の朝山(稗原)川の流域、馬木・上朝山から東南にわたる地域。

一一　他に見えない。土着の主権女神か。真玉著は神名に冠した称辞。

日女命坐之　爾時　所レ造二天下一大神　大穴持命　娶給而　毎レ朝通坐　故云二朝山一

[1]日置鄕　郡家正東四里　志紀嶋宮御宇天皇之御世　[1]日置伴部等所レ遣來　宿停而　爲レ政之所也[2]　故云二日[1]置一[3]

鹽冶鄕　郡家東北六里　阿遲須枳高日子命御子　鹽冶毗古能命坐之　故云二止屋一　神龜三年改二字鹽冶一

八野鄕　郡家正北三里二百[4]一十歩　須佐能袁[5]命御子　八野若日女命坐之[6]　爾時　所レ造二天下一大神　大穴持命　將二娶給一爲而　令[7]レ造レ屋[8]給　故云二八野一

高岸鄕　郡家東北二里　所レ造二天下一大神御子　阿遲須枳高日子命　甚晝夜哭坐　仍其處高屋造　可[9]レ坐之　卽建二高椅一　可[9]二登降一養奉　故云二高崖[10]一　神龜三年改二字高岸[11]一

古志鄕　卽屬二郡家一　伊弉[12]奈彌命之時　以二日淵川一　築二造池一之爾時　古志國人[13]等　到來而爲レ堤　卽宿居之所[14]也　故云二古志[15]一

滑狹鄕　郡家南西八里　須佐[16]能袁命御子　和加須世理比賣命*

1 底・諸本「日」がない。正倉院文書(天平十一年歴名帳)により田中本「日」を補うに従う。
2 倉・鈔「也」がない。底による。
3 底・諸本「鄕」字がある。全郡を通ずる書式例によれば衍とすべきである。
4 倉「一千五歩」。底・鈔による。
5 倉・鈔「表」。底による。
6 鈔「之」がない。底・倉による。
7 倉「命」。底・鈔による。
8 鈔「給」がない。底・倉による。
9 解「而」とするが、底・諸本のまま。「可」は「令」(使役助動詞)と同じに用いたもの。
10 底・諸本「岸」。田中本「峯」とし、武田訓は文意により「椅」の誤かとするが、「岸」「峯」に類似の字形「崖」の誤とすべきか。
11 倉「峯」。底・鈔による。
12 底・諸本「奈」がない。解「那」を補うが、意宇郡出雲神戸の条により「奈」を補う。
13 底・諸本「人」がない。訂の補字による。
14 鈔「處」。倉「所」。底により「所也」とする。
15 底「也」がある。倉・鈔により削る。
16 倉・鈔「能表」。底「乃袁」。他例により「能袁」とする。

一 下の神社名列記の浅山社に鎮座。
二 出雲市上塩冶町附近の地。神戸川の北岸地域。
三 前条の朝山郷を除いて日置郷以下の郷・余戸・駅・神戸の里程は何里と記すのみで歩の端数がない。記載を省略したものと認められる。
四 欽明天皇。
五 日置氏の部民。
六 出雲市の今市・大津・武志・高岡など各町の地域。遺称の塩冶町は郷の地から西南に拡がって残ったものであろう。斐伊川旧川筋の西・南に沿った地。
七 他に見えない。土地の主長としての神

日女命《ひめのみこと》、[一]坐《いま》しき。その時、天《あめ》の下《した》造らしし大神、大穴持命《おほなもちのみこと》、娶《あ》ひ給ひて、朝毎《あさごと》に通《かよ》ひましき。故《かれ》、朝山《あさやま》といふ。

[二]日置《ひおき》の郷《さと》　郡家《こほりのみやけ》の正東《まひむがし》[三]四里《さと》なり。[四]志紀嶋《しきしま》の宮《みや》に御宇《あめのしたしろ》しめしし天皇《すめらみこと》の御世《みよ》、[五]日置《ひおき》の伴部《ともべら》等、遣《つかは》され來て、宿停《とど》まりて政《まつりごと》為《せ》し所《ところ》なり。故《かれ》、日置《ひおき》といふ。

[六]鹽冶《やむや》の郷《さと》　郡家《こほりのみやけ》の東北《うしとら》のかた六里《さと》なり。阿遲須枳高日子命《あぢすきたかひこのみこと》の御子《みこ》、[七]鹽冶毗古能命《やむやひこのみこと》、[八]坐《いま》す。故《かれ》、止屋《やむや》といふ。神龜《じんき》三年、字を鹽冶と改む。

[九]八野《やの》の郷《さと》　郡家《こほりのみやけ》の正北《まきた》三里《さと》二百一十歩《あし》なり。須佐能袁命《すさのをのみこと》の御子《みこ》、[一〇]八野若日女命《やののわかひめのみこと》、[一一]坐《いま》しき。その時、天《あめ》の下《した》造らしし大神、大穴持命《おほなもちのみこと》、娶《あ》ひ給はむとして、[一二]屋《や》を造らしめ給ひき。故《かれ》、八野《やの》といふ。

[一三]高岸《たかきし》の郷《さと》　郡家《こほりのみやけ》の東北《うしとら》のかた二里《さと》なり。天《あめ》の下《した》造らしし大神の御子《みこ》、阿遲須枳高日子命《あぢすきたかひこのみこと》、[一四]甚《いた》く[一五]夜晝《よるひる》哭《な》きましき。仍《よ》りて、其處《そこ》に高屋《たかきや》を造りて、[一六]坐《ま》せて、即《すなは》ち、[一七]高椅《たかはし》を建《た》てて、登《のぼ》り降《くだ》らせて、[一八]養《ひた》し奉《まつ》りき。故《かれ》、高崖《たかきし》といふ。神龜《じんき》三年、字を高岸と改む。

[一九]古志《こし》の郷《さと》　即《すなは》ち[二〇]郡家《こほりのみやけ》に屬《つ》けり。[二一]伊弉奈彌命《いざなみのみこと》の時、[二二]日淵川《ひぶちかは》を以《も》ちて池を築造《つく》りき。その時、[二三]古志《こし》の國人《くにひと》等《ら》、到來《き》たりて堤《つつみ》を爲《つく》りき。即《すなは》ち、宿《やど》り居《ゐ》し所《ところ》なり。故《かれ》、古志といふ。

[二四]滑狹《なめさ》の郷《さと》　郡家《こほりのみやけ》の南西《ひつじさる》のかた八里《さと》なり。須佐能袁命《すさのをのみこと》の御子《みこ》、[二五]和加須世理比賣命《わかすせりひめのみこと》、

であろう。
八　下の神社名列記の夜牟夜社に鎮座。
九　出雲市矢野・小山・白枝など各町の地域。斐伊川旧川筋の南に沿う地。
一〇　他に見えない。土地の主権女神か。
一一　下の神社名列記の矢野社に鎮座。
一二　新婚のための家を造るのである。
一三　出雲市塩冶町高西を遺称地とし、天神町・渡橋町にわたる地域。神戸川の北岸の地。
一四　仁多郡三沢郷の条(二二七頁)に詳しい説話が見える。垂仁天皇の皇子ホムツワケ命の性状・養育に関する記紀の伝承に類似している。
一五　大人らしく成人しないことをいう。
一六　居らす、住ますの敬語。
一七　高い梯子(はしご)。それを上り下りさせて子供を遊ばせることをいう。記紀のホムツワケ命が地方へ下り、都へ上りしたのと対応する説話か。
一八　養育する。
一九　神戸川の南岸、出雲市古志町・知井宮町から保知石谷(ふちしだに)川の流域にわたる地域。
二〇　郡の役所と同じ所の意。
二一　国土を造り成した神代の昔というほどの意。記紀の「神世七代」の神世に同じ。
二二　神西湖に注ぐ保知石谷川。
二三　北陸地方(越の国)の人が労役のために召しよせられたのである。
二四　出雲市の西南隅、神西東分、神西西分から湖陵村東三部・西三部・常楽寺・畑村にわたる地域。神西湖の東南の地。
二五　古事記に見えるスセリヒメ命と同神か。

坐之　爾時　所㆑造㆓天下㆒大神命　娶而通坐時　彼社之前[1]　有㆓磐石㆒　其上甚滑之[2]　卽詔　滑磐石哉詔[3]　故云㆓南佐㆒（神龜三年改㆓字滑狭㆒）

多伎[4]鄕　郡家南西廾[5]里　所㆑造㆓天下㆒大神之御子　阿陀加夜努志多伎吉比賣命坐之　故云㆓多吉㆒（神龜三年改㆓字多伎㆒）

餘戸里　郡家南西卅六[6]里（說㆑名如㆓意宇郡㆒）

狭結驛　郡家同處　古志國佐與布云人　來居之　故云㆓最邑㆒（神龜三年改㆓字狭結㆒[7]　[8]其所㆓以來居㆒者　[9]說如㆓古志鄕㆒也）

多伎[10]驛　郡家西南一十九里（說㆑[11]名卽如㆓多伎[10]鄕㆒）

神[12]戸里　郡家東南一十里[13]

新造院一所　有[14]㆓朝山鄕中㆒　郡家正東二里六十歩　建㆓立嚴堂㆒也[15]

神門臣等之所㆑造也

新造院一所　有㆓古志鄕中㆒　郡家東南一里（本[16]立㆓嚴堂㆒）　刑部臣等之所㆑造也

美久我社　阿須[17]理社

比布知社　又比布知社

一　下の神社名列記の奈売佐社に鎮座。

二　神西西分の高倉神社東方の渓流岩坪にある岩をこれに擬している。

三　ナメシ(滑)イハ(岩)の約。

四　郡首の郷名列記の条には改字のことを記さない。或は意宇郡屋代郷(九七頁)と同例で、神亀三年以前の改字であったものを、他例と同様に神亀三年の改字として注したものか。

五　簸川郡の最西部の多伎村。久村から口田儀に至る海沿い及び小田川・田儀川の流域地。

六　タキキは地名(石見との国界)、アダカヤも地名か。土地の首長としての神であろう。

七　下の神社名列記の多吉社に鎮座。

八　神戸川の中流及びその支流の流域。出

1　底「所」。倉・鈔による。

2　倉傍書・解「也」とするが、底・諸本のまま。

3　底「詔」がない。倉・鈔による。

4　鈔「便」。底・倉による。

5　底「二十」。鈔「二十七」。倉による。

6　底「三十八」。鈔「三十六」。倉に従う。

7　倉・鈔「結」の下に「也」がある。底により削る。

8　鈔「其」がない。底・倉による。

9　「說如」二字、底「說名如」、鈔「說」。倉による。

10　底・鈔「岐」。倉による。

11　注文、倉は「說名改字女卽也」。松下見林本は「說名改字如鄕也」とするが、底・鈔による。

12　倉、この一條がない。鈔は「餘戸里」の前に記す。底による。

13　底はこの下に「說名如意宇郡」の注記を千家清主本により書添えている。

14　倉・鈔「有」がない。底による。

15　鈔「也」がない。底・倉による。

16　倉・鈔「所造也」の下に記すが、底に従う。訂は「本」の字を「建」とする。底・諸本のまま。

17　底・諸本「濱」。延喜式・後藤説による。

坐《いま》しき。その時、天《あめ》の下《した》造らしし大神の命《みこと》、娶《あ》ひて通《かよ》ひましし時に、彼《そ》[一]の社《やしろ》の前《まへ》に磐石《いは》[二]あり、其の上《うへ》甚《いた》く滑《なめ》らかなりき。即《すなは》ち詔《の》りたまひしく、「滑磐石《なめしは》[三]なるかも」と詔《の》りたまひき。故《かれ》、南佐《なめさ》といふ。[四]神龜《じんき》三年、字を滑狹と改む。

[五]多伎《たき》の郷《さと》　郡家《こほりのみやけ》の南西《ひつじさる》のかた廾里《さと》なり。天《あめ》の下《した》造らしし大神の御子《みこ》、[六]阿陀加夜努《あだかやぬ》志多伎吉比賣命《したききひめのみこと》、坐《いま》[七]す。故《かれ》、多吉《たき》といふ。神龜《じんき》三年、字を多伎と改む。

[八]餘戸《あまりべ》の里《さと》　郡家《こほりのみやけ》の南西《ひつじさる》のかた卌六里《さと》なり。[九]名を説《と》くこと、意宇《おう》の郡《こほり》の如し。

[一〇]狹結《さゆふ》の驛《うまや》　[一一]郡家《こほりのみやけ》と同じき處《ところ》なり。[一二]古志《こし》の國の[一三]佐與布《さよふ》といふ人來居《きす》みき。故《かれ》、最邑《さいふ》[一四]といふ。神龜《じんき》三年、字を狹結と改む。其の來居《きす》みし所以《ゆゑ》は、説《と》[一五]くこと、古志《こし》の郷《さと》の如し。

[一六]多伎《たき》の驛《うまや》　郡家《こほりのみやけ》の西南《ひつじさる》のかた一十九里《さと》なり。名を説《と》くこと、即《すなは》ち、多伎《たき》の郷《さと》の如し。

[一七]神戸《かむべ》の里《さと》　郡家《こほりのみやけ》の東南《たつみ》のかた一十里《さと》なり。

[一八]新造《しんざう》の院一所《ゐんひとところ》[一九]　朝山《あさやま》の郷《さと》の中《うち》にあり。郡家《こほりのみやけ》の正東《まひむがし》二里《さと》六十歩《あし》なり。嚴堂《ごんだう》を建立《た》つ。神門臣等《かむどのおみたち》が造るところなり。

[二〇]新造《しんざう》の院一所《ゐんひとところ》　古志《こし》の郷《さと》の中《うち》にあり。郡家《こほりのみやけ》の東南《たつみ》のかた一里《さと》なり。本《もと》[二一]、嚴堂《ごんだう》を立《た》つ。刑部臣等《をさかべのおみたち》が造るところなり。

[二二]美久我《みくが》の社《やしろ》[二三]〔彌久賀神社〕　[二四]阿須理《あすり》の社《やしろ》〔阿須利神社〕

[二五]比布知《ひふち》の社〔比布智神社〕　[二六]又《また》、[二七]比布知《ひふち》の社〔同(比布智)社坐神魂子角魂神社〕

雲市乙立から南方、佐田村八幡原から山口村橋波、同村佐津目に至る地域。
九 一〇九頁の記事と同じという意。
一〇 国の東から西に通ずる正西道の駅家。
一一 古志郷の地。出雲市古志町。
一二 越の国。北陸地方。
一三 人名。池造りの土木工事のために召しよせられた人である。
一四 ヨフ(与布)・ユフ(結)・イフ(邑)、近似音の故に、いずれにも通わしたのであろう。
一五 古志郷の条下に記した如くであるの意。
一六 多伎村多岐附近を遺蹟地とする。狭結駅の次の駅で、西南方の石見国境に通ずる。
一七 神戸川の中流、出雲市所原附近とする。
一八 以下二条、寺院の記事。底本に記事標目「寺」がある。
一九 出雲市上朝山の北端附近が遺蹟地か。
二〇 出雲市古志町の弘法寺に擬しているが確かでない。
二一 風害・火災などで風土記の筆録時には存していないことをいう。
二二 以下、神社名の列記。底本に記事標目「社」がある。
二三 湖陵村大池の弥久賀神社。
二四 出雲市大津町の南方、三谷の三谷神社境内の阿須理社。旧社地はその北方の来原という。
二五 出雲市知井宮町のスクモ塚にある。旧社地は保知石谷。
二六 「同」と同じ意に用いたもの。一七一頁頭注一二参照。
二七 知井宮町の智伊神社に合祀。旧社地は保知石谷。

多吉社　夜牟夜社
矢野社　波加佐社
奈賣佐社　知[1]乃社
淺山社　久[2]奈爲社
佐志牟社　多[3]支枳社
阿利社　阿如社
國[4]村社　那賣佐社
阿利社　大山社
保乃加社　多吉社
夜牟夜社　同夜牟夜社
比奈社 [5]以上廿五所竝在神祇官
鹽夜社　火守社
同鹽[6]夜社　久奈子社
同久奈子社　加夜社
小田社　波加佐社
同波加佐社　多支社

一 多伎村多岐にある。祭神は多伎郷の条に見える。
二 出雲市塩冶町の塩谷神社。塩冶郷の条にその祭神が見える。
三 出雲市矢野町の矢野神社。八野郷の条にその祭神が見える。
四 次の奈売佐社の社地をハカサ山という。或は次と同社地にあったものか。今は神西西分にある。延喜式に佐伯神社とあるのは伯佐の顚倒。
五 出雲市東神西の高倉神社か。滑狭郷の条にその祭神が見える。
六 出雲市知井宮町の智伊神社。
七 出雲市上朝山の朝山神社。祭神は朝山

1 底・諸本「乃」。延喜式に「伊」とある。式は「知」をチイと伸ばしたものであろう。
2 倉・鈔「秦」の如き字形。底による。
3 鈔「伎」。底・倉による。
4 倉「持」。底・鈔による。
5 倉「巳」。底・鈔による。
6 倉「治」。底・鈔による。

[一]多吉《たき》の社〔多伎神社〕
[二]夜牟夜《やむや》の社〔鹽冶神社〕
[三]矢野《やの》の社〔八野神社〕
[四]波加佐《はかさ》の社〔佐伯神社〕
[五]奈賣佐《なめさ》の社〔那賣佐神社〕
[六]知《ち》の社〔智伊神社〕
[七]淺山《あさやま》の社〔朝山神社〕
[八]久奈爲《くなゐ》の社〔久奈爲神社〕
[九]佐志牟《さしむ》の社〔佐志武神社〕
[一〇]多支枳《たきき》の社〔多伎藝神社〕
[一一]阿利《あり》の社〔阿利神社〕
[一二]阿如《あね》の社〔阿禰神社〕
[一三]國村《くにむら》の社〔國村神社〕
[一四]那賣佐《なめさ》の社〔同(那賣佐)社坐和加須西利比賣神社〕
[一五]阿利《あり》の社〔同(阿利)社坐加利比賣神社〕
[一六]大山《おほやま》の社〔大山神社〕
[一七]保乃加《ほのか》の社〔富能加神社〕
[一八]多吉《たき》の社〔同(多伎)社大穴持神社〕
[一九]夜牟夜《やむや》の社〔鹽冶比古神社〕
[二〇]同じき夜牟夜《やむや》の社〔鹽冶比古麻由彌能神社〕
[二一]比奈《ひな》の社〔比那神社〕
以上《かみ》の廿[二二]五所《ところ》は、並《なら》びに神祇官《かみつかさ》に在《あ》り。
[二三]鹽夜《やむや》の社《やしろ》
[二四]火守《ほもり》の社《やしろ》
[二五]同じき鹽夜《やむや》の社
[二六]久奈子《くなこ》の社
[二七]同じき久奈子《くなこ》の社
[二八]加夜《かや》の社
[二九]小田《をだ》の社
[三〇]波加佐《はかさ》の社
[三一]同じき波加佐《はかさ》の社
[三二]多支《たき》の社

郷の条に見える。
八 出雲市古志町上古志の久類須三社神社に擬している。今は上古志の久奈子神社に合祀。
九 湖陵村差海の差海神社。
一〇 多伎村口田儀の多伎芸神社。
一一 出雲市下塩冶の阿利神社。
一二 湖陵村姉谷の阿禰(姉谷)神社。
一三 多伎村の久村にある久村神社。
一四 上の同名社に合祀。旧社地は同村岩村。
一五 上の同名社に合祀の姫宮大明神。
一六 出雲市小山町の大山神社。
一七 所在不明。出雲市の塩冶・稗原・所原など諸説がある。
一八 上の同名社と同社としている。
一九・二〇 上の同名社と同社か。それぞれの社地は明らかでない。
二一 出雲市大塚町の比那神社。
二二 延喜式には右の外に神産魂命子手日命神社・塩冶日子命御子焼大刀天穂日子命神社の二社が見え、計二七社とある。
二三・二四 延喜式の神産魂命子手日命神社・塩冶日子命御子焼大刀天穂日子命神社に擬しているが社地は不明。
二五 出雲市稗原の宇那手の火守神社に擬している。
二六・二七 上の久奈為社に合祀して三社大明神という。
二八 多伎村口田儀の加夜堂に擬しているが、出雲市稗原の市森神社に合祀の社ともする。
二九 多伎村小田の小田(御守)神社。
三〇・三一 出雲市神西西分田中の田中神社としている。
三二 多伎村小田の尾若権現社に擬している。

多支支社　　波須波社　以[1]上一[2]十二所　竝不㆑在㆓神祇官㆒

田俣山　郡家正南一十九里　有㆓梔[3]枌[4]㆒

長柄山　郡家東南一十九里　有㆓梔[3]枌[4]㆒

吉栗山　郡家西南廾[5]八里　有㆓梔[3]枌[4]㆒也　所㆑謂所㆑造㆓天下㆒大神宮材[6]造山也

宇[7]比多伎山　郡家東南五里五十六歩　大神之御[8]屋也[9]

稲積山　郡家東南五里七十六歩　大神之稲積也[10]

陰山　郡家東南五里八十六歩　大神之御陰

稲山　郡家東南[11]五里一百一十六歩　東在[12]㆓樹林㆒　三方竝礒也　大神[13]御稲種[14]

桙山　郡家東南五里二百五十六歩　南西竝在[15]㆓樹林㆒　東北竝礒也　大神[13]御[16]桙

冠山　郡家東南五里二百五十六歩　大神之御冠

凡[17]諸山野所㆑在草木　白蘞　桔梗　藍漆　龍膽　商陸　續斷　獨活　白芷　秦椒　百部根　百合　卷柏[18]　石斛　升麻　當歸　石葦　麥門冬*

一　上の同名社の境内。旧社地は奥田儀の田尻谷という。

二　簸川郡山口村下橋波宮部の田中神社。

三　以下、山名の列記。底本に記事標目「山」がある。

四　出雲市の南境、乙立の南の二股山（四〇二米）に擬しているが明らかでない。

1　底「已」。倉・鈔による。

2　底・諸本「一」がない。他例により補う。

3　底・鈔「梔」。倉は旁を「色」の如く作る。播磨國風土記（宍禾郡）にも「梔枌」とあり、「梔」は「楄」の誤または通用字、扁柏（檜）の意でヒノキに用いた字とすべきか。

4　「杉」の俗用字體。田中本「杉」とする。

5　底・諸本「二十」。田中本による。

6　底・諸本「狭」。解による。

7　倉「宇比多伎山郡」がない。底・鈔による。

8　底・諸本「鄕」。林崎文庫本による。

9　田中本「也」を削るが、底・諸本のまま。

10　倉「也」がない。底・鈔のまま。

11　底・諸本「正東」。前後の例により訂す。

12　鈔「有樹木」。底・倉による。

13　解「神之」。底・諸本のまま。

14　倉・鈔「種」がない。底による。

15　底・鈔「有樹木」。倉による。

16　鈔「稲桙」。底・倉による。

17　倉・鈔「凡」がない。底による。

18　底・諸本「伯」。解による。

[一]多支支《たきき》の社　　[二]波須波《はすは》の社

以上《かみ》の一十二所《ところ》は、竝《なら》びに神祇官《かみつかさ》に在《あ》らず。

[三]田《た》[四]俣《また》山　郡家《こほりのみやけ》の正南《まみなみ》一十九里《さと》なり。梔《ひのき》・枌《すぎ》あり。

[五]長柄《ながら》山　郡家《こほりのみやけ》の東南《たつみ》のかた一十九里《さと》なり。梔《ひのき》・枌《すぎ》あり。

[六]吉栗《きくり》山　郡家《こほりのみやけ》の西南《ひつじさる》のかた廾八里《さと》なり。梔《ひのき》・枌《すぎ》あり。謂《い》はゆる天《あめ》の下《した》造らしし大神の[七]宮《みや》の材《くれき》を造る山なり。

[八]宇比多伎《うひたき》山　郡家《こほりのみやけ》の東南《たつみ》のかた五里《さと》五十六歩《あし》なり。[九]大神の御屋《みや》なり。

[一〇]稲積《いなつみ》山　郡家《こほりのみやけ》の東南《たつみ》のかた五里《さと》七十六歩《あし》なり。[一一]大神の稲積《いなつみ》なり。

[一二]陰《かげ》山　郡家《こほりのみやけ》の東南《たつみ》のかた五里《さと》八十六歩《あし》なり。大神の[一三]御陰《みかげ》なり。

[一四]稲《いな》山　郡家《こほりのみやけ》の東南《たつみ》のかた五里《さと》一百一十六歩《あし》なり。東《ひむがし》に樹林《はやし》あり。三つの方《かた》は竝《なら》びに[一五]礒《いしはら》なり。大神の[一六]御稲種《みいなだね》なり。

[一七]桙《ほこ》山　郡家《こほりのみやけ》の東南《たつみ》のかた五里《さと》二百五十六歩《あし》なり。南と西とは竝《なら》びに樹林《はやし》あり。東と北とは竝《なら》びに礒《いしはら》なり。大神の[一八]御桙《みほこ》なり。

[一九]冠《かがふり》山　郡家《こほりのみやけ》の東南《たつみ》のかた五里《さと》二百五十六歩《あし》なり。大神の[二〇]御冠《みかがふり》なり。

[二一]凡《すべ》て、諸《もろもろ》の山野《やまの》に在《あ》るところの草木《くさき》は、白蘞《やまかがみ》・桔梗《ありのひふき》・藍漆《(やまあさ)》・龍膽《ゑやみぐさ》・商陸《いをすぎ》・續斷《やまあざみ》・獨活《つちたら》・白芷《よろひぐさ》・秦椒《かははじかみ》・百部根《ほとづら》・百合《ゆり》・巻柏《いはくみ》・石斛《いはぐすり》・升麻《とりのあしぐさ》・當歸《やまぜり》・石葦《いはかしは》・麥門冬《やますげ》・

五　出雲市の東南隅、朝山の見々具の山またはその東方の弓掛山(二九一米)に擬している。

六　佐田村一窪田の東北、栗原の西方にある。

七　出雲大社の神殿用材を採る山の意。キ(木)クレ(材)の意でキクリ山と呼ぶか。

八　出雲市上朝山の朝山神社のある山。神社をウヒタキ大明神と言い、宇比滝の名もある。

九　大穴持命の社とする山の意。山が神体となっていることをいう。以下の山は附近の山で、大神に奉仕する山と見たのである。

一〇　朝山神社の東北方、川向いの稲塚山に擬している。

一一　稲穂を積み重ねた山。山の形による見立てである。

一二　朝山神社の東の堂原山に擬している。

一三　頭髪を被うかずら(葛類)。髪飾りと見立てたのである。

一四　上朝山の北側、稲塚山の西の船山に擬している。

一五　石の原。

一六　山の形により稲種と見立てたのであろう。稲種は播磨国風土記稲種山の条(二九一頁)参照。

一七　堂原山の東方、上朝山と稗原の境の鞍掛山に擬している。山の北側に尖った岩がある。

一八　山の形による見立てである。

一九　鞍掛山中の蝙蝠岩に擬している。

二〇　これも山の形による見立てであろう。

二一　以下、山野の産物の名の列記。意宇郡の条(一一七頁)参照。

杜仲 細辛 茯苓 葛根 薇蕨 藤 李 蜀椒 檜 杉 榧[1] 赤
桐 白桐 椿 槻 柘 楡 蘗 楮 禽獸則有二鵰 鷹 晨風
鳩 山雞 鶉[2] 熊[3] 猪[4] 狼 鹿 兎 狐 獼猴 飛鼯一也
神門川 源出二飯石郡琴引山一 北流 即經二來嶋波多須佐三郷[5]一
出二神門郡餘戸里門立村[6]一 即經[7]二神戸朝山古志等郷一 西流入二水
海一也[8] 則有二年魚鮭麻須伊具比一
多岐小川 源出二郡家西南卅三里多岐岐山[9]一 北西[10]流入二大海一 有二年魚一
宇加池 周三里六十歩
來食池 周一里一百卌歩 有レ菜[11]
笠柄池 周一里六十歩 有レ菜[11]
刺[12]屋池 周一里
神門水海 郡家正西四里五十歩 周卅五里七十四歩 裏則有二鯔[13]
魚鎭仁須受枳鮒玄蠣[14]一也
即[15] 水海與二大海一之間 有[16]レ山 長[17]一十二里二百卌四歩 廣[18]三里
此者意美豆努命之國引坐時之綱矣 今俗人號云二薗松山一 地之形
體*

一 以下、川名の列記。底本に記事標目「川」がある。
二 今は神戸川と書く。斐伊川の西を流れる大川。
三 飯石郡の条(二一九頁)に見える。
四 飯石郡の郷名。
五 出雲市の南隅、乙立。

1 鈔「白桐」の次に記す。鈔底・倉による。
2 鈔「鶉」がない。底・倉による。
3 底・鈔、能の扁に鳥を書く。下の各郡の記事によれば、「熊」とあるべき字。田中本は倉の字形により「熊」としている。
4 倉「狼」の下に記す。底・鈔による。
5 「三郷」二字、鈔「郷」。倉「三」。底による。
6 底・鈔「間立」。倉「間土」。訂「大門立」とするが、下文及び田中本による。
7 底・諸本「經」がない。解による。
8 鈔「也」がない。底・倉による。
9 倉「多岐山」。底・鈔による。
10 倉「北西」がない。底・鈔による。
11 鈔「有菜」がない。底・倉による。
12 解「刾」とするが、底・鈔「刾」(刺に通用)とするに従う。倉は字形が稍崩れている。
13 底・鈔「鰡」。倉による。
14 底・諸本「礪」。解による。
15 鈔「即」がない。底・倉による。
16 底・倉「在」。鈔による。
17 底・諸本「廾二里」。後藤説及び實地理により「一十二里」と訂す。
18 鈔「四」。底・倉による。

杜仲《はひまゆみ》・細辛《みらのねぐさ》・茯苓《まつほど》・葛根《くずのね》・薇蕨《わらび》、藤《ふぢ》・李《すもも》・蜀椒《なるはじかみ》・檜《ひのき》・杉《すぎ》・榧《かへ》・赤桐《あかぎり》・白桐《あをぎり》・椿《つばき》・槻《つき》・柘《つみ》・楡《にれ》・蘗《きはだ》・楮《かぢ》なり。禽獸《とりけだもの》には則《すなは》ち、鷲《わし》・鷹《たか》・晨風《はやぶさ》・鳩《はと》・山雞《やまどり》・鶉《うづら》、熊《くま》・猪《ゐ》・狼《おほかみ》・鹿《しか》・兎《うさぎ》・狐《きつね》・獼猴《さる》・飛鼯《むささび》あり。

[一]神門《かむど》[二]川　源《みなもと》は飯石《いひし》の郡《こほり》琴引《ことひき》山[三]より出で、北に流れ、即《すなは》ち來嶋《きしま》[四]・波多《はた》・須佐《すさ》の三つの郷《さと》を經《へ》て、神門《かむど》の郡《こほり》餘戸《あまりべ》の里《さと》の門立《とたち》[五]の村《むら》に出で、即《すなは》ち神戸《かむべ》[六]・朝山《あさやま》・古志《こし》等《ども》の郷《さと》を經《へ》て、西に流れて水海《みづうみ》[七]に入《い》る。則《すなは》ち、年魚《あゆ》・鮭《さけ》・麻須《ます》・伊具比《いぐひ》あり。

[八]多岐《たき》の小川《をがは》　源《みなもと》は郡家《こほりのみやけ》の西南《ひつじさる》のかた卅三里《さと》なる[九]多岐岐《たきき》山より出で、北西《いぬゐ》のかたに流れて大海《おほうみ》に入る。年魚《あゆ》あり。

[一〇]宇加《うか》の池《いけ》[一一]　周《めぐ》り三里《さと》六十歩《あし》なり。

[一二]來食《きくひ》の池　周《めぐ》り一里《さと》一百卌歩《あし》なり。菜《もは》[一三]あり。

[一四]笠柄《かさから》の池　周《めぐ》り一里《さと》六十歩《あし》なり。菜《もは》あり。

[一五]刺屋《さしや》の池　周《めぐ》り一里《さと》なり。

[一六]神門《かむど》の水海《みづうみ》[一七]　郡家《こほりのみやけ》の正西《まにし》四里《さと》五十歩《あし》なり。周《めぐ》り卅五里《さと》七十四歩《あし》なり。裏《うち》には則《すなは》ち、鯔魚《なよし》・鎮仁《ちに》・須受枳《すずき》・鮒《ふな》・玄蠣《かき》[一八]あり。

[一九]即《すなは》ち、水海《みづうみ》と大海《おほうみ》との間《あひだ》に山[二〇]あり。長さ一十二里《さと》二百卌四歩《あし》、廣さ三里《さと》なり。此《こ》は[二一]意美豆《おみつ》[二二]努命《ぬのみこと》の國引きましし時の綱《つな》なり。今、俗人《くにひと》號《なづ》けて薗《その》の松山といふ。地《ところ》の形體《かたち》

六　神門郡の郷名。
七　神門の水海。
八　多伎村口田儀で日本海に入る田儀川。
九　多伎村の西境をなす山。一の山名でなく広く指称したのである。ここは多伎村の南東隅、太田市との境附近の山を指す。
一〇　以下、池名の列記。底本に記事標目「池」がある。
一一　出雲市古志町の南方の丘に遺蹟の池がある。
一二　出雲市知井宮町比布智社近くの池の内を遺称地に擬しているが確かでない。
一三　水藻。
一四　出雲市知井宮町保知石の西の谷にあった浅柄池。今は田になっている。
一五　所在不明。知井宮町間谷の池に擬する説がある。
一六　底本・倉本に記事標目の「水海」がある。この一条を記事類別の一項とするのである。
一七　出雲市の南境、神西湖が遺蹟。もとは北方、松寄下町、新内藤川の川筋附近まで湖がひろがっていて、斐伊川・神戸川が湖に注いでいたのである。
一八　タチカカヒ(底本傍訓)・カラスカヒ(後藤説)・カキ(武田訓)など諸訓がある。カキ(蠣)の一種か。或はクロカヒ(玄貝)にあてたものか。カキと仮訓しておく。
一九　以下は日本海に面する海岸の記事。
二〇　神戸川の河口の南(神門郡の北端)から湖陵村差海・板津・大池に及ぶ海岸丘陵地。
二一　国引きの条(一〇一頁)に見える。
二二　武田訓ノ。努字の他の用例のままにヌと訓む。出雲郡伊努郷の条(一八一頁)参照。

壤石並無也　白沙耳積上　卽松林茂繁　四風吹時　沙飛流　掩二埋松林一　今[1]年埋半遺　恐遂被レ埋已[2]與[3]　起二松山南端美久我林一盡下石見與二出雲一二國堺中嶋埼上之間　或平[4]濱　或陵礒[5]

凡北[6]海所レ在雜物　如二楯縫郡說一　但無二紫菜一

通[7]二出雲郡堺出雲大[8]川[9]邊一　七里卅五步

通二飯石郡堺堀坂山一　一十九里

通二同郡堺與曾紀村一　卅五里一百七十四步

通二石見國安濃[10]郡堺多伎伎山一　卅三里（路常有レ剗[11]）

通二同安濃[10]郡川相鄉一　卅[12]六里　徑[13]常剗不レ有　但當二有レ政時一　權[14]置耳[15]

前件伍郡　並大海之南也

郡司　主帳　无位　刑部臣

大領　外從七位上　勳[16]十二等　神門臣

擬少領　外大初位下[17]　勳十二等　刑部臣

一　耕作可能の土もなく、岩石というのでもない。砂丘であることをいう。壤は耕された土の意(三五頁頭注三二参照)。

二　東西南北どの方角から風が吹いてもの意。

三　年々埋めていって。

四　以下、長浜から南、国の西境に至る海岸(多伎村の海岸)。

五　湖陵村大池の美久我神社附近の地。

六　多伎村口田儀の西北の岬。その西を島津屋という。

七　けわしい岩壁、涯。

1 訂「半」とするが、底・諸本のまま。

2 底傍注に「亡カ」とある。「已」は訖・畢の意。

3 倉傍注に「歟」とある。與は歟に同じ。

4 底・諸本「乎須」。訂「平砂」の誤とするが、後藤説・田中本に従う。

5 底・倉「淩」。鈔による。

6 底「此」。倉・鈔による。

7 倉・鈔「通」がない。底による。

8 底・諸本「大」がない。他例により補う。

9 倉「河」。底・鈔による。

10 倉・鈔「農」。底による。

11 以下三字、底・鈔「貫有別」。倉、似た字形。解による。

12 倉「卌」。底・鈔による。

13 以下三字、底・鈔「住常引」。倉、似た字形。解による。解は以下を細注とするが底・諸本のまま。

14 底「僅」。倉・鈔による。

15 底「耳」がない。倉・鈔による。

16 一二二頁17に同じ。

17 底「上」。倉・鈔に従う。

は[一]壤《つち》と石《いし》と竝《なら》びになし。白沙《しろすなご》のみ積上《つも》りて、卽《すなは》ち松の林《はやし》茂繁《しげ》れり。[二]四《よも》の風吹く時は、沙《すなご》、飛び流れて松の林を掩《おほ》ひ埋《うづ》む。今も[三]年《とし》に埋《うづ》みて半《なか》ば遺《のこ》れり。恐《おそ》らくは遂《つひ》に埋《うも》れはてなむか。[四]松山の南の端《はし》なる[五]美久我《みくが》の林《はやし》より起《はじ》まりて、石見《いはみ》と出雲と二つの國の堺《さかひ》なる[六]中嶋《なかしま》の埼に盡《いた》る間《あひだ》は、或《ある》は平《たひら》なる濱、或は[七]陵《さか》しき礒《いそ》なり。

[八]凡《すべ》て、北の海に在《あ》るところの雜《くさぐさ》の物は、[九]楯縫《たてぬひ》の郡《こほり》に說《と》けるが如し。但《ただ》、紫菜《むらさきのり》なし。

[一〇]出雲《いづも》の郡《こほり》の[一一]堺《さかひ》なる[一二]出雲《いづも》の大川の邊《へ》に通《とほ》るは、七里《さと》卄五歩《あし》なり。

[一三]飯石《いひし》の郡の堺《さかひ》なる[一四]堀坂《ほりさか》山に通《とほ》るは、一十九里《さと》なり。

[一五]同じき郡の堺《さかひ》なる[一六]與曾紀《よそき》の村《むら》に通《とほ》るは、卄五里《さと》一百七十四歩《あし》なり。

[一七]石見《いはみ》の國[一八]安濃《あの》の郡《こほり》の堺なる[一九]多伎伎《たきき》山に通《とほ》るは、卅三里《さと》なり。路《みち》、[二〇]常《つね》に剗《せき》あり。

[二一]同じき安濃《あの》の郡《こほり》[二二]川相《かはあひ》の鄕《さと》に通《とほ》るは、卅六里《さと》なり。徑《みち》、[二三]常には剗《せき》あらず。但《ただ》、政《まつりごと》ある時に當《あた》りて權《かり》に置《お》くのみ。

[二四]前《さき》の件《くだり》の五つの郡《こほり》は、竝《なら》びに[二五]大海《おほうみ》の南なり。

[二六]郡《グン》司《シ》《こほりのつかさ》　主帳《ふみひと》《シユチヤウ》　无位《ムヰ》　刑部臣《をさかべのおみ》

大領《おほみやつこ》《タイリヤウ》　外從七位上《ゲジユシチヰノジヤウ》　勳十二等《クンジフニトウ》　神門臣《かむどのおみ》

擬少領《かりのすけのみやつこ》《ギセウリヤウ》　外大初位下《ゲダイソヰノゲ》　勳十二等《クンジフニトウ》　刑部臣《をさかべのおみ》

八　日本海側の産物の記事。
九　出雲郡の条(二九九頁)に記したままを記している。
一〇　以下、郡家からの公道の里程を記す。諸本に記事標目「通道」がある。
一一　神門郡家から東北に隣接する郡境まで。
一二　出雲市大津町附近。今は神立橋がある。
一三　東南に隣接する郡境まで、二道ある東の道。
一四　出雲市所原から神戸川の支流に沿って南下し、佐田村朝原に越える山。
一五　同じく二道の西の道。
一六　遺称地なく所在明らかでないが、神戸川と大呂川との合流点、佐田村の淀附近か。
一七　郡の西境まで、石見国に通ずる二道の北の路。
一八　和名抄に安濃郡と見える。今は大田市。
一九　大田市朝倉に通ずる国境、津戸・丸尾附近の山を指す。
二〇　関を常置して出入者を検している意。
二一　石見国に通ずる二道の南の路。
二二　和名抄に川合(刊本は舎に誤る)とある。今は大田市。神西湖の南から佐田村一窪田を経て、山口村山口から大田市多根に通ずる路としている。
二三　関を常置せず、政治上必要な場合だけ役人を置いて関を設ける意。
二四　島根・秋鹿・楯縫・出雲・神門の五郡。意宇郡の郡末に添記した一行の記事(一二三頁)に対応する郡の位置地勢に関する概括記事である。
二五　日本海の南側の意であるが、その日本海に直接臨んでいる地であることをいう。
二六　以下、意宇郡の条(一二三頁)参照。

主政　外從八位下　勳[1]十二等　吉備部臣

飯石郡[2]

合　鄕漆　里一十九

熊谷鄕　今依レ前用

三屋鄕　本[3]字三刀矢

飯石鄕　本字伊鼻志

多禰鄕　本字種

須佐鄕　今依レ前用　以上伍鄕別里參

波多鄕　今依レ前用

來嶋鄕　本[4]字支自眞　以上貳鄕別里貳

所三以號二飯石一者　飯石鄕中[5]　伊毗志都幣[6]命坐　故云二飯石一

熊谷鄕　郡家東北卄[7]六里　古老傳云　久志伊奈太美等與麻奴良比賣命　任身及レ將レ產時　求レ處[8]レ生之　爾時　到二來此處一詔　甚久[9]々麻々志枳谷在　故云二熊谷一[10]

1　一二二頁17に同じ。

2　訂は仁多郡・飯石郡と順序しているが、底・諸本のままが地理にも適う。

3　底・諸本「今」。解の説により訂す。

4　倉・鈔「今」。底による。

5　鈔「中」がない。底・倉による。

6　倉「弊」。底・鈔による。

7　底・鈔「二十」。倉による。

8　鈔「所」。底・倉による。

9　底・鈔「久麻久麻」。倉による。「久々麻々」は「久麻々々」の古い書式。

10　倉・鈔「谷」の下に「也」がある。底による。

主政《まつりごとひと》《シユシヤウ》　外従八位下《ゲジユハチヰノゲ》　勲十二等《クンジフニトウ》　吉備部臣《きびべのおみ》

[一]飯石《いひし》の郡《こほり》

[二]合《あは》せて郷《さと》七　里《こざと》は一十九なり。

熊谷《くまたに》の郷《さと》　[三]今も前《さき》に依《よ》りて用ゐる。

三屋《みとや》の郷　[四]本《もと》の字《じ》は三刀屋《みとや》なり。

飯石《いひし》の郷　本の字は伊鼻志《いひし》なり。

多禰《たね》の郷　本の字は種《たね》なり。

須佐《すさ》の郷　今も前に依りて用ゐる。　以上《かみ》の五《いつ》の郷別《さとごと》に里《こざと》は三《みつ》なり。

波多の郷　今も前に依りて用ゐる。

來嶋《きじま》の郷　本の字は支自眞《きじま》なり。　以上《かみ》の二《ふたつ》の郷別《さとごと》に里《こざと》は二《ふたつ》なり。

[五]飯石《いひし》と號《なづ》くる所以《ゆゑ》は、飯石《いひし》の郷《さと》の中《うち》に[六]伊毗志都幣命《いひしつべのみこと》、[七]坐《いま》す。故《かれ》、飯石《いひし》といふ。

[八]熊谷《くまたに》の郷《さと》　郡家《こほりのみやけ》の東北《うしとら》のかた卅六里《さと》なり。[九]古老《ふるおきな》の傳《つた》へていへらく、[一〇]久志伊奈太美《くしいなだみ》[一一]等與麻奴良比賣命《とよまぬらひめのみこと》、[一二]任身《はら》みて産《みこう》みまさむとする時、生《う》まむ處《ところ》を求《ま》ぎたまひき。その時、此處《ここ》に到來《いた》りまして、詔《の》りたまひしく、「[一三]甚《いた》く久麻々々《くまくま》しき谷《たに》なり」とのりたまひき。故《かれ》、熊谷《くまたに》といふ。

一　およそ島根県飯石郡の地域にあたる。郡家は三刀屋川の中流、掛合町の郡を遺蹟地とする。

二　以下、行政区画の単位、郷の総数及びその名称の列記。和名抄の郷名に下の七郷の外、草原・田井の二郷名が見える。田井は多禰郷の東部の地、草原は所在不明。

三・四　意宇郡の条参照(九七頁)。

五　以下、郡名・郷名の説明記事。

六　土地の首長としての女神であろう。

七　下の神社名列記の飯石社に鎮座。

八　三刀屋町の上熊谷・下熊谷附近、斐伊川西岸の地。

九　以下、この郡の郷の里程はすべて歩の端数を省略して記していない(二〇二頁頭注三参照)。

一〇　記紀に須佐之男命の妃とある奇稲田姫。

一一　床を同じくして婚し(ミトアタハス)、ヌル(寝、マは接頭辞)意。神の行為をそのまま神名として添えていったもの。

一二　任は妊に通用。

一三　甚だしく隠れこもった、深く入りこんだの意。クマは隠れた所をいう。

三屋郷　郡家東北廾[1]四里　所レ造二天下一大神之御門　卽在二此處一　故云二三刀矢一 神龜三年改二字三屋一　卽有[2]二正倉一

飯石郷[3]　郡家正東一十二里　伊毗志都幣命　天降坐[4]處也[5]　故云二伊鼻志一 神龜三年改二字飯石一

多禰郷　屬二郡家一　所レ造二天下一大神　大穴持命與二須久奈比古命一　巡二行天下一時　稻種墮[6]二此處一　故云レ種 神龜三年改二字多禰一

須佐郷　郡家正西一十九里　神須佐能袁[7]命詔　此國者[8]雖二小國一　國[9]處在　故我御名者　非レ著二木石一詔而　卽己命之御魂　鎭置給之　然卽　大須佐田小[10]須佐田定給　故云二須佐一　卽有二正倉一

波多郷　郡家西南一十九里　波多都美命　天降坐[11]處在　故云二波多一

來嶋郷　郡家正南卅[12]六里　伎自麻都美命坐　故云二支[13]自眞一 神龜三年改二字來嶋一　卽[14]有二正倉一

須佐社　河邊社

一　三刀屋町三刀屋を中心として伊萱から殿河内附近にわたる、三刀屋川の流域地。

二　大穴持命(杵築大社)の神領の国への入口のしるし。鳥居の如きもの(二〇一頁頭注七参照)。

三　三刀屋町多久和から六重附近にわたる、三刀屋川支流の多久和川の流域地(旧飯石村・中野村)。

四　飯石郡の郡名の条に見える。

五　神の来臨すること、此処に来り止ったことをいう。「(此処に)坐す」というと同意。

六　三刀屋町の南部から掛合町(旧波多村以南を除く)・吉田村にわたる、三刀屋川及び支流の吉田川の流域地。流域に遺称地多根(上・下)がある。

七　郡の役所と同所に郷の役所がある意。

八　少彦名命。大国主命の国土経営に協力した神。

九　国土経営のために国内をめぐったとするのである。

一〇　稲種の頒布。開墾農耕の由来を語るの

1　鈔「二十」。底・倉による。

2　底・鈔「在」。倉による。

3　倉「鄕」を脱。

4　底「生」。倉・鈔による。

5　倉・鈔「也」がない。底による。

6　鈔「隨」。底による。倉、字形が崩れている。

7　鈔「表」。倉「尙衣」二字。底による。

8　底「者」がない。倉・鈔による。

9　後藤説「國」の上「宜」の脱とする。

10　鈔「小須佐田」がない。底・倉による。

11　鈔「坐家有」。倉「生家在」。底「坐家在」。訂及び飯石郷の例により「坐處在」の誤とする。

12　倉「卌一」。底・鈔による。

13　底「伎」。倉・鈔による。

14　鈔「卽有正倉」がない。底・倉による。

[一]三屋《みとや》の郷《さと》　郡家《こほりのみやけ》の東北《うしとら》のかた廾四里《さと》なり。天《あめ》の下《した》造らしし大神の[二]御門《みと》、即《すなは》ち此處《ここ》にあり。故《かれ》、三刀矢《みとや》といふ。神龜《じんき》三年、字を三屋と改む。即ち正倉《みやけ》あり。

[三]飯石《いひし》の郷《さと》　郡家《こほりのみやけ》の正東《まひむがし》一十二里《さと》なり。[四]伊毗志都幣命《いひしつべのみこと》の[五]天降《あまくだ》りましし處《ところ》なり。故《かれ》、伊鼻志《いひし》といふ。神龜《じんき》三年、字を飯石と改む。

[六]多禰《たね》の郷《さと》　[七]郡家《こほりのみやけ》に屬《つ》けり。天《あめ》の下《した》造らしし大神、大穴持命《おほなもちのみこと》と[八]須久奈比古命《すくなひこのみこと》と、[九]天の下を巡《めぐ》り行《い》でましし時、稲種《いなだね》を此處《ここ》に[一〇]墮《おと》したまひき。故《かれ》、種《たね》といふ。神龜《じんき》三年、字を多禰と改む。

[一一]須佐《すさ》の郷《さと》　郡家《こほりのみやけ》の正西《まにし》一十九里《さと》なり。神須佐能袁命《かむすさのをのみこと》、詔《の》りたまひしく、「此《こ》の國は小《ち》さき國なれども、[一二]國處《くにどころ》なり。故《かれ》、[一三]我《あ》が御名《みな》は石木《いはき》には著《つ》けじ」と詔《の》りたまひて、即《すなは》ち、己《おの》が命《みこと》の[一四]御魂《みたま》を鎭《しづ》め置《お》き給ひき。然《しか》して即《すなは》ち、[一五]大須佐田《おほすさだ》・小須佐田《をすさだ》を定め給ひき。故《かれ》、須佐《すさ》といふ。即《すなは》ち正倉《みやけ》あり。

[一六]波多《はた》の郷《さと》　郡家《こほりのみやけ》の西南《ひつじさる》のかた一十九里《さと》なり。[一七]波多都美命《はたつみのみこと》の[一八]天降《あまくだ》りましし[一九]處《ところ》なり。故《かれ》、波多《はた》といふ。

[二〇]來嶋《きじま》の郷《さと》　郡家《こほりのみやけ》の正南《まみなみ》卅六里《さと》なり。[二一]伎自麻都美命《きじまつみのみこと》、坐《いま》す。故《かれ》、支自眞《きじま》といふ。神龜《じんき》三年、字を來嶋と改む。即《すなは》ち正倉《みやけ》あり。

[二二]須佐《すさ》の[二三]社《やしろ》〔須佐神社〕

[二四]河邊《かはべ》の社《やしろ》〔川邊神社〕

であろう。
二　佐田村の内、旧須佐・東須佐二村の地。神戸川の支流の波多川及び朝原・宮内を流れる川の流域地。
三　国として領有また経営するに価する土地の意。
一三　御名代(みなしろ)として自分の名を伝えるのに木や石の如きものでなく、土地を開墾して人民を住ませ、人民に祭祀させて名を伝えようという意であろう。
一四　神の鎮座することをいう。下の神社名列記の須佐社に鎮座。
一五　御名代田の如く神領の田を神名で呼んだもの。説話は御名代田と同じと見て語っている。須佐神社の北方の字、御田を遺称地とする。
一六　掛合町の内旧波多村、頓原町の内旧志志村の地、波多川の上流地を中心として三刀屋川・神戸川の上流流域にもわたった地域。
一七　土地の首長神であろう。
一八　頭注五に同じ。
一九　下の神社名列記には見えない。
二〇　頓原町の内、旧頓原町及び赤来町の地。神戸川・三刀屋川の上流地域。赤来町に遺称地の来島(上・下)がある。
二一　土地の首長神であろう。下の神社名列記には見えない。
二二　以下、神社名の列記。底本に記事標目「社」がある。
二三　佐田村宮内の須佐神社。須佐郷の条に鎮座の由来を記している。
二四　三刀屋町上熊谷の河辺(駒形)神社に擬しているが確かでない。

御門屋社　多倍社[1]
飯石社　以上五所[2]並[3]在神祇官
狭長社　飯石社
田中社　多加社[4]
毛利社　兎比社
日倉社　井草社
深野社　託和社
上社　葦鹿社[5]
粟[6]谷社　穴見社
神代社　志志乃村社　以上一十六所[7][8]並不[3]在神祇官
燒村山　郡家正東一里
穴見山[9]　郡家正南一里
笑[10]村山　郡家正西一里[11]
廣瀬山　郡家正[12]北一里
琴引山　郡家正南卅[13]五里二百歩　高三百丈　周一十一里[14]　古老*

一　三刀屋町給下の一宮神社。
二　佐田村反辺（たんべ）の多倍（剣）神社。
三　三刀屋町多久和にある飯石神社。飯石郷の条に鎮座の由来が見える。
四　掛合町佐中の狭長神社。
五　三刀屋町六重の飯石神社。

1 倉「位」。底・鈔による。
2 底・倉「處」。鈔による。
3 底「有」。倉・鈔による。
4 倉は「多加社毛利社」を「多加毛利社」とする。底・鈔による。
5 底「麁」。倉・鈔による。
6 倉「栗」。底・鈔による。
7 底・諸本「一」がない。田中本の補字に従う。
8 倉「並」を脱。
9 底・諸本「厚」。解「原」とするが、恐らくは「見」とすべきであろう。
10 底・諸本「笑」。後藤説による。
11 底「南」。倉・鈔による。
12 鈔「正」がない。倉「北」がない。底による。
13 底「三十五」。倉・鈔による。朝山皓説「卅九」の誤とする。
14 底「丈」。倉・鈔による。

一御門屋《みとや》の社〔三屋神社〕　二多倍《たべ》の社《やしろ》〔多倍神社〕
三飯石《いひし》の社〔飯石神社〕　以上《かみ》の五所《ところ》は、並《なら》びに神祇官《かみつかさ》に在《あ》り。
四狹長《さなが》の社　五飯石《いひし》の社
六田中《たなか》の社　七多加《たか》の社
八毛利《もり》の社　九兎比《とひ》の社
一〇日倉《ひくら》の社　一一井草《ゐかや》の社
一二深野《ふかの》の社　一三託和《たくわ》の社
一四上《かみ》の社　一五葦鹿《あしか》の社
一六粟谷《あはたに》の社　一七穴見《あなみ》の社
一八神代《かみしろ》の社　一九志志乃村《ししのむら》の社《やしろ》

以上《かみ》の一十六所《ところ》は、並《なら》びに神祇官《かみつかさ》に在《あ》らず。

二〇焼村山《たきむらやま》二一　郡家《こほりのみやけ》の正東《まひむがし》一里《さと》なり。
二二穴見山《あなみ》　郡家《こほりのみやけ》の正南《まみなみ》一里《さと》なり。
二三笑村山《やむら》　郡家《こほりのみやけ》の正西《まにし》一里《さと》なり。
二四廣瀬山《ひろせ》　郡家《こほりのみやけ》の正北《まきた》一里《さと》なり。
二五琴引山《ことひき》　郡家《こほりのみやけ》の正南《まみなみ》卅五里《さと》二百歩《あし》なり。高さ三百丈《つゑ》、周《めぐ》り一十一里《さと》なり。古老《ふるおきな》の

六　三刀屋町一宮の安田の田中神社とする。給下の一宮から西南半粁。
七　吉田村杉戸の大歳神社に擬している。
八　三刀屋町の北隅、伊萱の伊萱神社に合祀の市森神社に擬している。
九　吉田村三田原の兎比神社(旧社地は吉田村吉田)に擬しているが確かでない。
一〇　三刀屋町宮内の日倉神社。旧社地は掛合町の日倉山という。
一一　三刀屋町伊萱の伊草神社。
一二　吉田村深野の山王神社。
一三　三刀屋町多久和の吉備津神社。
一四　吉田村上山の八組神社。
一五　吉田村菅谷の菅谷神社というが、社はない。
一六　三刀屋町粟谷の吉備津神社。
一七　掛合町穴見の穴見神社。もと王子神社という。
一八　三刀屋町神代の神代(国波賀)神社。
一九　頓原町獅子(旧志志村)の剣神社。
二〇　以下、山名の列記。底本に記事標目「山」がある。
二一　以下の四山は掛合町郡(郡家所在地)の四方の山で、郡家から眺める近くの山を挙げたもの。郡の東方約三粁、掛合・三刀屋・吉田の三町村の境の山を焼山という。ここは焼山西側の峰を指したのであろう。
二二　掛合町穴見の西方の峰を指すのであろう。
二三　郡の西方二粁に矢谷がある。その東側前方の山を指すのであろう。
二四　掛合町十日市の山を指すのであろう。
二五　頓原町の南、赤来町との境にある(一〇一四米)。弥山ともいう。

傳云[1]　此山峯有レ窟　裏所レ造二天下一大神之御琴　長七尺　廣三尺　厚一尺五寸　又在[2]二石神一　高二丈　周四丈[3]　故云二琴引山一　有二鹽味葛一[4]
石穴山　郡家正南五十八里　高五十丈
幡咋山　郡家正南五十二里　有二紫草一[5]
野見木見石次[6]三野　竝郡家南西卌[7]里　有二紫草一
佐比賣山　郡家正西五十一里一百卌[8]步　石見與二出雲一二國堺[9]
堀坂山　郡家正[10]西廾[11]一里　有二杉松一
城垣[12]山　郡家正西[13]一十二里　有二紫草一
伊我山　郡家正北[14]一十九里二百步
奈倍山　郡家東北廾[15]里二百步
凡諸山野所レ在[16]草木　萆[17]薢　升麻　當歸　獨活　大薊[18]　黃精　前胡　薯[19]蕷　白朮　女委　細辛　白頭公　白芨[20]　赤箭　桔梗　葛根　秦皮　杜仲　石斛　藤　李　椙[21]　赤桐　椎　楠　楊梅　槻　柘　檜　松　榧　蘗　楮　禽獸則有二鷹　隼　山雞　鳩　雉　熊　狼　猪　鹿　兎　獼猴　飛鼯一
三屋川　源出二郡家正[22]南廾五里多加山一　北流入二斐伊川[23]一*

一　琴形(矩形)をした石。
二　石神が石琴を弾いていると見立てた山名説明。
三　紫葛(和名抄・本草和名)。薬草。

1 鈔「日」。底・倉による。
2 倉・鈔「有」。底による。
3 底「尺」。倉・鈔による。
4 底・諸本「味葛」がない。解による。
5 倉・鈔「紫草」を「知欲」。底による。
6 底・諸本「以」。解による。
7 底・鈔「四十」。倉による。
8 底「四十」。倉・鈔による。
9 底「二箇國」。倉・鈔により「箇」を削る。
10 朝山晧説「北西」。底・諸本のまま。
11 底・倉「卌」。鈔「卅」。實距離により解「廾」とするが可。
12 倉・鈔「恒野」。底による。
13 倉「南」。底・鈔による。
14 鈔「二」。底・倉による。
15 底・鈔「二十」。倉による。
16 倉「有」。底・鈔による。
17 倉・鈔二字共に艸冠がない。底による。
18 倉「莇」。解「薢」。底・鈔による。
19 底・諸本二字共に艸冠がない。訂による。
20 底・諸本「恐」。林崎文庫本・解による。
21 鈔「榴」。倉「樞」。底による。
22 底・諸本「正東一十五里」。これは三刀屋川支流(下の飯石小川)の源。後藤説により改む。
23 倉「河」。底・鈔による。

傳《つた》へていへらく、此の山の峯《みね》に窟《いはや》あり。裏《うち》に天《あめ》の下《した》造らしし大神の[一]御《み》琴《こ》あり。長さ七尺《さか》、廣さ三尺《さか》、厚《あつ》さ一尺《さか》五寸《き》なり。又、[二]石神《いしがみ》あり。高さ二丈《つゑ》、周《めぐ》り四丈《つゑ》なり。故《かれ》、琴引《ことひき》山といふ。[三]鹽《え》味《び》葛《かづら》あり。

[四]石穴《いはあな》山　郡家《こほりのみやけ》の正南《まみなみ》五十八里《さと》なり。高さ五十丈《つゑ》なり。

[五]幡咋《はたくひ》山　郡家《こほりのみやけ》の正南《まみなみ》五十二里《さと》なり。[六]紫草《むらさき》あり。

[七]野《の》見《み》・[八]木《き》見《み》・[九]石次《いはすき》、三《みつ》の野《の》、竝《なら》びに郡家《こほりのみやけ》の南西《ひつじさる》のかた卅里《さと》なり。紫草《むらさき》あり。

[一〇]佐《さ》比《ひ》賣《め》山　郡家《こほりのみやけ》の正西《まにし》五十一里《さと》一百卌歩《あし》なり。石見《いはみ》と出雲と二《ふた》つの國の堺《さかひ》なり。

[一一]堀坂《にりさか》山　郡家《こほりのみやけ》の正西《まにし》卅一里《さと》なり。杉・松あり。

[一二]城垣《きかき》山　郡家《こほりのみやけ》の正西《まにし》一十二里《さと》なり。紫草《むらさき》あり。

[一三]伊《い》我《が》山　郡家《こほりのみやけ》の正北《まきた》一十九里《さと》二百歩《あし》なり。

[一四]奈《な》倍《べ》山　郡家《こほりのみやけ》の東北《うしとら》のかた卅里《さと》二百歩《あし》なり。

[一五]凡《すべ》て、諸《もろもろ》の山野《やまの》に在《あ》るところの草木《くさき》は、萆薢《ところ》・升麻《とりのあしぐさ》・當歸《やまぜり》・獨活《つちたら》・大薊《おほあざみ》・黄精《おほゑみ》・前胡《のぜり》・薯蕷《やまついも》・白朮《をけら》・女委《ゑみくさ》・細辛《みらのねぐさ》・白頭公《おきなぐさ》・白芨《かがみ》・赤箭《かみのや》・桔梗《ありのひふき》・葛根《くずのね》・秦皮《とねりこのき》・杜仲《はひまゆみ》・石斛《いはくすり》、藤《ふぢ》・李《すもも》・椙《すぎ》・赤桐《あかぎり》・椎《しひ》・楠《くすのき》・楊梅《やまもも》・槻《つき》・柘《つみ》・楡《にれ》・松・榧《かへ》・蘗《きはだ》・楮《かぢ》なり。禽《とり》獸《けだもの》には則《すなは》ち、鷹《たか》・隼《はやぶさ》・山雞《やまどり》・鳩《はと》・雉《きぎし》、熊《くま》・狼《おほかみ》・猪《ゐ》・鹿《しか》・兎《うさぎ》・獮猴《さる》・飛鼯《むささび》あり。

[一六]三屋《みとや》川[一七]　源《みなもと》は郡家《こほりのみやけ》の正南《まみなみ》卅五里《さと》なる[一八]多《た》加《か》山より出で、北に流れて斐伊《ひ》の川に入《い》る。

四　赤来町赤名の西にある赤名山(六八九米)。考(横山永福)は「石」を「赤」の誤として「赤穴山」としている。赤穴は赤名にあてた文字。従うべきか。

五　赤来町小田の東方、広島県(備後国)との境の山。

六　根を紫色染料として用いる草。

七　赤来町の真木・横路附近の山間地。真木の南のノンダ(呑田)を遺称地とする。

八　同町川尻附近の山間地。東方の木見山が遺称。

九　同町下赤名から野萱に至る赤名川(下文の磐鉏川)沿いの山間地。

一〇　頓原町の西境、三瓶山(一一二六米)。山の西側(石見国)を佐比売村という。国引きの条(一〇一頁)に見える。

一一　佐田村朝原から北方の出雲市所原へ越す山。朝原の東北の保坂神社が遺称。

一二　掛合・佐田両町村の境附近、鳥屋丸山から北の山を指すか。城垣野として吉田村民谷・宇山の辺に擬するのは記述の順序より恐らくは不可。

一三　所在不明。三刀屋町の北端、伊萱の伊萱山(二八九米)に擬しているが、方位里程が合わない。

一四　三刀屋町鍋山の鍋山。

一五　以下、山野の産物の名の列記。意宇郡の条(一一七頁)参照。

一六　以下、川名の列記。底本に記事標目「川」がある。

一七　斐伊川の支流の三刀屋川。

一八　吉田村・頓原町と広島県(備後国)との境の大万木山(一二一八米)を指すのであろう。

有二年魚一

須佐川　源出[1]二郡家正南六十八里琴引山一　北流　經二來嶋波多須[2]佐等三郷一　入二神門郡門[3]立村一　此所レ謂神門川[4]上也　有二年魚一

磐鉏川　源出[1]二郡家西南七十里箭山一　北流入二須佐川[5]一　有二年魚一

波多小川　源出[1]二郡家西南[6]廾四里志許斐山一　北[7]流入二須佐川[5]一　有[8]レ鐵[9]

飯石小川　源出[1]二郡家正東一十二里佐久禮山一　北流入二三[10]屋川[5]一　有[11]レ鐵[9]

通二大原郡堺斐伊川[5]邊一　廾九里一百八十歩

通二仁多郡堺溫[12]泉川邊一　廾二里

通二神門郡堺與曾紀村一　廾[14]八里六十歩

通二同郡堺[13]堀坂山一　廾[14]一里

通二備後國惠宗郡堺荒鹿坂一　卅九里二百歩　徑[15]常　直レ剗[16]

1 倉・鈔「於」。底による。
2 倉「波々多」。底・鈔による。
3 訂「大門立」とするが、底・諸本のまま。
4 倉「河上」とし、「也」がない。底・鈔による。
5 倉「河」。底・鈔による。
6 底・諸本「二十」。解による。
7 底・鈔「北方」。倉により「方」を削る。
8 底・諸本、大書。解、注書とするに従う。
9 底「鉄」(鐵の俗字)。鈔「銕」(鐵の古體)。倉は「鐵」。
10 鈔「三刀屋」。底・倉による。
11 鈔「有鐵」の注がない。底・倉による。
12 倉「溫堺泉」。底・鈔による。
13 底・諸本「堺」がない。他例により補う。
14 底・諸本「卅」。林崎文庫本及び實地理により訂す。
15 底・諸本「經」。解による。
16 底・諸本、字形が崩れている。解による。

一 神戸川の上・中流の名。
二 山の条に見える。ただし正南三五里と

年魚《あゆ》あり。

一須佐《すさ》川　源《みなもと》は郡家《こほりのみやけ》の正南《まみなみ》六十八里《さと》なる二琴引《ことひき》山より出で、北に流れて、來嶋《きしま》・波多《はた》・三須佐《すさ》等《ども》の三つの郷《さと》を經《へ》て、神門《かむど》の郡《こほり》四門立《とたち》の村《むら》に入《い》る。此《こ》は謂《い》はゆる神門《かむど》川の上《かみ》なり。年魚《あゆ》あり。

五磐鉏《いはすき》川　源《みなもと》は郡家《こほりのみやけ》の西南《ひつじさる》のかた七十里《さと》なる六箭山《ややま》より出で、北に流れて須佐《すさ》川に入《い》る。年魚《ちゆ》あり。

七波多《はた》の小川《をがは》　源《みなもと》は郡家《こほりのみやけ》の西南《ひつじさる》のかた廾四里《さと》なる八志許斐《しこひ》山より出で、北に流れて須《す》佐《さ》川に入《い》る。鐵《まがね》あり。

九飯石《いひし》の小川《をがは》　源《みなもと》は郡家《こほりのみやけ》の正東《まひむがし》一十二里《さと》なる一〇佐久禮《さくれ》山より出で、北に流れて三屋《みとや》川に入《い》る。鐵《まがね》あり。

一一大原《おほはら》の郡《こほり》の一二堺《さかひ》なる一三斐伊《ひ》の川《かは》の邊《へ》に通《とほ》るは、廾九里《さと》一百八十歩《あし》なり。

一四仁多《にた》の郡《こほり》の堺《さかひ》なる一五温泉《ゆ》の川の邊《へ》に通《とほ》るは、廾二里《さと》なり。

一六神門《かむど》の郡《こほり》の堺《さかひ》なる一七與曾紀《よそき》の村に通《とほ》るは、廾八里《さと》六十歩《あし》なり。

一八同じき郡《こほり》の堺《さかひ》なる一九堀坂《ほりさか》山に通《とほ》るは、廾一里《さと》なり。

二〇備後《きびのみちのしり》の國惠宗《ゑそ》の郡《こほり》の堺《さかひ》なる二一荒鹿《あらか》の坂《さか》に通《とほ》るは、卅九里《さと》二百歩《あし》なり。二二徑《みち》、二三常《つね》に剗《せき》あり。


ある。六八里はこの山の南側発源地から赤来町来島に出る川の流れに沿った里程を記したものであろう。
三　大呂川(波多小川)と神戸川の合流点附近で須佐郷を流れる。
四　出雲市乙立。
五　神戸川上流の赤名川。
六　赤来町の南境三国山から発源するが、支流の発源するその北方の弥山(石見国邑智郡との境、七三五米)をいう。
七　神戸川の支流の波多川。また大呂川ともいう。
八　掛合町波多の南方の野田山(七二一米)に擬している。
九　三刀屋川の支流の多久和川。
一〇　三刀屋町六重の南方、吉田村菅谷に越す山(多岐坂山という)を指すのであろう。
一一　以下、郡家からの公道の里程を記す。諸本に記事標目「通道」がある。
一二　北東に隣接する郡境まで。
一三　三刀屋町下熊谷の斐伊川西岸地。対岸の木次が大原郡家の地。
一四　東に隣接する郡境まで。
一五　雲南木次町温村の対岸の地。
一六・一八　北西に隣接する郡境まで。二道ある西の路と東の路。神門郡の条(二一三頁)参照。
一七　神門郡の条(二一三頁)に見えた。
一九　山の条に見えた。
二〇　南方の備後国界まで。二道ある東の路。
二一　頓原町の東方の草峠(くさんたわ)。広島県比婆郡高野町上里原に越す路。
二二　この路には関が常置してある。
二三　関所を常置(二一三頁既出)。

通[1]二三次[2]郡堺[3]三坂一　八[4]十里　徑常[5]有レ剗[6]
波多[7]徑　須[8]佐徑　[9]志都[10]美徑　以上徑[11]　常無[12]レ剗　但當二有レ政時一
權置耳　竝通二備後國一也[13]

郡司　主帳　无位　日[14]置首[15]
大領　外正八位下　勳[16]十二等　大私[17]造
少領　外從八位上[18]　出雲臣

仁多郡
合　郷肆　里一十二[19]
三處郷　今依レ前用
布勢郷　今[20]依レ前用
三澤[21]郷　今[22]依レ前用
横田郷　今依レ前用
以[23]上肆郷別里參
所三以號二仁多一者　所レ造二天下一大神　大穴持命詔　此國者　非レ大
非レ小　川上者　木穗刺[24]加布　川下者　阿[25]志婆布這*

21 底・倉「津」。鈔による。
22 郷名説明の條によれば「本字三津」とあるべきが如くであるが、ミツ↓ミサハ名稱の變改は神龜三年の改字例(用字のみの變改で名稱は變えない)にあわない。恐らく「三澤」を「三津」と誤寫の後に他例に倣って改字注記を附記したものとすべく、底・諸本のまま「今依前用」とあるのを可とする。後藤説「本字御澤」、田中本「本字三津」としている。
23 以下の注記、底・諸本にない。解の補字に從う。
24 底・諸本「判」。解本所引伴信友説により「刈」(刺に同じ)の誤とする。
25 倉「河志婆」。鈔「阿志波」。底による。

一　備後に通ずる西の路。
二　赤来町の南境赤名峠に擬しているが、或はその東方の真木から広島県双三郡布野村捨金へ越す道か。
三　底本及び諸本、八一里とあるが巻末里程の南西道の条(二五一頁)に八〇里とあり、南西道の里程合計(出雲国庁から国の南西界三坂まで)も八〇里として計算しているので、八〇里を正とする。ただし、前条の荒鹿坂まで三九里(約二一粁)に対して三坂までの八〇里(約四三粁)は実際の里程より引き伸ばされている如くである。
四　前条の道が三刀屋川沿いに南下するのに対し、波多小川沿いに南下する道(波多

1 底・諸本「通」の上に「道通」。解により削る。記事標目の誤記であろう。
2 底・諸本「以」。松下見林本・解による。
3 底・鈔「堺」がない。倉による。
4 底・諸本「八十一」。巻末の里程による。
5 二二二頁15に同じ。
6 二二二頁16に同じ。
7 底「多多」。倉「多々」。鈔により一字衍とする。
8 倉「須」がない。底・鈔による。
9 底・諸本「志」の上に「剗但」二字の形のくずれたものがある。訂により削る。
10 倉「志都」を重記。底・鈔による。
11 倉・鈔「三經」。底「經」(徑の誤)とあるによる。
12 倉「无」。底・鈔による。
13 底・諸本「之」。訂による。
14 底・諸本「日」がない。田中説により補うこと他例に同じ。
15 解「臣」の誤とするが、底・諸本のまま。
16 一二二頁17に同じ。
17 底・諸本「弘」。栗注により訂す。
18 底・鈔「下」。正倉院文書による。
19 底・諸本「一」がない。田中本の補字に從う。
20 郷名説明の條によれば「本字布世」とあるべきが如くであるが(後藤説、その様に改めている)、意宇郡屋代郷また次條の例があるので底・諸本のままに存する。

[一]三次《みよし》の郡《こほり》の堺《さかひ》なる[二]三坂《みさか》に通《とほ》るは、[三]八十里《さと》なり。徑《みち》、常《つね》に剗《せき》あり。

[四]波多徑《はたみち》・須佐徑《すさみち》・志都美徑《しつみみち》　以上《かみ》の[五]徑《みち》は常は剗《せき》なし。但《ただ》、政《まつりごと》ある時に當《あた》りて權《かり》に置《お》くのみ。竝《なら》びに備後《きびのみちのしり》の國に通《とほ》る。

[六]郡司《こほりのつかさ》《グンシ》　主帳《ふみひと》《シユチヤウ》　无位《ムヰ》　日置首《ひおきのおびと》

大領《おほみやつこ》《タイリヤウ》　外正八位下《ゲシヤウハチヰノゲ》　勳十二等《クンジフニトウ》　大私造《おほきさきのみやつこ》

少領《すけのみやつこ》《セウリヤウ》　外從八位上《ゲジユハチヰノジヤウ》　[七]出雲臣《いづものおみ》

[八]仁多《にた》の郡《こほり》

[九]合《あは》せて郷《さと》は四　里《こざと》は一十二なり。

三處《みところ》の郷《さと》　[一〇]今も前《さき》に依《よ》りて用ゐる。

布勢《ふせ》の郷　今も前に依りて用ゐる。

三澤《みさは》の郷　今も前に依りて用ゐる。

横田《よこた》の郷　今も前に依りて用ゐる。

以上《かみ》の四《よつ》の郷別《さとごと》に里《こざと》は三《みつ》なり。

[一一]仁多《にた》と號《なづ》くる所以《ゆゑ》は、天《あめ》の下《した》造らしし大神、大穴持命《おほなもちのみこと》、詔《の》りたまひしく、「[一二]此の國は、[一三]大きくもあらず、小《ち》さくもあらず。[一四]川上《かはかみ》は木《き》の[一五]穗刺《ほさ》しかふ。[一六]川下《かはしも》は[一七]あしばふ這《は》

徑)、須佐川沿いに南下する道(須佐徑)があり、この二道が合して頓原町志津美を経て(志都美徑)、須佐川・磐鉏(すき)川沿いに南下し、赤名峠を越して備後国に通じたものであろう。

五　非常置の関所をいう(二一三頁)。

六　以下、意宇郡の条(一一三頁)参照。

七　天平六年出雲国計会帳(正倉院文書)の天平五年九月十二日符の条に「飯石郡少領外従八位上出雲臣弟山」と見える人である。意宇郡新造院の条(一一一頁)にも「出雲臣弟山」と名が見える。天平十八年出雲国造になった(続紀)。

八　およそ今の仁多郡(仁多町・横田町・鳥上村・八川村・馬木村)及び能義郡広瀬町のうち旧比田村の地域にあたる。郡家は仁多町郡村の郡本郷が遺蹟地。

九　以下、行政上の単位、郷里の総数とその名称の列記。和名抄の郷名に、三処・布勢・三沢・横田(横山に誤る)の外、漆仁(郡の西北部)・阿位(郡の西部)の二郷名が見える。

一〇　意宇郡の条(九七頁)参照。

一一　以下、郡名・郷名の説明記事。

一二　国(土地)褒めの古風な言い方のままに記している詞である。

一三　国(郡)の広さとして適度であることをいう。

一四　斐伊川の川上、郡の南東部の山地。

一五　樹木が繁って枝をさし交えている。

一六　斐伊川の川下、郡の西北部の開墾農耕適地。

一七　葦の根茎の意か(蓮の根茎をハヒという)。

度之　是者爾多志枳小國在[1]詔　故云㆓仁多㆒
三處郷　卽屬㆓郡家㆒　大穴持命詔　此地田好　故吾御地占[2]詔　故
云㆓三處㆒
布勢郷　郡家正西[3]一十里　古老傳云　大神[4]命之　宿坐處　故云㆓布
世[5]㆒（神龜三年改㆓字布勢㆒）
三澤[6]郷　郡家西南廾五里　大神大穴持命御子　阿遲須枳[7]高日子命
御須[8]髮八握于㆑生　晝夜哭坐之　辭不㆑通　爾時　御[9]祖命　御子乘
㆑船而　率[10]㆓巡八十嶋㆒　宇良加志給鞆　猶不㆑止㆑哭之　大[11]神　夢願
給　告[12]㆓御子之哭由[13]㆒　夢爾願坐[14]　則夜夢㆓見坐之　御子辭通㆒　則
寤問給　爾時　御[15]澤申　爾時　何處然云問給　卽御祖前　立去出[16]
坐而　石[17]川度[18]　坂上至留　申㆓是處也㆒　爾時　其澤[19]水活[20]出而　御
身沐浴坐　故國造神[21]吉事奏　參㆓向朝廷㆒時　其水活[22]出而　用初也
依㆑此　今產婦　彼村稻不㆑食　若有㆓食者㆒　所㆑生子[23]已[24]不㆑云也
故云㆓三[25]澤㆒[26]　卽有㆓正倉㆒

1 鈔「有」。底・倉による。
2 底・諸本「古經」。解「田詔」とするが、後藤説「占詔」の誤とするを可とすべきである。
3 底「南」。倉・鈔による。
4 底・鈔「命」の上に「大己貴」がある。恐らくは後人の補筆。解の説及び倉により削る。
5 鈔「勢」。底・倉による。或は鈔を可として下の改字の注記を削るべきか。
6 底・倉「津」。鈔による。
7 鈔「伎」。倉「侍」。底による。
8 底・鈔「須」がない。倉「鄕」。解による。
9 底・鈔「御」がない。倉による。
10 底「卒」。倉・鈔による。
11 鈔・倉「十八」二字。底による。
12 倉「吉」。底・鈔による。
13 鈔「田」。底・倉による。
14 底「座」。倉・鈔による。
15 底「三津」。倉・鈔「御津」。「津」は標目と同じく「澤」の誤として後藤説「御澤」と訂するに従う。
16 底・鈔「出」がない。底イ本「於」。倉に従う。
17 底・倉「名」。鈔による。
18 底「渡」。倉・鈔による。
19 底・諸本「津」。上例により「澤」の誤とする後藤説に従う。
20 底・鈔「治於」。倉「治出」。下文例により「活出」とする。
21 底「神」がない。倉・鈔による。
22 倉・鈔「活土」。底による。
23 底・諸本「千己」。解による。
24 倉「不」がない。底・鈔による。
25 底・諸本「三津」。上文例と同じく「三澤」の誤とすべきであろう。後藤説「御津」とする。
26 底・鈔「神龜三年改字三澤」の注記がある。倉にないのを可とし、後人補記として削る(郷名列記の條参照)。

一 湿って水気多い地。水田に開墾するに適していることをいう(二六九頁頭注一九・二一参照)。
二 仁多町の東北部、三成町の矢谷附近から東の斐伊川北岸及びその支流の流域地。上三所・下三所が遺称地。
三 郡の役所と里の役所と同地の意。
四 わが神領地として占有しよう。
五 仁多町の西北部、前布施・上布施・佐自・八代・中村及び下布施(雲南木次町に入る)の地。斐伊川北岸及びその支流の流域地。
六 臥し寝る。郷名の説明となる如く訓む。
七 郷名列記の条では神亀三年の改字はないことになる。意宇郡屋代郷と同例(九七頁頭注一一参照)。
八 仁多町の西半部及び旧三沢村・阿井村・三成町及び温泉村(雲南木次町に入る)の大部分の地。斐伊川及びその支流の流域

ひ度《わた》れり。是《こ》は[一]にたしき小國《をぐに》なり」と詔《の》りたまひき。故《かれ》、仁多《にた》といふ。

[二]三處《みところ》の郷《さと》　即《すなは》ち、[三]郡家《こほりのみやけ》に屬《つ》けり。大穴持命《おほなもちのみこと》、詔《の》りたまひしく、「此の地《ところ》の田好《たよ》し。故《かれ》、吾《あ》が[四]御地《みところ》に占《し》めむ」と詔《の》りたまひき。故《かれ》、三處《みところ》といふ。

[五]布勢《ふせ》の郷《さと》　郡家《こほりのみやけ》の正西《まにし》一十里《さと》なり。古老《ふるおきな》の傳《つた》へていへらく、「大神の命《みこと》の[六]宿《ふせ》りましし處《ところ》なり。故《かれ》、布世《ふせ》といふ。[七]神龜《じんき》三年、字を布勢《ふせ》と改む。

[八]三澤《みさは》の郷《さと》　郡家《こほりのみやけ》の西南《ひつじさる》のかた廾五里《さと》なり。大神大穴持命《おほなもちのみこと》の御子《みこ》、[九]阿遲須枳《あぢすき》高日《たかひ》子命《このみこと》、[一〇]御《み》須髮《ひげ》八握《やつか》に生《お》ふるまで、[一一]夜晝《よるひる》哭《な》きまして、[一二]み辭通《ことかよ》はざりき。その時、[一三]御祖《みおや》の命《みこと》、御子《みこ》を[一四]船に乘せて、八十嶋《やそしま》を率《ゐ》て巡《めぐ》りて[一五]うらがし給へども、猶《なほ》哭《な》き止《や》みまさざりき。大神、[一六]夢《いめ》に願《ね》ぎ給ひしく、「御子《みこ》の哭《な》く由《よし》を告《の》らせ」と夢《いめ》に願《ね》ぎませば、その夜《よ》、御子《みこ》み辭通《ことかよ》ふと夢見《いめみ》ましき。則《すなは》ち、寤《さ》めて[一七]問《と》ひ給へば、その時「[一八]御澤《みさは》」と申《まを》したまひき。その時「[一九]何處《いづく》を然《しか》いふ」と問ひ給へば、[二〇]即《やが》て、御祖《みおや》の前《まへ》を立《た》ち去《さ》り出でまして、[二一]石川《いしかは》を度《わた》り、[二二]坂《さか》の上《へ》に至《いた》り留《とど》まり、「[二三]是處《ここ》ぞ」と申《まを》したまひき。その時、其の澤《さは》の水[二四]活《なが》れ出でて、[二五]御《み》身沐浴《みかはあ》みましき。故《かれ》、[二六]國造《くにのみやつこ》、神吉事奏《かむよごとまを》しに朝廷《みかど》に參向《まゐむか》ふ時、[二七]其の水活《なが》れ出でて、用《もち》ゐ初《そ》むるなり。此《これ》に依《よ》りて、今も[二八]産《はら》める婦《をみな》は、彼《そ》の村《むら》の稻《いね》を食《くら》はず、若《も》し食《くら》ふ者あらば、生《うま》るる子[二九]已《すで》に云《ものい》はざるなり。故《かれ》、三澤《みさは》といふ。即《すなは》ち正倉《みやけ》あり。

地。三成町の西方に遺称地三沢がある。
九 神門郡高岸郷の条(二〇三頁)に同類の伝承が見える。
一〇 あごひげが長く伸び、壮年に成長しても。
一一 子供の如くで成人しない意。
一二 言語をしゃべることが出来ない。
一三 母神の意でなく、父神(大穴持命)を指す。次の「御祖」も同じ。
一四 子供を遊ばせあやす様子である。垂仁紀ホムツワケ命の類似伝承では地方をつれて巡ったとある。
一五 ウラグの他動詞。慰める、楽しませる。
一六 夢の中に神意があらわれてくることを祈った。夢占の一である。
一七 御子アヂスキ高日子命に、言葉をしゃべるか問うてみたのである。
一八 水沢の意か。
一九 どこを水沢というのか。
二〇 すぐに、即座にの意。
二一 石が多く川の浅い谷間の川。
二二 川の向岸の坂の上まで上って止まった。
二三 仁多町の三沢町原田にある三津田の泉を遺蹟地に擬している。
二四 活は水の流れる音、また流れる意(活水)。走り井・流れ井と同じく、あふれ流れる水を汲み用いることをいうのであろう。本居宣長説(解本所引)、活を汲の誤とする。
二五 みそぎ(禊)をして身体を清められた。アヂスキ高日子命がしたのである。
二六 意宇郡忌部神戸の神の湯の条(一一一頁)にも見える。
二七 潔斎に用いる水としている意。
二八 生れる子の言語障害のないことを願ってする禁忌。　二九 全く。

横田郷　郡家東南廾一里　古老傳[1]云[2]　郷中有レ田　四段許　形聊長　遂依レ田而　故云二横田一　卽有二正倉一　以上諸郷所レ出鐵[3]堅[4]尤堪レ造二雜具一

三[5]澤社　伊我多氣社　以上二所　竝在[6]二神祇官一

玉作社　須我非乃[7]社

湯野社　比太社

漆仁社　大原社

髮[8]期里社　石壺社　以上八所竝[9]不レ在二神祇官一

鳥上山　郡家東南卅五里　伯耆與二出雲一之堺　有二鹽味葛一

室原山　郡家東南卅六里　備後與二出雲一二國之堺　有二鹽味葛一

灰火山　郡家東南卅[10]里

遊[11]記山　郡家正南卅[12]七里　有二鹽味葛一

御坂山　郡家西南五十三里　卽此山有二神御門一　故云二御坂一　備後與二出雲一之堺　有二鹽味葛一

1 倉「傳」がない。底・鈔による。
2 底「曰」。倉・鈔による。
3 底・諸本「於」。解による。
4 二二二頁9に同じ。
5 倉「弍」。底・鈔による。
6 底「有」。倉「石」。鈔による。
7 底・諸本「乃非」。解により顚倒。
8 底・諸本「仰支斯里」またはこれに類似の字形に作る。解「髮期里」の誤とするに従うべきか。
9 鈔「竝」がない。底・倉による。
10 底・鈔「三十」。倉による。
11 底・鈔「遊託」。倉「遊託」。訂の説により「遊記」の誤とする。
12 倉「卌」。底・鈔による。

一 横田町から鳥上村・八川村にわたる、斐伊川上流の横田川・下横田川の流域の地。
二 当郡は郷・山及び川の源の山の里程をすべて何里とのみ記して歩の端数を省略している。
三 以下、神社名の列記。底本に記事標目「社」がある。

[一]横田《よこた》の郷《さと》　郡家《こほりのみやけ》の東南《たつみ》のかた卅一[二]里《さと》なり。古老《ふるおきな》の傳《つた》へていへらく、郷《さと》の中《うち》に田あり。四段《よきだ》ばかりなり。形聊《かたちいささ》か長し。遂《つひ》に田に依《よ》りて、故《かれ》、横田《よこた》といふ。即《すなは》ち正倉《みやけ》あり。以上《かみ》の諸郷《さとさと》より出《いだ》すところの鐵《まがね》堅《かた》くして、尤《もと》も雑《くさぐさ》の具《もの》を造るに堪《た》ふ。

[三]三澤《みさは》の[四]社《やしろ》〔三澤神社〕　[五]伊我多氣《いがたけ》の社《やしろ》〔伊我多氣神社〕

以上《かみ》の二所《ところ》は、並《なら》びに神祇官《かみつかさ》に在《あ》り。

[六]玉作《たまつくり》の社　[七]須我非《すがひ》の社
[八]湯野《ゆの》の社　[九]比太《ひだ》の社
[一〇]漆仁《しつに》の社　[一一]大原《おほはら》の社
[一二]髪期里《かみきり》の社　[一三]石壺《いはつぼ》の社

以上《かみ》の八所《ところ》は、並《なら》びに神祇官《かみつかさ》に在《あ》らず。

[一四]鳥上山《とりかみやま》[一五]　郡家《こほりのみやけ》の東南《たつみ》のかた卅五里《さと》なり。伯耆《ははき》と出雲との堺《さかひ》なり。[一六]鹽味葛《えびかづら》あり。

[一七]室原《むろはら》山　郡家《こほりのみやけ》の東南《たつみ》のかた卅六里《さと》なり。備後《きびのみちのしり》と出雲と二つの國の堺なり。鹽味葛《えびかづら》あり。

[一八]灰火《はひひ》山　郡家《こほりのみやけ》の東南《たつみ》のかた卅里《さと》なり。

[一九]遊記《ゆき》山　郡家《こほりのみやけ》の正南《まみなみ》卅七里《さと》なり。鹽味葛《えびかづら》あり。

[二〇]御坂《みさか》山　郡家《こほりのみやけ》の西南《ひつじさる》のかた五十三里《さと》なり。即《すなは》ち、此の山に神の[二一]御門《みと》あり。故《かれ》、御《み》坂《さか》といふ。備後《きびのみちのしり》と出雲との堺なり。鹽味葛《えびかづら》あり。

四 仁多町三沢にある三沢(高守)神社。三沢郷の条に見えるアヂスキ高日子命を祭る。
五 横田町横田にある伊賀武神社。
六 仁多町の亀高町の東方、玉峰山にあったと伝えるが、今は社の所在不明。
七 仁多町角木の清日神社としている。旧社地は北方の城山(菅火野山)。
八 仁多町中湯野の大森神社。
九 仁多町の東隣、広瀬町西比田の比田(一宮)神社。
一〇 雲南木次町の湯村にある温泉神社。
一一 仁多町阿井の大原神社とする。
一二 カミキリ社として仁多町八代にある神霧神社に擬している。
一三 雲南木次町石(斐伊・阿井両川の合流点)にある御碕神社。
一四 以下、山名の列記。底本に記事標目の「山」がある。
一五 船通山(一一四二米)。鳥上村の南境にある。
一六 紫葛。既出(二二一頁)。
一七 八川村の東南境にある三国山(一〇〇四米)。
一八 所在明らかでない。八川村と馬木村の境にある仏山(一〇一一米)またはその南の峰(一〇四六米)か。
一九 馬木村の南境にある烏帽子山(一二二五米)。比婆山ともいう。東南麓を油木(ゆき)という。
二〇 仁多町の南境にある猿政山(一二六七米)とする。或はその西方にもわたる名か。
二一 神領国への入口のしるしのもの。鳥居の如きもの。神門郡の条(二〇一頁)に見える。

志努坂野　郡家西南卅一里（有㆓檗草少少㆒）[1]

玉峯山　郡家東南一十里　古老傳云　山嶺[2]有㆓玉[3]工神[4]㆒　故云㆓玉峯㆒

城紲[5]野　郡家正南一十里（有㆓檗草少少㆒）

大内野　郡家正南二[6]里（有㆓檗草少少㆒）

菅火野[7]　郡家正西[8]四里　高一百廾五丈　周一十里（峯有㆓神社㆒）

戀山　郡家正南[9]一十三里　古老傳云　和爾戀㆓阿伊[10]村坐神　玉日女命㆒而上到[11]　爾時　玉日女命　以㆑石塞㆑川[12]　不㆑得㆑會所㆑戀　故云㆓戀山㆒

凡諸山野所㆑在草木　白頭公　藍漆　藁本　玄參　百合　王不留行　薺[13]苨　百部根　瞿麥　升麻　拔[14]葜　黃精　地楡　附子　狼牙　離留　石斛　貫衆　續斷　女委　藤　李　檜[15]　椙　樫　松　栢　栗　柘　槻　蘗　楮　禽獸則[16]有㆓鷹　晨風　鳩　山雞　雉　熊　狼　猪[17]　麀　狐　兎　獼猴　飛鼺㆒

横[18]田川　源出㆓郡家東南卅五里鳥上山㆒北[19]流　所㆑謂斐伊河[20]上（有㆓年魚少少㆒）[21]

室[22]原川　源出㆓郡家東南卅六里室原山㆒北流　此則*

1 底・倉「栞」。鈔による。

2 倉・鈔「在」。底による。

3 底・諸本「上」。訂は「玉上神」をタマタテ、マツリシカミと訓むが、タマツクリノカミで「玉工神」であろう。

4 解「神社」とするが、底・諸本のまま。

5 林崎文庫本「紀」。或は「絁」（シの假名に用いる）の誤か。底・諸本のままとする。

6 底・倉「廾二里」。鈔による。

7 訂「野山」とするが、底・諸本のまま。

8 底「南」。倉・鈔による。

9 底・諸本「廾三里」。後藤説及び實地理による。

10 底「位」。倉・鈔による。

11 鈔「到」がない。底・倉による。

12 底「門」。倉・鈔による。

13 底・諸本「齊」。林崎文庫本による。

14 底・諸本「枚薢」。解による。

15 解「橪檜」とするが、底・倉・鈔のまま。

16 底「卽」。倉・鈔による。

17 鈔「猪」がない。底・倉による。

18 底・諸本「室原川」。訂の改訂による。

19 後藤説「西」の誤とするが、底・諸本のまま。

20 鈔「川上」。底「河上也」。倉による。訂は「大河上」とする。

21 鈔「少少」がない。底・倉による。

22 底・諸本「横田川」。訂の改訂による。

一志努坂野《しぬさかの》　郡家《こほりのみやけ》の西南《ひつじさる》のかた卅一里《さと》なり。紫草《むらさき》少少《すこ》しくあり。

二玉峯山《たまみね》　郡家《こほりのみやけ》の東南《たつみ》のかた一十里《さと》なり。古老《ふるおきな》の傳《つた》へていへらく、山の嶺《みね》に三玉工《たまつくり》の神あり。故《かれ》、玉峯《たまみね》といふ。

四城紲野《きせの》　郡家《こほりのみやけ》の正南《まみなみ》一十里《さと》なり。紫草《むらさき》少少《すこ》しくあり。

五大内野《おほうちの》　郡家《こほりのみやけ》の正南《まみなみ》二里《さと》なり。紫草《むらさき》少少《すこ》しくあり。

六菅火野《すがひの》　郡家《こほりのみやけ》の正西《まにし》四里《さと》なり。高さ一百廾五丈《つゑ》、周《めぐ》り一十里《さと》なり。峯《みね》に七神の社《やしろ》あり。

八戀山《したひやま》　郡家《こほりのみやけ》の正南《まみなみ》一十三里《さと》なり。古老《ふるおきな》の傳《つた》へていへらく、九和爾《わに》、一〇阿伊《あい》の村《むら》に坐《いま》す神、一一玉日女命《たまひめのみこと》を戀《した》ひて上《のぼ》り到《いた》りき。その時、玉日女命《たまひめのみこと》、石《いし》を以《も》ちて川を塞《さ》一二へましければ、え會《あ》はずして戀《した》へりき。故《かれ》、戀山《したひやま》といふ。

一三凡《すべ》て、諸《もろもろ》の山野《やまの》に在《あ》るところの草木《くさき》は、白頭公《おきなぐさ》・藍漆(やまあさ)・藁本《さはそらし》・玄參《おしくさ》・百合《ゆり》・王不留行《かさくさ》・薺苨《さきくさな》・百部根《ほとづら》・瞿麥《なでしこ》・升痳《とりのあしぐさ》・拔葜《さるかき》・黃精《おほゑみ》・地楡《ゑびすね》・附子《おう》・狼牙《こまつなぎ》・一四離留《ねあざみ》・石斛《いはぐすり》・貫衆《おにわらび》・續斷《やまあざみ》・女委《ゑみくさ》、藤《ふぢ》・李《すもも》・檜《ひのき》・椙《すぎ》・樫《かし》・松・栢《かへ》・栗・柘《つみ》・槻《つき》・蘗《きはだ》・楮《かぢ》なり。禽獸《とりけだもの》には則《すなは》ち、鷹《たか》・晨風《はやぶさ》・鳩《はと》・山雞《やまどり》・雉《きぎし》、熊《くま》・狼《おほかみ》・猪《ゐ》・鹿《しか》・狐《きつね》・兎《うさぎ》・獼猴《さる》・飛猵《むささび》あり。

一五横田川《よこた》一六　源《みなもと》は郡家《こほりのみやけ》の東南《たつみ》のかた卅五里《さと》なる一七鳥上山《とりかみ》より出でて北に流る。謂《い》はゆる斐伊《ひ》の河の上《かみ》なり。年魚《あゆ》少少《すこ》しくあり。

一八室原川《むろはら》　源《みなもと》は郡家《こほりのみやけ》の東南《たつみ》のかた卅六里《さと》なる室原山《むろはら》より出でて北に流る。此《こ》は則《すなは》ち

一　仁多町の東南境、王貫峠附近の山間地。西に越えて篠原があり、北方の峰を鯛ノ巣山(一〇二六米、田井の篠山の音訛)がある。
二　仁多町の東境にある玉峰山(八二〇米)。
三　神社名列記の条の玉作社。
四　或はキシノと訓むべきか。所在明らかでない。横田町加食(かじき)大曲附近の山間地に擬せられている。
五　仁多町大内原。山間の川沿いの地。
六　仁多町郡村の西方の城山(五七八米)の麓の地。
七　神社名列記の条の須我非乃社。
八　仁多町と八川村の境の舌振山。山の西側の馬木川が崖をなして鬼舌振(おにのしたぶり)と呼ばれる。
九　サメ(鮫)またはワニザメという鱶の一種。意宇郡の条(一〇五頁)にも見える。
一〇　阿伊川(馬木川)の流域地、仁多町高尾または更に上流の馬木町馬木あたりか。
一一　上の神社名列記には見えない。神のより来る巫女の意。
一二　川の水をせき止めた。
一三　以下、山野の産物名の列記。意宇郡の条(一一七頁)参照。
一四　蘭如(ねあざみ)の一名離婁のことか。後藤説、赤箭(かみのや)の一名離母の誤かという。
一五　以下、川名の列記。底本に記事標目「川」がある。
一六　横田町を流れる横田川。
一七　船通山。既出(二二九頁)。
一八　三国山(室原山)から発源する室原川。その下流は下横田川となり、横田川に合流する。

所レ謂斐伊大河上[1]　有二年魚麻須魴鱧等類一

灰火小川[2]　源出二灰火山一入二斐伊河上[1]一　有二年魚一

阿伊川　源出二郡家正南卅七里遊記山[3]一　北流入二斐伊河上[1]一　有二年魚麻須[4]一

阿位川　源出二郡家西南五十三里[5]御坂山一　入二斐伊河上[1]一　有二年魚麻須一

比太川[6]　源出二郡家東南一十里玉峯山一北流　意宇郡野城河上[1]　是也　有二年魚一

湯野小川　源出二玉峯山一　西流入二斐伊河上[1]一

通二飯石郡堺漆仁川邊一　廾八里　卽　川邊有二藥湯一　一[7]浴則身體[8]穆平[9]　再濯則萬病消除　男女老少　晝夜不レ息　駱驛往來　無[10]レ不レ得レ驗　故俗人號云二藥湯一也　卽[11]有二正倉一

通二大原郡堺辛谷村[12]一　一十六里二百卌六步

通二伯耆國日野郡堺阿志毗緣山[13]一　卅五里一百五十步　常[14]有レ剗[15]

通二備後國惠宗郡堺遊記山[16]一　卅七里　常[14]有レ剗[15]

1 鈔「川」。底・倉による。
2 倉「小」の下に「々」。底・鈔による。
3 底・諸本「託」。山の條と同じく「記」と訂す。
4 鈔「麻須」がない。底・倉による。
5 底・諸本「三」がない。山の條によれば恐らく脱。
6 「比太川源」を倉は「比川大海」の如く作る。底・鈔による。
7 「一浴」二字、底「浴」。倉・鈔「浴々」。解「浴之」とするが、底傍注及び意宇郡の條により「一浴」とする。
8 鈔「體」がない。底・倉による。
9 底「平」の下に「也」。倉・鈔により「也」を削る。
10 倉・鈔「无」。底による。
11 倉、以下細注とする。底・鈔による。
12 後藤説「宇谷」また「烽谷」の誤かとするが、底・諸本のまま。
13 底「綠」。倉・鈔による。
14 底「有常」。倉・鈔により顚倒。
15 底・諸本字形が崩れている。解による。
16 底・諸本「託」。上文と同じく「記」とする。

一 出雲大川の条（一九三頁）に見える。
二 八川村仏山（灰火山）附近から発源して

下横田川に合流する。
三 烏帽子山(遊記山)から発源し、馬木町を経て斐伊川に入る。馬木川。
四 猿政山(御坂山)から発源し、仁多町(旧阿井村)を経て雲南木次町の南部で斐伊川に入る。阿井川。
五 仁多町の東境、玉峰山から発源し、能義郡広瀬町比田を経て布部川に入る。比田川。
六 意宇郡の条では飯梨河として見える(一一九頁)。
七 仁多町の東境から西流し、湯野原で横田川に合流する。亀高川。
八 以下、郡家からの公道の里程を記す。諸本に記事標目「通道」がある。
九 仁多郡の西に隣接する郡境まで。
一〇 雲南木次町の湯村。斐伊川に臨む地。
一一 温村の温坪にある温泉。
一二 意宇郡の条の玉造温泉の記述と殆ど同じ(一二一頁参照)。
一三 北に隣接する郡境まで。
一四 雲南木次町(旧温泉村)槻谷の北方の谷に擬しているが明らかでない。後藤説は仁多町佐伯から大東町の西南隅に越す谷に擬している。
一五 郡の東境まで。
一六 鳥取県日野郡高宮村阿毘縁(あびれ)の山。鳥上村竹崎から東へ国境を越す路。
一七 神門郡通道の条(二一三頁頭注二〇)参照。
一八 郡の南境まで。二道ある東の路。
一九 馬木川沿いに南下して烏帽子山(遊記山)の東を越え、広島県(備後)比婆郡西城町油木(ゆき)に出る路であろう。

謂《い》はゆる斐伊《ひ》の大河の上《かみ》なり。年魚《あゆ》・麻須《ます》・魴《なよし》[一]・鱧《はむ》等の類《たぐひ》あり。
[二]灰火《はひ》の小川《をがは》　源《みなもと》は灰火《はひ》山より出で、斐伊《ひ》の河の上《かみ》に入《い》る。年魚《あゆ》あり。
[三]阿伊《あい》川　源《みなもと》は郡家《こほりのみやけ》の正南《まみなみ》卅七里《さと》なる遊記《ゆき》山より出で、北に流れて斐伊《ひ》の河の上《かみ》に入《い》る。年魚《あゆ》・麻須《ます》あり。
[四]阿位《あゐ》川　源《みなもと》は郡家《こほりのみやけ》の西南《ひつじさる》のかた五十三里《さと》なる御坂《みさか》山より出で、斐伊《ひ》の河の上《かみ》に入《い》る。年魚《あゆ》・麻須《ます》あり。
[五]比太《ひだ》川　源《みなもと》は郡家《こほりのみやけ》の東南《たつみ》のかた一十里《さと》なる玉峯《たまみね》山より出でて北に流る。意宇《おう》の郡《こほり》の[六]野城《のぎ》の河の上《かみ》、是《これ》なり。年魚《あゆ》あり。
[七]湯野《ゆの》の小川《をがは》　源《みなもと》は玉峯《たまみね》山より出で、西に流れて斐伊《ひ》の河の上《かみ》に入《い》る。
[八]飯石《いひし》の郡《こほり》の堺《さかひ》[九]なる漆仁《しつに》[一〇]の川の邊《へ》に通《とほ》るは、廾八里《さと》なり。卽《すなは》ち、川の邊《へ》に藥湯《くすりゆ》[一一]あり。[一二]一《ひと》たび浴《ゆあみ》すれば、則《すなは》ち身體《みぬち》穆平《やは》らぎ、再《ふたた》び濯《すす》げば、則《すなは》ち萬《よろづ》の病《やまひ》消除《い》ゆ。男《をとこ》も女《をみな》も、老いたるも少《わか》きも、夜晝《よるひる》息《や》まず、駱驛《つら》なり往來《かよ》ひて、驗《しるし》を得ずといふことなし。故《かれ》、俗人《くにひと》號《なづ》けて藥湯《くすりゆ》といふ。卽《すなは》ち正倉《みやけ》あり。
[一三]大原《おほはら》の郡《こほり》の堺《さかひ》なる辛谷《からたに》[一四]の村《むら》に通《とほ》るは、一十六里《さと》二百卅六歩《あし》なり。
[一五]伯耆《ははき》の國日野《ひの》の郡《こほり》の堺《さかひ》なる阿志毗縁《あしびえ》[一六]山に通《とほ》るは、卅五里《さと》一百五十歩《あし》なり。常《つね》[一七]に剗《せき》あり。
[一八]備　後《きびのみちのしり》の國恵宗《えそ》の郡《こほり》の堺《さかひ》なる遊記《ゆき》[一九]山に通《とほ》るは、卅七里《さと》なり。常に剗《せき》あり。

通二同惠宗郡堺比[1]市山一五十三里常無レ剗[2]但當二有レ政時一權置耳[3]

郡司　主帳　外大初位下　品治部

大領　外從八位下　蝮部臣

少領　外從八位下　出雲臣

大原郡

合　鄕捌里卄四

神原鄕　今依レ前用

屋代鄕　[4]本字矢代

屋裏鄕　本字矢內

佐世鄕　今依レ前用

[5]阿用鄕　本字[5]阿欲

海潮鄕　本字得鹽

來次鄕　今依レ前用

1 底・倉「此市」。鈔による。解「比布」とする。

2 二三二頁15に同じ。

3 底・諸本「多」。解及び他例による。

4 鈔「今依前用」に作る。底・倉による。

5 倉「河」。底・鈔による。

[一]同じき恵宗《あそ》の郡の堺《さかひ》なる比市山《ひいち》[二]に通《とほ》るは、五十三里《さと》なり。常[三]には剗《せき》なし。但《ただ》、政《まつりごと》ある時に當《あた》りて、權《かり》に置《お》くのみ。

[四]郡司《こほりのつかさ》《グンシ》　主帳《ふみひと》《シュチヤウ》　外大初位下《ゲダイソヰノゲ》　品治部《ほむちべ》

大領《おほみやつこ》《タイリヤウ》　外從八位下《ゲジュハチヰノゲ》　蝮部臣《たぢひべのおみ》

少領《すけのみやつこ》《セウリヤウ》　外從八位下《ゲジュハチヰノゲ》　出雲臣《いづものおみ》

[五]大原《おほはら》の郡《こほり》

[六]合《あは》せて郷《さと》は八　里《こざと》は廾四　なり。

神原《かむはら》の郷《さと》　[七]今も前《さき》に依《よ》りて用ゐる。

屋代《やしろ》の郷　[八]本《もと》の字《じ》は矢代《(やしろ)》なり。

屋裏《やうち》の郷　本の字は矢内《(やうち)》なり。

佐世《させ》の郷　今も前に依りて用ゐる。

阿用《あよ》の郷　本の字は阿欲《(あよ)》なり。

海潮《うしほ》の郷　本の字は得鹽《(うしほ)》なり。

來次《きすき》の郷　今も前《さき》に依《よ》りて用ゐる。

一　同じく二道の西の路。

二　遺称なく明らかでないが、阿井川沿いに南下して王貫峠(比市山か)を越え、広島県比婆郡高野町和南原に出る路であろう。

三　神門郡通道の条(二一三頁頭注二三)参照。

四　以下、意宇郡の条(一二三頁)参照。

五　およそ今の大原郡。大東町・加茂町・雲南木次町(南部の旧温泉村は仁多郡に属す)の地にあたる。郡家の所在は郡名説明の条に詳記している。

六　以下、行政上の単位、郷里の総数と郷名の列記。和名抄の郷名には神原・屋代(高山寺本による。刊本脱)・屋裏・佐世・阿用・海潮(潮海に誤る)・来次・斐伊(斐甲に誤る)の八郷の外、大原の郷が見える。

七・八　意宇郡の条(九七頁)参照。

斐伊郷　本字樋　以上捌郷別里参[1]

所三以號二大原一者　郡家東北[2]一十里一百一十六歩　田一十町許平原也[3]　故號曰二大原一　往古之時　此處有二郡家一　今猶追レ舊號二大原一　今有二郡家一處號云二斐伊村一

神原郷　郡家正北九里　古老傳云　所レ造二天下一大神之御財[4]　積置[5]給處[6]也　則可レ謂二神財郷一而　今人[7]猶誤[8]云二神原郷[9]一耳

屋代郷　郡家正北一十里一百一十六歩　所レ造二天下一大神之垜[10]立射處　故云二矢代一　神龜三年改二字屋代一　卽有二正倉一

屋裏郷　郡家東北一十里一百一[11]十六歩　古老傳云　所レ造二天下一大神　令レ殖レ矢[12]給處　故云二矢内一　神龜三年改二字屋裏一

佐世郷　郡家正東九里二百歩　古老傳云　須佐能袁命[13]　佐世乃木葉頭刺[14]而　踊躍爲時　所レ刺[14]佐世木葉墮レ地　故云二佐世一

阿[15]用郷　郡家東南一十三里八十歩　古老傳云　昔*

1 「捌郷別」三字、底「郷捌」、鈔「捌郷」、倉「別郷別」。他郡例により訂す。
2 底・諸本「正西」。解「正東」とするが、屋裏郷の條により「東北」とする。
3 倉・鈔「也故」がない。底による。
4 「之御」、底「之神」。倉「々」。鈔による。
5 倉「買」。底・鈔による。
6 「處也」二字、鈔「所」、倉「處」。底による。
7 底「今」の下に「之」。倉・鈔により削る。
8 倉「誤」の下に「故」。底・鈔による。
9 倉「号」。底・鈔による。
10 倉「契」。底・鈔による。
11 底・鈔「一」がない。鈔による。
12 倉「笑」。解「笑」(矢の俗字)とするが、底・鈔による。
13 倉・鈔「表」。底による。
14 倉「判」。底・鈔による。
15 倉「河」。底・鈔による。

一　以下、郡名・郷名の説明記事。
二　加茂町仁和寺の原口にある郡垣を遺蹟地とする。旧郡家の地で屋裏郷の領域内。方位里程が屋裏郷と同じであるのは、旧郡家の地(家)に郷の役所が置かれていたのであろう。
三　雲南木次町の北部(旧斐伊村)の里方を遺蹟地とする。斐伊川の東岸に近い(巻末には川から五七歩とある)。
四　加茂町の西半部、神原・下神原。斐伊川支流の赤川の流域地。
五　次の屋代・屋裏の郷の説話と一連のもので、神宝即ち武器を指すのであろう。
六　カムタカラからカムハラへは自然な音の転訛とはし難い。恐らくはカムハラの地

斐伊《ひ》の郷　本《もと》の字は樋《（ひ）》なり。　以上《かみ》の八《やつ》の郷別《さとごと》に里《こざと》は三《みつ》なり。

一大原《おほはら》と號《なづ》くる所以《ゆゑ》は、郡家《こほりのみやけ》の東北《うしとら》二のかた一十里《さと》一百一十六歩《あし》に田《た》一十《と》町《ところ》ばかりありて、平原《はら》なり。故《かれ》、號《なづ》けて大原《おほはら》といふ。往古《いにしへ》の時《よ》、此處《ここ》に郡家《こほりのみやけ》ありき。今も猶《なほ》舊《もと》の追《まにま》に大原《おほはら》と號《なづ》く。今三郡家《こほりのみやけ》ある處は、號《な》を斐伊《ひ》の村《むら》といふ。

四神原《かむはら》の郷《さと》　郡家《こほりのみやけ》の正北《まきた》九里《さと》なり。古老《ふるおきな》の傳《つた》へていへらく、天《あめ》の下《した》造らしし大神の五御財《みたから》を積《つ》み置《お》き給ひし處《ところ》なり。則《すなは》ち、六神財《かむたから》の郷《さと》と謂《い》ふべきを、今の人、猶《なほ》誤りて神《かむ》原《はら》の郷《さと》といへるのみ。

七屋代《やしろ》の郷《さと》　郡家《こほりのみやけ》の正北《まきた》八一十里《さと》一百一十六歩《あし》なり。天《あめ》の下《した》造らしし大神の九埅《あむづち》立《た》てて射《ゆみい》たまひし處《ところ》なり。故《かれ》、矢代《やしろ》といふ。神龜《じんき》三年、字を屋代と改む。卽《すなは》ち正倉《みやけ》あり。

一〇屋裏《やうち》の郷《さと》　郡家《こほりのみやけ》の東北《うしとら》のかた一十里《さと》一百一十六歩《あし》なり。古老《ふるおきな》の傳へていへらく、天《あめ》の下《した》造らしし大神、矢《や》を殖《た》一一てしめ給ひし處《ところ》なり。故《かれ》、矢内《やうち》といふ。神龜《じんき》三年、字を屋裏と改む。

一二佐世《させ》の郷《さと》　郡家《こほりのみやけ》の正東《まひむがし》九里《さと》二百歩《あし》なり。古老《ふるおきな》の傳《つた》へていへらく、須佐能袁命《すさのをのみこと》、一三佐《さ》世《せ》の木《き》の葉《は》を一四頭刺《かざ》して、踊躍《をど》らしし時、刺《さ》させる佐世《させ》の木《き》の葉《は》、地《つち》に墮《お》ちき。故《かれ》、佐世《させ》といふ。

一五阿用《あよ》の郷《さと》　郡家《こほりのみやけ》の東南《たつみ》のかた一十三里《さと》八十歩《あし》なり。古老《ふるおきな》の傳《つた》へていへらく、昔《むかし》、

名説明のために求めた伝承説話から導かれた説明記事の上だけの地名カムタカラで、実在した地名ではあるまい。豊後・肥前及び九州諸国の風土記にはこの種の地名説明が多いが(三五八頁頭注七・解説一五頁参照)、出雲国風土記では島根郡千酌駅家の説明(一二九頁)がこれに類するのみで、他例がない。

七　加茂町の加茂附近の赤川流域から北方は中村川の流域、南方は斐伊川辺の三代にわたる地。

八　方位は異なるが里程は次条の屋裏郷と同じ。或は誤があるか。

九　土を盛り上げて弓の的を置くようにした所。ここへ的を立てて弓射る訓練をしたことをいう。イクハドコロ・アヅチとも訓むが、或はこれをヤシロ(矢代の意)と訓ませるのであろうか。

一〇　大東町の西北部。大東町から仁和寺・幡屋にわたる赤川(恐らく北岸)・幡屋川の流域地。

一一　殖は植に通用。矢を射立てた所。屋代郷と同じく弓射る訓練をしたことをいう。

一二　大東町の西南部。佐世(表・上・下がある)を流れる佐世川流域から赤川の南岸にわたる地域。

一三　木の名。明らかでない。旧説にサセブの略とする。サセブはサシブ(烏草樹)。石南科のヒサカキに似た木で黒紫色小球状の実がなる。

一四　頭髪に插して飾りとした。

一五　大東町阿用(東・西・上・下がある)を流れる阿用川の流域から赤川南岸にわたる地域。

或人 此處[1]山田佃[2]而守之 爾時 目一鬼來而 食二佃人之男一 爾
時 男之父母 竹原中隱而居之時 竹葉動之 爾時 所レ食男云二
動動一 故云二阿欲一 神龜三年改二字阿用一
海潮鄉 郡家正東一十六[3]里卅六[4]步 古老傳云 宇能治[5]比古命
恨二御祖須[6]美禰命一而 北方出雲海潮押上[7] 漂二御祖神[8]一 此海潮至
故云二得鹽一 神龜三年改二字海潮一
即 東北須我小川[9]之湯淵村 川中溫泉 不レ用レ號 同川上毛間村[10] 川中
溫泉出 不レ用レ號[11]
來次鄉 郡家正南八里 所レ造二天下一大神命詔 八十神者 不レ置二
青垣山裏一詔而 追廢[12]時 此處[13]迨次坐 故云二來次[14]一
斐伊鄉 屬二郡家一 樋速日子[15]命 坐二此處一 故云レ樋 神龜三年改二字斐伊一
新造院一所 在二斐伊鄉中一 郡家正南一里 建二立嚴堂一也 有二僧五軀一
大領勝部臣[16]虫麻呂之所レ造也
新造院一所 在[17]二屋裏鄉中一 郡家東[18]北一十一[19]里一百廿步*

一 異種族人の身体的特徴を異様に見たものであろう。鍛工者が祖神を天目一命とするのと関係あるか。
二 父母は逃げ隠れて難を脱れたことをいう。
三 揺れ動く意。
四 ア・ヨ共に感歎の辞。アーアーという嘆声。動詞アヨグの語幹アヨにあてて「動」字を用いたのである。父母の隠れているあたりの竹葉の揺れ動く故に鬼に見付けられるかと歎く声。
五 大東町の東部。飛石附近から東の旧海潮村の地、赤川上流の流域。
六 楯縫郡沼田郷の条(二六九頁)にも見えるが神の系譜不明。或は海の霊、水神か。
七 底本(彌は禰の誤とする)により須義禰命としてスガネ命と訓むべきか(倉野憲司説)。御祖(みおや)は恐らく父神の意。神の系譜不明。播磨国風土記餝磨郡伊和里の条の大汝命と火明命の説話に類似する(二七一頁参照)。
八 出雲郡の海の意で、宍道湖を指す。湖

1鈔「所」。底・倉による。

2倉・鈔「烟」。底による。

3朝山皓説「九」の誤とするが、底・諸本のまま。

4倉・鈔「三」。底による。

5底・諸本「活」。解による。

6底・倉「義彌」。鈔「美彌」。延喜式神名帳「美彌」とするに従う。解は「我彌」とする。

7底・鈔「止」。倉による。

8倉・鈔「神」の上に「之」。底による。

9底「河」。鈔・倉による。

10底・諸本「林」。解の説による。海潮川の條(二四四頁8)参照。

11倉・鈔「號」がない。底による。

12倉「癈」。底・鈔による。

13以下五字、底「止義沼以生」。鈔「此義沼次坐」。倉「此義沼以生」。田中本による。

14倉「以」。底・鈔による。

15底「女」。倉・鈔・延喜式神名帳による。

16底・諸本「君」。郡末署名により訂す。

17倉「有」。鈔にない。底による。

18底・諸本「正北」。上文屋裏郷の條による。正北ならば屋代郷の中となる。

19鈔「一」がない。底・倉による。

或人《あるひと》、此處《ここ》に山田を佃《つく》りて守《も》りき。その時、[一]目一《めひと》つの鬼來《おにきた》りて、佃《たつく》る人の男《をのこ》を食《くら》ひき。その時、男《をのこ》の[二]父母《かぞいろ》、竹原《たかはら》の中《うち》に隱《かく》りて居《を》りし時に、竹《たけ》の[三]葉動《はあよ》げり。その時、食《くら》はるる男《をのこ》、[四]「動動《あよあよ》」といひき。故《かれ》、阿欲《あよ》といふ。神龜《じんき》三年、字を阿用と改む。

[五]海潮《うしほ》の郷《さと》　郡家《こほりのみやけ》の正東《まひむがし》一十六里《さと》卅六歩《あし》なり。古老《ふるおきな》の傳《つた》へていへらく、[六]宇能治比《うのちひ》古命《このみこと》、御祖《みおや》[七]須美禰命《すみねのみこと》を恨《うら》みまして、北の方《かた》、[八]出雲《いづも》の海《うみ》の潮《しほ》を押《お》し上《あ》げて、御祖《みおや》の神を漂《ただよ》はすに、[九]此《こ》の海潮《うしほ》至《いた》れりき。故《かれ》、得鹽《うしほ》といふ。神龜三年、字を海潮と改む。即《すなは》ち、[一〇]東北《うしとら》のかた、[一一]須我《すが》の小川《をがは》の[一二]湯淵《ゆぶち》の村《むら》の川中《かはなか》に溫泉《ゆ》あり。[一三]號《な》を用《もち》ゐず。同じき川の上《かみ》の[一四]毛間《けま》の村《むら》の川中《かはなか》にも溫泉《ゆ》出《い》づ。號《な》を用《もち》ゐず。

[一五]來次《きすき》の郷《さと》　郡家《こほりのみやけ》の正南《まみなみ》八里《さと》なり。天《あめ》の下《した》造らしし大神の命《みこと》、詔《の》りたまひしく、「[一六]八十神《やそがみ》は[一七]青垣山《あをがきやま》の裏《うち》に置《お》かじ」と詔《の》りたまひて、追《お》ひ[一八]廢《はら》ひたまふ時に、此處《ここ》に[一九]迨《き》次《す》きましき。故《かれ》、來次《きすき》といふ。

[二〇]斐伊《ひ》の郷《さと》　[二一]郡家《こほりのみやけ》に屬《つ》けり。[二二]樋速日子命《ひはやびこのみこと》、此處《ここ》に坐《いま》す。故《かれ》、樋《ひ》といふ。神龜《じんき》三年、字を斐伊と改む。

[二三]新造《しんざう》の[二四]院一所《ゐんひとところ》　斐伊《ひ》の郷《さと》の中《うち》にあり。郡家《こほりのみやけ》の正南《まみなみ》一里《さと》なり。嚴堂《ごんだう》を建立《た》つ。[二五]僧五《はふしいつ》軀《はしら》あり。[二六]大領勝部臣虫麻呂《おほみやつこすぐりべのおみむしまろ》が造るところなり。

[二七]新造《しんざう》の院一所《ゐんひとところ》　屋裏《やうち》の郷《さと》の中《うち》にあり。郡家《こほりのみやけ》の東北《うしとら》のかた一十一里《さと》一百卅歩《あし》なり。

の水をこの地へ押上げ逆流させて溺れさせようとした。

九　海水がここ海潮の地まで来た。

一〇　海潮郷の郷長の居からの方位である。

一一　川の条に見える。赤川の上流。

一二　大東町中湯石の海潮温泉の地。

一三　何の湯という名がない。

一四　所在不明。或は郡の東境毛無越附近の地か。海潮川の条(二四五頁)参照。

一五　雲南木次町の木次町から日登(東西がある)・宇谷にわたる斐伊川及び支流の久野川流域地。

一六　古事記に大国主命が征服したと伝える兄の神々。

一七　垣の如く廻りにある青山。その内は神領国。

一八　しりぞける(退)・はなつ(放)の意。

一九　逃げる神を追跡して追いついた。オヒシク(追及)。迨はおよぶ・いたる意。地名の由来となる如く訓んだ。

二〇　雲南木次町の北部。里方・山方附近(旧斐伊村)の地。

二一　郡役所のある地と同所。

二二　下の神社名列記の樋社に鎮座。土地の主霊神か。古事記に刀の化生神、書紀に須佐之男命の子神に同名神が見える。

二三　以下、寺院名の列記。底本に記事標目「寺」がある。

二四　木次町里方と木次町との間の地を遺蹟とする。

二五　既出(一一一頁頭注一八)。

二六　大原郡の末に署名している人。

二七　大東町仁和寺(旧大原郡家の地)附近であろうが遺蹟地は明らかでない。

建二立（[1]　）層塔一也 有二僧一軀一　前少領額[2]田部臣押嶋[3]之所レ造也[4] 今少領伊去美之従父兄也

新造院一所　在二斐伊郷中一　郡家東北一里　建二立嚴堂一也[4] 有二尼二軀一

斐伊郷人　樋[5]伊支知麻呂之所レ造也

矢口社　宇乃遲社

支須支社　布須社

御代社　宇乃遲社

神原社　樋社

樋社　佐世社

世[6]裡陀社　得鹽社

加多社 以上一十三所並在二神祇官一

赤秦[7]社　等等呂吉社

矢代社　比和社

日原社　幡[8]屋社

春殖社　船林社

宮津日社　阿用社

一　三重または五重の塔であろう。
二　郡末に署名している人。
三　雲南木次町山方附近であろうが遺蹟地は明らかでない。
四　樋伊二字をヒと訓んで氏の称とし、名はキチマロとすべきか。
五　以下、神社名の列記。底本に記事標目「社」がある。

1 訂「三層」とするが、底・諸本のままに存する。「三」または「五」の脱とすべきか。
2 底・諸本「額」がない。郡末の署名による。
3 底「之」がない。倉・鈔による。
4 倉・鈔「也」がない。底による。
5 底・諸本「仰」または似た字形に作る。解「伊」とするに従う。
6 鈔「西」。底・倉による。
7 底「奈」。倉・鈔による。
8 底「情」。倉・鈔による。

一（　）層《こし》の塔《たふ》を建立《た》つ。僧一軀《はふしひとはしら》あり。前《さき》の少領《すけのみやつこ》額田部臣押嶋《ぬかたべのおみおししま》が造るところなり。今の二少領《すけのみやつこ》伊去美《いこみ》が従父兄《いとこ》なり。

三新造《しんざう》の院一所《ゐんひとところ》　斐伊《ひ》の郷《さと》の中《うち》にあり。郡家《こほりのみやけ》の東北《うしとら》のかた一里《さと》なり。嚴堂《ごんだう》を建立《た》つ。尼二軀《あまふたはしら》あり。斐伊《ひ》の郷《さと》の人、四樋《ひ》の伊支知麻呂《いきちまろ》が造るところなり。

五矢口《やぐち》の六社《やしろ》〔八口神社〕
七宇乃遅《うのぢ》の社《やしろ》〔宇能遅神社〕
八支須支《きすき》の社〔來次神社〕
九布須《ふす》の社〔布須神社〕
一〇御代《みしろ》の社〔御代神社〕
一一宇乃遅《うのぢ》の社〔同（宇能遅）社坐須美禰神社〕
一二神原《かむはら》の社〔神原神社〕
一三樋《ひ》の社〔斐伊神社〕
一四樋《ひ》の社〔同（斐伊）社坐斐伊波夜比古神社〕
一五佐世《させ》の社〔佐世神社〕
一六世裡陀《せりだ》の社〔西利太神社〕
一七得鹽《うしほ》の社〔海潮神社〕
一八加多《かた》の社〔加多神社〕

以上《かみ》の一十三所《ところ》は、竝《なら》びに神祇官《かみつかさ》に在《あ》り。

一九赤秦《あかはた》の社《やしろ》
二〇等等呂吉《とどろき》の社《やしろ》
二一矢代《やしろ》の社
二二比和《ひわ》の社
二三日原《ひはら》の社
二四幡屋《はたや》の社
二五春殖《はるゑ》の社
二六船林《ふなばやし》の社
二七宮津日《みやつひ》の社
二八阿用《あよ》の社

六　加茂町下神原の八口神社。
七　加茂町宇治の三社神社。
八　雲南木次町の八幡社に合祀。旧社地は少し西方にあったという。
九　加茂町延野の布須谷にある布須神社。
一〇　加茂町三代の尾留神社。
一一　上の同名社に合祀の社とし、また加茂町立原の宇治神社に擬している。
一二　加茂町上神原の神宝神社。
一三　雲南木次町里方の斐伊神社。斐伊郷の条に祭神の鎮座が見える。
一四　右と同地の宮崎神社。
一五　大東町下佐世の佐世（本宮）神社としている。
一六　大東町清田の辛神社（十二所権現）。
一七　大東町海潮南の大森神社。
一八　大東町の大東にある加多神社。
一九　加茂町大竹の赤肌神社。
二〇　大東町海潮の笹谷にある等等呂吉神社としている。
二一　加茂町三代の高塚神社。
二二　右と同地の日吉神社に擬しているが明らかでない。
二三　大東町海潮中屋の日原神社また雲南木次町日登の日原神社に擬しているが明らかでない。
二四　大東町幡屋の八幡宮の境内社、若宮神社としている。
二五　大東町大東下分の八幡社に合祀の春殖神社。
二六　大東町海潮南の船岡神社。
二七　雲南木次町山方の子安八幡宮に合祀の日宮神社。旧社地は里方の船木山という。
二八　大東町東阿用の剣神社。

置谷社　伊佐山社
須我社　川原社
除[1]川社　屋代社　以上一[2]十六所並不レ在二神祇官一
莵原野　郡家正東　即屬二郡家一
城名樋山　郡家正北一里一百歩　所レ造二天下一大神　大穴持命
爲レ伐[3]二八十神一　造レ城　故云二城名樋一也[4]
高麻山　郡家正北一十里二百歩　高一百丈　周五里　北方有二樫
椿等類一　東南西三方並野也[5]　古老傳云　神須佐能袁[6]命御子　青
幡佐草日[7]子命　是山上　麻蒔殖[8]　故云二高麻山[9]一　即此[10]山峯坐[11]　其
御魂也
須我山　郡家東北一十九里一百八十歩　有二檜[12]枌一
船岡山　郡家東北一[13]十九里一百八十歩　阿波枳閇委奈佐比古命
曳來居船　則[14]此山是矣　故云二船岡一也[15]
御室山　郡家東北一十九里一百八十歩　神須佐乃乎命　御室令
レ造給　所レ宿　故云二御室一

一　大東町佐世の大谷にある日垣神社に擬している。
二　大東町遠所の伊佐山神社に擬している。
三　大東町海潮の須賀にある須賀神社。
四　大東町海潮の小河内にある川原神社としている。
五　同地の小河内神社。

1　倉、扁を三水に作る。底・鈔による。
2　底・鈔「十六」。倉「一十七」。記載實數及び書式例による。
3　倉・鈔「代」。底による。
4　解「山」を補うが底・諸本のまま。
5　倉「也」がない。底・鈔による。
6　倉・鈔「表」。底による。
7　底「壯」。鈔「昭」。倉「胋」。解「聒」の誤とする。「日子」の合字。
8　底・諸本「祖」。解「初」、田中本「給」とするが「殖」の誤とすべきであろう。
9　鈔「山」がない。底・倉による。
10　鈔「上」。底・倉による。
11　底「生」。倉・鈔による。
12　底・諸本「檎枌」。神門郡田俣山の條によってヒノキ・スギとし「檜枌」と訂する。
13　以下九字、底・倉「一里一百歩」。鈔「一十六里」。共に地理に合わない。朝山皓説に従い前後の山と同里程とすべきか。
14　訂「化」とするが、底・諸本のまま。
15　鈔「也」がない。底・倉による。

[一]置谷《おきたに》の社　[二]伊佐山《いさやま》の社
[三]須我《すが》の社　[四]川原《かはら》の社
[五]除川《よけかは》の社　[六]屋代《やしろ》の社

以上《かみ》の一十六所《ところ》は、竝《なら》びに神祇官《かみつかさ》に在《あ》らず。

[七]菟原野《うはらの》[八]　郡家《こほりのみやけ》の正東《まひむがし》なり。即《すなは》ち郡家《こほりのみやけ》に屬《つ》けり。

[九]城名樋《きなび》山　郡家《こほりのみやけ》の正北《まきた》一里《さと》一百歩《あし》なり。天《あめ》の下《した》造らしし大神、大穴持命《おほなもちのみこと》、[一〇]八十《やそ》神《がみ》を伐《う》たむとして城《き》[一一]を造りましき。故《かれ》、[一二]城名樋《きなび》といふ。

[一三]高麻《たかさ》山　郡家《こほりのみやけ》の正北《まきた》一十里《さと》二百歩《あし》なり。高さ一百丈《つゑ》、周《めぐ》り五里《さと》なり。北の方《かた》に樫《かし》・椿等《つばきども》の類《たぐひ》あり。東《ひむがし》と南と西と三つの方《かた》は、竝《なら》びに野なり。古老《ふるおきな》の傳《つた》へていへらく、神須佐能袁命《かむすさのをのみこと》の御子《みこ》、[一四]青幡佐草日子命《あをはたのさくさひこのみこと》、是《こ》の山の上《うへ》に麻蒔《あさま》き殖《お》ほしたまひき。故《かれ》、高麻《たかさ》山といふ。即《すなは》ち、此の山の峯《みね》に坐《いま》[一五]せるは、其の御魂《みたま》なり。

[一六]須我《すが》山　郡家《こほりのみやけ》の東北《うしとら》のかた一[一七]十九里《さと》一百八十歩《あし》なり。檜《ひのき》・杉《すぎ》あり。

[一八]船岡《ふなをか》山　郡家《こほりのみやけ》の東北《うしとら》のかた一十九里《さと》一百八十歩《あし》なり。[一九]阿波枳閇委奈佐比古命《あはきへわなさひこのみこと》、曳《ひ》[二〇]き來《き》居《す》ゑましし船、則《すなは》ち此の山、是《これ》なり。故《かれ》、船岡《ふなをか》といふ。

[二一]御室《みむろ》山　郡家《こほりのみやけ》の東北《うしとら》のかた一十九里《さと》一百八十歩《あし》なり。神須佐乃乎命《かむすさのをのみこと》、[二二]御室《みむろ》を造らしめ給ひて、宿《やど》らせたまひき。故《かれ》、御室《みむろ》といふ。

六　加茂町三代の貴船神社。
七　以下、山名の列記。底本に記事標目「山」がある。
八　雲南木次町里方(郡家の地)、斐伊川東岸の丘地。ソラ山と呼ぶ。
九　右と同じ里方の北方の山。
一〇　来次郷の八十神と同じく古事記に見える兄の神々。大穴持命に討伐せられた神々をいう。
一一　外敵防禦のために木・土・石などで造る垣・柵・とりでの類。
一二　ナビは隠(なぶ)で、城にこもりかくれる意の山名。
一三　加茂・大東両町の境の高麻山(一九六米)。
一四　意宇郡大草郷の条(一〇七頁)に見える。
一五　上の神社名列記には見えない。
一六　大東町と八雲村との境にある(四二六米)。八雲山ともいう。
一七　以下三山の里程は実距離でなく、海潮郷内の山という意の里程で同数を記したものであろう。
一八　大東町海潮南と海潮北との境の山。今は船岡山というが、船山ともいった。
一九　他に見えない。神の系譜不明。宍道町ワナサを本居とする土地の首長神か。アハキへは神名ワナサにかかる称辞であろうが、語義不明。
二〇　船を引き上げて山越えに運んだその船。宍道湖から野白川を溯り、山越えに須我川に運んだことをいう。
二一　大東町中湯石、海潮温泉の東の室山。その東南の川を室谷川という。
二二　土窟・石窟の類を指す。

16 倉・鈔「曰氷」。後藤説により「四水」とする。
17 底・倉「正」。鈔による。
18 倉「川」。鈔による。
19 倉・鈔「源」がない。底による。
20 底・諸本「正東正」。地理により「正北」の誤とする。
21 鈔「堺」がない。底・倉による。
22 底・倉「木」。鈔による。

凡諸山野所レ在草木　苦參[1]　桔梗　䓘[2]茄　白芷　前胡　獨活　萆

薢　葛根　細辛　茵芋　白前[3]　決[4]明　白薟　女委　薯[5]蕷　麥門冬

藤　李　檜　杉　栢　樫　櫟　椿[6]　楮　楊梅[7]　槻　蘗　禽獸則有二

鷹　晨風　鳩　山雞　雉　熊　狼　猪　鹿　兎　獼猴　飛鼯一

斐伊川　郡家正西五十七歩　西流入二出雲郡多義村一 有二年魚麻須一

海潮川　源出下意宇與二大原一二郡堺介[8]末村山上北流[9]　自二海潮一西流 有二年魚少少一

須我小川　源出二須我山一西[10]流 有二年魚少少一

佐[11]世小川　源[12]出二阿用山一[13]　北流[14]入二海潮川一 無レ魚

幡屋小川　源出二郡家東北幡箭山一南流 無レ魚　右[15]四[16]水合　西[17]流入二出雲大河[18]一

屋代小川　源[19]出二郡家正[20]北除田野一　西流入二斐伊大河一 無レ魚

通二意宇郡堺[21]林[22]垣坂一　卅三里八十五歩

通二仁多郡堺[21]辛谷村一　卅三里一百八十二歩

1 底・鈔「辛」。倉による。
2 底・諸本「菩」。解による。
3 底・鈔「芀」。倉、似た字形。後藤説「白芨」(カガミ)。田中本「白前」とするに従う。
4 底・鈔「說月」。倉は字形崩れている。後藤説「決明」とするに従う。田中本「決目」。
5 底「署蕷」。倉・鈔「署預」。他例により訂す。
6 底は旁を「青」とする。倉・鈔による。
7 底・諸本、次に「梅」がある。他郡例により衍とする。
8 「介末」、底・鈔「入矣」、倉「入矣」を合字した如き字形。後藤説「笑村」の誤とするが、或は「介末」との誤として上文「毛間村」と同訓同地とすべきか。
9 底・鈔「流」がない。倉「流」以下六字を「海」とする。他例及び田中本説により「流」を補う。
10 實地理は南流である。底・諸本のまま。
11 或は「阿用小川源出阿用山北流。佐世小川源出〇〇山北流」と兩川の記事があったのではないか。
12 倉・鈔「源」がない。底による。
13 底・倉「山之」。鈔により「之」を削る。
14 倉「流」以下を「海」一字とする。底・鈔による。
15 倉・鈔「水」。文例により「右」の誤とする。以下一一字、底は「出雲氷合正流」六字とする。

一 以下、山野の産物名の列記。意宇郡の条参照(一一七頁)。
二 以下、川名の列記。底本に記事標目「川」がある。
三 斐伊川の中流をいう。
四 大原郡家から斐伊川の渡河地(川辺)までの距離である。
五 大原郡加茂町大竹が遺称地。その西南

[一]凡《すべ》て、諸《もろもろ》の山野《やまの》に在《あ》るところの草木《くさき》は、苦參《くらら》・桔梗《ありのひふき》・菩茄《むこぎ》・白芷《よろひぐさ》・前胡《のぜり》・獨活《つちたら》・萆薢《ところ》・葛根《くずのね》・細辛《みらのねぐさ》・茵芋《にっつじ》・白前《のかがみ》・決明《えびすぐさ》・白蘞《やまかがみ》・女委《ゑみくさ》・薯蕷《やまついも》・麥門冬《やますげ》、藤《ふぢ》・李《すもも》・檜《ひのき》・杉《すぎ》・栢《かへ》・樫《かし》・櫟《なら》・椿《つばき》・楮《かぢ》・楊梅《やまもも》・槻《つき》・蘗《きはだ》なり。禽獸《とりけだもの》には則《すなは》ち、鷹《たか》・晨風《はやぶさ》・鳩《はと》・山雞《やまどり》・雉《きぎし》、熊《くま》・狼《おほかみ》・猪《ゐ》・鹿《しか》・兎《うさぎ》・獼猴《さる》・飛鼯《むささび》あり。

[二]斐伊《ひ》の川《かは》[三]　郡　家《こほりのみやけ》の正西《まにし》[四]五十七歩《あし》なり。西に流れて出雲の郡《こほり》多義《たけ》[五]の村《むら》に入《い》る。年魚《あゆ》・麻須《ます》あり。

[六]海潮《うしほ》川　源《みなもと》は意宇《おう》と大原《おほはら》と二つの郡《こほり》の堺なる介末《けま》[七]の村《むら》の山より出でて北に流れ、[八]海潮《うしほ》より西に流る。年魚《あゆ》少少《すこ》しくあり。

[九]須我《すが》の小川《をがは》　源《みなもと》は須我《すが》山より出でて西に流る。年魚《あゆ》少少《すこ》しくあり。

[一〇]佐世《させ》の小川《をがは》　源《みなもと》は阿用《あよ》[一一]山より出で、北に流れて海潮《うしほ》川に入《い》る。魚なし。

[一二]幡屋《はたや》の小川《をがは》　源《みなもと》は郡　家《こほりのみやけ》の東北《うしとら》のかた幡箭《はたや》[一三]山より出でて南に流る。魚なし。右《みぎ》の四[一四]つの水合《みづあ》ひ、西に流れて出雲[一五]の大河《おほかは》に入《い》る。

[一六]屋代《やしろ》の小川《をがは》　源《みなもと》は郡　家《こほりのみやけ》の正北除田野《まきたよけたの》[一七]より出で、西に流れて斐伊《ひ》の大河《おほかは》に入《い》る。魚なし。

[一八]意宇《おう》の郡《こほり》の堺《さかひ》[一九]なる林垣《はやしがき》[二〇]の坂《さか》に通《とほ》るは、卅三里《さと》八十五歩《あし》なり。

[二一]仁多《にた》の郡《こほり》の堺《さかひ》なる辛谷《からたに》[二二]の村《むら》に通《とほ》るは、卅三里《さと》一百八十二歩《あし》なり。

方の赤川と斐伊川の合流点附近をいう(一九三頁参照)。

六　大東町の東部、旧海潮村を西流する。

七　大東町の東境、毛無越附近の村名を以て呼んだのであろう。海潮郷の温泉(二三九頁)に毛間村の川とあった。

八　地名、海潮郷の意。大東町海潮南・本郷附近を主として指すのであろう。

九　大東町の東北境須我山から出で南流して海潮川に入って西流する。

一〇　大東町佐世を流れ、加茂町立原の北西で赤川に入る。実地理によればこの東に阿用の山から発源し、阿用を流れる阿用川がある。或は「阿用小川」の記事一条を脱したものとすべきか(脚注11参照)。

一一　大東町西阿用と下久野の境の山か。

一二　大東町幡屋を流れ仁和寺の西南で赤川に入る。

一三　意宇郡の条(一二一頁)に幡屋山と見える。幡屋の北境の丸倉山から大平山・八十山にわたる称か。

一四　海潮・須我・佐世・幡屋の四川。これが最初に挙げた斐伊川に合流するのである。

一五　斐伊川が出雲郡に入ってからの称呼(一九三頁頭注一四参照)。

一六　加茂町三代を流れて斐伊川に入る奥田川(三代川)。

一七　三代の東方高塚山附近の称か。

一八　以下、郡家からの公道の里程を記す。諸本に記事標目「通道」がある。

一九　郡の北境まで。

二〇　意宇郡の条(一一三頁)に林垣峰とある。

二一　郡の南境まで。

二二　既出(二三三頁頭注一四)。

通㆓飯石郡[1]堺斐伊河[2]邊㆒　五十七[3]歩
通㆓出雲郡堺[4]多義村㆒　一十[5]一里二百卅歩
前件參郡　竝山野之中也

郡司　主帳　无位　勝部臣
大領　正六位上　勳[6]十二等　勝[7]部臣
少領　外從八位上　額[8]田部臣
主政　无位　日[9]置臣

自㆓國東堺㆒　去㆑西廾[10]里[11]一百八十歩　至㆓野城橋㆒　長卅[12]丈七尺　廣二丈六尺　[13]飯梨川　又　西廾[10]一里　至㆓國廳意宇郡家北十字街[14]㆒　卽　分爲㆓二道㆒　一正西道　一抂㆑北道
抂㆑北道　去㆑北四里[15]二百六[16]十歩　至㆓郡北堺朝酌渡㆒　渡八十歩　渡船一　又　[17]北一十里一百卌[18]歩　至㆓嶋根*

1 鈔「郡」がない。底・倉による。
2 鈔「川」。底・倉による。
3 底・倉「七」がない。鈔及び卷末里程による。
4 二四四頁20に同じ。
5 底「二」。倉・鈔による。
6 一二二頁17に同じ。
7 底・諸本「勝臣」。新造院の條は「勝部君」。解の説による。
8 底「勳部」。倉・鈔「額部」。新造院の條は「田部」。解の改訂による。
9 底・諸本「日」がない。田中本により補うこと他例と同じ。
10 底・鈔「二十」。倉による。
11 底・倉「二」。鈔「一」が里程に合う。
12 底・鈔「三十」。倉による。
13 倉「河」。底・鈔による。
14 底・諸本「家衢」。下文及び訂による。
15 「北」の下、底「道」。倉・鈔により削る。
16 底・倉「六十六」。鈔「六十」。解「八十」とする。卷首の國の南北合計里數は二八〇歩で、下文の抂北道合計里數は二六六歩で、また隱岐道驛路合計里數は二六〇歩で計算した數を記し統一がない。鈔・隱岐道里程及び意宇郡末里程により二六〇歩を正とする。
17 底「北方」。倉・鈔による。
18 底・鈔「卅」。倉「卌」が里程に合う。

一 飯石《いひし》の郡《こほり》の堺《さかひ》なる斐伊《ひ》二 の河《かは》の邊《へ》に通《とほ》るは、五十七歩《あし》なり。
三 出雲《いづも》の郡《こほり》の堺《さかひ》なる多義《たけ》四 の村《むら》に通《とほ》るは、一十一里《さと》二百卅歩《あし》なり。
五 前《さき》の件《くだり》の三つの郡《こほり》は、竝《なら》びに山野《やまの》六 の中《うち》なり。

郡司《こほりのつかさ》《グンシ》七　主帳《ふみひと》《シユチヤウ》　无位《ムヰ》　勝部臣《すぐりべのおみ》
大領《おほみやつこ》《タイリヤウ》　正六位上《シヤウロクヰノジヤウ》　勳十二等《クンジフニトウ》　勝部臣《すぐりべのおみ》八
少領《すけのみやつこ》《セウリヤウ》　外從八位上《ゲジユハチヰノジヤウ》　額田部臣《ぬかたべのおみ》九
主政《まつりごとひと》《シユシヤウ》　无位《ムヰ》　日置臣《ひおきのおみ》

一〇 國の東《ひむがし》一一 の堺《さかひ》より西のかたに去《さ》ること卅里《さと》一百八十歩《あし》にして、野城《のぎ》一二 の橋《はし》に至《いた》る。長さ卅丈《つゑ》七尺《さか》、廣さ二丈《つゑ》六尺《さか》なり。飯梨川《いひなし》なり。又、西のかた廾一里《さと》にして國の廳《まつりごとどの》一三、意宇《おう》の郡家《こほりのみやけ》の北の十字《じふじ》一四 の街《ちまた》に至り、卽《すなは》ち、分《わか》れて二つの道と爲《な》る一五。一つは正西《まにし》の道《みち》、一つは北に抂《まが》れる道《みち》なり。

北に抂《まが》れる道《みち》は、北のかたに去《さ》ること四里《さと》二百六十歩《あし》にして、郡《こほり》一六 の北の堺《さかひ》なる朝酌《あさくみ》の渡《わたり》に至《いた》る。渡《わたり》一七 は八十歩《あし》なり。渡船《わたりぶね》一つあり。又、北のかた一十里《さと》一百卌歩《あし》にして、嶋根《しまね》

一 郡の西境まで。
二 木次町の川辺の渡河地。
三 郡の西北境まで。
四 二四四頁頭注五に同じ。
五 飯石・仁多・大原の三郡。意宇郡・神門郡の郡末に添記した一行の記事(一一三・二一三頁)に対応する郡の位置・地勢に関する概括記事である。
六 海に面しない地の意。
七 以下、意宇郡の条(一二三頁)参照。
八 新造院の条(一三九頁)に虫麻呂と名が見える。
九 新造院の条(一四一頁)に伊去美と名が見える。
一〇 以下は巻頭の総記に対する巻末総記にあたり、軍防上の必要事項を記している。まず国の東西・南北に通ずる公道とその里程を記す。各郡の記事の総括である。底本に記事標目「道度」とある。
一一 意宇郡手間剗。
一二 意宇郡野城駅と同里程。駅の東側に橋があった。
一三 出雲国庁と意宇郡家と黒田駅とが同地にあった(一〇八頁頭注八・九参照)。
一四 十字路。
一五 以上は国の東界から国庁まで。
一六 意宇・島根の郡境。
一七 渡る水路の距離。

郡家一　自二郡家一去レ北一十七里一百八十歩　至二隠岐渡千酌驛家
濱一 船渡[1]
又[2]　自二郡家一西一十五里八十歩　至二郡西堺佐太橋一　長三丈　廣
一丈 佐太川　又　西[3]八里二[4]百歩　至二秋鹿郡家[5]一　又　自二郡家一西一
十五里一百歩　至二郡西堺一　又　西八里二百六十四歩　至二楯縫
郡家一　又　自二郡家一西七里一百六十歩　至二郡西堺一　又　西一[6]
十四里二百廾[7]歩　出雲郡家東邊　卽入二正西道一也
總抂レ北道程　一[8]百三里一百八十四歩之中　隠岐道一十七里一百
八十歩
正西道　自二十字街[9]一西一十二里　至二野代橋一　長六丈　廣一丈五
尺　又[10]　西七里　至二玉作街一　卽分爲二二道一 一正西道 一[11]正南道
正南道[12]　一[13]十四里二百一十歩　至二郡南西堺一　又　南廾三里八十
五歩　至二大原郡家一　卽分[14]爲二二道一 一南西道 一東南道

1 底、本文とする。倉・鈔及び他例による。
2 底「亦」。倉・鈔及び前後例による。
3 底「西方」。倉・鈔による。「方」は訓讀のための傍書の誤入。下文に同じ「方」字例が見えるがすべて刪る。
4 底・諸本「三」。秋鹿郡通道・抂北道里程による。
5 倉「郡家」がない。底・鈔による。
6 底・諸本「一十里」。「四」を脱とすべきである。出雲郡の條參照（二九八頁）。
7 底・鈔「二十」。倉による。
8 底・倉「九十九里一百一十歩」。鈔「九十里」は「九」を脱したもの。國廳・朝酌渡間を二六六歩とし、出雲郡堺・郡家間を一〇里としての合計。共に訂して計算した里數に改める。
9 倉「御」。底・鈔による。
10 鈔「又」がない。底・倉による。
11 倉「在南道」。底・鈔による。
12 倉「正南道」がない。底・鈔による。
13 底・諸本「一」がない。解により補う。
14 底「別」。倉・鈔及び前後例による。

の郡家《こほりのみやけ》に至る。郡家《こほりのみやけ》より北のかたに去ること一十七里一百八十歩《あし》にして、隱岐《おき》の渡《わたり》なる千酌《ちくみ》の驛家《うまや》の濱《はま》に至る。渡船《わたりぶね》あり。

又、郡家《こほりのみやけ》[一]より西のかた一十五里《さと》八十歩《あし》にして、郡《こほり》の西の堺《さかひ》[二]なる佐太《さだ》の橋《はし》に至る。長さ三丈《つゑ》、廣さ一丈《つゑ》なり。佐太《さだ》川なり。又、西のかた八里《さと》二百歩《あし》にして、秋鹿《あいか》の郡《こほりの》家《みやけ》に至る。又、郡家《こほりのみやけ》より西のかた一十五里《さと》一百歩《あし》にして、郡《こほり》の西の堺《さかひ》[三]に至る。又、西のかた八里《さと》二百六十四歩《あし》にして、楯縫《たてぬひ》の郡家《こほりのみやけ》に至る。又、郡家《こほりのみやけ》より西のかた七里《さと》一百六十歩《あし》にして、郡《こほり》の西の堺《さかひ》[四]に至る。又、西のかた一十四里《さと》二百廾歩《あし》にして、出雲《いづも》の郡家《こほりのみやけ》の東《ひむがし》の邊《へ》なり。即《すなは》ち、正西《まにし》の道《みち》に入《い》る。

總《す》べて、北に抂《まが》れる道《みち》の程《みちのほど》[五]は、一百三里《さと》一百八十四歩《あし》の中《うち》、隱岐《おき》の道《みち》は一十七里《さと》一百八十歩《あし》なり。

正西《まにし》の道《みち》は、十字《じふじ》[六]の街《ちまた》より西のかた一十二里《さと》にして、野代《のしろ》の橋《はし》に至る。長さ六丈《つゑ》、廣さ一丈五尺《さか》なり。又、西のかた七里《さと》にして、玉作《たまつくり》の街《ちまた》[七]に至り、即《すなは》ち、分《わか》れて二つの道《みち》と爲《な》る[八]。一つは正西《まにし》の道《みち》、一つは正南《まみなみ》の道《みち》なり。

正南《まみなみ》の道《みち》は、一十四里《さと》二百一十歩《あし》にして、郡《こほり》の南西《ひつじさる》の堺《さかひ》[九]に至る。又、南のかた廾三里《さと》八十五歩《あし》にして、大原《おほはら》の郡家《こほりのみやけ》に至り、即《すなは》ち、分《わか》れて二つの道《みち》と爲《な》る[一〇]。一つは南西《ひつじさる》の道《みち》、一つは東南《たつみ》の道《みち》なり。

一 島根郡家。

二 島根・秋鹿両郡境。

三 秋鹿・楯縫両郡境。

四 楯縫・出雲両郡境。

五 国庁から島根半島を経由して出雲郡家に至るまでの里程(これに島根郡家―千酌駅家間を含める)。

六 国庁の十字路。正西道から抂北道の分岐点。抂北道の記事のために中断された正西道の記載を再び続けるのである。

七 部落(街中)の辻。

八 以上は国庁から公道の分岐点、玉作街まで。

九 意宇・大原両郡境。

一〇 以上は玉作街から南へ大原郡家まで。

南西道　五十七步　至二斐伊川一[1]　渡[2]卅五步　渡[3]船一　又　南西卅[4]九里一百八十
步　至二飯石郡家一　又　自二郡家一南八十里　至二國南西堺一　通二備後國[5]三次[6]郡一
總去[7]レ國程　一百六十六里二百五十七步也
東南道　自二郡家一去卅[4]三里一百八十二步[8]　至二郡東南堺一　又
去[9]二東南一[10]十六里二百卅[11]六步[8]　至二仁多郡家[12](比比理村[13])一　卽[14]分
爲二二道一　一[15]道　東[16]卅[17]五里一百五十步　至二仁多郡堺[18]一　一道　南[16]
卅[19]八里一百卅[4]一步　至[20]二備後國堺遊記[21]山一
正[22]西道　自二玉作街一西九里　至二來待橋一　長八丈　廣一丈三尺[23]
又[24]　西一十四里卅步　至二郡西堺一　又[25]　西一[26]十三里六十四步　至[27]二
出雲郡家一　自[28]二郡家一西二里六十步[8]　至二郡西堺出雲河一　渡[29]五十步　渡[29]船一
又　西七里卅五步[8]　至二神門郡家一　卽有レ河[30]　渡[29]卅[4]五步　渡[29]船一　自二郡家一西卅[31]
三里[8]　至二國西堺一　通二石見國安濃[32]郡一
總去レ國程　九[33]十七里二百二十九步

1 倉「河」。底・鈔による。
2 鈔「度」。底による。倉は字形崩れている。
3 倉、字形崩れている。底・鈔による。
4 底・鈔「二十」。倉による。
5 鈔「國」がない。底・倉による。
6 倉・鈔「以」。底による。
7 鈔「者」。底・倉による。
8 底・鈔に「而」がある。訓讀のための傍書の誤入。倉により削る。
9 倉・鈔「去」がない。底による。
10 倉「一」がない。底・鈔による。
11 底・諸本「卅」。仁多郡通道の條による。
12 底・諸本「家」がない。他例により「家」を補う。
13 「比比理村」を訂・田中本は上の「郡東南堺」の下に移している。底・諸本のままとすが、傍書の誤入と認める。
14 底・諸本「卽」がない。前後例により補う。
15 底・鈔「一」の上に「共」。倉及び前後例による。
16 次に、底「方去」、鈔「方」がある。倉及び前後例による。
17 底・鈔「卅八里一百卅一步」。倉「八里一百卅一步」。共に仁多郡の條による。
18 底・諸本「家」。意を以て「堺」の誤とする。
19 仁多郡の條では「卅七里」(步はない)とある。しばらく諸本のままに存するが、恐らくは誤記であろう。
20 底・鈔「至」以下八字、倉にない。「至」が「備後國」の下にある。前後例により訂す。
21 底・諸本「託」。仁多郡の條と同じく「記」と訂す。
22 底、「正」の上に「又」がある。倉・鈔及び前後例により削る。
23 訂「來待川」の注書がある。底・諸本のまま。
24 「又」以下十二字、底・諸本にない。來待橋・郡堺間の里程で、前後例により補う。
25 底「亦」。倉・鈔による。
26 底・諸本「三十四步」。訂「卅三里卅三步」とする。上の里程の誤訂。里數文發生後に誤訂したものであろう。
27 出雲郡の條により訂す。出雲郡の以下の五字が脫落、倉、次の「至郡西堺・出雲河」を重記。底・鈔による。
28 倉「又」がある。
29 底・鈔のまま。倉「度」。底・鈔による。
30 鈔「川」。底・倉による。
31 底・鈔「四十」、倉「卅」。神門郡及び驛の條による。
32 下の倉・鈔「農」。底による。
33 底・鈔「一百五十四里二百四十四步」。倉「一百六里二百步卅四步」。里數計算により訂す。→補注

南西《ひつじさる》の道《みち》は、[一]五十七歩《あし》にして、斐伊《ひ》[二]の川に至る。渡《わたり》は廾五歩《あし》なり。渡船《わたりぶね》一つあり。又、南《ひつじ》西《さる》のかた廾九里《さと》一百八十歩《あし》にして、飯石《いひし》の郡家《こほりのみやけ》に至る。又、郡家《こほりのみやけ》[三]より南のかた八十里《さと》にして、國の南西《ひつじさる》の堺《さかひ》[四]に至る。備後《きびのみちのしり》の國三次《みよし》の郡《こほり》に通《とほ》る。[五]

總《す》べて、國《くに》を去《さ》る程《みちのほど》[六]は、一百六十六里《さと》二百五十七歩《あし》なり。

東南《たつみ》の道《みち》は、郡家《こほりのみやけ》[七]より去《さ》ること廾三里《さと》一百八十二歩《あし》にして、郡《こほり》の東南《たつみ》の堺《さかひ》[八]に至る。又、東南《たつみ》のかたに去《さ》ること一十六里《さと》二百卅六歩《あし》にして、仁多《にた》の郡家《こほりのみやけ》（なる比比理《ひひり》[九]の村《むら》）に至り、即《すなは》ち、分《わか》れて二つ[一〇]の道《みち》と爲《な》る。一つの道《みち》は、東《ひむがし》のかた卅五里《さと》一百五十歩《あし》にして、仁多《にた》の郡《こほり》の堺《さかひ》[一一]に至る。一つの道《みち》は、南のかた卅八里《さと》一百廾一歩《あし》にして、備後《きびのみちのしり》の國の堺《さかひ》なる遊記《ゆき》山に至る。

正西《まにし》の道《みち》は、玉作《たまつくり》の街《ちまた》[一二]より西のかた九里《さと》にして、來待《きまち》の橋《はし》に至る。長さ八丈《つゑ》、廣さ一丈《つゑ》三尺《さか》なり。又、西のかた一十四里《さと》卅歩《あし》にして、郡《こほり》の西の堺《さかひ》[一三]に至る。又、西のかた一十三里《さと》六十四歩《あし》にして、出雲《いづも》の郡家《こほりのみやけ》に至る。郡家《こほりのみやけ》[一四]より西のかた二里《さと》六十歩《あし》にして、郡《こほり》の西の堺《さかひ》[一五]なる出雲《いづも》の河《かは》に至る。渡《わた》り五十歩《あし》なり。渡船《わたりぶね》一つあり。又、西[一六]のかた七里《さと》廾五歩《あし》にして、神門《かむど》の郡家《こほりのみやけ》に至る。即《すなは》ち河《かは》[一七]あり。渡《わたり》廾五歩《あし》なり。渡船《わたりぶね》一つあり。郡家《こほりのみやけ》[一八]より西のかた卅三里《さと》にして、國の西の堺《さかひ》に至る。石見《いはみ》の國安濃《あの》の郡《こほり》に通《とほ》る。

總《す》べて、國を去《さ》る程《みちのほど》[一九]は、九十七里《さと》二百二十九歩《あし》なり。

一 大原郡家から。
二 大原・飯石両郡境。　三 飯石郡家。
四 飯石郡の条に三坂とある（二二四頁頭注二・三参照）。五 飯石郡の条では今一つ備後国界荒鹿坂に至る道を記している（二二三頁）。ここに挙げていないのは写脱か、記載を省略したものか明らかでない。
六 出雲国庁から玉作街・大原郡家・飯石郡家を経て備後国境三坂に至る里程。
七 大原郡家。　八 大原・仁多両郡境。
九 記載のままでは仁多郡堺または仁多郡家の村の名の如くであるが、仁多郡の条にも見えず、遺称もない。書式例として郡界の地名は記さず、また郡家のある地の村名を記したものもない。「比比理村」は後人傍記の誤入とすべきであろう。
一〇 仁多郡の条では今一つの比市山越えの道を記している（二三五頁）。これは剗非常置の道であるからここでは省略したものか。
一一 仁多郡の条（二三三頁）に伯耆国との境、阿志毗縁山とある地。
一二 正西道から正南道（更に南西道と東南道に分れる）の分岐点。正南道の記事で中断された正西道の記載をまた続けるのである。　一三 意宇・出雲両郡境。　一四 出雲郡家。
一五 出雲・神門両郡境。
一六 出雲大河を渡ってから西への里数。
一七 神門川。川の南岸に神門郡家があった（二〇三頁頭注一九・二〇）。この川は郡界の川でないから、神門郡東界から郡家までの里程七里二五歩に、川の距離（渡）二五歩を含めている。
一八 神門郡家。
一九 国庁から国の西界までの里数。

自二東堺一去レ西廾[1]里一百八十歩　至二野城驛一　又　西廾一里　至二黑田驛一

黑田驛一　即分爲二二道[2]一　一正西道　一[3]渡二隱岐國一道也[4]　隱岐國道　去レ北卅[5]三里六十歩　至二隱岐渡千酌驛一　又　正西道　卅八里　至二宍[6]道驛一　又西廾六里二百廾九歩　至二狹結驛一　又　西一十九里　至二多伎[7]驛一　又　西一十四里　至二國西堺一

意宇軍團[8]　即屬二郡家一

熊谷軍團[8]　飯石郡家東北廾九里一百八十歩

神門軍團[8]　郡家正東七里

馬見烽　出雲郡家西北卅二里二百卌歩

土椋烽[9]　神門郡家[10]東南一[11]十四里[12]

多夫志烽　出雲郡家正[13]北一十三里卅歩

布[14]自枳美烽　嶋根郡家正南七里二百一十歩

暑垣[15]烽　意宇郡家正東廾[16]里八十歩

宅[17]枳戍[18]　神門郡家西南卅[19]一里

瀨[20]埼戍[18]　嶋根郡家東北一[21]十七里一百八十歩

1 底・鈔「二十」。倉による。以下の「廾」「卅」にも同例が多く、書式例により訂す。
2 倉「通」。底・鈔による。
3 「二渡」を、鈔「度」、倉「一度」。底による。
4 倉「也」がない。底・鈔による。
5 底・諸本「三十四里一百卌歩」。里數計算により訂す。嶋根郡家と朝酌渡の里數一〇里一四〇歩に渡八〇歩を加えた一〇里二二〇歩を一一里二二〇歩に誤って右の區間の里程とし、これに渡八〇歩を加えて隠岐道合計三四里一四〇歩となる。諸本の記載は恐らくこれである。
6 底・諸本「客」。解による。
7 倉・鈔「岐」。底による。
8 底・諸本「圑」。解により訂す。
9 底・鈔「樸」。倉、これに似た字形。解による。
10 倉「家」の下に「烽式」。傍注の誤入。底・鈔による。
11 倉「一十」がない。底・鈔による。
12 鈔「里」の下に「烽或東南四里」がある。傍注の誤入。底・倉による。
13 底・諸本「正」がない。訂による。
14 底・諸本「布目美」。嶋根郡の條及び後藤説により補訂す。解は「布自義美」とする。
15 底・諸本「恒」。意宇郡の條及び後藤説による。訂「暑垣」を「青垣」とするは不可。
16 底「二十八里八十歩」。鈔「二十八里十歩」。倉及び意宇郡の條による。
17 底「宅和」。鈔・倉「宅波」。後藤説「它伎」。田中本「宅伎」とするが、底の字形により「宅枳」とする。
18 底・諸本「式」。解による。
19 底「四十」。鈔「三十」。倉による。
20 以下、倉は欠損して存しない。
21 底・諸本「一十九」。後藤説實地理により「廾九里」の誤とするが、千酌驛までの里程を襲用したものである。その里程は「一十七里」。

一　以下、駅家間の里程を記す。各郡の条に記された里数を集計総括したもの。底本に記事標目の「駅」がある。

二　国の東界。手間剗。

三・四　黒田駅(出雲国庁の地)から。

五　宍道駅から。

六　狭結駅から。

七　多伎駅から。

八　以下、軍団の列記。記事標目として底本に「團」、底イ本に「軍團」(それぞれ團・阜團と誤記)がある。

一東《ひむがし》の二堺《さかひ》より西のかたに去《さ》ること廾里《さと》一百八十歩《あし》にして、野城《のぎ》の驛《うまや》に至る。又、西のかた廾一里《さと》にして、黑田《くろだ》の驛《うまや》に至り、卽《すなは》ち、分《わか》れて二つの道《みち》と爲《な》る。一つは正西《まにし》の道《みち》、一つは隱岐《おき》の國に渡《わた》る道《みち》なり。隱岐《おき》の國の道《みち》は、三北のかたに去《さ》ること卌三里《さと》六十歩《あし》にして、隱岐《おき》の渡《わたり》なる千酌《ちくみ》の驛《うまや》に至る。又、正西《まにし》の道《みち》は、四卌八里《さと》にして、宍道《ししぢ》の驛《うまや》に至る。又、五西のかた廾六里《さと》二百廾九歩《あし》にして、狹結《さゆふ》の驛《うまや》に至る。又、六西のかた一十九里《さと》にして、多伎《たき》の驛《うまや》に至る。又、七西のかた一十四里《さと》にして、國の西の堺《さかひ》に至る。

八意宇《おう》の九軍團《ぐんだん》 卽《すなは》ち一〇郡家《こほりのみやけ》に屬《つ》けり。
一一熊谷《くまたに》の軍團《ぐんだん》 飯石《いひし》の郡家《こほりのみやけ》の東北《うしとら》のかた廾九里《さと》一百八十歩《あし》なり。
一二神門《かむど》の軍團《ぐんだん》 郡家《こほりのみやけ》の正東《まひむがし》七里《さと》なり。
一三馬見《まみ》の一四烽《とぶひ》 出雲の郡家《こほりのみやけ》の西北《いぬゐ》のかた卌二里《さと》二百卌歩《あし》なり。
一五土椋《とくら》の烽《とぶひ》 神門《かむど》の郡家《こほりのみやけ》の東南《たつみ》のかた一十四里《さと》なり。
一六多夫志《たぶし》の烽《とぶひ》 出雲の郡家《こほりのみやけ》の正北《まきた》一十三里《さと》卌歩《あし》なり。
一七布自枳美《ふじきみ》の烽《とぶひ》 嶋根《しまね》の郡家《こほりのみやけ》の正南《まみなみ》七里《さと》二百一十歩《あし》なり。
一八暑垣《あつがき》の烽《とぶひ》 意宇《おう》の郡家《こほりのみやけ》の正東《まひむがし》廾里《さと》八十歩《あし》なり。
一九宅枳《たき》の二〇戍《まもり》 神門《かむど》の郡家《こほりのみやけ》の西南《ひつじさる》のかた卌一里《さと》なり。
二一瀨埼《せざき》の戍《まもり》 嶋根《しまね》の郡家《こほりのみやけ》の東北《うしとら》のかた一十七里《さと》一百八十歩《あし》なり。

九 軍防令に基いて設けられた軍隊の司令部に兵営と練兵場とを具えたもの。
一〇 国庁・意宇郡家・黒田駅が同地に集っていたのである。
一一 三刀屋町下熊谷の北方、団原が遺称地。
一二 遺蹟地不明。出雲市大津町長者原から来原のあたりに擬している。
一三 以下、烽名の列記。底本にも記事標目なく「烽カ」と傍書。烽は軍防令に基く軍用施設。山上など見通しのきく所を選定し、信号のためのノロシ(狼烟)をあげて軍事を隣接の烽に報知連絡するもの。四〇里毎に置くと規定されている。
一四 出雲市の西北隅、浜山(四七米)、旧名馬見山に置かれた烽。日本海と宍道湖の東西両方に見通しのきく地である。
一五 出雲市の東南部、稗原の戸倉にある大袋山(三五九米)。馬見烽から連絡を受け、神門・熊谷軍団に報知する。
一六 出雲・平田両市の境の旅伏山(四五六米)。馬見烽から連絡を受け、宍道湖を隔てて布自枳美烽に報知する。
一七 松江市東部の嵩山(一三三頁)。多夫志烽から連絡を受け、意宇軍団・暑垣烽に知らせる。
一八 安来市の西部、飯梨の西岸の車山(一一七頁)。布自枳美烽から連絡を受け、伯耆国の烽に知らせる。
一九 以下、戍名の列記。戍は辺境守備のための兵士を屯営させてある所。天平四年派遣の節度使により軍防上の必要から置かれたものであろう。
二〇 多伎村口田儀附近を遺蹟地とする。
二一 島根村の北部、瀬崎(一四七頁)。

天平五年二月卅日　勘造

秋鹿郡人　神宅臣全太理[1]

國造帶ニ意宇郡大領一外正六位上勳十二[2]等　出雲臣廣嶋

（底本、無奥書。巻首記の内、出雲國風土記に關する記事）

今適〻全部《スルコト》　出雲一國而已《ノミ》。雖レ有ニ流布本《ノ》一不レ免ニ傳寫《ノ》誤一。今所[3]《ノ》レ書《スル》寫本《ハ》者、傳聞出雲《ノ》國造之文庫《ニ》所レ有、因以レ全爲ニ篇首一。

1　蓬左文庫本・日御碕神社本などの系統の傳本及びそれによる校本は「金」とするが、底・鈔「全」とするに従う。

2　一一二頁17に同じ。

3　以下の文を同筆の朱で今井似閑自身次の如く訂している。「寫以ニ出雲國造文庫所レ祕本一爲ニ篇首一」

天平《てんぴやう》[一]五年[二]二月《きさらぎ》の卅日《みそか》[三]　勘《かむが》[四]へ造る。

秋鹿《あいか》の郡《こほり》の人、神宅臣全太理《みやけのおみまたたり》[五]

國造《くにのみやつこ》[六]にして意宇《おう》の郡《こほり》の大領《おほみやつこ》を帯《お》[七]びたる外正六位上《げしやうろくゐのじやう》勲十二等《くんじふにとう》　出雲臣廣嶋《いづものおみひろしま》[八]

一　以下は出雲国風土記全巻の奥附。

二　天平五年は聖武天皇朝(七三三年)。和銅六年風土記撰進の命が出てより二〇年目。

三　続日本紀によれば二月は小で二十九日まで、卅日はないようであるが、正倉院文書(写経目録)に天平五年に二月卅日の日附が見える。この日附を疑う要はない。

四　筆録編纂する意。各郡毎に筆録した記事を総括整理して一書にまとめたことをいう。

五　出雲国風土記の最終筆録編纂者。他の文書には氏名が見えないので系譜伝記など不明。名は伝播のひろい系統の伝本によって金太理(カナタリと訓むか)とせられて来たが、「金―」という名よりも「全―」という名の方が上代の人名として例も多く、諸種の文字と組合わせた名の「―足」の一つとして全足(マタタリ、全太理)を可とすべきであろう。

六　出雲国造。大化の国郡制実施以前に地方豪族で地方統治者として中央(大和朝廷)から任命せられたもの。国郡制実施後もその地位の表示として国造を称した。文武朝、慶雲三年以降、出雲国造が意宇郡大領の任につくことになっていたのである。

七　兼帯、兼任。国造を本官とし、郡大領を兼官とする考えに基く書式。

八　出雲国風土記の全般的責任者。天平六年出雲国計会帳(正倉院文書)に国造以下全く同じ署名が見える。続日本紀には神亀元年正月(外従七位下)、新任時の行事として朝廷に神賀辞を奏上したことが見え、神亀三年従六位上、天平十年に外正六位上より従五位下を授けられ、なお出雲国造とある。

補　注

九四頁頭注九・一〇

三行の記事は、南北の里数記載についての異説、或は異本の記載を附記し、本文の記載が誤っていることを注したものと認められる。第一行「一百歩」は東西の里数の内「一十九歩」とあるのが「一百九歩」の誤である由の注記と解されてきたが恐らくは不可。「一百歩」の「歩」は本文の錯入で、第二行に続き「一百七十三里卅二歩」という記載であったとすべきである。一八三里一七三歩となるべき計算(千酌駅から比市山までの里数合計)において、朝酌渡—島根郡家の一区間一〇里一四〇歩を加算し脱したとして一七三里三三歩となる。この里数を記した如くにも見られるが、一八三里一七三歩となるべき比市山越えの通道は、国の南北里程として最長(または最短)でもなく、剗を常置した通道でもなく、巻末の通道記事にも記載のないもので、妥当な通道による合計計算ではない。剗を常置した通道で、国の南北として最長里程、かつ巻末の通道記事に国庁からの総里数の記載のある南西道の三坂越えの通道によって計算したものとすべきである。この通道による国の南北の合計里数は二〇〇里一七歩であるが、その最南の飯石郡家—三坂の一区間八〇里に替えて別の東南道の仁多郡家—比市山五三里を加算したとすれば一七三里一七歩となる。(注記の三二歩と一五歩の差はあるが)この誤算による数字が注記に記されたものではないか。比市山は同郡御坂山と同方位同里程の山で、南西道のミサカ(三坂)を東南道のミサカ(御坂)である比市山に誤ったための錯乱と解される。本文の一八三里一七三歩は右の誤を合理化し、比市山までの里数を東南道によって正しく計算し直したものとすべきで、本来は南西道の三坂まで二〇〇里一七歩の記載であったものと認めるべきであろう。

一〇〇頁頭注一九

旧注「打絶」として「去豆のウチタエよりして」と訓み(内山真竜、出雲風土記解以降)、後藤蔵四郎説「析絶」として「去豆よりサキタチて」と訓み(出雲国風土記考證)、松岡静雄説「折絶」として「去豆のヲリタミから」と訓み、折まがり、屈曲部とする(日本古語大辞典)など、誤字と見る諸説があるが、諸写本の文字のままに「折絶」としてヲリタエと訓む。ヲリは折り曲げる意、山上の凹所をタヲリ(タヲ・タワ)というのと類語、タエは絶え尽きて続かぬ意で、極、はて。海岸線を折り曲げて直ぐに続かない局点、湾入部の最奥部を意味するものとすべきか。

一〇九頁頭注七

出雲国風土記における郷の構成は、三里で一郷とするもの五六(余戸郷を加えて五七)、二里で一郷とするもの五で、三里一郷が規準の如くである。豊後国風土記では三里で一郷のもの三〇、二里で一郷のもの一〇、また肥前国風土記(彼杵郡を除く)では、三里で一郷のもの四四、二里で一郷のものの二〇、四里で一郷のもの二となっていて、これらも三里で一郷が規準の如くである。すなわち十数戸乃至二十数戸を以て里《さと》としたものと認められる。

二五〇頁脚注33

巻頭の国の東西の里数一三九里一〇九歩(各区間の里数の合計に合う)から神門郡と国西界の里数三三里を減じ、神門渡二五歩を加算すれば一〇六里一三四歩となり、およそ倉本記載の如くなる。また国の東西里数合計から国東堺と国庁間の里数四一里一八〇歩を減じて九七里二二九歩(国庁以西の各区間の里数合計に合う)——これが正しい里数——これに神門渡二五歩を加えて九七里二五四歩となる。底本に一五四里云々とあるのは或はこの二五四歩からの誤か。各伝本ともに里程の数字を誤り訂し或は誤り計算して訂した伝写本を承けているものと認められるので、各区間の里数をあらためて加算し直した。

播磨國風土記

一 原文破れ損じて巻首と明石郡の記事にあたる部分を失っている。ここは賀古郡の郡首にあたる。
二 展望のきく高所に立って国状視察をする意で統治主権者のすべきわざであった。望覧の主格(原文欠損)は大帯日子命か。新考は品太天皇としている。
三 今立っている丘、日岡をいう。
四 児は子に同じで添えた辞。鹿。
五 兵庫県加古郡、稲見町・阿閇村および加古川市の加古川以東の地域にあたる。和名抄の郡名にも賀古とある。
六 丘に逃げ上って。
七 鹿の鳴き声の擬声音。今ピーというのにあたる。
八 加古川の左岸。加古川市加古町大野にある(旧氷丘村)。
九 日岡西麓の日岡神社の祭神。延喜式神名帳には伊佐々比古神とあって相違する。神の系譜は不明。
一〇 日岡の上にある景行天皇の皇后の陵墓。
一一 景行天皇。
一二 景行天皇の皇后。書紀に播磨稲日大郎姫(一に稲日稚郎姫)とある。系譜は印南郡の条(二六九頁)に見える。
一三 妻訪い。求婚する。
一四 夕(咫)は長さの単位。八握(やつか)剣というのに同じく長剣の意。
一五 剣を腰に結ぶ緒。結ぶ位置によって上結・下結というのであろう。
一六 勾玉を緒に貫きつらねた長い玉の緒。
一七 書紀に「八咫鏡、一に真経津鏡と云ふ」

望二覽[1]四方一 勅[2]云 此土[3] 丘原野甚廣大 而見二此丘一如二鹿兒一 故名曰二賀古郡一 狩之時 一鹿走二登於此丘一鳴 其聲比々 故號二日岡一 坐神大御津齒命子伊波都比古命[4]

此岡有二比禮墓一 所三以號二褶墓一者 昔 大帶日子命 誂[5]二印南別孃一之時[6] 御佩刀之八咫[7]劒[8]之上結[9]爾八咫[10]勾玉[11] 下結爾麻布都鏡繫 賀毛郡山[12]直等始祖息長命 一名伊志治[13] 爲レ媒而 誂[5]下行之時 到二攝津國高瀨之濟一 請三欲度二此河一 度子 紀伊國人小玉 申曰 我爲二天皇贄人一否 爾時勅云 朕公 雖レ然猶度 度子對曰 遂欲レ度者 宜レ賜二度賃一 於レ是 卽取下爲二道行儲一之弟縵[14]上投二入舟中一 則縵光明 炳然滿レ舟 度子得レ賃 乃度之 故云二朕君濟一 遂到二赤石[15]郡廝御井一 供二進御食一 故曰二廝御井一 爾時 印南別孃 聞而驚畏之 卽遁二度於南毗都麻嶋一 於レ是 天皇 乃到二賀古松原一*

1 底「賢」に誤る。
2 底「勅」がない。主格を天皇と見て例により補う。
3 底、半ば文字が欠けているが「土」とすべく、「立」ではない。
4 底、祭神の注を「有比禮墓」の下に記し位置を誤っている。
5 底「誹」に誤る。
6 底、次行の「繫」の下にある。栗注による。
7 諸注「握」の誤とするが底のまま。
8 底、金扁に作る。劒の俗字。
9 新考「緒」の誤とするが底のまま。
10 栗注など「尺」の誤とするが底のまま。
11 底「玉」がない。栗注「珠」を補うが、敷注などにより「玉」を補う。
12 或は「山部直」とすべきか。
13 筆錄者或は後に加えた注記であろう。
14 「蘰」の艸冠を糸扁に替えた字。蘰に通用させたもの。
15 底「名」に誤る。

とある。マフツは称辞、マ(真)フツ(尽・悉)の意で、すべてのものを写すことをいうか(六一頁頭注二二参照)。剣玉鏡は主権者(現つ神)としての威儀を整えるものであろう。

一八　下に大中伊志治とある。

一九　大阪府守口市高瀬町が遺称地。淀川の河口に近い渡船場。

二〇　渡し船の船人。紀伊国人は船技に長じていた。

二一　ここは天皇の使臣ではないの意。

二二　第二人称。親しんでいう語。

二三　渡し賃。

二四　旅装用の。

二五　頭髪に冠する装身用の蔓草または加工物。弟は称辞。

二六　鬘の立派さをいう。珠玉の飾りなどあるか。

二七　大阪市大淀区中津町附近の渡船場か。淀川の支流中津川を吾君川とする(地名辞書)。難波の出口のあたり。

二八　明石郡。当国風土記では赤石・明石両様の用字が見える。

二九　所在地不明。廝は膳夫。天皇の御食事に奉仕する人の意。

三〇　兵庫県高砂市の地。印南川(加古川)の河口三角洲の島、賀古・印南両郡境にあった島。万葉集にイナミツマと見える。同書にカコの島とあるのも恐らくは同地。

三一　求婚を受けた女性が身を隠し、男が探し出すことは婚姻習俗。古事記(雄略)袁杼比売、出雲国風土記(一八三頁)に例がある。

三二　加古川左岸の海岸、尾上の松のある尾上町附近の地。

(賀《か》[一]古《こ》の郡《こほり》)

[二]四方《よも》を望《のぞ》み覽《み》て、勅《の》りたまひしく、「此の土《くに》は、丘《をか》と原野《はらの》と甚廣大《いとひろ》くして、[三]此の丘《をか》を見るに鹿兒《かこ》[四]の如し」とのりたまひき。故《かれ》、名づけて賀古《かこ》[五]の郡《こほり》といふ。み狩《かり》せし時、一つの鹿《しか》、此の丘《をか》に走《はし》[六]り登《のぼ》りて鳴《な》きき。其の聲《こゑ》は比々《ひひ》[七]といひき。故《かれ》、日岡《ひをか》[八]と號《なづ》く。

坐《いま》す神は、大御津齒命《おほみつはのみこと》のみ子《こ》、伊波都比古命《いはつひこのみこと》[九]なり。

此の岡《をか》に比禮墓《ひれはか》[一〇]あり。褶墓《ひれはか》と號《なづ》くる所以《ゆゑ》は、昔《むかし》、大帶日子命《おほたらしひこのみこと》[一一]、印南《いなみ》[一二]の別嬢《わきいらつめ》を誂《つまど》[一三]ひたまひし時、御佩刀《みはかし》の八咫《やた》[一四]の劍《つるぎ》の上結《うはゆひ》[一五]に八咫《やた》[一六]の勾玉《まがたま》、下結《したゆひ》に麻布都《まふつ》[一七]の鏡《かがみ》を繋《か》けて、賀毛《かも》の郡《こほり》の山直等《やまのあたひら》が始祖《とほつおや》息長命《おきながのみこと》[一八]一《また》の名は伊志治《いしぢ》を媒《なかだち》として、誂《つまど》ひ下《くだ》り行《い》でましし時、攝津《つ》の國高瀬《たかせ》[一九]の濟《わたり》に到《いた》りまして、此の河を度《わた》らむと請欲《こ》はしたまひき。度子《わたりもり》[二〇]、紀伊《き》の國人《くにひと》小玉《をたま》、申《まを》さく、「我《あ》は天皇《すめらみこと》の贄人《にへびと》[二一]たらめや」とまをす。その時、勅《の》りたまはく、「朕公《あぎ》[二二]、然《しか》はあれど、猶度《なほわた》せ」とのりたまふ。度子《わたりもり》、對《こた》へてまをさく、「遂《つひ》に度《わた》らむと欲《おもほ》さば、度《わたり》[二三]の賃《つぐのひ》を賜へ」とまをす。ここに、卽《やが》て道行《みちゆき》[二四]の儲《まけ》と爲《な》し弟縵《おとかづら》[二五]を取《と》らして、舟の中《うち》に投げ入れたまへば、則《すなは》ち、縵《かづら》の光明《ひかり》[二六]、炳然《かがや》きて舟に滿《み》ちぬ。度子《わたりもり》、賃《つぐのひ》を得《え》て、乃《すなは》ち度《わた》しまつりき。故《かれ》、朕君《あぎ》[二七]の濟《わたり》といふ。遂《つひ》に、赤石《あかし》[二八]の郡《こほり》廝《かしはで》[二九]の御井《みゐ》に到り、御食《みあへ》を供進《たてまつ》りき。故《かれ》、廝《かしはで》の御井《みゐ》といふ。その時、印南《いなみ》の別嬢《わきいらつめ》、聞きて驚《おどろ》き畏《かしこ》み、卽《やが》て南毗都麻嶋《なびつましま》[三〇]に遁《に》[三一]げ度《わた》りき。ここに、天皇《すめらみこと》、乃《すなは》ち賀古《かこ》[三二]の松原《まつばら》に到

而覔訪之　於レ是　白犬　向レ海長吠[1]　天皇問云　是誰犬乎　須
受武良首對曰　是別孃所レ養之犬也　天皇勅云　好告哉　故號二
告首一　乃　天皇知レ在二於此少嶋一　卽欲レ度　到二阿閇津一
供二進御食一　故號二阿閇村一　又　捕二江魚一　爲二御坏物一[2]　故號二
御坏江一　又　乘レ舟之處　以レ楉作レ榭　故號[3]二榭津一　遂度相遇
勅云　此嶋隱愛妻　仍號二南毗都麻一　於レ是　御舟與二別孃舟一
同編合而度[4]　梜[5]杪伊志治　爾名號二大中伊志治一　還到二印南六
繼村一　始成二密事一　故曰二六繼村一　勅云　此處　浪響鳥聲甚[6]
譁　而[7]遷二於高宮一[8]　故曰二高宮村一　是時　造二酒殿一之處　卽號二
酒屋村一　造二贄殿一之處　卽號二贄田村一　造レ室[9]之處　卽號二館
村一　又　遷二於城宮一[10]　仍始成レ昏也　以後　別孃掃レ床仕奉
出雲臣比須良比賣　給二於息長命一　墓[11]有二賀古驛西一　有レ年[12]
別孃薨二於此宮一　卽作二墓於日岡一　而葬之　擧二其尸一*

一　探しに行かれた。
二　人名。首はカバネ。系譜不明。
三　他に見えない氏の名。
四　加古郡阿閇村が遺称地。同村本荘附近の海岸の船着場。
五　調理した御食事。
六　土器のうつわ(坏)に盛る御食物。
七　所在地不明。
八　若い枝。細枝。
九　棚。台。楉棚(しもとだな)は祭器を置く棚であるが、ここは天皇の御食事を置く棚の意であろう。
一〇　所在地不明。
一一　隠れていた愛しい妻よという呼びかけ。
一二　印南郡の郡末(二六七頁)にも同地の地名説明を重記している。賀古・印南両郡界にある島で所属郡があいまいの故であろう。

1　底「哤」。尨はムクイヌ。吠と同意の字。
2　底、下に「故號御坏物」を誤寫重記。
3　底「故號榭」がない。榭字の重出による脱字。松岡静雄説に従って補う。
4　底、木扁に「屈」。諸注「渡」の誤とするが、木扁は次の字の扁、「屈」は度の誤とすべきか。
5　底「杪梜」に顚倒。
6　底「其」。諸注による。
7　底「南」。武田訓による。
8　新考、下に「村造高宮」を補うが底のまま。
9　底「宮」。意によって「室」の誤とする。新考は「假宮」と補字。
10　底、下に「田村」がある。前行「贄田村」の目移りによる誤寫として削る。
11　地名辭書・新考「宮」の誤とするが底のまま。
12　底「手」に誤る。

りて、[一]覔《ま》ぎ訪《と》ひたまひき。ここに、白き犬、海に向《む》きて長く吠《ほ》えぬ。天皇《すめらみこと》、問《と》はしたまはく、「是《こ》は誰《た》が犬ぞ」と問はしたまふに、[二]須受武良首《すずむらのおびと》、對《こた》へてまをさく、「是《こ》は別嬢《わきいらつめ》が養《か》へる犬なり」とまをす。天皇《すめらみこと》、勅《みことのり》して「好《よ》く告《つ》げつるかも」とのりたまひき。故《かれ》、[三]告首《つげのおびと》と號《なづ》く。乃《すなは》ち、天皇《すめらみこと》、此の少嶋《こじま》に在《あ》ることを知りまして、卽《やが》て度《わた》らむと欲《おもほ》したまひき。[四]阿閇津《あへつ》に到り、[五]御食《みあへ》を供進《たてまつ》りき。故《かれ》、阿閇《あへ》の村《むら》と號《なづ》く。又《また》、江《え》の魚《うを》を捕《と》りて、[六]御坏物《みつきもの》と爲《な》しき。故《かれ》、[七]御坏江《みつきえ》と號《なづ》く。又、舟に乘《の》らしし處《ところ》に、[八]榣《しもと》以《も》ちて[九]樹《たな》を作《つく》りき。故《かれ》、[一〇]榭津《たなつ》と號《なづ》く。遂《つひ》に度《わた》りて相遇《あ》ひたまひ、勅《みことのり》して「此の嶋の[一一]隱愛妻《なびはしづま》」とのりたまひき。仍《よ》りて南毗都麻《なびつま》と號《なづ》く[一二]。ここに、御舟《みふね》と別《わき》嬢《いらつめ》の舟と同《とも》に[一三]編合《むや》ひて度《わた》り、[一四]楫取《かぢとり》伊志治《いしぢ》に、[一五]爾《すなは》ち名を[一六]大中《おほなか》の伊志治《いしぢ》と號《なづ》けたまひき。[一七]還《かへ》りて印南《いなみ》の[一八]六繼《むつぎ》の村《むら》に到り、始《はじ》めて[一九]密事《むつびごと》を成《な》したまひき。故《かれ》、六繼《むつぎ》の村《むら》といふ。勅《みことのり》して「此處《ここ》は浪《なみ》の響《おと》・鳥《とり》の聲《ね》甚《いと》譁《かまびす》し」とのりたまひて、[二〇]高宮《たかみや》に遷《うつ》りましき。故《かれ》、[二一]高宮《たかみや》の村《むら》といふ。この時、[二二]酒殿《さかどの》を造りし處《ところ》は、卽《すなは》ち[二三]酒屋《さかや》の村《むら》と號《なづ》け、[二四]贄殿《にへどの》を造りし處《ところ》は、卽《すなは》ち[二五]贄田《にへた》の村《むら》と號《なづ》け、[二六]室《むろ》を造りし處《ところ》は、卽《すなは》ち[二七]館《むろつみ》の村《むら》と號《なづ》く。又、[二八]城《き》宮《みや》に遷《うつ》り、仍《すなは》ち始《はじ》めて[二九]昏《みあひ》を成《な》したまひき。[三〇]以後《そののち》、別嬢《わきいらつめ》の[三一]床掃《とこはら》へ仕《つか》へ奉《まつ》れる出雲《いづもの》臣《おみ》比須良比賣《ひすらひめ》を息長命《おきながのみこと》に[三二]給《つ》ぎたまひき。[三三]墓《はか》は[三四]賀古《かこ》の驛《うまや》の西にあり。年《とし》ありて、別《わき》嬢《いらつめ》[三五]此の宮に薨《かく》りまししかば、卽《やが》て墓《はか》を日岡《ひをか》に作りて葬《はふ》りまつりき。[三六]其の[三七]尸《かばね》を擧《あ》げ

一三　舟と舟とを繫いで海を渡り。次の句を隔てて「還りて云々」に續く。
一四　舟の揖取(かじとり)。船頭。大中伊志治に関する一句は插入記事。
一五　語調をととのえる漢文助辭。
一六　系譜不明。大中は媒介者の意か。上の息長命と同一人とするのであろうが、恐らくはもと別伝承の人名。
一七　ナビツマ島からもとの平野地に帰ってきて。
一八　印南郡の里名として見える(二六七頁)。
一九　夫婦の密事。通婚。
二〇　海岸の低地から奥の高処に造られた宮の意。
二一　遺称なく所在地不明。
二二　酒を釀造するための殿舍。以下は結婚の儀式(祭典)をするための諸準備をいう。
二三　遺称なく所在地不明。
二四　魚鳥を貯蔵また調理するための殿舍。
二五　遺称なく所在地不明。
二六　寢室とする所をいうか。
二七　遺称なく所在地不明。
二八　加古川市加古川町木村を遺称地とする(新考)。
二九　婚に通用。結婚の祭典儀式を擧げた意。
三〇　以下「賀古の駅の西にあり」までは息長命に関する插入記事。
三一　寢所の清掃・設備などに奉仕する侍女。
三二　息長命の妻として賜わった。
三三　息長命の墓。
三四　二六五頁に駅家の里とある、その駅。上の城宮を指すことになる。
三五　以下は埋葬についての詳しい記事。
三六　遺骸。
三七　屍を奉持して。

度㆓印南川㆒之時　大飄自㆓川下㆒來　纏㆓入其尸於川中㆒　求而不[1]

㆑得　但得㆓匣與㆑褶　即　以㆓此二物㆒　葬㆓於其墓㆒　故號㆓褶墓㆒

於㆑是　天皇　戀悲誓云　不㆑食㆓此川之物㆒　由㆑此　其川年魚

不㆑進㆓御贄㆒　後得㆓御病㆒　勅云　藥[2]者也　即造㆓宮於賀古松原㆒

而遷[3]　或人　於㆑此堀[4]㆓出冷水㆒　故曰㆓松原御井㆒

望理里土中上　大帶日子天皇　巡行之時　見㆓此村川曲㆒　勅云

此川之曲　甚美哉　故曰㆓望理㆒

鴨波里土中々　昔　大部造等始祖古理賣　耕[5]㆓此之[6]野㆒　多種㆑粟

故曰㆓粟々里㆒

此里有㆓舟引原㆒　昔[7]　神前村有㆓荒神㆒　毎半㆓留行人之舟㆒　於[8]

㆑是　往來之舟　悉留㆓印南之大津江㆒　上㆓於川頭㆒　自㆓賀意理

多之谷㆒引出而　通㆓出於赤石郡林潮㆒　故曰㆓舟引原㆒　又事與㆓

上解㆒同

長田里土中々　昔　大帶日子命　幸㆓行別嬢之處㆒　道邊有㆓長田㆒*

1　底「南」に誤る。

2　底「者藥」。栗注の一説により顚倒とする。

3　底「還」。諸注による。

4　掘に通じて用いたもの。

5　底「栟」。栟(耕の俗字)の誤。

6　例によれば「之」は或は衍とすべきか。

7　底、艸冠に「肖」に誤る。

8　底「村」に誤る。

一　賀古・印南二郡の境をなす川。今は加古川という。

二　つむじ風。旋風。たつまき。

三　櫛(化粧用具)を入れる箱。

四　首から肩に掛け垂らす婦人の装身用の布帛。領巾。

五　天皇の御食料。

六　薬を求められる意か。

七　或は次に「故に云々と号く」という地名説明があったものか。

八　既出(二五九頁頭注三二)。

九　飲料に適する清水。

一〇　加古川市尾上町養田に松原清水と呼ぶ地がある。遺称地か。

一一　加古川市神野町以東の印南川(加古川)南岸地域。和名抄(高山寺本)の郷名に望理(末加里)とある。里は令制による五十戸を以て一里と建てた地方行政の単位区画。出雲国風土記には霊亀元年「里」の字を「郷」に改めたとある。

一二　里に所属する耕作地(水田)の肥沃状態を上上より下下まで上中下の九等に分って里毎に記したもの。和銅六年の官命の「土地沃塉」に応ずる記載。

一三　景行天皇。

一四　国内巡視。

一五　加古川の水流の曲っているのを美景と見られたというのである。

一六　遺称なく(和名抄にも見えない)所在地

明らかでないが、郡の東南部、山陽道の駅路に沿う地、阿閇村から加古川市平岡町附近にわたる地方であろう。

一七　大伴造とも書く。任那(韓国)からの帰化氏族。コリメは人名。

一八　遺称なく所在地不明。

一九　加古郡東南部(加古川と明石川との間)の海岸地。遺称地がない。

二〇　通行者を殺害し交通の妨害をした悪神。

二一　通行の船の半数を通さなかった。半ばを妨害するのはこの種の悪神の説話の型である。

二二　印南川の河口地。加古川市加古川町稲屋附近か。

二三　川上。川の上流地の意。川下を「川底」(三〇五頁など)と用字するのに対応する文字。

二四　遺称地がない。加古川を溯り、明石川の上流に船を運ぶに便宜の地。稲美町の東北隅の谷か。

二五　陸上を船を曳き運ぶのである。

二六　明石市林、明石川の河口地。

二七　水門の意。ここは川口をいう。

二八　欠文になっている明石郡の記事と同じという注記。

二九　下級官庁から上級官庁また太政官に提出する公文書の名。常陸国風土記の巻頭(三五頁)参照。

三〇　加古川市尾上町長田が遺称地。加古川の東方、海沿いの地方。和名抄の郷名に長田(奈加太)とある。

三一　景行天皇。印南別嬢妻訪いの伝承に関連するもの。

三二　細長い地形の田。

て、[一]印南川《いなみがは》を度《わた》る時、大《おほ》き飄《つむじ》[二]、川下《かはしも》より來《き》て、其の尸《かばね》を川中《かはなか》に纏《ま》き入《い》れき。求《もと》むれども得ず。但《ただ》、匣《くしげ》[三]と褶《ひれ》[四]とを得つ。即《すなは》ち、此の二つの物を以《も》ちて其の墓《はか》に葬《はふ》りき。故《かれ》、褶墓《ひれはか》と號《なづ》く。ここに、天皇《すめらみこと》、戀《こ》ひ悲しみて、誓《うけ》ひたまひしく、「此の川の物を食《く》はじ」とのりたまひき。此《これ》に由《よ》りて、其の川の年魚《あゆ》は、御贄《みにへ》[五]に進《たてまつ》らず。後《のち》、御病《みやまひ》を得て、勅《の》りたまひしく、「藥《くすり》[六]はや」とのりたまひき。[七]即《やが》て宮を賀古《かこ》[八]の松原《まつばら》に造りて遷《うつ》りましき。或《あ》る人、此《ここ》に冷水《しみづ》[九]を掘《ほ》り出だしき。故《かれ》、松原《まつばら》[一〇]の御井《みゐ》といふ。

[一一]望理《まがり》の里《さと》　土《つち》[一二]は中《なか》の上《かみ》なり。大帯日子《おほたらしひこ》[一三]の天皇《すめらみこと》、巡《めぐ》[一四]り行《い》でまし時、此の村《むら》の川の[一五]曲《まが》れるを見て、勅《の》りたまひしく、「此の川の曲《まが》り、甚美《いとうるは》しきかも」とのりたまひき。故《かれ》、望理《まがり》といふ。

[一六]鴨波《あはは》の里《さと》　土《つち》は中《なか》の中《なか》なり。昔、大部造《おほとものみやつこら》[一七]等が始祖《とほつおや》、古理賣《こりめ》、此の野《の》を耕《たがへ》して、多《さは》に粟《あは》を種《ま》きき。故《かれ》、粟々《あはは》の里《さと》といふ。此の里《さと》に舟引原《ふなひきはら》[一八]あり。昔、神前《かむざき》[一九]の村《むら》に荒《あら》[二〇]ぶる神ありて、毎《つね》に行く人の舟を半《なか》[二一]ば留《とど》めき。ここに、往來《ゆきき》の舟、悉《ことごと》に印南《いなみ》の大津江《おほつえ》[二二]に留《とど》まりて、川頭《かはかみ》[二三]に上《のぼ》り、賀意理多《かおりた》[二四]の谷《たに》より引《ひ》[二五]き出《い》でて、赤石《あかし》の郡《こほり》の林《はやし》[二六]の潮《みなと》[二七]に通《かよ》はし出《い》だしき。故《かれ》、舟引原《ふなひきはら》といふ。又、事《こと》[二八]は上《かみ》の解《げ》[二九]と同じ。

[三〇]長田《ながた》の里《さと》　土《つち》は中《なか》の中《なか》なり。昔、大帯日子命《おほたらしひこのみこと》[三一]、別嬢《わきいらつめ》の處《ところ》に幸行《いでま》ししに、道《みち》の邊《へ》に長田《ながた》[三二]

勅云　長田哉　故曰㆓長田里㆒

驛家里　土中々　由㆓驛家㆒爲㆑名

一家云　所㆔以號㆓印南㆒者　穴門豐浦宮御宇天皇　與㆓皇后㆒倶欲㆑平㆓筑紫久[1]麻曾國㆒　下行之時　御舟　宿㆓於印南浦㆒　此時滄海甚[2]平　風波和靜　故名曰㆓入[3]浪郡㆒

大國里　土中々　所㆔以號㆓大國㆒者　百姓之家　多居㆑此　故曰㆓大國㆒　此里有㆑山　名曰㆓伊保山㆒　[4]帶中日子命乎坐㆓於神㆒而　息長[5]帶日女命　率㆓石作連大[6]來㆒而　求㆓讚伎國羽若石㆒也　自㆑彼度賜未㆑定㆓御廬[7]㆒之時　大來見顯　故[8]曰㆓美[9]保山㆒　々西有㆑原　名曰㆓池之原㆒　々中有㆑池　故曰㆓池之原㆒　々南有㆓作石㆒　形如㆑屋　長二丈　廣一丈五尺　高亦如㆑之　名號曰㆓大石㆒　傳云　聖德王御世　弓削大連　所㆑造之石也[10]

1 底「又」に誤る。
2 底「其」。諸注による。
3 底「入印南浪郡」に作り、「印」の肩に郡名標記に附ける印がある。「印南」は傍記の誤入として削る。
4 底、「帶」の上に「所以」がある。栗注「號伊保者」を補うが、書式例によれば衍字とすべきである。
5 底「長」を脱。
6 底「大」がない。栗注及び下文による。
7 底「盧」。廬の省略または誤字。
8 底「故」を脱。
9 栗注「伊」の誤かとし、新考「美伊保」と補字するが、底のまま。
10 底、この次に行を改めて「大石傳云」四字を記し、見せ消。誤寫重記。

一　長田里の西北方、加古川東岸地。加古川市野口町の南の駅池が遺称地。和名抄(高山寺本)の郷名に賀古とある地にあたる。

二　官道交通のための駅馬を置くところ。延喜(兵部)式・和名抄の駅名に見える。山陽道の駅で、明石駅の次駅、西方は播磨国庁に通ずる。

三　加古川以西の加古川市・高砂市・志方町・大塩町・別所村の地域にあたる。和名抄の郡名に印南(伊奈美)とある。底本は郡首の標題「印南郡」と郡名説明の本説とすべき記事がない。伝写間の脱文ではなく、記事筆録の未完によるのであろう。↓補注

四　仲哀天皇。

五　神功皇后。仲哀紀では皇后は角鹿(敦賀)から出発して、天皇と同行とはなっていない。

六　九州の中・南部の先住種族で長く大和朝廷の統治下に入らなかったもの。記紀および九州の風土記にクマソ討伐が詳記せられている。

七　印南郡の海岸。高砂市伊保町・曾根町のあたりまで深く湾入していた。

八　浪がおさまって立たない意。イリナミの略音イナミとするのである。

九　加古川市西神吉の大国が遺称地。ここ

ありき。勅《みことのり》して「長田《ながた》なるかも」とのりたまひき。故《かれ》、長田《ながた》の里《さと》といふ。

[一]驛家《うまや》の里《さと》　土《つち》は中《なか》の中《なか》なり。[二]驛家《うまや》に由《よ》りて名と爲《な》す。

（[三]印南《いなみ》の郡《こほり》）

一家《あるひと》いへらく、印南《いなみ》と號《なづ》くる所以《ゆゑ》は、[四]穴門《あなと》の豐浦《とよら》の宮《みや》に御宇《あめのしたしろ》しめしし天皇《すめらみこと》、[五]皇后《おほきさき》と倶《とも》に、筑紫《つくし》の[六]久麻曾《くまそ》の國を平《ことむ》けむと欲《おもほ》して、下《くだ》り行《い》でましし時、御舟《みふね》、[七]印南《いなみ》の浦《うら》に宿《やど》りましき。此の時、滄海《うなばら》甚《いた》く平《な》ぎ、波風《なみかぜ》和《やはら》ぎ靜けかりき。故《かれ》、名づけて[八]入浪《いりなみ》の郡《こほり》といふ。

[九]大國《おほくに》の里《さと》　土《つち》は中《なか》の中《なか》なり。大國《おほくに》と號《なづ》くる所以《ゆゑ》は、[一〇]百姓《おほみたから》の家《いへ》、多《おほ》く此《ここ》に居《を》り。故《かれ》、[一一]大國《おほくに》といふ。

此の里《さと》に山あり。名を[一二]伊保山《いほやま》といふ。[一三]帶中日子命《たらしなかつひこのみこと》を[一四]神に坐《ま》せて、[一五]息長帶日女命《おきながたらしひめのみこと》、[一六]石作連《いしつくりのむらじ》大來《おほく》を率《ゐ》て、讚伎《さぬき》の國の[一七]羽若《はわか》の石《いし》を求《ま》ぎたまひき。彼《そこ》より度《わた》り賜ひて、未《いま》だ[一八]御廬《みいほ》を定《さだ》めざりし時、大來《おほく》[一九]見顯《みあらは》しき。故《かれ》、[二〇]美保《みほ》山といふ。山の西に原《はら》あり。名を[二一]池《いけ》の原《はら》といふ。原の中《うち》に池あり。故《かれ》、池《いけ》の原《はら》といふ。原《はら》の南に[二二]作石《つくりいし》あり。形《かたち》、屋《や》の如し。長さ二丈《つゑ》、廣さ一丈《つゑ》五尺《さか》、高さもかくの如し。名號《な》を[二三]大石《おほいし》といふ。傳《つた》へていへらく、[二四]聖徳《しやうとこ》の[二五]王《おほぎみ》の御世《みよ》、[二六]弓削《ゆげ》の大連《おほむらじ》の[二七]造《つく》れる石なり。

から西および西南にわたる平野地。和名抄の郷名に大国(於保久爾)とある。

一〇　農耕に従事する良民。

一一　農耕地(水田)が広く多い意。

一二　高砂市伊保町の独立丘(一一三米)となっているが、北方魚橋(いおはし)に連続していた山の名とする。

一三　仲哀天皇。

一四　神として奉持しの意。崩御せられた御遺骸を奉じていることをいう。

一五　仲哀天皇の皇后、神功皇后。

一六　石棺・陵墓の造築に従事した氏族。大来は名。

一七　香川県綾歌郡綾上村羽床上・綾南町羽床下が遺称地。ここに産する石材を陵墓造築の材として求めに行かれたことをいう。

一八　天皇の遺骸を安置奉祭する仮宮。殯宮。

一九　御廬(殯宮)の場所を見付け出した。それがこの山という意。

二〇　ミホ・イホ両様に呼ばれたものか。共にミイホの略とするのである。

二一　山の西北方の北池・南池・池尻、原ガ谷・北原が遺称地。

二二　細工を施した石。伊保山の北麓にある俗称石の宝殿。家を横倒しにした形と称する。

二三　今はオホシコ(生石)神社の神体とする。

二四　聖徳太子。

二五　推古天皇の皇太子で摂政であったから、天皇に準じていう。太子の摂政は物部守屋滅亡後で時代が前後する。伝承の年代錯誤。

二六　物部守屋。排仏を主張して聖徳太子に攻め亡ぼされた(五八七没)。

二七　生前自身のために作った墓(石棺)の意。

六繼里 土中々 所㆔以號㆓六繼里㆒者 已見[1]㆓於上㆒ 此里有㆓松原㆒ 生㆓甘菆[2]㆒ 色似㆓菆[3]花㆒ 體如㆓鷲菆[4]㆒ 十月上旬生 下旬亡 其味甚甘

益氣里 土中上 所㆓以號㆑宅者 大帶日子命 造㆓御宅於此村㆒ 故曰㆓宅村㆒

此里有㆑山 名曰㆓斗形山㆒ 以㆑石作㆔斗與㆓乎氣㆒ 故曰㆓斗形山㆒

有㆓石橋㆒ 傳云 上古之時 此橋至㆑天 八十人衆 上下往來 故曰㆓八十橋㆒

含藝[5]里 本名瓶[6]落 土中上 所㆔以號㆓瓶[6]落㆒者 難波高津御宮[7]天皇御世 私部弓取等遠祖他田熊千 瓶[6]酒着㆓於馬尻㆒ 求㆓行家地㆒ 其瓶[6]落㆓於此村㆒ 故曰㆓瓶[6]落㆒

又 有㆓酒山㆒ 大帶日子天皇御世 酒泉[8]湧出 故曰㆓酒山㆒ 百姓飲者 卽醉相鬪相亂 故令㆓埋塞㆒ 後庚午年 有㆑人堀出 于㆑今猶有㆓酒氣㆒

郡南海中有㆓小嶋㆒ 名曰㆓南毗都麻㆒ 志我高穴[9]穗宮御宇天皇御世 遣㆓丸部臣等始祖比古汝茅[10]㆒ 令㆑定㆓國堺㆒ *

1 底「於見」に作り顚倒の印を記す。諸注により「上」を補う。

2・3・4 底「菆」。恐らくは誤字。2・4の菆は新考に従い「茸」とすべきか。

5 底、艸冠に「勢」の如き字形に崩れている。

6 底、羊扁に「風」に誤る。

7 底「天皇」がない。書式例によれば「宮天皇」(栗注・新考)とするのがよいが、今「天皇」を補うに止める。或は「御宮」は「御宇」の誤で「宮御宇天皇」とすべきか。

8 底「酒」(異體字)に作る。前後の「酒」に誤られたもの。諸注による。

9 底「宍」に誤る。

10 底「弟」。和邇部氏系圖により「茅」の誤とする。汝に茅を添えてナムチと訓ませたもの。

一 加古川市加古川町稲屋・木村、米田町附近の加古川河口附近の地か。遺称地なく、和名抄の郷名にも見えない。

二 賀古郡の条(二六一頁)。

三・四・五 不明。甘茸・鷲茸として茸(きのこ)の名とする新考説に従うべきか。菆は新撰字鏡の訓により仮訓する。ナモミ(巻耳・枲耳)の雄花は黄色である。

六 加古川の北岸。加古川市東神吉の升田が遺称地。ここから東方にわたる地域。和名抄の郷名に益田(末須太)とあるのにあたる。

七 景行天皇。

八 朝廷御料の稲を収蔵する屯倉・屯家(みやけ)であろう。景行紀に諸国に屯倉を興すとある。

九 ミヤケ(屯倉)をヤケという例はない。地名説明のための説話の上だけのことである。

一〇 升田にある升田山。旧名を益気山・岩橋山という。

一一 枡と桶。石造物の方形を枡、円筒形を桶と見たのである。恐らくは古墳の築造物。

[一]六継《むつぎ》の里《さと》　土《つち》は中《なか》の中《なか》なり。　六継《むつぎ》の里《さと》と號《なづ》くる所以《ゆゑ》は、已《すで》に[二]上《かみ》に見ゆ。此の里《さと》に松原あり。[三]甘菆《(あまたけ)》生《お》ふ。色は[四]菆花《(なもみのはな)》に似て、體《かたち》は[五]鶯菆《(うぐひすたけ)》の如し。十月《かみなづき》の上旬《かみのとをか》に生《お》ひ、下旬《しものとをか》に亡《う》す。其の味《あぢはひ》は甚甘《いとうま》し。

[六]益《や》氣《け》の里《さと》　土《つち》は中《なか》の上《かみ》なり。　宅《やけ》と號《なづ》くる所以《ゆゑ》は、[七]大帯日子命《おほたらしひこのみこと》、[八]御宅《みやけ》を此の村《むら》に造りたまひき。故《かれ》、[九]宅《やけ》の村《むら》といふ。

此の里《さと》に山あり。名を[一〇]斗形山《ますがたやま》といふ。石《いし》を以《も》ちて[一一]斗《ます》と乎氣《をけ》とを作れり。故《かれ》、斗形《ますがた》山といふ。[一二]石《いし》の橋《はし》あり。傳《つた》へていへらく、上古《いにしへ》の時《よ》、此の橋天《はしあめ》に至り、八十人衆《やそびともろもろ》、上《のぼ》り下《くだ》り往來《かよ》ひき。故《かれ》、八十橋《やそはし》といふ。

[一三]含藝《かむき》の里《さと》　本《もと》の名は瓶落《かめおち》なり。　土《つち》は中《なか》の上《かみ》なり。　瓶落《かめおち》と號《なづ》くる所以《ゆゑ》は、[一四]難波《なには》の高津《たかつ》の御宮《おほみや》の天皇《すめらみこと》の御世《みよ》、[一五]私部《きさきべ》の弓取《ゆみとり》等《ら》が遠祖《とほつおや》、[一六]他田《をさだ》の熊千《くまち》、瓶《かめ》の酒《さけ》を馬《うま》の尻《しり》に着《つ》けて、家地《いへどころ》を求《ま》ぎ行《ゆ》きしに、其の瓶《かめ》、此の村《むら》に[一七]落《お》ちき。故《かれ》、[一八]瓶落《かめおち》といふ。

又《また》、[一九]酒山《さかやま》あり。[二〇]大帯日子《おほたらしひこ》の天皇《すめらみこと》の御世《みよ》、[二一]酒《さけ》の泉《いづみ》涌《わ》き出《い》でき。故《かれ》、酒《さか》山といふ。百姓《おほみたから》飲《の》めば、即《すなは》ち醉《ゑ》ひて相闘《あひたたか》ひ相亂《あひみだ》る。故《かれ》、埋《う》め塞《ふさ》がしめき。後《のち》、[二二]庚午《かのえうま》の年、人ありて掘《ほ》り出だしき。今に猶酒《なほさけ》の氣《け》あり。

郡《こほり》の南の海中《うみなか》に小嶋《こじま》あり。名を[二三]南毗都麻《なびつま》といふ。[二四]志我《しが》の高穴穂《たかあなほ》の宮に御宇《あめのしたしろ》しめしし天皇《すめらみこと》の御世《みよ》、[二五]丸部臣《わにべのおみ》等《ら》が始祖《とほつおや》比古汝茅《ひこなむち》を遣《や》りて、[二六]國の堺《さかひ》を定めしめたまひき。

一二　升田山の東南麓にある。石の階。天に達する梯(かけはし)と見たのである。以下の一条を釈日本紀巻五に引用。ただし「賀古郡益気里」と所属郡を誤り引用している。

一三　加古川市東神吉の神吉が遺称地。大国里と益気里の中間から北方にわたる地域であろう。和名抄(高山寺本)の郷名に含藝(賀奈牟、国用河南)と見える。

一四　仁徳天皇。

一五　皇后のために置かれた部民の氏族。

一六　本居の地によって称したものか。ヲサダは奈良県大三輪町大田附近の古称。

一七　その地を家所と定めて移住定着したというのであろう。

一八　今名カムキの説明のないのは、カメオチの音訛とする故に、別の地名の由来を記さないのである。

一九　遺称なく所在地不明。

二〇　景行天皇。

二一　醴泉というのと同じで、鉱泉であろう。大瑞として薬効が賞されている。ここは文字通りに酒泉としての説話になっている。(三八二頁頭注一六参照)。

二二　天智朝九年(六七〇)。戸籍を造らせ地方行政を整備した年。

二三　既出(二五九頁頭注三〇)。

二四　成務天皇。

二五　駿河浅間神社大宮司家所蔵の和邇部氏系図には孝昭天皇八世孫に彦汝(ひこなむち)命、その子に印南別嬢命とあるという(田中卓氏)。

二六　成務紀に「山河を隔(さか)ひて国県を分ち云々」とある。行政上の区画としての国の境界を定めたことをいう。

一 この地を領有していた土着豪族の首長の意。
二 大和朝廷に帰服の意を示したことをいう。
三 景行天皇の皇后。古事記には孝霊天皇の皇子若建吉備津日子(吉備臣等の祖)の女とあり、ここには母を吉備氏とする伝承の相違がある。
四 容貌姿態のうるわしく整っている意。
五 景行天皇。その次代成務朝の人の女を妻訪いして皇后とされるのは、伝承の上の時代錯誤である。
六 以下、賀古郡褶墓の条(二五九頁以下)に詳しい。
七 姫路市(勝原区・大津区以西を除く)及び夢前町、的形・四郷・御国野・飾東・花田の各村の地域、およそ旧飾磨郡の地にあたる。和名抄の郡名に餝磨(国府)とあり、播磨国庁(姫路城内がその遺跡地)のあった海沿い六郡の中心部。
八 孝昭天皇(ミマツヒコカエシネ命)とする説があるが確かでない。この条には王とあるが、下文(三二一・三二三頁)のミマツヒコ命と同人ならば国占めの神の如く語られている。
九 仮の宿舎。
一〇 シカの説明だけで、マは説明されていない。地名説明記事が地名の一部だけの説明にとどまっている例は他にも多い。

爾時　吉備比古　吉備比賣　二人參迎　於レ是　比古汝茅[1]　娶二帶吉備比賣一生兒　印南別嬢　此女端正　秀二於當時一　爾時　大帶日古天皇　欲レ娶二此女一　下幸行之　別嬢聞之　卽遁[2]二度件嶋一隱居之　故曰二南毗都麻一

餝[3]磨郡

所三以號二餝磨一者　大三間津日子命　於二此處一　造二屋形一而座[4]時　有二大鹿一而鳴之　爾時　王勅云　壯[5]鹿鳴哉　故號二餝磨郡一

漢部里 土中上　右　稱二漢部一者　讃藝國漢人等　到來居二於此處一故號二漢部一

菅生里 土中上　右　稱二菅生一者　此處有二菅原一　故號二菅生一

麻跡里 土中上　右　號二麻跡一者　品太天皇　巡行之時　勅云　見二此二山[6]一者　能似二人眼割下一　故號二目割一

英賀里 土中上　右　稱二英賀一者　伊和大神之子　阿賀比古阿賀比*

1 二六六頁10に同じ。
2 底、「者盾」二字。「者」は誤寫重記。「盾」は辵を脫。
3 飾の俗字。底、すべてこの字を用いている。
4 坐に通用させたもの。
5 底、「牡」か「壯」か明らかでないが、類似字形により「壯」とする。
6 底「者山」に顚倒。諸注による。

その時、[一]吉備比古《きびひこ》・吉備比賣《きびひめ》二人《ふたり》[二]參迎《まゐむか》へき。ここに、比古汝茅《ひこなむち》、吉備比賣《きびひめ》に娶《あ》ひて生《う》める兒《こ》、[三]印南《いなみ》の別嬢《わきいらつめ》、此の女《をみな》の[四]端正《きらきら》しきこと、當時《とき》に秀《すぐ》れたりき。その時、[五]大《おほ》帶日古《たらしひこ》の天皇《すめらみこと》、此の女《をみな》に[六]娶《あ》はむと欲《おもほ》して、下《くだ》り幸行《いでま》しき。別嬢《わきいらつめ》聞《き》きて、卽《すなは》ち、件《くだり》の嶋に遁《に》げ度《わた》りて隱《な》び居《を》りき。故《かれ》、南毗都麻《なびつま》といふ。

[七]餝磨《しかま》の郡《こほり》

餝磨《しかま》と號《なづ》くる所以《ゆゑ》は、[八]大三間津日子命《おほみまつひこのみこと》、此處《ここ》に[九]屋形《やかた》を造りて座《ま》しし時、大きなる鹿《しか》ありて鳴きき。その時、王《おほぎみ》、勅《の》りたまひしく、「壯鹿《しか》鳴《な》くかも」とのりたまひき。故《かれ》、[一〇]餝磨《しかま》の郡《こほり》と號《なづ》く。

[一一]漢部《あやべ》の里《さと》　土《つち》は中《なか》の上《かみ》なり。右《みぎ》、漢部《あやべ》と稱《い》ふは、讚藝《さぬき》の國の[一二]漢人等《あやひとら》、到來《き》たりて此處《ここ》に居《を》りき。故《かれ》、漢部《あやべ》と號《なづ》く。

[一三]菅生《すがふ》の里《さと》　土《つち》は中《なか》の上《かみ》なり。右《みぎ》、菅生《すがふ》と稱《い》ふは、此處《ここ》に[一四]菅原《すがふ》あり。故《かれ》、菅生《すがふ》と號《なづ》く。

[一五]麻跡《まさき》の里《さと》　土《つち》は中《なか》の上《かみ》なり。右《みぎ》、麻跡《まさき》と號《なづ》くるは、[一六]品太《ほむだ》の天皇《すめらみこと》、[一七]巡《めぐ》り行《い》でましし時、勅《の》りたまひしく、「此の二つの山を見れば、能《よ》く人の[一八]眼《め》を割《さ》き下《さ》げたるに似《に》たり」とのりたまひき。故《かれ》、目割《まさき》と號《なづ》く。

[一九]英賀《あが》の里《さと》　土《つち》は中《なか》の上《かみ》なり。右《みぎ》、英賀《あが》と稱《い》ふは、[二〇]伊和《いわ》の大神《おほかみ》のみ子、[二一]阿賀比古《あがひこ》・阿賀比《あがひ》

一一　姫路市、夢前川の西岸の旧余部村の地域。和名抄の余部郷にあたる。
一二　漢国から渡来した帰化人の系統の者。氏族名ではない。讃岐(香川県)から播磨へ移住したことをいう。
一三　夢前川の上流菅生川の流域。夢前町の内。菅生澗が遺称地。和名抄の郷名に菅生(須加布)とある。
一四　地名説明としてふさわしい訓をとった。
一五　和名抄に見えず、遺称地もない。姫路市の西北部、下手野・川西附近を中心とする菅生川(夢前川との合流点附近)の東岸地。恐らくは当時の駅路の南側を領域とした里と認められる。
一六　応神天皇。
一七　地方統治のための国状視察をいう。当国風土記は、餝磨・揖保・神前・託賀・賀毛五郡にわたり、応神天皇に関する説話が多く、すべてその巡行時のこととしている。
一八　眼尻を裂いて入墨する。黥(いれずみ)。その黥した二つの眼が並んだ形に似ている意。
一九　姫路市飾磨区英賀が遺称地。夢前川の下流東岸地域。和名抄の郷名に英賀(安加)とある。
二〇　宍粟郡一宮町伊和を本居とした出雲系の伊和氏族の奉じた神。大和の三輪の神と同系神であろう。揖保川・千種川流域の揖保・宍禾・讃容三郡に主として見える。大汝命・葦原志許乎命と異名同神として語る傾向にあるが、まだ全く同神化してはいない。
二一　三代実録(元慶五年)に播磨国英賀彦神・英賀姫神とある。姫路市英賀の英賀神社に鎮座。

賣二神 在二於此處一 故[1]因二神名一 以爲二里名一

伊和里[2] 船丘波丘琴丘筥丘匣丘箕丘甕丘稻丘冑丘沈石丘藤丘鹿丘犬丘日女道丘 土中上 右 號二伊和部一者 積[3]幡郡伊和君等族 到來居二於此一 故號二伊和部一

所三以號二手苅丘一者 近國之神 到二於此處一 以レ手苅レ草 以爲二食薦一 故號二手苅一 一云 韓人等 始來之時 不レ識レ用レ鎌 但以レ手苅レ稻 故云二手苅村[4]一

右十四丘者 已詳二於下[5]一 昔 大汝命之子 火明命 心行甚强 是以 父神患之 欲二遁[6]棄一之 乃 到二因達神山一 遣二其子一汲レ水 未レ還以前 卽發船遁[6]去 於レ是 火明命 汲レ水還來[7] 見二船發去一 卽大[8]瞋怨 仍起二風波一 追二迫其船一 於レ是 父神之船 不レ能二進行一 遂被二打破一 所以 其處[9]號二船丘一 號二波丘一 琴落處者 卽號二琴神丘一 箱落處者 卽號二箱丘一 梳匣落處者 卽號二匣丘一 箕落處者 仍號二箕形丘一 甕落處者 [10]仍曰二甕丘一 稻落處者 卽號二稻牟禮丘一 冑落處者 卽號二冑丘一*

1 底「故」の上に「故處」がある。誤寫重記。

2 底「沈石丘」なく、「甕」を「雍」、「藤」を「莯」、「鹿」を「麻」、「日女道」を「日子道」に作り、筥丘・甕丘・藤丘・日女道丘の記載順序が下文と異る。すべて下文によって補訂する。

3 新考「積沙幡郡」とするが底のまま。

4 新考「丘」の誤とするが恐らく不可。底のまま。

5 底「上」。意を以て改める。

6 底「盾」。辵を脫。

7 底「未」。諸注による。

8 底「火」。諸注による。

9 底「處號船丘號」の五字がない。意を以て補う。栗注「所以號其處曰船丘曰波丘」と補訂している。

10 「仍」の上に底「仍處者」を誤寫重記。

一 姫路市手柄山附近から西南にわたる地域。近世岩郷と呼んだ地。和名抄の郷名に伊和とある。

二 標記の里に所属する記事として下に地名説明を記す諸地名を提記したもの。餝磨・神前・託賀・賀毛の四郡にこの書式が見える。

三 シサハ(宍禾)の特殊用字。

四 宍禾郡石作里を本居とした氏族。伊和大神を奉じた氏族である。

五 イワベが旧名。里名を二字とするために「部」を省き、名称も「ベ」を省略したのである。

六 姫路市街地の西南部の手柄山(五〇米)。

七 食事の膳。食物を置く敷物。

八 本説は丘、一云は村の地名説明。丘の草と水田の稲とに分れ、また近国の神と韓人と相違し、説話に小異はあるが同一伝承の分化したものである。

九 以上手苅丘(村)の一条は追録記事で不適当な位置に插入されたものと認められる。この一条を除いて、前文に後文が続くのである。

賣《め》二《ふた》はしらの神、此處《ここ》に在《いま》す。故《かれ》、神のみ名に因《よ》りて、里《さと》の名と爲《な》す。

[一]伊《い》和《わ》の里《さと》 [二]船丘《ふなをか》・波丘《なみをか》・琴丘《ことをか》・筥丘《はこをか》・匣丘《くしげをか》・箕丘《みをか》・甕丘《みかをか》・稲丘《いなをか》・冑丘《かぶとをか》・沈石丘《いかりをか》・藤丘《ふぢをか》・鹿丘《しかをか》・犬丘《いぬをか》・日《ひ》女道丘《めぢをか》　土《つち》は中《なか》の上《かみ》なり。右《みぎ》、伊《い》和《わ》部《べ》と號《なづ》くるは、[三]積幡《しさは》の郡《こほり》の[四]伊和君《いわのきみ》等《ら》が族《やから》、到來《き》たりて此《ここ》に居《を》りき。故《かれ》、[五]伊《い》和《わ》部《べ》と號《なづ》く。

[六]手苅丘《てがりをか》と號《なづ》くる所以《ゆゑ》は、近き國の神、此處《ここ》に到《いた》り、手《て》以《も》て草を苅《か》りて、[七]食薦《すごも》と爲《な》しき。故《かれ》、手苅《てがり》と號《なづ》く。[八]一《ある》ひといへらく、韓人等《からひとら》始めて來たりし時、鎌《かま》を用《もち》ゐることを識《し》らず。但《ただ》、手《て》以《も》て稲《いね》を苅《か》りき。故《かれ》、手苅《てがり》の村《むら》といふ[九]。

[一〇]右の十四丘《をか》は、[一一]已《すで》に下《しも》に詳《つまびら》かなり。昔、[一二]大汝命《おほなむちのみこと》のみ子、[一三]火明命《ほあかりのみこと》、[一四]心行《こころしわざ》甚強《いとこは》し。ここを以《も》ちて、父《ちち》の神患《うれ》へまして、遁《のが》れ棄《す》てむと欲《おもほ》しましき。乃《すなは》ち、[一五]因達《いだて》の神山《かみやま》に到り、其の子を遣《や》りて水を汲《く》ましめ、未《いま》だ還《かへ》らぬ以前《さき》に、即《やが》て發船《ふなだち》して遁《のが》れ去《さ》りたまひき。ここに、火明命《ほあかりのみこと》、水を汲《く》み還《かへ》り來て、船の發《い》で去《ゆ》くを見て、即《すなは》ち大きに瞋怨《いか》る。仍《よ》りて波風《なみかぜ》を起《おこ》して、其の船《ふね》に追《お》ひ迫《せ》まりき。ここに、父《ちち》の神の船、進み行くこと能《あた》はずして、遂《つひ》に打ち破《やぶ》られき。この所以《ゆゑ》に、[一六]其處《そこ》を[一七]船丘《ふなをか》と號《なづ》け、[一八]波丘《なみをか》と號《なづ》く。琴落《ことお》ちし處《ところ》は、即《すなは》ち[一九]琴神丘《ことかみをか》と號《なづ》け、箱落《はこお》ちし處《ところ》は、即《すなは》ち[二〇]箱丘《はこをか》と號《なづ》け、梳匣落《くしげお》ちし處《ところ》は、即《すなは》ち[二一]匣丘《くしげをか》と號《なづ》け、箕落《みお》ちし處《ところ》は、仍《すなは》ち[二二]箕形丘《みかたをか》と號《なづ》け、甕落《みかお》ちし處《ところ》は、仍《すなは》ち[二三]甕丘《みかをか》といひ、稲落《いねお》ちし處《ところ》は、即《すなは》ち[二四]稲牟禮丘《いなむれをか》と號《なづ》け、冑落《かぶとお》ちし處《ところ》は、即《すなは》ち[二五]冑丘《かぶとをか》と號《なづ》

一〇　標目の里名の下に注記した丘名の総数。その地名の由来は下文に記すの意。

一一　全部。すっかり。一説話で一四丘名を一括して説明してあることをいう。

一二　記紀に大国主神の別名とある。出雲国風土記では所造天下大神、大穴持命とある。当国風土記では餝磨・神前二郡および賀毛郡西南部の市川流域の伝承に主として見える。

一三　書紀に見えるニニギ命の子の同名神とは恐らく別の神。

一四　強情で行いが荒々しい。出雲国風土記に子神が祖神を溺らせる類似伝承がある(二三九頁)。

一五　姫路市街の北方、八丈岩山(一七三米)。因達里の条(二七九頁)参照。

一六　船が破壊沈没した所。また波のおしよせた所。

一七　姫路城の西方景福寺山(旧名船丘)に擬しているが確かでない。以下の諸丘は姫路市街地から西方および西南方にかけて散在する小丘。

一八　遺称がない。

一九　景福寺山の西の薬師山(琴岡)。

二〇　遺称がない。枚野里の条(二七七頁)の筥丘と同地とすれば姫路城の北東方か。

二一　姫路市下手野町の東北の小丘舟越山をビングシ山という。

二二　景福寺山の北方の秩父山(水尾山)に擬している。

二三　薬師山の西方の神子岡に擬している。

二四　遺称がない。ムレは山を意味する韓(百済)語であろう。

二五　手柄山の北の冑山。

沈石落處者　即號二沈石丘一　綱落處者　即號二藤丘一　鹿落處者
即號二鹿丘一　犬落處者　即號二犬丘一　甕子落處者　即號二日女
道丘一　爾時　大汝神　謂二妻弩都比賣一曰　爲レ遁二惡子一　返
遇二風波一　被二太辛苦一哉　所以　號曰[1]二瞋塩一　曰二苦齊[2]一
賀野里 幣[3]丘 土中上　右　稱二加野一者　品太天皇　巡行之時　此
處造レ殿　仍張二蚊屋一　故號二加野一　山川之名　亦與レ里同
所三以稱二幣[3]丘一者　品太天皇　到二於此處一　奉二幣[3]地祇一　故號二
幣[3]丘一
韓室里 土中々　右　稱二韓室一者　韓室首寶等上祖　家大富饒　造二
韓室一　故號二韓室一
巨[4]智里 草上村 大立丘　土上下　右　巨[4]智等　始屋[5]二居此村一　故因爲レ名
所三以云二草上一者　韓人山村等上祖　柞巨[4]智賀那　請二此地一而
墾レ田之時　有二一聚草一　其根尤臭　故號二草上一

1　栗注「號」の下に「其處」二字を補うが底のまま。
2　底「告」。文意によって敷注「苦」の誤とするに従う。
3　底「弊」。諸注による。
4　底「臣」。和名抄・諸注による。
5　「祖」を補い、「巨智等始祖」とすべきか。

一　遺称がない。
二　藤の蔓の繊維で綱を作る、藤綱の意。藤岡長者の屋敷跡と伝える姫路市二階町附近に擬する説がある。
三・四　遺称がない。
五　蚕をヒメまたヒメコという。
六　姫路城の天主閣のある丘、姫山。
七　他に見えない。或はノトヒメ(能登姫)と訓むべきか。弩は当国風土記に用例少く、努・怒と共にノの仮名に用いたものと認められる。
八　苦しい目にあわされた。
九　置塩川(夢前川の上流を呼ぶ)の旧川筋(横関から南に流れ、荒川山の東側を流れて、夢前川とは別の川筋であった)の名か。
一〇　斉は済(わたり)の通用。渡河地。置塩川の旧川筋の渡河地をいうか。荒川山の東麓の才は済の音読による遺称とせられる。新考クルシミノワタリと訓むが、上文によって訓を附けた。

け、沈石落《いかりお》ちし處《ところ》は、即《すなは》ち沈石丘《いかりをか》[一]と號《なづ》け、綱落《つなお》ちし處《ところ》は、即《すなは》ち藤丘《ふぢをか》[二]と號《なづ》け、鹿落《しかお》ちし處《ところ》は、即《すなは》ち鹿丘《しかをか》[三]と號《なづ》け、犬落ちし處《ところ》は、即《すなは》ち犬丘《いぬをか》[四]と號《なづ》け、甕子落《ひめこお》[五]ちし處《ところ》は、即《すなは》ち日女道丘《ひめぢをか》[六]と號《なづ》く。その時、大汝《おほなむち》の神、妻《つま》の弩都比賣《のつひめ》[七]に謂《の》りたまひしく、「惡《さがな》き子を遁《のが》れむと爲《し》て、返《かへ》りて波風《なみかぜ》に遇《あ》ひ、太《いた》く辛苦《たしな》[八]められつるかも」とのりたまひき。この所以《ゆゑ》に、號《なづ》けて瞋塩《いかしほ》[九]といひ、苦《たしなみ》[一〇]の齊《わたり》といふ。

賀野《かや》の里《さと》[一一] 幣丘《みてぐらをか》 土《つち》は中《なか》の上《かみ》なり。右《みぎ》、加野《かや》と稱《い》ふは、品太《ほむだ》[一二]の天皇《すめらみこと》、巡《めぐ》り行《い》でまし時、此處《ここ》に殿《との》を造《つく》り、仍《よ》りて蚊屋《かや》[一三]を張《は》りたまひき。故《かれ》、加野《かや》と號《なづ》く。山[一四]と川との名も里《さと》と同じ。

幣丘《みてぐらをか》[一五]と稱《い》ふ所以《ゆゑ》は、品太《ほむだ》の天皇《すめらみこと》、此處《ここ》に到りて、地祇《くにつかみ》[一六]に幣《みてぐら》を奉《たてまつ》りたまひき。故《かれ》、幣丘《みてぐらをか》と號《なづ》く。

韓室《からむろ》の里《さと》[一七] 土《つち》は中《なか》の中《なか》なり。右《みぎ》、韓室《からむろ》と稱《い》ふは、韓室首寶《からむろのおびとたから》[一八]等が上祖《とほつおや》、家大《いへいた》く富《と》み饒《にぎは》ひて、韓室《からむろ》[一九]を造りき。故《かれ》、韓室《からむろ》と號《なづ》く。

巨智《こち》の里《さと》[二〇] 草上《くさかみ》の村《むら》・大立丘《おほたちをか》 土《つち》は上《かみ》の下《しも》なり。右《みぎ》は、巨智《こち》[二一]等、始めて此の村《むら》に屋居《いへゐ》しき。故《かれ》、因《よ》りて名と爲《な》す。

草上《くさかみ》[二二]といふ所以《ゆゑ》は、韓人山村《からひとやまむら》[二三]等が上祖《とほつおや》、柞《なら》[二四]の巨智《こち》の賀那《かな》、此の地《ところ》を請《こ》ひて田を墾《は》[二五]りし時、一聚《ひとむら》の草《くさ》ありて、其の根尤臭《いとくさ》かりき。故《かれ》、草上《くさかみ》と號《なづ》く。

一一 飾磨郡夢前町の置塩川(夢前川上流)流域、前之庄を中心とする旧鹿谷村の地。和名抄の郷名には見えない。
一二 応神天皇。
一三 蚊帳。
一四 カヤ山の名は残っていない。カヤ川は置塩川上流の古名。今カヤ谷の名がある。
一五 遺称地がない。前之庄の神子神社の旧社地、御子森の地に擬する説があるが確かでない。
一六 大和朝廷系でない土着人のまつる神。
一七 書写山の南、姫路市書写・田井地方、置塩川(横関から正南に流れた旧川筋)の西岸、当時の駅路の北側の地域。
一八 氏の名。韓国からの帰化人系であろう。
一九 韓国(恐らく百済)の様式の室。土壁で塗り固めた室かという。和名抄(高山寺本)の郷名に辛室(加良牟呂、今改二安室一)とある。安室(やすむろ)は置塩川の東側(現田寺町附近)に村名としてあった。
二〇 韓室里と置塩川を隔てた東岸地域、姫路市御立・田寺・辻井・山吹(柿山伏)附近の地。和名抄の郷名に巨智(古知)と見える。
二一 氏族の名。姓氏録に秦の太子胡亥の子孫とあるが、次条および続紀によれば百済からの帰化氏族。
二二 山吹の地。草上寺趾という遺称がある。和名抄の郷名に草上(久佐乃加三)と見え、延喜式・和名抄の駅名に賀古駅の西の次駅として見える。播磨国庁から西北三粁余(昔の約六里)。
二三 山村の巨智ともいう。巨智氏の一族。
二四 柞の巨智は氏、賀那は名。
二五 開墾する。

一 姫路市御立の独立小丘、前山。
二 応神天皇。
三 高所からの国状視察。
四 下文(三二七頁)に朝来を阿相と用字するのと類似の用字。旧説は姫路市の東隅、四郷村との境の小富士山(旧名麻生山)を遺称としてその附近の地に擬するが、里の記載順序、長畝川の地理によって姫路市街の西方、土山・今宿附近、当時の駅路の南側地域(巨智里の南、伊和里の北)と認められる。和名抄の郷名には見えないが、四天王寺御手印縁起に餝磨郡朝来郷とある。
五 道中ずっと。
六 頭髪に冠する装身用の蔓草または加工物。持統紀に花を緒で連ねた花縵を御蔭(みかげ)というとある。それを召されなかった。
七 神前郡蔭山里の蔭山の地(三三一頁)。同条に天皇の御蔭が此山に堕ちたとあるのは同じ伝承の異伝。
八 天皇に供奉案内していた土地の首長。恐らく播磨国造とするのであろう。↓補注
九 国造の名(地位)を剝奪された。
一〇 風土記以外に見えない。↓補注
一一 おわび。申訳をして罪の償いの物を朝貢する意。申救。
一二 罪の償いに御饌料の塩を奉る、その代償としての水田を献じた意。山間の朝来人の従事するのは海岸の塩田作業ではあるまいから塩田とは解し難い。
一三 代は田の広さの単位。千代は二町歩にあたる。千代もその大きな単位。
一四 剝がれた国造の名(地位)をまた得た。原文「有名」は宥赦・宥罪の意で宥名(ナヲユルサレキと訓む)の誤とすべきか。

所㆔以稱㆓大立丘㆒者　品太[1]天皇　立㆓於此丘㆒　見㆓之地形㆒　故號㆓大立丘㆒

安相里 長畝川　土中々　右　所㆔以稱[2]㆓安相里㆒者　品太天皇　從㆓但馬㆒　巡行[3]之時　緣㆑道不㆑撤[4]㆓御冠[5]㆒　故號㆓陰山前㆒　仍　國造豐忍別命　被㆑剝[6]㆑名　爾時　但馬國造阿胡[7]尼命申給　依㆑此赦[8]㆑罪　卽奉㆓塩[9]代田卅千代㆒有[10]㆑名　塩代田佃[11]　但馬國朝來人　到來居㆓於此處㆒　故號㆓安相里㆒ 本名沙部云[12]㆑字㆓二字注㆒　後里名依㆓改為㆓安相里㆒

本[13]文[14]　阿胡尼命　娶㆓英保村女㆒　卒㆓於此村㆒　遂造㆑墓葬　以後　正骨運持去之　云㆑爾[15]

所㆔以號㆓長畝川㆒者　昔　此川生㆑蔣[16]　于㆑時　賀毛郡長畝村[17]人到來苅㆑蔣[16]　爾時　此處石作連等　為㆑奪相鬪　仍殺㆓其人㆒卽投㆓棄於此川㆒　故號㆓長畝川㆒

枚野里 新羅訓村筥岡　右[18]　稱㆓枚野㆒者　昔　為㆓少野㆒　故號㆓枚野㆒

所㆔以號㆓新良訓㆒者　昔　新羅國人　來朝之時　宿㆓於此村㆒故號㆓新羅訓㆒ 山名[19]亦同

1 底「大」に誤る。
2 底「稱」がない。
3 底「行」がない。共に他例により補う。
4 「徹」に手扁を添えた字であろう。
5 底「剛」。敷注及び蔭山里の條による。
6 底「蒙」の古體または「彔」の異體の如き字形。字形近似により「剝」とする。
7 底「朝」。下文により訂す。
8 底、字の左を「亦」の如く作る。「救」よりは「赦」の誤とすべきであろう。
9 底「塩代塩田」。下文及び文意により下の「塩」を衍とする。
10 諸注誤字とするが、底のまま。
11 底「飼」。恐らく誤字。意により「佃」とする。
12 新考「阿沙部」とするが底のまま。
13 以下の一條、底、長畝川の記事の次にあり前後に關連がない。追錄記事で不適當な箇所に插入されたものと認め、記載位置を訂す。
14 底「又」。新考に從う。
15 底「来」。「尓」(爾に通用。底本すべて尓と書く)の誤とする新考說に從う。
16 底「蒔」。諸注「蔣」とこもの誤とする。字形により「蔣」と訂する。
17 底「村村」重記。諸注により一字衍とする。
18 底、土品の記載がない。傳寫の間の脫か。
19 底「固」に誤る。

[一]大立《おほたち》の丘《をか》と稱《い》ふ所以《ゆゑ》は、[二]品太《ほむだ》の天皇《すめらみこと》、此の[三]丘《をか》に立《た》たして、地形《くにがた》を見《み》たまひき。故《かれ》、大立丘《おほたちをか》と號《なづ》く。

[四]安相《あさこ》の里《さと》　長畝川《ながうねがは》　土《つち》は中《なか》の中《なか》なり。右《みぎ》、安相《あさこ》の里《さと》と稱《い》ふ所以《ゆゑ》は、品太《ほむだ》の天皇《すめらみこと》、但馬《たじま》より巡《めぐ》り行《い》でまし時、[五]道すがら、[六]御冠《みかげ》を撤《め》したまはざりき。故《かれ》、[七]陰山《かげやま》の前《さき》と號《なづ》く。仍《よ》りて、[八]國造《くにのみやつこ》豐忍別命《とよおしわけのみこと》、[九]名を剝《はぎと》られき。その時、[一〇]但馬《たじま》の國造《くにのみやつこ》阿胡尼命《あこねのみこと》、[一一]申《まを》し給《つ》ぎ、此《これ》に依《よ》りて罪《つみ》を赦《ゆる》したまひき。即《すなは》ち、[一二]塩代《しほしろ》の[一三]田廾千代《たはたちしろ》を奉《たてまつ》りて[一四]名有《え》つ。塩代《しほしろ》の田《た》の[一五]佃《たつくり》、但馬《たじま》の國の[一六]朝來《あさこ》の人到來《き》たりて、此處《ここ》に居《を》りき。故《かれ》、安相《あさこ》の里《さと》と號《なづ》く。本《もと》の名は[一七]沙部《あさこべ》といひき。後に里《さと》の名は字を[一八]改めて二字《ふたもじ》に注《しる》すに依《よ》りて、安相《あさこ》の里《さと》と爲《な》す。

[一九]本文《もとつふみ》に、阿胡尼命《あこねのみこと》、[二〇]英保《あぼ》の村《むら》の女《をみな》に娶《あ》ひて、此の村に卒《を》へき。遂《つひ》に墓《はか》を造りて葬《はふ》りき。以後《そののち》、[二一]正骨《かばね》は運《はこ》び持《も》ち去《い》にきと[二二]爾《しか》いふ。[二三]

[二四]長畝川《ながうねがは》と號《なづ》くる所以《ゆゑ》は、昔、此の川に[二五]蔣《まこも》生《お》へりき。時に、賀毛《かも》の郡《こほり》の[二六]長畝《ながうね》の村《むら》の人、到來《き》たりて蔣《まこも》を苅《か》りき。その時、此處《ここ》の[二七]石作連《いしつくりのむらじ》等《ら》、奪《うば》はむとして相闘《あひたたか》ひ、仍《よ》りて其の人を殺《ころ》し、即《やが》て此の川に投《な》げ棄《す》てき。故《かれ》、長畝《ながうね》川と號《なづ》く。

[二八]枚野《ひらの》の里《さと》　新羅訓《しらくに》の村《むら》・筥岡《はこをか》　右《みぎ》、枚野《ひらの》と稱《い》ふは、昔、[二九]少野《をの》たりき。故《かれ》、枚野《ひらの》と號《なづ》く。

[三〇]新良訓《しらくに》と號《なづ》くる所以《ゆゑ》は、昔、新羅《しらぎ》の國の人、來朝《まゐき》ける時、此の村に宿《やど》りき。故《かれ》、新羅訓《しらくに》と號《なづ》く。[三一]山の名も同じ。

一五　耕作者を但馬から移住させたことをいう(佃の用例は二三九・三四七頁参照)。
一六　但馬国造の所領地。播磨国神前郡に北接する山間地。
一七　沙は砂に同じ。イサゴの転でアサコと言ったのであろう。
一八　中央政府の指令による地名用字の整備に従ったことをいう。アサコを安相と用字して安相部と三字になるので「部」を省き、里名としても「べ」を省いた意であろう。
一九　風土記の記事筆録の材となった書。
二〇　下文の英保里(二七九頁)。
二一　遺骸。本居の但馬国に持ち帰った意。
二二　原拠の書にそう記してあるの意。
二三　以上の一節は阿胡尼命に関する余説で、地名説明を記事の主眼とする当国風土記にあっては余録的な追録記事。
二四　姫路市南畝(のうね)町が遺称地。北方の八丈岩山からこの地を経て南流し、大川(市川の旧川筋)に注いでいた川。安相里の東の界の川であろう。
二五　真菰。禾本科の水草。
二六　遺称なく所在地不明。
二七　既出(二六五頁頭注一六)。この地の先住者。
二八　姫路市平野町が遺称地。八丈岩山の東側、広峰山の南麓の地域。和名抄の郷名に平野(比良乃)と見える。
二九　小野がヒラ野ではない。地名説明は野についてだけでヒラの説明がない。次の大野も同じ。
三〇　平野町の東の白国が遺称地。
三一　広峰山の中の白国に近い一峰の名であろう。

所㆔以稱㆓筥[1]丘㆒者　大汝少日子根命　與㆓日女道丘神㆒　期會之時　日女道丘神[2]　於㆓此[3]丘㆒　備㆓食物及筥器等具㆒　故號㆓筥丘㆒

大野里 砥堀[4]　土中々　右　稱[5]㆓大野㆒者　本爲㆓荒野㆒　故號㆓大野㆒　[6](志貴)嶋宮御宇天皇[7]之御世　村上足嶋等上祖惠多　請㆓此野㆒而居之　乃爲㆓里名㆒

所㆔以稱㆓砥堀㆒者　品太天皇之世　神前郡與㆓餝磨郡㆒之堺　造㆓大川岸道㆒　是時　砥堀出之[8]　故號㆓砥堀㆒　于㆑今猶在

少川里 高瀬村豐國村英馬野射目前檀[9]坂[10]御立丘伊刀嶋　土中々 本名私里　右　號㆓私里㆒者[11]　(志貴)[12]嶋宮御宇天皇世　私部弓束等祖　田又利君鼻留　請㆓此處㆒而居之　故號㆓私里㆒　以後　庚寅年　上野[13]大夫　爲㆑宰之時　改爲㆓小川里㆒　一云　小川　自㆓大野㆒流[14]㆓來此處㆒　故曰㆓小川㆒

所㆔以稱[15]㆓高瀬㆒者　品太天皇　登㆓於夢前丘㆒　而望見者　北方有㆓白色物㆒　勅[16]云　彼何物乎　卽　遣㆓舍人上野國麻奈毗古㆒令㆑察之　申云　自㆓高處㆒流落水　是也　卽號㆓高瀬村㆒[17]

一　遺称なく所在地不明。伊和里の条の筥丘(二七一頁)と同一地か。

二　記紀・風土記の他の条では大汝命と少日子根命とは別神であるが、相並ぶ神の故に一柱の神として伝えたのであろう。

三　姫路城天主閣のある姫山、この山に鎮座の神の意。

四　日を約束しておいて逢った。日女道丘神を土着の女神として妻訪いしたことをいうのであろう。

五　姫路市街地の東北部、大野町・野里が遺称地。市川の旧流に沿って神前郡境にまでわたった地。和名抄の郷名に大野(於保乃)と見える。

六　欽明天皇。宮号をもと島宮とのみ称し、後に同名の宮(天武離宮の如き)が出来て志貴を冠称することになったのであろう。志貴は追記である。

七　出自系譜不明。

八　移住開墾して定住し、五〇戸の里をなすに至ったので旧名の大野を里の名としたという意。

九　姫路市の東北隅、市川の西岸の砥堀が遺称地。神前郡蔭山里の条に磨布理村とあるのも恐らく同地。別の地名説明を記している(二三一頁)。

一〇　応神天皇。

一一　市川の本流。その旧川筋については次の少川の里の条参照。

1　底「莒」。底本すべて艸冠に作る。筥に通用させた字。

2　底「丘」がない。

3　底「此」がない。共に新考による。

4　「砥」の通用。

5　底「袮」。「稱」の俗字「秤」の誤。

6　底「惠多」の下にある。少川里の條も類似。もと「嶋宮」の左傍に添記したものを行を誤って書寫したものと認める。

7　底「皇」を脱。

8　底「之」がない。他例によって補い、四字句を整える。

9　或は「丘」の誤か。下文に「檀丘」とある。

10　「御立丘」三字、底「多取山」、その下に「取立」の合字の如き一字がある。「御立丘」の誤寫重記。

11　底「者」を脱。

12　底「鼻留」の下にある。6と同例。

13　底「野」がない。新考・揖保郡越部里の條により補う。

14　新考「里」を補うが底のまま。

15　底「袮」。「稱」の俗字「秤」の誤。

16　底「勅」がない。他例により新考に従う。

17　この一條を英賀里の記事の錯入とする新考説は恐らく不可。

筥丘《はこをか》と稱《い》ふ所以《ゆゑ》は、大汝少日子根命《おほなむちすくなひこねのみこと》、日女道丘《ひめぢをか》の神と期《ちぎ》り會《あ》ひましし時、日女道丘《ひめぢをか》の神、此の丘《をか》に、食物《をしもの》、及《また》、筥《はこ》の器《うつはもの》等《ども》の具《うつは》を備《そな》へき。故《かれ》、筥丘《はこをか》と號《なづ》く。

大野《おほの》の里《さと》　砥堀《とほり》　土《つち》は中《なか》の中《なか》なり。右《みぎ》、大野《おほの》と稱《い》ふは、本《もと》、荒野《あらの》たりき。故《かれ》、大野《おほの》と號《なづ》く。（志貴《しき》の）嶋《しま》の宮《みや》に御宇《あめのしたしろ》しめしし天皇《すめらみこと》の御世《みよ》、村上《むらかみ》の足嶋《たるしま》等《ら》が上祖《とほつおや》惠多《ゑた》、此の野《の》を請《こ》ひて居《を》りき。乃《よ》りて里《さと》の名と爲《な》す。

砥堀《とほり》と稱《い》ふ所以《ゆゑ》は、品太《ほむだ》の天皇《すめらみこと》のみ世《よ》、神前《かむざき》の郡《こほり》と餝磨《しかま》の郡《こほり》との堺《さかひ》に、大川《おほかは》の岸《きし》の道《みち》を造りき。是《こ》の時、砥《と》を堀り出《いだ》しき。故《かれ》、砥堀《とほり》と號《なづ》く。今に猶《なほ》あり。

少川《をがは》の里《さと》　高瀬《たかせ》の村《むら》・豐國《とよくに》の村《むら》・英馬野《あがまの》・射目前《いめさき》・檀坂《まゆみさか》・御立丘《みたちをか》・伊刀嶋《いとしま》　土《つち》は中《なか》の中《なか》なり。本《もと》の名は私《きさき》の里《さと》なり。右《みぎ》、私《きさき》の里《さと》と號《なづ》くるは、（志貴《しき》の）嶋《しま》の宮《みや》に御宇《あめのしたしろ》しめしし天皇《すめらみこと》のみ世、私部《きさきべ》の弓束《ゆみつか》等《ら》が祖《おや》、田又利君鼻留《たたりのきみひる》、此の處《ところ》を請《こ》ひて居《を》りき。故《かれ》、私《きさき》の里《さと》と號《なづ》く。以《その》後《のち》、庚寅《かのえとら》の年《とし》、上野《かみつけの》の大夫《まへつぎみ》、宰《くにのみこともち》たりし時、改めて小川《をがは》の里《さと》と爲《な》す。一《ある》ひといへらく、小川《をがは》、大野《おほの》より此處《ここ》に流れ來《く》。故《かれ》、小川《をがは》といふ。

高瀬《たかせ》と稱《い》ふ所以《ゆゑ》は、品太《ほむだ》の天皇《すめらみこと》、夢前丘《いめさきをか》に登《のぼ》りて、望《のぞ》み見たまへば、北の方《かた》に白き色《いろ》の物《もの》ありき。勅《の》りたまひしく、「彼《そ》は何物《なにもの》ぞ」とのりたまひて、卽《やが》て、舍人《とねり》、上《かみつけ》野《の》の國の麻奈毗古《まなひこ》を遣《や》りて察《み》しめたまふに、申《まを》ししく、「高き處《ところ》より流れ落つる水、是《これ》なり」とまをしき。卽《すなは》ち高瀬《たかせ》の村《むら》と號《なづ》く。

一二　砥石。
一三　市川の東側。花田村小川が遺称地。ここから東方の飾東村にわたる地域。
一四　頭注六と同じ。
一五　上文に私部弓取というのが見える(二六七頁)。
一六　姓氏録に多々良公とある。任那国王の子孫、韓国からの帰化人の氏族。鼻留は名。
一七　持統朝四年(六九〇)。戸籍を調査し、地方政治の整備をした年。
一八　崇神天皇皇子豊城入彦命を祖とする氏族。同年代の人に上毛野朝臣男足(文武朝、大宝三年、正五位上で下総守に任ぜられた)が見える。
一九　播磨国守。
二〇　大川に対する支流の小川。およそ現在の市川本流が小川の川筋にあたる。旧本流はおよそ現在の船場川筋から姫路城の東側中濠を南流し、総社の南側附近で西折、二階町附近(国府渡し)で更に南折、南畝町を経て流れる南畝川(風土記の長畝川)を併せ、下野田町附近を経て飾磨港で海に入ったと認められる。天正年中姫路築城に際して水流が変えられたのである。
二一　大野里の地、横手・西中島附近を指す。
二二　市川の左岸、花田村高木が遺称地であろう。この附近で水流彎曲して急である。
二三　遺称地がない。高木の東北部の山の尖端附近か。下の射目前(いめさき)とは恐らく別の地。
二四　天皇に供奉して雑用に奉仕する者。
二五　河中の大石などに塞き止められた水が落ちるのをいう。この附近の地形からは瀑布とは解し難い。

所㆔以號㆓豐國㆒者　筑紫豐國之神　在㆓於此處㆒　故號㆓豐國村㆒
所㆔以號㆓英馬野㆒者[1]　品太天皇　此野狩時　一馬走逸　勅云
誰馬乎　侍[2]從等對云　朕[3]君御馬也　卽號㆓我馬野㆒　是時　立㆓
射目㆒之處　卽號㆓射目前㆒　弓折之處　卽號㆓檀丘㆒　御立之處
卽號㆓御立丘㆒　是[4]時　大牝鹿　泳㆑海就[5]㆑嶋　故號㆓伊刀[6]嶋[7]㆒
英保里（土中上）　右　稱㆓英保㆒者　伊[8]豫國英保村人　到來居㆓於此
處㆒　故號㆓英保村㆒
美濃里（繼潮）　土下中　右　號㆓美濃㆒者　讃伎國彌濃郡人　到來居
之　故號㆓美濃㆒
所㆔以稱㆓繼潮㆒者　昔　此國有㆓一死女㆒　爾時　筑紫國火君等
祖（不㆑知㆑名）　到來復生　仍取之　故號㆓繼潮㆒
因達里（土中々）　右　稱㆓因達㆒者　息長帶比賣命　欲㆑平㆓韓國㆒　渡
坐之時　御㆓々[9]船前㆒　伊太代之[10]神　在㆓於此處㆒　故因㆓神名㆒
以爲㆓里名㆒
安師里（土中々）　右　稱㆓安師㆒者　倭穴无神々戸託仕奉*

1　底「爲」。意によって訂す。
2　底「待」に誤る。
3　底「朕御馬」。意によって「君」を補う。
4　底「時是」に顚倒。
5　底「鷲」。一字に合せ誤寫したもの。新考「到就嶋」とするが、「就」は到と同意の字、底のままとする。
6　底「乃」に誤る。
7　新考、この一條を英賀里の記事の錯入とするが、恐らく不可。
8　敷注「賀」の誤とする。或は從うべきか。
9　底「々」がない。栗注は古事記により御船の上に「坐于」を補う(「坐於」が本書用字例)が、下文言擧阜の條により「御々」とする。
10　底、「之」以下一四字を細字注書とする。他例により本文に改める。

一　餝東村豊国が遺称地。
二　豊前・豊後の国の地。その国からの移住者が祭った神であろう。
三　所在明らかでない。御国野村御着(ごちゃく)の西方、俗称アマガ畑(天川の東岸地)を遺称とする説がある。
四　わが君(あなた様)の御馬ですの意。朕は我・吾に同じ。上に朕公(二五九頁)とある。
五　下文(二八三頁)に射目人とある。鳥獣を弓射る人。狩の際の射手。
六　姫路市手野附近の古名。夢前川の名の由来する地。菅生川筋の青山、またその北方の行矢に射目崎の名を伝える社があるが、射目崎の古地ではない。近世に川筋変じて置塩川筋から流れる川を夢前川というが、置塩川はもと菅生川筋に流れていなかった(二七二頁頭注九参照)。
七　遺称なく所在地不明。檀で作った弓である故の名。
八　巨智里の大立丘と同じ丘であろう(二七五頁)。
九　家島群島の総名。揖保郡の条に地名説明が重出する。餝磨・揖保両郡の南方海上にあり、所属郡が明確でなかった故であろう(現在は餝磨郡に属する)。
一〇　この一条は少川里(餝磨郡東部)附近の地と限らず、郡の西部・南方海上にもわたる広い地域を舞台とする説話である。
一一　姫路市街の東南部の阿保・西阿保・東阿保が遺称地。小川(今の市川)と大川(市川の旧本流)との間の地。和名抄の郷名に英保(安母)と見える。

[一]豐國《とよくに》と號《なづ》くる所以《ゆゑ》は、筑紫《つくし》の[二]豐國《とよくに》の神、此處《ここ》に在《いま》す。故《かれ》、豐國《とよくに》の村《むら》と號《なづ》く。

[三]英馬野《あがまの》と號《なづ》くる所以《ゆゑ》は、品太《ほむだ》の天皇《すめらみこと》、此の野にみ狩《かり》したまひし時、一つの馬走《うまはし》り逸《に》げき。勅《の》りたまひしく、「誰《た》が馬ぞ」とのりたまひき。侍從等《おもとびとたち》、對《こた》へていひしく、[四]「朕《あ》が君《きみ》の御馬《みうま》なり」とまをしき。即《すなは》ち我馬野《あがまの》と號《なづ》く。是《こ》の時、[五]射目《いめ》を立《た》てし處《ところ》は、即《すなは》ち[六]射目前《いめさき》と號《なづ》け、弓折《ゆみを》れし處《ところ》は、即《すなは》ち[七]檀丘《まゆみをか》と號《なづ》け、御立《みたち》せし處《ところ》は、即《すなは》ち[八]御立丘《みたちをか》と號《なづ》く。是《こ》の時、大きなる牝鹿《めじか》、海を泳《およ》ぎて嶋に就《いた》りき。故《かれ》、[九]伊刀嶋《いとしま》と號《なづ》く[一〇]。

[一一]英保《あぼ》の里《さと》　土《つち》は中《なか》の上《かみ》なり。右《みぎ》、英保《あぼ》と稱《い》ふは、[一二]伊豫《いよ》の國の英保《あぼ》の村《むら》の人、到來《き》たりて此處《ここ》に居《を》りき。故《かれ》、英保《あぼ》の村《むら》と號《なづ》く。

[一三]美濃《みの》の里《さと》　繼《つぎ》の潮《みなと》　土《つち》は下《しも》の中《なか》なり。右《みぎ》、美濃《みの》と號《なづ》くるは、讚伎《さぬき》の國の[一四]彌濃《みの》の郡《こほり》の人、到來《き》たりて居《を》りき。故《かれ》、美濃《みの》と號《なづ》く。

[一五]繼《つぎ》の[一六]潮《みなと》と稱《い》ふ所以《ゆゑ》は、昔、此の國に一《ひとり》の死《みう》せぬる女《をみな》ありき。その時、筑紫《つくし》の國の[一七]火《ひの》君等《きみら》が祖《おや》　名を知らず　到來《き》たりて、[一八]復生《つぎい》かし、仍《よ》りて[一九]取《あ》ひき。故《かれ》、繼《つぎ》の潮《みなと》と號《なづ》く。

[二〇]因達《いだて》の里《さと》　土《つち》は中《なか》の中《なか》なり。右《みぎ》、因達《いだて》と稱《い》ふは、[二一]息長帶比賣命《おきながたらしひめのみこと》、韓國《からくに》を平《こと》けむと欲《おもほ》して、渡《わた》りましし時、[二二]御船前《みふなさき》に御《ま》しし[二三]伊太代《いだて》の神、[二四]此處《ここ》に在《いま》す。故《かれ》、神のみ名に因《よ》りて、里《さと》の名と爲《な》す。

[二五]安師《あなし》の里《さと》　土《つち》は中《なか》の中《なか》なり。右《みぎ》、安師《あなし》と稱《い》ふは、[二六]倭《やまと》の穴无《あなし》の神の[二七]神戸《かむべ》に[二八]託《つ》きて仕《つか》へ奉《まつ》る。

一二　所在地不明。和名抄伊賀国伊賀郡に阿保郷とある。或は伊賀国の誤かという。

一三　四郷村見野が遺称地。郡の東南部の平野地。和名抄の郷名に三野(美乃)と見える。

一四　香川県三豊郡の北部地方。続紀・和名抄に三野郡と見える。

一五　見野の西南、姫路市継が遺称地。

一六　水門の意。八家川の河口の地をいう。当時この附近まで海が湾入していたのである。

一七　神武天皇皇子神八井耳命を祖とする氏族(古事記)。肥前・肥後国を本拠とした肥前国風土記の巻頭(三七九頁)参照。

一八　蘇生させて。

一九　娶に通用させた字。妻とした。

二〇　姫路市街地の北部。八丈岩山の南麓の平野地。播磨国庁(姫路城内、天守の南東方)の北にあった里。和名抄の郷名に印達(以多知)と見える。

二一　神功皇后。

二二　御船の前に立って誘導し守護した意。

二三　航海神。住吉大社神代記に船玉神と見える。五十猛命とする説もあるが神の系譜は不明。

二四　八丈岩山。伊和里の条(二七一頁)に因達神山とある山。今は姫路市惣社町の射楯兵主神社にまつる。

二五　姫路市、市川河口近くの阿成が遺称地。市川の旧流、大川と小川の間の最下流地域。国庁および郡衙の地の南方にあたる里。

二六　奈良県大三輪町の式内社穴師神社の祭神。大国主命また須佐之男命とする。

二七　神社に所属せしめられた民戸。

二八　神戸となって神に仕えた。

故號二穴師一

漢部里（多志野 阿比野 手沼川）里名詳[1]二於上一

右 稱二多志野一者 品太天皇 巡行[2]之時 以レ鞭指二此野一 勅云 彼野者 宜二造レ宅及墾レ田 故號二佐志野一 今改號二多志野一

所三以稱[3]二阿比野一者 品太天皇 從二山方一幸行之時 從臣等自二海方[4]一參會 故號二會野一

所三以稱二手沼川一者 品太天皇 於二此川一洗二御手一 故號二手沼川一（生二年魚一 有レ味）

貽和里船丘北邊 有二馬墓池一 昔 大長谷天皇御世 尾治連等上祖長日子 有二善婢與レ馬 竝合二之意一 於レ是 長日子 將[5]レ死之時 謂二其子一曰 吾死以後 皆葬准レ吾 即 爲レ之作レ墓 第一爲二長日子墓一 第二爲二婢墓一 第三爲二馬墓一 併有レ三 後 至[6]下生石大夫爲二國司一有之時上 築[7]二墓邊池一 故因名爲二馬墓池一

所三以稱二餝磨御宅一者 大雀天皇御世 遣レ人 喚二意伎出雲伯耆*

1 底「許」に誤る。
2 底「行」がない。例によって補う。
3 底「稱」がない。當郡の用字例により補う。
4 底、字形崩れて「旨」の如き字。諸注により訂す。
5 底「持」に誤る。
6 底「上」。文例及び新考による。
7 底「筑」。新考による。

一 以下郡末までは餝磨郡の里内記事（里名説明以外に記載すべき村・山川原野などの地名説明記事）として追録し、当該の里の条に挿入せず、郡末に附載した未整理記事と認められる。
二 この一条は里の記事書式と同様の書式を設けて記したもの。漢部里は当郡の最初に記した里（二六九頁）で、その条には里名説明の記事だけで、里内の村・山川原野などの地名説明の記事がない。
三 姫路市夢前川西岸地方であろうが、遺称なく所在地不明。
四 応神天皇。
五 天皇の国状視察の説話。
六 御宅（屯倉）の意でなく民家の意とすべ

故《かれ》、穴師《あなし》と號《なづ》く。
一 漢部《あやべ》の里《さと》 多志野《たしの》・阿比野《あひの》・手沼川《てぬがは》 里《さと》の名は上《かみ》に詳《つまびら》かなり。二
右《みぎ》、三 多志野《たしの》と稱《い》ふは、四 品太《ほむだ》の天皇《すめらみこと》、巡《めぐ》り行《い》でましし時、鞭《むち》を以《も》ちて此の野を 五 指《さ》して、勅《の》りたまひしく、「彼《そ》の野は、六 宅《や》を造り、及《また》、田を墾《は》るべし」とのりたまひき。故《かれ》、佐志野《さしの》と號《なづ》く。今、改めて多志野《たしの》と號《なづ》く。
七 阿比野《あひの》と稱《い》ふ所以《ゆゑ》は、品太《ほむだ》の天皇《すめらみこと》、山の方《かた》より幸行《いでま》しし時、従臣《おもとびとたち》等、海の方《かた》より參《まゐ》り會《あ》ひき。故《かれ》、會野《あひの》と號《なづ》く。
八 手沼川《てぬがは》と稱《い》ふ所以《ゆゑ》は、品太《ほむだ》の天皇《すめらみこと》、九 此の川に御手《みて》を洗《あら》ひたまひき。故《かれ》、手沼《てぬ》川と號《なづ》く。 年魚《あゆ》生《お》ふ。有味《うま》し。
一〇 貽和《いわ》の里《さと》の 一一 船丘《ふなをか》の北の邊《へ》に、一二 馬墓《うまはか》の池《いけ》あり。昔、一三 大長谷《おほはつせ》の天皇《すめらみこと》の御世《みよ》、一四 尾治連《をはりのむらじ》等が上祖《とほつおや》長日子《ながひこ》、善《よ》き 一五 婢《まかたち》と馬とを有《も》たりき。竝《ならび》に意《こころ》に合《かな》へり。ここに、長日子《ながひこ》、死《みう》せなむとする時、其の子《こ》に謂《かた》りていひしく、「吾《わ》が死《みう》せなむ以後《のち》は、皆、葬《はふ》りは吾《われ》に准《なら》へ」といひき。卽《すなは》ち、これが爲《ため》に墓《はか》を作《つく》りき。第一《そのひとつ》は長日子《ながひこ》の墓《はか》と爲《な》し、第二《そのふたつ》は婢《まかたち》の墓と爲《な》し、第三《そのみつ》は馬の墓と爲《な》しき。併《あは》せて 一六 三つあり。後《のち》、一七 生石《おふし》の大夫《まへつぎみ》、一八 國《くにの》司《みこともち》たりし時に至り、墓の邊《へ》の池を築《つ》きき。故《かれ》、因《よ》りて名を馬墓《うまはか》の池と爲《な》す。
一九 餝磨《しかま》の 二〇 御宅《みやけ》と稱《い》ふ 二一 所以《ゆゑ》は、二二 大雀《おほさざぎ》の天皇《すめらみこと》の御世《みよ》、人を遣《や》りて、意伎《おき》・出雲《いづも》・伯耆《ははき》

きであろう。開墾居住すべき地の意。
七 姫路市飾西の西方、飾磨・揖保両郡境の丘陵地。ここで山陽道の駅路と山陰への駅路とが分岐するので地名となったもの。その西麓の揖保郡側に称遺地相野（姫路市余部区）がある。
八 姫路市下手野・上手野が遺称地。菅生川・夢前川の合流点の東北方。もと置塩川がこの地に流れず、手野附近の小流（手野川）が菅生川に流れていたのである。
九 巡行してこの地へ来られての意。
一〇 イワ（伊和）の特殊用字。
一一 既出（二七二頁頭注一七）。
一二 遺称なく所在地不明。
一三 雄略天皇。
一四 尾張氏。天火明命を祖とする氏族。
一五 侍女。従婢。或は下婢の意としてメヤツコと訓むべきか。
一六 古墳群についての伝承である。遺称なく共に所在地不明。
一七 大石氏。百済からの帰化氏族。
一八 播磨国守。
一九 姫路市飾磨区三宅が遺称地。恐らくは伊和里に所属すべき地域。伊和里の追録記事とすべきであろう。
二〇 朝廷御料の田の稲を収蔵する屯倉・屯家。国庁および郡家に近いこの地に置かれたのである。
二一 この一条は御宅設置の由来を語る伝承で、シカマノ御宅という地名の由来を説明する伝承ではないが、当国風土記が地名説明を記事の主体とした故に、地名説明と同じ書式で記したものである。
二二 仁徳天皇。

因幡但馬五國造等㆒　是時　五國造　即以㆓召使㆒爲㆓水手㆒　而向㆑京之　以㆑此爲㆑罪　即退㆓於播磨國㆒　令㆑作㆑田也　此時所㆑作之田　即號㆓意伎田出雲田[1]伯耆田因幡田但馬田㆒　即彼田稻　收納之御宅　即號㆓餝磨御宅㆒　又云㆓賀和良久三宅㆒

揖保郡

事明㆑下

伊刀嶋　諸嶋之總[2]名也　右[3]　品太天皇[4]　立㆓射目人於餝磨射目前㆒　爲㆑狩之　於㆑是　自㆓我馬野㆒出牝鹿　過㆓此阜㆒入㆓於海㆒泳㆓渡於伊刀嶋㆒　爾時　翼[5]人等　望見相語云　鹿者　既到㆓就於彼嶋㆒　故名㆓伊刀嶋㆒

香山里 本名鹿來墓　土下上　所㆔以號㆓鹿來墓㆒者　伊和大神　占㆑國之時　鹿來立㆓於山岑㆒[6]　山岑　是亦似㆑墓　故號㆓鹿來墓㆒　後至㆓道守臣爲㆑宰之時㆒　乃改㆑名爲㆓香山㆒

家内谷　即是香山之谷　形如㆓垣廻㆒　故號㆓家内谷㆒

1 底「田」を脱。
2 底「捴」。「揔」(總の略字)の通用字であろう。
3 底「名」。栗注衍。新考「昔」の誤とするが、字形により「右」と訂す。
4 底「皇」を脱。
5 新考「翟」の誤とするが、敷注に従い底のまま。
6 以下四字、底「山々岑々」。山岑山岑の古い書法。

一 朝廷から五国造を喚びに派遣された使臣。
二 船の楫取(かじとり)。船頭。
三 放逐する。
四 刑として田を開墾させられたことをいう。
五 姫路市街地南方の平野地(三宅附近)にあたるのであろうが、遺称はない。
六 地名説明記事の結びと同じ型であるが、ここは地名の由来を説明するのでなく、御宅設置の由来を記すものである。
七 語義明らかでない。新考は罪の償いの意のカハリの音訛かとする。
八 兵庫県揖保郡の地。揖保川の下流流域地で林田町・新宮町・竜野市・太子町・揖保川町・御津町及び姫路市の西部(勝原区・大津区・網干区)の地にあたる。和名抄の郡名に揖保(伊比保)と見える。
九 揖保という郡名の由来は下文揖保里の条(三〇五頁)に説明記載があるの意。
一〇 飾磨・揖保両郡の南方海上にある家島群島の群島名。里の記事とは別に、郡名説明の次に記載したのは何里の所属でもない故である。また餝磨郡の条(二七九頁)にも伊刀島の地名説明を重記しているのは餝磨郡の南方にもあたり、所属郡が明確でなかった故であろう。

因幡《いなば》・但馬《たじま》、五《いつ》たりの國造《くにのみやつこら》等を喚《め》したまひき。是《こ》の時、五《いつ》たりの國造《くにのみやつこ》、卽《すなは》ち[一]召《めし》の使《つかひ》を以《も》ちて[二]水手《かこ》と爲《な》して、京《みやこ》に向《むか》ひき。此《ここ》を以《も》ちて罪《つみ》と爲《な》し、卽《やが》て播磨《はりま》の國に[三]退《やら》ひて、[四]田を作《つく》らしめき。此の時作れる田を、卽《すなは》ち、[五]意伎田《おきだ》・出雲田《いづもだ》・伯耆田《ははきだ》・因幡田《いなばだ》・但馬田《たじまだ》と號《なづ》く。卽《すなは》ち、彼《そ》の田の稻を收納《をさ》むる御宅《みやけ》を、卽《すなは》ち餝磨《しかま》の御宅《みやけ》と[六]號《なづ》け、又、[七]賀和良久《かわらく》の三宅《みやけ》といふ。

[八]揖保《いひぼ》の郡《こほり》

[九]事《こと》、下《しも》に明《あきら》かなり。

[一〇]伊刀嶋《いとしま》 諸《もろもろ》の嶋の總名《すべな》なり。右《みぎ》は、[一一]品太《ほむだ》の天皇《すめらみこと》、[一二]射目人《いめひと》を餝磨《しかま》の[一三]射目前《いめさき》に立ててみ狩《かり》したまひき。ここに、[一四]我馬野《あがまの》より出でし牝鹿《めじか》、[一五]此の阜《をか》を過《よぎ》りて海に入《い》り、伊刀嶋《いとしま》に泳《およ》ぎ渡《わた》りき。その時、[一六]翼人等《いめひとら》望《のぞ》み見て、相語《あひかた》りていひしく、「鹿は、旣《はや》く彼《そ》の嶋に到《いた》り就《つ》きぬ」といひき。故《かれ》、伊刀嶋《いとしま》と名づく。

[一七]香山《かぐやま》の里《さと》 本《もと》の名は鹿來墓《かぐはか》なり。土《つち》は下《しも》の上《かみ》なり。鹿來墓《かぐはか》と號《なづ》くる所以《ゆゑ》は、伊和《いわ》の大神、[一八]國占《くにし》めましし時、鹿來《しかき》て山の岑《みね》に立ちき。山の岑《みね》、是《こ》も亦墓《またはか》に似《に》たり。故《かれ》、鹿來墓《かぐはか》と號《なづ》く。後《のち》、[一九]道守臣《ちもりのおみ》、[二〇]宰《くにのみこともち》たりし時に至り、乃《すなは》ち名を改めて香山《かぐやま》と爲《な》す。

[二一]家内谷《やぬちだに》 卽《すなは》ち是《こ》は香山《かぐやま》の谷《たに》なり。形《かたち》、垣《かき》の廻《めぐ》れるが如し。故《かれ》、家内谷《やぬちだに》と號《なづ》く。

一一 応神天皇。

一二 鳥獣を弓射る狩の射手。以下は餝磨郡英馬野の条の伝承と同じもの(二七九頁)。

一三・一四 上の英馬野の条に地名説明が見える。上文では鹿の出所(逃げ出た所)は記さない。馬の逃げた我馬野を鹿の逃げて出てきた所と説話を誤解または変改したものであろう。

一五 本条の記載では何阜か不明。上文によれば、天皇の立っておられた御立丘を指すことになる。

一六 射目人にあてた漢字。翼人にならった用字であろう。狩人の意。

一七 新宮町香山が遺称地。郡の北部の揖保川流域地。和名抄の郷名に香山(加古也万、高山寺本は加宇也末)と見える。以下家内谷の条まで万葉集註釈巻第一に引用。

一八 土地の占居。移住開墾のための領土の発見占領をいう。移住開拓者の奉ずる神の国占めの説話として当国風土記に多く記されている。

一九 開化天皇の子孫の氏族。下文(三一五頁)に天智朝播磨国守であったとある。天智紀七年に新羅に遣わされたとある道守臣麻呂と同人か。

二〇 播磨国守。

二一 香山の北の谿間、家氏(いよ)が遺称地。「家内谷」の三字は地名説明を記す記事の標目地名。標目を里名の下に提記注書することなく、当該の里の記事に続いて、記載する説明記事の冒頭に標目として記したもの。揖保・讃容・宍禾・賀毛の各郡にこの書式が採られている。

佐々村　品太天皇　巡行之時　猴嚙二竹葉一而遇之　故曰二佐々村一

阿豆村[1]　伊和大神　巡行之時　苦[2]二其心中熱一　而控二絶衣紐[3]一　故號二阿豆[1]一　一云　昔　天有二二星一　落二於地一　化二爲石一　於レ此　人衆集來談論　故名二阿豆[1]一

飯盛山　讚伎國宇達郡飯神之妾　名曰二飯盛大刀自一　此神度來　占二此山一而居之　故名二飯盛山一

大鳥山　鵝[4]栖二此山一　故名[5]二大鳥山一

栗[6]栖里 土中　所三以名二栗栖一者　難波高津宮天皇　勅賜二刊栗子若倭部連池子一　即將退來　殖二生此村一　故號二栗栖一　此栗子由二本刊一　後无レ澁

(廻[7]川)金箭川　品太天皇　巡行之時　御苅金箭　落[8]二於此川一　故號二金箭一

阿爲山　品太天皇之世　紅草生二於此山一　故號二阿爲山一　住[9]二不レ知レ名之鳥一　起二正月一至二四月一見　五月以後不レ見　形似レ鳩色如レ紺

1　底「笠」。諸注による。
2　底「告」。文意により新考に従う。
3　底「紐」(ころもかど)。「紐」の俗字。
4　新考「鸛」の誤とするが底のまま。
5　底「名」がない。用字例及び諸注により補字。
6　底「粟」に誤る。
7　底「迴」。「廻」の誤または通用。「廻川」二字は、金箭川の傍注補筆とすべきである。底本には數ヵ所の傍注補筆例が認められる。
8　底「落」の下に「此」字がある。諸注に衍とするに従う。
9　底「注」。諸注による。

一　新宮町上笹・下笹が遺称地。香山の南東方、揖保川の東岸地。
二　応神天皇。
三　猿の一種、尾長猿または大尾長猿。ここは普通のサルにあてた字。
四　記紀・和名抄では小竹・細竹・筱をササと訓む。ササの葉を口にくわえた猿に天皇が出会われた意を、猿を主格にしていう古い表現法。
五　遺称なく所在地不明。
六　伊和族の神(二六九頁参照)として国占めのための巡行をいうのではなく、この地方の最上神(首長神)として天皇に準じた国土巡行を語る伝承とすべきである。
七　紐をひきちぎって胸をあけた。
八　隕石をいう。
九　遺称なく所在地不明。
一〇　香川県丸亀市(旧飯野村)飯天神社の祭神。土着神のイヒヨリヒコ命であろう。

[一]佐々《ささ》の村《むら》　[二]品太《ほむだ》の天皇《すめらみこと》、巡《めぐ》り行《い》でましし時、[三]猓《さる》、[四]竹葉《ささば》を嚙《か》みて遇《あ》ひき。故《かれ》、佐々《ささ》の村といふ。

[五]阿豆《あつ》の村《むら》　伊和《いわ》の大神、[六]巡《めぐ》り行《い》でましし時、其の心《むね》の中《うち》の熱《あつ》きに苦《くる》しみて、衣《ころも》の[七]紐《ひも》を控《ひ》き絶《た》ちたまひき。故《かれ》、阿豆《あつ》と號《なづ》く。一《ある》ひといへらく、昔、天《あめ》に二つの星《ほし》あり。地《つち》に落ちて、[八]石《いし》と化爲《な》りき。ここに、人衆《もろひと》集《あつ》まり來て談論《あげつら》ひき。故《かれ》、阿豆《あつ》と名づく。

[九]飯盛山《いひもりやま》　讃伎《さぬき》の國[一〇]宇達《うたり》の郡《こほり》の飯《いひ》の神《かみ》の妾《め》、名は飯盛《いひもり》の[一一]大刀自《おほとじ》といふ、此の神度《わた》り來て、此の山を占《し》めて居《を》りき。故《かれ》、飯盛山《いひもり》と名づく。

[一二]大鳥山《おほとりやま》　[一三]鵝《おほかり》、此の山に栖《す》む。故《かれ》、大鳥山《おほとり》と名づく。

[一四]栗栖《くるす》の里《さと》　土《つち》は中《なか》の中《なか》なり。栗栖《くるす》と名づくる所以《ゆゑ》は、[一五]難波《なには》の高津《たかつ》の宮《みや》の天皇《すめらみこと》、勅《みことのり》して、[一六]刊《けづ》れる栗《くり》の子《み》を[一七]若倭部《わかやまとべ》の連《むらじ》池子《いけこ》に賜ひき。卽《すなは》ち將《も》ち退《まか》り來《き》て、此の村《むら》に殖《う》ゑ生《お》ほしき。故《かれ》、[一八]栗栖《くるす》と號《なづ》く。此の栗《くり》の子《み》、本《もと》、刊《けづ》れるに由《よ》りて、後《のち》も[一九]澁《しぶ》なし。

[二〇]（廻《めぐ》れる川なり）[二一]金箭川《かなやがは》　品太《ほむだ》の天皇《すめらみこと》、巡《めぐ》り行《い》でましし時、[二二]御苅《みかり》の[二三]金箭《かなや》、此の川に落《お》ちき。故《かれ》、金箭《かなや》と號《なづ》く。

[二四]阿爲山《あゐやま》　品太《ほむだ》の天皇《すめらみこと》のみ世、[二五]紅草《くれのあゐ》、此の山に生《お》ひき。故《かれ》、阿爲山《あゐ》と號《なづ》く。名を知らぬ鳥住《す》めり。正月《むつき》より四月《うづき》に至るまで見え、五月《さつき》より以後《のち》は見えず。形《かたち》は鳩《はと》に似て、色は[二六]紺《ふかきはなだ》の如し。

一一　夫人、主婦の意。
一二　新宮町新宮の西北方の山(三七八米)。
一三　釈日本紀にオホカリと訓んでいる。大鴈。
一四　新宮町の西北部(旧東栗栖村・西栗栖村)。揖保川の支流栗栖川の流域地。和名抄の郷名に栗栖(久留須)と見える。
一五　仁徳天皇。
一六　皮をむいた栗。
一七　神魂命の子孫の氏族。開化天皇の御名代部の氏であろう。
一八　栗林の意。
一九　渋皮なしの栗が今も実るという意。常態と異った形態のものに神の霊力を認め信じ、その由来を神(天皇)の行為に関連させて語る伝承である。
二〇　金箭川に添えた注記。金箭川(栗栖川)が栗栖里の内で大きな弧線を描いて流れている(北隅に発して南西に流れ、南流になり、折れて東北流し、更に東南流となる)ことの注記。或は金箭川の別名としてメグリ川またモトホリ川と訓むべきか。
二一　栗栖川の古名。流域に鍛冶屋・矢ノ原がある。
二二　御狩。狩猟。
二三　鏃(やじ)に金属(恐らく鉄)を用いた矢。角矢(やつ)に対していう。
二四　新宮町相坂から西方の三日月町に通ずる相坂峠が遺称地。山陰に通ずる駅路にあたる。
二五　紅色の染料とする草。和名抄に紅藍とある。
二六　孝徳紀の古訓による。或は音読すべきか。

一 新宮町の最南部(旧越部村)、揖保川の西岸地。和名抄の郷名に越部(古之倍)と見える。草上駅の次の越部駅のあった地。駅の遺蹟地は新宮町馬立附近。中川駅を経て山陰地方に通ずる通道にあたる。
二 安閑天皇。
三 天皇の御気に入りの人。寵愛を受けて「いる人。
四 姓はカバネ。氏族に与えられた称号で、臣・連・宿禰の如きものを意味し、ウヂ(氏族の名称)と区別があるが、記紀・姓氏録などでは賜姓・賜名・賜号が同意に用いられて、カバネ・ウヂの区別なくナ(名)と呼んだものの如くである。
五 天皇に皇子がないため、皇子代《みこしろ》の氏を賜わったのである。皇子代という氏名は他に見えないが、摂津国武庫郡の旧名を御子代国というとある(住吉大社神代記)。
六 屯倉。安閑紀元年、後嗣がない故、天皇の御徳を後世に伝えるために各地に屯倉を設けられた。越部屯倉は同紀二年の設置。
七 持統朝四年当時の播磨国守(二七七頁)。
八 五十戸で一里とするが余剰超過分の三十戸の端数戸を以て里を立て、超過の意でコシベ(越戸)と称したことをいう。後のアマリベ里(余部里)に同じ。上野大夫が戸籍を検してこの処置をとったのである。
九 兵庫県出石郡神美村三宅にあった屯倉所管の民が移住して来た。
一〇 遺称なく所在地不明。塵袋第三にこの一条を引用。
一一 サギ・トビ・ツルの類の鳥の汎称。
一二 遺称なく所在地不明。
一三 和名抄に棚閣(太奈)とある。タナ・クラは共に物を載せる台。

越部里〔舊名皇子代里〕[1] 土中々 所三以號二皇子代一者 勾宮天皇之世 寵人 但馬君小津 蒙レ寵賜レ姓 爲二皇子代君一而 造三三宅於此村一 令二仕奉一之 故曰二皇子代[2]村一 後 至下上野大夫結二卅戸一之時上 改號二越部里一 一云[3] 自二但馬國三宅一越來 故號二越部[4]村一

鴾住山 所三以號二鴾住一者 昔 鴾多住[5]二此山一 故因爲レ名

櫊[6]坐山 々[7]石似レ櫊 故號二櫊坐山一

御橋山 大汝命 積レ俵立レ橋 山石似レ橋 故號二御橋山一

狭野村 別君玉手等遠祖 本 居二川内國泉郡一 因二地不一レ便 遷[8]到二此土一 仍云 此野雖レ狭 猶可レ居也 故號二狭野一

上岡里〔本林田里〕[9] 土中下 [10]出雲國阿菩大神 聞二大倭國畝火香山耳梨[11]三山相闘一 此欲二諌止一 上來之時 到二於此處一 乃聞二闘止一 覆二其所レ乗之船一而坐之 故號二神阜一 々形似レ覆[12]

1 底「星」に誤る。
2 底「皇」がない。上文による。
3 底、以下一五字を細字注書している。他例により本文とする。
4 底「口」に誤る。「口」は「部」の略體字形よりの誤寫。
5 底「住多」。他例により顚倒とする。塵袋は「多栖」に作る。
6 「閣」に木扁を添えた造字。
7 底「々」がない。諸注により脱字として四字句を整える。
8 底「遷」(還の俗字)に作る。文意・諸注による。
9 諸注「名」を補い「本名」とするが底のまま。
10 底、以下神阜の説明記事を上岡里の標目の上に記す。この一條は追錄記事で不適當な箇所に插入せられたものである。今、記載位置を訂した。↓補注
11 萬葉集註釋巻第五に「三山者畝火香山耳梨也、見風土記」とあるのはこの記事による。
12 新考「船」を補い「覆船」とするが底のまま。

越部《こしべ》[一]の里《さと》　舊《もと》の名は皇子代《みこしろ》の里《さと》なり。土《つち》は中《なか》の中《なか》なり。皇子代《みこしろ》と號《なづ》くる所以《ゆゑ》は、勾《まがり》[二]の宮《みや》の天皇《すめらみこと》のみ世、寵人《うつくしびと》[三]、但馬君小津《たじまのきみをつ》、み寵《めぐみ》を蒙《かがふ》りて姓《な》[四]を賜ひ、皇子代君《みこしろのきみ》[五]と爲《な》して、三宅《みやけ》[六]を此の村《むら》に造りて仕《つか》へ奉《まつ》らしめたまひき。故《かれ》、皇子代《みこしろ》の村《むら》といふ。後《のち》、上野《かみつけの》[七]の大夫《まへつぎみ》、卅戸《みそへ》[八]を結《むす》びし時に至り、改めて越部《こしべ》の里《さと》と號《なづ》く。一《ある》ひといへらく、但馬《たじま》の國の三宅《みやけ》[九]より越《こ》し來《き》たれり。故《かれ》、越部《こしべ》の村《むら》と號《なづ》く。

鷁住山《さぎすみやま》[一〇]　鷁住《さぎすみ》と號《なづ》くる所以《ゆゑ》は、昔、鷁多《さぎおほ》[一一]く此の山に住《す》めりき。故《かれ》、因《よ》りて名と爲《な》す。

櫊坐山《たなくらやま》[一二]　山の石《いし》、櫊《たな》[一三]に似たり。故《かれ》、櫊坐《たなくら》山と號《なづ》く。

御橋山《みはしやま》[一四]　大汝命《おほなむちのみこと》、俵《たはら》[一五]を積《つ》みて橋《はし》[一六]を立てましき。山の石、橋《はし》に似たり。[一七]故《かれ》、御橋《みはし》山と號《なづ》く。

狹野《さの》[一八]の村《むら》　別君玉手等《わけのきみたまてら》[一九]が遠祖《とほつおや》、本《もと》、川内《かふち》の國泉《いづみ》[二〇]の郡《こほり》に居《を》りき。地《ところ》、便《たより》[二一]よからざるに因《よ》りて、遷《うつ》りて此の土《くに》に到りて、仍《すなは》ちいひしく、「此[二二]の野《の》は狹《さ》くあれど、猶《なほ》居《を》るべし」といひき。故《かれ》、狹野《さの》と號《なづ》く。

上岡《かみをか》[二三]の里《さと》　本《もと》[二四]は林田《はやしだ》の里《さと》なり。土《つち》は中《なか》の下《しも》なり。出雲《いづも》[二五]の國の阿菩《あぼ》[二六]の大神、大倭《やまと》の國の畝《うね》[二七]火《び》・香山《かぐやま》・耳梨《みみなし》、三つの山相闘《あひたたか》ふと聞《き》かして、此《こ》を諫《いさ》め止《と》めむと欲《おもほ》して、上《のぼ》り來ましし時、此處《ここ》に到《いた》りて、乃《すなは》ち闘《たたか》ひ止《や》みぬと聞《き》かし、其の乘らせる船《ふね》[二八]を覆《ふ》せて、坐《いま》[二九]しき。故《かれ》、神阜《かみをか》[三〇]と號《なづ》く。阜《をか》の形《かたち》、覆《ふ》せたるに似たり。

一四　新宮町觜崎(はしざき)の北東、揖保川に臨んで崖をなす山(屏風岩と呼ぶ)。
一五　稲実を入れるいわゆるタワラであろう。或は稲を束ねたイナタハリ(秉)の意か。
一六　梯(はし)または階段の意。
一七　印南郡の八十橋に類似(二六七頁)。
一八　新宮町佐野が遺称地。揖保川・栗栖川の合流点に近く両川に挾まれた地。
一九　和気氏。日本武尊の子孫の氏族。
二〇　大阪府泉北・泉南両郡の地。霊亀二年和泉監の置かれる以前の行政区画に従って記したもの。
二一　便宜がよくない。
二二　移住者がその移住地を選び定めるのである。
二三　竜野市神岡町(旧神岡村)の地。越部里と揖保川を隔てた東南側から東へ林田川の流域にわたる。和名抄の郷名に上岡(加無都乎加、高山寺本は加无乃乎加)と見える。
二四　もと林田里に所属した地が分立して上岡里となったことを示す。
二五　この一条を万葉集註釈巻第一に引用。
二六　大神とあるが他に見えない。神の系譜不明。一に出雲国式内社伊佐賀神社(一八七頁)の祭神、伊保大明神としている。
二七　三山が男女の三角関係をなして妻争いをした伝承(万葉集巻一に見える)をいう。
二八　モフネ(喪棺)の棺であるが、説話の上では交通具の船とし、それを裏返しにしたとしている。
二九　鎮座した。棺をおおう(蓋すること)は死すること、また死して葬ることの意。覆船は蓋棺の意。
三〇　遺称はない。附近に小丘が数ヵ所ある。

(菅生山)[1]　菅生二山邊一　故曰二菅生一　一云　品太天皇　巡行之時　闢[2]二井此岡一　水甚清寒　於レ是　勅曰　由二水清寒一　吾意宗[3]々我々志　故曰二宗我富[4]一

殿岡　造二殿此岡一　故曰二殿岡一　々生レ柏

早[5]部里 因[6]二人姓一爲レ名　土中々

立野　所三以號二立野一者　昔　土師弩[7]美宿禰　往二來於出雲國一　宿二於早部野一　乃得レ病死　爾時　出雲國人來到　連二立人衆一　運傳　上二川礫一作二墓山一　故號二立野一　即號二其墓屋一　爲二出雲墓屋一

林田里 本名談奈志　土中下　所三以稱二談[8]奈志一者　伊和大神　占レ國之時　御志植二於此處一　遂生二楡[9]樹一　故稱[10]二名談[8]奈志一

松尾阜　品太天皇　巡行之時　於二此處一日暮[11]　即取二此阜松一　爲二之燎一　故名二松[12]尾一

塩阜　惟阜[13]之南　有二鹹[14]水一　方三丈許　與レ海相闊[15]　卅里許*

1 書式例によれば標目があるべきところ。寫脱とするよりは記事未整備の故か。今、假に補う。
2 底「闢」。諸注による。
3 「宗」は呉音ス。スの假名に用いたもの。
4 底「守」に誤る。
5 「日下」二字の合字。
6 例によれば土品と地名説明との順序及び注書・本文の書式が逆であるが、下にも類似例があり、底のままとする。
7 弩・努・怒、共にノの假名として用いたものと認められる。
8 底「淡」。次も「淡」で、標目里名の下の注記のみ「談」。植物名及び氏族名・他地名の關連により「談」を採り、イハナシと訓む。
9 楡(ニレ)にイハナシ・アハナシ・タナシシの訓はない。イハナシと訓ませるのか、或は誤字か。しばらく底のまま。
10 底「詳」。栗注衍とするが、「秤」(稱の俗字)の誤とする。
11 底「墓」。諸注による。
12 底「松」を脱。
13 底「追」に誤る。
14 底、西扁に作る。俗字。鹽と同意に用いた。
15 底「潤」。諸注による。

一 揖保川の東岸、新宮町曾我井が遺称地。その北の川に臨む山。
二 応神天皇。
三 今は地名に曾我井というが、井の遺蹟は不明。
四 清冷の意。水の冷たい感触をよしとしたのである。
五 清々しい。
六 林田川の東岸、竜野市神岡町入野の北方の小丘。
七 品太天皇巡行時とする伝承の一部であろう。天皇の御殿の意。
八 竜野市竜野町附近の揖保川西岸地。和名抄の郷名に見えず、布勢郷の地にあたる。山陽道の布勢駅のあった地。
九 姓はウヂ(氏)の意に用いたもの(二八六頁頭注四参照)。この地の居住者が日下部氏であったことをいう。同氏は但馬国造と同族(二七四頁頭注八の補注参照)。但馬から移住して開拓したもの。
一〇 竜野町大字竜野が遺称地。
一一 土器・埴輪などを作るを職とした氏族、またその部民。
一二 野見宿禰。出雲臣と同族。垂仁朝、当麻の蹶速と相撲をしたと伝え、埴輪土偶を初めて作った功により土部(はじ)臣の姓を賜

[一]（菅生《すがふ》山） 菅《すが》、山の邊《へ》に生《お》へり。故《かれ》、菅生《すがふ》といふ。一《ある》ひといへらく、[二]品太《ほむだ》の天皇《すめらみこと》、巡《めぐ》り行《い》でましし時、[三]井《ゐ》を此の岡《をか》に闢《ひら》きたまふに、水甚《いた》く[四]清《きよ》く寒《さむ》し。ここに、勅《の》りたまひしく、「水の清く寒《さむ》きに由《よ》りて、吾《あ》が意《こころ》、[五]すがすがし」とのりたまひき。故《かれ》、宗我富《すがふ》といふ。

[六]殿岡《とのをか》 [七]殿《との》を此の岡に造りき。故《かれ》、殿岡《とのをか》といふ。岡に柏《かしは》生《お》ふ。

[八]早部《くさかべ》の里《さと》 人の[九]姓《な》に因《よ》りて名と爲《な》す。土《つち》は中《なか》の中《なか》なり。

[一〇]立野《たちの》 立野《たちの》と號《なつ》くる所以《ゆゑ》は、昔、[一一]土師《はにし》[一二]弩美宿禰《のみのすくね》、[一三]出雲の國に往來《かよ》ひて、早部野《くさかべの》に宿《やど》り、乃《すなは》ち病《やまひ》を得て死《みう》せき。その時、出雲の國の人、來到《き》たりて、[一四]人衆《もろひと》を連《つら》ね立てて運《はこ》び傳《つた》へ、川の礫《こいし》を上《あ》げて、[一五]墓《はか》の山を作りき。故《かれ》、立野《たちの》と號《なつ》く。即《すなは》ち、其の[一六]墓屋《はかや》を號《なつ》けて、[一七]出雲《いづも》の墓屋《はかや》と爲《な》す。

[一八]林田《はやしだ》の里《さと》 本《もと》の名は談奈志《いはなし》なり。土《つち》は中《なか》の下《しも》なり。談奈志《いはなし》と稱《い》ふ所以《ゆゑ》は、伊和《いわ》の大神、國《くに》占《し》めましし時、[一九]御志《みしるし》を此處《ここ》に植《た》てたまふに、遂《つひ》に[二〇]楡《いはなし》の樹《き》生《お》ひき。故《かれ》、名を[二一]談奈志《いはなし》と稱《い》ふ。[二二]

[二三]松尾阜《まつををか》 品太《ほむだ》の天皇《すめらみこと》、巡《めぐ》り行《い》でましし時、此處《ここ》に日《ひ》暮《く》れぬ。即《すなは》ち、此の阜《をか》の松を取《と》りて、[二四]燎《ともしび》と爲《し》たまひき。故《かれ》、松尾《まつを》と名づく。

[二五]塩阜《しほをか》 惟《こ》の阜《をか》の南に[二六]鹹水《しほみづ》あり。方《たてよこ》は三丈《みつゑ》ばかり、海と[二七]相闊《あひさか》ること[二八]卅里《みそさと》ばかりなり。

わったという。弩はノの仮名に用いたものとする(二七二頁頭注七参照)。

一三 大和から本居の出雲へ通う途中の意。

一四 多勢の人を並べて手渡しに運ぶ、リレー式の運搬。崇神紀箸墓造築に「人民相踵ぎ以手逓伝(たごし)にして運ぶ」とあるのと同じ。

一五 土墳。恐らくは円墳をいう。

一六 陵墓。

一七 竜野西方山地の中腹に散在する古墳の中、宿毛塚(すくもづか)を野見宿禰の墓と伝えている。

一八 郡の東北部の林田町。林田川の流域地。和名抄の郷名に林田(波也之多)と見える。

一九 土地占居の表示のもの、杖・木・棒の如きものを立てたのである。

二〇 しるしにつきさして立てた木が根付いたのである。イハナシはシャクナゲ科の常緑灌木、岩梨(いわなし)をいうが、楡(にれ)類の喬木の古名か。

二一 恐らくは備前国磐梨郡石成(いわなし)郷を本居とする石成氏(和気氏と同族)の居住地である故の名称であろう。

二二 今の里名林田に改めたことも、林田の地名説明を記さないのも、恐らく記事未整備の故であろう。

二三 遺称とすべきものなく所在地不明。

二四 タビ(炬火、たいまつ)ではなく、ニワビ(庭燎)の意であろう。

二五 遺蹟地は明らかでないが、林田川の上流の林田城址に塩水の出る井があるという。

二六 塩分のある湧き清水。

二七 離れ遠ざかる。

二八 約一六―一七粁。

以レ礫爲レ底　以レ草爲レ邊　與二海水一同往來　滿時　深三寸許
牛馬鹿等　嗜而飮之[1]　故號二塩阜一
[2](伊勢野)　所三以名二伊勢野一者　此野每レ在二人家一　不レ得二靜安一
於レ是　衣縫猪手　漢人刀良等祖　將レ居二此處一　立二社山本一敬
祭　在二山岑一神　伊和大神子　伊勢都比[3]古命　伊勢都比賣命矣
自レ此以後　家々靜安　遂得レ成レ里　卽號二伊勢一

伊勢川　因レ神爲レ名

稻種山　大汝命少日子根命二柱神　在二於神前郡聖岡[4]里生野之
岑一　望二見此山一云　彼山者　當レ置二稻種一　卽遣二稻種一　積二於
此山一　々形亦似二稻積一　故號曰二稻種[5]山一

邑智里[6]驛家　土中下　品太天皇　巡行之時　到二於此處一　勅云
吾謂二狹地一　此乃大內之乎　故號二大內一

冰[7]山　惟山東有二流井一　品太天皇　汲二其井之水一而冰[7]之　故號二
冰[7]山一

1 底「飯」。諸注による。

2 底、標目がない。二八八頁1と同じく記事未整備の故であろう。

3 底「比」を脫。

4 底「岡」を脫。

5 底「積」。稻種山・稻積山兩様の稱呼があったとも見られるが、標目及び說明記事によって稻種山を正とする。

6 底「里」なく「邑智驛家」を標目としている。標目に記す地名例、驛に關する記載、また次の土品が注書でないなどの諸點により、驛家を注とし、標目を邑智里とする。

7 底、三水扁。冰は氷の正字。

一 底は小石、周囲には草が生えている意の漢文修辞。

二 海に通じて水がゆき来している意。泉の水に満干のある故の解釈。

三 林田川の東の谷間を流れる伊勢川(太田川の上流)流域地。林田町上伊勢・下伊勢の遺称がある。

四 移住者があって、この地に居(部落)をつくると、いつも。移住して来るのを妨害する神(先住者の奉ずる神)のしわざである。

五・六 百済からの帰化氏族の人。

七 移住して開墾定住しようとした。

八 下伊勢の梛《なぎ》神社。祭神は伊勢明神という。

九 麓。妨害をする神のいる山の麓をいう。常陸国風土記に、先住神を山岑に移して農耕を営む伝承がある(五五・八五頁)。

一〇 下伊勢の東南の山。山陰へ通ずる駅路に近い山。

一一 伊勢国風土記逸文に伊勢都彦命は出雲の神の子とある(四三七頁)。本条の神と関連のある伝承であろう。

一二 行政区画名の五〇戸の里でなく、部落・村の意。

[一]礫《こいし》以《も》ちて底《そこ》と爲《な》し、草《くさ》以《も》ちて邊《へ》と爲《な》す。[二]海の水と同じく往來《ゆきき》す。滿《み》つ時は、深さ三寸《みき》ばかりなり。牛《うし》・馬《うま》・鹿等《しかども》、嗜《この》みて飮《の》めり。故《かれ》、塩阜《しほをか》と號《なづ》く。

[三](伊勢野《いせの》)　伊勢野《いせの》と名づくる所以《ゆゑ》は、此の野に人の[四]家ある毎《ごと》に、靜安《やす》きことを得ず。ここに、[五]衣縫《きぬぬひ》の猪手《ゐて》・[六]漢人《あやひと》の刀良等《とらら》が祖《おや》、此處《ここ》に居《を》[七]らむとして、[八]社《やしろ》を[九]山本《やまもと》に立てて敬《ゐやま》ひ祭《まつ》りき。[一〇]山の岑《みね》に在《いま》す神は、伊和《いわ》の大神のみ子、[一一]伊勢都比古命《いせつひこのみこと》・伊勢都比賣命《いせつひめのみこと》なり。此《これ》より以後《のち》、家々《いへいへ》靜安《やす》くして、遂《つひ》に[一二]里《さと》を成《な》すことを得たり。卽《すなは》ち伊勢《いせ》と號《なづ》く。

[一三]伊勢川《いせがは》　[一四]神に因《よ》りて名と爲《な》す。

[一五]稲種山《いなだねやま》　[一六]大汝命《おほなむちのみこと》と少日子根命《すくなひこねのみこと》と二柱《ふたはしら》の神、[一七]神前《かむざき》の郡聖岡《こほりはにをか》の里《さと》の生野《いくの》の岑《みね》に在《いま》して、此の山を[一八]望《のぞ》み見て、のりたまひしく、「彼《そ》の山は、[一九]稲種《いなだね》を置《お》くべし」とのりたまひて、卽《すなは》ち、稲種《いなだね》を遣《や》りて、此の山に積《つ》みましき。山の形《かたち》も[二〇]稲積《いなづみ》に似たり。故《かれ》、號《なづ》けて稲種山《いなだね》といふ。

[二一]邑智《おほち》の里《さと》　[二二]驛家《うまや》あり。土《つち》は中《なか》の下《しも》なり。[二三]品太《ほむだ》の天皇《すめらみこと》、巡《めぐ》り行《い》でましし時、此處《ここ》に到《いた》りて、勅《の》りたまひしく、「吾《あ》は狹《さ》き地《ところ》と謂《おも》ひしに、此《こ》は乃《すなは》ち[二四]大内《おほうち》なるかも」とのりたまひき。故《かれ》、大内《おほうち》と號《なづ》く。

[二五]冰山《ひやま》　惟《こ》の山の東《ひむがし》に[二六]流井《ながれゐ》あり。品太《ほむだ》の天皇《すめらみこと》、其の井《ゐ》の水を汲《く》ますに、[二七]冰《ひこほ》りき。故《かれ》、冰山《ひやま》と號《なづ》く。

一三　前条の伊勢野を流れる川。

一四　前条のイセツヒコ・イセツヒメの神。

一五　前条の山の北、飾磨・揖保両郡境の峰相山。峰相記にいう山麓の稲根明神社がその遺称。

一六　二神の国土経営の伝承に関連するもので、土地の開墾、稲種の頒布、農耕開始を語るもの。

一七　生野は下文に見える(三二七頁)。ただし、どの山の峰を指すかは明らかでない。

一八　生野からこの山まで直線距離五〇余粁。神の行為として異常を語るもの。

一九　稲の実(籾)だけでなく、こき取らない稲茎についたままのものであろう。

二〇　刈り取ったままの穂のついた稲を積み束ねたもの。いなたはり(秉)、いなつか(稲束)。

二一　姫路市の最西部、大市中(旧大市村)が遺称地。和名抄の郷名に大市(於布知、高山寺本は於保知)と見える。

二二　山陽道の駅で、草上駅の次、西の布勢駅(越部里)に連絡する。延喜式・和名抄の駅名に見える。

二三　応神天皇。

二四　入口が狭く、内の広い意。この地は周囲に山があって、その中にひらけた平野地である。これも天皇の国状視察に関連する伝承である。

二五　遺称なく所在地不明。

二六　湧き清水で水の溢れ流れているもの。

二七　俄かに凍るのを何かの予兆、神意のあらわれとしたのであろう。下文(三二一頁)にも見え、允恭紀二十四年の条に羹の凍ることが見える。

一　大市中から西方の竜野市竜野に越える山。ケヤキ(槻)坂と呼んでいる。
二　応神天皇。
三　槻の木で作った弓。
四　逃げ走る猪。
五　遺称地がない。槻坂の西口附近かという。
六　竜野市誉田町広山が遺称地。この附近から北方の旧駅路(槻坂から竜野町に通ずる路)に至る揖保川の東岸から林田川流域にわたる地域。和名抄の郷名に広山と見える。
七　下の出水里の条(三〇七頁)に見える。
八　下文に出水里と用字。
九　畑井また陸田井の意か。遺称なく所在地不明。
一〇　射た矢の到達落下地を占居する土地占居の呪術的な一方法であろう。
一一　矢がすっかり隠れるほど地面に深く突き刺さった。
一二　長さの単位。握った拳の幅の長さ。
一三　天武紀八年三月乙丑の条に吉備の大宰、石川王病みて吉備に薨ずと見える人。系譜不明。
一四　大宰とも書く。大国の国守で近隣数ヵ国を統轄するもの。
一五　広山の地名説明がない。広い丘陵地という地形に基づく自明の名称の故に、かえって記し漏らしたものか。

槻折山[1]　品太天皇　狩二於此山一　以二槻弓一　射二走猪一　即折二其弓一　故曰二槻折山一[2]　此山南　有二石穴一　々中生レ蒲　故號二蒲[3]阜一　至レ今不レ亡[4]

廣山里 舊名握村[5]　土中上　所三以名二都可一者　石龍比賣命[6]　立二於泉里波多爲社二而射之　到二此處一　箭盡入レ地　唯出二握許一[7]　故號二都可村一　以後　石川王爲二總領一之時　改爲二廣山里一

麻打山[8]　昔　但馬國人伊頭志君麻良比　家二居此山一　二女　夜打レ麻　即麻置二於己胸一死　故號二麻打山一　于レ今　居二此邊一者至レ夜不レ打レ麻矣　俗人云　讚伎國[9]

意此川[10]　品太天皇之世　出雲御蔭大神　坐二於枚方里神尾山一[11]　毎遮二行人一　半死半生[12]　爾時　伯耆人小保弖　因幡布久漏[13]　出雲都伎也[14]　三人相憂　申二於朝庭一　於レ是　遣二額田部連久等々一令レ禱　于レ時　作二屋形於屋形田一[15]　作二酒屋於佐々山一　而祭之　宴遊甚樂　即櫟[16]二山柏一　挂レ帶捶[17]レ腰　下二於此川一相壓[18]　故號二壓川一

1　槻と同じ。
2　底「槐」。諸注に従う。
3　底「故號蒲」を誤寫重記。
4　底「生」。同類例により「亡」の誤とする。新考は「不生」を「仍生」とするが不可。
5　底「持」に誤る。
6　底「龍」がない。下文(三〇六頁)による。
7　底「堀」に誤る。
8　底「里」。土品記載のないこと、廣山里の里内記事のあるべきこと、和名抄の郷名にも見えないこと、次條意此川の地理により、本條記事の結尾「麻打山」を正として訂す。
9　以下に或は脱文(二〇字前後の一行分)があるか。
10　底「比」。下文及び諸注による。
11　底「牧」に誤る。
12　底「半」がない。諸注による。
13・14　新考「人」を補うが底のまま。
15　底「佐」に誤る。
16　底「檪」。敷注に従って訂し、四字句を整える。
17　插の異體。
18　底「猒」の如き字形に誤る。

[一]欟折山《つきをれやま》　[二]品太《ほむだ》の天皇《すめらみこと》、此の山にみ狩《かり》したまひ、[三]欟弓《つきゆみ》を以《も》ちて、[四]走《はし》る猪《ゐ》を射《い》たまふに、即《すなは》ち、其の弓《ゆみ》折《を》れき。故《かれ》、欟折《つきをれ》山といふ。此の山の南に石の穴《あな》あり。穴《あな》の中《うち》に蒲生《かまお》ふ。故《かれ》、[五]蒲阜《かまをか》と號《なづ》く。今に至るまで亡《う》せず。

[六]廣山《ひろやま》の里《さと》　舊《もと》の名は握《つか》の村《むら》なり。土《つち》は中《なか》の上《かみ》なり。都可《つか》と名づくる所以《ゆゑ》は、[七]石龍比賣命《いはたつひめのみこと》、[八]泉《いづみ》の里《さと》の[九]波多爲《はたゐ》の社《もり》に立たして[一〇]射《い》たまふに、此處《ここ》に到りて、[一一]箭《や》盡《ことごと》に地《つち》に入《い》り、唯《ただ》[一二]握《つか》ばかり出でたりき。故《かれ》、都可《つか》の村《むら》と號《なづ》く。以後《そののち》、[一三]石川《いしかは》の王《おほぎみ》、[一四]總領《すべをさ》たりし時、改めて廣山《ひろやま》の里《さと》と爲《な》す。[一五]

[一六]麻打山《あさうちやま》　昔、但馬《たじま》の國の人、[一七]伊頭志君麻良比《いづしのきみまらひ》、此の山に家居《いへゐ》しき。二《ふたり》の女《をみな》、夜《よる》、麻《あさ》を打《う》つに、即《やが》て麻《あさ》を己《おの》が胸《むね》に置きて[一八]死《みう》せき。故《かれ》、麻打《あさうち》山と號《なづ》く。今に、此の邊《あたり》に居《を》る者《もの》は、夜《よる》に至《いた》れば麻《あさ》を打たず。[一九]俗人《くにひと》いへらく、讃伎《さぬき》の國

[二〇]意此川《おしかは》　品太《ほむだ》の天皇《すめらみこと》のみ世、[二一]出雲《いづも》の御蔭《みかげ》の大神、枚方《ひらかた》の里《さと》の[二二]神尾山《かみをやま》に坐《いま》して、[二三]毎《つね》に行《みちゆ》く人を遮《さ》へ、半《なかば》は死《し》に、半《なかば》は生《い》きけり。その時、[二四]伯耆《ははき》の人小保弖《こほて》・因幡《いなば》の布久《ふく》漏《ろ》・出雲《いづも》の都伎也《つきや》の三人《みたり》相憂《あひうれ》へて、朝庭《みかど》に[二五]申《まを》しき。ここに、[二六]額田部連《ぬかたべのむらじ》[二七]久等々《くとと》を遣《や》りて、禱《の》ましめたまひき。時に、[二八]屋形《やかた》を[二九]屋形田《やかただ》に作り、[三〇]酒屋《さかや》を[三一]佐々山《ささやま》に作りて祭《まつ》りき。[三二]宴遊《うたげ》して甚《いた》く樂《たの》しび、即《すなは》ち、山の柏《かしは》を[三三]擽《と》りて、帶《おび》に挂《か》け、腰《こし》に[三四]挿《さしはさ》みて、此の川を下《くだ》りて[三五]相壓《あひお》しき。故《かれ》、壓《おし》川と號《なづ》く。

一六　広山の南一粁余の阿曾(太子町)を遺称地に擬している(新考)。今、丘はない。

一七　兵庫県出石郡を本居とする天日桙の子孫の氏族。この同族を母系とするのが播磨の阿宗君。

一八　移住占居を妨害する先住神のしわざの伝承である。

一九　以下は麻打山に関する別伝を記したものか。文意が完結しない。

二〇　林田川の広山附近での名であろう。

二一　次の枚方里の条に同じ神の別伝が記され、それに出雲之大神とある。出雲系の神であるが何神か不明。神名の「御蔭」は額田部連の祖、天御影命(姓氏録・旧事記)の名を移したものか。

二二　枚方里の条に見える。山陰地方から揖保川沿いに南下して播磨平野に出、大和に至る交通路にあたる地。

二三　交通を妨害する神の類型的な行為として語られるもの。

二四　交通妨害を受ける山陰三ヵ国の代表。

二五　荒ぶる神の鎮圧を願い出た。

二六　天津彦根命(高天原の誓約時、天菩比命と同時に生れた神)を祖とする氏族。

二七　人名。一人の名とすべきであろう。

二八　神を祭る斎場の屋舎。

二九　遺称なく所在地不明。

三〇　神に供える酒を作る殿舎。

三一　広山の東方、福田の笹山に擬している。ササはサケ(酒)の意か。

三二　酒宴する。以下は祭の様子。

三三　採る。執る。

三四　插す。

三五　押し合いをする。押合い祭と同じわざ。

一　太子町佐用岡の平方が遺称地。西南の立岡附近にわたる地域。和名抄の郷名には見えない。
二　大阪府枚方市枚方。淀川の東岸に沿った地。
三　帰化漢人。氏族名ではない。
四　この地を開墾して部落を初めてつくったことをいう。その移住定着するに至った事情を語るのが次条の伝承である。
五　太子町佐用岡が遺称であろうが、どの丘を指すか明らかでない。
六　前文意此川の条に別伝がある。意此川の条は鎮圧者額田部氏(恐らくその氏人が同地に居住していたのである)の側の伝承、佐比岡の条は鎮圧者枚方里の漢人(里の居

枚方里土上中　所三以名二枚方一者　河内國茨田郡枚[1]方里漢人來到　始居二此村一　故曰二枚方里一

佐比岡　所三以名二佐比一者　出雲之大神　在二於神尾山一　此神出雲國人經二過此處一者　十人之中　留二五人一　五[2]人之中　留二三人一　故出雲國人等　作二佐比一　祭二於此岡一　遂不二和受一　所二以然一者　比古神先來　比賣神後來　此　男神不レ能レ鎭　而行去之　所以　女神怨怒也　然後　河内國茨田郡枚方里漢人來至居二此山邊一　而敬祭之　僅得二和鎭一　因二此神在一　名曰二神尾山一　又　作二佐比一祭處　卽號二佐比岡一

佐岡　所三以名二佐岡一者　難波高[3]津宮天皇之世　召二筑紫田部一　令レ墾二此地一之時　常以二五月一　集二聚此岡一　飮酒宴遊[4]　故曰二佐岡一

大見山　所三以名二大見一者　品太天皇　登二此山嶺一　望二覽四方一　故曰二大見一　御立之處　有二盤[5]石一　高三尺許　長三丈許　廣二丈許　其石面　往々有二窪[6]跡一　此名曰二御*

1　底「牧」に誤る。
2　底「五人」を重記しない。諸注による。「五々人々」と書くのが古い書式。
3　底「高」を脱。
4　底「遊」がない。「宴樂」または「宴遊」として四字句にすべきで、新考は「樂」を補うが上文例により「遊」を補う。
5　磐の通用。
6　底、ウ冠に「臥」に作る。敷注「穿」とするが栗注による。

[一]枚方《ひらかた》の里《さと》　土《つち》は中《なか》の上《かみ》なり。　枚方《ひらかた》と名づくる所以《ゆゑ》は、河内《かふち》の國茨田《まむた》の郡《こほり》の[二]枚方《ひらかた》の里《さと》の[三]漢人《あやひと》、來到《き》たりて、[四]始《はじ》めて此の村《むら》に居《を》りき。故《かれ》、枚方《ひらかた》の里《さと》といふ。

[五]佐比岡《さひをか》　佐比《さひ》と名づくる所以《ゆゑ》は、[六]出雲《いづも》の大神、[七]神尾山《かみをやま》に在《いま》しき。此の神、出雲の國《くに》人《ひと》の此處《ここ》を經過《すぐ》る者は、[八]十人《とたり》の中《うち》、五人《いつたり》を留《とど》め、五人《いつたり》の中《うち》、三人《みたり》を留《とど》めき。故《かれ》、出雲の國人等《くにひとら》、[九]佐比《さひ》を作りて、此の岡に祭《まつ》るに、[一〇]遂《つひ》に[一一]和《あまな》ひ受《う》けまさざりき。然《しか》る所以《ゆゑ》は、[一二]比古神《ひこがみ》先《さき》に來まし、比賣神《ひめがみ》後《あと》より來《き》ましつ。ここに、男神《ひこがみ》、鎭《しづ》まりえずして行《ゆ》き去《さ》りましぬ。この所以《ゆゑ》に、女神《ひめがみ》怨《うら》み怒《いか》りますなり。[一三]然《しか》る後《のち》に、河内《かふち》の國茨田《まむた》の郡《こほり》の枚方《ひらかた》の里《さと》の[一四]漢人《あやひと》、來至《き》たりて、此の山の邊《へ》に居《を》りて、敬《ゐやま》ひ祭《まつ》りて、[一五]僅《はつか》に[一六]和《やは》し鎭《しづ》むることを得たりき。此の神の在《いま》ししに因《よ》りて、名を神尾山《かみをやま》といふ。又、佐比《さひ》を作りて祭《まつ》りし處を、卽《すなは》ち佐比《さひ》岡と號《なづ》く。

[一七]佐岡《さをか》　佐岡《さをか》と名づくる所以《ゆゑ》は、[一八]難波《なには》の高津《たかつ》の宮《みや》の天皇《すめらみこと》のみ世、筑紫《つくし》の[一九]田部《たべ》を召《め》して、此の地《ところ》を墾《は》らしめし時、常《つね》に五月《さつき》を以《も》ちて、此の岡に集聚《つど》ひて、[二〇]飮酒《さかみづ》き宴遊《うたげ》しき。故《かれ》、佐岡《さをか》といふ。

[二一]大見山《おほみやま》　大見《おほみ》と名づくる所以《ゆゑ》は、[二二]品太《ほむだ》の天皇《すめらみこと》、此の山の嶺《みね》に登《のぼ》りて、[二三]四方《よも》を望《のぞ》み覽《み》たまひき。故《かれ》、大見《おほみ》といふ。御立《みたち》せし處《ところ》に盤石《いは》あり。高さ三尺《みさか》ばかり、長さ三丈《みつゑ》ばかり、廣さ二丈《ふたつゑ》ばかりなり。其の石の面《おもて》に、往々《ところどころ》、窪《くぼ》める跡《あと》あり。此《こ》を名づけて[二四]御《み》

住者)側の伝承と分化したもので、もと同一伝承とすべきである。

七 遺称がない。佐用岡の南側の山に擬している(新考)。

八 前条に半死半生とあるのと同じ説話類型。

九 鋤。農具で、土地の開墾占居神として祭る意であろう。

一〇 どうしても。

一一 甘受する。祭をうけて鎮まる。

一二 出雲の男神および出雲の女神。同じ出雲系の二部族の移住占居争いが神の名によって語られたものであろう。

一三 この出雲の女神が交通妨害をしたということになる。上文の出雲の大神もこの女神のことで、男神はこの地に鎮座していないのである。

一四 枚方里の開拓居住者、帰化漢人。

一五 やっと。

一六 神の心をやわらげ、荒ぶる行為、交通妨害を止めさせた。

一七 太子町佐用岡の西北方の小丘、佐岡山。坊主山ともいう。

一八 仁徳天皇。

一九 朝廷御料の田を耕作する部民。九州から呼びよせて開墾させたのである。

二〇 田植祭をするのである。

二一 遺称がない。新考は檀特山に擬している。

二二 応神天皇。

二三 天皇の政治的行為としての国状視察。

二四 天皇が御杖をつかれ、くつで蹈まれた箇所が窪んだというのである。天皇の異常な力(霊力、神性)の証拠として語るもの。

沓及御杖之處一
三前山　此山前有レ三　故曰二三前山一
御立阜　品太天皇　登二於此阜一　覽レ國　故曰二御立岡一
大家里（舊名大宮里）　土中上　品太天皇　巡行之時　營二宮此村一　故曰二大宮一　後　至二田中大夫爲レ宰之時一　改二大宅里一
大法山（今名勝部岡）　品太天皇　於二此山一宣二大法一　故曰二大法山一　今　所三以號二勝部一者　小治田河原天皇[1]之世　遣二大倭千代勝部等一　令レ墾レ田　即居二此山邊一　故號二勝部岡一
上[2]筥岡　下筥岡　魚[3]戸津　朸[4]田　宇治天皇之世　宇治連等遠祖兄太加奈志[5]　弟太加奈志二人　請二大田村與富等地一　墾レ田將レ蒔來時　廝人以レ朸荷二食具等物一　於レ是　朸折[6]荷落　所以奈閇落處　即號二魚[3]戸津一　前筥落處　即名二上筥岡一　後筥落處　即曰二下筥岡一　荷朸落處　即曰二朸田一
大田里（土中上）　所三以稱二大田一者　昔　呉勝　從二韓國一度來　始*

一　遺称はないが、山の崎が北方に向って三つある檀特山か。太子町佐用岡の東南方。
二　崎。山が平野に突き出た所。
三　太子町立岡の立岡山(一〇九米)。
四　応神天皇。
五　望国と同じ。国状視察。
六　姫路市勝原区の朝日谷から西方の太子町の地。和名抄の郷名に大宅(於保也介)と見える。里名の「大家」の字は風土記の筆録時に大宅を改めたものの如くである。
七　武内宿禰の子孫の氏族。
八　播磨国守。
九　姫路市勝原区の朝日山。附近をスグレ原またソグリ原と呼ぶのが遺称。今はカチハラという。
一〇　今名を注とし、旧名を標目としたのは他に例がない。両様の称呼が同時に行われていて、筆録者が今名・旧名と解釈注書したものか。
一一　重大な法令。その内容は不明。
一二　推古天皇の宮号小治田宮と斉明天皇の初期の宮号飛鳥川原宮とを併せた如き宮号

1　敷注「宮」を脱とするが、他にも宮を記さない例がある。底のまま。
2　底、艸冠に作る。二七六頁1参照。
3　底「黒」。敷注に従う。
4　底「勒」。下文による。
5　底「志」がない。諸注による。
6　底、木扁に誤る。

沓《くつ》、及《また》、御杖《みつゑ》の處《ところ》といふ。

[一]三前山《みさきやま》 此の山の前《さき》[二]、三つあり。故《かれ》、三前山《みさき》といふ。

[三]御立阜《みたちをか》 品太《ほむだ》[四]の天皇《すめらみこと》、此の阜《をか》に登《のぼ》りて、國覽《くにみ》[五]したまひき。故《かれ》、御立岡《みたちをか》といふ。

[六]大家《おほやけ》の里《さと》 舊《もと》の名は大宮《おほみや》の里《さと》なり。 土《つち》は中《なか》の上《かみ》なり。 品太《ほむだ》の天皇《すめらみこと》、巡《めぐ》り行《い》でましし時、宮を此の村《むら》に營《つく》りたまひき。故《かれ》、大宮《おほみや》といふ。後《のち》、田中《たなか》[七]の大夫《まへつぎみ》、宰《くにのみこともち》[八]たりし時に至り、大宅《おほやけ》の里《さと》と改む。

[九]大法山《おほのりやま》 [一〇]今の名は勝部岡《すぐりべをか》なり。 品太《ほむだ》の天皇《すめらみこと》、此の山に大《おほ》[一一]きみ法《のり》を宣《の》りたまひき。故《かれ》、大《おほ》法《のり》山といふ。今、勝部《すぐりべ》と號《なづ》くる所以《ゆゑ》は、小治田《をはりだ》[一二]の河原《かはら》の天皇《すめらみこと》のみ世、大倭《やまと》[一三]の千代《ちよ》の勝部《すぐりべ》等《ら》を遣《や》りて、田を墾《は》らしむるに、即《すなは》ち、此の山の邊《へ》に居《を》りき。故《かれ》、勝部岡《すぐりべをか》と號《なづ》く。

[一四]上筥岡《かみはこをか》・下筥岡《しもはこをか》・魚戸津《なへつ》・朸田《あふこだ》 宇治《うぢ》[一五]の天皇《すめらみこと》のみ世、宇治連《うぢのむらじ》[一六]等《ら》が遠祖《とほつおや》、兄《え》太加奈《たかな》[一七]志《し》・弟太加奈志《おとたかなし》の二人《ふたり》、大田《おほた》の村《むら》の與富等《よふと》[一八]の地《ところ》を請《こ》ひて、田《た》を墾《は》り蒔《たねま》かむと來る時、[一九]厮人《つかひびと》、朸《あふこ》[二〇]を以《も》ちて、食《をしもの》[二一]の具等《うつはども》の物《もの》を荷《にな》ひき。ここに、朸《あふこを》折れて荷《にお》落ちき。この所以《ゆゑ》に、奈閇《なべ》[二二]落ちし處《ところ》は、即《すなは》ち魚戸津《なへつ》と號《なづ》け、前《さき》の筥《はこ》落ちし處《ところ》は、即《すなは》ち上筥岡《かみはこをか》と名づけ、後《しりへ》の筥《はこ》落ちし處《ところ》は、即《すなは》ち下筥岡《しもはこをか》といひ、荷《に》の朸《あふこ》落ちし處《ところ》は、即《すなは》ち朸田《あふこだ》といふ。

[二三]大田《おほた》の里《さと》 土《つち》は中《なか》の上《かみ》なり。 大田《おほた》と稱《い》ふ所以《ゆゑ》は、昔、呉《くれ》[二四]の勝《すぐり》、韓國《からくに》より度《わた》り來て、始《はじ》め、

で他に見えない。推古天皇の宮号とすべきであろう。

一三 帰化人系の勝氏の部民。大和の千代(恐らく地名)を本居とする故に氏の名に冠称したもの。スグリは村主の意の韓語。ここは氏の名。

一四 以下の四地名は共に遺称なく所在地不明。魚戸津は太田川(大津茂川)の河口地をいうか、現姫路市大津区平松の北方附近にあたる。

一五 応神天皇の皇太子菟道稚郎子皇子。記紀には、帝位を御兄(仁徳天皇)に譲って即位せられなかったとあるが、ここに天皇とあるのは、日本書紀によって天皇の御歴代が確定する以前の称によったものである。天皇とするからその「み世」という言い方が出来るのである。

一六 物部氏の同族。本居地(京都府宇治市)による氏の名であろう。

一七 タカナシの名は林田里の旧名イハナシと関係があるか。林田里は太田川の上流、大田村はその下流で、八—一〇粁の距離にある。

一八 姫路市勝原区の丁(よろ)が遺称地。下太田の南の地で大田里の領域内。

一九 召使。

二〇 天秤棒。

二一 食事の道具類。

二二 鍋。

二三 太子町太田(旧太田村)が遺称地。姫路市勝原区下太田にわたる揖保郡の東南部太田川(大津茂川)の流域地。和名抄の郷名に大田(於保多)と見える。

二四 帰化人系の氏族の名。

到二於紀伊國名草郡大田村一　其後分來　移二到於攝津國三嶋賀美郡大田村一　其又　遷二來於揖保郡大田村一　是　本紀伊國大田以爲レ名也

言擧阜　右　所三以稱二言擧阜一者　大帶日賣命　韓國還上之時[1]　行レ軍之日　御二於此阜一　而敎二令軍中一曰　此御軍者　愍[2]懃勿レ爲二言擧一　故號曰二言擧前[3]一

皷山　昔　額田部連伊勢　與二神人腹太文[4]一　相闘之時　打二鳴皷一而相闘之[5]　故號曰二皷山一　谷々生レ檀

石海里　土惟上中[6]　右　所三以稱二石海一者　難波長柄豐前天皇之世　是[7]里中　有二百便之野一　生二百枝之稻一　卽阿曇連百足　仍取二其稻一獻之　爾時　天皇勅曰　宜下墾二此野一作上レ田　乃遣二阿曇連太牟一　召二石海人夫一　令レ墾之　故野名曰二百便一　村號二石海一也

酒井野　右　所三以稱[8]二酒井一者　品太天皇之世　造二宮於大宅里一　闢二井此野一　造二立酒殿一　故號二酒井野一

宇須伎津　右　所三以名二宇須伎一者　大帶日賣命　將レ平二韓國一度*

1 底「韓國還上」がない。「之時」の用例によれば脱文とすべく、文意によって補う。

2 底「愍」に誤る。

3 新考「岡」の誤かとする。底のまま。

4 底、蟲損のため文字が欠けているが「文」と讀まれる。敷注「夫」の誤、栗注「之」、新考は衍とするが底のままに訓む。

5 底「相闘」なく「而之」に作る。脱字。栗注・新考など「闘」一字を補うが、他例により「相闘」二字を補うべきである。

6 底、土品を本文とし、「惟」のあるのは他に例がない。「惟」を削り、注書に改むべきか。今、他例により注書とするに止める。

7 「是」の當國風土記の用例では「是里」は他例がない。二〇字(原本の前寫本の一行)前の「惟」字と共に疑わしいが、しばらく底のままに存する。

8 底「稱」がない。「稱」「名」「號」のいずれか脫。

一 和歌山市太田。日前神宮の西方の地。

二 三島郡の古称(大阪府下の淀川北岸地域)。郡を南北の二郡に分けた三島上郡。和名抄には島上郡と二字に略称している。

三 大阪府茨木市の北部、太田の地。

四 最初の住居地の名で氏人を呼び、移住先にもその名を移したのである。

五 遺称なく所在地不明。

六 神功皇后。息長帯姫(おきたがたらしひめ)の俗称であろう。上文(二六一頁)に息長命と大中伊志治を同一視しているのに類似。

七 軍兵。兵隊を出陣させられる時。記紀によれば香坂王・忍熊王と戦い給わんとする時のことである。

八 訓令。

九 努めて。決して…するな、の意。

一〇 興言。揚言。特に言葉に出してとかく言うこと。この戦については戦をするのだと口に出して言ってはならぬの意。戦意なしと相手を欺く作戦である。神功紀には弓の弦を髪の中に蔵し、木刀を佩けとあり、類似の作戦が見える。

紀伊《き》の國名草《なぐさ》の郡《こほり》の[一]大田《おほた》の村《むら》に到《いた》りき。其の後《のち》、分《わか》れ來て、攝津《つ》の國[二]三嶋《みしま》の賀美《かみ》の郡《こほり》の[三]大田《おほた》の村《むら》に移《うつ》り到《いた》りき。其《そ》が又《また》、揖保《いひぼ》の郡《こほり》の大田《おほた》の村《むら》に遷《うつ》り來《き》けり。是《こ》は、本《もと》の紀伊《き》の國の大田《おほた》を以《も》ちて[四]名《な》と爲すなり。

[五]言擧阜《ことあげをか》　右《みぎ》、言擧阜《ことあげをか》と稱《い》ふ所以《ゆゑ》は、[六]大帶日賣命《おほたらしひめのみこと》、韓國《からくに》より還《かへ》り上《のぼ》りましし時、[七]軍《いくさ》を行《や》りたまふ日《ひ》、此の阜《をか》に御《いま》して、軍中《いくさびと》に[八]教令《のりごと》したまひしく、「此の御軍《みいくさ》は、[九]慇懃《ゆめ》、[一〇]言擧《ことあ》げな爲《せ》そ」とのりたまひき。故《かれ》、號《なづ》けて言擧前《ことあげさき》といふ。

[一一]鼓山《つづみやま》　昔、[一二]額田部連《ぬかたべのむらじ》伊勢《いせ》、[一三]神人《みわびと》[一四]腹太文《はらのたも》《ふくたのあや》と[一五]相闘《あひたたか》ひし時、鼓《つづみ》を打《う》ち鳴《な》して相闘《あひたたか》ひき。故《かれ》、號《なづ》けて鼓山《つづみやま》といふ。山の谷《たに》に檀《まゆみ》生《お》ふ。

[一六]石海《いはみ》の里《さと》　土《つち》は[一七]惟上《これかみ》の中《なか》なり。右《みぎ》、石海《いはみ》と稱《い》ふ所以《ゆゑ》は、[一八]難波《なには》の長柄《ながら》の豊前《とよさき》の天皇《すめらみこと》のみ世、是《こ》の里《さと》の中《うち》に[一九]百便《ももたり》の野ありて、[二〇]百枝《ももえ》の稻《いね》生《お》ひき。卽《すなは》ち、[二一]阿曇連百足《あづみのむらじももたり》、仍《よ》りて其の稻《いね》を取りて獻《たてまつ》りき。その時、天皇《すめらみこと》、勅《の》りたまひしく、「此の野を墾《は》りて、田を作《つく》るべし」とのりたまひき。乃《すなは》ち、阿曇連《あづみのむらじ》[二二]太牟《たむ》を遣《や》りて、[二三]石海《いはみ》の人夫《よぼろ》を召《め》して、墾《は》らしめき。故《かれ》、野《の》を名づけて百便《ももたり》といひ、村を石海《いはみ》と號《なづ》く。

[二四]酒井野《さかゐの》　右《みぎ》、酒井《さかゐ》と稱《い》ふ所以《ゆゑ》は、[二五]品太《ほむだ》の天皇《すめらみこと》のみ世、[二六]宮《みや》を大宅《おほやけ》の里《さと》に造り、井《ゐ》を此の野《の》に闢《ひら》きて、[二七]酒殿《さかどの》を造り立てき。故《かれ》、酒井野《さかゐの》と號《なづ》く。

[二八]宇須伎津《うすきつ》　右《みぎ》、宇須伎《うすき》と名づくる所以《ゆゑ》は、[二九]大帶日賣命《おほたらしひめのみこと》、韓國《からくに》を平《ことむ》けむとして、度《わた》り

一一　飾磨郡界に近い太子町太田原の旧名楯鼓原(たこはら)が遺称。太田原の北方原坂の山であろう。
一二　上文(二九三頁)広山里に同族が見える。
一三　大国主命の子孫の氏族。神直と同族。
一四　人名。腹は氏の名か。出雲国に上腹首がある(一一一頁)。或は腹太が氏の名か。続紀に大和国人腹太(フクタク)得麿が見える。
一五　土地占居の争いか。
一六　太子町南部から姫路市網干区・余部区、御津町にわたる揖保川下流流域地。和名抄の郷名に石見(伊波見)と見える。
一七　文辞を整えるための助辞。夏書(禹貢)に「厥田惟上中」などとあるのに類する。ただし当国風土記で「惟」をコレと訓むべき助辞として用いた例は他になく(コノと訓むべき用例のみ)、また土品の記載に「惟」を添えた例も他にない。
一八　孝徳天皇。
一九　遺称なく所在地不明。百足の意。
二〇　出穂の多い稲。未開墾の野に異常な稲が生えたことをいう。
二一　海神の子孫の氏族。肥前国風土記(四〇一頁)に同名の景行朝の人が見える。
二二　百足と同族。公に開墾の命令を得た人。
二三　石見国(島根県)の農耕者か。
二四　遺称なく所在地不明。
二五　応神天皇。
二六　上文(二九七頁)に見えた大家里の宮。石海里の東北に隣接する地。
二七　酒を醸造するための殿舎。
二八　姫路市網干区宮内の魚吹(うすき)八幡が遺称地。揖保川河口の東岸にあった津である。
二九　頭注六と同じ。神功皇后を指す。

行之時　御船宿二於宇頭[1]川之泊[2]一　自二此泊一度二行於伊都一之時
忽遭二逆風一　不レ得二進行一　而從二船越一々二御船[3]一　御船　猶亦
不レ得レ進　乃　追二發百姓一　令レ引二御船一　於レ是　有二一女人一
爲三資上二己之眞[4]子一　而墮二於江一　故號二宇須伎一（新辭伊[5]須須久）
宇頭川　所三以[6]稱二宇頭川一者　宇須伎津西方　有二絞水之淵一
故號二宇頭川一　卽是　大帶日賣命　宿二[7]御船一之泊
伊都村　所三以稱二伊都一者　御船水手等云　何時將レ到二於此所一
レ見[8]之乎　故曰二伊都一
雀嶋　所三以號二雀嶋一者　雀多聚二於此嶋一　故[9]曰二雀嶋一（不レ生二草木一）
浦上里（土上中）　右　所三以號二浦上一者　昔　阿曇連百足等　先居二
難波浦上一　後遷二來於此浦上一　故[10]因二本居一爲レ名
御津　息長帶日賣命　宿二御船一之泊[11]　故號二御津一
室原泊[11]　所二以號レ室者　此泊[11]　防レ風如レ室　故因爲レ名

1 底「宇」の下に「伎」がある。「伎」は衍字。
2 底「伯」に誤る。
3 底「御船々」。新考に従い「御々船々」（御船御船の古い書法）の誤とする。
4 底、字形が崩れているが「負」ではなく「眞」。諸注「負」とするが、武田訓に従い底のまま。
5 底「波」。新考「須」の誤とするに従うべきであろう。イハスクの語例は他にない。
6 底「稱」がない。稱・號・名のいずれかを脱。
7 底「御」がない。前後の例による。
8 新考「土」の誤とする。或は従うべきか。しばらく底のまま。
9 底「故」がない。諸注の補字に従う。
10 底「日」。諸注による。
11 底「伯」に誤る。

一 次条に見える。ウスキ津はウヅ川の河口地。
二 次々条に伊都村とある地。ウスキ津の西方。
三 はげしい向い風。
四 御津町新舞子の北方の地。揖保川の河口附近からこの地を経て、御津の港（岩見）まで陸路船を運んだのである。
五 海上のみでなく、陸上でも船を運び進めることが出来なかった。
六 追加徴発する。更に多勢の人数を出して来させて。
七 資人。雑用に立ち働く人。
八 まなごに同じ。愛子。わが子を親しみ愛していう。
九・一〇 気がはやり、あわてる。あわてて江に落ちたことをいう。古事記・祝詞にイスクの用例はあるが、ウスクの用例は他に見えない。
一一 揖保川に林田川の流れ入る附近（姫路

市余部区上川原附近)の揖保川の称であろう。遺称はない。
一二　渦。水が渦巻いている淵。
一三　神功皇后。韓国討征に行かれる途中の事として語る。
一四　御津町伊都が遺称地。
一五　前条の伝承と同じ時のこととする伝承。
一六　楫取(かじとり)。船頭。
一七　何時、韓国から還って、今見ていることの地に再び来ることが出来るかの意。
一八　御津の海にある岩礁。四十四島(しじま)。
一九　揖保郡の西南部、揖保川町浦部(旧河内村)附近の平野地から室津港にわたる地。和名抄の郷名に浦上(宇良加三)と見える。
二〇　上文(二九九頁)の石海里の条に孝徳朝の人とある。
二一　難波の浦のほとりの意。大阪市南区安堂寺町が安曇江(あずみえ)の遺称地で阿曇氏の本居。
二二　出生の地。もとから居住していた地。
二三　御津町伊津の港。岩見港。上の伊都は村として石海里の記事に掲げたが、伊都村の港の御津は海岸地の縁で浦上里の記事中に掲げたもの。里は農耕地(田)を主として設置したものであるから、海岸の津は里の領域外または所属する里が明確でなく、その故に同じであるべき村と津とが里を異にして記載せられることになったものと解される。
二四　宇須伎津・宇頭川・伊都村の条と同じく神功皇后韓国討征の途中とするもの。
二五　御津町室津。海上交通の要地。
二六　土で塗り籠めた部屋。土窟・岩窟の如く風を通さないようにしたもの。

行《い》でまし時、御船《みふね》、[一]宇頭川《うづかは》の泊《とまり》に宿《やど》りたまひき。此の泊《とまり》より[二]伊都《いつ》に度《わた》り行《い》でまし時、忽《たちま》ち[三]逆風《さかしまかぜ》に遭《あ》ひて、え進《すす》み行《ゆ》かずして、[四]船越《ふなごし》より御船《みふね》を越《こ》すに、御船《みふね》、[五]猶《なほ》もえ進《すす》まず。乃《すなは》ち、百姓《おほみたから》を[六]追《お》ひ發《おこ》して、御船《みふね》を引《ひ》かしめき。ここに、一《ひとり》の女人《をみな》ありて、[七]資《つかひびと》に己《おの》が[八]眞子《まこ》を上《たてまつ》らむとして、江《え》に墮《お》ちき。故《かれ》、[九]宇須伎《うすき》と號《なづ》く。新《いま》の辭《ことば》の[一〇]伊須須久《いすすく》なり。

[一一]宇頭川《うづかは》　宇頭川《うづかは》と稱《い》ふ所以《ゆゑ》は、宇須伎津《うすきつ》の西の方《かた》に、[一二]絞水《うづ》の淵《ふち》あり。故《かれ》、宇頭《うづ》川と號《なづ》く。即《すなは》ち是《こ》は、[一三]大帯日賣命《おほたらしひめのみこと》、御船《みふね》を宿《は》てたまひし泊《とまり》なり。

[一四]伊都《いつ》の村《むら》　伊都《いつ》と稱《い》ふ所以《ゆゑ》は、[一五]御船《みふね》の[一六]水手等《かこども》のいひしく、「[一七]何時《いつ》か此の見ゆるところに到らむ」といひき。故《かれ》、伊都《いつ》といふ。

[一八]雀嶋《すずめしま》　雀嶋《すずめしま》と號《なづ》くる所以《ゆゑ》は、雀《すずめ》、多《さは》に此の嶋に聚《あつ》まれり。故《かれ》、雀嶋《すずめしま》といふ。草木《くさき》生《お》ひず。

[一九]浦上《うらかみ》の里《さと》　土《つち》は上《かみ》の中《なか》なり。右《みぎ》、浦上《うらかみ》と號《なづ》くる所以《ゆゑ》は、昔、[二〇]阿曇連百足《あづみのむらじももたり》等、先《さき》に[二一]難波《なには》の浦上《うらかみ》に居《を》りき。後《のち》、此の浦上《うらかみ》に遷《うつ》り來《き》けり。故《かれ》、[二二]本居《うぶすな》に因《よ》りて名と爲《な》す。

[二三]御津《みつ》　[二四]息長帯日賣命《おきながたらしひめのみこと》、御船《みふね》を宿《は》てたまひし泊《とまり》なり。故《かれ》、御津《みつ》と號《なづ》く。

[二五]室原《むろふ》の泊《とまり》　室《むろ》と號《なづ》くる所以《ゆゑ》は、此の泊《とまり》、風《かぜ》を防《ふせ》ぐこと、[二六]室《むろ》の如し。故《かれ》、因《よ》りて名と爲《な》す。

白貝浦　昔[1]在二白貝一　故因爲レ名
家嶋　人民作レ家而居之　故號二家嶋一 生二竹黑葛等一
神嶋　[2]伊刀嶋[3]東　所三以稱二神嶋一者　此嶋西邊　在二石神一　形
似二佛像一　故因爲レ名　此神顔　[4]有二五色之玉一　又　胸有二流涙一
是亦五色　所二以泣一者　品太天皇之世　新羅之客來朝　仍見二
此神之奇偉一　以爲二非レ常之珍玉一　屠二其面色一　[5]堀二其一瞳一
神由[6]泣[7]之　於レ是　大怒　即起二暴風一　打二破客船一　漂二沒於高
嶋之南濱一　人悉死亡　乃埋二其濱一　故號曰二韓濱一　于レ今　過二
其處一者　愼レ心固[8]戒　不レ言二韓人一　不レ拘二盲事一
韓荷嶋　韓人破レ船　所レ漂之物　漂二就於此嶋一　故號二韓荷嶋一
高嶋　高勝二於當處嶋等一　故號二高嶋一
[9]萩原里　土中々　右　所三以名二萩原一者　息長帶日賣命　韓國還上之
時　御船宿二於此村一　一夜之間　生二[10]萩一根一　高一丈許　仍名二
萩原一　即闢二御井一　故云二針間井一　其處不レ墾　又　[11]墫水溢成
レ井　故號二韓清[12]水一　其水朝*

一　室津の西方、同湾内の大浦。
二　蛤・魁蛤。新撰字鏡・和名抄にオフと訓む。大蛤の略かという。バカ貝に属するウバ貝(五九頁頭注二四)。
三　室津港の南方八粁、家島群島最大の島、家島(えじ)。以下の島は家島群島(伊刀島)中のもの。浦上里の所管地でないが、室津から渡航する故にここに掲出したのである。
四　家島群島中の最東端、上島。家島の東方約一七粁。飾磨・印南両郡境の南方海上にあたる。
五　家島群島の古名(二八三頁)。この島の位置が東により過ぎる故の注記である。
六　自然石の像でなく、彫造して眼に宝玉を嵌め込んだ像。大陸から伝来した異形像であろう。　七　応神天皇。
八　めずらしく貴重な宝玉。
九　石神の顔面を切り割いて。
一〇　その石神が。　一一　疾風。はやて。
一二　次々条に見える。　一三　遺称はない。
一四　海上航行の安全を願う禁忌。
一五　盲の事に触れないように言動する。
一六　室津港の南方近くの海上に沖唐荷・中唐荷・地唐荷の三小島がある。この一条を万葉集註釈巻第四に引用。
一七　前条と一連の説話。
一八　破られの意。
一九　家島の南西方、西島の古名。群島中最高の山(二七三米)があり、寛延年間の地図に大高島とある。
二〇　竜野市揖保町萩原(はいばら)が遺称地。揖保川と林田川の合流点に近い両川の間の地域。和名抄の郷名には見えない。以下「針間井」まで万葉集註釈巻第八に引用。

1　有に通じ用いたもの。
2　敷注四字一句を注書としている。底のままに存する。
3　底「等」。文意により「東」の略字より「等」の略字に誤寫したものと認める。
4　底「有五」がない。下文及び諸注による。
5　掘に通用。
6　底「位」。諸注による。
7　底「之」がない。恐らくは脱。補って四字句を整える。
8　底、字形が崩れているが「戒」とすべき字。
9　底、この條の「萩」をすべて「荻」に作る。誤字。萬葉集註釋所引の文には「萩」とある。
10　底「荻根」。「萩一根」の誤脱として四字句を整える。下文に「李五根」、允恭紀に「一根蘭」の例がある。
11　「墫」「樽」を土扁にした字。
12　底「水」を脱。

[一]白貝《おふ》の浦《うら》　昔、[二]白貝《おふ》ありき。故《かれ》、因《よ》りて名と爲《な》す。

[三]家嶋《いへしま》　人民《ひとびと》、家《いへ》を作りて居《を》り。故《かれ》、家嶋《いへしま》と號《なづ》く。竹・黑葛《つづら》等《ども》生《お》ふ。

[四]神嶋《かみしま》　[五]伊刀嶋《いとしま》の東《ひむがし》なり。神嶋《かみしま》と稱《い》ふ所以《ゆゑ》は、此の嶋の西の邊《へ》に[六]石神《いしがみ》在《いま》す。形《かたち》、佛《ほとけ》のみ像《かた》に似《に》たり。故《かれ》、因《よ》りて名と爲《な》す。此の神の顏《かほ》に五《いつ》つの色《いろ》の玉あり。又、胸《むね》に流るる涙《なみだ》あり。是《こ》も五《いつ》つの色《いろ》なり。泣《な》く所以《ゆゑ》は、[七]品太《ほむだ》の天皇《すめらみこと》のみ世、新羅《しらぎ》の客《まれびと》來朝《まゐき》けり。仍《すなは》ち、此の神の奇偉《あや》しきを見て、常《つね》ならぬ[八]珍玉《うづたま》と爲《おも》ひ、其の[九]面色《おもて》を屠《ほふ》りて、其の一つの瞳《まなこ》を掘《こじと》りぬ。神、因《よ》りて泣《な》けり。ここに、[一〇]大きに怒《いか》りて、即《やが》て[一一]暴風《あからしまかぜ》を起《おこ》し、客《まれびと》の船を打《う》ち破《やぶ》りき。[一二]高嶋《たかしま》の南の濱《はま》に漂《ただよ》ひ沒《しづ》みて、人悉《ことごと》に死亡《みう》せけり。乃《よ》りて其の濱《はま》に埋《う》めき。故《かれ》、號《なづ》けて[一三]韓濱《からはま》といふ。今に、其處《そこ》を過《す》ぐる者《もの》は、心に愼《つつし》み、固《かた》く戒《いまし》めて、[一四]韓人《からひと》と言《い》はず、[一五]盲《めしひ》の事《こと》に拘《かかは》らず。

[一六]韓荷嶋《からにしま》　[一七]韓人《からひと》、船を[一八]破《やぶ》りて、漂《ただよ》へる物《もの》、此の嶋に漂《ただよ》ひ就《つ》きき。故《かれ》、韓荷嶋《からに》と號《なづ》く。

[一九]高嶋《たかしま》　高さ、當處《ところ》の嶋等《しまじま》に勝《すぐ》れたり。故《かれ》、高嶋《たかしま》と號《なづ》く。

[二〇]萩原《はぎはら》の里《さと》　土《つち》は中《なか》の中《なか》なり。右《みぎ》、萩原《はぎはら》と名づくる所以《ゆゑ》は、[二一]息長帶日賣命《おきながたらしひめのみこと》、韓國《からくに》より還《かへ》り上《のぼ》りましし時、御船《みふね》、[二二]此の村《むら》に宿《やど》りたまひき。[二三]一夜《ひとよ》の間《ほど》に、[二四]萩一根《はぎひともと》生《お》ひき。高さ一《ひと》丈《つゑ》ばかりなり。仍《よ》りて[二五]萩原《はぎはら》と名づく。即《すなは》ち、[二六]御井《みゐ》を[二七]闢《は》りき。故《かれ》、[二八]針間井《はりまゐ》といふ。[二九]其の處《ところ》は墾《は》らず。又、[三〇]墫《もたひ》の水溢《あふ》れて井《ゐ》と成《な》りき。故《かれ》、[三一]韓《から》の清水《しみづ》と號《なづ》く。其の水、朝《あした》に

二一　上文(二九九頁)言挙阜と同じく神功皇后の韓国征討の帰途として語る。
二二　萩原里の地。揖保川の河口から約四粁溯って船を泊めたことになる。
二三　神慮のあらわれとしての一夜生えの萩。尾張国藤木田(はぎた)の条(四四五頁)参照。或は香坂王・忍熊王の謀叛に処する祈誓(うけい)の兆とする伝承か。
二四　「萩」は秋草の意の和製字。和名抄・延喜式に見えるが奈良朝では他例がない。
二五　里の名ハギハラの由来の説明である。ただし、ハギ(萩)の説明は出来ているが、ハラ(原)の説明は出来ていない。
二六　以下は神酒を作って神を祭るための諸行為である。
二七　井を掘りひらく。
二八　遺称なく所在地不明。井をハル(掘開)意でハリマ井とする説明とも解されるが、田にハリ(開墾)残した地、ハリマ(墾間)の意の井の名と解すべきであろう。仙覚(万葉集註釈)はハギとハリを同じとし、その証としてこの条を挙げ、ハギマ(萩間)の意と解したが、恐らく不可。なお国名ハリマの由来も或はこの条によるか。当国風土記では国名を播磨・針間と両様に書く(古事記は針間、日本書紀以下六国史は播磨と用字)。
二九　針間井のある処。神慮の萩の生えた処と同所で、田に開墾しないでおいたの意。
三〇　水を貯える壺様の容器。その大部分を土中に埋めてある。中から水が湧き出て溢れる井(湧き清水)になったというのである。
三一　井の構築が韓国の井の様式である故の名か。

一　その朝の中にまた湧き出て湛え、汲めども尽きぬ意か。
二　遺称なく所在地不明。
三　酒を醸造する桶。酒槽（さかぶね）。傾いて酒がすっかり流れ出てしまった。　四　林田川西岸の片吹（竜野市誉田町）が遺称地か。
五　神饌の米を舂く処女。その陰部。
六　神功皇后の従者。
七　神に奉仕する女性に通婚する宗教儀礼の伝承化であろう。
八　遺称なく所在地不明。
九　神祭により神意の兆の萩が更に生い茂ったことをいうか。
一〇　里名のよりどころとなった原。ただし、ここは原の名の説明を記したもの。
一一　神の系譜不明。神功皇后を大タラシヒメというに対する神名か。
一二　遺称なく所在地不明。一に片吹の岩岡に擬している。　一三　応神天皇。
一四　狩猟。田猟という。ここは鷹狩である。
一五　竜野市竜野町小宅北（旧小宅村）附近、揖保川と林田川の間の地。和名抄の郷名に少宅（古伊倍、高山寺本は乎也介）とある。
一六　帰化漢人。
一七　川原は氏、若狭は名。魏の武帝の子孫の帰化人系氏族。
一八　秦公の一支族（天平五年の正倉院文書に秦少宅という氏が見える）。秦の始皇帝の子孫の帰化人系氏族。
一九　持統朝四年（六九〇）。戸籍を検し、地方政治を整備した年。この年、里として分立したことをいう。
二〇　遺称はない。揖保川の支流。揖保・林田両川の間を南流し、少宅里（東側）と揖保

汲[1]不レ出レ朝　爾造二酒殿一　故云[2]二酒田一　舟傾乾　故云二傾田一

舂米女等陰　陪從婚斷[3]　故云二陰絶田一　仍萩多榮　故云二萩[4]原一

也　爾祭神　少足命坐

鈴喫岡　所三以號二鈴喫一者　品太天皇之世　田二於此岡一　鷹鈴

墮落　求而不レ得　故號二鈴喫岡一

少宅里（本名漢部[5]里）　土下中　所三以號二漢部一者　漢人居二之此村一　故

以爲レ名　所三以後改曰二少宅一者　川原若狹[6]祖父　娶二少宅秦公

之女一　卽號二其家少宅一　後　若狹[6]之孫智麻呂　任爲二里長一

由レ此　庚寅年　爲二少宅里一

細[7]螺川　所三以稱二細螺川一者　百姓爲レ田[8]闢レ溝　細螺多在二此溝一

後終成レ川　故曰二細螺川一

揖保里（土中中）　所二以稱レ粒者　此里　依二於粒山一　故因レ山爲レ名

粒丘　所三以號二粒丘一者[9]　天[10]日槍命　從二韓國一度來　到二於宇頭

川底一　而乞二宿處於葦原志擧乎命一曰　汝爲二國主一　欲レ得二吾

所レ宿之處一　志擧[11]　卽許二海中一　爾時　客神　以レ劒[12]攪二海水一＊

1　新考「不」の上に「湛」を補うが底のまま。
2　底「云」を脱。
3　底、米扁に作る。諸注による。
4　萩原の説明が重出する故に新考は「榮村」と改めた。底のままに讀解する。
5　底「口」に誤る。
6　底「俠」。諸注による。
7　底「紬」に誤る。
8　佃に通じ用いたもの。
9　底「者」を脱。
10　以下「而宿之」まで釋紀巻十に引用。
11　敷注「乎」を、新考「乎命」を補うが底のまま。釋紀所引の文も同じ。
12　底、金扁に作る。劒の俗字。

汲《く》むに、[一]朝《あした》を出《い》でず。爾《すなは》ち、酒殿《さかどの》を造りき。故《かれ》、[二]酒田《さかた》といふ。[三]舟《ふね》、傾《かたぶ》き乾《か》れき。故《かれ》、[四]傾田《かたぶきだ》といふ。[五]米春女《よねつきめ》等《ら》が陰《ほと》を、[六]陪従《おもとびと》[七]婚《くな》ぎ斷《た》ちき。故《かれ》、[八]陰絶田《ほとたちた》といふ。仍《すなは》ち、[九]萩多《はぎおほ》く榮《さか》えき。故《かれ》、[一〇]萩原《はぎはら》といふ。爾《ここ》に祭《まつ》れる神は、[一一]少足命《すくなたらしのみこと》にます。

[一二]鈴喫岡《すずくひをか》　鈴喫《すずくひ》と號《なづ》くる所以《ゆゑ》は、[一三]品太《ほむだ》の天皇《すめらみこと》のみ世、此の岡《をか》にみ田《かり》[一四]したまひしに、鷹《たか》の鈴《すず》墮落《お》ちて、求《もと》むれども得《え》ざりき。故《かれ》、鈴喫岡《すずくひをか》と號《なづ》く。

[一五]少宅《をやけ》の里《さと》　本《もと》の名は漢部《あやべ》の里《さと》なり。　土《つち》は下《しも》の中《なか》なり。漢部《あやべ》と號《なづ》くる所以《ゆゑ》は、[一六]漢人《あやひと》、此の村《むら》に居《を》りき。故《かれ》、以《も》ちて名と爲《な》す。後《のち》に改めて少宅《をやけ》といふ所以《ゆゑ》は、[一七]川原《かはら》の若狭《わかさ》の祖《おほ》父《ぢ》、[一八]少宅《をやけ》の秦公《はたのきみ》の女《むすめ》に娶《あ》ひて、卽《やが》て、其の家《いへ》を少宅《をやけ》と號《なづ》けき。後《のち》、若狭《わかさ》の孫《うまご》の智麻《ちま》呂《ろ》、任《よ》されて里長《さとをさ》と爲《な》りき。此《これ》に由《よ》りて、[一九]庚寅《かのえとら》の年、少宅《をやけ》の里《さと》と爲《な》せり。

[二〇]細螺川《しただみかは》　細螺《しただみ》川と稱《い》ふ所以《ゆゑ》は、百姓《おほみたから》、田つくらむとして溝《みぞ》を闢《ひら》くに、[二一]細螺多《しただみさは》に此の溝《みぞ》にありき。後《のち》、終《つひ》に川と成《な》りき。故《かれ》、細螺《しただみ》川といふ。

[二二]揖保《いひぼ》の里《さと》　土《つち》は中《なか》の中《なか》なり。　粒《いひぼ》と稱《い》ふ所以《ゆゑ》は、此の里《さと》、[二三]粒山《いひぼやま》に依《よ》る。故《かれ》、山に因《よ》りて名と爲《な》す。

[二四]粒丘《いひぼをか》　粒丘《いひぼをか》と號《なづ》くる所以《ゆゑ》は、[二五]天日槍命《あまのひぼこのみこと》、韓國《からくに》より度《わた》り來《き》て、宇頭《うづ》の[二六]川底《かはじり》に到《いた》りて、宿處《やどり》を[二七]葦原志擧乎命《あしはらのしこをのみこと》に乞《こ》はししく、「汝《いまし》は[二八]國主《くにぬし》たり。吾《あ》が宿《やど》らむ處《ところ》を得《え》まく欲《おも》ふ」とのりたまひき。[二九]志擧《しこ》、卽《すなは》ち[三〇]海中《わたなか》を許《ゆる》しましき。その時、客《まれびと》の神、[三一]劍《つるぎ》を以《も》ちて海水《うしほ》

里(西側)との境をなした川であろう。

二二　小螺形の貝。キサゴ・イシダタミの類で海水産。ここは淡水産の同類の貝。

二三　竜野市揖保町揖保上・揖保中が遺称地。揖保川の東岸の地。少宅里の西、萩原里の北に位置した里である。和名抄の郷名に揖保(伊比奉)と見える。

二三　里の民家が山に沿ってつくられていた。粒山の山際に部落があった。

二四　揖保上の北方、中臣の小丘ナカジン山(約七〇米)。丘の上の祭神をもと中臣粒太神と称した。

二五　日本書紀には垂仁朝の渡来とし、古事記には応神朝の条に昔として記している。新羅国王の子とある。韓国から渡来帰化して但馬地方を本拠とした氏族の祖。当国風土記では専ら播磨国内の国土占居のために活躍した神として語る。二六　川尻。揖保川の河口の地。二七　古事記に大国主命の別名とある。当国風土記では天日槍命と国土占居の争いをした神として語る。二八　土地の主長の意。ただし、この条の説話の後の方では国主ではなく、国主となる以前の土地占居のために活動する神として語り、この神についての二様の考え方が混在している。

二九　葦原志挙乎命の略。下文(三五三頁)に同例がある。他書に例のない神名の略し方であるが、主神・客神と神名を略称するのと共に、特殊な表記法と認められる。

三〇　土地を与えず上陸を許さなかったことをいう。三一　海水を剣でかきまわし、浪立った浪の上に坐した。古事記国譲りの条の健御雷神が、剣を浪の上に逆さまに刺し立てて、その上に坐したとあるのに類似する。

一　客神に対する語。新しい外来神に対し、もとから国内にある神の意。ただし、国主(国の主長)の神の意をも含めたもの。
二　はげしい勇武を示す行為。
三　食事をなさった。
四　落ちた飯粒が石に化したとは記さないが、飯粒の化した石の意。
五　土地占居の表示である。
六　湧き清水が南と北に流れて川となり、各方向の流れの水の温度が異なっていたことをいう。
七　薬草。
八　遺称地がない。揖保中から川を距てた西方の神戸北山の丸山に擬しているが確かでない。
九　竜野市揖西町清水が遺称地。揖保川西岸の地域。和名抄の郷名には見えない。
一〇　竜野市の平井川(中垣内川)。北方の越部との境の山に発源し、平木・中垣内・柳(出水里の域内)を経て揖保川に合流する。水量少く、灌漑には殆ど用いないという。
一一　上の広山里の条(二九三頁)にも見える。伊和氏族(その一支族か)の奉じた神。土地占居の神として語られている。
一二　当国風土記では相並ぶ二神の土地占居の争いがしばしば語られている。

而宿之　主神　卽畏㆓客神之盛行㆒　而先欲㆑占㆑國　巡上到㆓於
粒丘㆒　而湌之　於㆑此　自㆑口落㆑粒　故號㆓粒丘㆒　其丘小石
[1]皆能似㆑粒　又　以㆑杖刺㆑地　卽從㆓杖處㆒　寒泉涌出　遂通㆓南
[2]北㆒　々寒南溫　生㆓白[3]朮㆒
神山　此山在㆓石神㆒　故號㆓神山㆒　生㆑[4]椎子　八月熟
出水里　[5]土中々　此村出㆓寒泉㆒　故因㆑泉爲㆑名
美奈志川　所㆔以號㆓美奈志川㆒者　[6]伊和大神子　石龍比古命
與㆓妹石龍比[7]賣命㆒二神　相㆓競川水㆒　[8]妹神欲㆑流㆓於北方越部
村㆒　妹神欲㆑流㆓於南方泉村㆒　爾時　[8]妹神踰㆓[9]於山岑㆒　而流下
之　妹神見之　以爲㆓非理㆒　卽以㆓指櫛㆒　[10]塞㆓其流水㆒　而從㆓
岑邊㆒闢㆑溝　流㆓於泉村㆒[11]相格　爾妹神復到㆓[12]泉底㆒之　川流奪而
將㆑流㆓於西方桑原村㆒　於㆑是　妹神遂不㆑許之　而作㆓密[13]樋㆒
流㆓出於泉村之田頭㆒　由㆑此　川水絕而不㆑流　故號㆓无水川㆒
桑原里　舊名倉見里　土中上　品太天皇　御㆓立於欟折山㆒*

1　底「比」。諸注による。
2　底「比」に誤る。
3　底「木」。敷注・新考による。
4　底、蟲損のため半ば缺けているが、敷注・栗注などの判讀に從う。
5　底、土品の注記が里名說明の文の後にあるが、「里」の右下に小黑點があり、移し入れる記號の如くである。
6　底「伊」がない。諸注による。
7　底「比」がない。諸注による。
8　底「妹」。文意により「妋」の誤とすべきである。妋は夫に通わし用いた字。
9　底、蟲損はあるが「尓」の字。例によって「於」の誤とすべきである。
10　底「寒」。諸注による。
11　底「相」がない。相闘・相爭などの用例により補って六字句とする。栗注・新考は「格」を「落」の誤とする。
12　栗注「泉之川底」、新考「泉村之川」の誤とするが底のまま。
13　底「桶」。諸注に從う。

を攬《か》きて宿《やど》りましき。主《あるじ》[一]の神、即《すなは》ち客《まれびと》の神の盛《さかり》[二]なる行《しわざ》を畏《かしこ》みて、先《さき》に國を占《し》めむと欲《おもは》して、巡《めぐ》り上《のぼ》りて、粒丘《いひぼをか》に到りて、湌《いひを》[三]したまひき。ここに、口より粒《いひぼ》落ちき。故《かれ》、粒丘《いひぼをか》と號《なづ》く。其の丘《をか》の小石《こいし》、皆能《みなよ》[四]く粒《いひぼ》に似《に》たり。又、杖《つゑ》[五]を以《も》ちて地《つち》に刺《さ》したまふに、即《すなは》ち杖《つゑ》の處《ところ》より寒泉《しみづ》涌《わ》き出でて、遂《つひ》に南と北とに[六]通《かよ》ひき。北は寒《さむ》く、南は溫《ぬく》し。[七]白朮《をけら》生《お》ふ。

[八]神山《かみやま》　此の山に石神《いしがみ》在《いま》す。故《かれ》、神山《かみやま》と號《なづ》く。椎《しひ》生《お》ふ。子《み》は八月《はつき》に熟《な》る。

[九]出水《いづみ》の里《さと》　土《つち》は中《なか》の中《なか》なり。此の村《むら》に寒泉《しみづ》出づ。故《かれ》、泉《いづみ》に因《よ》りて名と爲《な》す。

[一〇]美奈志川《みなしがは》　美奈志《みなし》川と號《なづ》くる所以《ゆゑ》は、伊和《いわ》の大神《おほかみ》のみ子《こ》、石龍比古命《いはたつひこのみこと》[一一]と妹石龍比賣《いもいはたつひめの》命《みこと》と二《ふた》[一二]はしらの神、川[一三]の水を相競《あひあらそ》ひましき。妹《せ》[一四]の神は北の方越部《かたこしべ》の村《むら》に流さまく欲《おもほ》し、妹《いも》の神は南の方泉《かたいづみ》の村《むら》に流さまく欲《おもほ》しき。その時、妹《せ》の神、山の岑を踰《ふ》[一五]みて流し下《くだ》したまひき。妹《いも》の神見て、非理《あぢきなし》[一六]と爲《おもほ》し、即《やが》て指櫛《さしぐし》[一七]を以《も》ちて、其の流《なが》るる水を塞《せ》[一八]きて、岑《みね》[一九]の邊《へ》より溝《みぞ》を闢《ひら》きて、泉《いづみ》の村《むら》に流して、相格《あひあらそ》ひたまひき。爾《ここ》に、妹《せ》の神、復《また》、泉《いづみ》[二〇]の底《しり》に到《いた》り、川の流れを奪《うば》ひて、西の方桑原《かたくはは》[二一]の村《むら》に流さむとしたまひき。ここに、妹《いも》の神、遂《つひ》[二二]に許《ゆる》さずして、密樋《したび》[二三]を作り、泉《いづみ》の村《むら》の田の頭《ほとり》[二四]に流し出《いだ》したまひき。[二五]此《これ》に由《よ》りて、川の水絶《た》えて流れず。故《かれ》、无水《みなし》川と號《なづ》く。

[二六]桑原《くははら》の里《さと》　舊《もと》の名は倉見《くらみ》の里《きと》なり。土《つち》は中《なか》の上《かみ》なり。品太《ほむだ》[二七]の天皇《すめらみこと》、櫷折《つきをれ》[二八]山に立ち御《いま》して、

一三　水田灌漑のための水争い。水争いは土地占居の争いである。下の安師川の条(三二一頁)参照。
一四　男神。
一五　踰は蹈に通じ用いた(三一二頁頭注二一・三三三頁頭注六参照)。山の岑を蹈んで低くして、北方の越部の方へ流れるようにした。
一六　非理無道。無茶なこと。
一七　頭髪に插している櫛。呪力のあるものとして扱われた。
一八　流れをせき止めて。
一九　川の源の山頂辺。泉村へ流すのは山越しではない。
二〇　泉村の下(南)の方。泉村を流れる川の下流、川尻。上文の山頂辺に対する語。
二一　女神は泉村に流そうとすることに終始一貫しているが、男神ははじめ北方(越部村)に流そうとし、それが駄目なら次は西方(桑原村)に流そうとして、とにかく泉村へは流させまいとして女神を妨害する争い。
二二　どうしても。どこまでも。
二三　地下に水を通すように作った樋。暗渠の如きもの。
二四　田のある処。
二五　川の水が地下を流れることになった故に。
二六　竜野市揖西町桑原北山(旧桑原村)が遺称地。この附近から西方の郡境に至る地域。和名抄の郷名に桑原(久波々良)と見える。
二七　応神天皇。
二八　既出(二九二頁頭注一)。槻坂(櫷折山)から西方へ約八粁、山陽の駅路が通じて見渡しがきく。その西の山裾が桑原である。

望[1]覽之時　森然所レ見レ倉　故名二倉見村一　今改レ名爲二桑原一
一云　桑原村主等　盗二讚容[2]郡[3]桉見桉一將來　其主認來　見二於
此村一　故曰二桉見一
琴坂[4]　所三以號二琴坂一者　大帶比古天皇之世　出雲國人　息二於
此坂一　有二一老父一　與二女子一倶　作二坂本之田[5]一　於レ是　出雲
人　欲レ使レ感二其女一　乃彈レ琴令レ聞　故號二琴坂一　此處有二銅[6]
牙石一　形似二雙六之綵一

讚容[7]郡

所三以云二讚容[8]一者　大神妹妋二柱　各競占レ國之時　妹玉津日女
命　捕二臥[9]生鹿一　割二其腹一而　種二稻其血一　仍　一夜之間生レ苗
卽令レ取殖一　爾　大神勅云　汝妹者　五月夜殖哉　卽去[10]二他處一
故[11]號二五月夜郡一　神名[12]二贊用都比賣命一　今有二讚容[7]町田一也　卽
鹿放[13]山　號二鹿庭山一　々四面有二十二谷一　皆生[14]レ鐵也　難波豐
前於[15]二朝庭一始進也　見顯人別部犬　其孫等　奉發[16][17]之初

一　丈の高いさま。
二　桑原の説明がない。居住者桑原村主の名による里名の如くであるが、当国風土記の地名説明の例によれば、クラミの音訛をクハハラとするものとすべく、その故にクハハラを説明する説話を記さないのであろう。
三　漢の高祖の子孫の帰化人系氏族。
四　下文讃容里の桉見川とある地(三一一頁)。
五　鞍。馬具。
六　跡をつけて来て。
七　竜野市揖西町構の西方、赤穂郡との境に近く今も琴坂という。山陽の駅路にある坂。
八　景行天皇。
九　心を動かさせる。
一〇　自然銅の一種。延喜(典薬寮)式に播磨国からたてまつる年料雑薬中に見える。
一一　遊戯具。スゴロク。
一二　骰子。サイコロ。
一三　兵庫県佐用郡、佐用・南光・三日月・久崎・上月の五町の地にあたる。千種川の

1　底「望」がない。他例により、補って四字句を整える。
2　底「客」に誤る。
3　「桉見桉」、底「桉見」二字。新考「見」を衍とするが、郡名の使用例により下に「桉」を補う。桉は鞍を木扁に替えた字。
4　底、扁を「古」に誤る。
5　底「由」。諸注による。
6　底「餇歹」。諸注及び延喜式による。
7　底「客」に誤る。
8　底「容」を脱。
9　或は「臥在鹿」とすべきか。底のままに訓む。
10　栗注「云此處」、新考「云彼處」の誤とするが、底のまま。
11　底「故」がない。敷注に従う。
12　或は「名」の下に「曰」を補うべきか。
13　底、蟲損しているが、「放」と判讀せられる。
14　底「生」の上に「有」がある。新考に従う。
15　栗注・新考「於」を衍とするが、「於」の特殊使用として底のままとする。
16　新考「獻」の誤とするが底のまま。
17　底「文」。敷注などによる。

望《のぞ》み覽《み》たまひし時、森然《いよよか》[一]に倉《くら》見えき。故《かれ》、倉見《くらみ》の村《むら》と名づく。今、名を改めて桑原《くははら》[二]と爲《な》す。一《ある》ひといへらく、桑原村主等《くははらのすぐりら》[三]、讃容《さよ》の郡《こほり》の桉見《くらみ》[四]の桉《くら》[五]を盗《ぬす》みて、將《も》ち來《こ》しを、其の主認《ぬしつな》[六]ぎ來て、此の村に見あらはしき。故《かれ》、桉見《くらみ》といふ。

琴坂《ことさか》[七]　琴坂《ことさか》と號《なづ》くる所以《ゆゑ》は、大帶比古《おほたらしひこ》[八]の天皇《すめらみこと》のみ世、出雲《いづも》の國人《くにひと》、此の坂《さか》に息《いこ》ひき。一《ひとり》の老父《おきな》ありて、女子《むすめ》と倶《とも》に坂本《さかもと》の田を作れりき。ここに、出雲人《いづもびと》、其の女《をみな》を感《かま》[九]けしめむと欲《おも》ひて、乃《すなは》ち琴《こと》を彈《ひ》きて聞かしめき。故《かれ》、琴坂《ことさか》と號《なづ》く。此處《ここ》に銅牙石《どうげじゃく》[一〇]あり。形《かたち》は雙六《すぐろく》[一一]の綵《さい》[一二]に似《に》たり。

讃容《さよ》[一三]の郡《こほり》

讃容《さよ》といふ所以《ゆゑ》は、大神[一四]妹妋《いもせ》二柱《ふたはしら》、各《おのもおのも》、競《きそ》ひて國《くに》占《し》めましし時、妹玉津日女命《いもたまつひめのみこと》[一五]、生《い》ける鹿《しか》を捕《と》り臥《ふ》せて、其の腹《はら》を割《さ》きて、其の血《ち》[一六]に稻種《いねま》きき。仍《よ》りて、一夜《ひとよ》の間《ほど》に、苗生《なへお》ひき。卽《すなは》ち取《と》[一七]りて殖《う》ゑしめたまひき。爾《ここ》に、大神、勅《の》りたまひしく、「汝妹《なにも》[一八]は、五月夜《さよ》[一九]に殖《う》ゑつるかも」とのりたまひて、卽《やが》て他處《あだしところ》[二〇]に去《さ》りたまひき。故《かれ》、五月夜《さよ》の郡《こほり》と號《なづ》け、神を賛用都比賣命《さよつひめのみこと》[二一]と名づく。今も讃容《さよ》の町田《まちだ》[二二]あり。卽《すなは》ち、鹿《しか》を放《はな》[二三]ちし山を鹿庭山《かにはやま》[二四]と號《なづ》く。山の四面《よも》に十二《とをあまりふたつ》の谷《たに》あり。皆《みな》、鐵《まがね》[二五]を生《いだ》す。難波《なには》[二六]の豐前《とよさき》の朝庭《みかど》に始めて進《たてまつ》りき。見顯《みあらは》[二七]しし人は別部《わけべ》[二八]の犬《いぬ》、其の孫等《うまごら》奉發《たてまつ》[二九]り初《はじ》めき。

上流流域で播磨国の最西部。和名抄の郡名に佐用(佐与)と見える。
一四　伊和大神(二六九頁)。讃容郡では神名をいわず、大神とのみいう。
一五　下文のサヨツヒメ命の別名。魂(また)の依りつく巫女神の意か。
一六　鹿の生血を苗代として稲種を蒔く。早く発芽させる呪術的な播種法であろう。
一七　一夜生えの苗を水田に植えつけた。殖は植の意。
一八　女性に対して親しんでいう語。あなた。
一九　陰暦五月(田植えの季節)の夜。地名の由来となる訓をとった。
二〇　水田に早く苗を植えつけたものが、その田(土地)を占有する土地占居の説話であろう。占有し得ないで他の地に去る意。
二一　佐用町長尾の佐用都比売神社(式内社)の祭神。宗像の神、サヨリヒメ命の別名としているが、土地の主長神か。
二二　町は鹿の肩骨に刻む町形の占いの線をいう。それによって農作の豊饒を占い呪願する田。神領の田で、佐用都比売神社の西南にある神田の古称であろう。
二三　捕えて生血を苗代にした鹿を放してやったことをいうか。
二四　佐用都比売神社西方の大撫(おおなで)山。字大谷に鹿庭(かにわ)の遺称があり、神場(かんば)神社がある。
二五　カナクソ谷の俗称もあり砂鉄を産する。
二六　孝徳天皇。
二七　鉄の発見者。
二八　和気氏(備前和気郡磐梨を本居とする)の部民。犬は名。
二九　発は進、献る意。

一　佐用町佐用を中心とする郡の中央部以北の佐用川流域地。和名抄の郷名に佐用(佐与)とある。
二　里名の由来は郡名のそれに同じの意。
三　エガハという川名と、それを村の名としたエガハノムラとの両者。当郡にはこれを明記しない例がある。和名抄(高山寺本)の郷名に江川(衣賀八)と見える。佐用町の西北部(旧江川村)の地。佐用川の支流江川が流れている。
四　服飾の玉。
五　他に見えない氏。大吉川は名。
六　薬草。延喜(典薬寮)式に播磨国からたてまつる年料雑薬中に見える。
七　川の名。佐用川の別名。佐用川の東を流れる千種川の上流を熊見(みくま)川と呼んだのはクラミの遺称であるが、他の川の名に移ったものであろう。
八　鞍の要所に金属(恐らく鉄)を用いたもの。
九　佐用町口長谷の北方、佐用川に架したカナクラ橋が遺称か。山名に遺称はない。
一〇　川の名。佐用川の上流。流域の上石井・下石井が遺称。
一一　椅子の字音イシ。床几(しょうぎ)のように平らである意。
一二　薬草名であろうが不明。
一三　薬草。延喜(典薬寮)式に播磨国から貢

讃[1]容[2]里　事與レ郡[3]同　土上中
吉川(本名玉落川)　大神之玉　落二於此川一　故曰二玉落一　今　云二吉川一
者　稲狭部大吉川[4]　居二於此村一　故曰二吉川一　[5]其山生二黄蓮一
[6]桉見　佐用都比賣命　於二此山一得二金桉一　故曰二山名[7]金肆　川
名桉見一
伊師　即是　桉見之河[8]上　川底如レ床　故曰二伊師一　[9]其山生二精鹿升麻一
速[10]湍里　土上中　依二川[10]湍速一[11]　々[10]湍社坐神　廣比賣命　[12]散用都比賣
[13]命弟
凍野　廣比賣命　占二此土一之時　凍レ冰　故曰二凍野凍谷一
邑寶里　土中上　彌麻都比古命　治レ井[14]湌レ粮　即云　吾占二多國一
故曰二大村一　治レ井處　號二御井村一
鍫柄川　神日子命之鍫柄　令レ採二此山一　故其山之川　號曰二鍫
柄川一
室原山　屛レ風如レ室　故曰二室原一　生二人參獨[15]活藍[16]漆升麻*

1　底「客」に誤る。
2・3　底「里」と「郡」とを入れ替え、その讃容郡の肩に郡名の標目の印を附している。文意・書式により訂す。
4　新考「子」の誤かとする。或は従うべきか。
5　底「其山」二字を本文としている。諸注による。
6　鞍を木扁に替えた字。
7　底「石」に誤る。
8　底「阿」に誤る。
9　底、蟲損しているが「鹿」と認められる。ただし「精鹿」は誤寫か。解し難い。
10　底、旁を「而而」の合字の如く作る。異體字か。
11　敷注・栗注・新考など「爲名」を補う。或は従うべきか。底のまま。
12　「散用」二字、底「故那」の如く作る。新考に従う。
13　底「命」がない。他例により脱字とする。
14　底「滄」に誤る。
15　底「治」。延喜式により訂す。
16　底「膝」。延喜式により訂す。

[一]讃容《さよ》の里《さと》　事《こと》[二]は郡《こほり》と同《おな》じ。土《つち》は上《かみ》の中《なか》なり。

[三]吉川《えがは》　本《もと》の名は、玉落川《たまおちがは》なり。　大神の玉《たま》[四]、此の川に落《お》ちき。故《かれ》、玉落《たまおち》といふ。今、吉川《えがは》といふは、稲狹部《いなさべ》[五]の大吉川《おほえがは》、此の村《むら》に居《を》り。故《かれ》、吉川《えがは》といふ。其の山に黄蓮《かくまぐさ》[六]生《お》ふ。

[七]桉見《くらみ》　佐用都比賣命《さよつひめのみこと》、此の山に金《かね》[八]の桉《くら》を得たまひき。故《かれ》、山の名を金肆《かなくら》[九]、川の名を桉見《くらみ》といふ。

[一〇]伊師《いし》　即《すなは》ち是《こ》は桉見《くらみ》の河上《かはかみ》なり。川の底《そこ》、床《いし》[一一]の如し。故《かれ》、伊師《いし》といふ。其の山に精鹿[一二]・[一三]升麻《とりのあしぐさ》生《お》ふ。

[一四]速湍《はやせ》の里《さと》　土《つち》は上《かみ》の中《なか》なり。　川[一五]の湍《せ》の速《はや》きに依《よ》る。速湍《はやせ》[一六]の社《やしろ》に坐《いま》す神は廣比賣命《ひろひめのみこと》、散用都比賣命《さよつひめのみこと》の弟《いろと》なり。

[一七]凍野《こほりの》　廣比賣命《ひろひめのみこと》、此の土《ところ》を占《し》めまし時、冰凍《ひこほ》[一八]りき。故《かれ》、凍野《こほりの》・凍谷《こほりたに》といふ。

[一九]邑寶《おほ》の里《さと》　土《つち》は中《なか》の上《かみ》なり。　彌麻都比古命《みまつひこのみこと》[二〇]、井《ゐ》を治《は》[二一]りて、粮《かれひ》[二二]を凔《を》したまひて、即《すなは》ち云《の》りたまひしく、「吾《あ》は多《おほ》くの國《くに》を占《し》めつ」とのりたまひき。故《かれ》、大《おほ》の村《むら》といふ。井《ゐ》を治《は》りたまひし處《ところ》は、御井《みゐ》[二三]の村《むら》と號《なづ》く。

[二四]墾柄川《くはえがは》　神日子命《かむひこのみこと》[二五]の墾《くは》[二六]の柄《え》を、此の山に採《と》らしめき。故《かれ》、其の山の川を號《なづ》けて墾柄《くはえ》川といふ。

[二七]室原山《むろふやま》　風《かぜ》を屏《さ》[二八]ふること、室《むろ》の如し。故《かれ》、室原《むろふ》といふ。人參《かのにけぐさ》[二九]・獨活《つちたら》・藍漆《(やまあさ)》[三〇]・升麻《とりのあしぐさ》・

進する年料雑薬中に見える。

一四　上月町早瀬が遺称地。讃容里の西南に隣接する佐用川の流域地。和名抄の郷名に速瀬とある。

一五　佐用川の瀬。川の瀬の流れの早いのによって里の名とした意。

一六　早瀬の白山神社にあたるか。

一七　所在地不明。或は上月町上月(こうづき)が遺称か。

一八　揖保郡邑智里冰山の条(二九一頁)参照。

一九　久崎町久崎を中心とする佐用・千種二川の流域地。和名抄の郷名に大田とあるのにあたる。

二〇　餝磨郡の条(二六九頁)に大三間津日子命とあるのと同人か。天皇としてではなく占国の活動者(或は神)として語っている。

二一　井を掘りひらく。

二二　携行用の主食。飯を干したもの。

二三　所在地不明。上月町仁位(佐用川東岸)に擬する説があるが、千種川筋にも石井・井谷の字がある。

二四　遺称なく所在地不明。新考は佐用川の支流、秋里川に擬している。

二五　他に見えない。或はミマツヒコ命の別名か。

二六　占居・開墾・農耕のための農具。

二七　遺称なく所在地不明。

二八　さえぎり防ぐ。室原泊の条参照(三〇一頁)。

二九　薬草類。人参・石灰の外は延喜(典薬寮)式に播磨国貢上の年料雑薬中に見える。

三〇　訓義不明。典薬寮式和名考異(狩谷棭斎)により仮訓する(一一七頁頭注二〇参照)。

白朮
石灰一

久都野　彌麻都比古命　告云　此山　[1]踰者可レ崩　故曰二久都野一　後改而云二宇努一　其邊爲レ山　中央爲レ野

柏原里[2]　由二柏多生一　號爲二柏原一

筌戸　大神　從二出雲國一來時　以二嶋村岡一　爲二呉床一坐而　筌置二於此川一　故號二筌戸一也　不レ入レ魚而入レ鹿　此取作レ鱠　食不レ入レ口　而落二於地一　故去二此處一遷レ他

中川里土上下　所三以名二仲川一者　苫編首等遠祖　大仲子　息長帶日賣命　度二行於韓國一之時　船宿二淡路石屋一之　爾時　風雨大起　百姓悉濡[3]　于レ時　大中子　以レ苫作レ屋　天皇勅云　此爲二國富[4]一　卽　賜レ姓爲二苫編首一　仍居二此處一　[5]故號二仲川里一

[6]昔　近江天皇之世　有二丸部[7]具一也　是仲川里人也　此人　買二取河内國[8]兎寸村人之[9]賷劒一也　得レ劒以後　擧レ家[10]滅亡　然後　苫編部犬猪　圃二彼地之墟一　土中得二此劒一*

一　遺称なく所在地不明。今の名ウノを標目とせず旧名クヅノを標目としたもので異例的な記載方式である。

二　踰は蹈に通じ用いた(日本霊異記の訓注にフムとある)。蹈み越えると山が壊れる。ミマツヒコ命を巨人の如く語っている。

三　クヅの音訛ウノとするのであろう。「努」はノの仮名として用いたものと認められる(二七二頁頭注七)。

四　周囲に山がとりまいており、中央がひらけた地形、山ふところの地。盆地をいう。

五　佐用川と合流するまでの千種川流域地。南光町(旧徳久・中安二村)の地にあたる。和名抄の郷名に柏原とある。

六　川の名。遺称はないが、千種川の古名。

七　伊和大神。ここでは出雲を本居とする神として大国主命また大汝命と同神の如くであるが、土地を占居せずして他に去る神で国土経営神としての神格で語られてはいない。

八　千種川と志文(公文)川との合流地、南光町中島に擬しているが確かでない。

九　床几。腰かけ。大神を巨人の如く語るのである。

一〇　魚を捕るための竹器。

一一　仕掛けた筌に鹿がかかった。

一二　生肉を細く切った料理。サシミの如き

1　新考「蹶」の誤かとするが底のまま。

2　土品の注記がない。傳寫の間に脱したものであろう。

3　底、旁を「而而」の合字の如き字形(上文の「濡」の字と同じ)に作る。文意及び諸注による。

4　新考「寶」の誤とするが底のまま。

5　底「故川號」。「故川號二仲川一里號二仲川里二」の脱字とも考えられるが、新考「川」を衍とするに従う。

6　底はこの一條を船引山の記事の中間(人參細辛の注記の次、此山之邊の前)に記している。里内諸地名の説明記事でなく、里に屬すべき記事である。記事の内容及び記載位置から見て、追補採錄の記事が不適當な位置に插入せられたものと認め、記載位置を訂した。

7　敷注「直」または「首」の誤、新考「臣」の誤とするが、底のままに訓む。

8　兎の正字。

9　賷の俗字。

10　底「減」に誤る。

もの。
一三　千種川の支流、志文(公文)川の流域地、およそ三日月町の地。和名抄の郷名に中川と見える。
一四　氏族の名。系譜は明らかでない。
一五　神功皇后。韓国討征の往路の話とする。
一六　淡路島の北端、明石海峡に臨む岩屋港。
一七　仮屋。雨をしのぐためのもの。
一八　神功皇后をいう。天皇と称することは常陸国風土記にも見える(四七頁頭注二〇参照)。
一九　大中子を褒められた詞。国富(国宝)とすべき人の意。
二〇　苫編の氏と首のカバネと(二八六頁頭注四参照)。
二一　説話によれば大中子の居住地の川で中川と呼び、その川の流域で中川里と称したことになる。恐らくは千種川と本郷川との中間にある川で中川と称し、川によって中川里というのであろう。
二二　この一条は当国風土記中、地名の説明に無関係な伝承記事二条中の一。追録したものと認められる(三四六頁頭注九参照)。
二三　天智天皇。
二四　孝昭天皇の子孫の氏族。具は名。或は具也(クヤ)を名とすべきか。
二五　和泉国(旧河内国内)大鳥郡、式内社等乃伎(とのき)神社のある地。大阪府泉北郡高石町富木を遺称地とする。
二六　所有している。
二七　一家の者全部が死に絶えた。
二八　中川里の権力者(主長)苫編首の部民。犬猪は名。
二九　畠作り。

白朮《をけら》・石灰《いしはひ》を生《いだ》す。

[一]久都野《くづの》　彌麻都比古命《みまつひこのみこと》、告《の》りたまひしく、「此の山は、[二]踰《ふ》めば崩《くづ》るべし」とのりたまひき。故《かれ》、久都野《くづの》といふ。後《のち》、改めて[三]宇努《うの》といふ。其の[四]邊《へ》は山たり。中央《まなか》は野《の》たり。

[五]柏原《かしはばら》の里《さと》　柏多《かしはさは》に生《お》ふるに由《よ》りて、號《なづ》けて柏原《かしはばら》と爲《な》す。

[六]筌戸《うへと》　[七]大神、出雲《いづも》の國より來ましし時、[八]嶋《しま》の村《むら》の岡《をか》を以《も》ちて[九]呉床《あぐら》と爲《し》て、坐《いま》して、[一〇]筌《うへ》を此の川に置《お》きたまひき。故《かれ》、筌戸《うへと》と號《なづ》く。魚《うを》入《い》らずして、[一一]鹿《しか》入《い》りき。此《こ》を取りて[一二]鱠《なます》に作《つく》り、食《を》したまふに、み口《くち》に入《い》らずして、地《つち》に落ちき。故《かれ》、此處《ここ》を去《さ》りて、他《ほか》に遷《うつ》りましき。

[一三]中川《なかつがは》の里《さと》　土《つち》は上《かみ》の下《しも》なり。仲川《なかつがは》と名づくる所以《ゆゑ》は、[一四]苫編首等《とまみのおびとら》の遠祖《とほつおや》、大仲子《おほなかつこ》、[一五]息長《おきなが》帶日賣命《たらしひめのみこと》の韓國《からくに》に度《わた》り行《い》でましし時、み船、淡路《あはぢ》の[一六]石屋《いはや》に宿《やど》りき。その時、雨風《あめかぜ》大《おほ》きに起《おこ》り、百姓《おほみたから》悉《ことごと》に濡《ぬ》れき。時に、大中子《おほなかつこ》、苫《とま》を以《も》ちて[一七]屋《や》を作りき。[一八]天皇《すめらみこと》、勅《の》りたまひしく、「[一九]此《こ》は國の富《とみ》たり」とのりたまひて、即《すなは》ち、[二〇]姓《な》を賜ひて、苫編首《とまみのおびと》と爲《な》したまひき。仍《よ》りて此處《ここ》に居《を》りき。故《かれ》、[二一]仲川《なかつがは》の里《さと》と號《なづ》く。

[二二]昔、[二三]近江《あふみ》の天皇《すめらみこと》のみ世、[二四]丸部《わにべ》の具《そなふ》というものありき。是《こ》は仲川《なかつがは》の里人《さとびと》なり。此の人、河内の國[二五]兎寸《とのき》の村の人の[二六]賷《も》たる劒《つるぎ》を買《か》ひ取りき。劒《つるぎ》を得てより以後《のち》、[二七]家擧《いへこぞ》りて滅《ほろ》び亡《う》せき。然《しか》して後《のち》、[二八]苫編部《とまみべ》の犬猪《いぬゐ》、彼《そ》の地《ところ》の墟《あと》を[二九]圃《はたつくり》するに、土《つち》の中《なか》に此の劒《つるぎ》を得

土與[1]相去　廻[2]一尺許　其柄朽失　而其刃不レ澁　光如二明鏡一　於レ是　犬猪　卽懷レ恠レ心　取レ劒歸レ家　仍招二鍛人一　令レ燒二其刃一　爾時　此劒　屈申[3]如レ蛇　鍛人大驚　不レ營而止　於レ是　犬猪　以二爲異劒一　獻二之朝庭一　後　淨御原朝庭　甲申年七月　遣二曾禰連麿一　返二送本處一　于レ今[4]安二置此里御宅一

船[5]引山　近江天皇之世　道守臣　爲二此國之宰一　造二官船於此山一　令二引下一　故曰二船引一　此山住レ鵲　一云二韓國烏一　栖二枯木之穴一　春時見　夏不レ見　生二人參細辛一　此[6]山之邊　有二李五根一　至二于仲冬一　其實不レ落

彌加都岐原　難波高津宮天皇之世　伯耆加具漏　因幡邑由胡二人　大驕无レ節　以二清酒一洗二手足一　於レ是　朝庭　以爲レ過レ度　遣二狹井連佐夜一　召二此二人一　爾時　佐夜　仍悉禁二一人之族[7]一　赴參之時　屢漬[8]二水中一　酷拷之　中有二女二人一　玉纏[9]二手足一　於レ是　佐夜恠問之　答曰　吾此　服部彌蘇連　娶二因幡國造阿良佐加比賣一生子　宇奈比賣　久波比賣*

1　新考「與」の下に「劒」を補うが、底のまま。
2　新考「適」の誤かとするが、底のままに訓む。
3　伸に同じ。
4　底「令」に誤る。
5　底「引舟」。下文により顚倒とする。
6　底、この前に靈劒の記事一條があるが、「此山」(底「此」を「北」に誤る)は船引山以外に指すものなく、船引山の記事に續く一節とすべきである。
7　底「狹」。文意による。
8　底「清」。文意による。
9　底、旁を「原」に誤る。

一　剣がすっかり土に埋まっていたのでなく、剣の周囲一尺ほどは土を取り除けて、土から離して置いてあるという状態であったことをいうのであろう。
二　金打ち。鍛冶職の者。
三　刃に焼きを入れてよく切れるようにする。
四　神性のある剣。
五　天智紀(即位前)に播磨国司岸田臣麻呂等が狭夜(さよ)郡の禾田(粟田)の穴内で獲た宝剣を献ったとある。この条と同一事であろう。
六　天武天皇の世。
七　天武朝十二年(六八四)。天武紀朱鳥元年(六八六)六月の条に草薙剣の祟があり、熱田神宮に送り収めたとある。この条の霊剣の返還もこれに関連するものであろう。
八　物部氏の同族。天武紀に曾禰連韓犬という同族者が見える。
九　屯倉の意ではない。里の役所、里長の公邸の意。その所在地は明らかでない。
一〇　近世、三日月町の地を船引庄と称したが、どの山をいうか明らかでない。

たり。[一]土《つち》と相去《あひさ》ること、廻《めぐ》り一尺《ひとさか》ばかりなり。其の柄《え》は朽《く》ち失《う》せけれど、其の刃《は》は澁《さ》びず、光《ひかり》、明《あき》らけき鏡《かがみ》の如し。ここに、犬猪《いぬゐ》、卽《すなは》ち心に恠《あや》しと懷《おも》ひ、劍《つるぎ》を取りて家《いへ》に歸《かへ》り、仍《すなは》ち、[二]鍛人《かぬち》を招《よ》びて、其の[三]刃《は》を燒《や》かしめき。その時、此の劍《つるぎ》、申屈《のびかがみ》して蛇《へみ》の如し。鍛人《かぬち》大《おほ》きに驚《おどろ》き、營《つく》らずして止《や》みぬ。ここに、犬猪《いぬゐ》、[四]異《あや》しき劍《つるぎ》と以爲《おも》ひて、朝庭《みかど》に[五]獻《たてまつ》りき。後《のち》、[六]淨御原《きよみはら》の朝庭《みかど》の[七]甲申《きのえさる》の年の七月《ふみつき》、[八]曾禰連麿《そねのむらじまろ》を遣《や》りて、本《もと》つ處《ところ》に返《かへ》し送《おく》らしめき。今に、此の里《さと》の[九]御宅《みやけ》に安置《お》けり。

[一〇]船引山《ふなびきやま》　[一一]近江《あふみ》の天皇《すめらみこと》のみ世、[一二]道守臣《ちもりのおみ》、此の國の[一三]宰《みこともち》と爲《な》り、官《みやけ》の船《ふね》を此の山に造りて、引《ひ》き下《おろ》さしめき。故《かれ》、船引《ふなびき》といふ。[一四]此の山に鵲《かささぎ》住《す》めり。一《また》、[一五]韓國《からくに》の烏《からす》といふ。枯木《かれき》の穴《あな》に栖《す》み、春時《はる》見えて、夏《なつ》は見えず。[一六]人參《かのにけぐさ》・細辛《みらのねぐさ》生《お》ふ。此の山の邊《へ》に、李《すもも》五《いつ》根《もと》あり。[一七]仲冬《しもつき》に至《いた》るまで、其の實《み》落《お》ちず。

[一八]彌加都岐原《みかづきはら》　[一九]難波《なには》の高津《たかつ》の宮《みや》の天皇《すめらみこと》のみ世、伯耆《ははき》の加具漏《かぐろ》・因幡《いなば》の邑由胡《おほゆこ》の二人《ふたり》、大《いた》く驕《おご》りて[二〇]節《さだめ》なく、[二一]清酒《すみさけ》を以《も》ちて手足《てあし》を洗《あら》ふ。ここに、朝庭《みかど》、[二二]度《ほど》に過《す》ぎたりと爲《し》て、[二三]狹井連《さゐのむらじ》佐夜《さよ》を遣《や》りて、此の二人《ふたり》を召《め》さしめき。その時、佐夜《さよ》、仍《すなは》ち悉《ことごと》に二人《ふたり》の[二四]族《やから》を[二五]禁《いまし》めて、參赴《まゐおもむ》く時、屢《しばしば》、水の中《なか》に漬《ひた》して[二六]酷拷《たしな》めき。中《うち》に女二人《をみなふたり》あり。[二七]玉を手足《てあし》に纏《ま》けり。ここに、佐夜《さよ》恠《あや》しみ問《と》ふに、答《こた》へて曰《い》ひしく、「吾《あ》は此《これ》、[二八]服部《はとり》の彌蘇《みそ》の連《むらじ》、[二九]因幡《いなば》の國造《くにのみやつこ》阿良佐加比賣《あらさかひめ》にみ娶《あ》ひて生《う》みませる子《こ》、宇奈比賣《うなひめ》・久波比賣《くはひめ》なり」と

一一　天智天皇。
一二　既出(一八三頁頭注一九)。
一三　播磨国守。
一四　以下「夏は見えず」まで塵袋第三に引用。
一五　箋注倭名類聚抄に「今の俗、高麗烏と呼ぶ」とある。
一六　薬草。細辛は延喜(典薬寮)式に播磨国から貢上の年料雑薬中に見える。
一七　十一月(陰暦)。
一八　三日月町三日月が遺称地。千種川の支流角亀川の流域谿間の地。
一九　仁徳天皇。
二〇　節度がない。度を過している。
二一　濁酒に対する清酒。美酒。
二二　程々でない。節度がない。大和朝廷が国造の勢力を押えようとしたことの伝承化であろう。
二三　物部氏と同族。佐夜は名。讃容郡(日本書紀は佐夜郡と書く)の郡名と関係のある名、或はこの地の権力者か。
二四　二人だけでなく一族の者全部。
二五　捕え縛る。
二六　苦しい目にあわせた。
二七　手玉・足玉。玉の緒の装身具をつけていた。身なりの立派さに驚きあやしんだのである。
二八　服部は氏。弥蘇は名。連はカバネであるが、敬語として名の下に添えたもの。姓氏録に天御桙命(天御中主命の後)の子孫の氏族、允恭朝氏姓を賜ったとある。
二九　国造本紀に成務朝彦多都彦命(成務天皇の孫)を稲羽国造に任じたとある。その族人か。

爾時　佐夜鷲云[1]　此是　執政大臣之女　卽還送之　所㆑送之處
卽號㆓見置山㆒　所㆑溺之處　卽號㆓美加都岐原㆒
雲濃里土上中　大神之子　玉足日子玉足比賣命生子[2]　大石命　此
子　稱㆓於父心㆒　故曰㆓有怒㆒
塩沼村　此村出㆓海水㆒　故曰[3]㆓塩沼村㆒

宍[4]禾郡

所㆔以名㆓宍禾㆒者　伊和大神　國作堅了以後　堺㆓山[5]川谷尾㆒
巡行之時　大鹿出㆓己舌㆒　遇㆓於矢田村㆒　爾勅云　矢彼舌在者
故[6]號㆓宍禾郡[7]㆒　村名號㆓矢田村㆒
比治里土中上　所㆔以名㆓比治㆒者　難波長柄豐前天皇之世　分㆓揖
保郡㆒　作㆓宍禾郡㆒之時　山部比治　任爲㆓里長㆒　依㆓此人名㆒
故曰㆓比治里㆒
宇波良村　葦原志許乎命　占㆑國之時　勅云[8]　此地小狹*

1 底「之」。文意による。
2 新考「在此處」を補うが、底のまま。
3 底「曰」がない。「曰」または「號」の字の脱。
4 底「完」に近い字形であるが「宍」とすべき字。
5 底「此」。文意による。
6 底「故故」。一字衍。
7 底「鹿」。諸注衍字とするが他郡例により「郡」の誤とすべきか。
8 底「云」がない。當國風土記の直接話法の表記例により「云」または「曰」の脱とする。

一 大和朝廷の最有力者の意であろうが、記紀には見えない。
二 大和の都へはつれて行かず、本居に送り返した。二人の女子だけを許したのであろう。
三 遺称なく所在地不明。
四 ミ(水)カヅケ(漬・溺)の意とするもの。
五 角亀川との合流点以西の志文(公文)川流域地。三日月町・南光町の内、旧大広・中安二村の地にあたる。近世、宇野庄と称した。和名抄の郷名に宇野と見える。
六 伊和大神の子神が相並ぶ男女二神で、その二神の生んだ子神が大石命ということになる。
七 他に見えない。旧訓はオホイシ(またオホシ)、しばらくオホイハと訓んでおく。
八 心にかなった。心によしと思った。「称」の字は地名の由来となるべき語にあてた字。カナフ(栗注)は音が遠く、ウナヅク(敷注)は他動詞例なく、ウナフ(新考)も語の用例がない。しばらくウヅナフと仮訓する。クヅノの音訛ウノ(三一三頁)、ミヅウマの音訛ツマ(三三五頁)と同類の、音の近似はあるが音訛としては不自然な語に結びつけたものか。
九 怒はノの仮名に用いたものと認められる(二七二頁頭注七参照)。
一〇 遺称なく所在地不明。
一一 塩分を含んだ湧き清水。
一二 兵庫県宍粟(しさ)郡、揖保川の上流地域から千種川の上流地域にわたる、山崎・安富・一宮・波賀の四町及び千種村にあたる。和名抄の郡名に宍粟(志佐波)と見える。

いひき。その時、佐夜《さよ》、驚《おどろ》きて云《い》ひしく、「此《こ》は是《これ》、[一]執政大臣《まつりごとをしたまふまへつぎみ》の女《むすめ》なり」といひて、即《すなは》ち[二]還《かへ》し送《おく》りき。送《おく》りし處《ところ》を、即ち[三]見置山《みおきやま》と號《なづ》け、溺《かづ》けし處《ところ》を、即《すなは》ち[四]美《み》加都岐原《かづきはら》と號《なづ》く。

[五]雲濃《うの》の里《さと》　土《つち》は上《かみ》の中《なか》なり。　大神のみ子《こ》、[六]玉足日子《たまたらしひこ》・玉足比賣命《たまたらしひめのみこと》の生《う》める子、[七]大石命《おほいはのみこと》、此の子、父《ちち》の心《こころ》に[八]稱《うづな》ひき。故《かれ》、有怒《うの》[九]といふ。

[一〇]塩沼《しほぬま》の村《むら》　此の村に[一一]海水《うしほ》出《い》づ。故《かれ》、塩沼《しほぬま》の村《むら》といふ。

[一二]宍禾《しさは》の郡《こほり》

宍禾《しさは》と名づくる所以《ゆゑ》は、伊和《いわ》の大神、[一三]國作《くにつく》り堅《かた》め了《を》へまし以後《のち》、[一四]山川谷尾《やまかはたにを》を堺《さか》ひに、巡《めぐ》り行《い》でまし時、大きなる鹿、[一五]己《おの》が舌《した》を出《いだ》して、[一六]矢田《やた》の村《むら》に遇《あ》へりき。爾《ここ》に、勅《の》りたまひしく、「矢《や》は彼《そ》の舌《した》にあり」とのりたまひき。故《かれ》、[一七]宍禾《しさは》の郡《こほり》と號《なづ》け、村の名を矢田《やた》の村《むら》と號《なづ》く。

[一八]比治《ひぢ》の里《さと》　土《つち》は中《なか》の上《かみ》なり。　比治《ひぢ》と名づくる所以《ゆゑ》は、[一九]難波《なには》の長柄《ながら》の豐前《とよさき》の天皇《すめらみこと》のみ世、[二〇]揖保《いひぼ》の郡《こほり》を分《わか》ちて、宍禾《しさは》の郡《こほり》を作りし時、[二一]山部《やまべ》の比治《ひぢ》、任《よ》されて里長《さとをさ》と爲《な》りき。此の人の名に依《よ》りて、故《かれ》、比治《ひぢ》の里《さと》といふ。

[二二]宇波良《うはら》の村《むら》　[二三]葦原志許乎命《あしはらのしこをのみこと》、國占《し》めまし時、勅《の》りたまひしく、「此の地《ところ》は小狹《さ》く

一三　国土占居でなく、国土を作る(また経営する)意。出雲国風土記で大穴持命が「天の下作らしし大神」といわれるのに同じ。

一四　山・川また谷・尾(嶺)の自然地形によって国の境界を決める。統治主権者の仕事である。成務紀に「山河を隔(さか)ひて国県を定む」とあり、常陸国風土記巻頭(三五頁)にも類似の文が見える。

一五　舌を出している大鹿に出会った。鹿を主格にしていう古い表現法(二八四頁頭注四参照)。舌を射られて苦しんでいる鹿で、狩猟に関連する説話であろう。

一六　遺称なく所在地不明。賀毛郡鹿咋山の条(三四一頁)に類似説話がある。

一七　シシアハ(鹿遇)の音約とするのである。

一八　郡の最南部、山崎町比地(上中下がある)を中心とする揖保川流域地。和名抄の郷名に比地とある。

一九　孝徳天皇。

二〇　孝徳朝以前に揖保郡があったのでなく、孝徳朝(大化改新)の国郡制実施により、揖保川流域(播磨国造の所領)に揖保郡が建てられ、それが更に南北に分れて揖保・宍禾の二郡として整備せられたことをいう。

二一　山部連の氏人または部民であろう。美嚢郡の条(三五一頁)参照。

二二　山崎町宇原・下宇原が遺称地。揖保川東岸の地で、対岸は揖保郡香山里の地。

二三　既出(三〇五頁)。本条以下比治里の条の六地名の説明には葦原志許乎命(または その相手の天日槍命)と大神とが交互に出ている。二系統の別伝承に基きながら、大神(伊和大神)と葦原志許乎命とを別名同神とする筆録者の解釈によるか。

一　室(三〇一頁頭注二六)の出入口。
二　表の出入口の意。ウハラはウハトの音訛とするのである。
三　宇原の北、揖保川の西岸の平見が遺称地。
四　伊和大神。三一七頁頭注二三参照。
五　平帯の意。帯の一種。賀古郡に褶をヒレに用いているが(二五九頁)、ヒレとヒラビとは別物。
六　平見の北、揖保川の東岸の川戸が遺称地。
七　葦原志許乎命と国占め争いの途次としての説話。
八　遺称なく所在地不明。式内社庭田神社を遺称とし、その社地(一宮町上野田の能倉)に擬する説(敷注・新考)があるが、地理があわない。
九　水に濡れる。携行用の食物の乾飯(かれい)が湿ったのである。
一〇　糀(こう)。酒母。
一一　神に供する酒。ニハは斎庭(ユニハ)の意で新(ニヒ)の訛音ではない。
一二　遺称なく所在地不明。新考は前条庭音

如二室戸一　故曰二表戸一[1]　比良美村　大神之褶　落二於此村一　故曰二褶村一　今人云二比良美村一

川音村　天日槍命　宿二於此村一　勅云[2]　川音甚高　故曰二川音村一

庭音村本名庭酒　大神御粮　沾[3]而生レ梅[4]　即令レ醸レ酒　以獻二庭酒一　而宴之　故曰二庭酒村一　今人云二庭音村一

奪谷　葦原志許乎命　與二天日槍命二一神[5]　相二奪此谷一　故曰二奪谷一　以二其相奪之由一　形如二曲葛一

稻舂岑[6]　大神　令レ舂二於此岑一　故曰二稻舂前一生二味栗一　其粳飛到之處　即號二粳[7]前[8]一

高家里土下中　所三以名二曰高家一者　天日槍命　告云　此村高勝二於他村一　故曰二高家一

都太川　衆人　不レ能二得稱一

塩村　處々出二鹹[9]水一　故曰二塩村一　牛馬等　嗜而飲之

柏野里土中上　所三以名二柏野[10]一者　柏[11]生二此野一　故曰二柏野一

1　新考「今人云二字波良一」を脱とするが、當國風土記では音訛とする場合、何ら記載しないものが屢〻である。底のまま。
2　底「云」がない。三一六頁8に同じ。
3　底「枯」。文意による。
4　底「糆」(麪の俗字)。糆(麴の俗字麯を米扁に替えたもの)または梅(酶の俗字)の誤とすべきである。
5　底「神」がない。「神」または「柱」の脱字。
6　底「稱」に誤る。
7　底、旁を「庚」に誤る。粳は糠の俗字。
8　新考は庭音村・奪谷・稻舂岑(粳前も)の三條を御方里の記事の錯入とするが、證とすべきものがない。底のまま。
9　底、酉扁に作る。二八八頁14参照。
10　底「野」がない。底のままでも訓み得るが、諸注の補字に従うべきであろう。
11　底「柏」がない。脱字。

て[一]室《むろ》の戸《と》の如し」とのりたまひき。故《かれ》、[二]表戸《うはと》といふ。

[三]比良美《ひらみ》の村《むら》　[四]大神の[五]褶《ひらび》、此の村に落《お》ちき。故《かれ》、褶《ひらび》の村《むら》といひき。今の人は比良美《ひらみ》の村《むら》といふ。

[六]川音《かはと》の村《むら》　天日槍命《あまのひぼこのみこと》、此の村に[七]宿《やど》りまして、勅《の》りたまひしく、「川《かは》の音《おと》、甚高《いとたか》し」とのりたまひき。故《かれ》、川音《かはと》の村といふ。

[八]庭音《にはと》の村《むら》　本《もと》の名は庭酒《にはき》なり。　大神の御粮《みかれひ》、[九]沾《ぬ》れて[一〇]梅《かび》生《は》えき。即《すなは》ち、酒《さけ》を醸《かも》さしめて、[一一]庭酒《にはき》に獻《たてまつ》りて、宴《うたげ》しき。故《かれ》、庭酒《にはき》の村といひき。今の人は庭音《にはと》の村といふ。

[一二]奪谷《うばひたに》　葦原志許乎命《あしはらのしこをのみこと》と天日槍命《あまのひぼこのみこと》と二《ふた》はしらの神、此の谷《たに》を相奪《あひうば》ひたまひき。故《かれ》、奪谷《うばひたに》といふ。其の相奪《あひうば》ひし由《ゆゑ》を以《も》ちて、形《かたち》、[一三]曲《まが》れる葛《かづら》の如し。

[一四]稲春岑《いなつきみね》　大神、此の岑《みね》に舂《いねつ》かしめたまひき。故《かれ》、[一五]稲春前《いなつきさき》といふ。[一六]味栗《うまくり》生《お》ふ。其の糠《ぬか》の飛《と》び到《いた》りし處《ところ》を、即《すなは》ち[一七]糠前《ぬかさき》と號《なづ》く。

[一八]高家《たかや》の里《さと》　土《つち》は下《しも》の中《なか》なり。　高家《たかや》と名曰《なづ》くる所以《ゆゑ》は、天日槍命《あまのひぼこのみこと》、告《の》りたまひしく、「此の村は、高きこと、他村《あだしむら》に勝《まさ》れり」とのりたまひき。故《かれ》、高家《たかや》といふ。[一九]都太川《つだがは》　[二〇]衆人《もろひと》、え稱《い》はず。

[二一]塩《しほ》の村《むら》　處々《ところどころ》に[二二]鹹水《しほみづ》出《い》づ。故《かれ》、塩《しほ》の村《むら》といふ。牛馬等《うしうまども》、嗜《この》みて飲《の》めり。

[二三]柏野《かしはの》の里《さと》　土《つち》は中《なか》の上《かみ》なり。　柏野《かしはの》と名づくる所以《ゆゑ》は、柏《かしは》、此の野《の》に生《お》ふ。故《かれ》、柏野《かしはの》とい

村と同地(一宮町内)に擬し、御方里の記事の錯簡とするが従い難い。

一三　カヅラは蔓草の総称。蔓の曲りくねっているのに比したもの。

一四　遺称なく所在地不明。

一五　崎の意。山の名がイナツキで、したがってその岑も崎も同名で呼んだのである。

一六　味のよい栗。

一七　遺称なく所在地不明。

一八　山崎町の伊沢川流域(旧蔦沢村)から山崎にわたる地。近世、高家郷と称した。和名抄の郷名に高家(高山寺本に多以恵と訓む)とある。

一九　伊沢川の古名。流域地を蔦沢村と称したのが遺称である。

二〇　地名の由来を語り得るものが誰もないの意。当国風土記は、地名を網羅して列記するのでなく、地名の由来の説明可能なものだけを挙げている。この条も恐らく地名説明を記す予定でまず川名を標目として記したが、その説明が出来ず、しかも標目を除くことなく、説明不可能の由を記したものであろう。神前郡奈具佐山の条(三二九頁)に同類例があるのみである。

二一　山崎町庄野を遺称地に擬する説があるが確かでない。附近に塩を名とする地が散在する。

二二　塩分を含んだ湧き清水。

二三　郡の西部。千種川上流流域の千種村から旧三河村(佐用郡南光町に属す)、及び山崎町土万・比地町(旧土万村・菅野村)にわたる志文川・菅野川の流域谿間地。近世、柏野郷と称した。和名抄(高山寺本)の郷名に柏野(加之八乃)とある。

一　菅野川(揖保川支流)また土万川(志文川上流)のいずれかであろうが遺称なく明らかでない。
二　国占めの争いをした時の意。
三　いななく馬に出遇ったの意。馬を主格にしていう古格(二八四頁頭注四参照)。
四　山崎町土万が遺称地。和名抄の郷名に土万(高山寺本、比知末と訓む)と見え、一郷に建てられている。
五　何神か神名を記さない。次条も同じ。次々条に占国之神とある神を指すのであろう。
六　地面に着いた。
七　千種村千種(ちぐさ)が遺称地。
八　前条の神に同じ。
九　御席の敷物。
一〇・一一　現在地は明らかでない。一里は約五三五米にあたる。
一二　沢の周囲の長さ。

[1]伊奈加川　葦原志許乎命與㆓天日槍命㆒[2]占㆑國之時　有㆓嘶馬㆒　遇㆓[3]於此川㆒　故曰㆓伊奈加川㆒

土間村　神衣附㆓土上㆒　故曰㆓土間㆒

敷草村　敷㆑草爲㆓神座㆒　故曰㆓敷草㆒　此村有㆑山　南方去十里許　有㆑澤　二町許　此澤生㆑菅　作㆑笠[4]最好　[5]生㆓[6]柂[7]杉[8]栗黄蓮[9]黑葛等㆒　生㆑鐵　住㆓狼[10]羆㆒

飯戸阜　占㆑國之神　炊㆓於此處㆒　故曰㆓飯戸阜㆒　々形亦似㆓[11]橧箕籠等㆒

安師里 本名酒加里　土中上　大神湌㆓於此處㆒　故曰㆓須加㆒　後號㆓山守里㆒　[12]所㆓以然㆒者　山部三馬　任爲㆓里長㆒　故曰㆓山守㆒　今改㆑名爲㆓安師㆒者　[13]因㆓安師川㆒爲㆑名　其川者　因㆓安師比賣神㆒爲㆑名　伊和大神　將㆓娶誂㆒之　爾時　此神固辭不㆑聽　於㆑是大神大瞋　以㆑石[14]塞㆓川源㆒　流㆓下於三形之方㆒　故此川少㆑水　此村之山　生㆓柂杉黑葛等㆒　住㆓狼羆㆒

1　底「加奈」。文意及び下文により顚倒とする。
2　新考「占」の上に「競」を脱したかとするが底のまま。
3　底「於於」重記。一字は衍。
4　底「四取」の合字の如き字形。
5　底、以下を本文とするが、記事内容及び語句が前後していることによって二行の割注とする。
6　宍禾郡・賀毛郡に同様の字例があり、神前郡で檜杉とあるのにあたる。出雲國風土記神門郡(二〇八頁)にも同字例があり檜杉にあたる。「柂」のままヒノキにあてて用いた字とすべきであろう。
7　底、左肩に、を添えた字形。枌ではない。
8　底「栗」以下五字と「生鐵」以下五字が前後している。文意及び諸注により訂す。
9　底「黑」がない。他例及び新考による。
10　底「羆」。「羆」の誤。羆は熊の通用。
11　「甑」の瓦を木扁に替えた字。木製のコシキの意。
12　「所以」、底「後號」の間にある。文意により訂す。
13　底「安因」に顚倒誤寫。
14　底「寒」に誤る。

一三　ひのき（檜）にあてた字とする（脚注6参照）。
一四　既出（三一〇頁頭注六）。
一五　遺称なく所在地不明。千種村岩野辺に擬している（新考）が確かでない。
一六　葦原志許乎命を指すのであろう。当郡では伊和大神が葦原志許乎命の相手の天日槍命と国占め争いをする説話があり、伊和大神が葦原志許乎命の別名同神と解されている。
一七　飯を蒸す道具。蒸籠（せいろ）。
一八　安富町安志（旧安師村）が遺称地。安師川流域の安富町から山崎町須賀野附近にわたる地域。和名抄の郷名に安志とある。
一九　スク（食す意）の敬語。皇極紀に送飯をイヒヲスクと訓む。
二〇　山崎町須賀野の須賀が遺称地。揖保川流域地に出る東の山口にある。安師里はここから山を東へ越して安師川（林田川上流）の流域地に開かれていたもの。
二一　上の比治里の条（三一七頁）の山部比治と同族、同様の人。
二二　遺称地はない。
二三　林田川（大津茂川）の上流。
二四　神の系譜不明。土地の主長としての巫女神であろう。
二五　求婚する。
二六　安師川の水源（安富町北境の山）で水の南流をせき止めて。
二七　南方に流れるべき水田の灌漑用の水を北方（御方里）に流して農耕の妨害をした。土地の占居が水田耕作の争いとして語られたもの。上文无水川の条（三〇七頁）参照。
二八　頭注一三に同じ。

ふ。[一]伊奈加川《いなかがは》　葦原志許乎命《あしはらのしこをのみこと》、天日槍命《あまのひぼこのみこと》と、國占《[二]くにし》めましし時、嘶《[三]いなな》く馬《うま》ありて、此の川に遇《あ》へりき。故《かれ》、伊奈加川《いなかがは》といふ。

[四]土間《ひぢま》の村《むら》　神衣《[五]かむみぞ》、土《[六]ひぢ》の上《うへ》に附《つ》きき。故《かれ》、土間《ひぢま》といふ。

[七]敷草《しきくさ》の村《むら》　草《くさ》を敷《し》きて、神《[八]かみ》の座《[九]みまし》と爲《な》しき。故《かれ》、敷草《しきくさ》といふ。此の村《むら》に山[一〇]あり。南の方《かた》に去《さ》ること、十里《とさと》ばかりに澤《[一一]さは》あり。二町《[一二]ふたところ》ばかりなり。此の澤《さは》に菅《すげ》生《お》ふ。笠《かさ》に作るに最《もと》も好《よ》し。梔《[一三]ひのき》・杉《すぎ》・栗《くり》・黄蓮《[一四]かくまぐさ》・黑葛《つづらども》等生《お》ふ。鐵《まがね》を生《いだ》す。狼《おほかみ》・羆《くます》住めり。

[一五]飯戸阜《いひべをか》　國占《[一六]くにし》めましし神、此處《ここ》に炊《いひかし》ぎたまひき。故《かれ》、飯戸阜《いひべをか》といふ。阜《をか》の形《かたち》も橧《[一七]こしき》・箕《み》・竈《かまど》等《ども》に似《に》たり。

[一八]安師《あなし》の里《さと》　本《もと》の名は酒加《すか》の里《さと》なり。土《つち》は中《なか》の上《かみ》なり。大神、此處《ここ》に湌《[一九]いひすか》しましき。故《かれ》、須加《[二〇]すか》といひき。後《のち》、山守《やまもり》の里《さと》と號《なづ》く。然《しか》る所以《ゆゑ》は、山部《[二一]やまべ》の三馬《みうま》、任《よ》されて里長《さとをさ》となりき。故《かれ》、山守《[二二]やまもり》といふ。今、名を改《あらた》めて安師《あなし》と爲《な》すは、安師川《[二三]あなしがは》に因《よ》りて名と爲《な》す。其の川は、安師比賣《[二四]あなしひめ》の神に因《よ》りて名と爲《な》す。伊和《いわ》の大神、娶誂《[二五]つまどひ》せむとしましき。その時、此の神、固《かた》く辭《いな》びて聽《き》かず。ここに、大神、大《いた》く瞋《いか》りまして、石《いし》を以《も》ちて川[二六]の源《みなもと》を塞《せ》きて、三形《[二七]みかた》の方《かた》に流し下《くだ》したまひき。故《かれ》、此の川は水少《すくな》し。此の村の山に、梔《[二八]ひのき》・杉《すぎ》・黑葛《つづらども》等生《お》ふ。狼《おほかみ》・羆《くます》住めり。

石作里 本名伊和 土下中　所三以名二石作一者　石作首等　居二於此村[1]一
故庚午年　爲二石作里一
阿和賀山　伊和大神之妹　阿和加比賣命　在二於此山一　故曰二
阿和加山一
伊加麻川　大神占レ國之時　烏賊在二於此川一　故曰二烏賊間川一
雲箇里 土下々　大神之妻　許乃波奈佐久夜比賣命　其形美麗　故
曰二宇留加一
波加村　占レ國之時　天日槍命　先到二此處[2]一　伊和大神後到　於
レ是　大神大恠之云　非レ度先到之乎　故曰二波加村一　到二此處一
者　不レ洗二手足一必雨 其山生二栬杉檀黑葛[3]山薑等一　住二狼熊一
御方里 土下上　所三以號二御形一者　葦原志許乎命　與二天日槍命一
到二於[4]黑土志爾嵩一　各以二黑葛[5]三條一　着レ足投之　爾時　葦原
志許乎命之黑葛[6]　一條落二但馬氣多郡一　一條落二夜夫郡一　一條
落[7]二此村一　故曰二三條一　天[8]日槍命之黑葛　皆落二於但馬國一　故
占二但馬伊都志地一　而在之　一云　大神爲二形見一　植[9]二御杖於
此村一　故曰二御形一

1 底「此」がない。諸注による。
2 底「此」がない。諸注の補字に従う。
3 底「里」に誤る。
4 底「故」。新考に従う。
5 底「里」に誤る。
6 底「葛」を脱。
7 底「落」を脱。
8 以下「而在之」まで釋紀巻十に引用。
9 底「槇」。文意により訂す。

一 遺称地の一宮町伊和を中心とし、山崎町五十波(旧神野村)にわたる揖保川流域地。和名抄(刊本)の郷名に石保・伊和、高山寺本に石作(以之都久利)・伊和、とある二郷の地にあたる。
二 この条には旧名の説明記事がない。郡末の伊和村の記事がそれにあたる記事で追録したものである。
三 印南郡(二六五頁)・餝磨郡(二七五頁)に見える石作連と同族であろう。
四 天智朝九年(六七〇)。戸籍を造り、地方政治を整備せられた年。この年に里として分立し、その居住者名によって石作里と里名が附けられた意。
五 遺称なく所在地不明。但馬のアハカの名を移したものであろう。
六 宍粟郡に北接する但馬国朝来郡の粟鹿(あわか)を本居とした神(出雲系、三輪氏と同族の神直の祖神)であろう。
七 山崎町五十波(いかば)で揖保川に合流する五十波川(また梯川という)。
八 海に住む烏賊が山中の谷川に居たというのは説話上のことである。
九 波賀町閏賀(うるか)が遺称地。この地から西北方の引原川(揖保川上流)の流域、波賀町の地。和名抄の郷名には見えない。
一〇 記紀に見えるニニギ命の妃の同名神ではなく、宗像の女神の別名の如くである。託賀郡黒田里の条(三三三頁)参照。閏賀の稲荷神社に鎮座。
一一 波賀町安賀・有賀・上野附近。近世、

[一]石作《いしつくり》の里《さと》　本《もと》の名は伊和《いわ》[二]なり。　土《つち》は下《しも》の中《なか》なり。　石作《いしつくり》と名づくる所以《ゆゑ》は、石作首等《いしつくりのおびとら》[三]、此の村《むら》に居《を》りき。故《かれ》、庚午《かのえうま》[四]の年に石作《いしつくり》の里《さと》と爲《な》せり。

[五]阿和賀山《あわかやま》　伊和《いわ》の大神《おほかみ》の妹《いも》、阿和加比賣命《あわかひめのみこと》[六]、此の山に在《いま》す。故《かれ》、阿和加《あわか》山といふ。

[七]伊加麻川《いかまがは》　大神、國占《くにし》めましし時、烏賊《いか》[八]、此の川に在《あ》りき。故《かれ》、烏賊間《いかま》川といふ。

[九]雲箇《うるか》の里《さと》　土《つち》は下《しも》の下《しも》なり。　大神の妻《め》、許乃波奈佐久夜比賣命《このはなさくやひめのみこと》[一〇]、其の形《かたち》、美麗《うるは》しかりき。故《かれ》、宇留加《うるか》といふ。

[一一]波加《はか》の村《むら》　國占《し》[一二]めましし時、天日槍命《あまのひぼこのみこと》、先《さき》に此處《ここ》に到《いた》り、伊和《いわ》[一三]の大神、後《のち》に到《いた》りましき。ここに、大神大《おほ》きに恠《あやし》みて、のりたまひしく、「度《はか》らざるに先《さき》に到《いた》りしかも」とのりたまひき。故《かれ》、波加《はか》の村《むら》といふ。此處《ここ》に到《いた》る者《もの》、手足《てあし》[一四]を洗《あら》はざれば、必《かなら》ず雨ふる。　其の山に、桅《ひのき》[一五]・杉《すぎ》・檀《まゆみ》・黒葛《つづら》・山薑《わさび》等《ども》生《お》ふ。狼《おほかみ》・熊住めり。

[一六]御方《みかた》の里《さと》　土《つち》は下《しも》の上《かみ》なり。　御形《みかた》と號《なづ》くる所以《ゆゑ》は、葦原志許乎命《あしはらのしこをのみこと》、天日槍命《あまのひぼこのみこと》と、黒土《くろつち》[一七]の志爾嵩《しにだけ》に到《いた》りまし、各《おのもおのも》、黒葛《つづら》[一八]三条《みかた》[一九]を以《も》ちて、足に着《つ》けて投《な》げたまひき。その時、葦原志許乎命《あしはらのしこをのみこと》の黒葛《つづら》は、一條《ひとかた》は但馬《たじま》の氣多《けた》[二〇]の郡《こほり》に落《お》ち、一條《ひとかた》は夜夫《やぶ》[二一]の郡《こほり》に落ち、一條《ひとかた》は此の村《むら》に落ちき。故《かれ》、三條《みかた》といふ。天日槍命《あまのひぼこのみこと》の黒葛《つづら》は、皆、但馬《たじま》の國に落ちき。故《かれ》、但馬《たじま》の伊都志《いづし》[二二]の地《ところ》を占《し》めて在《いま》しき。一《ある》ひといへらく、大神[二三]、形見《かたみ》[二四]と爲《し》て、御杖《みつゑ》[二五]を此の村《むら》に植《た》てたまひき。故《かれ》、御形《みかた》といふ。

波加庄と称した。

一二　国土占居を争った時。その行為者(神)が何神であるか熟知のこととして語る書式である。

一三　伊和大神を葦原志許乎命と同神と解し、天日槍命の相手として語ったもの。

一四　手足を洗い神を祭るのである。

一五　三二一頁頭注一三に同じ。

一六　波賀町の東隣、一宮町の内、三方川(揖保川上流)の流域地。和名抄の郷名に三方と見える。

一七　シニ野(神前郡聖岡里生野の旧名)の山。鉱物によって土色黒く、故に黒土を冠称したものであろう。黒川・黒原・女黒・黒尾山などの黒を地名とするものが散在する。

一八　以下は占居地を決める呪術的な方法。

一九　条はスヂと訓まずカタと訓むべきであるが、カタの語義は明らかでない。或は黒葛(あおかずら)は縒り合わすことなく、片糸の如く一条で以て物を綴る故に一条を一カタというか。

二〇　兵庫県城崎郡の南部の地。養父郡の北隣。

二一　兵庫県養父郡の地。宍粟郡に北接する。

二二　兵庫県出石郡の地。天日槍命の子孫の氏族出石氏の本居地。

二三　伊和大神。上文は葦原志許乎命として語られた伝承。これは伊和大神として語る伝承で、伝承の系統を異にする。

二四　土地占居の標示のもの。天日槍命と占国争いの時のこととした説話か否か明らかでない。

二五　揖保郡林田里(二八九頁)、粒山の条(三〇七頁)など参照。

大内川　小内川　金内川　大者稱㆓大内㆒　小[1]者稱㆓小内㆒　生㆑鐵者稱㆓金内㆒　其山　生㆓栬杉[2]黑葛等㆒　住㆓狼熊㆒

伊和村（本名神酒）　大神　釀㆓酒此村㆒　故曰㆓神酒村㆒　又云㆓於和村㆒　大神　國作訖以後云　於和　等[3]㆓於我美岐㆒

神前郡

右　所㆔以號㆓神前㆒者　伊和大神之子　建石敷命　(山[4]埼[5]村)在㆓於神前山㆒　乃　因㆓神在㆒爲㆑名　故曰㆓神前郡㆒

聖[6]岡里（[7]生野[8]大川内　湯川　粟鹿[9]川内　波自加村[10]）　土下々　所㆔以號㆓聖岡㆒者　昔　大汝命與㆓小比古尼命㆒　相爭云　擔㆓聖荷㆒而遠行　與㆓不㆑下㆑屎而遠行㆒　此二事　何能爲乎　大汝命曰　我不㆑下㆑屎欲㆑行　小比古尼命曰　我持㆓聖荷[11]㆒欲㆑行　如㆑是　相爭而行之　逕[12]㆓數日㆒　大汝命云　我不㆑能㆑忍㆑行　卽坐而下㆑屎之　爾時　小比古尼命咲曰*

一・二・三　三方川の上流をなす支流の川であろうが、遺称なく、三川をいずれとも決め難い。「内」は河内の意で、流域の平坦地をいう。

四　三二一頁頭注一三に同じ。

五　この一条は上文石作里の本の名、伊和を説明する追補筆録の記事で、餝磨郡と同じく(二八一頁)郡末に記載したものと認められる。一宮町伊和が遺称地で、その北方須行名に式内社、伊和坐大名持御魂神社(播磨一宮)がある。即ち、伊和大神の鎮座地。なおこの条に伊和の地名の説明記事を欠いているのは、伊和大神の鎮座地という明らか過ぎたことのために筆録漏れになったものか。

六　サケまたはミキと訓んでは地名の由来にならない。ミワはもと酒を容れるカメの意。逸文土佐国風土記神河の条(四九九頁)参照。

七　イワ・ミワ・オワは同一語の音転訛。

八　宍禾郡の郡首(三二七頁)と同じで、占国ではない。

九　出雲国風土記意宇郡の説明に、国引き終えてオヱと語り給うたとある(一〇三頁)のに同じ。気力抜けて仮死状態にあるをヲヱ(瘁・瘼)というのに通ずる語で、神が活動を終えて、鎮座(死の状態)しようとすることを示す語とすべきであろう。

一〇　棺槨(ひつ)。キまたヒトキ。遺骸を納める棺。

1　底「小」の下「内」を見せ消。

2　底「林」。他例により「杉」の誤とすべきである。

3　以下の五字、諸注誤字ありとそれぞれに文字を改めて訓んでいるが、底のままに訓む。「等」は待・候の意に通用。「於」は當國風土記の用例すべてニと訓むべき助辭。

4　栗注「在於」の下に移すが、當國風土記の山名の書式例により神前山の傍書補筆が本文へ誤入したものとすべきである。

5　底「使」。恐らく「埼」の誤。

6　「聖」(坴の古體。燒き土)は埴の通用。

7　五地名の記載順序、下の説明記事の順序と異る。或は傳寫間の錯亂か。しばらく底のまま。

8　底「大内川」。下文による。

9　底「川内」がない。下文により補う。

10　底「寸」。「村」の省劃または誤字。

11　底「前」に誤る。

12　「經」の通用。

[一]大内川《おほうちがは》・[二]小内川《をうちがは》・[三]金内川《かなうちがは》　大《おほ》きなるは大内《おほうち》と稱《い》ひ、小《ち》さきは小内《をうち》と稱《い》ひ、鐵《まがね》を生《いだ》すは金内《かなうち》と稱《い》ふ。其の山に、[四]柂《ひのき》・杉《すぎ》・黑葛《つづら》等《ども》生《お》ふ。狼《おほかみ》・熊《くま》住《す》めり。

[五]伊和《いわ》の村《むら》　本《もと》の名は神酒《みわ》なり。　大神、[六]酒《みわ》を此の村《むら》に釀《か》みましき。故《かれ》、神酒《みわ》の村《むら》といふ。又、[七]於和《おわ》の村《むら》といふ。大神、[八]國作《くにつく》り訖《を》へまして以後《のち》、のりたまひしく、「[九]於和《おわ》。我《あ》が[一〇]美岐《みき》に[一一]等《まも》らむ」とのりたまひき。

[一二]神前《かむざき》の郡《こほり》

右《みぎ》、神前《かむざき》と號《なづ》くる所以《ゆゑ》は、伊和《いわ》の大神のみ子、[一三]建石敷命《たけいはしきのみこと》、[一四](山埼《やまさき》の村《むら》)[一五]神前山《かむざきやま》に在《いま》す。乃《すなは》ち、神の在《いま》すに因《よ》りて名と爲《な》し、故《かれ》、神前《かむざき》の郡《こほり》といふ。

[一六]聖岡《はにをか》の里《さと》　[一七]生野《いくの》・大川内《おほかふち》・湯川《ゆかは》・粟鹿川内《あはかかふち》・波自加《はじか》の村《むら》　土《つち》は下《しも》の下《しも》なり。聖岡《はにをか》と號《なづ》くる所以《ゆゑ》は、昔、[一八]大汝命《おほなむちのみこと》と小比古尼命《すくなひこねのみこと》と相争《あひあらそ》ひて、のりたまひしく、「[一九]聖《はに》の荷《に》を擔《にな》ひて遠《とほ》く行《ゆ》くと、屎下《くそま》らずして遠《とほ》く行《ゆ》くと、[二〇]此の二つの事《こと》、何《いづ》れか能《よ》く爲《せ》む」とのりたまひき。大汝命《おほなむちのみこと》のりたまひしく、「我《あ》は屎下《くそま》らずして行《ゆ》かむ」とのりたまひき。小《すく》比古尼命《なひこねのみこと》のりたまひしく、「我《あ》は聖《はに》の荷《に》を持《も》ちて行《ゆ》かむ」とのりたまひき。かく相《あひ》争《あらそ》ひて行《い》でましき。數日《ひかず》逕《へ》て、大汝命《おほなむちのみこと》のりたまひしく、「我《あ》は行《ゆ》き[二一]あへず」とのりたまひて、[二二]即《やが》て坐《ゐ》て、屎下《くそま》りたまひき。その時、小比古尼命《すくなひこねのみこと》、[二三]咲《わら》ひてのりたまひ

一一　候に通用。うかがい見守る意。日本紀私記に候をミル、釈紀皇極紀の訓にマモルとある。出雲国風土記母理郷の条(一〇三頁)参照。この地を棺槨を収める地、すなわち神の鎮座地として、鎮座して(棺にあって)見守っていようの意。

一二　およそ兵庫県神崎郡の地域、市川の上流流域地。神南・香寺・福崎・市川・神崎・大河内の六町及び但馬国の生野町にわたる。和名抄の郡名に神埼(加無佐岐)と見える。

一三　伊和氏の支族の奉じた神。託賀郡(三三五頁)に建石命とあるのと同神であろう。

一四　神前山に添記した傍書。福崎町山崎の地。

一五　山崎の後(北方)の山。揖保川の西岸に臨む。山の南麓に山崎明神社(祭神縁起不明)がある。

一六　郡の中央部(市川町)から北の市川流域地(神崎・大河内二町)にわたる。北接の生野町もこの里の域内。和名抄の郷名に埴岡(高山寺本、波爾乎賀と訓む)とある。

一七　標記の里に所属の記事として下に地名説明を記す諸地名を提記したもの(二七〇頁頭注二参照)。

一八　当国風土記にしばしば見える相並ぶ神の争いの説話。

一九　埴の通用。粘土。あかつち。

二〇　我慢競べである。国占め争いの伝承に属する土地占有を決めるための呪術的方法の説話化したものであろう。

二一　行くことにたえられない。大便を我慢しきれなくなったのである。

二二　その場にすわって。

二三　咲は笑の古字。

然苦 亦 擲二其聖於此岡一 故號二聖岡一 又 下レ屎之時 小竹 彈二上其屎一 行[1]二於衣一 故號二波自賀村一 其聖與レ屎 成レ石 于レ今不レ亡 一家云 品太天皇 巡行之時 造二宮於此岡一 勅云 此土爲レ聖耳 故曰二聖岡一

所三以號二生野一者 昔 此處在二荒神一 半二殺往來之人一 由レ此號二死野一 以後 品太天皇 勅云 此爲二惡名一 改爲二生野一

所三以號二粟鹿川内一者 彼川[2] 自二但馬阿相郡粟鹿山一流來 故曰二粟鹿川内一 生レ楡

大川内 因二大川[3]一爲レ名 生二檜杉[4]一 又有二異俗人卅許口一

湯川 昔 湯出二此川一 故曰二湯川一 生二檜杉[4]黑葛一 又[5] 在二異俗人卅許口[6]一

川邊里 勢賀川 砥川山 土中下 此村 居二於川邊一 故號二川邊里一

所三以云[7]二勢賀一者 品太天皇 狩二於此川内一 猪鹿多約二出於此處一*

1 敷注・粟注・新考ともに「汗」の誤とし、ミゾヲケガシキと訓む。「於」の當國風土記の用字はすべてニの助辭として用いてあり、諸注の訓は恐らく不可。底のまま。

2・3 底「川」がない。文意により新考などの補字に従う。

4 底「枌」に近いが「杉」の左肩に、を添えた字形。

5 「有」に通じて用いたものとする。

6 底「口」を脱。

7 底「云」がない。脱字。「云」「號」のいずれかを補うべきである。

一 私も同じように粘土の荷重で苦しい。

二 になっていた粘土をなげ捨てた。

三 飛びはねて神衣に附着した。「行」は翺、とびはねる意。

四 神崎町福本の初鹿野（はじかの）、また同地の初鹿野山が遺称地。

五 応神天皇。

六 壁に塗り、瓦器を作るに用い得る土だの意。

七 生野町生野が遺称地。今は但馬国に属しているが、もと播磨国内であったと認められる。

八 交通の妨害をする神。

九　通行者の半数を留め害すると語るのがこの種の悪ぶる神の行為の説話型で、当国風土記にしばしば例が見える(二九三・二九五頁など)。
一〇　上文(三二三頁)のシニ嵩のシニと同地名。「死」以外の意味の実在地名であろう。「死」の意に解し(地名説明はそれとした説話)、改名の説話を生んだものの如くである。
一一　神崎町を流れる粟賀川(市川支流)の流域地。平野地に粟賀町がある。
一二　神崎郡に北接する兵庫県朝来郡。上文(二七五頁)に安相と用字するのと類似の用字。朝来と同訓・同地である。
一三　朝来郡山東町の東境にある粟賀山(九六二米)。ただし粟賀川は粟賀山より発源せず、その南方約一〇粁の三国岳(神崎町の北隅)に発源する。同名かつ同方角の故の地理の誤である。
一四　市川本流の流域地。大河内町寺前以北の流域を近世大河内庄と称した。
一五　生活習俗の異なる人。蝦夷(えみし)をいう。景行紀に播磨国に蝦夷を置いたこと、姓氏録佐伯直の条に神前郡に蝦夷の居住したことを記しているのにあたる。
一六　大河内町寺前で市川に注ぐ支流、小田原川の古名。流域を近世以前、湯川村と称した。
一七　市川町川辺(東西がある)が遺称地。その附近の市川本流の東岸地及び東方の支流、小畑川・岡部川の流域地。和名抄(高山寺本)の郷名に川辺(加波乃倍、国用川述)とある。
一八　市川町瀬加を流れる岡部川の古名。

しく、「然苦《しかくる》し」[一]とのりたまひて、亦《また》、其の聖《はに》を此の岡《をか》に擲《なげう》[二]ちましき。故《かれ》、聖岡《はにをか》と號《なづ》く。又、屎下《くそま》りたまひし時、小竹《ささ》、其の屎《くそ》を彈《はじ》き上《あ》げて、衣《みぞ》[三]に行《は》ねき。故《かれ》、波自《はじ》[四]賀《か》の村《むら》と號《なづ》く。其の聖《はに》と屎《くそ》とは、石と成《な》りて今に亡《う》せず。一家《あるひと》いへらく、品太《ほむだ》[五]の天《すめら》皇《みこと》、巡《めぐ》り行《い》でましし時、宮《みや》を此の岡《をか》に造りて、勅《の》りたまひしく、「此の土《つち》は聖《はに》[六]たるのみ」とのりたまひき。故《かれ》、聖岡《はにをか》といふ。

[七]生野《いくの》と號《なづ》くる所以《ゆゑ》は、昔、此處《ここ》に荒《あら》[八]ぶる神ありて、往來《ゆきき》の人を半《なか》[九]ば殺《ころ》しき。此《これ》に由《よ》りて、死野《しにの》[一〇]と號《なづ》けき。以後《そののち》、品太《ほむだ》の天皇《すめらみこと》、勅《の》りたまひしく、「此《こ》は悪《あ》しき名なり」とのりたまひて、改めて生野《いくの》と爲《な》せり。

[一一]粟鹿《あはか》川内《かふち》と號《なづ》くる所以《ゆゑ》は、彼《そ》の川、但馬《たじま》の阿相《あさこ》[一二]の郡《こほり》の粟鹿山《あはかやま》[一三]より流れ來《く》。故《かれ》、粟鹿《あはか》川内《かふち》といふ。楡《にれ》生《お》ふ。

[一四]大川内《おほかふち》　大川《おほかは》に因《よ》りて名と爲《な》す。檜《ひのき》・杉《すぎ》生《お》ふ。又、異俗人《あだしくにびと》[一五]、卅許口《みそたりばかり》あり。

[一六]湯川《ゆかは》　昔、湯、此の川に出でき。故《かれ》、湯川《ゆかは》といふ。檜《ひのき》・杉《すぎ》・黑葛《つづら》生《お》ふ。又、異俗人《あだしくにびと》、卅許口《みそたりばかり》あり。

[一七]川邊《かはのへ》の里《さと》　勢賀川《せかがは》・砥川山《とがはやま》　土《つち》は中《なか》の下《しも》なり。此の村、川の邊《へ》に居《を》り。故《かれ》、川邊《かはのへ》の里《さと》と號《なづ》く。

[一八]勢賀《せか》といふ所以《ゆゑ》は、品太《ほむだ》の天皇《すめらみこと》、此の川内《かふち》にみ狩《かり》したまひき。猪《ゐ》・鹿《しか》を多《おほ》く此處《ここ》に

一 通路、逃げ路を塞いで追い出す。
二・三 遺称なく所在地不明。
四 砥石。
五 福崎町高岡が遺称地。市川の西岸地。和名抄の郷名に見えない。
六 福崎町山崎の北の山。
七 山名の由来は郡名の由来の条(三二五頁)に記したと同じの意。
八 福崎町の西北境、市川町と夢前町との境の七種(なくさ)山(六八一米)。
九 地名の由来。宍禾郡都太川の条(三一九頁頭注二〇)と同じく、地名説明を記す予定で挙げた標目の説明がつかなかったための注記であろう。
一〇 神南町多田が遺称地。福崎町の市川以東から神南町にわたる市川東岸地域。和名抄の郷名には見えない。
一一 応神天皇。
一二 侍従・陪従と同じ。供奉者。
一三 佐伯直とあるべきであるが、或は佐伯部と伝承したか。記載のままとする。仁徳紀に佐伯直阿俄能胡とあるのと同人。姓氏録には、倭健尊東征の時、俘虜とした蝦夷の子孫(佐伯部)の播磨国に居住する者を統轄する命を受け、応神朝に佐伯直の姓を賜わったとある。稲背入彦命(景行天皇皇子)の子孫の氏族。
一四 天皇に直接に願い出た。
一五 加西郡北条町の西南部に両月(わち)、飾磨郡夢前町前之庄に両月があるが、神崎郡内に遺称がない。或は北条町両月が西方にひろがり、神南町山田附近を称したものか。
一六 古事記に大国主命と宗像の女神との子

殺　故曰二勢賀一　[1]至二于星出一狩殺　故山名二星肆一
所三以云二砥川山一者　彼山出[2]レ砥　故曰二砥川山一
高岡里（神前山　奈具佐山）　土中々　右　云二高岡一者　此里有二高岡一　故號二
高岡一
[3]神前山（與レ上同）
奈具佐山（生レ檜不レ知二其由一）
多駝[4]里（邑曰野　八千軍野[5]　粳岡）　土中下　所三以號二多駝[4]一者　品太天皇　巡行之
時　大御伴人　佐伯部等[6]始祖　阿我乃古　申三欲二請此土一　爾
時　天皇勅云　直請哉　故曰二多駝[4]一
所三以云二邑曰野一者　阿遲須伎高日古尼命神　在二於新次社[7]一
造二神宮於此野一之時　意保和知苅廻爲レ院[8]　故名二邑曰野一
[9]粳岡者　伊和大神　與二天日桙命二一神　各發レ軍相戰　爾時
大神之軍　集而舂レ稻之　其糠聚爲レ丘[10]　又[11]　其簸置粳　云レ墓
又云二城牟禮山一　一云　掘[12]レ城處者　品太天皇御*

1 底、以下「名星肆」までを「砥川山」の條の次に記す。恐らくは勢賀川の記事に追錄した記事が不適當な位置に挿入せられたもの。記載位置を訂す。
2 底「出」がない。敷注「有」を補う。用字例により新考に従う。
3 底「前神」。上文により顚倒とする。
4 底、旁を「也」に作る。「駝」の異體「駞」の省劃または誤字。
5 下文は「八千軍野」の前に記し順序が異る。粳岡は追錄か。
6 新考「等」を「直」の誤とする。正しくは「佐伯直等」であるが、底のままに存する。
7 底「神社」、「神」を見せ消ち。
8 底、旁を「宛」の如く作る。「院」の異體または誤字。
9 以下の一條は恐らく追錄記事。書式例によれば「所以云粳岡者」とあるべきところ。
10 底「一丘」の合字の如き字形。或は「一丘」とすべきか。この下に書式例によれば「故曰粳岡」の如きがあるべきところ。記事未整備の故であろう。
11 「又其簸」以下一三字は底「一云掘城」以下「造城居之」まで二六字の次にある。文意によって前後させた。或はもと一三字一行に書寫したものを行を誤り寫したものか。
12 底、木扁に誤る。

[一]約《せ》き出《いだ》して殺《ころ》しき。故《かれ》、勢賀《せか》といふ。星《ほし》の出づるに至るまで狩《か》り殺《ころ》しき。故《かれ》、山を[二]星肆《ほしくら》と名づく。

[三]砥川山《とがはやま》といふ所以《ゆゑ》は、彼《そ》の山、[四]砥《と》を出《いだ》す。故《かれ》、砥川《とがは》山といふ。

[五]高岡《たかをか》の里《さと》　神前山《かむざきやま》・奈具佐山《なぐさやま》　土《つち》は中《なか》の中《なか》なり。右《みぎ》、高岡《たかをか》といふは、此の里《さと》に高《たか》き岡《をか》あり。故《かれ》、高岡《たかをか》と號《なづ》く。

[六]神前山《かむざきやま》　[七]上《かみ》と同じ。

[八]奈具佐山《なぐさやま》　檜生《ひのきお》ふ。其の[九]由《よし》を知らず。

[一〇]多駝《ただ》の里《さと》　邑曰野《おほわちの》・八千軍野《やちぐさの》・糠岡《ぬかをか》　土《つち》は中《なか》の下《しも》なり。多駝《ただ》と號《なづ》くる所以《ゆゑ》は、[一一]品太《ほむだ》の天皇《すめらみこと》、巡《めぐ》り行《い》でましし時、[一二]大御伴人《おほみともびと》、[一三]佐伯部《さへきべ》等《ら》が始祖《とほつおや》、阿我乃古《あがのこ》、此の土《ところ》を欲請《こ》ひ申《まを》しき。その時、天皇《すめらみこと》、勅《の》りたまひしく、「[一四]直《ただ》に請《こ》ひつるかも」とのりたまひき。故《かれ》、多駝《ただ》といふ。

[一五]邑曰野《おほわちの》といふ所以《ゆゑ》は、[一六]阿遲須伎高日古尼命《あぢすきたかひこねのみこと》の神、[一七]新次《にひすき》の社《やしろ》に在《いま》して、神宮《かむみや》を此の野《の》に造りましし時、[一八]意保和知《おほわち》を[一九]苅《か》り廻《もとほ》して、[二〇]院《かき》と爲《な》したまひき。故《かれ》、邑曰野《おほわちの》と名づく。

[二一]糠岡《ぬかをか》は、[二二]伊和《いわ》の大神と天日桙命《あまのひぼこのみこと》と二《ふた》はしらの神、各《おのもおのも》、軍《いくさ》を發《おこ》して相戰《あひたたか》ひましき。その時、大神の軍《いくさ》、集《つど》ひて稻舂《いねつ》きき。其の糠聚《ぬかあつま》りて丘《をか》と爲《な》る。又、其の[二三]簸《ひ》置《お》ける糠《ぬか》を[二四]墓《つか》といひ、又[二五]城牟禮山《きむれやま》といふ。[二六]一《ある》ひといへらく、[二七]城《き》を掘《ほ》りし處《ところ》は、品太《ほむだ》の天皇《すめらみこと》の御《み》

とある。当国風土記託賀郡の条(三三三頁)に宗像神が伊和大神の子を妊む伝承がある。その子とするのであろう。

一七　式内社。今は神南町御蔭の曾坂にあるが旧社地は不明。

一八　茅(ちがや)の類の丈長い草の名か。垣・柵の或種のものをワチというのは材料の草名からの転義の如くである。

一九　その草を刈ってそれを周囲にめぐらして。

二〇　囲りの垣。

二一　神南町八幡の糠塚を遺称地としている。この一条は追録記事の未整備のものか。記事の冒頭・結尾の書式が整わず、標目の里名の下の提記が末尾にあり、かつ文中行を前後して書写された如き箇所がある。

二二　宍禾郡波加村の条の注(三二三頁頭注一三)参照。

二三　舂米の糠を除くために箕(み)であふりふるった、その時の糠。

二四　冢・塚に同じ。盛り上って高くなった所。

二五　糠塚がキ(防塞の設備)となったことをいうか。ムレは山の意の韓語。新考はこの地の糠塚を今もキムラ山と呼ぶ人のあることを記している。恐らく糠塚(糠岡)の別名とするのであろう。

二六　以下は伊和大神が天日槍命の軍を防ぐために堀を穿ち造った所と伝えるのは、一説に応神朝に帰化した百済人の造ったものと伝えるという意か。

二七　外敵の来襲をさえぎるための構築物の総称。ここは堀を穿って水を入れた水城(みずき)の類であろう。

俗[1]　參度來百濟人等　隨[2]ニ有俗一　造レ城居之　其孫等　川邊里
三家人　夜代等
所三以云二八千軍一者　天日桙命　軍在二八千一　故曰二八千軍野一
蔭山里 蔭岡 冑岡　土中下　云二蔭山一者　品太天皇御蔭　墮二於此山一
故曰二蔭山一　又號二蔭岡一　爾[3]　除[4]レ道刃鈍　仍勅[5]云　磨布理許
故云二磨布理村一
云二冑岡一者　伊與都比古神　與二宇知賀久牟豐富命一　相闘之時
冑墮二此岡一　故曰二冑岡一
的部里 石坐神山 高野社　土中々　右　的部等　居二於此村一　故曰二的部
里一
云二石坐[6]神山一者　此山戴レ石　又[7]　在二豐穗命神一　故曰二石坐神
山一
云二高野社一者　此野高二於他野一　又　在二玉依[8]比賣命一　故曰二高
野社一　生二槐杜[9]一

託賀郡

一 代また世にあてて用いた字か。
二 風習。百済風の城(き)を造った。
三 百済人の子孫。
四 里の役所の意か。夜代は人名。
五 福崎町八千種が遺称地。近世まで八千種庄といった。
六 神南町の南部、市川東岸地。御蔭が遺称地。和名抄(高山寺本)の郷名に蔭山(加介也末)と見える。近世蔭山庄と称した。
七 餝磨郡安相里に同じ伝承の異伝が見える(二七五頁)。
八 安相里の条(二七四頁頭注六)に「御冠」とあるのに同じ。
九・一〇 蔭山と蔭岡と二ヵ所がある如くであるが、或は同一地で、岡を蔭岡と呼び、里名は蔭山と称する意か。神南町御蔭附近、市川東岸の地であろうが遺称の岡がない。
一一 その同じ巡幸の時。爾時。以下磨布理村の一節は近隣地かつ同じ伝承に関連する故に附記したものであろう。
一二 道の雑草などをきり払う。
一三 砥を掘ってもって来いの意。砥石・礪石を磨刀石・磨石とも書く(本草和名)。
一四 掘来の仮名書き。布は漢音によりホの仮名に用いたものとする(神功紀に布弥支をホムキと訓む)。

1 新考「代」また「世」の誤とするが底のまま。
2 底「隋」に誤る。
3 「爾」の下、「時」を補うべきか。
4 新考「以鎌」を補うが底のまま。
5 底「勅」がない。當國風土記の文例により品太天皇の言葉として補う。
6 底「神」がない。上の提記及び下記により「神」を補って「石坐神山」とする。ただし、石坐山で神山の意はある。
7 底、蟲損があるが「久」の如き字。次條により「又」の誤とする。
8 底「依依」重記。一字は衍。
9 底「社」。字形の近似により、敷注に従い「杜」とする。

[一]俗《よ》、參度《まゐわた》り來《こ》し百濟人等《くだらびとら》、[二]有俗《ならひ》の隨《まにま》に城《き》を造りて居《を》りき。其の[三]孫等《このすゑ》は、川邊《かはのへ》の里《さと》の[四]三家《みやけ》の人、夜代等《やしろら》なり。

[五]八千軍《やちぐさ》といふ所以《ゆゑ》は、天日桙命《あまのひぼこのみこと》、軍《いくさ》、八千《やち》ひとありき。故《かれ》、八千軍野《やちぐさの》といふ。

[六]蔭山《かげやま》の里《さと》　蔭岡《かげをか》・胄岡《かぶとをか》　土《つち》は中《なか》の下《しも》なり。蔭山《かげやま》といふは、[七]品太《ほむだ》の天皇《すめらみこと》の[八]御蔭《みかげ》、此の山に堕《お》ちき。故《かれ》、[九]蔭山《かげやま》といひ、又、[一〇]蔭岡《かげをか》と號《なづ》く。[一一]爾《ここ》に、[一二]道《みち》を除《はら》ふ刃《やいば》鈍《にぶ》かりき。仍《よ》りて勅《の》りたまひしく、「[一三]磨《と》、[一四]布理許《ほりこ》」とのりたまひき。故《かれ》、[一五]磨布理《とほり》の村《むら》といふ。

[一六]胄岡《かぶとをか》といふは、[一七]伊與都比古《いよつひこ》の神、[一八]宇智賀久牟豐富命《うちかくむとよほのみこと》と、[一九]相闘《あひたたか》ひし時、胄《かぶと》、此の岡に堕《お》ちき。故《かれ》、胄岡《かぶとをか》といふ。

[二〇]的部《いくはべ》の里《さと》　石坐《いはくら》の神山《かみやま》・高野《たかの》の社《やしろ》　土《つち》は中《なか》の中《なか》なり。右《みぎ》は、[二一]的部等《いくはべら》、此の村《むら》に居《を》りき。故《かれ》、的部《いくはべ》の里《さと》といふ。

[二二]石坐《いはくら》の神山《かみやま》といふは、此の山、[二三]石を戴《いただ》く。又、[二四]豐穂命《とよほのみこと》の神在《いま》す。故《かれ》、石坐《いはくら》の神山といふ。

[二五]高野《たかの》の社《やしろ》といふは、此の野、他野《あだしの》より高し。又、[二六]玉依比賣命《たまよりひめのみこと》在《いま》す。故《かれ》、高野《たかの》の社《やしろ》といふ。[二七]槐《ゑにす》・[二八]杜《かつら》生《お》ふ。

[二九]託賀《たか》の郡《こほり》

一五　餝磨郡大野里の条に砥堀として記載したのと同地であろう(二七七頁)。神南町御蔭と市川を隔てた対岸が砥堀である。

一六　神南町豊富の江鮒にある甲山(一〇七米)。市川に臨む小丘。

一七　伊予国から移住して来た人の奉じた神であろう。

一八　次々条の豊穂命と同神。神の系譜は明らかでないが、土着者の神、或は国造豊忍別命(二七五頁)と関係のある名か。ウチカクムは打囲む意でト(戸・扉・門)にかかり、神名に冠する称辞。

一九　国占め争い。

二〇　およそ香寺町の地。市川西岸の地域。川沿いの岩部(いはべ)を遺称としている。和名抄(高山寺本)の郷名に的部(以久波)と見える。

二一　的臣(武内宿禰の子、葛城襲津彦の子孫の氏族)の部民。

二二　香寺町奥須加院の山。同地にあった石蔵山万福寺が遺称。

二三　山頂に石があり、それを神の坐した所とする故にイハクラという。

二四　前々条のウチカクム豊富命と同神。

二五　砥堀の西北方、須加院との境の山(近世、弥高山また鷹の山と呼ぶ)に擬している。

二六　タマ(霊)のよりつく巫女神の意で、同名神が多く、系譜不明。

二七　エンジュの樹。

二八　日本書紀の訓によりカツラと訓む。桂。

二九　兵庫県西脇市及び多可郡中町・黒田庄村・八千代村・加美村の地にあたる。加古川及びその支流の流域地。和名抄の郡名に多可と見える。

一 巨人。神を神名で呼ばず、その特性で俗称したもの(三三四頁頭注二参照)。
二 丈が高く天につかえるために身をかがめたという。
三 天日槍命の但馬国に占居定着するまでの巡行路に類似している。
四 天(空)が低いから。
五 伸に同じ。身体を伸ばしても天空につかえない。
六 蹈に通用(三〇七頁頭注一五・三一三頁頭注二参照)。
七 郡の西北部、加古川の支流、杉原川の上流地。加美村及び中町にわたる地域。和名抄の郷名に賀美(高山寺本に国用上字)と見える。
八 加古川(杉原川)の川上の意。
九 加美村観音寺の東方の山。丹波国氷上郡との境をなす。大海阪また近江阪の遺称がある。
一〇 和名抄(高山寺本)の郷名に邑美(於保見)とある。明石市の西部、魚住・岩岡附近の地。
一一 山の下。麓。
一二 中町安楽田(あらた)から北方の加美村福原の奥荒田にわたる杉原川流域地。
一三 加美村福原の的場にある式内社荒田神社(中町安楽田にも荒田神社がある)。
一四 系譜不明。この地方土着の巫女神か。
一五 神意を判ずるための呪術宗教的な祭儀のための酒。ここは子の父神を神意によって判じようとするもの。逸文山城国賀茂社の条(四一四頁)参照。
一六 釈紀秘訓の訓による。田の広さの単位。
一七 稲の成熟の早いのをいう説話的文辞。

右 所㆔以名㆓託加㆒者 昔 在㆓大人㆒ 常勾行也 自㆓南海㆒到㆓北海㆒ 自㆑東巡行之時 到㆓來此土㆒云 他土卑者 常勾伏而行之 此土高者 申而行之 高哉 故曰㆓託賀郡㆒ 其踰迹處數々成㆑沼

賀眉[1]里（大海山 荒田村） 土下上 右 由[2]㆑居㆓川上㆒爲㆑名

所㆔以號㆓大海㆒者 昔 明石郡大海里人 到來居㆓於此山底㆒ 故曰㆓大海山㆒ [3]生㆑松

所㆔以號㆓荒田㆒者 此處在神 名道主日女命[4] 无㆑父而生㆑兒 爲㆔之釀㆓盟酒㆒ 作㆓田七町㆒ 七日七夜之間 稻成熟竟[5] 乃釀㆑酒集㆓諸神㆒ 遣㆓其子捧㆑酒 而令㆑養[6]之 於㆑是 其子 向㆓天目[7]一命㆒而奉之 乃知㆓其父㆒ 後荒㆓其田㆒ 故號㆓荒田村㆒

黑田里（袁布山 支閇岡 大羅野） 土下上 右 以㆓土黑㆒爲㆑名

云㆓袁布山㆒者 昔 宗形大神 奥津嶋比賣命 任㆓伊和大神之子㆒ 到㆓來此山㆒云 我可㆑産之時訖 故曰㆓袁布山㆒

1 底「眞」。誤字であろう。
2 底「田」。敷注・栗注「因」。新考「由」とする。下文例は「因」であるが、字形の近似により「由」とする。
3 底、本文とする。他例により注書に改める。
4 「玉」の誤とする説があるが底のまま。道主貴(宗像神)、丹波道主王(日子坐王またはその子)の如きこの地方に關係ある神名が見える。
5 底「意」に誤る。新考「爾」として下につけている。
6 敷注・栗注「饗」。新考「奉」の誤とするが底のまま。
7 底、字形が崩れているが「目」とすべき字。

右《みぎ》、託《た》加《か》と名づくる所以《ゆゑ》は、昔、[一]大人《おほひと》ありて、常に[二]勾《かが》り行《ゆ》きき。[三]南の海より北の海に到《いた》り、東《ひむがし》より巡《めぐ》り行《ゆ》きし時、此《こ》の土《くに》に到來《いた》りて、云《い》ひしく、「他土《あだしくに》は[四]卑《ひく》ければ、常《つね》に勾《かが》り伏《ふ》して行《ゆ》きき。此の土《くに》は高ければ、[五]申《の》びて行《ゆ》く。高きかも」といひき。故《かれ》、託《た》賀《か》の郡《こほり》といふ。其の[六]蹈《ふ》みし迹處《あとどころ》は、數々《あまた》、沼《ぬま》と成れり。

[七]賀《か》眉《み》の里《さと》　大海山《おほみやま》・荒田《あらた》の村《むら》　土《つち》は下《しも》の上《かみ》なり。右《みぎ》は、[八]川上《かはかみ》に居《を》るに由《よ》りて、名と爲《な》す。

[九]大海《おほみ》と號《なづ》くる所以《ゆゑ》は、昔、明石《あかし》の郡《こほり》[一〇]大海《おほみ》の里《さと》の人、到來《き》たりて、此の[一一]山底《やまもと》に居《を》りき。故《かれ》、大海《おほみ》山といふ。松生《お》ふ。

[一二]荒田《あらた》と號《なづ》くる所以《ゆゑ》は、此處《ここ》に[一三]在《いま》す神、名は[一四]道主日女命《みちぬしひめのみこと》、父《ちち》なくして、み兒《こ》を生《う》みましき。[一五]盟酒《うけひざけ》を釀《か》まむとして、[一六]田七町《たななところ》を作るに、[一七]七日七夜《なぬかななよ》の間《ほど》に、稻《いね》、成熟《な》り竟《を》へき。乃《すなは》ち、酒《さけ》を釀《か》みて、諸《もろもろ》の神たちを集《つど》へ、其の子をして酒を捧《ささ》げて、[一八]養《まつ》らしめき。ここに、其の子、[一九]天目一命《あめのまひとつのみこと》に向《む》きて奉《たてまつ》りき。乃《すなは》ち、その父《ちち》を知りき。後《のち》に其の[二〇]田荒《あ》れき。故《かれ》、荒田《あらた》の村《むら》と號《なづ》く。

[二一]黑田《くろだ》の里《さと》　袁布山《をふやま》・支閇岡《きへをか》・大羅野《おほあみの》　土《つち》は下《しも》の上《かみ》なり。右《みぎ》は、土《つち》の黑《くろ》きを以《も》ちて名と爲《な》す。

[二二]袁布山《をふやま》といふは、昔、[二三]宗形《むなかた》の大神、[二四]奥津嶋比賣命《おきつしまひめのみこと》、[二五]伊和《いわ》の大神のみ子を[二六]任《はら》みまして、此の山に到來《き》たりて、のりたまひしく、「我《あ》が産《こう》むべき時[二七]訖《を》ふ」とのりたまひき。故《かれ》、袁《を》布《ふ》山といふ。

一八　食物を供する意、また下から上へ奉る意。
一九　鍛工者の奉じた神。荒田神社南方約一〇粁の西脇市大木町に式内社天目一神社がある。
二〇　ウケヒ酒のための神田が祭事の後、荒廃田となって実らなくなった意。神が田を荒した意ではなかろう。
二一　郡の中央部から東北にわたる加古川流域地、黒田庄村。和名抄(高山寺本)の郷名に黒田(久呂太)と見える。
二二　遺称なく所在地不明。黒田庄村の東北隅小苗附近か。次条の支閇丘も恐らく近隣であろう。
二三　記紀に天照大御神と須佐之男命とのウケヒによって生まれた三女神(奥宮・中宮・辺宮)、宗像氏(出雲系、大国主命の子孫の氏族)の奉じた神とする。福岡県宗像郡玄海町の宗像神社に鎮座(次頁の頭注二参照)。
二四　宗像三女神の一。古事記にタギリ姫の別名とし、大国主命と婚してアヂスキタカヒコネ命(賀茂系の神)を生んだとある。国造時代以前、播磨東北部は播磨鴨国といい、賀茂氏族(宗像氏の同族)が占居した如くで、賀茂氏族の伝承であろう。黒田庄村小苗の斎姫宮社(式内社古奈為社とする)にイチキシマヒメ(宗像三女神の一)を祭る。
二五　宗像氏・賀茂氏と同系氏族の伊和氏(播磨国西部を本居とした)の奉ずる伊和大神を大国主命と同神として賀茂氏の伝承と結合したもの、地方化した伝承であろう。
二六　妊に通用。
二七　懐妊の時期が終って出産すべき時になったの意であろう。

云二支閇丘一者　宗形大神云　我可レ産之月盡　故曰二支閇丘一

云二大羅野一者　昔　老夫與二老女一　張二羅於袁布山中[1]一　以捕二禽鳥一　衆鳥多來　負レ羅飛去　落二於件野一　故曰二大羅野一

都麻里[2] 都多支比也山比也野鈴堀山伊夜丘阿富山高瀬目前和爾布多岐阿多加野　土下上　所三以號二都麻一者　播磨刀賣　與二丹[3]波刀賣一　堺レ國之時　播磨刀賣　到二於此村一　汲二井水一而湌之　云二此水有味一　故曰二都麻一

云二都太岐一者　昔　讃伎日子神　誂[4]二冰[5]上刀賣一　爾時　冰[5]上刀賣　答曰レ否　日子神　猶強而誂[4]之　於レ是　冰[5]上刀賣　怒云　何故強[6]レ吾　卽雇二建石命一　以レ兵相闘　於レ是　讃伎日子　負而還去云　我甚[7]怯哉　故曰二都太[8]岐一

云二比也山一者　品太天皇　狩二於此山一　一鹿立二於前一　鳴聲比々　天皇聞之　卽止二翼人一　故山者號二比也山一　野者號二比也野一

1　底「中」を傍書して「山」の上に補入する如く符號があるが、「山」の下に入れて「袁布山中」とすべきであろう。

2　當郡の里内諸地名の標目は讃容郡に似て、村・川・田などを記さないものがある。

3　底「舟」に誤る。

4　底「誹」に誤る。

5　底「泳」。冰の俗字。冰は氷の正字。

6　底「强」がない。敷注「誂」を補い、栗注・新考「强」を補う。文意により「强」を補う。

7　底「其」。諸注による。

8　底「太」がない。「太」または「多」を補うべきである。

一　遺称なく所在地不明。前条ヲフ山の近くか。

二　当郡では個々の神名を記さず、地名(ことに広い地域の名)で呼ぶものが目立つ。宗形大神も恐らく地名で呼んだもの(宍禾郡で、コノハナサクヤヒメ命とあるのが同神か。三二三頁)。郡首の大人も神名を記さない相通ずる神の筆録態度であろう。

三　来経ぬの意。前条の「訖ふ」と同じく懐妊の月が経過し終って出産すべき時になったのであろう。

四　遺称なく所在地不明。前条・前々条に近い地の如くである。

五　網。

六　鳥が多くて、網をかぶったまま飛んでゆき。逸文摂津国八十島の条(四二七頁)に類似の説話が見える。

七　此野というのに同じ。

八　西脇市津万が遺称地。およそ西脇市の地域にあたる加古川流域地。和名抄の郷名に見えないが、その資母郷とあるのにあたる。

[一]支《き》閇《へ》丘《をか》といふは、[二]宗形《むなかた》の大神、のりたまひしく、「我《あ》が産《こう》むべき月、[三]盡《きへ》ぬ」とのりたまひき。故《かれ》、支《き》閇《へ》丘《をか》といふ。

[四]大羅野《おほあみの》といふは、昔、老夫《おきな》と老女《おみな》と、[五]羅《あみ》を袁布《をふ》の山中《やまなか》に張《は》りて、禽鳥《とり》を捕《と》るに、衆鳥《とりども》多《さは》に來《き》て、[六]羅《あみ》を負《お》ひて飛《と》び去《ゆ》き、[七]件《くだり》の野《の》に落《お》ちき。故《かれ》、大羅野《おほあみの》といふ。

[八]都麻《つま》の里《さと》　都多支《つたき》・比也山《ひややま》・比也野《ひやの》・鈴堀山《すずほりやま》・伊夜丘《いやをか》・阿富山《あふやま》・高瀬《たかせ》・目前《まさき》・[九]和爾布多岐《わにふたき》・阿多加野《あたかの》

土《つち》は下《しも》の上《かみ》なり。都麻《つま》と號《なづ》くる所以《ゆゑ》は、[一〇]播磨刀賣《はりまとめ》と、丹波刀賣《たにはとめ》と、國を堺《さか》ひし時、播磨刀賣《はりまとめ》、此の村《むら》に到《いた》りて、井《ゐ》の水を汲《く》みて、飡《いひくら》ひて、「此の水《みづ》有味《うま》し」といひき。故《かれ》、[一一]都麻《つま》といふ。

[一二]都太岐《つたき》といふは、昔、讚伎日子《さぬきひこ》の神、[一三]冰上刀賣《ひかみとめ》を[一四]誂《つまど》ひき。その時、冰上刀賣《ひかみとめ》、答《こた》へて「否《いな》」といふに、日子神《ひこがみ》、猶《なほ》強《し》ひて誂《つまど》ひき。ここに、冰上刀賣《ひかみとめ》、怒《いか》りていひしく、「何《なに》の故《ゆゑ》に、吾《あれ》を[一五]強《し》ふるや」といひき。即《すなは》ち、[一六]建石命《たけいはのみこと》を雇《やと》ひて、[一七]兵《つはもの》を以ちて相闘《あひたたか》ひき。ここに、讚伎日子《さぬきひこ》、負《ま》けて還《かへ》り去《い》にて、いひしく、「我《あ》は甚《いた》く[一八]怯《つたな》きかも」といひき。故《かれ》、都太岐《つたき》といふ。

[一九]比也山《ひややま》といふは、[二〇]品太《ほむだ》の天皇《すめらみこと》、此の山にみ狩《かり》したまひしに、一つの鹿《しか》、み前《まへ》に立ちき。鳴《な》く聲《こゑ》は[二一]比々《ひひ》といひき。天皇《すめらみこと》、聞《き》かして、即《すなは》ち[二二]翼人《いめひと》を止《とど》めたまひき。故《かれ》、山は比也山《ひややま》と號《なづ》け、野《の》は比也野《ひやの》と號《なづ》く。

九　下に地名説明記事がない。標目だけを記して地名説明記事は記載しなかったものか。村名か、山・川・野のいずれの地名か不明。遺称もない。

一〇　播磨・丹波の勢力の代表者として語るもの。刀売は老女、女の主長の意。

一一　ウマ(有味)の音訛ツマとするか、或はミヅウマシの中三音の音約ツマとするのである。

一二　村名か、山・川・野のいずれの地名か不明。遺称地もない。ツタキ・ワニフタキ・アタカ(アタキ)共にタキとあり、同じ語であろうが、語義不明。或は東北に接する丹波国多紀郡のタキとも関係あるか。

一三　当郡に北接する地、丹波国氷上郡。丹波と讃岐の勢力の代表を男女の争いとして語るもの。

一四　求婚した。

一五　無理に求婚するのか。

一六　神前郡首(三二五頁)に伊和大神の子、建石敷命とあるのと同神であろう。丹波と讃岐の争いに播磨の勢力が加わったのである。

一七　兵隊、また武器。武力で以て争うことになった。

一八　力が弱い。

一九　西脇市比延・上比延・下比延(旧比延庄村)が遺称、加古川東岸地。比延の東方の山(二八五米)を指すのであろう。

二〇　応神天皇。

二一　既出(二五八頁頭注七)。

二二　既出(二八三頁頭注一六)。鹿を射るのを中止させ給うた。

鈴堀山者　品太天皇　巡行之時　鈴落ニ於此山一　雖レ求不レ得
乃　堀レ土而求之　故曰ニ鈴堀山一
伊夜丘者　品太天皇[1]獦[2]犬名麻奈志漏　與レ猪走ニ上此岡一　天皇　見之
[3]云ニ射乎一　故曰ニ伊夜岡一　此犬與レ猪相闘死　即作レ墓葬　故此
岡西有ニ犬墓一
阿富山者　以レ朸荷レ宍[4]　故號ニ阿富一
云ニ高瀬村一者　因レ高ニ川瀬一爲レ名
目前田者　天皇獦犬　爲レ猪所三打ニ害[5]目一　故曰ニ目割一
阿多加野者　品太天皇　狩ニ於此野一　一猪負レ矢　爲ニ阿多岐一
故曰ニ阿多賀野一
法太里甕坂花波山　土下上　所三以號ニ法太一者　讚伎日子　與ニ建石命一
相闘之時　讚伎日子　負而逃去　以レ手匐去　故曰[6]ニ匐田一
甕坂者　讚伎日子　逃去之時　建石命　逐[7]ニ此坂一云　自レ今以
後　更不レ得レ入ニ此界一　即御冠置ニ此坂一　一家云　昔　丹波與ニ
播磨一　堺レ國之時　大甕堀ニ埋於此上[8]一　以爲ニ國境一　故曰ニ甕坂一

1　底「皇」を脱。
2　「獦」は「獵」の古字。
3　他郡の例によれば「勅云」とあるべきであるが、當郡は敬語の使用が乏しいので底のまま。
4　底「宗」の如き字形。栗注・新考に従う。
5　底「宮」。害の俗字。
6　底「曰」がない。「曰」または「號」を補うべきである。
7　新考「逐來」とするが、底のまま。
8　「上」は或は「土」の誤ではないか。敷注「土」、新考「此坂上」。

一　西脇市堀町のスソージ山が遺称地であろう。
二　鷹狩の鷹の鈴であろう。揖保郡鈴喫岡の条(三〇五頁)参照。この前後の地名は狩猟に関連する説話で説明しているが、獣の狩である。この一条のみは異種の鳥の狩で説明したもの。
三　遺称地はない。西脇市堀町の犬次神社をこの条の狩犬を祭る社とし、その東方の山に擬している。
四　真白。白毛の故の名。
五　頭注三参照。
六　西脇市和布(めう)町が遺称地か。
七　にない棒。
八　猪鹿などの肉。狩の獲物。品太天皇の狩の説話の一として語るもの。
九　西脇市に高島町(加古川沿い)、郷瀬町(杉原川沿い)の如き地名があるが、いずれを指すか所在地は明らかでない。

[一]鈴堀山《すずほりやま》は、品太《ほむだ》の天皇《すめらみこと》、巡《めぐ》り行《い》でましし時、鈴《すず》[二]、此の山に落《お》ちき。求《もと》むれども得《え》ず。乃《すなは》ち、土《つち》を掘《ほ》りて求《もと》めき。故《かれ》、鈴堀《すずほり》山といふ。

[三]伊夜丘《いやをか》は、品太《ほむだ》の天皇《すめらみこと》の獦犬《かりいぬ》 名は[四]麻奈志漏《まなしろ》、猪《ゐ》と此の岡に走《はし》り上《のぼ》りき。天皇《すめらみこと》、見たまひて、「射《い》よ」とのりたまひき。故《かれ》、伊夜岡《いやをか》といふ。此の犬、猪《ゐ》と相闘《あひたたか》ひて死《し》にき。即《すなは》ち、墓《はか》を作《つく》りて葬《かく》しき。故《かれ》、此の岡の西に、犬墓《いぬはか》[五]あり。

[六]阿富山《あふやま》は、朸《あふこ》[七]を以《も》ちて、宍《しし》[八]を荷《にな》ひき。故《かれ》、阿富《あふ》と號《なづ》く。

[九]高瀬《たかせ》の村《むら》といふは、川の瀬高《せたか》きに因《よ》りて、名と爲《な》す。

[一〇]目前田《まさきだ》は、天皇《すめらみこと》の獦犬《かりいぬ》、猪《ゐ》に目《め》を打《う》ち害《さ》[一一]かれき。故《かれ》、目割《まさき》[一二]といふ。

[一三]阿多加野《あたかの》は、品太《ほむだ》の天皇《すめらみこと》、此の野《の》にみ狩《かり》したまひしに、一つの猪《ゐ》、矢《や》[一四]を負《お》ひて、阿《あ》[一五]多岐《たき》しき。故《かれ》、阿多賀野《あたかの》といふ。

[一六]法太《はふだ》の里《さと》 甕坂《みかさか》・花波山《はななみやま》 土《つち》は下《しも》の上《かみ》なり。法太《はふだ》と號《なづ》くる所以《ゆゑ》は、讃伎日子《さぬきひこ》[一七]と建石命《たけいはのみこと》と相闘《あひたたか》ひし時、讃伎日子《さぬきひこ》、負《ま》けて逃去《に》ぐるに、手以《ても》て匐《は》ひ去《い》にき。故《かれ》、匐田《はふだ》といふ。

[一八]甕坂《みかさか》は、讃伎日子《さぬきひこ》、逃去《に》ぐる時、建石命《たけいはのみこと》、此の坂《さか》に逐《やら》[一九]ひて、いひしく、「今より以《の》後《ち》は、更《また》[二〇]、此の界《さかひ》に入ること得《え》じ」といひて、即《すなは》ち、御冠《みかげ》[二一]を此の坂《さか》に置《お》き[二二]。一家《あるひと》いへらく、昔、丹波《たには》と播磨《はりま》と、國[二三]を堺《さか》ひし時、大甕《おほみか》[二四]を此の上《うへ》に掘《ほ》り埋《う》めて、國の境《さかひ》と爲《な》しき。故《かれ》、甕坂《みかさか》といふ。

一〇 遺称なく所在地不明。
一一 割に通じ用いたもの。裂く。
一二 餝磨郡に麻跡(目割)里(二六九頁)、射目前(いめさき)(二七九頁)の類似地名がある。
一三 遺称なく所在地不明。
一四 矢に射あてられて、矢傷を負って。
一五 うなること。猪の猛りほえるうなり。古事記にウタキとあるのに同じ。
一六 郡の西南部、西脇市板波町で加古川に合流する野間川の流域地。八千代村から西脇市西南部にわたる。落方・明楽寺・水尾・出合の諸町地方の旧村名芳田(はうだ)が遺称。和名抄(高山寺本)の郷名に蔓田(波布太)とある。
一七 前条の里の都麻里の名を説明した説話(三三五頁)と同じ説話。
一八 西脇市明楽寺町から西南方の加西郡泉町に越える坂。二ヶ坂(にかさか)と呼んでいる。
一九 この坂の地まで追いやって。
二〇 再びこの境から内(北方)の地に入ってはならぬ。
二一 既出(二七四頁頭注六・三三〇頁頭注八)。呪力のあるものとしたのである。
二二 ミカゲ坂の略音、ミカ坂とする説明である。この下に、例によれば「故曰云々」という説明記事の結末の句があるべきであるが、略して記さなかったのであろう。伝写間の脱文ではない。
二三 丹波国が西南に延びて、託賀郡が丹波国内であったことになるが、国郡制実施以前の土着氏族(国造)の勢力による領域、その境界をいうものである。
二四 神酒を容れるカメ。国境に神をまつるのである。

花波山者　近江國花波之神　在㆓於此山㆒　故因爲㆑名

賀毛郡

所㆔以號㆓賀毛㆒者　品太天皇之世　於㆓鴨村㆒　雙鴨作㆑栖生㆑卵　故曰㆓賀毛郡㆒

上鴨里　土中上　下鴨里　土中中[1]　右二里　所[2]㆔以號㆓鴨里㆒者　已詳㆓於上㆒　但　後分爲㆓二里㆒　故曰㆓上鴨下鴨㆒　品太天皇　巡行之時　此鴨發飛　居[3]㆓於修[4]布井樹㆒　此時　天皇問云　何鳥哉　侍從當麻[5]品遲部君前玉　答曰　住㆓於川㆒鴨　勅令[6]㆑射時　發㆓一矢㆒　中㆓二鳥㆒　即負㆑矢　從㆓山岑㆒　飛越之處者[7]　號㆓鴨坂㆒　落斃之處者　仍號㆓鴨谷㆒　煮㆑羹之處者　號[8]㆓煮坂㆒

下鴨里　有㆓碓居谷箕谷[9]酒屋谷㆒　昔[10]　大汝命　造㆑碓稻舂之處者　號㆓碓居谷㆒　箕置之處者　號㆓箕谷㆒　造㆓酒屋㆒之[11]處者　號㆓酒屋谷㆒

修[4]布里　土中々　所㆔以號㆓修[4]布㆒者　此村在㆑井　一女　汲㆑水*

一　八千代村花宮が遺称地。その後方(西北)の山。

二　神の系譜不明。賀毛郡川合里の条(三四七頁)に見え、近江国からの移住者の奉じた神の如くである。

三　山の東南麓、花宮の貴船神社に鎮座することをいう。水神とする。

四　加古川中流の地。川を界として加東・加西の二郡に分れ、東は東条川、西は万願寺川及びその支流の下里川(いずれも加古川の支流)の流域の地を占める。小野市及

1　底「上」を見せ消にして「中」を書いている。

2　「所以」の二字、底、二〇字隔てて次行の品太天皇の上にある。栗注・新考に従う。隣行のための誤寫。

3　底「於居」。諸注により顚倒とする。

4　底「條」の如き字形。諸注に従う。

5　底「阿」。「陪」の誤とする説もあるが、敷注・栗注・新考による。

6　底「今」の如き字形。「令」の誤。

7　底「者」がない。次の文例により補う。

8　底「號」がない。「號」「曰」「仍號」のいずれかを補うべきである。

9　底「谷」を脱。

10　底「此」。例によれば「昔」または「右」とあるべきところ。新考に従う。

11　底、蟲損して字形不明。例によって「之」とする。

[一]花波山《はなみやま》は、近江《あふみ》の國の[二]花波《はななみ》の神、此の山に[三]在《いま》す。故《かれ》、因《よ》りて名と爲《な》す。

[四]賀毛《かも》の郡《こほり》

賀毛《かも》と號《なづ》くる所以《ゆゑ》は、[五]品太《ほむだ》の天皇《すめらみこと》のみ世、[六]鴨《かも》の村《むら》に、雙《つがひ》の鴨《かも》栖《す》を作りて卵《かひこ》を生《う》みき。故《かれ》、賀毛《かも》の郡《こほり》といふ。

[七]上鴨《かみかも》の里《さと》　土《つち》は中《なか》の上《かみ》なり。[八]下鴨《しもかも》の里《さと》　土《つち》は中《なか》の中《なか》なり。右《みぎ》の二つの里《さと》を、鴨《かも》の里《さと》と號《なづ》くる所以《ゆゑ》は、已《すで》に[九]上《かみ》に詳《つまび》らかなり。但《ただ》、後《のち》に分《わ》けて、二つの里《さと》と爲《な》す。故《かれ》、上鴨《かみかも》・下鴨《しもかも》といふ。品太《ほむだ》の天皇《すめらみこと》、巡《めぐ》り行《い》でましし時、此の鴨《かも》飛《と》び發《た》ちて、[一〇]修布《すふ》の井《ゐ》の樹《き》に居《を》りき。此の時、天皇《すめらみこと》、問《と》はしたまひしく、「何《なに》の鳥《とり》ぞ」とのりたまひき。[一一]侍從《おもとびと》、[一二]當麻《たぎま》の品《ほむ》遲部君前玉《ちべのきみさきたま》、答《こた》へて曰《まを》ししく、「川に住《す》める鴨《かも》なり」とまをしき。勅《みことのり》して射《い》しめたまふ時、一矢《ひとや》を發《はな》ちて、二つの鳥《とり》に中《あ》てき。即《すなは》ち、矢《や》を負《お》ひて、山の岑《みね》より飛《と》び越《こ》えし處《ところ》は、[一三]鴨坂《かもさか》と號《なづ》け、落《お》ち斃《たふ》れし處《ところ》は、仍《すなは》ち[一四]鴨谷《かもたに》と號《なづ》け、羹《あつもの》を煮《に》し處《ところ》は、[一五]煮坂《にさか》と號《なづ》く。

下鴨《しもかも》の里《さと》に、碓居谷《うすゐだに》・箕谷《みたに》・酒屋谷《さかやだに》あり。昔、[一六]大汝命《おほなむちのみこと》、碓《うす》を造りて稲舂《いねつ》きし處《ところ》は、[一七]碓居谷《うすゐだに》と號《なづ》け、箕置《みお》きし處《ところ》は、[一八]箕谷《みたに》と號《なづ》け、酒屋《さかや》を造りし處《ところ》は、[一九]酒屋谷《さかやだに》と號《なづ》く。

[二〇]修布《すふ》の里《さと》　土《つち》は中《なか》の中《なか》なり。修布《すふ》と號《なづ》くる所以《ゆゑ》は、此の村《むら》に[二一]井《ゐ》あり。一《ひとり》の女《をみな》、水を汲《く》み、

び東条・社・滝野・泉・北条・加西の六町の地にあたる。和名抄の郡名には賀茂とある。

五　応神天皇。

六　カモと称する地名の本拠は明らかでない。次項参照。

七・八　加西郡の西北部、万願寺川の上流地域(泉町の西半部、旧在田村・西在田村の地)が上鴨里の地域。また同郡の西南部、下里川の流域地(北条町の南部、旧下里村・加茂村の地)が下鴨里の地域であったとすべきであろう。上鴨・下鴨両里は隣接せず、その中間の地に修布里・三重里の二里がひらかれていたことになる。恐らくこの附近一帯が国造時代の針間鴨国の中心地で鴨里の地であり、次第に開発せられ、里が増置せられていったために鴨里の名が南北にわかれ隔ってのこることになったのであろう。

九　前条の郡名説明の記事をさす。

一〇　次の修布里の条に見える。

一一　従者。供奉者。

一二　修布里の品遅部村の条に見える。

一三　次の鴨谷から北条町横尾に通ずる古坂峠に擬している。

一四　泉町の南部、鴨谷が遺称地。

一五　遺称なく所在地不明。

一六　賀毛郡には伊和大神の名は見えない。大汝命として下にも見える。

一七　北条町牛居が遺称地。

一八・一九　遺称なく所在地不明。

二〇　北条町吸谷(旧富田村)が遺称地。郡の西部、下里川の上流地域。和名抄の郷名には見えない。

二一　遺蹟は明らかでない。

即被㆓吸没㆒　故曰[1]㆓號修[2]布㆒
鹿咋山　右　所㆔以號㆓鹿咋㆒者　品太天皇[3]　狩行之時　白鹿[4]咋㆓
己舌㆒　遇㆓於此山㆒　故曰㆓鹿咋山㆒
品遲部村　右　號㆑然者　品太天皇之世　品遲部等遠祖前玉
所㆑賜㆓此地㆒　故號㆓品遲部村㆒
三重里（土中々）　所㆔以云㆓三重㆒者　昔在㆓一女㆒　抜[5]㆑筍以㆑布裹食
[6]三重居　不㆑能㆓起立㆒　故曰㆓三重㆒
楢原里（土中々）　所㆔以號㆓楢原㆒者　柞生㆓此村㆒　故曰㆓柞原㆒
伎須美野　右　號㆓伎須美野㆒者　品太天皇之世　大伴連等
請㆓此處㆒之時　喚㆓國造黒田別㆒　而問㆓地狀㆒　爾時　對曰　縫
衣如㆑藏㆓櫃[7]底㆒　故曰㆓伎須美野㆒
飯盛嵩　右　號㆑然者　大汝命之[8]御飯　盛㆓於此嵩㆒　故曰㆓飯盛
嵩㆒
[9]粳岡　右　號㆓粳岡㆒者　大汝命　令㆑舂㆓稻於下鴨村㆒　散㆑粳飛㆓
到於此岡㆒　故曰㆓粳岡㆒
[10]有㆓玉野村㆒　所以者[11]　意奚袁奚二皇子等　坐[12]㆓於美嚢郡志深里高*

一　遺称なく所在地不明。
二　応神天皇。
三　舌を出している白鹿に出会った。鹿を主格にしていう古い表現法。宍禾郡郡首(三一七頁)に類似の説話がある。
四　遺称なく所在地不明。
五　上鴨里の条に当麻品遅部君前玉とある。垂仁天皇の皇子、ホムチワケ命の御名代(みなしろ)として置かれた部民を統轄する氏族。これは大和の当麻を本居としたので当麻を冠称した。
六　北条町北条を中心とする下里川流域地。近世北条を三重北条と称した。和名抄(高山寺本)の郷名に三重(美倍)と見える。
七　筍に通用。竹の子。
八　立つことが出来ずに、足を三重に折り曲げてすわり込んだ。古事記倭建命の条、三重村の説明に「足三重のまがり如して」とある。
九　加西町の西部、万願寺川の流域地。小野市内の同川の流域にも及んだ地域。和名

1　栗注・新考「號曰」の顚倒とするが、當郡では下にも同例がある。底のまま。
2　三三八頁4に同じ。
3　底「大」。例により訂す。
4　底「横」。上下によれば鹿である。或は「猟」(イヌの意)の字を「鹿」に通わし用いたものか。
5　底、旁を「向」に作る。「筍」の誤とすべきである。
6　底「三」がない。文意により敷注・栗注の補字に従う。新考は上の「食」を「之三」の誤写とする。
7　底、旁を「貴」に作る。「櫃」の省劃であろう。
8　底「云歟」と傍書。本文のまま「之」とする。
9　糠に通用。
10　諸注「有」を衍とするが、當郡の里内記事の地名提記は書式に統一がない。ここは賀古・印南郡の書式に同じである。底のまま。
11　敷注「所以號然者」、栗注・新考「所以號玉野者」と補うが、當郡の書式の不統一の故に底のまま。
12　底「於」の下に「坐」がある。衍字。

即《やが》て吸《す》ひ没《い》れられき。故《かれ》、修布《すふ》と曰號《なづ》く。

[一]鹿咋山《かくひやま》　右《みぎ》、鹿咋《かくひ》と號《なづ》くる所以《ゆゑ》は、品太《ほむだ》[二]の天皇《すめらみこと》、み狩《かり》に行《い》でまし時、白《しろ》き鹿《しか》、己《おの》[三]が舌《した》を咋《く》ひて、此の山に遇《あ》へりき。故《かれ》、鹿咋《かくひ》山といふ。

[四]品遅部《ほむぢべ》の村《むら》　右《みぎ》、然號《しかなづ》くるは、品太《ほむだ》の天皇《すめらみこと》のみ世、品遅部等《ほむぢべら》[五]が遠祖《とほつおや》前玉《さきたま》、此の地《ところ》を賜《たま》はりき。故《かれ》、品遅部《ほむぢべ》の村《むら》と號《なづ》く。

[六]三重《みへ》の里《さと》　土《つち》は中《なか》の中《なか》なり。　三重《みへ》といふ所以《ゆゑ》は、昔、一《ひとり》の女《をみな》ありき。[七]筍《たかむな》を抜《ぬ》きて、布《ぬの》もて裹《つつ》み食《くら》ふに、[八]三重《みへ》に居《ゐ》て起立《た》つこと能《あた》はざりき。故《かれ》、三重《みへ》といふ。

[九]楢原《ならはら》の里《さと》　土《つち》は中《なか》の中《なか》なり。　楢原《ならはら》と號《なづ》くる所以《ゆゑ》は、柞《なら》[一〇]、此の村《むら》に生《お》へり。故《かれ》、柞原《ならはら》といふ。

[一一]伎須美野《きすみの》　右《みぎ》、伎須美野《きすみの》と號《なづ》くるは、品太《ほむだ》の天皇《すめらみこと》のみ世、大伴連等《おほとものむらじら》[一二]、此處《ここ》[一三]を請ひし時、國造《くにのみやつこ》[一四]黒田別《くろだわけ》を喚《め》して、地状《くにがた》[一五]を問《と》ひたまひき。その時、對《こた》へて曰《まを》ししく、「縫《ぬ》へる衣《きぬ》を櫃《ひつ》の底《そこ》に藏《きす》[一六]めるが如し」とまをしき。故《かれ》、伎須美野《きすみの》といふ。

[一七]飯盛嵩《いひもりだけ》　右《みぎ》、然號《しかなづ》くるは、大汝命《おほなむちのみこと》の御飯《みいひ》を、此の嵩《たけ》[一八]に盛《も》りき。故《かれ》、飯盛嵩《いひもりだけ》といふ。

[一九]糠岡《ぬかをか》　右《みぎ》、糠岡《ぬかをか》と號《なづ》くるは、大汝命《おほなむちのみこと》、稲《いね》を下鴨《しもかも》[二〇]の村《むら》に舂《つ》かしめたまひしに、糠散《ぬかち》りて、此の岡《をか》に飛《と》び到《いた》りき。故《かれ》、糠岡《ぬかをか》といふ。

[二一]玉野《たまの》の村《むら》あり。[二二]その所以《ゆゑ》[二三]は、意奚《おけ》[二四]・袁奚《をけ》二《ふた》はしらの皇子等《みこたち》、美嚢《みなぎ》の郡《こほり》志深《しじみ》の里《さと》の高《たか》[二五]

抄の郷名に見えない。

一〇　柞・楢ともにナラ・ハハソと訓む。

一一　小野町来住(きし)が遺称地。万願寺川が加古川に合流する附近の地。

一二　道臣命の子孫の氏族の大伴氏か。来住附近に大部と称する地が散在し、東大寺領の大部庄の地にあたる。

一三　開墾居住のために。

一四　国造本紀にいう針間鴨の国造。成務朝、市入別命(崇神天皇の皇子豊城入彦命の子孫)が国造に定められたとある。その後裔であろう。

一五　地勢及び土質・開墾の適否など。

一六　蔵しまう意。キスメル玉(万葉集)、キシメル国(倭姫命世記)の如き用例がある。山にとり囲まれた地形で人に知られていないが、既に開墾された良い水田のあることをいうのである。

一七　北条・加西両町の境の飯盛山(一三三米)。

一八　恐らくこの山で神祭をしたのである。

一九　加西町の東南隅の糠塚山。下鴨里を流れる下里川の下流に臨む。

二〇　下鴨里の条(三三九頁)の説話につながるもの。

二一　加西町玉野が遺称地。

二二　賀古・印南二郡に見えた里内の地名の提記の書式に同じである。

二三　玉野と名づくる所以はの意。

二四　仁賢・顕宗両天皇をいう。美嚢郡の条(三四九頁)に詳記している。

二五　下に見える(三五一頁頭注二六)。即位の後、この宮に居住せられたとする伝承である。

野宮㆒[1] 遣㆓山部小楯㆒ 誂[2]㆓國造許麻之女 根日女命㆒ 於㆑是
根日女 已依㆑命訖 爾時 二皇子 相辭不㆑娶 至[3]㆓于日間㆒
根日女 老長逝 于㆑時 皇子等大哀 卽遣㆓小立㆒ 勅云 朝
日[4]夕日 不㆑隱之地 造㆑墓藏㆓其骨㆒ 以㆑玉餝㆑墓 故緣㆓此墓㆒
號㆓玉丘㆒ 其村號㆓玉野㆒
起勢里[5] 土下中 臭江 黑川 右 號㆓起勢㆒者 巨[6]勢部等 居㆓於此村㆒ 仍爲㆓
里名㆒
臭江 右 號㆓臭江㆒者 品太天皇之世 播磨國之田[7]村君 在㆓
百八十村君㆒ 而己村別 相闘之時 天皇勅 追㆓聚於此村㆒
悉皆斬死 故曰㆓臭江㆒ 其血黑流 故號㆓黑川㆒
山田里 土中下 猪[8]飼野 右 號㆓山田㆒者 人居㆓山際㆒ 遂由爲㆓里
名㆒
猪養野 右 號㆓猪飼㆒者 難波高津宮御宇天皇之世 日向肥人
朝戸君 天照大神坐舟於[9] 猪持參來進之 可㆑飼所 求申仰[10] 仍
所㆑賜㆓此處㆒ 而放㆓飼猪㆒ 故曰㆓猪飼野㆒

一 下文に見える(三五一頁頭注一五)。
二 上の伎須美野の条の国造と同じ針間鴨国造。土地の主長である。許麻は名。
三 他に見えない。
四 求婚する。
五 すっかり。全く。
六 仰せ言に従い求婚を応諾した。
七 辞退しあった。譲りあった。二皇子が帝位を譲り合った伝承(記紀)がここにも出ているのである。
八 日数を重ねた。
九 古事記雄略天皇の条の、年老いるまで召されなかった赤猪子の説話に類する。
一〇 小楯に同じ。
一一 一日中、陽のよくあたる地。宮殿・陵墓など、居所として好適の地とせられていた。
一二 加西町玉野新家の玉塚とする。前方後円墳である。
一三 加東郡社町古瀬(東・中・西がある)が遺称地。この附近から南方、小野市小野町附近にわたる加古川東岸地。和名抄の郷名に見えない。
一四 この里に属する記事として下に地名説明を記す地名の提記(二七〇頁頭注二参照)。餝磨・神前・託賀三郡では土品の前に注記し、土品を大書する例であるが、当郡は書式が整っていない。また、他郡例では標目の里名の下の地名提記(餝磨郡式)、説明記事の冒頭の地名提記(揖保郡式)のいずれか一であるが、当郡は臭江・猪飼野・小目野・腹辟沼の四条、その両者をあわせた書式である。

1 底「野」がない。下文及び書紀により補う。
2 底「誹」に誤る。
3 底「至」がない。栗注「于」の下に「過」、新考は「遥」を補うが、至于星出・至于有今の例により補訂する。
4 底「日」がない。底のままアシタ、ユフベニ、日ノカクロハヌとも訓み得るが、敷注・新考により「日」を補って四字句を整える。
5 土品と里内記事の地名提記の注書書式が他郡と異なるが、當郡の書式不統一として底のまま。
6 底「巨」に誤る。
7 新考「田」を「里」、次の「君」を衍とするが底のまま。
8 「猪飼野」は里内記事の地名提記。書式の不統一として底のまま。
9 「上」に用いた字。
10 諸注衍とするが、底のまま。古事記(雄略)に「仰㆓待天皇之命㆒」とある「仰」と同じ。

野《の》の宮《みや》に坐《いま》して、[一]山部《やまべ》の小楯《をたて》を遣《や》りて、[二]國造《くにのみやつこ》許麻《こま》の女《むすめ》、[三]根日女命《ねひめのみこと》を[四]誂《つまど》ひたまひき。ここに、根日女《ねひめ》、[五]已《すで》に[六]命《みこと》に依《よ》り訖《を》はりき。その時、二《ふた》はしらの皇子《みこ》、[七]相辭《あひいな》びて娶《あ》ひたまはず、[八]日間《ひかず》に至《な》りぬ。根日女《ねひめ》、[九]老長《としお》いて逝《みまか》りき。時に、皇子等《みこたち》、大《いた》く哀《かなし》み、即《やが》て[一〇]小立《をたて》を遣《や》りて、勅《の》りたまひしく、「[一一]朝日夕日《あさひゆふひ》の隱《かくろ》はぬ地《ところ》に墓《はか》を造《つく》りて、其の骨《かばね》を藏《をさ》め、玉《たま》を以《も》ちて墓《はか》を餝《かざ》らむ」とのりたまひき。故《かれ》、此《こ》の墓《はか》に縁《よ》りて[一二]玉丘《たまをか》と號《なつ》け、其の村《むら》を玉野《たまの》と號《なつ》く。

[一三]起勢《こせ》の里《さと》 土《つち》は下《しも》の中《なか》なり。[一四]臭江《くさえ》・黑川《くろかは》 右《みぎ》、起勢《こせ》と號《なつ》くるは、[一五]巨勢部等《こせべら》、此の村《むら》に居《を》りき。仍《よ》りて里《さと》の名と爲《な》す。

[一六]臭江《くさえ》 右《みぎ》、臭江《くさえ》と號《なつ》くるは、[一七]品太《ほむだ》の天皇《すめらみこと》のみ世、播磨《はりま》の國の[一八]田《た》の村君《むらぎみ》、百八十《ももやそ》の村《むら》君《ぎみ》ありて、[一九]己《おの》が村別《むらごと》に相鬪《あひたたか》ひし時、天皇《すめらみこと》、勅《みことのり》して、此の村《むら》に[二〇]追《お》ひ聚《あつ》めて、悉皆《ことごと》に斬《き》り死《ころ》したまひき。故《かれ》、[二一]臭江《くさえ》といふ。其の血《ち》、黑く流れき。故《かれ》、[二二]黑川《くろかは》と號《なつ》く。

[二三]山田《やまだ》の里《さと》 土《つち》は中《なか》の下《しも》なり。[二四]猪飼野《ゐかひの》 右《みぎ》、山田《やまだ》と號《なつ》くるは、人、山の[二五]際《きは》に居《を》り。遂《つひ》に由《よ》りて、里の名と爲《な》す。

[二六]猪養野《ゐかひの》 右《みぎ》、猪飼《ゐかひ》と號《なつ》くるは、[二七]難波《なには》の高津《たかつ》の宮《みや》に御宇《あめのしたしろ》しめしし天皇《すめらみこと》のみ世、[二八]日向《ひむか》の肥人《くまひと》、[二九]朝戸君《あさべのきみ》、天照大神《あまてらすおほみかみ》の坐《いま》せる[三〇]舟《ふね》の於《うへ》に、猪《ゐ》を持《も》ち參來《まゐき》て、進《たてまつ》りき。飼《か》ふべき所《ところ》を、[三一]求《ま》ぎ申《まを》し仰《あふ》ぎき。仍《よ》りて、此處《ここ》を賜《たま》はりて、猪《ゐ》を放《はな》ち飼《か》ひき。故《かれ》、猪飼野《ゐかひの》

一五　巨勢氏(武内宿禰の子孫の氏族)の部民であろう。
一六　黒川の流域附近であろうが、遺称なく所在地不明。
一七　応神天皇。
一八　農民の一群(一聚落)の長。漁民の長もムラギミというので田を冠称したのであろう。神代紀に天の邑君とあるのに類する。
一九　おのおのの聚落内が治まらずに部落内で闘争していた。
二〇　追い出して集めた。
二一　死骸の臭気による名とする。
二二　小野市黒川が遺称地。その東方の浄土寺山の南から発して西流し、加古川に注ぐ黒川という川が近世まであったという。
二三　小野市山田(旧市場村)が遺称地。郡の最南部の加古川東岸地方。和名抄の郷名に見えない。
二四　下に地名説明を記す里内記事の地名提記。
二五　山ぞいに部落を作って居住し農耕している。
二六　小野市の東南隅、草加野に擬している。
二七　仁徳天皇。
二八　九州の中西部(肥の国)を本居とした土着人。日向国(宮崎県)に居住していたので日向の肥人という。
二九　肥後国益城郡麻部郷(和名抄)を本居とした氏族名か。
三〇　天照大神を奉祀した船。朝廷派遣の軍船か。
三一　猪の飼育地を探し出してその下附を願い出て、勅命を仰いだ。

端鹿里土下上　右　號二端鹿一者　昔　神於二諸村一[1]班二菓子一　至二此
村一不レ足　故仍云二間有哉一　故號二端鹿一[2]今在二其神一　此村　至二于[3]有今一
山木無二菓子一生二眞木[4]梔杉一
穂積里本名塩野小目野　土下上　所三以[5]號二塩野一者　[6]鹹水出二於此村一　故
曰二塩野一　今　號二穂積一者　穂積臣等族　居二於此村一　故號二穂
積一
小目野　右　號二小目野一者　品太天皇　巡行之時　宿二於此野一
仍　望二覽四方一　勅云　彼觀者　海哉河哉　從臣對曰　此霧也
爾時　宣云　大體雖レ見　無二小目一哉　故[7]曰二號小目野一　又
因二此野一詠レ歌
宇都久志伎　乎米乃佐々波爾
阿良禮布理　志毛布留等毛
奈加禮曾禰　袁米乃佐々波*

1　底「斑」。意によって改める。
2　底、土品の次に本文として記す。敷注・栗注は前條猪飼野の條の注とし、新考は「昔神」の下に移している。恐らくは昔神についての追錄の注記が位置を誤って插入せられたものであろう。今、説明記事の後に注として移した。
3　諸注「有」を衍とするが、上文の有俗(三三〇頁)の類の助辭とすべきであろう。
4　既出(三二〇頁脚注6)。
5　底「號」がない。「號」または「云」を補うべきである。
6　底、酉扁に作る。
7　既出(二八八頁脚注14)。既出(三四〇頁脚注1)。

一　加東郡東条町、鴨川(加古川の支流)の流域地。椅鹿谷が遺称地。和名抄の郷名に見えない。
二　神代紀には五十猛命が木種を分布したとある。或はこの神か。
三　木の果実。すなわち木の種子となるべきもの。

四 数の充足しない意。足りない。
五 東条町天神の一宮神社に鎮座する神をいうか。祭神を須佐之男命としているが、その子五十猛命かという。
六 槙の字をかく。
七 檜にあてた字とする(三三二頁頭注一三)。
八 滝野町穂積が遺称地。その南方の小目野に至る加古川東岸地から東方の社町、三草川・久米川の流域地にわたる。和名抄の郷名に穂積とある。
九 里名の説明記事の後に記す里内記事の地名提記である。里の本名の注記とまぎらわしい書き方は書式が整っていないためである。
一〇 塩分のある湧き清水。鉱泉。
一一 遺称はないが、附近の加古川東岸地には塩分を含む鉱泉が諸所に出る。
一二 物部氏の同族。
一三 社町野村の小部野が遺称地。加古川東岸の台地。
一四 応神天皇。
一五 高い所に立っての国状視察(二五九頁)。
一六 地形の概観は出来るが、細部の地形は見えない。
一七 原文の用字では歌の作者は明らかでないが、この歌による井の名により天皇の作歌と解する。
一八 一首の意は、かわいらしい小目野の笹葉に霰や霜が降っても枯れるなよ。小目野の笹葉よ、と解されるが、ヲメノササバはもとヲミノササバ(小忌の小竹葉)で、笹の葉を採り物として舞い歌う神祭の歌とすべきか。

といふ。

[一]端鹿《はしか》の里《さと》　土《つち》は下《しも》の上《かみ》なり。　右《みぎ》、端鹿《はしか》と號《なづ》くるは、昔、神[二]、諸村《むらむら》に[三]菓子《このみ》を班《わか》ちたまひしに、此の村《むら》に至りて足《た》らず。故《かれ》、仍《よ》りて、「[四]間《はした》なるかも」とのりたまひき。故《かれ》、端《はし》鹿《か》と號《なづ》く。今も其[五]の神在《いま》す。　此の村《むら》、有今《いま》に至るまで、山の木に菓子《このみ》なし。[六]眞木《まき》・[七]檜《ひのき》・杉《すぎ》生《お》ふ。

[八]穂積《ほづみ》の里《さと》　本《もと》の名は塩野《しほの》なり。[九]小目野《をめの》　土《つち》は下《しも》の上《かみ》なり。塩野《しほの》と號《なづ》くる所以《ゆゑ》は、[一〇]鹹水《しほみづ》、此の村《むら》に出《い》づ。故《かれ》、[一一]塩野《しほの》といふ。今、穂積《ほづみ》と號《なづ》くるは、[一二]穂積臣等《ほづみのおみら》の族《やから》、此の村《むら》に居《を》り。故《かれ》、穂積《ほづみ》と號《なづ》く。

[一三]小目野《をめの》　右《みぎ》、小目野《をめの》と號《なづ》くるは、[一四]品太《ほむだ》の天皇《すめらみこと》、巡《めぐ》り行《い》でましし時、此の野《の》に宿《やど》りたまひ、仍《すなは》ち、[一五]四方《よも》を望《のぞ》み覽《み》て、勅《の》りたまひしく、「彼《そ》の觀《み》ゆるは、海か、河か」とのりたまひき。從臣《おもとびと》、對《こた》へて曰《まを》ししく、「此《こ》は霧《きり》なり」とまをしき。その時、宣《の》りたまひしく、「[一六]大《おほ》き體《かたち》は見ゆれども、小目《をめ》なきかも」とのりたまひき。故《かれ》、小目野《おめの》と曰號《なづ》く。又、此の野《の》に因《よ》りて[一七]み歌詠《うたよみ》したまひき。

[一八]愛《うつ》くしき　小目《をめ》の小竹葉《ささば》に
霰《あられ》ふり　霜《しも》ふるとも
な枯《か》れそね　小目《をめ》の小竹葉《ささば》。

[1]於レ是　従臣開レ井　故云二佐々御井一

雲潤里 土中々　右　號二雲潤一者　丹津日子神　法太之川底　欲レ越二

雲潤之方一　云レ爾之時　在二於彼村一太[2]水神　辭云　吾以二宍血一

佃　故不レ欲二河水一　爾時　丹津日子云　此神　倦二堀レ河事一

云レ爾而已　故號二雲彌一　今人號二雲潤一

河内里 土中下　右　由レ川爲レ名

此里之田　不レ敷レ草　下二苗子一　所二以然一者　住吉大神　上坐

之時　食二於此村一　爾　從神等　人苅置草　解散爲レ坐[3]　爾時

草主大患　訴二於大神一　判云　汝田苗者　必雖レ不レ敷レ草　如

レ敷レ草生　故其村田　于レ今　不レ敷レ草　作二苗代一

川合里 土中上　腹辟沼[4]　右　號二川合一者　端鹿川底　與二鴨川一

會二此[5]村一　故號二川合里一

腹辟沼　右　號二腹辟一者　花浪神之妻　淡海神　爲レ追二己夫一

到二於此處一　遂怨瞋レ妾以レ刀辟レ腹　沒二於此沼一　故*

1 「於是」以下一二字、底「又因此野」以下の歌の記事の前に記す。佐々御井の地名説明は恐らく追録、不當な位置に插入せられた記事であろう。文の接續及び地名の由來の書式により前後に移し替える。

2 「大」の誤または通用。

3 座に通用。

4 底「治」に誤る。

5 底「此」がない。他例によって脱とする。

一　遺称なく所在地不明。歌の小竹(ささ)に井の名が由来するというのである。

二　和名抄の郷名に見えない。ウズニ・ウズミ・ウルミの訓があるが、「潤」の訓ウルミに雲(ウの仮名)字を添えて地名二字としたものと解し、ウルミと訓む。加西郡泉町の東部(大工・青野以東。近世の宇仁郷の地)から東方、滝野町の北部にわたる地域。穂積里と加古川を距てて西北に隣する地域とすべきであろう。

三　神の系譜不明。

四　雲潤里の北に接する託賀郡法太里を流れる川、野間川。その川の下流を、二つの里の境の山を越して南方雲潤里の方へ流そうというのである。水田耕作の用水に関する説話。

五　雲潤里に鎮座の水神。

六　讃容郡に鹿の血で苗を生育させたとある(三〇九頁)。ここも猪・鹿などの血で稲作をする意。

七　山越えに水路(河)を掘りひらく労働作業を厭って。

八　加西郡泉町河内を遺称地とする。ここから南に流れる普光寺川の流域(泉町の内、旧多加野村の西半部及び加西町の北部)から滝野町南部にわたる地域。雲潤里の西・南に隣する地域とすべきであろう。和名抄の郷名に川内とある。

九　この一条は当国風土記中、地名説明に無関係な伝承記事二条中の一である(三一三頁頭注二二参照)。

一〇　苗代田に稲種を蒔く時敷く草。苗草という。それをしない特殊耕法をいう。

ここに、従臣《おもとびと》、井《ゐ》を開《ひら》きき。故《かれ》、佐々《ささ》[一]の御井《みゐ》といふ。
雲潤《うるみ》[二]の里《さと》　土《つち》は中《なか》の中《なか》なり。　右《みぎ》、雲潤《うるみ》と號《なづ》くるは、丹津日子《につひこ》[三]の神、「法太《はふだ》[四]の川底《かはじり》を、雲潤《うるみ》の方《かた》に越《こ》さむと欲《おも》ふ」と爾云《しかい》ひし時、彼《そ》[五]の村《むら》に在《いま》せる太水《おほみづ》の神、辭《いな》びて云《の》りたまひしく、「吾《あ》は宍《しし》[六]の血《ち》を以《も》ちて佃《たつく》る。故《かれ》、河の水を欲《ほ》りせず」とのりたまひき。その時、丹津日子《につひこ》、云《い》ひしく、「此の神は、河を掘《ほ》[七]る事《わざ》に倦《う》みて、爾《しか》いへるのみ」といひき。故《かれ》、雲彌《うみ》と號《なづ》く。今人《いまひと》、雲潤《うるみ》と號《なづ》く。
河内《かふち》[八]の里《さと》　土《つち》は中《なか》の下《しも》なり。　右《みぎ》は、川に由《よ》りて名と爲《な》す。
此の里《さと》[九]の田は、草敷《くさし》[一〇]かずして苗子《いなだね》[一一]を下《おろ》す。然《しか》る所以《ゆゑ》は、住吉《すみのえ》[一二]の大神、上《のぼ》[一三]りまし時、此の村《むら》にみ食《をし》したまひき。爾《ここ》に、従神《みとものかみたち》等、人の苅《か》り置《お》ける草を解《と》き散《あら》けて、坐《みまし》[一四]と爲《な》しき。その時、草主《くさぬし》[一五]大《いた》く患《うれ》へて、大神に訴《うた》へければ、判《ことわ》[一六]りて云《の》りたまひしく、「汝《いまし》が田の苗《なへ》は、必《かなら》ず、草敷《くさし》かずとも草敷《くさし》けるが如《ごと》生《お》ひむ」とのりたまひき。故《かれ》、其の村《むら》の田は、今に草敷《くさし》かずして、苗代《なはしろ》を作《つく》る。
川合《かはひ》[一七]の里《さと》　土《つち》は中《なか》の上《かみ》なり。　腹辟《はらさき》[一八]の沼《ぬま》　右《みぎ》、川合《かはひ》と號《なづ》くるは、端鹿《はしか》[一九]の川底《かはじり》と鴨川《かもがは》[二〇]と、此の村《むら》に會《あ》[二一]へり。故《かれ》、川合《かはひ》の里《さと》と號《なづ》く。
腹辟《はらさき》[二二]の沼《ぬま》　右《みぎ》、腹辟《はらさき》と號《なづ》くるは、花浪《はななみ》[二三]の神の妻《め》、淡海《あふみ》[二四]の神、己《おの》が夫《せ》[二五]を追《お》はむとして、此處《ここ》に到《いた》り、遂《つひ》[二六]に怨《うら》み妾《をむなめ》を瞋《いか》りて、刀《かたな》以《も》ちて腹《はら》を辟《さ》きて、此の沼《ぬま》に沒《おと》しき。故《かれ》、

一一　苗にする種子。稲種をいう。意を以てイナダネと訓む。或はナハヰ(類聚名義抄の胤の訓)と訓むべきか。
一二　イザナギ命の禊の時に現われた海神。住吉神代記には、酒見社(加西郡北条町)に鎮座、加東郡椅鹿山に神領地のあることを記している。
一三　この神の遍歴を語るもの。西方から都の方、恐らく摂津(大阪市)住吉神社へ行かれる途中として語るもの。
一四　座席としての敷物。
一五　草の所有者。その田の所有耕作者の村人である。
一六　理に合うよう裁決する。
一七　小野市河合中が遺称地。加古川の西岸(旧河合村)地。河内里の東南に隣する里。和名抄の郷名に川合とある。
一八　里名説明記事の次に記す里内記事の地名提記である。
一九　端鹿里を流れる川。加東郡の最大の川で東条川をいう。
二〇　鴨里を流れる川。加西郡の最大の川で、下里川を併せた万願寺川(七郷川)をいう。
二一　右の二川が小野市粟生の島附近で東西から加古川に合流していたという(現在の両川の加古川合流点は南北に離れている)。
二二　遺称なく所在地不明。
二三　既出(三三八頁頭注二)。上文には近江国の花波の神とある。
二四　近江国を本居とする神の意。
二五　夫神の後を追って来たのである。
二六　ここまで来たが、恐らくは男神が他に去って、追い付けなかったので。揖保郡枚方里の条(二九五頁)に類似の伝承がある。

號二腹辟沼一　其沼鮒等　今无二五藏[1]一

美嚢郡

所三以號二美嚢一者　昔　大兄伊射報和氣命　堺レ國之時　到二志深里許曾社一　勅云　此土　水流甚美哉　故號二美嚢郡一

志深里 々 土中　所三以號二志深一者　伊射報和氣命　御二食於此井一之時　信深貝　遊二上於御飯筥[2]縁一　爾時　勅云　此貝者　於二阿波國和那散一　我所レ食之貝哉　故號二志深里一

於奚袁奚天皇等　所三以坐二於此土一者　汝[3]父市邊天皇命　所レ殺二於近江國摧綿野一之時　率二日下[4]部連意美二而逃來　隱二於惟村石室一　然後　意美自知二重罪一　乘馬等　切二斷其勒[5]一　逐[6]放之　亦　持[7]物桉[8]等　盡燒廢[9]之　即經死之　爾　二人子等　隱二於彼此一　迷二於東西一　仍　志深村首　伊等尾之家所レ役[10]也　因二伊等尾新室之宴一　而二子等令レ燭　仍*

1　臓に通用。
2　底、艸冠。筥の通用。
3　栗注・新考「御」の誤とするが、下にも同例がある。底のまま。
4　「日下」二字の合字。
5　底「勑」。新考などに従う。
6　底「遂」。栗注・新考による。
7　底「特」に誤る。
8　「鞍」の扁の革を木に替えた字。
9　底「癈」。廢の通用または誤字。
10　底「伇」。役に同じ。

一　恐らく神地としての沼でこの沼に住む神の魚であるから、神の霊力の表示として常態と異なった形態を認め信じて、その由来を語るもの。上文の渋皮のない栗の伝承(二八五頁)と同類である。
二　兵庫県美嚢郡、美嚢川・淡河川(加古川の支流)の流域。三木市・吉川町・淡河村・上淡河村の地にあたる。和名抄の郡名に美嚢(美奈木)と見える。
三　履中天皇。
四　品太天皇と同様に地方を巡行して地方政治を整備せられたことを語る伝承である。
五　遺称なく所在地不明。
六　志染川(淡河川)の水の流れ。それを美景と見られたという。賀古郡望理里の条(二六三頁)に類似の説話がある。
七　ミナガレの音の約訛とするのである。
八　三木市吉田以東(旧志染村)から淡河村・上淡河村にわたる志染川及びその上流淡河川の流域地。和名抄の郷名に志深(之々美)と見える。
九　頭注三と同じ。履中天皇。
一〇　三木市志染に井上の大字がある。ただし、どこの井を指すか明らかではない。
一一　蜆貝。
一二　箱のふち。
一三　徳島県海部郡海部町鞆浦の古名。延喜式神名帳の那賀郡和奈佐意富曾神社の旧社地。逸文阿波国風土記に奈佐浦とある(四九一頁)。播磨国へ巡行される以前にこの地を巡行されたとするのであるが、履中天皇と和奈佐との関係は明らかでない。

腹辟《はらさき》の沼《ぬま》と號《なづ》く。其の沼《ぬま》の鮒等《ふなども》、今に[一]五藏《はらわた》なし。

[二]美嚢《みなぎ》の郡《こほり》

美嚢《みなぎ》と號《なづ》くる所以《ゆゑ》は、昔、[三]大兄《おほえ》の伊射報和氣命《いざほわけのみこと》、[四]國を堺《さか》ひたまひし時、志深《しじみ》の里《さと》の[五]許曾《こそ》の社《もり》に到《いた》りて、勅《の》りたまひしく、「此の土《くに》は、[六]水流甚美《みながれいとうるは》しきかも」とのりたまひき。故《かれ》、[七]美嚢《みなぎ》の郡《こほり》と號《なづ》く。

[八]志深《しじみ》の里《さと》　土《つち》は中《なか》の中《なか》なり。志深《しじみ》と號《なづ》くる所以《ゆゑ》は、[九]伊射報和氣命《いざほわけのみこと》、[一〇]此の井《ゐ》に御食《みをし》したまひし時、[一一]信深《しじみ》の貝《かひ》、御飯《みいひ》の[一二]筥《はこ》の縁《へ》に遊《あそ》び上《あが》りき。その時、勅《の》りたまひしく、「此の貝《かひ》は、阿波《あは》の國の[一三]和那散《わなさ》に、我《あ》が食《を》しし貝《かひ》なる哉《かも》」とのりたまひき。故《かれ》、志深《しじみ》の里《さと》と號《なづ》く。

[一四]於奚《おけ》・袁奚《をけ》の天皇等《すめらみことたち》の此の土《くに》に坐《いま》しし所以《ゆゑ》は、[一五]汝《そ》が父《ちち》、[一六]市邊《いちべ》の天皇命《すめらみこと》、近江《あふみ》の國の[一七]摧綿野《くだわたの》に殺《ころ》されましし時、[一八]早部連《くさかべのむらじ》意美《おみ》を率《ゐ》て、逃《のが》れ來て、惟《こ》の村《むら》の[一九]石室《いはむろ》に隱《かく》りましき。然《しか》る後《のち》、意美《おみ》、自《みづか》ら重《おも》き罪《つみ》なるを知りて、乘《の》れる馬《うま》等は、其の[二〇]勒《たづなき》を切り斷《た》ちて逐《お》ひ放《はな》ち、亦《また》、持《も》てる物、[二一]桉等《くらども》は、盡《ことごと》に燒《や》き廢《す》てて、即《やが》て[二二]經《わなな》き死《し》にき。爾《ここ》に、二人《ふたり》のみ子等《たち》、彼此《ここかしこ》に隱《かく》り、東西《ひむがしにし》に迷《まよ》ひ、仍《すなは》ち、[二三]志深《しじみ》の村《むら》の首《おびと》、[二四]伊等尾《いとみ》の家《いへ》に役《つか》はれたまひき。伊等尾《いとみ》が[二五]新室《にひむろ》の宴《うたげ》に因《よ》りて、二《ふ》たりのみ子《こ》等《たち》に[二六]燭《ひとも》さしめ、仍《よ》りて、

一四　仁賢(於奚)・顕宗(袁奚)両天皇。同母兄弟である。以下の記事とほぼ同内容の記事が古事記及び日本書紀にある。この一条は地名説明のための記事でないが、下に地名説明を伴わせている。

一五　「爾」に通わし用いて「其」の意とすべきか。第二人称の卑称の意に用いたのではない。

一六　履中天皇の皇子、市辺押磐(忍歯)皇子。帝位には即かれなかったが、顕宗紀の歌に「市辺の宮に天の下治しめしし云々」とあり、天皇として歌っている。

一七　記紀には来田綿の蚊屋野とある。クダワタノは滋賀県蒲生郡日野町西明寺の地。蚊屋野は同県愛知郡秦荘町蚊野(上・北がある)の地。この野で遊猟の際、従兄弟の大泊瀬皇子(雄略天皇)に殺され給うた。

一八　顕宗紀には舎人(とねり)とある。早部連使主(みお)とその子吾田彦が二皇子を奉じて逃れたとある。

一九　三木市志染の窟屋にある窟屋山の麓の石室に擬している。

二〇　勒は馬具。手綱・くつわの意。騎乗のための馬具を切りはずして、馬を放してしまった。

二一　馬の縁で鞍をいう。所持品のすべてを焼きすてたことをいう。

二二　縊死。首をくくって自殺した。

二三　志深村の首長。首は姓(かばね)ではない。顕宗紀には縮見屯倉(しじみのみやけ)の首とある。

二四　名。顕宗紀に忍海部(おしぬみべ)造、細目とある。細目とイトミとは同じであろう。

二五　家の新築を祝い寿ぐ祭事の宴。

二六　下僕のする仕事である。

一　声を長く引いて歌謡をうたう意。新築の家屋を寿ぐ祝い歌、室寿(むろほぎ)の詞を歌わせた。ただし下文には室寿の歌詞は記していないで、その歌詠の後に添え歌われた自分の身分を明かす詞のみを記している。
二　袁奚皇子(顕宗天皇)。
三　充足する意か。キミ(君)とかかる意で、国名吉備の称辞として用いたもの。
四　サは接頭語。ま鍬というのに同じ。
五　田の土をすき返す意。タウツを同音の手拍つ(拍手)に言い掛けたもの。
六　一首の意は、吉備国産の鉄の鍬で田をすき返す、そのタウチのように、タウチ、手拍子をとってはやしなさい。わたしは舞いましょう。
七　琵琶湖。山に縁のある大和をいうために、その対称として水に縁のある近江をまず出したもの。
八　垣の如くに周囲を青々とした山がとりかこんでいることをいう。
九　大和国の朝廷で天下を治められたの意(大和の地に居られたというだけではない)。「市辺の宮に天の下治しめしし」(顕宗紀)とあるのと同意。
一〇　子孫。
一一　下僕。ラマは接尾辞。
一二　一首の意は、近江は水の国、琵琶湖という湖のある水のたまった国だ。大和は山の国、青垣のように山のとり囲んだ国だ。その大和の宮においでになった市辺の天皇の子孫です。下僕の我らは。
一三　屋内から走り出て、屋外で火焼き(篝火の燃やし役)をしていた二皇子の前に平伏したことをいう。

令レ擧ニ詠[1]辭一　爾　兄弟各相讓　乃弟立詠[1]　其辭曰
多良知志　吉備鐵　狹[2]鍫持[3]
如ニ田打一　手拍[4]子等
吾將レ爲レ儛
又詠[1]　其辭曰
淡海者　水渟國
倭者　青[5]垣
青垣　山投坐
市邊之天皇　御足末　奴僕[6]良麻　者
卽諸人等　皆畏走出　爾　針間國之山門[7]領　所レ遣山部連少楯
相聞相見　語云　爲ニ此子一　汝[8]母手白髮命　晝[9]者不レ食　夜者
不レ寢　有生有死　泣[10]戀子等　仍參上　啓[11]如ニ右件一　卽歡哀泣[10]
還ニ遣少楯一召上　仍相見相語戀[12]　自レ此以後　更還下　造ニ宮於
此土一　而坐之　故有ニ高野一*

1　底、旁を「朱」に作る。栗注・新考による。
2　底、人扁に作る。誤字。
3　底「特」に誤る。
4　底「栢」に誤る。
5　「青垣青垣山」、底、「青垣々山」に作る。「青々垣々山」(青垣青垣山の古い書法)の脱とする。或は「青々垣々山々」(青垣山、青垣ノ、山投ニ…)とすべきか。
6　底「津」。新考など衍とし、武田訓ヤツ(奴津)とするが、字形の近似により「僕」の誤とする。神代紀に奴僕をヤツコと訓んでいる。
7　新考「部」の誤とするが底のまま。
8　栗注・新考「御」の誤とするが上文と同じく底のまま。
9　底「盡」に誤る。
10　底「位」に誤る。
11　底「祴」に作る。「啓」(啓の俗字)の誤。
12　新考衍とする。或は従うべきか。底は「語」を傍書し「相戀」の中に插入する符號を附している。

[一]詠辭《ながめごと》を擧《あ》げしめき。爾《ここ》に、兄弟《あにおと》各《おのもおのも》相讓《あひゆづ》り、乃《すなは》ち[二]弟《おと》立《た》ちて詠《なが》めたまひき。其の辭《ことば》にいへらく、

[三]たらちし　吉備《きび》の鐵《まがね》の　[四]狹鍫《さぐは》持《も》ち
[五]田打《う》つ如《な》す　手拍《てう》て子等《こら》
吾《あれ》は儛《ま》ひせむ。[六]

又、詠《なが》めたまひき。其の辭《ことば》にいへらく、

淡海《あふみ》は　[七]水渟《たま》る國
倭《やまと》は　[八]青垣《あをがき》
青垣《あをがき》の　[九]山投《やまと》に坐《ま》しし
市邊《いちべ》の天皇《すめらみこと》が　[一〇]御足末《みあなすゑ》　[一一]奴僕《やっこ》ら[一二]ま。

とながめたまひき。即《すなは》ち、諸人等《もろひとたち》、皆畏《みなかしこ》みて[一三]走《はし》り出《い》でき。爾《ここ》に、針間《はりま》の國の[一四]山門《やまと》の領《つかさ》に遣《つかは》されし[一五]山部連少楯《やまべのむらじをたて》、相聞《あひき》き相見《あひみ》て、語《かた》りて云《い》ひしく、「此のみ子の爲《ため》に、[一六]汝《そ》が母、[一七]手白髮命《たしらがのみこと》、晝《ひる》は食《もの》を《を》さず、夜《よる》は寢《い》ねず、[一八]あるは生《い》き、あるは死《し》にて、泣《な》き戀《こ》ひませるみ子等《こたち》なり」といひき。仍《よ》りて、[一九]參上《まゐのぼ》りて、啓《まを》すこと右《みぎ》の件《くだり》の如し。即《すなは》ち、歡《よろこ》び哀《かなし》み泣《な》きて、少楯《をたて》を[二〇]還《かへ》し遣《や》りて、[二一]召《め》し上《あ》げたまひき。仍《よ》りて、[二二]相見相語《あひみあひかたら》ひ戀《こ》ひたまひき。此《これ》より[二三]以後《のち》、[二四]更還《またかへ》り下《くだ》りて、宮《みや》を此の土《くに》に造りて、[二五]坐《ゐ》ましき。故《かれ》、[二六]高野《たかの》

一四　播磨国内の大和朝廷の御料地を統治する者。記紀に播磨国司(国之宰)とあるのは国郡制実施後の官職名に改めて記したもの。
一五　書紀に山部連の先祖、伊与の来目部小楯とある。伊予国久米郡(松山市の東南地方)を本居とした氏族。顕宗天皇即位の後、功によって山部連となった。二皇子発見の功労者である。
一六　上に汝父とあるのに同じ(三四九頁頭注一五)。爾(其)の意に用いたものとする。
一七　記紀には二皇子の母は荑媛。於奚皇子(仁賢天皇)の皇女に手白髪命が見える。二皇子の即位以前、角刺宮にあって国政を見られた飯豊皇女(記には伯母、紀には姉とある)にあたるのであろう。
一八　「或生或死」に同じ。死にそうな思いでの意。
一九　大和の朝廷、手白髪命の許に参上して。
二〇　播磨国志深里の二皇子のところへ。
二一　二皇子を大和の朝廷にお呼び迎えになった。二皇子は即位を譲り合い、先に名乗りをあげた弟袁奚皇子(顕宗天皇)が即位されるのであるが、風土記はその記述を略している。
二二　二皇子と手白髪命と。
二三　顕宗天皇即位後。
二四　播磨国志深里の地へ。
二五　書紀では顕宗・仁賢両天皇が播磨に宮を営んでこの地に居られた如く記している。
二六　書紀では少野・池野二宮が顕宗天皇の宮、高野・川村二宮が仁賢天皇の宮とある。三木市志染の細目の高宮を高野宮の遺称地、同窟屋の池野を池野宮の遺称地とする。川村・少野も近隣であろうが遺称がない。

宮少野宮川村宮池野宮一　又　造二屯[1]倉一之處　即號二御宅村一　造レ倉之處　號二御倉尾一

[2]高野里　坐二於祝田社一神　玉帶志比古大稲男[3]　玉帶志比賣豐稲女

志深里　坐二三坂[4]一神　八戸挂須御諸命　大物主葦原志許[5]　國堅以後　自レ天下二於三坂岑一

吉川里[6]　所三以號二吉川一者　吉川大刀自神　在二於此一　故云二吉川里一

枚野里　因レ體爲レ名

高野里　因レ體爲レ名

(底本無奥書、本文とは別筆で「粗見合了」とのみ記す)

一　御料の田の稲を収蔵するための官倉。
二　遺称地がない。志染の志染中附近か。
三　遺称なく所在地不明。語義は座丘、二皇子(天皇)の御座所となった丘をいうか。
四　ここは志深里の記事で、ここに高野里の記事を記すのは妥当でない。恐らく神社の記事を記すのは妥当でない。恐らく神社

1　底「屯」がない。諸注による。
2　以下二條の祭神記事は追補採録の未整理記事。他に例がないので底本記載の位置のままに存する。
3　底「女」。意により「男」の誤とする。男女併稱の二神名である。
4　底「坦」。下文により「坂」の誤とする。
5　敷注「乎」、新考「乎命」を補うが、他例(三〇四頁脚注11)により底のまま。
6　以下三里の土品記載のないのは、巻末、かつ簡単な記事の故に筆寫を略してしまった傳寫間の脱落とすべきか。

の宮《みや》・少野《をの》の宮《みや》・川村《かはむら》の宮《みや》・池野《いけの》の宮《みや》あり。又、屯倉《みやけ》[一]を造りし處《ところ》を、即《すなは》ち、御宅《みやけ》[二]の村《むら》と號《なづ》け、倉《くら》を造《つく》りし處《ところ》を、御倉尾《みくらを》[三]と號《なづ》く。

高野《たかの》[四]の里《さと》。祝田《はふだ》[五]の社《やしろ》に坐《いま》す神は、玉帶志比古大稻男《たまたらしひこおほいなを》[六]、玉帶志比賣豐稻女《たまたらしひめとよいなめ》なり。

志深《しじみ》の里《さと》。三坂《みさか》[七]に坐《いま》す神は、八戸挂須御諸命《やとかかすみもろのみこと》[八]なり。大物主葦原志許《おほものぬしあしはらのしこ》[九]、國堅《かた》[一〇]めましし以後《のち》、天《あめ》[一一]より三坂《みさか》の岑《みね》に下《くだ》りましき。

吉川《えがは》[一二]の里《さと》 吉川《えがは》と號《なづ》くる所以《ゆゑ》は、吉川《えがは》[一三]の大刀自《おほとじ》の神、此《ここ》に在《いま》す。故《かれ》、吉川《えがは》の里《さと》といふ。

枚野《ひらの》[一四]の里《さと》 體《くにがた》[一五]に因《よ》りて名と爲《な》す。

高野《たかの》[一六]の里《さと》 體《くにがた》に因《よ》りて名と爲《な》す。

祭神についての二条の記事は、追録記事が不適当な位置に挿入せられたもので、おのおのに所属の里名を冠記したのである。

五 三木市別所の西這田・東這田の地の社。何社にあたるか明らかでない。

六 伊和大神の子の玉足日子命・玉足比売命(讃容郡雲濃里の条参照。三一七頁)が農耕神として習合された神名か。

七 三木市志染に御坂の地がある。ただし附近に三坂神社が数社あって何社にあたるか明らかでない。

八 大国主神の別名、大物主神の鎮座する大和三輪山を御諸山という故の名か。ヤトカカスは神名に冠する称辞。多くの戸を掛ける(カカスはカクの敬語)または構築するミムロ(御室)とかかる語。

九 大国主神の別名とする二神名を重ね合せて一神名としたもの。他に見えない神名である。葦原志許は葦原志許乎命の略(三〇五頁頭注二九参照)。

一〇 国土を作り堅める。国土経営。

一一 神がその地に鎮座するのを天下るという。

一二 三木市の内、細川以東の美嚢川流域から吉川町にわたる地域。和名抄の郷名に吉川(与加波)と見える。

一三 土着の主長としての巫女神か。鎮座の神社は明らかでない。

一四 三木市三木町・久留美附近の美嚢川流域の平野地。和名抄の郷名に平野(比良乃)と見える。

一五 地形。

一六 三木市別所附近の美嚢川下流の流域地。和名抄の郷名に高野(多賀乃)とある。

補注

二六四頁頭注三

伝写間の脱落としては記事がまとまり過ぎている。播磨国風土記の現伝本には記事の筆録整理の不十分な箇所が幾多指摘せられるが、これもその一例と認めるべきである(拙稿「播磨国風土記未清撰考」大阪経大論集第一二号 参照)。思うに、印南の地名は風土記の編述当時、大和の宮廷人に熟知の地名(行幸などもあって)であり、それについては大帯日子命(景行天皇)の印南別嬢妻訪いの説話でナビツマが説明せられており、ナビ(隠)とイナミ(否、不諾)とが類似音声、かつ語義にも関連するものがあるので、この妻訪い説話でイナミを説明しようとする傾向があったのではないか。郡衙からの筆録では「入浪」で説明した郡名説明が記されていたが、国庁ではそれを本説として採用し難い先入観から「一家云」を附記し、本説を記すはずがそのままになった、といった編述未清撰の事情が考えられる。

二七四頁頭注八・一〇

但馬国朝来郡粟鹿神社所蔵の田道間国造日下部足尼系図によると、開化天皇皇子、日子坐王命の五世孫船穂足尼(国造本紀に成務朝但遅麻国造に任ぜられたとある人)の子に豊忍別乃君とあり、豊忍別命と同名で、同人とすれば但馬国造ということになる(以上、田中卓氏指示)。ただし、風土記には但馬国造阿胡尼命(右の系図に見えない)があり、同時に二人の同じ但馬国造は妥当でない。一方、仁徳紀四十年の条に播磨佐伯直阿我能胡が「私地を献じて死を免れむことを請ひ、死罪を赦され」たとある。播磨佐伯直は景行天皇皇子稲背入彦命を祖とする氏族(景行紀・姓氏録)で、子の阿良都命または孫の伊許自命が針間国造に任ぜられたとある(姓氏録・国造本紀)。阿我能胡と名称・事績に類似のある阿胡尼命は播磨佐伯直の氏の人で播磨国造とあるにふさわしい。風土記の記事は、但馬国造とあって然るべき豊忍別命と播磨国造とあってふさわしい阿胡尼命を互に入れ替えて、前者を播磨国造、後者を但馬国造とした伝承によったものと認めるべきであろう。

二八六頁脚注10

原本のまま狭野村に続く越部里の里内記事とすれば「神阜」という標目があるべきであり、書式に合わない。上岡里の条に里名説明の記事のないのは異例。「本林田里」を上岡里の旧名とすれば、その地名説明のないのも亦例に反する。恐らくは上岡里は風土記編述中に「本林田里」の注記の如く林田里から分立した新しい里で、例によって里名の提記と土品とは記したが、里名説明記事が採録せられていず、後に追録したものである。里名説明記事の書式例によれば、記事に「所以号神阜(また上岡)者」という冒頭書式があるべきであるが、それのないのは追録未整理の記事であったためと認められる。

豊後國風土記

風土記[1]　豐後國

郡捌所（郷卌[2]　里一百一十[3]）　驛玖所（並小路[4]）　烽伍所（並下國[5]）　寺貳所（僧寺　尼寺）

豐後國者　本與㆓豐前國㆒合爲㆓一國㆒　昔者　纏向日代宮御宇大足彦天皇　詔㆓豐國直等祖菟名手[6]㆒　遣㆑治㆓豐國㆒　往㆓到豐前國仲津郡中臣村㆒　于㆑時　日晩僑[7]宿　明日昧爽　忽有㆓白鳥㆒從㆑北飛來　翔㆓集此村㆒　菟名手　即勒[8]㆓僕者㆒　遣㆑看[9]㆓其鳥㆒々化㆓爲餠㆒　片時之間　更[10]化㆓芋草數千[11]許株㆒　花[12]葉冬榮　菟名手[13]　見之爲㆑異　歡喜云　化生之芋　未㆓曾有㆑見　實　至德之感[14]　乾坤之瑞　既而參㆓上朝庭[15]㆒　擧㆑狀奏聞[16]　天皇　於㆑茲　歡喜之有[17]　即勅㆓菟名手[13]㆒云　天之瑞物　地之豐草　汝之[18]治國　可㆑謂㆓豐國㆒　重賜㆑姓　曰㆓豐國直㆒　因曰㆓豐國㆒　後分㆓兩國㆒以[19]豐後國爲㆑名

日[20]田郡　郷伍所（里一十四[21]）　驛壹所

一　本書の標題。風土記の内、豊後国のものという意で、箋釈に日本総国風土記、豊後国とあるのと同じ意。本書編述時からの標題ではない。豊後国はおよそ大分県(北西部の宇佐・下毛二郡は豊前国)の地域。和名抄に豊後(止与久邇乃美知乃之利)とある。二　当国所管の郡郷などの総数を記す。肥前国風土記と同書式。本書に八郡名が見え、延喜式・和名抄の記載にあう。

三　各郡記載の郷数合計にあう。律書残篇(平安遷都以前作)の国名表の郡郷里数の記載に同じ。和名抄は四七郷名を記す。

四　五〇戸で一郷とする、その下部の行政区画単位(九五頁参照)。各郡の記載里数の合計にあう。三里で一郷のもの三〇、二里で一郷のもの一〇である。

五　公用で官道を交通するための馬(または舟)を常置しておく所。各郡の記載、延喜式・和名抄(高山寺本)の記載数にあう。

六　交通量によって大・中・小に分ったもの。小路は駅馬五疋を置くが延喜式では一駅(小野駅)のみ一〇疋(中路の馬数)とある。

七　軍防令に基く軍用施設。見通しのきく場所で信号のノロシ(狼煙)をあげて軍事の急を報知連絡するためのもの。九州の北部は特に多く設置せられた。各郡の記載数の合計にあう。

八　国を所管郡数の多少によって大・上・中・下と分けたその下国ではなく、烽の重要度による区分をいうか。どの烽も下国としての取扱をうけた意であろうか。

九　大分郡の条に見える二寺。

一〇　福岡県の東部、門司・小倉・行橋・豊前・田川の五市及び京都・筑上・田川三郡

1 神宮文庫本等「風土記」のないものがある。底・諸本による。
2 天「三十」。渡・南「四十」。底による。
3 渡・板「一」がない。底・諸本による。
4 佐藤説「竝」を衍とする。
5 新考・佐藤説「竝」を衍とする。共に底・諸本のまま。
6 伴・板「等」の下「之」がある。底・諸本による。
7 底・諸本「偏」。伴・板による。
8 伴・板「勸」。南「勒」の如き字形。底・渡・天の字形による。
9 底・諸本「者」。渡・伴・板による。
10 天・渡「更」がない。底・南による。
11 底・天「于」の如き字形。
12 天・渡「花」がない。底・南による。
13 底「午」に似た字形。南・底・天「感」。
14 渡による。
15 伴・板「廷」。底・諸本による。
16 南「奏」の下、天・渡・「已上本」、底「已上本」。後人補記。
17 伴・板「在」。後藤説・佐藤説「天之」の上に移すが底・諸本のままの四字句とする。
18 南「之」がない。底・諸本のまま四字句。
19 底・諸本「次」に誤る。
20 「日田」二字、底「田」一字。天・渡「内」。諸校本による。
21 底・天「日」。渡・南による。

[一]風土記《ふどき》　豐後《とよくにのみちのしり》の國《くに》

[二]郡《こほり》は八所《ところ》、[三]郷《さと》は四十、[四]里《こざと》は一百一十、[五]驛《うまや》は九所《ところ》、竝《ならび》に[六]小路《せうろ》、[七]烽《とぶひ》は五所《ところ》、竝《ならび》に[八]下國《げこく》、[九]寺《てら》は二所《ところ》なり　僧《ほふし》の寺《てら》と尼《あま》の寺《てら》となり。

豐後《とよくにのみちのしり》の國《くに》は、本《もと》、[一〇]豐前《とよくにのみちのくち》の國《くに》と合《あは》せて一つの國たりき。昔者《むかし》、[一一]纏向《まきむく》の日《ひ》代《しろ》の宮《みや》に御宇《あめのしたしろ》しめしし大足彦《おほたらしひこ》の天皇《すめらみこと》、[一二]豐國直等《とよくにのあたひら》が祖《おや》、菟名手《うなで》に詔《みことのり》したまひて、豐國《とよくに》を治《をさ》[一三]めしめたまひしに、豐前《とよくにのみちのくち》の國仲津《なかつ》の郡《こほり》の[一四]中臣《なかとみ》の村《むら》に往《ゆ》き到《いた》りき。時に、日《ひ》晩《く》れて[一五]僑宿《やど》りき。明《あ》くる日の昧爽《あかとき》に、忽《たちま》ちに白き鳥あり、北より飛び來たりて、此の村《むら》に翔《かけ》り集《つど》ひき。菟《う》名《な》手《で》、即《やが》て僕者《やつこ》に[一六]勒《おほ》せて、其の鳥を看《み》しむるに、鳥、[一七]餅《もちひ》と化爲《な》り、片時《しまし》が間《ほど》に、更《また》、[一八]芋草《いも》數千許株《いくちもと》と化《な》りき。花《はな》と葉《は》と、冬《ふゆ》も榮《さか》えき。菟《う》名手《なで》、見《み》て異《あや》しと爲《おも》ひ、歡喜《よろこ》びて云《い》ひしく、「化生《なりかは》りし芋《いも》は、未曾《いまだむかし》より見しことあらず。實《まこと》に[一九]至徳《みめぐみ》の感《ひびき》、乾坤《あめつち》の瑞《しろし》なり」といひて、[二〇]既《すで》にして朝庭《みかど》に參上《まゐのぼ》りて、狀《ことのさま》を擧《あ》げて奏聞《まを》しき。天皇《すめらみこと》、ここに歡喜《よろこ》び有《ま》して、即《すなは》ち、菟名手《うなで》に勅《の》りたまひしく、「[二一]天《あめ》の瑞物《しるしもの》、地《つち》の豐草《とよくさ》なり。汝《いまし》が治《をさ》むる國は、豐國《とよくに》と謂《い》ふべし」とのりたまひ、重《かさ》ねて[二二]姓《な》を賜ひて、豐國直《とよくにのあたひ》といふ。因《よ》りて豐國《とよくに》といふ。後《のち》、兩《ふた》つの國に分《わか》ちて、豐後《とよくにのみちのしり》の國《くに》を名と爲《な》せり。

[二三]日田《ひた》の郡《こほり》　[二四]郷《さと》は五所《ところ》　里《こざと》は一十四、[二五]驛《うまや》は一所《ところ》なり。

の地。豊後の北に続く地。

一一 景行天皇。

一二 景行紀に国前臣の祖とあり、国造本紀に豊国造宇那足尼、国前国造手佐自命とあるのは恐らく同人。吉備臣と同族の人である。

一三 豊国直が豊国造となった縁起譚である。

一四 福岡県行橋市草場・福富から犀川町久富にわたる今川の流域地。和名抄の郷名に見える。

一五 旅の宿り。僑は旅寓の意。

一六 勅の通用字で、命ずる意に用いている。

一七 田野の条(三七三頁)には餅が白鳥と化した説話がある。共に魂(また)と同じ霊性のあるものと観じていた。

一八 イヘツイモ(和名抄)。里芋。ここは霊性のある植物で異常な様態として語る。

一九 二句同じ意。至徳な天地の神の心が動き、菟名手が天皇の命によってこの地を統治することをよしとして、そのよきしるしを示したものの意。

二〇 やがて、さるほどにの語にあたる。文辞を整えるための漢文修辞としての接続詞。

二一 天地の神の瑞の物としての豊草(農耕の豊饒を示す草)の意を二句に分けたもの。

二二 ここはウヂ(豊国)とカバネ(直)とをいう(二八六頁頭注四参照)。

二三 大分県の西部、日田市及び栄・大山・前津江・中津江・上津江の五村の地にあたる。和名抄の郡名は日高(比多)、延喜式には日田とある。

二四 和名抄海部郡の条に見える日田・在田・夜開・曰理・叉連(叐連に作る)・石井の六郷にあたる。

二五 石井駅(延喜式・和名抄)。日田市石井が遺称地で、筑後国から豊後国に入った最初の駅。

一 九州の中・西部を本居として長く大和朝廷の統治下に入らなかった種族。クマとソと二つに分けてもいうが、クマソと重ねて天皇に服従しない先住勢力(土蜘蛛)を汎称する。

二 福岡県浮羽郡浮羽町浮羽(うきは)が遺称地。日田郡の西隣の地。景行紀に的邑とあり、和名抄の郡名に生葉と見える。

三 土地の首長としての巫女。土着神の意。土蜘蛛と同じであるが、土蜘蛛は人として扱われているのに対し、これは祭祀をうけて神として扱われているものである。

四 神が人の姿に化してあらわれる意。久津媛と同類の先住勢力である速津媛(三六九頁)・速来津姫(四〇七頁)は進んで天皇に帰服した土蜘蛛(人)として語られている。ここは阿蘇神宮の神のアソツヒコ・アソツヒメが人と化してあらわれたとある伝承(五二二頁)に類する。ただし高来津座(四一一頁)の如くに神とも人とも語られるものもある。

五 天皇に服従する意を示したのである。

六 統轄する土地の国状を報告して天皇の治下に入る意。

七 現地名が音訛(誤)で、本来はそうでないというのは地名の由来を伝承説話に結びつけ、説話に偏して説明し、その説明を価値づけようとする態度のもので、豊後及び肥前両国風土記に特に多く見られる(三七〇頁頭注一参照)。

八 日田市石井が遺称地。三隈川の南岸で、ここから南方、大山川流域の地にわたる。

九 郡家(郡役所)。日田郡の郡家は日田市日高町附近を遺蹟とする。石井郷の遺称地

昔者[1] 纏向日代宮御宇大足彦天皇 征ニ伐球磨[2]贈於[3]一 凱旋之時 發ニ筑後國生葉行宮一 幸ニ於此郡一 有レ神名曰ニ久津媛[4]一 化而爲レ人參迎 辨ニ申國消息一 因レ斯曰ニ久津媛之郡一 今謂ニ日田郡一者 訛也

石井鄕 在ニ郡南[5]一

昔者 此村有ニ土蜘蛛之堡一 不レ用レ石 築レ以レ土 因レ斯名曰ニ無石堡一 後人謂ニ石井鄕一 誤也

鄕中有レ河 名曰ニ阿蘇川[6]一 其源出ニ肥後國阿蘇郡少國之峯一 流到ニ此鄕一 卽通ニ球珠川[7]一 會爲ニ一川一 名曰ニ日田川[8]一 年魚多在 遂過ニ筑前筑後等國一 入ニ於西海一

鏡坂 在ニ郡西一

昔者 纏向日代宮御宇天皇 登ニ此坂上一 御ニ覽國形一 卽勅曰 此國地形 似ニ鏡面一哉 因曰ニ鏡坂一 斯其緣也

靭[9]編鄕 在ニ郡東南[10]一

昔者[11] 磯城嶋宮御宇天國排開廣庭天皇之世 日下[12]部君等祖 邑阿自 仕ニ奉靭[9]部一 其邑阿自[13] 就ニ於此村[14]一*

1 底・天「者」がない。渡・南により補う。
2 底、字體が崩れている。天・渡・南による。板「玖」は不可。
3 板「噌唹」。底・諸本による。
4 底・天「久」を脱。渡・南により補う。
5 箋「西」とするが、底・諸本のまま。
6 底「石イ」と傍書。
7 底「珠」。天・渡・南による。板「玖」(板は「球珠」をすべて「玖珠」に作る)は不可。
8 「日日」を諸本いずれともつかぬ一字に作る。他例により訂す。
9 底・天、旁を「文」に作る。渡・南などに「靭」とするに従う。靭は靫に通じ用いた字形。
10 底・諸本「西」。箋により訂す。
11 底、阝扁の如く作る。
12 天・南「日下」二字。底・渡に一字に作るのが古形。
13 「自」の下、諸本「玖」がある。底「改」と同字形。次の「改」の誤入として削る。
14 天・渡「村」がない。底・南による。

はその西方にあたるが郷の領域はその南方にあった。

一〇　ツチカミ(土神)の意。ただし、人として扱われている。土着の勢力をいう。

一一　外敵を防ぐために土石で作ったとりで。肥前国風土記(三九三頁)に小城(きお)にあてている。ここは朝廷の軍に滅された土蜘蛛の防塞として語るのであろう。

一二　大山川の古名。

一三　熊本県阿蘇郡小国町の山。阿蘇外輪山の北部。

一四　筑後川の上流をなす玖珠川。

一五　三隈川。日田の地を流れる故の名。筑後川の上流の名である。

一六　筑前・筑後の国界をなす河で、筑後国側の有明海に入る。筑前国内を流れるのではない。

一七　日田市上野にある三隈川の南岸の坂。石井の東方約一・五粁。石井郷内の地。

一八　日田郡名の条と同じ書式。景行天皇。記事一条を距てているので「同天皇」とは略記しない(三六三頁頭注九参照)。

一九　統治主権者のなすべきこととしての国状視察。

二〇　縁起。由来。

二一　日田市の東南方、栄村の地にあたる。玖珠川の流域地。叉連(ゆぎひ)村と呼んだ。

二二　欽明天皇。

二三　草原開拓者をいう氏族名(日本古語大辞典)で、系譜は明らかでない。これはこの地に定住した氏族の祖をいう。

二四　ユギ(矢を入れて背負う具)を負うて戦に出る部民(靭負部)、または靭を作る部民(靭編部)として朝廷に仕えた。恐らく両者を兼ねたのであろう。

昔者《むかし》、纏向《まきむく》の日代《ひしろ》の宮《みや》に御宇《あめのしたしろ》しめしし大足彦《おほたらしひこ》の天皇《すめらみこと》、[一]球磨贈於《くまそ》を征伐《う》ちて、凱旋《かちかへ》りましし時、筑後《つくしのみちのしり》の國の[二]生葉《いくは》の行宮《かりみや》を發《た》ちて、此の郡《こほり》に幸《い》でまししに、[三]神あり、名を久津媛《ひさづひめ》といふ、人と[四]化爲《な》りて[五]參迎《まゐむか》へ、[六]國の消息《ありさま》を辨《わきま》へ申《まを》しき。斯《これ》に因《よ》りて久津《ひさづ》媛《ひめ》の郡《こほり》といひき。今、[七]日田《ひだ》の郡《こほり》と謂《い》ふは、訛《よこなま》れるなり。

[八]石井《いしゐ》の郷《さと》　郡《こほり》の南にあり。　昔者《むかし》、此の村《むら》に[一〇]土蜘蛛《つちぐも》の[一一]堡《をき》ありき。石を用《もち》ゐず、土《つち》を以《も》ちて築《つ》きき。斯《こ》れに因《よ》りて名を無石《いしなし》の堡《をき》といひき。後《のち》の人、石井《いしゐ》の郷《さと》と謂《い》ふは、誤《あやま》れるなり。

郷《さと》の中《うち》に河あり。名を[一二]阿蘇川《あそがは》といふ。其の源《みなもと》は、肥後《ひのみちのしり》の國阿蘇《あそ》の郡《こほり》の[一三]少國《をぐに》の峯《みね》より出で、流れて此の郷《さと》に到《いた》り、即《すなは》ち[一四]球珠川《くすがは》に通《とほ》り、會《あ》ひて一つの川となり、名を[一五]日田川《ひだがは》といふ。年魚《あゆ》、多《さは》にあり。遂《はて》は、[一六]筑前《つくしのみちのくち》・筑後等《つくしのみちのしりども》の國を過《す》ぎて、西の海に入《い》る。

[一七]鏡坂《かがみさか》　郡《こほり》の西にあり。　昔者《むかし》、[一八]纏向《まきむく》の日代《ひしろ》の宮《みや》に御宇《あめのしたしろ》しめしし天皇《すめらみこと》、此の坂《さか》の上《うへ》に登《のぼ》りて、[一九]國形《くにがた》を御覽《みそなは》して、即《すなは》ち勅《の》りたまひしく、「此の國の地形《かたち》は、鏡《かがみ》の面《おも》に似たるかも」とのりたまひき。因《よ》りて鏡坂《かがみさか》といふ、斯《こ》れ其の[二〇]緣《ことのもと》なり。

[二一]靭編《ゆぎあみ》の郷《さと》　郡《こほり》の東南《たつみ》のかたにあり。　昔者《むかし》、[二二]磯城嶋《しきしま》の宮《みや》に御宇《あめのしたしろ》しめしし天國排開廣庭《あめくにおしはるきひろには》の天皇《すめらみこと》のみ世、[二三]早部君等《くさかべのきみら》が祖《おや》、邑阿自《おほあし》、[二四]靭部《ゆぎべ》に仕《つか》へ奉《まつ》りき。其の邑阿自《おほあし》、此の村《むら》に

一　当（あたりて）と同様の意に用いたもの。豊後・肥前両国風土記に多い用法。この村で
二　靭を背負う武人の意。┗の意。
三　靭を作ることをアム（編・連）という。┗靭作り。
四　今も玖珠（くす）川という。
五　玖珠郡の南境にある久住山（一七八八米）・九重山（一七六四米）一帯の山である。
六　日田市小淵町附近で大山川（阿蘇川）と合流し三隈川（日田川）という。上の石井郷の条と同じ。
七　栄村五馬市が遺称地。その附近一帯の山をいうのであろう。
八　土地の女首長。　九　天武天皇。
一〇　天武朝七年（六七九）。天武紀同年十二月に「筑紫国大地動之、地裂広二丈、長三千余丈云々」とある。阿蘇山の爆発による地震とせられている。
一一　山の間の谷を意味する漢字であるが、丘・峰または頂上から裾に続く陵線の意味のヲに用いた。
一二　高温度の湯が地上に噴出することをいう。下文によれば間歇的の噴出である。
一三　栄村の内、玖珠川の両岸に今も温泉が出る。
一四　温泉の温度が高く、特に熱い湯気がさかんに立ち上る。
一五　当時は米を蒸して飯としたので、湯気で飯が早く蒸されるという。湯気の熱さの説明である。
一六　温泉の噴出口の直径。
一七　深さ（どれだけ深いか）はわからない。
一八　水がたまったままで流れず、温泉が湧き出ない。間歇温泉をいう。
一九　間歇温泉の噴出についての素朴な解釈

造レ宅居之　因レ斯名曰二靭[1]負村一　後人改曰二靭[1]編郷一
々[2]中有レ川　名[3]曰二球珠川一　其源従二球珠郡[4]東南山一出　流到二石井郷一　通二阿蘇川一　會爲二一川一　今謂二日田[5]川一　是[6]也

五馬山　在二郡南一

昔者　此山有二土蜘蛛一　名曰二五馬媛一　因曰二五馬山一　飛鳥淨御原宮御宇天皇御世　戊寅年　大有二地震一　山崗[7]裂崩　此山一峡崩落　慍[8]湯泉　處々[9]而出　湯氣熾熱　炊レ飯早熟　但一處之湯　其穴似レ井　口[10]徑丈餘　無レ知二深[11]淺一　水色如レ紺[12]　常不レ流　聞二人之聲一　驚慍騰レ涅[13]　一丈餘許　今謂二慍[14]湯一　是也

球珠郡　郷參所　九里　驛壹所

昔者[15]　此村有二洪樟樹一　因曰二球珠郡一

直入郡　郷肆所　十里一[16]　驛壹所

昔者　郡東桑[17]木村　有二桑生一之　其高極陵　枝幹直美*

1　三五八頁9に同じ。
2・3　底・諸本にない。本書の書式例により補う。
4　底・諸本「郡々」。「々」は衍。天にない。
5　底「曰」に誤る。
6　「是」の上、底・諸本「訛」がある。箋により衍として削る。
7　天・渡「灵」（靈の略字）。南「岡」。底による。
8　箋・新考・佐藤説など衍とするが底・諸本のまま。
9　天・渡「之」。底、字形やや崩れているが「々」。
10　底・天・渡「日住」。伴・箋などによる。
11　板・箋「淺深」。底・諸本による。
12　底、字形やや確かでないが「紺」。
13　南「泥土」二字。底・諸本による。
14　底・諸本「溫」。板による。
15　底・天「者」がない。例により補う。
16　底・諸本「一」がない。例により補う。
17　底・諸本「垂水」。太宰管内志説により訂す。

就《つ》[一]きて、宅《いへ》を造りて居《を》りき。斯《これ》に因《よ》りて名を靭負《ゆぎおひ》[二]の村《むら》といひき。後《のち》の人、改めて靭《ゆぎ》[三]編《あみ》の郷《さと》といふ。

郷《さと》の中《うち》に川あり。名を球珠川《くすがは》[四]といふ。其の源《みなもと》は、球珠《くす》の郡《こほり》の東南《たつみ》のかたの山[五]より出で、流れて石井《いしゐ》[六]の郷《さと》に到り、阿蘇川《あそがは》に通《とほ》り、會《あ》ひて一つの川と爲《な》る。今、日田《ひだ》川と謂《い》ふは、是《これ》なり。

五馬山《いつまやま》[七] 郡《こほり》の南にあり。 昔者《むかし》、此の山に土蜘蛛《つちくも》あり、名を五馬媛《いつまひめ》[八]といひき。因《よ》りて五馬《いつま》山といふ。飛鳥《あすか》[九]の浄御原《きよみはら》の宮《みや》に御宇《あめのしたしろ》しめしし天皇《すめらみこと》の御世《みよ》、戊寅《つちのえとら》[一〇]の年に、大《おほ》きに地《な》震《ゐ》有《ふ》りて、山崗《やまをか》裂《さ》け崩《く》えき。此の山の一つの峡《を》[一一]、崩《く》え落《お》ちて、慍《いか》[一二]れる湯《ゆ》の泉《いづみ》、處々《ところどころ》[一三]より出でき。湯《ゆ》[一四]の氣《け》は熾《さか》りて熱《あつ》く、飯《いひ》[一五]を炊《かし》ぐに早く熟《な》れり。但《ただ》、一處《ひとところ》の湯《ゆ》は、其の穴《あな》、井《ゐ》に似《に》たり。口の徑《わたり》[一六]は丈餘《ひとつゑあま》り、深《ふか》[一七]き淺《あさ》きを知ることなし。水の色《いろ》は紺《こきはなだ》の如く、常《つね》[一八]は流れず、人の聲《こゑ》[一九]を聞《き》けば、驚《おどろ》[二〇]き慍《いか》りて、涅《ひぢ》[二一]を騰《あ》ぐること、一丈餘《ひとつゑあま》りばかりなり。今、慍湯《いかりゆ》[二二]と謂《い》ふは、是《これ》なり。

球珠《くす》[二三]の郡《こほり》 郷《さと》[二四]は三所《ところ》 里《こざと》は九、驛《うまや》[二五]は一所《ところ》なり。

昔者《むかし》、此の村に洪《おほ》き樟《くす》[二六]の樹《き》ありき。因《よ》りて球珠《くす》の郡《こほり》といふ。

直入《なほり》[二七]の郡《こほり》 郷《さと》[二八]は四所《ところ》 里《こざと》は一十、驛《うまや》[二九]は一所《ところ》なり。

昔者《むかし》、郡《こほり》[三〇]の東《ひむがし》の桑木《くはき》[三一]の村《むら》に桑《くは》生《お》ひたりき。其の高さ、極《きは》めて陵《たか》く、枝《えだ》も幹《もと》も直《なほ》く美《うるは》

である。

二〇 噴出する湯の勢のはげしさをいう。

二一 どろ。泥。

二二 遺蹟地は明らかでない。

二三 日田郡の東に隣する玖珠郡(玖珠・九重両町)の地。玖珠川の流域。和名抄の郡名に球珠(久須)とある。

二四 和名抄の郷名に今己(巳は恐らく誤)・小田・永野とある。

二五 日田郡石井駅から東の速見郡由布駅に至る中間の駅で、荒田駅(延喜式・和名抄)にあたる。駅の位置が玖珠町四日市に移される以前の地は不明。

二六 玖珠・九重両町の境界、万年山の西北部の前峰(キリカブ山)に洪樟寺の遺蹟があり、ここを大樟の遺蹟としている。

二七 玖珠郡の東南に接する直入郡。竹田市・荻町・久住都町・直入町及び庄内町の西南部の地にあたる。西隣の熊本県阿蘇郡産山・波野・野尻の三村も豊後国に属し、直入郡の領域であった。阿蘇外輪山の東側。和名抄の郡名に直入(奈保里)とある。

二八 和名抄(高山寺本)に朽網(松納に誤る)・三宅・直入の三郷名を記している。これに本書に見える柏原郷を加えた四郷であろう。

二九 直入駅(和名抄・延喜式)。東北方の国府(大分市)に通じ、また西北方の玖珠郡から南方の大野郡に通ずる中間の駅。駅の所在地は未詳。

三〇 直入郡の郡家。遺蹟地不明。久住都町栢木の古市、竹田市城原に擬する説がある。

三一 類似の地名は郡内に数ヵ所あるが、該当する地は明らかでない。

俗曰二直桑村一[1]　後人改曰二直入郡一　是也

柏原郷（在二郡南一）

昔者　此郷柏樹多生　因曰二柏原郷一

禰疑野（在二柏原[2]郷之南[3]一）

昔者　纏向日代宮御宇天皇　行幸之時　此野有二土蜘蛛一　名曰二打猨[4]八田[5]國摩侶一[6]等三人　天皇　親欲レ伐二此賊一　在二茲野一勅歷二勞兵衆一　因謂二禰疑野一　是也

蹶石野（在二柏原郷之中一）

同天皇　欲レ伐[7]二土蜘蛛之賊一　幸二於柏峽大野一　々[8]中有レ石　長六尺　廣三尺　厚[9]一尺五寸[10]　天皇　祈曰[11]　朕　將レ滅二[12]此賊一[13]　當下蹶二茲石一　譬如二柏葉一而騰[14]上　卽蹶之　騰レ如二柏葉一　因曰[15]二蹶石野一

球[16]覃郷（在二郡北一）

此村有レ泉　同天皇　行幸之時　奉膳[17]之人　擬二於[18]御飲[19]一　令レ汲二泉水一　卽有二蛇龗[20]一（謂二於箇美[21]一）　於[22]レ茲　天皇勅云　必[23]將レ有レ臭[24]　莫レ令二汲用一　因レ斯名曰二臭泉一　因爲二村[25]名一　今謂二球覃郷一者　訛也

1 板「生」。底・諸本のまま。
2 底・諸本「野」。伴・板・箋による。
3 或は「中」の誤か。
4 底・渡「後」。天・南及び景行紀による。
5 底・天「日」に誤る。景行紀及び渡・南による。
6 箋「等三人」を衍とし、新考「弁三人」とする。
7 底・天「代」に誤る。
8 底・諸本「々」がない。書式例により補う。板「其野」とする。
9 底・天・渡「原」に誤る。
10 渡「五寸」を脱。
11 板「祈」の下に「之」がある。底・諸本のまま。
12 底・渡「將滅」を重記。天・南による。
13 板「者」がある。底・諸本のまま。
14 底・諸本「騰」がない。本書用字例により補う。蓬左文庫本・板など「舉騰」とするのは景行紀による補字。
15 底・渡「曰」を脱。天・南による。
16 天「珠」に誤る。この一條、釋紀巻六・萬葉集註釋巻第二に引用。
17 底・諸本「服」。釋紀・萬葉集註釋所引文による。
18 南・板「於」の上に「炊」がある。底・天・渡による。
19 釋紀・南「飯」。底・天・渡・萬葉集註釋所引文による。
20 底・天「靇」。「龗」に通用させたか。
21 底・天・渡「魚」に誤る。
22 底、字形崩れて「猶」に似るが「於」。
23 天・渡「猶」。底、字形崩れて「如」に似る。諸本「如」。
24 底・天・渡「衆」。「臭」の異體字からの誤。釋紀・萬葉集註釋所引文による。
25 底・諸本、釋紀・萬葉集註釋所引文になし。文意及び書式例によりあるべく、新考により「村」を補う。

一　まっすぐな桑の木の意。
二　荻町柏原が遺称地。その北方の竹田市菅生から郡の南部、緒方川上流地にもわたったか。
三　竹田市菅生附近、郡の西隅の地に擬している。景行紀に禰疑野・禰疑山と見える。
四　柏原郷の西北部にあたる如くで、「南」には擬せられていない。或は「中」の誤か。
五　景行紀及び下文（三六九頁）にも同様にある。
六　原文「等三人」、訓み難いが、意にしたがって訓んでおく。
七　ねぎらう。慰労する。
八　所在地不明。庄内町阿蘇野の中臣神社（球覃郷の内）に蹶石の碑を建てているが、荻町柏原附近（柏原郷の内）の地とすべきか。景行紀十二年の条に文章も類似した記事があり、蹈石（ほみし）の説明で結び、蹶をフムと

し。俗《くにひと》、一直桑《なほくは》の村《むら》といひき。後《のち》の人、改めて直入《なほり》の郡《こほり》といふは、是《これ》なり。

二柏原《かしはばら》の郷《さと》 郡《こほり》の南にあり。 昔者《むかし》、此の郷《さと》に柏《かしは》の樹《き》多《さは》に生《お》ひたりき。因《よ》りて柏原《かしはばら》の郷《さと》といふ。

三禰疑野《ねぎの》 柏原《かしはばら》の郷《さと》の南四にあり。 昔者《むかし》、纏向《まきむく》の日代《ひしろ》の宮《みや》に御宇《あめのしたしろ》しめしし天皇《すめらみこと》、行幸《いでま》しし時、此の野《の》に土蜘蛛《つちくも》ありき。名を五打猨《うちさる》・八田《やた》・國摩侶《くにまろ》という六三人等《みたりら》なり。天皇《すめらみこと》、み親《みづか》ら此の賊《あた》を伐《う》たむと欲《おもほ》して、茲《こ》の野に在《いま》し、勅《みことのり》して、兵衆《いくさびとども》を歴《あまね》く七労《ね》ぎたまひき。因《よ》りて禰疑野《ねぎの》と謂《い》ふ、是《これ》なり。

八蹶石野《くゑいしの》 柏原《かしはばら》の郷《さと》の中《うち》にあり。 九同じき天皇《すめらみこと》、土蜘蛛《つちくも》の賊《あた》を伐《う》たむと欲《おもほ》して、一〇柏峡《かしはを》の大野《おほの》に幸《いでま》ししに、野《の》の中《うち》に石ありき。長さ六尺《むさか》、廣さ三尺《みさか》、厚《あつ》さ一尺五寸《ひとさかあまりいつき》なり。天皇《すめらみこと》、一一祈《うけ》ひたまひしく、「朕《あれ》、此の賊《あた》を滅《ほろぼ》さむには、茲《こ》の石を蹶《くゑ》むに、譬《たと》へば一二柏葉《かしはば》如《な》して騰《あが》れ」とのりたまひて、即《やが》て蹶《くゑ》たまふに、一三柏葉《かしはば》の如く騰《あが》りき。因《よ》りて蹶石野《くゑいしの》といふ。

一四球覃《くたみ》の郷《さと》 郡《こほり》の北にあり。 此の村《むら》に一五泉《いづみ》あり。同じき天皇《すめらみこと》、行幸《いでま》しし時、一六奉膳《かしはで》の人、一七御飲《みもひ》に擬《あ》てて泉《いづみ》の水を汲《く》ましむるに、即《すなは》ち一八蛇龗《おかみ》 於箇美《おかみ》と謂《い》ふ ありき。ここに、天皇《すめらみこと》、勅《の》りたまひしく、「必《かなら》ず臭《くさ》かりなむ。な汲《く》み用《もち》ゐしめそ」とのりたまひき。斯《これ》に因《よ》りて、名を臭泉《くさいづみ》といひ、因《よ》りて村《むら》の名と爲《な》しき。今、球覃《くたみ》の郷《さと》と謂《い》ふは、訛《よこなま》れるなり。

訓んでいる。文意及び新考説により蹴る意を以てクヱと訓む。

九 前条の天皇と同じ景行天皇。前条と同様に「纏向日代宮御宇天皇」と書くべきを省略したもの。豊後・肥前両国の風土記に景行天皇の表記についてのみ採られている省略書式で、現伝本において同一郡内で同天皇の記事が連続している場合に見られるが、宮号で記さず諱で「大足彦天皇」と記すものは省略書式をとっていない(三九一頁)。恐らくは両国風土記の転写(抄略)時に採られた省略書式であろう。

一〇 柏原の丘(または山の斜面)の大野の意か。蹶石野と同地の如くであるが所在地は不明。或は禰疑野・大野郡海石榴市・血田と共に風土記筆録当時すでに伝説化して所在を明らかにしなかったのではないか。海石榴市・血田(三六五頁)及び鼠石窟(三六九頁)の地理記述参照。

一一 石を蹴って占いをする石占(いしうら)である。景行紀にはこの時祈った神を志我神・直入物部神・直入中臣神の三神とある。

一二 木の葉の如く軽々と上れの意。柏峡・柏原の地名の縁で柏葉といったものか。

一三 戦勝の予兆で、土蜘蛛が誅滅されたことを暗に示す。

一四 郡の北部、久住都・直入両町及び庄内町南部(旧阿蘇野村)にわたる地。景行紀に来田見邑、下文に朽網郷とある。

一五 遺蹟地不明。

一六 天皇の御食事係の人。

一七 御飲料の水として。

一八 水の神。蛇の類をいう。山椒魚(はんざき)またイモリかとする説がある。

一 久住都町仏原の宮園を遺称地に擬している(箋釈)。景行紀十二年の条に類似の記事が見える。
二 直入郡北境の連山(九州アルプスと呼ぶ)をいうのであろう。この内、九重山(一七六四米)は今も活火山である。
三 活火山として活動していることをいう。
四 山の麓。直入郡の側の山麓。
五 大分川の上流をなす朽網川としている(箋釈)。
六 直入町湯原で合流して朽網川となる二川、黒嶽から発するものと大船山から発するものとに擬している(箋釈)。
七 直入郡の東に接する大野郡、その南に続く南海部郡宇目村にもわたった。和名抄の郡名に大野(於保乃)とある。
八 和名抄の郷名に田口・大野・緒方・三重とあるのにあたる。
九 北方の豊後国庁(大分)から丹生駅を経て大野川添いに南下した三重駅(駅趾は三重町市場附近か)、更に南方の小野駅(駅趾は宇目村小野市)。三重駅で直入駅からの道を合せ、小野駅から南方の日向国に通じたものであろう。
一〇 三重町の東境、佩楯山(七五四米)を烽の地に擬している。
一一 統轄する地域。郡の領域。
一二・一三 箋釈は直入郡の記事の錯簡とするが、釈日本紀巻十三に大野郡としてこの条を引用。共に所在地不明。思うに景行紀十二年十月の条を豊後国の記事とし、鼠石窟と禰疑野の二ヵ所の土蜘蛛討伐を主題とし、それに速津媛の進言(風土記は速見郡名の説明)・球覃行宮(同じく宮処野の説明)・蹈

宮處野 朽網郷所レ在之野[1]
同天皇 爲三征二伐土蜘蛛一之時 起二行宮於此野一 是以 名曰二宮處野一
救覃峯 在二郡北[2]一
此峯頂 火[3]恆燎之 基有二數川[4]一 名曰二神河一 亦[5]有二二湯河一 流會二神河一
大野郡 郷肆所里一十一 驛貳所 烽[6]壹所
此郡所レ部 悉皆原[7]野[8] 因レ斯名曰二大野郡一
海石榴市 血田 竝在二郡南一
昔者 纏向日代宮御宇天皇 在二球覃行宮一 仍欲レ誅二鼠石窟土蜘蛛一 而詔二群臣[9]一 伐[10]二採海石榴樹一 作レ椎爲レ兵[11] 即簡二猛卒一 授二兵椎一以 穿レ山靡[12]レ草 襲[13]二土蜘蛛一 而悉誅殺 流血沒レ踝 其作レ椎之處 曰二海石榴市一 亦流レ血之處 曰二血田一也
網[14]磯野 在二郡西南[15]一
同天皇 行幸之時 此間有二土蜘蛛一 名曰二小竹[16]鹿奥一 謂二志努[17]汗[18]意枳[19]一 小竹[16]鹿臣一 此土蜘蛛二人 擬レ爲二御膳一 作二田獦[20]一 其獦人聲甚譟[21] 天皇勅云[22] 大囂 謂二阿那美[23]須一 因レ斯曰二大囂野一 今謂二網[14]礒野一者*

1 底・天「細」。渡「納」に誤る。
2 底・諸本「南」。箋により訂す。
3 底・諸本「大垣」。箋・板による。
4 底「救」に似た字形に崩れている。
5 底・渡など「赤」に誤る。天・板による。
6 箋「烽壹所」を脱。
7 佐藤説「皆」の下に「在」を補うが、底・諸本のまま。
8 板「也」がある。
9 底・諸本による。
10 底「君」に誤る。
11 底・天「代」に誤る。
12 底「丘」に誤る。
13 板「排」。底・諸本による。
14 板「土」の上に「石室」がある。景行紀による補字。
15 底・天・渡「細」。箋「納」に誤る。
16 南「北」の誤とする。
17 底、字形崩れて「行」に似る。天・渡「片」。板による。
18 底「忘」。天・渡など による。
19 底「行」。伴・板による。
20 南「片」。底・諸本「招」。伴・板「拘」とするが字形の近似により「枳」の誤とする。
21 底・天・渡「日」。南・伴などによる。
22 底・諸本「譟」の如き字形。南・箋など「譟」。字形近似により「譟」とする。
23 板・箋「曰」とするが、底・諸本による。
底・天「关」に誤る。

[一]宮處野《みやこの》 朽網《くたみ》の郷《さと》にある野《の》なり。 同じき天皇《すめらみこと》、土蜘蛛《つちくも》を征伐《う》たむとしたまひし時、行宮《かりみや》を此の野《の》に起《た》てたまひき。是《ここ》を以《も》ちて、名を宮處野《みやこの》といふ。

[二]救覃《くたみ》の峯《みね》 郡《こほり》の北にあり。 此の峯《みね》の頂《いただき》に、火《ひ》[三]、恆《つね》に燎《も》えたり。基《もと》[四]に數《あまた》の川あり。名を神《かみ》[五]河《かは》といふ。亦《また》、二つの湯《ゆ》[六]の河《かは》あり。流れて神河《かみかは》に會《あ》ふ。

[七]大野《おほの》の郡《こほり》 郷《さと》[八]は四所《ところ》 里《こざと》は一十一、驛《うまや》[九]は二所《ところ》、烽《とぶひ》[一〇]は一所《ところ》なり。

此の郡《こほり》の部《す》[一一]ぶる所《ところ》は、悉皆《みな》、原野《はらの》なり。斯《これ》に因《よ》りて、名を大野《おほの》の郡《こほり》といふ。

[一二]海石榴市《つばいち》・血田《ちだ》[一三] 竝《なら》びに郡《こほり》[一四]の南にあり。 昔者《むかし》、纏向《まきむく》の日代《ひしろ》の宮《みや》に御宇《あめのしたしろ》しめしし天皇《すめらみこと》、球覃《くたみ》[一五]の行宮《かりみや》に在《いま》しき。仍《すなは》ち、鼠《ねずみ》[一六]の石窟《いはや》の土蜘蛛《つちくも》を誅《つみな》はむと欲《おもほ》して、群臣《おみたち》に詔《みことのり》して、海石榴《つばき》[一七]の樹《き》を伐《き》り採《と》りて、椎《つち》に作りて兵《つはもの》[一八]と爲《な》し、卽《すなは》ち、猛《たけ》[一九]き卒《いくさ》を簡《えら》みて、兵《つはもの》の椎《つち》を授《さづ》けて、山[二〇]を穿《うが》ち、草を靡《なび》け、土蜘蛛《つちくも》を襲《おそ》ひて、悉《ことごと》に誅《つみな》ひ殺《ころ》したまひき。流るる血は、踝《つぶなき》[二一]を沒《い》れき。其の椎《つち》を作りし處《ところ》は海石榴市《つばいち》といひ、亦《また》、血を流しし處《ところ》は血田《ちだ》といふ。

[二二]網磯野《あみしの》 郡《こほり》の西南《ひつじさる》のかたにあり。 同じき天皇《すめらみこと》、行幸《いでま》しし時、此間《ここ》に土蜘蛛《つちくも》あり、名を小竹《しの》鹿奥《かおき》[二三] 志努汗意枳《しのかおき》と謂《い》ふ・小竹鹿臣《しのかおみ》といひき。此の土蜘蛛《つちくも》二人《ふたり》、御膳《みけ》に擬《あ》てむとして、田《か》[二四]獵《り》を作《な》すに、其の獵人《かりびと》の聲《こゑ》、甚《いとかまびす》[二五]諠しかりき。天皇《すめらみこと》、勅《の》りたまひしく、「大囂《あなみす》[二六] 阿《あ》那美須《なみす》と謂《い》ふ」とのりたまひき。斯《これ》に因《よ》りて大囂野《あなみすの》といひき。今、網礒野《あみしの》と謂《い》ふは、

石(同じく蹶石野の説明)及び海石榴市・血田の記事を交錯させて一括記載し、そのために地理の了解し難い点がある。風土記は一括交錯させられた記事(恐らく景行紀)を材として筆録したものと認められ(文章も景行紀に近似する)、これらの地名は筆録当時すでに所在が明らかでなく、風土記筆録者が海石榴市・血田を大野郡の内、郡家南方の大野川中流(平井・大野・緒方・奥嶽の数川に分れている)の地と解して記載したものの如くである。緒方川南岸(緒方町)に知田の地名がある。

一四　大野郡の郡役所。大野町郡山を遺称地とする。

一五　直入郡宮処野の条の行宮。景行紀の記事では鼠石窟と禰疑野のいずれの土蜘蛛討伐の際か明らかでない。

一六　所在地不明。速見郡の条(三六九頁)にも見えるが速見郡内とすべき理由はない。

一七　椿。材質が堅く重い故か、呪力ある木とした故か。

一八　武器。槌を兵器として持たせた意。

一九　勇猛な兵士を選抜して。

二〇　山や草など進路の障害をおしわけて突き進む意。

二一　ツブフシともいう(新撰字鏡・和名抄)。足のくるぶし。

二二　所在地不明。箋釈は朝地町綿田の北平(きたひら)にある阿志野に擬し「郡の西北」の誤とするが、確かでない。

二三　キ(男)・ミ(女)で言い分けた男女名。

二四　狩猟。獦は猟の古字。田は狩の意。

二五　騒がしい。カマシともいう。

二六　カマビスシのビスの音転であろう。ヒスカシ(類聚名義抄)とも言った。

訛也

海部郡　郷肆所里一十二　驛壹所　烽貳所

此郡百姓　竝海邊白水郎也　因曰[1]㆓海部郡[2]㆒

丹生郷在㆓郡西㆒

昔時之人　取㆓此山沙㆒　該[3]㆓朱沙㆒　因曰㆓丹生郷㆒

佐尉郷在㆓郡東㆒

此郷舊名酒井　今謂㆓佐尉郷㆒者　訛也

穗門郷在㆓郡南㆒

昔者　纏向日代宮御宇天皇　御船泊㆓於此門㆒　海底多㆓生海藻㆒　而長美[4]　卽勅曰　取㆓最勝海藻㆒謂㆓保都米㆒[5]　便[6]令㆓以進㆑御　因曰[7]㆓最勝海藻門㆒　今謂㆓穗門㆒者　訛也[8]

大分郡　郷玖所里廿五[9]　驛壹所　烽壹所　寺貳所一僧寺[10]一尼寺[10]

昔者　纏向日代宮御宇天皇　從[11]㆓豐前國京都行宮[12]㆒　幸㆓於此郡㆒　遊㆓覽地形㆒嘆曰　廣大哉　此郡也[13]　宜㆑名㆓碩田國[14]㆒碩田謂㆓大分㆒　今[15]謂㆓大分㆒＊

一　大野郡の東に接する大分県の東南海岸部、北海部(あまべ)・南海部両郡の地にあたる。その南部は郷が開けていなかった。和名抄の郡名に海部(安万)とある。

二　和名抄の郷名に佐加・穂門・佐井・丹生とある。共に郡の北部の地。

三　丹生駅(延喜式・和名抄)。駅は坂ノ市町丹生附近、大野川の下流東岸地。

四　佐賀関町の遠見山と坂ノ市町の姫嶽とに擬している。

五　漁業に従事する者をいう。

六　坂ノ市町丹生が遺称地。大野川下流の東岸地域にあたる。中世は臼杵市の地も丹生と称した。

七　海部郡の郡家。坂ノ市町の内、旧小佐井村と丹生村の間にあったとする(新考)。

八　朱色の顔料とする砂土。坂ノ市町久土の赤迫(あかさこ)附近に産出したという。

九　充当、充用する。本物でないがそれとして用いる意。文武二年(続紀)には豊後国より真朱を献ぜしめたとある。或はこの朱砂をいうか。

一〇　大在(おおざい)村から坂ノ市町にわたる海沿いの地域にあたる。坂ノ市町の旧村名小佐井が遺称。

一一　旧名の由来を記さないのは或は伝写間の抄略の故か。

一二　津久見湾に臨む津久見市附近の地。保戸島を遺称としている。

一三　水門の意。ここは津久見湾東部の保戸島と岬部との間の水路を指すのでなく、深く湾入した海をいうのであろう。

一四　わかめ・昆布の類をいう。

一五　食料として最も優秀な海藻の意をあら

1　底「四」に誤る。

2　天「郡」を脱。

3　底・天・渡「詃」。南「誤」。箋・板による。

4　底・諸本「天」を細字に記す。箋・板「天皇」とするが、恐らくは衍字。

5　底「你郡耒」。天・渡・南「你郡未」。箋・板による。

6　底・天・渡「合」。南にない。箋・板による。

7　底・天「曰」を脱。

8　底・天・渡「也」の上に「者」がある。衍字。

9　天・渡など「二十」。底による。

10　箋・板「一」がない。底・諸本による。

11　底・諸本「従」がない。用字例によれば「従」または「自」「發」の脱。

12　底・天・渡「京郡」。南・板による。箋は「京都郡」とする。

13　天・渡「郷」。底・南による。

14　底「硯」。注は「覗」の如く字形が崩れている。

15　底・天「今」の上に「分」がある。誤寫重記。

訛《よこなま》れるなり。

海部《あま》[一]の郡《こほり》　郷《さと》[二]は四所《ところ》　里《こざと》は一十二、驛《うまや》[三]は一所《ところ》、烽《とぶひ》[四]は二所《ところ》なり。

此の郡《こほり》の百姓《おほみたから》は、竝《みな》、海邊《うみべた》の白水郎《あま》[五]なり。因《よ》りて海部《あま》の郡《こほり》といふ。

[六]丹生《にふ》の郷《さと》　郡《こほり》[七]の西にあり。　昔時《むかし》の人、此の山の沙《すなご》を取《と》りて朱沙《に》[八]に該《あ》[九]てき。因《よ》りて丹生《にふ》の郷《さと》といふ。

[一〇]佐尉《さゐ》の郷《さと》　郡《こほり》の東《ひむがし》にあり。　此の郷《さと》の舊《もと》の名は酒井《さかゐ》なりき[一一]。今、佐尉《さゐ》の郷《さと》と謂《い》ふは、訛《よこなま》れるなり。

[一二]穂門《ほと》の郷《さと》　郡《こほり》の南にあり。　昔者《むかし》、纏向《まきむく》の日代《ひしろ》の宮《みや》に御宇《あめのしたしろ》しめしし天皇《すめらみこと》、御船《みふね》を此の門《と》[一三]に泊《は》てたまひしに、海の底《そこ》に海藻《め》[一四]多《さは》に生《お》ひて、長く美《うるは》しかりき。即《すなは》ち、勅《の》りたまひしく、「最勝海藻《ほつめ》[一五]　保都米《ほつめ》と謂《い》ふ　を取《と》れ」とのりたまひて、便《すなは》ち、御《みをし》[一六]に進《たてまつ》らしめたまひき。因《よ》りて最勝海藻《ほつめ》の門《と》といひき。今、穂門《ほと》と謂《い》ふは、訛《よこなま》れるなり。

[一七]大分《おほきだ》の郡《こほり》　郷《さと》[一八]は九所《ところ》　里《こざと》は廿五、驛《うまや》[一九]は一所《ところ》、烽《とぶひ》[二〇]は一所《ところ》、寺《てら》[二一]は二所《ところ》なり　一つは僧《ほふし》の寺、一つは尼《あま》の寺《てら》なり。

昔者《むかし》、纏向《まきむく》の日代《ひしろ》の宮《みや》に御宇《あめのしたしろ》しめしし天皇《すめらみこと》、豊前《とよくにのみちのくち》の國の京都《みやこ》[二二]の行宮《かりみや》[二三]より、此の郡《こほり》に幸《いでま》して、地形《くにがた》[二四]を遊覽《み》て、嘆《なげ》[二五]きてのりたまひしく、「廣《ひろ》く大《おほ》きなるかも、此の郡《くに》は。碩田《おほきだ》[二六]の國《くに》　碩田は大分《おほきだ》と謂《い》ふ　と名づくべし」とのりたまひき。今、大分《おほきだ》と謂《い》ふ、

わす文字。恐らくホツメと呼ばれるわかめの一種があったのであろう。この地は現在もわかめ(「安徳め」と呼ぶ)を産する。

一六　御許・御膳・御食などを略して敬語だけでいったもの。

一七　大分・鶴崎の二市及びその南方の大分郡の地。和名抄の郡名に大分(於保伊多)、景行紀に碩田(於保岐陀)とある。大分市古国府が豊後国府の遺蹟地。大分郡の郡家も同地であろう。

一八　和名抄の郷名に阿南・植田・津守・荏隈・判太・跡部・武蔵・笠祖・笠和・神前の十郷を記している。武蔵を国埼郡の郷名の混入とし、また笠祖を笠和の誤写重記とする説があるが確かでない。

一九　高坂駅(和名抄・延喜式)。大分市古国府の北方丘陵地を駅趾とする。「とする。

二〇　大分市の西隅、高崎山(四極山)を烽処

二一　箋釈は天平十三年の勅命による国分寺及び国分尼寺としているが恐らくは不可。国分寺以前のものであろう。肥前国風土記の寺の記載(三九一頁頭注一三)参照。

二二　福岡県行橋市の西南隅、津積の御所谷を遺蹟地とする。京都(みやこ)郡内の地。

二三　景行紀によって巡幸路を立てたのであろう。同紀十二年の条では京都行宮造営の記事(九月)に大分の地名説明の記事(十月)が続いて記してある。ただし月を異にし、各独立記事で前地から後地へ巡幸したとはない。

二四　高所から見渡す国状視察をいう。遊覧の文字は肥前国風土記にもあり、国見にあてた文人趣味の修辞(三八一頁頭注一八)。

二五　感嘆して。　二六　農耕地水田が多い意。

一 大分市で別府湾に注ぐ。今も大分(おおいた)川という。
二 主な源は二。ここは西方の由布岳に発する由布川を挙げず、西南方の源のみを挙げたもの。
三 直入郡救覃峰の条(三六五頁)に記載がある。
四 大分村賀来で由布川(大分川の一流)に注ぐ賀来川をいうか。箋釈に柏野川と呼ぶとある。
五 狭間町の柏野。
六 普通の水と同じ色。無色透明の鉱泉(炭酸泉)をいう。
七 皮膚病の一種。疥(和名抄・字鏡)。白癬。
八 別府市・杵築市及び速見郡の地。和名抄の郡名に速見(波夜見)とある。
九 和名抄の郷名に朝見・八坂・由布(田布に誤る)・大神・山香とある。
一〇 豊後国府(大分市)から北西方の豊前国に至る通道の長湯駅(別府市血の池地獄附近または永石湯附近を駅趾とする)、及び西方の筑後国に通ずる由布駅(湯布院町川上附近か)。
一一 日出町の北方、鹿鳴峠を烽処としている。
一二 山口県防府市佐波が遺称地。佐波川の河口の津。
一三 旧注に南海部郡米水津村宮野浦に擬す

斯其縁也
大分河 在二郡南一
此河之[1]源 出二直入郡朽網之峯一 指[2]レ東下流 經二過此郡[3]一 遂
入二東海一 因曰二大分川[4]一 年魚多在
酒水 在二郡西一
此水之源 出二郡西柏[5]野之磐中一 指[6]レ南下流 其色如レ水[7] 味小
酸焉 用療二痂[8]癬一 謂二胖[9]太[10]氣一
速見郡 郷伍所 里一十三 驛貳所 烽[11]壹所
昔者 纏向日代宮御宇天皇 欲レ誅二球[12]磨贈於[13]一 幸[14]二於筑紫一 從二
周防國佐婆津一 發船而渡 泊[15]二於海部郡宮浦一 時 於二此村一有二
女人一 名曰二速津媛一 爲二其處之長一 即聞二天皇行幸一 親自奉
レ迎 奏言 此山[16]有二大磐窟一 名曰二鼠磐窟一 土蜘蛛二人住之
其名曰二青白一 又 於二直入郡禰疑野一 有二土蜘蛛三人一 其名
曰二打猨[17]八田國摩侶一 是五人 並爲レ人強暴 衆類亦[18]多在 悉皆
諺[19]云 不レ從二皇命一 若強喚者 興レ兵距焉 於レ玆 天皇遣レ兵
遮二其要害一 悉誅滅 因レ斯名曰二速津*

1 板「之」を脱。
2 底「柏」、天「拍」に誤る。
3 天・渡「邦」。底・南による。
4 箋・板「河」。底・天による。
5 底・天「指」。万葉緯に「柏乎」と注し、箋・板など「柏」。
6 底、大分河の條の「指」の下の「東」以下ここまで誤寫重記。渡、重記の文を細字とする。
7 万葉緯に「酒脱カ」とし、箋・板「酒」がある。底・諸本のまま。
8 底「々」の如き字、南「於」がある。恐らく衍。天「痂」を脱。
9 底・諸本「胅」。板による。
10 南「大」。底・天・渡による。
11 箋「烽壹所」を脱。
12 底・天「珠」。渡・南による。
13 底・諸本「於」がない。例により補う。板は「玖磨噌唹」。
14 板「行幸」。底・諸本による。
15 底「伯」に誤る。
16 底・天・渡にない。文意及び書式例により「山」また「村」の如きを補うべきである。南・箋・景行紀「玆山」。「此山」とするのは紀によるか。
17 板・箋「猿」。底・諸本による。
18 底「赤」に誤る。
19 板「談」。底・諸本による。

るのは恐らく不可。佐藤説、北海部郡佐賀関町上浦(中古宮浦と呼ぶ)とする。景行紀十二年十月の条に、大分の次に風土記と殆ど同文の速津媛進言の事を記すが、巡路の記載はなく、前月記事の初めに佐婆津到着を記す。或は風土記筆録者が景行紀によって佐婆津から速見への経路を考えたものとすべきか。海石榴市の条の注(三六五頁)参照。速見から見渡される東方への突出地、佐賀関半島(海部郡北東端)の地を天皇の到着地としたものとすべきであろう。佐賀関港内にも古宮の名がある。

一四　次の「其処」「此山」と共に何処を指すか明確でない。景行紀には「速見の邑に到る。女人有り」とある。

一五　土地の首長としての巫女。肥前国風土記の速来津姫(四〇七頁)と同類の土蜘蛛(先住勢力)。ハヤは今来に対する語で早く天皇に帰服した意の名か(古語大辞典)。上の久津媛の条(三五八頁頭注四)参照。

一六　天皇に帰服することを示すもの。

一七　所在地不明。速見郡の山の如き文であるが、景行紀は直入郡(稲葉川上)で滅したとし、風土記は大野郡に血田を記し、筆録時に所在を明らかにしていなかったものと解せられる(三六四頁頭注一一参照)。

一八　直入郡禰疑野の条(三六三頁)参照。

一九　ソシル(誹謗)の意の字。大言して気勢を揚げる意によってコトアゲと訓む。

二〇　天皇の許へ喚びよせる。臣下(服従者)として奉仕させる意であろう。

二一　拒に通わし用いた字。

二二　土蜘蛛などが防戦のための要害(城柵など)に拠れないようにして。

斯《これ》其の縁《ことのもと》なり。

[一]大分河《おほきだがは》　郡《こほり》の南にあり。　此の河の[二]源《みなもと》は、直入《なほり》の郡《こほり》の[三]朽網《くたみ》の峯《みね》より出で、東《ひむがし》を指《さ》して下《くだ》り流れ、此の郡《こほり》を經過《す》ぎて、遂《はて》は東《ひむがし》の海に入《い》る。因《よ》りて大分《おほきだ》川といふ。年魚《あゆ》、多《さは》にあり。

[四]酒水《さかみづ》　郡《こほり》の西にあり。　此の水《みづ》の源《みなもと》は、郡《こほり》の西の[五]柏野《かしはの》の磐《いは》の中《うち》より出で、南を指《さ》して下《くだ》り流る。其の色《いろ》は[六]水《みづ》の如く、味《あぢはひ》は小《すこ》しく酸《す》し。用《もち》ゐて[七]痂癬《はたけ》　胖太氣《はたけ》と謂《い》ふ　を療《いや》す。

[八]速見《はやみ》の郡《こほり》　[九]郷《さと》は五所《ところ》　里《こざと》は一十三、[一〇]驛《うまや》は二所《ところ》、[一一]烽《とぶひ》は一所《ところ》なり。

昔者《むかし》、纏向《まきむく》の日代《ひしろ》の宮《みや》に御宇《あめのしたしろ》しめしし天皇《すめらみこと》、球磨贈於《くまそ》を誅《つみな》はむと欲《おもほ》して、筑紫《つくし》に幸《いでま》し、周防《すはう》の國の[一二]佐婆津《さばつ》より發船《ふなだち》して、渡《わた》りまして、海部《あま》の郡《こほり》の[一三]宮浦《みやうら》に泊《は》てたまひき。時に、[一四]此の村《むら》に女人《をみな》あり、名を[一五]速津媛《はやつひめ》といひて、其の處《ところ》の長《をさ》たりき。即《すなは》ち、天《すめら》皇《みこと》の行幸《いでまし》を聞きて、親自《みづか》ら[一六]迎《むか》へ奉《まつ》りて、奏言《まを》ししく、「此の山に大きなる磐窟《いはや》あり、名を[一七]鼠《ねずみ》の磐窟《いはや》といひ、土蜘蛛《つちくも》二人《ふたり》住《す》めり。其の名を青《あを》・白《しろ》といふ。又、直入《なほり》の郡《こほり》の[一八]禰疑野《ねぎの》に土蜘蛛《つちくも》三人《みたり》あり、其の名を打猨《うちさる》・八田《やた》・國摩侶《くにまろ》といふ。是《こ》の五人《いつたり》は、竝《ならび》に爲人《ひととなり》、强暴《ちはや》び、衆類《ともがら》も亦多《またさは》にあり。悉皆《みな》、[一九]謡《ことあげ》していへらく、『皇命《おほみこと》に從《したが》はじ』といへり。若《も》し、强《あなが》ちに喚《め》[二〇]さば、兵《いくさ》を興《おこ》して[二一]距《ふせ》ぎまつらむ」とまをしき。ここに、天皇《すめらみこと》、兵《いくさびと》を遣《や》りて、其の[二二]要害《ぬみ》を遮《さ》へて、悉《ことごと》に誅《つみな》ひ滅《ほろぼ》したまひき。斯《これ》に因《よ》りて、名を速津《はやつ》

媛國一 後人改曰二速見郡一[1]

赤湯泉 在二郡西北一

此湯泉之穴 在二郡西北竈門山一 其周十五許丈 湯色赤而有レ涅[2] 用足レ塗二屋柱一 涅[2]流出レ外 變爲二清水一 指レ東下流 因曰[3]二赤[4]湯泉一

玖倍理湯井 在二郡西一

此湯井 在二郡西河直山東岸一 口徑[5]丈餘 湯色黑 涅[2]常不レ流 人竊到二井邊一 發レ聲大言 驚鳴涌[6]騰[7] 二丈餘許 其氣熾熱 不レ可二向昵[8]一 緣[9]邊草木 悉皆枯萎 因曰二慍[10]湯井一 俗語曰二玖倍理湯井一

柚富鄉 在二郡西一

此鄉之中 栲樹多生 常取二栲皮[11]一 以造二木綿一 因曰二柚富鄉一

柚富峯 在二柚富鄉東[12]北一

此峯頂有二石室一 其深一十餘丈 高八丈四尺 廣三丈[13]餘 常有二氷[14]凝一 經[15]レ夏不レ解 凡柚富鄉 近二於此峯一 因以爲二峯名一

一 ハヤミはハヤツヒメの自然な音訛とは認め難いが、ヒサヅヒメがヒダに訛り、イシナシノヲキがイシヰに訛ったとする(三五九頁)のと同類で、豊後・肥前両国及び九州諸国の同類の風土記(逸文)に共通して多く見られる。地名説明を伝承説話に偏して語ろうとするためからのものである(三五八頁頭注七参照)。

二 別府市野田の血の池地獄。もと赤湯と呼んでいた。

三 速見郡の郡家。別府市にあったのであろうが、遺蹟地は明らかでない。風土記の記事によれば鉄輪温泉の東方山麓附近の地ということになる。

四 この方位の記載は標目地名の下の注記と重複する。次条も同じ。方位を本文として掲出地名の前に記すのは常陸国風土記の

1 底「因」に誤る。

2 南「泥土」二字。底・諸本による。

3 天「云」。底・渡などによる。

4 底・諸本「赤」がない。南・板などにより補う。

5 底・諸本「住」。箋・板による。

6 天・箋「沸」。底・渡による。

7 底・渡「勝」。天・南による。

8 天「眲」に作る。底、字形崩れているが「昵」。

9 底「緑」に近い字形に崩れている。

10 底・諸本「温」。板による。

11 底・天など「彼」。板・箋による。

12 底・諸本「西」。恐らく「郡西」の意に解した誤寫。實地理により訂す。

13 板「尺」。底・諸本による。

14 底・諸本「水」。板により「氷」の誤とする。

15 天「徑」。底、字形確かでないが「經」。

媛《ひめ》の國といひき。後《のち》の人、改めて一速見《はやみ》の郡《こほり》といふ。
二赤湯《あかゆ》の泉《いづみ》 三郡《こほり》の西北《いぬゐ》のかたにあり。此の湯《ゆ》の泉《いづみ》の穴《あな》は、四郡《こほり》の西北《いぬゐ》のかたの五竈門山《かまどやま》にあり。六其の周《めぐ》りは十五丈《とをあまりいつつゑ》ばかりなり。湯《ゆ》の色は赤くして七涅《ひぢ》あり。八用《もち》ゐて屋《や》の柱《はしら》を塗《ぬ》るに足《た》る。涅《ひぢ》、流れて外《と》に出づれば、九變《かは》りて清水《すみみづ》と爲《な》り、東《ひむがし》を指《さ》して一〇下《くだ》り流る。因《よ》りて赤湯《あかゆ》の泉《いづみ》といふ。
一一玖倍理湯《くべりゆ》の井《ゐ》 郡《こほり》の西にあり。此の湯《ゆ》の井《ゐ》は、郡《こほり》の西の一二河直山《かはなほやま》の東《ひむがし》の一三岸《きし》にあり。口《くち》の徑《わたり》は丈餘《ひとつゑあま》りなり。湯《ゆ》の色は黑く、涅《ひぢ》、常《つね》は流れず。人、竊《ひそか》に井《ゐ》の邊《ほとり》に到りて、一四聲《こゑ》を發《あ》げて大言《さけ》べば、驚《おどろ》き鳴《な》りて涌《わ》き騰《あが》ること、二丈餘《ふたつゑあま》りばかりなり。其の氣《け》、熾《さか》りて熱《あつ》く、一五向《むか》ひ昵《ちかづ》くべからず。緣邊《ほとり》の草木《くさき》は、悉皆《みな》枯《か》れ萎《しぼ》む。因《よ》りて慍湯《いかりゆ》の井《ゐ》といふ。俗《くにひと》の語《ことば》に、一六玖倍理湯《くべりゆ》の井《ゐ》といふ。
一七柚富《ゆふ》の郷《さと》 郡《こほり》の西にあり。此の郷《さと》の中《うち》に一八栲《たく》の樹《き》多《さは》に生《お》ひたり。常に栲《たく》の皮《かは》を取りて、一九木綿《ゆふ》を造《つく》る。因《よ》りて柚富《ゆふ》の郷《さと》といふ。
二〇柚富《ゆふ》の峯《みね》 柚富《ゆふ》の郷《さと》の東北《うしとら》のかたにあり。此の峯《みね》の頂《いただき》に二一石室《いはや》あり。其の深《ふか》さは一十《と》丈餘《つゑあま》り、高さは八丈四尺《やつゑあまりよさか》、廣さは三丈餘《みつゑあま》りなり。常《つね》に氷《ひ》の凝《こ》れるありて、夏を經《ふ》れども解《と》けず。凡《すべ》て、柚富《ゆふ》の郷《さと》は此の峯《みね》に近し。因《よ》りて峯《みね》の名と爲《な》す。

書式に類似する。
五 血の池地獄のある山。今はその北側を竈門と呼ぶ。
六 湯の泉の穴の周囲の長さ。次条は穴の口の直径を記す。穴が大きいものは径を計り難く、周囲の長さであらわしたのである。
七 熱湯と一緒に噴出される粘土質の泥。
八 赤(朱)色の顔料として用いられる意。
九 酸化鉄を含む故に赤色の湯となったもの。
九 赤色の泥が沈澱して澄んだ水になって流れるのをいう。
一〇 新川と呼ぶ川筋にあたる。
一一 別府市鉄輪(なかわ)にあった間歇温泉。鬼山地獄としているが、この地に温泉多く、そのいずれにあたるか明らかでない。
一二 鉄輪の西北の山(三四〇米)。
一三 崖に同じ。がけになったところ。
一四 間歇温泉の説明。五馬山の条(三六一頁)に同様の記載がある。
一五 正面向いて近づいてゆけない熱さ。
一六 燃やす意のクベルと同語。温泉の蒸気が熱く燃え上る意の名。
一七 湯布院町(今は大分郡に属す)、由布岳の山麓地。
一八 楮(かじ)の木。紙を製し、纖維を以て布帛を織る材料とした木。
一九 楮の皮・纖維をほぐして綿のようにしたもの。神の幣帛などとした。
二〇 別府市と湯布院町の境の由布岳(一五八四米)。豊後富士という。柚富郷はその西南の山間盆地にひらけていたものと認められる。
二一 遺蹟は不明。塵袋第二に類似の氷室の記事がある(五一三頁参照)。

頸峯在二柚富峯西南一

此峯下　有二水田一　本名宅田[1]　此田苗子　鹿恆[2]喫之　田主　造

柵伺待　鹿到來[3]　擧二己頸[4]一　容二柵間一　卽喫二苗子一　田主捕レ

獲　將レ斬二其頸一　于レ時　鹿請云　我今立レ盟　免二我死罪一　若

垂二大恩[5]一　得二更存一者　告二我子孫　勿レ喫二苗子一　田主　於レ茲

大[6]懷二佐[7]異一　放[8]免不レ斬　自[9]レ時以來　此田苗子　不レ被二鹿喫一

令[10]レ獲二其實一　因曰二頸田一　兼[11]爲二峯名一

田野在二郡西南一

此野廣大　土地沃腴[12]　開墾之便　無[13]レ比[14]二此土一　昔者　郡內百

姓　居二此野一　多開[15]二水田一　餘レ糧宿レ畝　大奢[16]已富　作レ餅爲

的　于レ時　餅化二白鳥一　發而南飛　當年之間　百姓死絕　水

田不レ造　遂以荒廢[17]　自レ時以降[18]　不レ宜二水田一　今謂二田野[19]一

斯其緣也

國埼[20]郡　鄕陸所里一十六

昔者　纏向日代宮御宇天皇　御船　從二周防國佐婆津一　發而*

1 底「甲」に似た字形。天・渡「甲」に誤る。

2 底「垣」に誤る。

3 底・天「未」に誤る。

4 箋「頭」は不可。底・諸本による。

5 底「息」の如き字形に崩れている。

6 底・天「火」に誤る。

7 箋・板「怪」。底・諸本「佐」(怪の俗字で古い慣用字)。

8 底「殺」の古體に似るが「放」。天・渡「殺」。

9 底「因」に誤る。

10 南「今」。底・諸本による。

11 南「邑」に誤る。

12 底「畔」に「腴」を傍書。渡・南「畔」。

13 底・天・渡「與」。南・板による。

14 底・天「北」に誤る。

15 底・天・渡「聞」に誤る。

16 底・天・渡「木者」二字に作る。南・板によ る。箋「已富大奢」とする。

17 底「癈」。天・諸本による。

18 底・天「次」に誤る。

19 底「田野斯」三字がない。天「野」一字。渡・諸本「田野」二字。書式例により「田野斯」を補う。

20 底・板「崎」は不可。諸本による。

一 由布岳の南の城ガ岳(一一六八米)であろう。

二 ミヤケ(屯倉)の田、朝廷御料の田の意か。播磨国益気里の条(二六七頁)参照。

三 木の幹・枝などで作った防塞のための垣。

四 特定のものについて、死を免ぜられた代償と語る説話で、肥前国風土記値嘉島の条(四〇一頁)の土蜘蛛に類似伝承がある。

五 誓約をする。

六 上の句は田主が主語、下の句は鹿が主語で、文主格を異にし、上の句の事がらによって下の句の事がらとなるという接続である。類似記事の値嘉島の条も同様の文である。

七 所在地不明。或は湯布院町の西南隣、玖珠郡九重町田野か。未開墾地の故に郷に

[一]頸《くび》の峯《みね》　柚富《ゆふ》の峯《みね》の西南《ひつじさる》のかたにあり。　此の峯《みね》の下《した》に水田《こなた》あり。本《もと》の名は宅田《やけだ》[二]なりき。此の田の苗子《なへ》を、鹿《しか》、恆《つね》に喫《くら》ひき。田主《たぬし》、柵《き》[三]を造りて伺《うかが》ひ待つに、鹿《しか》到來《き》たりて、己《おの》が頸《くび》を擧《あ》げて、柵《き》の間《あひだ》に容《い》れて、卽《やが》て苗子《なへ》を喫《くら》ふ。田主《たぬし》、捕獲《と》りて、其の頸《くび》を斬《き》らむとしき。時に、鹿《しか》、請《こ》[四]ひて云《い》ひしく、「我《われ》、今、盟《うけひ》[五]を立《た》てむ。我《わ》が死ぬる罪《つみ》を免《ゆる》したまへ。若《も》し、大《おほ》き恩《めぐみ》を垂《た》れて、[六]更存《またい》くることを得ば、我《わ》が子孫《このすゑ》に、苗子《なへ》をな喫《くら》ひそと告《の》らむ」といひき。田主《たぬし》、ここに大《いた》く恠異《あや》しと懷《おも》ひて、放免《ゆる》して斬《き》らざりき。時《それ》より以來《このかた》、此の田の苗子《なへ》は、鹿《しか》に喫《く》はれず、其の實《みのり》を獲《え》しむ。因《よ》りて頸田《くびた》といひ、兼《また》、峯《みね》の名と爲《な》す。

[七]田野《たの》　郡《こほり》の西南《ひつじさる》のかたにあり。　此の野《の》は廣く大きく、土地《つち》沃腴《こ》えたり。開墾《あらき》の便《たより》、此の土《ところ》に比《たぐ》ふものなし。昔者《むかし》、郡内《くぬち》の百姓《おほみたから》、此の野《の》に居《を》りて、多《おほ》く[八]水田《こなた》を開《ひら》きしに、[九]糧《かて》に餘《あま》りて、畝《うね》に宿《とど》めき。大《おほ》きに奢《おご》り、[一〇]已《すで》に富《と》みて、[一一]餅《もちひ》を[一二]作《も》ちて[一三]的《いくは》と爲《な》しき。時に、餅《もちひ》、白き鳥と化《な》りて、發《た》ちて[一四]南に飛びき。當年《そのとし》の間《ほど》に、百姓《おほみたから》死に絶《た》えて、水田《こなた》を造らず、遂《つひ》に[一五]荒《あ》れ廢《は》てたりき。時《それ》より以降《このかた》、水田《こなた》に宜《よろ》しからず。今、田野《たの》といふ、斯《これ》其の縁《ことのもと》なり。

[一六]國埼《くにさき》の郡《こほり》　[一七]鄕《さと》は六所《ところ》　里《こざと》は一十六なり。

昔者《むかし》、纏向《まきむく》の日代《ひしろ》の宮《みや》に御宇《あめのしたしろ》しめしし天皇《すめらみこと》の御船《みふね》、周防《すはう》の國[一八]佐婆津《さばつ》より發《た》ちて、

所属せず、従って郡の所属が不確実な故に、当郡の筆録がこの地にまで及んだとすべきであろう。塵袋所載の「餅の的」(五一四頁)は同じ伝承説話であるが、玖珠郡の地としている。

八　語義は明確でないが、和名抄所引楊氏漢語抄の訓によって訓む。

九　食い分に余る稲は稲穂のまま田の畝に捨てておいて取り入れもしなかった。稲の収穫の多いことをいう。

一〇　全く。すっかり。

一一　逸文山城国伊奈利社(四一九頁)、豊後国餅の的(五一四頁)の条に類似伝承が見える。霊性があるとする白鳥を稲の精霊としたもの。

一二　作は用の意。伊奈利社の条に「用レ餅為レ的」とあるのと同じ。

一三　弓の的。

一四　豊後国巻頭(三五七頁)の白鳥も北から南へ飛ぶ。北方から南方へ開拓されて行ったことを示すものか。

一五　火山の爆発によって良田がにわかに荒廃することがこの伝承発生の因か。

一六　大分県の東北突出部、国東(くにさき)半島の地。豊後高田市及び東西の国東郡の地にあたる。和名抄の郡名に国埼(君佐木)とある。

一七　和名抄の郷名に武蔵・来縄・国前・田染(由染に誤る)・阿岐・津守・伊美の七郷を記している。このうち津守は大分郡の郷名の錯入とする説がある。

一八　既出(三六八頁頭注一二)。国東半島は周防灘を隔てて佐婆津(防府市)の真南にあたる。

度之　遙覽ニ此國一　勅曰　彼所レ見者　若國之埼[1][2]　因曰[3]ニ國埼一
郡一
伊美鄕　在ニ郡北一
同天皇　在ニ此村一　勅曰　此國　道路遙遠　山谷阻深[4]　往還疎
稀　乃得レ見レ[5]國　因曰[6]ニ國見村一　今謂ニ伊美鄕一　其訛也

(底本奥書)

寫本云

　永仁五年貳月十四[7]日書寫了

同十九日一交了

(天本奥書)

寫本云

　永仁五年貳月十四日書寫畢

同十九日一校了

文祿四乙未年臘月三日書寫校合等了　梵

〔別紙〕承應三年甲午歳暮春十三日書寫之畢

1　三七二頁20に同じ。
2　板「埼」の下に「乎」がある。底・諸本のまま四字句。
3　底にない。脱字。天・箋など「云」とするが、渡・板により「曰」を補う。
4　箋・板「險」。天・渡「誅」に似た字形。底、字形崩れているが「深」に近い。南「深」とするによる。
5　箋・板「國」の上に「此」がある。底・諸本による。
6　底は脱。天・箋「云」とするが渡・板により「曰」を補う。
7　筆順第三畫以下を缺いて「八」の如き字形。

度《わた》りたまひしに、遙《はる》かに此の國を覽《み》て、勅《の》りたまひしく、「彼《そ》の見ゆるは、若《けだ》し、[一]國《くに》[二]の埼《さき》ならむ」とのりたまひき。因りて國埼《くにさき》の郡《こほり》といふ。

[三]伊《い》美《み》の郷《さと》　郡《こほり》[四]の北《きた》にあり。　同じき天皇《すめらみこと》、此の村《むら》に在《いま》して、勅《の》りたまひしく、「此の國は[五]道路《みち》遙《はる》かに遠く、山と谷とは阻《さか》[六]しく深《ふか》くして、往還《ゆきき》疎稀《まれ》なり。乃《すなは》[七]ち國《くに》[八]を見ることを得つ」とのりたまひき。因《よ》りて國見《くにみ》の村《むら》といひき。今、伊《い》美《み》の郷《さと》と謂《い》ふは、其の訛《よこなま》[九]れるなり。

一　蓋と同じ意に用いた字。恐らくは。
二　海岸線が細長く突出することなく、円形をなしている故に地内にあっては半島としての感に乏しいが、遠望大観して半島(埼)と知られる、その地形についての説話。
三　半島の北端、国見町(旧伊美村)伊美・伊美川が遺称。その西の竹田津港にもわたった。
四　国埼郡の郡家。半島の東部の国東(くにさき)町鶴川附近を遺蹟地としている。
五　陸路の交通をいう。
六　山が険阻で谷が深い意の漢文修辞。
七　文を整える漢文助辞。しかるに、やっとの意にあたる。
八　国は開けて部落の営まれている地。伊美郷の地を、やっと見ることが出来たの意。豊後国(または豊前国)からは最もはての地にあり、陸路この地に至る実感を、景行天皇の行幸・勅言として説話したもの。天皇の行幸巡路は問うべきでない。
九　其は語意を強めるための助辞。ただし、豊後国及び九州の他国の風土記にも例がない。或は衍字とすべきか。

肥前國風土記

肥[1]前國

郡壹拾壹所　郷七十　里一百八十七[2]　驛壹拾捌所　小路　烽貳拾所　下國　城壹所　寺
貳所　僧寺

肥前國者　本　與二肥後國一　合爲二一國一　昔者　磯城瑞籬宮御
宇御間城天皇之世　肥後國益城郡朝來名峯　有二土蜘蛛打猴[3]頸[4]
猴二人一　帥[5]二徒衆一百八十餘人一　拒二捍皇命一　不レ肯二降服[6]一
朝庭[7]　勅遣二肥君等祖健緒組一伐之　於レ茲　健緒組　奉レ勅　悉
誅滅之　兼巡二國裏一　觀二察消息一　到二於八代郡白髮山一　日晩
止宿[8]　其夜　虛[9]空有レ火　自然而[10]燎[11]　稍々[12]降下　就二此山一燎之
時　健緒組　見而驚恠[13]　參二上朝庭[7]一　奏言　臣辱被二聖命一　遠
誅二西戎一　不レ霑二刀刃一　梟鏡[14]自滅　自レ非二威靈[15]一　何得レ然之
更　擧二燎[16]火之狀一　奏聞　天皇勅曰　所レ奏之事　未二曾所一レ聞
火下之國　可レ謂二火國一　卽　擧二健緒組之勳一　賜二姓名一　曰二
火君健緒純[17]一　便遣レ治二此國一　因[18]曰二火國一　後分二兩國一*

1 伴・板「風土記肥前國」。底・南による。
2 「九」の誤か。
3 底、旁を「隻」に似た字形に作る。肥後國逸文(前田家本)も同じ。「侯」の慣用字形。卽ち「猴」。
4 底・南「頸猴」がない。肥後國逸文による。
5 底・南「師」。伴・板による。
6 南・伴・板「伏」。底による。
7 南・伴・板「廷」。底による。
8 南・伴「密」。底による。
9 南「處」。底、字體稍確かでないが「虛」。
10 「而」諸本にない。肥後國逸文により補い四字句とする。
11 伴・板「熛」。底・南による。
12 底・南「之」。伴・板などによる。
13 南「怪」。底による。
14 伴・板「賊」。底・南による。
15 底・南「滅」に近い字形。伴・板による。
16 伴「熛」。底・南による。
17 底・南「鈍」の如き字形。伴・板による。
18 「因」の下に底「火」があり朱で消している。

一 本書の標題。「風土記　肥前国」とあるのと同じで、幾国もの同類書(風土記)の内、肥前国のものという意。本書編述時からの標題とは認められない。常陸国(三四頁頭注一)・豊後国(三五六頁頭注一)の標題参照。肥前国は佐賀・長崎二県の地にあたる。和名抄に肥前(比乃美知乃久知)とある。
二 この条、当国所管の郡郷などの総数を記す。豊後国風土記と書式同じ。
三 本書に一一郡名が見え、延喜式・和名抄の記載郡名に同じ。
四 各郡記載の郷数合計にあう。律書断簡記載の郡郷数とも同じ。和名抄は四四郷を記している。
五 出雲・豊後両国風土記の里に同じ。郷の下の行政区画単位(九五頁頭注一五参照)。律書断簡所載は一八一、本書各郡記載の合計は一八四。彼杵郡の記載に誤があり(四〇五頁頭注一六参照)、一八九を正とすべきか。彼杵郡を除く一〇郡では二里で一郷のもの二〇、三里で一郷のもの四四、四里で一郷のもの二の如くである。
六 各郡記載合計にあう。和名抄・延喜式の記載は一五。駅の改廃による相違か。
七 既出(三五六頁頭注六)。延喜式では一駅(基肄駅)のみ一〇疋(中路の馬数)としている。
八 各郡記載合計にあう。
九 既出(三五六頁頭注八)。
一〇 天智朝四年、太宰府防衛のために基肄郡基肄山に設けた城塞。百済人に築かせた韓国式のものであった(天智紀)。
一一 神埼・佐嘉二郡の各一寺。

[一]肥前《ひのみちのくち》の國《くに》

[二]郡《こほり》は[三]一十一所《ところ》、[四]郷《さと》は七十、[五]里《こざと》は一百八十七、[六]驛《うまや》は一十八所《ところ》、[七]小路《せうろ》、[八]烽《とぶひ》は二十所《ところ》、[九]下國《げこく》、[一〇]城《き》は一所《ところ》、[一一]寺《てら》は二所《ところ》 僧《ほふし》の寺《てら》なり。

[一二]肥前《ひのみちのくち》の國《くに》は、本《もと》、肥後《ひのみちのしり》の國《くに》と合《あは》せて一つの國たりき。昔者《むかし》、[一三]磯城《しき》の瑞籬《みづがき》の宮《みや》に御宇《あめのしたしろ》しめしし御間城《みまき》の天皇《すめらみこと》のみ世、肥後《ひのみちのしり》の國益城《ましき》の郡《こほり》の[一四]朝來名《あさくな》の峯《みね》に、[一五]土蜘蛛《つちぐも》、打猴《うちさる》・頸猴《うなさる》二人《ふたり》あり、徒衆《ともがら》一百八十《ももやそ》餘《あま》りの人を帥《ひき》ゐ、皇命《おほみこと》に[一六]拒捍《さか》ひて、[一七]降服《まつろ》ひ肯《あ》へざりき。朝庭《みかど》、勅《みことのり》して、[一八]肥君《ひのきみ》等《ら》が祖《おや》、健緒組《たけをくみ》を遣《や》りて、伐《う》たしめたまひき。ここに、健緒組《たけをくみ》、勅《みことのり》を奉《うけたまは》りて、悉《ことごと》に誅《つみな》ひ滅《ほろ》ぼし、兼《また》、[一九]國裏《くぬち》を巡《めぐ》りて消息《ありさま》を觀察《み》しに、八代《やつしろ》の郡《こほり》の[二〇]白髪山《しらかみやま》に到《いた》りて、日晩《く》れて止宿《やど》りき。其の夜《よ》、虚空《おほぞら》に火あり、自然《おのづから》に燎《も》え、稍々《やややや》に降下《くだ》りて、此の山に[二一]就《つ》きて燎《も》えける時、健緒組《たけをくみ》、見て驚《おどろ》き恠《あやし》みき。朝庭《みかど》に參上《まゐのぼ》りて、奏言《まを》ししく、「臣《やつこ》、辱《かたじけな》くも聖命《おほみこと》を被《かがふ》りて、遠《とほ》く西の[二二]戎《えびす》を誅《つみな》ふに、[二三]刀《かたな》の刃《やいば》を霑《ぬ》らさずして、[二四]梟鏡《あたども》、自《おのづか》ら滅《ほろ》びぬ。[二五]威靈《みいつ》にあらざるよりは、何《なに》ぞ然《しか》あることを得《え》む」とまをし、更《また》、燎《も》えし火の狀《さま》を擧《あ》げて奏聞《まを》しき。天皇《すめらみこと》、勅《の》りたまひしく、「奏《まを》せる事は、未《いま》だ曾《むかし》より聞きしことあらず。火の下《くだ》りし國なれば、火《ひ》の國《くに》と謂《い》ふべし」とのりたまひ、卽《やが》て、健緒組《たけをくみ》の[二六]勳《いさを》を擧《あ》げて、[二七]姓名《な》を賜《たま》ひて火君《ひのきみ》[二八]健緒純《たけをくみ》といひ、便《すなは》ち、此の國を[二九]治《をさ》めしめたまひき。因《よ》りて火《ひ》の國《くに》といふ。後《のち》、兩《ふた》つの國に分《わか》ちて、

一二 逸文肥後国号に殆ど同文の国名説明記事があり、後半の記事は景行紀とも殆ど同文。同一の記録に拠ったもの。

一三 崇神天皇。

一四 熊本県上益城郡益城町福原の福田寺山とする(肥後国志)。

一五 クマソ討伐によって天皇に帰服また誅滅された土着の先住勢力。

一六 天皇の命令に従わない。

一七 帰順降服しようとしない。

一八 神武天皇の皇子、神八井耳尊の子孫の氏族。

一九 国内を巡視して国情をしらべる。

二〇 熊本県八代郡東陽村の種山とする(中島広足説)。

二一 当(あたりて)と同様に用いたもの(三五九頁既出)。この山のところで。肥後国逸文は山に着焼(モエツキヌ)とある。

二二 エミシ(蝦夷)の転。もと東方にあって天皇の治下に入らない先住勢力(土蜘蛛)を称したのを、西方(九州)の土蜘蛛にも充て用いたもの。

二三 武力を用いないで。

二四 鏡は獍の通用、悪獣。梟はふくろう、悪鳥としてのもの。悪鳥と悪獣で逆賊の意。

二五 天皇の御霊力によって土蜘蛛を帰服させ得たのですの意。

二六 土蜘蛛討伐の勲功をとりあげて。

二七 火はウヂ(氏)、君はカバネ(姓)、氏と姓を賜わったのである(二八六頁頭注四)。

二八 クミ・クミス(伊呂波字類抄)の訓による。組と同意同訓の字として用いたもの。

二九 国造本紀に崇神朝遅男江命(大分国造同祖)を火国造に定めたとある。遅男江は建男組の誤写で風土記と同人である。

而爲㆓前後[1]㆒

又 纏向日代宮御宇大足彦天皇 誅㆓球磨贈於[2]㆒而 巡㆓狩筑紫國㆒之時 從[3]㆓葦北[4]火流浦㆒發船 幸㆓於火國㆒ 度㆑海之間 日沒夜冥 不㆑知㆑所㆑著 忽有㆓火光㆒ 遙視㆓行前㆒ 天皇勅㆓棹人㆒曰 直指㆓火處㆒ 應㆑勅而往 果得㆑著㆑崖[5] 天皇下㆑詔曰 火燎[6]之處 此號㆑何界 所㆑燎之火 亦爲㆑何火 土人奏言 此是火國八代郡火邑[7]也 但不㆑知㆓火主㆒ 于㆑時 天皇詔㆓群臣㆒曰 今此燎火 非㆓是人火㆒ 所㆔以號㆓火國㆒ 知㆓其爾由㆒

基肄[8]郡 鄕陸所 里一十七[9] 驛壹所 小路 城[10]壹所

昔者 纏向日代宮御宇天皇 巡狩之時 御㆓筑紫國御井郡高羅之行宮㆒ 遊㆓覽國內㆒ 霧[11]覆㆓基肄[8]之山㆒ 天皇勅曰 彼國可㆑謂㆓霧之國㆒ 後人改號㆓基肄[8]國㆒ 今以爲㆓郡名[12]㆒

1 南「兩」。底による。
2 南「然」。底「𣲖」。「𧽚𣲖」または「贈於」とあるべきである。伴・板に従う。
3 南「徒」に誤る。
4 底・南「比」。伴・板による。
5 南「陸」。底・伴・板による。
6 以下一八字(底本一行分)底・南にない。伴・板「何謂邑也國人」六字のあるのは景行紀による補字。一行の寫脱と見て肥後國逸文により補う。
7 底「色」。南・板にない。肥後國逸文による。
8 底・南「肆」。伴・板による。
9 伴・板「七十」。底・南「十七」。書式例により訂す。
10 「城壹所」、底・諸本にない。巻首により脱とする。
11 南「露」に誤る。
12 南「各」に誤る。

一 景行天皇。以下は景行紀十八年の条に殆ど同文の記事がある。
二 既出(三五八頁頭注一)。
三 巡幸・巡行と同じで主権者のなすべき政治的行為の一としての地方行幸・国内巡視の意。ここは九州地方の先住勢力を平定帰服させるための行幸である。日本紀私記の訓による。私記に看行をミソナハスと訓んでいるのも同じ意。
四 熊本県八代市日奈久町日奈久が遺称地。不知火海(八代湾)に臨む海岸地。旧葦北郡内の地。
五 葦北も肥後国、肥の国内であるが、もと葦北国造の所領である。肥の国はその北方をいうのであろう。
六 船頭。
七 まっ直ぐに。火の所へ直行せよ。
八 水崖、涯。岸と同じ。ここは陸地に到着することが出来たの意。
九 何人がつけている火か。応答の詞によれば火の性質についての問いでなく、火をつけている者についての問いである。何為者(何人・誰)の意と解すべきであろう。
一〇 和名抄に肥伊郷とある地。熊本県八代郡竜北村宮原。氷川の河口附近の地。
一一 誰がつけている(燃やしている)火か分らない。シラヌヒ(不知火)の語の由来の説明である。
一二 この地を火(肥)国という理由が分った。

前《みちのくち》と後《みちのしり》とに爲《な》せり。

又《また》、纏向《まきむく》の日代《ひしろ》の宮《みや》に御宇《あめのしたしろ》しめしし[一]大足彦《おほたらしひこ》の天皇《すめらみこと》、[二]球磨贈於《くまそ》を誅《つみな》ひて、筑紫《つくし》の國を[三]巡狩《めぐりみそなは》しし時、[四]葦北《あしきた》の火流《ひながれ》の浦《うら》より發船《ふなだち》して、[五]火《ひ》の國《くに》に幸《いでま》しき。海《うみ》を度《わた》ります間《ほど》に、日没《ひく》れ、夜冥《よくら》くして、著《つ》かむ所《ところ》を知らざりき。忽《たちま》ちに火の光《ひかり》ありて、遙《はる》かに行《ゆ》く前《さき》に視《み》えき。天皇《すめらみこと》、[六]棹人《かぢとり》に勅《の》りたまひしく、「[七]直《ただ》に火の處《ところ》を指《さ》せ」とのりたまひしかば、勅《みことのり》の應《まにま》に往《ゆ》くに、果《つひ》に[八]崖《きし》に著《つ》くことを得たりき。天皇《すめらみこと》、詔《みことのり》を下《くだ》ししく、「火の燎《も》ゆる處《ところ》は、此《こ》は何《なに》と號《い》ふ界《くに》ぞ。燎《も》ゆる火は、亦《また》[九]何爲《いか》なるものの火ぞ」とのりたまひしかば、土人《くにひと》、奏言《まを》ししく、「此《こ》は是《これ》、火《ひ》の國八代《くにやつしろ》の郡《こほり》の[一〇]火《ひ》の邑《むら》なり。但《ただ》、[一一]火《ひ》の主《ぬし》を知らず」とまをしき。時に、天皇《すめらみこと》、群臣《まへつぎみたち》に詔《の》りたまひしく、「今、此の燎《も》ゆる火は、是《こ》れ、人の火にはあらじ。火《ひ》の國《くに》と號《なづ》くる所以《ゆゑ》、[一二]其の爾《しか》る由《よし》を知りぬ」とのりたまひき。

[一三]基肄《き》の郡《こほり》　[一四]郷《さと》は六所《ところ》　里《こざと》は一十七、[一五]驛《うまや》は一所《ところ》　小路《せうろ》、[一六]城《き》は一所《ところ》なり。

昔者《むかし》、纏向《まきむく》の日代《ひしろ》の宮《みや》に御宇《あめのしたしろ》しめしし天皇《すめらみこと》、巡狩《めぐりみそなは》しし時、筑紫《つくし》の國御井《みゐ》の郡《こほり》の[一七]高羅《かうら》の行宮《かりみや》に御《いま》して、國内《くぬち》を[一八]遊覽《みそなは》すに、霧《きり》、[一九]基肄《き》の山を覆《おほ》へりき。天皇《すめらみこと》、勅《の》りたまひしく、「彼《そ》の國は、霧《きり》の國と謂《い》ふべし」とのりたまひき。[二〇]後《のち》の人、改めて基肄《き》の國と號《なづ》く。今は郡《こほり》の名と爲《な》せり。

或は「人の火にはあらじ」までを勅言とし、以下は、それによって火の国と号したという説明文と解すべきか。

一三　佐賀県三養基郡の東北部(三養基郡は基肄・養父・三根三郡を合併したもの)。基山町から鳥栖(とす)市の東北部にわたる。和名抄の郡名及び郷名に基肄とあり、郷名には木伊と訓じている。

一四　和名抄には姫社・山田・基肄・川上・長谷の五郷名を記している。

一五　基肄駅(延喜式・和名抄)。駅趾は基山町木山口附近か。太宰府(筑前国)から肥前国に入った最初(最東北)の駅。

一六　基山町基山(四〇五米)に築かれた。太宰府の南方約八粁(三七八頁頭注一〇)。

一七　福岡県久留米市の高良山(三一二米)の西麓を遺蹟地としている。

一八　望覧・御覧と同じ意に用いた修辞。当国風土記の下文及び豊後国(三六七頁)に用例がある。本来、天皇(主権者)の政治的行為として、高所から地勢を見渡し国情を視察する意のものであるが、文人(神仙文学)的な趣味によって、景勝美景を見て楽しむ眺望の遊びの意に変質させて遊覧というのである。

一九　肥前・筑前両国界をなす基山。坊主山ともいう。城の築かれた山。

二〇　現地名が音訛(誤)で、本来はそうでないという豊後・肥前両国(及び九州全般)風土記に多い地名説明のしかた。地名の由来を伝承説話に結びつけ、説話に偏して説明し、その説明を価値づけようとするものである(三五八頁頭注七・三七〇頁頭注一参照)。

長岡神社 在二郡東一

同天皇　自二高羅行宮一還幸而　在二酒殿泉之邊一　於レ茲[1]　薦レ膳之時　御具甲鎧　光明異レ常　仍令二占問一　卜部殖坂[2]　奏云　此地有レ神　甚願二御鎧一　天皇宣　實有レ然者　奉レ納二神社一　可レ爲二永世之財一　因號二永世社一　後人改曰二長岡社一　其鎧[3]貫緒悉爛絶　但胄幷甲板　今猶在也

酒殿泉 在二郡東一

此泉之[4]　季秋九月　始變二白色一　味酸氣臭　不レ能二喫飮一　孟春正月　反[5]而清冷　人始飮喫　因曰二酒井泉一　後人改[6]曰二酒殿泉一

姫社鄕[7]

此鄕之中有レ川　名曰二山道川[8]一　其源出二郡北山一　南流而會[9]二御井大川一　昔者　此川[10]之西　有二荒神一　行路之人　多被二殺害一　半凌半殺　于レ時　卜二求祟[11]由一　兆[12]云　令三筑前國宗像郡人　珂是古[13]　祭二吾社一　若合レ願者　不レ起二荒心一　覓二珂[14]是古一　令レ祭二神社一　珂是古　卽捧レ幡祈禱云　誠有レ欲[15]二吾祀一者　此幡順レ風飛往　墮二願レ吾之神邊一　便[16]卽擧レ幡*

1 南・伴・板「此」。底による。
2 南・伴「阪」。底による。
3 南「鐙」。底による。
4 伴「水カ」と傍記。底・南のまま。
5 南・伴・板「變」。底による。
6 伴・板「改」がない。底・南による。
7 諸本、郡家よりの方位の注記がない。傳寫間の脱落であろう。
8 板「途」。底・南による。
9 底「禽」、「會歟」と傍記。南による。
10 伴・板「門」。底・南による。ただし底の「川」字はすべて「河」を消してその上に書いてある。
11 底「祟」に誤る。
12 底・南「非」。伴・板による。
13 南・伴「阿」。板「胡」。底による。
14 南「阿」。底・伴・板による。
15 底・南・伴「敬」。板・伴の注による。
16 伴・板「使」。底・南による。

一 鳥栖市田代町永吉の永世神社。
二 基肄郡の郡家(郡の役所)。鳥栖市田代町田代附近が遺蹟地であろう。
三 纏向日代宮御宇天皇(景行)を省略した書式。豊後・肥前に見える(三六三頁頭注九参照)。
四 新考は天皇の行幸順路により「還る」とするが、順路は強いて合理化すべきでない。
五 高羅行宮の西北約二粁。次条に見える。
六 御食事を差し上げた時。
七 着ておられたよろい。
八 神意を知るためにウラナイをさせた。
九 卜占を業とした氏族また部民。他に見えない人である。殖坂は名。
一〇 土着の神。土地の旧勢力者が神と扱われ、祭祀をうけているもの。土蜘蛛の神とせられているもの(三五八頁頭注三・四参照)。
一一 いつまでも神宝とせよ。
一二 よろいの鉄板(甲の板)を綴ってあった緒。
一三 腐って切れた。
一四 鳥栖市基里町飯田・酒井(東・西あり)附近の鉱泉。現在も肥前東部に寒中白濁する酸性鉱泉があるという。
一五 清泉を冷泉・寒泉ともいう。ひややかな水の感触をよしとしたのである。
一六 よい泉の意。醴泉というのに同じ。醸造した酒また醸酒用の水の意でない。醴泉を大瑞として尊んだ大陸思想によって特に

[一]長岡《ながをか》の神《かみ》の社《やしろ》 郡《こほり》[二]の東《ひむがし》にあり。[三]同じき天皇《すめらみこと》、高羅《かうら》の行宮《かりみや》より還《かへ》[四]り幸《いでま》して、[五]酒殿《さかどの》の泉《いづみ》の邊《ほとり》に在《いま》しき。ここに、[六]膳《みけ》を薦《すす》むる時、[七]御具《みよそひ》の甲鎧《よろひ》、光明《かがや》きて、常《つね》に異《こと》なりき。仍《よ》りて、[八]占問《うらと》はせたまふに、[九]卜部《うらべ》の殖坂《うゑさか》、奏《まを》ししく、「此の地《くに》[一〇]に神ありて、甚《いた》く御鎧《みよろひ》を願《ほ》りす」とまをしき。天皇《すめらみこと》、宣《の》りたまひしく、「實《まこと》に然《しか》あらば、神の社《やしろ》に納《をさ》め奉《まつ》らむ。[一一]永《なが》き世《よ》の財《たから》と爲《な》すべし」とのりたまひき。因《よ》りて永世《ながよ》の社《やしろ》と號《なづ》けき。後《のち》の人、改めて長岡《ながをか》の社《やしろ》といふ。其の鎧《よろひ》の[一二]貫緒《ぬきを》は、悉《ことごと》に[一三]爛《みだ》り絶《た》えぬ。但《ただ》、冑《かぶと》と甲《よろひ》の板《いた》とは、今も猶《なほ》あり。

[一四]酒殿《さかどの》の泉《いづみ》 郡《こほり》の東《ひむがし》にあり。此の泉《いづみ》は、季秋九月《ながつき》の始《はじ》めに、白き色《いろ》に變《かは》り、味《あぢはひ》は酸《す》く、氣《か》は臭《くさ》くして、喫飲《の》むこと能《あた》はず。孟春正月《むつき》に反《かへ》りて淸《きよ》く[一五]冷《さむけ》く、人始《はじ》めて飲喫《の》む。因《よ》りて[一六]酒井《さかゐ》の泉《いづみ》といひき。後《のち》の人、改めて[一七]酒殿《さかどの》の泉《いづみ》といふ。

[一八]姫社《ひめこそ》の郷《さと》[一九] 此の郷《さと》の中《うち》に川あり、名を[二〇]山道川《やまぢがは》といふ。其の源《みなもと》は郡《こほり》の北の山より出で、南に流れて[二一]御井《みゐ》の大川《おほかは》に會《あ》ふ。昔者《むかし》、此の川の西に[二二]荒《あら》ぶる神ありて、路行《みちゆ》く人、多《さは》に殺害《ころ》され、半《なかば》は[二三]凌《しの》ぎ、半《なかば》は殺《し》にき。時に、祟《たた》る由《ゆゑ》を卜《うら》へ求《ま》ぐに、[二四]兆《うら》へけらく、「筑前《つくしのみちのくち》の國宗像《くにむなかた》の郡《こほり》の人、[二五]珂是古《かぜこ》をして、吾《あ》が社《やしろ》を祭《まつ》らしめよ。若《も》し願《ねがひ》に合《かな》はば、荒《あら》ぶる心を起《おこ》さじ」といへば、珂是古《かぜこ》を[二六]覔《ま》ぎて、神の社《やしろ》を祭《まつ》らしめき。珂是古《かぜこ》、即《すなは》ち、[二七]幡《はた》を捧《ささ》げて祈禱《の》みて云《い》ひしく、「誠《まこと》に吾《あ》が祀《まつり》を欲《ほ》りするならば、此の幡《はた》、風の順《まにま》に飛び往《ゆ》きて、吾《あれ》を願《ほ》りする神の邊《へ》に[二八]墮《お》ちよ」といひて、便即《やが》て幡《はた》を擧《あ》げて、

関心のもたれたもの。豊後国の酒水(三六九頁)と類似のもの。また元正天皇の養老元年十一月の美濃国養老の醴泉(続日本紀)は大瑞思想で美化修飾せられ、播磨国の酒山(二六七頁)はサケの泉として説話化せられているが、共に同類の鉱泉であろう。

一七 泉の附近に建てられた殿舎によって泉の名としたもの。醸酒のための殿舎を建てた故の名というのではあるまい。

一八 鳥栖市基里町姫方が遺称地。

一九 脱落した郡家からの方位は明らかでない。或は郡家の東か。

二〇 基山から発した小流。秋光川または山下川をいうのであろう。

二一 筑後川。

二二 交通の妨害をする神。播磨国に屢〻見える(二九三・二九五頁)。

二三 殺害される危険をのり越えて殺されずに通ってゆく。交通妨害神の類型的な行為として通行者の半数が危害を受けると語る。

二四 うらないにあらわれたしるし(兆)、ウラカタを次の如くに解釈したの意。

二五 筑紫の水間君の祖に物部阿遅古連というのがある(旧事記)。或は同名者か。水間君は宗像神を奉祭した氏族である。

二六 探して来て。

二七 幡によって神意を知ろうとして幡を高く差し上げての意。ハタは織った布をいうか。

二八 尾張国逸文吾縵郷の条(四四二頁)にカズラの落ちた地を神の所在と知る類話があり、播磨国風土記では黒葛・瓶などの落ちた地を所領地とする伝承(三二三頁)がある。神意を知る一方法であった。

一　福岡県三井郡の西北部。和名抄に御原（三波良）とある。肥前国基肄郡の東に隣接する地。
二　福岡県三井郡小郡町大崎の岩船神社としている。鳥栖市の姫方の東方二粁余。姫社の神は韓国から渡来した機織り人の奉じた女神。
三　上に山道川の西とあるのと同じ場所。この荒ぶる神の本居が御原郡の姫社の社で、山道川辺に来て交通を妨害していたことをいうのであろう。
四　神の本居と基肄郡に来て交通妨害をするために居る地とが分った。
五　韓国風の一種の織機。
六　四角形の枠の糸繰り道具。
七　珂是古の身体を押して目をさまさす動作をする、と夢で見た。
八　女のわざである織機の器具があらわれ出たから、神は女神だとさとり知った。
九　姫方町に今、姫古曾神社として復活してある。
一〇　姫社（ヒメコソ）の神の名による地名とするのであろうが、以上でヒメの説明は出来ているが、ヒメコソは説明出来ていない。
一一　佐賀県三養基郡の中央部、鳥栖市の中西部にあたる。和名抄に養父（夜不）とある。

順㆑風放遣　于㆑時　其幡飛往　墮㆓於御原郡姫社之社㆒　更還飛來　落㆓此山道川邊㆒之　因㆑此[1]　珂[2]是古　自知㆓神之在處㆒[3]　其夜夢見㆔　臥機謂㆓久都毘枳㆒[4]　絡垜謂㆓多々利㆒　儛遊出來　壓㆓驚珂是古㆒　於㆑是[5]亦識㆓女神㆒　即立㆑社祭之　自㆑爾已來　行㆑路之人　不㆑被㆓殺害㆒　因曰㆓姫社㆒　今以爲㆓郷名㆒

養父郡　郷肆所　里一十二　烽壹所

昔者　纏向日代宮御宇天皇　巡狩之時　此郡佰姓　擧㆑部參集　御狗出而吠之　於㆑此　有㆓一產婦㆒　臨㆓見御狗㆒　即吠止　因曰㆓犬聲止國㆒　[6]今訛謂㆓養父郡㆒也

鳥樔郷　在㆓郡東㆒

昔者　輕嶋明宮御宇譽田天皇之世　造㆓鳥屋於此郷㆒　取㆓聚雜鳥㆒養馴　貢㆓上朝庭㆒[7]　因曰㆓鳥屋郷㆒　後人改曰㆓鳥樔郷㆒[8]

[9]曰理郷　在㆓郡南㆒

昔者　筑後國御井川　渡瀬甚廣　人畜難㆑渡　於㆑玆　纏向日代宮御宇天皇　巡狩之時　就㆓生葉山㆒　爲㆓船山㆒　就㆓高羅山㆒　爲㆓梶山㆒　造㆓備船㆒　漕㆓渡人物㆒*

1 底・諸本「田村」。文意によれば恐らく誤字。字形の近似により「因此」とする。
2 南「河」に誤る。
3 底・諸本「家」。下文の誤字例によれば「處」の誤。
4 伴「郡」。板「那」。底・南による。
5 伴・板「織」。底・南による。
6 底・南「於今」。伴・板「於此」とするが書式例により「於」を衍とすべきであろう。
7 三七八頁7に同じ。
8 南「郡」に誤る。
9 伴・板「日」。底・南による。

風の順《まにま》に放《はな》ち遣《や》りき。時に、其の幡《はた》、飛び往《ゆ》きて、御原《みはら》[一]の郡《こほり》の姫社《ひめこそ》[二]の社《もり》に墮《お》ち、更《また》還《かへ》り飛び來《き》て、此の山道川《やまぢがは》[三]の邊《ほとり》に落ちき。此《これ》に因《よ》りて、珂是古《かぜこ》、自《おのづか》ら神の在《いま》[四]す處《ところ》を知りき。其の夜《よ》、夢《いめ》に、臥機《くつびき》[五] 久都毗枳《くつびき》と謂《い》ふ と絡垜《たたり》[六] 多々利《たたり》と謂《い》ふ と、儛《ま》ひ遊《あそ》び出《い》で來て、珂是古《かぜこ》を壓《お》[七]し驚《おどろ》かすと見き。ここに、亦《また》、女神《ひめがみ》[八]なることを識《し》りき。卽《やが》て社《やしろ》[九]を立てて祭りき。爾《それ》より已來《このかた》、路行《みちゆ》く人殺害《ころ》されず。因《よ》りて姫社《ひめこそ》[一〇]といひ、今は郷《さと》の名と爲《な》せり。

養父《やぶ》[一一]の郡《こほり》　郷《さと》[一二]は四所《ところ》 里《こざと》は一十二、烽《とぶひ》[一三]は一所《ところ》なり。

昔者《むかし》、纏向《まきむく》[一四]の日代《ひしろ》の宮に御宇《あめのしたしろ》しめしし天皇《すめらみこと》、巡狩《めぐりみそなは》[一五]しし時、此の郡《こほり》の佰姓《おほみたから》、部擧《ともこぞ》[一六]りて參集《まゐつど》ひしに、御狗《みいぬ》、出《い》でて吠《ほ》えき。ここに、一《ひとり》の產婦《うぶめ》ありて、御狗《みいぬ》を臨《のぞ》み見るに、卽《やが》て吠《ほ》[一七]え止《や》みき。因《よ》りて犬《いぬ》の聲止《こゑや》むの國といひき。今は訛《よこなま》りて養父《やぶ》の郡《こほり》と謂《い》ふ。

鳥樔《とす》[一八]の郷《さと》　郡《こほり》[一九]の東《ひむがし》にあり。　昔者《むかし》、輕嶋《かるしま》[二〇]の明《あきら》の宮《みや》に御宇《あめのしたしろ》しめしし譽田《ほむだ》の天皇《すめらみこと》のみ世、鳥屋《とや》[二一]を此の郷《さと》に造《つく》り、雜《くさぐさ》の鳥を取《と》り聚《あつ》めて、養《か》ひ馴《な》づけて、朝庭《みかど》に貢上《たてまつ》りき。因《よ》りて鳥屋《とや》の郷《さと》といひき。後《のち》の人、改めて鳥樔《とす》の郷《さと》といふ。

曰理《わたり》[二二]の郷《さと》　郡《こほり》の南にあり。　昔者《むかし》、筑　後《つくしのみちのしり》の國の御井川《みゐがは》[二三]の渡瀬《わたりせ》、甚廣《いとひろ》く、人も畜《けもの》も、渡《わた》り難《がて》にしき。ここに、纏向《まきむく》の日代《ひしろ》の宮《みや》に御宇《あめのしたしろ》しめしし天皇《すめらみこと》、巡狩《めぐりみそなは》しし時、生葉《いくは》[二四]の山《やま》に就《つ》[二五]きて船山《ふなやま》[二六]と爲《な》し、高羅山《かうらやま》[二七]に就《つ》きて梶山《かぢやま》[二八]と爲《な》して、船を造り備《そな》へて、人物《ひとけもの》[二九]を漕《こ》

一一　和名抄に狭山・屋田・養父・鳥栖の四郷名を記している。
一二　鳥栖市の西南部、旭町の旭山を遺蹟地とする。順次西方からの狼烟(のろし)を連絡し、うけついで、東北方の基肄山の城に連絡報知するために置かれた烽。
一三　景行天皇。
一四　統治者のなすべきこととしての国内巡視(三八〇頁頭注三)。
一五　部落全部が。下文(三八九頁)に挙落とあるのに同じ。
一六　産婦に呪力があるとしたものか。
一七　鳥栖市鳥栖町鳥栖が遺称地。
一八　養父郡の郡家。鳥栖市麓町牛原の養父附近が遺蹟地であろう。
一九　応神天皇。
二〇　鳥を飼う建物、籠。鳥樔(とす)と同じ詞。
二一　鳥栖市鳥栖町の東南部、水屋・高田附近としている。和名抄の屋田郷にあたる。
二二　筑後川の渡河地点。水屋・高田附近に古渡があったという。筑後川の川筋が変化していて遺蹟を明らかにし難い。
二三　筑後国生葉郡(福岡県浮羽郡浮羽町が遺称地)の山の意か。新考はその東境の高井岳とする。
二四　当(あたりて)と同じに用いたもの。この山で。上文(三七九頁)にも用例がある。
二五　船を造る材を採る山。この山で船を造ったことをいう。
二六　久留米市の高良山。
二七　梶(楫)の材を採る山。この山で梶を造ったことをいう。
二八　上の人畜を受けた語。主とする意は人で、畜(物)を添えた修辞。

一 鳥栖市西南部、旭町附近か。
二 狹山(さやま)。烽のおかれた旭町の旭山か。
三 一つの地点にとどまって歩きめぐる意。美景を眺望する遊覧的な行為としてのもの。
四 四方を眺めやる。元来、高所に立っての天皇の国見で、政治的な意味のものであるが、ここは遊覧的な眺望として眺望のよさを語っている。文人趣味の説話及び修辞になっている(三八一頁頭注一八参照)。
五 四方の見渡しがよくきいた、独立した山岡からの眺望のよさをいう。
六 佐賀県三養基郡の西・南部、中原・北茂安・上峰・三根の諸村の地にあたる。和名抄の郡名に三根(みね)とある。
七 和名抄に千栗・物部・米多・財部・葛木の五郷名を記している。本書記載の漢部郷を加えて六郷か。
八 切山駅(和名抄高山寺本に功山)にあたるのであろう。上峰村切山またはその東方中原村東寒水附近を駅趾としている。
九 三根郡の西に隣接する郡。三根郡の地が、もと神埼郡の領域内であったことをいう。

因曰[1]二曰[2]理鄕一

狹山鄕 在二郡南一

同天皇 行幸之時 在二此山行宮一 俳[3]佪[4]四望 四方分明 因曰二分明村一 分明謂二佐夜氣[5]悉一 今訛謂二狹山鄕一

三根郡 鄕陸所 里一十七[6] 驛壹所 小路

昔者 此郡與二神埼[7]郡一 合爲二一郡一 然海部直鳥[8] 請分二三根郡一 卽緣二神埼[7]郡三根村之名一 以爲二郡名一

物部鄕 在二郡南一

此鄕之中 有二神社一 名曰二物部經津主之神一 曩者 小墾田宮御宇豐御食炊屋姬天皇 令[9]三來目皇子爲二將軍一 遣三征二伐新羅[10]一 于レ時 皇子奉レ勅 到二於筑紫一 乃遣二物部若宮部一 立二社[11]此村一 鎭二祭其神一 因曰二物部鄕一

漢部鄕 在二郡北[12]一

昔者 來目皇子 爲三征二伐新羅一 勒[13]二忍海漢人一 將來居二此村一 令レ造二兵器一 因曰二漢部鄕一

米多鄕 在二郡南一

此鄕之中有レ井 名曰二米多井一 水味鹹[14]*

1 底・南「而」。伴・板による。
2 伴・板「日」。南による。底は「日」に近い。
3 南「徘徊」とあるも同字。底による。
4 底「曰」。南による。
5 南「志」。底による。
6 南・諸本「一」がない。底「里[一]」を合せた如く書く。
7 南「崎」。底による。南は「埼」をすべて山扁に作る。
8 伴・板「島」。底・南による。
9 「令來目」三字、底・南「今於因」。伴・板による。
10 底・南「雜」。南本頭注による。
11 伴・板「社」の下に「於」がある。底・南のまま。
12 底「比」。板「南」。南による。
13 伴・板「勅」。底・南による。
14 底「鹹」。鹹の俗字。

ぎ渡《わた》しき。因《よ》りて曰理《わたり》の郷《さと》といふ。

[一]狹山《さやま》の郷《さと》 郡《こほり》の南にあり。 同じき天皇《すめらみこと》、行幸《いでま》しし時、[二]此の山の行宮《かりみや》に在《いま》して、[三]俳佪《たちもとほ》り、[四]四《よ》もを望《のぞ》みますに、[五]四方《よも》分明《さやけ》かりき。因《よ》りて分明《さやけ》の村《むら》といひき。分明を佐夜氣悉《さやけし》と謂《い》ふ。 今は訛《よこなま》りて狹山《さやま》の郷《さと》と謂《い》ふ。

[六]三根《みね》の郡《こほり》 [七]郷《さと》は六所《ところ》 里《こざと》は一十七、 [八]驛《うまや》は一所《ところ》 小路《せうろ》なり。

昔者《むかし》、此の郡《こほり》と[九]神埼《かむざき》の郡《こほり》と合《あは》せて一つの郡《こほり》たりき。然《しか》るに、[一〇]海部直鳥《あまのあたひとり》、請《こ》ひて三根《みね》の郡《こほり》を分《わか》ち、即《すなは》ち、神埼《かむざき》の郡《こほり》の[一一]三根《みね》の村《むら》の名に縁《よ》りて、郡《こほり》の名と爲《な》せり。

[一二]物部《もののべ》の郷《さと》 [一三]郡《こほり》の南にあり。 此の郷《さと》の中《うち》に[一四]神の社《やしろ》あり。名を[一五]物部《もののべ》の經津主《ふつぬし》の神といふ。曩者《むかし》、[一六]小墾田《をはりだ》の宮《みや》に御宇《あめのしたしろ》しめしし豐御食炊屋姫《とよみけかしきやひめ》の天皇《すめらみこと》、[一七]來目《くめ》の皇子《みこ》を將軍《いくさのきみ》と爲《な》して、新羅《しらぎ》を征《う》伐たしめたまひき。時に、皇子《みこ》、勅《みことのり》を奉《うけたまは》りて、筑紫《つくし》に到《いた》り、乃《すなは》ち、[一八]物部《もののべ》の若宮部《わかみやべ》をして、社《やしろ》を此の村《むら》に立てて、其の神を鎭《いは》ひ祭《まつ》らしめたまひき。因《よ》りて物部《もののべ》の郷《さと》といふ。

[一九]漢部《あやべ》の郷《さと》 郡《こほり》の北にあり。 昔者《むかし》、來目《くめ》の皇子《みこ》、新羅《しらぎ》を征《う》伐たむとして、[二〇]忍海《おしぬみ》の漢人《あやひと》に[二一]勒《おほ》せて、[二二]將《ゐ》て來《き》て、此の村《むら》に居《す》ゑて、[二三]兵器《つはもの》を造《つく》らしめたまひき。因りて漢部《あやべ》の郷《さと》といふ。

[二四]米多《めた》の郷《さと》 郡《こほり》の南にあり。 此の郷《さと》の中《うち》に井《ゐ》あり。名を[二五]米多井《めたゐ》といふ。水の味《あぢはひ》は[二六]鹹《から》し。

一〇 漁業に従事した部族の名。或はアマベノナホトリ(またはヒタトリ)と訓み、直鳥を名とすべきか。神埼郡千代田村に直鳥があり古代聚落の跡がある。

一一 神埼郡の郷名に見える。恐らくは海部直鳥の本居地の村の故に新設郡の名としたのであろう。

一二 北茂安村板部附近の地であろう。

一三 三根郡家。遺蹟地は明らかでないが、北方の通道沿い(或は切山駅と同所)にあったか。

一四 板部の物部神社としている。

一五 物部氏の奉祭したフツヌシ神の意。タケミカツチ神の別名、またはそれと並ぶ武神とせられた神(記紀)。

一六 推古天皇。

一七 用明天皇の皇子。推古紀十年の条に皇子を将軍として新羅を討たしめられたとある。

一八 物部氏に属して神祭に従事した部民。

一九 中原村原古賀の綾部が遺称地。

二〇 新羅国の捕虜として大和国の忍海(奈良県南葛城郡)に居住させられた帰化漢人の子孫(神功紀五年の記事に見える)。

二一 勅の通用字で、命ずる意(三五七頁頭注一六既出)。

二二 つれて来て。新羅討伐に従軍させて。

二三 帰化人の子孫で兵器を作る技術をもっていたのである。

二四 上峰村前牟田米多が遺称地。この附近を米多庄と称した。

二五 米多附近に遺蹟の井と称するものが二カ所あるが確かでない。

二六 有明海の海水に通ずるものかという。

一 和名抄にニギメ(わかめの類)と訓むが、地名の由来になる如くメとのみ訓む。食用海藻の汎称。この由来説明によれば井の名は音訛してもメオホ井となるべきものの如くである。
二 景行天皇。
三 三養基郡の西に接する、佐賀県神埼郡の地。和名抄の郡名に神埼(加無佐岐)とある。
四 和名抄に蒲田・三根・神埼・宮所(高山寺本は宮処)の四郷を記している。
五 延喜式・和名抄には見えないが神埼町田道ケ里の駅ケ里(まやがり)が駅趾。三根郡の切山駅と佐嘉郡の佐嘉駅との間の駅。
六 遺蹟地は明らかでない。神埼町城原の日ノ隈山(一六三米)に擬すべきか。
七 背振山霊仙寺に擬している。
八 基肄郡姫社郷の条(三八三頁)にも見えた神と同類の交通妨害をする神。
九 通行者の半数が殺され、半数がまぬがれるという説話の型(三八三頁参照)が崩れて簡略化された語り方のもの。
一〇 景行天皇に鎮圧せられた意。
一一 以上の説明だけでは、かつての昔にすでに鎮圧されてしまった神が居た故の地名ということで、筆録時現在との関連も少なく、カムサキのサキ(埼)の説明もせられていない。或は、山の埼の地に祭祀して荒ぶる神を鎮めることが出来、その神の社が今

曩者 海藻生ニ於此井之底一 纏向日代宮御宇天皇 巡狩之時 御ニ覽井底[1]之海藻一 卽勅賜レ名 曰ニ海藻生井一 今訛謂[2]ニ米多井一 以爲ニ郷名一

神埼[3]郡 郷玖所 里廾六 驛壹所 烽[4]壹所 寺壹所 僧寺

昔者 此郡有ニ荒神一 往來之人 多被ニ殺害一 纏向日代宮御宇天[5]皇 巡狩之時 此神和平[6] 自レ爾以來 無ニ更有レ殃[7] 因曰ニ神埼[3]郡一

三根郷 在ニ郡西一

此郷有レ川 其源出ニ郡北山一 南流入レ海 有ニ年魚一 同天皇行幸之時 御船 從ニ其川湖[8]一來 御ニ宿此村一 天皇勅曰 夜裏[9]御寐 甚有ニ安穩一 此村可レ謂ニ天皇御寐安村一 因名ニ御寐一 今改ニ寐字一爲レ根

船帆郷 在ニ郡西一

同天皇 巡[10]行之時 諸氏人等 擧レ落乘[11]レ船 擧レ帆參ニ集於三根川[12]之津一 供ニ奉天皇一 因曰ニ船帆郷一 又 御船沈石四顆 存ニ[13]其津邊一 此中一顆 高六尺 徑[14]五尺 一顆 高八尺[15] 徑[14]五尺 無レ子婦女 就ニ此二石一恭*

1 伴・板「之」がない。底・南による。
2 底・諸本「謂」がない。平田本により補う。
3 三八六頁7に同じ。
4 南・伴・板「烽壹所」がない。底による。
5 南「日」のところ空白。
6 底「乎」に誤る。
7 底・南「狭」。伴・板「悚」。新考による。
8 伴・板「瀕」。底・南による。
9 底・南、字體崩れて「褁」に近い字形。伴「裏」。板「素」。後藤説による。
10 南・伴・板「狩」。底による。
11 底・諸本「棄」。栗注に従う。
12 板「之」がない。底・南による。
13 「存」の下、底、細字で「乎」を記す。南により削る。
14 板「經」に誤る。
15 伴・板「四」。底・南による。

曩者《むかし》、[一]海藻《め》、此の井《ゐ》の底《そこ》に生《お》ひたりき。[二]纏向《まきむく》の日代《ひしろ》の宮《みや》に御宇《あめのしたしろ》しめし天皇《すめらみこと》、巡狩《めぐりみそなは》しし時、井《ゐ》の底《そこ》の海藻《め》を御覽《みそなは》して、卽《やが》て勅《みことのり》して名を賜ひて、海藻《め》生《お》ふる井《ゐ》といひき。今は訛《よこなま》りて米多井《めたゐ》と謂《い》ひて、郷《さと》の名と爲《な》せり。

[三]神埼《かむざき》の郡《こほり》　[四]郷《さと》は九所《ところ》　里《こざと》は廾六、　[五]驛《うまや》は一所《ところ》、[六]烽《とぶひ》は一所《ところ》、[七]寺《てら》は一所《ところ》　僧《はふし》の寺なり。

昔者《むかし》、此の郡《こほり》に[八]荒《あら》ぶる神ありて、往來《ゆきき》の人[九]多《さは》に殺害《ころ》されき。纏向《まきむく》の日代《ひしろ》の宮《みや》に御宇《あめのしたしろ》しめし天皇《すめらみこと》、巡狩《めぐりみそなは》しし時、此の神[一〇]和平《やはら》ぎき。爾《それ》より以來《このかた》、更《また》、殃《わざはひ》あることなし。[一一]因《よ》りて神埼《かむざき》の郡《こほり》といふ。

[一二]三根《みね》の郷《さと》　[一三]郡《こほり》の西《にし》にあり。　此の郷《さと》に[一四]川あり。其の源《みなもと》は郡《こほり》の北の山より出で、南に流れて海に入《い》る。年魚《あゆ》あり。同じき天皇《すめらみこと》、行幸《いでま》しし時、御船《みふね》、其の川の[一五]湖《みなと》より來て、此の村《むら》に宿《やど》りましき。天皇《すめらみこと》、勅《の》りたまひしく、「夜裏《よる》は[一六]御寐《みね》甚《いと》安穩《やす》かりき。此の村は天皇《すめらみこと》の御寐安《みねやす》の村《むら》と謂《い》ふべし」とのりたまひき。因《よ》りて御寐《みね》と名づく。今は[一七]寐の字《じ》を改めて根と爲《な》せり。

[一八]船帆《ふなほ》の郷《さと》　郡《こほり》の西にあり。　同じき天皇《すめらみこと》、巡《めぐ》り行《い》でましし時、諸《もろもろ》の氏人等《うぢびとたち》、[一九]落擧《むらこぞ》りて船に乘り、帆《ほ》を擧《あ》げて、[二〇]三根川《みねがは》の津《つ》に參集《まゐつど》ひて、天皇《すめらみこと》に[二一]供《つか》へ奉《まつ》りき。因《よ》りて船帆《ふなほ》の郷《さと》といふ。又、御船《みふね》の[二二]沈石《いかり》四顆《よつ》、其の津《つ》の邊《ほとり》に存《のこ》れり。此の中《うち》の一顆《ひとつ》は、高さは六尺《むさか》、徑《わたり》は五尺《いつさか》なり。一顆《ひとつ》は、高さは八尺《やさか》、徑《わたり》は五尺《いつさか》なり。子無《こな》き婦女《をみな》、此の二《ふた》つの石に[二三]就《つ》きて、恭《ゐや》び

もある故にカムサキと名づけるのだ、という意の記事か。地名説明としては不十分であるが、地名を説明することよりも、荒ぶる神(先住勢力)の鎮圧によって開けた土地(部落)の歴史を記すことを主としているものである。

一二　城原川の流域地、千代田村直鳥附近或はその少しく北方の地か。

一三　神埼郡の郡家。遺蹟地不明。後藤説、神埼町の東南蔵戸附近に擬するが、或は神埼駅と同所とすべきか。

一四　背振山(北の山)から発して筑後川に注ぐ城原川。風土記にいう三根川であろう。

一五　水門。河口地をいう。佐賀市蒲田津附近で、このあたりまで有明海が湾入しており、城原川は筑後川に合流することなく、直ちに海(有明海)に注いでいたものと認められる。城原川(三根川)が海に注ぐ河口の意である。天皇の御船は河口から三根川を四—五粁さかのぼって碇泊したことになる。

一六　安らかに眠れた。御を添えていわゆる自己敬語の言い方をとっているのは地名の由来となるべき説明のためか。

一七　地名を好字に改めるべき官命による改字の例。

一八　城原川の流域地、三根郷より南か。

一九　部落の人全部が。上文(三八五頁)に挙部とあるのと同じ。

二〇　城原川の船着き場。蒲田津附近であろう。

二一　天皇の御用をつとめた。

二二　碇。石を以て碇として用いたもの。

二三　既出(三七九頁頭注一一)。石を神の霊代としてその石に対して。

禱祈者　必得[1]ニ任[2]産一　一顆（高四尺 徑五尺）[3]　一顆（高三尺 徑四尺）[3]　亢[4]旱之時　就ニ此
二石一　雩[5]幷祈者　必爲ニ雨[6]落一

蒲田郷（在ニ郡西一）

同天皇　行幸之時　御ニ宿此郷一[7]　薦ニ御膳一之時[8]　蠅甚多鳴　其
聲大囂　天皇勅云　蠅聲甚囂　因曰ニ囂郷一　今謂ニ蒲田郷一　訛
也

琴木岡（高二丈 周五十丈 在ニ郡南一）

此地平原　元來無レ岡　大足彦天皇　勅曰　此地之形　必可レ有
レ岡　即令ニ群下一[9]　起ニ造此岡一　造畢之時　登レ岡宴賞　興闌之
後　竪ニ其御琴一　々[10]化ニ爲樟一（高五丈 周三丈）[11]　因曰ニ琴木岡一

宮處郷（在ニ郡西南一）

同天皇　行幸之時　於ニ此村一　奉レ造ニ行宮一　因曰ニ宮處郷一

佐嘉郡　郷陸所（里一十九）[12]　驛壹所　寺壹所[13]

昔者　樟樹一株　生ニ於此村一　幹枝秀高　莖葉[14]繁茂　朝日之影
蔽ニ杵嶋郡蒲川山一　暮日之影　蔽ニ養父郡草横山[15]一也　日本武*

1 底、字形崩れている。南・諸本による。
2 南「妊」。任は妊に通用。
3 三八八頁14に同じ。
4 底、字形崩れ「凡歟」と傍記。南による。
5 南「雩」とあるも同じ字。
6 底「兩」。南による。
7 底・諸本「郷」の下に「西」がある。文例により「薦」の誤写重記とすべきである。
8 底・南、「薦」の上にある。伴・板による。
9 伴「丁カ」。板「丁」。底・南による。或は「臣」の略書體とすべきか。
10 新考「御々琴々」（御琴御琴に同じ）とするが、底・諸本のまま四字句とする。
11 板「尺」。底・南による。
12 南「一」がない。底による。
13 「僧寺」の注を脱したか。底・諸本にない。
14 底・南・伴・板「葉」がない。底「繁」に艸冠を附している。新考「葉」を補うに従うべきであろう。
15 新考「穗」の誤かとする。或は従うべきか。

一 佐賀市の東隅、蓮池町蒲田津が遺称地。城原川が筑後川に合流する地の西岸であるが、風土記時代は有明海がこのあたりまで湾入しており、海に直ちに臨んだ城原川（風土記の三根川）の津の地であったものの如くである。恐らくは船帆郷より南にあたるのであろう。
二 御食事を差し上げた時。
三 音高く騒々しい。
四 豊後国では大囂をアナミスと訓注しているが（三六五頁）、地名の由来となる如くに訓んだ。
五 千代田村余江の香椎宮の地としている。今は岡はない。
六 景行天皇。前条と同じ天皇であるが、宮号で「纏向日代宮御宇天皇」と書いていないので、「同天皇」と略記しなかったのであろう（三六三頁頭注九参照）。
七 多くの統治下の人民の意か。或は群臣の誤か。
八 竣工の祝宴というのでなく、岡（眺望のきく高所）における遊覧という文人趣味的な楽しみの宴の意で、音楽歌舞の遊びをする。

九 尽きる意。

一〇 千代田村の西南部か、所在明らかでない。和名抄の郷名には美夜止古呂と訓む。

一一 佐賀市を中心とする佐賀郡の地。神埼郡の西隣地。和名抄に佐嘉とある。

一二 和名抄に城埼・巨勢・深溝・小津・山田及び防所(高山寺本)の六郷を記している。

一三 佐嘉駅(延喜式・和名抄)。佐賀市の北方、大和村尼寺の東方の国分附近が肥前国府の遺蹟地で、駅も同地にあったのであろう。

一四 巻首の注によれば、これも僧寺で「僧寺」と注書のあるべきところである。大和村尼寺真島の国分寺趾にあった寺であろう。国分寺と称せられる以前の寺である。

一五 佐嘉郡家(国府と同地か)の地をいうのであろう(頭注一三の地)。

一六 大樹伝説と呼ばれる説話。古事記仁徳巻の枯野、逸文播磨国速鳥の条(四八三頁)などに類似の語り方が見え、逸文筑後国三毛郡の条(五一〇頁)の大樹は近隣地のものである。

一七 朝日・夕日を受けた木の影が遙かの遠方をおおうという類型的な大木の説明。

一八 遺称なく所在不明(或は山名に誤写があるか)。杵島郡江北町の東境の蒲原山、またはその西方、大町(おおまち)町の聖嶽に擬する説がある。佐嘉郡家の地から杵島郡の東境まで約一四粁。

一九 鳥栖市の北境、九千部山(新考は草穂山の誤としクサボヤマと訓む)。佐嘉郡家の地から直線距離約二〇粁。

禱祈《こひの》めば、必《かなら》ず任産《こう》むことを得《う》。一顆《ひとつ》は、高さは四尺《よさか》、徑《わたり》は五尺《いつさか》なり。一顆《ひとつ》は、高さは三《み》尺《さか》、徑《わたり》は四尺《よさか》なり。亢旱《ひでり》の時、此の二つの石に就《つ》きて雩《あまごひ》し、幷祈《またいの》れば、必《かなら》ず雨落《ふ》る。

[一]蒲田《かまだ》の鄕《さと》 郡《こほり》の西にあり。 同じき天皇《すめらみこと》、行幸《いでま》し時、此の鄕《さと》に宿《やど》りましき。[二]御膳《みけ》を薦《すす》めまつりし時、蠅《はへ》、甚多《いとさは》に鳴《な》き、其の聲《こゑ》、大《いた》く[三]囂《かまびす》しかりき。天皇《すめらみこと》、勅《の》りたまひしく、「蠅《はへ》の聲《こゑ》、[四]甚囂《あなかま》し」とのりたまひき。因《よ》りて囂《かま》の鄕《さと》といひき。今、蒲田《かまだ》の鄕《さと》と謂《い》ふは、訛《よこなま》れるなり。

[五]琴木《ことき》の岡《をか》 高さは二丈《ふたつゑ》、周《めぐ》りは五十丈《いそつゑ》なり。郡《こほり》の南にあり。 此の地《ところ》は平原《はら》にして、元來《もとより》岡《をか》なかりき。[六]大足彦《おほたらしひこ》の天皇《すめらみこと》、勅《の》りたまひしく、「此の地《ところ》の形《かたち》は、必《かなら》ず岡《をか》あるべし」とのりたまひて、卽《すなは》ち、[七]群下《もろびと》に令《おほ》せて、此の岡を起《おこ》し造らしめたまひき。造り畢《を》へし時、岡《をか》に登《のぼ》りて、[八]宴賞《うたげ》したまひ、興《あそび》、[九]闌《す》ぎたる後《のち》、其の御琴《みこと》を竪《た》てたまひしに、琴《こと》、樟《くすのき》と化爲《な》りき。高さは五丈《いつつゑ》、周《めぐ》りは三丈《みつゑ》なり。因《よ》りて琴木《ことき》の岡《をか》といふ。

[一〇]宮處《みやこ》の鄕《さと》 郡《こほり》の西南《ひつじさる》のかたにあり。 同じき天皇《すめらみこと》、行幸《いでま》し時、此の村《むら》に行宮《かりみや》を造り奉《まつ》りき。因《よ》りて宮處《みやこ》の鄕《さと》といふ。

[一一]佐嘉《さか》の郡《こほり》 [一二]鄕《さと》は六所《ところ》 里《こざと》は一十九、[一三]驛《うまや》は一所《ところ》、[一四]寺は一所《ところ》なり。

昔者《むかし》、樟樹一株《くすのきひともと》、[一五]此の村《むら》に生《お》ひたりき。[一六]幹枝《もとえ》秀高《たか》く、莖葉《くきは》繁茂《しげ》りて、[一七]朝日《あさひ》の影《かげ》には、杵嶋《きしま》の郡《こほり》の[一八]蒲川山《かまかはやま》を蔽《おほ》ひ、暮日《ゆふひ》の影《かげ》には、養父《やぶ》の郡《こほり》の[一九]草横山《くさよこやま》を蔽《おほ》へりき。日本 武《やまとたけるの》

尊　巡幸之時　御㆓覧樟茂榮㆒　勅曰[1]　此國可㆑謂㆓榮國㆒　因曰㆓榮郡㆒　後改號[2]㆓佐嘉郡㆒　一云　郡西有㆑川　名曰㆓佐嘉川㆒　年[3]魚有之　其源出㆓郡北山[4]㆒　南流入㆑海　此[5]川上有㆓荒神㆒　往[6]來之人　生[7]㆑半殺㆑半　於㆑玆　縣主等祖大荒田占[8]問　于㆑時　有㆓土蜘蛛大山田女狹[9]山田女㆒　二女子云　取㆓下田村之土㆒　作㆓人形馬形㆒　祭㆓祀此神㆒　必有[10]㆓應和㆒　大荒田　卽隨㆓其辭㆒祭㆓此神㆒　々歆㆓此祭㆒　遂應和之　於㆑玆　大荒田云　此婦　如㆑是　實賢女　故以㆓賢女㆒　欲㆑爲㆓國名㆒　因曰㆓賢女郡㆒　今謂㆓佐嘉郡㆒訛也

又　此川上有㆓石神㆒　名曰㆓世田姬㆒　海神年常（謂㆓鰐魚㆒）[11]　逆㆑流潛上到㆓此神所㆒　海底小魚　多相從之　或人　畏㆓其魚㆒者無㆑殃　或人　捕[12]食者有㆑死　凡此魚等[13]　住[14]㆓二三日㆒　還而入㆑海

小城郡　鄕漆所（里廿[15]）　驛壹所　烽[16]壹所

昔者　此村有㆓土蜘蛛㆒　造㆑堡隱之　不㆑從㆓皇命㆒　日本武尊巡*

1 底・南「曰」がない。「曰」または「云」の脫。伴・板による。
2 南「故」。底による。
3 南「并」。底による。
4 底「比」。南による。
5 底・南「山」。伴は「衍カ」とするが、後藤説により訂す。
6 底・南「往」がない。伴・板による。
7 伴・板「半生半殺」。底・南のまま。
8 底「古」。南による。
9 南「挾」。底による。
10 伴・板「在」。底・南による。
11 纂注、「海神」の下に移しているが底・南のまま。「海神年常」四字句で、句の下に注記したのであろう。
12 底、朱〇印を傍記。一字を補い、字數をととのえた對句とすべき意か。
13 伴・板「等」がない。底・南による。
14 伴・板「經」。底・南による。
15 南「二十」。底による。
16 底、傍を「今」に誤る。

一 地名を好字二字で書くべき官命による改字で「栄」一字を「佐嘉」二字にしたのであろう。
二 佐賀郡の北部富士村の山地に発し、佐賀市の西部を流れて有明海に入る嘉瀬川。
三 嘉瀬川の上流を今、川上川と呼び流域の大和村に東山田・西山田がある。
四 交通妨害をする神。姫社郷の条(三八三頁)など参照。
五 交通妨害をする荒神の類型的な行為で、通行者の半数に妨害を加えると語るもの。
六 この地方の土地(開墾した田畑)を領有統治した地方豪族。
七 他に見えない。以下はこの氏族が県主となるに至る縁起由来の伝承である。
八 荒神を鎮めるための方法をウラナイ(卜占)により神意を問うた。説話は大山田女・狭山田女二女が祭祀の方法を教えるだけであるが、恐らくこの二女に祭祀せしめよとその占いにあらわれたのであろう。県主の側の伝承の故に、土蜘蛛を主格にして

尊《みこと》、巡《めぐ》り幸《いでま》し時、樟《くすのき》の茂《しげ》り榮《さか》えたるを覽《み》まして、勅《の》りたまひしく、「此の國は榮《さか》の國《くに》と謂《い》ふべし」とのりたまひき。因《よ》りて榮《さか》の郡《こほり》といひき。後《のち》に改めて[一]佐《さ》嘉《か》の郡《こほり》と號《なづ》く。一《ある》ひといへらく、郡《こほり》の西に川あり。名を[二]佐嘉川《さかがは》といふ。年魚《あゆ》あり。其の源《みなもと》は郡の北の山より出で、南に流れて海に入《い》る。此の[三]川上《かはかみ》に[四]荒《あら》ぶる神ありて、往來《ゆきき》の人、[五]半《なかば》を生《い》かし、半《なかば》を殺《ころ》しき。ここに、[六]縣主《あがたぬしら》等の祖《おや》[七]大荒田《おほあらた》[八]占問《うらど》ひき。時に、土蜘蛛《つちくも》、[九]大《おほ》山田女《やまだめ》・狹山田女《さやまだめ》といふものあり、二《ふたり》の女子《をみな》の云《い》ひしく、「[一〇]下田《しもだ》の村《むら》の土《つち》を取《と》りて、[一一]人形《ひとがた》・馬形《うまがた》を作りて、此の神《かみ》を祭祀《まつ》らば、必《かなら》ず應和《やはら》ぎなむ」といひき。大荒田《おほあらた》、即《すなは》ち其の辭《ことば》の隨《まにま》に、此の神を祭《まつ》るに、神、此の祭《まつり》を[一二]歆《う》けて、遂《つひ》に應和《やはら》ぎき。ここに、大荒田《おほあらた》いひしく「此の婦《をみな》は、如是《かく》、實《まこと》に賢女《さかしめ》なり。故《かれ》、賢女《さかしめ》を以《も》ちて、國の名と爲《せ》むと欲《おも》ふ」といひき。因《よ》りて賢女《さかしめ》の郡《こほり》といひき。今、佐嘉《さか》の郡《こほり》と謂《い》ふは、訛《よこなま》れるなり。

又《また》、此の川上《かはかみ》に石神《いしがみ》あり、名を[一三]世田姫《よたひめ》といふ。海《うみ》の神《かみ》[一四]鰐魚《わに》を謂《い》ふ年常《としごと》に、流《なが》れに逆《さか》ひて潛《くぐ》り上《のぼ》り、此の神の[一五]所《もと》に到るに、海《うみ》の底《そこ》の小魚《こうを》多《さは》に相從《あひしたが》ふ。或《ある》は、人、其の魚《うを》を畏《かしこ》めば[一六]殃《まが》なく、或は、人、捕《と》り食《くら》へば死ぬることあり。凡《すべ》て、此の魚等《うをども》、二三日《ふつかみか》住《とど》まり、還《かへ》りて海に入《い》る。

[一七]小城《をき》の郡《こほり》　[一八]郷《さと》は七所《ところ》　里《こざと》は廾、[一九]驛《うまや》は一所《ところ》、[二〇]烽《とぶひ》は一所《ところ》なり。

昔者《むかし》、此の村《むら》に土蜘蛛《つちくも》あり、[二一]堡《をき》を造《つく》りて隱《かく》り、皇命《おほみこと》に從《したが》はざりき。日本武尊《やまとたけるのみこと》、巡《めぐ》

は語らないのである。
九　嘉瀬川流域の山田を本居とした土着の先住勢力者。恐らく主長としての巫女。
一〇　山田より上流の大和村梅野に下田がある。
一一　人民と馬を神に献ずる意の祭儀であろう。
一二　供えた物を神がうけ入れる意。
一三　延喜式神名帳に与止日女神社とあるのと同神であろう。大和村川上の淀姫神社(河上宮)の祭神。神の系譜は明らかでない。
一四　ワニザメ(鱶の一種)をいうか(一〇四頁頭注八参照)。
一五　産卵のために川に溯ることを説話化したものか。
一六　わざわい。その最も大きなのが死ぬことで、次句と対をなす。
一七　佐嘉郡の西に接する、多久市及び小城郡の地。和名抄の郡名に小城(乎岐、国府)とある。国府(肥前国庁)の所在は佐嘉郡で、和名抄の誤記である。
一八　和名抄に川上・甕調・高来・伴部の四郷名を記している。
一九　高久駅(延喜式・和名抄)。西南方の杵島郡に至る通道と、西北方の松浦郡に至る通道の分岐点。駅趾は多久市の内、東多久町別府附近か。
二〇　多久市の東部、両子山(三三八米)または鏡山(一三五米)を烽処に擬している。西南方彼杵郡の烽、及び西北方松浦郡の烽から連絡を受け、国府(佐嘉郡)また神埼郡の烽に連絡報知するために置かれたもの。
二一　小城の意にあたる語。土石で造った防禦のための城塞。

幸之日　皆悉誅之　因號㆓小城郡㆒

松浦郡　郷壹拾壹所（里廿六）[1]　驛伍所　烽捌所

昔者　氣長足姫尊　欲㆔征㆓伐新羅㆒　行㆓於此郡㆒　而進㆓食於玉嶋小河之側㆒　於㆑玆　皇后　勾㆑針爲㆑鉤[2]　飯粒爲㆑餌　裳絲爲㆑緡　登㆓河中之石㆒[3]　捧㆑鉤[2]祝曰　朕　欲㆘征㆓伐新羅㆒　求㆗彼財寶㆖　其事成[4]㆑功凱旋者　細鱗之魚　呑㆓朕鉤[2]緡㆒　既而投㆑鉤[2]　片時　果得㆓其魚㆒　皇后曰　甚希見物（希見謂㆓梅豆羅志㆒）　因曰㆓希見國㆒　今訛謂㆓松浦郡㆒　所以　此國婦女　孟夏四月　常以[5]㆑針釣㆓之[6]年魚㆒　男夫雖[7]㆑釣　不㆑能㆑獲[8]之

鏡渡（在㆓郡北㆒）[9]

昔者　檜隈廬入野宮御宇武少廣國押楯天皇之世　遣㆓大伴狹手彦連㆒　鎭㆓任那之國㆒　兼救㆓百濟之國㆒　奉㆑命到來　至㆓於此村㆒　即娉㆓篠原村（篠謂㆓志弩㆒）[10]弟日姫子㆒成㆑婚（[11]早部君等祖也）　容貌美麗　特絶㆓人間[12]㆒　分別之日　取㆑鏡與㆑婦　々含㆓悲涕[13]㆒　渡㆓栗川㆒　所[14]㆑與*

一　小城郡の西北に続く佐賀県東松浦・西松浦二郡及びその西に続く長崎県北松浦・南松浦二郡(平戸島・五島列島を含む)の地にあたる。朝鮮半島及び中国大陸へ渡る渡津の地で末羅(古事記)・末盧(魏志)・麻都良・麻通羅(万葉集)などと見える。和名抄の郡名には松浦(万豆良)とある。

二　和名抄の郷名に記す庇羅・大沼・値嘉・生佐・久利の五郷は東松浦郡の郷名のみの如くで他を脱落したのであろう。

三　延喜式・和名抄に記す賀周・逢鹿・登望の三駅及び小城郡高来駅と賀周駅の中間駅、筑前国深江駅(福岡県糸島郡二丈村)と賀周駅との中間駅(新考は盤氷・大村二駅とする)の計五駅。

四　褶振峰及び値嘉島の四烽の記載がある。他は所在不明。

五　神功皇后。以下は神功紀(摂政前)に殆ど同文の記事が見える。

六　東松浦郡浜崎玉島町を流れ、松浦潟の東部で海に入る玉島川。

七　釣針。

八　女子の下半身に装う衣料。織物の糸を抜いて釣糸としたのである。

九　新羅討征が成功するか否かについて神意を問われたのである。

一〇　新羅国を神功紀には「西のかた財の国」、仲哀紀・古事記では金銀をはじめ目のかがやく宝の国と記している。

一一　年魚。鮎。

一二　既に事終る意ではなく、やがて・ただちに・そこでの意で、文辞を整えるための漢文修辞としての接続詞。

一三　文字は見ることの稀な意であるが、文

1　三九二頁15に同じ。

2　底・南「釣」。神功紀により訂す。

3　伴・板「石」の下に「上」がある。神功紀による補字。底・南のまま。

4　伴・板「功成」に顚倒。底・南による。

5　伴・板「勾」の誤かとするが、底・南のまま。

6　伴・板「之」がない。底・南のまま。

7　南「羅」。底による。

8　南「羅」。底による。

9　底「比」。南による。

10　底「弩師」。南「奴師」。「師」は衍とする。

11　南「日下」。底による。

12　南「門」に誤る。

13　南「啼」。底による。

14　底・南「可」。伴・板による。

り幸《いでま》しし日《ひ》、皆悉《ことごと》に誅《つみな》ひたまひき。因《よ》りて小城《をき》の郡《こほり》と號《なづ》く。

[一]松浦《まつら》の郡《こほり》　[二]郷《さと》は一十一所《ところ》　里《こざと》は廾六、[三]驛《うまや》は五所《ところ》、[四]烽《とぶひ》は八所《ところ》なり。

昔者《むかし》、[五]氣長足姫尊《おきながたらしひめのみこと》、新羅《しらぎ》を征伐《う》たむと欲《おもほ》して、此の郡《こほり》に行《い》でまして、[六]玉嶋《たましま》の小河《をがは》の側《ほとり》に進食《みをし》したまひき。ここに、皇后《おほきさき》、針《はり》を勾《ま》げて[七]鈎《ち》と爲《な》し、飯粒《いひぼ》を餌《ゑ》と爲《な》し、[八]裳《も》の絲《いと》を緡《つりを》と爲《な》して、河中《かはなか》の石に登《のぼ》りて、鈎《ち》を捧《ささ》げて[九]祝《うけ》ひたまひしく、「朕《あれ》、新羅《しらぎ》を征伐《う》ちて、彼《そ》が[一〇]財寶《たから》を求《ま》がまく欲《おも》ふ。其の事《こと》、功成《いさをな》りて凱旋《かちかへ》らむには、[一一]細鱗《あゆ》の魚《うを》、朕《あ》が鈎緡《つり》を呑《の》め」とのりたまひて、[一二]既《すで》にして鈎《ち》を投《な》げたまふに、片時《しまし》にして、果《はた》して其の魚《うを》を得たまひき。皇后《おほきさき》、のりたまひしく、「甚《あな》、[一三]希見《めづら》しき物《もの》　希見を梅豆羅志《めづらし》と謂《い》ふ」とのりたまひき。因《よ》りて希見《めづら》の國といひき。今は訛《よこなま》りて松浦《まつら》の郡《こほり》と謂《い》ふ。この所以《ゆゑ》に、此の國の婦女《をみな》は、孟夏四月《うづき》には常《つね》に[一四]針《はり》を以《も》ちて年魚《あゆ》を[一五]釣《つ》る。男夫《をとこ》は釣《つ》ると雖《いへど》も、獲《と》ること能《あた》はず。

[一六]鏡《かがみ》の渡《わたり》　[一七]郡《こほり》の北にあり。昔者《むかし》、[一八]檜隈《ひのくま》の廬入野《いほりの》の宮《みや》に御宇《あめのしたしろ》しめしし武少廣國押楯《たけをひろくにおしたて》の天《すめら》皇《みこと》のみ世、[一九]大伴《おほとも》の狹手彦《さでひこ》の連《むらじ》を遣《や》りて、[二〇]任那《みまな》の國を鎭《しづ》め、兼《また》、[二一]百濟《くだら》の國を救《すく》はしめたまひき。命《みこと》を奉《うけたまは》りて、到《まか》り來《き》て、[二二]此の村《むら》に至《いた》り、卽《すなは》ち、[二三]篠原《しのはら》の村《むら》　篠は志弩《しの》と謂《い》ふ　の[二四]弟日姫子《おとひひめこ》を[二五]娉《つまど》ひて、婚《まぐはひ》を成《な》しき。[二六]早部君等《くさかべのきみら》が祖《おや》なり。容貌美麗《かほきらきら》しく、特《こと》に人間《ひとのよ》に絕《すぐ》れたり。分別《わか》るる日、鏡《かがみ》を取りて婦《をみな》に與《おく》りき。婦《をみな》、悲しみ渧《な》きつつ[二七]栗川《くりかは》を渡《わた》るに、與《おく》

意は見て賞すべき、愛すべきものの意か。

一四　縫い針。曲げて釣針とするのである。

一五　その年の農耕の豊饒を占い祈るための行事が習俗化したものであろう。

一六　唐津市の松浦川の渡船地。川の東岸、河口に近い鏡が遺称地。以下褶振峰の峰名説明まで、和歌童蒙抄第三に和訳して引用。

一七　松浦郡の郡家。遺称はないが、唐津市鏡の南方近隣地、原・久里附近にあったのであろう。

一八　宣化天皇。宣化紀二年十月の条に狭手彦派遣の事が見える。

一九　大伴金村大連の子。連(むらじ)はカバネであるが名の下に附して敬称とした。

二〇　朝鮮半島の南部にあり、日本府を立ててわが属領とした地。新羅国の攻撃を受けていたので新羅鎮圧の軍を派遣させられたのである。

二一　任那と同様に新羅の攻撃を受けているので救援させられたもの。

二二　何村を指すか明らかでない。恐らくは鏡渡の近くの地である松浦郡家のある村をいうのであろう(新考は松浦川の西側の地とする)。

二三　松浦川の上流、厳木町中島の篠原か。

二四　下文の歌にオトヒメとある。弟姫(姉姫に対する)の意、または若い姫の意で実名ではない。万葉集では松浦サヨヒメとある。

二五　求婚して結婚した。

二六　弟日姫子の注。豊後国日田郡靫編郷の同名氏族と同様であろう(三五九頁参照)。

二七　松浦川をいう。河口から約四粁の東岸に久里(和名抄の久利郷)がある故の名。

之鏡　緒絶沈レ川　因名二鏡渡一

褶振峯 在二郡東一　烽処[1][2]　名曰二褶振烽[1]一

大伴狹手彦連　發船渡二任那一之時　弟日姫子[3]登レ此　用レ褶振招　因名二褶振峯[4]一　然弟日姫子　與二狹手彦連一相分　經二五日一之後　有レ人毎レ夜來　與レ婦共寢　至レ曉早歸　容止形貌　似二狹手彦一　婦抱二其恠[5]一　不レ得二忍默一　竊用二續麻一　繫二其人襴[6]一　隨レ麻尋往　到二此峯頭之沼邊一　有二寢蛇一　身人而沈二沼底一　頭蛇而臥二沼唇[7]一　忽化二爲人一　即語[8]云

志怒[9]波羅能　意登比賣能古素[10]　佐比登由母　爲禰弖牟志太夜　伊幣爾久太佐牟也

于レ時　弟日姫子之從女　走告二親族一　々々發レ衆　昇而看之　蛇幷弟日姫子　竝亡[11]不レ存　於レ茲　見二其沼底一　但有二人屍一　各[12]謂二弟日女子[13]之骨一　即就二此峯南一　造レ墓治[14]置　其墓見在

賀周里 在二郡西北一

昔者　此里有二土蜘蛛一　名曰二海松橿媛一＊

1 伴・板「峰」。底・南による。
2 底・南「家」。伴・板「冢」。下文によれば「處」の誤とすべきであろう。
3 底・南「弟」がない。伴・板による。
4 南「蜂」に誤る。
5 南「怪」。底による。
6 南「爛」。底による。
7 伴「塵」。板「壟」。底・南による。
8 板「詞」。底・南のまま。
9 伴・久「努」。底・南による。
10 板「袁」、伴「袁カ」とするが、底・南のまま。
11 底「巳」。南による。
12 底・南「名」。板による。
13 伴「姫カ」とするが、底・南のまま。
14 南「沼」。底による。

一 鏡の裏面中央の鈕に結んである紐が切れて。
二 唐津市の東境、浜崎玉島町との境の鏡山(二八四米)の別名。鏡渡の東方近隣、松浦潟の海岸に近い。
三 首から肩に掛けて垂らす婦人の装身用布帛。領巾。
四 以に通じ用いた字。
五 以下は三輪山伝説(古事記崇神巻に見える)の類話。
六 そのままにしておけなかった。
七 績み縒った麻糸。續は績の通用字。
八 上衣のすそで、前身と後身とをつなぐ横幅の布をいう。ラン。意を以て訓んだ。
九 男の衣の裾につけた麻糸が伸びて、帰って行った男の居所まで続いている、その糸をたどって女が男の居所をたずねてゆき、男の正体を見あらわすのである(この時、使い残した糸が三輪(三巻き)あったと語るのが三輪の地名説明、ここにはそれはない)。
一〇 これが弟日姫子に通じた男の正体。
一一 脣の意の字。縁辺の意のホトリに用いたもの(伊呂波字類抄にホトリと訓む)。意

られし鏡《かがみ》の緒《を》[一]絶《た》えて川に沈《しづ》みき。因《よ》りて鏡《かがみ》の渡《わたり》と名づく。

[二]褶振《ひれふり》の峯《みね》 郡《こほり》の東《ひむがし》にあり。烽《とぶひ》の處《ところ》の名を褶振《ひれふり》の烽《とぶひ》といふ。 大伴《おほとも》の狹手彦《さでひこ》の連《むらじ》、發船《ふなだち》して任那《みまな》に渡《わた》りし時、弟日姫子《おとひひめこ》、此《ここ》に登《のぼ》りて、褶《ひれ》[三]を用《も》[四]ちて振《ふ》り招《を》きき。因《よ》りて褶振《ひれふり》の峯《みね》と名づく。然《しか》して、弟日姫子《おとひひめこ》、狹手彦《さでひこ》の連《むらじ》と相分《あひわか》れて五日《いつか》を經《へ》し後《のち》、人[五]あり、夜毎《よごと》に來て、婦《をみな》と共《とも》に寢《い》ね、曉《あかとき》に至《な》れば早く歸《かへ》りぬ。容止形貌《かほかたち》は狹手彦《さでひこ》に似《に》たりき。婦《をみな》、其《そ》を恠《あや》しと抱《おも》ひて、忍默《もだ》[六]えあらず、竊《ひそか》に續麻《うみを》[七]を用《も》ちて其の人の襴《きぬのすそ》[八]に繫《か》け、麻《を》[九]の隨《まにま》に尋《と》め往《ゆ》きしに、此の峯《みね》の頭《ほとり》の沼《ぬま》の邊《へ》に到りて、寢《いね》たる蛇《へみ》[一〇]あり、身《み》は人にして沼《ぬま》の底《そこ》に沈《しづ》み、頭《かしら》は蛇《へみ》にして沼《ぬま》の脣《きし》[一一]に臥《ふ》せりき。忽《たちま》ち人と化爲《な》りて、即《すなは》ち語《かた》りていひしく、

篠原《しのはら》[一二]の　弟姫《おとひめ》[一三]の子《こ》ぞ
さ一夜《ひとゆ》も　率寢《ゐね》てむ時《しだ》[一四]や
家《いへ》にくださむ[一五]

時に、弟日姫子《おとひひめこ》の從女《とものめ》[一六]、走《はし》りて親族《かぞいろ》[一七]に告《つ》げしかば、親族《かぞいろ》、衆《もろびと》を發《いだ》して昇《のぼ》りて看《み》るに、蛇《へみ》と弟日姫子《おとひひめこ》と、竝《なら》びに亡《う》せて存《あ》らず。ここに、其の沼《ぬま》の底《そこ》を見るに、但《ただ》、人の屍《かばね》のみあり。各《おのもおのも》、弟日女子《おとひひめこ》の骨《かばね》[一八]なりと謂《い》ひて、即《やが》て、此の峯《みね》の南に就《つ》[一九]きて、墓《はか》を造りて治《をさ》[二〇]め置《お》きき。其の墓は見《いま》[二一]に在《あ》り。

[二二]賀周《かす》の里《さと》[二三] 郡《こほり》の西北《いぬゐ》のかたにあり。 昔者《むかし》、此の里《さと》に土蜘蛛《つちくも》あり、名を海松橿媛《みるかしひめ》[二四]といひき。

によってキシ(涯、水ぎわ)と訓んだ。
一二 一首の意は、篠原村の弟姫よ、一夜でも共に寝た上で家に帰らせようぞ。
一三 オトヒヒメコと語義は近いが別の名。歌詞としてオトヒヒメコをオトヒメノコと言ったものか、或は元来説話とは別の恋愛歌謡を説話にとり入れたために生じた名の相違か、明らかではない。
一四 時という意(行きしな、帰りしなの「しな」の古語)。万葉集の東国歌に用例が見える。
一五 この歌で、男(蛇)は女をつかまえてその居所である池の中に引き入れる、女は池の底で死骸となって発見せられる、という説話の筋が了解せられる。
一六 侍女。
一七 同族者の意でなく、親(父母)を指しているものと解せられる。意によってカゾイロ(父母)と訓んだ。
一八 遺骸。屍と同じ意。
一九 当と同じ意の用法。この峰の南にあたって。豊後・肥前両国風土記にしばしば例のある用法。
二〇 遺骸を納めた。
二一 現と同じ意。
二二 唐津市見借(かしみる)附近。恐らくは東北方、海岸に近い唐津市街地にわたるのであろう。賀周駅のあった地。肥前国小城郡また筑前国糸島郡から松浦郡家を経て東松浦半島の北端に至る通道にあたる。
二三 郷の下の行政区画名の里(こざと)の意であろう。
二四 唐津市見借附近を本居とした先住勢力者。

纏向日代宮御宇天皇　巡レ國之時　遣二陪従大屋田子一[1]日下部君等祖也　誅滅
時霞四含　不レ見二物色一　因曰二霞里一　今謂二賀周里一　訛之也
逢鹿驛　在二郡西北一
曩者　氣長足姫尊　欲三征二伐新羅一　行幸之時[2]　於二此道路一
有レ鹿遇之　因名二遇鹿驛一　々東海　有二蚫螺鯛海藻海松等一
登望驛　在二郡西北[3]一
昔者　氣長足姫尊　到二於此處一　留爲二雄装[4]一　御負之鞆[5]　落二於
此村一　因號二鞆驛一　々東西之海　有二蚫螺鯛雑魚海藻海松等一
大家嶋[6]　在二郡西一
昔者　纏向日代宮御宇天皇　巡幸之時　此村有二土蜘蛛一　名曰二
大身一　恆拒[7]二皇命一　不レ肯二降服[8]一　天皇　勅命誅滅　自レ爾以來
白水郎等　就二於此嶋一　造レ宅居之　因曰二大家郷[9]一　々南有レ窟
有二鍾[10]乳及木蘭一　廻縁之海　[11]蚫螺鯛雑魚及海藻海松多之
値嘉郷[12]　在二郡西南之海中一　有二烽處[13]三所一
昔者　同天皇　巡幸之時　在二志式嶋之行宮一　御二覽西海一　々
中有レ嶋　烟氣多覆*

1 南「日下」。底による。
2 底・諸本「之」がない。文例により補う。
3 底・諸本「北」がない。地理により訂す。
4 底「狀衣」の合字の如く、南「將衣」の合字の如く誤る。
5 板「鞞」。底・南による。
6 記事によれば「郷」とすべきか。
7 底・南「拒」がない。板、「恆」を「拒」に改めたが新考により「拒」を補い四字句とする。
8 板「伏」。底・南による。
9 板「嶋」。底・南による。
10 底、糸扁に作る。
11 南、二字共魚扁。
12 板「嶋」。伴「郡」。底・南による。
13 底・南「家」。他と同じく「處」の誤とする。

一 従者。供奉者。
二 他に見えない。
三 豊後国日田郡靫編郷の同名の氏族と同じ類であろう(三五九頁参照)。
四 霞が四方をつつみこんで(立ちこめて)、土地の形状・景色が見えなかった。色は形相・景色の意。
五 東松浦半島の東部海岸、唐津市相賀が遺称地。賀周駅の次駅の地。
六 鹿に出遇った。鹿を主格にしていう古い表現法である。
七 東松浦半島の北端地。呼子町大友・小友が遺称地。逢鹿駅の次駅の地。駅路はこ

纏向《まきむく》の日代《ひしろ》の宮《みや》に御宇《あめのしたしろ》しめしし天皇《すめらみこと》、國巡《くにめぐ》りましし時、[一]陪従《おもとびと》、[二]大屋田子《おほやたこ》[三]日下部君《くさかべのきみら》等が祖《おや》なりを遣《や》りて、誅《つみな》ひ滅《ほろ》ぼさしめたまひき。時に、霞《かすみ》、[四]四《よ》もを含《こ》めて物《もの》の色《いろ》見えざりき。因《よ》りて霞《かすみ》の里《さと》といひき。今、賀周《かす》の里《さと》と謂《い》ふは、訛《よこなま》れるなり。

[五]逢鹿《あふか》の驛《うまや》　郡《こほり》の西北《いぬゐ》のかたにあり。　曩者《むかし》、氣長足姫尊《おきながたらしひめのみこと》、新羅《しらぎ》を征伐《う》たむと欲《おもほ》して、行幸《いでま》しし時、此の道路《みち》に[六]鹿《しか》ありて遇《あ》へりき。因《よ》りて遇鹿《あふか》の驛《うまや》と名づく。驛《うまや》の東《ひむがし》の海に、蚫《あはび》・螺《にし》・鯛《たひ》・海藻《め》・海松《みる》等《ども》あり。

[七]登望《とも》の驛《うまや》　郡《こほり》の西北《いぬゐ》のかたにあり。　昔者《むかし》、氣長足姫尊《おきながたらしひめのみこと》、此處《ここ》に到りまして、留《とど》まりて、[八]雄《を》の装《よそひ》を爲《し》たまふに、御負《みはかし》の[九]鞆《とも》、此の村《むら》に落ちき。因《よ》りて鞆《とも》の驛《うまや》と號《なづ》く。驛《うまや》の東《ひむがし》と西との海に、蚫《あはび》・螺《にし》・鯛《たひ》・雑《くさぐさ》の魚《うを》、海藻《め》・海松《みる》等《ども》あり。

[一〇]大家《おほや》[一一]嶋《しま》　郡《こほり》の西にあり。　昔者《むかし》、纏向《まきむく》の日代《ひしろ》の宮《みや》に御宇《あめのしたしろ》しめしし天皇《すめらみこと》、巡《めぐ》り幸《いでま》しし時、此の村に土蜘蛛《つちくも》あり、名を大身《おほみ》といひき。恆《つね》に皇命《おほみこと》に拒《さか》ひて、降服《まつろ》ひ肯《あ》へざりき。天皇《すめらみこと》、勅命《みことのり》して誅《つみな》ひ滅《ほろぼ》したまひき。爾《それ》より以來《このかた》、白水郎《あま》等《ども》、此の嶋に就《つ》きて宅《いへ》を造《つく》りて居《す》めり。因《よ》りて[一二]大家郷《おほやのさと》といふ。郷《さと》の南に窟《いはや》あり。[一三]鐘乳《いしのち》、及《また》、[一四]木蘭《もくらに》あり。廻縁《めぐり》の海に、蚫《あはび》・螺《にし》・鯛《たひ》・雑《くさぐさ》の魚《うを》、及《また》、海藻《め》・海松《みる》多《おほ》し。

[一五]値《ち》嘉《か》の郷《さと》　郡《こほり》の西南《ひつじさる》のかたの海《うみ》の中《なか》にあり。[一六]烽《とぶひ》の處三所《ところみところ》あり。　昔者《むかし》、同じき天皇《すめらみこと》、巡《めぐ》り幸《いでま》しし時、[一七]志《し》式嶋《しきしま》の行宮《かりみや》に在《いま》して、西の海を御覽《みそなは》すに、海の中《なか》に嶋あり、[一八]烟氣《けぶり》多《さは》に覆《おほ》へり

こで終っている。
八　新羅征討の出陣にあたって男装をし武装を整えることをいう。神功紀には橿日浦で男装をせられたとある。
九　左臂に着ける革製の武具。弓弦のあたるのを防ぎ、また音を出させて敵をおどす。ミハカシ(御負)は剣に限らず、着用・佩用、身につけておられるものの意。記紀(神代)に天照大神が男装される条にも鞆をつけたと見え、応神紀には皇后が雄装をして鞆を負うた姿に似ているという文がある。
一〇　遺称なく所在明らかでない。平戸島またはその北の大島に擬しているが、その東北方の馬渡島(呼子町、登望駅の西北海上)に擬する説もあり確かでない。
一一　値嘉郷の例及び記事によれば大家郷を標目とすべきか。ただし肥前国風土記(豊後国も)は、郷の名を列記すること、或は郷名の説明を記すことを主眼としているものではないから底本のままとする。
一二　多家、民戸の多い意の郷名。
一三　石灰岩が水に溶蝕されて出来た垂氷状または筍状の結晶。
一四　木蓮に同じ。
一五　長崎県の西方海上の五島列島の地を総称したもの。北部の小値賀島(北松浦郡小値賀町)が遺称。
一六　烽の遺蹟地は明らかでない。
一七　平戸島の南端地。平戸市志々伎、また志々伎山(三四七米)・志々伎崎の遺称がある。
一八　煙の上るのによって人(先住者、土蜘蛛)の居ることを知る説話。常陸国風土記に同様の伝承がある(五九頁)。

一 播磨国風土記揖保郡の条(二九九頁)に孝徳朝の人として同名人が見える。海神の子孫の氏族。
二 勅の通用字で命ずる意(三八七頁既出)。
三 平戸の方から見て近い方を小近、遠い方を大近と呼んだものであるが、何島を指すかは明らかでない。或は宇久島(小値賀島の一群を含む)を小近、中通島(以南福江島に至る一群を含む)を大近と呼んだとすべきか。ただし、説話の上では小近・大近をそれぞれ一つの島として語っている。
四 島に住んでいる土蜘蛛偵察の結果を(その主長二人を捕えて連れて来て)復命する。
五 頭を地につけて罪を謝し、請い願う。この条は特定のものについて死を免れた代償だと語る説話で、豊後国風土記頸峰の条(三七三頁)に類似伝承がある。
六 死刑。
七 罪のつぐないとして十分ではない。
八 死刑にせられることをまぬがれて。
九 天皇に献る御食料。調理、加工して造ることをいう。
一〇 あわびの肉を薄く長くのばして種々な形に作り、乾燥した加工食品。以下の名は形による名。延喜(主計)式諸国貢物の中に短鰒・長鰒・羽割鰒(肥前国)、蔭鰒・鞭鰒(筑前国)の名が見える。
一一 実物でなく、その形をした見本を作った。
一二 以下の記事は上文土蜘蛛の記事には続かない地名説明の記事。釈日本紀巻一五に

勅[1]㆓陪従阿曇[2]連百足㆒ 遣㆑察之 爰[3]有㆓八十餘㆒ 就中二嶋 々別有㆑人 第一嶋名[4]小近 土蜘蛛大耳居之 第二嶋名大近 土蜘蛛垂耳居之[5] 自餘之嶋 竝人不㆑在 於㆑茲 百足 獲㆓大耳等㆒奏聞 天皇勅 且[6]㆑令㆓誅殺㆒ 時大耳等 叩頭陳聞曰 大耳等之罪 實當㆓極刑㆒ 萬[7]被㆓戮殺㆒ 不㆑足㆑塞㆑罪 若降㆓恩情㆒得㆓再生㆒者 奉㆑造㆓御贄㆒ 恆貢㆓御膳㆒ 卽取㆓木皮㆒ 作㆓長蚫鞭蚫短蚫陰蚫羽割蚫等之様㆒ 獻㆓於御所㆒ 於㆑茲 天皇 垂㆑恩赦放 更勅云 此嶋雖㆑遠 猶見㆑如㆑近 可㆑謂㆓近嶋㆒ 因曰㆓値嘉㆒ 嶋[8]則 有㆓檳榔木蘭枝[9]子木蓮子黑葛篁[10]篠木綿荷莧㆒ 海則有㆓蚫螺鯛鯖雜魚海藻海松雜海菜㆒ 彼白水郎 富[11]㆓於馬牛㆒ 或有㆓一百餘近[12]嶋㆒ 或有㆓八十餘近嶋㆒ 西有㆓泊㆑船之停二處㆒ 一處名曰㆓相子田[13]停㆒ 應㆑泊㆓廾[14]餘船[15]㆒ 一處名曰㆓川原浦㆒ 應[16]㆑泊㆓一十餘船[17]㆒ 遣唐之使 從㆓此停㆒發 到㆓美禰[18]良久之埼[19]㆒ 卽川原浦之西埼是也 從㆑此發船 指㆑西度之 此嶋[20]白水郎 容貌似㆓隼人㆒ 恆好㆓騎*

1 伴・板「勅」、下の「遣」を移して「勅遣」とするが底・南のまま。
2 底・南「雲」。伴・板による。
3 南「處」。底による。
4 南「各」。底による。
5 底・南「之」がない。伴の注により補う。
6 將の通用。
7 板「雖」とするが底・南のまま。
8 新考「嶋嶋」と補うが底・南のまま。
9 板「栢」。伴「栢」を傍書。底・南のまま。
10 南「篁」。底の字形により訂す。
11 伴・板「當」に誤る。
12 新考「近嶋」を衍とするが、底・南及び釋紀引用文のまま。
13 伴・板「之」。底・南による。
14 南「少」。底「少」に似るが「廾」。
15 南「艇」。底、旁を「任」の如く作るが「船」の誤寫。
16 底・南「應」がない。板により補う。
17 南「舶」。底、旁を「公」の如く作る。「船」の字。
18 底・南「禰」。萬葉集に同例があるが「彌」の誤とする。
19 南「埼」(注書は「濟」)。底、土扁に齊の草體の如き字形(注書も同じ)であるが「埼」の字。
20 底・南「嶋」の下に「曰」がある。衍字。

以下「八十余近嶋」まで（産物記は省略）を引用。
一三 以下は島（陸）と海とに分けた産物名列記（出雲国風土記の書式に類似）、及び地状説明の地理的な記事。
一四 蒲葵（びろう）をいう。檳榔とは別であるが似ている故にこの字を用いたもの。
一五 梔・支子（和名抄）。実を染料に用いる。
一六 イタビカズラの実。黒色卵円形。食用。
一七 類聚名義抄の訓による。女竹。節と節の間の短い竹。
一八 ユフ（三七一頁参照）を造る木で栲・楮の木をいうのであろう。
一九 蓮。はす。
二〇 若い茎葉を食用とする野草。
二一 漁民。
二二 延喜（兵部）式に値嘉島・庇羅島・生属島に馬牧、柏島・櫪野島・早崎に牛牧が見える。松浦郡五島附近の島である。
二三 値嘉島の上文土蜘蛛伝承記事中の「八十余」とは別種の地理記述。北部の宇久島附近と中通島以南とに分けて、島の群れ集っている状態を言ったものである。
二四 停船地。港。
二五 続日本紀宝亀七年の条に合蚕田浦とある地。中通島の西側、上五島町相河（あいこ）であろう（後藤説）。
二六 福江島の北西岸、岐宿町川原の港。
二七 福江島の北西尖端、美井楽町柏崎。続日本後紀（承和四年）に旻楽埼、智証大師伝に旻美楽崎とある。ここから東支那海を西南方に横断して渡航したのである。
二八 九州南部の土着人。
二九 馬に乗ったままで弓を射ること。

き。陪従《おもとびと》、[一]阿曇連《あづみのむらじ》百足《ももたり》に[二]勒《おほ》せて察《み》しめたまひき。爰《ここ》に、八十《やそ》餘《あま》りあり。就中《そのなか》の二[三]つの嶋には、嶋別《しまごと》に人あり。第一《はじめ》の嶋は名は小近《をちか》、土蜘蛛《つちくも》大耳《おほみみ》居《す》み、第二《つぎ》の嶋は名は大近《おほちか》、土蜘蛛《つちくも》垂耳《たりみみ》居《す》めり。自餘《そのほか》の嶋は、竝《ならび》に人あらざりき。ここに、百足《ももたり》、大耳《おほみみ》等《ら》を獲《と》りて[四]奏聞《かへりごとまを》しき。天皇《すめらみこと》、勅《みことのり》して、誅《つみな》ひ殺《ころ》さしめむとしたまひき。時に、大耳《おほみみ》等《ら》、[五]叩頭《のみ》て陳聞《まを》ししく、「大耳等《おほみみら》が罪《つみ》は、實《まこと》に[六]極刑《しぬるつみ》に當《あた》れり。萬《よろづ》たび戮殺《ころ》さるとも、[七]罪《つみ》を塞《ふさ》ぐに足《た》らじ。若《も》し、恩情《おほみめぐみ》を降《くだ》したまひて、[八]再生《またい》くることを得ば、[九]御贄《みにへ》を造り奉《まつ》りて、恆《つね》に御膳《みけ》に貢《たてまつ》らむ」とまをして、卽《やが》て、木《き》の皮《かは》を取りて、[一〇]長蚫《ながあはび》・鞭蚫《むちあはび》・短蚫《みじかあはび》・陰蚫《かげあはび》・羽割蚫《はわりあはび》等《ども》の[一一]様《ためし》を作りて、御所《みもと》に獻《たてまつ》りき。ここに、天皇《すめらみこと》、恩《みめぐみ》を垂《た》れて赦《ゆる》し放《や》りたまひき。[一二]更《また》、勅《みことのり》したまひしく、「此の嶋は遠《とほ》けども、猶《なほ》、近《ちか》きが如く見ゆ。近嶋《ちかしま》と謂《い》ふべし」とのりたまひき。因《よ》りて値嘉《ちか》といふ。[一三]嶋には則《すなは》ち、[一四]檳榔《あぢまさ》・木蘭《もくらに》・[一五]枝子《くちなし》・[一六]木蓮子《いたび》・黑葛《つづら》・[一七]篁《なよたけ》・篠《しの》・[一八]木綿《ゆふ》・[一九]荷《はちす》・[二〇]莧《ひゆ》あり。海には則《すなは》ち、蚫《あはび》・螺《にし》・鯛《たひ》・鯖《さば》・雜《くさぐさ》の魚、海藻《め》・海松《みる》・雜《くさぐさ》の海菜《もは》あり。彼《そ》の[二一]白水郎《あま》は、[二二]馬《うま》・牛《うし》に富《と》めり。[二三]或《ある》は一《も》百《も》餘《あま》りの近《ちか》き嶋《しま》あり、或《ある》は八十《やそ》餘《あま》りの近《ちか》き嶋《しま》あり。西に船を泊《は》つる[二四]停二處《とまりふたところ》あり。一處《ひとところ》の名は[二五]相子田《あひこだ》の停《とまり》といひ、廿餘《はたちあま》りの船《ふね》を泊《は》つべし。一處《ひとところ》の名は[二六]川原《かはら》の浦《うら》といひ、一十《とを》餘《あま》りの船《ふね》を泊《は》つべし。遣唐《けんたう》の使《つかひ》は、此の停《とまり》より發《た》ちて、[二七]美彌良久《みみらく》の埼《さき》に到り、卽ち、川原《かはら》の浦《うら》の西の埼《さき》、是《これ》なり、此《ここ》より發船《ふなだち》して、西を指《さ》して度《わた》る。此の嶋の白水郎《あま》は、容貌《かたち》、[二八]隼人《はやひと》に似《に》て、恆《つね》に[二九]騎《うま》

射一 其言語 異二俗人一也

杵嶋郡 郷肆所 里一十三 驛壹所

昔者 纏向日代宮御宇天皇 巡幸之時 御船泊二此郡盤[1]田杵之村一 于レ時 從二船牂牁[2]之穴一 冷[3]水自[4]出 一云 船泊之處[5] 自成二一嶋一 天皇御覽 詔二群臣等一曰 此郡可レ謂二牂牁[6]嶋郡一 今謂二杵嶋郡一 訛之也 郡西有二湯泉出一之 巖岸峻極[7] 人跡罕[8]及也

嬢子山 在二郡東北一

同天皇 行幸之時 土[9]蜘蛛八十女 又 有二此山頂一 常捍[10]二皇命一 不レ肯二降服[11]一 於レ茲 遣レ兵掩滅 因曰二嬢子山一

藤津郡 郷肆所 里九 驛壹所 烽壹所

昔者 日本武尊 行[12]幸之時 到二於此津一 日沒二西山一 御船泊之 明旦遊覽 繫二船纜[13]於大藤一 因[14]曰二藤津郡一

能美郷 在二郡東一

昔者 纏向日代宮御宇天皇 行幸之時 此里有二土蜘蛛三人一 兄名大白 次名中[15]白 弟名少白 此人等 造レ堡*

一 肥前国人をいう。

二 松浦郡の東南隣、佐賀県小城郡の南西隣、武雄市及び杵島郡の地。和名抄の郡名に杵島(岐志万)とある。

三 和名抄に多駄・杵島・能伊・島見の四郷を記している。

四 杵島駅(延喜式・和名抄)。小城郡の高来駅の次駅。武雄市橘町の鳴瀬が駅趾。

五 武雄市朝日町上滝《うわたき》、大町町福母(旧名石崎)、白石町(旧橋下村)石船などに擬しているが確かでない。六角川(武雄川)の流域地である。

六 船を繋ぎ止める杙(くい)。

七 冷泉・清泉をいう。杙を打ったその穴から清泉が湧き出たという。泉の縁起譚の一。

八 杵島郡の東部、六角川の下流地方まで有明海が湾入していたとして、その地形の説明である。

九 カシ(牂牁)についての説話と、シマ(嶋)についての説話とをあわせてカシシマを説明するもので、他例がない。後者の説話を「一云」として記すのも他例がない。

一〇 杵島郡の郡家。杵島駅と同地で武雄市東隅の鳴瀬、またはその南方の片白を遺蹟とする。

一一 武雄市武雄町の西、柄崎温泉。

1 板「磐」。底・南による。盤は磐に通用。

2 底・南「戕」の如き字形。下文の字形により訂す。

3 底・南「治」。後藤説による。新考は「泠」とする。恐らく冷の通用。

4 底・南「白」。伴・板による。

5 底・南「家」。板による。

6 底・南「歌」。上文により訂す。

7 底・南「極々」。「々」は衍。

8 南「牢」に誤る。

9 底・南「蜘」がない。伴・板による。

10 底・南「掃」。伴の注による。

11 底「眼」に誤る。

12 板「巡幸」。伴「巡行」。底・南による。

13 底・南「覧」。「於」字の用法により、新考及び平田本による。

14 南「田」に誤る。

15 板「小」。底・南による。

射《ゆみ》を好《この》み、其の言語《ことば》は[一]俗人《くにひと》に異《こと》なり。

[二]杵嶋《きしま》の郡《こほり》　[三]郷《さと》は四所《ところ》　里《こざと》は一十三、[四]驛《うまや》は一所《ところ》なり。

昔者《むかし》、纏向《まきむく》の日代《ひしろ》の宮《みや》に御宇《あめのしたしろ》しめしし天皇《すめらみこと》、巡《めぐ》り幸《いでま》しし時、御船《みふね》、此の郡《こほり》の[五]盤田《いはた》杵《き》の村《むら》に泊《は》てたまひき。時に、船《ふね》の[六]牂《か》牁《し》の穴《あな》より[七]冷《さむ》き水、自《おのづか》ら出でき。一云《またい》へらく、船泊《は》てし處《ところ》、自《おのづか》ら一つの嶋と[八]成《な》りき。天皇《すめらみこと》、御覧《みそなは》して、群臣《まへつぎみたち》等に詔《の》りたまひしく、「此の郡《こほり》は、[九]牂《か》牁《し》嶋《しま》の郡《こほり》と謂《い》ふべし」とのりたまひき。今、杵嶋《きしま》の郡《こほり》と謂《い》ふは、訛《よこなま》れるなり。[一〇]郡《こほり》の西に、[一一]湯《ゆ》の泉《いづみ》出《い》でたり。巖《いは》の[一二]岸《かき》、[一三]峻《さ》極《か》しくて、[一四]人《ひ》跡《と》罕《まれ》に及《いた》る。

[一五]孃子山《をみなやま》　郡《こほり》の東北《うしとら》のかたにあり。同じき天皇《すめらみこと》、行幸《いでま》しし時、土蜘蛛《つちくも》[一六]八十女《やそめ》、[一七]又《また》、此の山の頂《いただき》にあり、常に皇命《おほみこと》に捍《さか》ひて、降服《まつろ》ひ肯《あ》へざりき。ここに、兵《いくさびと》を遣《や》りて、[一八]掩《おそ》ひ滅《ほろぼ》さしめたまひき。因《よ》りて孃子《をみな》山といふ。

[一九]藤津《ふぢつ》の郡《こほり》　[二〇]郷《さと》は四所《ところ》　里《こざと》は九、[二一]驛《うまや》は一所《ところ》、[二二]烽《とぶひ》は一所《ところ》なり。

昔者《むかし》、日本武尊《やまとたけるのみこと》、行幸《いでま》しし時、[二三]此の津《つ》に到りますに、日《ひ》、西の山に没《い》りて、御船《みふね》を泊《は》てたまひき。明《あ》くる旦《あした》、[二四]遊覧《みそなは》すに、船の[二五]纜《ともづな》を大き藤《ふぢ》に繫《つな》ぎたまひき。因《よ》りて藤《ふぢ》津《つ》の郡《こほり》といふ。

[二六]能美《のみ》の郷《さと》　[二七]郡《こほり》の東《ひむがし》にあり。　昔者《むかし》、纏向《まきむく》の日代《ひしろ》の宮《みや》に御宇《あめのしたしろ》しめしし天皇《すめらみこと》、行幸《いでま》しし時、此の里《さと》に土蜘蛛《つちくも》三人《みたり》ありき。兄《あに》の名は大白《おほしろ》、次《つぎ》の名は中白《なかしろ》、弟《おと》の名は少白《をしろ》なり。此の人等《ひとら》、[二八]堡《をき》

一二　壁・崖に同じ。
一三　けわしく高い。
一四　人はめったに行かない。
一五　多久市東多久の南隅、両子山(三三八米)の別名女山とする(新考)。杵島郡江北町の北境にあたる。
一六　土着勢力の首長としての巫女の多いことをいう。
一七　同類の説話記事が他に存した(現伝本には存しない)ための「又」か、或は誤字・衍字か明らかでない。
一八　襲と同じ意。
一九　杵島郡の南隣、藤津郡及び鹿島市の地。和名抄の郡名に藤津(布知豆)とある。
二〇　和名抄には塩田・能美二郷を記し、本書に託羅郷が見える。もう一郷は藤津郷か。
二一　塩田駅(延喜式・和名抄)。塩田町塩田が駅趾。塩田川の南岸にあったか。杵島駅の次駅で西南、彼杵郡に通じていた。
二二　郡の南、北高来郡との境の多良岳(九八三米)を烽処とする(新考)。
二三　鹿島市納富分(のうどぶん)の藤津とする。鹿島川の河口地であったことになる。
二四　望覧・御覧と同じ意に用いたもの。ただし、美景を眺望する遊覧という文人趣味的な修辞として用いられている(三八一・三八七頁参照)。
二五　船を繫ぎ止めるための太綱。
二六　鹿島市の東南部、旧能古見村を遺称とするが確かでない。
二七　藤津郡の郡家。鹿島市高津原を遺称地とするが、或は塩田駅と同地か。能古見が能美郷の地ならば「郡の南」となる。
二八　既出(三九三頁頭注二一)。

一 国造本紀に成務朝、葛津立(立は直の誤とする)国造に任ぜられた紀直の同祖、大名草彦命の子、若彦命とあるのと同じ人。神魂命の子孫の氏族で、藤津国造になった人。
二 頭を地につけて罪を謝し、請い願う。
三 藤津郡の南部海岸。太良町多良が遺称地。
四 土地(開墾地・農耕地)が狭い。海岸近くまで山がせまっている地形をいう。(四〇一頁既出)。
五 郡の南境の山に発し(吉田川と嬉野川)、塩田町を経て有明海に入る、塩田川。
六 多良岳から西北に続く郡の西南境の山脈の総称。
七 北流し、折れて東流する。
八 満潮時の海水が川を逆流させて上る。有明海の潮の干満の差の大きいために起る現象をいう。
九 逆流する海水の勢。
一〇 水勢が強く、水量が多く高い意。
一一 塩田川の上流をなす嬉野川の上流、嬉野町下宿湯野田で滝をなし、その滝壺を指す。

隱居[1]　不レ肯二降服一　爾時　遣二陪從紀直等祖穉日子一　[2]以且二誅滅一　於レ玆　大白等三人　但叩頭　陳二己[3]罪過一　共乞二更生[4]一　因曰二能美郷一

託羅郷 在二郡南[5]一臨レ海

同天皇　行幸之時　到二於此郷一御覽　海物豐多　勅曰　地勢雖レ少　食物豐足　可レ謂二豐足村一　今謂二託羅郷一　訛之也

塩田川 在二郡北[6]一

此川之源　出二郡西南託羅之峯一　東流入レ海　潮滿之時　逆レ流[7]泝洄　流勢[8]太高　因曰二潮高滿川一　今訛謂二塩田川一　川源有レ淵　深二許丈　石壁嶮峻　周匝如レ垣　年魚多在　東邊有二湯泉一　能愈二人病一

彼杵郡　郷肆所 里七[9]　驛貳所　烽參所

昔者　纏向日代宮御宇天皇　誅二滅球磨噌唹一　[10]凱旋之時　天皇在二豐前國宇佐海濱行宮一　[11]勅二陪從神代直一　遣二此郡速來村一　捕二土蜘蛛一　於レ玆　有レ人　名*

1 板「居」の下に「拒皇命」三字がある。底・南により削る。
2 伴・板「令以」とし「且」がない。底・南による。且は將に通用。
3 底「羅」。南による。
4 底「主」。南「主人」。後藤説による。
5 底・南「東」。纂注「東南」の誤とし、新考「南」を補い「在郡南、東臨海」とする。今、「南」の誤とする。
6 底「比」。南による。
7 底・南「泝細」。榊原芳埜本の説による。板「潮滿」、伴「漸細」とするは不可。
8 板「大」。底・南による。
9 底・南「四」。誤字。「七」として巻首の里總數にあうが、「九」の誤とすべきか。後藤説「十四」の誤脱とするのは恐らく不可。
10 底・南「施」一字につくり「凱旋」を傍書。
11 伴・板「勅」。底・南による。

を造りて隠《かく》り居《ゐ》て、降服《まつろ》ひ肯《あ》へざりき。その時、陪從《おもとびと》、[一]紀直《きのあたひ》等が祖穉日子《おやわかひこ》を遣《や》りて、誅《つみな》ひ滅《ほろぼ》さしめたまはむとしき。ここに、大白《おほしろ》等三人《みたり》、但《ただ》、[二]叩頭《のみ》て、己《おの》が罪過《つみ》を陳《の》べ、共《とも》に更生《またい》きむことを乞《こ》ひき。因《よ》りて能美《のみ》の郷《さと》といふ。

[三]託羅《たら》の郷《さと》　郡《こほり》の南にありて、海に臨《のぞ》む。　同じき天皇《すめらみこと》、行幸《いでま》しし時、此の郷《さと》に到りまして、御覽《みそなは》すに、海《わた》つ物《もの》豐《ゆた》かに多《さは》なりしかば、勅《の》りたまひしく、「地《ところ》の勢《さま》は少《さ》[四]くあれども、食物《をしもの》は豐《ゆた》に足《たら》へり。豐足《たらひ》の村《むら》と謂《い》ふべし」とのりたまひき。今、託羅《たら》の郷《さと》と謂《い》ふは、訛《よこなま》れるなり。

[五]塩田川《しほたがは》　郡《こほり》の北にあり。　此の川の源《みなもと》は、郡《こほり》の西南《ひつじさる》のかたなる[六]託羅《たら》の峯《みね》より出《い》で、[七]東《ひむがし》に流れて海に入《い》る。潮《うしほ》の滿《み》つ時は、流れに逆《さか》ひて[八]泝洄《さかのぼ》る。[九]流るる勢《いきほひ》は[一〇]太《はなは》だ高し。因《よ》りて潮高滿川《しほたかみつがは》といひき。今は訛《よこなま》りて塩田川《しほたがは》と謂《い》ふ。川の源《みなもと》に[一一]淵《ふち》あり。深《ふか》さは二丈《ふたつゑ》ばかりなり。石壁《いはがき》は嶮峻《さか》しく、周匝《めぐり》は垣《かき》の如し。年魚《あゆ》多《さは》にあり。東《ひむがし》の邊《ほとり》に[一二]湯《ゆ》の泉《いづみ》ありて、能く人の病《やまひ》を[一三]愈《いや》す。

[一四]彼杵《そのき》の郡《こほり》　[一五]郷《さと》は四所《ところ》、[一六]里《こざと》は七、[一七]驛《うまや》は二所《ところ》、[一八]烽《とぶひ》は三所《ところ》なり。

昔者《むかし》、纏向《まきむく》の日代《ひしろ》の宮《みや》に御宇《あめのしたしろ》しめしし天皇《すめらみこと》、球磨噌唹《くまそ》を誅《つみな》ひ滅《ほろぼ》して、凱旋《かちかへ》りましし時、天皇《すめらみこと》、豐　前《とよくにのみちのくち》の國《くに》の[一九]宇佐《うさ》の海濱《はま》の行宮《かりみや》に在《いま》して、陪從《おもとびと》、[二〇]神代　直《かみしろのあたひ》に[二一]勅《おほ》せて、此の郡《こほり》の[二二]速來《はやき》の村《むら》に遣《や》りて、土蜘蛛《つちくも》を捕《と》らしめたまひき。ここに、人あり、名

一二　嬉野温泉をいう。

一三　癒に通用。

一四　藤津郡の西隣、大村市及び東彼杵郡の地。大村湾を隔てた西彼杵半島(西彼杵郡)の地には郷は開けていなかった。和名抄の郡名に彼杵(曾乃岐)とある。

一五　和名抄に大村・彼杵二郷を記し、本書の浮穴・周賀二郷と合せて四郷。

一六　四郷に里七とすれば二里で一郷のもの三、一里で一郷のもの一の如くである。肥前国の他郡および豊後国・出雲国では二―四里で一郷をなし、一里一郷の例がない。里の数七を九の誤とすべきか(とすれば、二里で一郷のもの三、三里で一郷のもの一となり、他国・他郡の例にあう)、或はこの地に一里一郷の特例があったとするか、疑いを存しておく。

一七　盤氷・大村の二駅(延喜式・和名抄)にあてられる。盤氷は彼杵町、大村は大村市の旧大村町が駅趾か。藤津郡塩田駅から二駅を経て島原半島に通じたもの。

一八　烽処不明。

一九　大分県宇佐郡宇佐町(宇佐神宮のある地)の海岸。纂注は有明海を隔てた東方の対岸、宇土浜(肥後国宇土郡)の誤とし、「豊前国」三字を後人の補筆とするが、恐らくは不可。

二〇　高来郡神代郷(島原半島の北部神代村が遺称地)を本居とした氏族。系譜不明。

二一　勅に通用、命ずる意に用いている(三八七・四〇一頁既出)。

二二　郡の北部、佐世保市の早岐の瀬戸に臨む地。

曰二速來[1]津姫一　此婦女申云　妾弟　名曰二健津三間一　住二健村之
里一　此人有二美玉一　名曰二石上神之木蓮子玉一　愛而固藏[2]　不
肯レ示レ他　神代直　尋覔[3]之　超レ山[4]而逃　走二落石岑一[5]郡以北之山　即逐
及捕獲　推二問虚實一　健津[6]三間云　實有二二色之玉一　一者曰二石
上神木蓮子玉一　一者曰二白珠一　雖レ比二礵砆一　願以獻之　亦申
云　有レ人　名曰二篦[7]簗[8]一　住二川岸之村一　此人有二美玉一　愛之
罔[9]レ極　定無レ服レ命　於レ玆　神代直　迫而捕獲　問[10]之　篦[7]簗[8]云
實有之　以貢二於御一　不二敢愛惜一　神代直　捧二此三色之玉一
還獻二於御一　于レ時　天皇勅曰　此國可レ謂二具足玉國一　今謂二彼
杵郡一訛之也

浮穴郷[11]在二郡北一

同天皇　在二宇佐濱行宮一　詔二神代直一曰　朕　歴二巡諸國一　既
至二平治一　未レ被二朕治一　有二異徒一乎　神代直　奏[12]云　彼[13]烟之
起村　未二猶被一レ治　即勒[14]レ直遣二此村一　有二土蜘蛛一*

1　底・南「未」に誤る。
2　底・南「因」。板による。
3　底・南「不見」二字。板による。
4　底・南「山」がない。板「而」を「山」に改めるが、新考により「山」を補う。
5　底「群以比」。南「郡以比」。板による。
6　底・南に「津」がない。上文により補う。
7　底・南「莀」。板による。
8　底「簗」の如き字形。南による。
9　南「因」。底「因」につくり「罔」を傍書。
10　底「間」につくり「問」を傍書。南「問」。
11　底「比」。南による。
12　底「奉」。南による。
13　伴・板「波」。底・南による。
14　伴・板「勅」。底・南による。

一　早岐地方の土着首長としての巫女(三五八頁頭注四参照)。他の土蜘蛛よりも早く天皇(大和朝廷)に帰服した者として語られている。
二　他に見えず不明。土蜘蛛である。
三　所在不明。或は佐世保市の東南(早岐の東南)の宮村附近か。三河内・城間の如き地名と関係あるか。
四　イタビの実の如き黒色の玉で、大和国の石上(奈良県天理市石上神宮)の神の神宝と同じという意か。
五　愛蔵し、秘蔵して他人には見せようとしない。
六　健津三間を探し求めた。
七　遺称なく所在不明。佐世保市の北境、隠居山かという(後藤説)。
八　逃走の意で、逃げることをいう。
九　追い付いて。
一〇　たって問いただす。とりしらべる。
一一　二種類の。

を[一]速來津姫《はやきつひめ》といひき。此の婦女《をみな》の申ししく、「妾《あ》が弟《おと》、名を[二]健津三間《たけつみま》といひて、[三]健《たけ》村《むら》の里《さと》に住《す》めり。此の人、美《うるは》しき玉《たま》有《も》たり。名を[四]石上《いそのかみ》の神の木蓮子玉《いたびだま》といふ。[五]愛《うつく》しみて固《かた》く藏《かく》し、他《ひと》に示《み》せ肯《あ》へず」とまをしき。神代直《かみしろのあたひ》、[六]尋《たづ》ね覓《ま》ぐに、山を超《こ》えて逃《に》げ、[七]落石《おちいし》の岑《みね》郡《こほり》より北の山なりに[八]走《はし》りき。即《やが》て[九]逐《お》ひ及《し》きて捕獲《と》り、虛實《いつはりまこと》を[一〇]推問《おしと》ふに、健津三間《たけつみま》の云《い》ひしく、「[一一]實《まこと》に二色《ふたくさ》の玉有《も》たり。一つは石上《いそのかみ》の神の木蓮子玉《いたびだま》といひ、一つは[一二]白珠《しらたま》といふ。[一三]礵砆《しゆくふ》に比《たぐ》へつれども、願《ねが》はくは獻《たてまつ》りなむ」といひき。[一四]亦申《またまを》ししく、「人あり、名を[一五]箆簗《のやな》といひて、[一六]川岸《かはぎし》の村《むら》に住《す》めり。此の人、美《うるは》しき玉《たま》有《も》たり。愛《うつく》しみすること極《きは》みなし。定《さだ》めて[一七]命《みこと》に服《したが》ふことなけむ」とまをしき。ここに、神代直《かみしろのあたひ》、[一八]迫《せ》めて、捕獲《と》りて、問ふに、箆簗《のやな》のいひしく、「實《まこと》に有《も》たり。[一九]御《みもと》に貢《たてまつ》らむ。敢《あ》へて愛惜《を》しまじ」とまをしき。神代直《かみしろのあたひ》、此の三色《みくさ》の玉を捧《ささ》げて、還《かへ》りて、御《みもと》に獻《たてまつ》りき。時に、天皇《すめらみこと》、勅《の》りたまひしく、「此の國は、[二〇]具足玉《そなひだま》の國と謂《い》ふべし」とのりたまひき。今、彼杵《そのき》の郡《こほり》と謂《い》ふは、訛《よこなま》れるなり。

[二一]浮穴《うきあな》の郷《さと》[二二]郡《こほり》の北にあり。　同じき天皇《すめらみこと》、[二三]宇佐《うさ》の濱《はま》の行宮《かりみや》に在《いま》して、神代直《かみしろのあたひ》に詔《の》りたまひしく、「朕《あれ》、諸國《くにぐに》を歴巡《へめぐ》りて、[二四]既《すで》に平《ことむ》け治《をさ》むるに至れり。未《いま》だ朕《あ》が[二五]治《ことむけ》を被《かがふ》らざる[二六]異《け》しき徒《ともがら》ありや」とのりたまひき。神代直《かみしろのあたひ》、奏《まを》ししく、「彼《そ》の[二七]烟《けぶり》の起《た》てる村《むら》は、猶《なほ》、土蜘蛛《つちくも》あ治《ことむけ》を被《かがふ》らず」とまをしき。即《やが》て、直《あたひ》に勅《おほ》せて、此の村に遣《や》りたまふに、

一二　真珠。
一三　黒色の砥石(礵)と赤色に白い斑のある石(砆)で、珍玉(宝石)の意に用いたもの。
一四　速来津姫がまた神代直に告げるのである。
一五　健津三間と同類の土蜘蛛。
一六　所在不明。或は東彼杵郡川棚町で海に注ぐ川棚川の流域地か。新考はその北の小森川(早岐を流れる)に沿う地に擬している。
一七　天皇の命令に従って玉を献ずることはしないだろう。
一八　追いつめて。
一九　御許・御所などを略して敬語だけでいったもの。豊後国風土記にも見える(三六七頁)。
二〇　玉が多く揃っている国。
二一　所在地不明。諫早(いさはや)市の南部海岸、有喜(うき)を遺称とする説があるが高来郡内であり郡北とあるにあわない。郡北とあるのによれば佐世保市の東南、波佐見町・川棚町附近の地に擬すべきか。
二二　彼杵郡の郡家。彼杵町が遺蹟地であろう。
二三　前条に見える。前条と同じくこの地方に権力をもった神代直の縁起譚である。
二四　すっかり。
二五　天皇の統治下に入らない別の勢力。先住勢力の土蜘蛛をいう。
二六　天皇の統治下に入らない先住勢力(土蜘蛛)を悪く言う語。逆徒・荒賊というのに同じ。
二七　煙の上るのによって人(先住者・土蜘蛛)の住んでいることを知る説話(三九九頁参照)。

名曰二浮穴沫媛一　捍二皇命一　甚無レ禮　即誅之　[1]因曰二浮穴郷一

周賀郷 在二郡西南一

昔者　氣長足姫尊　欲三征二伐新羅一　行幸之時　御船繫二此郷東北之海一　艫舳之[2]牂歌　化而爲レ礒[3]　高[4]井餘丈　周十餘丈　相去十餘町　[5]充而嵯峨　草木不レ生　加以　陪從之船　遭レ風漂沒[6]　於レ玆　有二土蜘蛛　[7]名爵比[8]表麻呂一　[9]拯二濟其船一　因名曰二救郷一　今[10]謂二周賀郷一　訛之也

[11]速來門 在二郡西北一

此門之　潮之來者　東潮落者　西涌登　涌響同二雷音一　因曰二[11]速來門一　又有二[12]枖木一　本者[13]著レ地　末者沈レ海　々藻[14]早生　以擬二貢上一

高來郡　郷玖所 里廿一[15]　驛肆所　烽伍所

昔者　纏向日代宮御宇天皇　在二肥後國玉名郡長渚濱之行宮一　覽二此郡山一曰　彼山之形　似二於別嶋一　屬レ陸之山歟　[16]別居之嶋歟　朕欲レ知之　仍[17]勒二神大野宿禰一　遣レ看之　往二到此郡一　爰有レ人*

一　無礼。天皇の命に敬い従うことをしない。

二　遺称なく所在地不明。大村湾の南西岸地方か。

三　海上に繋船した。碇泊する良い港津のないことをいう。下文の従者の船の漂没することに関係する。

四　舟のヘサキ(前)とトモ(後)をつなぎとめる杙(くい)。

五　岩石。礒は水中または水辺の岩石。海中から突き出ている岩についての縁起譚。長崎港口の小島、またはその北方の外海村沖の大角力・小角力の岩礁に擬する説があるが郷の東北と記している方位にあわない。郷の東北というにあたる海は大村湾の南西隅で、後藤説は二つの礒を時津港の北方の黒島・二島に擬している。従うべきか。

六　高い意(説文)。

七　けわしい。

八　大村湾北部湾口、佐世保市の早岐の瀬戸。門は水門、水の通路をいう。

九　東へ潮が流れ去ると見るとすぐ西から潮がわき上ってくる。潮流の早いことをいう。

一〇　瀬戸におしよせるように入ってくる潮

1 伴・板「因」がない。底・南による。

2 二字、底・南とも字形崩れているが、杵島郡の條を参照して訂す。

3 南「磯」。底による。磯・礒は通用。

4 南「二十」。底による。

5 南「充」。底、字形やや不確かであるが、「充」。後藤説「兀」。平田本「兊」。板「突出」。新考「兀立」とするが底・南のまま。

6 伴・板「波」。底・南による。

7 底・南「石」。伴・板による。或は「名曰」とすべきか。

8 板「壹」。底・南のまま。

9 南「極」。板「救」。底による。

10 底・南「謂」がない。伴・板による。

11 底「連來」。南「連木」。板本頭注による。次の「速」も同じ。

12 南「板」、底、手扁に「叐」、板「杉」、新考「松」、後藤説「拔」とするが「枖」または「栜」とすべき字。

13 底・南「暑」に誤る。

14 板「草」。底・南による。

15 南「二十」。底による。

16 底・南「列」。伴「別在カ」により訂す。

17 伴・板「勅」。底・南による。

り、名を浮穴沫媛《うきあなわひめ》といひき。皇命《おほみこと》に捍《さか》ひて、甚《いた》く禮《ゐや》[一]なければ、即《やが》て誅《つみな》ひき。因《よ》りて浮穴《うきあな》の郷《さと》といふ。

[二]周賀《すか》の郷《さと》　郡《こほり》の西南《ひつじさる》のかたにあり。　昔者《むかし》、氣長足姫尊《おきながたらしひめのみこと》、新羅《しらぎ》を征伐《う》たむと欲《おもほ》して、行幸《いでま》しし時、御船《みふね》を此の郷《さと》の東北《うしとら》のかたの海《うみ》[三]に繋《つな》ぎしに、艫舳《へとも》の牂牁《かし》[四]、礒《いそ》[五]と化爲《な》りき。高さは卅丈餘《はたつゑあま》り、周《めぐ》りは十丈餘《とつゑあま》り、相去《あひさ》ること十町餘《とところあま》りなり。充《たか》[六]くして嵯峨《さか》[七]しく、草木《くさき》生《お》ひず。加以《しかのみにあらず》、陪從《おもとびと》の船、風に遭《あ》ひて、漂《ただよ》ひ沒《しづ》みき。ここに、土蜘蛛《つちくも》、名は鬱比表麻呂《うつひおまろ》といふものありて、其の船を拯濟《すく》ひき。因《よ》りて名を救《すくひ》の郷《さと》といひき。今、周賀《すか》の郷《さと》と謂《い》ふは、訛《よこなま》れるなり。

[八]速來《はやき》の門《と》　郡《こほり》の西北《いぬゐ》のかたにあり。　此の門《と》の潮《うしほ》の來《く》るは、東《ひむがし》[九]に潮《うしほ》落《お》つれば、西に涌《わ》き登《のぼ》る。涌《わ》[一〇]く響《おと》は雷《いかつち》の音《こゑ》に同じ。因《よ》りて速來《はやき》の門《と》といふ。又、杈《しげ》[一一]れる木あり。本《もと》は地《つち》に著《つ》きて、末《すゑ》[一二]は海に沈《しづ》めり。海藻《め》早《はや》[一三]く生《お》ふ。以《も》ちて貢上《みつぎ》[一四]に擬《あ》つ。

[一五]高來《たかく》の郡《こほり》　郷《さと》[一六]は九所《ところ》、里《こざと》は卅一、驛《うまや》[一七]は四所《ところ》、烽《とぶひ》[一八]は五所《ところ》なり。

昔者《むかし》、纏向《まきむく》の日代《ひしろ》の宮《みや》に御宇《あめのしたしろ》しめしし天皇《すめらみこと》、肥後《ひのみちのしり》の國玉名《たまきな》の郡《こほり》の長渚《ながす》[一九]の濱《はま》の行《かり》宮《みや》に在《いま》して、此[二〇]の郡《こほり》の山を覽《み》まして、のりたまひしく、「彼《そ》[二一]の山の形《かたち》は別《はな》れ嶋《しま》に似《に》たり。陸《くが》[二二]に屬《つ》ける山か、別《はな》れ居《ゐ》る嶋《しま》か。朕《あれ》、知らまく欲《おも》ふ」とのりたまひき。仍《すなは》ち、神大野宿禰《かむおほののすくね》[二三]に勒《おほ》せて、看《み》しめたまひしかば、此の郡《こほり》に往《ゆ》き到《いた》りき。爰《ここ》に、人あり、

の音。

一一　繁る。さかんの意(杈・椏ははびこる、さかん、木の枝葉の生ずるさまの意)。太宰管内志にこの瀬戸に枝に蠣の附着した古木の女松のあることを記している。恐らくその女松にあたるのであろうが、底本の文字を「松」とは改め難い。或は「榎」か。

一二　梢。枝先き。

一三　生育の季が早く珍しい。暖地の故か。

一四　朝廷へたてまつる貢上物としている。

一五　彼杵郡の南、島原半島にわたる北高来・南高来両郡及び諫早市の地。和名抄の郡名に高来(多加久)とある。小城郡の高来郷・高来駅と同字でタクと訓むべきか。

一六　和名抄に山田・新居・神代・野鳥の四郷を記している。

一七　延喜式・和名抄の船越(諫早市の旧名)・山田(吾妻村の旧名)・野鳥(島原市に擬している)の三駅の外、新分(ニヒキタと訓むか)駅が新居郷にあった駅(所在不明。或は島原市の南方有家町附近とする)かと認められる。彼杵郡から島原半島に至り、有明海を渡って肥後国に通じた通道の駅である。

一八　烽処の遺蹟は明らかでない。

一九　熊本県玉名郡長洲町。有明海を隔てて島原半島の東北に相対する海岸地。

二〇　島原半島の山で雲仙岳を主峰とする。

二一　豊後国国東半島の地形についての記事に類似する(三七五頁)。島原半島を遠望した実感の説話。

二二　陸続きの山か。陸から離れている島か。

二三　他に見えず系譜不明。ミワ(神)氏の支族ではあるまい。

迎來曰　僕者此山神　名高來津座[1]　聞二天皇[2]使之來一　奉レ迎而
已　因曰二高來郡一
土齒池　俗言レ岸爲二比遲波一[3]　在二郡西北一
此池東之海邊[4]　有レ岸　高百餘丈　長三百餘丈　西海波濤　常以
[5]濯滌　縁二土人辭一　號曰二土齒池一　々堤[6]　長六百餘丈　廣五十
餘丈　高二丈餘　池裏　縱横廾餘町許　潮來之　常突入之[7]　荷
菱多生　秋七八月　荷根甚甘　季秋九月　香味[8]共變　不レ中レ用
也
峯湯泉　在二郡南一
此湯泉之　源出二郡南高來峯西南之峯一　流二於東一[9]之　流勢甚多
熱異二餘湯一　但和二冷水一　乃得二沐浴一　其味酸　有二流黄白土
及[10]和松一　其葉細[11]有レ子　大如二小豆一　令レ得レ喫[12]

一　高来の峰(雲仙岳)を居所(座)とする神の意であろう。土着の先住勢力者が神として扱われているものであるが、神のままで(人の姿に化してあらわれることなく)、天皇の使者(人)の前にあらわれ、神と人との中間的な扱いになっている(三五八頁頭注四参照)。

1　栗注「彦」。底・南のまま。
2　南「便」。底による。
3　新考によれば「西南」の誤となるが、底・南のままとする。
4　「東」は恐らくは誤字。新考「南」とするが、しばらく底・諸本のまま。
5　底「濯」。南「濯」。伴「濯ヵ」とするに従う。
6　南「隄」。底「堤」。隄・堤は通用。
7　底・南「入」を重記。「之」を「々」に誤ったのであろう。
8　南「其」。底による。
9　底・南「流之」。新考により顛倒として句を分け、四字句を整える。
10　板「松」。底・南のまま。
11　底「納」、「細歟」と傍書。南「納」、「應作細」と頭書。
12　伴・板「喫」。底・南による。

迎《むか》へ來《き》て、いひしく、「僕《あ》は此の山の神、名は高來津座《たかくつくら》[一]とまをす。天皇《すめらみこと》のみ使《つかひ》の來ますことを聞きて、迎《むか》へ奉《まつ》らくのみ」とまをしき。因《よ》りて高來《たかく》の郡《こほり》といふ。

土齒《ひぢは》の池[二] 俗《くにひと》、岸《きし》を言《い》ひて比遲波《ひぢは》と爲《な》す。郡《こほり》[三]の西北《いぬゐ》[四]のかたにあり。 此の池の東《ひむがし》の海邊《うみべた》に岸《きし》[五]あり。高さは百丈餘《ももつゑあま》り、長さは三百丈餘《みももつゑあま》りなり。西の海《うみ》[六]の波濤《なみ》、常《つね》に濯《あら》ひ滌《すす》げり。土人《くにひと》の辭《ことば》に縁《よ》りて、號《なづ》けて土齒《ひぢは》の池といふ。池《いけ》の堤《つつみ》の長さは六百丈餘《むももつゑあま》り、廣《ひろ》さは五十丈餘《いそつゑあま》り、高さは二丈餘《ふたつゑあま》りなり。池の裏《うち》は、縱《たて》と横《よこ》と、井町餘《はたところあま》りばかりなり。潮來《うしほく》れば、[七]常《つね》に突《つ》き入《い》る。荷《はちす》・菱《ひし》、多《さは》に生《お》ふ。秋七八月《ふみつきはつき》に荷《はちす》の根《ね》甚《いと》甘《うま》し。季秋九月《ながつき》には、香《か》と味《あぢはひ》と、共《とも》に變《かは》りて、用《もち》[八]ゐるべからず。

峯《みね》[九]の湯《ゆ》の泉《いづみ》 郡《こほり》の南にあり。 此の湯《ゆ》の泉《いづみ》の源《みなもと》は、郡《こほり》の南の高來《たかく》[一〇]の峯《みね》の西南《ひつじさる》のかたの峯《みね》より出でて、東《ひむがし》に流る。流るる勢《いきほひ》[一一]は甚多《いとさは》に、熱《あつ》[一二]きこと、餘《ほか》の湯《ゆ》に異《ことな》れり。但《ただ》、冷《さむ》き水《みづ》を和《まじ》へて、乃《すなは》ち、沐浴《ゆあみ》することを得《う》。其の味《あぢはひ》は酸《す》し。流黄《ゆのあわ》[一三]・白土《しらつち》[一四]、及《また》、和松《ひきまつ》[一五]あり。其の葉は細《ほそ》くして子《このみ》あり。大きさは小豆《あづき》の如く、喫《くら》ふことを得《え》しむ。

二 橘(千千石)湾の東北隅、千千石町千千石(ちぢ)の北方海岸にあった池。今は田となっている地(纂注)。

三 高来郡の郡家。遺称なく所在地不明。次項参照。

四 新考は島原半島の北部、神代駅の地(神代村)を郡家の遺蹟地とするが、それでは池は郡家の「西南」となる。郡家を池の東南方近く(千千石町千千石)の地とすれば峰の湯のおよそ北となって記載の方位にあう。

五 海に臨む崖。池の東に崖があって西の海の波がよせるとすれば、池は海中にあることになり地理があわない(新考は東を南の誤とする)。池の西に崖があったか、或は東は東南の意で、池は海に直ちに臨む崖よりも西北方の海沿いにあったとすべきか。

六 高来郡の西の海で橘(千千石)湾をいう。その波が崖に打ちよせるのである。

七 堤を越えて海水が池に入るのをいう。

八 板本に「クラフベカラズ」と訓む。食用また薬用として用いられない。

九 雲仙岳の温泉。現在の雲仙温泉とほぼ同地という。

一〇 雲仙岳(最高標点一三六〇米)。

一一 湯の量が多く、流れ下る水勢の強い意。

一二 現在の温泉も摂氏二〇〇度前後の高温。

一三 硫黄。

一四 白堊。

一五 松の一種。記事によれば小木の如くで、「和」は「倭(矮)」にあてた文字としてヒキマツと仮訓する。対馬・新羅にある五葉松の一種で新羅松と呼ばれる(塵袋巻二)朝鮮五葉の類であろう。

（底本無奥書、「校合了」とのみ記す）

（南本奥書）

元祿十三年歳次庚辰冬十二月初五日以

曼殊院所藏之本書於高野村蓮華寺

法印實觀

逸文

山城國

賀茂社

山城《やましろ》の國の風土記《ふどき》に曰《い》はく、[一]可茂《かも》の社《やしろ》。可茂《かも》と稱《い》ふは、日向《ひむか》の曾《そ》[二]の峯《たけ》に天降《あも》りまし し神、[三]賀茂建角身命《かもたけつのみのみこと》、[四]神倭石余比古《かむやまといはれひこ》の御前《みさき》[五]に立ちまして、大倭《やまと》の葛木山《かづらきやま》[六]の峯《みね》に宿《やど》りまし、彼《そこ》より漸《やくやく》[七]に遷《うつ》りて、山代《やましろ》の國の岡田《をかだ》[八]の賀茂《かも》に至《いた》りたまひ、山代河《やましろがは》[九]の隨《まにま》に下《くだ》りまして、[一〇]葛野河《かどのがは》と賀茂河《かもがは》との會《あ》ふ所《ところ》に至《いた》りまし、[一一]賀茂川《かもがは》を見迥《みはる》かして、言《の》りたまひしく、「狹小《さ》くあれども、石川《いしかは》の清川《すみかは》なり」とのりたまひき。仍《よ》りて、名づけて[一二]石川《いしかは》の瀬見《せみ》の小川《をがは》と曰《い》ふ。彼《そ》の川より上《のぼ》りまして、[一三]久我《くが》の國の北[一四]の山基《やまもと》に定《しづ》まりましき。爾《そ》の時より、名づけて賀茂《かも》と曰《い》ふ。賀茂建角身命《かもたけつのみのみこと》、丹波《たには》の國の[一五]神野《かみの》の神伊可古夜日女《かむいかこやひめ》にみ娶《あ》ひて生《う》みませるみ子、名を玉依日子《たまよりひこ》と曰《い》ひ、次《つぎ》を玉依日賣《たまよりひめ》と曰《い》ふ。玉依日賣《たまよりひめ》、石川《いしかは》の瀬見《せみ》の小川《をがは》に川遊《かはあそ》びせし時、[一六]丹塗矢《にぬりや》、川上《かはかみ》より流れ下《くだ》りき。乃《すなは》ち取《と》りて、床《とこ》の邊《へ》に插《さ》し置《お》き、遂《つひ》に孕《はら》みて男子《をのこ》を生《う》みき。[一七]人と成《な》る時に至《いた》りて、外祖父《おほぢ》、建角身命《たけつのみのみこと》、[一八]八尋屋《やひろや》を造《つく》り、[一九]八戸《やと》の扉《とびら》を竪《た》て、[二〇]八腹《やはら》の酒《さけ》を釀《か》みて、神集《かむつど》へ集《つど》へて、七日七夜《なぬかななよ》樂遊《うたげ》したまひて、然《しか》して子と語《かた》らひて言《の》りたまひしく、「汝《いまし》の父《ちち》と思《おも》はむ人に此の酒《さけ》を飮《の》ましめよ」とのりたまへば、即《やが》て酒坏《さかづき》を擧《ささ》げて、[二一]天《あめ》に向《む》きて祭《まつ》らむと爲《おも》

賀茂社 今井似閑採択。
一 京都市左京区の賀茂御祖神社(下鴨神社)。二 神代紀に日向の襲(そ)の高千穂の峰とあるのに同じ。逸文日向国知鋪郷の条(五二三頁)参照。天孫に従って高天原から降ってきたことをいう。三 鴨武津身命(姓氏録)、鴨積命(旧事記)ともいう。賀茂氏族が祖神として奉じた神。四 神武天皇。五 天皇の大和国征討の先導をした八咫烏をこの神としている。六 以下この神の遍歴を語り、鴨氏族の播居地を次々と記す。葛城山(奈良県と大阪府の境)の東麓は鴨氏族の一中心地で鴨山口神社・高鴨阿治須岐託彦根命神社・鴨都波八重事代主命神社と出雲系有力神と融合した社がある。七 次第次第に移動して。八 京都府相楽郡加茂町。延喜式神名帳に岡田鴨神社とある。木津川に臨む地。九 木津川。川に沿って北(下流)へ進み。一〇 桂川(葛野川)と賀茂川の合流点。木津川はその少し下流でこの河(淀川)に合流する。一一 賀茂川の上流の方を遠望されて。一二 セミをスミの音訛とする説明であるが、瀬見は川の瀬の見える浅川の意。今、下鴨神社境内の小流を蟬の小川と呼んでいる。一三 賀茂川上流地方の古称。一四 上鴨神社の西方、西賀茂の大宮の森。下鴨神社の旧社地と伝えている。一五 兵庫県氷上郡氷上町御油の式内社神野神社の祭神。神の系譜は不明。桑田郡にも同社がある。一六 赤く塗った矢。男神の霊代(たましろ)、物ざねである。一七 成長して大人になる時。一八 広い大きな建物。八は多数の意。一九 すべての戸を閉じて祭事に斎みこもる。二〇 多くの酒甕に酒を醸して入れた。子神の父神を知るた

ひ、屋《や》の甍《いらか》を分《わ》け穿《うが》ちて天《あめ》に升《のぼ》りき。乃《すなは》ち、外祖父《おほぢ》のみ名に因《よ》りて、[二二]可茂別雷《かもわけいかつちの》命《みこと》と號《なづ》く。謂《い》はゆる丹塗矢《にぬりや》は、[二三]乙訓《おとくに》の郡《こほり》の社《やしろ》に坐《いま》せる火雷神《ほのいかつちのかみ》なり。[二四]可茂建角身命《かもたけつのみのみこと》、丹波《たには》の伊可古夜日賣《いかこやひめ》、玉依日賣《たまよりひめ》、三柱《みはしら》の神は、蓼倉《たでくら》の里《さと》の三井《みゐ》の社《やしろ》に坐《いま》す。

[1]山城國風土記曰　[2]可茂社　稱二可茂一者　日向[3]曾之峯天降坐神　賀茂建角身命也
神倭石余比古[4]之御前立坐而　宿二坐大倭葛木山之峯一　自レ彼漸遷　至二山代國岡
田之賀茂一　隨二山代河一下坐　葛野河與二賀茂河一　所レ會至坐　[5]見二迥賀茂川一而
言　雖二狹[6]小一　然石川淸川在　仍名曰二石川瀨見小川一　自二彼川一上坐　定二坐
久我國之北山基一　從二爾時一　名曰二賀茂一也　賀茂建角身命　娶二丹波國神野[7]神
[8]伊可古夜日女一生子　[9]名曰二玉依日子一　次曰二玉依日賣一　玉依日賣　於二石川瀨
見小川一　々遊爲時　丹塗矢　自二川上一流下　乃取插二置床邊一　遂[10]孕生二男子一
至二成レ人時一　外祖父建角身命　造二八尋屋一　[11]竪二八戸扉一　釀二八[12]腹酒一而　神
集々而　七日七夜樂遊　然與レ子語言　汝父將レ思人　令レ飮二此酒一　即擧二酒[13]坏一
向レ天爲レ祭　分二穿屋甍一　而升二於天一　乃因[14]二外祖父之名一　號二可茂別雷命一
所レ謂丹塗矢者　乙訓郡[15]社坐　火雷神在　[16]可茂建角身[17]命也　丹波伊可古夜日賣也
玉依日賣也　三柱神者　蓼倉里三井社坐

(釋日本紀 卷九)

賀茂乘馬

[二五]妹《いろせ》、玉依日子《たまよりひこ》は、今の[二六]賀茂縣主等《かものあがたぬしら》が遠《とほ》つ祖《おや》なり。其の祭祀《まつり》の日、馬に乘ることは、

めの祭のウケヒ酒(誓酒)である。常陸国風土記晡時臥山(七九頁)、播磨国風土記荒田村(三三三頁)の条に類似の説話が見える。
二一　父神が天上の神イカツチであるから。
二二　京都市上京区賀茂別雷神社(上鴨神社)の祭神。延喜式神名帳にまたの名は若雷とある。イカツチ神の子神の意。鴨神の系でカモを冠称した。　二三　京都府乙訓郡長岡町井ノ内の乙訓神社(式には乙訓坐火雷神社)。
二四　以下は三井社の条と同じ内容。

1 本朝月令に秦氏本系帳云として、袖中抄に或書として同文記事があり、諸社根元記・廿二社註式に日本書紀一書として前半部が宣命書きで見える。釈紀巻六・神名帳頭註に後半部を引用。　2 秦氏本系帳・袖中抄「賀茂大神御社」。　3 同書「曾之高千穗峯」。　4 廿二社註式「天皇」がある。
5 底「見廻」。万葉緯「迥見」とあるによる。
6 伴信友「川」の誤かとする。　7 底(巻六)にはない。下文及び刊本による。　8 底(巻六・九)にない。　9 底(巻六・九)にない。栗注による。　10 袖中抄「感孕」。
11 底(巻九)「堅」。底(巻六)による。　12 栗注「醞」とする。底のまま。　13 栗注「杯」。底による。　14 栗注「因取」。底のまま。
15 底(巻九)「社坐」がない。底(巻六)による。
16 以下、底(巻六)にない。
17 底にない。三井社の条及び袖中抄による。

賀茂乗馬　今井似閑採択。
二五　玉依日売のことを前に記した(前条)ので、その兄という意で記事を起す。妹は妹に対する字。　二六　姓氏録は玉依日子の父鴨建津之身命を祖と記している。

[一]志貴島《しきしま》の宮《みや》に御宇《あめのしたしろ》しめしし天皇《すめらみこと》の御世《みよ》、天《あめ》の下國《したくにこぞ》擧りて風吹《ふ》き雨零《ふ》りて、百姓《おほみたから》含愁《うれ》へき。その時、卜部《うらべ》、伊吉《いき》[二]の若日子《わかひこ》に勅《みことのり》して卜《うら》へしめたまふに、乃《すなは》ち卜《うら》へて、賀茂《かも》の神の祟《たたり》なりと奏《まを》しき。仍《よ》りて四月《うづき》の吉日《よきひ》[三]を撰《えら》びて祀《まつ》るに、馬は鈴《すず》を係《か》け、人は猪《しし》[四]の頭《かしら》を蒙《かがふ》りて、駈馳《は》[五]せて、祭祀《まつり》を爲《な》して、能《よ》く禱《ね》ぎ祀《まつ》らしめたまひき。因《よ》りて五穀成就《たなつものみの》り、天《あめ》の下豐平《したゆたか》なりき。馬に乗ること此《ここ》に始《はじ》まれり。

妋[1]玉依日子者　今賀茂縣主等遠祖也　其祭祀之日[2]　乘レ馬者　志貴島宮御宇天[3]皇之御世　天下擧レ國　風吹雨零　百姓含レ愁　爾時　勅ニ卜部伊吉若日子一令レト　乃卜奏ニ賀茂神之祟一也　仍撰ニ四月吉日一祀　馬係レ鈴　人蒙ニ猪頭一[4]而駈馳　以爲ニ祭祀一[5]　能令ニ禱祀一　因之五穀成就　天下豐平也　乘レ馬始ニ于此一也

（本朝月令所引秦氏本系帳）

三井社

又[六]、曰《い》はく、蓼倉《たでくら》[七]の里《さと》、三身《みみ》[八]の社《やしろ》。三身《みみ》と稱《い》ふは、賀茂建角身命《かもたけつのみのみこと》[九]、丹波《たには》の伊可古夜《いかこや》日女《ひめ》、玉依日女《たまよりひめ》、三柱《みはしら》の神のみ身坐《みいま》す。故《かれ》、三身《みみ》の社《やしろ》と號《なづ》く。今は漸《やくやく》[一〇]に三井《みゐ》の社《やしろ》といふ。

又曰[6]　蓼倉里　三身社　稱ニ三身一者　賀茂建角身命也　丹波伊可古夜日女也　玉依日女也　三柱神身坐　故號ニ三身社一　今漸云ニ三井社一[7]

（釋日本紀　卷九）

一 欽明天皇。欽明紀二十八年の条に大水(洪水)のあったことを記している。

二 壱伎(いき)県主の祖押見宿禰の三世孫。祭祀卜占に従事した氏族。

三 四月中の酉日。今は五月十五日に行う。

四 獅子頭にあたる。

五 賀茂祭の賀茂競馬の起原をいう。かけ競べ。

1 秦氏本系帳・袖中抄は前条に続いて記している。風土記とはないが前文を釈紀に風土記として引用しているので、その続きの文の故にこの条も風土記記事と認める。年中行事秘抄の賀茂旧記に同文がある。 2 袖中抄「祠」。本系帳による。 3 本系帳にない。袖中抄による。 4 袖中抄「影」。本系帳による。 5 本系帳「礼」。袖中抄「祠」。袖中抄一本による。

三井社　今井似閑採択。

六 前条(賀茂社)と同一書(山城国風土記)の別の箇所からの引用であることをいう。

七 下鴨神社の北、京都市左京区蓼倉町が遺称地。和名抄の郷名に愛宕郡蓼倉(多天久良)とある。

八 下鴨神社本殿西の三所神社とする。旧社地は少しく東北方。延喜式の三井社。

九 賀茂社の条に見える。

一〇 次第に訛っての意か。三身から三井になったというが恐らくは御井の意であろう。

6 賀茂社の条に続いて引用記載。

7 栗注「訛」。底のまま。或は「輒」(乃に同じ。スナハチ)とすべきか。

木幡社　今井似閑採択。

木幡社

山城《やましろ》の國の風土記に曰《い》はく、宇治《うぢ》の郡《こほり》。[一一]木幡《こばた》の社《やしろ》 [一二]祇社《くにつやしろ》。み名は[一三]天忍穗長根命《あめのおしほながねのみこと》なり。

[8]山城國風土記曰　宇治郡　木幡社祇社　名天忍穗長根命　（同右　巻八）

水渡社

山城《やましろ》の國の風土記に曰《い》はく、久世《くせ》の郡《こほり》。[一四]水渡《みと》の社《やしろ》 祇社《くにつやしろ》。み名は[一五]天照高彌牟須比命《あまてらすたかみむすびのみこと》、[一六]和多都彌豐玉比賣命《わたつみとよたまひめのみこと》なり。

山城國風土記曰　久世郡　水渡社祇社　名[9]天照高彌牟須比命　和多都彌豐玉比賣命　（同右　巻八）

南郡社

雙栗《なみくり》の社《やしろ》。風土記、[一七]南郡《なみくに》の社《やしろ》 祇社《くにつやしろ》。み名は[一八]宗形《むなかた》の阿良足《あらたらし》の神なり。里《さと》を[一九]竝栗《なみくり》と號《なつ》く。云々

雙栗社　風土記　南郡社祇社　名宗形阿良足神　里號二竝栗一云々　（天理圖書館藏神名帳裏書）

可勢社

岡田《をかだ》の國神《くにつかみ》の社《やしろ》。風土記、相樂《さがらか》の郡《こほり》の內《うち》、[二〇]久江《くえ》の里《さと》。[二一]可勢《かせ》の社《やしろ》 祇社《くにつやしろ》。み名は[二二]可勢《かせ》の大神 男《を》の神 なり。

岡田國神社　風土記　相樂郡內　久江里　可勢社祇社　名可勢大神男神　（同右）

一一 京都府宇治市木幡にある。延喜式神名帳に許波多神社三座と見える。一二 天つ神(大和朝廷系の高天原の神)に対する被征服者の土着の神の社の意。国社に同じ。一三 天照大神の子、天忍穂耳尊の一名天忍骨尊(紀一書)に近いが別か。穀神かという。8 釈紀同条の先師申云の内にも同文を記載。ただし、「天忍穗根尊」とある。

水渡社　今井似閑採択。

一四 京都府久世郡城陽町久世の東南にある。延喜式神名帳に水度神社三座(鍬靫)と見える。一五 同郡水主社の祭神天照御魂命と同じ産霊神。天照・高弥は称辞。記紀の天照大神、高皇産霊尊とは別神。一六 海神。また水神。和多都弥(海の霊)は豊玉姫(海神の子)に冠したもの。

9 天理図書館蔵神名帳裏書に同文が見える。釈紀同条の先師案云に海神豊玉姫命とある。

南郡社　新たに採択。

一七 京都府久世郡久御山町佐古の佐栗にある雙栗(双栗)神社。南郡はナミクリにあてた字。延喜式神名帳に雙栗神社三座とある。一八 宗像神の系統の神か。他に見えない。一九 和名抄の郷名に羽栗とあるにあたる(羽栗は並栗の誤写か)。

可勢社　新たに採択。

二〇 京都府相楽郡木津町鹿背山附近の古称。二一 延喜式神名帳の岡田国神社と同一社であろう。この神社名は他に見えない。木津町木津の東南(鹿背山の西南)にある。二二 土着の地霊神か。

伊勢田社

山城《やましろ》の國の風土記に曰《い》はく、[一]伊勢田《いせだ》の社《やしろ》 祇社《くにつやしろ》。み名は[二]大歳御祖命《おほとしみおやのみこと》の御子《みこ》、[三]八柱木《やはしらぎ》なり。

山城國風土記曰　伊勢田社 祇社　名大歳御祖命御子　八柱木　　(伊勢内宮)

荒海社

山城《やましろ》の國の風土記に曰《い》はく、[四]荒海《あらみ》の社《やしろ》 祇社《くにつやしろ》。み名は[五]大歳《おほとし》の神《かみ》なり。

山城國風土記曰　荒海社 祇社　名大歳神　　(同右)

宇治橋姫 (參考)

山城《の》國《の》風土記云《にいはく》、[六]宇治《うぢ》ノ橋姫《はしひめ》、[七]七尋《ななひろ》ノ和布《め》ヲ[八]ツハリニ願《ねが》ヒケル程《ほど》ニ、ヲトコ《男》海邊《うみべ》ニ尋行《たづねゆき》テ、笛《ふゑ》ヲ吹《ふき》ケルニ、[九]龍神《りゆうじん》メデ《賞》テ聟《ムコ》ニトレリ。[一〇]姫、夫《つま》ヲ尋《たづね》テ海ノハタ《端》ニ行《ゆき》ケルニ、老女ノ家アルニ行《ゆき》テ問程《とふほど》ニ、「サル《然》人ハ龍神ノ聟《むこ》ニ成《なり》テオハスルガ、龍宮ノ[一一]火ヲイミ《忌》テ、[一二]此《これ》ニテ物ヲ食《しよく》スルナリ。[一三]ソノ時ニミヨ《見》」ト云《いひ》ケレバ、カクレ《隱》居テ見《み》ル之ニ、龍《りゆう》王《わう》ノ玉ノ輿《こし》ニカカレテ來《昇》テ、[一四]供御《くご》ヲ食《しよく》シケリ。女、物語シテ、ナク〳〵《泣》別《わか》レケリ。[一五]遂《つひ》ニハ[一六]カヘ《歸》リテ、[一七]彼女《かのをんな》ニツレタリ。

(毘沙門堂本古今集註)

宇治 (存疑)

山城《やましろ》の國の風土記に曰《い》はく、[一八]宇治《うぢ》と謂《い》ふは、[一九]輕島《かるしま》の豐明《とよあきら》の宮《みや》に御宇《あめのしたしろ》しめしし天《すめら》

伊勢田社　宮地直一採択。

一 京都府宇治市伊勢田町にある。 二 穀神。古事記に須佐之男命の子とある。その子神を記す故に御祖と添えたものか。 三 柱・木ともに神を数える数助詞。八は多数の意。延喜式神名帳には伊勢田神社三座(鍬靭)とある。

荒海社　宮地直一採択。

四 京都府久世郡城陽町富野にある。寛永七年木津川洪水のため社地を失い今の地に移ったという。旧社地は西北約七粁、久御山町田井の荒海か。 五 穀神。前条に見える。

宇治橋姫　久曾神昇採択。古代の風土記の記事とは認め難い。久曾神氏は伝応祐筆古今集註によっているが、時代の古い毘沙門堂本によって記す。「さむしろに衣片敷き今宵もや我を待つらむ宇治の橋姫」(古今集)の歌を主題にした伝奇的物語で平安末期以降に見える。

六 宇治市の宇治橋の守り神の橋姫と愛姫(はしひめ)とを掛けて出来た名。 七 長いわかめ。一尋は約六尺。応祐本「七いろ」、七彩で色美しい意。 八 妊娠中の悪阻の時、このわかめを食べたがった。 九 海神。 一〇 橋姫。 一一 人間界でない竜宮の火で煮焚きしたものを食べない。 一二 此所、老女の家で。 一三 食事のために海辺に来た時。 一四 食物。 一五 後には。 一六 男が竜宮から。 一七 橋姫とつれそい、元通り夫婦となった。

宇治　今井似閑採択。鳥部里・伊奈利社と同様に古代の風土記とは別種の記事であろう。

皇《みこと》のみ子、[二〇]宇治若郎子《うぢのわきいらつこ》、桐原《きりはら》の日桁《ひげた》[二一]の宮《みや》を造《つく》りて、宮室《おほみや》と爲《な》したまひき。御名《みな》に因《よ》りて宇治《うぢ》と號《なづ》く。本《もと》の名は許乃國《このくに》[二二]と曰《い》ひき。

山城國風土記曰　謂二宇治一者　輕島豐明宮御宇天皇之子　宇治若郎子　造二桐原日桁宮一　以爲二宮室一　因二御名一號二宇治一　本名曰二許乃國一矣　（詞林采葉抄 第一）

鳥部里（存疑）

山城《やましろ》の國の風土記に云《い》はく、南鳥部《みなみとりべ》[二三]の里《さと》。鳥部《とりべ》と稱《い》ふは、秦公伊呂具《はたのきみいろぐ》[二四]が的《いくは》の餅《もちひ》、鳥と化《な》りて、飛び去《ゆ》き居《を》りき。其の所《ところ》の森を鳥部《とりべ》と云《い》ふ。

山城國風土記云　南鳥部里　稱二鳥部一者　秦公伊呂具　的餅化レ鳥　飛去居[1]　其所森　云二鳥部一[2]　（河海抄 巻第二）

伊奈利社（存疑）

風土記に曰《い》はく、伊奈利《いなり》[二五]と稱《い》ふは、秦中家忌寸等《はたのなかつへのいみきら》[二六]が遠《とほ》つ祖《おや》、伊侶具《いろぐ》[二七]の秦公《はたのきみ》、稻粱《いね》[二八]を積《つ》みて富《と》み裕《さきは》ひき。乃《すなは》ち、餅《もちひ》を用《も》ちて的《いくは》[二九]と爲《な》ししかば、白き鳥と化成《な》りて飛《と》び翔《かけ》りて山の峯《みね》に居《を》り、[三〇]伊禰奈利《いねなり》生《お》ひき。遂《つひ》に社《やしろ》の名と爲《な》しき。其の苗裔《すゑ》に至り、先《さき》の過《あやまち》を悔《く》いて、社《やしろ》の木を抜《ねこ》[三一]じて、家に殖《う》ゑて禱《の》み祭《まつ》りき。今、其の木を殖《う》ゑて蘇《い》きば福《さきはひ》を得《え》、其の木を殖《う》ゑて枯《か》れば福《さきはひ》あらず。

風土記曰[3]　稱二伊奈利一者　秦中家忌寸等遠祖　伊侶具秦公　積二稻粱一[4]　有二富裕一

一八 京都府宇治市宇治。　一九 応神天皇。　二〇 応神天皇の皇太子。兄の大サザギ命(仁徳天皇)に皇位を譲って即位せられなかった。　二一 仁徳紀に菟道宮とあるのにあたる。宇治川の東岸宇治神社をその遺蹟地と伝える。この地に住み、陵墓は宇治神社の北方にある。　二二 紀(き)国の訛か。宇治郡の北隣の紀伊郡にわたる地方の古称の如くである。

鳥部里　今井似閑採択。古代の風土記とは別種の記事であろう。

二三 京都市東山区、清水寺の西南の鳥辺山・鳥辺野が遺称地。和名抄の郷名に鳥戸(止利倍)とある。　二四 秦始皇帝の子孫という帰化氏族。稲荷神社に奉仕する秦氏の祖と伝えている。次条の説話に同じ。

1 万葉緯「与」。傍書「去乎」による。
2 万葉緯「今」。信友校本による。

伊奈利社　今井似閑(風土記残篇として)採択。古代の風土記とは別種の記事であろう。

二五 京都市伏見区の稲荷山(二三三米)、その西麓の稲荷神社。　二六 秦は氏、中家は名、忌寸はカバネ(姓)。　二七 伊侶具は名、公はカバネ。名の下に氏姓を書くのは秦氏に限る書法の如くである。　二八 粱は粟。稲粱で穀の意。以下、豊後国田野(三七三頁)に類似説話がある。　二九 弓の的。　三〇 白鳥が稲と化して。　三一 根のあるまま抜いて。いなり神の顕現の木とし、中古「験の杉」と呼んで禍福を占った。

3 諸社根元記記載の文には「山城國」、廿二社註式のものには「山城」がある。底による。　4 諸本「粱」。意を以て訂す。

乃用レ餅爲レ的者 化二成白鳥一 飛翔居二山峯一 伊[1]禰奈利生 遂爲二社名[2]一 至[3]二其苗裔一 悔二先過一而 拔二社之木一 殖レ家禱祭之 今[4]殖二其木一 蘇者得レ福 殖二其木一 枯者不レ福

（神名帳頭註）

桂　里（參考）

山城の風土記に云《い》はく、[一]月讀尊《つくよみのみこと》、天照大神《あまてらすおほかみ》の勅《みことのり》を受けて、豐葦原《とよあしはら》の中國《なかつくに》に降《くだ》りて、[二]保食《うけもち》の神の許《もと》に到りましき。時に、一つの[三]湯津桂《ゆつかつら》の樹《き》あり、月讀尊《つくよみのみこと》、乃《すなは》ち其の樹《き》に[四]倚《よ》りて立《た》たしましき。其の樹の有る所、今、[五]桂《かつら》の里《さと》と號《なづ》く。

[5]山城風土記云 月讀命 受二天照大神勅一 降二于豐葦原中國一 到二于保食神許一 時有二一湯津桂樹一 月讀尊 乃倚二其樹一立之 其樹所レ有 今號二桂里一

（山城名勝志十）

宇治瀧津屋（參考）

山城の風土記に曰《い》はく、[六]宇治《うぢ》の瀧津屋《たきつや》は[七]祓戸《はらひと》なり。云々

山城風土記曰 宇治瀧津屋 祓戸也云々

（創禊辨）

大　和　國

三　都　嫁（參考）

1以下五字、底「生子」。廿二社註式「子生」。諸社根元記による。
2底にない。諸社根元記による。
3底にない。廿二社註式・根元記による。
4以下底にない。廿二社註式による。ただし「今」は信友「験の杉」により、「福」は諸社根元記により補う。

桂　里　今井似閑採択。古代の風土記の記事とは認め難い。
一神代紀第十一の一書に同内容の記事がある。**二**穀神。食物神。**三**神聖な、神の降臨する木。ユツは斎忌の意。**四**神が降臨したことの説話化である。**五**京都市右京区桂。和名抄の郷名には見えない。桂上野の月読塚を月読神社の旧社地としている。
5月読神社伝記に「旧記曰、歌荒樔田云々南有二桂里一 旧説云、往昔、月読尊、天二降山背国葛野郡歌荒樔田桂林杪一（以上係二風土記こ」（古風土記逸文考証所引）とある。この風土記も後代の風土記で、記事は山城名勝志のものと同じ月読神社の縁起である。

宇治滝津屋　武田祐吉採択。古代の風土記とは認められない。
六宇治川の激し流れる箇所（タキツド）に設けた屋舎。
七祓い、恐らくはミソギ（禊）をする場所。

三都嫁　新たに参考として記す。古代の風土記の記事とは認められない。以下三条同じ。

大和國ノ《の》風土記《ふどき》云《にいはく》、[八]天津神命《アマツカミノミコト》、石津神命《イハツカミノミコト》、[九]三都嫁《ミトノマグハヒ》、[一〇]遊《ウラブレ》、[一一]面語《オモガタリ》シテトアリ。

(毘沙門堂本古今集註)

大口眞神原[一二]　(參考)

むかし明日香《アスカ》の地に老狼《オイオホカミ》在《アリ》て、おほく人を食《クラ》ふ。土民《ドミン》畏《オソ》れて大口《オホクチ》の神といふ。名《ナヅケテ》二其住處《ソノスメルトコロヲ》一號《イフ》二[一三]大口眞神原《オホクチノマガムガハラト》一と云々。見《ミエタリ》二風土記《ニ》一。

(枕詞燭明抄中)

御杖神宮　(參考)

風土記に曰《い》はく、宇陀《うだ》の郡《こほり》、[一四]篠幡《ささはた》の庄《しやう》。[一五]御杖《みつゑ》の神の宮。祭《まつ》れるは[一六]正魂靈《おほみたま》にあらず。[一七]倭比賣命《やまとひめのみこと》、天照大神《あまてらすおほかみ》を戴《いただ》き、[一八]御杖《みつゑ》と爲《な》りて此の地《ところ》に至《いた》りき。仍《よ》りて御宮地《おほみやどころ》を尋《たづ》ねて三月《みつき》を經《へ》、終《つひ》に[一九]神戸《かむべ》と爲《な》しき。

風土記曰　宇陀郡　篠幡庄　御杖神宮　所レ祭非二正魂靈一　倭比賣命　戴二天照大神一　爲二御杖一至二此地一　仍尋二御宮地一　經二三月一　終爲二神戸一

(日本書紀通證十二)

攝津國

住吉

攝《つ》津の國の風土記《ふどき》に曰《い》はく、住吉《すみのえ》と稱《い》ふ所以《ゆゑ》は、昔、[二〇]息長足比賣《おきながたらしひめ》の天皇《すめらみこと》のみ世、[二一]住《すみ》

八 天神と地上の石神。
九 男女の交合。
一〇 歎き憂う。物思いをする。
一一 面と向き合って語る。

大口真神原　伴信友採択。

一二 奈良県橿原市飛鳥。飛鳥川流域の地。
一三 飛鳥大仏のあたりの古称。万葉集の歌に見える。「大口の」はマガミにかかる語で、地名に冠する称辞。

御杖神宮　木村正辞採択。

一四 奈良県宇陀郡榛原町山辺三の篠畑。ただし篠畑庄と称した記録はない。
一五 宇陀郡御杖村神末にある式内社。篠畑の東南約三〇粁。篠畑の伝承と御杖社の伝承とを結びつけた説話であろう。
一六 天照大神の御魂を祭っているのでない。
一七 垂仁天皇の皇女。天照大神を奉じて伊勢の神宮を創始し、斎宮(祭主)となった。
一八 大神の御杖代（みつゑしろ）となり神意のままに歩き行く意。垂仁紀に菟田篠畑にいたると見える。
一九 伊勢神宮の神領の民戸。

住吉　今井似閑採択。

二〇 神功皇后。日本書紀によって天皇の歴代が確定する以前の天皇称号で記したもの。
二一 イザナギ命の禊の時に化生した海神。航海神。

吉《のえ》の大神現《あ》[一]れ出《い》でまして、天《あめ》の下《した》を巡《めぐ》り行《い》でまして、住[二]むべき國を覔《ま》ぎたまひき。時に、沼《ぬ》[三]名《な》椋《くら》の長岡《ながをか》の前《さき》　前《さき》は、今の神の宮の南の邊《へ》、是れ其の地《ところ》なり　に到りまして、乃《すなは》ち謂《の》りたまひしく、「斯《こ》は實《まこと》に住むべき國なり」とのりたまひて、遂《つひ》に讚《ほ》め稱《たた》へて、「眞《ま》[四]住《す》み吉《え》し、住吉《すみのえ》の國」と云《の》りたまひて、仍《すなは》ち神の社《やしろ》を定《さだ》めたまひき。今の俗《よ》、略《はぶ》[五]きて、直《ただ》に須《す》[六]美《み》乃《の》叡《え》と稱《い》ふ。

[1]攝津國風土記曰　所三以稱二住吉一者　昔　息長足比賣天皇世　住吉大神現出而巡二行天下一　覔二可レ住國一　時到二於沼名椋之長岡之前一前者今神宮南邊是其地　乃謂　斯實可レ住之國　遂讚稱之　云二眞住吉々々國一　仍定二神社一　今俗略之　直稱二須美乃[2]叡一

（釋日本紀　卷六）

夢　野

攝《つ》津の國の風土記に曰《い》はく、雄《を》[七]伴《とも》の郡《こほり》。夢《いめ》[八]野《の》あり。父老《おきな》の相傳《あひつた》へて云《い》へらく、昔者《むかし》、刀《と》[九]我《が》野《の》に牡鹿《をじか》ありき。其の嫡《むかひめ》[一〇]の牝鹿《めじか》は此の野に居《を》り、其の妾《をむなめ》の牝鹿《めじか》は淡路《あはぢ》の國の野《の》[一一]嶋《じま》に居《を》りき。彼《か》の牡鹿《をじか》、屢《しばしば》野嶋《のじま》に往《ゆ》きて、妾《をむなめ》と相愛《あひうるは》しみすること比《たぐ》ひなし。既《すで》[一二]にして、牡鹿《をじか》、嫡《むかひめ》の所《もと》に來宿《きやど》りて、明《あ》くる旦《あした》、牡鹿《をじか》、其の嫡《むかひめ》に語《かた》りしく、「今《こ》[一三]の夜《よ》夢《いめ》みらく、吾《あ》が背《せ》に雪《ゆき》零《ふ》りおけりと見き。又、すすき[一四]と曰《い》ふ草生《くさお》ひたりと見き。此の夢《いめ》は何《なに》の祥《さが》[一五]ぞ」といひき。其の嫡《むかひめ》、夫《つま》の復《また》妾《をむなめ》の所《もと》に向《おもむ》かむことを惡《にく》みて、乃《すなは》ち詐《いつは》

一　神が現身をあらわす。三韓征討の時に現われて加護した伝承を鎮座の時代として語るもの。
二　神が住む、即ち鎮座するのによい土地を探しまわられた。
三　住吉神社の地。北方から続く丘陵の南端にある。サキ(前)は岬・崎の意。住吉大社神代記には「渟名椋長岡玉出峡」とあり、今、神社の附近に長狭(ながお)町・玉出がある。
四　住むによきの意。マは接頭語。同音を重ねて地名の住吉に冠する称辞としたもの。
五　マスミエシの称辞を略しての意。
六　大阪市住吉区、住吉神社一帯の地。今はスミヨシと呼んでいる。
1　釈日本紀巻十一・万葉集註釈巻第一に記事の一部を摘記引用している。
2　万葉集註釈は「之」。

夢　野　今井似閑採択。
七　兵庫県武庫郡の西部。和名抄に八部郡とある地方。
八　神戸市兵庫区。烏原貯水池の南方の地。
九　夢野の古名。仁徳紀三十八年の条に菟餓野とあり、同じ説話が見える。
一〇　本妻(嫡)と側妻(妾)。
一一　兵庫県津名郡北淡町野島。淡路島の北部西岸の地。
一二　未の反対で事の完了したことを意味する字。文を整えるために用いる漢文修辞。
一三　昨夜というのにあたる。今日(朝)を起点にしていう語。
一四　今いうススキ(尾花)か。
一五　前兆。予兆。しるし。

り相《あは》[一六]せて曰《い》ひしく、「背《せ》の上《うへ》に草生《くさお》ふるは、矢《や》、背《せ》の上《うへ》を射《い》む祥《さが》[一七]なり。又、雪零《ゆきふ》るは、白鹽《あわしほ》[一八]を宍《しし》に塗《ぬ》る祥《さが》[一九]なり。汝《いまし》、淡路《あはぢ》の野嶋《のしま》に渡《わた》らば、必《かなら》ず船人《ふなびと》に遇《あ》ひて、海中《うみなか》に射死《いころ》されなむ。謹《ゆめ》[二〇]、な復往《またゆ》きそ」といひき。其の牡鹿《をじか》、感戀《こひのおもひ》に勝《た》へずして、復野嶋《またのじま》に渡《わた》るに、海中《うみなか》に行船《ふね》に遇逢《あ》ひて、終《つひ》に射死《いころ》されき。故《かれ》、此の野を名づけて夢野《いめの》と曰《い》ふ。俗《くにひと》の説《ことわざ》[二一]に云《い》へらく、『刀我野《とがの》に立てる眞牡鹿《まをしか》も、夢相《いめあはせ》[二二]のまにまに』といへり。

攝津國風土記曰　雄伴郡　有㆓夢野㆒　父老相傳云　昔者　刀我野有㆓牡鹿㆒　其嫡牝鹿　居㆓此野㆒　其妾牝鹿　居㆓淡路國野嶋㆒　彼牡鹿　屢往㆓野嶋㆒　與㆑妾相愛无㆑比　既而牡鹿　來㆓宿嫡所㆒　明旦　牡鹿語㆓其嫡㆒云　今夜夢　吾背爾雪零於祁利止見支　又[3]曰㆓須々紀㆒草生多利止見支　此夢何祥　其嫡　惡㆔夫復向㆓妾所㆒　乃詐相之曰　背上生㆑草者　矢射㆓背上㆒之祥　又雪零者　[4]白鹽塗㆑宍[5]之祥　汝渡㆓淡路野嶋㆒者　必遇㆓船人㆒　射㆓死海中㆒　謹勿㆓復往㆒　其牡鹿　不㆑勝㆓感戀㆒　復渡㆓野嶋㆒　海中遇㆓逢行船㆒　終爲㆓射死㆒　故名㆓此野㆒曰㆓夢野㆒　俗說云　刀我野爾立留[6]眞牡鹿母夢相乃麻爾麻爾

（同右巻十二）

歌垣山

攝津《つ》の國の風土記に曰《い》はく、雄伴《をとも》[二三]の郡《こほり》。波比具利岡《はひぐりをか》[二四]。此の岡の西に歌垣山《うたがきやま》[二五]あり。昔者《むかし》、男《をとこ》も女《をみな》も、此の上《うへ》に集《つど》ひ登《のぼ》りて、常に歌垣《うたがき》[二六]を爲《な》しき。因《よ》りて名と爲《な》す。

一六 夢合せ。夢判断。夢に見た事柄を現実にあてはめて解釈すること。ここは牝鹿の心に判断されたままでなく、悪く解釈して告げる。
一七 スキの葉・茎を矢に見立てた解釈。
一八 食塩。焼き塩を堅塩というに対する沫塩の意。
一九 雪を塩に見立て、鹿肉に塩をまぶして調理するとした解釈。射殺されてから後の処置方法をいうのである。
二〇 斎みつつしめ。強く禁止する意。
二一 諺。吉凶について神意をあらわす言葉として言い伝えられたもの。
二二 夢も合わせ方(夢判断)次第で、悪く判断すると悪い事が起り、善い方に判断すると善い事が起るという意。この一句が諺の主意。
3 底、「目都須久紀」として注書。「都」は「須」の誤写重記と見て「曰須々紀」の誤とする。或は「自野須々紀」(シノススキ)・「日耶須々紀」(カヤススキ)の如きの誤か。詞林采葉抄に「すすき」とあるによる。
4 底「舂」は補筆。仁徳紀による。
5 底「完」に誤る。
6 底、大書している。前後の文により細字に改める。

歌垣山　今井似閑採択。

二三 前条に見えた。神戸市の湊川以西の地方。
二四・二五 遺称なく所在不明。
二六 常陸国風土記筑波岳(四一頁)・童子女松原(七三頁)の条などに詳しい。宗教的祭儀に起原し、定められた場所で男女が飲宴歌舞また交会する行事となっていた。

攝津國風土記曰　雄伴郡　波比具利岡　此岡西　有㆓歌垣山㆒　昔者　男女集㆓
登此上㆒　常爲㆓歌垣㆒　因以爲㆑名　（釋日本紀 巻十三）

有馬湯泉

攝《つ》津の國の風土記に曰《い》はく、有馬《ありま》[一]の郡《こほり》。又[二]、鹽之原山《しほのはらやま》[三]あり。此の山の近くに鹽《しは》[四]の湯《ゆ》あり。此《こ》の邊《ほとり》なるに因《よ》りて名と爲《な》す。[五]久牟知川《くむちがは》。右《みぎ》は山に因《よ》りて名と爲《な》す。[六]山の本《もと》の名は功地山《くうちやま》[七]なり。昔、難波《なには》[八]の長樂《ながら》の豐前《とよさき》の宮に御宇《あめのしたしろ》しめしし天皇《すめらみこと》のみ世、湯泉《ゆ》に車駕幸《いでま》さむと爲《おもほ》して、行宮《かりみや》を湯泉《ゆ》に作りたまひき。時に、材木《くれき》[九]を久牟知《くむち》山に採《と》るに、其の材木《くれき》美麗《うるは》しかりき。ここに、勅《の》りたまひしく、「此の山は功《くう》[一〇]ある山なり」とのりたまひき。因《よ》りて功地《くうち》山と號《なつ》けき。俗人《くにひと》、彌《いよよ》[一一]誤りて久牟知《くむち》[一二]山と曰《い》ふ。[一三]又曰《い》はく、始《はじ》めて鹽《しほ》の湯等《ゆども》を見得たるは云々。土人《くにひと》の云《い》へらく、時世《みよ》[一四]の號名《な》を知らず。但《ただ》、嶋《しま》[一五]の大臣《おほおみ》の時と知れるのみ。

攝津國風土記曰　有馬郡　又有㆓鹽之原山㆒　此山近在㆓鹽湯㆒　此邊因以爲㆑名
久牟知川　右因㆑山爲㆑名　山本名功地山　昔　難波長樂豐前宮御宇天皇世　爲㆔
車駕幸㆓湯泉㆒　作㆓行宮於湯泉㆒之[1]　于㆑時　採㆓材木於久牟知山㆒　其材木美麗
於㆑是勅云　此山有㆑功之山　因號㆓功地山㆒　俗人彌誤曰㆓久牟知山㆒　又曰　始

有馬湯泉　今井似閑採択。有馬の湯泉についての三条の記事を一纏めに引用記載したもの。

一　兵庫県有馬郡の地。和名抄の郡名に有馬(阿利万)と見える。南部は神戸市に編入。
二　風土記原文でこの条が独立記事でなく、ある地(恐らくは郷名)の記事に附随した記事であり、その書き出しに「又」とあったままに引用したもの。
三　神戸市有馬町の湯山(愛宕山)の古名。
四　有馬温泉。塩類泉であるから塩湯という。
五　風土記原文で前条に続いて記された別の条の記事である。久牟知川は有馬川の古名。
六　川の名の由来を説明するために、その元の山の名の由来を説明するのである。
七　有馬町の北、有馬川に沿う地、西宮市山口町下山口の公智山の山。式内社公智神社がある。
八　孝徳天皇。
九　山から切り出す丸太。宮を作るための材木。
一〇　功績。勲功。
一一　誤るを強めていうために添えた語か。
一二　クムチの語義の風土記の説明はあたらず、クムチ(木貴・木霊)で木神の意であるとする(鈴木重胤説)。
一三　風土記原文の前条に続かない別の箇所からの引用であることを示す。
一四　何天皇の御世か知らない。
一五　蘇我馬子。敏達天皇の元年(五七二)から推古天皇の三十四年(六二六)薨ずるまで大臣の地位にあった。その邸宅に池を掘り島を造った庭園を設けたので島の大臣と呼ばれた(推古紀)。

1　栗注「之」は「邊」の誤または「之邊」の脱かとする。

得レ見二鹽湯等一云々　土人云　不レ知二時世之號名一　但知二嶋大臣時一耳

（同右 巻十四）

比賣島松原

攝《つ》津の國の風土記に云《い》はく、比賣島《ひめしま》[一六]の松原《まつばら》。古《いにし》へ、輕島《かるしま》[一七]の豐阿伎羅《とよあきら》の宮に御宇《あめのしたしろ》しめしし天皇《すめらみこと》のみ世、新羅《しらぎ》[一八]の國に女神《ひめがみ》あり、其の夫《を》を遁《のが》去れて來て、暫《しまら》く筑紫《つくし》の國の伊波比《いはひ》[一九]の比賣島《ひめしま》 地の名なり《ところ》 に住《す》めりき。乃《すなは》ち曰《い》ひしく、「此の島は、猶是遠《なほこれとほ》からず。若《も》し此の島に居《ゐ》ば、男《を》の神尋《と》め來《き》なむ」といひて、乃《すなは》ち更《また》、遷《うつ》[二〇]り來て、遂《つひ》に此の島に停《とど》まりき。故《かれ》、本住《もとす》める地《ところ》の名を取りて、島の號《な》と爲《な》せり。

攝津國風土記云[2]　比賣島松原　古[3]　輕島豐阿伎羅宮御宇天皇世　新羅國有二女神一　遁[4]二去其夫一來　暫住[5]二筑紫國伊波比[6]乃比賣島一名地　乃曰　此島者　猶不二是[7]遠一　若居二此島一　男神尋來　乃更遷來　遂[8]停二此島一　故取[9]二本所レ住之地名一　以爲[10]二島號一

（萬葉集註釋 巻第二）

美奴賣松原

攝《つ》津の國の風土記に云《い》はく、美奴賣《みぬめ》[二一]の松原《まつばら》。今、美奴賣《みぬめ》と稱《い》ふは、神[二二]の名なり。其の神は、本《もと》、能勢《のせ》の郡《こほり》の美奴賣山《みぬめやま》[二三]に居《を》りき。昔、息長帶比賣《おきながたらしひめ》[二四]の天皇《すめらみこと》、筑紫《つくし》の國に幸《いでま》しし時、諸《もろもろ》の神祇《かみたち》を川邊《かはのべ》の郡《こほり》の内《うち》の神前《かむざき》[二五]の松原《まつばら》に集《つと》へて、福《さきはひ》を求禮《ね》[二六]ぎたまひき。時

比売島松原　今井似閑採択。

一六 大阪市西淀川区姫島町(稗島)の地か。

一七 応神天皇。 一八 天之日矛の渡来(古事記応神巻)、都怒我阿羅斯等の渡来(垂仁紀)など韓国からの渡来者の伝承に男神から逃げて女神が先に渡来し、それを追って男神が渡来するという類似説話が見える。

一九 大分県の国東(くにさき)半島の北方海上、祝灘(いわいなだ)にある姫島(東国東郡姫島村)。

二〇 神の遍歴で、その神を奉ずる氏族の拠点を神が順次移動したと語る説話。

2 底「接」に作り「攝イ」と傍記。この前に「裏書云、押紙云、私云」とある。 3 底「右」。平仮名本・万葉緯による。 4 底「遁去」を「道者」。万葉緯による。 5 底「往」。 6 底「比」がない。 7 底にない。 8 底「益亭」。以上、平仮名本・万葉緯による。 9 以下四字、底「所本住」。万葉緯による。 10 底「島號」。平仮名本「島爲號」。万葉緯による。

美奴売松原　今井似閑採択。

二一 敏馬・汶売等とも書く。神戸市灘区岩屋中町に式内社敏馬神社がある。その附近の海岸地。 二二 ミヌメの神。系譜は不明。

二三 大阪府豊能郡西能勢村の三草山(五六四米)。 二四 神功皇后。三韓征討にあたって諸神に祈られた。播磨国逸文爾保都比売命の条(四八二頁)参照。

二五 兵庫県尼崎市神崎。神崎川の旧河口地附近。 二六 神を祀ってその加護を願う。礼は神に供物を捧げ供えてまつる意。求は祈求の意。求礼と熟すべきである。

に、此の神も亦《また》[一]同じく來集《きつど》ひて、「吾《あれ》も亦護佑《またまも》りまつらむ」と曰《い》ひて、仍《すなは》ち諭《さと》[二]ししく、「吾《あ》が住《す》める山に須義《すぎ》[三]の木 木の名なり あり。宜《よろ》しく、伐《き》り採《と》りて、吾《あ》[四]が爲《ため》に船に造れ。則《すなは》ち此の船に乘《の》りて行幸《いでま》さば、當《まさ》に幸福《さきはひ》あらむ」といひき。天皇《すめらみこと》、乃《すなは》ち神の教《さとし》の隨《まにま》に、命《おほ》せて船を作らしめたまひき。此の神の船、遂《つひ》に新羅《しらぎ》を征《う》ちき。一《ある》[五]ひと云《い》へらく、時に、此の船、大《いた》く鳴《な》り響《とよ》みて、牛《うし》の吼《ほ》ゆるが如く、自然《おのづから》[六]對島《つしま》の海より此處《ここ》に還《かへ》り到《き》て、乘る[七]法《すべ》なかりき。仍《よ》りて卜占《うらど》ふに、「神の靈《みたま》の欲《ほ》[八]りせすなり」と曰《い》ひければ、乃《やが》て留《とど》め置きき。還《かへ》[九]り來まし し時、此の神を斯《こ》の浦《うら》に祠《いは》[一〇]ひ祭《まつ》り、幷《あは》せて船を留《とど》めて神に獻《たてまつ》りたまひ、亦《また》、此の地《ところ》を名づけて美奴賣《みぬめ》と曰《い》ひき。

攝[1]津國風土記云　美奴賣松原　今稱二美奴賣一者　神名　其神本居二能勢郡美奴賣山一　昔[2]　息長帶[3]比賣天皇　幸二于筑紫國[4]一時　集二諸神祇於川邊郡内神前松原一　以求二禮福[5]一　于レ時　此神亦同來集　曰二吾亦護佑一　仍諭之曰　吾所レ住之山有二須義乃木一 木名　宜[6]伐採　爲レ吾造レ船　則乘二此船一而　可二行幸一　當有二幸福一　天皇　乃隨二神教一　遣二命作一レ船　此神船　遂征二新羅一 一云　于レ時　此船大鳴響　如二牛吼一　自然從二對島海一　還二到此處一　不レ得二乘法[7]一　仍卜占之　曰二神靈所一レ欲　乃留置　還來之時　祠二祭此神於斯浦一　幷留レ船　以獻レ神　亦名二此地一　曰二美奴賣一

（萬集集註釋 卷第三）

稲　倉　山

一「亦同」の亦は次の宜・則・当と同様に文を整えるための修辞である。

二神の教え。神が託宣を下したのである。

三杉。神山の杉。神代紀一書に杉を浮宝(船)とするとある。

四神が乗るべき船。その船に神と共に皇后が乗って行かれるがよいというのである。

五下文には神功皇后を主動者として皇后が凱旋後、この船を神に献じたとあるのに対する異説で、神意によって船がこの地に留まり、神がこの地に鎮座したという神を主動者とした敏馬神社の側の伝承。

六人が漕ぎ動かさないのに、神意によってひとりでに動く。

七神意によって船が停止して動かし得ない。

八神がこの船を欲しがっておられる。

九神功皇后が。

一〇敏馬神社の縁起である。神功皇后を主格として語る伝承である。


1底、この前に「私云」とある。

2底「者」。平仮名本・万葉緯による。

3平仮名本・万葉緯「足」。底による。

4底「下」。平仮名本・万葉緯による。

5万葉緯「祈力」とする。武田本「禮福」と熟している。

6平仮名本・万葉緯「各宜」とある。「各」は「名」の誤写重記。

7同右「法」がなく、イとして傍書。

稲倉山　伴信友採択。トヨウカノメ神に関する二条の記事を纏めて引用記載したもの。

二所在地不明。

攝《つ》津の國の風土記に云《い》はく、一一稻倉山《いなくらやま》。昔、一二止與呼可乃賣《とようかのめ》の神、山中《やまなか》に居《ゐ》まして、一三飯《いひ》を盛《も》りたまひき。因《よ》りて名と爲《な》す。

一四又曰《い》はく、昔、豐宇可乃賣《とようかのめ》の神、常に稻椋《いなくら》山に居《ゐ》まして、山を以《も》ちて一五膳厨《みくりや》の處《ところ》と爲《な》したまひき。後《のち》、事《こと》の故《よし》ありて、已《や》むこと得ずて、遂《つひ》に丹波《たには》の國の一六比遲《ひぢ》の麻奈韋《まなゐ》地《ところ》の名なりに還《かへ》りましき。

攝津國風土記云　稻倉山　昔　止與呼可乃賣神　居二山中一以盛レ飯　因以爲レ名

又曰　昔　豐宇可乃賣神　常居二稻椋山一而　以レ山爲二膳厨之處一　後有二事故一

不レ可レ得レ已　遂還二於丹波國比遲乃麻奈韋一地名

（古事記裏書）

土蛛

攝《つ》津の國の風土記に曰《い》はく、一七宇禰備《うねび》の可志婆良《かしはら》の宮に御宇《あめのしたしろ》しめしし天皇《すめらみこと》のみ世、一八僞者《あた》一九土蛛《つちくも》ありき。此の人恆《つね》に穴《あな》の中《うち》に居《を》り。故《かれ》、賤《いや》しき號《な》を賜ひて土蛛《つちくも》と曰《い》ふ。

攝津國風土記曰　宇禰備能可志婆良能宮御宇天皇世　僞者土蛛此人恆居二穴中一故賜二賤號一曰二土蛛一

（釋日本紀　卷九）

八十島

二〇或物《あるふみにいはく》云、風土記云《にいはく》、二一堀江《ほりえ》ノ東ニ澤アリ。ヒロサ《廣》三四町許《ばかり》、名ヲ二二八十島《やそしま》トイフ。昔、女、待レ人《ひとをまつに》負二其兒一《そのちごをおひき》。其ノ間《あひだ》、二三羅《あみ》ヲモチテ鳥ヲトラムト《捕》ス。鳥二四マツ《待》アヒダ《間》、河ノ

一二 穀霊、食物神。記紀にトヨウケビメ、ウカノミタマとあるのと同じ。
一三 神祭をする意か。播磨国風土記飯盛嵩(三四一頁)参照。
一四 風土記原文の前条に続かない別の箇所からの引用であることを示す。前条は山名の記事。以下は神についての記事。
一五 食物を調理する所。
一六 丹後国逸文奈具社の条(四六六頁)に見える。延喜式神名帳の比治麻奈為神社の地。丹後国風土記は丹後国内だけでのこの神の遍歴を伝えているが、摂津国風土記の伝承もそれに関係のあるこの神の遍歴譚であろう。

土　蛛　今井似閑採択。
一七 畝傍之橿原宮。神武天皇。東征の時のこととして語るもの。
一八 偽は賊の意。常陸国風土記(三七頁)に「荒賊(俗云、阿良夫流爾斯母乃)」とあるのにあたる。日本紀私記(神武紀)に賊・凶徒・群虜をアタと訓んでいる。
一九 ツチカミ(土神)の意。大和朝廷に帰服しなかった先住の土着勢力をいう。常陸国風土記茨城郡の条(四七頁)参照。

八十島　今井似閑採択。
二〇 袖中抄は「或書に風土記をひきて云」とある。風土記原典からの直接引用でなく孫引きである。
二一 大阪市内の大川(淀川)とする。仁徳紀に見える。
二二 大阪市東区、天神橋附近の地としている。
二三 網。　二四 網を張って鳥を待っていたら。

鳥飛《とび》テ羅《あみ》ニカヽル。女人、鳥ノ力ニタヘ[一]ズ耐シテ、カヘ[二]却テ、ヒキカヘサレテ、オチイリ没入テシ死ヌ。又、有レ人《ひとあり》、其頭《そのかしら》[三]ヲ求《もとむる》ニ、人頭《のかしら》一《ひとつ》、鳥頭《のかしら》七十八アリ。合《あはせ》テ八十頭《やそかしら》也。コレニヨリテナヅ[四]號クル也。我《わが》頭ト負《おひ》タル兒《ちご》ノ頭ト二《ふたつ》ナリ。鳥ノ頭ハ羅《あみ》ニカヽリタル鳥ノ頭ノ七十八アリケルナリ。

（顯[五]昭古今集註）

下樋山（參考）

風土記に曰《い》はく、昔、大神あり、天津鰐《あまつわに》[六]と云《い》ひき。鷲《わし》と化爲《な》りて此の山に下《くだ》り止《とど》まりて、十人《とたり》[七]往《ゆ》けば、五人《いつたり》は去《ゆ》かし五人《いつたり》は留《とど》めき。久波乎《くはを》[八]といふ者《もの》あり、此の山に來て、下樋《したび》[九]を伏せて神の許《もと》に屆《いた》り、此の樋《ひ》の内《うち》より通《かよ》ひて禱《の》[一〇]み祭《まつ》りき。是《これ》に由《よ》りて下樋山《したびやま》[一一]と曰《い》ふ。

風土記曰　昔有二大神一　云二天津鰐一　化二爲鷲一而　下二止此山一　十人往者　五人去五人留　有二久波乎者一　來二此山一　伏二下樋一而　屆二於神許一　從二此樋内一通而禱祭　由レ是曰二下樋山一

（本朝神社考 六）

御前濱・武庫（參考）

風土記。人皇[一二]十四代仲哀天皇、三韓を攻めむとして筑紫に到りて崩《かく》れたまふ。今、氣比《けひ》[一三]の大明神は此の帝《みかど》なり。其の后《きさき》[一四]神功は、開化天皇の五世の孫、息長宿禰《おきながのすくね》の女《むすめ》なり。是《ここ》[一五]に軍《いくさ》を發《おこ》して三韓を伐《う》ちたまふ。時に産月《うみづき》に當《あた》れり。石を取りて其の腰裳《こしも》

一　七十八羽の鳥が網にかかったので、鳥の引張る力にまけた。
二　鳥(のかかった網)を引張る筈が、逆に引張られて。袖中抄は「此網はりける女もひきあげられたりけるが、ともに江に落て死にければ」とある。
三　牛馬等を数える数助詞「頭」を、人の頭、鳥の頭として語るのである。
四　袖中抄は「八十頭島と」とある。
五　袖中抄にもほぼ同じ記載があるが、続々群書類従所収の古今集註によって記した。

下樋山　今井似閑採択。次条と同一書で古代の風土記の記事とは認め難い。
六　鰐・鷲、ともに神を猛威のものとして語る。
七　交通妨害をなす荒ぶる神の行為を語る説話型。播磨国(二九五頁)・肥前国(三八三頁)などの風土記に見える。
八　鍬男の意か。土を掘る男としての名。
九　地下の水道。暗渠。ここは水を通すのでなくそれと同様な隧道を掘った意。
一〇　荒ぶる神を祭り鎮めたことをいう。
一一　大阪府豊能郡西能勢村大里の月峰(槻峰)のシタミ谷を遺称とする。

御前浜・武庫　今井似閑採択。
一二　仲哀紀の記事の要約である。
一三　仲哀紀の笥飯(けひ)行宮(福井県敦賀市を遺蹟地とする)を式内社気比神社の祭神に結びつけたもの。
一四　神功紀の冒頭の記事に同じ。
一五　神功摂政前紀九月の条の記事、及び筑

に插《さしはさ》みて、産《う》まざらむとしたまひき。遂《つひ》に新羅《しらぎ》・高麗《こま》・百濟《くだら》に入り、皆悉《ことごと》く臣服《したが》ひき。筑紫に歸り到りて皇子《みこ》を産《う》みたまふ。是《これ》、[一六]譽田《ほむだ》の天皇なり。皇后、攝《つ》津の國の海濱《うみべ》の北岸《きたぎし》の[一七]廣田《ひろた》の郷《さと》に到りたまひき。今、[一八]廣田明神と號《なづ》くるは是《これ》なり。故《ゆゑ》に其の海邊《うみべ》を號《なづ》けて[一九]御前《みさき》の濱《はま》と曰《い》ひ、御前《みさき》の澳《おき》と曰《い》ふ。又、其の兵器《つはもの》を埋《うづ》めし處は[二〇]武庫《むこ》と曰《い》ふ。今、[二一]兵庫《へうご》と曰《い》ふ。其の譽田《ほむだ》の天皇は、今の[二二]八幡《やはた》の大神なり。

風土記　人皇十四代　仲哀天皇　將レ攻二三韓一　到二筑紫一崩　今氣比大明神者
此帝也　其后神功者　開化天皇五世孫息長宿禰女也　於レ是　發レ軍伐二三韓一
時當二産月一　取レ石插二其腰裳一　欲レ不レ産也　遂入二新羅高麗百濟一　皆悉臣服
歸二到筑紫一　産二皇子一　是譽田天皇也　皇后到二攝津國海濱北岸廣田鄕一　今號二
廣田明神一是也　故號二其海邊一　曰二御前濱一　曰二御前澳一　又埋二其兵器一處
曰二武庫一今曰二兵庫一　其譽田天皇者　今八幡大神也

（同右二）

水　無　瀬（參考）

攝《つ》津の國の風土記に云《い》はく、[二三]彼《か》の國の嶋上《しまのかみ》の郡《こほり》なり。山背《やましろ》の堺《さかひ》。云々

攝津國風土記云　彼國嶋上郡也　山背堺云々

（歌枕名寄三、水無瀬の條）

高　津（參考）

〃津國風土記に云《イハク》、難波高津《ナニハノタカツ》[二四]は、[二五]天稚彦天下《アメワカヒコアマクダ》りし時、天稚彦《アメワカヒコ》に屬《つき》て下《クダ》れる神、[二六]天《アメ》の探《さぐ》

紫風土記「芋湄野」・筑前国風土記「児饗石」の記事と同じ。それらの摘要である。
一六 応神天皇。
一七 兵庫県西宮市広田町。和名抄に広田郷とあり、式内社広田神社がある。
一八 広田明神は即ち神功皇后だというのである。
一九 西宮市の海岸、夙川の河口附近を今も御「前浜という。
二〇 摂津国武庫郡。武庫川以西の六甲(武庫)山南側の地域をいう。書紀は務古とも書く。ムコにあてた万葉仮名的漢字の「武庫」の字義にもとづいて作為した地名説明で、後代のものである。
二一 神戸市兵庫区兵庫港の地。釈日本紀所載の風土記逸文では雄伴郡、和名抄では八部郡の地で、武庫郡内ではない。武庫と兵庫と字義の近似によって混同したもの。
二二 武神の八幡神に勇武の天皇(母の胎内で三韓を征討したことをいう)を結びつけたもの。

水無瀬　木村正辞採択。
二三 摂津国島上郡(和名抄)。今、大阪府三島郡島本町広瀬に水無瀬神社があり、その附近がミナセと呼ばれた地。摂津国(大阪府)の北端で、山城国(京都府)との界にあたる。

高　津　伴信友採択。国名風土記に同じ記事があり、古代の風土記の記事とは認められない。
二四 大阪市東区高津町。附近の高台の地。
二五 国譲りの交渉に高天原から下された神。
二六 探り知る能力のある巫女神の意か。

女《め》、磐舟《イハフネ》に乗《ノリ》て爰《ココ》に至る。一天磐船《アメノイハフネ》の泊《はつ》る故を以《モチ》て、高津《たかつ》と號すと云々。

（續歌林良材集 上）

籤稲村（參考）

攝《つ》津の風土記に曰《い》はく、二河邊《かはのべ》の郡《こほり》、山木《やまき》の保《ほ》。三四籤稲《くししろ》の村は、五大鷦鷯《おほさざき》の天皇《すめらみこと》の御宇《みよ》、六津直沖名《つのあたひおきな》の田なり。本《もと》の名は柏葉田《かしはだ》なり。七田串《たぐし》を造り、事を罪《つみ》するに田を以《も》ちて贖《あがな》ふ。故《かれ》、八籤稲《くししろ》の村と號《なづ》く。云々

攝津風土記曰　河邊郡　山木保　籤稲村者　大鷦鷯天皇御宇　津直沖名田也

本名柏葉田　造二田串一　罪レ事以レ田贖焉　故號二籤稲村二云々

（中臣祓氣吹抄 中）

御魚家（參考）

九任那《みまな》ハ魚ヲ獻ゼシ事、攝津ノ國《の》風土記、一〇西成《にしなり》郡ノ篇ニ、ソノ魚一一來レバ、一二御魚家《ミマナヤ》ト云《いひ》テ、京ヘ送ル迄ノ間ヲ宿《やど》シタル地名ノ事アリ。

（日本聲母傳）

堀江の一橋（參考）

攝津の國の風土記、一三津の國の難波堀江《なにははりえ》の一つ橋君渡らさば傍目《あからめ》なせそ

攝津國風土記　都能久邇乃　那邇波亥利哀能　悲等都婆之　伎美和多良散婆

阿加羅米那世所

（稜威道別 二）

一石造の船。石棺の意で、神の乗物の船として語る。

1長流全集本「して」。「し」は恐らく衍。

籤稲村　武田祐吉採択。

二兵庫県川辺郡。

三人民開墾の私田地で中古からあらわれた地方行政区画の名称。

四兵庫県川西市久代か。　五仁徳天皇。

六津臣・津史・津連らと同族の百済からの帰化氏族であろう。沖名は名。その私有田。

七田に立てる串。罪の代償に差出す田（その田の稲）と決めた、その標示に立てたのである。

八籤は串（クシ）の意。クジの意でなかろう。

御魚家　木村正辞採択。

九韓半島の南部の我が属領国。

一〇大阪市西成区附近の地。大阪湾に臨む。

一一任那から朝貢の魚が我国に到着すると。

一二天皇の御料の魚類を調える屋舎。ミは敬語。マナは真菜・真魚で、副食物の意から魚をいう。ミマナを任那に掛けて案出した説明説話。

堀江の一橋　栗田寛採択。ア行・ヤ行のエの混用もあり（哀）、古代の風土記の記事と認められない。

一三古今和歌六帖第三に「津の国の難波の浦の一つ橋君をし思へばあからめもせず」という類歌がある。一首の意は摂津の難波の堀江にかかっている唯一つの橋、その橋をあなたが渡りなさるならば脇見をしないで気をつけてお渡りなさいの意。

伊賀國

唐琴（參考）

[一四]カラコトヽ云《いふ》所ハ、伊賀國《いがの》ニアリ。彼《かの》國ノ風土記ニ云《いはく》、大和《やまと》・伊賀《いが》ノ堺ニ河[一五]アリ。中嶋ノ邊《ほとり》ニ神女常ニ來テ琴《こと》ヲ皷《こ》[一六]ス。人恠《あやしみ》テ見之《みるに》、神女琴ヲ捨《すて》テウセ《失》ヌ。此琴ヲ神[一七]トイ《竊》ハヘリ。故ニ其所ヲ號シテ[一八]カラ《唐》コト《琴》ヽ云《いふ》也。

（毘沙門堂本古今集註）

伊賀國號（一）（參考）

伊賀《いが》の國の風土記。伊賀《いが》の國は、往昔《むかし》、伊勢《いせ》の國に屬《つ》きき。大日本根子彦太瓊《おほやまとねこひこふとに》[一九]の天皇の御宇《みよ》、癸酉《みづのととり》のとし、分《わか》ちて伊賀《いが》の國と爲《な》しき。本《もと》、此の號《な》は、伊賀津姫《いがつひめ》[二〇]の領《し》[二一]る所《ところ》の郡《こほり》なりければ、仍《よ》りて郡《こほり》の名と爲《な》し、亦《また》、國の名と爲《な》せり。

伊賀國風土記　伊賀國者　[2]往昔屬二伊勢國一　大日本根子彦太瓊天皇御宇　癸酉分而爲二伊賀國一　本此號者　伊賀津姫之所レ領之郡　[3]仍爲二郡名一　亦爲二國名一

[4]（日本總國風土記）

伊賀國號（二）（參考）

伊賀《いが》の國の風土記。伊賀《いが》の郡《こほり》。猿田彦《さるだひこ》[二二]の神、始《はじ》め此の國を伊勢《いせ》の加佐波夜《かざはや》[二三]の國に屬《つ》けき。時《とき》に二十餘萬歲此の國を知《し》[二四]れり。猿田彦《さるだひこ》の神の女《むすめ》、吾娥津媛命《あがつひめのみこと》、[二五]日神之御《ひのみ》

唐琴　久曾神昇採択。古代の風土記の記事とは認め難い。久曾神氏は前田家蔵古今集註によるが、毘沙門堂本によって記す。

一四 前田本、この前に「いまは、ことひきの里と云は」とある。三重県名張市名張川沿いの地の如くであるが所在不明。伊賀国をカラクニと呼ぶのと関係あるか。

一五 名張川。　一六 前田本「ことをひく」。

一七 神として祭った。　一八 ヤマトゴト（和琴）に対する韓国または唐国の琴の意。

伊賀国号(一)　今井似閑（風土記残篇として）採択。本条は旧事記の記事に近い。次条と共に古代の風土記とは別種の記事と認められる。

一九 孝霊天皇。癸酉は天皇の御世の六十三年にあたる。

二〇 次条にアガツヒメとあるが、旧事記に伊我臣の祖大伊賀彦の女、大伊賀姫とある。

二一 領有した。

2 栗注「古」。万葉緯による。

3 栗注「依」。万葉緯による。

4 万葉緯巻十七、風土記残篇として記す。日本総国風土記の写本には次条と併せた如き記載のものがある。

伊賀国号(二)　今井似閑（風土記残篇として）採択。本条は倭姫命世記の記載に近い。

二二 天孫降臨の先導をし、後伊勢に鎮座した国神。　二三 伊勢国のこと。倭姫命世記に見える称呼。「神風の伊勢」に類した神風の速い意の名。　二四 領有する。猿田彦神の領有して来た年数の長さをいう。　二五 天照大神。

神《かみ》の天上《あめ》より投《な》げ降《くだ》し給ひし三種《みくさ》[一]の寶器《たから》の内、金《こがね》の鈴《すず》を知《し》[二]りて守《も》り給ひき。其の知《し》り守《も》り給ひし御齋《いつき》[三]の處《ところ》を加志《かし》[四]の和都賀野《わつかの》と謂《い》ひき。今時《いま》、手柏野《たかしはの》[五]と云《い》ふは、此《こ》れ其の言《こと》の謬《あやま》れるなり。又、此の神の知《し》[六]り守《も》れる國なるに依《よ》りて、吾娥《あが》の郡《こほり》と謂《い》ひき。其の後、清見原《きよみはら》[七]の天皇《すめらみこと》の御宇《みよ》、吾娥《あが》の郡《こほり》を以《も》ちて、分《わか》ちて國の名と爲《な》しき。其の國の名の定《さだ》まらぬこと十餘歳《ととせあまり》なりき。之《これ》を加羅具似《からくに》[八]と謂《い》ふは虛國《むなしくに》の義《こころ》なり。後《のち》、伊賀《いが》と改む。吾娥《あが》の音《こゑ》の轉《うつ》れるなり。

伊賀國風土記　[1]伊賀郡　猿田彦神　始此之國屬[2]二伊勢加佐波夜之國一　時二十餘萬歳　知二此國一矣　猿田彦神女　吾娥津媛命　[3]日神之御神　自二天上一投降給之三種之寶器之内　金鈴知之守給　其知守給之御齋處　謂二加志之和都賀野一　今時云二手柏野一者　此其言謬也　又此神之依二知守國一　謂二吾娥之郡一　其後　清見原天皇御宇　以二吾娥郡一　分爲二國之名一　其國之名　未レ定十餘歳　謂二之加羅具似一　虛國之義也　後改二伊賀一　吾娥之音轉也[4]

（風土記殘篇）

伊勢國

伊勢國號

伊勢《いせ》の國の風土記《ふどき》に云《い》はく、夫《そ》れ伊勢《いせ》の國は、天御中主尊《あめのみなかぬしのみこと》の十二世《とをまりふたつぎ》の孫《うまご》、天日別《あめのひわけの》[九]

一 天の逆大刀・逆鉾・金鈴。倭姫命世記に見える。　二 領有して奉祭してきた。　三 祭祀する神聖な場所。　四・五 遺称とすべきものなく所在地不明。　六 領有統治している。　七 天武天皇。倭姫命世記に天武天皇の庚辰(八)年七月、伊勢国の四郡を割いて伊賀国を立てたとある。　八 伊勢国から分立した当初に国名なく、カラクニと称したとし、国名のむなしい(無)国の意と説明した。

1 栗注「伊賀郡」がない。万葉緯による。
2 栗注「爲」。万葉緯による。
3 万葉緯及び家蔵写本は「四神之御神」。栗注「天照大御神」の誤とするが字形近似により「日神」とする。
4 万葉緯は次に「伊賀之郡、其郡之一也」。

伊勢国号　今井似閑採択。

九 伊勢国造天日鷲命(国造本紀)に同じ。伊勢朝臣、後の度会氏の祖。度会氏系図では天御中主尊の一四世孫とある。　一〇 平定し統治した。　一一 神武天皇。　一二 九州の日向にあった宮。　一三 大和国。対句修辞。　一四 和歌山県新宮市熊野(上中下がある)が遺称地。熊野川の流域を中心とした広い地の称呼。　一五 記紀にいう八咫烏(やたがらす)。鴨建角身命とする。逸文山城国賀茂社の条(四一四頁頭注五)参照。　一六 大和国。　一七 奈良県宇陀郡宇賀志村地方。　一八 大伴氏の祖。神武天皇の東征軍を導いた功により道臣命と名を賜わった(神武紀)。　一九 天皇に叛逆する先住勢力。

命《みこと》の[二〇]平治《ことむ》けし所《ところ》なり。天日別命《あめのひわけのみこと》は、[二一]神倭磐余彦《かむやまといはれひこ》の天皇《すめらみこと》、彼《か》[二二]の西の宮《みや》より此《こ》[二三]の東《ひむがし》の州《くに》を征《う》ちたまひし時、天皇《すめらみこと》に隨《したが》ひて紀伊《き》の國の[一四]熊野《くまの》の村に到りき。時に、[一五]金《こがね》の烏《からす》の導《みちび》きの隨《まにま》に[一六]中州《なかつくに》に入《い》りて、[一七]菟田《うだ》の下縣《しもつあがた》に到りき。天皇《すめらみこと》、[一八]大部《おほとも》の日臣命《ひおみのみこと》に勅《の》りたまひしく、「[一九]逆《さか》ふる黨《ともがら》、[二〇]膽駒《いこま》の長髄《ながすね》を早く征《う》ち罰《きた》めよ」とのりたまひ、且《また》、天日別命《あめのひわけのみこと》に勅《の》りたまひしく、「[二一]天津《あまつ》の方《かた》に國あり。其の國を平《ことむ》けよ」とのりたまひて、卽《すなは》ち[二二]標《しるし》の劍《つるぎ》を賜ひき。天日別命《あめのひわけのみこと》、勅《みことのり》を奉《うけたまは》りて[二三]東《ひむがし》に入ること數百里《いくももさと》なりき。其の邑《むら》に神あり、名を[二四]伊勢津彦《いせつひこ》と曰《い》へり。天日別命《あめのひわけのみこと》、問《と》ひけらく、「汝《いまし》の國を[二五]天孫《あめみま》に獻《たてまつ》らむや」といへば、答へけらく、「吾《あれ》、此の國を[二六]覓《ま》ぎて居住《す》むこと日久《ひひさ》し。[二七]命《みこと》を聞《き》き敢《あ》へじ」とまをしき。天日別命《あめのひわけのみこと》、兵《いくさ》を發《おこ》して其の神を戮《ころ》さむとしき。時に、畏《かしこ》み伏《ふ》して啓《まを》しけらく、「吾《あ》が國は[二八]悉《ことごと》に天孫《あめみま》に獻《たてまつ》らむ。吾《あ》は敢《あ》[二九]へて居《を》らじ」とまをしき。天日別命《あめのひわけのみこと》、問ひけらく、「汝《いまし》の去《さ》らむ時は、何《なに》を以《も》ちてか[三〇]驗《しるし》と爲《な》さむ」といへば、啓《まを》しけらく、「吾《あ》は今夜《こよひ》を以《も》ちて、[三一]八風《やかぜ》を起《おこ》して海水《うしほ》を吹《ふ》き、波浪《なみ》に乘りて[三二]東《ひむがし》に入《い》らむ。此《こ》は則《すなは》ち吾《あ》が却《さ》る由《よし》なり」とまをしき。天日別命《あめのひわけのみこと》、兵《いくさ》を整《ととの》へて窺《うかが》ふに、中夜《よなか》に及《いた》る比《ころ》、大風《おほかぜ》四《よ》もに起《おこ》りて波瀾《なみ》を扇擧《うちあ》げ、光耀《てりかがや》きて日《ひる》の如く、陸《くが》も海《うみ》も共に朗《あきら》かに、遂《つひ》に波に乘りて東《ひむがし》にゆきき。古語《ふること》に、[三三]神風《かむかぜ》の伊勢《いせ》の國、[三四]常世《とこよ》の浪寄《なみよ》する國と云《い》へるは、蓋《けだ》しくは此《こ》れ、これを謂《い》ふなり。(伊勢津彦《いせつひこ》の神は、近く[三五]信濃《しなの》の國に住《す》ましむ。)天日《あめのひ》

二〇 奈良県生駒山地方を本拠とした、登美(生駒山の東側の地)の長髄彦ともいう。異徒の身体的特徴を誇張視して脛の長い人と言ったもの。
二一 空の彼方。遠くの方。大和の宇陀から東方遥かの伊勢国をいう。近い大和征討の日臣命軍と同等で、二隊に分れたのが天日別命軍だという。
二二 天皇軍の大将帥であるしるしの剣。
二三 伊勢国に進み入ったことをいう。
二四 下文伊勢の条(四三七頁)に見える。
二五 皇孫(すめみま)に同じ。天照大神の子孫、記紀のニニギ命。大和朝廷の天皇の祖をいう。
二六 領有すべき土地を求めて手に入れて。
二七 命令を聞き入れて国土を献ずることは出来ません。　二八 ことごとく。全部。
二九 この国(伊勢)に居りますまい。
三〇 証拠となるもの。
三一 八は多数の意。強い風。大風。
三二 伊勢の東方は海。海に去って行こう。海の彼方をトコヨ(死の国)とする意。
三三 地名の伊勢に冠する称辞。神意によって吹く風をいうか。伊勢への掛かりは明らかでない。
三四 垂仁紀に「常世の浪の重浪帰国(シキナミノヨスルクニ)」とある。伊勢国を称えていう辞。トコヨは海外、恒久の世で死の国。転じて死のない理想国の意にもいう。そこから浪が打寄せてくる地の意。
三五 長野・群馬両県境の八風(はっぷう)山を遺蹟とし、また長野市風間の式内社風間神社を鎮座地に擬しているが確かでない。伊勢津彦神の信濃鎮座の注記は後補の文である。

別命《わけのみこと》、此の國を[一]懐《なつ》け柔《やは》して、天皇《すめらみこと》に復命《かへりごと》まをしき。天皇《すめらみこと》、大《いた》く歡《よろこ》びて、詔《の》りたまひしく、「國は宜《よろ》しく[二]國神《くにつかみ》の名を取りて、伊勢《いせ》と號《なつ》けよ」とのりたまひて、即《やが》て、天日別命《あめのひわけのみこと》の[三]封地《よさしどころ》の國と爲《な》し、宅地《いへどころ》を大倭《やまと》の[四]耳梨《みみなし》の村《むら》に賜ひき。[五](或[六]る本《ふみ》に曰《い》はく、天《あめの》日別命《ひわけのみこと》、詔《みことのり》を奉《うけたまは》りて、熊野《くまの》の村より直《ただ》に伊勢《いせ》の國に入り、[七]荒《あら》ぶる神を殺戮《ころ》し、遵《まつろ》はぬものを罰《きた》し平《たひら》げて、[八]山川《やまかは》を堺《さか》ひ、地邑《くにむら》を定《さだ》め、然《しか》して後《のち》、[九]橿原《かしはら》の宮に復命《かへりごと》まをしき。)

[1]伊勢國風土記云　夫伊勢國者　天御中主尊之十二世孫　天日別命之所二平治[2]一
天日別命　神倭磐余彦天皇　自二彼西宮一　征二此東州一之時　隨二天皇一到二紀伊
國熊野村一　于レ時　隨二金烏之導一　入二中州一而　到[3]二於菟田下縣一　天皇勅二大
部日臣命一曰　逆黨膽駒長髓　宜二早征罰一　[4]且勅二天日別命一曰　國二有天津之
方一　宜レ平[5]二其國一　[6]即賜二標劒一　天日別命　奉レ勅　東入數百里　其邑有レ神
名曰二伊勢津彦一　天日別命問曰　汝國獻二於天孫一哉　答曰　吾覓二此國一　居住
日久　不二敢聞一レ命矣　天日別命　發レ兵欲レ戮二其神一　于レ時　畏伏啓云　吾國
悉獻二於天孫一　吾敢不レ居矣　天日別命[7]問云　汝之去時　何以爲レ驗　啓曰　吾
以二今夜一起二八風一吹二海水一　乘二波浪一將二東入一　此則吾之却由也　天日別命[8]
[9]整レ兵窺之　比レ及二中夜一　大風四起　扇二擧波瀾一　光耀如レ日　陸[10]海共朗　遂
乘レ波而東焉　古語云二神風伊勢國　常世浪寄國一者　蓋此謂レ之也([11]伊勢津彦神　近[12]令レ住二信濃國一)

一伊勢津彦を追放した後の先住諸勢力を天皇に帰順させたことをいう。二天神に対する語。大和朝廷の統治下に入る以前の先住被征服の土着神。ここは伊勢津彦を指していう。三天皇から賜わった領有統治すべき地。四奈良県橿原市耳成。耳成山附近の地。五以上は天日別命を祖とする伊勢氏(度会氏)の縁起に関する伝承。六以下は風土記の文とは認められない。倭姫命世記の巻末に記載した一書(渡会清在は風土記逸文とするが、諸家採択していない)に同文の記事がある。風土記とは別種の或本で、風土記(伊勢氏の伝承)を要記したもの。七天皇に帰順せず叛逆する先住勢力をいう。八成務紀に見える語句。国の境界を設定し、耕作地に従って住民の郷を設けて地方の行政を整えることをいう。九神武天皇。

1この条、釈日本紀巻廿三にも引用されているが前後に省略がある(元々集巻六記載の文は釈紀からの孫引き)。　2底「始」。　3底「別」。平仮名本・万葉緯による。　4平仮名本・万葉緯「廼」。底による。釈紀はここより引用し「勅詔」とある。　5底・釈紀「乎」。万葉緯による。　6底・釈紀「印」。平仮名本「早」。万葉緯による。　7底・釈紀「令」がある。「命」の誤写重記。　8釈紀・万葉緯「令」がある。底により衍とする。　9平仮名本「慭」(トドメテ)。　10底・釈紀による。元々集に従う。　11底「注云」と傍書し以下を本文とする。万葉緯に従う。この注記は後補で風土記記事とは認め難い。　12底「未」がある。万葉緯「來」。平仮名本により削る。　13底「懐築」。万葉緯「壊築」。

意により改む。14底「村」。栗注による。15倭姫命世記巻末記載の一書と同文。16右の一書の文に「荒振神」とある。17底「乎」。右の一書に「平」とある。

的形浦　今井似閑採択。

一〇 三重県松阪市黒部附近の伊勢湾に臨む地。一一 弓の的(まと)。円形に彎曲していることをいう。一二 海岸の近くで江(湖)をなしているもの。一三 底本の傍記には景行天皇とある。一四 万葉集(六一)、大宝二年持統天皇参河国行幸の時、舎人娘子の従駕作歌に「ますらをのさつ矢たばさみ立ち向ひ射る的形は見るにさやけし」という類歌がある。ますらおが猟矢を手挾み持って向い立って射る―マトと掛かり、的形を言うための序。的形の浦はすがすがしいの意。

18底、前文に「マトカタハ伊勢國也」とある。19底「跡絶」を「諸化」。万葉緯による。20底「景行天皇也」と傍記。引用しない部分の記事による記載か。椒斎は以下を風土記と認めないが、上文と同じく風土記からの引用とする。21底「須」。22底「座」。万葉緯による。

度会郡　今井似閑(風土記残篇として)採択。

一五 三重県度会郡。伊勢市を含む伊勢国の最東部。一六 神武天皇。一七 伊勢国号の条に見える。大和討伐と同時に東方を討伐して天皇統治下の国を獲得しひろめようとしたことをいう。一八 伊勢市内、外宮の南側にある山、高倉山の古名。一九 煙。ホノケともいう。二〇 土地の主長たる者。

天日別命　[13]懐㆓柔此國㆒　復㆓命天皇㆒　々々大歡詔曰　國宜㆘取㆓國神之名㆒　號㆗伊勢㆖　即爲㆓天日別命之[14]封地國㆒　賜㆓宅地于大倭耳梨之村㆒焉（[15]或本曰　天日別命奉㆑詔　自㆓熊野村㆒直入㆓伊勢國㆒　殺㆓[16]戮荒神㆒　罰㆓[17]平不遵㆒　堺㆓山川㆒定㆓地邑㆒　然後　復㆓命橿原宮㆒焉）

（萬葉集註釋　巻第一）

的形浦

風土記に云《い》はく、[一〇]的形《まとかた》の浦《うら》は、此の浦の地形《くにがた》、[一一]的《まと》に似《に》たり。因《よ》りて名と爲《な》せり。今は已《すで》に跡絶《あとた》えて[一二]江湖《いりえ》と成れり。[一三]天皇《すめらみこと》、濱邊《はまべ》に行幸《いでま》して歌ひたまひしく、

[一四]ますらをの　獵矢《さつや》たばさみ
向《むか》ひ立ち　射《い》るや的形《まとかた》
濱《はま》のさやけさ。

[18]風土記云　的形浦者　此浦地形似㆑的　因以爲㆑名（今已跡[19]絶成㆓江湖㆒也）　[20]天皇行㆓幸濱[21]邊㆒歌曰　麻須良遠能　佐都夜多波佐美　牟加比多知　伊流夜麻度加多　波[22]麻乃佐夜氣佐

（同右　巻第一）

度會郡

風土記に曰《い》はく、夫《そ》れ、[一五]度會《わたらひ》の郡《こほり》と號《なづ》くる所以《ゆゑ》は、[一六]畝傍《うねび》の樫原《かしはら》の宮に御宇《あめのしたしろ》しめし し神倭磐余彦《かむやまといはれひこ》の天皇《すめらみこと》、[一七]天日別命《あめのひわけのみこと》に詔《みことのり》して、國覔《くにま》ぎたまひし時、度會《わたらひ》の[一八]賀利佐《かりさ》の嶺《みね》に[一九]火氣《けぶり》發起《た》ちき。天日別命《あめのひわけのみこと》視《み》て、「此《ここ》に[二〇]小《を》佐《さ》居《を》るかも」と云《い》ひて、使《つかひ》を遣《や》りて見《み》

一土地の霊。土着先住の勢力者をいう。二外宮の南東方。丘の北麓を岡本町と言い、川を隔てて岩淵町と言う。三天日別命に服従の意を示すのである。四カリサの北麓の小流、勢田川に橋を架けて天日別命を迎えようとした。五天日別命およびその軍が。六弓(梓は弓の材)を川に渡して橋とした。七大国玉神の女。天日別命の妻となった。下文に土橋郷とある。岩淵町にツイハシの遺称があり、和名抄の継橋郷の地にあたる。八齎に同じ。天日別命に捧げようと連れ伴って。九岡本町。ツイハシの遺称のある岩淵町の川向い、南側の地。一〇国状視察。一一女に対する敬称。ミヅササラ姫を指す。

1裏書勘註曰とあり、倭姫命世記の巻末に附載せられている。以下の文はやや乱れており、原文の忠実な引用ではあるまい。2底「曰夫」二字を「文」。イ本による。3神名秘書「橿」。4底「親」。栗注「覗之」二字。5底「比佐」。イ本による。6底「歎禮」。神名秘書「加禮」により訂す。7底「速命」。神名秘書「速足命」。栗注による。8底「主」。イ本による。9底「則」。栗注による。10以下三字、底「橋」一字。イ本による。11底「天申」。「申」を衍とする。12栗注「歡」。底のまま。13底「日」。「曰」の誤とする。

滝原神宮　宮地直一採択。

一二宮川の上流。一三度会郡滝原町滝原の式内社滝原宮。倭姫命世記及び伊勢神宮関係の他古書に見えない。倭姫命を行為者とする天照大神鎮座の伝承が倭姫命世記に輯成され、それから発展した同命の行動譚か。

しむるに、使者《つかひ》、還《かへ》り來て申《まを》ししく、「[一]大國玉《おほくにたま》の神あり」とまをしき。[二]賀利佐《かりさ》に到る時に、大國玉《おほくにたま》の神、使《つかひ》を遣《や》りて、天日別命《あめのひわけのみこと》を[三]迎《むか》へ奉《まつ》りき。因《よ》りて[四]其の橋を造らしむるに、造り畢《を》へ堪《あ》へざる時に[五]到りければ、[六]梓弓《あづさゆみ》を以《も》ちて橋と爲《な》して度《わた》らしめき。爰《ここ》に、大國玉《おほくにたま》の神、[七]彌豆佐々良姫命《みづささらひめのみこと》を[八]資《もたら》し參來《まゐき》て、土橋《つちはし》の郷《さと》の[九]岡本《をかもと》の邑《むら》に迎《むか》へ相《あ》ひき。天日別命《あめのひわけのみこと》、[一〇]觀地《くにみ》に出でて參《まゐ》り會《あ》ひて曰《い》ひしく、「[一一]刀自《とじ》に度《わた》り會《あ》ひつ」といひき。因《よ》りて名と爲《な》す。

[1]風土記[2]曰夫所三以號二度會郡一者　畝傍[3]樫原宮御宇神倭磐余彦天皇　詔二天日別命一　覔レ國之時　度會賀利佐嶺　火氣發起　天日別命　[4]視云二此[5]小佐居[6]加毛一　使遣[7]令レ見　使者還來申曰　在二大國玉[8]神一　賀利佐到于レ時　大國玉神　遣レ使奉レ迎二天日別命一　因令レ造二其橋一　不レ堪二造畢一于レ時[9]到　令下以二梓弓一爲レ橋而度上焉　爰大國玉神　資二彌豆佐々良姫命一參來　迎二相土橋鄕[10]岡本邑一　[11]天日別命[12]觀地出之　參會[13]曰　刀自爾度會焉　因以爲レ名也

（倭姫命世記裏書）

瀧原神宮（存疑）

伊勢《いせ》の國の風土記に曰《い》はく、倭姫命《やまとひめのみこと》、船に乗りて[一二]度會《わたらひ》の上河《かみつかは》に上《のぼ》りまして、[一三]瀧原《たきはら》の神の宮を定《さだ》めたまひき。

伊勢國風土記曰　倭姫命　乘レ船而上二坐於度會上河一　定二瀧原神宮一（伊勢内宮）

伊　勢（一説）（參考）

伊勢の國の風土記に云《い》はく、伊勢と云《い》ふは、伊賀《いが》の一四安志《あなし》の社《やしろ》に坐《いま》す神、一五出雲《いづも》の神の子、一六出雲建子命《いづもたけこのみこと》、又《また》の名は伊勢都彦命《いせつひこのみこと》、又《また》の名は櫛玉命《くしたまのみこと》なり。此の神、昔、石もて一七城《き》を造りて此《ここ》に坐《いま》しき。ここに、一八阿倍志彦《あへしひこ》の神、一九來奪《きうば》ひけれど、勝《か》たずして還《かへ》り却《さ》りき。二〇因《よ》りて名と爲《な》す。

伊勢國風土記云　伊勢云者[14]　伊賀[15]安志社坐神　出雲神子　出雲建子命　又名伊勢都彦命　又名[16]櫛玉命　此神　昔　石造ㇾ城坐ニ於此一　於ㇾ是[17]　阿倍志彦神來奪[18]　不ㇾ勝而還却　因以爲ㇾ名也

（日本書紀私見聞）

安佐賀社（參考）

伊勢の風土記。二一天照大神《あまてらすおほかみ》、美濃《みの》の國より廻《めぐ》りて、安濃《あの》の二二藤方《ふぢかた》の片樋《かたひ》の宮に到りましき。時に、二三安佐賀山《あさかやま》に二四荒《あら》ぶる神あり。百《ももたり》の往人《たびびと》をば五十人《いそたり》亡《ころ》し、四十《よそたり》の往人《たびびと》をば廾《はたち》人亡《びところ》しき。茲《これ》に因《よ》りて、倭姫命《やまとひめのみこと》、度會《わたらひ》の郡《こほり》の二五宇遲《うぢ》の村の五十鈴《いすず》の河上《かはかみ》の宮に入《い》りまさず、藤方《ふぢかた》の片樋《かたひ》の宮に齋《いつ》き奉《まつ》りき。時に、阿佐賀《あさか》山の荒惡《あら》ぶる神の爲行《しわざ》を、倭《やまと》姫命《ひめのみこと》、二六中臣《なかとみ》の大鹿嶋命《おほかしまのみこと》・二七伊勢《いせ》の大若子命《おほわかごのみこと》・二八忌部《いむべ》の玉櫛命《たまくしのみこと》を遣《や》りて、二九天皇《すめらみこと》に奏聞《まを》さしめき。天皇《すめらみこと》、詔《の》りたまひしく、「其の國は、大若子命《おほわかごのみこと》の先祖《とほつおや》、三〇天日別命《あめのひわけのみこと》の平《ことむ》けし山なり。大若子命《おほわかごのみこと》、其の神を祭《まつ》り平《やは》して、倭姫命《やまとひめのみこと》を五十鈴《いすず》の宮に入《い》れ奉《まつ》れ」と

伊勢（一説）　伴信友採択。

一四　三重県阿山郡柘植町の式内社穴石神社。伊勢津彦神を風神としての社名。アナシは西北風の称。一五　大ナムチ（大国主）神を指すか。倭姫命世記に伊勢津彦命の別名を同様に記す。一六　建御名方神（大国主神の子）の追放、信濃鎮座に似た伝承があり、神名も類する。一七　とりで。柵の如きもの。外敵を防ぐ設備。一八　延喜式神名帳に伊賀国阿倍郡、敢国神（アヘノクニツカミ）社とある神か。伊賀国の西北部（阿拝郡）に勢力を有したアベ（安部）氏の神であろう。一九　やって来て奪おうとした。二〇　神名のイセによるとするのでなく、イシキ（またイハキ、石城）の音訛イセとする地名説明。

14底「久」。栗注による。倭姫世記抄「國」。15底「事」。栗注「穴」の誤とするが字形により「安」とする。16底「天」がある。倭姫命世記による。17底「芝」。栗注による。18底「集」。意により訂す。

安佐賀社　木村正辞採択。倭姫命世記に一書として記す記事で、恐らくは風土記以外の記録であろう。

二一　天照大神を奉じた倭姫命の移動。二二　三重県津市藤方を遺蹟地とする。二三　三重県松阪市の西北隅、阿阪の山。二四　播磨・肥前などに見える交通妨害をする神の説話類型。二五　伊勢の内宮の地。二六　垂仁紀に中臣氏の祖大鹿島とある。二七　伊勢氏。天日別命の六世孫。皇太神宮の大神主。二八　忌部氏の祖、太玉命か。中臣・忌部二氏のことは倭姫命世記に見えない。二九　垂仁天皇を指す。三〇　伊勢国号の条に詳しい。

のりたまひて、即《すなは》ち種々《くさぐさ》の[一]幣《みてぐら》を賜ひて[二]返《かへ》し遣《や》りたまひき。大若子命《おほわかごのみこと》、其の神を祭《まつ》りて、[三]已《すで》に保《やす》けく平定《しづ》めて、即ち[四]社《やしろ》を安佐賀《あさか》に立《た》てて祭りき。

[1]伊勢風土記　天照大神　自二美濃國一廻　到二安濃藤方片樋宮一坐　于レ時　安佐賀山有二荒神一　百往人者　亡二五十人一　四十往人者[2]　亡二卅人一　因レ[3]茲　倭姫命　不三入二坐度會郡宇遲村五十鈴河上之宮[4]一　奉レ齋二藤方片樋宮一　于レ時　阿佐賀山[5]荒惡[6]神爲行　倭姫命　遣二中臣[7]大鹿嶋命伊勢大若子命忌部玉櫛命一　奏二聞天皇一　天皇詔　其國者　大若子命先祖　天日別命　所レ平山也　大若子命祭二平其神一　令二倭姫命奉一レ入二五十鈴宮一　即賜二種々幣一而返遣[8]　大若子命祭二其神一　已保平定　即立二社於安佐賀一　以祭者矣[9]

（大神宮儀式解 二）

宇治郷（參考）

風土記に曰《い》はく、[五]宇治《うぢ》の郷《さと》は、[六]風早《かざはや》の伊勢《いせ》の國度會《わたらひ》の郡《こほり》の宇治《うぢ》の村の五十鈴《いすず》の河上《かはかみ》に、[七]宮社《みやしろ》を造りて太神《おほかみ》を[八]齋《いつ》き奉《まつ》りき。是《これ》に因《よ》りて、[九]宇治《うぢ》の郷《さと》を以《も》ちて[一〇]内《うち》の郷《さと》と爲《な》しき。今は宇治《うぢ》の二つの字《じ》を以《も》ちて郷《さと》の名と爲《な》す。

風土記曰　宇治郷者　風早[10]伊勢國度會郡宇治村五十鈴河上　造二宮社一奉レ齋二太神一　是因以二宇治郷一爲二内郷一　今以二宇治之二字一爲二郷名一[11]

（伊勢[12]二所皇太神宮神名祕書裏書）

一　荒ぶる神を祭るための幣帛(神への捧げ物)。　二　天皇の所(朝廷)から伊勢国へ。　三　全く。すっかり。　四　松阪市上阿阪・下阿阪に式内社阿射加神社が二社ある。

1　倭姫命世記に一書とあるのを風土記の文と解して伊勢風土記と記したのであろう。　2　底「人」がない。倭姫命世記による。　3　倭姫命世記「依」。　4　底「川之宮」。　5　底「山」がない。倭姫命世記による。　6　倭姫命世記「振」。　7　倭姫命世記「中臣大鹿嶋命」「忌部櫛玉命」がない。　8　底「還」。倭姫命世記による。　9　倭姫命世記「者矣」を「之」。

宇治郷　伴信友採択。

五　伊勢市、内宮附近の地。和名抄に見える。　六　疾風の神風の意。伊勢に冠する称辞の一。　七　伊勢の内宮。皇太神宮。　八　お祭りした。　九　宇治郷の地名が既にあった意でなく、その地をの意。　一〇　神宮の境域内の郷の意。

10　底、脱。傍書による。　11　底、次に「因以爲名也」とある。栗注により削る。　12　万葉緯(欄外頭注に)は伊勢名所集により「宇治村」以下を記す。今、続群書類従本による。裏書曰の「度會郡」の次に記した記事の故に風土記の文と解したのであろう。古代の風土記の記事と認め難い。

度会・佐古久志呂　今井似閑採択。

二　郡名。　三　伊勢市の宮川を指すか。

一三　船の渡る意で度会の称辞とした「百船の」に伊勢の称辞「神風の」を重ねたもの。

度會・佐古久志呂　（參考）

風土記に云《い》はく、[一一]度會《わたらひ》と號《なつ》くるは、[一二]川に作《おこ》る名のみ。五《い》十鈴《すず》は、[一三]神風《かむかぜ》の百船《ももふね》の度會《わたらひ》の縣《あがた》、[一四]佐古久志呂《さこくしろ》宇治《うぢ》の五《い》十鈴《すず》の河上《かはかみ》と謂《い》ふ。皆、古語《ふること》に因《よ》りて名づくるなり。さこくしろは、[一五]河の水流《なが》れ通《とほ》りて、底《そこ》に通《いた》る儀《こころ》なり。

[13]風土記云　號㆓度會㆒者　作㆑川名也而已　五十鈴　謂㆓神風百船度會縣佐古久志呂宇治五十鈴河上㆒　皆因㆓以古語㆒名也　佐古久志呂者　河水流通天底仁通儀也

（萬葉緯所引神名祕書）

八尋機殿・建郡　（參考）

風土記に云《い》はく、[一六]機殿《はたどの》を[一七]八尋《やひろ》と號《なつ》くるは、倭姫命《やまとひめのみこと》、[一八]太神《おほかみ》を齋《いつ》き奉《まつ》りし日、作《つく》り立《た》てしなり。此の[一九]神の邑《むら》を又、郷《さと》に號《なつ》く。[二〇]大同本紀《だいどうほんぎ》に載《の》せて具《つぶさ》なり。又曰《い》はく、[二一]難波《なには》の長柄《ながら》の豐碕《とよさき》の宮に御宇《あめのしたしろ》しめしし天皇《すめらみこと》の[二二]丙午《ひのえうま》のとし、[二三]竹連《たけのむらじ》・[二四]磯《いそ》部直《べのあたひ》の二氏《ふたうぢ》、[二五]此の郡《こほり》を建《た》てき。

[14]風土記云　機殿號㆓八尋㆒者　倭姫命　奉㆑齋㆓太神㆒之日作立也　此神邑又號㆑郷也載㆓大同本紀㆒具也

又曰　難波長柄豐碕宮御宇天皇　丙午　竹連磯部直二氏　建㆓此郡㆒焉　（同右）

五十鈴　（參考）

五《い》十鈴《すず》と曰《い》ふは、風土記に云《い》はく、是《こ》の日、[二六]八小男《やをとこ》・八小女《やをとめ》等《たち》、此《ここ》に[二七]迦《こぞ》り逢《あ》ひて、

一四 裂釧。クシロ（腕環の類）に鈴の附いたもの。鈴の口が裂けてある故に裂釧と言い、五十鈴に冠する称辞。一五 サコクシロをソコクジリ（底掘）の意に解した語釈。

13 万葉緯（欄外頭注に）は別に伊勢名所集によって「而已」までを記す。続群書類従本は「佐古久志呂」以下を「風土記曰」として記すのみ。先行書の裏書記事を風土記の文と解したものの如くで、古代の風土記の記事とは認め難い。

八尋機殿・建郡　今井似閑採択。

一六 織機を設置した殿舎。一七 広い意。八尋機殿と呼ぶことをいう。神衣を織るための殿舎。一八 天照大神を伊勢内宮に奉祭した時。一九 内宮のある村の名の宇治が郷名となっている意。二〇 平城朝の大同年間に撰した「伊勢大神宮本紀」。二一 孝徳天皇。二二 大化二年（六四六）。大化改新の年で国郡制実施のはじめである。二三 多気郡（度会郡の西北隣）を本居とした氏族。二四 度会郡伊蘇郷（伊勢市の北部地方）を本居とした氏族。度会氏と同族。二五 万葉緯に「度会也」と傍注があるが、竹連が多気郡を、磯部直が度会郡を建てたことをいうか。

14 続群書類従本にこの記事はない。倭姫命世記の巻末に後半部と同文の記事があるが「又曰」とも「風土記曰」ともない。前条と同じく先行書の裏書記事を風土記の文と解したものであろう。

五十鈴　今井似閑採択。

二六 伊勢の神宮に奉仕する男女。

二七 連れ立つ意。皆の男女が相逢って。

漗樹接《いすすきまし》[一]はりき。因《よ》りて名と爲《な》す[二]。

五十鈴曰　風土記云　是日　八小男八小女等　迴㆓逢此㆒　漗樹接[1]　因以爲㆑名也[2]　（萬葉緯所引神名祕書）[3]

服　機　社　（參考）

神服機殿《かむはとりどの》[三]。倭姫命《やまとひめのみこと》、飯野《いひの》[四]の高丘《たかをか》の宮に入りまし、機屋《はたや》を作《つく》りて大神の御衣《みぞ》を織《お》らしめたまひき。高丘《たかをか》の宮より磯《いそ》[五]の宮に入りまし、因《よ》りて社《やしろ》を其の地《ところ》に立てて、名づけて服織《はとり》[六]の社《やしろ》と曰《い》ふ。

神服機殿　倭姫命　入㆓坐飯野高丘宮㆒[4]　作㆓之機屋㆒　令㆑織㆓大神御衣㆒　從㆓高丘宮㆒而　入㆓坐磯宮㆒　因立㆓社於其地㆒　名曰㆓服織社㆒[5]　（倭姫命世記裏書）[6]

麻　績　郷　（參考）

麻《を》[七]績《み》の郷《さと》と號《なづ》くるは、郡《こほり》の北に神[八]あり。此の神、大神[九]の宮に荒妙《あらたへ》[一〇]の衣《みぞ》を奉《たてまつ》る。神麻《かむを》績《み》の氏人等《うぢびとたち》、此の村に別《わか》[一一]れ居《を》りき。因《よ》りて名と爲《な》す。

號㆓麻績郷㆒者　郡北在㆑神　此神[7]奉㆓大神宮荒妙衣㆒　神麻績氏人等　別㆓居此村㆒　因以爲㆑名也　（同右）[8]

志　摩　國

一 気がすすみはやって落ち着かぬ意。
二 前々条のサコクシロと同様の語釈。
1 底「泗」。　2 底「爲」がない。栗注による。　3 続群書類従本にはない。前条・前々条と同様の記事で古代の風土記の記事とは認め難い。

服機社　栗田寛採択。

三 神衣を織る殿舎。
四 松阪市の西南隅、大明神山（四〇〇米）を遺蹟地とする。和名抄に飯野郡とある地。
五 伊勢の内宮。垂仁紀に「斎宮を五十鈴の川上に興し、是を磯宮と謂ふ」とある。
六 延喜式神名帳に見えない。
4 底に脱。底イによる。　5 栗注「神服機社」。　6 度会清在（倭姫命世記講述抄）が裏書記事を風土記の文と解したのに基づくが、古代の風土記の記事とは認め難い。

麻績郷　栗田寛採択。

七 和名抄に多気郡麻績（乎宇美）とある。伊勢市の北隣、多気郡三和町地方。
八 何神か明らかでない。麻績氏の奉ずる土着神か。　九 伊勢内宮。
一〇 大神の夏衣で麻製の神衣。麻績氏が調製することになっていた。　「いうか。
一一 神衣調製のために別居潔斎したことを
7 底に脱。栗注による。　8 前条6と同じ。

吉津島　今井似閑採択。

一二 三重県度会郡南島町河内、神崎浦（旧吉津村）の南の吉津浦にある島、弁天島を指

吉津島（參考）

[一二]吉津島《よしつしま》。風土記《ふどき》に曰《い》はく、昔、[一三]行基菩薩《ぎやうきぼさつ》、南天竺《なんてんぢく》の[一四]婆羅門僧正《ばらもんそうじやう》・[一五]天竺《てんぢく》の僧佛哲《そうぶつてつ》に請《こ》ひて、[一六]三角柏《みつのがしは》を殖《う》ゑて、大神の宮の御園《みその》と爲《な》しき。天平《てんぴやう》九年[一七]十二月十七日、[一八]御祭《みまつり》の勤《つとめ》を致《いた》しき。

吉津島　風土記曰　昔　行基菩薩　請㆓南天竺婆羅門僧正　天竺僧佛哲[9]㆒　殖㆓三角柏㆒　爲㆓大神宮御園㆒　天平九年十二月十七日　致㆓御祭之勤㆒也[10]（拾玉集 巻第五）

尾張國

熱田社

尾張《をはり》の國の風土記《ふどき》に曰《い》はく、[一九]熱田《あつた》の社《やしろ》は、昔、日本武命《やまとたけるのみこと》、東《ひむがし》の國を巡歴《へめぐ》りて、還《かへ》りたまひし時、[二〇]尾張連《をはりのむらじ》等が遠祖《とほつおや》、宮酢媛命《みやずひめのみこと》に娶《あ》ひて、其の家《いへ》に宿《やど》りましき。[二一]夜頭《よのほど》に[二二]厠《かはや》に向《い》でまして、[二三]隨身《おば》せる劍《つるぎ》を桑《くは》の木に掛《か》け、[二四]遺《わす》れて殿《との》に入《い》りましき。乃《すなは》ち驚きて、更往《またゆ》きて取りたまふに　劍《つるぎ》、光《かがや》きて[二五]神如《かみな》し、[二六]把《と》り得たまはず。卽《すなは》ち宮酢姫《みやずひめ》に謂《の》りたまひしく、「此の劍《つるぎ》は[二七]神《かみ》の氣《け》あり。齋《いつ》き奉《まつ》りて吾《あ》が[二八]形影《みかげ》と爲《せ》よ」とのりたまひき。因《よ》りて社を立てき。[二九]郷《さと》に由《よ》りて名と爲《な》しき。

尾張國風土記曰　熱田社者　昔　日本武命　巡㆓歷東國㆒還時　娶㆓尾張連等遠

すか。一三 奈良朝の高僧。百済国王の子孫。天平二十一年没(八二歳)。一四 天平八年渡来した僧。天平勝宝三年大僧正となる。一五 右に伴って渡来した僧。林邑楽などの楽曲を伝えた。一六 葉の形に特徴のある柏の一種。葉が三岐(みつまた)になり先が尖っている故の名という。御綱葉・御綱柏・御津柏とも書く。一七 伊勢神宮三節祭の一、神嘗祭の行われる日。一八 神事に際しこの柏葉を盃として酒を受ける(柏酒)儀がある。天平九年に始まるというのである。

9 底「擔」。栗注による。10 拾玉集は次に「其後、伝教大師弘法大師慈覚大師、続以修業之、各以法楽之」(諸家不採択)とあり、記事の年代、内容の僧に偏する点など、古代の風土記記事か疑わしく、恐らくは風土記以外の記録であろう。

熱田社　今井似閑採択。・

一九 名古屋市熱田区、熱田神宮。二〇 饒速日命の子孫の氏族。記には尾張国造の祖、紀には尾張氏の女とある。旧事記の尾張氏の系譜には見えない。二一 夜間。以下熱田大神宮縁起に類似の記事がある。二二 屋外にある用便のための建物。二三 腰につけられた剣。熱田神宮の神体として祀る草薙剣。二四 置き忘れたまま。二五 神霊がかがやく如くである意。二六 熱田大神宮縁起には「神の光を憚らず、剣を取りて持ち帰り」とある。二七 神の力の外にあらわれた形。二八 形・姿の意から形代・魂代の意とする。二九 和名抄に愛智郡厚田郷とある。郷名によってアツタ神社という意。

祖宮酢媛命一 宿ニ於其家一 夜頭向ㇾ厠 以ニ隨ㇾ身劒一 掛ニ於桑木一 遺之入ㇾ殿
乃驚 更往取之 劒有ㇾ光如ㇾ神 不ニ把得一之 即謂ニ宮酢姫一曰 此劒神氣 宜三
奉ㇾ齋之 爲ニ吾形影一 因以立ㇾ社 由ㇾ郷爲ㇾ名也 （釋日本紀 巻七）

吾縵郷

尾《を》張《はり》の國の風土記中巻《なかつまき》に曰《い》はく、丹《に》羽《は》の郡《こほり》。吾縵《あづら》[一]の郷《さと》。巻向《まきむく》[二]の珠城《たまき》の宮《みや》に御宇《あめのしたしろ》しめしし天皇《すめらみこと》のみ世、品津別《ほむつわけ》の皇子《みこ》、生七歳《みとしななつ》になりて語《まことと》[三]ひたまはず、旁《あまね》[四]く群臣《おみたち》に問《と》はすれども能言《えまを》さざりき。乃《そ》の後《のち》、皇后《おほきさき》[五]の夢《いめ》に、神ありて告《の》りたまひしく、「吾《あ》は多《た》[六]具《く》の國の神、名を阿麻乃彌加都比女《あまのみかつひめ》[七]と曰《い》ふ。吾《あれ》、未《いま》だ祝《はふり》[八]を得ず。若《も》し吾《あ》が爲《ため》に祝人《はふり》[九]を宛《あ》てば、皇子《みこ》能言《あぎと》[一〇]ひ、亦是《またこれ》、み壽考《いのちなが》[一一]からむ」とのりたまひき。帝《みかど》、神覔《かみま》[一二]ぐ人を卜《うら》へたまふに、日置部《ひおきべら》[一三]等が祖《おや》、建岡《たけをか》の君《きみ》、卜食《うらあ》[一四]へり。即《すなは》ち、神を覔《ま》がしめたまふ時に、建岡《たけをか》の君《きみ》、美濃の國の花鹿山《はなかやま》[一五]に到り、賢樹《さかき》[一六]の枝《えだ》を攀《よぢと》りて縵《かづら》[一七]に造《つく》り、誓《うけ》ひて曰《い》ひしく、「吾《あ》[一八]が縵《かづら》の落《お》ちむ處《ところ》に必ず此の神あらむ」といふに、縵《かづら》去《ゆ》きて此間《ここ》に落《お》ちき。乃《すなは》ち神あるを識《し》り、因《よ》りて社《やしろ》を竪《た》てき。社《やしろ》に由《よ》りて里《さと》に名づく。後《のち》の人訛《よこなま》りて、阿《あ》豆《つ》良《ら》の里と言《い》ふ。

尾張國風土記中巻[1]曰 丹羽郡 吾縵郷 巻向珠城宮御宇天皇世[2] 品津別皇子 生
七歳而不ㇾ語 旁[3]問ニ群臣一 無ニ能言一之 乃後皇后夢 有ㇾ神告曰 吾多具國之

吾縵郷 今井似閑採択。

一 愛知県一宮市吾鬘が遺称地。二 垂仁天皇。三 言語を発しない。記紀に見え、出雲国風土記では阿遅須枳高日子命（大穴持命の子）が同様とあるが（一二七頁）、言語を発するに至る事情は異なる。四 遍に同じ。すべての臣下に。五 皇子の母、狭穂姫。開化天皇の孫。六 島根半島の中央部地方の古名。出雲国風土記に多久川・多久社（一三一・一三五頁）と見える島根県八束郡鹿島町講武附近。七 出雲国風土記に天甕津日女命（一五七頁）・天御梶日女命（一七三頁）とあるのと同神。阿遅須枳高日子命の妃とある。八 神祭を職とする人。九 祝人を充当し、朝廷から祭祀せられるならば。皇子が言語を発しないのは祭祀を受け得ないこの神の祟だというのである。一〇 言語を発する。

一一 寿を保つ。長生きする。

一二 何神であるかを探し求めて神祭をする人。一三 出雲系の氏族か。建岡君は他に見えない。一四 卜占にあたった。占いの結果がこの人と出て来た。一五 岐阜県揖斐郡谷汲村名札の式内社花長神社の地、また恵那市東野の花無山に擬するが確かでない。

一六 葉の繁った常緑樹で榊には限らない。その葉のついた枝を引きちぎって。

一七 頭髪に冠する髪飾。もと宗教的な意義をもつものの如くである。

一八 神の所在を知るための呪術的な方法。播磨国風土記御方里（三二三頁）、肥前国風土記姫社郷（三八三頁）の条参照。

1 上中下三巻の中巻の意。風土記に巻を分った例は他にない。伝写本中に三巻に巻を分ったものがあったのか。疑を存しておく。2底「世」がない。栗注「御世」。今「世」を補う。3底「傍問郡下」。国史大系本の頭注説による。4万葉緯「充」。5底「云」。栗注による。

川嶋社　今井似閑採択。

一九 岐阜県羽島郡川島村にあった式内社。洪水のために社は少し下流の八剣村徳田に移っている。

二〇 和名抄に葉栗郡河沼郷とある。木曾川の流域で今は美濃国に入り羽島郡に属している。

二一 尾張氏と同族か。忍人は名。

二二 白は神性のある色。足柄山の神が白鹿に、伊吹山の神が白猪になったという伝承(古事記)に同じ。白鹿に神性を認めたもの。

二三 国つ神(被征服の土着神)の社に対する天つ神の社で、征服者の位置にある神として待遇した意であろう。

6「聖武」及び次条の和風諡号は補記である。7平仮名本「々」がない。

福興寺　今井似閑採択。

二四 遺称なく所在地不明。

二五 建立者の氏の名で呼んだもの。

二六 和名抄の郷名に見えるが遺称がない。

二七 名古屋市中区広小路通附近かという。

二八 聖武天皇。天平宝字二年に奉った諡号。

二九 郡の官吏。郡の大領・少領をたすけ、文案を審査し、郡内の非違を正すなどの職。

三〇 天日桙を祖とする帰化人系氏族。

8前条に続いて引用記載。9底「里」を「重」に誤り、「十四歩」を「南」の上に誤記。10底「寺」。万葉緯による

神名曰㆓阿麻乃彌加都比女㆒　吾未㆑得㆑祝　若爲㆑吾宛[4]㆓祝人㆒　皇子能言　亦是壽考　帝卜㆓人覓㆑神者㆒　日置部等祖建岡君卜食　卽遣㆑覓㆑神時　建岡君到㆓美濃國花鹿山㆒　攀㆓賢樹枝㆒　造㆑縵誓曰　吾縵落處　必有㆓此神㆒　縵[5]去落㆓於此間㆒　乃識㆑有㆑神　因竪㆑社　由㆑社名㆑里　後人訛言㆓阿豆良里㆒也　（同右 巻十）

川嶋社

尾張《をはり》の國の風土記に云《い》はく、葉栗《はぐり》の郡《こほり》。[一九]川嶋《かはしま》の社《やしろ》　[二〇]河沼《かはぬま》の郷《さと》の川嶋《かはしま》の村《むら》にあり。奈良《なら》の宮に御宇《あめのしたしろ》しめす（聖武《しやうむ》の）天皇《すめらみこと》のみ時《よ》、[二一]凡海部《おほしあまべ》の忍人《おしひと》、「此の神、[二二]白き鹿《しか》と化爲《な》りて、時々《ときどき》出現《あらは》れます」と申《まを》ししかば、詔《みことのり》ありて、齋《いつ》き奉《まつ》りて、[二三]天社《あまつやしろ》と爲《な》しき。

尾張國風土記云　葉栗郡　川嶋社（在㆓河沼郷川嶋村㆒）　奈良宮御宇（聖武）[6]天皇時　凡海部忍人申㆘此神化㆓爲白鹿㆒　時々[7]出現㆖　有㆑詔　奉㆑齋爲㆓天社㆒　（萬葉集註釋 巻第二）

福興寺

同じき國の愛知《あゆち》の郡《こほり》。[二四]福興寺《ふくこうじ》　俗《くにひと》、[二五]三宅寺《みやけでら》と名づく。郡家《こほりのみやけ》より南に去《さ》ること九里《さと》十四歩《あし》、[二六]旱部《くさかべ》の郷《さと》の[二七]伊福《いふき》の村《むら》にあり。[二八]平城《なら》の宮に御宇《あめのしたしろ》しめす（天璽國押開櫻彦命《あまつしるしくにおしはるきさくらひこのみこと》の）天皇《すめらみこと》の神龜《じんき》元年、[二九]主政《まつりごとひと》、外從七位下《げじゆしちゐのしも》[三〇]三宅連麻佐《みやけのむらじまさ》、造り奉《まつ》れり。

[8]同國愛知郡　福興寺（俗名㆓三宅寺㆒　南去㆓郡家㆒九[9]里十四歩　在㆓旱部郷伊福村[10]㆒）　平城宮御宇（天璽國押開櫻彦命）天皇　神龜元年　主政外從七位下三宅連麻佐　所㆑奉㆑造也　（同右 巻第一）

宇夫須那社　（存疑）

尾州《びしう》葉栗郡《ハグリのコホリ》、若栗《ワカグリ》[一]ノ郷《さと》ニ宇夫須那《ウブスナ》[二]ノ社《やしろ》ト云フ社アリ。廬入姫《イホイリヒメ》[三]ノ誕生産屋之地《たんじやうぶやのち》ナリ。故[四]ニ以テ號ニ爲社《やしろのなとなすとい》一云フ。（塵袋 第二）

葉栗尼寺　（存疑）

尾州《びしう》葉栗郡《ハグリの》ニ光明寺《くわうみやうじ》[五]ト云フ寺アリ。ハグリ《葉栗》ノ尼寺《アマデラ》ト名ヅク。是ヲバ飛鳥浄御原《アスカのキヨミハラ》[六]ノ御宇《みよ》丁丑《ひのとうし》小乙中《せうおつのなかつしな》[七]葉栗臣人麿《ハグリのおみひとまろ》[八]、始《はじめ》テ建立《こんりふ》スト見エタリ。（同右 第五）

大呉里　（參考）

尾張國ニ大呉《オホクレ》[九]ノ里ト云フ所アリ。舊記[一〇]ニハ大塊《おほくれ》トカ《書》ケリ。根元《こんげん》[一一]ヲタヅヌ《尋》レバ、巻向日代《マキムクのヒシロ》[一二]ノ宮[一三]ノ御宇《みよ》ニハ、天皇、國[一四]ニオハシ《坐》マシケル時《とき》、西ノ方ニ大《おほき》ニモノ、ワラフ《笑》コヱ《聲》ノシケレバ、アヤシ《佐》ミオドロ《驚》キ給ヒテ、石津田《イシツダ》[一五]ノ連《むらじ》ト云フ人ヲツカ《遣》ハシテ、ミ《見》セラル、ニ、カホ《顔》[一六]ハ牛ノゴト《如》クナルモノ、アツマ《集》リテワラ《笑》ヒケルコヱ《聲》ノオビタヾシ《夥》カリケルヲ、此ノ石津田《いしつだ》スコシモオソ《怖》ル、心ナクシテ、劒ヲ抜テ一々ニ切《きり》テケリ。自レ是《これより》其ノ所ヲバ大《オホ》斬《キリ》ノ里ト云ヒケルヲ、後ニ謬《あやまり》テオホクレトハ云ヒナセルトカヤ。（同右 第五）

張田邑　（參考）

尾張國《の》山[一七]田郡《の》山[一八]口郷《の》ノ内ニ有ニ張田邑《ハリタノムラ》[一九]一。尾州記《びしうき》[二〇]云《にいはく》、昔、此ノ間ニ多レ榛《ハリ》[二一]。俗謂ニ之波里一ト云々。（同右 第二）

宇夫須那社　今井似閑採択。

一 一宮市島附近の地。和名抄の郷名に見える。二 島にある式内社。俗に権現社という。三 景行天皇の皇女。母は八坂入媛（崇神天皇の孫）、天皇の美濃行幸の時に得られた妃。四 出生地をウブスナという故に。

葉栗尼寺　今井似閑（欄外頭注に）採択。

五 一宮市光明寺に再興して現存。六 天武天皇の五年（六七七）。七 天智三年制定の冠位二十六階の第二十三階にあたる位。八 孝昭天皇の皇子、天押帯日子命の子孫の氏族。

大呉里　栗田寛採択。

九 所在地不明。一〇 次条以下の尾州記の類を指すのであろう。風土記とは認め難い。一一 地名の由来。一二 景行天皇。一三 宮ニアメノシタシロシメシシ天皇と訓むべきものの誤訓。一四 尾張国に。一五 氏族名としては他に見えない。美濃国石津郡（岐阜県養老郡上石津村）の地に関係ある氏族か。一六 異種族の身体的特徴を異形として語る説話であろう。

張田邑　栗田寛採択。

一七 名古屋市北区山田町が遺称地。一八・一九 名古屋市の東北部の地と認められるが遺称なく所在不明。二〇 次条の菅清公の尾州記。風土記ではない。二一 榛（はん）の木であろう。ハギ（萩）ではない。萩は次条にハギ（藤木）と区別している。

藤木田　今井似閑採択。

二二 和名抄の郡名に春部（加須我倍）とある。東西の春日井郡の地。二三 他に見えない氏族名。二四 播磨国風土記萩原里の条（三

藤木田（參考）

昔《むかし》、尾張ノ國ニ二二春部《カスガベノこほり》郡ニ國造《クニノミヤツコ》、二三川瀬連《カハセノムラジ》ト云ケル物《者》、田ヲ作リタリケルニ、二四一夜ノ間ニ藤《はぎ》オ《生》ヒタリケリ。アヤ《佐》シミオソ《怖》レテ、切棄《キリすつ》ルコトモナカリケルニ、其ノ藤《はぎ》、大ニナリニケリ。其ノ故ニ此ノ田ヲバ二五ハギ《藤》タ《田》ト云《いふ》トヘルトヤ。此ノ事ヲ二六菅清公卿ノ尾州記ニ云ヘルニハ、其藤《ノはぎ》漸《ヤウヤク》大《ニシテ》如《シ》レ樹《ノ》。遂《ツヒニ》號《ス》ニ二七藤木《ハギ》俗云ニ波木《はぎト》ー田ート云ヘリ。（同右 第三）

登々川（參考）

尾張國ニ二八登々川《トトガハ》ト云フ河アリ。二九菅清公記云《にいはく》、大己貴《オホナムチ》ト小彦《スクナヒコ》ノ命《ミコト》ト巡國之時《トキ》、往還《ゆきき》ノ足《アシ》ノ跡《アト》1ナル故ニ曰《フ》ニ三〇跡々《トトト》ー。注云《にいはく》、俗《くにひと》、跡《アトをイフ》2謂ニ之賭々《トト》ート云ヘリ。（同右 第十）

徳々志（參考）

三一尾州記。有ニ女人《をみな》ー容皃太《かほふとし》3。注ニ俗《くにひと》語《のことば》ニ三二徳々志《とくとくし》ト云ヘリ。（同右 第十）

星石（參考）

尾張風土記ニ尾張國三三玉置山《たまおきやま》に一石あり。三四赤星《あかぼし》の落《おつ》る處也。麓《フモト》に星池《ほしいけ》といふあり。星常に此池に宿《やど》ると。三五怪石《くわいせき》一ッあり。星の化せし石也と。今猶、時々、星、此山に落《オツ》るといへり。（雲根志 巻之三）

尾張國號（參考）

風土記に云《い》はく、日本武尊《やまとたけるのみこと》、東夷を征《う》ちて當國に還り到り、帶《お》ばせる劍《つるぎ》を以《もっ》て熱《あっ》

〇三頁）参照。二五 遺称なく所在地不明。二六 菅原道真の祖父。承和九年没（七三歳）。平城朝の大同年間の初め尾張介の任にあった。恐らくその在任中に筆録した地誌であろう。古代の官撰地誌風土記とは別種の書。二七「藤」をハギ（恐らくは萩）に用いた例は他にない。和製字「萩」の使用が一般化する以前の用字であろう。

登々川　今井似閑（欄外頭注に）採択。二八 木曾川の分流、トドメキ川また轟川。愛知県中島郡祖父江町中牧で木曾川から分れ、南流して海部郡八開村赤目で再び木曾川に合流する。二九 前条の尾州記。三〇「トトをつける」のトト。点を指示する意の語か。1底「アトト」と傍訓。栗注による。2底、旁を「旨」に誤る。

徳々志　今井似閑（欄外頭注に）採択。三一 前々条の菅清公尾州記。三二 底本、続いて「コレハミメヨクテウツクシキヲトク〱シトイフベシト見エタルニヤ。カナラズ、フトチヤカナリトハミエズ」とある。3底にない。塵添壒囊抄による。

星石　後代の風土記。参考のために掲げる。風土記残篇と称する書（万葉緯巻十七所載）に見える記事（漢文）の一節を書き下して引用したものである。三三 愛知県海部郡内の如くであるが所在不明。三四 金星（明星）でなく、落下する星の赤い故の名か。三五 隕石・隕星をいう。

尾張国号　矢田求採択。国名の由来を記した日本風土記また国名風土記と題する書の記事を要記したもので、古代の風土

田《た》の宮に藏《をさ》めたまひき。其の劒は、原《もと》[一]、八岐《やまた》の巨蛇《をろち》の尾より出でたり。仍《よ》りて尾張の國と號《なづ》く。

風土記云　日本武尊　征㆓東夷㆒　還㆓到當國㆒　以㆓所㆑帶劒㆒　藏㆓于熱田宮㆒

其劒　原出㆓於八岐巨蛇尾㆒　仍號㆓尾張國㆒　(倭漢三才圖會 七十一)

參　河　國

豐河・矢作河　(參考)

吉田川《よしだがは》[二]　舊《もと》、豐川《とよかは》と謂《い》ふ。今此の川より北一里ばかりに豐河といふ地名ありて河に非ず。蓋《けだ》し風土記に所謂《いはゆる》豐河上《とよかはかみ》[三]の長者の住みし處なり。

吉田川　舊謂㆓之豐川㆒　今此川以北可㆓一里㆒　有㆓豐河地名㆒　而非㆑河矣　蓋風土記所謂豐河上長者住處也　(山崎闇齋、再遊紀行)

愚按《ぐあん》ずるに、本朝參河風土記に、作矢河《やはぎがは》[四]あり。

愚按　本朝參河風土記　有㆓作矢河㆒也　(寛永廿一年板、下學集)

駿　河　國

富　士　雪

記と認められない。他の国の同類の国号記事も同じ。

一　寛文五年板「日本風土記」には「(上略)カノ剣ハ素盞烏尊ノトキ、出雲ノ大蛇ノ尾ヨリ取リタリシ剣ナリ。スナハチカノ蛇ノ尾ノ剣ナリ。カルガユヘニカノトコロヲ尾張ト号ス。但シ張ルト云字ヲ書テワリトヨムコトハ蛇ノ尾ニ有シトキコノ蛇ノ針出シトキ、カノ肉張テイヅルユヘニ張ノ字ヲ書ナリ(下略)」とある。

豊河・矢作河　豊河の条は谷川士清採集、伴信友採択(「信友云、此文国名風土記ノ文ニヨレルニハアラザル歟。国名風土記ハ甚杜撰ノ書ナリ」と注記)。ここに風土記記事と指摘したのは日本風土記・国名風土記・諸国名義考(斎藤彦麿)に記す三河国の国名説明—男河・豊河・矢作河三つの川があるによるとする—の記事であり、共に古代の風土記記事ではない。

二　愛知県豊川市・豊橋市を経て渥美湾に入る豊川。流域に吉田(東海道の宿駅)がある故に吉田川と呼んだ。

三　日本風土記に「豊河トハ一ノ盛ノ長者アリケル。カレヲミレバコノ河上ニスミイタリ玉フナリ。人屋サカンナル事廿里ナリ。彼民家豊ニサカンナルユヘニ、ソノナガレヲ豊河ト号ス」とある。

四　愛知県岡崎市を経て知多湾(旧流は西尾市の東)に入る矢作川。

富士雪　今井似閑(欄外頭注に)採択。

五　真夏の盛りの意を具体的に言ったもの。

富士ノ山ニハ雪ノフリ《降》ツモリ《積》テアルガ、[五]六月十五日《みなつきのもちのひ》ニソノ雪ノキエ《消》テ、[六]子《ね》ノ時ヨリシモ《後》ニハ又[七]フリ《降》カハル《替》ト、駿河國風土記《するがのくにのふどき》ニミエ《見》タリト[八]云ヘリ。（萬葉集註釋 卷第三）

三保松原（參考）

[九]風土記を案《あん》ずるに、古老傳へて言《い》はく、昔、神女《しんによ》あり。天《あめ》より降《くだ》り來て、[一〇]羽衣《はごろも》を松の枝に曝《さら》しき。漁人《ぎよにん》、拾ひ得て見るに、其の輕く軟《やはらか》きこと言《い》ふべからず。所謂[一一]六銖《いはゆるろくしゆ》の衣《ころも》か、[一二]織女《たなばたつめ》の機《はた》中の物《もの》か。神女乞《こ》へども、漁人與《ぎよにんあた》へず。神女、天《あめ》に上《のぼ》らむと欲《おも》へども羽衣《はごろも》なし。是《ここ》に遂《つひ》に漁人《ぎよにん》と夫婦と爲りぬ。蓋《けだ》し、已《や》むを得ざればなり。其の後、一旦《あるひ》、女羽衣《はごろも》を取り、雲に乘りて去りぬ。其の漁人《ぎよにん》も[一三]亦登仙《またとうせん》しけりと云《い》ふ。

案二風土記一　古老傳言　昔有二神女一　自レ天降來　曝二羽衣於松枝一　漁人拾得而見レ之　其輕軟不レ可レ言也　所謂六銖衣乎　織女機中物乎　神女乞之　漁人不レ與　神女欲レ上レ天　而無二羽衣一　於レ是　遂與二漁人一爲二夫婦一　蓋不レ得レ已也　其後一旦　女取二羽衣一　乘レ雲而去　其漁人亦登仙云　（本朝神社考 五）

てこの呼坂（參考）

するが《駿河》の國の風土記に云《イハク》、盧原《イホハラノ》郡[一四]不來見《こぬみ》の濱に妻をおき《置》てかよ《通》ふ神有《アリ》。其神つね《常》に[一五]岩木《いはき》の山より越《コエ》て來るに、かの山に[一六]あらぶる《荒》神の道さまたぐる《妨》神有《アリ》て、さへぎり《遮》て不レ通《トホサズ》。件《クダン》の神あらざる《在》間をうかがひ《伺》てかよ《通》ふ。かるがゆゑ《故》に來ることかたし《難》。

六 午前零時。夜中を時間的に正確に言ったもの。七 万葉集巻三「ふじの嶺に降り置く雪は六月の十五日に消ぬればその夜降りけり」(三二〇)の歌も同じ伝承による。
八 駿河国風土記の文を引用した先行書または先人の言を孫引きしたことをいう。

三保松原　今井似閑(欄外頭注に)採択。東遊《あずまあそび》の駿河舞の起原説明として語りはじめられた説話の如くで、古代の風土記の記事とは認められない。
九 前文に「三保松原者、在二駿河国有度郡有度浜一云々」とある。三保松原は静岡県清水市、駿河湾に突出した岬部にあるが、平安朝(後拾遺集の能因の歌・和歌童蒙抄など)では有度浜とあって三保の名はまだ出ていない。有度は三保の西方三―四粁の地。
一〇 飛行可能の羽のはたらきをする衣の意。所謂羽衣説話で近江国伊香小江(四五七頁)、丹後国奈具社(四六六頁)の条に見える。
一一 特別に軽い衣。仏教で忉利天の着る衣としている。銖は目方の単位、一両の二四分の一(四匁一両とすれば六銖は一匁、三・七五グラム)。
一二 織女星で、天女として言ったもの。
一三 仙人となって天に上った。

てこの呼坂　伴信友採択。古代の風土記の記事とは認められない。
一四 静岡県庵原郡、興津川(庵原川)の河口地附近の海岸とする。
一五 興津と由比の間の薩埵山の古名とする。
一六 播磨・肥前などに見える交通妨害神。

女神は男神を待《マツ》とて岩木《いはき》の山の此方《コナタ》にいた《到》りて、よる〱《夜々》待《マツ》に、待得《マチウ》ることなければ、男神の名をよ《呼》びてさけ《叫》ぶ。よりてそこ《其處》を名付《ナヅケ》て、[一]てこの呼坂《ヨビサカ》とすと云々。[二]

（續歌林良材集 上）

駿河國號（參考）

風土記に云《イハク》、國に富士河在《アリ》、其水きはめてたけ《猛》く疾《ハヤ》し。よつて[三]駿河《スルガ》の國と名づくと云々。

（枕詞燭明抄 上）

伊豆國

伊豆獵鞍（參考）

[四]准后《じゆごう》[五]親房《ちかふさ》の記《き》[六]に曰《い》はく（中略）伊豆《いづ》の風土記に曰《い》はく、駿河《するが》の國の[七]伊豆《いづ》の埼《さき》を割《さ》きて伊豆《いづ》の國と號《なづ》く。[八]日金《ひかね》[九]の嶽《たけ》に瓊々杵尊《ににぎのみこと》の[一〇]荒神魂《あらみたま》を祭《まつ》る。[一一]興野《おきの》の[一二]神獵《みかり》は、年々《としどし》國別《くにごと》の役《えだち》なり。[一三]八牧《やまき》の幣坐《みてぐら》を構《かま》ふ。[一四]狩《かり》具の行裝《よそほひ》を出《いだ》し納《い》るる次第《しだい》は圖記《づき》にあり。推古天皇の御宇《みよ》、伊豆《いづ》・甲斐《かひ》兩國の間に聖德太子《しやうとくたいし》の[一五]御領《ごりやう》多かりき。此《これ》より[一六]獵鞍《かりくら》を停止《とど》めき。[一七]八牧《やまき》の所別《ところごと》に、往古《むかし》、[一八]獵鞍《かりくら》の司々《つかさつかさ》、山の神を祭りて、[一九]幣坐《みてぐら》の神坐《かみくら》と號《なづ》く。其の舊《ふる》き法《のり》は斷《た》えて久し。夏野《なつの》の獵鞍《かりくら》は、[二〇]伊藤《いとう》・興野《おきの》に、年毎《としごと》に[二一]鹿柵《かせ》の射手《いて》を撰《えら》びて行《おこな》ふ。云々

准后親房記曰（中略）伊豆風土記曰　割㆓駿河國伊豆乃埼㆒　號㆓伊豆國㆒　日金嶽

一 底本、続いて「てことは東俗のことばに女をてこといふ。田子のうらも手子の浦なり」とある。二 底本、次に「東路のてこの呼坂越えかねて山にか寝なむ宿りはなしに」「東路のてこの呼坂越えていなば吾は恋ひむな後はあひぬとも」（万葉集三四四二・三四七七）を挙げ「上の二首はかの男神の歌といへり。女神の歌に云、『岩木山ただ越え来ませいほさきのこぬみの浜に我たちまたむ』。此歌も万葉集に入れられ侍り。いほ崎はいほ原の崎也。こぬみの浜は男神の来ぬよりいへると云々」とある。栗注はこの文をも逸文として挙げているが、木村正辞は風土記からの引用文と認めていない。

駿河国号　前条と同人の著書に引用しているので参考のために記す。日本総国風土記・国名風土記の記事の要約で古代の風土記記事ではない。

三 河の流のスルドイ意と解釈したもの。

伊豆猟鞍　今井似閑採択（以下三条、諸国雑駁として）。鎌倉実記の資料的価値が疑わしい。恐らくは後代の記事。

四 三后（太皇太后・皇太后・皇后）に准ずる優遇を賜わる意の称号。

五 北畠親房。正平九年没（六三歳）。

六 親房の著書と伝えられる書には見えない記事。以下三条同じ。

七 伊豆半島をいう。扶桑略記には天武九年駿河国の二郡を分って伊豆国を置くとある。

八 伊豆風土記の文がどこまでか明らかでない。或はここまでか。

九 熱海市の西北境、日金山（七七四米）。十

国峠ともいう。一〇 神霊のはたらきの武勇の面についていう名。一一 伊東市鎌田奥野町が遺称地。一二 神事として狩を行い、毎年当番の国が奉仕したことをいう。一三 八ヵ所の牧場を狩場として神事の狩を行い、各所で神への供え物(ミテグラ)を調える意か。一四 神事の狩に必要な用具・装束。一五 所領の地。一六 猟競べの略(吾妻鏡に初見)。猟で獲物を競いあう意から狩猟をいう。一七 八ヵ所の牧場ごとにそれぞれ。一八 神猟の役人。一九 幣帛(みてぐら)のための神猟(かみくら)の意か。狩猟に際して山神を祭った古式を伝えるものであろう。二〇 伊東市の元伊東町が遺蹟地。二一 予め設けた柵内に追い入れた鹿を射る射手をいうか。

温　泉　今井似閑採択。前条と同じく准后親房記の資料的価値が不明。記事・文章によれば古代の風土記とは認め難い。二二 伊豆の温泉の由来を考える。二三 天孫ニニギ尊の天降り以前。神代という意。二四 神代紀に二神が療病之方を定めたとある。二五 顕国、現つ国で、地上の世界の意。日本国を指す。二六 年若くして死ぬ。二七 伊豆国の温泉を神意による湯とした名。二八 その内の一つ。二九 神奈川県足柄下郡湯本町の湯本温泉。三〇 静岡県熱海市の伊豆山温泉。以下はこの走湯についての記事。三一 元正天皇。三二 間歇温泉の説明である。三三 硫黄泉である故に硫黄の燃えるのを青く燐火が光るという。三四 湯の温度が高いため。三五 湯槽。浴槽。

祭二瓊々杵尊荒神魂一　興野神獵　年々國別役也　構二八牧幣坐一　出二納狩具行装一之次第　有二圖記一　推古天皇御宇　伊豆甲斐兩國之間　聖德太子御領多　自レ此獵鞍停止　八牧別レ所　往古　獵鞍之司々　祭二山神一　號二幣坐神坐一　其舊法斷久也　夏野獵鞍者　伊藤興野　毎レ年撰二鹿柵射手一行云々　（鎌倉實記 第三）

溫　泉（參考）

准后《じゆごう》親房《ちかふさ》の記《き》に伊豆の國の風土記を引きて曰《い》はく、溫泉《ゆ》を[二二]稽《かむが》ふるに、玄古《むかし》、[二三]天孫未《あめみまいま》だ降《くだ》りまさず、[二四]大己貴《おほなむち》と少彦名《すくなひこな》と、我《わ》が[二五]秋津洲《あきつしま》に民《たみ》の[二六]夭折《あからさまにし》ぬることを憫《あはれ》み、始めて禁藥《くすり》と湯泉《ゆあみ》の術《みち》を制《さだ》めたまひき。[二七]伊津《いづ》の神の湯《ゆ》も又其の[二八]數《かず》にして、[二九]箱根《はこね》の元湯《もとゆ》是《これ》なり。[三〇]走湯《はしりゆ》は然《しか》らず、[三一]人皇四十四代養老年中に開《ひら》基きき。尋常《よのつね》の出湯《いでゆ》にあらず、[三二]一《ひと》晝夕《ひ》に二度《ふたたび》、山岸《やまぎし》の窟《いはや》の中《うち》に火焰《ほのほ》隆《さか》りに發《おこ》りて溫泉《ゆ》を出《いだ》し、甚《いた》く[三三]燐烈《おにびひか》る。沸湯《わきゆ》を[三四]鈍《ぬる》くし、樋《ひ》を以《も》ちて[三五]湯船《ゆぶね》に盛《い》る。身を浸《ひた》せば諸《もろもろ》の病、悉《ことごと》く治《い》ゆ。

准后親房記　引二伊豆國風土記一曰　稽二溫泉一　玄古　天孫未レ降也　大己貴與二少彥名一　我秋津洲　憫二民夭折一　始制二禁藥湯泉之術一　伊津神湯　又其數而箱根之元湯是也　走湯者不レ然　人皇四十四代養老年中開基　非二尋常出湯一　一晝夕二度　山岸窟中　火焰隆發　而出二溫泉一　甚燐烈　鈍二沸湯一　以レ樋盛二湯船一　浸レ身者諸病悉治　（同右 第三）

造　船（參考）

准后《じゆごう》親房《ちかふさ》の記《き》に曰《い》はく、一應神天皇五年甲午《きのえうま》、冬十月、伊豆《いづ》の國に課《おほ》二せて船を造らしめき。長さ十丈《つゑ》、船成《な》りて海に泛《うか》べしに、三輕きこと葉《は》の如くにして馳《は》せき。傳へて云《い》はく、此の舟木《ふなぎ》四は日金山《ひかねやま》五の麓《ふもと》なる奥野《おきの》六の楠《くすのき》なりといふ。是《これ》、本朝《ほんてう》に大船《おほふね》を造る始めなり。

准后親房記曰　應神天皇五年甲午冬十月　課二伊豆國一造レ船　長十丈　船成泛レ海　而輕如レ葉馳　傳云　此舟木者　日金山麓奥野之楠也　是本朝造二大船一始也

（鎌倉實記 第三）

甲　斐　國

鶴　郡

かひ《甲斐》の國のつる《鶴》七の郡に菊おひ《生》八たる山あり。その山の谷より流るる水、九菊を洗ふ。一〇これによりて、一一その水を飲む人は、命《いのち》なが《長》くして、つる《鶴》のごとし。仍《ヨリ》て郡《コホリ》の名とせり。一二彼國《カノ》風土記にみえたり。

（和歌童蒙抄 四）

相　摸　國

造　船　今井似閑採択。前条・前々条に同じ。日本書紀通証は「伝云」以下を「伊豆風土記曰」として記している。

一 応神紀の記事に同じ。紀によって記したものであろう。

二 命じて。

三 応神紀には「軽く泛びて疾く行くこと馳するが如し」とある。「葉」は軽さの比喩。

四 舟の材。

五 熱海市の西北隅、日金山から南方に伸びる山脈の称呼として用いたもの。

六 伊東市鎌田奥野町が遺称地。

鶴　郡　今井似閑採択（諸国雑駁として）。夫木集（十四）には漢文で次の如く記す。「風土記に甲斐国鶴郡。有二菊花山一。流水洗レ菊、飲二其水一人寿如レ鶴。云々」

七 山梨県北・南都留郡、富士山の東北麓の地。和名抄に都留郡とある。

八 大月市駒橋の南にある。山中に菊花紋のある石（菊花石）を出すという。

九 山中湖から出る桂川。

一〇 菊の生えている根元に注ぎ流れる。

一一 菊水の故事による。山中の大菊の露を受けた霊水、南陽の甘谷の川水を飲んだ谷中三十余家の人々が長寿を保ったという（風俗通）。

一二 寿水・神仙霊鳥など大陸思想による解釈で、文人趣味の地名説明である。現伝の五ヵ国風土記にも文人趣味による記事はあるが、この条の如くに顕著露骨に、大陸思想で地名を説明した例はない。

足輕山（參考）

相摸國風土記に云《イハク》、[一三]足輕《アシカラ》山は、此山の[一四]杉の木をとりて舟につくる《造》に、[一五]あし《脚》の輕き事、他の材《キ》にて作れる舟にこと《異》なり。よりてあしから《足輕》の山と付《ツケ》たりと云々。

（續歌林良材集 上）

伊曾布利（參考）

相摸の國の風土記に云《い》はく、鎌倉《かまくら》の郡《こほり》。[一六]見越崎《みこしざき》。毎《つね》に速《はや》き浪ありて石《いし》を崩《くづ》す。國人《くにひと》名づけて[一七]伊曾布利《いそふり》と號《なづ》く。[一八]石《いし》を振《ふ》るを謂《い》ふなり。

相摸國風土記云　鎌倉郡　見越崎　毎有ニ速浪一崩レ石　國人名號ニ伊曾布利一謂レ振レ石也

（萬葉代匠記 十四）

上總・下總國

上總・下總國號（參考）

[一九]下總《シモフサ》・上總《カヅサ》は、[二〇]總《フサ》とは木の枝を謂《イフ》。昔、此國大なる楠を生ず。長《ナガサ》數百丈に及べり。時に帝之《ミカドコレ》を怪《アヤシ》み、之を卜占《ウラナハ》し給ふに、[二一]大史《タイシ》奏《ソウ》して云《イハク》、「[二二]天下の大凶事也」。因レ茲《コレニヨリテ》、彼《カノ》木を斬捨《キリスツルニ》、南方に倒《タフ》れぬ。[二三]上の枝を上總《カヅサ》と云《イヒ》、下の枝を下總《シモフサ》と云《イフ》。風土記。

（國花萬葉記 十）

足軽山　伴信友採択。国名風土記に類似の記事がある。

一三 静岡・神奈川両県境、箱根山の北に続く山。

一四 摂津国逸文美奴売松原の条（四二六頁）参照。神杉を材とする意であろう。

一五 伊豆国造船の条と同類の説話。応神紀の船の名を枯野（からの）というのも同様の意で、船脚の軽く速い意であろう。

伊曾布利　伴信友採択。

一六 神奈川県鎌倉市の稲村ヶ崎に擬し、また大仏の東の山の御輿嶽の名によって、その南方海岸地に擬しているが確かでない。

一七 礒触（いそふり）で、磯辺にうちよせる浪をいう。この条はその語釈である。

一八 万葉集（三三六五）の歌に「鎌倉の見越の埼のイハクエ（石崩）」とある。イハクエをイソフリと同語とした語解説で、石（イソ（礒））も同義）をふり揺がす意としたもの。

上総・下総国号　矢田求採択。日本風土記・国名風土記に見える記事で古代の風土記の記事とはし難い。

一九 上総は千葉県の中部、房総半島の大部分、下総はその北方の地。

二〇 フサという語また総という文字に枝の意はない。古語拾遺に「古語に麻は総と謂ふ。今、上総・下総二つの国と為すもの是なり」という地名説明が見える。

二一 神祇官に属する官吏の意。

二二 国名風土記には「天下調伏ノ箒木也」とある。

二三 大樹伝説の説話型によっている。

常陸國

信太郡（沿革）

[一]公望《きむもち》の私記《しき》に曰《い》はく、案《あん》ずるに、常陸《ひたち》の國の風土記《ふどき》に云《い》はく、[二]信太《しだ》の郡《こほり》。云々。古《ふる》老《おきな》の曰《い》へらく、[三]難波《なには》の長柄《ながら》の豐前《とよさき》の宮に御宇《あめのしたしろ》しめし天皇《すめらみこと》の御世《みよ》、[四]癸丑《みづのとうし》の年、[五]小《せう》山上《せんのかみつしな》[六]物部河内《もののべのかふち》・[七]大乙上《だいおつのかみつしな》[八]物部會津等《もののべのあひづら》、[九]惣領《すべをさ》高向《たかむこ》の大夫等《まへつぎみたち》に請《こ》ひて、筑波《つくは》・茨城《うばらき》の郡《こほり》の[一〇]七百戸《ななももへ》を分《わか》ちて信太《しだ》の郡《こほり》を置《お》けり。此の地《くに》は、本《もと》、[一一]日高見《ひたかみ》の國なり。云々

公望私記曰　案　常陸國風土記云　信太郡云々　古老曰　難波長柄豐前宮御宇[1]天皇之御世　癸丑年　小山上物部河内　大乙上物部會津等　[2]請㆓惣領高向大夫等㆒　分㆓筑波茨城郡七百戸㆒　置㆓信太郡㆒　此地本日高見國云々　（釋日本紀 巻十）

信太郡（郡名）

常陸《ひたち》の國の風土記に信太《しだ》の郡《こほり》と名づくる由縁《ゆゑよし》を記《しる》して云《い》はく、[一二]黑坂命《くろさかのみこと》、陸奥《みちのおく》の蝦夷《えみし》を征討《う》ちて、事了《ことを》へて凱旋《かちかへ》り、多歌《たか》の郡《こほり》の[一三]角枯《つのかれ》の山《やま》に及《いた》りて、黑坂命《くろさかのみこと》、病《やまひ》に遇《かか》りて身故《みまか》りき。ここに、角枯《つのかれ》を改めて黑前《くろさき》の山と號《なづ》けき。黑坂命《くろさかのみこと》の[一四]輀轜車《きぐるま》、黑前《くろさき》の山より發《た》ちて[一五]日高見《ひたかみ》の國に到《いた》りき。[一六]葬具《はふりつもの》の儀《よそひ》の赤籏《あかはた》と靑幡《あをはた》と、交雜《まじは》り飄颺《ひるがへ》りて、[一七]雲と飛《と》び虹《にじ》と張《は》り、野《の》を瑩《て》らし路《みち》を耀《かがや》かしき。時の人、[一八]赤幡《あかはた》の垂《しだり》の國と謂《い》ひき。後

信太郡（沿革）　今井似閑採択。

一 日本書紀の講筵に矢田部公望が紀伝学生として列席した延喜四年度の手記、または博士となった承平四年（実は天慶六年）度の講筵手記。日本紀私記の一で釈日本紀はそれからの孫引き。 二 現伝常陸国風土記の信太郡の郡首の省略箇所にあるべき記事（四三頁参照）。 三 孝徳天皇。 四 白雉四年（六五三）。同国行方郡・多珂郡の建郡と同年。 五・七 天智三年制定の冠位二十六階中の第十六階と第十九階にあたる位の名。 六・八 紀国造となり筑波郡を統治した筑簞命（三九頁）の子孫または同族者。 九 現伝本巻首（三四頁頭注一五）に見える。 一〇 五〇戸で一里（郷）として一四里（郷）。 一一 常陸国またはそれより東北の地方の称としているが、本来は、大祓祝詞に「大倭日高見之国」、景行紀に「東夷之中、有㆓日高見国㆒」とあるによれば、領有すべきよき地を称美していう語であったとすべきか。

1 底、「御宇」が「難波」の上、「之」が「天皇」の上にある。他例により訂す。
2 底にない。他例により補う。

信太郡（郡名）　今井似閑採択。前条に続いてあるべき現伝本省略箇所の記事。

一二 現伝本茨城郡（四七頁）に見える。 一三 多賀郡十王村の西境、立割山（六五八米）。その南麓に黒坂がある。 一四 棺・霊柩（キ・ヒトキ）を載せて運ぶ車。 一五 信太郡の地をいう。前条に見える。黒坂命を何処に葬ったかは不明。 一六 葬送の威儀儀装の幡。 一七 幡の風にひるがえる形容。現伝本行方郡板来村の条（六一頁）に類似の語句がある。

の世の言《こと》に、便《すなは》ち信太《しだ》の國と稱《い》ふ。云々

常陸國風土記　[3]記㆘名㆓信太郡㆒由縁㆖云　黑坂命　征㆓討陸奥蝦夷㆒　事了凱旋
及㆓多[4]歌郡角枯之山㆒　黑坂命　遇㆑病身故　爰改㆓角枯㆒　號㆓黑前山㆒　黑坂命之
輸轜車　發㆑自㆓黑前之山㆒　到㆓日高見[5]之國㆒　葬具儀　赤旗青幡　交雜飄颺
雲飛虹張　瑩㆑野耀㆑路　時人謂㆓之赤幡垂國㆒　後世言便稱㆓信太國㆒云々

（萬葉集註釋 卷第二）

大神驛家

常陸《ひたち》の國の風土記に云《い》はく、新治《にひばり》の郡《こほり》。驛家《うまや》あり。名《な》を大神《おほかみ》[一九]と曰《い》ふ。然稱《しかい》ふ所以《ゆえ》は、[二〇]大蛇《おほかみ》多《おほ》くあり。因《よ》りて驛家《うまや》に名づく。云々

常陸國風土記云　新治郡　驛家　名曰㆓大神㆒　所㆓以然稱㆒者　大蛇多在　因名㆓
驛家㆒云々

（同右 卷第二）

天皇の稱號

所謂《いはゆる》常陸《の》國《の》風土記ニハ、或ハ云㆓[二一]卷向日代宮《まきむくのひしろのみやに》大八《おほや》洲照臨《しましろしめしし》天皇之世《みよ》㆒、或云㆓[二二]石村玉穗宮《いはれのたまほのみやに》大八《おほや》
洲所馭《しましろしめしし》天皇之世《みよ》㆒、或云㆓[二三]難波長柄豐前大朝《なにはのながらのとよさきのおほみやに》[6]大八洲撫馭《おほやしましろしめしし》天皇之世《みよ》㆒。

（同右 卷第一）

國の稱

常陸《の》國《の》風土記ニハ、[二四]ニヒバリノクニ《新治國》、[7]マカベノクニ《眞壁國》、ツクハノクニ《筑波國》、カシマノクニ《香島國》、ナカノ《那珂》

一八 赤い幡が垂れ下る（シダル）意で地名シダリに冠する称辞。

3底「記シテ名クル信太郡由縁ヲ云」とある。送仮名を添えて漢文語序のまま書き下したもの。　4引用者の用字で、原典が「歌」字であったのではあるまい。現伝本常陸国風土記は「珂」字を用いている。

5底にない。西野宣明校本による。

大神駅家　今井似閑採択。現伝本常陸国風土記の新治郡の省略箇所の逸文。

一九 茨城県西茨城郡笠間町大郷戸・稲田町稲田附近の地。和名抄に新治郡巨神郷とある地。和名抄・延喜式の駅名には見えない。

二〇 蛇。水の霊としてオカミ（蛇龗）という（神代紀・万葉集・豊後国風土記）。ここはそれをオホカミと言ったものとすべきか。

天皇の称号　今井似閑採択。

二一 景行天皇。この書式は現伝本にないが、同書式の斯我高穴穂宮大八洲照臨天皇が見える（八九頁）。　二二 継体天皇。現伝本行方郡（五五頁）に見える。　二三 孝徳天皇。現伝本にない書式。最も近い書式は難波長柄豊前大朝馭宇天皇（六五頁）とあるもの。

6底にない。現伝本の他例によって補う。

国の称　今井似閑採択。

二四 記載の六国名の中、マカベのみ現伝本に見えない（**シラカベ**は見える）。現伝本巻首に新治・筑波・茨城・那賀・久慈・多珂の六国名を連記している。

7万葉緯「にらかべ」。現伝本も白壁郡とあるが、後の郡名に改め記したものか。

クニ《國》、タカ《多珂》ノクニ《國》ナドイヘリ《云》。（萬葉集註釋 巻第一）

枳波都久岡

一枳《き》波《は》都《つ》久岡《くのをか》。常陸國二眞壁《まかべ》郡ニアリ。見《みゆ》二風土記《に》一。（同右 巻第八）

桁藻山

常陸國多珂《たか》郡。三桁藻《タナメ》山ヲモ、風土記《の》歌ニハ、四ミチ《道》ノシリ《後》タナメ《桁藻》ノヤマ《山》トヨメリ《詠》。（同右 巻第七）

賀久賀鳥

風土記ヲ案ズルニ、常陸國五河内《かふち》ノ郡。六浮嶋《ウキしま》ノ村ニ鳥アリ。七賀久賀鳥《かくがとり》ト云フ。ソノ八吟嘯《ぎんせう》ノ音聲《こゑ》アイ《愛》シツベシ。九大足日子天皇《おほたらしひこの》、此ノ村ノカリミヤ《行宮》ニトヾマリ《停》玉《たま》フコト卅日、其ノ間《あひだ》、天皇、此ノ鳥ノ聲ヲキコシメシ《聞》テ、一〇伊賀理《いかり》ノ命《みこと》ヲツカハシ《遣》テ、網《あみ》ヲハリ《張》テトラシメ《捕》玉《たま》フ。悦感《えつかん》シ玉《たまひ》テ、鳥取《ととり》ト云フ姓《な》ヲ給《たまは》セケリ。其ノ子孫《しそん》イマ《今》ニ一一此ノ所ニスム《住》ト云ヘリ。（塵袋 第三）

久慈理岳

常陸國ニ一二久慈理《クジリ》ノ岳《ヲカ》ト云フヲカ《岳》アリ。其ノヲカ《岳》ノスガタ《體》、鯢鯨《くじら》ニニタル《似》ユヱ《故》ニカク云ヘリト云々。一三俗語《くにひとのことば》ニ謂《テ》レ鯨《ヲ》為《ス》二一四久慈理《クジリト》一ト云ヘリ。（同右 第六）

賀蘇理岡 （存疑）

一五サソリトハ、サヽリ蜂ト云《いふ》モノナリ。サヽリハ誤ナリ。本體ハサソリト云《いふ》ベキナリ。

枳波都久岡　今井似閑採択。

一 遺称なく所在地不明。

二 現伝本には白壁郡とある。後の郡名によって記したのであろう。前頁7と同じ。

桁藻山　木村正辞採択。

三 遺称なく所在地不明。

四 現伝本多珂郡の条（八九頁）参照。

賀久賀鳥　栗田寛採択。

五 以下の記事が河内郡の条に記載せられてあった意。河内郡浮島村と続くのではない。

六 茨城県稲敷郡桜川村に属す。霞ガ浦西南部の島（旧浮島村）で、現伝本風土記信太郡乗浜里の条に浮島里とある地。景行紀・高橋氏文では安房国の浮島としている。

七 鳴声による名。和名抄・日本紀私記・万葉集では鷲鷹の類、ミサゴとする。

八 鳴声。九 景行天皇。現伝本信太郡の条に「浮島の帳宮に幸す」とある。

一〇 景行紀・氏文に膳部臣・高橋氏の祖磐鹿六獦命とあるのと同人か。または鳥取氏のもった別伝か。一一 河内郡の地。

久慈理岳　栗田寛採択。

一二 現伝本久慈郡首（八〇頁）の「自レ郡以南、近有二小丘一、体似二鯨鯢一。倭武天皇、因名二久慈一」を摘意和訓した文。

一三 現伝本の上文の次の省略箇所にあった注記と認められる。一四 クジラの東国方言。

賀蘇理岡　伴信友採択。前条と同類記事であるが風土記記事としての確実性がない。

常陸國ニハカソリト云フトカヤ。カノ國ニ[一六]賀蘇理岡《かそりのをか》ト云フヲカ《岡》アリ。昔《むかし》、コノ岡ニサ、リハチ《蜂》オホ《多》カリケリ。コレニヨ《因》テ、サソリノヲカ《岡》ト云《いふ》ベキヲカソリノヲカト云フニヤ。

（同右 第十）

尾長鳥（存疑）

[一七]常陸の國の記に云《い》はく、[一八]別《べつ》に鳥あり。尾長《をなが》と名づけ、亦[一九]酒鳥《さかどり》と號《い》ふ。其の狀《かたち》、頂《うなじ》は黑く、尾は長く、色は[二〇]青鷺《みとさぎ》に似たり。雀を取《と》りて、略《ほぼ》、鷄子《にはつどり》に似たれども隼《はやぶさ》にあらず。山野《やまの》に栖《す》み、亦里村《さとむら》に住むと云へり。

常陸國記云　別有レ鳥　名ニ尾長一　亦號ニ酒鳥一　其狀　頂黑尾長　色似ニ青鷺一　取レ雀而略似ニ鷄子一非レ隼[1]　栖ニ山野一亦住ニ里村一ト云ヘリ。

（同右 第三）

比佐頭（存疑）

常陸の國の記に云《い》はく、[二一]大谷《おほや》の村の大きなる[二二]榛《はりのき》を採《と》りて、[二三]本材《もとき》を[二四]皷《つづみ》に造り、末材《すゑき》を[二五]瑟《ひさづ》、俗《くにひと》、[二六]比佐頭《ひさづ》と云《い》ふ　に造ると云へり。

常陸國記云　採ニ大谷村之大榛一　本材造レ皷　末材造レ瑟 俗云ニ比佐頭一 ト云ヘリ。

（同右 第七）

績麻（存疑）

常陸《の》國《の》記ニ、昔《ムカシ》、兄ト妹ト同日《おなじきひ》ニ田ヲツクリ《作》テ、「今日オソ《遅》クウヱ《植》タランモノハ、[二七]伊《い》

一五 新撰字鏡・和名抄によれば、蜂・蟻・蠅・蜾蠃（すがる）などの虫の通名の如くである。
一六 所在地不明。鹿島郡旭村の勝下（かちおり）を遺称地とする説があるが確かでない。

尾長鳥　栗田寛採択。

一七 常陸国風土記と同一書とすべき証がない。塵袋には「風土記」として引用した記事（大櫛岡）、書名を挙げずに引用した記事（久慈理岡）に現伝本と同一記事があるが、「常陸国記」として引用した記事三条には現伝本と同じ記事がない。
一八 尾の長い鳥の一般的称呼としてでなく、一種の鳥名として尾長鳥と呼ぶ鳥があるという意。山鶏（やまどり）・野鶏（きじ）の類の一種をいう如くである。
一九 坂鳥（万葉集に見える）と同じ意の名か。他に見えない。　二〇 鷺の一種。和名抄に蒼鷺（鷺に似て小さく色は蒼黒い）とある。
1 底「準」。意により「隼」の誤写とする。

比佐頭　今井似閑採択。

二一 和名抄に鹿島郡大屋郷とある地（鹿島郡旭村の大谷川・下太田・田崎附近）か、或は園部川の流域、東茨城郡美野里村大谷か明らかでない。
二二 ハンノキ。　二三 根本の方。
二四 皷の筒。　二五 三十六絃の琴。
二六 語義不明。神楽歌・皇太神宮儀式帳のヒサは打楽器で琴の類でない。

績麻　栗田寛採択。

二七 下文によれば伊福部岳にいる雷神。蛇をいう。

福部神《ふきべの》ノワザハヒ《禍》ヲカブル《被》ベシ」ト云《いひ》ケルホドニ、妹ガ田ヲ一オソク《遅》ウヱ《植》タリケリ。其ノ時、イカツチ《雷》ナリ《鳴》テ、妹ヲケ《蹴》コロシ《殺》ツ。兄大《おほき》ニナゲキ《歎》テ、ウラミ《恨》テ、カタキ《仇》ヲウタ《討》ントスルニ、其ノ神ノ所在ヲシラ《知》ズ。一《ひとつ》ノ雌雉《メキジ》トビ《飛》來《きた》リテカタ《肩》ノウヘ《上》ニヰ《居》タリ。二ヘソ《績麻》ヲトリテ雉《きじ》ノ尾ニカケ《繋》タルニ、キジ《雉》トビ《飛》テ三伊福部《いふきべ》ノ岳《タカ》ニアガ《上》リヌ。又其ノヘソ《績麻》ヲ四ツナ《認》ギテユク《往》ニ、五イカツチ《神雷》ノフセ《臥》ル石屋《イハヤ》ニイタ《到》リテ、タチ《大刀》ヲヌキ《抜》テ、神雷《いかつち》ヲキラ《斬》ントスルニ、神雷《いかつち》オソレ《慄》ヲノヽキ《戰》テ、タスカ《助》ラン事ヲコフ《乞》。「ネガハクハ《願》、六キミガ命《みこと》ニシタガ《隨》ヒテ、百歳ノノチ《後》ニイタ《到》ルマデ、キミ《君》ガ子《こ》孫ノスヱ《末》ニ七雷震《いかつち》ノオソレ《怖》ナカ《無》ラン」ト。是《これ》ヲユルシ《赦》テコロ《殺》サズ。キジ《雉》ノ恩ヲヨロコ《悦》ビテ、「生々世々《せいせいよよ》ニ徳ヲワスレ《忘》ジ。若シ違犯《キホン》アラバ、病《ヤマヒ》ニマツハ《纏》レテ生涯不幸ナルベシ」トチカ《誓》ヘリ。其ノ故ニ其ノ所ノ百姓ハ今ノ世マデ雉ヲクハ《食》ズトカヤ。八此ノ事ヲカケ《書》ル所ニ、取テ績麻《ヘソ》ヲ俗云倍蘇繋《カクと》ニ其ノ雉ノ尾ニ云ヘリ。

（塵袋 第八）

かひや（存疑）

九登蓮《トウレン》法師云、ひたちの國の風土記に、あさく《淺》ひろき《廣》は澤《さは》といひ、ふかく《深》せばき《狹》をば一〇かひやといふとみえ《見》たると申し侍《はべり》しかど、一一彼《カノ》風土記見えずばおぼつかなし。

（袖中抄 第一）

沼尾池（参考）

一 田植えの早植え競争に負けたのである。
二 織機にかけられるように縒り合せた麻糸、またはそれを巻きつけた巻子。ここは麻糸を雉に結びつけ、雉の飛び行く先まで糸をたどって行くので、雉の行先によってイカツチの所在を探ねるのである。
三 茨城県多賀郡豊浦町川尻の雉子明神社の北方の夷吹山とする。
四 後をつけてゆく。麻糸の伸びて行った跡をつけて行く(三〇九頁参照)。
五 三輪山説話の変型で蛇をいう。肥前国風土記褶振峰の条(三九七頁)参照。
六 あなたに服従して。殺されることを赦されて、後の世までその害を免れると語るのは、豊後国風土記頸峰の鹿の説話(三七三頁)に類する。
七 雷が鳴りまた落ちたりすること。
八 以上は原典の文を訓み下して引用記載したが、以下に要所を原典のままに引用記載するのである。塵袋にはこの例が多い。

かひや　栗田寛採択。
九 詞花集の作者。
一〇 沼沢の類の如くであるが不明。或は峡谷(カヒ・ヤ)をカヒヤと訓んでの解釈か。常陸国風土記現伝本には峡谷の文字は見えない。
一一 袖中抄の著者顕昭の他の著書にも風土記記事を記載しているが、風土記原典からの直接引用したものはなく、すべて先行書からの孫引きである。この条は先人の言葉によって記したもので、資料的価値は疑わしい。

[一二]康元元年十一月五日、鹿島社詣《カシマシヤマウ》です。宮めぐり侍《ハベ》るに、[一三]沼尾社《ヌマフシヤ》へ詣《マウ》でけるに、社邊《シヤヘン》に沼尾池《ヌマヲノイケ》あり。其さまいさぎよく《潔》み《見》えて、[一四]神代に空より水くだ《下》りて、蓮《ハチス》の生《オヒ》たるに、これを服《フク》するものは不老不死《フラウフシ》など、風土記にみ《見》えたるに、いまはなきふるごと《故事》になん侍りけりと云々。

（夫木集 巻廿三）

（附記）現傳本常陸國風土記の發見流布以前に他の著書に引用せられた記事で、現傳本に存するもの。

[一五]國名由來。[一六]筑波岳。[一七]寒田郎子の歌。[一八]流海。[一九]多珂郡の稱辭。――五條、萬葉集註釋に引用。

[二〇]常陸國の土狀。[二一]童子女松原。――二條、釋日本紀に引用。

[二二]大櫛岡。――一條、塵袋に引用。

近江國

伊香小江　（存疑）

古老《ふるおきな》の傳へて曰《い》へらく、近江《あふみ》の國伊香《いかご》の郡《こほり》。[二三]與胡《よご》の郷《さと》。[二四]伊香《いかご》の小江《をうみ》。郷《さと》の南にあり。[二五]天《あめ》の八女《やをとめ》、倶《とも》に白鳥《しらとり》と爲《な》りて、天《あめ》より降《くだ》りて、江《うみ》の南の津《つ》に[二六]浴《かはあ》みき。時に、[二七]伊香刀《いかと》美《み》、西の山にありて遥《はる》かに白鳥《しらとり》を見るに、其の形《かたち》奇異《あや》し。因《よ》りて若《も》し是《こ》れ[二八]神人《かみ》かと

沼尾池　伴信友採択。

一二 鎌倉時代、後深草天皇の御代（一二五六）。

一三 現伝本風土記に見える（七一頁）。

一四 現伝本風土記に「沼尾池。古老曰、神世、自レ天流来水沼。所レ生蓮根、味気太異、甘絶二他所一之。有レ病者、食二此沼蓮一、早差験之」（七〇頁）とある文にもとづき、潤色して不老不死といったもの。

一五 三五頁参照。

一六 四一頁参照。

一七 七三頁参照。

一八 六五頁参照。

一九 八八頁参照。

二〇 三七頁参照。

二一 七三頁参照。

二二 七九頁参照。

伊香小江　伴信友採択。

二三 滋賀県伊香郡余呉村。余呉湖の東北方地方。和名抄の郷名には見えない。

二四 余呉湖。琵琶湖を大江とするに対して小江という。

二五 白鳥処女説話（羽衣伝説）のよく纏った説話として最も古い記録である。天女が八人。天女は高天原の女神ではなく神仙女。天上に神仙境的理想境を想定し、そこにいる神仙女としたものである。

二六 下文の神の浦の地。遺称地はない。

二七 中臣氏系図に天児屋根命の五世孫に伊賀津臣（いかつおみ）とあるのと同人。

二八 人の姿となって現われた神の意。ここは神仙女の意。

疑《おも》ひて、往《ゆ》きて見るに、實《まこと》に是《こ》れ神人《かみ》なりき。ここに、伊香刀美《いかとみ》、卽《やが》て感愛《めづるこころ》を生《おこ》して得還《えかへ》り去《さ》らず。竊《ひそ》かに白《しろ》き犬《いぬ》を遣《や》りて、[一]天羽衣《あまのはごろも》を盗《ぬす》み取《と》らしむるに、[二]弟《いろと》の衣《ころも》を得《え》て隠《かく》しき。天女《あまつをとめ》、乃《すなは》ち知《さと》りて、其の[三]兄七人《いろねななたり》は天上《あめ》に飛《と》び昇《あが》るに、其の弟一人《いろとひとり》は得飛《えと》び去《さ》らず。[四]天路《あまぢ》永《なが》く塞《とざ》して、卽《すなは》ち[五]地民《くにつひと》と爲《な》りき。天女《あまつをとめ》の浴《かはあ》みし浦《うら》を、今、[六]神《かみ》の浦《うら》と謂《い》ふ、是《これ》なり。伊香刀美《いかとみ》、天女《あまつをとめ》の弟女《いろと》と共《とも》に[七]室家《をひとめ》と爲《な》りて此處《ここ》に居《す》み、遂《つひ》に男女《をとこをみな》を生《う》みき。男《をとこ》二《ふ》たり女《をみな》二《ふ》たりなり。兄《あに》の名は[八]意美志留《おみしる》、弟《おと》の名は[九]那志登美《なしとみ》、女《むすめ》は[一〇]伊是《いぜ》理比咩《りひめ》、次《つぎ》の名は奈是理比賣《なぜりひめ》、此《こ》は[一一]伊香連《いかごのむらじ》等《ら》が先祖《とほつおや》、是《これ》なり。後《のち》に[一二]母《いろは》、卽《すなは》ち天羽《あまのは》衣《ごろも》を捜《さが》し取《と》り、着《き》て天《あめ》に昇《のぼ》りき。伊香刀美《いかとみ》、獨《ひと》り空《むな》しき床《とこ》を守《まも》りて、[一三]唫詠《ながめ》すること斷《や》まざりき。

古老傳曰　近江國伊香郡　與胡郷　伊香小江　在二郷南一也　天之八女　倶爲二白鳥一　自レ天而降　浴二於江之南津一　于レ時　伊香刀美　在二於西山一　遥見二白鳥一　其形奇異　因疑二若是神人乎一　往見之　實是神人也　於レ是　伊香刀美　卽生二感愛一　不レ得二還去一　竊遣二白犬一　盗二取天羽[1]衣一　得二隠弟衣一　天女乃知　其兄七人　飛二昇天上一　其弟一人　不レ得二飛去一　天路永塞　卽爲二地民一　天女浴浦　今謂二神浦一是也　伊香刀美　與二天女弟女一　共爲二室家一　居二於此處一　遂生二男女一　男二女二　兄名意美志留　弟名那志登美　女伊是理比咩　次名奈

一　天上飛行の出来る霊力をもった衣。神仙女の霊力の本体をなすものとして語る。
二　八人の天女中の最も年少の天女。
三　八天女（八は多数の意）を文字通りの八人として語るもの。
四　天上への通路がふさがった。天上へ帰れなくなったことの漢文修辞。
五　天人に対する地上の人間。
六　上文に余呉湖の南の津とある地。遺称はない。　七　夫婦。
八　姓氏録に伊香連の祖を臣知人命（臣を巨に誤っている）とあるのと同人。
九　中臣氏の系図に伊賀津臣の子に梨津臣とあり、姓氏録に川跨連（伊香連と同族）の祖に梨富命とあるのと同人。
一〇　二女の名は他に見えない。
一一　中臣氏と同族の氏族。
一二　イカトミと夫婦になった天女。
一三　唫は吟に通用。歎きの歌をうたう意から歎く意に用いたのであろう。
1　底にない。下文及び栗注により補う。
2　養老七年癸亥の条に記しているのは所拠の文献に養老七年の記事としてあったものか、所拠の文献名を記していないので、風土記の記事に近似するが風土記と決し難い。

竹生島　伴信友採択。

一四　前条と同じ引用原典の別の箇所の記事の意。
一五　竹生島縁起に気吹雄《いぶきお》命・浅井姫命・坂田姫命の父とある。神の系譜は不明。
一六　竹生島縁起に気吹雄命とある神にあたる。他に見えない神名。
一七　滋賀（近江）・岐阜（美濃）両県境にある

是理比賣　此伊香連等之先祖是也　後　母即捜㆓取天羽衣㆒　着而昇㆑天　伊香刀美　獨守㆓空床㆒　唫詠不㆑斷　（帝皇編年記[2]）

竹生島（存疑）

又云[一四]へ《い》らく、霜速比古命《しもはやひこのみこと》[一五]の男、多々美比古命《たたみひこのみこと》[一六]、是《こ》は夷服《いぶき》[一七]の岳《たけ》の神と謂《い》ふ。女《むすめ》[一八]、比佐《ひさ》[一九]志比女命《しひめのみこと》、是《こ》は夷服《いぶき》の岳《たけ》の神の姉《いろね》にして、久恵峯《くゑのみね》[二〇]に在《いま》しき。次《つぎ》[二一]は淺井比咩命《あさゐひめのみこと》、是《こ》は夷服《いぶき》の神の姪《めひ》にして、淺井《あさゐ》[二二]の岡《をか》に在《いま》しき。ここに、夷服《いぶき》[二三]の岳《たけ》と、淺井《あさゐ》の丘《をか》と、長高《たかさ》を相競《あひきそ》ひしに、淺井《あさゐ》の岡《をか》、一夜《ひとよ》に高《たか》さを増《ま》しければ、夷服《いぶき》の岳《たけ》の神、怒《いか》りて刀劒《つるぎ》を抜《ぬ》きて、淺井比賣《あさゐひめ》を殺《き》りしに、比賣《ひめ》の頭《かしら》、江《うみ》の中《なか》に墮《お》ちて江島《しま》[二四]と成《な》りき。竹生島《ちくぶしま》[二五]と名づくるは其の頭《かしら》か。

又云[3]　霜速比古命之男　多々美比古命　是謂㆓夷服岳神㆒也　女比佐志比女命　是夷服岳神之姉　在㆓於久恵峯㆒也　次淺井比咩命　是夷服神之姪　在㆓淺井岡㆒也　是　夷服岳與㆓淺井丘[4]㆒　相㆓競長高[5]㆒　淺井岡　一夜增㆑高　夷服岳神[6]　怒拔㆓刀劒㆒　殺㆓淺井比賣㆒　々々[7]之頭[8]　墮㆓江中㆒而成㆓江島[9]㆒　名㆓竹生島㆒其頭乎　（同右）

八張口神社（參考）

近江《あふみ》の風土記に曰《い》はく、八張口《やはりぐち》[二六]の神の社《やしろ》。即《すなは》ち、伊勢《いせ》[二七]の左久那太李《さくなだり》[二八]の神を忌《い》[二九]みて、瀬織津比咩《せおりつひめ》[三〇]を祭《まつ》れり。云々

伊吹山（一三七七米）の神。
一八 霜速比古命の女の意。
一九 竹生島縁起に坂田姫命とあるにあたる。他に見えない神名。
二〇 所在不明。縁起の坂田姫と同神と見て伊吹山の南、坂田郡の霊山（一〇八四米）に擬する説があるが確かでない。
二一 ヒサシヒメ命の妹という書式であるが本文に姪とある。姪は或は妹の誤か。竹生島縁起では妹である。
二二 所在不明。伊吹山の北、東浅井郡の金糞ガ岳（一三一四米）に擬する説があるが確かでない。
二三 山の丈競べ伝説であるが部族間の勢力争いが語られている。
二四 湖の中の島の意。江は湖と同じ意。
二五 琵琶湖中の北部にある。

3前条に続いて記載。4底「丘」。意により訂す。5底「岳」。同上。6底にない。国史大系本頭注により補う。7「々々」、底にない。同上。8底「頸」。栗注による。9新考「江」を衍とするが底のまま。

八張口神社　武田祐吉採択。
二六 滋賀県大津市大石の桜谷（俗に鹿飛という地）にある式内社佐久奈度神社（桜谷明神）。瀬田川の急流の落ち口にある。
二七 伊勢は河勢また勢多の誤か。川の瀬の意であろう。
二八 水流が急で激しく流れ下るのをいう。それを神のわざとしたもの。
二九 神の霊力を畏れ憚る意。
三〇 早川の瀬に居て罪穢を大海原に運び去るという神（大祓祝詞）。

近江風土記曰　八張口神社　即忌二伊勢左久那太李神一　所レ祭二瀬織津比咩一也
云々　（創禊辨）

細浪國　（參考）

近江の國の風土記を引きて云《い》はく、淡海《あふみ》の國は、一淡海《あはうみ》を以《も》ちて國《くに》の號《な》と爲《な》す。故《ゆゑ》に一名《またのな》を二細浪《ささなみ》の國と云《い》ふ。目前《めのまへ》に湖上《うみのへ》の三漣漪《ささなみ》を向ひ観《み》るが所以《ゆゑ》なり。

近江國風土記を引云、淡海國者　以二淡海一爲二國號一　故一名云二細浪國一　所三以目前向二観湖上之漣漪一也」　（神樂入綾所引淺井家記録）

（附記）　四近江國注進風土記事（山槐記元暦元年九月十五日の條に記載）を栗田寛は採擇しているが、當時の記録文書であるから、ここには掲出しない。

美濃國

金山彥神　（參考）

風土記に云《い》はく、五伊奘冉尊《いざなみのみこと》、火の神軻遇槌《かぐつち》を生《う》みたまふ時、六悶熱《あつか》ひ懊悩《なや》みますに因《よ》りて七吐《たぐり》しましき。此《こ》れ、神と化《な》りて八金山彥《かなやまひこ》の神と曰《い》ふ、是《これ》なり。九一《いち》の宮《みや》なり。

風土記云　伊弉冉尊　生二火神軻遇槌一之時　悶熱懊惱　因爲レ吐　此化レ神　曰二

細浪国　木村正辞採択。
一 淡水の海で湖の意。琵琶湖を指す。
二 琵琶湖の西南岸地方の広い称呼。ササナミの大津・ササナミの志賀・ササナミの比良などという。
三 小波の意。
1 地理志（長久保玄珠著）に「風土記曰、佐々名実国、湖水小波、異二于潮濤一。故曰二淡海一、曰二素波一、曰二漣漪一」とある。同類の後代の風土記の記事である。
四 後鳥羽天皇即位の大嘗会に際し、悠紀方の風俗歌を詠進する資料として地名を連記して上進させたもの。

金山彦神　今井似閑採択。
五 以下は神代紀四神出生の章の第四の一書と殆ど同文。
六 熱さになやみ苦しむ。
七 嘔吐。へど。
八 山の鉱を神格化した神。嘔吐物が鉱と形状の類似するによる説話。
九 美濃国の一宮の神社。岐阜県不破郡垂井町宮代の式内社南宮神社（仲山金山彦神社）。
2 神名帳頭註の筆者（卜部兼倶）の附記であろう。新考はこの一句を含めて後代の風土記とする。

金山彦神一是也　一宮也[2]

（神名帳頭註）

飛驒國

飛驒國號（參考）

風土記に云《い》はく、此の國は、本《もと》、[一〇]美濃《みの》の内《うち》なり。往昔《むかし》、[一一]江州《がうしう》の大津《おほつ》に王宮《わうきゆう》を造りし時、此の郡《こほり》より良《よ》き材《き》を多く出して、馬の[一二]駄《だ》に負《おほ》せて來《きた》る。其の速《はや》きこと飛ぶが如し。因《よ》りて改めて飛駄《ひだ》の國と[一三]稱《い》ふ。

風土記云　此國本美濃内也　往昔　江州大津　造二王宮一時　自二此郡一　良材多出　而負二馬駄一來　其速如レ飛　因改稱二飛駄國一

（倭漢三才圖會 七十）

信濃國

ははき木

[一四]昔、風土記と申《マウス》ふみ《書》見《ミ》侍《ハベリ》しにこそ、此《コノ》[一五]はゝきゞ《箒木》のよし《由縁》は大略みえ《見》侍しかど、[一六]年ひさに《久》まかり成《ナリ》て、[一七]はかぐ〵しく覺《オボ》え侍らず。[一八]件木《クダンノキ》は美濃信濃兩國界、[一九]その原[二〇]ふせやと云所《イフ》にある木なり。[二一]とほくて《遠》みれば《見》、はゝきをたてたる《箒立》やうにてたてり《立》。ちかくて《近》みれば《見》、それに似たる木もなし。然《シカレ》ば、[二二]ありとは《有》みれど《見》あはぬ《逢》物にたとへ侍《ハベル》。

（袖中抄 第十九）

飛驒国号　矢田求採択。

一〇 飛驒国(岐阜県北部)が美濃国から分立したことをいう。

一一 近江の大津の宮(天智天皇の宮)の造営。

一二 馬で運ぶ荷物。また荷物を運ぶ馬。和訓はオヒウマ。

一三 地名を書き記すために仮り用いた漢字「飛駄」の字義による地名説明で、古代の風土記には例のない後代的なもの。日本風土記・国名風土記に同じ説明が見える。

ははき木　伴信友採択。

一四 底本「基俊(藤原)判云」とある文中の記事で、袖中抄の著者顕昭はそれを孫引きしたもの。

一五 ははき木と呼ぶ由来。

一六 風土記を見てから長年経たので。

一七 確かには。

一八 以下は風土記記事の引用でなく、不確かな記憶による内容の要記である。

一九 長野県下伊那郡智里村園原。信濃国の南西隅。

二〇 布施屋(平安初期以後駅路の諸所に設けられた旅行者のための無料宿泊所)か。ここはそれが地名になったもの。遺称はない。

二一 遠望すると箒を立てた形に見えるが近よるとそれらしい木がない。

二二 姿は見られるが契りかわすことの出来ない恋の思いなど。

陸奥國

八槻郷

陸奥《みちのおく》の國の風土記《ふどき》に曰《い》はく、[一]八槻《やつき》と名づくる所以《ゆゑ》は、巻向《まきむく》の日代《ひしろ》の宮に御宇《あめのしたしろ》しめしし(景行)天皇《すめらみこと》の時《よ》、日本武尊《やまとたけるのみこと》、東《あづま》の夷《えみし》を征伐《う》ちて、此の地《ところ》に到りまし、[二]八目《やつめ》の鳴鏑《なりかぶら》を以《も》ちて、賊《あた》を射《い》て斃《ころ》したまひき。其の矢の落下《お》ちし處を矢着《やつき》と云《い》ふ。即《すなは》ち[三]正倉《みやけ》あり。[四]神龜《じんき》三年、字《じ》を八槻と改む。[五]古老《ふるおきな》の傳へて云《い》へらく、昔、此《こ》の地《くに》に八《や》たりの[六]土知朱《つちくも》ありき。一を黑鷲《くろわし》と曰《い》ひ、二を神衣媛《かむみぞひめ》と曰《い》ひ、三を草野灰《かやのはひ》と曰《い》ひ、四を保々吉灰《ほほきはひ》と曰《い》ひ、五を阿邪爾那媛《あざになひめ》と曰《い》ひ、六を栲猪《たくゐ》と曰《い》ひ、七を神石萱《かむいしかや》と曰《い》ひ、八を狹磯名《さしな》と曰《い》ひき。各《おのもおのも》、族《うから》ありて、八處《やところ》の石室《いはむろ》に[七]屯《いは》みき。此の八處《やところ》は皆[八]要害《ぬみ》の地《ところ》なるに因《よ》りて、上命《おほみこと》に順《したが》はざりき。國造《くにのみやつこ》、[九]磐城彦《いはきひこ》が敗走《いくさやぶ》れし後《のち》は、百姓《おほみたから》を[一〇]虜《なか》し掠《かす》めて止《や》まざりき。纒向《まきむく》の日代《ひしろ》の宮に御宇《あめのしたしろ》しめしし天皇《すめらみこと》(景行天皇)、日本武尊《やまとたけるのみこと》に詔《みことのり》して、土知朱《つちくも》を征討《う》たしめたまひき。土知朱等《つちくもら》、力を合《あは》せて防禦《ふせ》ぎ、且《また》、[一一]津輕《つがる》の蝦夷《えみし》に[一二]謀《ことと》げて、[一三]許多《ここだ》く[一四]猪鹿弓《ししゆみ》・猪鹿矢《ししや》を[一五]石城《いはき》に連《つら》ね張《は》りて、官兵《みいくさ》を射《い》ければ、官兵《みいくさ》え進歩《すす》まず。日本武尊《やまとたけるのみこと》、[一六]槻弓《つきゆみ》・槻矢《つきや》を[一七]執《と》り執《と》らして、[一八]七發《ななさ》發《はな》ち、八發《やさ》發《はな》ちたまへば、則《すなは》ち、七發《ななさ》の矢《や》は[一九]電《なるかみ》如《な》す鳴《な》り響《とよ》みて、蝦夷《えみし》の徒《ともがら》を追《お》ひ退《しりぞ》け、八發《やさ》の矢《や》は[二〇]八《や》たりの土知朱《つちくも》

八 槻郷　伴信友採択。

一 福島県東白川郡棚倉町八槻が遺称地。磐城国内。磐城国は養老二年に初めて置かれたが延喜式・和名抄では陸奥国に属している。本条は養老以前磐城国分置以前か、再び陸奥国に合併後か明らかでない。

二 鏑矢(かぶらや)の鏑の箇所に風を通す鳴り穴の多くあけてあるもの。

三 正税としての稲などを収納する公の倉庫、またそれを管理する役所。出雲国風土記に多く記載がある。

四 出雲国風土記巻首(九七頁)参照。

五 以上と以下と類似の地名説明を重記しているが、上文は「名号の所由」を記す記事、下文は「古老相伝の旧聞」を記す記事として重記したものと区別解釈せられる。

六 土蜘蛛の字画を略したもの。土着の先住勢力。

七 集まり満ちている。

八 外敵を防ぎまた攻めるのに適した地。

九 磐城(国・郡)の地名による国造名。大和朝廷側の地方豪族がまず討伐したのである。

一〇 良民を奴隷とし、またその物を掠奪する。

一一 津軽地方の土蜘蛛。磐城は陸奥の東南端、津軽は最西北部、磐城以北の土蜘蛛全部に援けを求めた意であろう。

一二 情報を知らせて援けを求める。

一三 多く。 一四 猪鹿を射るための強弓を立てつらねる。 一五 石で造った柵。とりで。

一六 槻の木で作った弓・矢。猪鹿弓・猪鹿矢と区別対応させたもの。

一七 トルを重ねて、弓矢を頻繁に使うことをいう修辞。

一八 七・八は発射の度数の多い意。発を重ねて更に頻繁の意を強めたもの。説話では

を射貫《いつらぬ》きて、立《たちどころ》に斃《ころ》しき。其の土知朱《つちくも》を射《い》ける征箭《そや》[二一]は、悉《ことごと》に芽生《めお》ひて槻《つき》の木と成りき。其の地《ところ》を八槻《やつき》[二二]の郷《さと》と云《い》ふ。（卽《すなは》ち正倉《みやけ》あり。）神衣媛《かむみぞひめ》と神石萱《かむいしかや》との子孫《すゑ》の赦《ゆる》されし者は郷《さと》の中《うち》にあり。今、綾戸《あやべ》[二三]と云《い》ふ、是《これ》なり。

陸奥國風土記曰　所三以名二八槻一者　巻向日代宮御宇（景行）[1]天皇時　日本武尊　征二伐東夷一　而到二此地一　以二八目鳴鏑一　射レ賊斃矣　其矢落下處　云二矢着一　卽有二正倉一（神龜三年改二字八槻一）　[2]古老傳云　昔於二此地一　有二八土知朱一　一曰二黑鷲一　二曰二神衣媛一　三曰二草野灰一　四曰二保々吉灰一　五曰二阿[3]邪爾那媛一　六曰二栲猪一　七曰二神石萱一　八曰二狹磯名一　各有レ族而　屯二於八處石室一也　此八處皆要害之地　因不レ順二上命一矣　國造磐城彦　敗走之後　虜二掠百姓一　而不レ止也　纏向日代宮御宇天皇（景行天皇）[4]詔二日本武尊一　而征二討土知朱一矣　土知朱等　合レ力防禦　且[5]諜二津輕蝦夷一　許多連二張猪鹿弓猪鹿矢於石城一　而射二官兵一　官兵不レ能二進歩一焉　日本武尊　執二々槻弓槻矢一　而七發々八發々　則七發之矢者　如レ雷鳴響而　追二退蝦夷之徒一　八發之矢者　射二貫八土知朱一　立斃焉　射二其土知朱一之征箭　悉生レ芽　成二槻木一矣　其地云二八槻郷一[6]（卽有二正倉一也）　神衣媛與二神石萱一之子孫　會レ赦者在二郷中一　今云二綾戸一是也　（大善院舊記）[7]

飯豐山

陸奥《みちのおく》の國の風土記に曰《い》はく、白川《しらかは》の郡《こほり》。飯豐山《いひとよやま》[二四]。此の山は、豐岡姫命《とよをかひめのみこと》[二五]の忌庭《ゆには》[二六]なり。

七本の矢、八本の矢と実数として語っている。

一九 鳴鏑の附いている矢の形容。

二〇 これは鏑矢でなく征矢である。

二一 的中して敵を射殺す鏃を附けた矢。威喝するための鏑矢に対する実質的な矢。槻で作った槻矢であった。

二二 八本の矢から八本の槻の木が生えたによる地名の意。

二三 特殊な綾織を職とする部民の意か（帰化漢人をアヤベと呼ぶに類する）。或は東北地方の方言に長上者をアヤ（親の意）と言うそのアヤベ（親戸）の意か。

1・4底、大書している。後補の注とすべきであろう。今細字として存しておく。

2新考は以上前段を後世の偽作とし、以下後段を風土記の文としているが、前後を併せて風土記の文と認めてよかろう。

3「耶」の誤か。後文アヤ戸に関係ある如くである。

5「諜」に通わし用いたのであろう。

6上文と重記。新考に従い後人の補入とすべきであろう。

7福島県東白川郡棚倉町八槻の式内社都々古別神社の別当大善院。

飯豊山　伴信友採択。前条と同様に記事が前段と後段とになっている。

二四 福島県白河市小田川の豊地に式内社飯豊比売神社がある。その社の山か。ただしこの附近にはイヒトヨ（地方語イイデ）という地名は多い。二五 トヨウケ姫というに同じ。農業の神。穀神。二六 神を祭る清浄な場所。斎域。延喜式神名帳に白河郡飯豊比売神社とあるものを指すのであろう。

一前文でも飯豊山の地名説明になり得るが、重ねて飯豊山の名を確定的に説明し得る今一つの記事を記したのである。

二顕宗天皇の皇姉(一に叔母)。清寧天皇の崩御後、顕宗天皇即位までの数ヵ月国政を執られ、書紀では天皇と同格に記している。その御名に縁を求めた地名説明。

三以上が前段、以下が後段。同一地名についての別の説明を記したもの。

四垂仁天皇。

五この年飢饉という記事は他にない。

六「飢ゑ飢ゑ」の意か。

七飢(ゑ)の悪名を忌んで反対の嘉名に改めたのである。

1前条と同様に以上の前段を新考は後世の偽作とするが従い難い。


浅香沼　久曾神昇採択。古今和歌集の先行考証書に所載もなく、恐らくは古代の風土記記事と認めるべきであるまい。

八福島県安積郡にあったという沼。日和田町東勝寺の後方の池も伝説地の一。

九名だけで実際に見ることが出来ない。信濃のははき木の類(四六一頁参照)。

若狭国号　矢田求採択。国名風土記にある記事で古代の風土記記事と認められない。
一〇福井県小浜市遠敷の式内社若狭比古神社をいう。若狭比古・若狭比咩二神を祭り、比古神を一宮(上宮)、比咩神を二宮(下宮)と呼んでいる。

一又、二飯豊青尊《いひとよあをのみこと》、物部臣《もののべのおみ》をして、御幣《みてぐら》を奉《たてまつ》らしめたまひき。故《かれ》、山の名と爲《な》す。三古《ふる》老《おきな》の曰《い》へらく、昔、四巻向《まきむく》の珠城《たまき》の宮に御宇《あめのしたしろ》しめしし天皇《すめらみこと》の二十七年、五戊午《つちのえうま》のとし、秋《とし》飢饉《う》ゑて、人民《たみ》多《おほ》く亡《う》せき。故《かれ》、六宇恵々山《うゑゑやま》と云《い》ひき。後、名を改めて七豊田《とよだ》と云《い》ひ、又飯豊《いひとよ》と云ふ。

陸奥國風土記曰　白川郡　飯豊山　此山者　豊岡姫命之忌庭也　又飯豊青尊使三物部臣奉二御幣一也　故爲二山名一　1古老曰　昔　巻向珠城宮御宇天皇二十七年戊午　秋飢饉而　人民多亡矣　故云二宇恵々山一　後改レ名云二豊田一　又云二飯豊一

（大善院舊記）

淺香沼（參考）

或説云《イハク》、陸奥風土記にいはく、八淺香《アサカ》の沼。九名ありて尋《タヅネ》ゆけばみえ《見》ぬ沼《ヌマ》也。もし尋《タヅネ》てみれば死するといへり。

（久曾神昇氏藏　堀河院百首聞書）

若狹國

若狹國號（參考）

風土記に云《い》はく、昔、此の國に男女ありて夫婦と爲《な》り、共に長壽にして、人、其の年齢を知らず。容貌《かほかたち》の壯若《わか》きこと少年の如し。後、神と爲《な》る。今、一〇一の宮の神、是《これ》

なり。因《よ》りて若狭[一一]の國と稱《い》ふ。云々

風土記云　昔　此國有㆓男女㆒　爲㆓夫婦㆒　共長壽　人不㆑知㆓其年齡㆒　容貌壯若如㆓少年㆒　後爲㆑神　今一宮神是也　因稱㆓若狹國㆒云々　（倭漢三才圖會 七十一）

越前國

氣比神宮（參考）

風土記に云《い》はく、氣比《けひ》[一二]の神宮は、宇佐《うさ》[一三]と同體《どうたい》[一四]なり。八幡は應神天皇の垂跡《すゐじやく》[一五]、氣比《けひ》の明神《みやうじん》は仲哀天皇[一六]の鎭座なり。

風土記云　氣比神宮者　宇佐同體也　八幡者　應神天皇之垂跡　氣比明神　仲哀天皇之鎭座也　（神名帳頭註）

越後國

八坂丹

越後《こしのみちのしり》の國の風土記《ふとき》に曰《い》はく、八坂丹《やさかに》[一七]は玉《たま》の名なり。玉の色青きを謂《い》ふ。故《かれ》、青《あを》[一八]八坂丹《やさかに》の玉《たま》と云《い》ふ。

越後國風土記曰　八坂丹玉名　謂㆓玉色青㆒　故云㆓青八坂丹玉㆒也　（釋日本紀 卷六）

一一 地名表記の万葉仮名的な漢字の字義に基づき、その国の代表的な神に関連させて考案した地名説明であろう。

気比神宮　伴信友採択。古代の風土記の記事とは認められない。

一二 福井県敦賀市にある気比神宮。祭神はイザサワケ命。応神天皇と名を取り替えたと伝えられている神。

一三 大分県宇佐郡宇佐町の宇佐神宮。延喜式に八幡大菩薩宇佐宮とある。応神天皇を祭る。

一四 祭神が同じという意。

一五 神となって鎮座された意。

一六 仲哀天皇が敦賀行幸に際して造られた行宮の笥飯宮（けひのみや）と気比神宮とを結びつけた気比神宮の祭神説である。

八坂丹　今井似閑採択。

一七 ヤサカは八尺。玉を貫いた緒の長いことをいう。ニは瓊、玉。長い玉の輪飾り。ここはヤサカニを玉の種類の名として説明しているのである。

一八 青玉の故に限定詞を添えたのであるが、ヤサカニに限定詞を附した例は他に見えない。

八掬脛

越後《こしのみちのしり》の國の風土記に曰《い》はく、美麻紀《みまき》[一]の天皇《すめらみこと》の御世《みよ》、越《こし》の國に人あり、八掬脛《やつかはぎ》[二]と名づく。其の脛《はぎ》の長さは八掬《やつか》、力多《おほ》く太《はなは》だ強《こは》し。是《こ》は土雲《つちくも》[三]の後なり。其の屬類《たぐひ》多し。

越後國風土記曰　美麻紀天皇御世　越國有レ人　名二八掬脛一　其脛長八掬　多レ力太强　[1]是土雲之後也　其屬類多

（釋日本紀 巻十）

（附記）　佐佐木信綱は「秦原、見二佐渡國俗記一」（西本願寺本萬葉集頭書）を採擇しているが風土記と別種の地方誌、また「丹波國注進風土記事」（多和文庫所蔵古文書）をも採擇しているが「近江國注進風土記事」（四六〇頁）と同様の文書であるからここには掲出しない。

丹後國

奈具社

丹後《たにはのみちのしり》の國の風土記《ふどき》に曰《い》はく、丹後《たにはのみちのしり》の國丹波《たには》[四]の郡《こほり》。郡家《こほりのみやけ》[五]の西北《いぬゐ》[六]の隅《すみ》の方《かた》に比治《ひぢ》[七]の里《さと》あり。此の里《さと》の比治山《ひぢやま》[八]の頂《いただき》に井《ゐ》あり。其の名を眞奈井《まなゐ》[九]と云《い》ふ。今は既《すで》に沼《ぬま》と成《な》れり。此の井《ゐ》に天女《あまつをとめ》[一〇]八人降《やたりくだ》り來《き》て水浴《みかはあ》みき。時に老夫婦《おきなとおみなと》あり。其の名を和《わ》[一一]奈佐《なさ》の老夫《おきな》・和奈佐《わなさ》の老婦《おみな》と曰《い》ふ。此の老等《おきなら》、此の井《ゐ》に至《いた》りて、竊《ひそ》かに天女《あまつをとめ》一人《ひとり》

八掬脛　今井似閑採択。

一 崇神天皇。

二 ツカ（握）は長さの単位（握り拳の幅、約九糎）。脛（ねす）の異常に長い足長男の故に名としたもの。異種族の身体的特徴を異常と見て誇張したもの。記紀に見える大和国生駒の長髄彦（ながすねひこ）も同類の称呼。

三 土蜘蛛に同じ。大和朝廷の統治下に容易に入らなかった先住勢力。

1 底「出」。栗注によって訂す。

奈具社　今井似閑採択。

四 京都府中郡の地。和名抄に丹波郡とある。

五 郡の役所（一〇二頁頭注八）。中郡峰山町丹波を遺蹟地とする。

六 西北のスミ・西北のカタというに同じ意の言い方を重ねて言ったもの。

七 中郡の西部、峰山町久次・鱒留附近の地。和名抄の郷名には見えない。

八 鱒留の菱山。

九 同地に式内社比沼麻奈為神社（沼は治の誤）がある。マナは称美の語、井は湧き泉。

一〇 羽衣伝説（白鳥処女説話）の一変型で、これは神社縁起（神の鎮座）と結びつけて語られた説話となっている。近江国伊香小江（四五七頁）参照。

一一 ワカサ（若狭）に関係のある地名による名か。

一二 伊香小江の条に天羽衣とあるのにあたる。

一三 この条の天女は俗人間と同様な感情の

の[一二]衣裳《きもの》を取《と》り藏《かく》しき。即《やが》て衣裳《きもの》ある者《もの》は皆天《あめ》に飛び上《あが》りき。但《ただ》、衣裳《きもの》なき女娘《をとめ》一人《ひとり》留《とど》まりて、即《すなは》ち身《み》[一三]は水に隱《かく》して、獨《ひとり》懷愧《は》ぢ居《を》りき。爰《ここ》に、老夫《おきな》、天女《あまつをとめ》に謂《い》ひけらく、「吾《あ》は兒《こ》なし。請《こ》ふらくは、天女娘《あまつをとめ》、汝《いまし》、兒《こ》と爲《な》りませ」といひき。（天女《あまつをとめ》、答《こた》へけらく、「妾《あれ》獨《ひとり》人間《ひとのよ》に留《とど》まりつ。[一四]何《なに》ぞ敢《あ》へて從《したが》はざらむ。請《こ》ふらくは[一五]衣裳《きもの》を許《ゆる》したまへ」といひき。老夫《おきな》、「天女娘《あまつをとめ》、[一六]何《いかに》ぞ欺《あざむ》かむと存《おも》ふや」と曰《い》へば、天女《あまつをとめ》の云《い》ひけらく、「[一七]凡《すべ》て天人《あめひと》の志《こころばへ》は、信《まこと》を以《も》ちて本《もと》と爲《な》す。何《なに》ぞ疑心《うたがひおほ》多くして、衣裳《きもの》を許《ゆる》さざる」といひき。老夫答《おきなこた》へけらく、「疑《うたがひおほ》多く信《まこと》なきは率土《ひとのよ》の常《つね》なり。故《かれ》、此の心《こころ》を以《も》ちて、許《ゆる》さじと爲《おも》ひしのみ」といひて、遂《つひ》に[一八]許《ゆる》して、）即《すなは》ち相副《あひたぐ》へて宅《いへ》に往《ゆ》き、即《すなは》ち[一九]相住《あひす》むこと十餘歳《とをあまり》なりき。爰《ここ》に、天女《あまつをとめ》、善《よ》く[二〇]酒《さけ》を釀《か》み爲《つく》りき。[二一]一坏《ひとつき》飲《の》めば、吉《よ》く万《よろづ》の病除《やまひい》ゆ。其の一坏《ひとつき》の直《あたひ》の財《たから》は[二二]車《くるま》に積《つ》みて送《おく》りき。時に、其の[二三]家豐《いへゆた》かに、[二四]土形富《ひぢかたと》めりき。故《かれ》、土形《ひぢかた》の里《さと》と云《い》ひき。此《こ》を[二五]中間《なかつよ》より今時《いま》に至りて、便《すなは》ち比治《ひぢ》の里《さと》と云《い》ふ。

後、老夫婦等《おきなおみなら》、天女《あまつをとめ》に謂《い》ひけらく、「汝《いまし》は吾《あ》が兒《こ》にあらず。暫《しまら》く借《かり》に住《す》めるのみ。早く出《い》で去《ゆ》きね」といひき。ここに、天女《あまつをとめ》、天《あめ》を仰《あふ》ぎて哭慟《なげ》き、地《つち》に俯《うつぶ》して哀吟《かな》しみ、即《やが》て老夫等《おきなら》に謂《い》ひけらく、「妾《あ》は私意《わがこころ》から來つるにあらず。是《こ》は老夫等《おきなら》が願《ねが》へるなり。何《なに》ぞ猒惡《いと》ふ心を發《おこ》して、忽《たちまち》に[二六]出《いだ》し去《す》つる痛《いた》きことを存《おも》ふや」といひき。老夫《おきな》、增《ますます》發瞋《いか》りて去《ゆ》かむことを願《もと》む。天女《あまつをとめ》、涙《なみだ》を流して、微《すこ》しく門《かど》の外《と》に退《しりぞ》き、鄕《さと》

女として語られている。この箇所も俗人的である。

一四 従わない訳にはゆかない。

一五 衣裳(天羽衣)を返して着ることを許して下さい。

一六 衣裳(天羽衣)を返してもらえば、着て天上に飛び帰り、老夫の子になる約束を破ってしまうつもりだろうの意。後代の能楽の羽衣に承けつがれる説話型。

一七 天上を信(誠実の国)、地上を疑(欺瞞の国)とする考えによって脚色した信と疑の問答で伝承本来のものではない。古事記裏書及び塵袋所載の文には信疑問答の条がない。恐らくそれが風土記の原形であろう。古事記裏書に存しない箇所に、( )を附しておく。

一八 問答の末、信の勝利で衣裳を天女に返して着ることを許す。天羽衣を着てもこの天女は天上に飛び去らない。

一九 この条の天女は人間と結婚しない。老夫婦の子である。羽衣伝説の変形。

二〇 大隅国逸文醸酒の条(五二六頁)参照。

二一 酒を薬とする考えから霊酒を霊薬としてその効能を語るもの。

二二 載車(ものの多い意)の漢字熟語による文。天女の酒が高価に買われたのである。

二三 神女が老夫を富ます霊力をもっていたと語るのはこの種の説話に多い。

二四 浬潟(ひじかた)の意。水に乏しい山地の特殊な農耕適地をいうのであろう。

二五 土形里と名づけられた古代と説話の筆録時現在との中間の時代。「後の世に訛って」とあるのに類する。

二六 家を出て行かすという惨酷なことを考えるのか。

人《びと》に謂《い》ひけらく、「久しく人間《ひとのよ》に沈《しづ》みて天《あめ》に還《かへ》ることを得《え》ず。復《また》、親故《しるしきもの》[一]もなく、居《を》[二]らむ由《すべ》を知らず。吾《あれ》、何《いか》[三]にせむ、何《いか》にせむ」といひて、涙を拭《のご》ひて嗟歎《なげ》き、天《あめ》を仰《あふ》ぎて哥《うた》ひしく、

　天《あま》[四]の原《はら》　ふり放《さ》け見れば
　霞立《かすみた》ち　家路《いへぢ》まどひて
　行方《ゆくへ》知らずも。

遂《つひ》に退《しりぞ》[五]き去《ゆ》きて荒鹽《あらしほ》[六]の村《むら》に至り、卽《すなは》ち村人等《むらびとたち》に謂《い》ひけらく、「老父老婦《おきなおみな》の意《こころ》を思へば、我《わ》が心、荒鹽《あらしほ》[七]に異《こと》なることなし」といへり。仍《よ》りて比治《ひぢ》の里《さと》の荒鹽《あらしほ》の村と云《い》ふ。亦《また》、丹波《たには》[八]の里《さと》の哭木《なきき》[九]の村《むら》に至り、槻《つき》の木に據《よ》[一〇]りて哭《な》きき。故《かれ》、哭木《なきき》の村と云《い》ふ。復《また》、竹野《たかの》[一一]の郡船木《こほりふなき》の里《さと》の奈具《なぐ》[一二]の村《むら》に至り、卽《すなは》ち村人等《むらびとたち》に謂《い》ひけらく、「此處《ここ》にして、我《わ》が心《こころ》[一三]なぐしく成《な》りぬ。古事《ふること》[一四]に平善《たひらけ》きをば奈具志《なぐし》と云《い》ふ。」といひて、乃《すなは》ち此の村に留《とど》まり居《を》りき。斯《こ》は、謂《い》はゆる竹野《たかの》の郡《こほり》の奈具《なぐ》[一五]の社《やしろ》に坐《いま》す豐宇賀能賣命《とようかのめのみこと》[一六]なり。

丹[1]後[2]國風土記曰　丹後國丹波郡[3]　々家西北隅方[4]　有㆓比治里㆒[5]　此里比治山頂有㆑井　其名云㆓眞奈井[6]㆒　今既成㆑沼　此井天女八人　降來浴㆑水　于㆑時　有㆓老夫婦㆒　其名曰㆓和奈佐老夫和奈佐老婦㆒　此老等[7]至㆓此井㆒　而竊取㆓藏天女一人衣裳㆒　卽有㆓衣裳㆒者　皆天[8]飛上　但无㆓衣裳㆒女娘一人留[9]　卽[10]身隱㆑水而　獨懷愧

一　親族。縁故者。
二　居るべきたより所を知らない。塵袋には「住ムベキ里ヲ思ヒワヅラヒテ」と意訓している。
三　どうしようか。どうしたらよかろうか。
四　天の方を遙かに眺めやれば、霞が立ちこめてよくも見えない。我が家へ帰る路に迷って行くべき方もわからないの意。
五　以下は鎮座地を遷してゆく神の遍歴譚である。山城国逸文賀茂社の条(四一四頁)参照。
六　中郡峰山町久次。式内社咋岡神社の旧地。
七　荒潮の意。海の荒れ騒ぐ潮の如く胸中が騒ぎ静まらないことをいう。
八　中郡峰山町の北部の地、丹波が遺称地。和名抄に丹波郡丹波郷とある。
九　峰山町内記。式内社名木神社がある。
一〇　よりかかり。
一一　京都府竹野郡弥栄町船木。峰山町内記の北方約六粁。和名抄竹野郡には船木郷は見えない。
一二　船木附近の地。嘉吉年間の洪水に部落流失し村民も離散したと伝え、遺蹟地は明らかでない。
一三　心が平静でおだやかである意。
一四　古語。
一五　式内社。今、船木にあるが、旧地は洪水によって流失した奈具村。
一六　豊受神。穀神、農耕神。

1　塵袋第一「福神」の条(風土記と引用原典名を記していない)に本条と同じ記事を書き下した文がある。
2　古事記裏書「丹ノ國」。「後」を脱したもの。

居　爰老夫謂二天女一曰　吾無レ兒　請天女娘　汝爲レ兒　(天[11]女答曰　妾獨留二人間一　何敢不レ從　請許二衣裳一　老夫曰　天女娘　何存二欺心一　天女云　凡天人之志　以レ信爲レ本　何多二疑心一　不レ許二衣裳一　老夫答曰　多レ疑无レ信　率土之常　故以二此心一　爲レ不レ許耳　遂許)　即相副而往レ宅　即相住十餘歳[12]　爰天女　善爲レ釀レ酒　飲二一坏一[13]　吉万病除之[14]　其一坏之直財[15]　積レ車送之　于レ時其家豐　土形富　故云二土形里一[16]　此自二中間一　至二于今時一　便云二比治里一[5]　後老夫婦等　謂二天女一曰　汝非二吾兒一　蹔借住耳　宜二早出去一　於レ是　天女仰レ天哭慟[17]　俯レ地哀吟　即謂二老夫等一曰　妾非下以二私意一來上　是老夫等所レ願　何發二猒惡之心一　忽存二出去之痛一　老夫增發レ瞋願レ去　天女流レ涙　微退二門外一　謂二鄕人一曰　久沈二人間一　不レ得レ還レ天　復無二親故一　不レ知レ由レ所レ居[18]　吾何々哉々[19]　拭レ涙嗟歎　仰レ天哥曰　阿麻能波良　布理佐兼美禮婆　加須美多智伊幣治麻土比天[20]　由久幣志良受母　遂退去而　至二荒鹽村一　即謂二村人等一云　思二老夫婦之意一　我心无レ異二荒鹽一者　仍云二比治里荒鹽村一[5]　亦至二丹波里哭木村一　據二槻木一而哭　故云二哭木村一　復至二竹野郡船木里奈具村一[21]　即謂二村人等一云　此處我心成二奈具志久一[22]　(古事平善者云二奈具志一)　乃留二居此村一　斯所レ謂竹野郡奈具社坐　豐宇賀能賣命也

(古事記裏書・元々集 巻第七)


3以下一八字、元々集にない。古事記裏書による。

4新考「西南」の誤とする。

5元々集「沼」。古事記裏書による。

6元々集にない。古事記裏書による。

7新考「夫」を補う。

8・9元々集にない。古事記裏書による。

10古事記裏書にない。元々集による。

11以下「遂許」まで六九字、古事記裏書にない。塵袋にもこの記事に該当する文がない。恐らくは後補文。（ ）を附けて元々集のままに存する。

12元々集にない。古事記裏書による。

13元々集「盃」。古事記裏書による。

14万葉緯、「病」の下に「悉」がある。

15古事記裏書にない。元々集に従って存しておく。或は後補の字か。

16以下「故云哭木村復」まで、古事記裏書は省略し「天女云々」とのみ記す。元々集による。塵袋にも同様の記事がある。

17元々集「慟」。栗注による。

18新考「所由」の誤とする。元々集のまま。

19元々集「何々々哉」。新考による。

20万葉緯「弊」。

21以下五字、古事記裏書にない。元々集のまま。

22元々集にない。古事記裏書による。

天椅立

丹後《たにはのみちのしり》の國の風土記に曰《い》はく、[一]與謝《よさ》の郡《こほり》。[二]郡家《こほりのみやけ》の[三]東北《うしとら》の隅《すみ》の方《かた》に[四]速石《はやし》の里《さと》あり。此の里《さと》の海に長く大きなる[五]前《さき》あり。長さは一千二百廿九丈《つゑ》、廣さは或る所は九丈以下《つゑよりしも》、或る所は十丈以上《つゑよりかみ》、廿丈以下《つゑよりしも》なり。[六]先《さき》を天《あま》の椅立《はしだて》と名づけ、後《しり》を久志《くし》の濱《はま》と名づく。然云《しかい》ふは、國《くに》生《う》みまし大神、伊射奈藝命《いざなぎのみこと》、天《あめ》に通《かよ》ひ行《い》でまさむとして、[七]椅《はし》を作り立てたまひき。故《かれ》、天《あま》の椅立《はしだて》と云《い》ひき。神の御寝《みね》ませる間《あひだ》に仆《たふ》れ伏《ふ》しき。仍《すなは》ち[八]久志備《くしび》ますことを[九]恠《あやし》みたまひき。故《かれ》、久志備《くしび》の濱《はま》と云《い》ひき。此《こ》を[一〇]中間《なかつよ》に久志《くし》と云《い》へり。此《これ》より東《ひむがし》の海を[一一]與謝《よさ》の海《うみ》と云《い》ひ、西の海を[一二]阿蘇《あそ》の海《うみ》と云《い》ふ。是《こ》の二面《ふたおもて》の海に、雑《くさぐさ》の魚貝《うをかひ》等《ども》住《す》めり。但《ただ》、蛤《うむぎ》は乏少《すくな》し。

丹後國風土記曰　與謝郡　郡家東北隅方　有㆓速石里㆒　此里之海　有㆓長大前㆒　長一千二百廿九丈[1]　廣或所九丈以下　或所十丈以上廿丈以下　先名㆓天椅立㆒　後名㆓久志濱㆒　然云者　國生大神伊射奈藝命　天爲㆓通行㆒　而椅作立　故云㆓天椅立㆒　神御寢坐間[2]仆伏　仍恠㆓久志備坐㆒　故云㆓久志備濱㆒　此中間云㆓久志㆒　自㆑此東海　云㆓與謝海㆒　西海云㆓阿蘇海㆒　是二面海　雜魚貝等住　但蛤乏少

（釋日本紀 巻五）

浦嶼子

丹後《たにはのみちのしり》の國の風土記に曰《い》はく、與謝《よさ》の郡《こほり》、[一三]日置《ひおき》の里《さと》。此の里《さと》に[一四]筒川《つつかは》の村《むら》あり。此《ここ》

天椅立　今井似閑採択。

一　京都府与謝郡及び宮津市の地。
二　郡の役所。加悦町与謝を遺蹟地とする。
三　四六六頁頭注六参照。
四　和名抄に拝師（波也之）郷とある。岩滝町及びその東南・東北（宮津市）にわたる阿蘇海をかこむ地。
五　崎、岬の意。ここは海に突出した砂浜地。宮津市江尻から南方海上に約三粁細長く続いている砂浜、天橋立。
六　砂浜の突出部（前、天椅立）と、その基部（後、久志浜）とにそれぞれの呼称のあることをいう。今は砂浜地を天橋立と言い、その南端の対岸地（宮津市文珠）の浜を久志浜と呼んでいる。
七　梯。はしご。播磨国風土記の八十橋（二六七頁）と同類で、高天原との交通のものに見立てた伝承。
八　霊異のはたらきをする意。クシ（霊妙）の動詞形。天に立てかけてあったハシ（梯）が海上の砂浜になったとして霊異のはたらきを認めたもの。
九　イザナギ命が。
一〇　前条（四六七頁頭注二五）に見える。
一一　宮津湾。
一二　今も阿蘇海と言い、また内海と呼ぶ。
1　底「二十」。万葉緯など「二千」とするが、実地理により新考に従う。
2　底「間」。万葉緯などによる。

浦嶼子　今井似閑採択。

一三　与謝半島の東部、和名抄に日置郷とある地。遺称地は半島の東南部、宮津市日置。
一四　与謝半島の北東部、伊根町に属している。
一五　日下部連（開化天皇の皇子、彦坐王の子

の人夫《たみ》、[一五]早部首等《くさかべのおびとら》が先祖《とほつおや》の名を筒川《つつかは》の嶼子《しまこ》と云《い》ひき。爲人《ひととなり》、姿容秀美《すがたうるは》しく、風流《みやび》なること類《たぐひ》なかりき。斯《こ》は謂《い》はゆる[一六]水《みづ》の江《え》の浦嶼《うらしま》の子《こ》といふ者《もの》なり。是《こ》は、[一七]舊《もと》の宰《みこともち》[一八]伊預部《いよべ》の馬養《うまかひ》の連《むらじ》が[一九]記《しる》せるに相乖《あひそむ》くことなし。故《かれ》、略《おほよそ》所由之旨《ことのよし》を陳《の》べつ。[二〇]長谷《はつせ》の朝倉《あさくら》の宮に御宇《あめのしたしろ》しめしし天皇《すめらみこと》の御世《みよ》、嶼子《しまこ》、獨《ひとり》小船《こぶね》に乘《の》りて[二一]海中《うみなか》に汎《うか》び出《い》でて釣《つり》するに、三日三夜《みかみよ》を經《ふ》るも、一つの魚《うを》だに得ず、乃《すなは》ち[二二]五色《いついろ》の龜《かめ》を得たり。心に奇異《あやし》と思ひて船の中《うち》に置《お》きて、即《やが》て寐《ぬ》るに、忽《たちま》ち婦人《をみな》と爲《な》りぬ。其の容美麗《かたちうるは》しく、更比《またたぐ》ふべきものなかりき。嶼子《しまこ》、問ひけらく、「人宅《ひとさと》遙遠《はろか》にして、[二三]海庭《うみには》に人乏《ひとな》し。[二四]詎《いづれ》の人か忽《たちまち》に來《き》つる」といへば、女娘《をとめ》、微咲《ほほゑ》みて對《こた》へけらく、「風流之士《みやびを》、獨蒼海《ひとりうみ》に汎《うか》べり。近《した》しく談《かた》らはむおもひに勝《た》へず、[二五]風雲《かぜくも》の就來《むたき》つ」といひき。嶼子《しまこ》、復問《またと》ひけらく、「風雲《かぜくも》は何《いづれ》の處《ところ》よりか來《き》つる」といへば、女娘答《をとめこた》へけらく、「[二六]天上《あめ》の仙《ひじり》の家《いへ》の人なり。請《こ》ふらくは、君《きみ》、な疑《うたが》ひそ。相談《あひかた》らひて愛《うつく》しみたまへ」といひき。ここに、嶼子《しまこ》、神女《かむをとめ》なることを知りて、愼《つつし》み懼《お》ぢて[二七]心に疑《うたが》ひき。女娘《をとめ》、語《かた》りけらく、「[二八]賤妾《やつこ》が意《こころ》は、[二九]天地《あめつち》と畢《を》へ、日月《ひつき》と極《きは》まらむとおもふ。但《ただ》、君は奈何《いかに》か、早《すむや》けく[三〇]許不《いなせ》の意《こころ》を[三一]先《し》らむ」といひき。嶼子《しまこ》、答へけらく、「更《さら》に言《い》ふところなし。何《なに》ぞ[三二]懈《おこた》らむや」といひき。女娘《をとめ》曰《い》ひけらく、「君、棹《さを》を廻《めぐ》らして[三三]蓬山《とこよのくに》に赴《ゆ》かさね」といひければ、嶼子《しまこ》、從《つ》きて往《ゆ》かむとするに、女娘《をとめ》、教《をし》へて目を眠《ねむ》らしめき。即《すなは》ち不意《とき》の間《ま》に海中《うみなか》の博《ひろ》く大きな

孫の氏族)と同族とする伝承か。この地方に縁のある氏族者として語るもの。

一六 雄略紀・万葉集に見える称呼で、与謝半島の西北部、網野地方の伝承によるもの。水の江は竹野郡網野町の海浜地にある湖(浅茂湖・離湖)による地名としている。風土記の伝承(半島の東部のもの)は嶼子と呼んで浦島とは言わない。

一七 以前の丹波国守。和銅六年丹波国から丹後国の分立する以前の国守。

一八 持統・文武朝に活躍した人。大陸文化に通じて詩文をよくし、大宝律令の撰定に功績があった。大宝二・三年頃没(四五歳)。

一九 馬養の書いた浦島子伝(現伝しない)と土地の伝承と相違するところがない。以下の文は土地の伝承による筆録であるというのであるが、文飾が多く馬養の筆録を参考したものと認められる。

二〇 雄略天皇。雄略紀二十二年七月の条に、浦島が蓬萊国に行って帰らないと見える。

二一 海の沖の方。海洋の真只中。

二二 霊異の亀をいう文飾。

二三 凪いだ海面。

二四 未知の意、「誰」に用いた。

二五 神仙境を風雲の彼方とし、神仙は風雲に乗って飛行するというによる詞。

二六 天上の神仙(仙人)。ただし天上は神仙の居処としての修辞で、下文には神仙境を海上遙かの処としている。

二七 漢文熟語の「疑心」。疑い心に怖れを抱く意。

二八 第一人称の謙遜した語。

二九 貴男と堅く永く契ろうと思うの意。

三〇 イナ(否)か、サ(然。セは音転)か。諾否。

三一 漢文熟語の「先意」。相手の心を知る意。

三二 懈怠。貴女を愛し思う心にゆるみはないの意。

三三 蓬萊山。東の大海中にあるとする神仙境。

る嶋に至りき。其の地《つち》[一]は玉《たま》を敷《し》けるが如し。闕臺《うてな》[二]は晻映《かげくら》[三]く、樓堂《たかどの》[四]は玲瓏《てりかがや》きて、目に見ざりしところ、耳に聞かざりしところなり。手を携《たづさ》へて徐《おもぶる》に行きて、一つの太《おほ》きなる宅《いへ》の門《かど》に到《いた》りき。女娘《をとめ》、「君、且《しま》[五]し此處《ここ》に立ちませ」と曰《い》ひて、門《かど》を開《ひら》きて内《うち》に入《い》りき。即《すなは》ち七《なな》たりの竪子《わらはき》[六]來て、相語《あひかた》りて「是《こ》は龜比賣《かめひめ》[七]の夫《をひと》なり」と曰《い》ひき。亦《また》、八《や》たりの竪子《わらはき》來て、相語《あひかた》りて「是《こ》は龜比賣《かめひめ》の夫《をひと》なり」と曰《い》ひき。茲《ここ》に、女娘《をとめ》が名の龜《かめ》比賣《ひめ》なることを知りき。乃《すなは》ち女娘《をとめ》出で來《き》ければ、嶼子《しまこ》、竪子等《わらはら》が事《こと》を語《かた》るに、女娘《をとめ》の曰《い》ひけらく、「其の七《なな》たりの竪子《わらは》は昴星《すばる》[八]なり。其の八《や》たりの竪子《わらは》は畢星《あめふり》[九]なり。君、な恠《あやし》みそ」といひて、即《すなは》ち前立《さきだ》ちて引導《みちび》き、内《うち》に進み入りき。女娘《をとめ》の父母《かぞいろ》、共に相《あひ》迎《むか》へ、揖《をろが》[一〇]みて坐定《ゐしづま》りき。ここに、人間《ひとのよ》と仙都《とこよ》との別《わかち》を稱説《と》き、人と神と偶《たまさか》に會《あ》へるを嘉《よろこ》びを談議《かた》る。乃《すなは》ち、百品《ももしな》の芳《かぐは》しき味《あぢはひ》を薦《すす》め、兄弟姉妹等《はらからたち》は坏《さかづき》を擧《あ》げて獻酬《とりかは》し、隣《となり》[一一]の里《さと》の幼女等《わらはども》も紅《にのほ》の顔《おも》して戯《たはぶ》れ接《まじ》る。仙《とこよ》[一二]の哥寥亮《うたきさやか》[一三]に、神《かみ》の儛逶迤《まひもこよか》[一四]にして、其の歡宴《うたげ》を爲《な》すこと、人間《ひとのよ》に万倍《よろづまさ》れりき。茲《ここ》に、日の暮《く》[一五]るることを知らず、但《ただ》、黄昏《くれがた》の時、群仙侶等《とこよひとたち》[一六]、漸々《やくやく》[一七]に退《まか》り散《あら》け、即《やが》て女娘《をとめ》獨留《ひとりとど》まりき。肩《かた》を雙《なら》べ、袖《そで》を接《まじ》へ、夫婦之理《みとのまぐはひ》を成《な》しき。時に、嶼子《しまこ》、舊俗《もとつくに》[一八]を遺《わす》れて仙都《とこよ》に遊《あそ》ぶこと、既《すで》[一九]に三歳《みとせ》に逕《な》りぬ。忽《たちまち》に土《くに》を懷《おも》ふ心を起《おこ》し、獨《ひとり》、二親《かぞいろ》を戀ふ。故《かれ》、吟哀《かなしび》繁《しげ》く發《おこ》り、嗟歎《なげき》日《ひ》に益《ま》しき。女娘《をとめ》、問ひけらく、「比來《このごろ》、君夫《きみ》が貌《かほばせ》[二〇]を觀《み》るに、常時《つね》に異《こと》なり。願《ねが》はくは其の志《こころばへ》[二一]を聞かむ」

一 地面。　二 高く造った城門。
三 高く掩って暗い。玲瓏の対。
四 二層造りの御殿。
五 暫らくの間。
六 竪は豎の俗字。童子。わらわ。わらわ達が神仙女の花婿を見に来たのである。
七 長寿の霊性のある神仙動物の故に女娘の名としたもの。上文に五色亀とあるのに応ずる神仙女の本性。
八 二十八宿の一の星の名。南南西に宿る。牡牛座にあるプレアデスの和名。むつら星・きら星ともいう。七つの星が並んで見えるもの。星が本性の神仙とする。
九 昴星に次ぐ二十八宿の一の星の名。八つの星が並んで見えるとする。海上の仙境と天上の仙境とを混じて語っている。
一〇 挨拶の礼拝をして座についた。
一一 兄弟姉妹等の対句。
一二 神仙の哥儛を二句に修辞したもの。
一三 音が澄みとおって響く。
一四 うねうねと進む。舞の形容。
一五 仙境の遊びの楽しさの故に時の経つのを忘れて、日の暮れるのも気がつかない。仙境に日暮・夜がない意ではない。
一六 宴会に列席していた仙人達。
一七 次第次第に。　一八 故郷。
一九 未の反対の意で文を整える辞。「既逕三歳」は「独恋二親」と対句である。
二〇 顔色。　「れを。
二一 意向。どんなことを思っているのか、そ
二二 論語(里仁)に「君子は徳を懐い、小人は土を憶う」とあるによる。
二三 礼記(檀弓)に「狐死して正しく丘に首するは仁也」、楚辞に「狐の死するとき、必

といへば、嶼子《しまこ》、對《こた》へけらく、「古人《いにしへびと》の言《い》へらくは、[二二]少人《おとれるもの》は土《くに》を懐《おも》ひ、[二三]死ぬる狐《きつね》は岳《をか》を首《かしら》とす、といへることあり。[二四]僕《やつがれ》、[二五]虚談《そらごと》と以《おも》へりしに、今は斯《これ》、信《まこと》に[二六]然《しか》なり」といひき。女娘《をとめ》、問ひけらく、「君《きみ》、歸《かへ》らむと欲《おもほ》すや」といへば、嶼子《しまこ》、答へけらく、「僕《やつがれ》、[二七]近《ちか》き親故《むつま》じき俗《くにひと》を離《はな》れて、遠《とほ》き神仙《とこよ》の堺《くに》に入りぬ。戀《こ》ひ眷《した》ひ忍《あ》へず、輙《すなは》ち[二八]輕《かろがろ》しき慮《おもひ》を申《の》べつ。望《ねが》はくは、蹔《しま》し本俗《もとつくに》に還《かへ》りて、二親《かぞいろ》を拜《をろが》み奉《まつ》らむ」といひき。女娘《をとめ》、涙を拭《のご》ひて、歎《なげ》きて曰《い》ひけらく、「[二九]意《こころ》は金石《かねいし》に等《ひと》しく、共《とも》に[三〇]万歳《よろづとし》を期《ちぎ》りしに、何《なに》ぞ郷里《ふるさと》を眷《した》ひて、棄《す》て遺《わす》ること[三一]一時《たちまち》なる」といひて、即《すなは》ち相携《あひたづさ》へて[三二]俳佪《たちもとほ》り、相《あひ》談《かた》らひて慟《なげ》き哀《かな》しみき。遂《つひ》に袂《たもと》を[三三]拚《ひるが》へして退《まか》り去《さ》りて岐路《わかれぢ》に就《つ》きき。ここに、女娘《をとめ》の父母《かぞいろ》と親族《うから》と、但《ただ》、別《わかれ》を悲《かな》しみて送《おく》りき。女娘《をとめ》、[三四]玉匣《たまくしげ》を取りて嶼子《しまこ》に授《さづ》けて謂《い》ひけらく、「君、終《つひ》に賤妾《やっこ》を遺《わす》れずして、眷尋《かへりみたづ》ねむとならば、堅《かた》く匣《くしげ》を握《と》りて、[三五]愼《ゆめ》、な開《ひら》き見たまひそ」といひき。即《やが》て相分《あひわか》れて[三六]船に乘《の》る。仍《すなは》ち教《をし》へて目を眠《ねむ》らしめき。

[三七]忽《たちまち》に本土《もとつくに》の筒川《つつかは》の[三八]郷《さと》に到《いた》りき。即《すなは》ち村邑《むらざと》を瞻眺《ながむ》るに、人と物《もの》と遷《うつ》り易《かは》りて、[三九]更《さら》に由《よ》るところなし。爰《ここ》に、郷人《さとびと》に問ひけらく、「[四〇]水《みづ》の江《え》の浦嶼《うらしま》の子《こ》の家人《いへびと》は、今何處《いづく》にかある」ととふに、郷人《さとびと》答へけらく、「君は何處《いづこ》の人なればか、舊遠《むかし》の人を問《と》ふぞ。吾《あ》が聞《き》きつらくは、古老等《ふるおきなたち》の相傳《あひつた》へて曰《い》へらく、先世《さきつよ》に水《みづ》の江《え》の浦嶼《うらしま》の子《こ》といふものありき。獨《ひとり》蒼海《うみ》に遊《あそ》びて、復還《またかへ》り來《こ》ず。今、三百餘歳《みももとせあまり》を經《へ》つといへり。何《なに》ぞ忽《たちまち》に

ず丘に首す」とあるによる。狐は自分の巣穴のある丘の方に向いて死ぬ意で、故郷を忘れないことをいう。

二四 一人称の謙遜語。　二五 うそ偽りの話。

二六 その通りである。故郷が恋しくなったという意を出典句で文飾したもの。

二七 次の「遠き」との対。自分の身近な親族の人間。

二八 人間世界の故郷に帰りたいという思い。

二九 わたし(神女)の心は金石の如く堅く変ることなく貴男を思い続けるの意。

三〇 万年の後まで夫婦であろうと約束した。

三一 瞬時に同じ。わずかの間でわたしを捨てるのかの意。

三二 徘徊に同じ。歩きまわる。

三三 翻す意。袂を別つ。別れることをいう。

三四 玉飾りのある櫛(化粧用具)の箱の意から、女性の持つ手箱。いわゆる玉手箱。霊性のある神仙女との結合を可能にするタブーの箱。下文によれば、神仙としての浦島の霊性(不老不死)を斎い込めた箱の意に解し得る。

三五 心に慎み、努めて…しない。

三六 往路では明確でなかった神仙境との交通用具。最も人間的に船と語る。

三七 往路の「不意之間」とあるのと同じ。

三八 行政区画名字の「郷」ではない。村里の意。上文は「筒川村」。

三九 見覚えのある人も物もなく、全然たよりどころがない。

四〇 本来別の土地の伝承による「水の江の浦島子」の名が混入したもの(四七一頁頭注一六)。土地の伝承のみによる筆録でなく、他の筆録記事を参考して書いたことを示す。

此《こ》を問《と》ふや」といひき。即《すなは》ち棄《す》[一]てし心を衜《いだ》きて郷里《さと》を廻《めぐ》れども一《ひとり》の親《した》しきものにも會《あ》はずして、既《すで》に旬日《とをか》を逕《す》ぎき。乃《すなは》ち、玉匣《たまくしげ》を撫《な》でて神女《かむをとめ》を感思《した》ひき。ここに、嶼子《しまこ》、前《さき》の日《ひ》の期《ちぎり》[二]を忘れ、忽《たちまち》に玉匣《たまくしげ》を開《ひら》きければ、即《すなは》ち瞻《めにみ》[三]ざる間《あひだ》に、芳蘭《かぐは》[四]しき體《すがた》、風《かぜ》[五]雲《くも》に率《したが》ひて蒼天《あめ》に翩飛《とびか》けりき。嶼子《しまこ》、即《すなは》ち期要《ちぎり》に乖違《たが》ひて、還《また》[六]、復《ふたた》び會《あ》ひ難《がた》きことを知り、首《かしら》[七]を廻《めぐ》らして踟蹰《たたず》み、涙《なみだ》に咽《むせ》びて俳佪《たちもとほ》りき。ここに、涙《なみだ》を拭《のご》ひて哥《うた》[八]ひしく、

常世《とこよ》[九]べに　雲たちわたる
水の江の　浦嶋《うらしま》の子が
言持《こともち》わたる。

神女《かむをとめ》、遙《はるか》に芳《かぐは》[一〇]しき音《こゑ》を飛ばして、哥《うた》ひしく、

大和《やまと》[一一]べに　風吹きあげて
雲放《ばな》れ　退《そ》き居《を》りともよ
吾《わ》を忘《わす》らすな。

嶼子《しまこ》、更《また》、戀望《こひのおもひ》に勝《た》へずして哥《うた》ひしく、

子《こ》[一二]らに戀《こ》ひ　朝戸《あさと》を開《ひら》き
吾《わ》が居《を》れば　常世《とこよ》の濱《はま》の
浪《なみ》の音《と》聞《き》こゆ。

一 放心の様子で。
二 神女との約束。
三 ときのまに。瞬時に。たちまちに。
四 若々しく美しい姿態。神仙としての浦島の若々しさである。
五 風雲にともなわれて天上の神仙境へ飛び去った。浦島の神仙としての永久の若さ(不老不死)が玉匣に斎い込められてあり、それが天上に飛び去って、浦島の若い姿が消えてしまったというのである。
六 文を整える辞として添えたもの。
七 漢文熟語の「廻首」。神仙境の方をふり返って見て佇む。
八 以下の浦島と神女との贈答三首は後人追和の歌と同類のもので、この伝承に本来あった歌でなく、伝承を脚色するために他の伝承の歌または後の製作の歌を添え利用したもの。
九 トコヨ(神仙境)の方に向かって雲が立ちわたっている。水の江の浦島子の神女への言葉(歌)を持ち運び伝える雲が立ちわたっている、の意。雲は天にかかるもので、神仙境を天上として詠じた歌。
一〇 天上(神仙境)から美しい声で。
一一 大和の国の方へ風が吹いて雲が切れ切れに離れる――そのように貴男と離れていましても、わたしを忘れないで下さい、の意。ヤマトは日本国の意に解することも出来るが落着かない。本来「大和」の意の別の歌である。古事記仁徳天皇の条、黒日売の歌として「倭べににし(西風)吹き上げて雲離れ退き居りともよわれ忘れめや」という類歌がある。
一二 神女を恋い慕って独り寝した夜があけ

[一三]後《のち》の時《よ》の人、追《お》ひ加《くは》へて哥《うた》ひしく、

[一四]水の江の　浦嶋《うらしま》の子《こ》が
玉匣《たまくしげ》　開《あ》けずありせば
またも會《あ》はましを。

[一五]常世《とこよ》べに　[一六]雲立ちわたる
[一七]たゆまくも　[一八]はつかまどひし
我《われ》ぞ悲しき。

丹後國風土記曰　與謝郡　日置里　此里有㆓筒川村㆒[1]　此人夫　日下部首等先祖名云㆓筒川嶼子㆒　爲㆑人　姿容秀美　風流無㆑類　斯所㆑謂水江浦嶼子者也　是舊宰伊預部馬養連　所㆑記無㆓相乖㆒　故略陳㆓所由之旨㆒　長谷朝倉宮御宇天皇御世嶼子獨乘㆓小船㆒　汎㆓出海中㆒爲㆑釣　經㆓三日三夜㆒　不㆑得㆓一魚㆒　乃得㆓五色龜㆒　心思㆓奇異㆒　置㆓于船中㆒卽寐　忽爲㆓婦人㆒　其容美麗　更不㆑可㆑比　嶼子問曰　人宅遙遠　海庭人乏　詎人忽來　女娘微咲對曰　風流之士　獨汎㆓蒼海㆒不㆑勝㆓近談㆒　就㆓風雲㆒來　嶼子復問曰　風雲何處來　女娘答曰　天上仙家之人也　請君勿㆑疑　垂[2]㆓相談之愛㆒　爰嶼子知㆓神女㆒　愼[3]懼疑㆑心　女娘語曰　賤妾之意　共㆓天地㆒畢　倶㆓日月㆒極　但君奈何　早先[4]㆓許不之意㆒　嶼子答曰　更無㆑所㆑言　何懈[5]乎　女娘曰　君宜㆔廻㆑棹赴㆓于蓬山㆒　嶼子從往　女娘敎令㆑眠㆑目

て、朝、我家の戸を開けてながめやっていると、常世（神仙境）の浜辺に打つ波の音が聞えてくる、の意。この歌では神仙境を天上とせずに海の彼方としている。前の二首と異なる。

一三 浦島の伝承が史伝としての伝承であるよりは、文芸としての興味で歌が添えられたもの。

一四 水の江の浦島子が持っていた玉匣、それを開けなかったならばも一度神女に逢うことが出来ただろうに、の意。

一五 第三句・第四句に誤脱字があって解し難いが、試訓によれば、天上の神仙境の方に向かって雲が立ちわたっている。神女を思う心に弛みがあって、僅かに心迷いして玉匣を開けたわたし、今は悲しい、の意。

一六 天上と地上とを通う雲。今は浦島の若さ(不老)を天上に運び去った雲が立ち渡っている意。

一七 タユム(弛む)の変化形タユマクとして試訓する。旧訓タマクシゲ、タユマナク、タユタユモなど。

一八 旧訓ハツカニアケシ、イヒハツガメドがあるが、木本通房説によった。

1 新考「村」を補っている。底のまま。
2 底「乘」。栗注による。
3 底「鎭」。万葉緯などによる。
4 新考「見」の誤かとするが底のまま。
5 底「觸」。「解」の誤写。解は懈の通用または誤字とする。

即不意之間　至二海中博大之嶋一　其地如レ敷レ玉　闕臺晻映　樓堂玲瓏　目所レ不レ見　耳所レ不レ聞　携レ手徐行　到二一太[1]宅之門一　女娘曰　君且立二此處一　開レ門入レ内　即七竪[2]子來　相語曰　是龜比賣之夫也　亦八竪[2]子來　相語曰　是龜比賣之夫也　茲知二女娘之名龜比賣一　乃女娘出來　嶼子語二竪[2]子等事一　女娘曰　其七竪[2]子者　昴星也　其八竪[2]子者　畢星也　君莫レ恠焉　即立レ前引導　進[3]二入于内一　女娘父母共相迎　揖而定レ坐　于レ斯　稱二説人間仙都之別一　談二議人神偶會之嘉一　乃薦二百品芳[4]味一　兄弟姉妹等　擧レ坏獻酬　隣里幼女等　紅顏戲接　仙哥寥亮　神儛逶迤　其爲二歡宴一　万二倍人間一　於レ茲不レ知二日暮一　但黄昏之時　群仙侶等　漸々退散　即女娘獨留　雙レ肩[5]接レ袖　成二夫婦之理一　于レ時嶼子遺二舊俗一遊二仙都一　既逕二三歳一　忽起二懷レ土之心一　獨戀[6]二二親一　故吟哀繁發　嗟歎日益　女娘問曰　比來觀二君夫之貌一　異二於常時一　願聞[7]二其志一　嶼子對曰　古人言　少人懷レ土　死狐首レ岳　僕以二虛談一　今斯信然也　女娘問曰　君欲レ歸乎　嶼子答曰　僕近離二親故之俗一　遠入二神仙之堺一　不レ忍二戀眷一　輙申二輕慮一　所レ望蹔還二本俗一　奉レ拜二二親一　女娘拭レ淚歎曰　意等二金石一　共期二万歳一　何眷二郷里一　棄遺一時　即相携俳佪　相談慟哀　遂拚[8]レ袂退去　就二于岐路一　於レ是女娘父母親族　但悲レ別[9]送之　女娘取二玉匣一　授二嶼子一謂曰　君終不レ遺二賤妾一　有二眷尋一者　堅握レ匣　愼莫二開見一　即相分乘レ船　仍教令レ眠レ目　忽到二本土筒[10]川郷一　即瞻二眺村邑一　人物遷易　更無レ所レ由　爰問二郷人一曰　水江浦嶼子

1 栗注「大」。底のまま。万葉緯も「太」。大と太は通用。
2 底「堅」に誤る。国史大系本頭注による。栗注は「豎」とする。
3 底「近」。万葉緯による。
4 底「脅」、「芳」を傍書。
5 底「肩」。万葉緯「眉」。国史大系本頭注による。
6 底「于」。万葉緯による。
7 底「開」。万葉緯による。
8 底「接」。新考「投」の誤かとするが、字形の類似及び意によって「拚」の誤とする。
9 底「副」。万葉緯による。
10 底「箇」に誤る。

之家人　今在二何處一　鄕人答曰[11]　君何處人　問二舊遠人一乎　吾聞　古老等相傳[12]
曰　先世有二水江浦嶼子一　獨遊二蒼海一　復不二還來一　今經二三百餘歲一者　何忽
問レ此乎　卽銜[13]二棄心一　雖レ廻二鄕里一　不レ會二一親一　既逕二旬日[14]一　乃撫二玉匣一
而感二思神女一　於レ是[15]　嶼子忘二前日期一　忽開二玉匣一　卽未レ瞻之間　芳蘭之體
率二于風雲一　翩二飛蒼天一　嶼子　卽乖二違期要一　還知二復難レ會　廻レ首踟躕
咽レ涙俳佪[16]　于レ斯拭レ涙哥曰　等許余蘇爾　久母多知和多留　美頭能睿能　宇
良志麻能古賀　許等母知和多留　神女遙飛二芳音一哥曰　夜麻等蘇爾　加是布企
阿義天　久母婆奈禮　所企遠理等母與　和遠和須良須奈　嶼子[17]更不レ勝二戀望一
哥曰　古良爾古非　阿佐刀遠比良企　和我遠禮波　等許與能波麻能　奈美能等
企許由　後時人　追加哥曰　美頭[18]能睿能　宇良志麻能古我　多麻久志義　阿氣
受阿理世波　麻多母阿波麻志遠　等許與蘇爾　久母[19]多知和多留　多由万[20]久母
波都賀末等比[21]志　和禮曾加奈志企

（釋日本紀 巻十二）

因幡國

稲葉国（存疑）

風土記ニハ稲葉國ナリ。アヤマリテ《誤》因幡トス。タヾシ《但》、コノクニ《國》、ハ、マチ〳〵ノ説アリ。

（寂恵本古今集書入）

11底「鄕人答」がない。万葉緯などによる。
12底「相傳」がない。同右。
13銜と同意の字。
14底「月」。万葉緯などによる。
15底にない。万葉緯の傍記による。
16底「佪」。万葉緯による。佪・佪は同字。
17以下この歌の終まで四〇字、万葉集註釈巻第八に引用。
18以下一七字、三句まで万葉集註釈巻第六に引用。
19底「蘇爾久母」四字を重記。衍字。
20底「女久女」。「女」は誤字、しばらく「万久母」の誤とする。
21底「比志」がない。二字の脱字のある句、今「比志」をしばらく補う。

稲葉国　武田祐吉採択。

一古事記では稲羽。日本書紀では因播・因幡。続日本紀では因幡。和名抄では因幡国稲羽郷。旧事記では稲葉。国名表記の漢字は因幡に定まるまで種々である。国名表記の二文字だけでは古代の風土記の記事かどうか判別し難い。

白兎（存疑）

因幡ノ記ヲミ《見》レバ、カノ國ニ高草《たかくさ》一ノコホリ《郡》アリ。ソノ名ニ二《ふたつ》二ノ釋《しやく》アリ。一ニハ野ノ中ニ草ノタカ《高》ケレバ、タカクサ《高草》ト云フ。ソノ野ヲコホリ《郡》ノ名トセリ。一ニハ竹草《たかくさ》ノ郡《コホリ》ナリ。コノ所ニモト竹林《たかばやし》アリケリ。其ノ故《ゆゑ》ニカク云ヘリ。（三竹ハ草ノ長《をさ》四ト云フ心ニテ竹草トハ云フニヤ。）其ノ竹ノ事ヲ五アカス《明》ニ、昔コノ竹ノ中ニ老《おい》タル兎《ウサギ》スミ《住》ケリ。アルトキ《或時》、ニハカ《俄》ニ洪水イデ《出》キテ、ソノ竹ハラ《六原》、水ニナリヌ。浪アラヒ《洗》テ竹ノ根ヲホリ《掘》ケレバ、皆《みな》クヅレ《壊》ソンジ《損》ケルニ、ウサギ《兎》竹ノ根ニノリ《乗》テナガレ《流》ケル程ニ、オキノシマ《七隠岐島》ニツキ《着》ヌ。又水カサ《八量》オチ《落》テ後《のち》、本所《ほんじよ》九ニカヘラン《帰》ト思ヘドモ、ワタル《渡》ベキチカラ《力》ナシ。一〇其ノ時、水ノ中ニワニ一一ト云フ魚アリケリ。此ノ兎《ウサギ》、ワニ、イフ《云》ヤウ、「汝《なむぢ》ガヤカラ《族》ハ何《イカ》ホドカオホ《多》キ」。ワニノイフ《云》ヤウ、「一類《いちるゐ》一二オホク《多》シテ海ニミチミテ《充満》リ」ト云《い》フ。兎ノイハク、「我ガヤカラ《族》ハオホク《多》シテ山野《やまの》ニ滿《み》テリ。マヅ汝《なむぢ》ガ類《るゐ》ノ多少《おほきすくなき》ヲカズヘ《一三数》ム。コノシマ《島》ヨリ氣《ケ》一四多《タ》ノ崎《サキ》ト云フ所マデワニヲアツメ《集》ヨ。一々《いちいち》ニワニノカズ《数》ヲカズヘ《数》テ、類《るゐ》一五ノオホキ《多》事ヲシラ《知》ム」。ワニ、ウサギ《兎》ニタバカラ《騙》レテ、親族《やから》ヲアツメ《集》テ、セナカ《背》ヲナラベ《並》タリ。其ノ時、兎、ワニドモノウヘ《上》ヲフミ《踏》テ、カズ《数》ヲカズヘ《数》ツ、竹《たけ》一六ノサキ《崎》ヘワタリ《渡》ツキ《着》ヌ。其ノ後、今ハシヲホセ《一七為了》ツト思《おもひ》テ、ワニドモニイフ《云》ヤウ、「ワレ《我》、汝《なむぢ》ヲタバカリ《騙》テ、コ、《此處》ニワタリ《渡》ツキ《着》ヌ。實《まこと》ニハ親族《やから》ノオホキ《多》ヲミル《見》ニハアラズ」トアザケル《嘲》ニ、ミギハ《水側》ニソ《沿》

白兎 今井似閑採択。風土記とは別種の地方誌か。古事記の説話・文辞に基づき、加筆したものの如くである。

一 鳥取県鳥取市の千代川以西の地域にあたる。和名抄の郡名に高草(多加久佐)とある。
二 その郡名の由来に二つの解釈がある。
三 草類でない竹を草ということについての塵袋筆者の附注記事。( )を附しておく。
四 和名抄には竹は「非レ草非レ木」とある。
五 竹草という地名の竹の由来を説明するとの意。以下の記事がそれである。
六 竹の原。竹林(籔)が水に漬かった。
七 沖にある島か、隠岐島か明らかでないが、説話としては日本海を漂流して隠岐島に流れ着いたとすべきか。
八 洪水がおさまり減水して。
九 もとの地。
一〇 以下は古事記神代巻の稲羽の素兎の説話に同じ。
一一 ワニザメ(鰐鮫)。鱶の一種。
一二 一族。 一三 数えよう。
一四 鳥取市の西境(旧気多・高草二郡の境)、末恒の海岸。正木端《まさきはな》を遺蹟地と伝えている。
一五 一族の数の多さ。一族の総数。
一六 上文の気多の崎と同地であろう。竹草郡の崎の意で竹崎としたものか。一説にケタの顛倒とする。
一七 計画通りうまくし終った。もとの地に帰り着くことの出来たことをいう。
一八 古事記には「衣服」とある。
一九 キモノの意味についての塵袋筆者の附注記事。( )を附しておく。

ヘルワニ、ハラダチテ《腹立》、ウサギ《兎》ヲトラヘテ《捕》、[一八]キモノ《着物》ヲハギツ《剝》。（[一九]カクイフ《云》心ハ、兎ノ毛ヲハギトリテ《剝奪》、毛モナキ兎ニナシタリケリ。）ソレヲ大己貴《オホナムチ》ノ神ノアハレミ《憐》給《たまひ》テ、ヲシヘ《教》給フヤウ、「[二〇]カマノハナ《蒲黄》ヲコキチラシテ《扱散》、其ノウヘ《上》ニフシテ《臥》マロベ《転》」トノ給フ《宣》。ヲシヘ《教》ノマヽニスル《随》トキ、多《おほく》ノ毛《ケ》モトノゴトク《如》イデキ《出來》ニケリト云ヘリ。ワニノセナカ《背》ヲワタリテ《渡》カゾフル《數》事ヲ[二一]イフ《云》ニハ[二二]兎《ウサギ》踏《フンデ》二其上《ノウヘヲ》一讀《ヨムデ》來《キタリ》渡《ワタル》ト云ヘリ。（塵袋 第十）

武内宿禰（參考）

因幡《いなば》の國の風土記に云《い》はく、難波《なには》の高津《たかつ》の宮 仁德天皇 に天下《あめのした》を治《しろ》しめし[二三]五十五年春三月、大臣武内宿禰《おほおみたけのうちのすくね》、御歳《みとし》三百六十餘歳にして、當國《たうこく》に御下向《ごげかう》あり。[二四]龜金《かめかね》に双《ふたつ》の履《くつ》を殘《のこ》して、御陰所《みかくれどころ》知れず。（蓋《けだ》し聞く、因幡《いなば》の國法美《ほふみ》の郡の[二五]宇倍山《うべやま》の麓《もと》に神の社《やしろ》あり。宇倍《うべ》の神《かみ》の社《やしろ》と曰《い》ふ。是《こ》は武内宿禰《たけのうちのすくね》の靈《みたま》なり。昔、武内宿禰《たけのうちのすくね》、東《あづま》の夷《えみし》を平《たひら》げて、宇倍山《うべやま》に入りし後、終《をは》る所を知らずといふ。）

[1]因幡國風土記云　[2]難波高津宮 仁德天皇 治二天下一[3]五十五年春三月　[4]大臣武内宿禰　御歳[5]三百六十餘歳　當國御下向　於二龜金一双履殘　御陰所不レ知　（[6]蓋聞　因幡國法美郡宇倍山麓　有二神社一　曰二宇倍神社一　是武内宿禰之靈也　昔　武内宿禰　平二東夷一　入二宇倍山一之後　不レ知レ所レ終）

（萬葉緯所引[7]武内傳）

二〇 古事記に「蒲黄」とある。蒲の黄色の花粉。それを茎をしごいて取って、地面にまき散らして。

二一 原文(漢文)には次の如くであると原文を摘記したもの。

二二 古事記には「吾踏二其上一讀度来」とある。

武内宿禰　今井似閑(諸国雑駁として)採択。鎌倉初期以前に溯り得ない記事で、古代の風土記の記事とは認められない。

二三 武内宿禰の薨年・薨所・年齢には確かな伝えがない。日本書紀は仁徳五十年三月まで生存者としての記事があり、允恭五年にその墓域のことが見える。仁徳五十五年薨とするのは水鏡・十訓抄などで、公卿補任・帝皇編年記は仁徳七十八年薨とする。

二四 宇倍山の山腹、神社の旧地という。

二五 鳥取県岩美郡宇部野村宮下の式内社宇倍神社の山。稲羽山ともいう。

1 神名帳頭註に前半が記されてあり、「因幡國」三字がない。

2 神名帳頭註「難波高津宮」がない。

3 同書「天下」がない。

4 同書「大臣武内宿禰」がなく、「風土記云」の下に「武内宿禰垂跡也」とある。

5 万葉緯は一本により「二百八十餘」を傍書。

6 以下神名帳頭註にない。上文と同内容の記事の重記で、ここに引いている風土記の記事ではあるまい。( )を附しておく。

7 如何なる書か不明。万葉緯の記載による。

伯耆國

粟嶋

伯耆《ははき》の國の風土記《ふとき》に曰《い》はく、[一]相見《あふみ》の郡《こほり》。[二]郡家《こほりのみやけ》の西北《いぬゐ》のかたに[三]餘戸《あまりべ》の里《さと》あり。[四]粟嶋《あはしま》あり。少日子命《すくなひこのみこと》、粟《あは》を蒔《ま》きたまひしに、[五]莠實《みの》りて離々《はた》りき。即《すなは》ち、[六]粟《あは》に載《の》りて、[七]常《とこ》世《よ》の國《くに》に彈《はじ》かれ渡りましき。故《かれ》、粟嶋《あはしま》と云《い》ふ。

伯耆國風土記曰　相見郡　々家西北有二餘戸里一　有二粟嶋一　少日子命蒔レ粟　[1]莠實離々　即載レ粟彈二渡常世國一　故云二粟嶋一也　（釋日本紀 卷七）

震動之時

伯耆《ははき》の國の風土記に云《い》はく、[八]震動《なゐふ》る時、鷄《かけ》と雉《きぎし》とは悚懼《お》ぢて則《すなは》ち鳴き、山鷄《やまどり》は[九]嶺谷《をたに》を踰《ふ》みて即《すなは》ち[一〇]羽《はね》を樹《た》てて蹬《ふ》み踊《をど》る、と云《い》へり。

伯耆國風土記云　震動之時　鷄雉　悚懼則鳴　山鷄　踰二嶺谷一　即樹レ羽蹬踊也ト云へり　（塵袋 第三）

伯耆國號（參考）

或書に引《ヒケ》る風土記には、[二]手摩乳《てなづち》・足摩乳《あしなづち》が娘《むすめ》、稲田姫《いなだひめ》、八頭《やまた》の蛇《をろち》の呑《の》まむとする故《ゆゑ》に、山中《やまなか》に遁《に》げ入りき。時に、母遅《ははおそ》く來《き》ければ、姫、「母來《ははき》ませ、母來《ははき》ませ」と曰《い》ひ

粟嶋　今井似閑採択。
一 鳥取県米子市及び西伯郡の西部地方。和名抄の郡名に会見(安不美)とある。
二 郡役所。日野川下流の西岸地、米子市車尾を遺蹟地としている。
三 夜見浜の基部にあたる地方(米子市に属す)。五〇戸で一郷とする制度により、余剰戸を以て余戸里を立てたもの。
四 夜見浜の西南部、米子市彦名の粟島。もと島であった。出雲国風土記に見える(一二一頁)。
五 穂(秀)の実のりがよく穂が垂れ下った。離々は穂の垂れ下るさまをいう。
六 神代紀一書に「淡島(あはしま)に至りて、粟茎に縁りしかば、則ち弾かれ渡りて、常世の郷に至りき」と見える。
七 少日子命の本国。海外の国・理想国の意。
1 禾本の秀(穂)の意で艸冠を添えたものか。新考は「秀」の誤とする。

震動之時　今井似閑採択。
八 地震のとき。
九 飛ばないで峰や谷に下りていて。
一〇 羽をひろげたまま地面を躍って歩く。

伯耆国号　矢田求採択。日本風土記・国名風土記に見える記事で古代の風土記の記事とは認められない。倭漢三才図会の国号説明にも同様にある。

き。故《かれ》、母來《ははき》の國と號《なづ》く。後に改めて伯耆《ははき》の國と爲《な》す。云々

或書に引る風土記には　手摩乳足摩乳娘　稻田姫　八頭之蛇　欲レ呑之故　遁ニ入山中一　于レ時　母遲來　姫曰ニ母來々々一　故號ニ母來國一　後改爲ニ伯耆國一云々　（諸國名義考）

出雲國

（附記）　現傳本出雲國風土記の流布以前に他の著書に引用せられた記事で、現傳本に存するもの。

[一二]熊野山。──一條、古事記裏書に引用。

[一三]出雲國號。[一四]楯縫鄕。[一五]楯縫郡。[一六]黃泉之坂。[一七]伊布夜社。──五條、釋日本紀に引用。

石見國

人丸（參考）

石見《いはみ》の國の風土記に曰《い》はく、[一八]天武三年八月、人丸《ひとまる》、石見《いはみ》の守《かみ》に任《にん》ぜられ、同九月三日、[一九]左京大夫《だいぶ》正四位上行《ぎやう》[二〇]に任ぜられ、次《つぎ》の年三月九日、正三位兼播磨《けんはりま》の守《かみ》に任ぜらる。云々。爾來《それより》、持統・文武・元明・元正・聖武・孝謙の御宇《みよ》に至り、七代の朝《みかど》に

一一 記紀の須佐之男命の八岐大蛇退治の条に基づいて考案した説明説話。

一二 一一七頁参照。

一三 九五頁参照。

一四 一〇三頁参照。

一五 一六七頁参照。

一六 一八三頁参照。

一七 一一三頁参照。

人丸　今井似閑採択（ただし、「今按、此風土記、大有ニ不審一、疑偽書乎」と注す）。鎌倉時代以前に溯り得ない記事で古代の風土記記事とは認められない。

一八 後世の偽作になる柿本人麻呂の経歴である。

一九 左京職の長官。天武朝になかった官。

二〇 自己の位に相当する官より低い官に任ぜられた時に添え記す。左京大夫に相当する位は従四位下。

仕《つか》へ奉《まつ》りし者《もの》か。ここに、持統の御宇《みよ》、四國《しこく》の地に配流《はいる》[一]せられ、文武の御宇《みよ》、東海の畔《ほとり》に左遷《させん》せらる。子息《しそく》の躬都良《みつら》[二]は隱岐《おき》の嶋に流され、謫所《たくしょ》に死《し》去にき。云々

石見國風土記曰　天武三年八月　人丸任㆓石見守㆒　同九月三日　任㆓左京大夫正四位上行㆒　次年三月九日　任㆓正三位兼播磨守㆒云々　爾來　至㆓持統文武元明元正聖武孝謙御宇㆒　奉㆑仕㆓七代朝㆒者哉　於㆑是　持統御宇　被㆑配㆓流四國之地㆒　文武御宇　被㆑左㆓遷東海之畔㆒　子息躬都良者　被㆑流㆓隱岐嶋㆒　於㆓謫所㆒死去　云々

（詞林采葉抄 第九）

播磨國

爾保都比賣命

播磨《はりま》の國の風土記《ふどき》に曰《い》はく、息長帶日女命《おきながたらしひめのみこと》[三]、新羅《しらぎ》の國を平《ことむ》けむと欲《おもほ》して下《くだ》りましし時、衆神《かみがみ》に禱《ね》ぎたまひき。爾《そ》の時、國堅《くにかた》[四]めましし大神のみ子、爾保都比賣命《にほつひめのみこと》[五]、國《くにの》[六]造《みやつこ》石坂比賣命《いはさかひめのみこと》に著《つ》きて、教《をし》へたまひしく、「好《よ》く我《わ》[七]がみ前《まへ》を治《をさ》め奉《まつ》らば、我《われ》ここに善《よ》き驗《しるし》[八]を出《いだ》して、ひひら木《ぎ》[九]の八尋桙《やひろぼこ》根底《ねそこ》附《つ》[一〇]かぬ國、越賣《をとめ》[一一]の眉引《まよび》きの國、玉匣《たまくしげ》[一二]かがやく國、苫枕《こもまくら》[一三]寶《たから》ある國、白衾《たくぶすま》[一四]新羅《しらぎ》の國を、丹浪《になみ》[一五]以《も》ちて平伏《ことむ》け賜ひなむ」と、此《か》く教《をし》へ賜ひて、ここに赤土《あかに》[一六]を出《いだ》し賜ひき。其の土《に》を天《あま》[一七]の逆桙《さかほこ》に塗《ぬ》りて、神舟《みふね》の艫舳《ともへ》に

一 流罪に処せられた。
二 凡河内躬恒・紀貫之、両人の名の一字を取り合せた作り名。鎌倉時代の歌論書に柿本躬貫とあるのと同じ。

爾保都比売命　今井似閑採択。現伝本に欠けた明石郡の逸文と認められる。

三 神功皇后。
四 国土を作り堅めたイザナギ・イザナミ神。
五 地名のニフ(丹生)による神名で、土地の主長としての女神か。赤土(色土・鉱土)の出る地をニフ(丹生)という。
六 国造本紀の明石国造の同族者であろう。神祭を司った巫女で、その口から神託が発せられた意。
七 我(神)をよく祭ってくれるならば。
八 神力の表示となるもの。下文の赤土。
九 柊(ひいらぎ)で作った長い柄の桙。それも底に届かぬとつづく称辞。
一〇 広い領域の国。以下新羅国を称めていう。
一一 「美女の眉引の向つ国」の略か。眉が向きあう如く日本国に向きあう新羅国。
一二 カガヤクにかかる枕詞。
一三 タカ(高)にかかる枕詞。
一四 シラ(白)にかかる枕詞。
一五 赤色の浪。
一六 赤色の顔料とする土。赤色には降魔・除厄の霊力があるとされている。神の出された験(シルシ)のもの。
一七 桙を赤く塗って逆さに立てる意か。
一八 船体外側の水に浸る部分のことか。
一九 かきまわして(赤く)濁らし。こうして赤く染まったのが丹浪(になみ)である。
二〇 御舟の前方で航行を妨げることもなく。
二一 和歌山県伊都郡富貴村上筒香(がっこ)の東

建《た》て、又、御舟《みふね》の[一八]裳《すそ》と御軍《みいくさ》の着衣《きもの》とを染《し》め、又、海水《うしほ》を[一九]攪《か》き濁《にご》して、渡《わた》り賜ふ時、底潜《そこかづ》く魚《うを》、及高飛《またたか》ぶ鳥等《とりども》も往《ゆ》き來《かよ》ふことなく、[二〇]み前《まへ》に遮《さ》ふることなく、かくして、新羅《しらぎ》を平伏《ことむ》け已訖《を》へて、還《かへ》り上《のぼ》りまして、乃《すなは》ち其の神を紀《き》伊の國[二一]管川《つつかは》の藤代《ふぢしろ》の峯《たけ》に鎭《しづ》め奉《まつ》りたまひき。

播磨國風土記曰 息長帶日女命 欲レ平ニ新羅國一 下坐之時 禱ニ於衆神一 爾時 國堅大神之子 爾保都比賣命 著ニ國造石坂比賣命一 教曰 好治ニ奉我前一者 我爾出ニ善驗一而 比々良木八尋桙根底不レ附國 越賣眉引[1]國 玉[2]匣賀々益國 苫[3]枕有レ寶國[4] 白衾新羅國矣 以ニ[5]丹浪一而 將ニ[6]平伏賜一 如レ此教賜 於レ此出ニ賜赤土一 其土塗ニ天之逆桙一 建ニ神[7]舟之艫舳[8]一 又染ニ御舟裳及御軍之着衣一 又[9]攪ニ濁海水一 渡賜之時 底潛魚及高飛鳥等 不ニ往來一 不レ遮レ前 如レ是而 平ニ伏新羅一 已訖還上 乃鎭ニ奉其神於紀伊國管川藤代之峯一 （釋日本紀 巻十一）

速鳥

播磨《はりま》の國の風土記に曰《い》はく、明石《あかし》[二二]の驛家《うまや》。駒手《こまで》の御井《みゐ》[二三]は、難波《なには》[二四]の高津《たかつ》の宮《みや》の天皇《すめらみこと》の御世《みよ》、楠《くすのき》、井《ゐ》[二五]の上《うへ》に生《お》ひたりき。朝日[二六]には淡路嶋《あはぢしま》を蔭《かく》し、夕日には大倭嶋根《やまとしまね》[二七]を蔭《かく》しき。仍《すなは》ち、其の楠《くすのき》を伐《き》りて舟に造る[二八]に、其の迅《はや》きこと飛ぶが如く、一檝《ひとかぢ》に七浪《ななみ》を去《ゆ》き越《こ》えき。仍《よ》りて速鳥《はやとり》[二九]と號《なづ》く。ここに、朝夕《あしたゆふべ》に此の舟に乗りて、御食《みけ》[三〇]に供《そな》へむとし

方、今も藤代のタケという。丹生川の発源地。式内社丹生都比女神社は西方約二〇粁の見好村天野にある。藤代の峰はその旧鎮座地であろう。

1「向」の脱ではないか。仲哀紀に「如ニ美女之睩一有ニ向津国一」とある。
2万葉緯「甲」。底による。
3底「苦尻」の如くに誤る。
4底・諸本にない。前後の文により補う。
5釈紀刊本「舟」。底のまま。
6底「卒賜伏」。万葉緯「平賜伏」。この条の文例及び栗注による。
7新考「御舟」の誤とするが底のまま。
8底「舶」。万葉緯による。
9底、旁を「覧」に作る。栗注による。

速　鳥　今井似閑採択。現伝本に欠けた明石郡の逸文。

三 賀古駅家(二六五頁)の一つ東の駅で、延喜式・和名抄に見える。所在地は明石市大蔵谷附近とせられているが、駅家及びその地にあった御井の遺蹟は不明。
亖 以下の記事が御井の地名説明という書き出し。ただし引用文はその説明にまで至らない一部分にとどまっているので「は」を受ける結びの文がない。
一四 仁徳天皇。
亖 井のほとり。
云 大樹伝説の説話型。木の影の遠さによって木の大きさを語る。
三 大和国。
六 古事記仁徳巻の枯野の舟の伝承に類似する。木の幹をくって丸木舟に造る意。
元 船の名。天平宝字二年の遣唐使の船に同じ船名が見える。
三 天皇の御食事に差し上げようとして。

て、此の井《ゐ》の水を汲《く》むに、一旦《あるひ》、御食《みけ》一の時に堪《た》へざりき。故《かれ》、歌作《うたよ》二みして止《や》三めき。

唱《うた》に曰《い》はく、

住吉《すみのえ》四の　大倉《おほくら》五向きて
飛ばばこそ　速鳥《はやとり》と云《い》はめ
何か速鳥《はやとり》。

播磨國風土記曰　明石驛家　駒手御井者　難波高津宮天皇之御世　楠生㆓於井[1]上㆒　朝日蔭㆓淡路嶋㆒　夕日蔭㆓大倭嶋根㆒　仍伐㆓其楠㆒造㆑舟　其迅如㆑飛　一檝去㆓越七浪㆒　仍號㆓速鳥㆒　於㆑是　朝夕乘㆓此舟㆒　爲㆑供㆓御食㆒　汲㆓此井水㆒　一旦不㆑堪㆓御食之時㆒　故作㆑歌而止　唱曰　住吉之　大倉向而　飛者許曾　速鳥云目　何速鳥

（釋日本紀 巻八）

藤江浦（參考）

六フヂ《藤》エ《江》ノウラ《浦》。播摩《はりま》國。七住吉大明神、フヂ《藤》ノエダ《枝》ヲキラ《切》セ給《たまひ》テ、海上ニウカベ《浮》テ、チカヒ《誓》テノタマハク《宣》、「コノフヂ《藤》ノヨリ《依》八タラントコロ《所》ヲ我領《わがりやう》トスベシ」トノタマヒ《宣》ケリ。シカルニ《然》、コノフヂ《藤》、ナミ《浪》ニユラレ《搖》テヨリ《依》タリケレバ、コヽヲ藤江《の》浦トナヅ《號》ケク。住吉ノ御領《ごりやう》也。

（萬葉集註釋 巻第四）

八十橋（參考）

一御食事の時刻に間に合わなかった。

二歌の作者は不明。天皇の作歌とは語っていない。

三この舟で御飲料の水を運ぶことを止めた。

四御井のある明石郡住吉の郷の大倉に向って、飛ぶが如くに漕ぎ進んでこそ、速鳥とも言おうが、こんなに船脚がのろくては、どうして速鳥と言えようか、の意。

五明石市大蔵谷。明石駅家の御井のあった地名とすべきであろう。住吉はその附近の広い地名、和名抄明石郡の郷名に見える住吉にあたる。住吉郷は明石郷の東隣の地で、明石川の東流、伊川の流域地(神戸市垂水区に属す)にわたる地域とすべきであろう。

1「井上」を、底「吉」一字。万葉緯「井口」。日本書紀纂疏・続歌林良材集に引用の文による。


藤江浦　木村正辞採択。風土記からの引用記事とは認め難い。風土記以外の記録からの引用と認められる。

六明石市藤江の海岸。

七住吉大社神代記(天平三年奥書)に同じ記事がある。「大き藤を切りて海に浮け、盟ひて宣り賜はく『斯の藤の流れ着かむ処に我を鎮め祀れ』とのりたまふ時に、此の浜の浦に流れ著きき。故、藤江と号く。明石川内の上神手山・下神手山より大見の小岸に至るまで、悉に神地として寄さし定め奉る」。

八流れ着く。漂着する。

八十橋　今井似閑(欄外頭注に)採択。後代の風土記の記事である。

播磨《はりま》の國の風土記に云《い》はく、八十橋《やそばし》[九]は、陰陽《おんやう》[一〇]二神、及び八十二神[一一]の降《くだ》り迹《あと》なり。

播磨國風土記　八十橋者　陰陽二神　及八十二神之降迹也　（本朝神社考[2] 第六）

（附記）　現傳本播磨國風土記の發見流布以前に他の著書に引用せられた記事で、現傳本に存するもの。

香山里[一二]。神阜[一三]。大和三山[一四]。韓荷島[一五]。萩原里[一六]。――五條、萬葉集註釋に引用。

八十橋[一七]。宇頭川[一八]。黒葛[一九]。――三條、釋日本紀に引用。

船引山[二〇]。鵤住山[二一]。――二條、塵袋に引用。

美作國

美作國守

舊記に曰《い》はく[二二]、和銅六年甲寅《きのえとら》[二三]四月、備前の守《かみ》、百濟《くだら》[二四]の南典《なんてん》・介《すけ》[二五]、上毛野《かみつけの》[二六]の堅身《かたみら》等が解《げ》[二七]に依《よ》りて、備前の六郡を割《さ》きて、始めて美作《みまさか》の國を置く。云々。但《ただ》し、風土記《ふどき》には、上毛野《かみつけの》の堅身《かたみ》を以《も》ちて、便《すなは》ち[二八]國の守《かみ》と爲《な》すといふ。

舊記曰　和銅六年甲寅四月　依二備前守百濟南典[3]・介上毛野堅身等解一　割二備前六郡一　始置二美作國一云々　但風土記　以二上毛野堅身一　便爲二國守一（伊呂波字類抄）

九 現伝本の八十橋（二六七頁）の伝承を後代的に発展させた記事。

一〇 イザナギ・イザナミの二神か。

一一 衆神の意の八十神に二神を加えて八十二神と具体的な数にしたもの。

2 播磨鑑にもこれと同様の記事を載せ、次に「又一説に少彦名命、大己貴命と御心を合され造り玉ふ共云ふ。風土記に記したり」とある。同類の後代の風土記の記事である。

一二 二八三頁参照。

一三 二八七頁参照。

一四 二八七頁参照。旧説、大和国風土記の引用の如くに解しているが播磨国風土記からの引用である。

一五・一六 三〇二頁参照。

一七 二六七頁参照。

一八 三〇五頁参照。

一九 三二三頁参照。

二〇 三一五頁参照。

二一 二八七頁参照。

美作国守　伴信友採択。

二二 続日本紀、和銅六年四月の条に「割二備前国六郡一始置二美作国一」とある。

二三 和銅六年は癸丑。甲寅は翌七年。

二四 百済からの亡命帰化人。和銅元年に備前守になり、養老五年播磨按察使に転じている（続紀）。

二五 備前介。国守の次位の官。

二六 文武朝慶雲四年従五位下を賜わったと続紀にある。

二七 下級官庁（地方庁）から上級官庁（太政官）に送る公文書の名。

二八 新置の美作国の長官。初代の美作国守。ただし翌和銅七年十月には津守連通が美作守に任ぜられている（続紀）。

3 底「曲」。続紀により訂す。

勝間田池　（參考）

美作《ノ》國《ノ》風土記曰《ニイハク》、日本武尊《ヤマトタケルノミコト》、櫛《クシ》を池に落し入《イレ》給ふ。因《ヨリ》て號《ク》二勝間田池《カツマダノイケ》一。云々。玉[二]かつまとは櫛の古語也。（詞林采葉抄 第七）[一]

備　前　國

牛　窓　（參考）

神功皇后のみ舟、備前の海上を過ぎたまひし時、大きなる牛あり、出でてみ舟を覆《くつがへ》さむとしき。住吉の明神、老翁《おきな》と化《な》りて、其の角《つの》を以《も》ちて投《な》げ倒《たふ》したまひき。故に其の處《ところ》を名づけて牛轉《うしまろび》と曰《い》ひき。今、牛窓《うしまど》[三]と云《い》ふは訛《よこなま》れるなり。

神功皇后舟　過二備前海上一時　有二大牛一　出欲レ覆レ舟　住吉明神　化二老翁一　以二其角一投倒之　故名二其處一曰二牛轉一　今云二牛窓一訛也　（本朝神社考 第六）

備　中　國

邇　磨　郷

[四]臣、去る寛平《くわんびやう》[五]五年、備中の介《すけ》に任《にん》ぜられき。彼《か》の國下道《しもつみち》の郡《こほり》に邇磨《にま》[六]の郷《さと》あり。爰《ここ》に彼《か》の國の風土記《ふどき》を見るに、皇極天皇[七]の六年、大唐《もろこし》[八]の將軍《いくさのきみ》、蘇定方《そていはう》、新羅《しらぎ》の軍《いくさ》を率《ひきゐ》

勝間田池　今井似閑（阿波国の条の頭注欄外に）採択。万葉集註釈所引の阿波国逸文勝間井（四九一頁）と同内容。恐らくその孫引き流用であろう。

一　岡山県勝田郡勝央町勝間田が遺称地。天保頃まで轟池と呼ぶ遺蹟の池があった。

二　櫛笥をカツマ（籠の意）という。櫛をカツマという例はない。阿波国勝間井の条（四九一頁）参照。

1　国文註釈全書本によった。栗注（纂訂逸文）に「片仮名本万葉抄」の文として挙げたものと同文である。

牛　窓　今井似閑採択。古代の風土記記事とは認め難い。万葉緯には「此事亦鹿苑院（足利義満）厳島詣ノ記（今川了俊著）ニ見エタリ。疑フラクハ風土記ノ文乎」と注している。

三　岡山県邑久郡牛窓町。瀬戸内海に臨む港。

邇磨郷　今井似閑採択。

四　三善清行。

五　宇多天皇の御世（八九三）。風土記記事を引用した現伝最古の年代。

六　岡山県吉備郡真備町上二万・下二万が遺称地。和名抄（高山寺本）の郷名に下道郡邇磨（爾万、国用二万）とある。

七　斉明が正しい（斉明天皇は皇極天皇の重祚の謚号）。斉明紀六年七月以下に詳記。百済国滅亡時の戦乱であり、以下はそれに関連した事件。

八　新唐書蘇定方伝に詳しい。新羅軍の総大将。

九　その時、皇太子で、かつ摂政であった。

一〇 行路の途中。
一一 家が多く建ち群がって部落をなしているのをいう。
一二 公には斉明天皇であるが、実は摂政であった天智天皇の御行為。
一三 多人数をいうための説話の上の人数。本文の後に天平神護年中は課丁千九百余人、清行着任時は老丁二人・正丁四人・中男三人と記している。
一四 斉明天皇。七年七月、筑前国朝倉宮に崩御。朝倉宮址は福岡県朝倉郡朝倉村須川にある。筑後川の北岸に近い地。
一五 百済への援軍。
2 天皇名はもと宮号・諱で記してあり、それを諡号に記し改める際に斉明とせず皇極と誤ったものであろう。
3 右に同じく諡号は本来の書法でなく、改め記されたもの。

新造御宅　今井似閑採択。
一六 岡山県吉備郡の東部（総社市の東半部を含む）から上房郡にわたる地域。和名抄の郡名に賀夜とある。
一七 岡山県総社市長良附近とする。
一八 スミ（隅）。東南方というのに同じ。
一九 駅路（山陽道）の通道に沿う地に。
二〇 租税としての稲穀などを収納する官倉（正倉）、及びそれを管理する建物をいうか、または郡の役所としての建物の意か。もと備中国府（総社市総社町内）と同所にあった郡家を少し東方に離して別に設けたことをいうのであろう。
二一 聖武天皇の御世（七三四）。　二二 備中国守。

て百濟《くだら》を伐《う》ちき。百濟《くだら》、使《つかひ》を遣《つか》はして救《すくひ》を乞《こ》ひき。天皇《すめらみこと》、筑紫《つくし》に行幸《いでま》して、救《すくひ》の兵《つはもの》を出《いだ》さむとしたまひき。時に、天智天皇、皇太子《ひつぎのみこ》[九]たり、政《まつりごと》を攝《ふさ》ねたまひて、從《したが》ひ行《い》でましき。[一〇]路に下道《しもつみち》の郡《こほり》に宿《やど》りたまひ、一つの郷《さと》の戸邑《いへむら》[一一]の甚《いた》く盛《さか》りなるを見まして、[一二]天皇《すめらみこと》、詔《みことのり》を下して、試《こころみ》に此の郷《さと》の軍士《いくさびと》を徴《め》したまふに、卽《すなは》ち勝《すぐ》れたる兵《つはもの》[一三]二《に》萬人《まんにん》を得たまひき。天皇《すめらみこと》、大《いた》く悅《よろこ》ばして、此の邑《むら》を名づけて二萬《にまん》の鄕《さと》と曰《い》ひき。後に改めて邇磨《にま》と曰《い》ふ。其の後、[一四]天皇《すめらみこと》、筑紫《つくし》の行宮《かりみや》に崩《かく》りたまひて、終《つひ》に此の軍《いくさ》[一五]を遣《や》らざりき。

臣　去寬平五年　任㆓備中介㆒　彼國下道郡　有㆓邇磨鄕㆒　爰見㆓彼國風土記㆒　[2]皇極天皇六年　大唐將軍蘇定方　率㆓新羅軍㆒伐㆓百濟㆒　百濟遣㆑使乞㆑救　天皇行㆓幸筑紫㆒　將㆑出㆓救兵㆒　時[3]天智天皇　爲㆓皇太子㆒　攝㆑政從行　路宿㆓下道郡㆒　見㆓一鄕戶邑甚盛㆒　天皇下㆑詔　試徵㆓此鄕軍士㆒　卽得㆓勝兵二萬人㆒　天皇大悅　名㆓此邑㆒曰㆓二萬鄕㆒　後改曰㆓邇磨㆒　其後天皇崩㆓於筑紫行宮㆒　終不㆑遣㆓此軍㆒

（本朝文粹二、三善淸行意見封事）

新造御宅

備中《きびのみちのなか》の國の風土記に云《い》はく、[一六]賀夜《かや》の郡《こほり》。[一七]松岡《まつをか》。岡《をか》を去《さ》ること東南の[一八]維《すみ》二里《さと》、[一九]驛《うまや》路《ぢ》に今《いま》新造《つく》る[二〇]御宅《みやけ》あり。[二一]奈良《なら》の朝廷《みかど》の天平《てんぴやう》六年甲戌《きのえいぬ》を以《も》ちて、[二二]國司《くにのみこともち》從五位下勳《くん》十二等[一]石川朝臣賀美《いしかはのあそみかみ》、郡《こほり》の司《つかさ》、[二]大領《おほみやつこ》従六位上勲《くん》十二等[三]下道朝臣人主《しもつみちのあそみひとぬし》、[四]少領《すけのみやつこ》従七位下勲《くん》十二等[五]薗臣五百國《そののおみいほくに》等の時に、造り始めき。云々

備中國風土記云　賀夜郡　松岡　去レ岡東南維一里　驛路在二今新造御宅一　奈良朝廷　以二天平六年甲戌一　國司従五位下勲十二等石川朝臣賀美　郡司大領従六位上勲十二等下道朝臣人主　少領従七位下勲十二等薗臣五百國[1]等時　造始云々

（萬葉集註釋 巻第一）

宮瀬川（存疑）

備中《きびのみちのなか》の國の風土記の如くは、賀夜《かや》の郡《こほり》。[六]伊勢御神《いせのみかみ》の社《やしろ》の東《ひむがし》に河あり。[七]宮瀬川《みやのせがは》と名づく。河の西は、[八]吉備建日子命《きびのたけひこのみこと》の[九]宮《みや》なりき。此の[一〇]三世《みつぎ》の王《みこ》の宮《みや》を造りし故《ゆゑ》に、仍《よ》りて宮瀬《みやのせ》と名づく。

如[2]二備中國風土記一者　賀夜郡　伊勢御神社東　有レ河　名二宮瀬川一　河西者　吉備建日子命之宮　造二此三世王宮一之故[3]　仍名二宮瀬一

（神名帳頭註）[4]

備後國

蘇民將來

備後《きびのみちのしり》の國の風土記《ふどき》に曰《い》はく、[一一]疫隅《えのくま》の國社《くにつやしろ》。昔、[一二]北の海に坐《いま》しし[一三]武塔《むたふ》の神、南の

一 天平三年正月従五位下になり、同十九年三月丙戌、従四位下兵部卿で没した(続紀)。
二・四 既出(一一三頁)。
三 備中国下道郡(吉備郡内)を本居とした土地の豪族。
五 備中国下道郡曾能郷(吉備郡真備町内)を本居とした土地の豪族。
1 底「木」。万葉緯による。

宮瀬川　今井似閑採択。
六 総社市福井の神明神社に擬する説があるが確かでない。天照大神を祭る社。七 総社市服部附近(今は川がない)とするが確かでない。高梁市の東北部にも宮瀬(鳥井川の支流に沿う)がある。八 吉備稚武彦命(孝霊天皇の皇子)の子または孫と伝えられる(姓氏録)。九 宮殿。居宅。一〇 吉備建日子命のこと。孝霊天皇から三世孫になる意か。
2 栗注「風土記云」。続群書類従本による。
3 底「故之」。栗注による。
4 万葉緯は諸社根元記より採録しているが、今、神名帳頭註によって掲げた。

蘇民将来　今井似閑採択。
一一 広島県芦品郡新市町戸手の江熊にある疫隅神社としている。疫は流行病。隅(くま)はカミ(神)と同義語か。国社は天つ神に対する国つ神の社。荒ぶる行為(疫)の出雲系の神で国社とするのであろう。一二 神の巡行の説話化。常陸国の神祖尊(三九頁)、播磨国の大人(三三三頁)参照。一三 蕃神の武答天神王(秘密心点如意蔵王陀羅尼経、安居院神道集所引)の名による神名としている。或は武に勝れた神の意のタケタフカミ(武勝神)にあてた神名か。

海の神の女子《むすめ》を[一四]よばひに出《い》でまししに、日暮れぬ。彼《そ》の所《ところ》に[一五]將來《しやうらい》二人《ふたり》ありき。兄《あに》の蘇民將來《そみんしやうらい》は甚《いた》く貧窮《まづ》しく、弟《おと》の將來《しやうらい》は富饒《と》みて、屋倉《いへくら》一百《もも》ありき。爰《ここ》に、武塔《むたふ》の神、宿處《やどり》を借《か》りたまふに、惜《をし》みて借《か》[一六]さず、兄《あに》の蘇民將來《そみんしやうらい》、借《か》し奉《まつ》りき。即《すなは》ち、[一七]粟柄《あはがら》を以《も》ちて座《みまし》と爲《な》し、粟飯等《あはいひども》を以《も》ちて饗《みあ》へ奉《まつ》りき。爰《ここ》に畢《を》[一八]へて出でませる後《のち》に、年を經《へ》て、八柱《やはしら》のみ子を率《ゐ》て還《かへ》り來て詔《の》りたまひしく、「我《われ》、將來《しやうらい》に報答《むくひ》爲《せ》む。汝《いまし》が子孫《うみのこ》其の家《いへ》にありや」と問ひたまひき。蘇民將來《そみんしやうらい》、答《こた》へて申《まを》ししく、「己《おの》が女子《むすめ》と斯《こ》の婦《め》と侍《さもら》ふ」と申しき。即《すなは》ち詔《の》りたまひしく、「[一九]茅《ち》の輪《わ》を以《も》ちて、腰《こし》の上《うへ》に着《つ》けしめよ」とのりたまひき。詔《みことのり》の隨《まにま》に着《つ》けしむるに、即夜《そのよ》に蘇民《そみん》の女子一人《むすめひとり》を置《お》きて、皆悉《ことごと》に[二〇]ころしほろぼしてき。即《すなは》ち、詔《の》りたまひしく、「吾《あ》は[二一]速須佐雄《はやすさのを》の神なり。後《のち》の世に疫氣《えやみ》あらば、汝《いまし》、蘇民將來《そみんしやうらい》の子孫《うみのこ》と云《い》[二二]ひて、茅《ち》の輪《わ》を以《も》ちて[二三]腰《こし》に着《つ》けたる人は免《まぬが》れなむ」と詔《の》りたまひき。

備後國風土記曰[5]　疫隅國社[6]　昔　北海坐志　武塔神　南海神之女子乎　與波比爾　出[7]坐爾　日暮　彼所將來[8]二人在伎　兄蘇民將來[9]　甚貧窮　弟將來[10]富饒　屋倉一百在伎　爰武塔神[11]　借二宿處一　惜而不レ借　兄蘇民將來借奉　即以二粟柄一爲レ座　以二粟飯等一饗奉[12]　爰畢出坐　後爾　經レ年　率二八柱子一還來天　詔久　我將來[13]之爲二報答一[14]　汝子孫其家爾在哉止問給　蘇民將來答申久　己女子與二斯婦一侍止申　即詔久

一四 求婚する。一五 訓義不明（安倍清明撰、簠簋内伝金烏玉兎集に見える）。一六 貸す。一七 粟の茎の藁。貧しさをあらわす。一八 饗応することが終り、宿り終って。一九 茅草(ちがや)で輪形を象(かた)ったもの。祇園社で茅の輪の神事・茅巻などチガヤを除厄の呪力あるものとして用いる。二〇 茅の輪を附けていない者全部を殺した。二一 武塔神を神名として須佐之男命に習合したもの。中古以降、須佐之男命を祇園社の牛頭天王に習合することが広まるが、ここにはその習合説は見えていない。武塔神は牛頭天王と同じでない。二二 除厄の呪文である。二三 後代の茅の輪の神事は輪の中をくぐり抜ける。

5公事根元・古事記裏書にも見え、廿二社註式はやや加筆して記している。鎌倉時代初期の偽作とする説（新考）があるが、古代の風土記記事とすべきであろう。6四字、古事記裏書・廿二社註式にない。以下の記事の記載のある標目地名としてのもの。7底にない。古事記裏書による。8底「蘇民將來」。粟注は下に「巨旦將來」を補い、武田訓は「蘇民と將來と」とするが、廿二社註式により「蘇民」を衍とする。9以下「隨詔令着」まで古事記裏書にない。10廿二社註式に「巨旦將來」とある（簠簋内伝には巨旦大王と蘇民將來）。「巨旦將來」の名は後の補筆であろう。11底「塔神」。廿二社註式・粟注による。12底「奉爲」二字あって見せ消。13「將來」二字、底「我奉」に作り「我」を見せ消、「將」を傍書。粟注により「將來」とする。14底「曰」があり見せ消。

以ニ茅輪一 令レ着ニ於腰上一 隨レ詔令レ着 卽夜爾 蘇民之女子[1]一人乎 置天 皆悉許呂志保呂保志天伎 卽詔久 吾者 速須佐雄能神也 後世爾 疫氣在者 汝蘇民將來之子孫止 云天 以ニ茅輪一着レ腰在人者 將レ免止 詔伎
（釋日本紀 卷七）

紀伊國

手束弓（參考）

「タヅカユミ《手束弓》」[一]トハ、紀伊國ニ有《あり》。[二]風土記ニ見《みえ》タリ。弓ノトツカ《手束》[三]ヲ大ニスル也。其[四]ハ紀伊國ノ雄山《をやま》ノセキ《關》守《もり》ノ持弓《もつゆみ》也ト云ヘル。
（萬葉集抄 祕府本）

アサモヨヒ（參考）

「アサモヨヒ」[五]トハ、[六]人ノクフ《食》イヒ《飯》カシグ《炊》ヲ云也《いふなり》。見《みえたり》[七]ニ風土記一《に》。
（同右）

淡路國

鹿子湊（參考）

淡路《あはぢ》の國の風土記に云《い》はく、應神天皇卄年秋八月、天皇《すめらみこと》、淡路島《あはぢしま》に遊獵《みかり》したまひし時、海の上《うへ》に大きなる鹿《しか》浮び來《き》[八]けり。則《すなは》[九]ち人なりき。天皇《すめらみこと》、左右《もとこひと》[一〇]を召《め》して詔問《と》はせたまふに、答[一一]へて曰《まを》ししく、「我《あ》は是《これ》、日向《ひむか》の國諸縣君《もろがたのきみ》[一二]牛《うし》なり。角《つの》ある鹿《しか》の皮を着《き》

1 廿二社註式「蘇民之女子止婦止二人」。万葉緯「蘇民與ニ女人二人一」に作る。底のままとする。

手束弓　伴信友採択。

一 手に握り持つ弓の意で、弓のこと。
二 手束弓の名が風土記に見えると指摘したのではなく、恐らくは後代の地方記事の書を風土記と呼んだのであろう。
三 タツカの音訛か。弓の手に握り持つ箇所をいうのであろう。
四 俊頼口伝集・今昔物語集・詞林采葉抄などに次第に発展した同一説話が見える。

アサモヨヒ　伴信友採択。

五 アサモヨシで紀伊国の称辞(万葉集)。アサモヨヒは平安朝以後の音訛。
六 万葉五巻抄(作者不明の偽書)に式部卿石川某の説として見える解釈。
七 アサモヨシの語が風土記に見えると指摘したのではなく、恐らくは後代の地方記事の書を風土記と呼んだのであろう。

鹿子湊　今井似閑採択。応神紀十三年の条の記事に基づいたもので、要約に過ぎ、文意の誤もあり、古代の風土記記事とは認め難い。

八 紀には、浮んで来て播磨の鹿子の水門に入ったとある。九 紀には、天皇の命を受けた使者が見に行って人と分ったとある。
一〇 天皇の従臣。供奉者。
一一 従臣でなく、鹿の形をした人(諸県君)が。
一二 諸県(宮崎県の中央から東南方、更に鹿

たり。年老《お》いて、與仕《つか》へまつらねども、尚《なほ》も天恩《みうつくしび》を忘るることなく、仍《よ》りて我《あ》が女《むすめ》、髪長姫《かみながひめ》を貢《たてまつ》るなり」とまをしき。仍《よ》りて御舟《みふね》を榜《こ》[一三]がしめたまひき。之《これ》に因《よ》りて、此[一四]の湊《みなと》を鹿子《かこ》の湊《みなと》と曰《い》ふ。云々

淡路國風土記云　應神天皇卄年秋八月　天皇淡路島遊獵時　海上大鹿浮來　則人也　天皇召二左右一詔問　答曰　我是日向國諸縣君牛也[2]　角鹿皮着　而年老雖レ不二與仕一[3]　尚以莫レ忘二天恩一　仍我女髪長姫貢也[4]　仍令レ榜二御舟一矣　因レ之[5]此湊[6]曰二鹿子湊一　云々

（詞林采葉抄 第七）

阿波國

奈佐浦

阿波《あは》の國の風土記《ふどき》に云《い》はく、奈佐《なさ》[一五]の浦《うら》。奈佐《なさ》と云《い》ふ由《よし》は、其の浦の波の音《おと》、止《や》む時なし。依《よ》りて奈佐《なさ》と云《い》ふ。海部《あま》[一六]は波《なみ》をば奈《な》[一七]と云《い》ふ。

阿波國風土記云　奈佐浦[7]　奈佐云由者[8]　其浦波之音　無二止時一　依而奈佐云　海部者[9]　波矣者奈等云

（萬葉集註釋 巻第三）

勝間井

阿波《あは》の國の風土記に云《い》はく、勝間井《かつまゐ》[一八]の冷水《しみづ》。此《ここ》より出づ。勝間井《かつまゐ》と名づくる所以《ゆゑ》は、昔、倭健《やまとたける》[一九]の天皇命《すめらみこと》、乃《すなは》ち、大御櫛笥《おほみくしげ》[二〇]を忘れたまひしに依《よ》りて、勝間《かつま》[二一]といふ。粟人《あはひと》[二二]は、

児島県噌唹郡の一部にわたる地方)を本居とした地方豪族。牛は名。

一三 紀には天皇の御舟に従わせたとある。

一四 この文によると淡路国内の地の如くであるが、紀には諸県君がはじめて着いた地、播磨の鹿子の湊(兵庫県加古川市・高砂市、加古川の河口の地)としている。淡路国にはカコのミナトと称すべき地はない。

2 底「郡」。書紀による。3 栗注「奉」の誤とする。4 底「長髪」。書紀による。5 一本「玆」。6 一本「港」。

奈佐浦　今井似閑採択。

一五 徳島県海部郡(上代の那賀郡の内)穴喰町の海岸。那佐港が遺称地。

一六 漁業に従事した部民。

一七 波の方言がナだという説明のみで、サの説明がない。引用しなかったものか。

7 平仮名本はすべて「汰」に作る。8 以下も本文として大書すべきか。底のまま。9 平仮名本「海邊者波立者奈汰等云」に作る。底のまま。

勝間井　今井似閑採択。

一八 徳島県阿波郡阿波町勝命(かつみょう)が遺称地。その北方の大俣に湧泉がある。吉野川の北岸の地。

一九 景行天皇の皇子。日本書紀によって天皇の歴代が確定する以前の称(三五頁参照)。

二〇 櫛を入れる容器。大御は敬語。

二一 竹で編んだ籠をいう。櫛笥として用いる故に、櫛笥をカツマと呼ぶのである。

二二 阿波国人。

櫛笥《くしげ》をば勝間《かつま》と云《い》ふなり。井《ゐ》を穿《ほ》りき。故《かれ》、名《な》と爲《な》す。已上

[1]阿波國風土記云 勝間井冷水 [2]出二于此一焉 [3]所三以名二勝間井一者 昔 倭健天皇命[4] 乃依二大御櫛笥之忘[5]一 [6]而云二勝間一 粟人者 [7]櫛笥者勝間云也 [8]穿レ井故爲レ名也 已上

(萬葉集註釋 巻第七)

天皇の稱號

一阿波國《の》風《の》土記ニモ或云《へ》ニ大倭志紀彌豆垣宮大八島國所レ知《やまとのしきのみづがきのみやにおほやしまぐにしろしめしし》 天皇朝庭《のみかど》一、或云《へ》三難波高津宮大八島國所レ知《なにはのたかつのみやにおほやしまぐにしろしめしし》 天皇一、或云《へ》四[9]檜前伊富利野乃宮大八島國所レ知《ひのくまのいほりののみやにおほやしまぐにしろしめしし》 天皇一。

[10]

(同右 巻第一)

アマノモト山

阿波國《あはの》ノ風土記ノゴトク《如》ハ、ソラ《天》ヨリフリクダリ《降下》タル山ノオホキ《大》ナルハ、阿波國ニフリクダリ《降下》タルヲ、五アマノモト山《天元山》ト云《いひ》、ソノ山ノクダケ《碎》テ、大和國《やまとの》ニフリツキ《降着》タルヲ、六アマノカグ山《天香具山》トイフ《云》トナン申《まをす》七。

(同右 巻第三)

中 湖

八中湖《ナカノミナト》トイフ《云》ハ、九牟夜戸《むやのとと》一〇與二奥湖一《おくのみなととの》[11]中ニ在ルガ故、中湖《なかのみなと》ヲ爲レ名《なとなす》。見二阿波國風土記一《みえたり》《に》。

(同右 巻第二)

湖ノ字、訓ウシホ。不審ナリ。一一ミナト《水門》ニツカヘル《使》コトハ、阿波國風土記ニ、中湖《なかノミナト》・

1本条は片仮名本(仙覚全集本巻第七)に文の省略があるので、平仮名本(宝永板本巻第十二)を照合して掲げた。

2この一句四字、片仮名本にない。

3片仮名本「勝間井云由者」。

4片仮名本にない。

5板本「忌」。片仮名本による。

6板本にない。片仮名本「ト云」による。

7この一句、板本にない。片仮名本による。

8以下片仮名本にない。

天皇の称号 今井似閑採択。

一常陸国逸文天皇の称号の条に続いた記載。

二崇神天皇。 三仁徳天皇。 四宣化天皇。

9底「垣宮」を「国」に誤る。

10底「津」を脱している。

アマノモト山 伴信友採択。

五天元山また天基山の意。遺称なく所在不明。新考は剣山(一九五五米)に擬するが確かでない。栗注はアマノリト山とし、麻殖郡山川町のノリト山としている。

六大和三山の一。香具山。

七伊予国逸文天山の条(四九六頁)に類似記事がある。

中 湖 前は今井似閑、後は木村正辞採択。

八所在不明。吉野川河口地の中央部の河口の名。板野郡北島町中村に擬する説(新考)があるが確かでない。

九鳴戸市撫養町の小鳴門海峡(ムヤ海峡)。吉野川河口地の最北東端。

奥湖《おくのみなと》ナドニモ用之《もちゐ》タリ。（同右 巻第三）

讃岐國

阿波島（參考）

讃岐《さぬき》の國。屋島《やしま》[一二]。北に去《さ》ること百歩《あし》ばかりに島あり。名を阿波島《あはしま》[一三]と曰《い》ふト云ヘリ。

讃岐國　屋島　北去百歩許　有レ島　名曰二阿波島一ト云ヘリ　（同右 巻第三）

伊豫國

湯泉

伊豫《いよ》の國の風土記《ふどき》に曰《い》はく、湯《ゆ》の郡《こほり》[一四]。大穴持命《おほなもちのみこと》、見《み》て悔《く》い恥《は》ぢて[一五]、宿奈毗古那命《すくなひこなのみこと》を活《い》[一六]かさまく欲《おもほ》して、大分《おほきだ》[一七]の速見《はやみ》の湯《ゆ》を、下樋《したび》[一八]より持《も》ち度《わた》り來《き》て、宿奈毗古奈命《すくなひこなのみこと》を漬《ひた》し浴《あむ》ししかば、暫《しまし》が間《ほど》に活起《いきかへ》[一九]りまして、居然《おだひ》[二〇]しく詠《ながめごと》[二一]して、「眞暫《ましまし》[二二]、寝《い》ねつるかも」と曰《の》りたまひて、践《ふ》[二三]み健《たけ》びまし跡處《あとどころ》、今も湯《ゆ》の中《なか》の石の上《うへ》にあり。凡《すべ》て、湯《ゆ》の貴《たふと》[二四]く奇《くす》しきことは、神世《かみよ》の時のみにはあらず、今の世に疹痾《やまひ》に染《し》める萬生《ひとびと》、病《やまひ》を除《い》やし、身《み》を存《たも》つ要藥《くすり》と爲《な》せり。

天皇等《すめらみことたち》の湯《ゆ》に幸行《いでま》すと降《くだ》りましこと、五度《いつたび》[二五]なり。大帯日子《おほたらしひこ》[二六]の天皇《すめらみこと》と大后《おほきさき》八坂《やさか》

一〇　吉野川河口地の最南または最西の河口であろうが所在地不明。
一一　河口の水路をいう。「湖」また「潮」の字を用いた例は多い。
11底「关」。栗注「咲湖」とするが次の記事により「奥湖」とする。

阿波島　木村正辞採択。恐らくは風土記以外の書からの引用と認められる。
一二　香川県高松市の屋島。
一三　屋島の北方海上に該当する島はない。

湯泉　今井似閑採択。
一四　愛媛県温泉郡及び松山市の地。松山市の道後温泉による名。和名抄の郡名に温泉（湯）とある。
一五　少彦名命の仮死状態にあるのを見て後悔し恥じての意か。
一六　蘇生させようとして。
一七　別府温泉。豊後国風土記速見郡（三七一頁）参照。大分の国の速見という呼び方。
一八　地下の水道によって。
一九　大穴持命の蘇生譚は記紀にも見えるが、少彦名命の蘇生譚は他にない。
二〇　安らかに、事もなかった様子で。
二一　声を長く引いてゆるやかに言うこと。
二二　マは接頭語。暫くの間。
二三　元気に力を入れて地面を踏む。
二四　湯の効能の霊妙なこと。
二五　以下はこの五度の行幸を列記した記事。
二六　景行天皇とその皇后。

入姫命《いりひめのみこと》と二躯《ふたはしら》を以《も》ちて、一度《ひとたび》と爲《な》す。[一]帯中日子《たらしなかつひこ》の天皇《すめらみこと》と大后《おほきさき》[二]息長帯姫命《おきながたらしひめのみこと》と二躯《ふたはしら》を以《も》ちて、一度《ひとたび》と爲《な》す。[三]上宮聖徳《うへのみやのしやうとこ》の皇《おほぎみ》を以《も》ちて、一度《ひとたび》と爲《な》す。及《また》、侍《みとも》は高麗《こま》の[四]恵慈《ゑじ》の僧《ほふし》・[五]葛城臣等《かづらきのおみたち》なり。時に、湯《ゆ》の岡《をか》の側《かたはら》に[六]碑文《いしぶみ》を立てき。其の碑文《いしぶみ》を立てし處《ところ》を[七]伊社邇波《いさには》の岡《をか》と謂《い》ふ。伊社邇波《いさには》と名づくる由《ゆゑ》は、當土《このくに》の諸人等《もろひとたち》、其の碑文《いしぶみ》を見まく欲《おも》ひて、[八]いざなひ來《き》けり。因《よ》りて伊社邇波《いさには》と謂《い》ふ、[九]本《ことのもと》なり。記《しる》して云《い》へらく、

[一〇]法興《ほふこう》六年十月、歳丙辰《ほしひのえたつ》にあり。我《わ》が[一一]法王大王《ほふわうだいわう》と恵慈《ゑじ》の法師《ほふし》及《また》葛城臣《かづらきのおみ》と、[一二]夷與《いよ》の村《むら》に逍遥《あそ》び、正《まさ》しく[一三]神《かみ》の井《ゐ》を觀《み》て、世《よ》の妙《くす》しき驗《しるし》を[一四]歎《なげ》きたまひき。意《おもひ》を敍《の》べ欲《ま》くして、聊《いささ》か碑文一首《いしぶみひとつ》を作る。

惟《おも》ふに、夫《そ》れ、[一五]日月《ひつき》は上《かみ》に照《て》りて私《わたくし》せず。[一六]神《かみ》の井《ゐ》は下《しも》に出《い》でて給《あた》へずといふことなし。[一七]萬機《まつりごと》はこの所以《ゆゑ》に妙《たへ》に應《あた》り、[一八]百姓《おほみたから》はこの所以《ゆゑ》に潛《ひそ》かに扇《とびら》す。若乃《すなは》ち、[一九]照《て》らし給《あた》へて偏私《かたよ》ることなきは、何《なに》ぞ、[二〇]國を壽《ひさ》しくすること[二一]華臺《くわだい》の隨《まにま》に開《ひら》け合《あ》ひたるに異《こと》ならむ。[二二]神《かみ》の井《ゐ》に沐《ゆかはあ》みて疹《やまひ》を瘳《いや》すは、詎《なに》ぞ、[二三]花池《くわち》に落《お》ちて弱《よわ》きを化《かへ》ししに[二四]舛《たが》はむ。[二五]山岳《やま》の[二六]巖崿《いはぎし》を窺《うかが》ひ望《のぞ》みて、反《かへ》りて[二七]子平《しへい》のごと往《ゆ》かまく冀《こひねが》ひ、[二八]椿樹《つばき》は相廕《あひおほ》ひて穹窿《おほぞら》なし、實《まこと》に五百《いほ》つ[二九]蓋《きぬがさ》を張《は》れるかと想《おも》ふ。臨朝《あした》に鳥啼《とりな》きて戯《たはぶ》れ[三〇]哢《さへづ》る。[三一]何《なに》ぞ亂《さや》げる音《こゑ》の耳に聒《かしま》しきを曉《さと》らむ。[三二]丹《に》の花は葉《は》を巻《あつ》めて映照《てりは》え、[三三]玉《たま》の菓《このみ》は葩《はなびら》を彌《おほ》ひて井《ゐ》に垂《た》る。其の下《した》を經過《へす》ぎて[三四]優《ゆた》に遊《あそ》ぶべし。豈《あに》、[三五]洪灌《こうくわん》・霄庭《せうてい》の意《こころ》を悟《さと》るのみなら

一 仲哀天皇。二 神功皇后。三 聖徳太子。推古朝の皇太子摂政である故に天皇の行幸に准じて数えたもの。四 推古朝三年に来朝して聖徳太子の師となった僧、慧慈。恵は慧の通用字。五 葛城臣小楢(烏那羅とも)。聖徳太子建立の七大寺中、葛木寺を賜わった寵臣。六 道後温泉碑と呼ばれるもの。ただし碑石は発見されていない。七 道後温泉の南側、湯月城跡の道後公園の地。式内社伊佐爾波神社(湯月八幡)は道後(湯月)城構築の際に現在地に移したもので旧地は城跡の南端の地という。八 誘いあって。九 本縁。由来。一〇 推古四年(五九六)にあたる。日本書紀に用いられていない年号。崇峻天皇の四年を元年とする。一一 聖徳太子。一二 伊予国の村邑の意。村名ではない。道後温泉の地を指す。一三 温泉。一四 感歎する。一五 日月は天上にあって地上をあまねく照して恩沢を与える。一六 温泉は地下から湧き出て誰にも恩恵を与える。一七 政治はうまく行われる。一八 国民はそっと静かに扉を立てて安らかに生活する。一九 上文の日月の「照」と、神井の「給」を併せいう。一方に片よることなく恩沢が行きわたる。二〇 国を久しく栄えさせる道がおのずから通じている。二一 中国の名山、華岳。黄河を挟んで首陽山と相対し、河神が両山の間に山の曲りのままに或は開け或は合して河を通したという。二二 温泉に浴して病を癒やす。二三 花池に落ちて弱いものが壮健になったの意か。出典ある句であろうが不明。二四 違うの意。二五 以下温泉近辺の情景。二六 巌の崖。二七 後漢の人、張子平。温泉のあたりの岩崖を眺めて子平の四愁詩

むや。才拙《かどをぢな》くして、實《まこと》に[三六]七歩《ななあし》を慚《は》づ。後出《のちのよ》の君子《さかしひと》、幸《ねが》はくはな蚩咲《あざわら》ひそ。

[三七]岡本《をかもと》の天皇《すめらみこと》と皇后《おほきさき》と二軀《ふたはしら》を以《も》ちて、一度《ひとたび》と爲《な》す。時に、[三八]大殿戸《おほとのど》に[三九]椹《むく》と[四〇]臣木《おみのき》とあり。其の木に[四一]鵤《いかるが》と[四二]此米鳥《しめどり》と集《あつ》まり止《と》まりき。天皇《すめらみこと》、此の鳥の爲《ため》に、枝《えだ》に穗等《いなほども》を繫《か》けて養《か》ひたまひき。[四三]後《のち》の岡本《をかもと》の天皇《すめらみこと》・[四四]近江《あふみ》の大津《おほつ》の宮に御宇《あめのしたしろ》しめしし天皇《すめらみこと》・[四五]淨御原《きよみはら》の宮《みや》に御宇《あめのしたしろ》しめしし天皇《すめらみこと》の三軀《みはしら》を以《も》ちて、一度《ひとたび》と爲《な》す。此《これ》を幸行《いでま》せること五度《いつたび》と謂《い》ふ。

伊[1]豫[2]國風土記曰　湯[3]郡　大穴持命　見悔恥而　宿奈毗古那命　欲レ活而　大分速
見湯　自二下樋一持度來　以二宿奈毗古奈命一　漬[4]浴者　蹔間有二活起一　居然詠曰二
眞蹔寢哉一　踐健跡處　今在二湯中石上一也　凡湯之貴奇　不二神世時耳一　於二今
世一　染二疹痾一萬生　爲二除レ病存レ身要藥一也
天皇等　於レ湯幸行降坐五度也　以下大帶日子天皇與二大后八坂入姬命二一軀上
爲二一度一也　以下帶中日子天皇與二大后息長帶姬[5]命二一軀上　爲二一度一也　以二上
宮聖德皇[6]一　爲二一度一　及侍高麗惠慈僧[7]　葛城臣等也　于レ時　立二湯岡側碑文一
其[8]立二碑文一處　謂二伊社邇波之岡一也　所レ名二伊社邇波一由者　當土諸人等　其
碑文欲レ見而　伊社那比來　因謂二伊社邇波一　本也[9]　記云
法興六年十月　歲在二丙辰一　我法王大王　與二惠慈[10]法師及葛城臣一　逍二遙夷
與村一　正觀二神井一　歎二世妙驗一　欲レ敍レ意　聊作二碑文一首一
惟夫　日月照二於上一　而不レ私　神井出二於下一　無レ不レ給　萬機[11]所以妙應　百

(文選所収)の如く登ってゆけたらと思う。二八 長樹の霊樹とする木。繁りあって掩う枝葉が大空の如く。二九 絹張りの長柄の傘。貴人にさしかけるもの。三〇 哢の俗字。三一 鳥の鳴きさわぐ声もやかましくは聞えない。三二 赤い花は緑の葉を集めて照り映え。三三 玉の如き果実は花びらを覆って。三四 心ゆるやかに。三五 中国の古人の名か。未詳。三六 魏の曹植が七歩あるく間に詩を作った故事による。七歩の才。作詩の才。以上の碑文を拙文と謙遜していう。三七 舒明天皇。三八 天皇の御殿の戸のあたり。三九 椋。楡科の落葉灌木。底本トガと傍訓があるが従い難い。四〇 モミ(樅・樫)。松杉科の常緑喬木。四一 雀科の小鳥、マメマワシ。鳩科のジュズカケ(斑鳩)もイカルガと呼ばれている。四二 鵖。マメマワシに似た鳩科の小鳥。底本の本文のヒメ(比米)は不明であるが、万葉集の此米も古本に比米とある。比米・此米同じか。四三 斉明天皇。四四 天智天皇。四五 天武天皇。三方が一緒に。

1釈日本紀と万葉集註釈とに引用する箇所に出入があるので両者を併せて一条とした。2万葉集註釈「与」。3以下「要藥也」まで万葉集註釈にない。4底「濆」。万葉緯による。5万葉集註釈「足」。釈紀による。6万葉集註釈「皇子」。釈紀による。7釈紀「総」。万葉集註釈による。恵総は恵慈と同年に来朝した百済の僧の名。8以下「本也」まで釈紀にない。9万葉集註釈「云々」として碑文を省略したことを示す。以下「蚩咲也」までない。10底「忩」に誤る。11底「所以」の下にある。栗注による。

姓所以潜扇　若乃照給無二偏私一　何異下于壽レ國隨二[1]華臺一而開合上　沐二神井一而瘳レ疹　詎舛下于[2]落二花池一而化中[3]弱　窺二望山岳之巘崿一　反冀二子平之能往一　椿樹相廕而穹窿　實想二五百之張一蓋　臨朝啼レ鳥而戲咔[4]　何曉二亂音之聒一耳　丹花巻レ葉而[5]映照　玉菓彌レ葩以垂レ井　經二過其下一　可二優遊一　豈悟二洪灌霄庭意一與[6]　才拙實慚二七歩一　後[7]出君子　幸無二蚩咲一也

[8]于レ時　以二岡本天皇并皇后二軀一　爲二一度一　於二大殿戸一　[9]有三椹與二臣木一　於二其木一　集三止鵤與二[10]此米鳥一　天皇爲二此鳥一　枝繫二[11]穗等一　養賜也　以二後岡本天皇　近江大津宮御宇天皇　淨御原宮御宇天皇三軀一　爲二一度一　此謂二幸行五度一也

（釋日本紀 巻十四・萬葉集註釋 巻第三）

天　山

伊《い》豫《よ》の國の風土記に曰《い》はく、伊《い》与《よ》[一]の郡《こほり》。郡家《こほりのみやけ》より東北《うしとら》のかたに天山《あめやま》[二]あり。天山《あめやま》と名づくる由《ゆゑ》は、倭《やまと》に天加具山《あめのかぐやま》[三]あり。天《あめ》より天降《あも》りし時、二つに分《わか》れて、片端《かたはし》は倭《やまと》の國に天降《あまくだ》り、片端《かたはし》は此の土《くに》に天降《あまくだ》りき。因《よ》りて天山《あめやま》と謂《い》ふ、本《ことのもと》なり。(其[四]の御影《みかげ》を敬禮《ゐやま》ひて、久米寺《くめでら》に奉《まつ》れり。)

伊豫國風土記曰　伊与郡　自二郡家一以東北　在二天山一　所レ名二天山一由者　倭在二天加具山一　自レ天々降時　二分而　以二片端一者　天二降於倭國一　以二片端一者　天二降於此土一　因謂二天山一　本也　([12]其御影敬禮　奉二久米寺[13]一)　(釋日本紀 巻七)

1底、艸冠に「辛」の字。栗注による。　2新考「浴」の誤とする。　3底「蒻」。新考による。　4底「吐下」二字に作る。栗注による。　5底にない。栗注により補う。　6「鮫」に同じ。　7底「定」。字形の近似により「疋」(「出」の俗字)の誤とする。　8以下「養賜也」まで釈紀にない。　9万葉集註釈巻第一に「伊予国風土記云、二木者、一者椋ノ木、一者臣ノ木ト云ヘリ」とこの条の記事を摘記している。また万葉集巻第一記載の類聚歌林の文に「一書云、是時、宮前在二二樹木一。此之二樹、斑鳩・此(古本比)米二鳥大集。時勅、多掛二稲穂一而養之」とこの条と同内容の記事が見える。　10底「比」。「此イ」と傍記。　11平仮名本「稲穂」とある。従うべきか。

天　山　今井似閑採択。

一凡そ愛媛県伊予市と伊与郡の地にあたる。

二温泉郡石井村天山(あまやま)にある孤立丘。旧久米郡内、もと伊予郡に属していた。

三大和三山の一。香具山。神代紀口訣に「風土記、天上有レ山、分堕レ地。一片伊予国天山。一片大和国香山」とあるのは本条の記事を要記したもの。阿波国風土記アマノモトヤマに同じ伝承が見える。

四以下は後人の附記と認められる。天山の姿を絵図に描いたもの(御影)。天山は久米氏所管の久米郡にある故にその本居の大和の久米寺(橿原市内)に祀ったことをいうか。

12以下は平仮名本(宝暦刊本)にない。恐らく後補文。　13底「等」に近い字に作る。

御　嶋　今井似閑採択。

御嶋

伊《い》豫《よ》の國の風土記に曰《い》はく、[五]乎《を》知《ち》の郡《こほり》。[六]御嶋《みしま》。坐《いま》す神の御名《みな》は[七]大山積《おほやまつみ》の神、一名《またのな》は[八]和《わ》多《た》志《し》の大神なり。是《こ》の神は、[九]難波《なには》の高津《たかつ》の宮に御宇《あめのしたしろ》しめしし天皇《すめらみこと》の御世《みよ》に顯《あらは》[一〇]れましき。此神、百濟《くだら》[一一]の國より度《わた》り來まして、津《つ》[一二]の國の御嶋《みしま》に坐《いま》しき。云々。御嶋《みしま》と謂《い》ふは、津《つ》の國の御嶋《みしま》の名なり。

伊豫國風土記曰　乎[14]知郡　御嶋　坐神御名　大山積神　一名和多志大神也　是神者　所レ顯二難波高津宮御宇天皇御世一　此神自二百濟國一度來坐　而津國御嶋坐　云々　謂二御嶋一者　津國御嶋名也　（同右　巻六）

熊野岑

伊《い》豫《よ》の國の風土記に曰《い》はく、[一三]野《の》間《ま》の郡《こほり》。[一四]熊野《くまの》の岑《みね》。熊野《くまの》と名づくる由《ゆゑ》は、昔時《むかし》、[一五]熊《くま》野《の》と云《い》ふ船を此《ここ》に設《つく》りき。今に至るまで、石と成《な》りてあり。因りて熊野《くまの》と謂《い》ふ、本《ことのもと》なり。

伊豫國風土記曰　野間郡　熊野岑　所レ名二熊野一由者　昔時　熊野[15]云船設レ此　至レ今石成在　因謂二熊野一　本[16]也　（同右　巻八）

神功皇后御歌

[一六]橘《たちばな》の島にし居《を》れば河遠《かはとほ》み曝《さら》さで縫《ぬ》ひし吾《あ》が下衣《したごろも》。此の歌、伊《い》豫《よ》の國の風土記の如《ごと》くは、息《おき》

五　愛媛県今治市及び越智郡の地にあたる。温泉郡の北、瀬戸内海に面する地。和名抄の郡名に越智（乎知）とある。　六　瀬戸内海の三島群島。その大三島の宮浦（大三島町）に式内社大山積神社（三島明神）がある。　七　山の精霊としての神。　八　航海・渡航の神。　九　仁徳天皇。　一〇　神が現身をあらわして行為することをいう。韓国出征の時にこの神があらわれて航海神としての神徳を発揮した意。　一一　韓国の百済から帰って来てか。百済を本国として来朝した意ではあるまい。　一二　大阪府高槻市三島江（淀川右岸の地）の式内社三島鴨神社。そこから伊予国に移ったというのである。

14　底「宇」。栗注による。

熊野岑　今井似閑採択。

一三　愛媛県越智郡の内、高縄半島の北西部地方。和名抄の郡名に野間（乃万、今作二能満一）とある。今治市乃万が遺称地。　一四　遺称なく所在不明。　一五　船名でなく熊野船型の船の意か。熊野船には両舷で漕ぐように した特徴のある熊野諸手船が知られている。

15　底「止」細字がある。訓み仮名としての後補の文字であろう。　16　国史大系本頭注「岑」の誤とするが不可。底のまま。

神功皇后御歌　伴信友採択。

一六　万葉集巻第七（一三一五）譬喩歌の内、寄レ衣の歌として見える。和名抄には新居郡・越智郡・温泉郡にそれぞれ立花郷がある。何れの地か明らかでないが、大和の橘以外の同名地に結びつき、更に古伝承の神功皇后に結びついて伝えられたものか。

長足日女命《ながたらしひめのみこと》の御歌《みうた》なり。

橘之島爾之居者河遠不曝縫之吾下衣　此歌　如₂伊豫國風土記₁者　息長足日女命御歌也
（萬葉集註釋 巻第五）

齊明天皇御歌

伊豫《いよ》の國の風土記には、後《のち》の岡本《をかもと》[一]の天皇《すめらみこと》の御歌《みうた》に曰《い》はく、みぎたづ[二]に泊《は》てて見れば。云々[三]

伊豫國風土記ニハ後岡本天皇御歌曰　美枳多頭爾　波弖丁美禮婆　云々　（同右 巻第三）

（附記）河海抄（空蟬の巻）の「けたの數五百三十九歟、云々。素寂説」に「風土記」と傍記ある傳本により矢田求が逸文に採擇しているが、傍記のない本もあり疑わしいので掲げない。

土佐國

玉嶋

土左《とさ》の國の風土記《ふどき》に曰《い》はく、吾川《あがは》[四]の郡《こほり》。玉嶋《たましま》[五]。或《あ》る説《つたへ》に曰《い》へらく、神功皇后[六]、國巡《めぐ》り[七]ましし時、御船《みふね》泊《は》てき。皇后《おほきさき》、嶋に下《くだ》りて磯際《いそぎは》[八]に休息《いこ》ひまし、一つの白き石を得たまひき。團《まろ》きこと鷄卵《とりのこ》の如し。皇后《おほきさき》、御掌《みたなぞこ》に安《お》きたまふに、光明《ひかり》四《よ》もに出《さしい》でき。皇后《おほきさき》、大《いた》く喜《よろこ》びて左右《もとこびと》[九]に詔《の》りたまひしく、「是《こ》は海神《わたつみ》の賜へる白眞珠《しらたま》[一〇]なり」とのりたまひき。故《かれ》、嶋の名と爲《な》す。云々

斉明天皇御歌　今井似閑採択。

一　斉明天皇。

二　万葉集に熟田津（にぎたづ）とあるのと同地。道後温泉の船着所。松山市和気町・堀江町附近を遺蹟地としている。

三　三句以下は伝わっていない。

玉　嶋　今井似閑採択。

四　高知県高知市（西部）及び吾川郡の地。和名抄の郡名に吾川（安加波）とある。

五　高知市長浜の玉島。浦戸湾内の小島。巣山ともいう。

六　諡号で記すのは恐らくは引用時の改訂。もとは諱でオキナガタラシヒメ（用字不明）と記されていたのであろう。

七　地方巡視。

八　岩のある海岸の水ぎわ。

九　従者。侍者。

一〇　真珠。マタマ・シラタマというのを重ねた語。

土左高賀茂大社　今井似閑採択。

一　高知県高知市（東部）及び土佐郡の地。書紀は土左（国）とあるが、続紀以下は土佐

土左國風土記曰　吾川郡　玉嶋　或說曰　神功皇后　巡レ國之時　御船泊之　皇后下レ嶋　休二息儀際一　得二一白石一　團如二鷄卵一　皇后安二于御掌一　光明四出　皇后大喜　詔二左右一曰　是海神所レ賜白眞珠也　故爲二嶋名一云々　（釋日本紀 巻十）

土左高賀茂大社

土左《とさ》の國の風土記に曰《い》はく、[一二]土左《とさ》の郡《こほり》。郡家《こほりのみやけ》の西に去《さ》ること四里《さと》に[一三]土左《とさ》の高賀茂《たかかも》の大社《おほやしろ》あり。其の神のみ名を[一三]一言主尊《ひとことぬしのみこと》と爲《な》す。其のみ祖《おや》[一四]は詳《つまびら》かならず。一說《あるつたへ》に曰《い》へらく、大穴六道尊《おほなむぢのみこと》のみ子《こ》、[一五]味鉏高彦根尊《あぢすきたかひこねのみこと》なりといへり。

土左國風土記曰　土左郡　々家西去四里　有二土左高賀茂大社一　其神名爲二一言主尊一　其祖未レ詳　一說曰　大穴六道尊子　味鉏高彦根尊　（同右 巻十二・十五[1]）

朝倉神社

土左《とさ》の國の風土記に曰《い》はく、土左《とさ》の郡《こほり》。[一六]朝倉《あさくら》の郷《さと》あり。郷《さと》の中《うち》に[一七]社《やしろ》あり。神のみ名は[一八]天津羽羽《あまつはは》の神なり。[一九]天石帆別《あまのいははわけ》の神、[二〇]天石門別《あまのいはとわけ》の神のみ子なり。

土左國風土記曰　土左郡　有二朝倉鄕一　々中有レ社　神名天津羽々神　天石帆別神[2]　天石門別神子也　（同右 巻十四）

神河

土左《とさ》の國の風土記に云《い》はく、[二一]神河《みわがは》。三輪川《みわがは》と訓《よ》む。源《みなもと》は[二二]北の山の中《なか》より出《い》でて、[二三]伊

朝倉神社　今井似閑採択。

の文字を用いる。[一二]高知市一宮の式内社土佐神社。[一三]雄略朝、大和の葛城山に現われた神（記紀）。凶事も善事も一言で解決する神とする。[一四]神の系譜不明の意。賀茂系とは別の土地土着の神であろう。[一五]大和の葛城郡を本居とした賀茂氏の神。勢力のあった氏族の神、高鴨阿治須岐託彦根命神（延喜式）に葛木坐一言主神（同上）を習合したもの。天平宝字八年、土佐の高鴨神を大和の葛城に移し祀った（続紀）。
1 巻を異にして同文が二箇所に引用記載されている。

朝倉神社　今井似閑採択。
[一六]高知市朝倉（旧朝倉村）が遺称地。和名抄の郷名に朝倉とある。[一七]式内社朝倉神社。[一八]他に見えない神名。[一九]天津羽羽神の別名であろう。[二〇]手力男神と共に天岩戸を開けた神。天孫降臨の時、ニニギ命に従って天降った神である。
2 底「耶今」。刊本及び神名帳頭註「命」。「今」は「命」の誤写重記で衍字とする。「耶」を「神」の誤とする。

神河　今井似閑採択。
[二一]高知県の吾川・高岡両郡境をなす仁淀川（旧、贄殿川）としている。[二二]愛媛県上浮穴郡（伊予国）に発源する。[二三]土佐国から伊予国に達する交通路の川の意。伊予国に流れる意でない。

與《よ》の國に屆《いた》る。水清《きよ》し。故《かれ》、大神の爲《ため》に酒《さけ》[一]釀《か》むに、此の河の水を用《もち》ゐる。故《かれ》、河の[二]名と爲《な》す。

土左國風土記云　神河　訓二三輪川一　源出二北山之中一　屆二于伊與國一　水清　故爲二大神一釀レ酒也　用二此河水一　故爲二河名一」（萬葉集註釋　巻第二）

筑　前　國

芋　湄　野

筑紫《つくし》の風土記《ふどき》に曰《い》はく、逸都《いと》[三]の縣《あがた》。子饗《こふ》[四]の原《はら》。石兩顆《いしふたつ》[五]あり。一《ひとつ》[六]は片長《なが》さ一尺《さか》二寸《き》、周《めぐ》り一尺《さか》八寸《き》、一《ひとつ》は長さ一尺《さか》一寸《き》、周《めぐ》り一尺《さか》八寸《き》なり。色白[七]くして鞕《かた》く、圓《まろ》きこと磨《みが》き成《な》せるが如し。俗《くにひと》、傳《つた》へて云《い》へらく、息長足比賣命《おきながたらしひめのみこと》[八]、新羅《しらぎ》を伐《う》たむと欲《おもほ》して、軍《いくさ》[九]を閲《み》たまひし際《とき》、懷娠《みはらのみこ》、漸《やくやく》[一〇]に動《うご》[一一]きき。時に、兩《ふたつ》の石を取りて裙《も》[一二]の腰《こし》に插《はさ》み著《つ》けて、[一三]遂《つひ》に新羅《しらぎ》を襲《う》ちたまひて、凱旋《かちかへ》りましし日、芋湄野《うみの》[一四]に至りて、太子《ひつぎのみこ》[一五]誕生《あ》れましき。此の因縁《ゆゑよし》ありて、芋湄野《うみの》と曰《い》ふ。産を謂《い》ひて芋湄《うみ》と爲《な》すは風俗《くにひと》の言詞《ことば》のみ。俗間《よ》の婦人《をみな》、忽然《たちまち》に娠動《はらのこうご》[一六]けば、裙《も》の腰《こし》に石を插《さしはさ》み、厭《まじな》ひて時を延《の》べしむるは、蓋《けだ》しくは此《これ》に由《よ》るか[一七]。

筑紫風土記曰　逸都縣　子饗原　有二石兩顆一　一者　片長[2]一尺二寸　周一尺八

一　大隅国逸文醸酒の条（五二六頁）参照。
二　河の名のミワは、もと神酒を入れる甕の意より神酒そのものを指すようになった。
1　底、この次に「世訓二神字一為二三輪一者、多氏古事紀曰」として崇神紀と古事記崇神巻の記事を混同した如き三輪の説明説話を要記している。恐らくは風土記の文に附記されてあった風土記以外の記事と認められるからここには掲げない。

芋湄野（筑紫風土記）　今井似閑採択。
三　下文に怡土郡とあるのに同じ。筑紫風土記筆録者の文人趣味による特殊用字。
四　福岡県糸島郡二丈村深江を遺蹟地とする。万葉集には深江村子負原とある。
五　下文の児饗石と同じ。いわゆる鎮懐石。
六　石の計量は下文及び万葉集の記載それぞれ小異がある。
七　万葉集には「並皆楕円、状如二鶏子一」とある。
八　神功皇后。
九　軍隊をしらべみる。軍を指揮する意。
一〇　ヤウヤクの古形。徐に。そろそろ。
一一　胎動（陣痛）のはじまったことをいう。
一二　成年女子の腰部から下を被う衣。表につけるのを裙、下に着るのを裳という（和名抄）。
一三　出産を中止させたままで。
一四　福岡県糟屋郡宇美町宇美が遺称地。宇美八幡宮がある。
一五　皇太子（応神天皇）。
一六　コナヰ（コは胎児、ナヰは震）と訓む説がある（新考）。
一七　この一条は怡土郡の鎮懐石の説明と糟屋郡の芋湄野の地名説明と二郡にわたる事項を一条に記したもので、一郡毎に筆録編述した記事でない。
2　新考、衍字とするが底のまま。

寸 一者 長一尺一寸 周一尺八寸 色白而鞕[3] 圓如二磨成一 俗傳云 息長足比賣命 欲レ伐二新羅一 閲レ軍之際 懐娠漸動 時取二兩石一 插二著裙腰一 遂襲二新羅一 凱旋之日 至二芋湄野一 太子誕生 有二此因縁一 曰二芋湄野一 謂レ産爲二芋湄一者風俗言詞耳 俗間婦人 忽然娠動 裙腰插レ石 厭令レ延レ時 蓋由レ此乎 (釋日本紀 巻十一)

塢舸水門

風土記に云《い》はく、塢舸《をか》の縣《あがた》[一八]。縣《あがた》[一九]の東《ひむがし》の側《ほとり》近く、大江《おほかは》[二〇]の口《くち》あり。名を塢舸《をか》の水門《みなと》と曰《い》ふ。大船《おほふね》を容《い》るるに堪《た》へたり。彼《そこ》より島・鳥旗《とはた》[二一][二二]の澳《うみのくま》に通《かよ》ふ。名を岫門《くきど》[二三]と曰《い》ふ。鳥旗は等波多《とはた》なり。岫門は久妓等《くきど》なり。小船《をぶね》を容《い》るるに堪《た》へたり。海の中《なか》に兩《ふたつ》[二四]の小島《こじま》あり。其の一《ひとつ》を河斛島《かごしま》[二五]と曰《い》ふ。島《しま》は支子《くちなし》[二六]生《お》ひ、海は鮑魚《あはび》を出《いだ》す。其の一《ひとつ》を資波島《しばしま》と曰《い》ふ。資波は紫摩《しば》なり。兩《ふたつ》の島は倶《とも》に烏葛《つづら》・冬蓋《二七》生《お》ふ。烏葛は黑葛《つづら》なり。冬蓋は迂菜[二八]なり。

風土記云 塢舸縣 [4]々東側近 有二大江口一 名曰二塢舸水門一 堪レ容二大舶一焉 從レ彼通二島[5]鳥旗澳一 名曰二岫門一 鳥旗等波多也[6][7] 岫門久妓等也[8] 堪レ容二小船一焉 海中有二兩小島一 其一曰二河斛島一 [9]々生二支子一 海出二鮑魚一 其一曰二資波島一[10] 資波紫摩也[11] 兩島倶生二烏葛[12]冬蓋[13]一 烏葛黑葛也 冬蓋迂菜也[14] (萬葉集註釋 巻第五)

西海道節度使

筑前《つくしのみちのくち》の國の風土記《ふどき》に云《い》はく、奈羅《なら》[二九]の朝庭《みかど》の天平《てんびやう》四年、歳《ほし》壬申《みづのえさる》に次《やど》るとしに當《あた》

3万葉緯以下「便」に作り「便圓」と熟して解しているが底のまま。「鞕」は「硬」の正字(干禄字書)。

塢舸水門(筑紫風土記) 今井似閑採択。

一八 福岡県遠賀(おんが)郡及び若松市・戸畑市・八幡市などの地。続紀は遠河郡、和名抄は遠賀郡と書く。塢舸は筑紫風土記の特殊用字。 一九 郡東に同じ。郡家(郡役所)の東側近く。 二〇 遠賀川の河口。古くは入り込んで洞海湾に通じていた。

二一 若松市の地。洞海湾の北側の島。旧、島郷(しまごう)村という。

二二 戸畑市から八幡市にわたる湾入部。

二三 水のぐぐり抜ける水路。遠賀川の河口から戸畑市の方へ抜ける海峡。今の洞海湾(くきのうみ)。 二四 洞海湾内の中島と葛島。

二五 底本の訓による。中島にあたるか。

二六 アカネ科の灌木。染料に用いる。

二七 訓義不明。栗注は冬蘲としてハジカミと訓む。 二八 訓義不明。

4底「江」。一本「之」。万葉緯による。 5新考、衍字とするが底のまま。 6底、以下三字大書。意により訂す。 7底「鳥」。意により訂す。 8底にない。栗注による。 9底「今」。万葉緯による。 10底「資波鳥資波島」に作る。栗注による。 11底、「資」がない。栗注による。 12底「久々」。下文による。 13万葉緯に「イ蘲」とあるが、底のまま。 14底「米」。万葉緯による。

西海道節度使(筑紫風土記) 今井似閑採択。

二九 聖武天皇の世(七三二)。

り、一西海道《にしのみち》の節度使《せつとし》、藤原朝臣《ふぢはらのあそみ》、諱《いみな》は二宇合《うまかひ》、三前《さき》の議《たばかり》の偏《かたよ》れるを嫌《きら》ひて、當時《とき》の要《むね》を考《かむが》ふといへり。

筑前國風土記云　當三奈羅朝庭天平四年歳次二壬申一　西海道節度使　藤原朝臣諱宇合　嫌二前議之偏一　考二當時之要一者

（萬葉集註釋 巻第一）

哿　襲

筑前《つくしのみちのくち》の國の風土記に云《い》はく、筑紫《つくし》の國に到《いた》れば、例《つね》に先《ま》づ四哿襲《かしひ》の宮に參謁《まゐ》づ。哿襲は可紫比《かしひ》なり。

筑前國風土記云　到二筑紫國一　例先參二謁[1]于哿襲宮一　哿襲ハ可紫比也（同右 巻第四）

資　珂　嶋

筑前《つくしのみちのくち》の國の風土記に曰《い》はく、五糟屋《かすや》の郡《こほり》。六資珂嶋《しかしま》。昔者《むかし》、七氣長足《おきながたらし》姫《ひめの》尊《みこと》、新羅《しらぎ》に幸《いでま》し時、御船《みふね》、夜時《よる》來て此の嶋に泊《は》てき。八陪從《みともびと》、名は九大濱《おほはま》・小濱《をはま》と云《い》ふ者あり。便《すなは》ち小濱《をはま》に勅《みことのり》して、此の嶋に遣《や》りて一〇火を覔《と》めしめたまふに、得《え》て早《と》く來《き》つ。大濱《おほはま》問ひけらく、「近く家《いへ》ありや」といふに、小濱答《をはまこた》へけらく、「此の嶋《しま》と一一打昇《うちあげ》の濱《はま》と、近く相連接《あひつづ》けり。一二殆《ほとほとおな》同じき地《ところ》と謂《い》ふべし」といひき。因《よ》りて近嶋《ちかしま》と曰《い》ひき。今、訛《よこなま》りて資珂嶋《しかしま》と謂《い》ふ。

筑前國風土記曰　糟屋郡　資珂嶋　昔者[2]　氣長足姫尊　幸二於新羅一之時　御船

一天平四年八月任命、同六年八月解任。九州全域の軍備防衛の総指令。
二藤原鎌足の孫。式家藤氏の祖。天平九年正三位参議式部卿兼太宰帥で没(四四歳)。
三宇合の意見によって旧い法式を時世にあうように改めたことをいうのであろうが内容は分らない。

哿襲(筑紫風土記)　今井似閑採択。

四福岡市香椎町にある香椎廟。仲哀天皇の皇居の地。天皇及び神功皇后をまつる。哿襲は筑紫風土記の特殊用字。日本書紀に橿日とあるが、続日本紀・万葉集・和名抄などは香椎の二字を用いている。

1底「詣」。万葉緯による。

資珂島　今井似閑採択。

五福岡県糟屋郡及び福岡市東部にわたる地。和名抄の郡名に糟屋(加須也)とある。
六博多湾頭にある志賀島。周囲約八粁。
七神功皇后。　八従者。供奉者。
九海神を祖とする阿曇氏であろう。応神紀に阿曇連祖大浜宿禰とあるのと同人か。
一〇火種をもらいに行かされた。夜の照明、炊飯などのためのもの。火または煙によって人の住んでいることを知る説話。肥前国風土記値嘉島の条(三九九頁)参照。
一一博多湾の北部を限る長浜。和白町奈多から西方に突出して志賀島に及ぶ細長い(約一二粁)砂浜。和歌童蒙抄にウチアゲ浜とあるのに従って訓む。
一二地続きと同様。それ故に、陸地(打昇浜)まで行って火をもらって来ることが早く出来たのだという意。

2 底「時」。他例及び新考によって訂す。

怡土郡　今井似閑採択。

一四 福岡県糸島郡の南半部。和名抄の郡名に怡土(以止)とある。

一五 仲哀天皇。仲哀紀八年の条にこの条と殆ど同文の記事が見える。

一六 怡土地方土着の豪族で天皇の治下に入って統治を命ぜられたもの。

一七 枝葉の繁った常緑樹。榊には限らない。

一八 長い緒に貫き連ねた玉飾り。

一九 白銅は鏡の材質をいう。よく磨ぎ澄ました鏡。　二〇 ツカは長さの単位。長剣。

二一 下関海峡にある彦島。

二二 榊にかけた玉・鏡・剣は氏族の神宝(神の神体)で氏族がその神を奉じて天皇に帰服する意を示す。仲哀紀八年の記事には献じた三種の宝に託した賀詞(呪言)を記している。「臣敢所三以献二是物一者、天皇如二八尺瓊之勾一、以曲妙御レ宇。且如二白銅鏡一、以分明看二行山川海原一。乃提二是十握剣一、平二天下一矣」。この賀詞があって次のイソシと褒める説話が自然なものとなる。風土記にこの賀詞のないのは恐らくは省略したもの。

二三 朝鮮東南海岸の蔚山。新羅と高麗(三韓時代の高句麗国)との境の地方であるから高麗といったのである。

二四 天日桙(あまのひぼこ)。書紀には垂仁朝来朝の新羅の王子とあるが、播磨国風土記では神代に渡来したと語る。

二五 つつしみはげんで奉仕する意。

二六 イソシの語幹を以てイソと訓む。

夜時　來泊二此嶋一　有下陪從名云二大濱小濱一者上　便勅二小濱一　遣二此嶋一覔レ火得早來　大濱問云　近有レ家耶　小濱答云　此嶋與二打昇濱一　近相連接　殆可レ謂二同地一　因曰二近嶋一　今訛謂二之資珂嶋一　（釋日本紀 卷六）

怡土郡

筑前《つくしのみちのくち》の國の風土記に曰《い》はく、怡土《いと》[一四]の郡《こほり》。昔《むかし》者、穴戸《あなと》[一五]の豊浦《とよら》の宮に御宇《あめのしたしろ》しめしし足仲彦《たらしなかつひこ》の天皇《すめらみこと》、球磨噌唹《くまそ》を討たむとして筑紫《つくし》に幸《いでま》しし時、怡土《いと》[一六]の縣主《あがたぬし》等が祖《おや》、五十跡手《いとて》、天皇《すめらみこと》幸《いでま》しぬと聞きて、五百枝《いほえ》[一七]の賢木《さかき》を抜取りて船の舳艫《へとも》に立《た》て、上枝《ほつえ》に八尺瓊《やさかに》[一八]を挂《か》け、中枝《なかつえ》に白銅鏡《ますみのかがみ》[一九]を挂《か》け、下枝《しづえ》に十握劍《とつかのつるぎ》[二〇]を挂《か》けて、穴門《あなと》の引嶋《ひきしま》[二一]に參迎《まゐむか》へて獻《たてまつ》りき[二二]。天皇《すめらみこと》、勅《みことのり》して、「阿誰人《たれひと》ぞ」と問ひたまへば、五十跡手《いとて》奏《まを》ししく、「高麗《こま》の國の意呂山《おろやま》[二三]に、天《あめ》より降《くだ》り來《こ》し日桙《ひぼこ》[二四]の苗裔《すゑ》、五十跡手《いとて》是《これ》なり」とまをしき。天皇《すめらみこと》、ここに五十跡手《いとて》を譽《ほ》めて曰《の》りたまひしく、「恪《いそ》[二五]しきかも伊《い》蘇《そ》志《し》と謂《い》ふ。五十跡手《いとて》が本土《もとつくに》は恪勤《いそ》[二六]の國《くに》と謂《い》ふべし」とのりたまひき。今、怡土《いと》の郡《こほり》と謂《い》ふは訛《よこなま》れるなり。

筑前國風土記曰　怡土郡。昔者　穴戸豊浦宮御宇足仲彦天皇　將レ討二球磨噌唹一幸二筑紫一之時　怡土縣主等祖五十跡手　聞二天皇幸一　抜二取五百枝賢木一　立二于船舳艫一　上枝挂二八尺瓊一　中枝挂二白銅鏡一　下枝挂二十握劍一　參二迎穴門引嶋一獻之　天皇勅問二阿誰人一　五十跡手奏曰　高麗國意呂山　自レ天降來日桙之苗

裔　五十跡手是也　天皇　於レ斯譽ニ五十跡手一曰　恪乎[1]（謂ニ伊蘇志一）　五十跡手之本土
可レ謂ニ恪勤國一　今謂ニ怡土郡一　訛也　（釋日本紀 巻十）

兒饗石

筑前《つくしのみちのくち》の國の風土記に曰《い》はく、[一]怡土《いと》の郡《こほり》。兒饗野《こふの》[二]郡《こほり》の西にあり。此の野の西に白き[三]石《いし》二顆《ふたつ》あり。一顆《ひとつ》は長さ一尺《さか》二寸《き》、大きさ一尺《さか》、重《おも》さ卌一斤《はかり》、一顆《ひとつ》は長さ一尺《さか》一寸《き》、大きさ一尺《さか》、重さ卌九斤《はかり》なり。曩者《むかし》、[四]氣長足姫尊《おきながたらしひめのみこと》、新羅《しらぎ》を征伐《う》たむと欲《おもほ》して此の村《むら》に到りますに、御《み》身《み》姙《はら》ませるが、忽《たちまち》に誕生《みこあ》れまさむとしき。[五]登時《すなはち》、此の二顆《ふたつ》の石を取らして御腰《みこし》に挿《さしはさ》み、[六]祈《うけ》ひたまひしく、「朕《あれ》、[七]西の堺《くに》を定《たひら》げむと欲《おも》ひて此の野《の》に來著《きつ》きぬ。姙《はら》める皇子《みこ》、若《も》し此《こ》れ神《かみ》にまさば、凱旋《かちかへ》りなむ後《のち》に誕生《あ》れまさむぞ可《よ》からむ」とのりたまひて、遂《つひ》に西の堺《くに》を[八]定《たひら》げて、還《かへ》り來て即《やが》て[九]産《う》みましき。謂《い》はゆる[一〇]譽田《ほむだ》の天皇《すめらみこと》、是《これ》なり。時の人、其の石を號《なづ》けて皇子産《みこうみ》の石《いし》と曰《い》ひき。今、訛《よこなま》りて[一一]兒饗《こふ》の石《いし》と謂《い》ふ。

筑前國風土記曰　怡土郡　兒饗野（在ニ郡西一）　此野之西　有ニ白石二顆一（一顆長一尺二寸大一尺重卌一斤　一顆長一尺一寸大一[2]尺重卌九斤）　曩者　氣長足姫尊　欲三征ニ伐新羅一　到ニ於此村一　御身有レ姙　忽當ニ誕生一　登時　取ニ此二顆石一　插ニ於御腰一　祈曰　朕欲レ定ニ西堺一　來ニ著此野一　所レ姙皇子　若此神者　凱旋之後　誕生其可　遂定ニ西堺一　還來即産也　所レ謂譽田天皇是也　時人號ニ其石一曰ニ皇子産石一　今訛謂ニ兒饗石一　（同右 巻十一）

1 底「手」。新考による。

兒饗石　今井似閑採択。

一 上文筑紫風土記の芋湄野の条に逸都県子饗原とあるのと同じ。
二 怡土郡の郡家(郡役所)。遺蹟地は不明。
三 鎮懐石と呼ばれる石である。万葉集には「(大)長一尺二寸六分、囲一尺八寸、重十八斤五両。(小)長一尺一寸、囲一尺八寸、重十六斤十両」とある。
四 神功皇后。　五 その時直ちに。
六 鎮懐(出産を抑える)の誓言。これによると石のもつ霊力によって鎮懐するよりは、むしろ産れる子の神性・霊力によって出産を抑えようとする意が見られる。
七 上に新羅とあるのにあたる。韓半島の地(三韓)をいう。
八 平定。撃定。うちたいらげる意。
九 出産の地はウミ野(糟屋郡)で鎮懐石のある地とは別。この条の記事は石についての怡土郡の記事で、他郡に属するウミ野については記していない。筑紫風土記と異なる取材範囲で、これは郡毎の筆録であることを示している。　一〇 応神天皇。
一一 万葉集には「深江村子負原、海に臨める丘の上に二石有り」とある。
2 底「卌」。新考により訂す。

大三輪神　今井似閑採択。

一二 軍兵を集め整備して。
一三 途中で。
一四 神功紀では逃亡となく「軍卒集まり難し」とある。

大三輪神

筑前《つくしのみちのくち》の國の風土記に曰《い》はく、氣長足姫尊《おきたがたらしひめのみこと》、新羅《しらぎ》を伐《う》たむと欲《おもほ》して、軍士《いくさ》[一二]を整《とと》理《の》へて發行《いでた》たしし間《ほど》に、道中《みちなか》[一三]に遁《に》[一四]げ亡《う》せき。其の由《よし》を占《うら》[一五]へ求《ま》ぐに、卽《すなは》ち、祟《たた》る神あり、名を大三輪《おほみわ》[一六]の神と曰《い》ふ。所以《ゆゑ》に此の神の社《やしろ》[一七]を樹《た》てて、遂《つひ》に新羅《しらぎ》を平《ことむ》けたまひき。

筑前國風土記曰　氣長足姫尊　欲レ伐二新羅一　整二理軍士一　發行之間　道中遁亡　占二求其由一　卽有二祟神一　名曰二大三輪神一　所以樹二此神社一　遂平二新羅一（同右）

胸肩神躰

先師説《と》きて云《い》はく、胸肩《むなかた》[一八]の神躰《しんたい》、玉たるの由《よし》、風土記に見ゆ。

先師說云　胸肩神躰　爲レ玉之由　見二風土記一

（同右 巻七）

うちあげの濱

筑前國風土記、[一九]うちあげ《打上》濱《ノハマ》の處に云《イハ》く、狹手彥連《さでひこのむらじ》[二〇]、舟にのり《乘》て、海[二一]にとどまりて、わたる《渡》ことをえがたし《得難》。爰《ココニ》、石勝《イハカツ》[二二]、推《オシハカリ》ていはく《云》、「此《ノ》舟のゆか《往》ざることは、海神の心なり。そのかみ《神》はなはだ《甚》狹手彥《さでひこのむらじ》連がゐて《率》[二三]ゆく處《トコロ》の妾《メ》、字《ナ》は那古若《なごわか》[二四]をしたふ《慕》。これをとどめば《留》わたる《渡》べし」。于レ時《トキニ》、彥連《ヒコノムラジ》、妾《メ》とあひなげく《相歎》。皇命《オホミコト》[二五]をかかむ《缺》事をおそれ《恐》て、[二六]うつくしび《愛》をたち《絕》、[二七]こも《薦》の上にのせ《載》て、なみ《波》にはなち《放》うかぶ《浮》と云々。

（和歌童蒙抄 第三）

一五　卜占（うらない）によって神意を知る。兵の逃亡を神意によるとして占うのである。

一六　大己貴神（大国主命）の荒魂を大三輪神と呼ぶ（記紀）。この神また出雲系の神が祟りをする伝承は多く、祭祀をうけて鎮まるのである。

一七　神功紀には神社を立てて刀矛（たちほこ）を奉納せられたとある。福岡県朝倉郡三輪村弥永にある式内社大三輪神社（延喜式神名帳、夜須郡の於保奈牟智神社）。

胸肩神躰　伴信友採択。

一八　宗像三女神。天照大神と須佐之男命のウケヒ（紀一書は玉を物種として）により生れた神と伝える。下文宗像郡の条に見える。

うちあげの浜　今井似閑採択。

一九　上文資珂島の条の打昇浜と同じ。博多湾の西北部を限る長浜。

二〇　宣化朝新羅征討に遣わされた。肥前国風土記鏡渡・褶振峰の条（三九五・三九七頁）に見え、唐津湾から出発したと語る。この条は博多湾から出発したとする別の伝承である。

二一　出帆したが海が荒れて船を進め得ず、新羅へ渡航できなかった。

二二　神祭をなし卜占をする者の名であろう。

二三　連れて行く。

二四　神をナゴ（和）め、海のナギ（凪）と関連のある名か。

二五　勅命を果さないこと。

二六　夫婦の情愛。

二七　日本武尊が后の橘媛を八重畳にのせて海神に捧げた伝承（古事記）に類似する。

風土記云《にいはく》、筑前國《の》御笠郡《の》、一大野 頂《のいただき》ニ有《あり》。サテ二オホキ《大城》ノ山トハ云也《いふなり》。(萬葉集抄 祕府本)

大城山 (存疑)

宗像郡 (存疑)

西海道《さいかいだう》の風土記に曰《い》はく、三宗像《むなかた》の大神、天《あめ》より降《くだ》りまして、四埼門山《さきとやま》に居《ゐ》まし し時、五青蕤《あをに》の玉《たま》を以《も》ちて六奥津宮《おきつみや》の表《しるし》に置《お》き、七八尺蕤《やさかに》の紫玉《むらさきだま》を以《も》ちて八中津宮《なかつみや》の表《しるし》に置《お》き、八咫《やた》の鏡を以ちて九邊津宮《へつみや》の表《しるし》に置《お》き、此の三つの表《しるし》を以《も》ちて神のみ一〇體《み》の形《かた》と成《な》して、三つの宮に納《をさ》め置《お》きたまひて、即《やが》て一一隠《かく》りましき。因《よ》りて身形《みのかた》の郡《こほり》と曰《い》ひき。後の人、改めて宗像《むなかた》と曰《い》ふ。其の一二大海命《おほあまのみこと》の子孫《このすゑ》は、今の宗像朝臣《むなかたのあそみら》等、是《これ》なり。云々

[1]西海道風土記曰　宗像大神　自レ天降居二埼門山一之時　以二青蕤玉一　置二奥津宮之表一　以二八尺蕤紫玉一[2]　置二中津宮之表一[3]　以二八咫鏡一　置二邊津宮之表一[4]　以二此三表一　成二神體之形一　而納二置三宮一[5]　即隠之[6]　因曰二身形郡一　後人改曰二宗像一　[7]其大海命子孫　今宗像朝臣等是也云々　(防人日記)

神石 (参考)

筑前風土記に、神功皇后、三韓に入らむとしたまふに、時既《すで》に産月《うみづき》に臨《のぞ》みき。皇后、み自《みづか》ら祭主《いはひぬし》と爲《な》りて禱《うけ》ひたまひしく、「事竟《ことを》へて還《かへ》らむ日、玆土《ここ》に産《あ》るべし」とのりたまひき。時に一三月《つき》の神誨《をし》へて曰《の》りたまひしく、「此の神石《かむいし》を以《も》ちて一四み腹を撫《な》づべし」

大城山　佐佐木信綱採択。

一 福岡県筑紫郡大野町。

二 太宰府の西北の防衛をなす大城山(四一〇米)。天智朝にこの山に城塞を設けた故に大城山という(三七八頁頭注一〇参照)。

宗像郡　今井似閑採択。西海道風土記の名は本条のみ。古代の風土記記事か疑わしい。宗像記・宗像記追考所載の下文に続くものならば、風土記とは恐らく別種の古記録。

三 天照大神と須佐之男命のウケヒによって生れた三女神と伝える(記紀)。

四 福岡県宗像郡の北端、鐘ノ岬としている。

五 青色の玉。蕤は瓊と同意同訓の字として用いている。

六 宗像郡の北西海上の沖の島に鎮座。

七 長い玉の緒の意。或は紫玉を形容する語として美玉の意に用いたものか。八 宗像郡の海上大島に鎮座。九 宗像郡玄海町田島にある。三宮を総称して宗像神社という。

一〇 神の形代(かた)。　一一 神が姿を隠した。

一二 宗像三神の弟と伝える神。恐らくは宗像神の祭祀者。姓氏録は宗像朝臣の祖を吾田片隅命(大神朝臣同祖)としている。この一句は上文に続かない。「又曰」の記事の後にあるべき句(田中説)。

1 宗像社記からの引用文。宗像記・宗像記追考(宗像郡誌所載)に同文がある。2 底「瓊」。3・4・5 底にない。6 底「納隠」。7 以下宗像記・宗像記追考になく次の文があり、田中卓氏は風土記逸文として採択するが、他の九州の二種

とのりたまひき。皇后、乃《すなは》ち神石《かむいし》に依《よ》りて腹《はら》と心《むね》とを撫《な》でたまふに、み體《み》忽《たちまち》に平《や》安《す》けかりき。今、其の石、筑前の伊覩《いと》の縣《あがた》の道《みち》の邊《へ》にあり。後《のち》、[一五]雷霹《かむどき》して、神石《かむいし》[一六]三《み》段《きだ》に爲《な》りき。

筑前風土記に、神功皇后　將レ入二于三韓一　時既臨二産月一　皇后自爲二祭主一　禱之曰　事竟還日　須レ産二于茲土一　于レ時　月神誨曰　以二此神石一　可レ撫レ腹　皇后　乃依二神石一撫二腹心一　體忽平安也　今其石在二筑前伊覩縣道邊一　後雷霹神石爲二三段一

（太宰管内志）

筑後國

磐井君

筑後《つくしのみちのしり》の國の風土記《ふどき》に曰《い》はく、[一七]上妻《かみつやめ》の縣《あがた》。[一八]縣《あがた》の南二里《さと》に[一九]筑紫君磐井《つくしのきみいはゐ》の[二〇]墓墳《はか》あり。高さ七丈《ななつゑ》、周《めぐ》り六十丈《むそつゑ》なり。[二一]墓田《はかどころ》は、南と北と各《おのもおのも》六十丈《むそつゑ》、東《ひむがし》と西と各《おのもおのも》卌丈《よそつゑ》なり。[二二]石人《いしひと》と石盾《いしたて》と各《おのもおのも》六十枚《むそひら》、[二三]交《こもごも》陣《つら》なり行《つら》を成《な》して四面《よも》に周匝《めぐ》れり。東北《うしとら》の角《すみ》に當《あた》りて一つの別區《ことどころ》あり。號《なづ》けて衙頭《がとう》と曰《い》ふ。衙頭は[二四]政所《まつりごとどころ》なり。其の中《うち》に一《ひとり》の石人《いしひと》あり、[二五]縦容《おもぶる》に地《つち》に立《た》てり。號《なづ》けて[二六]解部《ときべ》と曰《い》ふ。前《まへ》に一人《ひとり》あり、躶形《あかはだか》にして地《つち》に伏《ふ》せり。號《なづ》けて偸人《ぬすびと》と曰《い》ふ。生《い》けりしとき、猪《ゐ》を偸《ぬす》みき。仍《よ》りて罪《つみ》を決《き》められむとす。側《かたはら》に石猪《いしゐ》四《よ》

の風土記の記事と用字を異にして別種の記録とすべきである。又曰、天神之子有二四柱一。兄三柱神、教二弟大海命一曰、汝命者、為二吾等三柱御身之像一、而可レ居二於此地一。便一前居二於奥宮一、一前居二於海中一、一前居二於深田村高尾山辺一。故号曰二身像郡一云々。

神　石　井上通泰採択。児饗石・芋湄野の条と同じ鎮懐石に関する記事で、後代の風土記記事と認められる。

一三 延喜式神名帳に壱岐国月読神社とある神に擬している。

一四 記紀・万葉集及び上文の風土記と異なる後代的な呪法。　**一五** 落雷のために。

一六 一石が三分した意か。鎮懐石は万葉集及び上文風土記では大小の二石とある。

磐井君（筑紫風土記）　今井似閑採択。

一七 福岡県八女郡の東北部の地。和名抄の郡名に上妻（加牟豆万）とあるが、持統紀の訓による。　**一八** 郡南（郡家の南）に同じ。

一九 継体紀に筑紫国造とある。土着の豪族。

二〇 福岡県八女市吉田から広川町一条に至る約四粁の丘陵を人形原と呼び、吉田・一条に石人等のある古墳遺蹟がある。磐井の墓は人形原にあったのであるが何れか不明。

二一 田は一区画の地の意。墓域。墓の領域とする地。　**二二** 墓の周囲に立てた石造の儀装物。土製の埴輪（はにわ）と同性質のもの。

二三 かわるがわるに並び、列をなして。

二四 役所。　**二五** 落着いて。悠然と。　**二六** 刑部省に属し、訴訟を問い質すを任とする役人。

頭《つ》あり。贓物《ざうもつ》と號《なづ》く。贓物は盗《ぬす》みし物《もの》なり。彼《そ》の處《ところ》に亦《また》石馬《いしうま》三疋《みつ》・石殿《いしとの》三間《みつ》[一]・石藏《いしくら》二間《ふたつ》あり。古老《ふるおきな》の傳《つた》へて云《い》へらく、雄大迹《をほど》[二]の天皇《すめらみこと》のみ世に當《あた》りて、筑紫君磐井《つくしのきみいはゐ》、豪強《つよ》く暴虐《あら》くして、皇風《おもむけ》[三]に偃《したが》[四]はず。生平《い》けりし時、預《あらかじ》め此《こ》の墓《はか》[五]を造りき。俄《にはか》にして官軍《みいくさ》動《お》發《こ》りて襲《う》たむとする間《ほど》に、勢《いきほひ》の勝《か》[六]つましじきを知りて、獨自《ひとり》、豐前の國《とよくにのみちのくち》上膳《かみつみけ》[七]の縣《あがた》に遁《のが》れて、南の山[八]の峻《さか》しき嶺《みね》の曲《くま》[九]に終《みう》せき。ここに、官軍《みいくさ》、追《お》ひ尋《ま》ぎて蹤《あと》[一〇]を失《うしな》ひき。士《いくさびと》、怒《いかりや》泄[一一]まず、石人《いしひと》[一二]の手《て》を擊《う》ち折《を》り、石馬《いしうま》の頭《かしら》を打《う》ち墮《おと》しき。古老《ふるおきな》の傳《つた》へて云へらく、上妻《かみつやめ》の縣《あがた》に多く篤《あつ》[一三]き疾《やまひ》あるは、蓋《けだ》しくは茲《これ》[一四]に由《よ》るか。

筑後國風土記曰　上妻縣　々南二里　有二筑紫君磐井之墓墳一　高七丈　周六十[1]丈　墓田南北各六十丈　東西各卌丈　石人石盾各六十枚　交陣[2]成レ行　周二匝四面一　當二東北角一　有二一別區一　號曰二衙頭一(衙頭政[3]所也)　其中有二一石人一　縱容立レ地　號曰二解部一　前有二一人一　躶形伏レ地　號曰二偸人一(生爲レ偸レ猪　仍擬レ決レ罪[4])　側有二石猪四頭一　號二贓[5]物一(贓[5]物盗物也)　彼處亦有二石馬三疋　石殿三間　石藏二間一　古老傳云　當二雄大迹天皇之世一　筑紫君磐井　豪强暴虐　不レ偃二皇風一　生平之時　預造二此墓一　俄而官軍動發　欲レ襲之間　知二勢不一レ勝　獨自遁二于豐前國上膳縣一　終二于南山峻嶺之曲一　於レ是　官軍追尋失レ蹤　士怒未レ泄　擊二折石人之手一　打二墮石馬之頭一　古老傳云　上妻縣　多有二篤疾一　蓋由レ茲歟

(釋日本紀 卷十三)

一 建物を数えるのに用いている。幾棟というのに同じ。　二 継体天皇。

三 天皇の統治。磐井が新羅に通じて驕り、やがて誅滅せられたことをいう。継体紀二十一・二十二年の条に見える。

四 従う、靡くの意。天皇に従わず叛した。

五 石人石馬を立てる新羅風の墓。

六 勝てそうにない。

七 福岡県筑上郡の南部の地。和名抄の郡名に上毛(加牟豆美介)とある。

八 豊前国の南境の山。豊前市の東南隅の求菩提山(七八二米)または犬ケ岳(一一三一米)に擬している。　九 隠れた所。山ひだの凹所。　一〇 逃げた跡を見失って捕えられなかった。　一一 止まない。

一二 磐井の墓に立ててある石人石馬。

一三 不具の類。戸令に両目盲・二支廃(両脚発育不完全、歩行不能)・癲狂などを篤疾としている。　一四 磐井君の祟りという意。

1 底「十」がなく「十イ」と傍書。新考による。2 底「陳」を見せ消、「陣」を傍書。3 底「致」。傍書「政」。4 底「羅」。栗注による。5 底「賊」。国史大系本頭注説による。

筑後国号　今井似閑採択。

一五 既出(四五二頁頭注一)。

一六 豊後国・肥前国・肥後国の国名説明と同じで筑前・筑後を合せて説明するもの。

一七 筑前国御笠郡(現福岡県筑紫郡)から筑後国御原郡(現同県三井郡)に越える山。肥前国基肄郡(現佐賀県三養基郡基山町)の基山。肥前国風土記に基肄之山(三八一頁)と

筑後國號

[一五]公望案《きむもちあん》ずるに、筑後《つくしのみちのしり》の國の風土記に云《い》はく、筑後《つくしのみちのしり》の國は、本《もと》[一六]、筑前《つくしのみちのくち》の國と合《あは》せて、一つの國たりき。昔、此の兩《ふたつ》の國の間《あひだ》の山[一七]に峻《さか》しく狹《さ》き坂《さか》ありて、往來《ゆきき》の人、駕《の》れる鞍韉《したくら》[一八]を摩《す》り盡《つく》されき。土人《くにひと》、鞍韉盡《したくらつく》しの坂《さか》と曰《い》ひき[一九]。三《つぎ》[二〇]に云《い》はく、昔、此の堺《さかひ》[二一]の上《うへ》に麁猛神《あらぶるかみ》[二二]あり、往來《ゆきき》の人、半《なかば》は生《い》き、半《なかば》は死《し》にき。其の數《かず》極《いた》く多《さは》なりき。因《よ》りて人の命盡《いのちつくし》の神と曰《い》ひき。時に、筑紫君《つくしのきみ》[二三]・肥君《ひのきみ》等《ら》占《うら》へて、筑紫君《つくしのきみ》等《ら》が祖《おや》甕依姫《みかよりひめ》[二四]を祝《はふり》[二五]と爲《な》して祭《まつ》らしめき。爾《それ》より以降《このかた》、路行《みちゆ》く人、神に害《そこな》はれず。是《ここ》を以《も》ちて、筑紫《つくし》[二六]の神《かみ》と曰《い》ふ。四《つぎ》[二七]に云《い》はく、其の死《し》にし者《もの》を葬《はふ》らむ爲《ため》に、此の山の木を伐りて、棺輿《ひとき》[二八]を造《つ》作《く》りき。玆《こ》れに因《よ》りて山の木盡《つく》さむとしき。因《よ》りて筑紫《つくし》の國と曰《い》ひき。後に兩《ふたつ》の國に分《わか》ちて、前《みちのくち》と後《みちのしり》と爲《な》す。

[6]公望案　筑後國風土記云　筑後國者　本與ニ筑前國一　合爲ニ一國一　昔　此兩國之間山　有ニ峻狹坂一　往來之人　所レ駕鞍韉　被ニ摩盡一　土人曰ニ鞍韉盡之坂一　三[7]云　昔　此堺上　有ニ麁猛神一　往來之人　半生半死　其數極多　因曰ニ人命盡神一　于レ時　筑紫君肥君等占之　[8]令ニ筑紫君等之祖甕依姫　爲レ祝祭ニ之　自レ爾以降　行レ路之人　不レ被ニ神害[9]一　是以曰ニ筑紫神一　[10]四云　爲レ葬ニ其死者一　伐ニ此山木一　造ニ作棺輿一　因レ玆　山木欲レ盡　因曰ニ筑紫國一　後分ニ兩國一　爲ニ前

ある。通道は基山の東南麓を経て筑前と筑後を結んでいた。一八 鞍の下に敷く敷物。一九 末文の「因曰ニ筑紫国ニ」にかかる文。二〇 別の記事に風土記記事を接続させて筑紫の説明四説を挙げたための記事順位。もと「一云」「或曰」の如くあったもの。二一 基山をさす。山の南麓に荒ぶる神が居た伝承がある(肥前国風土記、三八三頁)。二二 交通妨害をする神。「半死半生」はこの種の神の説話型。二三 土地の豪族。二四 巫女としての名。二五 祭祀者。二六 筑紫君の祀った神の意か、上記の人命尽(つくし)神の意とするのか、あいまいである。基山の北麓、筑紫野町原田に式内社筑紫神社がある。祭神を五十猛命(出雲系)とする。二七 上の「三云」と同様で風土記原典のままでない。以下も上文の荒ぶる神の説話に続くもので、本来別伝承ではない。二八 遺骸をおさめる棺。キともいう。

6底、前文に「私記曰、問、此号若有レ意哉。答、先儒之説、有ニ四義一。一云、此地形如ニ木兎之躰一、故名之也。木兎鳥之名、此云ニ都久一。二」とある。

7風土記原典では「一云」の如くあったもの。日本紀私記に風土記を引用する際に上文から順序したものである。武田訓は以下を風土記記事と認めていないが、以下も風土記記事と認められる。関連のある説話を重ね記し、ツクシの語の由来となるような説明を重記したものとする。肥の国の国名説明も二説話を重記している。

8底「今」。新考によって訂す。

9新考「殺」の誤とするが底のまま。

10校異7参照。

後[一]

生葉郡

[一]公望《きむもち》の私記《しき》に曰《い》はく、案《あん》ずるに、筑後《つくしのみちのしり》の國の風土記に云《い》はく、昔、景行天皇、國巡《めぐ》り既《すで》[二]に畢《を》へて、都《みやこ》に還《かへ》ります時、膳司《かしはで》[三]、[四]此の村にありて、御酒盞《みうき》を忘《わす》れき。云々。[五]天皇《すめらみこと》、勅《の》りたまひしく、「惜《あたら》しきかも。朕《あ》が酒盞《うき》[六]はや」とのりたまひき。俗《くにひと》の語《ことば》に酒盞を云《い》ひて宇枳《うき》と爲《な》す。因《よ》りて宇枳波夜《うきはや》の郡《こほり》と曰《い》ひき。後の人、誤りて生葉《いくは》[七]の郡《こほり》と號《なつ》く。（釋日本紀 卷五）

公望私記曰　案　筑後國風土記云　昔　景行天皇[1]　巡レ國既畢　還レ都之時　膳司在二此村一　忘二御酒盞一　云々　天皇勅曰　惜乎　朕之酒盞（俗語云二酒盞一爲二宇枳一）　因曰二宇枳波夜郡一　後人誤號二生葉郡一

三毛郡

公望《きむもち》の私記《しき》に曰《い》はく、案《あん》ずるに、筑後《つくしのみちのしり》の國の風土記に云《い》はく、三毛《みけ》[八]の郡《こほり》。云々。昔者《むかし》、楝木一株《あふちひともと》[九]、郡家《こほりのみやけ》の南に生《お》ひたりき。其の高さは九百七十丈《つゑ》なり。朝日《あさひ》[一〇]の影《かげ》は肥前《ひのみちのくち》の國藤津《ふぢつ》の郡《こほり》の多良《たら》[一一]の峯《みね》を蔽《おほ》ひ、暮日《ゆふひ》の影《かげ》は肥後《ひのみちのしり》の國山鹿《やまか》の郡《こほり》の荒爪《あらつめ》[一二]の山を蔽《おほ》ひき。云々。因《よ》りて御木《みき》の國と曰《い》ひき。後の人、訛《よこなま》りて三毛《みけ》と曰《い》ひて、今は郡《こほり》の名と爲《な》す。

公望私記曰　案　筑後國風土記云　三毛郡云々　昔者　楝木[2]一株　生二於郡家南一

生葉郡　今井似閑採択。

一 既出（四五二頁頭注一）。

二 全く。すっかり。

三 天皇の食事の調理に従事するもの。

四 福岡県浮羽郡浮羽町浮羽が遺称地。景行紀十八年の条に同じ説話を記し、的邑（イクハノムラ）としている。

五 景行紀では天皇の勅言でなく「時の人其の盞を忘れし処を号けて浮羽といふ」とある。

六 感歎の意をあらわす助辞。

七 福岡県浮羽郡の地。和名抄の郡名に生葉（以久波）とある。

1 謚号は引用者の改訂。原典は諱か宮号で記してあったと認められる。

三毛郡　今井似閑採択。

八 福岡県三池郡及び大牟田市の地にあたる。和名抄の郡名に三毛（三計）とある。

九 樗。栴檀（せんだん）。景行紀十八年に同じ御木国（三毛郡）説明の大樹説話を記して、それには歴木（くぬぎ）とあるが、釈紀は櫟木（くぬぎ）とは名称の異なる木の伝承としてこの記事を引用している。

一〇 朝日をうけた木の蔭。その遠くまで及ぶことによって木の大きさをいう大樹説話の話型。肥前国風土記佐嘉郡の大樹（三九一頁）もこの近くの土地として語る。ただし大樹の影が及ぶとする地名は景行紀・肥前国風土記・本条、それぞれ異なる。

一一 佐賀県藤津郡の南境、多良岳（九八三米）。有明海を隔てた三池郡の西方。

其高九百七十丈　朝日之影　蔽二肥前國藤津郡多良之峯一　暮日之影　蔽二肥後國山鹿郡荒爪[3]之山一云々　因曰二御木國一　後人訛曰二三毛一　今以爲二郡名一[4]　(同右 巻十)

豐前國

鏡山

豐前《とよくにのみちのくち》の國の風土記《ふどき》に云《い》はく、田河《たがは》[一三]の郡《こほり》。鏡山《かがみやま》[一四]　郡《こほり》の東にあり。[一五]　昔者《むかし》、氣長足姫尊《おきながたらしひめのみこと》[一六]、此の山に在《いま》して、遙《はろか》[一七]に國形《くにがた》を覽《み》て、勅祈《うけ》[一八]ひたまひしく、「天神《あまつかみ》も地祇《くにつかみ》も我《あ》が爲《ため》に福《さきは》へたまへ」とのりたまひて、乃便《すなは》ち、御鏡《みかがみ》を用《も》ちて、此の處《ところ》に安置《お》[一九]きたまひき。其の鏡、卽《すなは》ち石と化爲《な》りて山の中《なか》に見在《あ》[二〇]り。因《よ》りて名づけて鏡山と曰ふ。已上

豐前國風土記云　田河郡　鏡山在二郡東一　昔者　氣長足姫尊　在二此山一　遙覽二國形一　勅祈云　天神地祇　爲レ我助レ福　乃便[5]用二御鏡一　安二置此處一　其鏡卽化二爲石一　見二在山中一　因名曰二鏡山一　已上

(萬葉集註釋 巻第三)

鹿春郷

豐前《とよくにのみちのくち》の國の風土記に曰《い》はく、田河《たがは》の郡《こほり》。鹿春《かはる》[二一]の郷《さと》　郡《こほり》の東北《うしとら》のかたにあり。[二二]　此の郷《さと》の中《うち》に河[二三]あり。年魚《あゆ》あり。其の源《みなもと》は、郡《こほり》の東北《うしとら》のかた、杉坂山《すぎさかやま》[二四]より出《い》でて、直《すぐ》に正《ま》西《にし》を指《さ》して流れ下《くだ》りて、眞漏川《まろがは》[二五]に湊《つど》ひ會《あ》へり。此の河[二六]の瀬清《せきよ》淨し。因《よ》りて清河原《きよかはら》の

一二　熊本県鹿本郡の北境の山であるが、遺称とすべき山名がない。
2　底「倲」。「棟」の誤とし、武田訓に従って訓む。
3　底の字体解し難い。刊本による。
4　底、この次に「櫟木与二倲木一、名称各異。故記之」とある。

鏡山　伴信友採択。
一三　福岡県田川郡及び田川市の地。和名抄の郡名に田河とある。
一四　田川郡香春町鏡山が遺称地。鏡山神社のある岡。
一五　郡役所。香春町香春またはその西の夏吉(田川市)附近を遺蹟地としている。
一六　神功皇后。
一七　高所からの国状視察。
一八　新羅(三韓)征討に際して諸神を祭り、その加護を願われたとする伝承(四八二頁など)の一つである。
一九　神に捧げる心であろう。
二〇　見は現と同じ。現存する。
5　底「乃使」。平仮名刊本「便」一字。

鹿春郷　今井似閑・栗田寛採択。
二一　福岡県田川郡香春町が遺称地。和名抄の郷名に香春とある。
二二　前条(頭注一五)参照。
二三　彦山川の支流、清瀬川(金辺川とも)。
二四　郡の東北境、金辺峠附近。
二五　彦山川(遠賀川の上流)。マロ川の遺称はない。
二六　彦山川に合流するまでの清瀬川。

村《むら》と號《なづ》けき。今、鹿春《かはる》[一]の郷《さと》と謂《い》ふは訛《よこなま》れるなり。昔者《むかし》、新羅《しらぎ》[二]の國の神、自《みづか》ら度《わた》り到《き》來《た》りて、此の河原《かはら》に住《す》みき。便卽《すなは》ち、名づけて鹿春《かはる》の神と曰《い》ふ。又《また》、郷《さと》の北に峯《みね》[三]あり。頂《いただき》に沼《ぬま》あり。周《めぐ》り卅六歩《あし》ばかりなり。黄楊樹《つげのき》生《お》ひ、兼《また》、龍骨《たつのほね》[四]あり。第二《つぎ》の峯《みね》には銅《あかがね》、幷《なら》びに黄楊《つげ》・龍骨等《たつのほねども》あり。第三《つぎ》の峯《みね》には龍骨《たつのほね》あり。

豐前國風土記曰　田河郡　鹿春郷在二郡東北一　此郷之中有レ河　年魚在之　其源從二郡東北杉坂山一出[1]　直指二正西一流下　湊二會眞漏川一焉　此河瀬淸淨　因號二淸河原村一　今謂二鹿春郷一訛也[2]　昔者[3]　新羅國神　自度到來　住二此河原一　便卽　名曰二鹿春神一[4]　又　郷北有レ峯　頂有レ沼周卅六歩許[5]　黄楊樹生[6]　兼有二龍骨一　第二峯有二銅幷黄楊龍骨等一　第三峯有二龍骨一

（宇佐宮託宣集）

廣幡八幡大神　（參考）

或書に曰《い》はく、豐前《ぶぜん》の國宇佐《うさ》の郡《こほり》。菱形山《ひしがたやま》[五]。廣幡八幡《ひろはたやはた》[六]の大神。郡家《ぐうけ》の東、馬城《まき》[七]の峯《みね》の頂《いただき》に坐《いま》す。後亦《のちまた》、人皇四十五代聖武天皇の御宇《みよ》、神龜《じんき》四年、歳《ほし》[八]（　）に次《やど》るとし、此の山に就《つ》きて神[九]の宮を造り奉《まつ》る。因《よ》りて廣幡八幡《ひろはたやはた》の大神の宮《みや》と名づく。

或書曰[7]　豐前國宇佐郡　菱形山　廣幡八幡大神　坐二郡家東馬城峯頂一　後亦人[8][9]皇四十五代聖武天皇御宇[10]　神龜四年歳次[11]（　）　就二此山一　奉レ造二神宮一　因名二[12]廣幡八幡大神宮一

（諸社根元記・廾二社註式）

一　カハラ（河原）からカハル（鹿春）に訛ったとするのである。　二　延喜式神名帳に辛国(からくに)息長大姫大目命神社とあり、三代実録に辛国息長比咩神とある。香春町の香春岳の南麓に鎮座。　三　香春町の北部にある香春岳。山頂は南北に三峰がある。
四　動物（大象という）の骨の化石。薬用とした。太宰府から貢進の年料雑薬中に見える。

1　太宰管内志所引文「流出」。
2　底にない。太宰管内志所引文による。
3　以下「曰鹿春神」まで釈日本紀巻十に引用し、今井似閑はこの部分のみを採択。
4　釈日本紀は次に「兼方案之、豊州比賣語曾社、不レ見二神名帳幷風土記一也」と記し、豊前国風土記に姫社(ひめこそ)神社の記載のないことを指摘している。
5　栗注「濶」。底による。
6　太宰管内志所引文「焉」がある。

広幡八幡大神　栗田寛採択。古代の風土記記事とは認め難い。

五　大分県宇佐郡宇佐町。宇佐八幡社の北の三丘の総称。三丘で囲まれた池が菱形池。
六　宇佐八幡の神。
七　宇佐町の東南隅、御許山。その北麓を北馬城という。宇佐神宮の上宮の地。
八　丁卯(ひのとう)である。恐らくは後補漏れ。
九　現在の社。宇佐神宮の下宮である。

7　三字、根元記にない。
8　二字、廾二社註式にない。
9　以下「天皇」まで一〇字、根元記にない。
10　二字、栗注により補う。　11　歳次（　）、根元記にない。　12　根元記にない。

宮處郡（參考）

豐前《ぶぜん》風土記に曰《い》はく、[一〇]宮處《みやこ》の郡《こほり》。古《いにしへ》、[一一]天孫《あめみま》、此《ここ》より發《た》ちて、日向《ひむか》の舊都《きうと》に天降《あまくだ》りましき。蓋《けだ》し、[一二]天照《あまてらす》大神の神京《みやこ》なり。云々

豐前風土記曰　宮處郡　古　天孫發二於此一　天二降日向之舊都一　蓋天照大神之神京　云々

（中臣祓氣吹抄 上）

豐後國

氷室（存疑）

豐後國《ぶんごの》速見《ハヤミ》ノ郡ニ[一三]溫泉アマタアリ。其ノ中ニ[一四]一所《ひとところ》ニ四《よつ》ノ湯《ユ》アリ。一ヲバ[一五]珠灘《すな》ノ湯《ユ》ト云フ。一ヲバ[一六]等峙《トヂ》ノ湯《ユ》ト云フ。一ヲバ[一七]寶賦《ほに》ノ湯《ユ》ト云フ。一ヲバ大湯《オホユ》ト云フ。ソノユ《湯》ノヤマ《山》ノ東面《ひがしおもて》ニ自然ノ[一八]氷室《ひむろ》アリ。[一九]記に曰《い》はく、一ツノ石門《いはと》ヲ開《ひらき》テ望《ノゾミ》見《み》レバ、倉《くら》ノ如《ごとし》。方《ハウ》一丈可《ばかり》なり。其ノ內ハ縱橫《たてよこ》方《ハウ》十丈可《ばかり》なり。燭《トモシビ》ヲ秉《トリ》テ奧《オク》ヲ瞻《ミル》ニ、室《むろ》ニ遍《あまね》ク[二〇]氷凝《ひこ》レリ。或ハ玉ノ[二一]塼《カハラ》ヲ鋪《シク》ガ如《ごとく》、或ハ銀《しろがね》ノ柱ヲ竪《タテ》タルニ似《に》タリ。鑿斧《ノミヲノ》に因《よ》ルニ非《あら》ざれば、[二二]片《カキ》取《と》ること尤《もとも》難《カタ》シ。時ニ[二三]三炎《なつ》ニ屬《あた》れば、氷《ヒ》ヲ採《と》ること百數《いくもも》にして、人々自《おのづか》ら足《た》る。[二四]罇樽《クソン》ヲ酌《くむ》ガ如シ。若《も》シ[二五]龍宮の凌室《りょうしつ》に非《あら》ざれば、安《いか》にか能《よ》ク冬夏ニ消《き》エざらめやト云ヘリ。

記[13]曰　開二一石門一　望見如レ倉　可二方一丈一　其內縱橫　可二方十丈一　秉レ燭瞻

宮処郡　武田祐吉採択。古代の風土記記事とは認められない。

一〇 福岡県京都郡及び行橋市の地。和名抄の郡名に京都(美夜古)とある。 一一 ニニギ命。 一二 天孫が天降る以前の都であるから天照大神の都と推論したものである。

氷　室　今井似閑(欄外頭注に「今按、風土記文乎」として)採択。古代の風土記記事とすれば筑紫風土記の文と認められる。

一三 別府及び湯布院の諸温泉。 一四 次の各湯の名によれば別府温泉を指すようである。 一五 スナ(砂)の湯、海岸の砂浜の湯か。 一六 トヂ(閉)の湯、間歇温泉をいうか。現伝本風土記に慍湯井(久倍理湯井)を記している(三七一頁)。 一七 底本「ホチ」と傍訓するが、ホニ(秀丹)の湯、赤色の湯をいうか。現伝本風土記に赤湯泉を記している(三七一頁)。 一八 年中氷のある石室。現伝本風土記柚富峰の条(三七一頁)に類似の記事がある。同一地か否か不明。 一九 以上は文意をとって書き下し、以下は原典のままに引用記載することを示す。 二〇 氷が凍ってある。「容。 二一 甎の意。地面に敷く瓦。氷が張った形 二二 欠き取る。氷盤・氷柱の堅いのをいう。 二三 三夏。夏の三月の意で夏をいう。 二四 くめども尽きない酒樽の意。氷が無尽蔵だという。淮南子「聖人之道、猶二中レ衢而設レ樽耶。過者斟酌、各得二其宜一」とある。 二五 神仙境の氷室。

13 上文の漢文の箇所のみを記す。

レ奥　遍レ室氷凝　或如レ鋪二玉塼一　或似レ竪二銀柱一　非レ因二鑿斧一　[1]片取尤難
時屬二三炎一　採レ氷百數　人々自足　如レ酌二衢樽[2]一　若非二龍宮淩室一　安能冬夏
不レ消者乎　（塵袋 第二）

餅の的（存疑）

昔、豐後ノ國球珠《クズ》ノ郡《コホリ》ニ[一]ヒロキ《廣》野ノアル所ニ、[二]大分《おほきた》ノ郡《こほり》ニスム《住》人、ソノ野ニキタリ《來》テ、家ツクリ《造》、田ツクリ《耕》テ、スミ《住》ケリ。アリツキ《在着》テ家トミ《富》、タノシ《樂》カリケリ。[三]酒ノミ《飲》アソ《遊》ビケルニ、トリアヘズ弓《ユミ》ヲイ《射》ケルニ、マト《的》ノナ《無》カリケルニヤ、餅《もちひ》ヲク、リ《括》テ、的《まと》ニシテイ《射》ケルホドニ、ソノ餅《もちひ》、白キ鳥ニナリテトビサリ《飛去》ニケリ。ソレヨリ後、次第ニオトロ《衰》ヘテ、[四]マドヒ《惑》ウセ《亡》ニケリ。アト《後》ハ[五]ムナシキ野《曠》ニナリタリケルヲ、天平年中ニ[六]速見《ハヤミ》ノ郡《こほり》ニスミ《住》ケル訓邇《クニ》[七]ト云《いひ》ケル人、サシモヨク[八]ニギハヒ《饒》タリシ所ノアセ《廢》[九]ニケルヲ、アタラシ《惜》トヤ思ヒケン、又コ、《此處》ニワタリ《渡》[一〇]テ田ヲツクリ《耕》タリケルホドニ、ソノ苗《ナヘ》ミナ《皆》カレウセ《枯亡》ケレバ、オドロキ《驚》オソレ《恐》テ、又モツクラ《耕》ズステ《捨》ニケリト云ヘル事アリ。（同右 第九）

（附記）　現傳本豐後國風土記の發見流布以前に他の著書に引用せられた記事で、現傳本に存するもの。

球覃[一一]郷。——一條、萬葉集註釋に引用。

---

1 底、字体崩れているが「片」とすべき字
2 底「蹲」。「樽」または「罇」の誤とすべきである。

餅の的　今井似閑（欄外頭注に）採択。前条と同様で古代の風土記とすれば筑紫風土記の記事と認められる。

一 大分県玖珠郡九重町田野を指すのであろう。現伝本豊後国風土記速見郡田野の条に類似の記事がある（三七三頁）。その田野も恐らくは玖珠郡の九重町田野についてのものの如くである。
二 玖珠郡田野の東隣の地。
三 酒宴。宴の遊び。
四 流浪して死んだ。
五 曠野の訓読。荒れた野。
六 玖珠郡の東隣、大分郡の北隣の地。
七 他に見えない。
八 饒・稼の訓読。豊饒な田の意。
九 荒廃する。
一〇 移り来て。

一一 釈日本紀所引の文と記事に増減があって他が一方を孫引きしたものではない。三六三頁参照。
一二 三六三頁参照。
一三 三六五頁参照。

[一二]球覃郷。[一三]海石榴市。――二條、釋日本紀に引用。

肥前國

杵島山

[一四]杵島《きしま》の縣《あがた》。[一五]縣《あがた》の南二里《さと》に[一六]一孤山《ひとつやま》あり。[一七]坤《ひつじさる》のかたより艮《うしとら》のかたを指《さ》して、三つの峰《みね》相連《あひつら》なる。是《こ》を名づけて[一八]杵島《きしま》と曰《い》ふ。坤《ひつじさる》のかたなるは[一九]比古神《ひこがみ》と曰《い》ひ、中《なか》なるは比《ひ》賣神《めがみ》と曰《い》ひ、艮《うしとら》のかたなるは御子神《みこがみ》　一《また》の名は軍神《いくさがみ》。動《うご》けば則《すなは》ち兵興《いくさおこ》る　と曰《い》ふ。郷閭《むらざと》の士《をとこ》女《をみな》、酒《さけ》を提《たづさ》へ琴《こと》を抱《いだ》きて、歳毎《としごと》の春と秋に、手を携《たづさ》へて登《のぼ》り[二〇]望《みさ》け、樂飲《さけの》み歌ひ舞《ま》ひて、曲盡《うたつ》きて歸《かへ》る。歌の詞《ことば》に云《い》はく、

[二一]あられふる　杵島《きしま》が岳《たけ》を　峻《さか》しみと
草採《と》りかねて　妹《いも》が手を執《と》る。　是《こ》は[二二]杵島曲《きしまぶり》なり。

[3]杵島縣[4]　縣南二里　有二一孤山一　従レ坤指レ艮　三峰相連　是名曰二杵島一　坤者曰二比古神一　中者曰二比賣神一　艮者曰二御子神一　一名軍神　動則兵興矣　[5]郷[6]閭士女　提レ酒抱レ琴　毎レ歳春秋　携レ手登望　樂[7]飲歌舞　曲盡而歸　歌詞云　婀邏禮符縷　耆資[8]麼加多塏塢　嵯峨紫彌[9]台　區縒刀理我泥底　伊母我提塢刀縷　是杵島曲　（萬葉集註釋 巻第三）

杵島山（筑紫風土記）　今井似閑採択。

一四 現伝本風土記に杵島郡とある。
一五 郡南に同じ。杵島郡の郡家（四〇二頁頭注一〇）の南方。
一六 山脈の中の山でなく平野に孤立してある山。
一七 西南から東北の方向に向って。
一八 佐賀平野の西部、杵島山（三四二米）。
一九 山の峰を男神・女神とすることは常陸国風土記筑波山の条にも見え、以下の文の内容・構成・文章及び和歌を添記することも同条に類似する（四一頁参照）。
二〇 眺望する。文人趣味の遊覧的な景勝をながめやるの意。
二一 万葉集に「あられふり、きしみが岳を険しみと草とりはなち妹が手をとる」（三八五）とある歌の別伝承。杵島山がけわしいので、山によじ登るに、草を摑み得ないで、一緒に登る愛人（妻）の手を摑むよ、の意。アラレフルは杵島に冠する称辞。既出（六五頁頭注三〇）。
二二 この歌を歌詞として歌い踊る節付け、振付けについての名。

3 底、前文に万葉の歌を挙げて「此歌肥前国風土記に見タリ」とある。
4 底「郡」。新考による。
5 底にない。万葉緯による。
6 底「土」。万葉緯による。
7 以下三字、底「飯奇無」。万葉緯による。
8 以下二字、底「熊」。万葉緯による。
9 底「占」。新考による。栗注「苫」。

帔揺岑

肥前《ひのみちのくち》の國の風土記《ふどき》に云《い》はく、松浦《まつら》[一]の縣《あがた》。縣《あがた》[二]の東《ひむがし》六里《さと》に帔揺《ひれふり》[三]の岑《みね》あり。帔揺は比禮《ひれ》府離《ふり》なり。最頂《いただき》に沼《ぬま》あり。半町《ところのなから》[四]ばかりなり。俗《くにひと》、傳《つた》へて云《い》へらく、昔者《むかし》、檜前《ひのくま》[五]の天皇《すめらみこと》のみ世、大伴《おほとも》の紗手比古《さでひこ》を遣《や》りて任那《みまな》の國を鎭《しづ》めしめたまひき。時に、命《みことのり》を奉《うけたまは》りて此の墟《をか》[六]を經《へ》過《す》ぎき。ここに、篠原《しのはら》の村《むら》篠は資濃《しの》なりに娘子《をとめ》あり、名を乙等比《おとひ》[七]賣《め》と曰《い》ふ。容貌端正《かたちきらきら》しく、孤《ひと》り國色《くにのくはしめ》[八]たりき。紗手比古《さでひこ》、便《すなは》ち娉《よば》[九]ひて成婚《あ》ひき。離《わ》別《か》るる日、乙等比賣《おとひめ》、此の峯《みね》に登《のぼ》り望《みさ》けて、帔《ひれ》を擧《あ》げて揺《ふ》り招《を》きき。因《よ》りて名と爲《な》す。

肥前國風土記云　松浦縣　々東[1]六里　有㆓帔揺岑㆒（帔揺比禮府離）[2]　最頂[3]有㆑沼　計㆓可半町㆒　俗傳云　昔者　檜前天皇之世　遣㆓大伴紗手比古㆒　鎭㆓任那國㆒　于㆑時奉㆑命經㆓過此墟[4]㆒　於㆑是　篠原村（篠資濃也）有㆓娘子㆒　名曰㆓乙等比賣㆒　容貌端正孤爲㆓國色㆒　紗手比古　[5]便娉成㆑婚　離別之日　乙等比賣　登㆓望此峯㆒　擧㆑帔[6]揺招　因以爲㆑名

（萬葉集註釋　巻第四）

（附記）　萬葉集抄（祕府本）にヒレフリノ峯の記事を記し「日本紀幷風土記ナドニ委《くはしく》ミエタリ」とある（佐佐木信綱、逸文として採擇）。ただしその文は萬葉集卷第五の題辭に基づくものと認められるから（五二二頁附記參照）、ここには掲げない。

帔揺岑（筑紫風土記）　今井似閑採択。

一 現伝本風土記に松浦郡とある。
二 郡家（三九五頁頭注一七）の東方四粁弱（古の六―七里）。筑紫風土記は閼宗岳の条に「廿余里」、水島の条に「七十里」と概数を記しているが、一〇里以下のものは「二里」と記すもの（磐井君・杵島山）もあり、常陸国風土記の里数の記載方式に類似する。
三 現伝本風土記に褶振峰とあり、鏡渡の条とあわせて詳しく記している（三九五・三九七頁）。「帔揺」は筑紫風土記筆録者の好みによる特殊用字。
四 町は田の広さをいう単位名。
五 宣化天皇。
六 丘。岡。
七 現伝本風土記には弟日姫子とあり、万葉集には松浦佐用比売とある。
八 日本紀私記にはカホヨシと訓んでいる。今、意を以て訓んだ。
九 求婚する。

1 底「三十里」。概数記載とはしがたい。実距離によれば六里または七里とすべきである。しばらく「六里」としておく。
2 刊本「此云」がある。
3 底「頭」。万葉緯による。
4 底「提」。万葉緯による。
5 底「使」。万葉緯による。
6 底「帔揺」の上の字の扁と下の字の旁を合せた一字に作る。万葉緯「帔」一字とするが、「帔揺」として四字句を整える。

與止姫神　(參考)

風土記に曰《い》はく、人皇卅代欽明天皇の廾五年、甲申《きのえさる》のとし、冬十一月朔日《ついたち》、甲子《きのえね》のひ、肥前の國佐嘉《さか》の郡《こほり》、[一〇]與止姫《よどひめ》の神、鎭座あり。一《また》の名は豐姫《ゆたひめ》、一《また》の名は淀姫《よどひめ》なり。

風土記云　人皇卅代欽明天皇廾五年甲申　冬十一月朔日甲子　肥前國佐嘉郡
與止姫神　有二鎭座一　一名豐姫　一名淀姫　(神名帳頭註)

(附記)　現傳本肥前國風土記の發見流布以前に、他の著書に引用せられた記事で、現傳本に存するもの。

[一一]鏡渡。[一二]褶振峯。——二條、和歌童蒙抄に引用。
[一三]値嘉島。——一條、釋日本紀に引用。

肥後國

閼宗岳

筑紫《つくし》の風土記《ふどき》に曰《い》はく、肥後《ひのみちのしり》の國[一四]閼宗《あそ》の縣《あがた》。[一五]縣《あがた》の坤《ひつじさる》のかた廾餘里《さと》に一つの禿《あかはだか》なる山あり。閼宗《あそ》の岳《たけ》と曰《い》ふ。頂《いただき》に[一六]靈《あや》しき沼《ぬま》あり。石壁《いはかべ》、垣《かき》を爲《な》す。縱《たて》は五十丈《つゑ》、横《よこ》は百丈《つゑ》ばかり、深さは、或《ある》は廾丈《つゑ》、或《ある》は十五丈《つゑ》なり。清《きよ》き潭《ふち》は百尋《ももひろ》にして、[一七]白緑《びやくろく》を鋪《し》きて[一八]質《そこ》

与止姫神　今井似閑採択(有疑として)。

一〇 現伝本風土記の佐嘉郡佐嘉川の条(三九三頁)に見える世田姫の記事にあたるもの。後代の風土記にはこの種の鎮座は記さない。後代の記事とすべきである。

一一 三九五頁参照。
一二 三九七頁参照。
一三 四〇〇頁参照。

閼宗岳(筑紫風土記)　今井似閑採択。

一四 阿蘇山を中心とする熊本県阿蘇郡の地。和名抄以下阿蘇と書く。閼宗は筑紫風土記筆録者の特殊用字。
一五 阿蘇郡の郡家(郡役所)の西南方約一〇粁余。郡家は阿蘇山の東北麓、一宮町阿蘇神社の西方近くの地とする。
一六 噴火口が沼となったもの。神霊池の名が日本紀略(延暦十五年)に見える。
一七 緑に白の混じた色目の名。硫化物による色。
一八 質は下地の意で、淵(沼)の底。

と爲《な》す。[一]浪《なみ》を五《いつつ》の色《いろ》に彩《いろ》へて、[二]黄金《こがね》を絙《は》へて間《あひだ》を分《わか》つ。[三]天《あめ》の下《した》の[四]靈奇《くしび》なるもの、玆《ここ》に[五]華《はな》と出《い》でつ。時々《ときどき》水滿《み》ち、南より溢《あふ》れ流れて[六]白川《しらかは》に入《い》れば、衆《もろもろ》の魚《うを》醉《ゑ》ひて死ぬ。[七]土人《くにひと》、苦水《にがみづ》と號《なづ》く。其の岳《やま》の勢《かたち》たるや、[八]半天《あめ》に中《あた》りて傑峙《そばだ》ち、[九]四《よつ》の縣《あがた》を包《か》ねて基《もと》を開《ひら》く。[一〇]石《いは》に觸《そ》ひて興《おこ》る雲は、[一一]五《いつつ》の岳《やま》の最首《かしら》と爲《な》り、[一二]觴《さかづき》を濫《うか》べて分《わか》るる水は、寔《これ》、群《もろもろ》の川《かは》の巨《おほ》き[一三]源《みなもと》なり。[一四]大き徳《いきほひ》は[一五]巍々《たか》く、諒《まこと》に人間《ひとのよ》に[一六]有一《ただひとつ》あり。奇《めづら》しき形《かたち》は[一七]杳々《はろ》けく、伊《これ》、天《あめ》の下《した》に雙《ふたつ》なし。地《くに》の心《もなか》に居在《を》れるが故《ゆゑ》に[一八]中岳《なかだけ》と曰《い》ふ。謂《い》はゆる[一九]閼宗《あそ》の神宮《かむつみや》、是《これ》なり。

筑紫風土記曰　肥後國閼宗縣　々坤廾餘里　有二一禿山一　曰二閼宗岳一　頂有二靈沼一　石壁爲レ垣　計二可縱五十丈横百丈一　深或廾丈或十五丈　清潭百尋　鋪二白綠[1]一而爲レ質　彩二浪五色一　絙二黄金一以分レ間　天下靈奇　出[2]二玆華一矣　時々水滿　從レ南溢流　入二于白[3]川一　衆魚醉死　土人號二苦水一　其岳之爲レ勢也　中[4]二半天一而傑峙　包二四縣一而開レ基　觸レ石興[5]雲　爲二五岳之最首一　濫レ觴分水　寔群川之巨源　大德巍々　諒人間之有一　奇形杳[6]々　伊天下之無レ雙　居二在地心一　故曰二中岳一　所レ謂閼宗神宮是也

（釋日本紀 卷十）

水　嶋

風土記に云《い》はく、[二〇]球磨《くま》の縣《あがた》。[二一]縣《あがた》の乾《いぬゐ》のかた七十里《さと》、海中《うみなか》に嶋《しま》あり。積《ひろ》さ七里《さと》ばかり

一 沼の水面。硫化物質のために水が五色に美しく見えるのをいう。二 黄金(色)の綱を張って五色の色を区分けしている如くに浪が立つ。三 最大最上の意の漢文修辞。四 霊力。神性。五 水底・水面の水の色の美しさをいう。以上は沼についての記述。六 阿蘇南麓に白水村白川があり、この附近に発源する川を白川という。七 硫化物の混入した毒水の意。八 天空高くにあって。九 麓が広く四方の郡にわたってひろがっている。一〇 山の石の間から湧き上る雲。雲は石の間から生ずるものとせられていた。一一 阿蘇山の代表的な嶺。中岳・往生岳・烏帽子岳・高岳・猫岳を阿蘇五岳という。雲の峰が五岳の更に上にある意。一二 盃を浮かべるほどの水が源になり、分れ流れて大河となることをいう。濫觴は孔子家語から出た語。一三 阿蘇山から北側に黒川、南側に白川が出ている。一四 以下山容を概括した文。一五 高く大きい。一六 唯一の意。一七 遙かに広い。一八 阿蘇五岳の中岳。阿蘇が大地の中央の山だという修辞に用いたもの。一九 中岳の北麓、一宮町宮地に式内社阿蘇神社がある。ここは中央の地(山)に神が鎮座するという意。

1 底「縁」。万葉緯による。
2 新考「于玆萃矣」の誤かとする。底のまま。
3 底「自」。万葉緯による。
4 底、以下三字「中天」。「包四県」と対句の六字句。「中々天」「中九天」の如くあるべきである。しばらく新考の補字に従う。
5 底「典」。万葉緯による。
6 底「杳」。万葉緯による。

なり。名づけて水嶋《みづしま》[二二]と曰《い》ふ。嶋に寒水《しみづ》[二三]を出《いだ》す。潮《うしほ》[二四]に逐《したが》ひて高下《みちひ》す。云々

風土記云　球磨縣[7]　々[8]乾[9]七十里　海中有レ嶋　積可二七里[10]一　名曰二水嶋一　嶋出二寒水一　逐レ潮高下云々　（萬葉集註釋 巻第三）

肥後國號

[二五]公望《きむもち》の私記《しき》に曰《い》はく、案《あん》ずるに、肥後《ひのみちのしり》の國の風土記《ふどき》に云《い》はく、[二六]肥後《ひのみちのしり》の國は、本《もと》、肥前《ひのみちのくち》の國と合《あは》せて一つの國たりき。昔、[二七]崇神天皇のみ世、益城《ましき》の郡《こほり》の朝來名《あさくな》の峯《みね》に、土蜘蛛《つちくも》、名は打猴《うちさる》・頸猴《うなさる》と曰《い》ふもの二人《ふたり》ありき。徒衆《ともがら》百八十《ももやそ》餘《あま》りの人を率《ひき》ゐて[二八]峯《みね》の頂《いただき》に蔭《かく》り、常《つね》に皇命《おほみこと》に逆《さか》ひて、降服《まつろ》ひ肯《あ》へざりき。天皇《すめらみこと》、肥君《ひのきみ》等が祖《おや》健緒組《たけをくみ》に勅《おほ》せて、彼《か》の賊衆《あたども》を誅《う》たしめたまひき。健緒組《たけをくみ》、勅《みことのり》を奉《うけたまは》りて到來《いた》り、皆悉《ことごと》に誅《う》ち夷《たひら》げ、便《すなは》ち、國裏《くぬち》を巡《めぐ》りて、兼《また》、消息《ありさま》を察《み》しに、乃《すなは》ち八代《やつしろ》の郡《こほり》の白髪山《しらかみやま》に到《いた》りて、日晩《ひく》れて止宿《やど》りき。其の夜、虚空《おほぞら》に火あり、自然《おのづから》に燎《も》え、稍々《やややや》に降下《くだ》りて、此の山に着焼《もえつ》きぬ。健緒組《たけをくみ》、見て大《いた》く驚怪《あや》しと懐《おも》ひき。[二九]行事《こと》既《すで》に畢《を》へて、朝庭《みかど》に參上《まゐのぼ》りて、行状《ことのさま》を陳《の》べて奏言《まを》ししく、云々とまをしき。[三〇]天皇《すめらみこと》、詔《みことのり》を下《くだ》して曰《の》りたまひしく、[三一]「賊徒《あた》を剪《き》り拂《はら》ひて、頓《ひたぶる》[三二]に西《かへりみ》[三三]の眷《かへりみ》なし。[三四]海上《うみ》の動《いさを》、誰人《たれひと》か比《たぐ》ふものあらむ。又、火の空《そら》より下《くだ》りて山に焼《も》えしも怪《あや》し。火の下《くだ》りし國なれば、火の國と名づくべし」とのりたまひき。又、景行天皇、球磨贈唹《くまそ》を誅《つみな》ひたまひ、兼《また》、諸國《くにぐに》を巡狩《めぐりみそなは》しましき。

水嶋（筑紫風土記）　今井似閑採択。

二〇 熊本県球磨郡の地。和名抄（刊本は球麻、高山寺本は球磨）以下と同じ用字。

二一 郡家（郡役所）の西北方三七粁余。郡家の遺蹟地は人吉市の市街地。

二二 球磨川の河口の海にある小島（八代市内）。八代郡内であるが、筑紫風土記は一郡内に記事を限らない（五〇〇頁頭注一七）。この条は球磨川についての記事の一部の如くである。　二三 清泉。景行紀十八年に神に祈って崖の傍から湧き出た泉とある。

二四 海水の干満と同じく泉の水が干満する。

7 底にない。万葉緯による。

8 底にない。他例によって補う。

9 底「七里」。新考及び実地理による。

10 底「七十」。新考により訂す。

肥後国号　今井似閑採択。

二五 既出（四五二頁頭注一）。

二六 以下の一条は肥前国風土記巻頭の国号説明記事（三七九頁）と殆ど同文である。同一の資料に基づいて筆録したものと認められる。相違のある箇所のみについて注する。

二七 肥前国には磯城瑞籬宮御宇御間城天皇と宮号・諱で記す。諡号で記すのは伝写間の改訂であろう。次の景行天皇も同様。

二八・二九 この一句、肥前国のにない。

三〇 肥前国のに省略なく記している。

三一 健緒組を称する勅言は肥前国のと異なる。　三二 ひたすら。全く。　三三 九州地方に対する統治上の心配がなくなった。

三四 九州を「西海」道というので、「西眷・海上」と二句に分った修辞であろう。

云々。火《ひ》の國《くに》に幸《いでま》さむと海を渡《わた》る間《ほど》に、日《ひ》没《く》れ、夜暗《よるくら》くして、着《つ》かむ所《ところ》を知らざりき。忽《たちま》ちに火の光《ひかり》ありて、遙《はるか》に行《ゆ》く前《さき》に觀《み》えき。天皇《すめらみこと》、楫人《かぢとり》に勅《の》りたまひしく、「行《ゆ》く前《さき》に火《ひ》見《み》ゆ。直《ただ》に指《さ》して往《ゆ》け」とのりたまひしかば、勅《みことのり》の隨《まにま》に往《ゆ》くに、果《つひ》に崖《きし》に着《つ》くことを得たりき。卽《すなは》ち、勅《の》りたまひしく、「火の燎《も》ゆる處《ところ》は、此《こ》は何《なに》といふ界《くに》ぞ。燎《も》ゆる火は、亦何爲《またいか》なるものの火ぞ」とのりたまひしかば、土人《くにひと》、奏言《まを》ししく、「此《こ》は是《これ》、火《ひ》の國八代《やつしろ》の郡《こほり》の火《ひ》の邑《むら》なり。但《ただ》、[一]火の由《ゆゑよし》を審《つまびら》かにせず」とまをしき。時に、群臣《まへつぎみたち》に詔《の》りたまひしく、「燎《も》ゆる火は、俗《よのひと》の火にはあらじ。火の國の由《ことのもと》は、然《しか》る所以《ゆゑ》を知りぬ」とのりたまひき。

公望私記曰　案　肥後國風土記云　肥後國者　本與㆓肥前國㆒　合爲㆓一國㆒　昔崇神天皇之世　益城郡朝來名峯　有㆘土蜘蛛　名曰㆓打[1]猴頸猴㆒二人㆖　率㆓徒衆㆒百八十餘人㆒　蔭㆓於峯頂㆒　常逆㆓皇命㆒　不㆑肯㆓降服㆒　天皇　勅㆓肥君等祖健緒組㆒　遣㆑誅㆓彼賊衆㆒　健緒組　奉㆑勅到來　皆悉誅夷　便巡㆓國裏㆒　兼察㆓消息㆒　乃到㆓八代郡白髮山㆒　日晩止宿　其夜虛空有㆑火　自然而燎　稍々降下着㆓燒此山㆒　健緒組見之　大懷㆓驚恠㆒　行事既畢　參㆓上朝庭㆒　陳㆓行狀㆒奏言云々　[2]天皇下㆑詔曰　剪㆓拂賊徒㆒　頓無㆓西眷㆒　海[3]上之勳　誰人比之　又　火從㆑空下　燒㆑山亦恠　火下之國　可㆑名㆓火國㆒　又　景行天皇　誅㆓球磨贈唹㆒　兼巡㆓狩諸國㆒云々　幸㆓於火國㆒　渡㆑海之間　日沒夜暗　不㆑知㆑所㆑着　忽有㆓

一肥前国のには「火の主」とある。

1底、旁を「隻」に似た字形に作る。侯の慣用字形。万葉緯「猨」。

2底「即奏火事於」五字があり見せ消。

3底「呂」。万葉緯による。

火光㆒ 遙観[4]㆓行前㆒ 天皇勅㆓棹人㆒曰 行前火見 直指而往 随ㇾ勅往之 果得ㇾ着ㇾ崖 即勅曰 火燎之處 此號㆓何界㆒ 所ㇾ燎之火 亦爲ㇾ何火 土人奏言 此是火國八代郡火邑[5]也 但未ㇾ審㆓火由㆒ 于ㇾ時 詔㆓群臣㆒曰 所ㇾ燎之火 非㆓俗火㆒也 火國之由 知ㇾ所㆓以然㆒

（釋日本紀 巻十）

爾陪魚

肥後《ひのみちのしり》の國の風土記に曰《い》はく、玉名《たまきな》[二]の郡《こほり》。長渚《ながす》[三]の濱《はま》 郡《こほり》[四]の西にあり。昔者《むかし》、大足彦《おほたらしひこ》[五]の天皇《すめらみこと》、球磨噌唹《くまそ》を誅《つみな》ひて、還駕《かへ》りましし時、御船《みふね》を此の濱《はま》に泊《は》てたまひき。云々。又、御船《みふね》の左右《かたはら》に游《あそ》べる魚多《うをさは》なりき。棹人《かぢとり》、吉備《きび》の國の朝勝見《あさかつみ》[六]、鈎《ち》[七]を以《も》ちて釣《つ》るに、所獲《さち》[八]多《さは》なり。即《すなは》ち、天皇《すめらみこと》に獻《たてまつ》りき。勅《みことのり》したまひしく、「獻《たてまつ》れる魚《うを》は、此《こ》れ、何爲《いか》[九]なる魚《うを》ぞ」とのりたまひしかば、朝勝見《あさかつみ》、奏申《まを》ししく、「其の名を解《し》らず。止《ただ》[一〇]、鱒魚《ます》麻須《ます》に似《に》たるのみ」とまをしき。天皇《すめらみこと》、歴御覧《けみ》[一一]しまして、曰《の》りたまひしく、「俗《くにひと》、多《さは》なる物《もの》を見《み》て、即《すなは》ち、にべさに[一二]と云《い》ふ。今、獻《たてまつ》れる魚は、甚此《いとこれ》、多《さは》なり。爾陪魚《にべうを》と謂《い》ふべし」とのりたまひき。今、爾陪魚《にべうを》[一三]と謂《い》ふ、其《そ》の縁《ことのもと》なり。

肥後國風土記曰 玉名郡 長渚濱〈在㆓郡西㆒〉 昔者 大足彦天皇 誅㆓球磨噌唹㆒ 還ㇾ駕之時 泊㆓御船於此濱㆒云々 又 御船左右 游魚多之 棹人吉備國朝勝見以ㇾ鈎釣之 多㆓有所獲㆒ 即獻㆓天皇㆒ 勅曰 所ㇾ獻之魚 此爲ㇾ何魚 朝勝見奏申

4 底「見」。「観」を傍書して合点を附している。

5 底にない。万葉緯は「也」を「邑」とするが、肥前国風土記により「邑」を補う。

爾陪魚 今井似閑採択。

二 熊本県玉名郡及び玉名市・荒尾市の地。景行紀に玉杵名邑と見え、和名抄の郡名に玉名(多万伊奈)とある。

三 長洲町の海岸。

四 郡家(郡役所)。玉名市玉名が遺蹟地。

五 景行天皇。

六 人名。他に見えない。

七 釣り針。

八 獲物。釣れた魚。

九 何という名の魚か。

一〇 ただ。わずかに。「但」と同じ意に用いた字。

一一 次々と御覧になって。

一二 ニヘサハニ(贄多)の略とする説(大言海)があるが確かでない。

一三 今もニベ(鮸)という。同類で小形のものをグチ・イシモチと呼ぶ。聖武朝(天平十五年初見)以降、年始に献上する「腹赤」と呼ぶ魚はニベの別名。

未レ解二其名一　止似二鱒魚一耳須麻　天皇歷[1]御覽曰　俗見二多物一　卽云二爾陪佐爾一　今所レ獻魚　甚此多有　可レ謂二爾陪魚一　今謂二爾陪魚一　其[2]緣也　(釋日本紀 卷十六)

阿蘇郡

肥後《ひのみちのしり》の國の風土記に曰《い》はく、昔者《むかし》、纏向《まきむく》[一]の日代《ひしろ》の宮に御宇《あめのしたしろ》しめし天皇《すめらみこと》、玉名《たまきな》[二]の郡《こほり》の長渚《ながす》の濱《はま》を發《た》ちて、此の郡《こほり》に幸《いでま》し、徘徊《たちもとほ》[三]りて、四《よ》[四]もを望《のぞ》みますに、原野《はらの》曠遠《はろ》けくして、人物《ひと》[五]を見たまはざりき。卽《すなは》ち歎《なげ》きて曰《の》りたまひしく、「此の國に人ありや」とのりたまひき。時に二《ふた》はしらの神あり、人と化爲《な》りて曰《い》ひしく、「吾《あ》が二はしらの神、阿蘇都彥《あそつひこ》[六]・阿蘇都媛《あそつひめ》、此の國に見在《あ》[七]り。何《なに》ぞ人なからめや」といひて、既《やが》て忽然《たちまち》に見えざりき。因《よ》りて阿蘇《あそ》の郡《こほり》と號《なづ》く、斯《こ》れ其の緣《ことのもと》なり。二《ふた》はしらの神の社《やしろ》は郡《こほり》[八]より東《ひむがし》に見在《あ》り。云々

肥後國風土記曰　昔者　纏向日代宮御宇天皇　發二玉名郡[3]長渚濱一　幸二於此郡一　徘徊四望　原野曠遠　不レ見二人物一　卽歎曰　此國有レ人乎　時有二二神一　化而爲レ人曰　吾二神　阿蘇都彥　阿蘇都媛　見二在此國一　何無レ人乎　既而忽然不レ見　因號二阿蘇郡一　斯其緣也　二神之社　見二在郡以東一云々　(阿蘇文書[4]二)

(附記)　萬葉集抄 祕府本 に大伴君熊凝の記事を記し「風土記幷此哥序ニモミエタリ」とある(佐佐木信綱、逸文として採擇)。ただしその文は萬葉集卷第五の歌序の文に基づくものと

1 底にない。万葉緯により補う。
2 他例によれば「其」の上に「斯」を脱か。

阿蘇郡　近藤喜博採択。

一 景行天皇。
二 前条に見える。景行紀十八年の条に阿蘇国の名を説明する同じ説話記事がある。
三 前進しないでそのあたりを歩きまわる。景勝地を遊覧眺望する文人趣味の行為をいう漢文修辞。
四 国状視察。ただし、文人趣味の眺望をいう漢文修辞で書かれている。
五 広々とした地に誰一人として人がいない。人物は人の意。人と物(獣)との意ではない。日本紀私記にヒト(またオホミタカラ)と訓んでいる。
六 阿蘇郡一宮町の式内社阿蘇神社の祭神。阿蘇国造の祖神と解されるが、上文閼宗岳の記事によれば阿蘇中岳を神宮と言い、地霊の神の如くである(三五八頁頭注四参照)。
七 見は現と同じ。現存。
八 阿蘇郡の郡家(郡役所)の東方の意。閼宗岳の条(五一七頁頭注一五)参照。
3 底にない。他例によって補う。
4 大日本古文書所収。景行紀十八年の記事、釈紀所載閼宗岳の記事及びこの記事の三条を併記している。なお、神名帳頭註に本条の文と景行紀の文とを混じた如き記事がある。

日向国号　今井似閑採択。

九 景行天皇。
一〇 宮崎県児湯郡の地。和名抄の郡名に児

認められるから(五一六頁附記参照)、ここには掲げない。

日向國

日向國號

日向《ひむか》の國の風土記《ふどき》に曰《い》はく、[九]纏向《まきむく》の日代《ひしろ》の宮に御宇《あめのしたしろ》しめしし大足彦《おほたらしひこ》の天皇《すめらみこと》のみ世、[一〇]兒湯《こゆ》の郡《こほり》に幸《いでま》し、[一一]丹裳《にも》の小野《をの》に遊《あそ》びたまひて、[一二]左右《もとこびと》に謂《の》りたまひしく、「此の國の地形《くにがた》は[一三]直《ただ》に[一四]扶桑《ひいづるかた》に向《む》かへり。日向《ひむか》と號《なづ》くべし」とのりたまひき。

日向國風土記曰　纏向日代宮御宇大足彦天皇之世　幸㆓兒湯之郡㆒　遊㆓於丹裳之小野㆒　謂㆓左右㆒曰　此國地形　直向㆓扶桑㆒　宜㆑號㆓日向㆒也　(釋日本紀 巻八)

知鋪郷

日向《ひむか》の國の風土記《ふどき》に曰《い》はく、[一五]臼杵《うすき》の郡《こほり》の內《うち》、[一六]知鋪《ちほ》の郷《さと》。天津彥々火瓊々杵尊《あまつひこひこほのににぎのみこと》、[一七]天《あま》の磐座《いはくら》を離《はな》れ、[一八]天《あめ》の八重雲《やへぐも》を排《おしわ》けて、[一九]稜威《いつ》の道別《ちわ》き道別《ちわ》きて、日向《ひむか》の[二〇]高千穂《たかちほ》の二上《ふたがみ》の峯《みね》に[二一]天降《あも》りましき。時に、[二二]天暗冥《そらくら》く、夜晝《よるひる》別《わ》かず、人物道《ひとみち》を失《うしな》ひ、物《もの》の色《いろ》別《わ》き難《が》たかりき。ここに、[二三]土蜘蛛《つちくも》、名を大鉏《おほくは》・小鉏《をくは》と曰《い》ふもの二人ありて、奏言《まを》ししく、「皇孫《すめみま》の尊《みこと》、[二四]尊《うづ》の御手《みて》以《も》ちて、稲千穂《いねちほ》を抜《ぬ》きて[二五]籾《もみ》と爲《な》して、四方《よも》に投《な》げ散《ち》らしたまはば、必《かなら》ず[二六]開晴《あか》りなむ」とまをしき。時に、大鉏《おほくはら》等の奏《まを》ししが如《ごと》、千穂《ちほ》の稲《いね》を搓《て》みて籾《もみ》と

湯(古由)とある。

一一 西都町三宅附近を遺蹟地とする。景行紀十七年の条に日向国号を説明する同じ記事がある。

一二 従臣。供奉者。

一三 直接。まっすぐに。

一四 昔、中国で東のはてにあると想像した地、暘谷(ようこく)に生えているという神木。雌雄同根の二本の木で、その間から太陽が出るという(山海経など)。ここは景行紀に「日出方」とある意に用いたもの。

知鋪郷　今井似閑採択。

一五 宮崎県臼杵郡(東西がある)及び延岡市・日向市の地にあたる。和名抄の郡名に臼杵(宇須岐)とある。

一六 西臼杵郡高千穂町が遺称地。和名抄の郷名に智保とある。

一七 高天原の御座所。神代紀本文の降臨の条に同文がある。

一八 大空に幾重にも重なっている雲。

一九 威風堂々と道をひらいて。

二〇 高千穂町の西境の二上山。峰が二つある故の名。高千穂(或は高は美称で千穂)はこのあたりの地名。

二一 神(統治者)がその地に到ることをいう説話表現。

二二 統治者がなく国内の乱れていることをいう説話表現。

二三 土着の勢力者。　二四 尊貴の意。

二五 稲種を頒布して農耕を開かせた意か。或は地霊を鎮める呪術的祭儀か。

二六 上文の暗冥に対する語。国内が治平になる意。

為《な》して、投げ散らしたまひければ、即《すなは》ち、天開晴《そらあか》り、日月照《ひつきて》り光《かがや》きき。因《よ》[一]りて高千《たかち》穂《ほ》の二上《ふたがみ》の峯《みね》と曰《い》ひき。後《のち》の人、[二]改めて智鋪《ちほ》と號《なつ》く。

[1]日向國風土記曰　[2]臼杵郡内　知鋪郷　天津彦々[3]火瓊々杵尊　[4]離㆓天磐座㆒　排㆓天八重雲㆒　稜威之道々別々而　天㆓降於日向之高千穂二上峯㆒　時　天暗冥　畫夜不㆑別　人物失㆑道　[5]物色難㆑別　於㆑茲　有㆘土蜘蛛　名曰㆓大鉏[6]小鉏二人㆖　奏言　皇孫尊　以㆓尊御手㆒　抜㆓稲千穂㆒為㆑籾　投㆓散四方㆒　[7]必得㆓開晴㆒　于㆑時　如㆓大鉏等所㆑奏　搓㆓千穂稲㆒　為㆑籾投散　[8]即天開晴　日月照光　因曰㆓高千穂二上峯㆒　後人改號㆓智鋪㆒

（釋日本紀 巻八・萬葉集註釋 巻第十）

高日村

先師申して云《い》はく、風土記を案ずるに、日向《ひむか》の國《くに》宮埼《みやざき》[三]の郡《こほり》。高日《たかひ》[四]の村《むら》。昔者《むかし》、天《あめ》より降《くだ》りましし神、御劍《みつるぎ》の柄《たかひ》[五]を以《も》ちて、此の地《ところ》に置《お》きたまひき。因《よ》りて劍柄《たかひ》の村《むら》と曰《い》ひき。後の人、改めて高日《たかひ》[六]の村《むら》と曰《い》ふ。云々

先師申云　案㆓風土記㆒　日向國宮埼郡　高日村　昔者　自㆑天降神　以㆓御劍柄㆒　置㆓於此地㆒　因曰㆓劍柄村㆒　後人改曰㆓高日村㆒云々

（釋日本紀 巻六）

韓槵生村

[七]昔、哿瑳武別《カサムワケ》[八]ト云《いひ》ケル人、韓國《カラクニ》ニワタ《渡》リテ、此ノ栗ヲト《採》リテカヘ《歸》リテ、ウヱ《植》タリ。此

一　上文はチホの説明だけである。地名の一部の説明説話のみを記す例は多い。
二　高千穂を略し、文字を改めたのである。
1　釈紀には同じ条に先師申云としてほぼ同文の記事を記している。釈紀の著者兼方はその孫引きのままとせず、別に風土記から直接引用記載したのである。
2　以下七字、万葉集註釈にない。
3　釈紀は「彦」一字。万葉集註釈による。
4　以下「別々而」まで一七字、釈紀にない。
5　釈紀「通」。
6　底、二書共に「鉗」。万葉集註釈にツハと附訓があるによって、「鉏」（クハ・スキ・サヒ）とする。　7　万葉集註釈にない。
8　万葉集註釈は「散」の上にある。顛倒。

高日村　今井似閑採択。
三　宮崎県宮崎郡及び宮崎市の地。和名抄の郡名に宮崎（美也佐岐）とある。
四　遺称とすべき地がない。児湯郡高鍋町に擬する説があるが確かでない。
五　剣の柄（つか）。手上または手頭の意。ここは柄頭（つかがしら）の装飾的な部分を指す。
六　底、剣柄をタカヒと訓む（日本紀私記はタカヒ・タカミの両訓）。高日村は文字を改めただけとなる。

韓槵生村（類別不明）　今井似閑採択。次条と同じ風土記の記事とすれば筑紫風土記の文。
七　前文に「日向国に韓槵生村トイフ所アリ、トカキ、コノ所ニ木槵子ノ木ノオヒタリケル歟、如何。槵生トカケルハ木槵ノ木ノオ

ノ故ニ槵生《クシフ》ノ村トハ云フナリ。風土記云《にいはく》、俗語《くにひとのことば》ニハ謂レ栗ヲ《テ》爲ニ區兒《クシト》一。然則《しかればすなはち》、[九]韓《カラノ》槵生村《クシフノ》ト云フ者《は》、蓋《けだし》、云ニ韓栗林《カラクリバヤシトか》一歟ト云ヘリ。(塵袋第二)

吐濃峯（存疑）

日向國古庾郡《コユのコホリ》[一〇]（ツネニハ兒湯郡トカク）ニ、[一一]吐濃峯《つのノミネ》ト云フミネ《峯》アリ。神オハス《坐》。[一二]吐乃《つの》ノ大明神《だいみやうじん》トゾ申スナル。昔、神功皇后、新羅《しらぎ》ヲウチ《討》給《たまひ》シ時、此ノ神ヲ[一三]請《しやう》ジ給テ、御船《みふね》ニノセ《乗》給テ、船ノ舳《へ》ヲ令《まも》レ護給《らしめたまひ》ケルニ、新羅《しらぎ》ヲウチトリ《討取》テ皈《かへ》リ給テ後、[一四]韜馬《ウシカ》ノ峯《みね》ト申ス所ニオハシ《坐》[一五]テ、弓射《イ》給ヒケル時、土ノ中ヨリ黑キ物ノ頭《カシラ》サシ出《いで》ケルヲ、弓ノハズ《弭》ニテ、ホリ《掘》出《いだ》シ給ヒケレバ、男一人女一人ゾアリケル。其ヲ[一六]神人《しんじん》トシテ召シ仕《つか》ヒケリ。其ノ子孫今ニ殘レリ。是ヲ頭黑《カシラクロ》ト云フ。始《はじめ》テホリ《掘》出《いだ》サルル時、頭《かしら》ノ黑クテサシ出《いで》タリケル故ニヤ。子孫ハ[一七]ビコリケルガ、[一八]疫癘《えやみ》ニ死失《しにうせ》テ、二人《ふたり》ニナリタリケリ。其ノコトヲ、[一九]カノ國ノ記ニ云ヘルニハ、日々《ひび》ニ死《シニ》盡《ツキテ》、僅殘《ワヅカニノコレル》男女兩口《ふたり》ト云ヘリ。是ハ、[二〇]國ノ守《かみ》、[二一]神人《しんじん》ヲカリツカヒ《驅使》テ、國役《くにのえだち》ニシタガハ《從》シムル故ニ、明神《みやうじん》、イカリ《怒》ヲナシ給テ、[二二]アシキ《惡》病オコリ《起》テシニ《死》ケル也。(同右第七)

大隅國

串卜郷

大隅《おほすみ》の國の風土記《ふどき》に、[二三]大隅《おほすみ》の郡《こほり》。串卜《くしら》の郷《さと》。昔者《むかし》、[二四]國造《くにつく》りましし神、使者《つかひ》に勒《おほ》[二五]せて、

ヒタルニハ非ズ。栗ノオヒタル心ナリ。コノ所ニ小栗オホシ」とある。
八 他に見えない。
九 高千穂峰をクシブルタケというのに関係のある地名の如くであるが所在不明。

吐濃峯　伴信友採択。風土記の記事とすれば筑紫風土記の文。
一〇 日向国号の条の児湯郡。古庾は筑紫風土記に見られるのと同類の特殊用字。
一一 都農町川北の式内社都農神社の後方の山。底本、トノと傍訓するがツノと訓むべきであろう。下も同じ。　一二 大己貴(おおなむち)命としている。恐らく土着の神であろう。
一三 神の加護を祈り、神の出現を願われた。
一四 都農町の西北境の尾鈴山(一四〇五米)に擬している。ウシカの訓は底本による。
一五 神功皇后が。
一六 ハフリ。神に奉仕する人。神官。ここは吐乃大明神の奉仕者としたことをいう。
一七 勢盛んで多人数にひろがっていた。
一八 流行病。　一九 この一条の説話記事の原典をいう。風土記であるか否か確かでない。
二〇 日向国守。　二一 国守が吐乃大明神の神官を神祭以外の労役にかり出して使った。
二二 上文の流行病。

串卜郷　今井似閑採択。
二三 姶羅(あいら)郡の誤記であろう(校異参照)。鹿児島県肝属郡串良町・東串良町が遺称地。和名抄に姶羅郡串占(刊本は串伎、高山寺本は串卜)郷とあるのにあたる。　二四 大国主神をさすか。　二五 既出(三五七頁頭注一六)。

此の村《むら》に遣《や》りて消息《ありさま》[一]を見しめたまひき。使者《つかひ》、髪梳《くしら》[二]の神ありと報道《かへりごとまを》しければ、「髪《くし》梳《ら》の村《むら》と謂《い》ふべし」と云《の》りたまひき。因《よ》りて久西良《くしら》の郷《さと》と曰《い》ふ。髪梳は、隼人《はやと》[三]の俗《くにひと》の語《ことば》に久西良《くしら》[四]といふ。今改めて串卜《くしら》の郷と曰《い》ふ。

大隅國風土記ニ　大隅郡[1]　串卜郷　昔者　造レ國神　勅ニ使者一　遣ニ此村一　令レ見ニ消息一[2]　使者報三道　有ニ髪梳神一　云　可レ謂ニ髪梳村一　因曰ニ久西良郷一[3]　髪梳者隼人俗[4]語云ニ[3]久西良一　今改[5]曰ニ串卜郷一

（萬葉集註釋 巻第三）

必志里

大隅《おほすみ》の國の風土記に云《い》はく、必志《ひし》[五]の里《さと》。昔者《むかし》、此の村《むら》の中《うち》に海の洲《ひし》ありき。因《よ》りて必志《ひし》の里《さと》と曰《い》ふ。海の中《なか》の洲《す》は、隼人《はやと》の俗《くにひと》の語《ことば》に必志《ひし》[六]と云《い》ふ。

大隅國風土記云　必志里　昔者　此村之中[6]　在ニ海之洲一　因曰ニ必志里一　海中洲者[7]隼人俗語[8]云ニ必志一

（同右 巻第七）

耆小神

大隅國ニハ夏ヨリ秋ニ至ルマデ、シラミ《虱》[七]ノ子オホク《多》シテ、クラヒコロサル《喰殺》、モノアリ。

コレヲ風土記ニ云ヘルニハ、沙虱二字ノ訓ヲ耆小神《キサシム》[八]ト注セリ。[九]

（塵袋 第四）

醸酒

大隅ノ國ニハ、一家ニ水ト米トヲマウケ《設》テ、村ニツゲ《告》メグラ《回》セバ、男女一所《ひとところ》ニアツマリ《集》テ、

一 土地の情勢。二 クシ（霊異）の神。ラは接尾語。土着の有力神。少彦名神をクシノカミというのに習合しようとする説話。三 九州南部地方の土着人をいう。四 霊異の意のクシラを同音語の頭髪の意と解しての用字及びその注記である。

1 新考「始羅郡」の誤かとする。従うべきであろう。風土記からの引用に際して当該記事の所属郡を誤り記した例は釈紀、播磨国八十橋の条（二六七頁頭注一二）にもある。
2 底にない。詞林采葉抄・万葉緯による。
3 万葉緯「四」。
4 底にない。新考に従って補う。
5 底、以下注書。例によって本文とする。

必志里　今井似閑採択。

五 鹿児島県囎唹郡大崎町菱田（菱田川の河口、志布志湾に臨む）が遺称地か。
六 ヒス（干洲）の音訛であろう。

6 底「々」。万葉緯による。
7 底、以下本文とする。万葉緯による。
8 底「淵」。万葉緯による。

耆小神（筑紫風土記カ）　今井似閑採択。

七 和名抄に「蟣、岐佐々。虱子也」とある。
八 神はシンの音をあらわす仮名としての用字。虱をキササという外、キサシンと呼ぶという意。
九 底本この次に「サテハキサシントモ云ベキニヤトオボユ。風土記ト云フハ田舎ノ事ヲキ、テシルス故ニ、カノ土俗ノコトバニ順ゼリ。コレヲオモヘバ田舎ニハキサシムトモ云ナルベシ」とある。

醸　酒（筑紫風土記カ）　今井似閑採択。

一〇 唾液と混じた米が醗酵して酒になるのである。一一 口で米を噛む語意であるが、そうして醸《かも》した酒を意味する。

竹屋村（類別不明）　今井似閑採択。旧説は日向国の逸文とし、新考は薩摩国の逸文とする。記事により薩摩国に属させる。用字によれば筑紫風土記の逸文か。

一二 ニニギ命。

一三 宮崎（西諸県郡）・鹿児島（姶良郡）両県境の霧島山。天孫降臨の地を宮崎県の北西部とする伝承の外に南西部とする伝承があったのである。日向国逸文知鋪郷の条（五二三頁）参照。

一四 鹿児島県加世田市（川辺郡）内山田附近の地。竹屋尾という遺称の山名がある。和名抄の阿多郡鷹屋郷にあたる。神代紀一書に同じ説話による竹屋の地名説明を記している。一五 竹屋村の長という意。

一六 記紀のカムアタツヒメ（トヨアタツヒメ）にあたる。一七 日本紀私記に竹刀をアヲヒエと訓む。一八 先例にならってこの地では竹刀で臍緒を切る風習があるの意。

鯨伏郷　今井似閑採択。

一九 壱岐島の西北部（長崎県壱岐郡勝本町鯨伏）の地。和名抄に壱岐郡鯨伏郷とある。

二〇 出雲国風土記のワニ（一〇五頁）と同じ。鱶《ふか》の一種。鮐はサメまたフグの意。

二一 逃げて来て。

二二 新考は鯨伏の海にある岩礁としているが遺蹟は不明。二三 二つの石の距離。

米ヲカミ《噛》テ、サカブネ《酒槽》ニハキイレ《吐入》テ、チリ〴〵《散々》ニカヘリ《帰》ヌ。一〇酒ノ香《か》ノイデ《出》クルトキ、又アツマリ《集》テ、カミ《噛》テハキイレ《吐入》シモノドモ《人等》、コレヲノム《飲》。名ヅケテ一一クチカミ《口噛》ノ酒ト云フト云々、風土記ニ見エタリ。

（同右 第九）

薩摩國

竹屋村

風土記ノ心ニヨラバ、皇祖一二裒能忍耆命《ほのににぎのみこと》、日向《ひむか》ノ國贈於《ソオ》ノ郡《コホリ》、一三高茅穂《タカチホ》ノ槵生《クシフ》ノ峯《たけ》ニアマクダリ《天降》マシテ、コレヨリ薩摩國《さつまの》閼駝《アタ》ノ郡《こほり》ノ一四竹屋《タカヤ》ノ村《ムラ》ニウツリ《遷》給《たまひ》テ、土人《くにひと》、一五竹屋守《タカヤノモリ》ガ女《ムスメ》一六ヲメシ《娶》テ、其ノ腹《ハラ》ニ二人ノ男子ヲマウケ《儲》給《たまひ》ケルトキ、彼ノ所ノ一七竹ヲカタナ《刀》ニツクリ《作》テ、臍《ホソ》ノ緒《ヲ》ヲキリ《截》給ヒタリケリ。ソノ竹ハ今モアリト云ヘリ。此ノ一八アト《蹤》ヲタヅネ《尋》テ、今モカ《斯》クスルニヤ。

（同右 第六）

壹岐國

鯨伏郷

壹岐《いき》の國の風土記《ふどき》に云《い》はく、一九鯨伏《いさふし》の郷《さと》 郡《こほり》の西にあり。昔者《むかし》、二〇鮐鰐《わに》、鯨《いさ》を追《お》ひければ、鯨《いさ》、二一走《はし》り來《き》て隠《かく》り伏《ふ》しき。故《かれ》、鯨伏《いさふし》と云《い》ふ。鰐《わに》と鯨《いさ》と、竝《ならび》に石二二と化爲《な》れり。相去《あひさ》二三ること一里《さと》なり。俗《くにひと》、鯨《くぢら》を云《い》ひて伊佐《いさ》[一]と爲《な》す。

壹岐國風土記云　鯨伏郷（在二郡西一）[1]　昔者　鮐[2]鰐追レ鯨　々走來隱伏　故云二鯨伏一　鰐并鯨　竝化二爲石一[3]　相去一里（俗云レ鯨[4]爲二伊佐一[5]）

（萬葉集註釋 巻第二）

朴　樹（存疑）

壹岐《いき》の嶋《しま》の記《き》に云《い》はく、常世《とこよ》[二]の祠《やしろ》あり。一つの朴樹《えのき》[三]あり。朴樹は愛乃寄《えのき》なり。鹿《しか》[四]の角《つの》の枝生《えだお》ひたり。長さ五寸《き》ばかり、角《つの》の端《はし》は兩道《ふたみち》[五]なりと云《い》へり。

壹岐嶋記云　有二常世祠一　有二一朴樹一（朴樹愛乃寄也）　生二鹿角枝一　長可二五寸一　角端兩道ナリト云ヘリ

（塵袋 第二）

新羅鳥（參考）

壹岐《いき》の嶋《しま》ニ鳥アリ。コレヲバ新羅烏《しらぎからす》[六]ト云フ。麥《むぎ》ノタネマク《種蒔》時、群飛《ムラガリトビテ》、麥《むぎ》ヲクラフ《喰》ト云々。[七]

（同右 第三）

所屬國不明

御津柏

筑紫《つくし》の風土記《ふどき》に曰《い》はく、寄柏[八]は御津柏《みつのかしは》なり。

筑紫風土記曰　寄柏　御津柏也

（釋日本紀 巻十二）

一 仙覚は海の枕詞「いさなとり」の説明にこの文を引用したが、イサの語義は明らかでない。

1 底、本文とする。万葉緯による。

2 底「鮨」。「鮐」または「鯌」(さめ)の誤とすべきである。

3 底「鳥右」。一本による。

4 底、本文とする。万葉緯による。

5 底にない。一本による。

朴　樹　伴信友採択。井上通泰は筑紫風土記の逸文としている。従うべきか。

二 何社か、またその所在地も不明。

三 日本書紀は朴の字をエノキ(榎)にあてて用いている。

四 枝の形が鹿の角に似ているのをいう。

五 二またになっている。

新羅鳥　前条に類する記事で、他書からの引用文であるから引用原典名はないが参考のために掲げる。或は壱岐嶋記からの引用か。

六 播磨国風土記の韓国烏(三一五頁)の類か。

七 底本、この次に「ソレモチヰサクシテ羽ハ白シ。必シモ烏ノ号ノアルベシトモオボエズ」とある。

御津柏(筑紫風土記)　今井似閑採択。語訓の注だけを引用したものである。

八 水竜骨科の植物。オホタニワタリまたタニワタリ。葉の長大なのが特徴、神事に用いる(四四一頁参照)。

木綿

アサ《麻》ヲバ[九]ナガ《長》ユフ《木綿》ト云フ。ナガキ《長》ガユヱ《故》也。[一〇]マヲ《眞苧》ヽバミジカ《短》ユフ《木綿》トイフ。筑紫《つくしの》風土記ニ、長木綿・短木綿トイヘル《云》ハコレ《此》也。（萬葉集註釋 巻第二）

ヱグ

ヱグ《恵具》トハセリ《芹》ヲ云《いふ》也。風土記ニ見《みえ》タリ。（萬葉集抄 祕府本）

條

諸國ノ風土記ニ山イクツ《幾》河イクツ《幾》トシル《記》スニ、大道ヲバ大略《おほよそ》、一條トシル《記》セリ。（塵袋 第十）

アハデノ森

私云、フルキモノ《古書》ニハ、風土記ナドヲヒキ《引》テ、[一一]アハデ《不逢》ノモリ《森》・[一二]ワラフ《笑》山ナドイフ《云》トコロヲバ、[一三]ミナ《皆》カヤウ《斯様》ニイヒアラハセリ。（顯昭古今集註）

（附記）「風土記曰」として壒嚢抄 巻五 に引用記載した「鎭火」の一條（今井似閑、山城國逸文として採擇）は、宮中に關する記事であり、令義解の文と同文で、風土記の記事ではないから、ここには掲げない。

また、「風土記云」として引用記載せられている次の諸條は、中國の風土記（地誌）の記事と認められるから、ここには掲げない。

猨（和名抄 巻七）・鶴（和歌童蒙抄 第一）・鵙（同上 第八）・萱草（袖中抄 第十五）・紫草（河海抄 巻第十）・粽（塵袋 第九）・擊壤（同上 第八）・拌（同上 第八）・乞巧奠（詞林采葉抄 第六）・端午（壒嚢抄 巻一）

木綿（筑紫風土記）　伴信友採択。
九 麻類の茎の繊維で作ったユフ。材料によって製品に長短があるための名。ユフは既出（三七一頁頭注一九）。
一〇 麻の別種。カラムシ。

ヱグ　佐佐木信綱採択。以下三条、風土記の記載を指摘するだけの短文で、如何なる風土記の記事か明らかでない。

条　同類記事であるから掲げた。

アハデノ森　伴信友採択。
一一 平安朝以降の歌枕にアハデノ森・アハデノ浦が見え、尾張国としている。
一二 歌枕にも見えない。所在地不明。
一三 前文にカヘル山（越前）の地名説明を記し、それと同じような地名説明がアハデノ森・ワラフ山についても記されてあるという意。

附図凡例

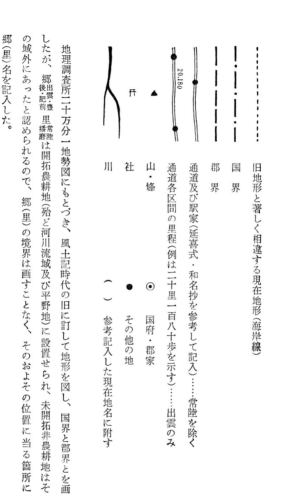

- 旧地形と著しく相違する現在地形（海岸線）
- 国界
- 郡界
- 通道及び駅家（延喜式・和名抄を参考して記入）……常陸を除く
- 20.180　通道各区間の里程（例は二十里一百八十歩を示す）……出雲のみ
- ▲　山・峰　　⊙　国府・郡家
- ⛩　社　　●　その他の地
- 川　　（　）　参考記入した現在地名に附す

地理調査所二十万分一地勢図にもとづき、風土記時代の旧に訂して地形を図し、国界と郡界とを画したが、郷（出雲・豊後・肥前）里（常陸・播磨）は開拓農耕地（殆ど河川流域及び平野地）に設置せられ、未開拓非農耕地はその域外にあったと認められるので、郷（里）の境界は画すことなく、そのおよその位置に当る箇所に郷（里）名を記入した。

常陸国風土記地図

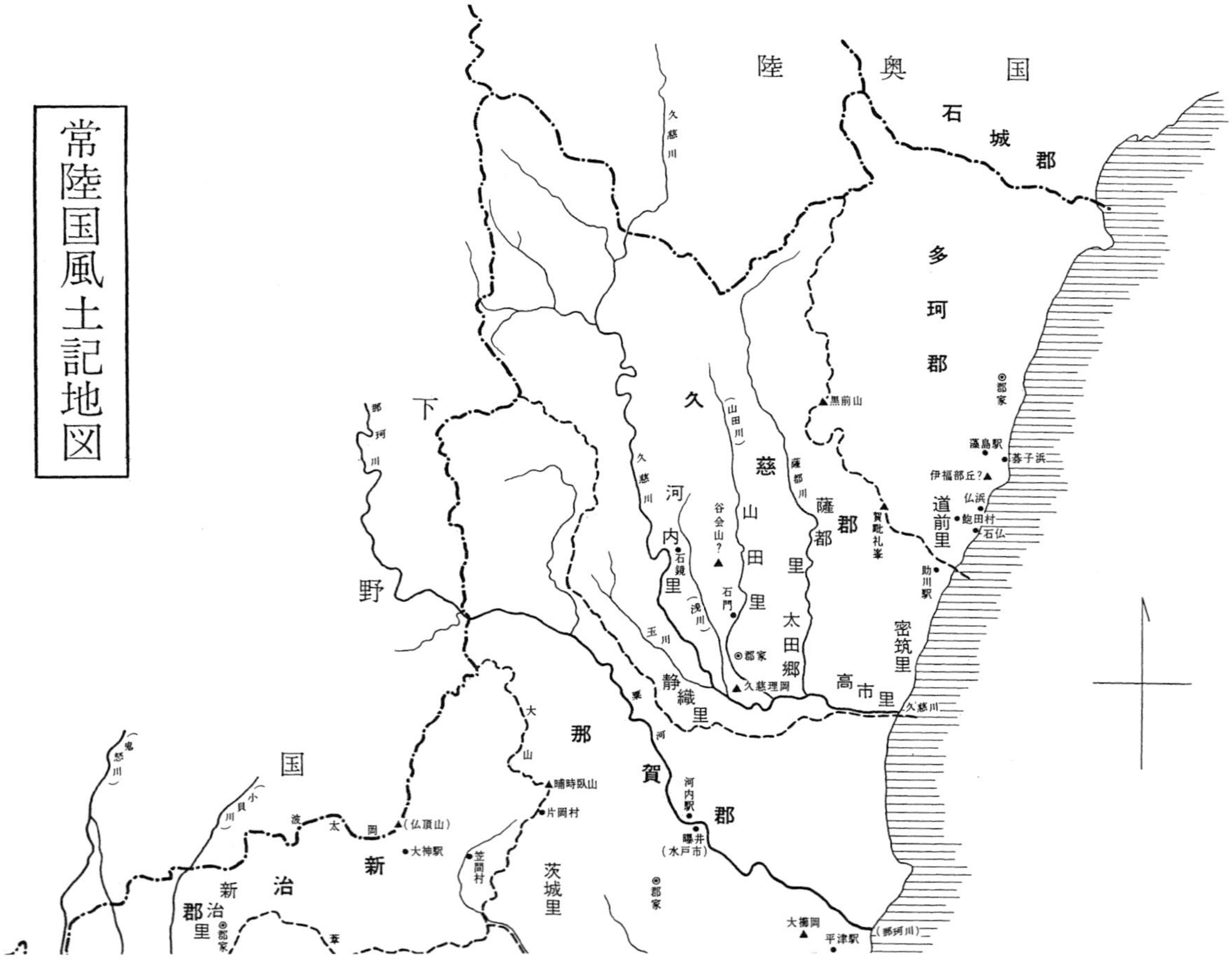
陸奥国
石城郡
多珂郡
郡家
藻島駅
碁子浜
伊福部丘？
仏浜
道前里
飽田村
石仏
助川駅
賀毘礼峯
黒前山
密筑里
久慈川
高市里
久慈郡
薩都里
薩都川
太田郷
山田里
山田川
谷会山？
石門
郡家
久慈理岡
河内里
石鏡
浅川
玉川
静織里
下野国
那珂川
那賀郡
粟河
大山
晡時臥山
片岡村
河内駅
曝井
水戸市
郡家
大櫛岡
平津駅
那珂川
茨城里
笠間村
新治郡
新治里
郡家
大神駅
仏頂山
岡
太
波
小貝川
鬼怒川
葦

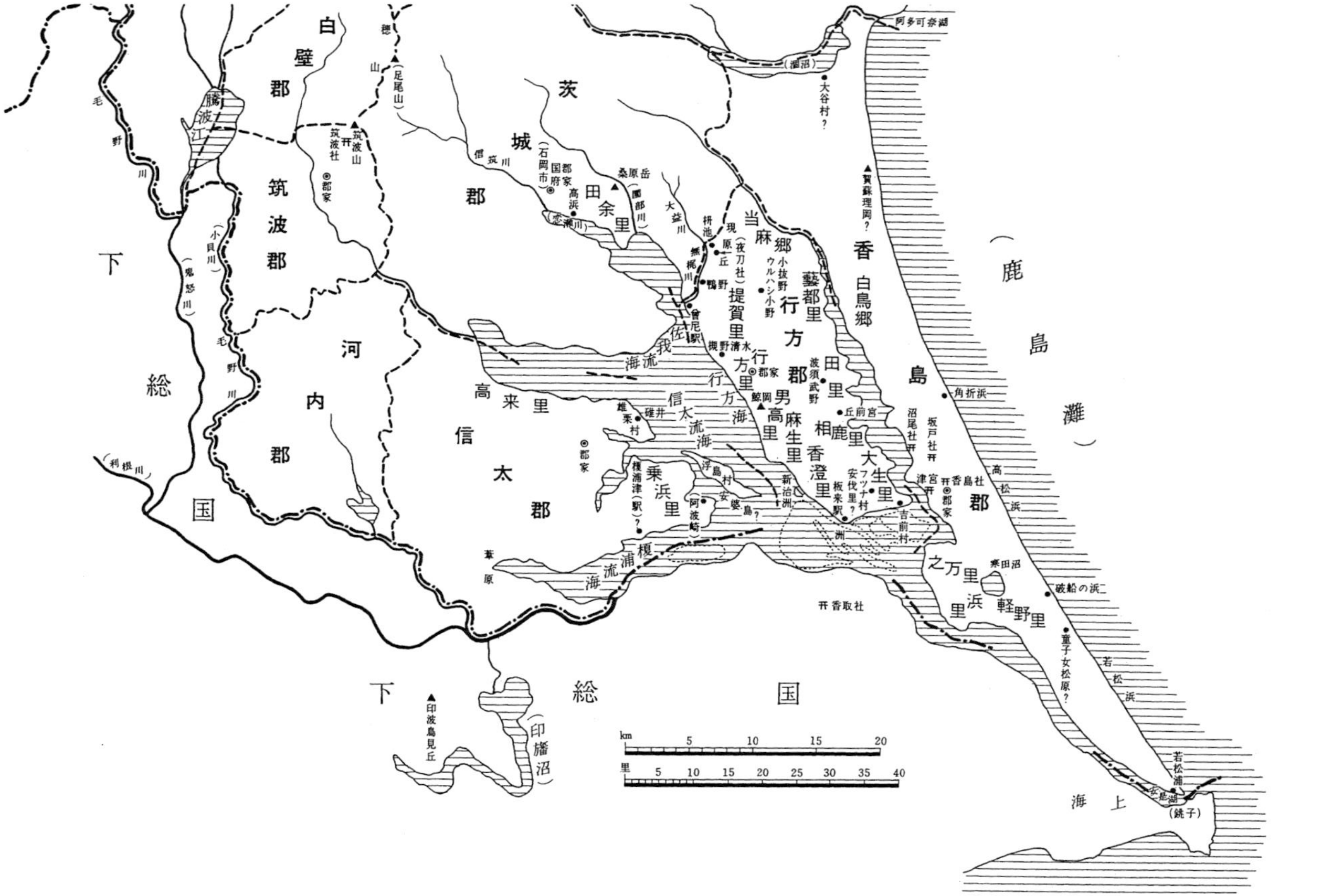

白壁郡
筑波郡
河内郡
信太郡
茨城郡
行方郡
香島郡
下総国
下総国
鹿島灘
海上
筑波山
筑波社
足尾山
穂山
毛野川
小貝川
鬼怒川
利根川
騰波江
郡家
信筑川
石岡市
国府
郡家
高浜
恋瀬川
桑原岳
園部川
田余里
大益川
耕池
無梶川
現原丘
夜刀社
当麻郷
小抜野
ウルハシ小野
藝都里
鴨野
提賀里
曾尼駅
槻野清水
行方里
郡家
波須武野
田里
鯨岡
男高里
麻生里
丘前宮
相鹿里
香澄里
大生里
板来駅
安伐里？
フツナ村
吉前村
高来里
雄栗村
碓井
乗浜里
榎浦津（駅）？
浮島村
安婆島？
阿波崎
新治洲
洲
佐我流海
行方海
信太流海
榎浦流海
葦原
香取社
印波鳥見丘
印旛沼
阿多可奈湖
涸沼
大谷村？
賀蘇理岡？
白鳥郷
角折浜
沼尾社
坂戸社
津宮
香島社
郡家
高松浜
寒田沼
之万里
浜里
軽野里
破船の浜
童子女松原？
若松浜
若松浦
安是湖
銚子
km 5 10 15 20
里 5 10 15 20 25 30 35 40

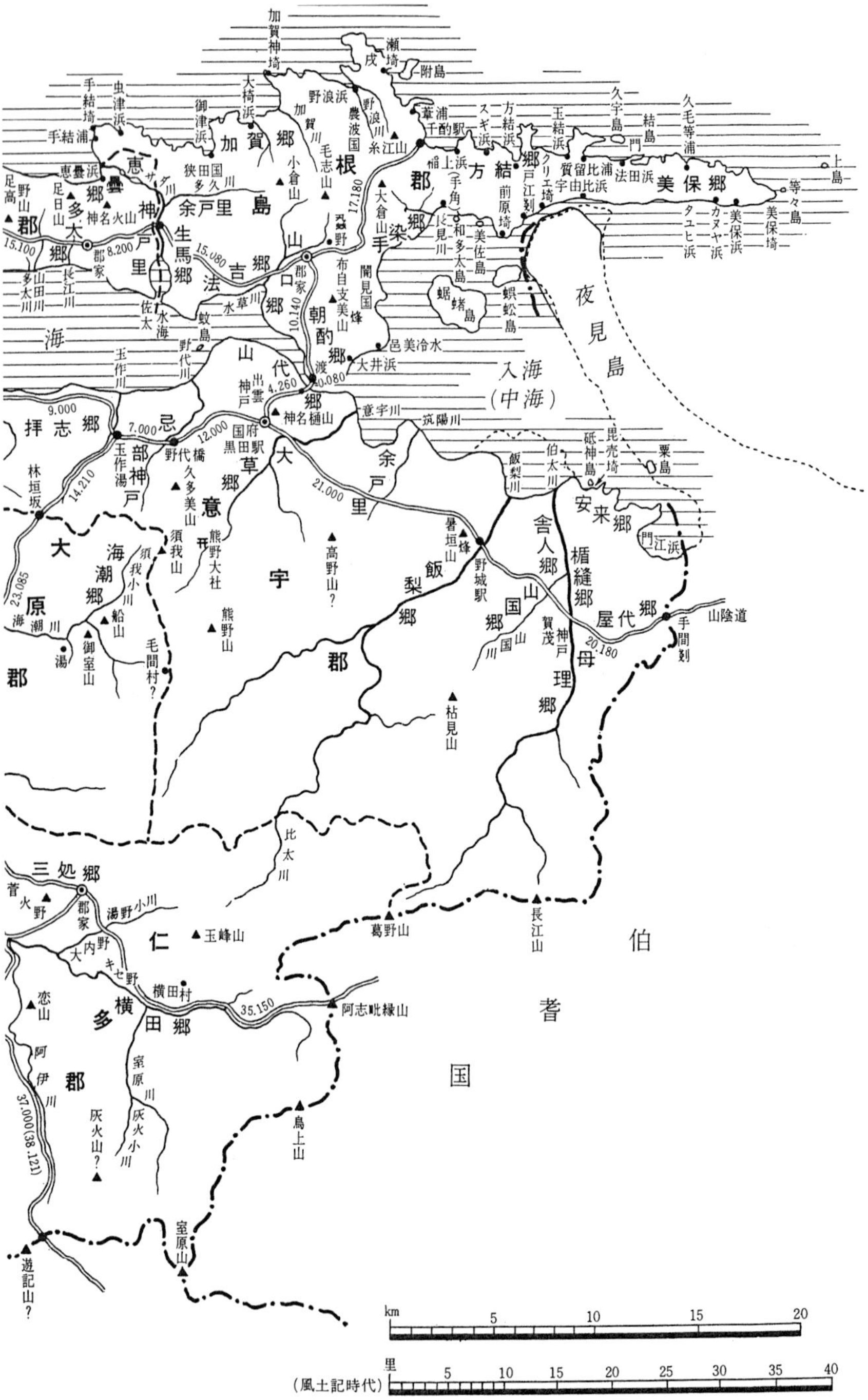

加賀神埼
瀬埼
皮
附島
手結埼
虫津浜
御津浜
大埼浜
野浪浜
農波国
野浪川
加賀川
葦浦
千酌駅
スギ浜
方結浜
玉結浜
久宇島
結島
久毛等浦
手結浦
加賀郷
毛志山
江山
島根郡
方結郷
門
上島
恵曇浜
恵曇郷
狭田国
多久川
小倉山
糸
17.180
椙上浜
(手角)
戸江剗
クリエ埼
質留比浦
宇由比浜
法田浜
美保郷
等々島
足高野山
足日山
多太郷
神名火山
余戸里
大倉山
前原埼
長見川
和多太島
美佐島
タユヒ浜
カヌヤ浜
美保浜
美保埼
15.100
8.200
郡家
神戸里
生馬郷
15.080
法吉郷
山口郷
郡家
染手郷
夜見島
多太川
山田川
長江川
佐太水海
水草川
布自支美山
闇見国
蜈蚣島
蜛蝫島
蚊島
朝酌郷
10.140
烽
海
玉作川
野代川
山代郷
邑美冷水
大井浜
入海
(中海)
出雲神戸
4.260
渡
0.080
9.000
拝志郷
7.000
忌部神戸
12.000
国府
黒田駅
神名樋山
意宇川
筑陽川
玉作湯
野代橋
大草郷
余戸里
久多美山
林垣坂
14.210
21.000
伯太川
砥神島
毘売埼
粟島
飯梨川
安来郷
大原郡
海潮郷
須我小川
須我山
熊野大社
高野山?
意宇郡
暑垣山
烽
野城駅
舎人郷
楯縫郷
門江浜
23.085
飯梨郷
山国郷
屋代郷
手間剗
山陰道
海潮川
船山
熊野山
御室山
湯
毛間村?
賀茂神戸
山国川
20.180
母理郷
枯見山
比太川
三処郷
菅火野
郡家
湯野小川
玉峰山
仁多郡
大内野
キセ野
葛野山
長江山
伯耆国
横田村
阿志毘縁山
恋山
横田郷
35.150
阿伊川
室原川
37.000(38.121)
灰火山?
灰火小川
鳥上山
室原山
遊記山?
km
5
10
15
20
里
5
10
15
20
25
30
35
40
(風土記時代)

出雲国風土記地図

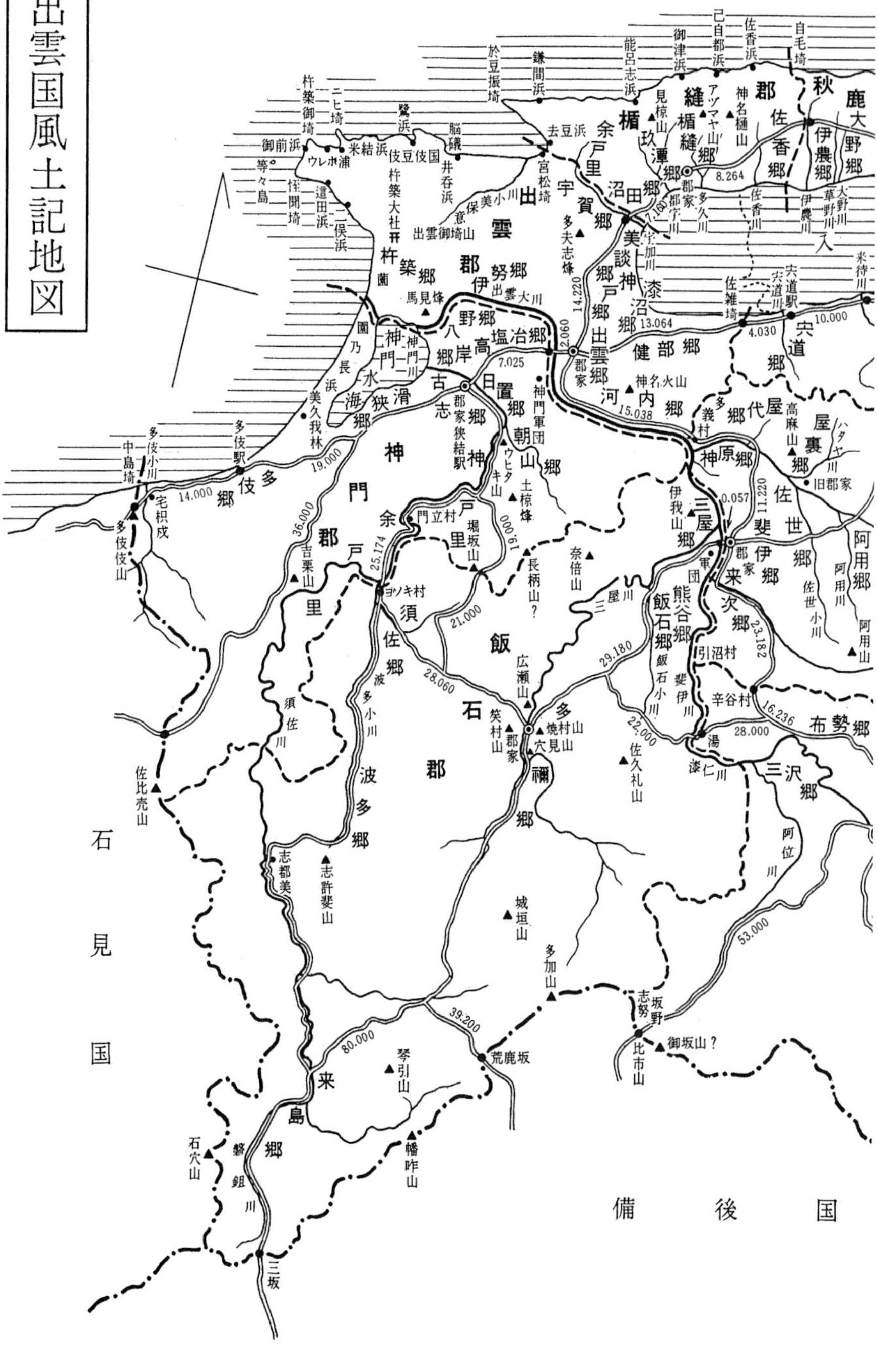
出雲郡
神門郡
飯石郡
秋鹿郡
楯縫郡
杵築郷
伊努郷
美談郷
宇賀郷
出雲郷
河内郷
健部郷
漆沼郷
塩冶郷
八野郷
高岸郷
古志郷
日置郷
朝山郷
滑狭郷
多伎郷
余戸里
狭結駅
多伎駅
宍道駅
三屋郷
屋裏郷
屋代郷
佐世郷
来次郷
斐伊郷
神原郷
熊谷郷
飯石郷
多禰郷
須佐郷
波多郷
来島郷
三沢郷
布勢郷
阿用郷
宍道郷
佐香郷
伊農郷
大野郷
出雲大川
神門水海
石見国
備後国
宍道湖
杵築大社
三坂
荒鹿坂
志都美
御坂山?
琴引山
城垣山
多加山
比市山
石穴山
志許斐山
佐比売山
吉栗山
堀坂山
長柄山?
奈倍山
広瀬山
笑村山
焼村山
穴見山
佐久礼山
伊我山
高麻山
阿用山
神名火山
多夫志烽
馬見烽
土椋烽
神門軍団
旧郡家
引沼村
辛谷村
門立村
ヨソキ村
14.000
19.000
36.000
25.174
28.060
39.200
80.000
21.000
7.025
2.060
14.220
13.064
4.030
10.000
15.038
0.057
11.220
23.182
29.180
22.000
28.000
16.236
53.000
8.264
7.160

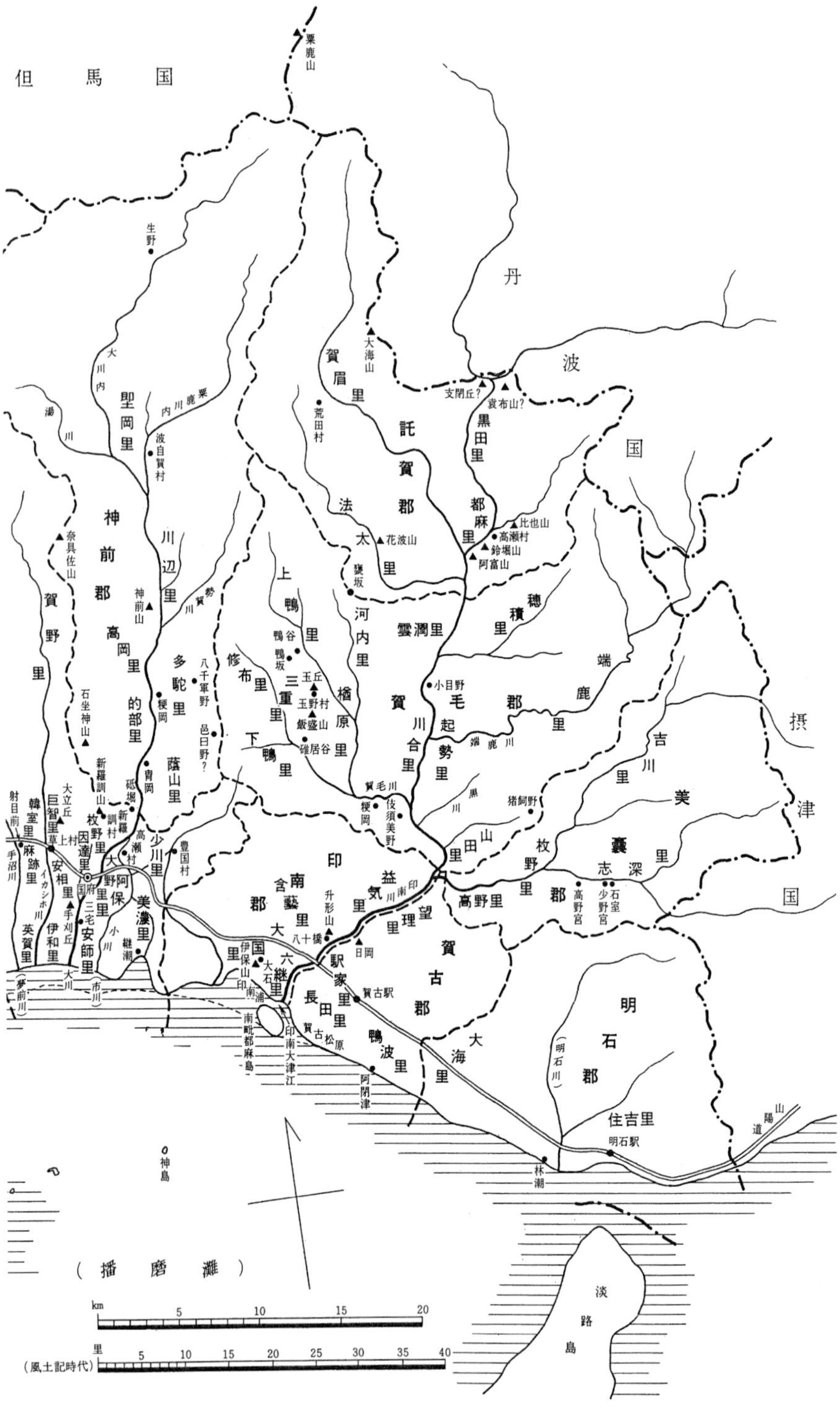

但馬国
丹波国
摂津国
粟鹿山
生野
大川内
湯川
粟鹿川内
聖岡里
波自賀村
神前郡
川辺里
奈具佐山
賀野里
神前山
高岡里
勢賀川
多駝里
八千軍野
石坐神山
的部里
榎岡
邑曰野?
蔭山里
冑岡
砥堀
新羅訓山
大立丘
射目前
韓室里
巨智里
草上村
枚野里
新羅訓村
高瀬村
少川里
豊国村
因達里
手沼川
麻跡里
安相里
国府
大野里
阿保里
美濃里
イカシホ川
手苅丘
三宅
安師里
英賀里
伊和里
小川
継潮
夢前川
大川
市川
賀眉里
大海山
荒田村
託賀郡
支閇丘?
袁布山?
黒田里
都麻里
比也山
高瀬村
鈴堀山
阿富山
法太里
花波山
褒坂
上鴨里
河内里
雲潤里
穂積里
鴨谷
鴨坂
修布里
三重里
玉丘
玉野村
飯盛山
檜原里
碓居谷
下鴨里
賀毛郡
小目野
起勢里
端鹿里
端鹿川
川合里
賀毛川
黒川
吉川里
美嚢郡
猪飼野
山田里
榎岡
伎須美野
印南郡
含藝里
益気里
印南川
枚野里
志深里
高野里
高野宮
少野宮
石室
望理里
升形山
八十橋
大国里
日岡
賀古郡
伊保山
大石
六継里
駅家里
賀古駅
印南浦
南毗都麻島
長田里
賀古松原
印南大津江
鴨波里
阿閇津
大海里
明石郡
明石川
住吉里
明石駅
山陽道
林潮
神島
（播磨灘）
淡路島
km 5 10 15 20
里 5 10 15 20 25 30 35 40
（風土記時代）

播磨国風土記地図

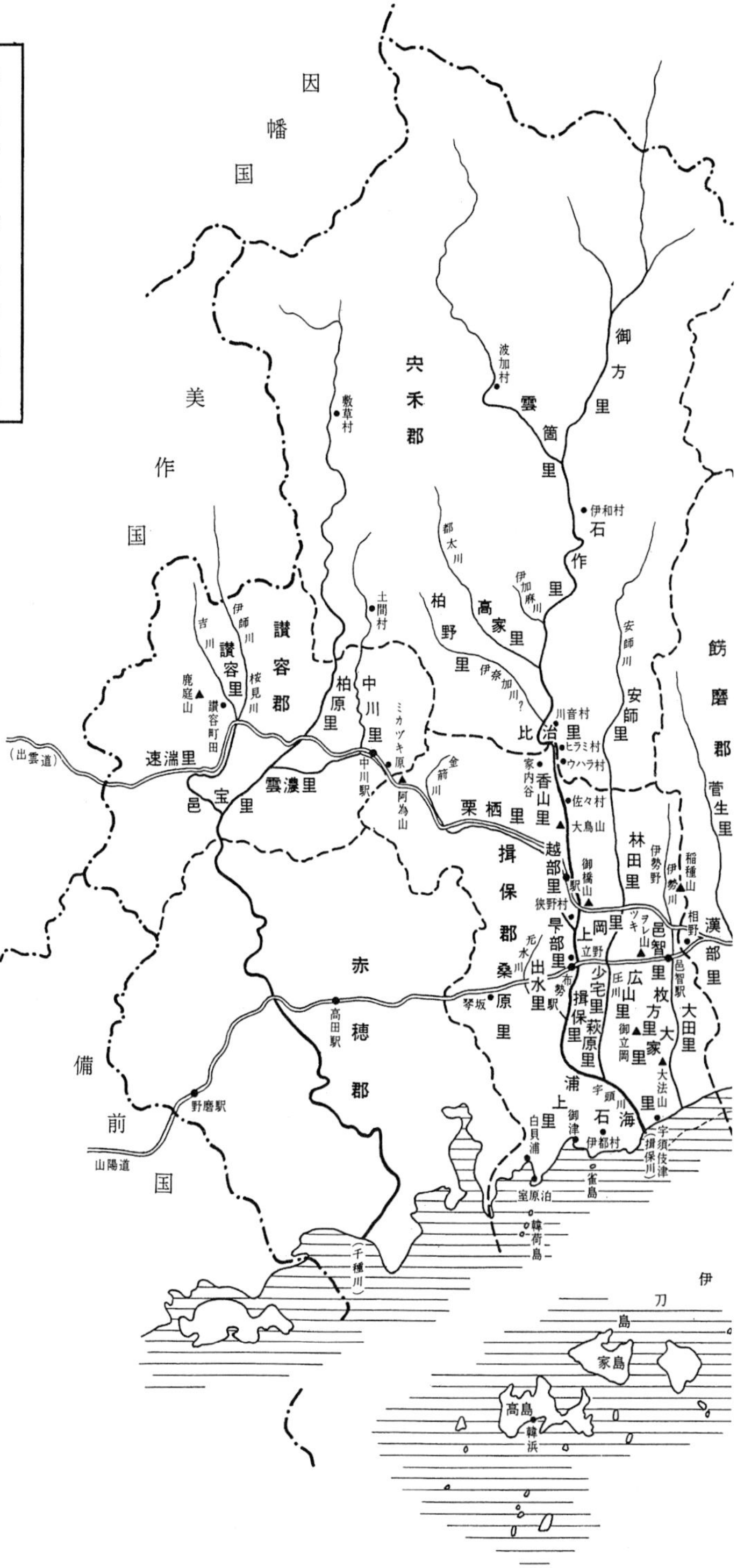

因幡国
美作国
備前国
宍禾郡
讃容郡
赤穂郡
揖保郡
餝磨郡
御方里
雲箇里
波加村
敷草村
伊和村
石作里
都太川
伊加麻川
柏野里
高家里
伊奈加川?
安師川
安師里
土間村
吉川
伊師川
讃容里
桜見川
鹿庭山
讃容町田
柏原里
中川里
ミカヅキ原
中川駅
阿為山
比治里
川音村
ヒラミ村
ウハラ村
家内谷
香山里
佐々村
大鳥山
金箭川
速湍里
(出雲道)
邑宝里
雲濃里
栗栖里
越部里
駅
御橘山
狭野村
林田里
伊勢野
伊勢川
稲種山
相野
漢部里
菅生里
上岡里
邑智里
ヲレ山
ツキ
立野
邑智駅
𡚴部里
出水里
无水川
桑原里
琴坂
布勢駅
少宅里
広山里
枚方里
大家里
大田里
揖保里
萩原里
圧川
御立岡
大法山
高田駅
野磨駅
山陽道
浦上里
石海里
宇頭川
御津
白貝浦
伊都村
宇須伎津
(揖保川)
雀島
室原泊
韓荷島
(千種川)
伊刀島
家島
高島
韓浜

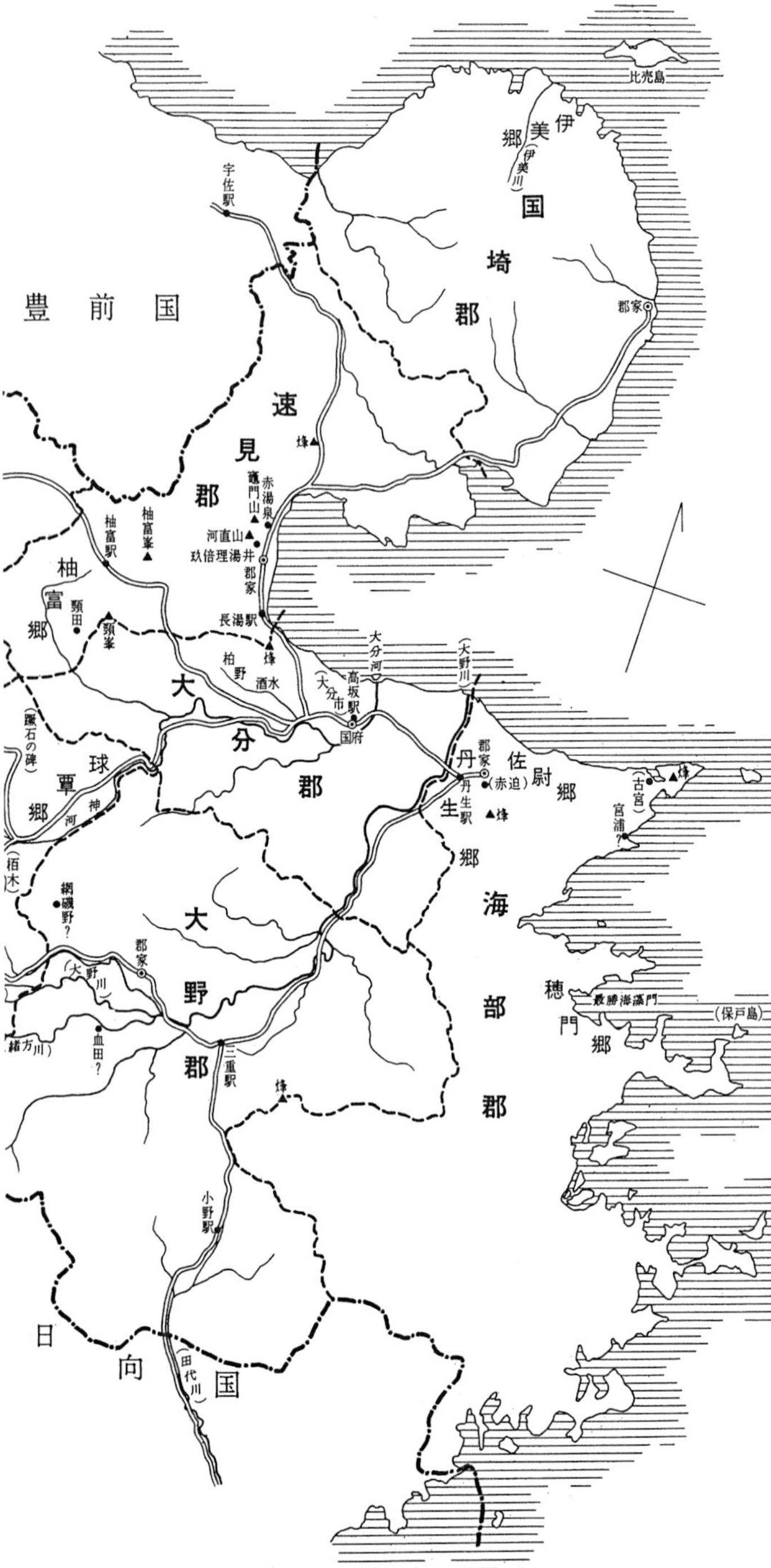

比売島
伊美郷
(伊美川)
国埼郡
郡家
宇佐駅
豊前国
速見郡
烽
赤湯泉
竈門山
河直山
玖倍理湯井
郡家
柚富峯
柚富駅
柚富郷
頸田
頸峯
長湯駅
烽
柏野
酒水
大分河
(大野川)
高坂駅
(大分市)
国府
大分郡
(蹶石の碑)
球覃郷
神河
郡家
丹生駅
丹生郷
佐尉郷
(赤迫)
烽
(古宮)
烽
宮浦?
(栢木)
網礒野?
大野郡
郡家
(大野川)
緒方川
血田?
三重駅
烽
海部郡
穂門郷
最勝海藻門
(保戸島)
小野駅
日向国
(田代川)

豊後国風土記地図

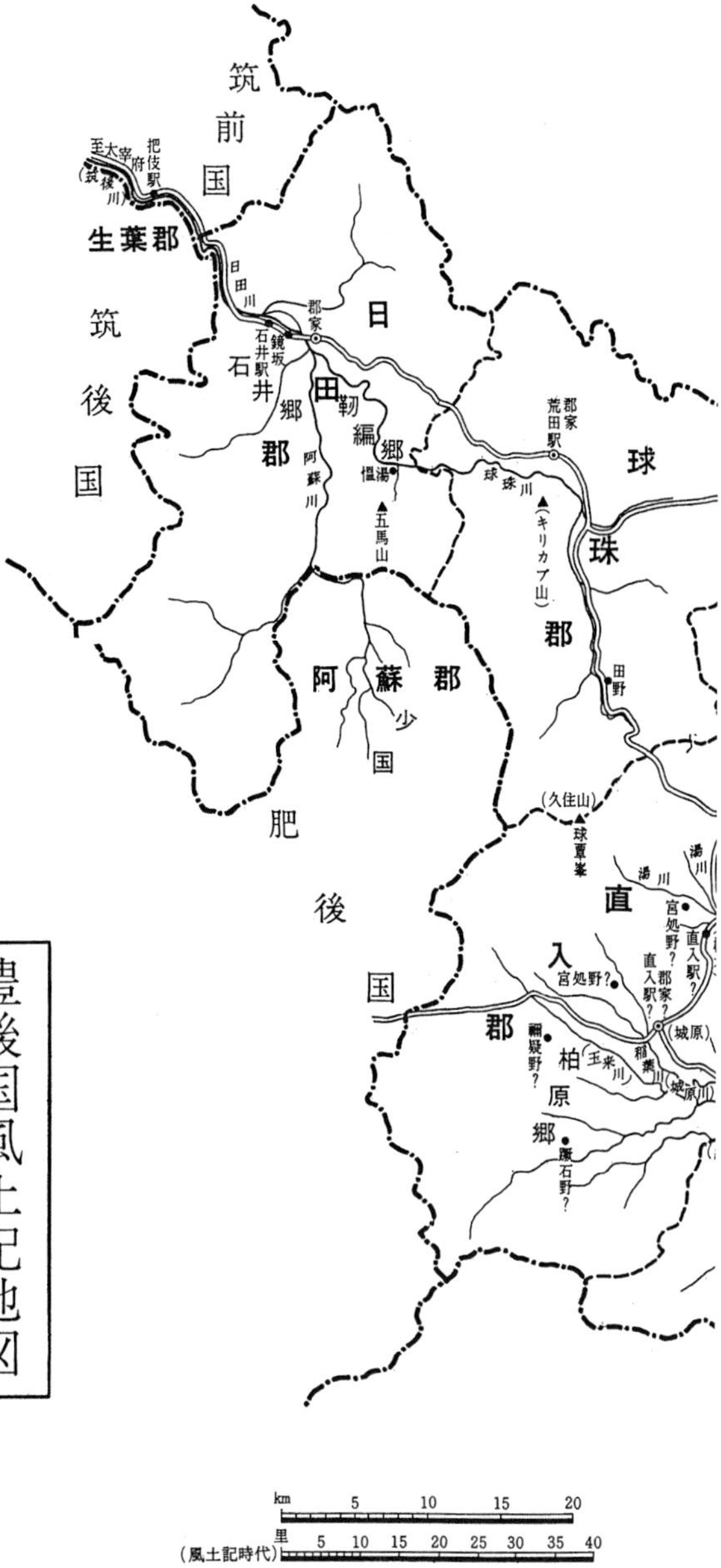
筑前国
至大宰府
把伎駅
(筑後川)
生葉郡
日田川
筑後国
郡家
鏡坂
石井駅
石井郷
日田郡
靭編郷
阿蘇川
慍湯
五馬山
郡家
荒田駅
球珠川
(キリカブ山)
球珠郡
田野
阿蘇郡
少国
肥後国
(久住山)
球覃峯
湯川
直入郡
宮処野?
直入駅?
郡家?
(城原)
禰疑野?
柏原郷
玉来川
稲葉川
城原川
蹶石野?
km 5 10 15 20
里 (風土記時代) 5 10 15 20 25 30 35 40

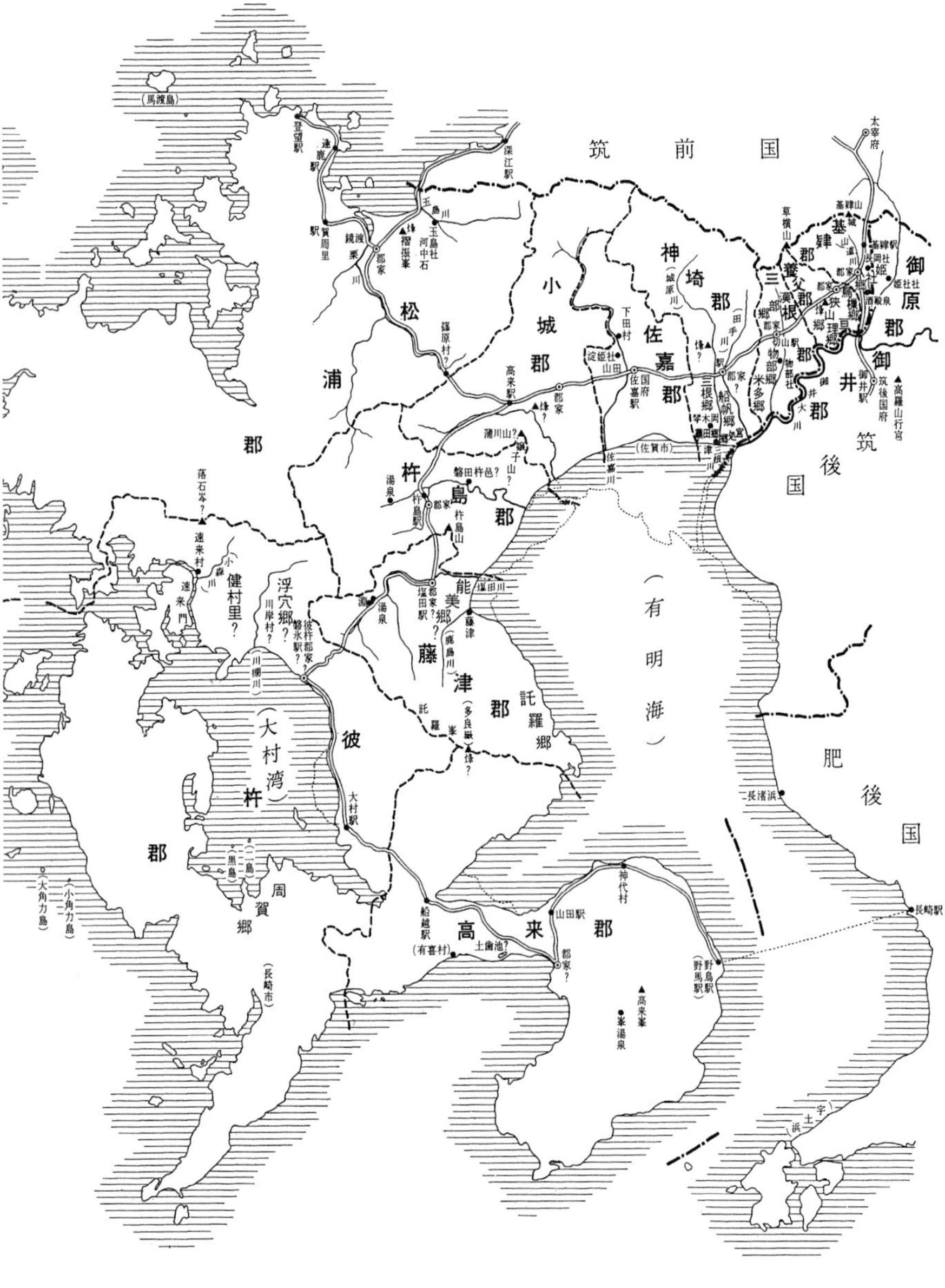
筑前国
肥後国
筑後国
松浦郡
小城郡
神埼郡
佐嘉郡
基肄郡
養父郡
三根郡
御原郡
御井郡
杵島郡
藤津郡
彼杵郡
高来郡
(有明海)
(大村湾)
(馬渡島)
登望駅
逢鹿駅
賀周里駅
鏡渡
栗川
郡家
玉島川
玉島社
河中石
烽
褶振峯
篠原村?
深江駅
太宰府
基肄山
草横山
基肄駅
長岡社
姫社
酒殿泉
高羅山行宮
筑後国府
御井駅
大川
(城原川)
(田手川)
三根郷
物部郷
米多郷
漢部郷
狭山郷
船帆郷
下田村
淀姫社
山田
国府
佐嘉駅
佐嘉川
(佐賀市)
高来駅
蒲川山?
磐田杵邑?
湯泉
杵島駅
杵島山
能美郷?
塩田川
塩田駅
藤津
(鹿島川)
託羅郷
託羅峯
(多良嶽)
浮穴郷?
川岸村?
磐氷駅?
彼杵郡家?
健村里?
速来村
速来門
小森川
落石岑?
(川棚川)
大村駅
船越駅
(有喜村)
土歯池?
山田駅
神代村
郡家?
野鳥駅
高来峯
峯湯泉
長崎駅
(長崎市)
周賀郷
(黒島)
(二島)
(大角力島)
(小角力島)
長渚浜
宇土浜

肥前国風土記地図

大家島
（平戸島）
志式島
小値嘉島
大値嘉島
相子田？
相子田？
美弥良久埼
川原浦
（福江島）
km 5 10 15 20
里 5 10 15 20 25 30 35 40
（風土記時代）

日本古典文学大系 2
風土記

1958年 4月 5日　第 1 刷発行
1991年 10月15日　第35刷発行
1993年 10月 6日　新装版第1刷発行
1997年 10月15日　新装版第5刷発行
2017年 11月10日　オンデマンド版発行

校注者　秋本吉郎《あきもときちろう》

発行者　岡本 厚

発行所　株式会社 岩波書店
〒101-8002 東京都千代田区一ツ橋 2-5-5
電話案内 03-5210-4000
http://www.iwanami.co.jp/

印刷／製本・法令印刷

ISBN 978-4-00-730688-4　Printed in Japan